GEORGE SAND

HISTOIRE DE MA VIE

ÉDITION INTÉGRALE 1855

LIVRES 1 À 3
(TOMES 1 À 13)

TABLES DES MATIÈRES

Note de l'éditeur :

Cette édition est conforme à l'originale de 1855. A ce titre, le Français et orthographe d'autrefois est conservé mais reste parfaitement compréhensible. Merci de votre compréhension.

LIVRE I

TOME PREMIER

CHAPITRE PREMIER

*Pourquoi ce livre?—C'est un devoir de faire profiter les autres de sa propre expérience.—Lettres d'un Voyageur.—Confessions de J.-J. Rousseau.—Mon nom et mon âge.—Reproches à mes biographes.—Antoine Delaborde, maître Paulmier et maître Oiselier.—Affinités mystérieuses.—Eloge des oiseaux.—Histoire d'*Agathe *et de* Jonquille.—L'oiselier de Venise.*

Je ne pense pas qu'il y avait de l'orgueil et de l'impertinence à écrire l'histoire de sa propre vie, encore moins à choisir, dans les souvenirs que cette vie a laissés en nous, ceux qui nous paraissent valoir la peine d'être conservés. Pour ma part, je crois accomplir un devoir, assez pénible même, car je ne connais rien de plus malaisé que de se définir et de se résumer en personne.

L'étude du cœur humain est de telle nature, que plus on s'y absorbe, moins on y voit clair; et pour certains esprits actifs, se connaître est une étude fastidieuse et toujours incomplète. Pourtant je l'accomplirai, ce devoir; je l'ai toujours eu devant les yeux; je me suis toujours promis de ne pas mourir sans avoir fait ce que j'ai toujours conseillé aux autres de faire pour eux-mêmes: une étude sincère de ma propre nature et un examen attentif de ma propre existence.

Une insurmontable paresse (c'est la maladie des esprits trop occupés et celle de la jeunesse par conséquent) m'a fait différer jusqu'à ce jour d'accomplir cette tâche; et, coupable peut-être envers moi-même, j'ai laissé publier sur mon compte un assez grand nombre de biographies pleines d'erreurs, dans la louange comme dans le blâme. Il n'est pas jusqu'à mon nom qui ne soit une fable dans certaines de ces biographies, publiées d'abord à l'étranger et reproduites en France avec des modifications de fantaisie. Questionnée par les auteurs de ces récits, appelée à donner les renseignements qu'il me plairait de fournir, j'ai poussé l'apathie jusqu'à refuser à des personnes bienveillantes le plus simple indice. J'éprouvais, je l'avoue, un dégoût mortel à occuper le public de ma personnalité, qui n'a rien de saillant, lorsque je me sentais le cœur et la tête remplis de personnalités plus fortes, plus logiques, plus complètes, plus idéales, de types supérieurs à moi-même, de personnages de romans en un mot. Je sentais qu'il ne faut parler de soi au public qu'une fois en sa vie, très sérieusement, et n'y plus revenir.

Quand on s'habitue à parler de soi, on en vient facilement à se vanter, et cela, très involontairement, sans doute, par une loi naturelle de l'esprit humain, qui ne peut s'empêcher d'embellir et d'élever l'objet de sa contemplation. Il y a même de ces vanteries naïves dont on ne doit pas s'effrayer lorsqu'elles sont revêtues des formes du lyrisme, comme celles des poètes, qui ont, sur ce point, un privilège spécial et consacré. Mais l'enthousiasme de soi-même qui inspire ces audacieux élans vers le ciel n'est pas le milieu où l'âme puisse se poser pour parler longtemps d'elle-même aux hommes. Dans cette excitation, le sentiment de ses propres faiblesses lui échappe. Elle s'identifie avec la Divinité, avec l'idéal qu'elle embrasse: s'il se trouve en elle quelque retour vers le regret et le repentir, elle l'exagère jusqu'à la poésie du désespoir et du remords; elle devient Werther, ou Manfred, ou Faust, ou Hamlet, types sublimes au point de vue de l'art, mais qui, sans le secours de l'intelligence philosophique, sont devenus parfois de funestes exemples ou des modèles hors de portée.

Que ces grandes peintures de plus puissantes émotions de l'âme des poètes restent pourtant à jamais vénérées! et disons bien vite qu'on doit pardonner aux grands artistes de s'être drapés ainsi des nuages de la foudre ou des rayons de la gloire. C'est leur droit, et en nous donnant le résultat de leurs plus sublimes émotions, ils ont accompli leur mission souveraine. Mais disons aussi que dans des conditions plus humbles, et sous des formes plus vulgaires, on peut accomplir un devoir sérieux, plus immédiatement utile à ses semblables, en se communiquant à eux sans symbole, sans auréole et sans piédestal.

Il est certainement impossible de croire que cette faculté des poètes, qui consiste à idéaliser leur propre existence et à en faire quelque chose d'abstrait et d'impalpable, soit un enseignement bien complet. Utile et vivifiant, il l'est sans doute; car tout esprit s'élève avec celui des rêveurs inspirés, tout sentiment s'épure ou s'exalte en les suivant à travers ces régions de l'extase; mais il manque à ce baume subtil, versé par eux sur nos défaillances, quelque chose d'assez important, la réalité.

Eh bien! il en coûte à un artiste de toucher à cette réalité, et ceux qui s'y complaisent sont vraiment bien généreux! Pour ma part, j'avoue que je ne puis porter aussi loin l'amour du devoir, et que ce n'est pas sans un grand effort que je vais descendre dans la prose de mon sujet.

J'avais toujours trouvé qu'il était de mauvais goût non seulement de parler de soi, mais encore de s'entretenir longtemps avec soi-même. Il y a peu de jours, peu de moments dans la vie des êtres ordinaires où ils soient intéressants ou utiles à contempler. Je me suis sentie pourtant dans ces jours et dans ces heure-là quelquefois comme tout le monde, et j'ai pris la plume alors pour épancher quelque vive souffrance qui me débordait, ou quelque violente anxiété qui s'agitait en moi. La plupart de ces fragments n'ont jamais été publiés, et me serviront de jalons pour l'examen que je vais faire de ma vie. Quelques-uns seulement ont pris une forme à demi confidentielle, à demi littéraire, dans des lettres publiées à certains intervalles et datées de divers lieux. Elles ont été réunies sous le titre de *Lettres d'un voyageur*. A l'époque où j'écrivis ces lettres, je ne me sentis pas trop effrayée de parler de moi-même, parce que ce n'était pas ouvertement et littéralement de moi-même que je parlais alors. Ce *voyageur* était une sorte de fiction, un personnage convenu, masculin comme mon pseudonyme, vieux quoique je fusse encore jeune; et dans la bouche de ce triste pélerin, qui en somme était une sorte de héros de roman, je mettais des impressions et des réflexions plus personnelles que je ne les aurais risquées dans un roman, où les conditions de l'art sont plus sévères.

J'avais besoin alors d'exhaler certaines agitations, mais non le besoin d'occuper de moi mes lecteurs.

Je l'ai peut-être moins encore aujourd'hui, ce besoin puéril chez l'homme et dangereux tout au moins chez l'artiste. Je dirai pourquoi je ne l'ai pas, et aussi pourquoi je vais pourtant écrire sur ma propre vie, comme si je l'avais, comme on mange par raison sans éprouver aucun appétit.

Je ne l'ai pas, parce que je me trouve arrivée à un âge de calme où ma personnalité n'a rien à gagner à se produire, et où je n'aspirerais qu'à la faire oublier, à l'oublier moi-même entièrement, si je ne suivais que mon instinct et si je ne consultais que mon goût. Je ne cherche plus le mot des énigmes qui ont tourmenté ma jeunesse, j'ai résolu en moi bien des problèmes qui m'empêchaient de dormir. On m'y a aidée, car à moi seule je n'aurais vraisemblablement rien éclairci.

Mon siècle a fait jaillir les étincelles de la vérité qu'il couve; je les ai vues, et je sais où en sont les foyers principaux, cela me suffit. J'ai cherché jadis la lumière dans des faits de psychologie. C'était absurde. Quand j'ai compris que cette lumière était dans des principes, et que ses principes étaient en moi sans venir de moi, j'ai pu, sans trop d'effort ni de mérite, entrer dans le repos de l'esprit. Celui du cœur ne s'est point fait et ne se fera jamais. Pour ceux qui sont nés compatissants, il y aura toujours à aimer sur la terre, par conséquent à plaindre, à servir, à souffrir. Il ne faut donc point chercher l'absence de douleur, de fatigue et d'effroi, à quelque âge que ce soit de la vie, car ce serait l'insensibilité, l'impuissance, la mort anticipée. Quand on a accepté un mal incurable, on le supporte mieux.

Dans ce calme de la pensée et dans cette résignation du sentiment, je ne saurais avoir d'amertume contre le genre humain qui se trompe, ni d'enthousiasme pour moi-même qui me suis trompée si longtemps. Je n'ai donc aucun attrait de lutte, aucun besoin d'expansion qui me porte à parler de mon présent ou de mon passé.

Mais j'ai dit que je regardais comme un devoir de la faire, et voici pourquoi:

Beaucoup d'êtres humains vivent sans se rendre un compte sérieux de leur existence, sans comprendre et presque sans chercher quelles sont les vues de Dieu à leur égard, par rapport à leur individualité aussi bien que par rapport à la société dont ils font partie. Ils passent parmi nous sans se révéler parce qu'ils végètent sans se connaître, et, bien que leur destinée, si mal développée qu'elle soit, ait toujours son genre d'utilité ou de nécessité conforme aux vues de la Providence, il est fatalement certain que la manifestation de leur vie reste incomplète et moralement inféconde pour le reste des hommes.

La source la plus vivante et la plus religieuse du progrès de l'esprit humain, c'est, pour parler la langue de mon temps, la notion de *solidarité*[2]. Les hommes de tous les temps l'ont senti instinctivement ou distinctement, et toutes les fois qu'un individu s'est trouvé investi du don plus ou moins développé de manifester sa propre vie, il a été entraîné à cette manifestation par le désir de ses proches ou par une voix intérieure non moins puissante. Il lui a semblé alors remplir une obligation, et c'en était une en effet, soit qu'il eût à raconter les événements historiques dont il avait été le témoin, soit qu'il eût fréquenté d'importantes individualités, soit enfin qu'il eût voyagé et apprécié les hommes et les choses extérieures à un point de vue quelconque.

Il y a encore un genre de travail personnel qui a été plus rarement accompli, et qui, selon moi, a une utilité tout aussi grande, c'est celui qui consiste à raconter la vie intérieure, la vie de l'âme, c'est-à-dire l'histoire de son propre esprit et de son propre cœur, en vue d'un enseignement fraternel. Ces impressions personnelles, ces voyages ou ces essais de voyage dans le monde abstrait de l'intelligence ou du sentiment, racontés par un esprit sincère et sérieux, peuvent être un stimulant, un encouragement, et même un conseil pour les autres esprits engagés dans le labyrinthe de la vie. C'est comme un échange de confiance et de sympathie qui élève la pensée de celui qui raconte et de celui qui écoute. Dans la vie intime, un mouvement naturel nous porte à ces sortes d'expansions à la fois humbles et dignes. Qu'un ami, un frère vienne nous avouer les tourments et les perplexités de sa situation, nous n'avons pas de meilleur argument pour le fortifier et le convaincre que des arguments tirés de notre propre expérience, tant nous sentons alors que la vie d'un ami c'est la nôtre propre, comme la vie de chacun est celle de tous. «J'ai souffert les mêmes maux, j'ai traversé les mêmes écueils, et j'en suis sorti; donc tu peux guérir et vaincre.» Voilà ce que l'ami dit à l'ami, ce que l'homme enseigne à l'homme. Et lequel de nous, dans ces moments de désespoir et d'accablement où l'affection et le secours d'un autre être sont indispensables, n'a pas reçu une forte impression des épanchements de cette âme dans laquelle il allait épancher la sienne?

Certes alors c'est l'âme la plus éprouvée qui a le plus de pouvoir sur l'autre. Dans l'émotion, nous ne cherchons guère l'appui du sceptique railleur ou superbe; c'est vers un malheureux de notre espèce, souvent même vers un plus malheureux que nous, que nous tournons nos regards et que nous tendons nos mains. Si nous le surprenons dans un moment de détresse, il connaîtra la pitié et pleurera avec nous. Si nous l'invoquons lorsqu'il est dans l'exercice de sa force et de sa raison, il nous instruira et nous sauvera peut-être; mais à coup sûr il n'aura d'action sur nous qu'autant qu'il nous comprendra, et pour qu'il nous comprenne il faut qu'il ait à nous faire une confidence en retour de la nôtre.

Le récit des souffrances et des luttes de la vie de chaque homme est donc l'enseignement de tous; ce serait le salut de tous si chacun savait ce qui l'a fait souffrir et connaître ce qui l'a sauvé. C'est dans cette vue sublime et sous l'empire d'une foi ardente que saint Augustin écrivit ses *Confessions*, qui furent celles de son siècle et le secours efficace de plusieurs générations de chrétiens.

Un abîme sépare les *Confessions* de Jean-Jacques Rousseau de celles du Père de l'Église. Le but du philosophe du dix-huitième siècle semble plus personnel, partant moins sérieux et moins utile. Il s'accuse afin d'avoir l'occasion de se disculper, il révèle des fautes ignorées afin d'avoir le droit de repousser des calomnies publiques. Aussi c'est un monument confus d'orgueil et d'humilité qui parfois nous révolte par son affectation, et souvent nous charme et nous pénètre par sa sincérité. Tout défectueux et parfois coupable que soit cet illustre écrit, il porte avec lui de graves enseignements, et plus le martyr s'abîme et s'égare à la poursuite de son idéal, plus ce même idéal nous frappe et nous attire.

Mais on a trop longtemps jugé les *Confessions* de Jean-Jacques au point de vue d'une apologie purement individuelle. Il s'est rendu complice de ce mauvais résultat en le provoquant par les préoccupations personnelles mêlées à son œuvre. Aujourd'hui que ses amis et ses ennemis personnels ne sont plus, nous jugeons l'œuvre de plus haut. Il ne s'agit plus guère pour nous de savoir jusqu'à quel point l'auteur des *Confessions* fut injuste ou malade, jusqu'à quel point ses détracteurs furent impies ou cruels. Ce qui nous intéresse, ce qui nous éclaire et nous influence, c'est le spectacle de cette âme inspirée aux prises avec les erreurs de son temps et les obstacles de sa destinée philosophique, c'est le combat de ce génie épris d'austérité, d'indépendance et de dignité, avec le milieu frivole, incrédule ou corrompu qu'il traversait, et qui, réagissant sur lui à toute heure, tantôt par la séduction, tantôt par la tyrannie, l'entraîna tantôt dans l'abîme du désespoir, et tantôt le poussa vers de sublimes protestations.

Si la pensée des *Confessions* était bonne, s'il y avait devoir à se chercher des torts puérils et à raconter des fautes inévitables, je ne suis pas de ceux qui reculeraient devant cette pénitence publique. Je crois que mes lecteurs me connaissent assez, en tant qu'écrivain, pour ne pas me taxer de couardise. Mais, à mon avis, cette manière de s'accuser n'est pas humble, et le sentiment public ne s'y est pas trompé. Il n'est pas utile, il n'est pas édifiant de savoir que Jean-Jacques a volé trois livres dix sous à mon grand-père, d'autant plus que le fait n'est pas certain[3]. Pour moi, je me souviens d'avoir pris dans mon enfance dix sous dans la bourse de ma grand'mère pour les donner à un pauvre, et même de l'avoir fait en cachette et avec plaisir. Je trouve qu'il n'y a point-là sujet de se vanter, ni de s'accuser. C'était tout simplement une bêtise, car pour les avoir je n'avais qu'à les demander.

Or, la plupart de nos fautes, à nous autres honnêtes gens, ne sont rien de plus que des bêtises, et nous serions bien bons de nous en accuser devant des gens malhonnêtes qui font le mal avec art et préméditation. Le public se compose des uns et des autres. C'est lui faire un peu trop la cour que de se montrer pire que l'on est, pour l'attendrir ou pour lui plaire.

Je souffre mortellement quand je vois le grand Rousseau s'humilier ainsi et s'imaginer qu'en exagérant, peut-être en inventant ces péchés-là, il se disculpe des vices de cœur que ses ennemis lui attribuaient. Il ne les désarma certainement pas par ses *Confessions*: et ne suffit-il pas, pour le croire pur et bon, de lire les parties de sa vie où il oublie de s'accuser? Ce n'est que là qu'il est naïf, on le sent bien.

Qu'on soit pur ou impur, petit ou grand, il y a toujours vanité, vanité puérile et malheureuse, à entreprendre sa propre justification. Je n'ai jamais compris qu'un accusé pût répondre quelque chose sur les bancs du crime. S'il est coupable, il le devient encore plus par le mensonge, et son mensonge dévoilé ajoute l'humiliation et la honte à la rigueur du châtiment. S'il est innocent, comment peut il s'abaisser jusqu'à vouloir le prouver?

Et encore là il s'agit de l'honneur et de la vie. Dans le cours ordinaire de l'existence, il faut, ou s'aimer tendrement soi-même, ou avoir quelque projet sérieux à faire réussir, pour s'attacher passionnément à repousser la calomnie qui atteint tous les hommes, même les meilleurs, et pour vouloir absolument prouver l'excellence de soi. C'est parfois une nécessité de la vie publique; mais dans la vie privée on ne prouve point sa loyauté par des discours; et, comme nul ne peut prouver qu'il ait atteint à la perfection, il faut laisser à ceux qui nous connaissent le soin de nous absoudre de nos travers et d'apprécier nos qualités.

Enfin, comme nous sommes solidaires les uns des autres, il n'y a point de faute isolée. Il n'y a point d'erreur dont quelqu'un ne soit la cause ou le complice, et il est impossible de s'accuser sans accuser le prochain, non pas seulement l'ennemi qui nous attaque, mais encore parfois l'ami qui nous défend. C'est ce qui est arrivé à Rousseau, et cela est mal. Qui peut lui pardonner d'avoir confessé Mme de Warens en même temps que lui?

Pardonne-moi, Jean-Jacques, de te blâmer en fermant ton admirable livre des *Confessions*! Je te blâme, et c'est te rendre hommage encore puisque ce blâme ne détruit pas mon respect et mon enthousiasme pour l'ensemble de ton œuvre.

Je ne fais point ici un ouvrage d'art, je m'en défends même, car ces choses ne valent que par la spontanéité et l'abandon, et je ne voudrais pas raconter ma vie comme un roman. La forme emporterait le fond.

Je pourrai donc parler sans ordre et sans suite, tomber même dans beaucoup de contradictions. La nature humaine n'est qu'un tissu d'inconséquences, et je ne crois point du tout mais du tout à ceux qui prétendent s'être toujours trouvés d'accord avec le *moi* de la veille.

Mon ouvrage se ressentira donc par la forme de ce laisser-aller de mon esprit, et pour commencer, je laisserai là l'exposé de ma conviction sur l'utilité de ces *Mémoires*, et je le compléterai par l'exemple du fait, au fur et à mesure du récit que je vais commencer.

Qu'aucun de ceux qui m'ont fait du mal ne s'effraie, je ne me souviens pas d'eux; qu'aucun amateur de scandale ne se réjouisse, je n'écris pas pour lui.

Je suis née l'année du couronnement de Napoléon, l'an XII de la République française (1804). Mon nom n'est pas Marie-Aurore de Saxe, marquise de Dudevant, comme plusieurs de mes biographes l'ont découvert, mais Amantine-Lucile-Aurore Dupin, et mon mari, M. François Dudevant, ne s'attribue aucun titre. Il n'a jamais été que sous-lieutenant d'infanterie, et il n'avait que vingt-sept ans quand je l'ai épousé. En faisant de lui un vieux colonel de l'empire, on l'a confondu avec M. Delmare, personnage d'un de mes romans. Il est vraiment trop facile de faire la biographie d'un romancier en transportant les fictions de ses contes dans la réalité de son existence. Les frais d'imagination ne sont pas grands.

On nous a peut-être confondus aussi, lui et moi, avec nos parents. Marie-Aurore de Saxe était ma grand'mère, le père de mon mari était colonel de cavalerie sous l'empire. Mais il n'était ni rude, ni grognon: c'était le meilleur et le plus doux des hommes.

A ce propos, et j'en demande bien pardon à mes biographes; mais, au risque de me brouiller avec eux et de payer leur bienveillance d'ingratitude, je le ferai! je ne trouve ni délicat, ni convenable, ni honnête, que pour m'excuser de n'avoir pas persévéré à vivre sous le toit conjugal, et d'avoir plaidé en séparation, on accuse mon mari de torts dont j'ai absolument cessé de me plaindre depuis que j'ai reconquis mon indépendance. Que le public, à ses moments perdus, s'entretienne des souvenirs d'un procès de ce genre, et qu'il en ait gardé une impression plus ou moins favorable à l'un ou à l'autre, cela ne se peut empêcher; et il n'y a pas à s'en soucier de part ni d'autre, quand on a cru devoir affronter et subir la publicité de pareils débats.—Mais les écrivains qui s'attachent à raconter la vie d'un autre écrivain, ceux surtout qui sont prévenus en sa faveur et qui veulent le grandir ou le réhabiliter dans l'opinion publique, ceux-là ne devraient pas agir contre son sentiment et sa pensée, en frappant d'estoc et de taille autour de lui. La tâche d'un écrivain en pareil cas est celle d'un ami, et les amis ne doivent pas manquer aux égards qui sont, après tout, de morale publique. Mon mari est vivant et ne lit ni mes écrits ni ceux qu'on fait sur mon compte. C'est une raison de plus pour moi de désavouer les attaques dont il est l'objet à propos de moi. Je n'ai pu vivre avec lui, nos caractères et nos idées différaient essentiellement. Il avait des motifs pour ne point consentir à une séparation légale, dont il éprouvait pourtant le besoin, puisqu'elle existait de fait. De conseils imprudents l'ont engagé à provoquer des débats publics qui nous ont contraints à nous accuser l'un l'autre. Triste résultat d'une législation imparfaite et que l'avenir amendera. Depuis que la séparation a été prononcée et maintenue, je me suis hâtée d'oublier mes griefs, en ce sens que toute récrimination publique contre lui me semble de mauvais goût, et ferait croire à une persistance de ressentiments dont je ne suis pas complice.

Ceci posé, on devine que je ne transcrirai pas dans mes mémoires les pièces de mon procès. Ce serait me faire ma tâche trop pénible que d'y donner place aux rancunes puériles et aux souvenirs amers. J'ai beaucoup souffert de tout cela; mais je n'écris pas pour me plaindre et pour me faire consoler. Les douleurs que j'aurais à raconter à propos d'un fait purement personnel n'auraient aucune utilité générale. Je ne raconterai que celles qui peuvent atteindre tous les hommes. Encore une fois donc, amateurs de scandale, fermez mon livre dès la première page, il n'est pas fait pour vous.

Ceci est probablement tout ce que j'aurai à conclure de mon mariage, et je l'ai dit tout de suite pour obéir à un arrêt de ma conscience. Il n'est pas prudent, je le sais, de désavouer des biographes bien disposés en votre faveur, et qui peuvent vous menacer d'une édition revue et corrigée; mais je n'ai jamais été prudente en quoi que ce soit, et je n'ai point vu que ceux qui se donnaient la peine de l'être fussent plus épargnés que moi. A chances égales, il faut agir selon l'impulsion de son vrai caractère.

Je laisse là le chapitre du mariage jusqu'à nouvel ordre, et je reviens à celui de ma naissance.

Cette naissance, qui m'a été reprochée si souvent et si singulièrement des deux côtés de ma famille, est un fait assez curieux, en effet, et qui m'a parfois donné à réfléchir sur la question des races.

Je soupçonne mes biographes étrangers particulièrement d'être fort aristocrates, car ils m'ont tous gratifiée d'une illustre origine, sans vouloir tenir compte, eux qui devaient être si bien informés, d'une tache assez visible dans mon blason.

On n'est pas seulement l'enfant de son père, on est aussi un peu, je crois, celui de sa mère. Il me semble même qu'on l'est davantage, et que nous tenons aux entrailles qui nous ont portés de la façon la plus immédiate, la plus puissante, la plus sacrée. Or, si mon père était l'arrière-petit-fils d'Auguste II, roi de Pologne et si, de ce côté, je me trouve d'une manière illégitime, mais fort réelle, proche parente de Charles X et de Louis XVIII, il n'en est pas moins vrai que je tiens au peuple par le sang, d'une manière tout aussi intime et directe; de plus, il n'y a point de bâtardise de ce côté-là.

Ma mère était une pauvre enfant du vieux pavé de Paris; son père, Antoine Delaborde, était *maître paulmier* et *maître oiselier*, c'est à dire qu'il vendit des serins et des chardonnerets sur le quai aux Oiseaux, après avoir tenu un petit estaminet avec billard, dans je ne sais quel coin de Paris, où, du reste, il ne fit point ses affaires. Le parrain de ma mère avait, il est vrai, un nom illustre dans la partie des oiseaux: il s'appelait Barra; et ce nom se lit encore au boulevard du Temple, au-dessus d'un édifice de cages de toutes dimensions, où sifflent toujours joyeusement une foule de volatiles que je regarde comme autant de parrains et de marraines, mystérieux patrons avec lesquels j'ai toujours eu des affinités particulières.

Expliquera qui voudra ces affinités entre l'homme et certains êtres secondaires dans la création. Elles sont tout aussi réelles que les antipathies et les terreurs insurmontables que nous inspirent certains animaux inoffensifs. Quant à moi, la sympathie des animaux m'est si bien acquise, que mes amis en ont été souvent frappés comme d'un fait prodigieux. J'ai fait à cet égard des éducations merveilleuses; mais les oiseaux sont les seuls êtres de la création sur lesquels j'aie jamais exercé une puissance fascinatrice, et s'il y a de la fatuité à s'en vanter, c'est à eux que j'en demande pardon.

Je tiens ce *don* de ma mère, qui l'avait encore plus que moi, et qui marchait toujours dans notre jardin accompagnée de pierrots effrontés, de fauvettes agiles et de pinsons babillards, vivant sur les arbres en pleine liberté, mais venant becqueter avec confiance les mains qui les avaient nourris. Je gagerais bien qu'elle tenait cette influence de son père, et que celui-ci ne s'était point fait oiselier par un simple hasard de situation, mais par une tendance naturelle à se rapprocher des êtres avec lesquels l'instinct l'avait mis en relation. Personne n'a refusé à Martin, à Carter et à Van Amburgh une puissance particulière sur l'instinct des animaux féroces. J'espère qu'on ne me contestera pas trop mon savoir-faire et mon savoir-vivre avec les bipèdes emplumés qui jouaient peut-être un rôle fatal dans mes existences antérieures.

Plaisanterie à part, il est certain que chacun de nous a une prévention marquée, quelquefois même violente, pour ou contre certains animaux. Le chien joue un rôle exorbitant dans la vie de l'homme, et il y a bien là quelque mystère qu'on n'a pas sondé entièrement. J'ai eu une servante qui avait la passion des cochons, et qui s'évanouissait de désespoir quand elle les voyait passer entre les mains du boucher; tandis que moi, élevée à la campagne, rustiquement même, et devant m'être habituée à voir ces animaux qu'on nourrit chez nous en grand nombre, j'en ai toujours eu une terreur puérile, insurmontable, jusqu'au point de perdre la tête si je me vois entourée de cette gent immonde: j'aimerais cent fois mieux me voir au milieu des lions et des tigres.

C'est peut-être que tous les types, départis chacun spécialement à chaque race d'animaux, se retrouvent dans l'homme. Les physionomistes ont constaté des ressemblances physiques; qui peut nier les ressemblances morales? N'y a-t-il pas parmi nous des renards, des loups, des lions, des aigles, des hannetons, des mouches? La grossièreté humaine est souvent basse et féroce comme l'appétit du pourceau, et c'est ce qui me cause le plus de terreur et de dégoût chez l'homme. J'aime le chien, mais pas tous les chiens. J'ai même des antipathies marquées contre certains caractères d'individus de cette race. Je les aime un peu rebelles, hardis, grondeurs et indépendants. Leur gourmandise à tous me chagrine. Ce sont des êtres excellents, admirablement doués, mais incorrigibles sur certains points où la grossièreté de la brute reprend trop ses droits. L'homme-chien n'est pas un beau type.

Mais l'oiseau, je le soutiens, est l'être supérieur dans la création. Son organisation est admirable. Son vol le place matériellement au-dessus de l'homme, et lui crée une puissance vitale que notre génie n'a pu encore nous faire acquérir. Son bec et ses pattes possèdent une adresse inouïe. Il a des instincts d'amour conjugal, de prévision et d'industrie domestique; son nid est un chef-d'œuvre d'habileté, de sollicitude et de luxe délicat. C'est la principale espèce où le mâle aide la femelle dans les devoirs de la famille, et où le père s'occupe, comme l'homme, de construire l'habitation, de préserver et de nourrir les enfants. L'oiseau est chanteur, il est beau, il a la grâce, la souplesse, la vivacité, l'attachement, la morale, et c'est bien à tort qu'on en a fait souvent le type de l'inconstance. En tant que l'instinct de fidélité est départi à la bête, il est le plus fidèle des animaux. Dans la race canine si vantée, la femelle seule a l'amour de la progéniture, ce qui la rend supérieure au mâle; chez l'oiseau, les deux sexes, doués d'égales vertus, offrent l'exemple de l'idéal dans l'hyménée. Qu'on ne parle donc pas légèrement des oiseaux. Il s'en faut de fort peu qu'ils ne nous valent; et comme musiciens et comme poètes, ils sont naturellement mieux doués que nous. L'homme-oiseau c'est l'artiste.

Puisque je suis sur le chapitre des oiseaux (et pourquoi ne l'épuiserais-je pas, puisque je me suis permis une fois pour toutes les interminables digressions?), je citerai un trait dont j'ai été témoin et que j'aurais voulu raconter à Buffon, ce doux poète de la nature. J'élevais deux fauvettes de différents nids et de différentes variétés: l'une à poitrine jaune, l'autre à corsage gris. La poitrine jaune, qui s'appelait *Jonquille*, était de quinze jours plus âgée que la poitrine grise, qui s'appelait *Agathe*. Quinze jours pour une fauvette (la fauvette est le plus intelligent et le plus précoce de nos petits oiseaux), cela équivaut à dix ans pour une jeune personne. Jonquille était donc une fillette fort gentille, encore maigrette et mal emplumée, ne sachant voler que d'une branche à l'autre, et même ne mangeant point seule; car les oiseaux que l'homme élève se développent beaucoup plus lentement que ceux qui s'élèvent à l'état sauvage. Les mères fauvettes sont beaucoup plus sévères que nous, et Jonquille aurait mangé seule quinze jours plus tôt, si j'avais eu la sagesse de l'y forcer en l'abandonnant à elle-même et en ne cédant pas à ses importunités.

Agathe était un petit enfant insupportable. Elle ne faisait que remuer, crier, secouer ses plumes naissantes et tourmenter Jonquille, qui commençait à réfléchir et à se poser des problèmes, une patte rentrée sous le duvet de sa robe, la tête enfoncée dans les épaules, les yeux à demi fermés.

Pourtant elle était encore très petite-fille, très gourmande, et s'efforçait de voler jusqu'à moi pour manger à satiété, dès que j'avais l'imprudence de la regarder.

Un jour j'écrivais je ne sais quel roman qui me passionnait un peu; j'avais placé à quelque distance la branche verte sur laquelle perchaient et vivaient en bonne intelligence mes deux élèves. Il faisait un peu frais. Agathe, encore à moitié nue, s'était serrée et blottie sous le ventre de Jonquille, qui se prêtait à ce rôle de mère avec une complaisance généreuse. Elles se tinrent tranquilles toutes les deux pendant une demi-heure, dont je profitai pour écrire; car il était rare qu'elles me permissent tant de loisir dans la journée.

Mais enfin l'appétit se réveilla, et Jonquille sautant sur une chaise, puis sur ma table, vint effacer le dernier mot au bout de ma plume, tandis qu'Agathe, n'osant quitter la branche, battait des ailes et allongeait de mon côté son bec entr'ouvert avec des cris désespérés.

J'étais au milieu de mon dénouement, et pour la première fois je pris de l'humeur contre Jonquille. Je lui fis observer qu'elle était d'âge à manger seule, qu'elle avait sous le bec une excellente pâtée dans une jolie soucoupe, et que j'étais résolue à ne point fermer les yeux plus longtemps sur sa paresse. Jonquille, un peu piquée et têtue, prit le parti de bouder et de retourner sur sa branche. Mais Agathe ne se résigna pas de même, et se tournant vers elle, lui demanda à manger avec une insistance incroyable. Sans doute elle lui parla avec une grande éloquence, ou si elle ne savait pas encore bien s'exprimer, elle eut dans la voix des accents à déchirer un cœur sensible. Moi, barbare, je regardais et j'écoutais sans bouger, étudiant l'émotion très visible de Jonquille, qui semblait hésiter et se livrer un combat intérieur fort extraordinaire.

Enfin, elle s'arme de résolution, vole d'un seul élan jusqu'à la soucoupe, crie un instant, espérant que la nourriture viendra d'elle-même à son bec: puis elle se décide et entame la pâtée. Mais, ô prodige de sensibilité! elle ne songe pas à apaiser sa propre faim; elle remplit son bec, retourne à la branche, et fait manger Agathe avec autant d'adresse et de propreté que si elle eût été déjà mère.

Depuis ce moment Agathe et Jonquille ne m'importunèrent plus, et la petite fut nourrie par l'aînée, qui s'en tira bien mieux que moi, car elle la rendit propre, luisante, grasse, et sachant se servir elle-même beaucoup plus vite que je n'y serais parvenue. Ainsi cette pauvrette avait fait de sa compagne une fille adoptive, elle, qui n'était encore qu'un enfant, et elle n'avait appris à se nourrir elle-même que poussée et vaincue par un sentiment de charité maternelle envers sa compagne[4].

Un mois après, Jonquille et Agathe, toujours inséparables, quoique de même sexe et de variétés différentes, vivaient en pleine liberté sur les grands arbres de mon jardin. Elles ne s'écartaient pas beaucoup de la maison, et elles élisaient leur domicile de préférence sur la cime d'un grand sapin. Elles étaient longuettes, lisses et fraîches. Tous les jours, comme c'était la belle saison, et que nous mangions en plein air, elles descendaient à tire d'ailes sur notre table, et se tenaient autour de nous comme d'aimables convives, tantôt sur notre épaule, tantôt volant au-devant du domestique qui apportait les fruits, pour les goûter sur l'assiette avant nous.

Malgré leur confiance en nous tous, elles ne se laissaient prendre et retenir que par moi, et à quelque moment que ce fût de la journée, elles descendaient du haut de leur arbre à mon appel, qu'elles connaissaient fort bien et ne confondaient jamais avec celui des autres personnes. Ce fut une grande surprise pour un de mes amis qui arrivait de Paris que de m'entendre appeler des oiseaux perdus dans les hautes branches, et de les voir accourir immédiatement. Je venais de parier avec lui que je les ferais obéir, et comme il n'avait pas assisté à leur éducation, il crut un instant à quelque diablerie.

J'ai eu aussi un rouge-gorge qui, pour l'intelligence et la mémoire, était un être prodigieux; un milan royal, qui était une bête féroce pour tout le monde, et qui vivait avec moi dans de tels rapports d'intimité qu'il se perchait sur le bord du berceau de mon fils, et, de son grand bec, tranchant comme un rasoir, il enlevait délicatement et avec un petit cri tendre et coquet les mouches qui se posaient sur le visage de l'enfant. Il y mettait tant d'adresse et de précaution qu'il ne le réveilla jamais. Ce monsieur était pourtant d'une telle force et d'une telle volonté qu'il s'envola un jour après avoir roulé sous lui et brisé une cage énorme où on l'avait mis, parce qu'il devenait dangereux pour les personnes qui lui déplaisaient. Il n'y avait point de chaîne dont il ne coupât les anneaux fort lestement, et les plus grands chiens en avaient une terreur insurmontable.

Je n'en finirais pas avec l'histoire des oiseaux que j'ai eus pour amis et pour compagnons. A Venise, j'ai vécu tête à tête avec un sansonnet plein de charmes, qui s'est noyé dans le canaletto à mon grand désespoir: ensuite avec une grive que j'y ai laissée et dont je ne me suis pas séparée sans douleur. Les Vénetiens ont un grand talent pour élever les oiseaux, et il y avait, dans un coin de rue, un jeune gars qui faisait des merveilles en ce genre. Un jour il mit à la loterie et gagna je ne sais combien de sequins. Il les mangea dans la journée dans un grand festin qu'il donna à tous ses amis en guenilles. Puis, le lendemain, il revint s'asseoir dans son coin, sur les marches d'un abordage, avec ses cages pleines de pies et de sansonnets qu'il vendait tout instruits aux passants, et avec lesquels il s'entretenait avec amour du matin au soir. Il n'avait aucun chagrin, aucun regret d'avoir fait manger son argent à ses amis. Il avait trop vécu avec les oiseaux pour n'être pas artiste. C'est ce jour-là qu'il me vendit mon aimable grive cinq sous. Avoir pour cinq sous une compagne belle, bonne, gaie, instruite, et qui ne demande qu'à vivre un jour avec vous pour vous aimer toute sa vie, c'est vraiment trop bon marché! Ah! les oiseaux! qu'on les respecte peu et qu'on les apprécie mal!

Je me suis passé la fantaisie d'écrire un roman où les oiseaux jouent un rôle assez important, et où j'ai essayé de dire quelque chose sur les affinités et les influences occultes. C'est *Teverino*, auquel je renvoie mon lecteur, ainsi que je le ferai souvent quand je ne voudrai pas redire ce que j'ai mieux développé ailleurs. Je sais bien que je n'écris pas pour le genre humain. Le genre humain a bien d'autres affaires en tête que de se mettre au courant d'une collection de romans et de lire l'histoire d'un individu étranger au monde officiel. Les gens de mon métier n'écrivent jamais que pour un certain nombre de personnes placées dans des situations ou perdues dans des rêveries analogues à celles qui les occupent. Je ne craindrai donc pas d'être outrecuidante en priant ceux qui n'ont rien de mieux à faire que de relire certaines pages de moi pour compléter celles qu'ils ont sous les yeux.

Ainsi, dans *Teverino*, j'ai inventé une jeune fille ayant pouvoir, comme la première Eve, sur les oiseaux de la création, et je veux dire ici que ce n'est point là une pure fantaisie; pas plus que les merveilles qu'on raconte en ce genre du poétique et admirable *imposteur* Apollonius de Tyane ne sont des fables contraires à l'esprit du christianisme. Nous vivons dans un temps où l'on n'explique pas bien encore les causes naturelles qui ont passé jusqu'ici pour des miracles, mais où l'on peut déjà constater que rien n'est miracle ici-bas, et que les lois de l'univers, pour n'être pas toutes sondées et définies, n'en sont pas moins conformes à l'ordre éternel.

Mais il est temps de clore ce chapitre des oiseaux et d'en revenir à celui de ma naissance.

CHAPITRE DEUXIEME

De la naissance et du libre arbitre.—Frédéric-Auguste.—Aurore de Kœnigsmark.—Maurice de Saxe.—Aurore de Saxe.—Le comte de Horn.—Mesdemoiselles Verrières et les beaux esprits du dix-huitième siècle.—M. Dupin de Francueil.—Madame Dupin de Chenonceaux.—L'abbé de Saint-Pierre.

Donc, le sang des rois se trouva mêlé dans mes veines au sang des pauvres et des petits; et comme ce qu'on appelle la fatalité, c'est le caractère de l'individu; comme le caractère de l'individu, c'est son organisation; comme l'organisation de chacun de nous est le résultat d'un mélange ou d'une parité de races, et la continuation, toujours modifiée, d'une suite de types s'enchaînant les uns aux autres; j'en ai toujours conclu que l'hérédité naturelle, celle du corps et de l'âme, établissait une solidarité assez importante entre chacun de nous et chacun de ses ancêtres.

Car nous avons tous des ancêtres, grands et petits, plébéiens et patriciens; ancêtres signifie *patres*, c'est-à-dire une suite de pères, car le mot n'a point de singulier. Il est plaisant que la noblesse ait accaparé ce mot à son profit, comme si l'artisan et le paysan n'avaient pas une lignée de pères derrière eux, comme si on ne pouvait porter le titre sacré de père à moins d'avoir un blason, comme si enfin les pères légitimes se trouvaient moins rares dans une classe que dans l'autre.

Ce que je pense de la noblesse de race, je l'ai écrit dans le *Piccinino*, et je n'ai peut-être fait ce roman que pour faire les trois chapitres où j'ai développé mon sentiment sur la noblesse. Telle qu'on l'a entendue jusqu'ici, elle est un préjugé monstrueux, en tant qu'elle accapare au profit d'une classe de riches et de puissants la religion de la famille, principe qui devrait être cher et sacré à tous les hommes. Par lui-même ce principe est inaliénable, et je ne trouve pas complète cette sentence espagnole: *Cada uno es hijo de sus obras*. C'est une idée généreuse et grande que d'être le fils de ses œuvres et de valoir autant par ses vertus que le patricien par ses titres. C'est cette idée qui a fait notre grande révolution: mais c'est une idée de réaction, et les réactions n'envisagent jamais qu'un côté des questions, le côté que l'on avait trop méconnu et sacrifié. Ainsi, il est très vrai que chacun est le fils de ses œuvres; mais il est également vrai que chacun est le fils de ses pères, de ses ancêtres, *patres et matres*. Nous apportons en naissant des instincts qui ne sont qu'un résultat du sang qui nous a été transmis, et qui nous gouverneraient comme une fatalité terrible, si nous n'avions pas une certaine somme de volonté qui est un don tout personnel accordé à chacun de nous par la justice divine.

A ce propos (et ce sera encore une digression), je dirai que, selon moi, nous ne sommes pas absolument libres, et que ceux qui ont admis le dogme affreux de la prédestination auraient dû, pour être logiques et ne pas outrager la bonté de Dieu, supprimer l'atroce fiction de l'enfer, comme je la supprime, moi, dans mon âme et dans ma conscience. Mais nous ne sommes pas non plus absolument esclaves de la fatalité de nos instincts. Dieu nous a donné à tous un certain instinct assez puissant pour les combattre, en nous donnant le raisonnement, la comparaison, la faculté de mettre à profit l'expérience, de nous *sauver* enfin, que ce soit par l'amour bien entendu de soi-même, ou par l'amour de la vérité absolue.

On objecterait en vain les idiots, les fous, et une certaine variété d'homicides qui sont sous l'empire d'une monomanie furieuse et qui rentrent, par conséquent, dans la catégorie des fous et des idiots. Toute règle a son exception qui la confirme; toute combinaison, si parfaite qu'elle soit, a ses accidents. Je suis convaincue qu'avec le progrès des sociétés et l'éducation meilleure du genre humain, ces funestes accidents disparaîtront, de même que la somme de fatalité que nous apportons avec nous en naissant, devenant le résultat d'une meilleure combinaison d'instincts transmis, sera notre force et l'appui naturel de notre logique acquise, au lieu de créer des luttes incessantes entre nos penchants et nos principes.

C'est peut-être trancher un peu hardiment des questions qui ont occupé pendant des siècles la philosophie et la théologie que d'admettre, comme j'ose le faire, une somme d'esclavage et une somme de liberté. Les religions ont cru qu'elles ne pouvaient s'établir sans admettre ou sans rejeter le libre arbitre d'une manière absolue. L'Église de l'avenir comprendra, je crois, qu'il faut tenir compte de la fatalité, c'est-à-dire de la violence des instincts, de l'entraînement des passions. Celle du passé l'avait déjà pressenti puisqu'elle avait admis un purgatoire, un moyen terme entre l'éternelle damnation et l'éternelle béatitude. La théologie du genre humain perfectionnée admettra les deux principes, fatalité et liberté. Mais comme nous en avons fini, je l'espère, avec le manichéisme, elle admettra un troisième principe, qui sera la solution de l'antithèse, la *grâce*.

Ce principe, elle ne l'inventera pas, elle ne fera que le conserver; car c'est, dans son antique héritage, ce qu'elle aura de meilleur et de plus beau à exhumer. La grâce, c'est l'action divine, toujours fécondante et toujours prête à venir au secours de l'homme qui l'implore. Je crois à cela, et ne saurais croire à Dieu sans cela.

L'ancienne théologie avait esquissé ce dogme à l'usage d'hommes plus naïfs et plus ignorants que nous, et par suite aussi de l'insuffisance des lumières du temps. Elle avait dit: *tentation de Satan, libre arbitre et secours de la grâce* pour vaincre Satan. Ainsi, trois termes qui ne s'équilibrent pas, deux contre un, liberté absolue du choix et secours de la toute-puissance de Dieu pour résister à la fatalité, à la tentation du diable, qui doit céder, être terrassé facilement. Si cela eût été vrai, comment donc expliquer l'imbécilité humaine qui continuait à satisfaire ses passions et à se donner au diable, malgré la certitude des flammes éternelles, lorsqu'il lui était si facile de prendre, avec toute la liberté de son esprit et l'appui de Dieu, le chemin de l'éternelle félicité?

Apparemment, ce dogme n'a jamais bien persuadé les hommes; ce dogme, parti d'un sentiment austère, enthousiaste, courageux; ce dogme téméraire jusqu'à l'orgueil et empreint de la passion du progrès, mais sans tenir compte de l'essence même de l'homme: ce dogme, farouche dans son résultat et tyrannique dans ses arrêts, puisqu'il condamne logiquement à l'éternelle haine de Dieu l'insensé qui a librement choisi le culte du mal; ce dogme-là n'a jamais sauvé personne: les saints n'ont gagné le ciel que par l'amour. La peur n'a pas empêché les faibles de rouler dans l'enfer catholique.

En séparant absolument l'âme du corps, l'esprit de la matière, l'Église catholique devait méconnaître la puissance de la tentation et décréter qu'elle avait son siégé dans l'enfer. Mais si la tentation est en nous-mêmes, si Dieu a permis qu'elle y fût, en traçant la loi qui relie le fils à la mère, ou la fille au père, tous les enfants à l'un ou à l'autre, parfois à l'un autant qu'à l'autre: parfois aussi à l'aïeul, ou à l'oncle, ou au bisaïeul (car tous ces phénomènes de ressemblance, tantôt physique, tantôt morale, tantôt physique et morale à la fois, peuvent se constater chaque jour dans les familles); il est certain que la tentation n'est pas un élément maudit d'avance, et qu'elle n'est pas l'influence d'un principe abstrait placé en dehors de nous pour nous éprouver et nous tourmenter.

Jean-Jacques Rousseau pensait que nous étions tous nés bons, éducables, et il supprimait ainsi la fatalité; mais alors comment expliquait-il la perversité générale qui s'emparait de chaque homme au berceau pour le corrompre et inoculer en lui l'amour du mal? Lui aussi croyait au libre arbitre pourtant! Il me semble que quand on admet cette liberté absolue de l'homme, il faut, en voyant le mauvais usage qu'il en fait, arriver absolument à douter de Dieu, ou à proclamer son inaction, son indifférence, et nous replonger, pour dernière conséquence désespérée, dans le dogme de la prédestination; c'est un peu l'histoire de la théologie durant les derniers siècles.

En admettant que l'éducabilité ou la sauvagerie de nos instincts soit ce que je l'ai dit, un héritage qu'il ne nous appartient pas de refuser, et qu'il nous est fort inutile de renier, le mal éternel, le mal en tant que principe fatal, est détruit; car le progrès n'est point enchaîné par le genre de fatalité que j'admets. C'est une fatalité toujours modifiable, toujours modifiée, excellente et sublime parfois, car l'héritage est parfois un don magnifique auquel la bonté de Dieu ne s'oppose jamais. La race humaine n'est plus une cohue d'êtres isolés allant au hasard, mais un assemblage de lignes qui se rattachent les unes aux autres et qui ne se brisent jamais d'une manière absolue, quand même les noms périssent (médiocre accident dont les nobles seuls s'embarrassent); l'influence des conquêtes intellectuelles du temps s'exerce toujours sur la partie libre de l'âme, et quant à l'action divine qui est l'âme même de ce progrès, elle va toujours vivifiant l'esprit humain, qui se dégage ainsi peu à peu des liens du passé et du péché originel de sa race.

Ainsi le mal physique quitte peu à peu notre sang, comme l'esprit du mal quitte notre âme. Tant que nos générations imparfaites luttent encore contre elles-mêmes, la philosophie peut être indulgente et la religion miséricordieuse. Elles n'ont pas le droit de tuer l'homme pour un acte de démence, de le damner pour un faux point de vue. Lorsqu'elles auront à tracer un dogme nouveau pour des êtres plus forts et plus purs, elles n'auront que faire d'y introduire l'inquisiteur des ténèbres, le bourreau de l'éternité, Satan le chauffeur. La peur n'aura plus d'action sur les hommes elle n'en a déjà plus. La *grâce* suffira, car ce qu'on a appelé la grâce, c'est l'action de Dieu manifestée aux hommes par la foi.

Devant cet affreux dogme de l'enfer auquel l'esprit humain se refuse, devant la tyrannie d'une croyance qui n'admettait ni pardon ni espoir au-delà de la vie, la conscience humaine s'est révoltée. Elle a brisé ses entraves. Elle a brisé la société avec l'Église, la tombe de ses pères avec les autels du passé. Elle a pris son vol, elle s'est égarée pour un instant, mais elle retrouvera sa route, ne vous en inquiétez pas.

Me voici encore une fois bien loin de mon sujet, et mon histoire court le risque de ressembler à celle des sept châteaux du roi de Bohême. Eh bien! que vous importe, mes bons lecteurs? mon histoire par elle-même est fort peu intéressante. Les faits y jouent le moindre rôle, et les réflexions la remplissent. Personne n'a plus rêvé et moins agi que moi dans sa vie; vous attendiez-vous à autre chose de la part d'un romancier?

Écoutez: ma vie, c'est la vôtre; car, vous qui me lisez, vous n'êtes point lancés dans le fracas des intérêts de ce monde, autrement vous me repousseriez avec ennui. Vous êtes des rêveurs comme moi. Dès lors, tout ce qui m'arrête en mon chemin vous a arrêtés aussi. Vous avez cherché, comme moi, à vous rendre raison de votre existence, et vous avez posé quelques conclusions. Comparez les miennes aux vôtres. Pesez et prononcez. La vérité ne sort que de l'examen.

Nous nous arrêterons donc à chaque pas, et nous examinerons chaque point de vue. Ici, une vérité m'est apparue, c'est que le culte idolâtrique de la famille est faux et dangereux, mais que le respect et la solidarité dans la famille sont nécessaires. Dans l'antiquité, la famille jouait un grand rôle. Puis le rôle s'exagéra son importance, la noblesse se transmit comme un privilège, et les barons du moyen-âge prirent de leur race une telle idée, qu'ils eussent méprisé les augustes familles des patriarches, si la religion n'en eût consacré et sanctifié la mémoire. Les philosophes du dix-huitième siècle ébranlèrent le culte de la noblesse, la révolution le renversa; mais l'idéal religieux de la famille fut entraîné dans cette destruction, et le peuple qui avait souffert de l'oppression héréditaire, le peuple qui riait des blasons, s'habitua à se croire uniquement fils de ses œuvres. Le peuple se trompa, il a ses ancêtres tout comme les rois. Chaque famille a sa noblesse, sa gloire, ses titres; le travail, le courage, la vertu ou l'intelligence. Chaque homme doué de quelque distinction naturelle la doit à quelque homme qui l'a précédé, ou à quelque femme qui l'a engendré. Chaque descendant d'une ligne quelconque aurait donc des exemples à éviter. Les illustres lignages en sont remplis; et ce ne serait pas une mauvaise leçon pour l'enfant que de savoir de la bouche de sa nourrice les vieilles traditions de race qui faisaient l'enseignement du noble au fond de son château.

Artisans qui commencez à tout comprendre, paysans qui commencez à savoir écrire, n'oubliez donc plus vos morts. Transmettez la vie de vos pères à vos fils, faites-vous des titres et des armoiries si vous voulez, mais faites-vous-en tous! La truelle, la pioche ou la serpe sont d'aussi beaux attributs que le cor, la tour ou la cloche. Vous pouvez vous donner cet amusement si bon vous semble. Les industriels et les financiers se le donnent bien!

Mais vous êtes plus sérieux que ces gens-là. Eh bien! que chacun de vous cherche à tirer et à sauver de l'oubli les bonnes actions et les utiles travaux de ses aïeux, et qu'il agisse de manière que ses descendants lui rendent le même honneur. L'oubli est un monstre stupide qui a dévoré trop de générations. Combien de héros à jamais ignorés parce qu'ils n'ont pas laissé de quoi se faire élever une tombe! combien de lumières éteintes dans l'histoire parce que la noblesse a voulu être le seul flambeau et la seule histoire des siècles écoulés! Échappez à l'oubli, vous tous qui avez autre chose en l'esprit que la nation bornée du présent isolé. Écrivez votre histoire, vous tous qui avez compris votre vie et sondé votre cœur. Ce n'est pas à autres fins que j'écris la mienne et que je vais raconter celle de mes parents.

Frédéric-Auguste, électeur de Saxe et roi de Pologne, fut le plus étonnant débauché de son temps. Ce n'est pas un honneur bien rare que d'avoir un peu de son sang dans les veines, car il eut, dit-on, plusieurs centaines de bâtards. Il eut de la belle Aurore de Kœnigsmark, cette grande et habile coquette devant laquelle Charles XII recula et qui dut se croire plus redoutable qu'une armée[5], un fils qui le surpasse de beaucoup en noblesse, bien qu'il ne fût jamais que maréchal de France. Ce fut Maurice de Saxe, le vainqueur de Fontenoy, bon et brave comme son père, mais non moins débauché; plus avant dans l'art de la guerre, plus heureux aussi et mieux secondé.

Aurore de Kœnigsmark fut faite, sur ses vieux jours, bénéficiaire d'une abbaye protestante; la même abbaye de Quedlimbourg dont la princesse Amélie de Prusse, sœur de Frédéric-le-Grand et amante du célèbre et malheureux baron de Trenk, fut abbesse aussi par la suite. La Kœnigsmark mourut dans cette abbaye et y fut enterrée. Il y a quelques années, les journaux allemands ont publié qu'on avait fait des fouilles dans les caveaux de l'abbaye de Quedlimbourg, et qu'on y avait trouvé les restes parfaitement embaumés et intacts de l'abbesse Aurore, vêtu avec un grand luxe, d'une robe de brocart couverte de pierreries et d'un manteau de velours rouge doublé de martre. Or, j'ai dans ma chambre, à la campagne, le portrait de la dame encore jeune et d'une beauté éclatante de ton. On voit même qu'elle s'était fardée pour poser devant le peintre. Elle est extrêmement brune, ce qui ne réalise point l'idée que nous nous faisons d'une beauté du Nord. Ses cheveux, noirs comme de l'encre, sont relevés en arrière par des agrafes de rubis, et son front lisse et découvert n'a rien de modeste; de grosses et rudes tresses tombent sur son sein; elle a la robe de brocart d'or couverte de pierreries et le manteau de velours rouge garni de zibeline dont on l'a retrouvée habillée dans son cercueil. J'avoue que cette beauté hardie et souriante ne me plaît pas, et même que, depuis l'histoire de l'exhumation, le portrait me fait un peu peur, le soir, quand il me regarde avec ses yeux brillants. Il me semble qu'elle me dit alors: «De quelles billevesées embarrasses-tu ta pauvre cervelle, rejeton dégénéré de ma race orgueilleuse De quelle chimère d'égalité remplis-tu tes rêves? L'amour n'est pas ce que tu crois; les hommes ne seront jamais ce que tu espères. Ils ne sont faits que pour être trompés par les rois, par les femmes et par eux-mêmes.

A côté d'elle est le portrait de son fils Maurice de Saxe, beau pastel de Latour. Il a une cuirasse éblouissante et la tête poudrée, une belle et bonne figure qui semble toujours dire: En avant, tambour battant, mèche allumée! et ne pas se soucier d'apprendre le français pour justifier son admission à l'Académie. Il ressemble à sa mère, mais il est blond, d'un ton de peau assez fin; ses yeux bleus ont plus de douceur et son sourire plus de franchise.

Pourtant le chapitre de ses passions fit souvent tache à sa gloire, entres autres son aventure avec Mme Favart, rapportée avec tant d'âme et de noblesse dans la correspondance de Favart. Une de ses dernières affections fut pour Mlle Verrières[6], *dame de l'Opéra*, qui habitait avec sa sœur une *petite maison des champs*, aujourd'hui existant encore, et située au nouveau centre de Paris, en pleine Chaussée-d'Antin. Mlle Verrières eut de leur liaison une fille qui ne fut reconnue que quinze ans plus tard pour fille du maréchal de Saxe, et autorisée à porter son nom par un arrêt du parlement. Cette histoire est assez curieuse comme peinture des mœurs du temps. Voici ce que je trouve à ce sujet dans un vieil ouvrage de jurisprudence:

«La demoiselle *Marie-Aurore*, fille naturelle de Maurice, comte de Saxe, maréchal-général des camps et armées de France, avait été baptisée sous le nom de *fille de Jean-Baptiste de la Rivière, bourgeois de Paris, et de Marie Rinceau, sa femme*. La demoiselle Aurore étant sur le point de se marier, le Sieur de Montglas avait été nommé son tuteur par sentence du Châtelet, du 3 mai 1766. Il y eut de la publicité pour la publication des bans, la demoiselle Aurore ne voulant point consentir à être qualifiée de fille de Sieur la Rivière, encore moins de fille de *père et de mère inconnus*. La demoiselle Aurore présenta requête à la cour, à l'effet d'être reçue appelante de la sentence du Châtelet. La cour, plaidant Me Thétion pour la demoiselle Aurore, qui fournit la preuve complète, tant par la déposition du sieur Gervais, qui avait accouché sa mère, que par les personnes qui l'avaient tenue sur les fonts baptismaux, etc., qu'elle était fille naturelle du comte de Saxe, et qu'il l'avait toujours reconnue pour sa fille; Me Massonnet pour le premier tuteur qui s'en rapportait à justice, sur les conclusions conformes de M. Joly de Fleury, avocat général, rendit, le 4 juin 1766, un arrêt qui infirma la sentence du 3 mai précédent; émendant, nomma Me Giraud, procureur en la cour, pour tuteur de la demoiselle Aurore, la déclara «en possession de l'état de fille naturelle de Maurice, comte de Saxe, la maintint et garda dans ledit état et possessions d'icelui; ce faisant, ordonna que l'acte baptistaire inscrit sur les registres de la paroisse de Saint-Gervais et Saint-Protais de Paris, à la date de 19 octobre 1748; ledit extrait contenant *Marie-Aurore, fille, présentée ledit jour à ce baptême par Antoine-Alexandre Colbert, Marquis de Sourdis, et par Geneviève Rinceau, parrain et marraine*, sera réformé, et qu'au lieu des noms de Jean-Baptiste de la Rivière, bourgeois de Paris, et de Marie Rinceau, sa femme, il sera, après le nom de *Marie-Aurore, fille*, ajouté ces mots: NATURELLE DE MAURICE, COMTE DE SAXE, maréchal-général des camps et armées de France, et de Marie Rinceau; et ce par l'huissier de notre dite cour, porteur du présent arrêt, etc.»[7]

Une autre preuve irrécusable que ma grand'mère eût pu revendiquer devant l'opinion publique, c'est la ressemblance avérée qu'elle avait avec le maréchal de Saxe, et l'espèce d'adoption que fit d'elle la Dauphine, fille du roi Auguste, nièce du maréchal, mère de Charles X et de Louis XVIII. Cette princesse la plaça à Saint-Cyr et se chargea de son éducation et de son mariage, lui intimant défense de voir et fréquenter sa mère.

A quinze ans, Aurore de Saxe sortit de Saint-Cyr pour être mariée au comte de Horn[8], bâtard de Louis XV, et lieutenant du roi à Schlestadt. Elle le vit pour la première fois la veille de son mariage et en eut grand'peur, croyant voir marcher le portrait du feu roi, auquel il ressemblait d'une manière effrayante. Il était seulement plus grand, plus beau, mais il avait l'air dur et insolent. Le soir du mariage, auquel assista l'abbé de Beaumont, mon grand-oncle (fils du duc de Bouillon et de Mlle de Verrières), un valet de chambre dévoué vint dire au jeune abbé, qui était alors presque un enfant, d'empêcher par tous les moyens possibles la jeune comtesse de Horn de passer la nuit avec son mari. Le médecin du comte de Horn fut consulté, et le comte lui-même entendit raison.

Il en résulta que Marie-Aurore de Saxe ne fut jamais que de nom l'épouse de son premier mari; car ils ne se virent plus qu'au milieu des fêtes princières qu'ils reçurent en Alsace, garnison sous les armes, coups de canon, clefs de la ville présentées sur un plat d'or, harangues des magistrats, illuminations, grands bals à l'hôtel-de-ville; que sais-je? tout le fracas de vanité par lequel le monde semblait vouloir consoler cette pauvre petite fille d'appartenir à un homme qu'elle n'aimait pas, qu'elle ne connaissait pas, et qu'elle devait fuir comme la mort.

Ma grand'mère m'a souvent raconté l'impression que lui fit, au sortir du cloître, toute la pompe de cette réception. Elle était dans un grand carrosse doré tiré par quatre chevaux blancs; monsieur son mari était à cheval avec un habit chamarré très magnifiquement. Le bruit du canon faisait autant de peur à Aurore que la voix de son mari. Une seule chose l'enivra, c'est qu'on lui apporta à signer, avec autorisation royale, la grâce des prisonniers. Et tout aussitôt une vingtaine de prisonniers sortirent des prisons d'État et vinrent la remercier. Elle se mit alors à pleurer, et peut-être la joie naïve qu'elle ressentit lui fut-elle comptée plus tard par la Providence, lorsqu'elle sortit de prison après le 9 thermidor.

Mais, peu de semaines après son arrivée en Alsace, au beau milieu d'une nuit de bal, M. le gouverneur disparut; madame la gouvernante dansait, à trois heures du matin, lorsqu'on vint lui dire tout bas que son mari la priait de vouloir passer un instant chez lui. Elle s'y rendit; mais, à l'entrée de la chambre du comte, elle s'arrêta interdite, se rappelant combien son jeune frère l'abbé lui avait recommandé de n'y jamais pénétrer seule. Elle s'enhardit dès qu'on ouvrit la chambre et qu'elle y vit de la lumière et du monde. Le même valet qui avait parlé le jour du mariage soutenait en ce moment le comte de Horn dans ses bras. On l'avait étendu sur son lit: un médecin se tenait à côté. «Monsieur le comte n'a plus rien à dire à madame la comtesse, s'écria le valet de chambre en voyant paraître ma grand'mère; emmenez, emmenez madame!» Elle ne vit qu'une grande main blanche qui pendait sur le bord du lit et qu'on releva vite pour donner au cadavre l'attitude convenable. Le comte de Horn venait d'être tué en duel d'un grand coup d'épée.

Ma grand'mère n'en sut jamais davantage. Elle ne pouvait guère rendre d'autre devoir à son mari que de porter son deuil; mort ou vivant, c'était toujours de l'effroi qu'il lui avait inspiré.

Je crois, si je ne me trompe, que la Dauphine vivait encore à cette époque, et qu'elle replaça Marie-Aurore dans un couvent. Que ce fût tout de suite ou peu après, il est certain que la jeune veuve recouvra bientôt la liberté de voir sa mère, qu'elle avait toujours aimée, et qu'elle en profita avec empressement[9].

Les demoiselles de Verrières vivaient toujours ensemble dans l'aisance, et menant même assez grand train, encore belles et assez âgées pourtant pour être entourées d'hommages désintéressés. Celle qui fut mon arrière-grand'mère était la plus intelligente et la plus aimable. L'autre avait été superbe; je ne sais plus de quel personnage elle tenait ses ressources. J'ai ouï dire qu'on l'appelait la Belle et la Bête.

Elles vivaient agréablement, avec l'insouciance que le peu de sévérité des mœurs de l'époque leur permettait de conserver, et *cultivant les Muses*, comme on disait alors. On jouait la comédie chez elles, M. de la Harpe y jouait lui-même ses pièces encore inédites. Aurore y fit le rôle de *Mélanie* avec un succès mérité. On s'occupait là exclusivement de littérature et de musique. Aurore était d'une beauté angélique, elle avait une intelligence supérieure, une instruction solide, à la hauteur des esprits les plus éclairés de son temps, et cette intelligence fut cultivée et développée encore par le commerce, la conversation et l'entourage de sa mère. Elle avait, en outre, une voix magnifique, et je n'ai jamais connu de meilleure musicienne. On donnait aussi l'opéra-comique chez sa mère. Elle fit *Colette* dans le *Devin du village*, *Azémia* dans les *Sauvages*, et tous les principaux rôles dans les opéras de Grétry et les pièces de Sedaine. Je l'ai entendue cent fois dans sa vieillesse chanter des airs des vieux maîtres italiens, dont elle avait fait depuis sa nourriture plus substantielle: Leo, Porpora, Hasse, Pergolèse, etc. Elle avait les mains paralysées et s'accompagnait avec deux ou trois doigts seulement sur un vieux clavecin criard. Sa voix était chevrotante, mais toujours juste et étendue; la méthode et l'accent ne se perdent pas. Elle lisait toutes les partitions à livre ouvert, et jamais depuis je n'ai entendu mieux chanter ni mieux accompagner. Elle avait cette manière large, cette simplicité carrée, ce goût pur et cette distinction de prononciation qu'on n'a plus, qu'on ne connaît plus aujourd'hui. Dans mon enfance, elle me faisait dire avec elle un petit duetto italien, de je ne sais plus quel maître:

Non mi dir, bel idol mio,

Non mi dir ch'io son ingrato.

Elle prenait la partie du ténor, et quelquefois encore, quoiqu'elle eût quelque chose comme soixante-cinq ans, sa voix s'élevait à une telle puissance d'expression et de charme, qu'il m'arriva un jour de rester court et de fondre en larmes en l'écoutant. Mais j'aurai à revenir sur ces premières impressions musicales, les plus chères de ma vie. Je vais retourner maintenant sur mes pas et reprendre l'histoire de la jeunesse de ma chère *bonne maman*.

Parmi les hommes célèbres qui fréquentaient la maison de ma mère, elle connut particulièrement Buffon, et trouva dans son entretien un charme qui resta toujours frais dans sa mémoire. Sa vie fut riante et douce autant que brillante, à cette époque. Elle inspirait à tous l'amour ou l'amitié. J'ai nombre de poulets en vers fades que lui adressèrent les beaux esprits de l'époque, un entre autres de La Harpe, ainsi tourné:

Des Césars, à vos pieds, je mets toute la cour[10].

Recevez ce cadeau que l'amitié présente,

Mais n'en dites rien à l'amour.....

Je crains trop qu'il ne me démente!

Ceci est un échantillon de la galanterie du temps. Mais Aurore traversa ce monde de séductions et cette foule d'hommages sans songer à autre chose qu'à cultiver les arts et à former son esprit. Elle n'eut jamais d'autre passion que l'amour maternel, et ne sut jamais ce que c'était qu'une aventure. C'était pourtant une nature tendre, généreuse et d'une exquise sensibilité. La dévotion ne fut pas son frein. Elle n'en eut pas d'autre que celle du dix-huitième siècle, le déisme de Jean-Jacques Rousseau et de Voltaire. Mais c'était une âme ferme, clairvoyante, éprise particulièrement d'un certain idéal de fierté et de respect de soi-même. Elle ignora la coquetterie, elle était trop bien douée pour en avoir besoin, et ce système de provocation blessait ses idées et ses habitudes de dignité. Elle traversa une époque fort libre et un monde très corrompu sans y laisser une plume de son aile; et condamnée par un destin étrange à ne pas connaître l'amour dans le mariage, elle résolut le grand problème de vivre calme et d'échapper à toute malveillance, à toute calomnie.

Je crois qu'elle avait environ vingt-cinq ans lorsqu'elle perdit sa mère. Mlle de Verrières mourut un soir, au moment de se mettre au lit, sans être indisposée le moins du monde et en se plaignant seulement d'avoir un peu froid aux pieds. Elle s'assit devant le feu, et tandis que sa femme de chambre lui faisait chauffer sa pantoufle, elle rendit l'esprit sans dire un mot ni exhaler un soupir. Quand la femme de chambre l'eut chaussée, elle lui demanda si elle se sentait bien réchauffée, et n'en obtenant pas de réponse, elle la regarda au visage et s'aperçut que le dernier sommeil avait fermé ses yeux. Je crois que dans ce temps-là, pour certaines natures qui se trouvaient en harmonie complète avec l'humeur et les habitudes de leur milieu philosophique, tout était agréable et facile, même de mourir.

Aurore se retira dans un couvent: c'était l'usage quand on était jeune fille ou jeune veuve, sans parents pour vous piloter à travers le monde. On s'y installait paisiblement, avec une certaine élégance, on y recevait des visites, on en sortait le matin, le soir même, avec un chaperon convenable. C'était une sorte de précaution contre la calomnie, une affaire d'étiquette et de goût.

Mais pour ma grand'mère, qui avait des goûts sérieux et des habitudes d'ordre, cette retraite fut utile et précieuse. Elle y lut prodigieusement, et entassa des volumes d'extraits et de citations que je possède encore, et qui me sont un témoignage de la solidité de son esprit et du bon emploi de son temps. Sa mère ne lui avait laissé que quelques hardes, deux ou trois portraits de famille, celui d'Aurore de Kœnigsmark entre autres, singulièrement logé chez elle par le maréchal de Saxe, beaucoup de madrigaux et de pièces de vers inédits de ses amis littéraires (lesquels vers inédits méritaient bien de l'être), enfin le cachet du maréchal et sa tabatière, que j'ai encore et qui sont d'un très joli travail. Quant à sa maison, à son théâtre et à tout son luxe de femme charmante, il est à croire que les créanciers se tenaient prêts à fondre dessus, mais que, jusqu'à l'heure sereine et insouciante de sa fin, la dame avait trop compté sur leur bonne éducation pour s'en tourmenter. Les créanciers de ce temps-là étaient en effet fort bien élevés. Ma grand'mère n'eut pas le moindre désagrément à subir de leur part; mais elle se trouva réduite à une petite pension de la Dauphine, qui même manqua tout d'un coup un beau jour. Ce fut à cette occasion qu'elle écrivit à Voltaire et qu'il lui répondit une lettre charmante, dont elle se servit auprès de la duchesse de Choiseul[11].

Mais il est probable que cela ne réussit point, car Aurore se décida, vers l'âge de trente ans, à épouser M. Dupin de Francueil, mon grand-père, qui en avait alors soixante-deux.

M. Dupin de Francueil, le même que Jean-Jacques Rousseau, dans ses *Mémoires*, et Mme d'Epinay, dans sa *Correspondance*, désignent sous le nom de Francueil seulement, était l'homme charmant par excellence, comme on l'entendait au siècle dernier. Il n'était point de haute noblesse, étant fils de M. Dupin, fermier-général, qui avait quitté l'épée pour la finance. Lui-même était receveur général à l'époque où il épousa ma grand'mère. C'était une famille bien apparentée et ancienne, ayant quatre in-folio de lignage bien établi par grimoire héraldique, avec vignettes coloriées fort jolies. Quoi qu'il en soit, ma grand'mère hésita longtemps à faire cette alliance, non que l'âge de M. Dupin fût une objection capitale, mais parce que son entourage, à elle, le tenait pour un trop petit personnage à mettre en regard de Mlle de Saxe, comtesse de Horn. Le préjugé céda devant des considérations de fortune, M. Dupin étant fort riche à cette époque. Pour ma grand'mère, l'ennui d'être séquestrée au couvent dans le plus bel âge de sa vie, les soins assidus, la grâce, l'esprit et l'aimable caractère de son vieux adorateur, eurent plus de poids que l'appât des richesses; après deux ou trois ans d'hésitation, durant lesquels il ne passa pas un jour sans venir au parloir déjeuner et causer avec elle, elle couronna son amour et devint Mme Dupin[12].

Elle m'a souvent parlé de ce mariage si lentement pesé et de ce grand-père que je n'ai jamais connu. Elle me dit que pendant dix ans qu'ils vécurent ensemble, il fut, avec son fils, la plus chère affection de sa vie; et bien qu'elle n'employât jamais le mot d'amour, que je n'ai jamais entendu sortir de ses lèvres à propos de lui ni de personne, elle souriait quand elle m'entendait dire qu'il me paraissait impossible d'aimer un vieillard. «Un vieillard aime plus qu'un jeune homme, disait-elle, et il est impossible de ne pas aimer qui vous aime parfaitement. Je l'appelais mon vieux mari et mon papa. Il le voulait ainsi, et ne m'appelait jamais que sa fille, même en public. Et puis, ajoutait-elle, est-ce qu'on était jamais vieux dans ce temps-là? C'est la révolution qui a amené la vieillesse dans le monde. Votre grand-père, ma fille, a été beau, élégant, soigné, gracieux, parfumé, enjoué, aimable, affectueux et d'une humeur égale jusqu'à l'heure de sa mort. Plus jeune, il avait été trop aimable pour avoir une vie aussi calme, et je n'eusse peut-être pas été aussi heureuse avec lui, on me l'aurait trop disputé. Je suis convaincue que j'ai eu le meilleur âge de sa vie, et que jamais jeune homme n'a rendu une jeune femme aussi heureuse que je le fus; nous ne nous quittions pas d'un instant, et jamais je n'eus un instant d'ennui auprès de lui. Son esprit était une encyclopédie d'idées, de connaissances et de talents qui ne s'épuisa jamais pour moi. Il avait le don de savoir toujours s'occuper d'une manière agréable pour les autres autant que pour lui-même. Le jour il faisait de la musique avec moi; il était excellent violon, et faisait ses violons lui-même, car il était luthier, outre qu'il était horloger, architecte, tourneur, peintre, serrurier, décorateur, cuisinier, poète, compositeur de musique, menuisier, et qu'il brodait à merveille. Je ne sais pas ce qu'il n'était pas. Le malheur, c'est qu'il mangea sa fortune à satisfaire tous ces instincts divers et à expérimenter toutes choses; mais je n'y vis que du feu, et nous nous ruinâmes le plus aimablement du monde. Le soir, quand nous n'étions pas en fête, il dessinait à côté de moi, tandis que je faisais du parfilage, et nous nous faisions la lecture à tour de rôle: ou bien quelques amis charmants nous entouraient et tenaient en haleine son esprit fin et fécond par une agréable causerie. J'avais pour amies de jeunes femmes mariées d'une façon plus splendide, et qui pourtant ne se lassaient pas de me dire qu'elles m'enviaient mon vieux mari.

«C'est qu'on savait vivre et mourir dans ce temps-là, disait-elle encore: on n'avait pas d'infirmités importunes. Si on avait la goutte, on marchait quand même et sans faire la grimace: on se cachait de souffrir par bonne éducation. On n'avait pas ces préoccupations d'affaires qui gâtent l'intérieur et rendent l'esprit épais. On savait se ruiner sans qu'il y parût, comme de beaux joueurs qui perdent sans montrer d'inquiétude et de désir. On se serait fait porter demi-mort à une partie de chasse. On trouvait qu'il valait mieux mourir au bal ou à la comédie que dans son lit, entre quatre cierges et de vilains hommes noirs. On était philosophe, on ne jouait pas l'austérité, on l'avait parfois sans en faire montre. Quand on était sage, c'était par goût, et sans faire le pédant ou la prude. On jouissait de la vie, et quand l'heure de la perdre était venue, on ne cherchait pas à dégoûter les autres de vivre. Le dernier adieu de mon vieux mari fut de m'engager à lui survivre longtemps et à me faire une vie heureuse. C'était la vraie manière de se faire regretter que de montrer un cœur si généreux.»

Certes, elle était agréable et séduisante, cette philosophie de la richesse, de l'indépendance de la tolérance et de l'aménité; mais il fallait cinq ou six cent mille livres de rente pour la soutenir, et je ne vois pas trop comment en pouvaient profiter les misérables et les opprimés.

Elle échoua, cette philosophie, devant les expiations révolutionnaires, et les heureux du passé n'en gardèrent que l'art de savoir monter avec grâce sur l'échafaud, ce qui est beaucoup, j'en conviens; mais ce qui les aida à montrer cette dernière vaillance, ce fut le profond dégoût d'une vie où ils ne voyaient plus le moyen de s'amuser, et l'effroi d'un état social où il fallait admettre, au moins en principe, le droit de tous au bien-être et au loisir.

Avant d'aller plus loin, je parlerai d'une illustration qui était dans la famille de M. Dupin, illustration vraie et légitime, mais dont ni mon grand-père ni moi, n'avons à revendiquer l'honneur et le profit intellectuel. Cette illustration, c'était Mme Dupin de Chenonceaux, à laquelle je ne tiens en rien par le sang, puisqu'elle était seconde femme de M. Dupin, le fermier-général, et par conséquent belle-mère de M. Dupin de Francueil. Ce n'est pas une raison pour que je n'en parle pas. Je dois d'autant plus le faire que, malgré la réputation d'esprit et de charme dont elle a joui, et les éloges que lui ont accordés ses contemporains, cette femme remarquable n'a jamais voulu occuper dans la république des lettres sérieuses la place qu'elle méritait.

Elle était Mlle de Fontaines, et passa pour être la fille de Samuel Bernard, du moins Jean-Jacques Rousseau le rapporte. Elle apporta une dot considérable à M. Dupin; je ne me souviens plus lequel des deux possédait en propre la terre de Chenonceaux, mais il est certain qu'à eux deux ils réalisèrent une immense fortune. Ils avaient pour pied à terre à Paris l'hôtel Lambert, et pouvaient se piquer d'occuper tour à tour deux des plus belles résidences du monde.

On sait comment Jean-Jacques Rousseau devint secrétaire de M. Dupin, et habitua Chenonceaux avec eux, comment il devint amoureux de Mme Dupin, qui était belle comme un ange, et comment il risqua imprudemment une déclaration qui n'eut pas de succès. Il conserva néanmoins des relations d'amitié avec elle et avec son beau-fils Francueil.

Mme Dupin cultivait les lettres et la philosophie sans ostentation et sans attacher son nom aux ouvrages de son mari, dont cependant elle aurait pu, j'en suis certaine, revendiquer la meilleure partie et les meilleures idées. Leur critique étendue de l'*Esprit des lois* est un très bon ouvrage peu connu et peu apprécié, inférieur par la forme à celui de Montesquieu, mais supérieur dans le fond à beaucoup d'égards, et, par cela même qu'il émettait dans le monde des idées plus avancées, il dut passer inaperçu à côté du génie de Montesquieu qui répondait à toutes les tendances et à toutes les aspirations politiques du moment[13].

M. et Mme Dupin travaillaient à un ouvrage sur le mérite des femmes, lorsque Jean-Jacques vécut auprès d'eux. Il les aidait à prendre des notes et à faire des recherches, et il entassa à ce sujet des matériaux considérables qui subsistent encore à l'état de manuscrits au château de Chenonceaux. L'ouvrage ne fut point exécuté, à cause de la mort de M. Dupin, et Mme Dupin, par modestie, ne publia jamais ses travaux. Certains résumés de ses opinions, écrits de sa propre main, sous l'humble titre d'*Essais*, mériteraient pourtant de voir le jour, ne fût-ce que comme document historique à joindre à l'histoire philosophique du siècle dernier. Cette aimable femme est de la famille des beaux et bons esprits de son temps, et il est peut-être beaucoup à regretter qu'elle n'avait pas consacré sa vie à développer et à répandre la lumière qu'elle portait dans son cœur.

Ce qui lui donne une physionomie très particulière et très originale au milieu de ces philosophes, c'est qu'elle est plus avancée que la plupart d'entre eux. Elle n'est point l'adepte de Rousseau. Elle n'a pas le talent de Rousseau; mais il n'a pas, lui, la force et l'élan de son âme. Elle procède d'une autre doctrine plus hardie et plus profonde, plus ancienne dans l'humanité, et plus nouvelle en apparence au dix-huitième siècle; elle est l'amie, l'élève ou le maître (qui sait?) d'un vieillard réputé extravagant, génie incomplet, privé du talent de la forme, et que je crois pourtant plus éclairé intérieurement de l'esprit de Dieu que Voltaire, Helvétius, Diderot et Rousseau lui-même: je parle de l'abbé de Saint-Pierre, qu'on appelait alors dans le monde, le *fameux* abbé de Saint-Pierre, qualification ironique dont on lui fait grâce aujourd'hui qu'il est à peu près inconnu et oublié.

Il est des génies malheureux; auxquels l'expression manque et qui, à moins de trouver un Platon pour les traduire au monde, tracent de pâles éclairs dans la nuit des temps, et emportent dans la tombe le secret de leur intelligence, l'*inconnu de leur méditation*, comme disait un membre de cette grande famille de muets ou de *bègues* illustres, Geoffroy Saint-Hilaire.

Leur impuissance semble un fait fatal, tandis que la forme la plus claire et la plus heureuse se trouve départie souvent à des hommes de courtes idées et de sentiments froids. Pour mon compte, je comprends fort bien que Mme Dupin ait préféré les utopies de l'abbé de Saint-Pierre aux doctrines anglomanes de Montesquieu. Le grand Rousseau n'eut pas autant de courage moral ou de liberté d'esprit que cette femme généreuse. Chargé par elle de résumer le projet de paix perpétuelle de l'abbé de Saint-Pierre et la polysynodie, il le fit avec la clarté et la beauté de sa forme; mais il avoue avoir cru devoir passer les traits les plus hardis de l'auteur; et il renvoie au texte les lecteurs qui auront le courage d'y puiser eux-mêmes.

J'avoue que je n'aime pas beaucoup le système d'ironie adopté par Jean-Jacques Rousseau à l'égard des utopies de l'abbé de Saint-Pierre, et les ménagements qu'il croit devoir feindre avec les puissances de son temps. Sa feinte, d'ailleurs, est trop habile ou trop maladroite: ou ce n'est pas de l'ironie assez évidente, et par là elle perd de sa force, ou elle n'est pas assez déguisée, et par là elle perd de sa prudence et de son effet. Il n'y a pas d'unité, il n'y a pas de fixité dans les jugements de Rousseau sur le philosophe de Chenonceaux; selon les époques de sa vie où les dégoûts de la persécution l'abattent plus ou moins lui-même, il le traite de *grand homme* ou de *pauvre homme*. En de certains endroits des *Confessions*, on dirait qu'il rougit de l'avoir admiré. Rousseau a tort. Pour manquer de *talent*, on n'est pas un *pauvre homme*. Le génie vient du cœur et ne réside pas dans la forme. Et puis, la critique principale qu'il lui adresse avec tous les critiques de son temps, c'est de n'être point un homme pratique et d'avoir cru à la réalisation de ses réformes sociales. Il me semble pourtant que ce rêveur a vu plus clair que tous ses contemporains, et qu'il était beaucoup plus près des idées révolutionnaires, constitutionnelles, saint-simoniennes, et même de celles qu'on appelle aujourd'hui humanitaires, que son contemporain Montesquieu et ses successeurs Rousseau, Diderot, Voltaire, Helvétius, etc.

Car il y a eu de tout dans le vaste cerveau de l'abbé de Saint-Pierre, et, dans cette espèce de chaos de sa pensée, on trouve entassées pêle-mêle toutes les idées dont chacune a défrayé depuis la vie entière d'hommes très forts. Certainement, Saint-Simon procède de lui, Mme Dupin, son élève, et M. Dupin, dans la *Critique de l'Esprit des lois*, sont ouvertement *émancipateurs* de la femme. Les divers essais de gouvernement qui se sont produits depuis cent ans, les principaux actes de la diplomatie européenne, et les simulacres de conseils princiers qu'on appelle alliances, ont emprunté aux théories gouvernementales de l'abbé de Saint-Pierre de semblants (menteurs, il est vrai) de sagesse et de moralité. Quant à la philosophie de la paix perpétuelle, elle est dans l'esprit des plus nouvelles écoles philosophiques.

Il serait donc fort ridicule aujourd'hui de trouver l'abbé de Saint-Pierre ridicule, et de parler sans respect de celui que ses détracteurs mêmes appelaient l'*homme de bien* par excellence. N'eût-il conservé que ce titre pour tout bagage dans la postérité, c'est quelque chose de plus que celui de plus d'un grand homme de son temps.

Mme Dupin de Chenonceaux aima religieusement cet homme de bien, partagea ses idées, embellit sa vieillesse par des soins touchants, et reçut à Chenonceaux son dernier soupir. J'y ai vu, dans la chambre même où il rendit à Dieu son âme généreuse, un portrait de lui fait peu de temps auparavant. Sa belle figure, à la fois douce et austère, a une certaine ressemblance de type avec celle de François Arago. Mais l'expression est autre, et déjà, d'ailleurs, les ombres de la mort ont envahi ce grand œil noir creusé par la souffrance, ses joues pâles dévastées par les années[14].

Mme Dupin a laissé à Chenonceaux quelques écrits fort courts, mais très pleins d'idées nettes et de nobles sentiments. Ce sont, en général, des pensées détachées, mais dont le lien est très logique. Un petit traité du *Bonheur*, en quelques pages, nous a paru un chef-d'œuvre. Et pour en faire comprendre la portée philosophique, il nous suffit d'en transcrire les premiers mots: *Tous les hommes ont un droit égal au bonheur*; textuellement: «Tous les hommes ont un droit égal au *plaisir*». Mais il ne faut pas que ce mot *plaisir*, qui a sa couleur locale comme un trumeau de cheminée, fasse équivoque et soit pris pour l'expression d'une pensée de la régence. Non, son véritable sens est un bonheur matériel, jouissance de la vie, bien-être, répartition des biens, comme on dirait aujourd'hui. Le titre de l'ouvrage, l'esprit chaste et sérieux dont il est empreint ne peuvent laisser aucun doute sur le sens moderne de cette formule égalitaire qui répond à celle-ci: *A chacun suivant ses besoins*. C'est une idée assez *avancée*, je crois, tellement avancée, qu'aujourd'hui encore elle l'est trop pour la cervelle prudente de la plupart de nos penseurs et de nos politiques, et qu'il a fallu à l'illustre historien Louis Blanc un certain courage pour la proclamer et la développer.[15]

Belle et charmante, simple, forte et calme, Mme Dupin finit ses jours à Chenonceaux dans un âge très avancé. La forme de ses écrits est aussi limpide que son âme, aussi délicate, souriante et fraîche que les traits de son visage. Cette forme est sienne, et la correction élégante n'y nuit point à l'originalité. Elle écrit la langue de son temps, mais elle a le tour de Montaigne, le trait de Bayle, et l'on voit que cette belle dame n'a pas craint de secouer la poussière des vieux maîtres. Elle ne les imite pas; mais elle se les est assimilés, comme un bon estomac nourri de bons aliments.

Il faut encore dire à sa louange que de tous les anciens amis délaissés et soupçonnés par la douloureuse vieillesse de Rousseau, elle est peut-être la seule à laquelle il rende justice dans ses *Confessions*, et dont il avoue les bienfaits sans amertume. Elle fut bonne, même à Thérèse Levasseur et à son indigne famille. Elle fut bonne à tous, et réellement estimée; car l'orage révolutionnaire entra dans le royal manoir de Chenonceaux et respecta les cheveux blancs de la vieille dame. Toutes les mesures de rigueur se bornèrent à la confiscation de quelques tableaux historiques, dont elle fit le sacrifice de bonne grâce aux exigences du moment. Sa tombe, simple et de bon goût, repose dans le parc de Chenonceaux sous de mélancoliques et frais ombrages. Touristes qui cueillez religieusement les feuilles de ces cyprès, sans autre motif que de rendre hommage à la vertueuse beauté aimée de Jean-Jacques, sachez qu'elle a droit, à plus de respect encore. Elle a consolé la vieillesse de l'*homme de bien* de son temps; elle a été son disciple; elle a inspiré à son propre mari la théorie du respect pour son sexe; grand hommage rendu à la supériorité douce et modeste de son intelligence. Elle a fait plus encore, elle a compris, elle, riche, belle et puissante, que *tous les hommes avaient droit au bonheur*. Honneur donc à celle qui fut belle comme la maîtresse d'un roi, sage comme une matrone, éclairée comme un vrai philosophe, et bonne comme un ange.

Une noble amitié qui fut calomniée, comme tout ce qui est naturel et bon dans le monde, unissait Francueil à sa belle-mère. Certes, ce dut être pour lui un titre de plus à l'affection et à l'estime que ma grand'mère porta à son vieux mari. Le commerce d'une belle-mère comme la première Mme Dupin, et celui d'une épouse comme la seconde, doivent imprimer un reflet de pure lumière sur la jeunesse et sur la vieillesse d'un homme. Les hommes doivent aux femmes plus qu'aux autres hommes ce qu'ils ont de bon ou de mauvais dans les hautes régions de l'âme, et c'est sous ce rapport qu'il faudrait leur dire: Dis-moi qui tu aimes, et je te dirai qui tu es. Un homme pourrait vivre plus aisément dans la société avec le mépris des femmes qu'avec celui des hommes: mais devant Dieu, devant les arrêts de la justice qui voit tout et qui sait tout, le mépris des femmes lui serait beaucoup plus préjudiciable. Ce serait peut-être ici le prétexte d'une digression; je pourrais citer quelques excellentes pages de M. Dupin, mon arrière-grand-père, sur l'égalité de rang de l'homme et de la femme dans les desseins de Dieu et dans l'ordre de la nature. Mais j'y reviendrai plus à propos et plus longuement dans le récit de ma propre vie.

CHAPITRE TROISIEME

Une anecdote sur J.-J. Rousseau.—Maurice Dupin, mon père.—Deschartres, mon precepteur.—La tête du curé.—Le liberalisme d'avant la révolution.—La visite domiciliaire.—Incarcération.—Dévoûment de Deschartres et de mon père.—Nérina.

Puisque j'ai parlé de Jean-Jacques Rousseau et de mon grand-père, je placerai ici une anecdote gracieuse que je trouve dans les papiers de ma grand'mère Aurore Dupin de Francueil.

«Je ne l'ai vu qu'une seule fois (elle parle de Jean-Jacques) et je n'ai garde de l'oublier jamais. Il vivoit déjà sauvage et retiré, atteint de cette misanthropie qui fut trop cruellement raillée par ses amis paresseux ou frivoles.

«Depuis mon mariage, je ne cessois de tourmenter M. de Francueil pour qu'il me le fit voir: et ce n'étoit pas bien aisé. Il alla plusieurs fois sans pouvoir être reçu. Enfin, un jour il le trouva jetant du pain sur sa fenêtre à des moineaux. Sa tristesse étoit si grande qu'il lui dit en les voyant s'envoler: «Les voilà repus. Savez vous ce qu'ils vont faire? Ils s'en vont au plus haut des toits pour dire du mal de moi, et que mon pain ne vaut rien.»

«Avant que je visse Rousseau, je venois de lire tout d'une haleine la *Nouvelle Héloïse*, et, aux dernières pages, je me sentis si bouleversée que je pleurois à sanglots. M. de Francueil m'en plaisantoit doucement. J'en voulois plaisanter moi-même: mais ce jour-là, depuis le matin jusqu'au soir, je ne fis que pleurer. Je ne pouvois penser à la mort de Julie sans recommencer mes pleurs. J'en étois malade, j'en étois laide.

«Pendant cela, M. de Francueil, avec l'esprit et la grâce qu'il savoit mettre à tout, court chercher Jean-Jacques. Je ne sais comment il s'y prit, mais il l'enleva, il l'amena, sans m'avoir prévenue de son dessein.

«Jean-Jacques avait cédé de fort mauvaise grâce, sans s'enquérir de moi ni de mon âge ne s'attendant qu'à satisfaire la curiosité d'une femme, et ne s'y prêtant pas volontiers, à ce que je puis croire.

«Moi, avertie de rien, je ne me pressois pas de finir ma toilette: j'étois avec Mme d'Esparbès de Lussan, mon amie, la plus aimable femme du monde et la plus jolie, bien qu'elle fût un peu louche et un peu contrefaite. Elle se moquoit de moi parce qu'il m'avoit pris fantaisie depuis quelque temps d'étudier l'ostéologie, et elle faisoit, en riant, des cris affreux, parce que, voulant me passer des rubans qui étoient dans un tiroir, elle y avoit trouvé accrochée une grande vilaine main de squelette.

«Deux ou trois fois M. de Francueil étoit venu voir si j'étois prête. Il *avoit un air*, à ce que disoit *le marquis* (c'est ainsi que j'appelois Mme de Lussan, qui m'avoit donné pour petit nom *son cher baron*). Moi, je ne voyois point d'air à mon mari et je ne finissois pas de m'accommoder, ne me doutant point qu'il étoit là, l'ours sublime, dans mon salon. Il y étoit entré d'un air à demi niais, demi bourru, et s'étoit assis dans un coin, sans marquer d'autre impatience que celle de diner, afin de s'en aller bien vite.

«Enfin ma toilette finie et mes yeux toujours rouges et gonflés, je vais au salon; j'aperçois un gros petit bonhomme assez mal vêtu et comme renfrogné, qui se levoit lourdement, qui mâchonnoit des mots confus. Je le regarde et je devine; je crie, je veux parler, je fonds en larmes. Jean-Jacques étourdi de cet accueil veut me remercier et fond en larmes. Francueil veut nous remettre l'esprit par une plaisanterie et fond en larmes. Nous ne pûmes nous rien dire. Rousseau me serra la main et ne m'adressa pas une parole.

«On essaya de diner pour couper court à tous ces sanglots. Mais je ne pus rien manger. M. de Francueil ne put avoir d'esprit, et Rousseau s'esquiva en sortant de table, sans avoir dit un mot, mécontent peut-être d'avoir reçu un nouveau démenti à sa prétention d'être le plus persécuté, le plus haï et le plus calomnié des hommes.»

J'espère que mon lecteur ne me saura pas mauvais gré de cette anecdote et du ton dont elle est rapportée. Pour une personne élevée à Saint-Cyr, où l'on n'apprenait pas l'orthographe, ce n'est pas mal tourné. Il est vrai qu'à Saint-Cyr, à la place de grammaire, on apprenait Racine par cœur et on y jouait ses chefs-d'œuvre. J'ai bien regret que ma grand'mère ne m'ait pas laissé plus de souvenirs personnels écrits par elle-même. Mais cela se borne à quelques feuillets. Elle passait sa vie à écrire des lettres qui valaient presque, il faut le dire, celles de Mme de Sévigné, et à copier, pour la nourriture de son esprit, une foule de passages dans des livres de prédilection.

Je reprends son histoire.

Neuf mois après son mariage avec M. Dupin, jour pour jour, elle accoucha d'un fils qui fut son unique enfant, et qui reçut le nom de Maurice[16], en mémoire du maréchal de Saxe. Elle voulut le nourrir elle-même, bien entendu: c'était encore un peu excentrique, mais elle était de celles qui avaient lu *Emile* avec religion et qui voulaient donner le bon exemple. En outre, elle avait le sentiment maternel extrêmement développé, et ce fut, chez elle, une passion qui lui tint lieu de toutes les autres.

Mais la nature se refusa à son zèle. Elle n'eut pas de lait, et, pendant quelques jours, qu'en dépit de plus atroces souffrances elle s'obstina à faire téter son enfant, elle ne put le nourrir que de son sang. Il fallut y renoncer, et ce fut pour elle une violente douleur, et comme un sinistre pronostic.

Receveur général du duché d'Albret, M. Dupin passait, avec sa femme et son fils, une partie de l'année à Châteauroux. Ils habitaient le vieux château qui sert aujourd'hui de local aux bureaux de la préfecture, et qui domine de sa masse pittoresque le cours de l'Indre et les vastes prairies qu'elle arrose. M. Dupin, qui avait cessé de s'appeler Francueil depuis la mort de son père, établit à Châteauroux des manufactures de drap, et répandit par son activité et ses largesses beaucoup d'argent dans le pays. Il était prodigue, sensuel, et menait un train de prince. Il avait à ses gages une troupe de musiciens, de cuisiniers, de parasites, de laquais, de chevaux et de chiens, donnant tout à pleines mains, au plaisir et à la bienfaisance, voulant être heureux, et que tout le monde le fût avec lui. C'était une autre manière que celle des financiers et des industriels d'aujourd'hui. Ceux-ci ne gaspillent pas la fortune dans les plaisirs, dans l'amour des arts et dans les imprudentes largesses d'un sentiment aristocratique suranné. Ils suivent les idées prudentes de leur temps, comme mon grand-père suivait la route facile du sien. Mais qu'on ne vante pas ce temps-ci plus que l'autre; les hommes ne savent pas encore ce qu'ils font et ce qu'ils devraient faire.

Mon grand-père mourut dix ans après son mariage, laissant un grand désordre dans ses comptes avec l'État et dans ses affaires personnelles. Ma grand'mère montra la bonne tête qu'elle avait en s'entourant de sages conseils, et en s'occupant de toutes choses avec activité. Elle liquida promptement, et, toutes dettes payées, tant à l'État qu'aux particuliers, elle se trouva *ruinée*, c'est-à-dire à la tête de 75,000 livres de rente[17].

La révolution devait restreindre bientôt ses ressources à de moindres proportions, et elle ne prit pas tout de suite son parti aussi aisément de ce second coup de fortune; mais, au premier, elle s'exécuta bravement, et, bien que je ne puisse comprendre qu'on ne soit pas immensément riche avec 75,000 livres de rente, comme tout est relatif, elle accepta cette *pauvreté* avec beaucoup de vaillance et de philosophie. En cela, elle obéissait à un principe d'honneur et de dignité qui était bien selon ses idées; au lieu que les confiscations révolutionnaires ne purent jamais prendre dans son esprit une autre forme que celle du vol et du pillage.

Après avoir quitté Châteauroux, elle habita, rue du Roi de Sicile, un *petit appartement*, dans lequel, si j'en juge par la quantité et la dimension des meubles qui garnissent aujourd'hui ma maison, il y avait encore de quoi se retourner. Elle prit, pour faire l'éducation de son fils, un jeune homme que j'ai connu vieux, et qui a été aussi mon précepteur. Ce personnage, à la fois sérieux et comique, a tenu trop de place dans notre vie de famille et dans mes souvenirs, pour que je n'en fasse pas une mention particulière.

Il s'appelait François Deschartres, et comme il avait porté le petit collet en qualité de professeur au collége du cardinal Lemoine, il entra chez ma grand'mère avec le costume et le titre d'abbé. Mais, à la révolution, qui vint bientôt chicaner sur toute espèce de titres, l'abbé Deschartres devint prudemment le citoyen Deschartres. Sous l'empire, il fut M. Deschartres, maire du village de Nohant; sous la restauration, il eût volontiers repris son titre d'abbé, car il n'avait pas varié dans son amour pour les formes du passé. Mais il n'avait jamais été dans les ordres, et d'ailleurs il ne put se délivrer d'un sobriquet que j'avais attaché à son omnicompétence et à son air important: on ne l'appelait plus dès lors que le *grand homme*.

Il avait été joli garçon, il l'était encore lorsque ma grand'mère se l'attacha: propret, bien rasé, l'œil vif, et le mollet saillant. Enfin, il avait une très bonne tournure de gouverneur. Mais je suis sûre que jamais personne, dans son meilleur temps, n'avait pu le regarder sans rire, tant le mot *cuistre* était clairement écrit dans toutes les lignes de son visage et dans tous les mouvements de sa personne.

Pour être complet, il eût dû être ignare, gourmand et lâche. Mais loin de là, il était fort savant, très sobre et follement courageux. Il avait toutes les grandes qualités de l'âme jointes à un caractère insupportable et à un contentement de lui-même qui allait jusqu'au délire. Il avait les idées les plus absolues, les manières les plus rudes, le langage le plus outrecuidant. Mais quel dévouement, quel zèle, quelle âme généreuse et sensible! pauvre *grand homme*! comme je t'ai pardonné tes persécutions! Pardonne-moi de même, dans l'autre vie, tous les mauvais tours que je t'ai joués, toutes les détestables espiègleries par lesquelles je me suis vengée de ton étouffant despotisme: tu m'as appris fort peu de choses, mais il en est une que je te dois et qui m'a bien servi: c'est de réussir, malgré les bouillonnements de mon indépendance naturelle, à supporter longtemps les caractères les moins supportables et les idées les plus extravagantes.

Ma grand'mère, en lui confiant l'éducation de son fils, ne pressentait point qu'elle faisait emplette du tyran, du sauveur et de l'ami de toute sa vie.

A ses heures de liberté, Deschartres continuait à suivre des cours de physique, de chimie, de médecine et de chirurgie. Il s'attacha beaucoup à M. Desaulx, et devint sous le commandement de cet homme remarquable, un praticien fort habile pour les opérations chirurgicales. Plus tard, lorsqu'il fut le fermier de ma grand'mère et le maire du village, sa science le rendit fort utile au pays, d'autant plus qu'il l'exerçait pour l'amour de Dieu, sans rétribution aucune. Il était de si grand cœur qu'il n'était point de nuit noire et orageuse, point de chaud, de froid ni d'heure indue qui l'empêchassent de courir, souvent fort loin, par des chemins perdus, pour porter du secours dans les chaumières. Son dévouement et son désintéressement étaient vraiment admirables. Mais comme il fallait qu'il fût ridicule autant que sublime en toutes choses, il poussait l'intégrité de ses fonctions jusqu'à battre ses malades quand ils revenaient guéris lui apporter de l'argent. Il n'entendait pas plus raison sur le chapitre des présents, et je l'ai vu dix fois faire dégringoler l'escalier à de pauvres diables, en les assommant à coups de canards, de dindons et de lièvres apportés par eux en hommage à leur sauveur. Ces braves gens humiliés et maltraités s'en allaient le cœur gros, disant: Est-il méchant, ce brave cher homme! quelques-uns ajoutaient en colère: En voilà un que je tuerais, s'il ne m'avait pas sauvé la vie! Et Deschartres, de vociférer, du haut de l'escalier, d'une voix de stentor: «Comment, canaille, malappris, buter, misérable! je t'ai rendu service et tu veux me payer! Tu ne veux pas être reconnaissant! Tu veux être quitte envers moi! Si tu ne te sauves bien vite, je vais te rouer de coups et te mettre pour quinze jours au lit. Et tu seras bien obligé alors de m'envoyer chercher!»

Malgré ses bienfaits, le pauvre *grand homme* était aussi haï qu'estimé, et ses vivacités lui attirèrent parfois de mauvaises rencontres dont il ne se vanta pas. Le paysan berrichon est endurant jusqu'à un certain moment où il fait bon d'y prendre garde.

Mais je vais toujours anticipant sur l'ordre des temps dans ma narration. Qu'on me le pardonne! Je voulais placer, à propos des études anatomiques de l'abbé Deschartres, une anecdote qui n'est point couleur de rose. Ce sera encore un anachronisme de quelques années; mais les souvenirs me pressent un peu confusément me quittent de même, et j'ai peur d'oublier tout à fait ce que je remettrais au lendemain.

Sous la Terreur, bien qu'assidu à veiller sur mon père et sur les intérêts de ma grand'mère, il paraît que sa passion le poussait encore de temps en temps vers les salles d'hôpitaux et d'amphithéâtres de dissection. Il y avait bien assez de drames sanglants dans le monde en ce temps-là, mais l'amour de la science l'empêchait de faire beaucoup de réflexions philosophiques sur les têtes que la guillotine envoyait aux carabins. Un jour cependant il eut une petite émotion qui le dérangea fort de ses observations. Quelques têtes humaines venaient d'être jetées sur une table de laboratoire: avec ce mot d'un élève qui en prenait assez bien son parti! *Fraîchement coupées!* On préparait une affreuse chaudière où ces têtes devaient bouillir pour être dépouillées et disséquées ensuite. Deschartres prenait les têtes une à une et allait les y plonger: «C'est la tête d'un curé, dit l'élève en lui passant la dernière, elle est tonsurée.» Deschartres la regarde et reconnaît celle d'un de ses amis qu'il n'avait pas vu depuis quinze jours et qu'il ne savait pas dans les prisons. C'est lui qui m'a raconté cette horrible aventure. «Je ne dis pas un mot: je regardais cette pauvre tête en cheveux blancs; elle était calme et belle encore, elle avait l'air de me sourire. J'attendis que l'élève eût le dos tourné pour lui donner un baiser sur le front. Puis je la mis dans la chaudière comme les autres et je la disséquai pour moi. Je l'ai gardée quelque temps, mais il vint un moment où cette relique devenait trop dangereuse. Je l'enterrai dans un coin de jardin. Cette rencontre me fit tant de mal que je fus bien longtemps sans pouvoir m'occuper de la science.»

Passons vite à des historiettes plus gaies.

Mon père prenait fort mal ses leçons. Deschartres n'aurait osé le maltraiter, et quoique partisan outré de l'*ancienne méthode*, du martinet et de la férule, l'amour extrême de ma grand'mère pour son fils lui interdisait les moyens efficaces. Il essayait à force de zèle et de ténacité de remplacer ce puissant levier de l'intelligence, selon lui, le fouet! Il prenait avec lui les leçons d'allemand, de musique, de tout ce qu'il ne pouvait lui enseigner à lui seul, et il se faisait son répétiteur en l'absence des maîtres. Il se consacra même, par dévouement, à faire des armes, et à lui faire étudier les passes entre les leçons du professeur. Mon père, qui était paresseux et d'une santé languissante à cette époque se réveillait un peu de sa torpeur à la salle d'armes; mais quand Deschartres s'en mêlait, ce pauvre Deschartres qui avait le don de rendre ennuyeuses des choses plus intéressantes, l'enfant bâillait et s'endormait debout.

—Monsieur l'abbé, lui dit-il un jour naïvement et sans malice, est-ce que quand je me battrai pour tout de bon, ça m'amusera davantage?

—Je ne le crois pas, mon ami, répondit Deschartres; mais il se trompait. Mon père eut de bonne heure l'amour de la guerre et même la passion des batailles. Jamais il ne se sentait si à l'aise, si calme et si doucement remué intérieurement que dans une charge de cavalerie.

Mais ce futur brave fut d'abord un enfant débile et terriblement gâté. On l'éleva, à la lettre, dans du coton, et comme il fit une maladie de croissance, on lui permit d'en venir à cet état d'indolence, qu'il sonnait un domestique pour lui faire ramasser son crayon ou sa plume. Il en rappela bien, Dieu merci, et l'élan de la France, lorsqu'elle courut aux frontières, le saisit un des premiers, et fit de sa subite transformation un miracle entre mille.

Quand la révolution commença à gronder, ma grand'mère, comme les aristocrates éclairés de son temps, la vit approcher sans terreur. Elle était trop nourrie de Voltaire et de Jean-Jacques Rousseau pour ne pas haïr les abus de la cour. Elle était même des plus ardentes contre la coterie de la reine, et j'ai trouvé des cartons pleins de couplets, de madrigaux et de satires sanglantes contre Marie-Antoinette et ses favoris. Les gens comme il faut copiaient et colportaient ces libelles. Les plus honnêtes sont écrits de la main de ma grand'mère, peut-être quelques-uns sont-ils de sa façon: car c'était du meilleur goût de composer quelque épigramme sur les scandales triomphants, et c'était l'opposition philosophique du moment qui prenait cette forme toute française. Il y en avait vraiment de bien hardies et de bien étranges. On mettait dans la bouche du peuple et on rimait dans l'argot des halles des chansons inouïes sur la naissance du Dauphin, sur les dilapidations et les galanteries de l'*Allemande*; on menaçait la mère et l'enfant du fouet et du pilori. Et qu'on ne pense pas que ces chansons sortissent du peuple! Elles descendaient du salon à la rue. J'en ai brûlé de tellement obscènes, que je n'aurais osé les lire jusqu'au bout, et celles-ci, écrites de la main d'abbés que j'avais connus dans mon enfance, et sortant du cerveau de marquis de bonne race, ne m'ont laissé aucun doute sur la haine profonde et l'indignation délirante de l'aristocratie à cette époque. Je crois que le peuple eût pu ne pas s'en mêler, et que, s'il ne s'en fût pas mêlé en effet, la famille de Louis XVI aurait pu avoir le même sort et ne pas prendre rang parmi les martyrs.

Au reste, je regrette fort l'accès de pruderie qui me fit, à vingt ans, brûler la plupart de ces manuscrits. Venant d'une personne aussi chaste, aussi sainte que ma grand'mère, ils me brûlaient les yeux; j'aurais dû pourtant me dire que c'étaient des documents historiques qui pouvaient avoir une valeur sérieuse. Plusieurs étaient peut-être uniques, ou du moins fort rares. Ceux qui me restent sont connus et ont été cités dans plusieurs ouvrages.

Je crois que ma grand'mère eut une grande admiration pour Necker et ensuite pour Mirabeau. Mais je perds la trace de ses idées politiques à l'époque où la révolution devint pour elle un fait accablant et un désastre personnel.

Entre tous ceux de sa classe, elle était peut-être la personne qui s'attendit le moins à être frappée dans cette grande catastrophe; et, en fait, en quoi sa conscience pouvait-elle l'avertir qu'elle avait mérité collectivement de subir un châtiment social? Elle avait adopté la croyance de l'égalité autant qu'il était possible dans sa situation. Elle était à la hauteur de toutes les idées avancées de son temps. Elle acceptait le contrat social avec Rousseau; elle haïssait la superstition avec Voltaire; elle aimait même les utopies généreuses; le mot de république ne la fâchait point. Par nature, elle était aimante, secourable, affable, et voyait volontiers son égal dans tout homme obscur et malheureux. Que la révolution eût pu se faire sans violence et sans égarement, elle l'eût suivie jusqu'au bout sans regret et sans peur; car c'était une grande âme, et toute sa vie elle avait aimé et cherché la vérité.

Mais il faut être plus que sincère, plus que juste, pour accepter les convulsions inévitables attachées à un bouleversement immense. Il faut être enthousiaste, aventureux, héroïque, fanatique même du règne de Dieu. Il faut que le *zèle de sa maison nous dévore* pour subir l'atteinte et le spectacle des effrayants détails de la crise. Chacun de nous est capable de consentir à une amputation pour sauver sa vie, bien peu peuvent sourire dans la torture.

A mes yeux, la révolution est une des phases actives de la vie évangélique. Vie tumultueuse, sanglante, terrible à certaines heures, pleine de convulsions, de délires et de sanglots. C'est la lutte violente du principe de l'égalité prêché par Jésus, et passant, tantôt comme un flambeau radieux, tantôt comme une torche ardente, de main en main, jusqu'à nos jours, contre le vieux monde païen, qui n'est pas détruit, qui ne le sera pas de longtemps, malgré la mission du Christ et tant d'autres missions divines, malgré tant de bûchers, d'échafauds et de martyrs.

Mais l'histoire du genre humain se complique de tant d'événements imprévus, bizarres, mystérieux, les voies de la vérité s'embranchent à tant de chemins étranges et abrupts; les ténèbres se répandent si fréquentes et si épaisses sur ce pèlerinage éternel, l'orage y bouleverse si obstinément les jalons de la route, depuis l'inscription laissée sur le sable jusqu'aux Pyramides; tant de sinistres dispersent et fourvoient les pâles voyageurs, qu'il n'est pas étonnant que nous n'ayons pas encore eu d'histoire vrai bien accréditée, et que nous flottions dans un labyrinthe d'erreurs. Les événements d'hier sont aussi obscurs pour nous que les épopées des temps fabuleux, et c'est d'aujourd'hui seulement que des études sérieuses font pénétrer quelque lumière dans ce chaos.

Alors, quoi d'étonnant dans le vertige qui s'empara de tous les esprits à l'heure de cette inextricable mêlée où la France se précipita en 93? Lorsque tout alla par représailles, que chacun fut, de fait ou d'intention, tour à tour victime et bourreau, et qu'entre l'oppression subie et l'oppression exercée il n'y eut pas le temps de la réflexion ou la liberté du choix, comment la passion eût-elle pu s'abstraire dans l'action, et l'impartialité dicter des arrêts tranquilles? Des âmes passionnées furent jugées par des âmes passionnées, et le genre humain s'écria comme au temps des vieux hussites: «C'est aujourd'hui le temps du deuil, du zèle et de la fureur».

Quelle foi eût-il donc fallu pour se résoudre joyeusement à être, soit à tort, soit à raison, le martyr du principe? L'être à tort, par suite d'une de ces fatales méprises que la tourmente rend inévitables, était encore le plus difficile à accepter; car la foi manquait de lumière suffisante et l'atmosphère sociale était trop troublée pour que le soleil s'y montrât à la conscience individuelle. Toutes les classes de la société étaient pourtant éclairées de ce soleil révolutionnaire jusqu'au jour des états généraux. Marie-Antoinette, la première tête de la contre-révolution de 92, était révolutionnaire dans son intérieur, et pour son profit personnel, en 88, à Trianon, comme Isabelle l'est aujourd'hui sur le trône d'Espagne, comme le serait Victoria d'Angleterre, si elle était forcée de choisir entre l'absolutisme et sa liberté individuelle. La liberté! tous l'appelaient, tous la voulaient avec passion, avec fureur. Les rois la demandaient pour eux-mêmes aussi bien que le peuple.

Mais vinrent ceux qui la demandaient pour tous, et qui, par suite du choc de tant de passions opposées, ne purent la donner à personne.

Ils le tentèrent. Que Dieu les absolve des moyens qu'ils furent réduits à employer. Ce n'est pas à nous, pour qui ils ont travaillé, à les juger du haut de notre inaction inféconde[18].

Dans cette épopée sanglante, où chaque parti revendique pour lui-même les honneurs et les mérites du martyre, il faut bien reconnaître qu'il y eut, en effet, des martyrs dans les deux camps. Les uns souffrirent pour la cause du passé, les autres pour celle de l'avenir; d'autres encore, placés à la limite de ces deux principes, souffrirent sans comprendre ce qu'on châtiait en eux. Que la réaction du passé se fût faite, ils eussent été persécutés par les hommes du passé comme ils le furent par les hommes de l'avenir.

C'est dans cette position étrange que se trouva la noble et sincère femme dont je raconte ici l'histoire. Elle n'avait point songé à émigrer, elle continuait à élever son fils et à s'absorber dans cette tâche sacrée.

Elle acceptait même la réduction considérable que la crise publique avait apportée dans ses ressources. Des débris de ce qu'elle appelait les débris de sa fortune première, elle avait acheté environ 300,000 livres la terre de Nohant, peu éloignée de Châteauroux: ses relations et ses habitudes de vie la rattachaient au Berry.

Elle aspirait à se retirer dans cette province paisible, où les passions du moment s'étaient encore peu fait sentir, lorsqu'un événement imprévu vint la frapper.

Elle habitait alors la maison d'un sieur Amonin, payeur de rentes, dont l'appartement, comme presque tous ceux occupés à cette époque par les gens aisés, contenait plusieurs cachettes. M. Amonin lui proposa d'enfouir dans un des panneaux de la boiserie une assez grande quantité d'argenterie et de bijoux appartenant tant à lui qu'à elle. En outre, un M. de Villiers y cacha des titres de noblesse.

Mais ces cachettes, habilement pratiquées dans l'épaisseur des murs, ne pouvaient résister à des investigations faites souvent par les ouvriers qui les avaient établies et qui en étaient les premiers délateurs. Le 5 frimaire an II (26 novembre 93), en vertu d'un décret qui prohibait l'enfouissement de ces richesses retirées de la circulation[19], une descente fut faite dans la maison du sieur Amonin. Un expert menuisier sonda les lambris, et par suite tout fut découvert: ma grand'mère fut arrêtée et incarcérée dans le couvent des Anglaises, rue des Fossés-Saint-Victor, qui avait été converti en maison d'arrêt[20]. Les scellés furent apposés chez elle, et les objets confisqués confiés, ainsi que l'appartement, à la garde du citoyen Leblanc, caporal. On permit au jeune Maurice (mon père) d'habiter son appartement, et qui était, comme on dit, sous une autre clef et que Deschartres occupait aussi.

M. Dupin, alors âgé de quinze ans à peine, fut frappé de cette séparation comme d'un coup de massue. Il ne s'était attendu à rien de semblable, lui qu'on avait aussi nourri de Voltaire et de J.-J. Rousseau. On lui cacha la gravité des circonstances, et le brave Deschartres renferma ses inquiétudes: mais ce dernier sentit que Mme Dupin était perdue, s'il ne venait à bout d'une entreprise qu'il conçut sans hésiter et qu'il exécuta avec autant de bonheur que de courage.

Il savait bien que les objets les plus compromettants parmi tous ceux enfouis dans les boiseries de sa maison avaient échappé aux premières recherches. Ces objets, c'étaient des papiers, des titres et des lettres constatant que ma grand'mère avait contribué à un prêt volontaire secrètement effectué en faveur du comte d'Artois, alors émigré, depuis roi de France, Charles X. Quels motifs ou quelles influences la portèrent à cette action, je l'ignore, peut-être un commencement de réaction contre les idées révolutionnaires qu'elle avait suivies énergiquement jusqu'à la prise de la Bastille. Peut-être s'était-elle laissé entraîner par des conseils exaltés ou par un secret sentiment d'orgueil du sang. Car enfin, malgré la barre de bâtardise, elle était la cousine de Louis XVI et de ses frères, et elle crut devoir l'aumône à ces princes, qui l'avaient pourtant laissée dans la misère après la mort de la dauphine. Dans sa pensée, je crois que ce ne fut point autre chose, et cette somme de 75,000 livres qui, dans sa situation, avait été pour elle un sacrifice sérieux, ne représentait point pour elle, comme pour tant d'autres, un fonds placé sur les faveurs et les récompenses de l'avenir. Dès cette époque, au contraire, elle regardait la cause des princes comme perdue; elle n'avait de sympathie, d'estime, ni pour le caractère fourbe de *Monsieur* (Louis XVIII), ni pour la vie honteuse et débauchée du futur Charles X. Elle me parla de cette triste famille au moment de la chute de Napoléon, et je me rappelle parfaitement ce qu'elle m'en dit. Mais n'anticipons pas sur les événements. Je dirai seulement que jamais la pensée ne lui vint de profiter de la Restauration pour réclamer son argent aux Bourbons et pour se faire indemniser d'un service qui avait failli la conduire à la guillotine.

Soit que ces papiers fussent cachés dans une cavité particulière qu'on n'avait pas sondée, soit que, mêlés à ceux de M. de Villiers, ils eussent échappé à un premier examen des commissaires, Deschartres était certain qu'il n'en avait point été fait mention dans le procès-verbal, et il s'agissait de les soustraire au nouvel examen qui devait avoir lieu à la levée des scellés.

C'était risquer sa liberté et sa vie. Deschartres n'hésita pas.

Mais pour bien faire comprendre la gravité de cette résolution dans de pareilles circonstances, il est bon de citer le procès-verbal de la découverte des objets suspects. C'est un détail qui a sa couleur et dont je transcrirai fidèlement le style et l'orthographe.

«Comités révolutionnaires réunis des sections de Bon Conseil et Bondy.»

«Ce jourd'hui cinq frimaire, l'an deux de la république une et indivisible et impérissable, nous Jean-François Posset et François Mary, commissaires du comité révolutionnaire de la section de Bon Conseil, nous sommes transportés au comité révolutionnaire de la section de Bondy, à l'effet de requérir les membres dudit comité de se transporter avec nous au domicil du citoyen Amonin, payeur de rentes, demeurant rue Nicolas n° 12, et de ce sont venus avec nous le citoyen Christophe et Gérôme, membres du comité de la section de Bondy, et Filoy, idem, ou nous sommes transportés au domicil ci-dessus ou nous sommes entrés, et sommes montés au deuxième étage et sommes entrés dans un appartement et de la dans un cabinet de toilette ou il y a trois pas à descendre accompagnés de la citoyenne Amonin, son mari ni étant pas, ou l'avons interpellée de nous déclarer s'il n'y avait rien de caché chès elle nous a déclaré n'en sçavoir rien. Et delà la ditte Amonin, s'est trouvée mal et hors de raison. De suite avons continué notre perquisition et avons sommé le citoyen Villiers étant dans la ditte maison, demeurant rue Montmartre n° 21 section de Brutus, d'être témoin à nos perquisitions ce qu'il a fait ainsi que le citoyen Gondois idem de la dite maison, et delà avons procédé à l'ouverture par les talents du citoyen Tartey demeurant rue du faubourg Saint-Martin, n° 90, et de plus en présence du citoyen Froc portier de la ditte maison, tous assistants à l'ouverture du l'ambri donnant dans une armoire en face de la porte à droite. Et de suite avons fait une ouverture à l'effet de découvrir ce qu'il y avait dans le dit lambri, et de suite ouverture faite toujours assistés comme dessus avons fait la découverte d'une quantité d'argenterie et plusieurs coffres et différents papiers, et de suite en avons fait l'inventaire en présence de tous les dénommés cidessus.—1° une épée montée en acier taillé, 2° une espingolle, 3° une boîte en maroquin contenant cuillères, pelles à sucre, à moutarde en vermeil et toutes les armoiries, etc........................

Suit l'inventaire détaillé portant toujours la désignation des pièces et bijoux *armoriés*, car c'était là un des principaux griefs, comme chacun sait...................

«Et de suitte le citoyen Amonin est arrivé et l'avons sommé de rester avec nous pour être présent de la suitte du procès-verbal.

«Et, de suitte, avons sommé le dit Amonin de nous déclarer le contenu d'un paquet de papiers enveloppé dans un linge blanc et sur lequel il y avait un cachet.

«Et de suitte, nous avons fait lecture de différentes lettres à l'adresse du citoyen de Villiers, employé à l'assemblée nationale constituante, le quel citoyen de Villiers, dénommé comme présent au procès-verbal en l'absence du citoyen Amonin, nous a déclaré lui appartenir ainsi que la correspondance que nous avons trouvée enveloppée dans le linge blanc et le dit citoyen Amonin nous a déclaré ne pas sçavoir qu'ils étaient là, et n'en pas avoir connaissance dont le citoyen de Villiers est convenu. De suite avons interpellé le citoyen Amonin de nous déclarer depuis quand la ditte argenterie et bijoux étaient enfouis, a répondu qu'ils y étaient à l'époque de la fuite du ci-devant roy pour Varenne.

«A lui demandé si la ditte argenterie et bijoux lui appartenaient, a répondu qu'une partie lui appartenait, et l'autre partie à la citoyenne Dupin demeurant au premier au-dessous de lui.

«De suite avons fait comparaitre la citoyenne Dupin à l'effet de nous remettre la note de l'argenterie qui se trouvait enfouie chez le sieur Amonin, ce que la citoyenne a fait à l'instant... Et de suite nous avons passé à la vérification des lettres et de leur contenu, en présence toujours du citoyen Villiers, lesquelles lettres vérifiées avons trouvé des copies de lettres de noblesse et armoiries que nous avons mis sous les scellés par un cachet en cœur barré, et un cachet formant la clef de montre d'un dit commissaire, le tout enfermé dans une feuille de papier blanc, pour les dites lettres être examinées par le comité de sureté générale pour par eux en être ordonné ce qu'il appartiendra. Et de suite avons saisi comme il appert par le présent procès-verbal toutes les dites argenteries et bijoux, pour aux termes de la loi en être ordonné ce qu'il appartiendra, et avons clos le présent procès-verbal le six frimaire à deux heures.»

D'où résulte que ces perquisitions s'opéraient particulièrement la nuit et comme par surprise, car ce procès-verbal est commencé le 5 et terminé le 6, à deux heures du matin. Séance tenante, les commissaires décrètent d'arrestation M. de Villiers, dont le délit leur paraît apparemment le plus considérable, et ne statuent rien sur Mme Dupin ni sur M. Amonin son complice, sinon que les scellés sont apposés sur les malles, coffres et boîtes de bijoux et d'argenterie, «pour être, dans le jour, transportés à la Convention nationale, et laissés en attendant sous la garde et responsabilité du citoyen Leblanc, caporal, pour être par lui représentés sains et entiers à la première réquisition, et a déclaré ne savoir signer».

Il paraît qu'on ne s'émut pas beaucoup d'abord de l'événement dans la maison, ou qu'on crut le danger passé; à vrai dire, la confiscation faite, avec espoir de restitution (car on prenait avec soin la note des objets saisis, et une bonne partie fut rendue intacte, ainsi qu'il paraît dans des notes de la main de Deschartres aux marges de l'inventaire contenu dans le procès-verbal), le délit d'enfouissement n'était pas bien constaté de la part de Mme Dupin. Elle avait confié ou prêté les objets saisis à M. Amonin, qui avait jugé à propos de les cacher. Tel était son système de défense, et l'on ne croyait pas encore alors que les choses en viendraient au point où il n'y aurait pas de défense possible. Le fait est qu'on eut l'imprudence de laisser les dangereux papiers dont j'ai parlé plus haut dans un meuble du second entresol, dont il va être question tout à l'heure.

Le 13 frimaire, c'est-à-dire sept jours après la première perquisition chez Amonin, seconde descente dans la même maison, et cette fois dans l'appartement de ma grand'mère décrétée d'arrestation. Nouveau procès-verbal plus laconique et moins fleuri que le premier.

«Le treizième de frimaire, l'an second de la république française une et indivisible, nous, membres du comité de surveillance de la section de Bondy, en vertüe de la loy et d'une arretté dudit comitté, en date du onze frimaire, portant que les scellées serons apposé chez Marie Orrore, veuve Dupin: et la ditte citoyenne mise en état d'arrestations. A cette effet, nous nous sommes transportés dans son domicile rüe St-Nicolas n° 12. Sommes monté au 1er étage, la porte à gauche, i étant avont fait part à la ditte de notre missions, et avons apposées les scellées sur les croisées et porte du dit appartement, ainsi que sur la porte d'entrée donnans sur les caillée au nombre de dix: lesquelles scellées avons laissée à la garde de Charles Froc, portier de la ditte maison, qui les a reconnue après lecture à lui donné.

«Et de suite, nous sommes transportés en la porte en face, sur le dit paillée occupée par le citoyen Maurice François Dupin, fils de la dite veuve Dupin, et par le citoyen Deschartre instituteur. Aprais vériffications faite des papiers desdits citoyen, nous n'avons rien trouvé contraire aux intérêt de la république, etc.»

Voilà donc ma grand'mère arrêtée et Deschartres chargé de son salut: car, au moment d'être emmenée aux Anglaises, elle avait eu le temps de lui dire où étaient ces maudits papiers dont elle avait négligé de se défaire. Elle avait, en outre, une foule de lettres qui attestaient ses relations avec des émigrés, relations fort innocences à coup sûr, de sa part, mais qui pouvaient lui être imputées à crime d'État et à trahison envers la république.

Le dernier procès-verbal que j'ai cité, et Dieu sait avec quel mépris et quelle indignation le puriste Deschartres traitait dans son âme des actes rédigés en si mauvais français, ce procès-verbal, dont chaque faute d'orthographe lui donnait la chair de poule, ne constate pas l'existence d'un petit entresol situé au-dessus du premier et qui dépendait de l'appartement de ma grand'mère. On y montait par un escalier dérobé qui partait d'un cabinet de toilette.

Les scellés avaient été apposés sur les portes et sur les fenêtres de cet entresol, et c'est là qu'il fallait aller chercher les papiers. Donc, il fallait rompre trois scellés avant d'y entrer: celui de la porte du premier donnant sur l'escalier de la maison, celui de la porte du cabinet de toilette ouvrant sur l'escalier dérobé, et celui de la porte de l'entresol au haut de ce même escalier. La loge du citoyen portier, républicain très farouche, était située positivement au-dessous de l'appartement de ma grand'mère, et le caporal Leblanc, citoyen incorruptible, préposé à la garde des scellés du second étage, couchait sur un lit de sangle dans un cabinet voisin de l'appartement de M. Amonin, c'est-à-dire positivement au-dessus de l'entresol. Il était là, armé jusqu'aux dents, ayant consigne de faire feu sur quiconque s'introduirait dans l'un ou l'autre appartement. Et le citoyen Froc, qui, bien que portier, avait le sommeil fort léger, disposait d'une sonnette placée *ad hoc* à la fenêtre du caporal, et dont il n'avait qu'à tirer la corde pour le réveiller en cas d'alarme.

L'entreprise était donc insensée de la part d'un homme qui n'avait pas, dans l'art de crocheter les portes et de s'introduire sans bruit, les hautes connaissances qu'à force d'études spéciales et sérieuses acquièrent MM. les voleurs. Mais le dévouement fait des miracles. Deschartres se munit de tout ce qui était nécessaire, et attendit que tout le monde fût couché. Il était déjà deux heures du matin quand la maison fut silencieuse. Alors il se lève, s'habille sans bruit, emplit ses poches de tous les instruments qu'il s'est procurés, non sans danger. Il enlève le premier scellé, puis le second, puis le troisième. Le voilà à l'entresol, il s'agit d'ouvrir un meuble en marqueterie qui sert de casier et de dépouiller vingt-neuf cartons remplis de papiers; car ma grand'mère n'a pas su dire où sont ceux qui la compromettent.

Il ne se décourage pas: le voilà examinant, triant, brûlant. Trois heures sonnent, rien ne bouge... mais si! des pas légers font crier faiblement le parquet dans le salon du premier, c'est peut-être Nérina, la chienne favorite de la prisonnière, qui couche auprès du lit de Deschartres et qui l'aura suivi. Car force lui a été, à tout événement, de laisser les portes ouvertes derrière lui; c'est le portier qui a les clés, et Deschartres s'est introduit à l'aide d'un rossignol.

Quand on écoute attentivement avec le cœur qui bondit dans la poitrine et le sang qui vous tinte dans les oreilles, il y a un moment où l'on n'entend plus rien. Le pauvre Deschartres reste pétrifié, immobile; car, ou l'on monte l'escalier de l'entresol, ou il a le cauchemar; et ce n'est pas Nérina, ce sont des pas humains. On approche avec précaution; Deschartres s'était muni d'un pistolet, il l'arme, il va droit à la porte du petit escalier... mais il laisse retomber son bras déjà élevé à hauteur d'homme, car celui qui vient le rejoindre, c'est mon père, c'est Maurice, son élève chéri.

L'enfant, auquel il a vainement caché son projet, l'a deviné, épié; il vient l'aider. Deschartres, épouvanté de lui voir partager un péril effroyable, veut parler, le renvoyer. Maurice lui pose sa main sur la bouche. Deschartres comprend que le moindre bruit, un mot échangé, peuvent les perdre l'un et l'autre, et la contenance de l'enfant lui prouve bien d'ailleurs qu'il ne cédera pas.

Alors tous deux, dans le plus complet silence, se mettent à l'œuvre. L'examen des papiers continue et marche rapidement; on brûle à mesure; mais quoi! quatre heures sonnent: il faudra plus d'une heure pour refermer les portes et replacer les scellés. La moitié de la besogne n'est pas faite, et à cinq heures le citoyen Leblanc est invariablement debout.

Il n'y a pas à hésiter. Maurice fait comprendre à son ami, par signes, qu'il faudra revenir la nuit suivante. D'ailleurs cette malheureuse petite Nérina, qu'il a eu soin d'enfermer dans sa chambre, et qui s'ennuie d'être seule, commence à gémir et à hurler. On referme tout, on laisse les scellés brisés dans l'intérieur, et on se contente de réparer celui de l'entrée principale qui donne sur le grand escalier. Mon père tient la bougie et présente la cire. Deschartres, qui a pris l'empreinte des cachets, se tire de l'opération avec la prestesse et la dextérité d'un homme qui a fait des opérations chirurgicales autrement délicates. Ils rentrent chez eux et se recouchent tranquilles pour eux-mêmes, mais non pas rassurés sur le succès de leur entreprise; car on peut venir dans la journée pour lever les scellés à l'improviste, et tout est resté en désordre dans l'appartement. D'ailleurs les principales pièces de culpabilité n'ont pas encore été retrouvées et anéanties.

Heureusement cette terrible journée d'attente s'écoula sans catastrophe. Mon père porta Nérina chez un ami, Deschartres acheta pour mon père des pantoufles de lisière, graissa les portes de leur appartement, mit en ordre ses instruments, et n'essaya pas de changer l'héroïque résolution de son élève. Lorsqu'il me racontait cette histoire, vingt-cinq ans plus tard: «Je savais bien, disait-il, que si nous étions surpris, Mme Dupin ne me pardonnerait jamais d'avoir laissé son fils se précipiter dans un pareil danger: mais avais-je le droit d'empêcher un bon fils d'exposer sa vie pour sauver celle de sa mère? Cela eût été contraire à tout principe de saine éducation, et j'étais gouverneur avant tout».

La nuit suivante ils eurent plus de temps. Les gardiens se couchèrent de meilleure heure: ils purent commencer leurs opérations une heure plus tôt. Les papiers furent retrouvés et réduits en cendre, puis on rassembla ces cendres légères dans une boîte que l'on referma avec soin et que l'on emporta pour la faire disparaître le lendemain. Tous les cartons visités et purgés, on brisa plusieurs bijoux et cachets armoriés: on enleva même des écussons sur la couverture des livres de luxe. Enfin, la besogne terminée, tous les scellés furent replacés, les empreintes restituées en perfection; les bandes de papier reparurent intactes, les portes furent refermées sans bruit, et les deux complices, après avoir accompli une action généreuse avec tout le mystère et toute l'émotion qui accompagnent la perpétration des crimes, se retirèrent dans leur appartement à l'heure voulue. Là, ils se jetèrent dans les bras l'un de l'autre, et, sans se rien dire, mêlèrent des larmes de joie. Ils croyaient avoir sauvé ma grand'mère; mais ils devaient vivre encore longtemps sous le coup de l'épouvante; car sa détention se prolongea jusqu'après la catastrophe du 9 thermidor, et, jusque-là, les tribunaux révolutionnaires devinrent chaque jour plus ombrageux et plus terribles.

Le 16 nivose, c'est-à-dire environ un mois après, Mme Dupin fut extraite de la maison d'arrêt et amenée dans son appartement sous la garde du citoyen Philidor, commissaire fort humain et qui se montra de plus en plus disposé en sa faveur. Le procès-verbal, rédigé sous ses yeux et signé de lui, atteste que les scellés furent retrouvés intacts. Le citoyen portier n'y eût pas mis de complaisance, donc il est à croire qu'aucun indice ne trahit l'effraction.

Que je dise en passant, car je ne veux point oublier cela, que le brave Deschartres ne m'a jamais raconté cette histoire que pressé par mes questions; et encore la racontait-il assez mal, et n'ai-je jamais bien su les détails que par ma grand'mère. Pourtant je n'ai jamais connu de narrateur plus prolixe, plus pointilleux, plus pédant, plus vain de son rôle dans les petites choses, et plus complaisant à se faire écouter que cet honnête homme. Il ne se faisait point faute de raconter chaque soir une série d'anecdotes et de traits de sa vie que je connaissais si bien, que je le reprenais quand il se trompait d'un mot. Mais il était comme ceux de sa trempe, qui ne savent point par où ils sont grands: et, quand il s'agissait de montrer les côtés héroïques de son caractère, lui qui avait pour des puérilités des prétentions vraiment burlesques, il était aussi naïf qu'un enfant, aussi humble qu'un vrai chrétien.

Ma grand'mère n'avait été extraite de la prison que pour assister à la levée des scellés et à l'examen de ses papiers. On n'y trouva, bien entendu, rien de contraire aux *intérêts de la république*, bien que cet examen durât neuf heures. Ce fut un jour de joie pour elle et pour son fils, parce qu'ils purent le passer ensemble. Leur mutuelle tendresse toucha beaucoup les commissaires, et surtout Philidor, lequel Philidor était, si j'ai bonne mémoire, un ex-perruquier, très bon patriote et honnête homme. Il prit surtout mon père en grande amitié et ne cessa de faire des démarches pour que ma grand'mère fût mise en jugement, avec l'espoir qu'elle serait acquittée. Mais ses démarches n'eurent de succès qu'à l'époque de la réaction.

Le soir du 16 nivose, il reconduisit sa prisonnière aux Anglaises, et elle y resta jusqu'au 4 fructidor (22 août 1794). Pendant quelque temps, mon père put voir sa mère un instant chaque jour au parloir des Anglaises. Il attendait ce bienheureux instant dans le cloître, par un froid glacial, et Dieu sait qu'il fait froid dans ce cloître, que j'ai arpenté dans tous les sens durant trois ans de ma vie, car j'ai été élevée dans ce même couvent. Il l'attendait souvent durant plusieurs heures, vu que, dans les commencements surtout, les consignes changeaient chaque jour selon le caprice des concierges, et peut-être suivant le vœu du gouvernement révolutionnaire, qui craignait les communications trop fréquentes et trop faciles entre les détenus et leurs parents. En d'autres temps, l'enfant mince et débile eût pris là une fluxion de poitrine. Mais les vives émotions nous font une autre santé, une autre organisation. Il n'eut pas seulement un rhume, et apprit bien vite à ne plus *s'écouter*, à ne plus se plaindre à sa mère de ses petites souffrances et de ses moindres contrariétés, comme il avait eu coutume de le faire. Il devint tout d'un coup ce qu'il devait être toujours, et l'enfant gâté disparut pour ne plus reparaître. Lorsqu'il voyait arriver à la grille sa pauvre mère toute pâle, toute effrayée du temps qu'il avait passé à l'attendre, toute prête à fondre en larmes en touchant ses mains froides, et à le conjurer de ne plus venir plutôt que de s'exposer à ces souffrances, il était honteux de la mollesse dans laquelle il s'était laissé bercer; il se reprochait d'avoir consenti à ce développement extrême de sollicitude, et, connaissant enfin par lui-même ce que c'est que de trembler et de souffrir pour ce qu'on aime, il niait qu'il eût attendu, il assurait qu'il n'avait pas eu froid, et, par un effort de sa volonté, il arrivait réellement à ne plus sentir le froid.

Ses études étaient bien interrompues; il n'était plus question de maîtres de musique, de danse et d'escrime. Le bon Deschartres lui-même, qui aimait tant à enseigner, n'avait pas plus le cœur à donner ses leçons que l'élève à les prendre; mais cette éducation-là en valait bien une autre, et le temps qui formait le cœur et la conscience de l'homme n'était pas perdu pour l'enfant.

CHAPITRE QUATRIEME

Sophie-Victoire-Antoinette Delaborde.—La mère Coquart et ses filles à l'hôtel de ville.—Le couvent des Anglaises.—Sur l'adolescence.—En dehors de l'histoire officielle, il y une histoire intime des nations.—Recueil de lettres sous la Terreur.

Je suspendrai un instant ici l'histoire de ma lignée paternelle pour introduire un nouveau personnage qu'un étrange rapprochement place dans la même prison à la même époque.

J'ai parlé d'Antoine Delaborde, le maître *paulmier* et le maître *oiselier*; c'est-à-dire qu'après avoir tenu un billard, mon grand-père maternel vendit des oiseaux. Si je n'en dis pas davantage sur son compte, c'est que je n'en sais davantage. Ma mère ne parlait presque pas de ses parents, parce qu'elle les avait peu connus, et perdus lorsqu'elle était encore enfant. Qui était son grand'mère paternel? Elle n'en savait rien ni moi non plus. Et sa grand'mère? Pas davantage. Voilà où les généalogies plébéiennes ne peuvent lutter contre celles des riches et des puissants de ce monde. Eussent-elles produit les êtres les meilleurs ou les plus pervers, il y a impunité pour les uns, ingratitude envers les autres. Aucun titre, aucun emblème, aucune peinture ne conserve le souvenir de ces générations obscures qui passent sur la terre et n'y laissent point de traces. Le pauvre meurt tout entier, le mépris du riche scelle sa tombe et marche dessus sans savoir si c'est même de la poussière humaine que foule son pied dédaigneux.

Ma mère et ma tante m'ont parlé d'une grand'mère maternelle qui les avait élevées, et qui était bonne et pieuse. Je ne pense pas que la révolution les ruina. Elles n'avaient rien à perdre, mais elles y souffrirent, comme tout le peuple, de la rareté et de la cherté du pain. Cette grand'mère était royaliste, Dieu sait pourquoi, et entretenait ses deux petites-filles dans l'horreur de la révolution. Le fait est qu'elles n'y comprenaient goutte, et qu'un beau matin on vint prendre l'aînée, qui avait alors quinze ou seize ans et qui s'appelait Sophie-Victoire (et même Antoinette, comme la reine de France), pour l'habiller tout de blanc, la poudrer, la couronner de roses et la mener à l'hôtel de ville. Elle ne savait pas elle-même ce que cela signifiait: mais les notables plébéiens du quartier, tout fraîchement revenus de la Bastille et de Versailles, lui dirent: «Petite citoyenne, tu es la plus jolie fille du district, on va te faire brave, voilà le citoyen Collot-d'Herbois, acteur du Théâtre-Français, qui va t'apprendre un compliment en vers avec les gestes; voici une couronne de fleurs; nous te conduirons à l'hôtel de ville, tu présenteras ces fleurs et diras ce compliment aux citoyens Bailly et La Fayette, et tu auras bien mérité de la patrie.»

Victoire s'en fut gaîment remplir son rôle au milieu d'un chœur d'autres jolies filles, moins gracieuses qu'elle apparemment, car elles n'avaient rien à dire ni à présenter aux héros du jour, elles n'étaient là que pour le coup d'œil.

La mère Coquart (la bonne maman de Victoire) suivit sa petite-fille avec Lucie, la sœur cadette, et toutes deux bien joyeuses et bien fières, se faufilant dans une foule immense, réussirent à entrer à l'hôtel de ville et à voir avec quelle grâce la perle du district débitait son compliment et présentait sa couronne. M. de La Fayette en fut tout ému, et prenant la couronne, il la plaça galamment et paternellement sur la tête de Victoire en lui disant: «Aimable enfant, ces fleurs conviennent à votre visage plus qu'au mien.» On applaudit, on prit place à un banquet offert à La Fayette et à Bailly. Des danses se formèrent autour des tables, les belles jeunes filles des districts y furent entraînées; la foule devint si compacte et si bruyante, que la bonne mère Coquart et la petite Lucie, perdant de vue la triomphante Victoire, n'espérant plus la rejoindre et craignant d'être étouffées, sortirent sur la place pour l'attendre; mais la foule les en chassa. Les cris d'enthousiasme leur firent peur. Maman Coquart n'était pas brave: elle crut que Paris allait s'écrouler sur elle, et elle se sauva avec Lucie, pleurant, et criant que Victoire serait étouffée ou massacrée dans cette gigantesque farandole.

Ce ne fut que vers le soir que Victoire revint les trouver dans leur pauvre petite demeure, escortée d'une bande de patriotes des deux sexes, qui l'avaient si bien protégée et respectée, que sa robe blanche n'était pas seulement chiffonnée.

A quel événement politique se rattache cette fête donnée à l'hôtel de ville? Je n'en sais rien. Ni ma mère ni ma tante n'ont jamais pu me le dire; probablement qu'en y jouant un rôle elles n'en savaient rien non plus. Autant que je puis le présumer, ce fut lorsque Lafayette vint annoncer à la commune que le roi était décidé à revenir dans sa bonne ville de Paris.

Probablement à cette époque les petites citoyennes Delaborde trouvèrent la révolution charmante. Mais plus tard elles virent passer une belle tête ornée de longs cheveux blonds au bout d'une pique, c'était celle de la malheureuse princesse de Lamballe. Ce spectacle leur fit une impression épouvantable, et elles ne jugèrent plus la révolution qu'à travers cette horrible apparition.

Elles étaient alors si pauvres que Lucie travaillait à l'aiguille, et que Victoire était comparse dans un petit théâtre. Ma tante a nié depuis ce dernier fait, et, comme elle était la franchise même, elle l'a nié certainement de bonne foi. Il est possible qu'elle l'ait ignoré; car, dans cet orage où elles étaient emportées comme deux pauvres petites feuilles qui tournoient sans savoir où elles sont, dans cette confusion de malheurs, d'épouvantes et d'émotions incomprises, si violentes parfois, qu'elles avaient, à certaines époques, tout à fait détruit le sens de la mémoire chez ma mère, il est possible que les deux sœurs se soient perdues de vue pendant un certain temps. Il est possible qu'ensuite Victoire, craignant les reproches de la grand'mère, qui était dévote, et l'effroi de Lucie, qui était prudente et laborieuse, n'ait pas osé avouer à quelles extrémités la misère ou l'imprévoyance de son âge l'avaient réduite. Mais le fait est certain, parce que Victoire, ma mère, me l'a dit, et dans des circonstances que je n'oublierai jamais: je raconterai cela en son lieu, mais je dois prier le lecteur de ne rien préjuger avant ma conclusion.

Je ne sais à quel endroit il arriva à ma mère, sous la Terreur, de chanter une chanson séditieuse contre la république. Le lendemain on vint faire une perquisition chez elle, on y trouva cette chanson manuscrite qui lui avait été donnée par un certain abbé Borel. La chanson était séditieuse en effet; mais elle n'en avait chanté qu'un seul couplet qui l'était fort peu. Elle fut arrêtée sur-le-champ avec sa soeur Lucie (Dieu sait pourquoi!) et incarcérée d'abord à la prison de la Bourbe, et puis dans une autre, et puis transférée enfin aux Anglaises, où elle était probablement à la même époque que ma grand'mère.

Ainsi deux pauvres petites filles du peuple étaient là, ni plus ni moins que les dames les plus qualifiées de la cour, et de la ville. Mlle Comtat y était aussi, et la supérieure des religieuses anglaises, Mme Canning, s'était intimement liée avec elle. Cette célèbre actrice avait des accès de piété tendre et exaltée. Elle ne rencontrait jamais Mme Canning dans les cloîtres sans se mettre à genoux devant elle et lui demander sa bénédiction. La bonne religieuse, qui était pleine d'esprit et de savoir-vivre, la consolait et la fortifiait contre les terreurs de la mort, l'emmenait dans sa cellule et la prêchait sans l'épouvanter, trouvant en elle une belle et bonne âme où rien ne la scandalisait. C'est elle-même qui a raconté cela à ma grand'mère devant moi, lorsque j'étais au couvent, et qu'au parloir elles repassaient ensemble les souvenirs de cette étrange époque.

Au milieu d'un si grand nombre de détenues souvent renouvelées par le *départ*[21] des unes et l'arrestation des autres, si Marie-Aurore de Saxe et Victoire Delaborde ne se remarquèrent pas, il n'y a rien d'étonnant. Le fait est que leurs souvenirs mutuels ne datèrent point de cette époque. Mais qu'on me laisse faire ici un aperçu de roman. Je suppose que Maurice se promenât dans le cloître, tout transi et battant la semelle contre le mur en attendant l'heure d'embrasser sa mère; je suppose aussi que Victoire errât dans le cloître et remarquât ce bel enfant; elle qui avait déjà dix-neuf ans; elle eût dit, si on lui eût appris que c'était là le petit-fils du maréchal de Saxe:—«Il est joli garçon: quant au maréchal de Saxe, je ne le connais pas.»—Et je suppose encore qu'on eût dit à Maurice: «Vois cette pauvre jolie fille qui n'a jamais entendu parler de ton aïeul, et dont le père vendait des oisillons en cage, c'est ta future femme...» je ne sais ce qu'il eût répondu alors; mais voilà le roman engagé.

Qu'on n'y croie pas, pourtant. Il est possible qu'ils ne se soient jamais rencontrés dans ce cloître, et il n'est pourtant pas impossible qu'ils s'y soient regardés et salués en passant, ne fût-ce qu'une fois. La jeune fille n'aurait pas fait grande attention à un écolier; le jeune homme, tout préoccupé de ses chagrins personnels, l'aura peut-être vue, mais il l'aura oubliée l'instant d'après. Le fait est qu'ils ne se sont souvenus de cette rencontre ni l'un ni l'autre lorsqu'ils ont fait connaissance en Italie, dans une autre tempête, plusieurs années après.

Ici l'existence de ma mère disparaît entièrement pour moi, comme elle avait disparu pour elle-même dans ses souvenirs. Elle savait seulement qu'elle était sortie de prison comme elle y était entrée, sans comprendre comment et pourquoi. La grand'mère Coquart n'ayant pas entendu parler de ses petites-filles depuis plus d'un an les avait crues mortes. Elle était bien affaiblie quand elle les vit reparaître devant elle; car au lieu de se jeter d'abord dans leurs bras, elle eut peur et les prit pour deux spectres.

Je reprendrai leur histoire où il me sera possible de la retrouver. Je retourne à celle de mon père, que, grâce à ces lettres, je perds rarement de vue.

Les rapides entrevues qui servaient de consolation à la mère et au fils furent brusquement interrompues. Le gouvernement révolutionnaire prit une mesure de rigueur contre les proches parents des détenus, en les exilant hors de l'enceinte de Paris et en leur interdisant d'y mettre les pieds jusqu'à nouvel ordre. Mon père alla s'établir à Passy avec Deschartres, et il y passa plusieurs mois.

Cette seconde séparation fut plus déchirante encore que la première. Elle était plus absolue, elle détruisait le peu d'espérances qu'on avait pu conserver. Ma grand'mère en fut navrée, mais elle réussit à cacher à son fils l'angoisse qu'elle éprouva en l'embrassant avec la pensée que c'était pour la dernière fois.

Quant à lui, il n'eut point des pressentiments aussi sombres, mais il fut accablé. Ce pauvre enfant n'avait jamais quitté sa mère, il n'avait jamais connu, jamais prévu la douleur. Il était beau comme une fleur chaste et doux comme une jeune fille. Il avait seize ans, sa santé était encore délicate, son âme exquise. A cet âge, un garçon élevé par une tendre mère est un être à part dans la création. Il n'appartient pour ainsi dire à aucun sexe; ses pensées sont pures comme celles d'un ange; il n'a point cette puérile coquetterie, cette curiosité inquiète, cette personnalité ombrageuse qui tourmentent souvent le premier développement de la femme. Il aime sa mère comme la fille ne l'aime point et ne pourra jamais l'aimer. Noyé dans le bonheur d'être chéri sans partage et choyé avec adoration, cette mère est pour lui l'objet d'une sorte de culte. C'est de l'amour, moins les orages et les fautes où plus tard l'entraînera l'amour d'une autre femme. Oui, c'est l'amour idéal, et il n'a qu'un moment dans la vie de l'homme. La veille il ne s'en rendait pas encore compte et vivait dans l'engourdissement d'un doux instinct; le lendemain déjà ce sera un amour troublé ou distrait par d'autres passions, ou en lutte peut-être avec l'attrait dominateur de l'amante.

Un monde d'émotions nouvelles se révélera alors à ses yeux éblouis; mais s'il est capable d'aimer ardemment et noblement cette nouvelle idole, c'est qu'il aura fait avec sa mère le saint apprentissage de l'amour vrai.

Je trouve que les poètes et les romanciers n'ont pas assez connu ce sujet d'observation, cette source de poésie qu'offre ce moment rapide et unique dans la vie de l'homme. Il est vrai que, dans notre triste monde actuel, l'adolescent n'existe pas, ou c'est un être élevé d'une manière exceptionnelle. Celui que nous voyons tous les jours est un collégien mal peigné, assez mal appris, infecté de quelque vice grossier qui a déjà détruit dans son être la sainteté du premier idéal. Ou si, par miracle, le pauvre enfant a échappé à cette peste des écoles, il est impossible qu'il ait conservé la chasteté de l'imagination et la sainte ignorance de son âge. En outre, il nourrit une haine sournoise contre les camarades qui ont voulu l'égarer, ou contre les geôliers qui l'oppriment. Il est laid, même lorsque la nature l'a fait beau; il porte un vilain habit, il a l'air honteux et ne vous regarde point en face. Il dévore en secret de mauvais livres, et pourtant la vue d'une femme lui fait peur. Les caresses de sa mère le font rougir. On dirait qu'il s'en reconnaît indigne. Les plus belles langues du monde, les plus grands poèmes de l'humanité, ne sont pour lui qu'un sujet de lassitude, de révolte et de dégoût; nourri, brutalement et sans intelligence, des plus purs aliments, il a le goût dépravé et n'aspire qu'au mauvais. Il lui faudra des années pour perdre les fruits de cette détestable éducation, pour apprendre sa langue en étudiant le latin qu'il sait mal et le grec qu'il ne sait pas du tout, pour former son goût, pour avoir une idée juste de l'histoire, pour perdre ce cachet de laideur qu'une enfance chagrine et l'abrutissement de l'esclavage ont imprimé sur son front, pour regarder franchement et porter haut la tête. C'est alors seulement qu'il aimera sa mère; mais déjà les passions s'emparent de lui, et il n'aura jamais connu cet amour angélique dont je parlais tout à l'heure et qui est comme une pause pour l'âme de l'homme, au sein d'une oasis enchanteresse, entre l'enfance et la puberté.

Ceci n'est point une conclusion que je prends contre l'éducation universitaire. En principe, je reconnais les avantages de l'éducation en commun. En fait, telle qu'on la pratique aujourd'hui, je n'hésite pas à dire que tout vaut mieux, en fait d'éducation, même celle des enfants gâtés à domicile.

Au reste, il ne s'agit pas ici de conclure sur un fait particulier. Une éducation comme celle que reçut mon père ne saurait servir de type. Elle fut à la fois trop belle et trop défectueuse. Brisée deux fois, la première par une maladie de langueur, la seconde par les émotions de la terreur révolutionnaire, et par l'existence précaire et décousue qui en fut la suite, elle ne fut jamais complétée. Mais telle qu'elle fut, elle produisit un homme d'une candeur, d'une vaillance et d'une bonté incomparables. La vie de cet homme fut un roman de guerre et d'amour, terminé à trente ans par une catastrophe imprévue. Cette mort prématurée le laisse à l'état de jeune homme dans la pensée de ceux qui l'ont connu, et un jeune homme doué d'un sentiment héroïque, dont toute la vie se renferme dans une période héroïque de l'histoire, ne peut être une physionomie sans intérêt et sans charme. Quel beau sujet de roman pour moi que cette existence, si les principaux personnages n'eussent été mon père, ma mère et ma grand'mère! Mais, quoi qu'on fasse, quoique dans ma pensée rien ne soit plus sérieux que certains romans qu'on écrit avec amour et religion, il ne faut mettre dans un roman ni les êtres qu'on aime ni ceux qu'on hait. J'aurai beaucoup à dire là-dessus, et j'espère répondre franchement à quelques personnes qui m'ont accusée d'avoir voulu les peindre dans mes livres. Mais ce n'est point ici le lieu, et je me borne à dire que je n'eusse pas osé faire de la vie de mon père le sujet d'une fiction; plus tard on comprendra pourquoi.

Je ne pense pas, d'ailleurs, que cette existence eût été plus intéressante avec les ornements de la forme littéraire. Racontée telle qu'elle est, elle signifie davantage et résume, par quelques faits très simples, l'histoire morale de la société qui en fut le milieu.

CHAPITRE CINQUIEME

Après la Terreur.—Fin de la prison et de l'exil.—Idée malencontreuse de Deschartres.—Nohant.—Les bourgeois terroristes.—État moral des classes aisées.—Passion musicale.—Paris sous le Directoire.

Enfin, le 4 fructidor (août 1794), madame Dupin fut réunie à son fils. Le terrible drame de la révolution disparut un instant à leurs yeux. Tout entiers au bonheur de se retrouver, cette tendre mère et cet excellent enfant, oubliant tout ce qu'ils avaient souffert, tout ce qu'ils avaient perdu, tout ce qu'ils avaient vu, tout ce qui pouvait advenir encore, regardèrent ce jour comme le plus beau de leur vie.

Dans son empressement d'aller embrasser son fils à Passy, Mme Dupin n'ayant pas encore de certificats qui lui permissent de passer la barrière de Paris, et craignant d'être signalée à la porte Maillot s'habilla en paysanne et alla prendre un bateau vers le quai des Invalides pour traverser la Seine et gagner Passy à pied. C'était pour elle une course prodigieuse, car de sa vie elle ne sut marcher. Soit habitude d'inaction, soit faiblesse organique de jambes, elle n'avait jamais été au bout d'une allée de Jardin sans être épuisée de fatigue: et cependant elle était bien faite, dégagée, d'une santé excellente, et d'une beauté fraîche et calme qui avait toutes les apparences de la force.

Elle marcha pourtant sans y songer, et si vite que Deschartres, dont le costume répondait au sien, avait peine à la suivre. Mais au passage du bateau, une futile circonstance pensa leur attirer de nouveaux malheurs. Le bateau se trouva plein de gens du peuple qui remarquèrent la blancheur du teint et des mains de ma grand'mère. Un brave volontaire de la république en fit tout haut la remarque. «Voilà, dit-il, une petite maman de bonne mine qui n'a pas travaillé souvent.» Deschartres, ombrageux et malhabile à se contenir, lui répondit par un: Qu'est-ce que cela te fait? qui fut mal accueilli. En même temps une des femmes du bateau mit la main sur un paquet bleu qui sortait de la poche de Deschartres et l'élevant en l'air: «Voilà! dit-elle, ce sont des aristocrates qui s'enfuient: si c'étaient des gens comme nous, ils ne brûleraient pas de la cire.» Et une autre continuant lestement l'inventaire des poches du pauvre pédagogue, y saisit un rouleau d'eau de Cologne qui attira aux deux fugitifs une grêle de quolibets inquiétants.

Ce bon Deschartres, qui, malgré sa rudesse, était rempli d'attentions délicates, trop délicates dans la circonstance, avait cru faire merveille en se précautionnant pour ma grand'mère, et à son insu, de ces petites recherches de la civilisation qu'elle n'aurait point trouvées alors à Passy, ou qu'elle n'eût pu s'y procurer sans donner l'éveil aux voisins.

Il maudit son inspiration en voyant qu'elle allait devenir funeste à l'objet de ses soins; mais incapable de temporiser, il se leva au milieu du bateau, grossissant sa voix, montrant les poings et menaçant de jeter dans la rivière quiconque insulterait *sa commère*. Les hommes ne firent que rire de ses bravades, mais le batelier lui dit d'un ton dogmatique: «Nous éclaircirons cette affaire-là au débarqué». Et les femmes de crier *bravo* et de menacer avec énergie les aristocrates déguisés.

Déjà le gouvernement révolutionnaire se relâchait ouvertement du rigoureux système de la veille, mais le peuple n'abjurait pas encore ses droits et était tout prêt à se faire justice lui-même.

Alors ma grand'mère, par une de ces inspirations du cœur qui sont si puissantes chez les femmes, alla s'asseoir entre deux véritables commères qui l'injuriaient vivement; et, leur prenant les mains: «Aristocrate ou non, leur dit-elle, je suis une mère qui n'a pas vu son fils depuis six mois, qui a cru qu'elle ne le reverrait jamais, et qui va l'embrasser au risque de la vie. Voulez-vous me perdre! Eh bien! dénoncez-moi, tuez-moi au retour si vous voulez, mais ne m'empêchez pas de voir mon fils aujourd'hui; je remets mon sort entre vos mains.»

—«Va! va! citoyenne, répondirent aussitôt ces braves femmes, nous ne te voulons point de mal. Tu as raison de te fier à nous, nous aussi nous avons des enfants et nous les aimons».

On abordait. Le batelier et les autres hommes du bateau, qui ne pouvaient digérer l'attitude de Deschartres, voulurent faire des difficultés pour l'empêcher de passer outre, mais les femmes avaient pris ma grand'mère sous leur protection. «Nous ne voulons pas de cela, dirent-elles aux hommes, respect au sexe! N'inquiétez pas cette citoyenne.

Quant à son valet de chambre (c'est ainsi qu'elles qualifièrent le pauvre Deschartres), qu'il la suive. Il fait ses embarras, mais il n'est pas plus ci-devant que vous.»

Mme Dupin embrassa ces bonnes commères en pleurant, Deschartres prit le parti de rire de son aventure, et ils arrivèrent sans encombre à la petite maison de Passy, où Maurice, qui ne les attendait pas encore, faillit mourir de joie en embrassant sa mère. Je ne sais plus, quel jour fut révoqué le décret contre les exilés, mais ce fut presque immédiatement après; ma grand'mère se mit en règle, j'ai encore ses certificats de résidence et de civisme, ce dernier motivé principalement sur ce que ses domestiques et Antoine, son valet de pied à leur tête, s'étaient, de l'aveu de toute la section, portés bravement à la prise de la Bastille. C'étaient là de grandes leçons pour l'orgueil des *ci-devant*.

Mais je l'ai dit, ma grand'mère, sans admettre entièrement les conséquences sociales de ses idées philosophiques, n'avait point de préjugés qui la fissent rougir de devoir sa réintégration civique à la belle conduite de son domestique. Elle partit pour Nohant au commencement de l'an III avec son fils, Deschartres, Antoine et Mlle Roumier, une vieille bonne qui avait élevé mon père, et qui mangeait toujours *avec les maîtres*. Nérina et Tristan ne furent point oubliés.

L'autre jour, pendant que j'écrivais dans ce recueil de souvenirs l'histoire de Nérina, mon fils Maurice retrouvait au fond d'un grenier de notre maison la plaque du collier de cette intéressante petite bête, avec cette inscription: «Je m'appelle Nérina, j'appartiens à Mme Dupin, à Nohant, près la Châtre.» Nous avons recueilli cet objet comme une relique. En 96, je retrouve dans les lettres de mon père la postérité de Nérina, composée de Tristan le pauvre enfant de la Terreur, le compagnon d'exil, plus *Spinette* et *Belle*, ses sœurs puînées. Nérina avait fini ses jours sur les genoux de sa maîtresse. Elle a été enterrée dans notre jardin sous un rosier: *encavée*, comme disait le vieux jardinier, qui, en puriste Berrichon, n'eût jamais appliqué le verbe *enterrer* à autre créature *qu'à chrétien baptisé*.

Nérina mourut jeune pour avoir eu une existence trop agitée. Tristan eut une longévité extraordinaire. Par une coïncidence bizarre, son caractère tendre et mélancolique répondait à son nom, et autant sa mère avait été active et inquiète, autant il fut calme et recueilli. Ma grand'mère le préféra toujours à toute la postérité de Nérina, et on conçoit qu'après avoir traversé de grandes crises, on s'attache à tous les êtres, aux animaux mêmes qui les ont traversées avec nous. Tristan fut donc choyé particulièrement et vécut presque tout le reste de la vie de mon père, car il existait encore dans les jours de ma première enfance, et je me souviens d'avoir joué avec lui, bien qu'il ne jouât pas volontiers et eût habituellement la figure d'un chien qui s'absorbe dans la contemplation du passé.

Je ne sais plus bien ces dates de l'histoire que je raconte; mais je vois qu'au 1er brumaire de l'an III (octobre 1794) ma grand'mère recevait des administrateurs du district de la Châtre, une lettre avec l'épigraphe: *Unité, indivisibilité de la République, liberté, égalité, fraternité ou la mort*. La République était moralement morte, on en conservait les formules:

A la citoyenne Dupin.

«Nous t'adressons copie du contrat de vente que t'a consenti Piaron, le 3 août dernier (vieux style), et le mémoire nominatif des demandes qu'il te fait, etc.

«Salut et fraternité».
(Suivent trois signatures de gros bourgeois.)

Comme ils étaient contents, ces bons bourgeois, ces grands enfants émancipés de la veille, de tutoyer la modeste châtelaine de Nohant, et de traiter de Piaron tout court, l'ex-seigneur, celui qu'ils avaient appelé naguère M. le comte de Sereines! Ma grand'mère en souriait et ne s'en trouvait point offensée. Mais elle remarquait que les paysans ne tutoyaient point ces messieurs, et elle savait gré à son menuisier de la tutoyer sans façons. Elle y voyait une préférence d'amitié dont elle jouissait avec un peu de malice.

Un jour qu'elle était avec son fils dans la maisonnette de ce menuisier, alors percepteur de sa commune, républicain hardi et intelligent, qui fut pendant toute sa vie notre ami dévoué, et dont j'ai reçu le dernier soupir, deux bourgeois de la Châtre passèrent devant la porte, fort avinés, et trouvèrent brave d'insulter une femme et un enfant, de les menacer de la guillotine, et de se donner des airs de Robespierre au petit pied, eux qui mentalement, avec toute leur caste, venaient de tuer Robespierre et la révolution. Mon père, qui n'avait que seize ans, se précipita vers eux, saisit un de leurs chevaux à la bride, et les somma de descendre pour se battre avec lui. Godard, le menuisier-percepteur, vint à son aide, armé d'un grand compas dont il voulait, disait-il, mesurer ces messieurs. Les messieurs ne répondirent point à la provocation et piquèrent des deux. Ils étaient ivres, c'est ce qui les excuse. Ils sont aujourd'hui (1847) ardents conservateurs et dynastiques; mais ils sont vieux, c'est ce qui les absout.

Leur colère s'expliquait, au reste, par un motif particulier. L'un d'eux, nommé par le district administrateur des revenus de Nohant, pendant l'exécution de la loi sur les suspects, avait jugé à propos de se les approprier en grande partie, et de présenter des comptes erronés tant à la République qu'à ma grand'mère. Celle-ci plaida et l'amena à restitution. Mais ce procès dura deux ans, et pendant tout ce temps, ma grand'mère, ne touchant que les revenus de Nohant, qui ne s'élevaient pas alors à quatre mille francs, et devant payer de l'argent emprunté en 93 pour subvenir aux emprunts forcés et dons patriotiques dits volontaires, se trouva réduite à une gêne extrême. Pendant plus d'une année, on ne vécut que du revenu du jardin, qui fournissait au marché pour 12 ou 15 francs de légumes chaque semaine. Peu à peu sa position se liquida et fut améliorée; mais, à partir de la Révolution, son revenu ne s'éleva jamais à 15.000 livres de rente.

Grâce à un ordre admirable et à une grande résignation aux habitudes modestes qu'il lui fallut prendre, elle fit face à tout, et je lui ai souvent entendu dire en riant qu'elle n'avait jamais été aussi riche que depuis qu'elle était pauvre.

Je dirai quelques mots de cette terre de Nohant où j'ai été élevée, où j'ai passé presque toute ma vie et où je souhaiterais pouvoir mourir.

Le revenu en est peu considérable, l'habitation est simple et commode. Le pays est sans beauté, bien que situé au centre de la vallée Noire, qui est un vaste et admirable site. Mais précisément cette position centrale dans la partie la plus nivelée et la moins élevée du pays, dans une large veine de terre à froment, nous prive des accidents variés et du coup d'œil étendu dont on jouit sur les hauteurs et sur les pentes. Nous avons pourtant de grands horizons bleus et quelque mouvement de terrain autour de nous, et, en comparaison de la Beauce et de la Brie, c'est une vue magnifique; mais, en comparaison des ravissants détails que nous trouvons en descendant jusqu'au lit caché de la rivière, à un quart de lieue de notre porte, et des riantes perspectives que nous embrassons en montant sur les coteaux qui nous dominent, c'est un paysage nu et borné.

Quoi qu'il en soit, il nous plaît et nous l'aimons.

Ma grand'mère l'aima aussi, et mon père y vint chercher de douces heures de repos à travers les agitations de sa vie. Ces sillons de terres brunes et grasses, ces gros noyers tout ronds, ces petits chemins ombragés, ces buissons en désordre, ce cimetière plein d'herbes, ce petit clocher couvert de tuiles, ce porche antique, ces grands ormeaux délabrés, ces maisonnettes de paysan entourées de leurs jolis enclos, de leurs berceaux de vigne et de leurs vertes chenevières, tout cela devient doux à la vue et cher à la pensée quand on a vécu si longtemps dans ce milieu calme, humble et silencieux.

Le château, si château il y a (car ce n'est qu'une médiocre maison du temps de Louis XVI), touche au hameau et se pose au bord de la place champêtre sans plus de faste qu'une habitation villageoise. Les feux de la commune, au nombre de deux ou trois cents, sont fort dispersés dans la campagne; mais il s'en trouve une vingtaine qui se resserrent auprès de la maison, comme qui dirait porte à porte, et il faut vivre d'accord avec le paysan, qui est aisé, indépendant, et qui entre chez vous comme chez lui. Nous nous en sommes toujours bien trouvés, et, bien qu'en général les propriétaires aisés se plaignent du voisinage des ménageant, il n'y a pas tant à se plaindre des enfants, des poules et des chèvres de ces voisins-là qu'il n'y a qu'à se louer de leur obligeance et de leur bon caractère.

Les gens de Nohant, tous paysans, tous petits propriétaires (on me permettra bien d'en parler et d'en dire du bien, puisque, par exception, «je prétends que le paysan peut être bon voisin et bon ami»), sont d'une humeur facétieuse sous un air de gravité. Ils ont de bonnes mœurs, un reste de piété sans fanatisme, une grande décence dans leur tenue et dans leurs manières, une activité lente mais soutenue, de l'ordre, une propreté extrême, de l'esprit naturel et de la franchise. Sauf une ou deux exceptions, je n'ai jamais eu que des relations agréables avec ces honnêtes gens. Je ne leur ai pourtant jamais fait la cour, je ne les ai point avilis par ce qu'on appelle des *bienfaits*. Je leur ai rendu des services et ils se sont acquittés envers moi selon leurs moyens, de leur plein gré, et dans la mesure de leur bonté ou de leur intelligence. Partant, ils ne me doivent rien, car tel petit secours, telle bonne parole, telle légère preuve d'un dévouement vrai valent autant que tout ce que nous pouvons faire. Ils ne sont ni flatteurs ni rampants, et chaque jour je leur ai vu prendre plus de fierté bien placée, plus de hardiesse bien entendue, sans que jamais ils aient abusé de la confiance qui leur était témoignée. Ils ne sont point grossiers non plus. Ils ont plus de tact, de réserve et de politesse que je n'en ai vu régner parmi ceux qu'on appelle les gens bien élevés.

Telle était l'opinion de ma grand'mère sur leur compte. Elle vécut vingt-huit ans parmi eux, et n'eut jamais qu'à s'en louer. Deschartres, avec son caractère irritable et son amour-propre chatouilleux, n'eut pas avec eux la vie aussi douce, et je l'ai toujours entendu réclamer contre la ruse, la friponnerie et la stupidité du paysan. Ma grand'mère réparait ses bévues, et lui, par le zèle et l'humanité qui vivaient au fond de son cœur, il se fit pardonner ses prétentions ridicules et les emportements injustes de son tempérament.

J'aurai à revenir souvent sur le chapitre des *gens de campagne*, comme ils s'intitulent eux-mêmes: car, depuis la révolution, l'épithète de paysan leur est devenue injurieuse, synonyme de butor et de mal appris.

Ma grand'mère passa plusieurs années à Nohant, occupée à continuer avec Deschartres l'éducation de mon père, et à mettre de l'ordre dans sa situation matérielle. Quant à sa situation morale, elle est bien tracée dans une page de son écriture que je retrouve et qui se rapporte à cette époque. Je ne garantis pas que cette page soit d'elle. Elle avait l'habitude de copier des fragments ou de faire des extraits de ses lectures. Quoi qu'il en soit, les réflexions que je vais transcrire peignent très bien l'état moral de toute une caste de la société après la Terreur.

«On est fondé à contester le jugement rigoureux de l'Europe, qui, à la vue de toutes les horreurs dont la France a été le théâtre, se permet de les attribuer à un caractère particulier et à la perversité innée d'une si nombreuse portion d'un grand peuple. Dieu garde les autres nations d'être jamais instruites par leur expérience des fureurs dont les hommes de tous les pays sont susceptibles quand ils ne sont plus retenus par aucun lien, quand on a donné au rouage social une si violente secousse que personne ne sait plus où il est, ne voit plus les mêmes objets et ne peut plus se confier à ses anciennes opinions. Tout changera peut-être si le gouvernement devient meilleur, s'il se rasseoit et s'il renonce à se jouer de la faiblesse des hommes. Hélas! recherchons l'espérance, puisque nos souvenirs nous tuent. Courons après l'avenir, puisque le présent est dépourvu de consolation. Et vous qui devez guider le jugement de la postérité, vous qui souvent le fixez pour toujours, écrivains de l'histoire, suspendez vos récits afin de pouvoir en adoucir l'impression par le signalement d'une régénération et d'un repentir. N'achevez pas au moins votre tableau avant de pouvoir indiquer la première lueur de l'aurore dans le lointain de cette effroyable nuit. Parlez du courage des Français, parlez de leur vaillance, et jetez, s'il se peut, un voile sur les actions qui ont souillé leur gloire et terni l'éclat de leurs triomphes!

«Les Français ont tous la fatigue du malheur. Ils ont été brisés ou courbés par des événements d'une force surnaturelle, et après avoir éprouvé la rigueur d'une lourde oppression, ils ne forment plus aucun des souhaits qui appartiennent à une situation différente; leurs vœux sont bornés, leurs désirs sont restreints, et ils seront contents s'ils peuvent croire à la suspension de leurs inquiétudes. Une horrible tyrannie les a préparés à compter parmi les biens la sûreté de la vie.

«L'esprit public s'est affaibli et languira longtemps, effet inévitable d'une catastrophe inouïe et d'une persécution sans modèle. On a tellement vécu de ses peines qu'on a perdu l'habitude de s'associer à l'intérêt général. Les dangers personnels, quand ils atteignent une certaine limite, bouleversent tous les rapports, et l'oubli de l'espérance change presque notre nature. Il faut un peu de bonheur pour se livrer à l'amour de la communauté. Il faut un peu de superflu de soi pour donner quelque chose de soi aux autres»...

Quel que soit l'auteur de ce fragment, il n'est pas sans beauté, et ma grand'mère était fort capable de l'écrire. C'était du moins l'expression de sa pensée, si tant est qu'elle n'eût pris que la peine de le copier. Il y a aussi de la vérité dans ce tableau de l'époque et une justice relative dans les plaintes de ceux qui ont souffert sans utilité apparente. Enfin il y a une sorte de grandeur à eux de reprocher au gouvernement révolutionnaire plutôt la perte de leur âme que celle de leur vie.

Mais il y a aussi une contradiction manifeste comme il s'en trouve toujours dans les jugements de l'intérêt particulier. Il y est dit que les Français ont été grands par le courage, par la victoire, ce qui suppose un grand élan donné au patriotisme; tout aussitôt l'auteur présente la peinture de l'abattement et de l'égoïsme qui s'emparent de ces mêmes Français devenus insensibles aux peines d'autrui pour avoir trop souffert eux-mêmes.—C'est que ce ne furent pas les mêmes Français, voilà tout. Les heureux d'hier, ceux qui avaient longtemps disposé du bonheur d'autrui, durent faire un grand effort pour s'habituer à un sort précaire. Les meilleurs d'entre eux, ma grand'mère, par exemple, gémirent de n'avoir plus rien à donner, et de voir des souffrances qu'ils ne pouvaient plus soulager. En leur ôtant la fonction de bienfaiteurs du pauvre, on les contristait profondément, et les bienfaits de la société renouvelée n'étaient pas sensibles encore. Ils pouvaient l'être d'autant moins que cette régénération avortait en naissant, que la bourgeoisie prenait le dessus, et qu'à l'époque où ma grand'mère jugeait la société, elle agissait sans s'en rendre compte à l'agonie des droits et des espérances du peuple.

Quant aux Français des Armées, ils étaient nécessairement les amis de tout ce qui était resté en France. Ils défendaient et le peuple et la bourgeoisie, et la noblesse patriote. Héroïques martyrs de la liberté, ils avaient une mission incontestable et glorieuse dans tous les temps, à tous les points de vue, celle de garder le territoire national; sans doute le feu sacré n'était point perdu sur cette terre de France qui produisait en un clin d'œil de pareilles armées.

Par contraste avec l'éloquente lamentation que je viens de rapporter, je citerai de nouveaux fragments de la correspondance de mon père, où l'époque se montre telle qu'elle fut à la surface, au lendemain du régime austère de la Convention. Ce tableau donne un démenti aux prédictions tristes du fragment. On y voit la légèreté, l'enivrement, la téméraire insouciance de la jeunesse, avide de ressaisir les amusements dont elle a été longtemps sevrée, la noblesse retournant à Paris demi-morte, demi-ruinée, mais préférant à l'austère vie des châteaux le spectacle du triomphe de la bourgeoisie; le luxe exploité par les nouveaux pouvoirs comme moyen de réaction; le peuple lui-même perdant la tête et donnant la main au retour du passé.

La France offrait d'ailleurs à ce moment-là l'étrange spectacle d'une société qui veut sortir de l'anarchie et qui ne sait encore si elle se servira du passé ou si elle comptera sur l'avenir pour retrouver les formes qui garantissent l'ordre et la sûreté individuelle. L'esprit public s'en allait. Il ne vivait plus que dans les armées. La réaction elle-même, cette réaction royaliste, aussi cruelle et aussi sanglante que les excès du jacobinisme, commençait à s'apaiser. La Vendée avait rendu le dernier soupir en Berry, à l'affaire de Palluau (mai 96). Un chef royaliste du nom de Dupin, mais qui n'était pas notre parent, que je sache, avait organisé cette dernière tentative. Mon père eût été d'âge alors à s'en mêler, si telle eût été son opinion, et la bravoure ne lui eût pas manqué pour un effort désespéré. Mais mon père n'était pas royaliste et ne le fut jamais. Quel que fût l'avenir (et, à cette époque, malgré les victoires de Bonaparte en Italie, nul ne prévoyait le retour du despotisme), cet enfant condamnait et abjurait le passé sans arrière-pensée, sans regret aucun. Sa mère et lui, purs de toute participation secrète, de toute complicité morale avec les fureurs des partis et les vengeances intéressées, se laissaient bercer par le flot encore agité des derniers frémissements populaires. Ils attendaient les événements, elle, les jugeant avec une impartialité philosophique; lui, désirant l'indépendance de la patrie et le règne des théories incomplètes mais généreuses des écrivains du dix-huitième siècle. Bientôt il devait aller chercher à l'armée le dernier souffle de cette vie républicaine, et, comme sa mère était quelquefois effrayée des aspirations qui lui échappaient, elle cherchait à l'en distraire par les douces jouissances de l'art et l'attrait de distractions permises.

Quelques mots sur la personne de mon père avant de le faire parler en 96. Depuis 1794, il avait beaucoup étudié avec Deschartres, mais il n'était pas devenu fort en fait d'études classiques. C'était une nature d'artiste, et il n'y avait que les leçons de sa mère qui lui profitassent. La musique, les langues vivantes, la déclamation, le dessin, la littérature avaient pour lui un attrait passionné. Il ne mordait ni aux mathématiques, ni au grec, et médiocrement au latin. La musique l'emporta toujours sur tout le reste. Son violon fut le compagnon de sa vie. Il avait, en outre, une voix magnifique et chantait admirablement. Il était tout instinct, tout cœur, tout élan, tout courage, toute confiance; aimant tout ce qui était beau et s'y jetant tout entier sans s'inquiéter du résultat plus que des causes. Beaucoup plus républicain d'instinct, sinon de principes, que sa mère, il personnifia admirablement la phase chevaleresque des dernières guerres de la République et des premières guerres de l'Empire. Mais en 1796 il n'était encore qu'artiste.

A l'automne de la même année, ma grand'mère envoya son cher Maurice à Paris, soit pour le distraire d'une longue retraite, soit pour d'autres motifs plus sérieux que les lettres semblent indiquer, mais que je ne sais point.

Dans des lettres charmantes quelques-unes peignent si agréablement la physionomie de Paris sous le Directoire que je les transcris ici:

DE MAURICE A SA MÈRE.
«2 octobre 1796.

«..... J'ai été hier à un très beau concert qui s'est donné au théâtre de Louvois. C'était Guénin et le vieux Gavigny qui conduisaient l'orchestre.

«Tu sais, notre vieux Gavigny, qui a si bien connu mon père et Rousseau, du temps du *Devin du village*, et qui a fait si singulièrement connaissance avec moi à Passy du temps de mon exil. Eh bien! le public lui a fait répéter sa romance, et il s'en est si bien tiré qu'il a été, à la lettre, accablé d'applaudissements. Pour un homme de soixante-quinze ans, ce n'est pas mal! Cela m'a fait un bien grand plaisir!

«Je te donne à deviner en mille qui j'ai rencontré encore et reconnu à ce concert. Sous un habit à la mode, avec des souliers dégagés et des oreilles de chien, j'ai vu le sans-culotte S....., et je lui ai parlé. C'est un merveilleux! Voilà de ces rencontres à mourir de rire. Il m'a beaucoup demandé de tes nouvelles. Il n'était pas si galant en l'an II!

«Adieu, ma bonne mère, l'heure me presse, je vais à l'Opéra. Je te regrette à tous les instants. Tous les plaisirs que je goûte loin de toi sont imparfaits. Je t'embrasse mille fois.

«Et je fais mille amitiés à ma *bête* de bonne.» ....

«3 Octobre.

«Je t'ai quittée l'autre jour pour aller à l'Opéra. On devait donner *Corisande*, ce fut *Renaud*. Mais rien ne contrarie un provincial. J'écoutai d'un bout à l'autre avec le plus grand plaisir. J'étais à l'orchestre. M. Heckel connaît Ginguené, directeur du jury des arts, et tous les jours d'Opéra Ginguené lui fait présent de deux billets d'orchestre. C'est là où va ce qu'on appelle à présent la bonne compagnie. Vous y voyez des femmes charmantes, d'une élégance merveilleuse; mais si elles ouvrent la bouche, tout est perdu. Vous entendez: *Sacresti! que c'est bien dansé!* ou bien: *Il fait un chaud du diable!* Vous sortez, des voitures brillantes et bruyantes reçoivent tout ce beau monde, et les braves gens s'en retournent à pied, et se vengent par des sarcasmes des éclaboussures qu'ils reçoivent. On crie: *Place à M. le fournisseur des prisons!—Place à M. le brise-scellés!*

«Mais ils vont toujours et s'en moquent. Quoique tout soit renversé, on peut encore dire comme autrefois: *L'honnête homme à pied* et *le faquin en litière*. Ce sont d'autres faquins, voilà tout.

«Adieu, ma bonne mère. J'irai encore ce soir à l'Opéra. Ce matin, M. Heckel me fait diner avec M. le duc. Je t'embrasse comme je t'aime.»

«Le 15.

«Quoiqu'*à pied*, *l'honnête homme* se moque bien à Paris du mauvais temps! Il y a tant de choses à faire et à voir! Le matin je vais au Salon; de trois à six heures, je dîne longuement en bonne compagnie; le soir je vais au spectacle. J'ai dîné chez madame de Ferrières avec toutes tes amies; j'ai été reçu à bras ouverts! Ah! comme on a parlé de toi! Le diner était délicieux, servi en argenterie. La république n'a pas tout pris. Les vins parfaits. Il y avait des jeunes gens très gais, et nous avons fait rire aux éclats même M. de la Dominière. J'ai été le soir à la rue Feydeau, voir l'*Ecole des Pères* et les *Fausses Confidences*. Cette dernière pièce est absolument jouée comme avant 93: Fleuri avait le même habit; Dazincourt aussi.».................

«Le 17.

«Que tu es bonne de vouloir t'ennuyer encore dans ta solitude pour me laisser quelques jours de plus à Paris! Quelle trop bonne mère! Si tu y étais avec moi, je m'y amuserais bien davantage. Aujourd'hui, j'ai joint l'utile à l'agréable, et il me semble que je suis au-dessus de moi-même. Mon ami M. Heckel m'a lu deux ouvrages de morale, l'un sur l'immortalité de l'âme, l'autre sur le vrai bonheur. Tout est admirable, profond, rapide, clair, éloquent; c'est l'hiver dernier qu'il les a composés, et il m'assure qu'il n'a eu pour but que de me développer les principes de la vertu.

«J'ai eu un succès extraordinaire en chantant *Œdipe* chez Mme de Chabert.

«Mais ces succès, à qui les dois-je? A ma bonne mère, qui a bien voulu s'ennuyer à m'enseigner et qui en sait plus que tous les professeurs du monde! Après la musique, on a dansé; nous étions tous en bottes, n'en sois pas scandalisée, c'est l'usage à présent; mais comme on danse mal en bottes! Par là-dessus on s'est imaginé de prendre le thé, et c'est bien là le souper le plus fade et le plus économique qu'on puisse faire. Adieu, ma bonne mère, je t'embrasse de toute mon âme, et je fais à ma bonne trente-trois amitiés.».....................

«Le 19.

«Ce matin, j'ai encore déjeuné avec M. le duc et mon ami M. Heckel. Nous avons mangé comme des ogres et ri comme des fous... Et figure-toi que, comme nous marchions tous trois sur le Pont-Neuf, les poissardes nous ont entourés et ont embrassé M. le duc comme *le fils de leur bon roi*! Tu vois si l'esprit du peuple a changé! Mais je t'en *parlerai verbalement*, comme dit Bridoison.

«Je cours faire mes visites d'adieu. Va, je ne regretterai point Paris, puisque je vais te retrouver.

«Je dis mille brutalités à ma bonne; qu'elle s'apprête à me raser, car ici on m'a fait les crocs, j'effrayais tout le monde, et les voilà qui repoussent de rage............

«Deschartres a eu beau chercher un précepteur pour le fils de Mme de Chander, il regarde la chose comme impossible à trouver dans ce temps-ci. La race en est perdue. Tous les jeunes gens qui se destinaient à l'éducation cherchent à se faire médecins, chirurgiens, avocats. Les plus robustes ont été employés pour la République. Depuis six ans, personne n'a travaillé, il faut bien le dire, et les livres ont eu tort. On ne voit que des gens qui cherchent des instituteurs pour leurs enfants et qui n'en trouvent pas. Il y aura donc beaucoup d'ânes dans quelques années d'ici, et j'en serais un comme un autre sans Deschartres, que dis-je? sans ma bonne mère, qui aurait toujours suffi à former mon esprit et mon cœur.»

«Le 13.

«Nous partons demain. Deschartres se décide enfin à mettre ses estimables jambes dans des bottes. Il n'y pas moyen de lutter contre le torrent! C'est commode à cheval, mais non au bal. On ne fait plus que marcher la contredanse. Dis à ma bonne que je vais m'en dédommager en la faisant sauter et pirouetter de gré ou de force. Adieu, Paris... et bonjour à toi bientôt, ma bonne mère! je pars d'ici plus fou que je n'y suis venu; c'est qu'aussi tout le monde l'est un peu; il suffit d'avoir la tête sur les épaules pour se croire heureux. Les parvenus s'en donnent à cœur joie, et le peuple a l'air d'être indifférent à tout; jamais le luxe n'a été si brillant... Bah! bah! adieu à toutes ces vanités, ma bonne mère s'ennuie et m'attend: tant pis pour ma jument. Je vais enfin t'embrasser! Peut-être arriverai-je avant cette lettre!

«MAURICE.»

CHAPITRE SEPTIEME

Suite de l'histoire de mon père.—*Persistance des idées philosophiques.*—Robert, *chef de brigands.*—*Description de La Châtre.*—*Les* brigands *de Schiller.*

AVERTISSEMENT.

Certaines réflexions viennent inévitablement au courant de la plume quand on parle du passé: on le compare avec le présent, et ce présent, le moment où l'on écrit, c'est déjà le passé pour ceux qui vous lisent au bout de quelques années. L'écrivain a quelquefois aussi envisagé l'avenir. Ses prédictions se trouvent déjà réalisées ou démenties quand son œuvre paraît. Je n'ai rien voulu changer aux réflexions et aux prévisions qui me vinrent durant ces derniers temps. Je crois qu'elles font déjà partie de mon histoire et de celle de tous. Je me bornerai à mettre leur date en note.

Je continuerai l'histoire de mon père, puisqu'il est, sans jeu de mots, le véritable auteur de l'histoire de ma vie. Ce père que j'ai à peine connu, brillante apparition, ce jeune homme artiste et guerrier, est resté vivant dans les élans de mon âme, dans les fatalités de mon organisation, dans les traits de mon visage. Mon père est un reflet, affaibli sans doute mais assez complet, du sien. Le milieu dans lequel j'ai vécu a amené les modifications. Mes défauts ne sont donc pas son ouvrage absolument, et mes qualités sont un des instincts qu'il m'a transmis. Ma vie extérieure a autant différé de la sienne que l'époque où elle s'est développée, mais eussé-je été garçon et eussé-je vécu vingt-cinq ans plus tôt, je sais et je sens que j'eusse agi et senti en toutes choses comme mon père.

Quels étaient, en 97 et en 98, les projets de ma grand'mère pour l'avenir de son fils? Je crois qu'elle n'en avait pas d'arrêtés et qu'il en était ainsi pour tous les jeunes gens d'une certaine classe. Toutes les carrières ouvertes à la faveur sous Louis XVI l'étaient sous Barras à l'intrigue. Il n'y avait rien de changé en cela que les personnes, et mon père n'avait réellement qu'à choisir sa place entre les camps et le coin du feu. Son choix, à lui, n'eût pas été douteux: mais depuis 93 il s'était fait chez ma grand'mère une réaction assez concevable contre les actes et les personnages de la Révolution. Chose très remarquable, pourtant, sa foi aux idées philosophiques qui avaient produit la Révolution n'avait pas été ébranlée, et en 97, elle écrivait à M. Heckel une lettre excellente que j'ai retrouvée. La voici:

DE MADAME DUPIN A M. HECKEL.

«Vous détestez Voltaire et les philosophes, vous croyez qu'ils sont cause des maux qui nous accablent. Mais toutes les révolutions qui ont désolé le monde ont-elles donc été suscitées par des idées hardies? L'ambition, la vengeance, la fureur des conquêtes, le dogme de l'intolérance, ont bouleversé les empires bien plus souvent que l'amour de la liberté et le culte de la raison. Sous un roi tel que Louis XV, toutes ces idées ont pu vivre et n'ont rien pu bouleverser. Sous un roi tel qu'Henri IV, la fermentation de notre Révolution n'eût pas amené les excès et les délires que nous avons vus, et que j'impute surtout à la faiblesse, à l'incapacité, au manque de droiture de Louis XVI. Ce roi dévot a offert à Dieu ses souffrances, et son étroite résignation n'a sauvé ni ses partisans, ni la France, ni lui-même. Frédéric et Catharine ont maintenu leur pouvoir, et vous les admirez, monsieur; mais que dites-vous de leur religion? Ils ont été les protecteurs et les prôneurs de la philosophie, et il n'y a point eu chez eux de révolution. N'attribuons donc pas aux idées nouvelles le malheur de nos temps et la chute de la monarchie en France, car on pourrait dire: «Le souverain qui les a rejetées est tombé, et ceux qui les ont soutenues sont restés debout.» Ne confondons point l'irréligion avec la philosophie. On a profité de l'athéisme pour exciter les fureurs du peuple comme au temps de la Ligue on lui faisait commettre les mêmes horreurs pour défendre le dogme. Tout sert de prétexte au déchaînement des mauvaises passions. La Saint-Barthélemy ressemble assez aux massacres de septembre, les philosophes sont également innocents de ces deux crimes contre l'humanité.»

Mon père avait toujours rêvé la carrière des armes. On l'a vu, durant son exil, étudier la bataille de Malplaquet dans sa petite chambre de Passy, dans la solitude de ces journées si longues et si accablantes pour un enfant de seize ans: mais sa mère aurait voulu, pour seconder ses inclinations, le retour d'une monarchie ou l'apaisement d'une république modérée. Quand il la trouvait contraire à ses secrets désirs, comme il ne concevait pas alors la pensée d'agir sans son adhésion complète, il parlait d'être artiste, de composer de la musique, de faire représenter des opéras ou exécuter des symphonies. On retrouvera ce désir marchant de compagnie avec son ardeur militaire, de même que son violon fit souvent campagne avec son sabre.

En 1798, se présente dans l'histoire de mon père une circonstance futile en apparence, importante en réalité, comme toutes ces vives impressions de jeunesse qui réagissent sur notre vie entière, et qui même parfois disposent de nous à notre insu.

Il s'était lié avec la société de la ville voisine, et je dois dire que cette petite ville de La Châtre, malgré les travers et les défauts propres à la province, a toujours été remarquable pour la quantité de personnes très intelligentes et très instruites qui se sont produites dans sa population, tant bourgeoise que prolétaire. En masse on y est pourtant fort bête et fort méchant, parce qu'on y est soumis à ces préjugés, à ces intérêts et à ces vanités qui règnent partout, mais qui règnent plus naïvement et plus ouvertement dans les petites localités que dans les grandes. La bourgeoisie est aisée sans être opulente, elle n'a point de lutte à soutenir contre une noblesse arrogante, et rarement contre un prolétariat nécessiteux. Elle s'y développe donc dans un milieu fort favorable pour l'intelligence, quoique trop calme pour le cœur et trop froid pour l'imagination.

En 1798, mon père, lié avec une trentaine de jeunes gens des deux sexes, et lié intimement avec plusieurs, joua la comédie avec eux. C'est une excellente étude que ce passe-temps-là, et je dirai ailleurs tout ce que j'y vois d'utile et de sérieux pour le développement intellectuel de la jeunesse. Il est vrai que les sociétés d'amateurs sont, comme les troupes d'acteurs de profession, divisées la plupart du temps par des prétentions ridicules et des rivalités mesquines. C'est la faute des individus et non celle de l'art. Et comme, selon moi, le théâtre est l'art qui résume tous les autres, il n'est point de plus intéressante occupation que celle-là pour les loisirs d'une société d'amis. Il faudrait deux choses pour en faire un plaisir idéal: une bienveillance véritable qui imposerait silence à toute vanité jalouse, un véritable sentiment de l'art qui rendrait ces tentatives heureuses et instructives.

Il est à croire que ces deux conditions se trouvèrent réunies à La Châtre à l'époque que je raconte, car les essais réussirent fort bien, et les acteurs improvisés restèrent amis. La pièce qui eut le plus de succès, et qui fit briller chez mon père un talent de comédien spontané et irrésistible, fut un drame détestable, en grande vogue alors, mais dont la lecture m'a beaucoup frappée, comme un échantillon de couleur historique: *Robert, chef de brigands*.

Ce drame, *imité de l'allemand*, n'est qu'une misérable imitation des *Brigands* de Schiller, et pourtant cette imitation a de l'intérêt et de l'importance, car elle implique toute une doctrine. Elle fut représentée pour la première fois à Paris en 1792; c'est le système jacobin dans son essence, Robert est un idéal du chef de la montagne, et j'engage mon lecteur à le relire comme un monument très curieux de l'esprit du temps.

Les *Brigands* de Schiller sont et signifient toute autre chose. C'est un grand et noble ouvrage, rempli de défauts exubérants comme la jeunesse car c'est l'œuvre d'un enfant de vingt et un ans, comme chacun sait; mais si c'est un chaos et un délire, c'est aussi une fiction d'une haute portée et d'un sens profond.

Ces représentations théâtrales remplirent les loisirs de la société de La Châtre durant quelques mois, et échauffèrent l'imagination de mon père plus que sa mère ne pouvait le prévoir. Bientôt l'action scénique n'allait plus le satisfaire, et il allait échanger son sabre de bois doré pour un sabre à la hussarde.

Pour jouer *Robert* on enrégimenta des comparses, et les brigands furent des Hongrois-Croates, qui étaient en France comme prisonniers de guerre et avaient été cantonnés à La Châtre. On leur faisait simuler un combat, on leur fit comprendre qu'après la bataille, ils devaient paraître blessés; ils se concertèrent si bien et ils mirent tant de conscience, qu'à la représentation on les vit sortir de la mêlée boitant tous du même pied.

Ainsi mon père, chef de brigands sur les planches d'un théâtre, où les moines avaient fait chère lie, et où la Montagne avait tenu ses séances, commandait à des Hongrois et à des Croates prisonniers. Deux ans plus tard, il était fait prisonnier lui-même par des Croates et des Hongrois qui ne lui faisaient pas jouer la comédie et qui le traitaient plus rudement. La vie est un roman que chacun de nous porte en soi, passé et avenir.

Mais au milieu des irrésolutions de ma grand'mère pour la carrière de son fils, arriva cette fameuse loi du 2 vendémiaire an VII (23 septembre 1798), proposée par Jourdan, et qui déclarait tout Français soldat, par droit et par devoir, pendant une époque déterminée de sa vie.

La guerre, endormie un moment, menaçait d'éclater de nouveau sur tous les points. La Prusse hésitait dans sa neutralité, la Russie et l'Autriche armaient avec ardeur. Naples enrôlait toute sa population. L'armée française était décimée par les combats, les maladies et la désertion. La loi de la conscription, imaginée et adoptée, le Directoire la mit à exécution sur-le-champ en ordonnant une levée de 200,000 conscrits. Mon père avait vingt ans.

Depuis longtemps son cœur bondissait d'impatience, l'inaction lui pesait, le jeune homme s'agitait et faisait des vœux pour qu'un gouvernement *stable*, comme disait sa mère, lui permît de servir. Il faisait bon marché, lui, de la stabilité des choses. Quand les réquisitions forcées venaient lui enlever son unique cheval, il frappait du pied en disant: «Si j'étais militaire, j'aurais le droit d'être cavalier; je prendrais à l'ennemi des chevaux pour la France, au lieu de me voir mettre à pied comme un être inutile et faible.»

Soit instinct aventureux et chevaleresque, soit séduction des idées nouvelles, soit insouciance de tempérament, soit plutôt, comme ses lettres le prouvent en toute occasion, le bon sens d'un esprit clair et calme, jamais il ne regretta l'ancien régime et l'opulence de ses premières années. La gloire était pour lui un mot vague, mystérieux, qui l'empêchait de dormir, et quand sa mère s'attachait à lui prouver qu'il n'y a pas de gloire véritable à servir une mauvaise cause, il n'osait pas discuter, mais il soupirait profondément et se disait tout bas, que toute cause est bonne, pourvu qu'on ait son pays à défendre et le joug étranger à repousser.

Probablement ma grand'mère le sentait aussi, car elle admirait beaucoup les grands faits d'armes de l'armée républicaine, et elle connaissait Jemmapes et Valmy sur le bout du doigt, tout aussi bien que Fontenoy et l'ancien Fleurus. Mais elle ne pouvait concilier sa logique avec l'effroi de perdre son unique enfant. Elle l'aurait bien voulu voir *pourvu d'un régiment*, à condition qu'il n'y aurait jamais de guerre. L'idée qu'il pût un jour manger à la gamelle et coucher en plein champ lui faisait dresser les cheveux sur la tête.

A la pensée d'une bataille, elle se sentait mourir. Je n'ai jamais vu de femme plus courageuse pour elle-même, si faible pour les autres, si calme dans les dangers personnels, si pusillanime pour les dangers de ceux qu'elle aimait. Quand j'étais enfant, elle m'endoctrinait si bien au stoïcisme, que j'aurais eu honte d'écrire devant elle en me faisant du mal. Mais si elle en était témoin, c'était elle alors, la chère femme, qui jetait les hauts cris.

Toute sa vie s'écoula dans cette contradiction touchante, et comme tout ce qui est bon produit quelque chose de bon, comme ce qui vient du cœur agit toujours sur le cœur, sa tendre faiblesse ne produisait pas sur ses enfants un effet contraire à celui où tendaient ses enseignements. On puisait plus de courage dans la volonté de lui épargner de la douleur et de l'effroi en lui cachant de petites souffrances, qu'on en aurait peut-être eu si elle n'en eût pas manqué en les voyant. Ma mère était tout le contraire.

Rude à elle-même et aux autres, elle avait le précieux sang-froid, l'admirable présence d'esprit qui apportent le secours et inspirent la confiance. Ces deux façons d'agir sont bonnes apparemment, quoique diamétralement opposées; d'où l'on pourra conclure tout ce qu'on voudra. Quant à moi, je n'ai pas trouvé les théories applicables dans l'éducation des enfants. Ce sont des créatures si mobiles, que, si on ne se fait pas mobile comme elles (quand on le peut), elles vous échappent à chaque heure de leur développement.

Mon père avait été appelé à Paris dans les derniers jours de l'an VI pour régler quelques intérêts, et, dans les premiers jours de l'an VII, cette terrible loi de la conscription vint le frapper d'un choc électrique et décida de sa vie. J'ai assez indiqué les agitations de la mère et les secrets désirs de l'enfant. Je le laisserai maintenant parler lui-même.

LETTRE PREMIÈRE.

Sans doute c'est dans les derniers jours de l'an VI (octobre 1798). Paris.

«A la citoyenne Dupin, à Nohant.

«J'ai enfin reçu une lettre de toi, ma bonne mère. Elle a mis huit jours pour faire la route; ça ne laisse pas que d'être expéditif; que tu es bonne de me regretter. Ainsi, tu crains que je réussisse et que je ne réussisse pas. L'aventure est singulière. Quant à moi, je suis assez tranquille sur les affaires de famille que nous avons sur les bras. De cela, je m'occupe avec Beaumont, ne te tourmente pas, nous nous en tirerons.

Mais quant aux événements, tes inquiétudes me chagrinent; ma pauvre maman, sois courageuse, je t'en prie. Il est impossible, sous aucun prétexte, de s'exempter de la dernière, et elle me concerne absolument. Les généraux ne peuvent prendre d'aides-de-camp que dans la classe des officiers. Les institutions publiques, telles que l'école Polytechnique, le Conservatoire de musique, etc., etc., ont reçu ordre de n'admettre aucun élève compris dans la première classe. Ainsi, tu le vois, il faut servir, et il n'y aura aucun moyen de n'être pas soldat. Beaumont a frappé à toutes les portes, et partout même réponse. On ne commence plus par être officier, on finit par-là, si on peut. Beaumont connaît tout Paris; il est particulièrement lié avec Barras. Il m'a présenté au brave M. de Latour-d'Auvergne, qui par son intrépidité, ses talents, sa modestie, est digne d'être le Turenne de ce temps-ci. Après m'avoir examiné avec beaucoup d'attention, il m'a dit: *Est-ce que le petit-fils du maréchal de Saxe aurait peur de faire une campagne?* Ce mot-là ne m'a fait ni pâlir ni rougir, et je lui ai répondu: Certainement! en le regardant bien en face. Et puis j'ai ajouté: Mais j'ai fait quelques études, je puis acquérir quelques talents, et je croirais servir mieux mon pays dans un grade ou dans un état-major que dans les rangs aveugles du simple soldat.—Hé bien! a-t-il dit, c'est vrai, et il faut parvenir à un poste honorable. Cependant il faut commencer par être soldat, et voilà ce que j'imagine pour que vous le soyez le moins longtemps et le moins durement possible.

«J'ai un ami intime colonel du 10me régiment de chasseurs à cheval. Il faut entrer dans son régiment. Il sera enchanté de vous avoir. C'est un homme d'une naissance *autrefois illustre*. Il vous comblera d'amitié. Vous resterez simple chasseur le temps nécessaire pour vous perfectionner dans l'équitation. Ce colonel est sur la liste des généraux. S'il est nommé, à ma recommandation il vous rapprochera de sa personne. S'il ne l'est pas, je vous fais entrer dans le génie. Mais quoi qu'il puisse arriver, vous ne devez aspirer à aucun grade que vous n'ayez rempli les conditions prescrites. C'est dans l'ordre. Nous saurons allier la gloire et le devoir, le plaisir de servir la patrie avec éclat, et les lois de la justice et de la raison. Voilà à peu près, mot pour mot, son discours. Hé bien! maman? qu'en dis-tu? Il n'y a rien à répondre à cela? N'est-ce pas beau d'être un homme, un brave, comme Latour-d'Auvergne? Ne faut-il pas acheter cet honneur-là par quelques sacrifices, et voudrais-tu qu'on dît que ton fils, le petit-fils de ton père, Maurice de Saxe, a peur de faire une campagne? La carrière est ouverte. Faut-il préférer un éternel et honteux repos au sentier pénible du devoir? Et puis, il n'y a pas que cela; songe, maman, que j'ai vingt ans, que nous sommes ruinés, que j'ai une longue carrière à parcourir, toi aussi, Dieu merci! et que je puis en devenant quelque chose, te rendre un peu de l'aisance que tu as perdue: c'est mon devoir, c'est mon ambition.

Beaumont est content de me voir dans ces idées-là. Il dit qu'il faut en prendre son parti. Il est bien évident qu'un homme qui n'attend pas qu'on l'inscrive sur un registre comme une marchandise livrée, mais qui, au contraire, se présente volontairement pour courir à la défense de son pays, a plus de droits à la bienveillance et à l'avancement que celui qui s'y fait traîner de force. Cette conduite ne sera pas approuvée par les personnes de notre classe? Elles auront grand tort, et moi je désapprouverai leur désapprobation. Laissons-les dire, elles feraient mieux de m'imiter. J'en vois d'autres qui font plus que moi les patriotes et les beaux *Titus*, et qui ne se sentent pas du tout pressés d'aller rejoindre le drapeau.

«On croit peu ici à la paix, et Beaumont ne me conseille pas du tout d'y compter. M. de Latour-d'Auvergne m'a déjà pris en amitié. Il a dit à Beaumont qu'il aimait mon air calme, et qu'à la manière dont je lui avais répondu, il avait senti en moi un homme. Tu diras à cela, bonne mère, qu'il m'a vu dans mon beau moment! mais, enfin, on peut avoir souvent de ces moments-là; il ne faut que l'occasion. Notre fortune est renversée: faut-il pour cela nous laisser abattre? N'est-il pas plus beau de s'élever sur ses propres revers, que de tomber, par sa faute, du faîte des hauteurs où le hasard vous avait placé? Les commencements de cette carrière ne peuvent paraître repoussants qu'à un esprit vulgaire; mais toi, tu n'auras pas honte d'être la mère d'un brave soldat. Les armées sont très bien disciplinées maintenant. Les officiers sont tous gens de mérite, n'aie donc pas peur. Il ne s'agit pas d'aller se battre tout de suite, mais de passer quelque temps aux études du manège. Ce sera d'autant moins désagréable que tu m'en as fait apprendre plus, peut-être, qu'on n'en a à me montrer.

«Je n'ai pas besoin de me vanter de cela, mais je ne ferai point un apprentissage qui compromette mes os, ni qui apprête à rire aux assistants. Tu peux du moins être bien tranquille là-dessus. Adieu, maman, donne-moi ton avis sur toutes mes réflexions, et songe que du chagrin de notre séparation peut résulter un grand bien pour nous deux. Adieu encore, ma bonne mère, je t'embrasse de toute mon âme.

«J'embrasse Deschartres et je l'engage à mettre un peu plus de colophane à son archet pour éviter les *couacs et les riquiquis*. Allons, ris donc, ma bonne mère!»

La vie des grands hommes modestes est inédite en grande partie. Combien de mouvements admirables n'ont eu pour témoins que Dieu et la conscience. La lettre qu'on vient de lire en offre un qui me pénètre profondément. Voilà ce Latour-d'Auvergne, *ce premier grenadier de France*, ce héros de bravoure et de simplicité, qui peu de temps après partit lui-même comme simple soldat, quoique ses cheveux blancs ne lui rendissent pas la nouvelle loi applicable... Il faut rappeler cette aventure que plusieurs personnes ont peut-être oubliée. Il avait un vieux ami, octogénaire qui ne vivait que du travail de son petit-fils. La loi de la conscription frappe sur ce jeune homme. Aucun moyen alors de se racheter. Latour-d'Auvergne obtient comme une faveur spéciale du gouvernement, en récompense d'une vie glorieuse, de partir comme simple soldat pour remplacer l'enfant de son ami. Il part, il se couvre d'une gloire nouvelle, il meurt sur le champ d'honneur, sans avoir jamais voulu accepter aucune récompense, aucune dignité!...

Eh bien, voilà cet homme, avec de tels sentiments, avec le projet déjà arrêté peut-être de se faire conscrit (à 55 ans), à la place d'un pauvre jeune homme, qui se trouve en présence d'un autre jeune homme, lequel hésite devant la nécessité de se faire soldat. Il examine attentivement cet enfant gâté qu'une tendre mère voudrait soustraire aux rigueurs de la discipline et aux dangers de la guerre. Il interroge son regard, son attitude. On sent que s'il découvre en lui un lâche cœur, il ne s'y intéressera pas et le fera rougir d'être le petit-fils d'un illustre militaire. Mais un mot, un regard de cet enfant lui suffisent pour pressentir en lui un homme, et tout aussitôt il le prend en amitié, il lui parle avec douceur, et condescend, par de généreuses promesses, à la sollicitude de sa mère. Il sait que toutes les mères ne sont pas des héroïnes, il devine que celle-là ne peut pas adorer la République, que ce jeune homme a été élevé avec des délicatesses infinies, qu'on a de l'ambition pour lui et qu'on ne saurait prendre pour modèle l'antique dévouement d'un Latour-d'Auvergne. Mais ce Latour-d'Auvergne semble ignorer la sublimité de son propre rôle.

Il en tire si peu de vanité qu'il ne le rappelle pas aux autres. Il n'exige de personne le même degré de vertu. Il peut aimer, estimer encore ceux qui aspirent au bien-être et aux honneurs qu'il méprise. Il entre dans leurs projets, il caresse leurs espérances, il travaillera à les réaliser, tout comme le ferait un homme ordinaire qui apprécierait les douceurs de la vie et les sourires de la fortune; et, comme s'il se parlait à lui-même, pour amoindrir son mérite à ses propres yeux, et pour se préserver de l'orgueil, il se résume en disant: *On peut concilier la gloire et le devoir, le plaisir de servir sa patrie avec éclat et les lois de la justice et de la raison.*

Pour moi, ce langage bienveillant et simple est trois fois grand, trois fois saint dans la bouche d'un héros. Ce qu'on voit, ce qu'on sait d'une vie éclatante peut toujours être imputé à un secret raffinement de l'orgueil. C'est dans le détail, c'est dans les faits insignifiants en apparence qu'on saisit le secret de la conscience humaine. Si j'avais jamais douté de la naïveté dans l'héroïsme, j'en verrais une preuve dans cette douceur du *premier grenadier de France*.

Mon père n'analysa point cette conduite touchante, du moins il ne le fit pas en la rapportant à sa mère. Mais il est certain que son entrevue avec cet homme qui avait commandé la *colonne infernale* et qui avait un cœur si tendre et un langage si doux, lui fit une impression profonde. Dès ce jour son parti fut pris, et il trouva en lui-même un certain art pour tromper sa mère sur des dangers qui allaient environner sa nouvelle existence. On voit déjà qu'en lui parlant d'études, de manèges, il cherche à détourner sa pensée de l'éventualité prochaine des batailles. Par la suite, on le verra plus ingénieux encore à lui épargner les tourments de l'inquiétude, jusqu'au moment où blasé lui-même sur l'émotion du péril, il semble croire qu'elle se soit habituée aux chances de la guerre. Mais elle n'en prit jamais son parti, et longtemps après elle écrivait à son frère, l'abbé de Beaumont:

«Je déteste la gloire. Je voudrais réduire en cendres tous ces lauriers où je m'attends toujours à voir le sang de mon fils. Il aime ce qui fait mon supplice, et je sais qu'au lieu de se préserver, il est toujours et même inutilement à l'endroit le plus périlleux. Il a bu à cette coupe d'enivrement depuis le jour où pour la première fois, il a vu M. de Latour-d'Auvergne. C'est ce maudit héros qui lui a tourné la tête!»

Je reprends la transcription de ces lettres, et je ne puis me persuader que mon lecteur les trouve trop longues ou trop nombreuses. Quant à moi, lorsque je sens qu'en les publiant, j'arrache parfois à l'oubli quelque détail qui honore l'humanité, je me reconcilie avec ma tâche, et je goûte un plaisir que ne m'ont jamais donné les fictions du roman.

FIN DU TOME PREMIER.

TOME DEUXIÈME

CHAPITRE HUITIEME

Suite des lettres.—Enrôlement volontaire.—Elan militaire de la jeunesse de 1798.—Lettre de Latour-d'Auvergne.—La gamelle.—Cologne.—Le général d'Harville.—Caulaincourt.—Le capitaine Fleury.—Amour de la patrie.—Durosnel.

LETTRE II.

«Paris, 6 vendémiaire an VII (7 septembre 1798).

«Je t'écris, ma bonne mère, de chez notre *Navarrais*[22]. La loi de la conscription, proclamée ce matin, et qui ordonne de répondre dans vingt-six jours, m'empêche d'attendre ta réponse et me détermine à prendre le parti dont je t'ai parlé. Nous allons tous les deux ce matin chez le capitaine des chasseurs, afin de terminer cette affaire. Ne t'inquiète pas, ma bonne mère; il s'agit d'aller en garnison à Bruxelles et non point au feu de l'ennemi. J'aurai probablement un congé ou une ordonnance qui me *forcera* de venir bientôt t'embrasser. Tous les jeunes gens ici ont la tête ou la figure à l'envers. Toutes les jolies femmes et les bonnes mères se désolent. Mais il n'y a pas de quoi, je t'assure; je vais endosser le dolman vert, prendre le grand sabre et laisser croître mes moustaches. Te voilà mère d'un défenseur de la patrie, et ayant droit au milliard. C'est un profit tout clair. Allons, ma bonne mère, ne t'afflige pas. Tu me reverras bientôt.»

LETTRE III.

«7 vendémiaire an VII (septembre 98).

«Je suis volontaire. J'ai le grand sabre, la toque rouge et le dolman vert. Quant à mes moustaches, elles ne sont pas encore aussi longues que je pourrais le désirer: mais cela viendra. Déjà on *tremble à mon aspect*, du moins je l'espère. Allons, ma chère bonne mère, ne t'afflige pas.

«Je suis soldat; mais le maréchal de Saxe n'a-t-il pas servi volontairement dans ce poste pendant deux ans? Toi-même tu reconnaissais que j'étais en âge de chercher un état. Je tergiversais sur le choix, parce que tu craignais trop la guerre. Mais, au fond, je désirais être forcé par les circonstances de suivre mes inclinations. Le fait est arrivé. Je serais heureux de cela sans la douleur de te quitter et sans tes inquiétudes qui me déchirent; mais je t'assure, ma bonne mère, que là où je vais, on ne se bat pas, et que j'aurai souvent des congés pour te voir. Allons, ton chasseur t'embrasse de toute son âme. Il y a dans le régiment une place vacante de trompette. Propose-la au père Deschartres. J'embrasse ma bonne. Adieu, adieu, je t'aime.»

LETTRE V.

«*Paris*, le 13 vendémiaire an VII (septembre 98).

«Je t'écris au moment d'aller chez le général Beurnonville. C'est un ami de M. Perrin, ami intime du général, qui me présente. Beurnonville est général de l'armée d'Angleterre dont je fais partie, et, par son moyen, j'espère avoir un prompt avancement. Il sera à propos que tu lui écrives. Tu lui diras que si tu ne m'as pas envoyé plus tôt à la défense de la patrie, c'est que les lois s'y opposaient, puisqu'on m'avait compris dans la classe des soldats; qu'enfin le décret de la conscription me permet de partir, et que tu lui demandes pour moi son appui. Dans tout cela, il n'y aura qu'une moitié de mensonge, *ton zèle* pour m'envoyer à la guerre; enfin tu t'en tireras à merveille; je n'en suis pas en peine. On reparle ici de la paix, et toutes mes affaires vont probablement se passer en promenades.»

LETTRE VII.

«17 vendémiaire an VII (octobre 98).

«Beurnonville m'a donné deux lettres de recommandation, l'une pour le chef de brigade commandant le dixième régiment dont je fais partie; l'autre pour le général d'Harville, inspecteur général de l'armée de Mayence. Il m'adresse à eux comme le petit-fils du maréchal de Saxe, *notre modèle à tous*, dit-il; il demande pour moi de l'emploi, d'abord comme ordonnance, et ensuite suivant la partie à laquelle ils me trouveront propre. Il me recommande aussi fortement au chef de brigade et lui dit qu'il lui tiendra compte des égards qu'il aura pour moi. Tu vois que mes affaires sont en bon train et qu'avec de pareilles recommandations je ne moisirai pas dans les casernes. Il leur dit, par exemple, que ma famille m'entretient et que je n'aurai pas besoin d'appointements. Ce n'est point ce qui m'en plaît le plus, car nous ne sommes pas riches, et je vais te coûter de l'argent. Espérons pourtant que je ne tarderai pas à vivre de mon travail. Ne sois pas inquiète, ma bonne mère, et crois que peut-être bientôt tu entendras parler de moi...

«On me dit que tu ne veux pas qu'on sache en Berry en quelle qualité je sers: mais, ma bonne mère, il faut pourtant bien en venir là. D'abord, quels sont donc les imbéciles qui se formaliseraient de voir ton fils soldat de la République?

Ensuite, pour qu'on ne t'inquiète pas en mon absence, il faut que j'envoie à la municipalité une attestation de mon activité de service, sans quoi je serais regardé comme fuyard et émigré, ce qui ne me va guère.»

LETTRE X.

«23 vendémiaire an VII (octobre 98).

«Ah! ma pauvre bonne mère, que tu es bonne de m'envoyer des diamants, n'ayant pas de quoi m'équiper; tu fais comme les dames romaines, tu sacrifies tes bijoux aux besoins de la patrie. Je vais les faire estimer et les vendre le mieux possible.»

LETTRE XI.

«25 vendémiaire an VII (octobre 98).

«J'ai dîné hier avec M. de Latour-d'Auvergne, chez M. de Bouillon. Ah! ma mère, quel homme que M. de Latour! si tu pouvais causer une heure avec lui, tu n'aurais plus tant de chagrin de me voir soldat. Mais je vois que ce n'est pas le moment de te prouver que j'ai raison. Ton chagrin m'empêche d'avoir raison contre toi: je lui ai remis ta lettre. Il l'a trouvée charmante, admirable, et il en a été attendri. C'est qu'il est aussi bon que brave. Permets-moi de t'avouer que, s'il n'y avait eu que de pareils hommes dans la Révolution, je serais encore plus révolutionnaire que je ne le suis... c'est-à-dire que je le serais sans ta prison et tes douleurs.

«J'ai été de là aux Italiens voir *Montenerro*. C'est détestable.

«Toutes les élégantes de Paris étaient là. Mme Tallien, Mlle Lange et mille autres, tant grecques que romaines, ce qui ne m'a pas empêché de me bien ennuyer.»

Lettre de Latour-d'Auvergne à ma grand'mère.

«De *Passy*, le 25 vendémiaire an 7 de la République française.

«Madame,

«Je n'ai reçu que dans ce moment-même la lettre extrêmement flatteuse que vous m'avez fait l'honneur de m'adresser. Vous ne me devez aucun remercîment pour ce que j'ai pu faire pour monsieur votre fils, dans les circonstances embarrassantes où il s'est trouvé. Les personnes qui me devaient une véritable reconnaissance étaient ses officiers et ses camarades; aussi n'ont-ils pas manqué de me donner à connaître tout ce qu'ils pensaient et sentaient sur le service que je leur avais rendu en leur procurant pour frère d'armes le jeune Maurice, chez lequel tout semble déjà annoncer qu'il accomplira un jour les hautes destinées de son immortel grand-père. L'on a pris toutes les précautions et toutes les mesures possibles pour qu'il serve avec douceur et agrément; soyez donc bien tranquille, madame, sur ses premiers pas dans la carrière des armes. La paix, à laquelle je crois toujours, malgré les apparences contraires, vous le renverra peut-être plus tôt que vous n'osez l'espérer. Ainsi, laissez prendre place à ce sentiment, au milieu des motifs de s'alarmer, que la tendresse d'une mère trouve si facilement au fond de son cœur pour un fils qui s'éloigne d'elle pour la première fois. Je n'entreprendrai pas, madame, d'arrêter les premiers mouvements de votre sensibilité; ils sont trop justes et je n'ai pas le bonheur d'être père, mais je sens que je méritais de l'être, à en juger par l'effet que votre lettre a produit sur moi.

«Agréez, madame, avec bonté, mes hommages les plus respectueux.

«Le citoyen LATOUR-D'AUVERGNE CORRET, capitaine d'infanterie.»

LETTRE XII.

«27 vendémiaire au soir, an VII (octobre 98).

«Je pars aujourd'hui, ma bonne mère; je viens de prendre congé de mon capitaine, qui, tout enchanté de ta lettre, m'en a donné une pour le chef d'escadron; puis il m'a embrassé avec effusion. Je ne sais pas ce que je lui ai fait, mais tout froid qu'il est, ce digne homme, il a l'air de m'aimer comme son fils. Beurnonville m'a recommandé de toutes parts: lui aussi me comble de bontés; il m'appelle *son Saxon*. Je crois bien que c'est aux lettres de ma bonne mère, encore plus qu'à ma bonne volonté que je dois tout cela. Je t'envoie un duplicata de ma conscription. Beaumont m'a mené à sa section et m'a fait inscrire. Cette démarche était nécessaire; sans cela, malgré ma présence au corps, j'aurais encouru les peines portées par la loi.

«Tu vas donc lire que j'exerce la profession de chasseur à cheval et que ma taille est *d'un mètre 733 millimètres*, à quoi tu ne comprendras rien et te figureras peut-être que j'ai grandi ce mois-ci de 733 coudées. Mais cela ne fait toujours que 5 pieds 3 pouces. Hier, en retenant ma place à la diligence, j'ai emmené le commis qui m'inscrivait sur le registre. Ah! monsieur, je suis de la conscription.—Voilà un uniforme qui vous va bien; voulez-vous m'adresser à votre capitaine?—Certainement, mon camarade; je vais chez lui, venez-y avec moi. Un jeune homme qui venait s'inscrire aussi pour la diligence, nous entend et nous suit. Bientôt j'emmènerai les postillons et les chevaux. Tu vois bien, ma bonne mère, que je ne suis pas le seul qui ait le goût militaire, car tous s'en vont joyeux et fiers. Je pars, je t'embrasse, je t'aime, je recommande à père Deschartres et ma bonne, et même aussi un peu à Tristan, de te distraire, de te rassurer, de te soigner; je reviendrai bientôt, sois-en sûre, et je serai heureux.

«MAURICE.»

«*Cologne*, 7 brumaire.

«Me voilà à Cologne! Bah! comment donc si loin? Figure-toi qu'arrivé à Bruxelles, j'entre dans la chambre de la sixième compagnie. On allait se mettre à table, c'est à dire se ranger autour de la gamelle. On m'invite poliment à dîner. Je prends une cuillère, et me voilà à m'empifrer avec toute la société. A un petit goût de fumée près, la soupe était, ma foi, très bonne, et je t'assure qu'on ne meurt pas de cette cuisine-là. Je régale ensuite les camarades de quelques pots de bière et de quelques tranches de jambon. Nous fumons quelques pipes, nous voilà amis comme si nous avions passé dix ans ensemble. Tout à coup l'appel sonne, on descend dans la cour. Le chef d'escadron s'avance, je vais à lui, je lui remets la lettre du capitaine, il me serre la main, mais il m'apprend que le chef de brigade et le général sont aux avant-postes de l'armée de Mayence avec l'autre partie de mon régiment. Je vois dans l'instant qu'il n'y a rien à faire à Bruxelles, et je le dis tout net à mon chef d'escadron qui m'approuve sans hésiter. Il m'expédie une feuille de route pour les avant-postes, et après dix-huit heures d'amitié avec mon chef et mes camarades, me voilà parti! Mais le destin, ma bonne mère, me sert mieux que la prudence. Je passais par Cologne pour me rendre dans les environs de Francfort, où est mon régiment, lorsque j'ai appris que le citoyen d'Harville, général en chef et inspecteur de la cavalerie de Mayence, allait arriver ici dans deux jours. Je suspends ma course, je l'attends. Tout le monde me dit qu'avec la recommandation de Beurnonville, son ami, je serai employé d'emblée près de lui comme ordonnance. J'aurai donc un peu plus de mouvement, sinon dans le corps, du moins dans l'esprit, que si j'étais forcé de m'en tenir à la consigne du soldat caserné. Ainsi mes affaires vont bien, et sois tranquille.

«Tu apprendras par les journaux qu'il y a eu des troubles dans le Brabant, au sujet de la conscription. Les révoltés se sont emparés pendant quelques heures de la ville et de la citadelle de Malines; mais les Français, à qui rien ne résiste, les en ont chassés, et en ont tué 300. On en a amené 27 à Bruxelles pendant que j'y étais, et j'ai vu, parmi eux, des gens de tout âge et deux capucins. La conscription n'était qu'un prétexte, et le projet des révoltés était de favoriser une descente des Anglais; car ils s'étendent du côté d'Ostende et de Gand. Notre diligence s'étant cassée et nous ayant forcés de passer huit heures à Louvain, toutes les villes qui étaient sur la route, vinrent au-devant de nous. Le bruit s'était répandu que Bruxelles était en insurrection, parce qu'on ne voyait point arriver la diligence. Cette alerte s'est accrue au point que c'est la nouvelle du pays, et qu'on a peine à me croire, quand je dis que j'ai laissé Bruxelles fort tranquille. On fait descendre beaucoup de troupes de l'armée de Mayence, et on espère voir bientôt le Brabant pacifié. Je bénis de plus en plus, ma bonne mère, les soins dont tu comblas mon enfance. L'allemand m'est ici de la plus grande utilité. J'ai servi dans tout le chemin d'interprète à la carrossée. Ils étaient désolés de me laisser à Cologne et de perdre leur trucheman.—Tu vas passer un hiver bien triste, toi, ma bonne mère, et cette idée seule m'afflige. Mais j'espère être chargé de quelque ordonnance pour le département de l'Indre. J'irai encore te soigner, te caresser, te faire rire. Ta douleur est mon unique souci, car de tout ce qui peut m'arriver, je m'en moque, et suis certain de m'en bien tirer.»

En attendant le général d'Harville, notre chasseur se promenait au bord du Rhin, et, malgré sa joie d'être militaire, il ne pouvait pas toujours prendre son parti sur l'absence de sa mère. «Les bords du Rhin me rappellent les bords de la Seine à Passy, lui écrivait-il à la date du 9 brumaire, et je m'y surprends tout triste, rêvant à toi, et t'appelant comme dans ce temps-là où nous étions si malheureux.» Il rencontre un aide-de-camp du général Jacobi, ils parlent musique, ils en font ensemble, et les voilà liés. Le général d'Harville arrive enfin, et, d'emblée, choisit le protégé de Beurnonville pour son ordonnance. Il lui promet un beau cheval, tout équipé, le plus tôt possible, car les chevaux étaient rares alors, et celui-là se fit longtemps attendre.

Le général, qui s'intitulait alors Auguste Harville, était le comte d'Harville, qui fut depuis sénateur et chevalier d'honneur de Joséphine, avait été maréchal-de-camp avant la révolution, puis employé sous Dumouriez. Il avait été un peu froid ou hésitant à la bataille de Jemmapes. Traduit au tribunal révolutionnaire après la trahison de ce dernier, il avait eu le bonheur d'être acquitté. La suite de sa vie s'écoula dans les faveurs plus que dans la gloire. En 1814 il vota la déchéance de l'empereur et fut fait pair de France. Ce pouvait être un brave et galant homme, mais le résumé de ces existences qui ont servi toutes les causes ne laisse pas de traces bien chaudes dans la mémoire des hommes, et on peut, en tout temps, suspecter un peu leur sincérité. Ce général était fort sensible à la recommandation de la naissance. Son aide-de-camp et parent, le jeune marquis de Caulaincourt, le poussait à la hauteur et à la réaction contre les idées révolutionnaires. Le caractère d'aristocratie de ces deux personnages est très bien tracé dans les lettres de mon père, que je citerai encore, car elles offrent une peinture assez originale de l'esprit de réaction qui grandissait chaque jour dans les rangs de l'armée. On y verra que l'égalité de droits, établie par la révolution, n'y était déjà plus du tout l'égalité de fait.

LETTRE XIV.

«26 brumaire an VII (9 septembre 98), *Cologne*.

«... Les aides-de-camp du général dont l'un est le citoyen Caulaincourt, m'ont invité hier à dîner. Le repas a été très gai et très amical. On a passé ensuite dans la chambre du général qui a un érysipèle à la jambe. Je suis resté seul avec lui une demi-heure. Il m'a parlé avec l'aisance et l'affabilité d'un personnage d'autrefois, s'est inquiété de la manière dont j'étais logé et nourri; puis il me fit mille questions sur mon passé, sur ma naissance, sur mes relations. En apprenant que la femme et la fille du général de La Marlière avaient passé l'été chez toi, que la fille du général de Guibert avait épousé mon neveu, que Mme Dupin de Chenonceaux avait été la femme de mon grand-père, il devint de plus en plus gracieux, et je vis bien que tout cela ne lui était pas indifférent. On fit ensuite de la musique. Il y avait beaucoup d'élégants et d'élégantes de Cologne qui, pour des Allemands, n'ont pas mauvaise tournure. Chacun demandait au général: *Quel est donc ce chasseur-là?* Car ce n'est pas en Allemagne la coutume que les ordonnances fassent salon avec les officiers supérieurs, et cette infraction à l'étiquette leur bouscule un peu l'esprit. Je m'en moque, et je vais mon train, d'autant plus qu'après la musique vint une magnifique collation dont aucun plat ne fit avec moi le renchéri. Puis du punch... Et puis on a valsé. Et puis les aides-de-camp m'ont invité à souper avec ceux du général Tréguier, commandant de la place. Nous avons bu du vin de Champagne qui cassait tout, puis encore du punch, puis nous nous sommes un peu grisé, et puis on s'est séparé à minuit.

«Tu vois que n'ayant pas le sou, je vis comme un prince. L'état-major est très bien composé. Les aides-de-camp sont tous des jeunes gens fort aimables, et le *citoyen* de Caulaincourt m'a dit, de la part du général, que dans trois ou quatre mois je serais officier.

«On bat toujours les rebelles; on a brûlé plusieurs villages entre Mons et Bruxelles. Cologne est tranquille...................................

«Dis à ma bonne qu'il y a ici des places vacantes de vivandières, et que je lui en offre une. J'embrasse *il signor Fugantini-Deschartres*. Débite-t-on toujours, dans nos environs, bien des platitudes sur mon absence? Arrivent-ils à croire que je ne suis pas émigré, mais soldat? Tous nos bons paysans partent-ils? Demandent-ils où je suis? Il arrive ici une foule de conscrits. On les compte, on les enrégimente, on les conduit comme des moutons. Tous les matins, la rue de l'état-major en est remplie. Les uns chantent; quelques-uns, pauvres enfants, ont la larme à l'œil. Je voudrais pouvoir les consoler ou leur donner ma gaîté. «Je me retrouvai près de toi, dans la rue du Roi-de-Sicile, dans ton boudoir gris de perle. C'est étonnant comme la musique vous replonge dans les souvenirs. C'est comme les odeurs: quand je respire tes lettres, je crois être dans la chambre à Nohant, et le cœur me saute à l'idée que je vais te voir ouvrir ce meuble en marqueterie qui sent si bon, et qui me rappelle des choses si sérieuses d'un anti-temps[23].

* * *

«En sortant de la comédie, ce diable de bon garçon (mon ami le secrétaire) m'a emmené souper. Je ne voulais pas boire de vin parce qu'il est trop cher ici, et que je voudrais m'en déshabituer. Il y avait six jours que je n'en avais goûté; mais, en le voyant sur la table, et pressé par mon camarade, je n'ai pas su résister.»

LETTRE XVIII.

«23 frimaire an VII (décembre 98). Cologne.

«Ma foi, ma bonne mère, si j'osais, je te gronderais, car je ne reçois pas de tes nouvelles, et je ne saurais m'y habituer. Je reviens encore de fouiller dans les dépêches du général, et je reviens encore une fois triste. J'ai été voir avant-hier mon brave compatriote le capitaine Fleury[24], j'y suis allé avec un autre capitaine de son régiment. Nous avons descendu le Rhin jusqu'à Mulheim dans une chaloupe à voiles, par un vent qui nous coupait la figure et qui nous menait d'un train admirable. Il nous a donné un très bon dîner et j'en avais besoin, car ce joli vent m'avait donné une faim de soldat. Ce brave homme nous a reçus à bras ouvert, et nous n'avons fait que parler du Berry. Le sentiment qu'on appelle amour de la patrie est de deux sortes. Il y a l'amour du sol, qu'on ressent bien vite dès qu'on a mis le pied sur la terre étrangère, où rien ne vous satisfait, ni la langue, ni les visages, ni les manières, ni les caractères. Il se mêle à cela je ne sais quel amour-propre national qui fait qu'on trouve tout plus beau et meilleur chez soi que chez les autres. Le sentiment militaire s'en mêle aussi, Dieu sait pourquoi! Mais enfin, enfantillage ou non, voilà que je m'en sens atteint et qu'une plaisanterie sur mon uniforme ou mon régiment me mettrait en colère tout aussi bien qu'un vieux soldat dont on raillerait le sabre ou la moustache.

«Et puis, outre cet attachement au sol, et cet esprit de corps, il y a encore l'amour de la patrie qui est autre chose et qui ne peut guère se définir; tu auras beau dire, ma bonne mère, qu'il y a quelque chimère dans tout cela, je sens que j'aime ma patrie comme Tancrède:

Qu'elle en soit digne ou non, je lui donne ma vie!

Nous avons senti tous ces amours-là confusément à travers le vin du Rhin, en trinquant à tout rompre, Fleury et moi, au Berry et à la France.

«Comment va ton pauvre métayer; Ses enfants partent-ils? Père Deschartres continue-t-il ses cures merveilleuses? Monte-t-il ma jument? Râcle-t-il toujours du violon? Dis à ma bonne que, depuis qu'elle ne s'en mêle plus, mes chemises ne sont pas dans un état brillant. Elle était bien bonne avec son idée de se faire envoyer mon linge pour le raccommoder! Le port pour aller et revenir coûterait plus cher que le linge ne vaut.

«Il s'est donné avant-hier un très beau bal; le général y était avec ses aides-de-camp. Je fus le saluer, et il me fit très bonne mine. Il me demanda si je savais valser, et je lui en donnai vite la preuve. Je remarquai qu'il me suivait des yeux et qu'il parlait de moi à un de ses aides-de-camp d'un air de satisfaction. Tu n'aimes pas la guerre, ma bonne mère, et je ne veux pas te dire de mal de l'ancien régime; mais pourtant j'aimerais mieux faire mes preuves sur un champ de bataille que dans un bal.

«Tu me demandes si j'ai planté là Caulincourt. Ce n'est point pour moi un homme à planter là, je t'assure car il fait la pluie et le beau temps chez le général. Je lui témoigne toujours tout le respect et les attentions auxquels je suis tenu; mais c'est un être original qui ne peut me plaire infiniment. Un jour il vous fait des avances; le lendemain il vous reçoit sèchement. Il dit des douceurs *à la Deschartres*. Il tance ses secrétaires comme des écoliers, et, dans la conversation la plus insignifiante, il garde le ton d'un homme qui fait la leçon à tout le monde. C'est l'amour du commandement personnifié. Il vous dit qu'il fait chaud ou froid, comme il dirait à son domestique de brider son cheval. J'aime infiniment mieux Durosnel, l'autre aide-de-camp. Celui-là est vraiment aimable, bon et simple dans ses manières. Il parle toujours avec franchise et amitié, et n'a pas de *caprices*. Il était aussi au bal d'avant-hier, et nous étions placés pour valser par rang de grade. D'abord le citoyen de Caulincourt, ensuite Durosnel, puis moi; de manière que l'adjoint, l'aide-de-camp et l'ordonnance accomplissaient leur rotation comme des planètes.

«Toutes tes réflexions sur le monde à propos de ma situation sont bien vraies, ma bonne mère. Je les garderai pour moi, et j'en ferai mon profit. Ta lettre est charmante, et je ne serai pas le premier à te dire que tu écris comme Sévigné, mais tu en sais plus long qu'elle sur les vicissitudes de ce monde.»

CHAPITRE NEUVIEME

Suite des lettres.—Courses en traîneaux.—Les baronnes allemandes.—La chanoinesse.—Les glaces du Rhin.

LETTRE XXIII.
«*Cologne*, 18 nivose an VII (Janvier, 1799).

«.... Le général m'a fait inviter à dîner par M. de Caulincourt. Il m'a fait parler de Jean-Jacques Rousseau, de mes aventures avec mon père, et m'a écouté de façon à me tourner la tête si j'étais un sot. Mais je me tenais sur mes gardes pour ne pas devenir babillard et pour ne dire que ce à quoi j'étais provoqué. Après le dîner, le général et M. Durosnel montèrent dans un traîneau magnifique représentant un dragon or et vert, traîné par deux chevaux charmants. Je montai dans un autre avec Caulincourt; mon camarade le hussard rouge, me voyant sortir de table et monter dans les traîneaux du général, ouvrait des yeux gros comme le poing. Il croyait rêver. Le général courait la ville en traîneau pour faire ses invitations à une grande partie qui devait avoir lieu le lendemain. Il voulut que je le suivisse dans toutes ses visites et chez Mme Herstadt, en la priant de laisser sa fille venir à cette partie. Il se mit en plaisantant à ses genoux en lui disant: Souffrirez-vous, madame, que je reste longtemps dans cette posture, en présence de mes aides-de-camp et de mon ordonnance, le petit-fils du maréchal de Saxe?—Les dames ouvrirent de grands yeux, ne comprenant probablement pas que je ne fusse pas émigré.

«Nous avons un très beau bal par abonnement, où vont tous les officiers supérieurs et la bonne compagnie du cru. Tu ne croirais pas qu'une bécasse de baronne allemande, qui y mène ses filles, a trouvé mauvais que j'y fusse, et a défendu à ses filles de danser avec moi. C'est un capitaine de cavalerie qui loge chez elle qui est venu me conter cela. Il en était furieux et voulait déloger à l'instant même. Sa colère était burlesque, et j'ai été obligé de le calmer. Mais je n'ai pu l'empêcher, hier soir, d'aller donner le mot à tous les Français militaires et autres qui sont ici; et comme j'arrivais au bal, amenant mon quartier-maître et mon chef d'escadron avec lesquels je venais de dîner, d'autres officiers s'approchèrent de nous et nous dirent: La consigne est donnée, le serment est prêté:

«Aucun Français ne dansera avec les filles de la baronne ***. J'espère, messieurs, que vous voudrez bien prendre le même engagement. Je demande pourquoi: on me répond que la baronne a défendu à ses filles de danser avec les soldats, et j'apprends ainsi que c'est moi qui suis la cause de cette conspiration...

«Je suis tenté de bénir la fameuse baronne qui veut que les ordonnances *attendent dans la cour* pendant que les officiers sont au bal. Cela m'a valu les paroles les plus aimables, les regards les plus ravissants de Mlle....., et nous sommes dans un échange d'intérêt et de reconnaissance qui me fait beaucoup espérer. Cette jeune personne est chanoinesse et à peu près maîtresse de ses actions. Elle est charmante, et, ma foi, si une chanoinesse du chapitre électoral n'a pas peur de mon dolman, je puis bien narguer la vieille baronne et ses pies-grièches de filles.....»

LETTRE XXIV.

«7 pluviôse an VII.

«Tu sais sûrement déjà qu'Ehrenbreitstein est rendu. Le Rhin fait ici des ravages du diable. Le port de Cologne est plein de bâtiments marchands hollandais: les glaces se sont d'abord fortement serrées; ensuite est arrivé un débordement qui les a portées à la hauteur des premiers étages des maisons du port. Il a gelé de nouveau par là-dessus; puis tout à coup le Rhin est rentré dans son lit, de manière que l'eau n'étant plus sous la glace, la glace s'est brisée et les bâtiments qui s'étaient rangés contre les maisons de plain-pied avec les croisées du premier, sont retombés sur le port de trente pieds de haut et se sont fracassés en grande partie. Cet événement est unique et ne s'est peut-être jamais vu. Hier, je suis resté toute l'après-midi sur le bastion du Rhin à observer ses mouvements, avec un officier d'artillerie, jeune homme rempli de talents que j'ai pris en amitié et qui me le rend. Nous avions une pièce de 4, et, à chaque effort de la glace, nous avertissions les hommes du port par un coup de canon. Je me suis ressouvenu de mes jeux de la rue du Roi-de-Sicile, et en mettant le feu, je sentais que cela m'amusait encore. Tu as beau dire, ma chère mère, il n'y a rien de joli comme le bruit. Je voudrais bien pouvoir t'importuner encore de mon vacarme!..... Mais on vient me chercher pour dîner. On crie, on rit, c'est un bruit à ne pas s'entendre, et, quoique j'aime le tapage, je m'en passerais bien quand je cause avec toi. Allons, il faut que je te quitte brusquement, mais, avant, je t'embrasse comme je t'aime.

«Tu désires beaucoup la paix, ma bonne mère, et moi je tremble qu'on ne la fasse. La guerre est mon seul moyen d'avancement; si elle recommence, je suis officier avec facilité et avec honneur. En se conduisant proprement dans quelque affaire, on peut être nommé sur le champ de bataille. Quel plaisir! quelle gloire! mon cœur bondit rien que d'y songer! C'est alors qu'on obtient des congés, qu'on revient passer d'heureux moments à Nohant, et qu'on est par là bien récompensé du peu qu'on a fait!

..... On ne s'appelle plus ici *citoyen* ni *citoyenne*; les militaires, entre eux, reprennent le *monsieur* chaque jour davantage, et les dames sont toujours des *dames*. Dis au père Deschartres qu'il est un ...... de tant dormir.

«Adieu, ma bonne mère, je t'embrasse de toute mon âme.»

LETTRE XXIX.

«*Cologne*, le 20 pluviose an VII.

«Heureux celui qui conserve sa mère, et qui peut jouir de sa tendresse? Celui-là est prédestiné, car il aura connu le bonheur d'être aimé pour lui seul!

«Ta lettre, ma bonne mère, est venue compléter bien agréablement ma journée. Je l'ai reçue au retour d'une promenade que j'ai faite de l'autre côté du Rhin avec Lecomte (c'est le nom du chasseur à qui j'ai servi de témoin). Il m'a mené voir le bâtiment d'un négociant de ses amis. Ce vaisseau n'a point souffert des glaces, il est très joli; les chambres sont d'une propreté parfaite. Nous l'avons visité dans tous les sens. Il était rempli de marchandises. Le négociant, avec tout son monde, était occupé à le faire charger pour la Hollande. Maîtres et ouvriers grouillaient sur le pont. Il faisait le plus beau temps du monde. Seuls nous ne faisions rien, le chasseur et moi, au milieu de tous ces visages affairés. Pour moi, appuyé sur mon sabre, la pipe à la ......, l'œil stupidement fixé sur ce spectacle, je me disais à part moi: «Je suis né dans une condition plus riche et plus élevée que ces gros négociants qui ont des maisons en ville, des vaisseaux en rade, de l'or plein leurs coffres; et moi, soldat de la République, je n'ai pour toute propriété que mon sabre et ma pipe. Mais les glaces, mais le feu, mais les voleurs, mais les douaniers ne m'empêchent pas de dormir. Que d'inquiétudes de moins! Que la ville s'effondre, que le port et tout ce qui est dedans s'engloutisse, je m'en moque..... et même, je dirais à la hussarde, je m'en.... Travaillez pour vous-mêmes, canailles, amassez de l'argent; nous, nous travaillerons pour notre pays et nous recueillerons de l'honneur. Mon métier vaut bien le vôtre.»

«Là-dessus, laissant mon chasseur à bord, occupé à vider quelques bouteilles avec son ami le négociant, je suis revenu trouver ma chanoinesse, qui m'avait promis d'avoir un grand mal de tête pour se dispenser d'aller à la comédie, ce qui lui permettrait de rester *seule* chez elle toute la soirée.

CHAPITRE DIXIEME

Suite des lettres.—Saint-Jean.—Vie de garnison.—La petite maison.—Départ de Cologne.

LETTRE XXXI.

«Le 24 ventose, *Cologne*, an VII (mars 1799).

«De mon père à sa mère,

«Caulaincourt est enfin parti, je lui ai souhaité une bonne santé et un beau voyage. Il m'a répondu par de grandes révérences encore plus glaciales que de coutume. Je n'ai pas pleuré, c'est singulier!

«Le général me dit que je ne m'occupe pas assez. Mais à quoi veut-il que je m'occupe puisqu'il ne me donne rien à faire, que je n'ai même pas un cheval à monter, et que notre temps ici se passe à faire des visites, à aller au bal et à la comédie? Si je n'avais la passion de la musique je m'ennuierais à mourir, car je suis obligé d'étudier les commandements et les manœuvres de l'escadron dans ma chambre, ce qui ne m'apprend pas grand-chose. Depuis que je suis chez mon docteur, j'accompagne sa fille. A ma prière, ma belle chanoinesse a repris la musique qu'elle possède admirablement. Elle a fait venir un piano de Mayence, et elle le touche avec beaucoup de goût et de légèreté. Je vais aussi très souvent jouer du violon et chanter chez Mme Maret, femme du commissaire des guerres en chef à Cologne. Elle reçoit tout ce qu'il y a de mieux ici en Français, et le général y vient quelquefois.

«Nous avons eu une très belle revue, favorisée par un temps magnifique. Pour le coup, les plumets et les broderies ont brillé tout à leur aise. La musique était fort bonne, et tout cela me grisait. J'étais heureux. Mais tout cela donne le goût du métier et ne me satisfait pas. Il est vrai que voilà la guerre recommencée sinon déclarée. Ce sera, j'espère, le signal de mon avancement. Que cette espérance ne t'effraie pas: songe qu'il y aura des remplacements à faire dans les corps, et qu'il faudra bien que mon tour vienne. Connais-tu rien de plus risible que les négociations de Rastadt? On se fait de grandes politesses de part et d'autre, et on se canonne avec des protestations d'amitié. A la bonne heure!

«Ce que tu me dis de notre moisson prochaine n'est pas gai; mais dans ma sagesse optimiste, j'ai imaginé que si le blé était plus rare il serait plus cher, et que tu n'y perdrais rien. Il est vrai que les pauvres, sur qui cela retombe, te retomberont sur les bras, et que tu en nourriras plus que de coutume. De loin, je vois bien que mon optimisme est en défaut, et que les bons cœurs ne vont pas à la richesse.....

«Dis à Saint-Jean que le bruit court à l'armée que l'on va faire une levée de tous les hommes depuis quarante ans jusqu'à cinquante-cinq ans, et qu'alors je tâcherai de le faire entrer comme cuisinier dans le régiment, afin qu'il ne soit exposé qu'au feu de la cuisine, car je crois que celui des batteries ne lui conviendrait pas.»

* * *

Ce Saint-Jean, objet fréquent des amicales railleries de mon père, était le cocher de la maison et l'époux d'Andelon, la cuisinière. Ce vieux couple est mort chez nous, le mari quelques mois avant ma grand'mère qui ne l'a pas su, son état de paralysie nous permettant de le lui cacher. Saint-Jean était un ivrogne fort comique. Toute sa vie il avait été atrocement poltron, et, quand il était ivre surtout, il était assailli par les revenants, par *Georgeon*, le diable de la vallée noire; par la *Levrette blanche*, par la *Grand'Bête*, par le monde fantastique des superstitions du pays. Chargé d'aller chercher les lettres à La Châtre, les jours de courrier, il prenait chaque fois, pour faire ce voyage d'une lieue, des précautions solennelles, surtout en hiver, lorsqu'il ne devait être de retour qu'aux premières heures de la nuit. Dès le matin, après s'être lesté de quelques pintes de vin du crû, il chaussait une paire de bottes qui datait au moins du temps de la Fronde, il endossait un vêtement d'une forme et d'une couleur indéfinissables, qu'il appelait sa *roquemane*; Dieu sait où il avait pêché ce nom-là! Puis il embrassait sa femme, qui lui apportait respectueusement une chaise, moyennant quoi il se hissait sur un antique et flegmatique cheval blanc, lequel, *en moins de deux petites heures* (c'était son expression), le transportait à la ville. Là, il s'oubliait encore deux ou trois petites heures au cabaret, avant et après ses commissions, et enfin, à la nuit tombante, il reprenait le chemin de la maison, où il arrivait rarement sans encombre; car tantôt il rencontrait une bande de brigands qui le rouaient de coups, tantôt, voyant venir à lui une énorme boule de feu, son cheval *fougueux* l'emportait à travers champs, tantôt le diable, sous une forme quelconque, se plaçait sous le ventre de son cheval et l'empêchait d'avancer; tantôt, enfin, il lui sautait en croupe et prenait un tel poids que le pauvre animal était forcé de s'abattre. Parti de Nohant à neuf heures du matin, il réussissait pourtant à y rentrer vers neuf heures du soir; et, tout en dépliant lentement son portefeuille pour remettre les lettres et les journaux à ma grand'mère, il nous faisait le plus gravement du monde le récit de ses hallucinations.

Un jour il eut une assez plaisante aventure, dont il ne se vanta pas. Perdu dans les profondes méditations que procure le vin, il revenait, par une soirée sombre et brumeuse, lorsqu'avant d'avoir eu le temps de prendre le large, il se trouva face à face avec deux cavaliers armés, qui ne pouvaient être que des brigands. Par une de ces inspirations de courage que la peur seule peut donner, il arrête son cheval et prend le parti d'effrayer les voleurs en faisant le voleur lui-même, et en s'écriant d'une voix terrible: «Halte-là, messieurs, la bourse ou la vie!»

Les cavaliers un peu surpris de tant d'audace, et se croyant environnés de bandits, tirent leurs sabres, et, prêts à faire un mauvais parti au pauvre Saint-Jean, le reconnaissent et éclatent de rire. Ils ne le quittèrent pourtant pas sans lui faire une petite semonce et le menaçant, s'il recommençait, de le conduire en prison. Il avait arrêté la gendarmerie.

Il avait été, dans sa jeunesse, quelque chose comme sous-aide porte-foin dans les écuries de Louis XV. Il en avait conservé des idées et des manières solennelles et dignes, et un respect obstiné pour la hiérarchie. Etant devenu postillon plus tard, lorsque ma grand'mère le prit pour cocher après la révolution, une petite difficulté se présenta; c'est qu'il ne voulut jamais monter sur le siégé de la voiture, ni quitter sa veste à revers rouges et à boutons d'argent. Ma grand'mère, qui ne savait contrarier personne, en passa par où il voulut, et toute sa vie il la conduisit en postillon. Comme il avait l'habitude de s'endormir à cheval, il la versa maintes fois. Enfin, il la servit pendant vingt-cinq ans d'une manière intolérable, sans que jamais l'idée fort naturelle de le mettre à la porte vînt à l'esprit de cette femme incroyablement patiente et débonnaire.

Il paraît qu'il prit au sérieux les moqueries de mon père sur la prétendue levée de conscrits de cinquante ans, et qu'il n'épousa *Andelon*, à cette époque, que pour se soustraire aux exigences éventuelles de la république. Vingt ans plus tard, quand on lui demandait s'il avait été à l'armée, il répondait: «Non, mais j'ai bien failli y aller!» La première fois que mon père vint en congé après Marengo et la campagne d'Italie, Saint-Jean ne le reconnut pas et prit la fuite; mais voyant qu'il se dirigeait vers l'appartement de ma grand'mère, il courut chez Deschartres pour lui dire qu'un affreux soldat était entré *malgré* lui dans sa maison, et que, pour sûr, madame allait être assassinée.

Malgré tout cela, il avait du bon, et une fois, sachant ma grand'mère dépourvue d'argent et inquiète de ne pouvoir en envoyer de suite à son fils, il lui rapporta joyeusement son salaire de l'année que, par miracle, il n'avait pas encore bu. Peut-être l'avait-il reçu la veille! Mais enfin l'idée vint de lui, et, pour un ivrogne, c'est une idée. Il pardonnait à mon père de mener les chevaux un peu vite; mais, sur ses vieux jours, il devint plus intolérant pour moi, et souvent, pour monter à cheval, je fus obligée d'aller au pas jusqu'au premier village pour faire remettre à ma monture un fer qu'il avait eu la malice de lui ôter pour m'empêcher de la faire courir.

Mon père lui avait fait présent d'une paire d'éperons d'argent. Il en perdit un, et, pendant le reste de sa vie, il se servit d'un *seul* éperon, refusant obstinément de remplacer l'autre. Il ne manquait jamais de dire à sa femme, chaque fois qu'elle l'équipait pour le départ: «*Madame*, n'oubliez pas de m'attacher *mon éperon* d'argent.»

Tout en s'appelant *monsieur* et *madame*, ils ne passèrent pas un jour de leur douce union sans se battre, et enfin le père Saint-Jean mourut ivre, comme il avait vécu.

Voici encore quelques lettres sur la quantité:

«*Cologne*, 19 floréal.

«Quoi que tu en dises, ma bonne mère, je ne sens pas trop l'écurie. Panser mon cheval est la moindre des choses. Il ne s'agit que d'avoir un vêtement *ad hoc*, et, ma foi, si un peu de ce parfum-là s'attache à notre personne, nos belles n'ont pas trop l'air de s'en apercevoir. D'ailleurs, il faudra bien qu'elles s'y accoutument. Si nous faisions campagne pour tout de bon, nous sentirions encore plus mauvais. Permets-moi de te dire, ma bonne mère, que ton idée d'augmenter ma pension, pour que je puisse me procurer un domestique, ne me va pas du tout. Je ne veux pas de cela, d'abord parce que tu n'es pas assez riche maintenant pour faire ce sacrifice, ensuite parce qu'un simple chasseur se faisant cirer les bottes et faire la queue par un laquais serait la risée de toute l'armée. Je t'avoue que j'ai ri à l'idée de me voir un valet de chambre dans la position où je suis, mais j'ai été encore plus attendri de ta sollicitude. Si cette idée de me voir l'étrille et la fourche en main te désespère; je te dirai, pour te rassurer, qu'il m'est très facile, si je le veux, de faire soigner mon cheval par un palefrenier du général pour la somme de six francs par mois.

«Les femmes sont nées pour nous consoler de tous les maux de la terre. On ne trouve que chez elles ces soins attentifs et charmants auxquels la grâce et la sensibilité donnent tant de prix. Tu me les as fait connaître, ma bonne mère, quand j'étais près de toi; et maintenant tu répares mes folies. Oh! si toutes les mères te ressemblaient, jamais la paix et le bonheur n'eussent abandonné les familles. Chaque lettre de toi, chaque jour qui s'écoule, augmente ma reconnaissance et mon amour pour toi. Oh! non, il ne faut pas abandonner cette faible créature. Je sais bien que tu ne l'abandonneras pas. Ne justifions pas cette sentence terrible pour l'espèce humaine que l'on fait prononcer à de jeunes oiseaux:

Nous allons tous, tant que nous sommes,

Par notre mère être élevés.

Peut-être, si nous étions hommes,

Serions-nous aux enfants trouvés.

«Tes réflexions, ma bonne mère, m'ont vivement touché. J'aurais dû les faire plus tôt! Si ta conduite, en cette occasion, n'eût réparé les suites imprévues de mon entraînement, j'aurais peut-être été réduit à n'en faire que de stériles et douloureuses. Professer et pratiquer la vertu, c'est ton lot et ton habitude. Adieu, ma bonne mère, ma mère excellente et chérie. On m'appelle chez le général. Je n'ai que le temps de t'embrasser de toute mon âme.

«MAURICE.»

Voici l'explication de la lettre qu'on vient de lire. Une jeune femme attachée au service de la maison venait de donner le jour à un beau garçon qui a été plus tard le compagnon de mon enfance et l'ami de ma jeunesse. Cette jolie personne n'avait pas été victime de la séduction: elle avait cédé, comme mon père, à l'entraînement de son âge. Ma grand'mère l'éloigna sans reproches, pourvut à son existence, garda l'enfant et l'éleva.

Il fut mis en nourrice, sous ses yeux, chez une paysanne fort propre qui demeure presque porte à porte avec nous. On voit, dans la suite des lettres de mon père, qu'il reçoit par sa mère des nouvelles de cet enfant, et qu'ils le désignent entre eux, à mot couvert, sous le nom de la *petite maison*. Ceci ne ressemble guères aux *petites maisons* des seigneurs débauchés du bon temps. Il est bien question d'une maisonnette rustique; mais il n'y a là de rendez-vous qu'entre une tendre grand'mère, une honnête nourrice villageoise et un bon gros enfant qu'on n'a pas laissé à l'hôpital et qu'on élèvera avec autant de soin qu'un fils légitime. L'entraînement d'un jour sera réparé par une sollicitude de toute la vie. Ma grand'mère avait lu et chéri Jean-Jacques: elle avait profité de ses vérités et de ses erreurs; car c'est faire tourner le mal au profit du bien que de se servir d'un mauvais exemple pour en donner un bon.

LETTRE XXXVII.
«*Cologne*, 19 prairial an VII (juin 99).

«Le général ne donne point sa démission, ma bonne mère, rassure-toi. C'est sa coutume d'aller tous les ans passer un mois ou deux dans ses terres. Il ne me perd point de vue. Il vient de me parler avec beaucoup d'affection, pour me dire qu'il me fallait aller au dépôt; que c'était nécessaire pour me former aux manœuvres de cavalerie, et que ce ne serait pas pour longtemps, puisque Beurnonville était en instance avec lui et avec Beaumont auprès du Directoire, pour m'obtenir un grade. Il m'a dit qu'il savait bien que tu serais contrariée de me savoir au dépôt; mais que, d'un autre côté, tu voulais que je fusse sous ses yeux, et que c'était le seul moyen, puisque le dépôt est à Thionville et que le général va à Metz ou aux environs. Il m'avancera l'argent dont j'ai besoin pour la route. Ainsi, ne t'inquiète pas, ne t'afflige pas, je serai bien partout, pourvu que tu n'aies pas de chagrin. Songe que si tu te rends malheureuse, il faudra que je le sois, fussé-je au comble de la richesse et au sein du luxe. Tu me verras revenir un beau jour, officier, galonné de la tête aux pieds, et c'est alors que messieurs les potentats de La Châtre te salueront jusqu'à terre. Allons, prends patience, ma bonne mère, voyage, va aux eaux, distrais-toi, tâche de t'amuser, de m'oublier quelque temps si mon souvenir te fait du mal. Mais non, ne m'oublie pas et donne-moi du courage. J'en ai besoin aussi. J'ai des adieux à faire qui vont bien me coûter! Elle ne sait rien encore de mon départ. Il faut que je l'annonce ce soir, et que les larmes prennent la place du bonheur. Je penserai à toi dans la douleur comme j'y ai toujours pensé dans l'ivresse. Je t'écrirai plus longuement au prochain courrier. Le général veut que j'écrive à Beurnonville avant le départ de celui-ci.

«Toutes tes mesures pour *la petite maison* sont excellentes et charmantes. Tu ménages mon amour-propre qui n'est pas fier, je t'assure. Je me fais bien plus de reproches pour tout cela que tu ne m'en adresses: tu protéges la faiblesse, tu empêches le malheur. Que tu es bonne, ma mère, et que je t'aime!»

LETTRE XXXVIII.
«*Cologne*, 26 prairial an VII (juin 99).

«Tu es triste, ma bonne mère, moi aussi je le suis, mais c'est de ta douleur, car pour moi-même, j'ai du courage, et je me suis toujours dit que l'amour ne me ferait pas oublier le devoir; mais je n'ai pas de force contre ta souffrance. Je vois que ton existence est empoisonnée par des inquiétudes continuelles et excessives. Mon Dieu! que tu te forges de chimères effrayantes. Ouvre donc les yeux, ma chère mère, et reconnais qu'il n'y a rien de si noir dans tout cela. Qu'y a-t-il donc? Je pars pour Thionville, cité de l'intérieur, la plus paisible du monde, emportant l'amitié et la protection du général, qui me recommande au chef d'escadron. Je ne pourrai donc sortir de là que par son ordre, et ne serai pas libre d'aller affronter ces hasards que tu redoutes tant[25]. Que ne puis-je faire de toi un hussard pendant quelque temps, afin que tu voies combien il est facile de l'être, et quel fonds d'insouciance pour soi-même est attaché à cet habit-là. Sais-tu comment je vais quitter Cologne? Dans les larmes? Non; il faut rentrer cela, et s'en aller dans le tintamarre d'une fête. Quand j'ai annoncé mon départ à mes amis, tous se sont écriés: «Il faut lui faire une conduite d'honneur. Il faut nous griser avec lui à son premier gîte et nous séparer tous ivres, car, de sang-froid, ce serait trop dur.» En conséquence, voilà qu'on équipe pour Bonn, trois cabriolets, deux bironchtes et cinq chevaux de selle. Non seulement je serai escorté par notre tablée, mais encore par un jeune officier d'infanterie légère, Parisien charmant et qui a reçu une excellente éducation; par Maulnoir, par les secrétaires du général, par un garde-magasin des vivres et par un jeune adjudant de place, qui donnera une grande considération à la bande joyeuse, et l'empêchera d'être arrêtée pour tout le tapage qu'elle se propose de faire. En vérité il est doux d'être aimé, et tu vois bien que le rang et la richesse n'y font rien. L'affection ne regarde pas à cela, surtout dans la jeunesse qui est l'âge de l'égalité véritable et de l'amitié fraternelle.

«Nous sommes déjà une vingtaine, et à chaque instant mon escorte se recrute de nouveaux convives; cette ville est le centre de réunion de tous les employés de l'aile gauche de l'armée du Danube, et, parmi eux, il y a une foule de jeunes gens excellents. Je suis lié avec tous; nous nageons ensemble, nous faisons des armes, nous jouons au ballon, etc. Compagnon de leurs plaisirs, ils ne veulent pas que je les quitte sans adieux solennels. Il n'est pas jusqu'à l'entrepreneur des diligences, jeune homme fort aimable, qui ne veuille être de la partie et prêter gratuitement ses cabriolets et bironchtes. Je serai gravement à cheval, et je crois que si Alexandre fit une glorieuse entrée dans Babylone, j'en ferai, dans Bonn, une plus joyeuse.

CHAPITRE ONZIEME

Suite des lettres.—La conduite.—Thionville.—L'arrivée au dépôt.—Bienveillance des officiers.—Le fourrier professeur de belles manières.—Le premier grade.—Un pieux mensonge.

LETTRE XXXIX.

«*Lenchstrat*, 2 messidor, an VII (juin 99).

«Je suis parti de Cologne, ainsi que je te l'avais annoncé, ma bonne mère, escorté de voitures et de chevaux portant une bruyante et folâtre jeunesse. Le cortége était précédé de Maulnoir et de Leroy, aides-de-camp du général, et j'étais entre eux deux, giberne et carabine au dos, monté sur mon hongrois équipé à la hussarde. A notre passage, les postes se mettaient sous les armes, et quiconque voyait ces plumets au vent et ces calèches en route ne se doutait guère qu'il s'agissait de faire la conduite à un simple soldat.

«Au lieu de nous rendre à Bonn, comme nous l'avions projeté, nous quittâmes la route et nous dirigeâmes vers Brull, château magnifique, ancienne résidence ordinaire de l'Electeur. Ce lieu était bien plus propre à la célébration des adieux que la ville de Bonn. La bande joyeuse déjeûna et fut ensuite visiter le château. C'est une imitation de Versailles. Les appartements délabrés ont encore de beaux plafonds peints à fresque. L'escalier, très vaste et très clair, est soutenu par des cariatides et orné de bas-reliefs. Mais tout cela, malgré sa richesse, porte l'empreinte ineffaçable du mauvais goût allemand. Ils ne peuvent pas se défendre, en nous copiant, de nous surcharger, et s'ils ne font que nous imiter ils nous singent. J'errai longtemps dans ce palais avec l'officier de chasseurs, qui est, ainsi que moi, passionné pour les arts.

«Puis nous fûmes rejoindre la société dans le parc, et, après l'avoir parcouru dans tous les sens, on proposa une partie de ballon. Nous étions sur une belle pelouse entourée d'une futaie magnifique. Il faisait un temps admirable. Chacun, habit bas, le nez en l'air, l'œil fixé sur le ballon, s'escrimait à l'envi, lorsque les préparatifs du banquet arrivèrent du fond d'une sombre allée. La partie est abandonnée, on s'empresse. Les petits pâtés sont dévorés avant d'être posés sur la table. A la fin du dîner, qui fut entremêlé de folies et de tendresses, on me chargea de graver sur l'écorce du gros arbre qui avait ombragé notre festin un cor de chasse et un sabre, avec mon chiffre au milieu. A peine eus-je fini, qu'ils vinrent tous mettre leurs noms autour, avec cette devise: «Il emporte nos regrets! «On forma un cercle autour de l'arbre, on l'arrosa de vin, et on but à la ronde dans la forme de mon schako, qu'on intitula la coupe de l'amitié. Comme il se faisait tard, on m'amena mon cheval, on m'embrassa avant de m'y laisser monter, on m'embrassa encore quand je fus dessus, et nous nous quittâmes les larmes aux yeux. Je m'éloignai au grand trot, et bientôt je les perdis de vue.

«Me voilà donc seul, cheminant tristement sur la route de Bonn, perdant à la fois amis et maîtresse, aussi sombre à la fin de ma journée que j'avais été brillant au commencement. Décidément cette manière de se quitter en s'étourdissant est la plus douloureuse que je connaisse. On n'y fait point provision de courage; on chasse la réflexion qui vous en donnerait; on s'assied pour un banquet, image d'une association éternelle, et tout à coup on se trouve seul et consterné comme au sortir d'un rêve.............

«Adieu, ma bonne mère, je t'embrasse et je me remets en route.»

LETTRE XL.

«*Thionville*, 14 messidor an VII (juillet 99).

«Bah! ma bonne mère, cesse donc, une fois pour toutes, de t'alarmer, car me voici *heureux*. Ici, comme partout, les choses s'arrangent toujours à souhait pour moi. En entrant dans la ville, je commence par tomber dans la boutique d'un perruquier, mon cheval à la porte, moi dans l'intérieur. Comme à l'ordinaire, je ne me fais pas le moindre mal. Je me ramasse plus vite que mon cheval. Je regarde cet événement comme d'un bon augure, et je remonte sur ma bête, qui n'avait pas de mal non plus.

«J'arrive au quartier. Je vais trouver le quartier-maître Boursier, qui me reçoit et m'embrasse avec sa gaîté et sa franchise ordinaires. Il me dit que les lettres du général ne sont pas encore arrivées, mais que je suis bien bon pour me présenter et me recommander moi-même, et il me mène chez le commandant du dépôt, nommé Dupré. C'est un officier de l'ancien régime, qui ressemble à notre ami M. de la Dominière. Je lui dis qui je suis, d'où je viens. Il m'embrasse aussi; il m'invite à souper; il m'autorise à ne point aller coucher au quartier, et me dit qu'il *espère* que je vivrai avec les officiers. En effet, je dîne tous les jours avec lui et avec eux.......

«Je passe mes journées chez le quartier-maître, et je t'écris de son bureau. Nous avons à notre table un autre jeune homme de la conscription, simple chasseur comme moi. Il est d'une des premières familles de Liége et joue du violon comme Guénin ou Maëstrino. En outre, il est aimable et spirituel, et le commandant l'aime beaucoup, car il joue lui-même de la flûte, adore la musique et fait grand cas des talents et de la bonne éducation. Voilà, je crois, la distinction qui servira à la chute des priviléges, justement abolis, et l'égalité rêvée par nos philosophes ne sera possible que lorsque tous les hommes auront reçu une culture qui pourra les rendre agréables et sociables les uns pour les autres. Tu t'effrayais de me voir soldat, pensant que je serais forcé de vivre avec des gens grossiers.

«D'abord figure-toi qu'il n'y a pas tant de gens grossiers qu'on le pense, que c'est une affaire de tempérament, et que l'éducation ne la détruit pas toujours chez ceux qui sont nés rudes et désobligeants. Je pense même que le vernis de la politesse donne à ces caractères-là les moyens d'être encore plus blessants que ne le sont ceux qui ont pour excuse l'absence totale d'éducation. Ainsi j'aimerais mieux vivre avec certains conscrits sortant de la charrue qu'avec M. de Caulaincourt, et je préfère beaucoup le ton de nos paysans du Berri à celui de certains grands barons allemands. La sottise est partout choquante, et la bonhomie, au contraire, se fait tout pardonner. Je conviens que je ne saurais me plaire longtemps avec les gens sans culture. L'absence d'idées chez les autres provoque chez moi, je le sens, un besoin d'idées qui me ferait faire une maladie. Sous ce rapport, tu m'as gâté, et si je n'avais eu la ressource de la musique qui me jette dans une ivresse à tout oublier, il y a certaines sociétés inévitables où je périrais d'ennui. Mais pour en revenir à ton chagrin, tu vois qu'il n'est pas fondé, et que partout où je me trouve, je rencontre des personnes aimables qui me font fête et qui vivent avec ton soldat sur le pied de l'égalité. Le titre de petit-fils du maréchal de Saxe, dont j'évite de me prévaloir, mais sous lequel je suis annoncé et recommandé partout, est certainement en ma faveur et m'ouvre le chemin. Mais il m'impose aussi une responsabilité, et si j'étais un malotru ou un impertinent, ma naissance, loin de me sauver, me condamnerait et me ferait haïr davantage.

«C'est donc par nous-mêmes que nous valons quelque chose, ou pour mieux dire par les principes que l'éducation nous a donnés; et si je vaux quelque chose, si j'inspire quelque sympathie, c'est parce que tu t'es donné beaucoup de peine, ma bonne mère, pour que je fusse digne de toi.

«Ajoute à cela mon étoile qui me pousse parmi les gens aimables, car le régiment de Schömberg-dragons, qui est maintenant ici, ne ressemble en rien au nôtre. Ses officiers y ont beaucoup de morgue et tiennent à distance les jeunes gens sans grade, quelque bien élevés qu'ils soient. Chez nous, c'est tout le contraire, nos officiers sont compères et compagnons avec nous quand nous leur plaisons. Ils nous prennent sous le bras et viennent boire de la bière avec nous; et nous n'en sommes que plus soumis et plus respectueux quand ils sont dans leurs fonctions et nous dans les nôtres.

«Mon brigadier et mon maréchal-des-logis sont pour moi aux petits soins et me choyant comme si j'étais leur supérieur, ce qui est tout le contraire. Ils ont le droit de me commander et de me mettre à la salle de police, et pourtant ce sont eux qui me servent comme s'ils étaient mes palefreniers. A la manœuvre, j'ai toujours le meilleur cheval, je le trouve tout sellé, tout bridé, tenu en main par ces braves gens qui, pour un peu, me tiendraient l'étrier. Quand la manœuvre est finie, ils m'ôtent mon cheval des mains et ne veulent plus que je m'en occupe. Avec cela ils sont si drôles que je ris avec eux comme un bossu. Mon fourrier surtout est un homme à principes d'éducation et il fait le Deschartres avec ses conscrits; ce sont de bons petits paysans qu'il veut absolument former aux belles manières. Il ne leur permet pas de jouer aux palets avec des pierres, parce que cela *sent trop le village*. Il s'occupe aussi de leur langage; hier il en vint un pour lui annoncer que *les chevaux étions tretous sellés*. Comment! lui dit-il, d'un air indigné, ne vous ai-je pas dit cent fois qu'il ne fallait pas dire *tretous*? On dit tout simplement: *Mon fourrier v'la qu'c'est prêt. Au reste, je m'y en vas moi-même.* «Et le voilà parti après cette belle leçon.»

LETTRE XLII.

«*Thionville*, 20 messidor an VII (juillet 1799).

«Si j'avais su lire, dit Montauciel, il y a dix ans que je serais brigadier. Moi qui sais lire et écrire, me voilà, ma bonne mère, exerçant mes fonctions, après avoir été promu à ce grade éclatant par les ordres du général, et à la tête de ma compagnie, qui, alignée et le sabre en main, a reçu injonction de m'obéir *en tout ce que je lui commanderais*. Depuis ce jour fameux, je porte deux galons en chevrons sur les manches. Je suis chef d'escouade, c'est-à-dire de vingt-quatre hommes, et inspecteur-*général* de leur tenue et de leur coiffure. En revanche, je n'ai plus un moment à moi: depuis six heures du matin jusqu'à six heures du soir, je n'ai pas le temps d'éternuer.

«Notre séparation est douloureuse, mais je me devais à moi-même de faire quelques efforts pour sortir de cette vie de délices où mon insouciance et un peu de paresse naturelle m'auraient rendu égoïste. Tu m'aimais tant que tu ne t'en serais peut-être pas aperçue; tu aurais cru, en me voyant accepter le bonheur que tu me donnais, que ton bonheur à toi était mon ouvrage, et j'aurais été ingrat sans m'en douter et sans m'en apercevoir. Il a fallu que je fusse arraché à ma nullité par des circonstances extérieures et impérieuses. Il y a eu dans tout cela un peu de la destinée. Cette fatalité qui brise les âmes faibles et craintives est le salut de ceux qui l'acceptent. Christine de Suède avait pris pour devise: *Fata viam inveniunt.* «Les destins guident ma route.» Moi j'aime encore mieux l'oracle de Rabelais: *Ducunt volentem fata, nolentem trahunt.* «Les destins conduisent ceux qui veulent et traînent ceux qui résistent.» Tu verras que cette carrière est la mienne. Dans une révolution, ce sont toujours les sabres qui tranchent les difficultés, et nous voilà aux prises avec l'ennemi pour défendre les conquêtes philosophiques. Nos sabres auront raison. Voltaire et Rousseau, tes amis, ma bonne mère, ont besoin maintenant de nos armes; qui eût dit à mon père, lorsqu'il causait avec Jean-Jacques, qu'il aurait un jour un fils qui ne serait ni fermier-général, ni receveur des finances, ni riche, ni bel esprit, ni même très philosophe, mais qui, de gré autant que de force, serait soldat d'une république, et que cette république serait la France? C'est ainsi que les idées deviennent des faits, et mènent plus loin qu'on ne pense.

«Adieu, ma bonne mère, sur ces belles réflexions. Je m'en vais faire donner l'avoine ou enlever *ce qui en résulte.*»

LETTRE XLIV.

«*Thionville*, 13 fructidor an VII (sept. 99).

«Toujours à Thionville, ma bonne mère; depuis quatre heures du matin jusqu'à huit heures du soir, dans les exercices à pied et à cheval, et figurant comme serre-file dans les uns et dans les autres en ma qualité de brigadier. Je rentre le soir excédé, n'ayant pas pu donner un seul instant *aux muses, aux jeux et aux ris.* Je manque les plus jolies parties; je néglige les plus jolies femmes, je ne fais même presque plus de musique... Je suis brigadier à la lettre, je me plonge dans la tactique, et je suis pétrifié de me voir devenu un modèle d'exactitude et d'activité. Et le plus drôle de l'affaire, c'est que j'y prends goût, et ne regrette rien de ma vie facile et libre.

«Que tu es bonne de t'occuper ainsi de la petite maison! Ah! si toutes les mères te ressemblaient, un fils ingrat serait un monstre imaginaire!

«J'ai reçu l'argent, j'ai payé toutes mes dépenses. Je suis au niveau de mes affaires, c'est-à-dire que je suis sans le sou, mais je ne dois plus rien à personne; ne m'en envoie pas avant la fin du mois. J'ai de tout à crédit ici, et je ne manque de rien. Adieu, ma bonne mère, je t'aime de toute mon âme, je t'embrasse comme je t'aime. Mes amitiés à père Deschartres et à ma bonne.»

La lettre qu'on vient de lire et qui porte la date de Thionville, fut écrite de Colmar. Cette date est un pieux mensonge que va expliquer la lettre suivante.

CHAPITRE DOUZIEME

Suite des lettres.—Entrée en campagne.—Le premier coup de canon.—Passage de la Linth.—Le champ de bataille.—Une bonne action.—Glaris.—Rencontre avec M. de Latour-d'Auvergne sur le lac de Constance.—Ordener.—Lettre de ma grand'mère à son fils. La vallée du Rhinthal.

LETTRE XLV.

«*Weinfelden*, canton de Turgovie, 20 vendémiaire an VII (octobre 1799).

«Une moisson de lauriers, de la gloire, des victoires, les Russes battus, chassés de la Suisse dans l'espace de vingt jours; nos troupes prêtes à rentrer en Italie: les Autrichiens repoussés de l'autre coté du Rhin; voilà sans doute de grandes nouvelles et d'heureux résultats!... Eh bien! ma bonne mère, ton fils a la satisfaction d'avoir pris sa part de cette gloire-là, et, dans l'espace de quinze jours, il s'est trouvé à trois batailles successives. Il se porte à merveille. Il boit, il rit, il chante; il saute de trois pieds de haut en songeant à la joie qu'il aura de t'embrasser au mois de janvier prochain et de déposer à Nohant, dans ta chambre, à tes pieds, la petite branche de laurier qu'il aura pu mériter.

«Je te vois étonnée, confondue de ce langage, me faire cent questions, me demander mille éclaircissements: Comment je suis en Suisse, pourquoi j'ai quitté Thionville. Je vais répondre à tout cela et te déduire les circonstances et les raisonnements qui ont dirigé ma conduite. La crainte de t'inquiéter inutilement m'a empêché de te tenir au courant.

«Je suis militaire. Je veux suivre cette carrière. Mon étoile, mon nom, la manière dont je me suis présenté, mon honneur et le tien, tout exige que je me conduise bien et que je mérite les protections qui me sont accordées. Tu veux surtout que je ne reste pas confondu dans la foule et que je devienne officier. Eh bien! ma bonne mère, il est aussi impossible maintenant, dans l'armée française, de devenir officier, sans avoir fait la guerre, qu'il l'eût été, au 13e siècle, de faire un Turc évêque, sans l'avoir fait baptiser. C'est une certitude dont il faut absolument que tu te pénètres. Un homme, quel qu'il fût, arrivant comme officier dans un corps quelconque, sans avoir vu le feu des batteries, serait le jouet et la risée, sinon de ses camarades, qui sauraient apprécier d'ailleurs ses talents, mais de ses propres soldats, qui, incapables de juger le talent, n'ont d'estime et de respect que pour le courage physique. Frappé de ces deux certitudes, la nécessité d'avoir fait la guerre pour être officier, d'une part; la nécessité d'avoir fait la guerre pour être officier avec honneur, d'autre part; je m'étais dit, dès le principe, il faut entrer en campagne le plus tôt possible. Crois-tu donc que j'ai quitté Nohant avec le projet de passer ma vie à faire l'aimable dans les garnisons et le nécessaire dans les dépôts? Non, certes, j'ai toujours rêvé la guerre; et si je t'ai fait là-dessus quelques mensonges, pardonne-les moi, ma bonne mère, c'est toi qui m'y condamnais par tes tendres frayeurs.

Avant que le général me parlât de le quitter, et dès la reprise des hostilités, j'avais été lui demander de rejoindre les escadrons de guerre. Il reçut cette proposition avec plaisir, d'abord; puis, attendri par tes lettres, il craignit de te déplaire en prenant sur lui la responsabilité de mon destin. Il me fit donc revenir pour me dire d'aller au dépôt, parce que tu ne voulais pas que je fisse la guerre, et comme je lui observai que toutes les mères étaient plus ou moins comme toi, et que la seule désobéissance permise, et même commandée à un homme, était celle-là, il convint que j'avais raison:

«Allez au dépôt, me dit-il, là vous pourrez partir avec le premier détachement destiné aux escadrons de guerre, et Mme votre mère n'aura pas de reproches à m'adresser. Vous aurez agi de votre propre mouvement.»

«J'arrive à Thionville, et mon premier soin est de m'informer si bientôt il ne partira pas un détachement. Je ne pouvais cacher ma vive impatience de rejoindre le régiment. J'attends un mois avec anxiété. Enfin, on forme un détachement; j'en fais partie. Je manœuvre tous les jours avec lui; je parle guerre avec les plus anciens chasseurs; ils voient combien je désire partager leurs fatigues, leur travaux et leur gloire. C'est là, ma bonne mère, le secret de leur amitié pour moi, bien plus que les *bienvenues* que je leur avais payées. Enfin le jour du départ était fixé; il n'y avait plus que huit jours à attendre. Je t'écrivais des balivernes, mais pouvais-tu croire que je me serais passionné pour le pansage et le fourniment, si je n'avais pas eu l'idée de faire campagne?

«Au moment où je m'y attendais le moins, je reçois du général une lettre où il me dit, en termes fort aimables à la vérité, mais très précis, qu'il *veut* que je reste au dépôt jusqu'à nouvel ordre. Regarde le mauvais personnage qu'il me faisait jouer! Comment donc aller expliquer et persuader à tout le régiment que, si je ne pars pas, ce n'est pas ma faute? j'étais au désespoir. Je montrais cette lettre funeste à tous mes amis. Les officiers voyaient bien mon esclavage et ma douleur; mais le soldat qui ne sait pas lire et qui ne raisonne guère, n'y croyait pas. J'entendais dire derrière moi: «Je savais bien qu'il ne partirait pas. Les enfants de famille ont peur. Les gens protégés ne partent jamais, etc. La sueur me coulait du front, je me regardais comme déshonoré, je ne dormais plus malgré la fatigue du service, j'avais la mort dans l'âme, et je t'écrivais rarement, comme tu as dû le remarquer. Comment te dire tout cela? Tu n'aurais jamais voulu y croire.

«Enfin, dans mon désespoir, je vais trouver le commandant Dupré. Je lui montre la maudite lettre et je lui annonce que je suis résolu à désobéir au général, à déserter le régiment, s'il le faut, pour aller servir comme volontaire dans le premier corps que je rencontrerai, à perdre mon grade de brigadier, etc. J'étais comme fou. Le commandant m'embrasse et m'approuve. Il m'avait annoncé et recommandé au chef de brigade et à plusieurs officiers du régiment, et il voyait bien que si je ne profitais de l'occasion de me distinguer dans cette campagne, mon avenir était ajourné, gâté peut-être. Il me dit qu'il prenait sur lui d'annoncer mon départ au général, et que, quand même je perdrais à cela sa protection et ses bontés, ce qui n'était guère probable, je ne devais pas hésiter. Enchanté de cette conclusion, le matin du départ, je monte à cheval avec le détachement, tous les officiers viennent m'embrasser, et, au grand étonnement de tous les soldats, je prends avec eux la route de la Suisse. Ne voulant te dire ma résolution que lorsque je l'aurais justifiée par le baptême de la première rencontre avec l'ennemi, je t'écrivis de Colmar, sous la date de Thionville, et j'envoyai ma lettre au *virtuose* Hardy, pour qu'il la mît à la poste. Notre voyage fut de vingt jours, et, après avoir traversé le canton de Bâle, nous rejoignîmes le régiment dans le canton de Glaris. C'est là qu'on voit ces montagnes à pic, couvertes de noirs sapins. Leurs cimes couvertes d'une neige éternelle se perdent dans les nues. On entend le fracas des torrents qui s'élancent des rochers, le sifflement du vent à travers les forêts. Mais là, maintenant, plus de chants des bergers, plus de mugissements des troupeaux. Les châlets avaient été abandonnés précipitamment. Tout avait fui à notre aspect. Les habitants s'étaient retirés dans l'intérieur des montagnes avec leurs bestiaux. Pas un être vivant dans les villages. Ce canton offrait l'image du plus morne désert. Pas un fruit, pas un verre de lait. Nous avons vécu dix jours avec le détestable pain, et la viande plus détestable encore que donne le gouvernement. Les dix autres jours que nous avons été en activité nous nous sommes nourris de pommes de terre presque crues, car nous n'avions pas le temps de rester pour les faire cuire, et d'eau-de-vie, quand nous en pouvions trouver.

«Le 3 vendémiaire, les hostilités commencèrent. Nous attaquâmes l'ennemi sur tous les points. Il était retranché derrière la Limmath et la Linth. A trois heures du matin l'attaque fut donnée. On m'avait tant parlé du premier coup de canon! Tout le monde en parle et personne ne m'a su rendre ses impressions. Mais j'ai voulu me rendre compte de la mienne, et je t'assure que, loin d'être pénible, elle fut agréable. Figure-toi un moment d'attente solennelle, et puis un ébranlement soudain, magnifique. C'est le premier coup d'archet de l'opéra quand on s'est recueilli un instant pour entendre, l'ouverture. Mais quelle belle ouverture qu'une canonnade en règle! Cette canonnade, cette fusillade, la nuit, au milieu des rochers qui décuplaient le bruit (tu sais que j'aime le bruit), c'était d'un effet sublime! Et quand le soleil éclaira la scène et dora les tourbillons de fumée, c'était plus beau que tous les opéras du monde.

«Dès le matin, l'ennemi abandonna ses positions de gauche, il replia toutes ses forces à Uznack, sur la droite. Nous nous y rendîmes. Nous restâmes en bataille derrière l'infanterie, laquelle s'occupait de passer la rivière qui nous séparait de l'ennemi. On construisit un pont sous son feu même, c'était à des Russes que nous avions affaire. Ces gens-là se battent vraiment bien. Lorsque le pont fut terminé, trois bataillons s'avancèrent pour le passer. Mais à peine furent-ils arrivés de l'autre côté, que l'ennemi s'avançant en forces considérables et bien supérieures aux nôtres, les troupes qui avaient passé le pont se jetèrent dessus en désordre pour le repasser. La moitié était déjà parvenue sur la rive gauche, lorsque le pont trop chargé se rompit. Ceux qui étaient encore sur la rive droite et qui n'avaient pu opérer leur retraite voyant le pont rompu derrière eux, ne cherchèrent leur salut que dans un effort de courage désespéré. Ils attendent les Russes à vingt pas et en font un horrible carnage. J'ai frémi, je l'avoue, en voyant tant d'hommes tomber, malgré l'admiration que me causait l'héroïque défense de nos bataillons. Une pièce de douze, que nous avions sur la hauteur, les soutint à propos. Le pont fut promptement rétabli; on vola au secours de nos braves, et l'affaire fut décidée. Si ce pont n'eût point cassé, l'ennemi profitait de notre désordre, la bataille était perdue. Le terrain marécageux ne permettant pas à la cavalerie d'avancer, nous avons bivouaqué sur le champ de bataille. Il fallait traverser notre bivouac pour porter les blessés à l'ambulance. Les feux énormes que nous avions allumés permettaient d'y voir comme en plein jour. C'est là que j'aurais voulu tenir, seulement pendant une heure, les maîtres suprêmes du sort des nations. Ceux qui tiennent la paix ou la guerre entre leurs mains, et qui ne se décident pas à la guerre pour des motifs sacrés, mais pour de lâches questions d'intérêt personnel, devraient avoir sans cesse, pour punition, ces spectacles sous les yeux. Il est horrible, et je n'avais pas prévu qu'il me ferait tant de mal.

«J'eus ce soir-là la satisfaction de conserver la vie à un homme. C'était un Autrichien. Il y avait un corps étendu à côté de notre feu. Je l'observai. Il n'était que blessé à la jambe; mais, accablé de fatigue, et de faim, il respirait à peine. Je le fis revenir avec quelques gouttes d'eau-de-vie. Tous nos gens étaient endormis. J'allai leur proposer de m'aider à transporter ce malheureux à l'ambulance. Accablés eux-mêmes de fatigue, ils me refusèrent. L'un d'eux me proposa de l'achever. Cette idée me révolta. Excédé aussi de fatigue et de faim, je ne sais où je pus chercher ce que leur dis, je m'échauffai, je leur parlai avec indignation, avec colère, je leur reprochai leur dureté. Enfin, deux d'entre eux se levèrent et vinrent m'aider à emporter le blessé. Nous fîmes un brancard avec une planche et deux carabines. Un troisième chasseur, entraîné par notre exemple, se joignit à nous; nous soulevons notre homme et, à travers les marais, dans l'eau et dans la vase jusqu'aux genoux, nous le portons à l'ambulance, éloignée d'une demi-lieue. Chemin faisant ils se plaignirent souvent du fardeau et délibérèrent de me laisser seul avec mon blessé, m'en tirer comme je pourrais. Et moi de leur crier courage et de leur débiter, en termes de soldat, les meilleures sentences des philosophes sur la pitié qu'on doit aux vaincus et sur le désir que nous aurions qu'en pareil cas, on en fît autant pour nous. Les hommes ne sont pas mauvais au fond, car la corvée était rude et cependant mes pauvres camarades se laissèrent persuader. Enfin, nous arrivons et nous mettons ce malheureux en un lieu où il pouvait avoir des secours. Je le recommande moi-même, et je m'en retourne avec mes trois chasseurs, plus joyeux cent fois, l'âme plus satisfaite que si je sortais du plus beau bal ou du plus excellent concert. J'arrive, je m'étends sur mon manteau devant le feu, et je dors paisiblement jusqu'au jour.

«Le surlendemain, nous fûmes à Glaris, où était l'ennemi. Le général Molitor, commandant cette attaque, demanda un homme intelligent dans la compagnie. Je lui fus envoyé. Il alla le soir reconnaître la position de l'ennemi, et je l'accompagnai. Le lendemain, nous attaquâmes et nous chassâmes l'ennemi de la ville. Je fis, pendant l'affaire, le service d'aide-de-camp du général, ce qui m'amusa énormément. Je portais presque tous ses ordres aux différents corps qu'il commandait. L'ennemi, dans une retraite de quatre lieues, brûla tous les ponts de la Linth. Deux jours après, comme il s'avançait en force sur notre droite, le général Molitor m'envoya à Zurich porter au général Masséna une lettre dans laquelle il lui demandait probablement des forces. Je voyageais par la correspondance. Il y a vingt grandes lieues de Glaris à Zurich. Je les fis en neuf heures. Le lendemain, je revins par le lac, dans une chaloupe. Je descendis à sept lieues de Zurich, à Reicherville. Devine la première personne que je vis en mettant le pied sur la rive? M. de Latour-d'Auvergne! Il était avec le général Humbert. Il me reconnaît, me saute au cou, et moi de l'embrasser avec transport. Il me présenta au général Humbert comme le petit-fils du maréchal de Saxe.

«Le général m'invita à souper et me fit coucher dans sa maison. J'en avais besoin, car j'étais sur les dents. Le lendemain, M. de Latour-d'Auvergne, qui se disposait à retourner bientôt à Paris, causa avec moi, me parla de toi, m'approuva de n'avoir pas trop consulté ta tendresse et la prudence du général Harville. Il ajouta que rien ne me serait plus facile que d'avoir un congé de trois décades cet hiver pour t'aller voir; que le Directoire était maître de nommer par an cinquante officiers, et que je pouvais être du nombre. Il en parlera à Beurnonville. Il a lui-même du crédit auprès du Directoire; il se charge de mon congé. Ainsi, ma bonne mère, c'est à ton *maudit-héros* que je devrai de pouvoir t'embrasser! Je me livre à cette idée. Je me vois arrivant à Nohant, tombant dans tes bras, Beurnonville pourrait m'attacher à son état-major, ce qui me donnerait la liberté de te voir plus souvent; nous arrangerons tout cela cet hiver, ma bonne mère. Les commencements sont durs, mais il faut y passer; sois sûre que j'ai bien fait.

«Nous avons quitté Glaris, il y a quatre jours, pour nous rendre à Constance. Il y a dix-huit lieues de pays qui en valent bien vingt-cinq de France. Nous les avons faites sans nous arrêter, par une pluie battante, arrivant pour bivouaquer dans des prés pleins d'eau. Mais la fatigue poussée à l'excès fait dormir partout. Nous sommes arrivés pendant le combat, et, le soir, nous étions maîtres de la ville. Les hostilités paraissent tirer à leur fin. Nous sommes allés nous reposer de vingt jours de bivouac dans le village d'où je t'écris. C'est le seul endroit où j'en aie eu la possibilité. Le but qu'on s'était proposé est rempli. La Suisse est évacuée. Nous allons maintenant nous refaire. Ne sois point inquiète de moi, ma bonne mère; je te donnerai de mes nouvelles le plus souvent possible. Ne sois pas fâchée contre moi, surtout, si je ne t'ai informée qu'aujourd'hui de mes démarches. Mais te dire que j'allais à l'armée, tu n'y aurais jamais consenti, ou tu aurais passé tout ce temps dans des inquiétudes dévorantes. La guerre n'est qu'un jeu; je ne sais pourquoi tu t'en fais un monstre; c'est très peu de chose. Je te donne ma parole d'honneur que je me suis fort amusé, à l'attaque du glacis, de voir les Russes gravir les montagnes. Ils s'en acquittent avec une grande légèreté. Leurs grenadiers sont coiffés comme les soldats dans la *Caravane*. Leurs cavaliers, parmi lesquels il y a beaucoup de Tartares, ont une culotte à plis comme celle d'Othello, un petit dolman et un bonnet en forme de mortier. Je t'en envoie un croquis. Ils étaient six mille dans le canton de Glaris. Leurs chevaux, qui pour la plupart n'étaient pas ferrés, sont restés sur les chemins. La fatigue les a presque tous détruits.

«Je reçois à l'instant deux lettres de toi du 5 et du 8 fructidor. Quel plaisir et quel bien elles me font, ma bonne mère! J'en avais reçu une du 25 thermidor. Elle m'est parvenue il y a six jours, lorsque nous étions bivouaqués sur les bords du lac de Wallenstadt. Je l'ai lue assis sur la pointe d'un rocher qui s'avance sur ce beau lac. Il faisait un temps admirable: j'avais devant moi des aspects enchanteurs: j'avais le sentiment d'avoir fait mon devoir en servant ma patrie, et je tenais une lettre de toi! C'est un des moments les plus heureux de ma vie.

«Que diable veut dire M. de Chabrillant avec les services que j'ai rendus aux Gargilesse? Je ne les ai pas vus depuis plus d'un an. On fait des histoires qui n'ont pas le sens commun.

«Tu veux connaître le chef de brigade? Il s'appelle Ordener. C'est un Alsacien de quarante ans, grand, sec, fort grave, terrible dans le combat, excellent chef de corps, instruit dans son métier, en histoire, en géographie. A la première vue, il a l'air de Robert, chef de brigands. Sur la recommandation de Beurnonville, il m'a très bien reçu.

«J'ai reçu, comme je te l'ai dit, les 150 fr. que tu m'envoyais à Thionville et, en partant, j'ai tout payé, sauf le vin pour deux mois, qui se montait à 30 fr. Je paierai cela à Hardy qui a soldé pour moi. Tu vois que mes libations aux camarades ne m'ont pas ruiné. J'ai mieux aimé partir sans le sou que de laisser des dettes derrière moi. Il est vrai que je n'ai pas fait fortune à la guerre, car, depuis quatre mois, les troupes ne sont pas soldées. Mais je ne sais où te prier de m'envoyer de l'argent. Sois tranquille, je saurai bien m'en passer comme les autres. Envoie-moi, si tu veux, l'adresse du général Harville. Je ne sais où le prendre. Adieu, ma bonne mère.

«Voilà, j'espère, une longue lettre. Dieu sait quand je retrouverai le temps de t'en écrire une pareille! Mais sois certaine que je n'en perdrai pas l'occasion. Ne sois pas inquiète. Je t'embrasse mille fois de toute mon âme. Quel plaisir j'aurai de te revoir! Dis à Deschartres que j'ai pensé à lui pendant la canonnade, et à ma bonne, qui aurait bien dû venir me *border* au bivouac.»

Est-il nécessaire de rappeler la situation de l'Europe à laquelle se rattache le récit épisodique de cette fameuse campagne de Suisse? Peu de mots suffiront. Nos plénipotentiaires au congrès de Rastadt avaient été lâchement assassinés. La guerre s'était rallumée. En quinze jours, Masséna sauva la France à Zurich, en faisant évacuer la Suisse. Suwarow se retirait avec peine derrière le Rhin, laissant une partie de ses Russes foudroyés ou brisés dans les précipices de l'Helvétie. A cette même époque, Bonaparte, quittant l'Egypte, venait de débarquer en France. Le même jour où mon père écrivait la lettre qu'on vient de lire (25 vendémiaire), Napoléon se présentait devant le Directoire à Paris, et déjà les éléments du 18 brumaire commençaient à s'agiter sourdement.

J'ai malheureusement bien peu de lettres de ma grand'mère à son fils. En voici une pourtant. Elle est bien usée, bien noircie. Elle a fait le reste de la campagne sur la poitrine du jeune soldat, et il a pu la rapporter au trésor de famille.

«*Nohant*, le 6 brumaire an VIII.

«Ah! mon enfant, qu'as-tu fait! Tu as disposé de ton sort, de ta vie, de la mienne, sans mon aveu! Tu m'as fait souffrir des tourments inouïs par un silence de six semaines, ta pauvre mère ne vivait plus. Je n'osais plus parler de toi. Les jours de courrier étaient devenus des jours d'agonie, et j'étais presque plus tranquille les jours où je n'avais rien à espérer. Mais le moment du retour de Saint-Jean était affreux. A sa manière d'ouvrir la porte, mon cœur battait avec violence. Il ne disait mot, le pauvre homme, et j'étais prête à mourir. Mon fils! n'éprouve jamais ce que j'ai souffert!

«Enfin, hier, j'ai reçu ta bonne grande lettre. Ah! comme je m'en suis emparée! comme je l'ai tenue longtemps serrée sur mon cœur sans pouvoir l'ouvrir! Je me suis trouvée couverte de larmes qui m'aveuglaient quand j'ai voulu la lire. Mon Dieu, que n'avais-je point imaginé?

«Je craignais qu'on ne l'eût fait partir pour la Hollande. Je déteste ce pays et cette armée; je ne sais pourquoi. Tous ces morts, tous ces blessés me glaçaient d'effroi. Mais il m'aurait écrit son départ, me disais-je, et j'étais bien loin de croire que tu fusses à l'armée victorieuse de Masséna. Je ne pouvais croire à de tels succès avant d'avoir lu ta lettre. C'est que tu y étais, mon fils, tu lui as porté bonheur, et c'est à toi qu'il doit sa gloire. Trois batailles où tu t'es trouvé en quinze jours! et tu es sain et sauf, grâce à Dieu! Dieu soit loué! Mon Dieu! si c'étaient les dernières! Comme toi, je rirais et je chanterais. Mais la paix n'est pas faite.

«Tu dis que nous sommes près de rentrer en Italie; si cela était, il n'y aurait point de fin à nos maux, et il est bien temps de renoncer à s'égorger pour occuper un terrain qui ne nous restera pas. Je conçois, mon enfant, les raisons qui ont déterminé le parti que tu as pris. Il est évident que M. d'Harville ne te disait de rester que par égard pour moi. Il t'a fait brigadier avec circonspection, et il s'en tiendra là. Il a rempli sa tâche près du général Beurnonville. Il t'a prêté secours momentanément, il faut lui en savoir gré; il ne te devait rien, et ce n'est pas un homme à protéger franchement, non plus qu'à refuser sa protection avec la même franchise. Tu l'as bien compris. Caulaincourt l'avait mis sur ce pied, où il avait toutes les hauteurs de l'ancien régime et les sévérités du nouveau. M. de Latour-d'Auvergne saura faire valoir ta conduite. Quel bonheur que tu l'aies rencontré en descendant de cette chaloupe à Reicherville! Il pourra dire que tu as fait la campagne, qu'il t'a vu, et celui-là, qui ne demande jamais rien pour lui, sait faire valoir les autres avec zèle; mais je crains que ton congé ne dépende du général d'Harville; et, en ce cas, malgré le crédit que tu me supposes sur son esprit, nous ne l'obtiendrions pas facilement. Pourtant, je vais recommencer bien vite toutes mes informations, mes démarches et mes écritures. Depuis un grand mois, j'étais morte; je vais ressusciter par l'espérance. Je suis pourtant au désespoir de te savoir sans argent et de ne pas savoir où t'en adresser. Je vais essayer d'en faire passer au commandant Dupré ou à ton ami Hardy. Puisqu'ils t'ont bien fait parvenir mes lettres, ils pourront peut-être se charger de te faire tenir l'argent. Mais, en attendant, tu es dans un pays désert et dévasté sans un sou dans ta poche! Si tu pouvais demander au caissier du régiment, ou au chef de brigade de t'en avancer, je leur ferais bien parvenir le remboursement. Ton insouciance à cet égard me désole. Vivre de pommes de terre et d'eau-de-vie! Quelle nourriture après de telles fatigues! après des marches forcées, par un temps affreux et des nuits dans des prés pleins d'eau! Mon pauvre enfant, quel état, quel métier! On a plus soin des chevaux et des chiens durant la paix que des hommes à la guerre. Et tu résistes à tant de fatigues! tu les oublies pour rendre la vie à un malheureux que le sort amène près de toi! Ta bonne action m'a touchée profondément; ta sensibilité, ton éloquence ont touché ces brutaux qui voulaient achever un pauvre homme; et tu es revenu dormir sur ton manteau, plus satisfait qu'après tous les plaisirs que ma sollicitude voudrait te procurer! La vertu seule, mon enfant, donne cette sorte de délice. Malheureux qui ne la connaît pas! C'est dans ton cœur que tu l'as trouvée, car il n'y avait dans ce bon mouvement ni ostentation, ni regards publics, ni instinct d'imitation. Dieu seul te voyait! Ta mère seule en devait avoir le récit. C'est l'amour du bien qui t'a conduit. Tu parles toujours de ta bonne étoile: sois sûr que ce sont les bonnes actions qui portent bonheur, et qu'avec Dieu les bienfaits ne sont jamais perdus.

«Je crois, puisqu'il le faut, que le parti que tu as pris est le plus sage; ces victoires inattendues me le persuadent. Tu veux servir, c'est ton goût, c'est ta première destination. Tu peux, sous ce gouvernement, faire un chemin plus rapide, je le sais bien, que tu n'aurais pu l'espérer autrefois. Les hommes d'aujourd'hui aimeront à attacher à la chose publique les restes du sang d'un héros. Il ne s'agit point là de noblesse, mais de reconnaissance publique, et je ne suis point injuste; je sais fort bien que ce qu'on appelait les *gens de rien* sont plus capables de cette reconnaissance-là que les gens haut placés ne l'étaient. Je l'ai éprouvé dans tout le cours de ma vie. Les premiers n'avaient devant les yeux, dans mes rapports avec eux, que la mémoire d'un grand homme dont ils appréciaient les services publics. Les seconds, prompts à oublier les services particuliers, auraient voulu effacer sa gloire par jalousie et par ingratitude. Ils me voyaient pauvre, sans crédit, sans famille et n'en étaient point touchés, Madame la dauphine elle-même, qui devait son mariage à mon père, trouvait mauvais que je signasse de son nom, et eût voulu pouvoir m'empêcher de le porter, tant la vanité rend injuste et ingrat.

«Tu peux donc, mon fils, faire un chemin où tu ne rencontreras plus de pareils obstacles. Tu as de l'énergie, du courage, de la vertu. Tu n'as rien à réparer, point de parents suspects. Tes premiers pas sont pour la chose publique; la route est tracée. Parcours-la, mon fils: moissonne des lauriers, apporte-les à Nohant; je les poserai sur mon cœur, je les arroserai de mes larmes. Elles ne seront pas si amères que celles que j'ai versées depuis quinze jours!

«Au mois de janvier, dis-tu, je pourrai te serrer dans mes bras. Dieu! c'est dans deux mois! Je ne le puis croire, mais j'en vais faire l'unique objet de ma sollicitude. Je suis en force, trois batailles! Je vais parler très haut. Tout le monde va savoir que tu as vu l'ennemi et que tu l'as vaincu. On t'adorera à La Châtre. Tout le monde y partageait ma consternation, et c'était une joie publique quand on a vu ton paquet: Saint-Jean le portait en triomphe et on l'arrêtait dans les rues. Tu balançais Bonaparte.... à La Châtre!

«Tu as donc lu ma lettre au bord d'un beau lac suisse, et elle venait, dis-tu, compléter l'éclat du plus beau jour de ta vie? Aimable enfant! Combien mon cœur te sait gré de cette douce sensibilité! Combien tu m'es cher et combien je t'envie cet instant de félicité que je n'ai pu partager avec toi. Quel bonheur de te voir, dans cette situation, tout entier à ta mère et à tes tendres souvenirs! Que j'ai bien raison de t'aimer uniquement et d'avoir mis en toi tout le bonheur, toute la joie, toutes les affections de ma vie! Je n'aurai pas assez de tout mon être pour te recevoir, t'embrasser, te presser contre mon cœur, je mourrai de joie.

«Mande-moi donc promptement où je pourrai t'envoyer de l'argent. Dans ce village de Winfeld, il n'y a pas moyen, car tu n'y resteras pas. Si ton régiment séjournait quelque part, je t'enverrais courrier par courrier ce que tu me demanderais. En attendant, tu recevras, j'espère, les quarante écus que je vais envoyer aujourd'hui à M. Dupré. Il serait fâcheux qu'ils s'égarassent! L'argent est si rare, que six louis, c'est un trésor aujourd'hui. Je ne sais où est M. d'Harville. Je vais lui écrire vite pour lui demander ta grâce, et j'adresserai ma lettre à Paris, rue Neuve-des-Capucines, nº 531.

«Adieu, mon enfant, ménage ta vie, la mienne y est attachée; ne couche pas dans l'eau. Chaque peine que tu éprouves, je l'endure. Tu n'as point été ébranlé par ce premier coup de canon. Mon Dieu! il me passe à travers le cœur! Je suis sûre que ce sont les mères qui lui ont fait cette réputation. Pour toi, tu riais de voir fuir ces pauvres Russes dans les montagnes, le bruit des armes te ravissait comme lorsque tu étais enfant. Mais le soir, à la lueur de ces grands feux, qu'as-tu vu? Tu as beau jeter un voile sur ces horreurs, mon imagination le soulève, et, comme toi, je frémis.

«Tu vas te reposer? Hélas! je le souhaite; mais ne néglige pas de m'écrire un mot seulement: je *respire*. C'est tout ce que te demande ta pauvre mère, car l'ivresse de ma joie pour ton volume s'affaiblira bientôt, je le sais, devant de nouvelles inquiétudes, et, s'il me faut être encore six semaines sans entendre parler de toi, mes tourments vont recommencer. Je finis ma lettre comme finit la tienne: «Quel bonheur j'aurai à te voir cet hiver!»

Là, dans ma chambre, près de mon feu! Toutes ces friandises que nous faisons, je me dis à chaque instant que c'est pour toi. La vieille bonne dit: «C'est pour Maurice, je sais ce qu'il aime.» Deschartres fait de mauvais vin qu'il croit admirable, et il prétend que tu le trouveras bon. Il pleure en parlant de toi. Saint-Jean a fait un cri affreux quand je lui ai dit que tu t'étais trouvé à trois batailles, et il s'est écrié: Ah! c'est qu'il est brave, *lui*! Enfin, c'est une ivresse ici que l'idée de ton retour. Je t'embrasse, mon enfant; je t'aime plus que ma vie. Ma santé est toujours de même: je prends des eaux de Vichy qui me soulagent quelquefois; je voudrais être bien guérie pour ton retour, car je ne veux me plaindre de rien quand tu seras près de moi. Il faut que tu sois attaché à l'état-major, je le veux absolument; mais notre pauvre amie de la rue de l'Arcade est dans un malheur affreux: son fils aîné est toujours dans les fers, l'autre ne reparaît pas; elle succombe, et je n'ose lui parler de toi. Le gros curé Gallepie est mort écrasé par un coffre qui, d'une charrette, est tombé sur lui. Il venait s'établir pour la quatrième fois dans nos environs, toujours poursuivi par les huissiers, et laissant partout des dettes.

«La *petite maison* se porte bien. Il est *monstrueux*. Il a un rire charmant. Je m'en occupe tous les jours; il me connaît à merveille. Je te le présenterai. Adieu, adieu, ma lettre est le second volume de la tienne. Je n'y vois plus. Es-tu monté sur le cheval que tu as été chercher à...? Est-il bon et beau? On va encore me prendre mon poulain, et bientôt je serai réduite à mon âne... On m'apporte de la lumière, et je puis encore te dire quelques mots. Je serai forcée de cacher à certaines gens la précipitation avec laquelle tu t'es jeté dans cette guerre; car, enfin, tu pouvais t'y trouver en face de Pontgibault, d'Andrezel, Termont, etc., et être forcé de les combattre. Mon rôle sera de dire que tu as été forcé de marcher; car on trouvera qu'avec ta naissance, tu n'aurais pas dû montrer tant de zèle pour la République. La situation est embarrassante, car il faut que je fasse sonner bien haut, avec les uns, ce que je dois dissimuler aux autres. Tu tranches de ton sabre toutes ces difficultés, et pourtant l'avenir ne nous offre aucune certitude! Tu regardes comme un devoir de servir ton pays contre l'étranger, sans t'embarrasser des conséquences. Et moi, je ne songe qu'à ton avenir et à tes intérêts. Mais je vois que je ne puis rien résoudre, et qu'il faut s'en remettre à la destinée.»

LETTRE XLVI.

«*Canton d'Appenzel*, le 28 vendémiaire an VIII.Armée du Danube, 3e division.

«C'est de la vallée du Rhinthal, du pied de ces montagnes dont les sommets éblouissants se perdent dans les nues, c'est du séjour des brouillards et des frimas que je t'écris aujourd'hui, ma bonne mère. S'il existe un pays inhabitable, misérable, détestable dans sa sublimité, c'est celui-ci, à coup sûr. Les habitants sont à demi sauvages, n'ayant d'autre propriété qu'un chalet et quelques bestiaux; nulle idée de culture ou de commerce, ne vivant que de racines et de laitage, se tenant toute l'année dans leurs rochers, et ne communiquant presque jamais avec les villes. Ils ont été confondus, l'autre jour, de nous voir faire de la soupe, et quand nous leur avons fait goûter du bouillon, ils l'ont trouvé détestable. Pour moi, je le trouvai délicieux, car, depuis deux jours, nous nous étions trouvés sans pain et sans viande, et nous avions été forcés de nous remettre à leur nourriture pastorale, que, de bon cœur, à mon âge, avec mon appétit et le métier que nous faisons, on peut donner à tous les diables.

«Le jour même où je t'écrivis la dernière fois, nous quittâmes Weinfelden pour nous rendre à Saint-Gall, qui en est éloigné de sept lieues. On nous renvoya ensuite dans ces montagnes, et, depuis deux jours, je suis à Gambs, sur la droite d'Alstedten, détaché comme ordonnance, avec deux chasseurs, près du général Brunet; et comme on ne meurt pas de faim à un état-major, je me dédommage sans façon du régime des montagnes et de la frugalité des pasteurs.

«Certes, je suis loin d'être dans la prospérité à l'heure qu'il est. Je suis soumis à toutes les corvées, à toutes les gardes, à tous les bivouacs, à tous les appels, comme les autres. Je panse mon cheval, je vais au fourrage, je vis à la gamelle, heureux quand gamelle il y a! Eh bien! fussé-je dix fois plus mal, je ne regretterais pas ce que j'ai fait, car je sens que personne n'a rien à me reprocher, et que si le général Harville me blâme, il aura tort. Dans tous les cas, Beurnonville et M. de Latour-d'Auvergne m'approuvent et me protègent. Ils pourront le faire d'autant mieux maintenant que je ne suis plus seulement le petit fils du maréchal de Saxe, mais que je suis soldat pour tout de bon de la République, et que j'ai justifié autant qu'il était en moi l'intérêt qu'on m'accorde. Pour toi, ma bonne mère, tu n'es plus considérée comme une femme suspecte de l'ancien régime, mais comme la mère d'un vengeur de la patrie. Oui, ma mère, c'est sur ce pied-là qu'il faut le prendre en France à l'heure qu'il est, car tout autre point de vue est faux et impossible. Je ne suis pas devenu *jacobin* au régiment, mais j'ai compris qu'il fallait aller droit son chemin et servir son pays sans regarder derrière soi, faire bon marché de la fortune et du rang que la Révolution nous a fait perdre, et se trouver assez heureux si l'on peut devoir à soi-même désormais ce que nous devions jadis au hasard de la naissance. Allons, père Deschartres, il faut vous ériger en Caton d'Utique, et ne plus me parler du passé. Je ne succombe point sous la rigueur du régime militaire, car je grandis à vue d'œil, et tous ceux qui ne m'ont pas vu depuis un mois s'en aperçoivent. Loin de maigrir, je deviens plus carré, et je me sens chaque jour plus fort et plus dispos. Tu jugeras toi-même bientôt de mes progrès en long et en large.»

CHAPITRE TREIZIEME

Retour à Paris.—Présentation à Bonaparte.—Campagne d'Italie.
—Passage du Saint Bernard.—Le fort de Bard.

Le congé que mon père espérait ne fut pas obtenu sans peine. Il y fallut le crédit de Latour-d'Auvergne. Au commencement de 1800, le fils et la mère furent enfin réunis à Paris, où ils passèrent l'hiver. Mon père fut présenté à Bonaparte, qui lui permit de passer dans le 1er régiment de chasseurs et de faire la campagne avec le général Dupont, en qualité d'adjoint à l'état-major.

LETTRE LIII.

«Au quartier-général, *Verres*, le 4 prairial.

«Enfin, m'y voilà! Ce n'est pas une petite affaire que de voyager sans chevaux, à travers des montagnes, des déserts affreux et des villages ruinés. Chaque jour, je manquais l'état-major d'une journée. Il s'est enfin arrêté vis-à-vis le fort de Bard, qui nous empêche d'entrer en Italie. Nous sommes maintenant au milieu des précipices du Piémont. Je me suis présenté hier, aussitôt en arrivant, au général Dupont. Il m'a fort bien reçu. Je suis adjoint à son état-major, et j'en recevrai ce matin l'expédition et le brevet. Je t'établis d'abord ce fait, afin de te débarrasser de l'inquiétude et de l'impatience qui t'eussent rendu insupportable toute narration préalable. Me voilà donc dans un pays où nous mourons de faim. Les figures qui composent cet état-major, à l'exception des trois généraux, m'ont paru toutes assez saugrenues. Je remarque pourtant, depuis vingt-quatre heures que je suis ici, que les aides-de-camp et l'adjudant-général me témoignent plus d'égards qu'à tous ceux qui sont là. Je crois comprendre pourquoi. Je te le dirai plus tard, quand j'aurai mieux examiné.

«J'ai traversé le mont Saint-Bernard. Les descriptions et les peintures sont encore au-dessous de l'horreur de la réalité. J'avais couché la veille au village de Saint-Pierre, qui est au pied de la montagne, et j'en partis le matin, à jeun, pour me rendre au couvent, qui est situé à trois lieues au dessus, c'est-à-dire dans la région des glaces et des éternels frimas. Ces trois lieues se font dans la neige, à travers les rochers; pas une plante, pas un arbre; des cavernes et des abîmes à chaque pas. Plusieurs avalanches qui étaient tombées la veille achevaient de rendre le chemin impraticable. Nous sommes tombés plusieurs fois dans la neige jusqu'à la ceinture. Eh bien! à travers tous ces obstacles, une demi-brigade portait sur ses épaules ses canons et ses caissons, et les hissait de rochers en rochers. C'était le spectacle le plus extraordinaire qu'on puisse imaginer, que l'activité, la résolution, les cris et les chants de cette armée. Deux divisions se trouvaient réunies dans ces montagnes; le général Harville les commandait. C'est pour le coup qu'il était transi! En arrivant chez les moines, ce fut la première personne que je rencontrai. Il fut fort étonné de me retrouver si haut, et, tout en grelottant, me fit assez d'amitiés, sans me parler toutefois de ma désobéissance et m'exprimer ni approbation ni blâme. Peut-être l'eût-il fait dans un autre moment, mais il ne pensait qu'à déjeûner, et il m'invita à déjeûner avec lui; mais, ne voulant pas quitter mes compagnons de voyage, je le remerciai. Je causai avec le prieur pendant le repas très frugal qu'il nous fit servir; il me dit que son couvent était le point habité le plus élevé de l'Europe, et me montra les gros chiens qui l'aident à retrouver les gens engloutis par les avalanches. Bonaparte les avait caressés une heure auparavant, et, sans me gêner, je fis comme Bonaparte. Je fus fort étonné lorsque, disant à ce bon prieur que les vertus hospitalières de ses religieux étaient exposées, sur nos théâtres, à l'admiration publique, j'appris de lui qu'il connaissait la pièce. Après lui avoir fait nos adieux avec cordialité, nous descendîmes pendant sept lieues pour nous rendre à la vallée d'Aoste, en Piémont. Je marchai pendant dix lieues, faisant porter mes bagages par des mules. Arrivé à Aoste, je courus au palais du consul pour voir Leclerc; la première personne que j'y rencontrai, ce fut Bonaparte. Je fus à lui pour le remercier de ma nomination. Il interrompit brusquement mon compliment pour me demander qui j'étais.—Le petit-fils du maréchal de Saxe.—Ah oui! ah bon! Dans quel régiment êtes-vous?—1er de chasseurs.—Ah bien! mais il n'est pas ici. Vous êtes donc adjoint à l'état-major?—Oui, général.—C'est bien, tant mieux, je suis bien aise de vous voir. Et il me tourna le dos. Avoue que j'ai toujours de la chance, et que, quand on l'aurait fait exprès, on n'aurait pas fait mieux. Je suis d'emblée adjoint à l'état-major, et de l'aveu de Bonaparte, sans attendre ces *fameux mortels trois mois*. Pour que les lettres me parviennent sûrement, adresse-les au citoyen Dupin, adjoint à l'état-major général de l'armée de réserve, au quartier général, sans désignation de lien. On fera suivre.

«Ce fort que nous avons en avant de nous, le fort de Bard, nous empêchait de passer en Italie, mais on a pris la résolution de le tourner, de manière que le quartier général ira s'établir demain à Ivrée. J'en suis fort aise, car ici nous sommes réduits à une demi-portion de nourriture, et mon diable d'estomac ne veut pas se soumettre à une demi-ration d'appétit. Tu as bien fait de m'engraisser à Paris, car je ne crois pas qu'ici on s'en occupe. Adieu, ma bonne mère, je t'embrasse bien tendrement; je voudrais bien que cette nouvelle séparation te fût moins cruelle que les autres. Songe qu'elle ne sera pas longue et qu'elle aura de bons résultats.»

LETTRE LIV.

Prairial an VIII (sans date).

«Ouf! nous y voilà, nous y voilà! respirons! Où donc? à Milan; et si nous allons toujours de ce train-là, bientôt, je crois, nous serons en Sicile. Bonaparte a transformé le vénérable état-major général en une avant-garde des plus lestes. Il nous fait courir comme des lièvres, et tant mieux! Depuis Verres, pas un moment de repos. Enfin, nous sommes ici d'hier, et j'en profite pour causer avec toi. Je vais reprendre notre marche depuis le départ du susdit Verres. Je t'ai parlé, je crois, du fort de Bard, seul obstacle qui nous empêchât d'entrer en Italie. Bonaparte, à peine arrivé, ordonne l'assaut. Il passe six compagnies en revue. «Grenadiers, dit-il, il faut monter là cette nuit, et le fort est à nous.» Quelques instants après, il fut s'asseoir sur le bout d'un rocher. Je le suivis et me plaçai derrière lui. Tous les généraux de division l'entouraient Loison lui faisait de fortes objections sur la difficulté de grimper à travers de rochers, sous le feu de l'ennemi, fortifié de manière qu'il n'avait qu'à allumer les bombes et les obus et à les laisser rouler pour nous empêcher d'approcher. Bonaparte ne voulut rien entendre, et, en repassant, il répéta aux grenadiers que le fort était à eux. L'assaut fut ordonné pour deux heures après minuit. N'étant point monté, et le fort étant à deux lieues du quartier-général, je n'avais point l'ordre d'y aller. Je rentrai donc à Verres avec mes compagnons de promenade, et, après souper, je souhaite le bonsoir à chacun, et, sans rien dire, je repars pour le fort de Bard. On arrive à ce fort par une longue vallée bordée de rochers immenses, couverts de cyprès. Il faisait une nuit obscure, et le silence qui régnait dans ce lieu sauvage n'était interrompu que par le bruit d'un torrent qui roulait dans les ténèbres, et par les coups sourds et éloignés du canon du fort. J'avance lestement. J'entends déjà les coups plus distinctement, bientôt j'aperçois le feu des pièces; bientôt je suis à portée. Je vois deux hommes couchés derrière une roche contre un bon feu. Jugeant que le général Dupont doit être avec le général en chef, je vais leur demander s'ils n'ont pas vu passer ce dernier. Le voilà! me dit l'un d'eux en se levant: c'était Berthier lui-même. Je lui dis qui j'étais et qui je cherchais. Il m'indiqua où était le général Dupont. Il était sur le pont de la ville de Bard. J'y vais, et je le trouve entouré de grenadiers, qui attendaient le moment de l'attaque. Je me mêle à sa suite, et, au moment où il tournait la tête, je lui souhaite le bonsoir.—Comment, me dit-il tout étonné, vous êtes là sans ordres et à pied?—Si vous voulez bien le permettre, mon général.—A la bonne heure! L'attaque commence, vous venez au bon moment. «On fit passer six pièces et des caissons au pied du fort. Les aides-de-camp du général les accompagnèrent, et je les suivis, toujours en me promenant. A moitié de la ville, il nous arriva trois obus à la fois. Nous entrâmes dans une maison ouverte, et, après les avoir laissé éclater, nous continuâmes notre route et revînmes, toujours escortés de quelques grenades ou de quelques boulets. L'attaque fut sans succès. Nous grimpâmes jusqu'au dernier retranchement; mais les bombes et les obus que l'ennemi lançait et roulait dans les rochers, des échelles trop courtes, des mesures mal prises, firent tout échouer, et l'on se retira avec perte.

«Le lendemain matin, nous partîmes pour Ivrée. Nous tournâmes le fort, en grimpant, hommes et chevaux, à travers de roches, par un sentier où les gens du pays n'avaient jamais osé mener des mulets. Aussi plusieurs des nôtres furent précipités. Un cheval de Bonaparte se cassa la jambe. Arrivé à un certain point qui domine le fort, Bonaparte s'arrêta, et lorgna, de fort mauvaise humeur, cette bicoque contre laquelle il venait d'échouer. Après mille fatigues, nous arrivâmes dans la plaine, et comme j'étais à pied, le général Dupont, satisfait de ma promenade de la veille, me donna un de ses chevaux à monter. Je cheminai avec ses aides-de-camp, ceux de Bonaparte et ceux de Berthier, et au milieu de cette troupe brillante, un des aides-de-camp du général Dupont, nommé Morin, prit la parole et dit: Messieurs, sur trente adjoints à l'état-major général, M. Dupin, arrivé d'avant-hier soir et n'ayant pas encore de cheval, est le seul qui fût avec le général à l'attaque du fort. Les autres étaient restés prudemment couchés. Il faut que je te dise maintenant ce que j'avais deviné au premier coup d'œil. C'est que cet état-major est une pétaudière des plus complètes. On y donne le titre d'adjoint et on y attache quiconque est sans corps et sans distinction positive. Nous sommes cependant huit ou dix qui valons mieux que les autres et qui faisons société ensemble. L'état-major s'épure à mesure que nous avançons. On laisse les ganaches et les casse-dos pour le service des différentes places que nous traversons. Lacuée s'est bien trompé en te faisant valoir ces grands avantages de mon emploi. Nous sommes bien moins considérés que les aides-de-camp. Nous courons comme des ordonnances sans savoir ce que nous portons. Nous ne faisons point société avec le général et nous ne mangeons point avec lui.

«Lorsque nous fûmes à Ivrée, je vis bien qu'en avançant toujours, je ne recevrais pas mes chevaux de sitôt. Je pris le parti d'aller de mon pied léger aux avant-postes. On avait pris des chevaux la veille. Un officier du 12e hussards m'en céda, pour quinze louis, un qui en vaudrait trente à Paris. C'est un hongrois sauvage qui appartenait à un capitaine ennemi. Il est gris-pommelé. Ses jambes sont d'une finesse et d'une beauté incomparables. Le regard est de feu, la bouche légère, et par-dessus tous ces avantages, il a les manières d'une bête féroce. Il mord tous ceux qu'il ne connaît pas et ne se laisse monter que par son maître. C'est avec bien de la peine que je suis venu à bout de l'enfourcher. Ce coquin-là ne voulait pas servir la France. A force de pain et de caresses, j'en suis venu à bout. Mais, dans les premiers jours, il se cabrait et mordait comme un démon. Une fois qu'on est dessus, il est doux et tranquille. Il court comme le vent et saute comme un chevreuil. Lorsque mes deux autres seront arrivés, je pourrai le vendre. Voilà la poste qui arrive. Adieu, ma bonne mère, je n'ai que le temps de t'embrasser. Adieu! adieu!»

CHAPITRE QUATORZIEME.

Court résumé.—Bataille de Marengo.—Turin, Milan, en 1800.—Latour-d'Auvergne.—Occupation de Florence.—George Lafayette.

Mais si je continue l'histoire de mon père, on me dira peut-être que je tarde bien à tenir la promesse que j'ai faite de raconter ma propre histoire. Faut-il que je rappelle ici ce que j'ai dit au commencement de mon livre? Tout lecteur a la mémoire courte, et, au risque de me répéter, je résumerai de nouveau ma pensée sur le travail que j'ai entrepris.

Toutes les existences sont solidaires les unes des autres, et tout être humain qui présenterait la sienne isolément, sans la rattacher à celle de ses semblables, n'offrirait qu'une énigme à débrouiller. La solidarité est bien plus évidente encore, lorsqu'elle est immédiate comme celle qui rattache les enfants aux parents, les amis aux amis du passé et du présent, les contemporains aux contemporains de la veille et du jour même. Quant à moi (comme quant à vous tous), mes pensées, mes croyances et mes répulsions, mes instincts comme mes sentiments seraient un mystère à mes propres yeux, et je ne pourrais les attribuer qu'au hasard, qui n'a jamais rien expliqué en ce monde, si je ne relisais pas dans le passé la page qui précède celle où mon individualité est inscrite dans le livre universel. Cette individualité n'a, par elle seule, ni signification, ni importance aucune. Elle ne prend un sens quelconque qu'en devenant une parcelle de la vie générale, en se fondant avec l'individualité de chacun de mes semblables, et c'est par là qu'elle devient de l'histoire.

Ceci posé, et pour n'y plus revenir, j'affirme que je ne pourrais pas raconter et expliquer ma vie sans avoir raconté et fait comprendre celle de mes parents. C'est aussi nécessaire dans l'histoire des individus que dans l'histoire du genre humain. Lisez à part une page de la révolution ou de l'empire, vous n'y comprendrez rien si vous ne connaissez toute l'histoire antérieure de la révolution et de l'empire; et pour comprendre la révolution et l'empire, encore vous faut-il connaître toute l'histoire de l'humanité. Je raconte ici une histoire intime; l'humanité a son histoire intime dans chaque homme. Il faut donc que j'embrasse une période d'environ cent ans pour raconter quarante ans de ma vie.

Je ne puis coordonner sans cela mes souvenirs. J'ai traversé l'empire et la restauration; j'étais trop jeune au commencement pour comprendre par moi-même l'histoire qui se faisait sous mes yeux et qui s'agitait autour de moi. J'ai compris alors, tantôt par persuasion, tantôt par réaction, à travers les impressions de mes parents. Eux, ils avaient traversé l'ancienne monarchie et la révolution. Sans leurs impressions, les miennes eussent été beaucoup plus vagues, et il est douteux que j'eusse conservé, des premiers temps de ma vie, un souvenir aussi net que celui que j'ai. Or, ces premières impressions, quand elles ont été vives, ont une importance énorme, et tout le reste de notre vie n'en est souvent que la conséquence rigoureuse.

* * *

SUITE DE L'HISTOIRE DE MON PÈRE.

J'ai laissé mon jeune soldat quittant le fort de Bard, et pour rappeler sa situation au lecteur, je citerai, d'une lettre datée d'Ivrée, et adressée par lui à *son neveu* René de Villeneuve, quelques fragments à propos des mêmes événements.

Mais, d'abord, je dirai comment mon père, âgé de 21 ans, avait un neveu, son ami et son camarade, plus âgé d'un ou deux ans que lui-même. M. Dupin de Francueil avait soixante ans lorsqu'il épousa ma grand'mère. Il avait été marié en premières noces à Mlle Bouilloud, dont il avait eu une fille. Cette fille avait épousé M. de Villeneuve, neveu de Mme Dupin de Chenonceaux, et en avait eu deux fils, René et Auguste, que mon père aima toujours comme ses frères. On peut croire qu'ils le plaisantaient beaucoup sur la gravité de son rôle d'oncle, et qu'il leur fit grâce du respect que son titre réclamait. Une succession avait élevé quelques différends entre leurs hommes d'affaires, et voici comment, aujourd'hui, mon cousin René s'explique avec moi sur cette contestation: «Les gens d'affaires trouvaient des motifs de chicane, des chances de gain pour nous, à entamer un procès: il s'agissait d'une maison et de trente mille francs légués par M. de Rochefort, petit-fils de Mme Dupin de Chenonceaux, à notre cher Maurice. Maurice, mon frère et moi, nous répondîmes aux gens d'affaires que nous nous aimions trop pour nous disputer sur quoi que ce soit; que, s'ils tenaient cependant à se quereller entre eux, nous leur donnions la permission de se battre. J'ignore s'ils en profitèrent, mais nos débats de famille furent ainsi terminés.»

Ces trois jeunes gens étaient bons et désintéressés, sans aucun doute; mais le temps aussi valait mieux que celui où nous sommes. Malgré les vices du gouvernement directorial, malgré l'anarchie des idées, la tourmente révolutionnaire avait laissé dans les esprits quelque chose de chevaleresque. On avait souffert, on s'était habitué à perdre sa fortune sans lâcheté, à la recouvrer sans avarice, et il est certain que le malheur et le danger sont de salutaires épreuves. L'humanité n'est pas encore assez pure pour ne pas contracter les vices de l'égoïsme dans le repos et dans les jouissances matérielles. Aujourd'hui, l'on trouverait bien peu de familles où des collatéraux, en présence d'un héritage contestable, termineraient leur différend en s'embrassant et en riant à la barbe des procureurs.

Dans la lettre que mon père écrivit d'Ivrée à l'aîné de ses neveux, il raconte encore le passage du Saint-Bernard et l'attaque du fort de Bard. Les fragments que je vais transcrire montrent combien on agissait gaîment et sans la moindre pensée de vanterie dans ce beau moment de notre histoire:

«..................... J'arrive au pied d'un roc, près d'un précipice où mon état-major s'était perché. Je me présente au général: il me reçoit. Je m'installe, je présente mon respect à Bonaparte. La même nuit, il ordonne l'attaque du fort de Bard. *Je me trouve* à l'assaut avec mon général[26]. Les boulets, les bombes, les grenades, les obus grondent, roulent, tonnent, éclatent de tous côtés. Nous sommes battus, je ne suis point blessé.....

«Nous tournons le fort en grimpant à travers les rochers et les abîmes. Bonaparte grimpe avec nous. Plusieurs hommes roulent dans les précipices. Nous descendons enfin dans la plaine: on s'y battait. Un hussard venait de prendre un beau cheval; je l'arrête, et me voilà monté, chose assez nécessaire à la guerre. Ce matin, je porte un ordre aux avant-postes; je trouve les chemins jonchés de cadavres. Demain, ou cette nuit, nous avons une bataille rangée. Bonaparte n'est pas patient, il veut absolument avancer. Nous y sommes tous fort disposés........................

«Nous dévastons un pays admirable. Le sang, le carnage, la désolation marchent à notre suite, nos traces sont marquées par des morts et des ruines. On a beau vouloir ménager les habitants, l'opiniâtreté des Autrichiens nous force à tout canonner. J'en gémis tout le premier, et tout le premier pourtant, cette maudite passion des conquêtes et de la gloire me saisit et me fait désirer impatiemment qu'on se batte et qu'on avance.»

LETTRE I.

De Maurice à sa mère.

«*Stradella*, 21 prairial.

«Nous courons comme des diables. Hier, nous avons passé le Pô et rossé l'ennemi. Je suis très fatigué. Toujours à cheval, chargé de missions délicates et pénibles, je m'en suis tiré assez bien, et t'en donnerai des détails lorsque j'aurai un peu de temps. Ce soir, je n'ai que celui de t'embrasser et de te dire que je t'aime.»

LETTRE II.

«Au quartier-général, à *Torre di Garofolo*, le 27 prairial an VIII.

«Historiens, taillez vos plumes; poètes, montez sur Pégase; peintres, apprêtez vos pinceaux; journalistes, mentez tout à votre aise! Jamais sujet plus beau ne vous fut offert. Pour moi, ma bonne mère, je vais te conter le fait tel que je l'ai vu, et tel qu'il s'est passé.

«Après la glorieuse affaire de Montebello nous arrivons le 23 à Voghera. Le lendemain nous en partons à dix heures du matin, conduits par notre héros, et à quatre de l'après-midi, nous arrivons dans les plaines de San-Giuliano. Nous y trouvons l'ennemi, nous l'attaquons, nous le battons, et l'acculons à la Bormida, sous les murs d'Alexandrie. La nuit sépare les combattans; le 1er consul et le général en chef vont se loger dans une ferme à Torre di Garofolo. Nous nous étendons par terre sans souper, et l'on dort. Le lendemain matin, l'ennemi nous attaque, nous nous rendons sur le champ de bataille et nous y trouvons l'affaire engagée. C'était sur un front de deux lieues. Une canonnade et une fusillade à rendre sourd! Jamais, au rapport des plus anciens, on n'avait vu l'ennemi si fort en artillerie. Sur les neuf heures, le carnage devenait tel que deux colonnes rétrogrades de blessés et de gens qui les portaient, s'étaient formées sur la route de Marengo à Torre di Garofolo. Déjà nos bataillons étaient repoussés de Marengo. La droite était tournée par l'ennemi, dont l'artillerie formait un feu croisé avec le centre. Les boulets pleuvaient de toutes parts. L'état-major était alors réuni. Un boulet passe sous le ventre du cheval de l'aide-de-camp du général Dupont. Un autre frise la croupe de mon cheval. Un obus tombe au milieu de nous, éclate et ne blesse personne. On délibère pourtant sur ce qu'il est bon de faire. Le général en chef envoie à la gauche un de ses aides-de-camp, nommé Laborde avec qui je suis assez lié; il n'a pas fait cent pas que son cheval est tué, je vais à la gauche avec l'adjudant-général Stabenrath. Chemin faisant, nous trouvons un peloton du 1er de dragons. Le chef s'avance vers nous tristement, nous montre douze hommes qu'il avait avec lui, et nous dit que c'est le reste de cinquante qui formaient son peloton le matin. Pendant qu'il parlait, un boulet passe sous le nez de mon cheval, et l'étourdit tellement qu'il se renverse sur moi comme mort. Je me dégage lestement de dessous lui. Je le croyais tué et fus fort étonné quand je le vis se relever. Il n'avait aucun mal. Je remonte dessus et nous nous rendons à la gauche, l'adjudant-général et moi. Nous la trouvons rétrogradant. Nous rallions, de notre mieux, un bataillon. Mais à peine l'était-il que nous voyons, encore plus sur la gauche, une colonne de fuyards courant à toutes jambes. Le général m'envoie l'arrêter. C'était là chose impossible. Je trouve l'infanterie pêle-mêle avec la cavalerie, les bagages et les chevaux de main. Les blessés abandonnés sur la route et écrasés par les caissons et l'artillerie. Des cris affreux, une poussière à ne pas se voir à deux pas de soi. Dans cette extrémité, je me jette hors de la route et cours en avant, criant: *halte à la tête!* Je cours toujours; pas un chef, pas un officier. Je rencontre Caulincourt le jeune, blessé à la tête, et fuyant, emporté par son cheval. Enfin je trouve un aide-de-camp. Nous faisons nos efforts pour arrêter le désordre. Nous donnons des coups de plat de sabre aux uns, des éloges aux autres; car, parmi ces désespérés il y avait encore bien des braves. Je descends de cheval, je fais mettre une pièce en batterie, je forme un peloton. J'en veux former un second. A peine avais-je commencé que le premier avait déjà déguerpi. Nous abandonnons l'entreprise et courons rejoindre le général en chef. Nous voyons Bonaparte battre en retraite.

«Il était deux heures; nous avions déjà perdu, tant prises que démontées, douze pièces de canon. La consternation était générale; les chevaux et les hommes harassés de fatigue, les blessés encombraient les routes. Je voyais déjà le Pô, le Tesin à repasser; un pays à traverser dont chaque habitant est notre ennemi, lorsqu'au milieu de ces tristes réflexions, un bruit consolateur vient ranimer nos courages. La division Desaix et Kellermann arrivent avec treize pièces de canon. On retrouve des forces, on arrête les fuyards. Les divisions arrivent; on bat la charge et on retourne sur ses pas; on enfonce l'ennemi, il fuit à son tour, l'enthousiasme est à son comble: on charge en riant; nous prenons huit drapeaux, six mille hommes, deux généraux, vingt pièces de canon, et la nuit seule dérobe le reste à notre fureur.

«Le lendemain matin, le général Mélas envoie un parlementaire: c'était un général. On le reçoit dans la cour de notre ferme, au son de la musique de la garde consulaire et toute la garde sous les armes. Il apporte des propositions. On nous cède Gènes, Milan, Tortone, Alexandrie, Acqui, Pizzighitone, enfin une partie de l'Italie et le Milanais. Ils s'avouent vaincus. Nous allons aujourd'hui dîner chez eux à Alexandrie. L'armistice est conclu. Nous donnons des ordres dans le palais du général Mélas. Les officiers autrichiens viennent me demander de parler pour eux au général Dupont. C'est, en vérité, trop plaisant! Aujourd'hui, l'armée française et l'armée autrichienne n'en forment plus qu'une. Les officiers impériaux enragent de se voir ainsi donner des lois; mais ils ont beau enrager, ils sont battus. *Væ victis!*

«Ce soir, le général Stabenrath, nommé pour l'exécution des articles du traité, et avec lequel j'étais le matin de la bataille, m'a dit en me serrant la main qu'il était content de moi; que j'avais été comme un beau diable, et que le général Dupont en était instruit. Dans le fait, je puis te dire, ma bonne mère, que j'ai été ce qui s'appelle ferme et toute la journée sous le boulet. Nous avons eu un nombre infini de blessés, et, comme ils le sont tous par le canon, très peu en reviendront. On en apporta hier par centaines au quartier-général, et, ce matin, la cour était pleine de morts. La plaine de Marengo est jonchée de cadavres sur un espace de deux lieues. L'air est empesté, la chaleur étouffante. Nous allons demain à Tortone, j'en suis fort aise, car, outre qu'on meurt de faim ici, l'infection devient telle que, dans deux jours, il ne serait plus possible d'y tenir. Et quel spectacle! on ne s'habitue pas à cela.

«Pourtant, nous sommes tous de fort bonne humeur; voilà la guerre! Le général a des aides-de-camp fort aimables, et qui me témoignent beaucoup d'amitié. Plus d'inquiétude, ma bonne mère, voilà la paix; dors sur les deux oreilles; bientôt, nous n'aurons plus qu'à nous reposer sur nos lauriers. Le général Dupont va me faire lieutenant. Vraiment! j'allais oublier de te le dire, tant je me suis oublié depuis quelques jours. Comme son aide-de-camp a été blessé, je lui en sers provisoirement. Adieu, ma bonne mère, je suis harassé de fatigue et vais me coucher sur la paille. Je t'embrasse de toute mon âme. A Milan, où nous allons ces jours-ci, je t'en dirai plus long et j'écrirai à mon oncle de Beaumont.»

LETTRE III.
«Au citoyen Beaumont, à l'hôtel de Bouillon, quai Malaquais, Paris.
«*Turin*, le .. messidor an VIII (juin ou juillet 1800).

«Pim, pan, pouf, patatra! en avant! sonne la charge! En retraite! en batterie! Nous sommes perdus! Victoire! Sauve qui peut! Courez à droite, à gauche, au milieu! Revenez, restez, partez, dépêchons-nous! Gare l'obus! au galop! Baisse la tête, voilà un boulet qui ricoche.... Des morts, des blessés, des jambes de moins, des bras emportés, des prisonniers, des bagages, des chevaux, des mulets, des cris de rage, des cris de victoire, des cris de douleur, une poussière du diable, une chaleur d'enfer, des f..., des b..., des m..., un charivari, une confusion, une bagarre magnifique. Voilà, mon bon et aimable oncle, en deux mots, l'aperçu clair et net de la bataille de Marengo, dont votre neveu est revenu très bien portant, après avoir été culbuté, lui et son cheval, par le passage d'un boulet, et avoir été régalé, pendant quinze heures, par les Autrichiens, du feu de trente pièces de canon, de vingt obusiers et de trente mille fusils. Cependant, tout n'est pas si brutal, car le général en chef, content de mon sang froid et de la manière dont j'avais rallié des fuyards pour les ramener au combat, m'a nommé lieutenant sur le champ de bataille de Marengo. Je n'ai donc plus qu'un fil dans mon épaulette. Maintenant, couverts de gloire et de lauriers, après avoir été dîner chez papa Mélas et lui avoir donné nos ordres dans son palais d'Alexandrie, nous sommes revenus à Turin avec mon général, nommé ministre extraordinaire du gouvernement français, et nous donnons des lois au Piémont, logés au palais du duc d'Aoste, ayant chevaux, voitures, spectacles, bonne table, etc. Le général Dupont a sagement congédié tout son état-major; il n'a conservé que ses deux aides-de-camp et moi, de manière que me voilà adjoint tout seul au ministre. Comme je n'entends pas grand-chose aux affaires, je donne mes audiences dans la salle à manger, parce que, par principe, je ne parle jamais mieux que quand je suis *dans mon assiette*. C'est avec de telles maximes qu'on gouverne sagement les empires. Malheureusement, voilà la guerre terminée; tant pis, car encore trois ou quatre culbutes sur la poussière des champs de bataille, et j'étais général. Cependant, je ne perds pas courage. Quelque bon matin, les affaires se brouilleront encore, et nous rattraperons le temps perdu, en nous retapant sur nouveaux frais.

«Ne m'en veuillez pas, mon bon oncle, d'être resté si longtemps sans vous écrire. Mais nos courses, nos conquêtes, nos victoires, m'ont absolument pris tous mes instants. Désormais, je serai plus exact; je n'y aurai pas grand'peine. Je n'aurai qu'à suivre les mouvements de mon cœur, il me ramène toujours vers mon bon oncle, que j'embrasse de toute mon âme.

«Je prie M. de Bouillon d'agréer l'hommage de mon respect,
«MAURICE.»

Dans une troisième lettre sur la bataille de Marengo, lettre adressée aux jeunes Villeneuve, et commençant ainsi: «*Or, écoutez, mes chers neveux,*» mon père ajoute quelques circonstances omises à dessein dans ses autres lettres:

«Votre *respectable* oncle, après avoir été frisé par un boulet, culbuté par un autre, lui et son cheval, avait reçu dans la poitrine un coup de crosse, ce qui lui procura un petit crachement de sang qui dura une heure, et dont il se guérit en courant toute la journée au grand trot et au grand galop, etc..... Au reste, mes amis, si je ne me suis pas fait tuer, ce n'est pas ma faute.. Le détail de toutes nos misères serait trop long; mais figurez-vous ce que c'est que de rester trois grands jours dans des plaines brûlantes sans rien manger. A *Torre di Garofolo*, nous avions, pour tout soulagement, un puits pour 1,400 hommes...

Il finit en disant:

«Recevez, mes bons amis, vingt-trois embrassades chacun, et présentez mes respects à ces dames.»

LETTRE VI.

«*Milan*, le .. fructidor an VIII (septembre 1800).

«Il y a bien longtemps que je ne t'ai écrit, ma bonne mère, mais les derniers temps de notre séjour à Turin ont été si remplis, nous avons eu tant à faire pour mettre en ordre le reste de notre ministère; à peine arrivés à Milan, nous avons eu tant de visites à rendre avec le général Dupont, que, jusqu'à présent, je n'ai pu te donner de mes nouvelles. Le général continue à me montrer beaucoup d'intérêt. Tes lettres n'y ont pas peu contribué. Je suis de tous ses voyages, de toutes ses parties. Il a laissé à Turin Decouchy et Merlin....

«Nous passons notre temps ici à courir en voiture et à faire des dîners. Nous en faisons de fort bons chez Pétiet, le ministre de France. Le soir, nous allons au cours et au spectacle, qui est magnifique. Il y a une cantatrice et un ténor admirables. Les ballets sont fort mal dansés, mais les décorations superbes. En somme, forcé de m'amuser *par ordre*, je prends le parti de m'amuser pour tout de bon. Milan est fort agréable; mais je suis fort content de m'en aller. Tout cela est bel et bon; mais deux mois passés dans les plaisirs ne vous avancent pas plus que si vous aviez dormi deux mois. Et deux mois passés dans les camps peuvent me faire capitaine. Et puis, il faut courir et voyager quand on est jeune: cette coutume date de Télémaque. Adieu, ma bonne mère; il faut que j'aille faire mon porte-manteau. Je t'embrasse de toute mon âme.»

LETTRE VII.

«*Bologne*, 24 fructidor.

«.....................

«Ah! que tu es fine, ma bonne mère! Tu as deviné, sans que je t'en aie dit un seul mot, que j'avais été, dans cette maudite Capoue, sous l'empire d'une terrible préoccupation! Ne m'interroge pas trop, je t'en prie. Il y a des choses qu'on aime mieux raconter qu'écrire. Que veux-tu! je suis dans l'âge des émotions vives, et je ne suis pas coupable de les ressentir. J'ai été enivré, mais j'ai souffert aussi; pardonne-moi donc, et souviens-toi que j'ai quitté Milan avec joie, avec une ardente volonté de me consacrer aux devoirs de mon emploi. Plus tard, je te racontrai tout, de sangfroid; car déjà j'ai retrouvé, dans l'agitation de mon métier, le calme de mon esprit. Je me suis acquitté de mon mieux de la commission du général. J'ai parcouru en trois jours toute la ligne. Je suis arrivé hier, et, le soir même, j'ai eu la satisfaction de voir mon rapport, dont le général a été très content, envoyé tout vif au général en chef. Ce n'est pas là servir en machine, et j'aime la guerre quand j'en comprends les mouvements et la pensée. C'est pour moi comme une belle partie d'échecs: au lieu que, pour le pauvre soldat, c'est un grossier jeu de hasard. Il est vrai que bien des êtres, qui me valent sous d'autres rapports, sont forcés de passer leur vie dans des fatigues obscures que n'embellit jamais le plaisir de comprendre et de savoir. Je les plains, et je partagerais leurs souffrances, si, en les partageant, je pouvais les adoucir. Mais il n'en serait rien, et, puisque l'éducation m'a donné quelque lumière, ne dois-je pas à mon pays, dont j'ai embrassé la défense avec ardeur, de mettre à son service la petite capacité de ma cervelle, aussi bien que l'activité de mes membres? M. de Latour-d'Auvergne, ce héros que je pleure, fut de mon avis quand je lui parlai ainsi; il me trouva tout aussi bon patriote que lui-même, malgré mon grain d'ambition et tes sollicitudes maternelles. Sa modestie m'a fait surtout une impression que je n'oublierai jamais, et que, toute ma vie, je me proposerai pour modèle. La vanité gâte le mérite des plus belles actions. La simplicité, un silence délicat sur soi-même en rehaussent le prix et font aimer ceux qu'on admire. Hélas! il n'est plus! Il a trouvé une mort glorieuse et digne de lui. Tu ne le maudis plus maintenant, et tu le regrettes avec moi!

«D'ailleurs, tu persistes à détester tous les héros. Comme je n'en suis pas encore un, je ne crains rien pour le présent. Mais est-ce que tu me défends d'aspirer à le devenir? Je serais capable d'y renoncer si tu me menaçais de ne plus m'aimer, et d'aller planter des choux en guise de lauriers dans les carrés de ton jardin. Mais j'ai bon espoir pourtant que tu t'habitueras à mon ambition et que je trouverai moyen de me la faire pardonner.

«J'ai traversé les Etats du duc de Parme et je me suis cru en 88. Des fleurs de lis, des armes, des livrées, des chapeaux sous les bras, des talons rouges; ma foi, cela paraît bien drôle aujourd'hui. On nous regardait dans les rues comme des animaux extraordinaires. Il y avait dans leurs regards un mélange d'effroi, de scandale, de haine tout-à-fait comique: Ils ont tous les préjugés, la sottise et la poltronnerie de nos royalistes de Paris. Notre commissaire des guerres, jeune homme tout à fait aimable, passa la soirée dans une des grandes maisons de l'endroit, et nous raconta que la conversation avait roulé tout le temps sur l'arbre généalogique de chaque famille des Etats du duc. Pour se divertir, il leur dit qu'il y avait dans la ville un petit-fils du maréchal de Saxe, et qu'il servait la république. Il y eut un long cri d'horreur et de stupéfaction dans l'assemblée. On n'en revenait pas, et encore n'osa-t-on pas dire devant ce jeune homme tout ce qu'on pensait d'une pareille abomination. J'en ai bien ri.

«J'ai été voir, dans cette bonne ville de Parme, l'académie de peinture et l'immense théâtre dans le goût des anciens cirques, bâti par Farnèse. On n'y a pas joué depuis deux siècles, il tombe en ruines, mais il est encore admirable. A

Bologne, j'ai vu la galerie San-Pietri, une des plus belles collections de l'Italie. Il y a les plus beaux ouvrages de Raphaël, du Guide, du Guerchin et des Carrache.

«Adieu, ma bonne mère, aime-moi, gronde-moi, pourvu que tes lettres soient bien longues, car je n'en trouve jamais assez.»

LETTRE X.
De Maurice à sa mère.
«*Florence*, 26 vendémiaire an IX (octobre 1800).

«C'est pour le coup que nous venons de faire une belle équipée! Nous venons de rompre la trève comme de jolis garçons que nous sommes. En trois jours nous nous sommes emparés de la Toscane et de la belle et délicieuse ville de Florence. M. de Sommariva, ses fameuses troupes, ses terribles paysans armés, tout a fui à notre approche, et nous sommes des enfonceurs de portes ouvertes.

«Avec le général Dupont commandant l'expédition, nous avons traversé l'Apennin à la tête de l'avant-garde, et maintenant nous nous reposons délicieusement sous les oliviers, les orangers, les citronniers et les palmiers qui bordent les rives de l'Arno. Cependant, les Toscans, insurgés, se sont retranchés dans Arezzo, et tiennent en échec le général Mounier, l'un de nos généraux de division; mais nous venons d'y envoyer du canon, et demain tout sera terminé.

«Il n'y a rien de comique comme notre entrée à Florence: M. de Sommariva avait envoyé à notre rencontre plusieurs parlementaires chargés de nous assurer de sa part qu'il allait désarmer les paysans qu'il avait soulevés, et qu'il nous priait de nous arrêter; mais que si nous persistions à entrer dans Florence, il se ferait tuer sur les remparts. C'était bien parler. Mais, en dépit de ses promesses et de ses menaces, nous continuâmes notre marche. Arrivés à quelques milles de Florence, le général Dupont envoie le général Jablonowski avec un escadron de chasseurs pour savoir si en effet l'ennemi défend la place. Moi, qui me trouvais là assez désœuvré, je suis le général Jablonowski. Nous arrivons militairement par quatre le sabre à la main, au grand trot. Point de résistance. Nous entrons dans la ville. Personne pour nous arrêter. Au coin d'une rue, nous nous trouvons nez à nez avec un détachement de cuirassiers autrichiens. Nos chasseurs veulent les sabrer. L'officier autrichien s'avance vers nous, chapeau bas, et nous dit que lui et son piquet formant la garde de police, il est obligé de se retirer des derniers. Une si bonne raison nous désarme, et nous le prions poliment d'aller rejoindre bien vite le reste de l'armée autrichienne et toscane qui se repliait sur Arezzo. Nous arrivons sur la grande place, où les députés du gouvernement viennent nous rendre leurs devoirs. J'établis le quartier-général dans le plus beau quartier et le plus beau palais de la ville. Je retourne vers le général Dupont; nous faisons une entrée triomphale, et voilà une ville prise!

«Le soir même, on illumine le Grand-Opéra, on nous garde les plus belles loges, on nous envoie de bonnes berlines pour nous y traîner, et nous voilà installés en maîtres. Le lendemain, il nous restait à prendre deux forts garnis chacun de dix-huit pièces de canon et d'un obusier. Nous envoyons dire aux deux commandants que nous allons leur fournir toutes les voitures nécessaires à l'évacuation de leurs garnisons. Frappés d'une si *terrible* sommation, ils se rendent sur-le-champ, et nous voilà maîtres des deux forts. Cette capitulation nous a fait tant rire, que nous étions tentés de nous imaginer que les Autrichiens s'entendaient avec nous. Il paraît cependant qu'il n'en est rien.

«Ils ont emporté et embarqué à Livourne la fameuse Vénus et les deux plus belles filles de Niobé. J'ai été ce matin à la galerie. Elle est remplie d'une immense quantité de statues antiques presque toutes superbes. J'ai vu le fameux Torse, la Vénus à la coquille, le Faune, le Mercure, et force empereurs et impératrices de Rome. Cette ville fourmille de beaux édifices et regorge de chefs-d'œuvre. Les ponts, les quais et les promenades sont un peu distribués comme à Paris, mais elle a cet avantage d'être située dans un vallon admirable d'aspect et de fertilité. Ce ne sont que *villas* charmantes, allées de citronniers, forêts d'oliviers; juge comme tout cela nous paraît joli au sortir des Apennins!

«Ça ira bien pourvu que ça dure, mais je crois que nous marcherons du côté de Ferrare si les hostilités recommencent avec les Autrichiens. Alors, nous abandonnerons ces belles contrées pour retourner aux rives arides du Pô.

«Tu vois, ma bonne mère, que je cours de la belle manière. Je ne veux point quitter le général Dupont; il me veut du bien. Je jouis ici de l'amitié et de la considération de ceux avec qui je vis. Le général a trois aides-de-camp; le troisième est Merlin, fils du directeur. Il était aide-de-camp de Bonaparte, et a fait avec lui les campagnes d'Egypte. Il est capitaine dans mon régiment; sa sœur avait épousé notre colonel peu de temps avant qu'il fût tué. Bonaparte, ne gardant plus que des aides-de-camp chefs de brigade, nous l'a envoyé au retour de la campagne de l'armée de réserve. C'est un fort bon enfant. Moi je suis l'officier de correspondance attaché immédiatement au général, logeant et vivant avec lui. Je suis devenu décidément l'homme de confiance pour les missions délicates et rapides. Nous avons un état-major composé de plusieurs officiers, mais qui ne vivent point avec nous. Notre société se compose de Merlin, Morin, Decouchy, Barthélemy, frère du directeur, George Lafayette et moi; c'est avec George Lafayette que je suis le plus lié. C'est un jeune homme charmant, plein d'esprit, de franchise et de cœur. Il est sous-lieutenant au 11e régiment de hussards, et commande trente hussards de notre escorte. Nous formons ce qu'on appelle la bande joyeuse. Mme de Lafayette et sa fille sont maintenant à Chenonceaux, notre liaison s'accroît tout naturellement de cette liaison de nos parents. Tu devrais bien y aller faire un tour. Ce voyage te distrairait et tu en as grand besoin, ma pauvre mère. Le séjour de Nohant, depuis que je n'y suis plus, te paraît sombre. Cette idée m'afflige, je serais le plus heureux du monde si tu ne t'ennuyais point. Nous faisons, Lafayette et moi, les plus jolis projets de réunion pour quand la paix sera venue. Nous nous voyons à Chenonceaux, avec nos bonnes mères, n'ayant d'autre soin que celui de les divertir et de les dédommager des inquiétudes que nous leur avons données. Tu vois que nous conservons des idées et des sentiments *humains*, malgré la guerre et le carnage. Je parle bien souvent de toi avec George qui me parle aussi de sa mère. Quelque bonne qu'elle puisse être, tu dois être encore meilleure et au-dessus de toute comparaison. Quant à père Deschartres, en toutes choses il est incomparable, et puisque le voilà *maire de Nohant*, je le salue jusqu'à terre et l'embrasse de tout mon cœur.»

«MAURICE.»

CHAPITRE QUINZIEME

Rome. Entrevue avec le pape. Tentative simulée d'assassinat.—Monsignor Gonzalvi.—Asola. Première passion. La veille de la bataille.—Passage du Mincio. Maurice prisonnier.—Délivrance. Lettre d'amour.—Rivalités et ressentiments entre Brune et Dupont.—Départ pour Nohant.

LETTRE XI.

«*Rome*, le 2 frimaire an IX (novembre 1800).

«Deux jours après ma dernière lettre que je t'écrivis à notre second retour à Florence, le général Dupont m'envoya à Rome porter des dépêches au pape et au commandant en chef des forces napolitaines. Je partis avec un de nos camarades, nommé Charles His, Parisien, homme d'esprit, et ami du général Dupont. Nous arrivâmes à Rome après trente-six heures de marche, malgré toutes les peurs qu'on avait voulu nous faire de la fureur du peuple contre le nom français. Nous ne trouvâmes qu'un extrême étonnement de voir deux Français arriver seuls et en uniforme au milieu d'une nation hostile. Notre entrée dans la ville éternelle fut très comique. Tout le peuple nous suivait en foule, et si nous eussions voulu, durant notre séjour, nous montrer pour de l'argent, nous eussions fait fortune. La curiosité était telle, que tout le monde courait après nous dans les rues. Nous nous sommes convaincus que les Romains sont les meilleures gens du monde, et que les exactions commises par certains dilapidateurs nous avaient seules attiré leur inimitié. Nous n'avons qu'à nous louer de leurs procédés envers nous. Le saint père nous a reçus avec les marques les moins équivoques d'amitié et de considération, et nous repartons, ce matin, pour l'armée, extrêmement satisfaits de notre voyage. Nous avons vu tout ce qu'il est possible d'admirer, tant en antiques qu'en modernes. Comme j'ai un grand goût pour les escalades, je me suis amusé à grimper en dehors de la boule de la coupole de Saint-Pierre. Quand j'ai été redescendu, on m'a dit que presque tous les Anglais qui venaient à Rome en faisaient autant, ce qui n'a pas laissé de me convaincre de la sagesse de mon entreprise. Adieu, ma bonne mère, on m'appelle pour monter en voiture. Adieu, Rome! Je t'embrasse de toute mon âme.»

LETTRE XII.

«*Bologne*, le 5 frimaire an IX (novembre 1800).

«Tu as dû voir, ma bonne mère, au style *prudent* de ma dernière lettre, que je t'écrivais avec la certitude d'être lu, une demi-heure après, par le secrétaire d'État, monsignor Gonzalvi, qui, avec un petit air de confiance et d'amitié, ne laissait pas de nous espionner de tout son pouvoir. Nous n'étions pourtant allés à Rome que pour porter deux lettres, l'une au pape, pour lui demander la mise en liberté des personnes détenues pour opinions politiques, et l'autre au commandant en chef des forces napolitaines, pour qu'il notifiât à son gouvernement que nous redemandions le général Dumas[27] et M. Dolomieu, et que, dans le cas d'un refus, les baïonnettes françaises étaient toutes prêtes à faire leur office. Quoique nous ne fussions absolument que des porteurs de dépêches, on nous crut envoyés pour exciter une insurrection et armer les Jacobins. Dans cette belle persuasion, on nous campa sur le dos deux officiers napolitains, qui, sous prétexte de nous faire respecter, ne nous quittaient non plus que nos ombres; on nous entoura de piéges et d'espions, on fit renforcer la garnison; le bruit courut parmi le peuple que les Français allaient arriver. C'était une rumeur du diable. Le roi de Sardaigne, qui était à Naples, se sauva sur-le-champ en Sicile. Le secrétaire d'État tremblait de nous voir dans Rome; il nous répétait sans cesse, pour nous faire peur, qu'il craignait que nous ne fussions assassinés, et qu'il serait prudent à nous de quitter nos uniformes. Nous lui répondions qu'aucune espèce de crainte ne pourrait nous décider à changer de costume, et que, quant aux assassins, nous étions plus méchants qu'eux, que le premier qui nous approcherait était un homme mort. Pour nous effrayer davantage, on fit arrêter avec ostentation, le soir, à notre porte, des gens armés de grands poignards fort bêtes. Nous vîmes bien que tout cela était une comédie, et nous n'en restâmes pas moins à attendre paisiblement la réponse du roi de Naples, que M. de Damas, général en chef, nous disait devoir arriver incessamment. Nous restâmes douze jours à l'attendre, et, pendant ce temps, nous vînmes à bout, par notre conduite et nos manières, de nous attirer la bienveillance générale. Nous reçûmes et rendîmes la visite de tous les ambassadeurs. Nous fîmes une visite d'après-midi au pape: c'est là que mon grand uniforme et celui de mon camarade, qui est aussi dans les hussards, firent tout leur effet. Le pape, dès que nous entrâmes, se leva de son siégé, nous serra les mains, nous fit asseoir à sa droite et à sa gauche, puis, nous eûmes avec lui une conversation très grave et très intéressante sur la pluie et le beau temps. Au bout d'un quart d'heure, après qu'il se fût bien informé de nos âges respectables, de nos noms et de nos grades, nous lui présentâmes nos respects; il nous serra la main de nouveau, en nous demandant notre amitié, que nous eûmes la bonté de lui accorder, et nous nous séparâmes fort contents les uns des autres. Il était temps, car je commençais à pouffer de rire, de nous voir mon camarade et moi, deux vauriens de hussards, assis majestueusement à la droite et à la gauche du pape. C'eût été un vrai calvaire, s'il y eût eu un bon larron.

«Le lendemain, nous fûmes présentés chez la duchesse Lanti. Il y avait un monde énorme. J'y rencontrai le vieux chevalier de Bernis et le jeune Talleyrand, aide-de-camp du général Damas. Je renouvelai connaissance avec M. de Bernis, et je me mis à causer avec lui de Paris et du monde entier. Ma liaison avec ces deux personnages fit un grand effet dans l'esprit des Romains et des Romaines, et c'est à cela seulement qu'ils voulurent bien reconnaître que nous n'étions pas des brigands venus pour mettre le feu aux quatre coins de la ville éternelle.

«La manière dont nous nous gobergions leur donna aussi une grande idée de notre mérite. Le général Dupont nous avait donné beaucoup d'argent pour représenter dignement la nation française, et nous nous en acquittâmes le mieux du monde. Nous avions voitures, loges, chevaux, concerts chez nous et dîners fins. C'était fort divertissant, et nous avons si bien fait que nous revenons sans un sou. Cette fois, nous avons servi la patrie fort commodément; mais nous laissons aux Romains une grande admiration pour notre magnificence, et aux pauvres une grande reconnaissance pour notre libéralité. Ce dernier point est aussi un plaisir de prince, et c'est le plus doux, à coup sûr.

«Le secrétaire d'État nous décocha la gracieuseté de nous envoyer le plus savant antiquaire de Rome pour nous montrer toutes les merveilles. J'en ai tant vu que j'en suis hébété. Tous les originaux de nos beaux ouvrages et puis toutes les vieilles masures devant lesquelles il est de bon ton de se pâmer d'aise; j'avoue qu'elles m'ont fort ennuyé, et qu'en dépit de l'enthousiasme des vieux Romains, je préfère Saint-Pierre-de-Rome à tous ces amas de vieilles briques. J'ai pourtant vu avec intérêt la grotte de la nymphe Egérie et les débris du pont sur lequel se battit Horatius Coclès, brave officier de hussards dans son temps.

«Enfin, la nouvelle de la reprise des hostilités vint mettre un terme à nos grandeurs. Nous écrivîmes à M. de Damas que le désir de rejoindre nos drapeaux ne nous permettait pas d'attendre plus longtemps la réponse du roi de Naples, et nous partîmes accompagnés de nos surveillants, les deux officiers napolitains, qui ne nous quittèrent qu'à nos avant-postes. M. de Damas, en nous faisant les adieux les plus aimables, nous avait remercié de la manière dont nous nous étions comportés.

«Nous venons d'arriver à Bologne après trois jours et trois nuits de marche, et pendant qu'on attèle nos chevaux, je m'entretiens avec toi. Le général Dupont est de l'autre côté du Pô. Demain je serai près de lui. Maintenant, j'espère que nous irons à Venise. Cela dépendra de nos succès. Quant à moi, j'ai la certitude que nous battrons partout l'ennemi. Notre nom porte avec lui l'épouvante depuis la bataille de Marengo. On parle cependant vaguement d'un nouvel armistice, et les armées n'ont encore fait aucun mouvement directement hostile.

«Ma bonne mère, que je regrette donc que nous n'ayons pas vu Rome ensemble! Tu sais que dans mon enfance c'était notre rêve! A tout ce que je voyais de beau, je pensais à toi, et mon plaisir était diminué par la pensée que tu ne le partageais pas. Adieu, je t'aime et t'embrasse de toute mon âme. On m'appelle pour monter en voiture. Je voudrais toujours causer avec toi, et je vais ne penser qu'à toi, de Bologne à Casal-Maggiore.

«J'embrasse l'ami Deschartres. Dis-lui que j'ai vu les ruines des maisons d'Horace et de Virgile, et le buste de Cicéron, et que j'ai dit à ces mânes illustres: Messieurs, je vous ai expliqués avec mon ami Deschartres, et vos œuvres sublimes m'ont valu plus d'un *travaillez donc! vous rêvez!*

«Un immense jardin botanique m'a rappelé aussi mon cher précepteur, et si, comme un sot que je suis, je n'y ai rien trouvé d'intéressant en pétales, tiges et étamines, du moins j'y ai trouvé le souvenir de mon ancien et véritable ami. Plante-t-il toujours beaucoup de choux? Je décoiffe ma bonne et je l'embrasse de tout mon cœur.»

LETTRE XIII.

«*Asola*, 29 frimaire an IX (décembre 1800).

«Qu'il y a longtemps, ma bonne mère, que je n'ai eu le plaisir de m'entretenir avec toi; tu vas me dire: A qui la faute? En vérité, ce n'est pas trop la mienne. Depuis que nous sommes à Asola, nous ne faisons que courir pour reconnaître les postes ennemis. A peine rentrés, nous trouvons une société bruyante et joyeuse, dont les rires et les ébats se prolongent bien avant dans la nuit. On se couche excédé de fatigue, et le lendemain, on recommence. Tu vas me gronder et me dire que je ferais sagement de me coucher de bonne heure. Mais si tu étais de la trempe d'un soldat, tu saurais que la fatigue engendre l'excitation, et que notre métier n'amène le sang-froid que quand le danger est présent. En toute autre circonstance, nous sommes fous, et nous avons besoin de l'être. Et puis, j'avais à te dire une bonne nouvelle, dont je viens seulement d'avoir la certitude. Morin me l'avait annoncée comme très prochaine, et le général vient de me la confirmer, en me faisant cadeau d'un brevet d'aide-de-camp, d'un plumet jaune et d'une belle écharpe rouge à franges d'or.

«Ainsi, me voilà aide-de-camp du lieutenant-général Dupont, et c'est ainsi qu'il faut me qualifier sur l'adresse de tes lettres, pour qu'elles me parviennent plus vite. Le nouveau règlement lui accorde trois aides-de-camp. Me voilà enfin dans un poste charmant, considéré, estimé, aimé... Oui! aimé, d'une bien aimable et bien charmante femme, et il ne me manque, pour être parfaitement heureux ici, que ta présence... Il est vrai que c'est beaucoup!

«Tu sauras donc que, comme la lieutenance Dupont et la division Watrin sont réunies ici, nous formons tous les soirs des réunions dans lesquelles Mme Watrin, éclatante de jeunesse et de beauté, brille comme une étoile. Pourtant ce n'est pas elle! Une étoile d'un feu plus doux luit pour moi.

«Tu sais qu'à Milan j'ai été amoureux. Tu l'as deviné *parce que* je ne te l'ai pas dit. Je croyais parfois être aimé, et puis, je voyais ou je croyais voir que je ne l'étais pas. Je cherchais à m'étourdir, je partis, n'y voulant plus songer.

«Cette femme charmante est ici, et nous nous parlions peu; nous nous regardions à peine. J'avais comme du dépit, quoique ce ne soit guère dans ma nature. Elle me montrait de la fierté, quoiqu'elle ait le cœur tendre et passionné. Ce matin, pendant le déjeuner, on entendit tirer au loin le canon. Le général me dit de monter aussitôt à cheval, et d'aller voir ce qui se passait. Je me lève, et, en deux sauts, je dégringole l'escalier et cours à l'écurie. Au moment de monter à cheval je me retourne pour voir derrière moi cette chère femme, rouge, embarrassée et jetant sur moi un long regard exprimant la crainte, l'intérêt, l'amour... J'allais répondre à tout cela en lui sautant au cou: mais, au milieu de la cour, c'était impossible. Je me bornai à lui serrer tendrement la main en sautant sur mon noble coursier, qui, plein d'ardeur et d'audace, fit trois caracoles magnifiques en s'élançant sur la route. Je fus bientôt au poste d'où partait le bruit. J'y trouve les Autrichiens repoussés dans une escarmouche qu'ils étaient venus engager avec nous. J'en revins porter la nouvelle au général. *Elle* était encore là. Ah! comme je fus reçu! et comme le dîner fut riant, aimable! Comme elle eut pour moi de délicates attentions!

«Ce soir, par un hasard inespéré, je me suis trouvé seul avec elle. Tout le monde, fatigué des courses excessives de la journée, s'était couché. Je n'ai pas tardé à dire combien j'aimais, et elle, fondant en larmes, s'est jetée dans mes bras. Puis, elle s'est échappée malgré moi et a couru s'enfermer dans sa chambre. J'ai voulu la suivre; elle m'a prié, conjuré, ordonné de la laisser seule. Et moi, en amant soumis, j'ai obéi. Comme nous montons à cheval à la pointe du jour pour faire une reconnaissance, je suis resté à m'entretenir avec ma bonne mère des émotions de la journée. Comme ta bonne grande lettre de huit pages est aimable! Quel plaisir elle m'a fait! Qu'il est doux d'être aimé, d'avoir une bonne mère, de bons amis, une belle maîtresse, un peu de gloire, de beaux chevaux et des ennemis à combattre! J'ai de tout cela, et, de tout cela, ce qui est le meilleur, c'est ma bonne mère!»

«MAURICE.»

* * *

Il y a, dans certaines existences, un moment où nos facultés de bonheur, de confiance et d'ivresse atteignent leur apogée. Puis, comme si notre âme n'y pouvait plus suffire, le doute et la tristesse étendent sur nous un nuage qui nous enveloppe à jamais. Ou bien est-ce la destinée qui s'obscurcit, en effet, et sommes-nous condamnés à descendre lentement la pente que nous avons gravie avec l'audace de la joie?

Pour la première fois, le jeune homme venait de ressentir les atteintes d'une passion durable. Cette femme, dont il vient de parler avec un mélange d'enthousiasme et de légèreté, cette gracieuse amourette qu'il croyait peut-être pouvoir oublier comme il avait oublié la chanoinesse et plusieurs autres, allait s'emparer de toute sa vie et l'entraîner dans une lutte contre lui-même, qui fit le tourment, le bonheur, le désespoir et la grandeur de ses huit dernières années. Dès cet instant, ce cœur naïf et bon, ouvert jusque-là à toutes les impressions extérieures, à une immense bienveillance, à une foi aveugle dans l'avenir, à une ambition qui n'a rien de personnel et qui s'identifie avec la gloire de la patrie, ce cœur qu'une seule affection presque passionnée, l'amour filial, avait rempli et conservé dans sa précieuse unité, fut partagé, c'est-à-dire déchiré par deux amours presque inconciliables. La mère, heureuse et fière, qui ne vivait que de cet amour, fut tourmentée et brisée par une jalousie naturelle au cœur de la femme, et qui fut d'autant plus inquiète et poignante, que l'amour maternel avait été l'unique passion de sa vie. A cette angoisse intérieure qu'elle ne s'avoua jamais, mais qui fut trop certaine et que toute autre femme eût fait naître en elle, se joignit l'amertume des préjugés froissés, préjugés respectables et sur lesquels je veux m'expliquer, avant d'aller plus loin.

Mais d'abord il faut dire que cette femme charmante que le jeune homme avait rêvée à Milan, et conquise à Asola, cette Française qui avait été en prison au couvent des Anglaises dans le même temps que ma grand'mère, n'était autre que ma mère, Sophie-Victoire-Antoinette Delaborde. Je lui donne ces trois noms de baptême parce que, dans le cours agité de sa vie, elle les porta successivement; et ces trois noms sont eux-mêmes comme un symbole de l'esprit des temps. Dans son enfance, on préféra probablement pour elle le nom d'Antoinette, celui de la reine de France. Durant les conquêtes de l'empire, le nom de Victoire prévalut naturellement. Depuis son mariage avec elle, mon père l'appela toujours Sophie.

Tout est significatif et emblématique (et le plus naturellement du monde) dans les détails en apparence les plus fortuits de la vie humaine.

Sans doute, ma grand'mère eût préféré pour mon père une compagne de son rang: mais elle l'a dit et écrit elle-même, elle ne se fût pas sérieusement affligée pour ce qu'on appelait dans son temps et dans son monde une mésalliance. Elle ne faisait pas de la naissance plus de cas qu'il ne faut, et, quant à la fortune, elle savait s'en passer et trouver dans son économie et dans ses privations personnelles de quoi remédier aux dépenses qu'entraînaient les postes plus brillants que lucratifs qu'occupa son fils. Mais elle ne put qu'à grand'peine accepter une belle-fille dont la jeunesse avait été livrée, par la force des choses, à des hasards effrayants. C'était là le point délicat à trancher, et l'amour, qui est la suprême sagesse et la suprême grandeur d'âme, quand il est sincère et profond, le trancha résolument dans l'âme de mon père. Un jour vint aussi où ma grand'mère se rendit. Mais nous n'y sommes point encore, et j'ai à vous raconter bien des douleurs avant d'en venir à cette époque de mon récit.

Je ne connais que très imparfaitement l'histoire de ma mère avant son mariage. Je dirai plus tard comment certaines personnes crurent agir prudemment et dans mon intérêt, en me racontant des choses que j'aurais mieux fait d'ignorer et dont rien ne m'a prouvé l'authenticité. Mais fussent-elles toutes vraies, un fait subsiste devant Dieu: C'est qu'elle fut aimée de mon père, et qu'elle le mérita apparemment puisque son deuil à elle ne finit qu'avec sa vie.

Mais le principe d'aristocratie a tellement pénétré au fond du cœur humain, que malgré nos révolutions, il existe encore sous toutes les formes. Il faudra encore bien du temps pour que le principe chrétien de l'égalité morale et sociale domine les lois et l'esprit des sociétés. Le dogme de la Rédemption est pourtant le symbole du principe de l'expiation et de la réhabilitation. Nos sociétés reconnaissent ce principe en théorie religieuse, et non en fait; il est trop grand, trop beau pour elles. Et pourtant ce quelque chose de divin qui est au fond de nos âmes nous porte, dans la pratique de la vie individuelle, à violer l'aride précepte de l'aristocratie morale, et notre cœur, plus fraternel, plus égalitaire, plus miséricordieux, partant plus juste et plus chrétien que notre esprit, nous fait aimer souvent des êtres que la société répute indignes et dégradés.

C'est que nous sentons que cette condamnation est absurde, c'est qu'elle fait horreur à Dieu. D'autant plus que, pour ce qu'on appelle le monde, elle est hypocrite et ne porte en rien sur la question fondamentale du bien et du mal. Le grand révolutionnaire Jésus nous a dit un jour une parole sublime: c'est qu'il y avait plus de joie au ciel pour la recouvrance d'un pécheur que pour la persévérance de cent justes: et le retour de l'enfant prodigue n'est pas un frivole apologue, je pense. Pourtant, il y a encore une prétendue aristocratie de vertu qui, fière de ses priviléges, n'admet pas que les égarements de la jeunesse puissent être rachetés. Une femme née dans l'opulence, élevée avec soin, au couvent, sous l'œil de respectables matrones, surveillée comme une plante sous cloche, établie dans le monde avec toutes les conditions de la prudence, du bien-être, du calme, du respect de soi et de la crainte du contrôle des autres, n'a pas grand'peine et peut-être pas grand mérite à mener une vie sage et réglée, à donner de bons exemples, à professer des principes austères. Et encore, je me trompe; car si la nature lui a donné une âme ardente, au milieu d'une société qui n'admet pas la manifestation de ses facultés et de ses passions, elle aura encore beaucoup de peine et de mérite à ne pas froisser cette société. Eh bien! à plus forte raison, l'enfant pauvre et abandonnée, qui vient au monde avec sa beauté pour tout patrimoine, est-elle, pour ainsi dire, innocente de tous les entraînements que subira sa jeunesse, de tous les piéges où tombera son inexpérience. Il semble que la prudente matrone serait placée en ce monde pour lui ouvrir ses bras, la consoler, la purifier et la réconcilier avec elle-même. A quoi sert d'être meilleur et plus pur que les autres, si ce n'est pour rendre la bonté féconde et la vertu contagieuse?—Il n'en est point ainsi pourtant! Le monde est là, qui défend à la femme estimée de tendre la main à celle qui ne l'est point, et de la faire asseoir à ses côtés. Le monde! ce faux arbitre, ce code menteur et impie d'une prétendue décence et d'une prétendue moralité! sous peine de perdre sa bonne renommée, il faut que la femme pure détourne ses regards de la pécheresse; et, si elle lui tend les bras, le monde, l'aréopage des fausses vertus et des faux devoirs, lui ferme les siens.

Je dis les fausses vertus et les faux devoirs parce que ce n'est pas la femme vraiment pure, ce ne sont pas les matrones vraiment respectées qui ont exclusivement à statuer sur le mérite de leurs sœurs égarées. Ce n'est pas une réunion de gens de bien qui fait l'opinion: tout cela est un rêve. L'immense majorité des femmes du monde est une majorité de femmes perdues. Tous le savent, tous l'avouent, et pourtant personne ne blâme et ne soufflète ces femmes impudentes quand elles blâment et soufflètent des femmes moins coupables qu'elles.

Lorsque ma grand'mère vit son fils épouser ma mère, elle fut désespérée; elle eût voulu dissoudre de ses larmes le contrat qui cimentait cette union. Mais ce ne fut pas sa raison qui la condamna froidement, ce fut son cœur maternel qui s'effraya des suites. Elle craignit pour son fils les orages et les luttes d'une association si audacieuse, comme elle avait craint pour lui les fatigues et les dangers de la guerre; elle craignit aussi le blâme qui allait s'attacher à lui, de la part d'un certain monde; elle souffrit dans cet orgueil de moralité qu'une vie exempte de blâme légitimait en elle; mais il ne lui fallut pas beaucoup de temps pour voir qu'une nature privilégiée secoue aisément ses ailes, et peut élever son vol dès qu'on lui ouvre l'espace. Elle fut bonne et affectueuse pour la femme de son fils, pourtant, la jalousie maternelle resta et le calme ne se fit guère. Si cette tendre jalousie fut un crime, à Dieu seul appartient de la condamner, car il échappe à la sévérité des hommes, à celle des femmes surtout.

Depuis Asola, c'est-à-dire depuis la fin de l'année 1800 jusqu'à l'époque de ma naissance, en 1804, mon père devait souffrir mortellement aussi du partage de son âme entre une mère chérie et une femme ardemment aimée. C'est en 1804 seulement qu'il trouva plus de calme et de force dans la conscience d'un devoir accompli, lorsqu'il eut épousé cette femme que, bien des fois, il avait essayé de sacrifier à sa mère.

En attendant que je le suive, en le plaignant et en l'admirant, dans ces combats intérieurs, je vais le reprendre à Asola, d'où il écrivait à sa mère la dernière lettre que j'ai rapportée, à la date du 29 frimaire. Cette date marque un des grands événements militaires de l'époque, le passage du Mincio.

M. de Cobentzel était encore à Luneville, négociant avec Joseph Bonaparte. Ce fut alors que le premier consul, voulant briser par un coup hardi et décisif les irrésolutions de la cour de Vienne, fit passer l'Inn à l'armée du Rhin, commandée par Moreau, et le Mincio à l'armée d'Italie, commandée par Brune. A peu de jours de distance, ces deux lignes furent emportées. Moreau gagna la bataille de Hohenlinden; et l'armée d'Italie, qui ne manquait pas non plus de bons officiers et de bons soldats, fit reculer les Autrichiens, et termina ainsi la guerre en forçant l'ennemi à évacuer la Péninsule.

Mais, si la conduite de l'armée fut héroïque, là comme partout, si l'ardeur et l'inspiration individuelle de plusieurs officiers réparèrent les fautes du général en chef, il n'en est pas moins certain que cette opération fut dirigée par Brune d'une manière déplorable. Je ne fais point ici de l'histoire officielle; je renverrai mon lecteur au récit de M. Thiers, historien éminent des événements militaires, toujours clair, précis, attachant et fidèle. Il servira de caution aux accusations portées par mon père contre le général qui, en cette circonstance, fit plus que des fautes: il commit un crime. Il laissa une partie de son armée abandonnée, sans secours, dans une lutte inégale contre l'ennemi, et son inertie fut l'entêtement cruel de l'amour-propre. Mécontent de l'ardeur qui avait emporté le général Dupont à franchir le fleuve avec 10,000 hommes, il empêcha Suchet de lui donner un secours suffisant: et si ce dernier, voyant le corps de Dupont aux prises avec trente mille Autrichiens et en grand danger d'être écrasé malgré une défense héroïque, n'eût enfreint les ordres de Brune et envoyé de son chef le reste de la division Gazan au secours de ces braves gens, notre aile droite était perdue. Cette barbarie, ou cette ineptie du général en chef coûta la vie à plusieurs milliers d'intrépides soldats et la liberté à mon père. Entraîné par sa bravoure et trop confiant dans son *étoile* (c'était le prestige du moment, et sans songer à imiter Bonaparte, chacun se croyait protégé comme lui par sa destinée) il fut pris par les Autrichiens, accident plus redouté à la guerre que les blessures graves, et presque plus attristant que la mort pour des jeunes gens ivres de gloire et d'activité.

C'était un douloureux réveil après une matinée d'émotions violentes, qu'une nuit d'impatience et de transport avait précédée. C'est durant cette veillée que, livré aux plus ardentes émotions, il avait écrit à sa mère: «Qu'il est doux d'être aimé, d'avoir une bonne mère, de braves amis, une belle maîtresse, un peu de gloire, de beaux chevaux et des ennemis à combattre!» Il ne lui avait pourtant pas dit que c'était le jour même, à l'instant même, qu'il allait combattre ces ennemis dont la présence faisait partie de son bonheur. Il cachetait sa lettre, il venait d'y tracer un tendre adieu qui pouvait bien être le dernier, et il lui laissait croire qu'il allait seulement monter à cheval pour faire une reconnaissance. Tout entier à l'amour et à la guerre, bien que brisé par la fatigue de la journée et de toutes les journées précédentes, il n'avait pas seulement songé à dormir une heure. La vie était si pleine et si intense dans ce moment-là pour lui et pour tous! Dans cette même nuit, il avait écrit à son cher neveu René de Villeneuve, et il avait été plus explicite. Cette lettre montre une liberté d'esprit qui charme et qui surprendrait si elle était un fait particulier dans l'histoire de cette époque. Il lui parle assez longuement d'un camée qu'il avait acheté pour lui à Rome, et qu'un ouvrier maladroit a brisé en voulant le monter; mais il lui annonce l'envoi d'autres objets d'art du même genre, que le cardinal Gonzalvi s'est chargé d'expédier. «Car il faut que tu saches, lui dit-il, que je suis très bien avec Son Eminence et encore mieux avec le pape.» Puis il lui expose sa situation et celle de l'armée. «Il est deux heures du matin. Dans deux heures nous montons à cheval. Nous avons passé toute la journée à disposer les troupes; nous avons fait avancer toute notre artillerie sur la ligne, et, à la pointe du jour, nous allons nous taper. Tu entendras probablement parler de la journée du 29, car l'attaque est générale dans toute l'armée.

«... On selle déjà les chevaux du général, je les entends dans la cour, et quand j'aurai écrit un mot à ma mère, je vais faire seller les miens. Je te quitte donc, mon bon ami, pour aller me disputer avec messieurs les Croates, Valaques, Dalmates, Hongrois et autres, qui nous attendent. Cela va faire un beau sabbat. Nous avons huit pièces de douze en batterie. Que je suis fâché que tu ne sois pas là pour entendre le vacarme que nous allons faire! Cela t'amuserait, j'en suis sûr.»

Le lendemain, il était dans les mains de l'ennemi, il quittait le théâtre de la guerre, et laissant derrière lui l'armée victorieuse, ses amis prêts à rentrer en France pour aller embrasser leurs mères et leurs amis, il partait à pied pour un long et pénible exil.—Cet événement le séparait aussi de la femme aimée et il plongea ma pauvre grand'mère dans un désespoir affreux. Il eut des suites sur toute la vie de ce jeune homme qui, depuis 94, avait oublié ce que c'est que la souffrance, l'isolement, la contrainte et la réflexion. Peut-être une révolution décisive s'opéra-t-elle en lui. A partir de cette époque, il fut, sinon moins gai extérieurement, du moins plus défiant et plus sérieux au fond de son âme. Il eût oublié *Victoire* dans le tumulte et l'enivrement de la guerre: Il retrouva son image fatalement liée à toutes ses pensées, dans les durs loisirs intellectuels de l'exil et de la captivité. Rien ne prédispose à une grande passion comme une grande souffrance.

LETTRE XIV.
»*Padoue*, 15 nivose an IX (janvier 1801).

»Ne sois point inquiète, ma bonne mère; j'avais prié Morin de t'écrire; ainsi, tu sais sûrement déjà que je suis prisonnier. Je suis maintenant à Padoue et en route pour Gratz. J'espère être bientôt échangé, le général Dupont m'ayant fait redemander à M. de Bellegarde le matin même du jour où j'ai été pris. Je ne puis t'en dire davantage maintenant; mais j'espère que, bientôt, je t'annoncerai mon retour. Adieu! je t'embrasse de toute mon âme. J'embrasse aussi père Deschartres et ma bonne.»

* * *

Ce peu de mots était destiné à rassurer la pauvre mère. La captivité fut plus longue et plus dure que cette lettre ne l'annonçait. Pendant les deux mois qui s'écoulèrent sans qu'elle reçût aucune nouvelle de lui, ma grand'mère fut en proie à une de ces douleurs mornes que les hommes ne connaissent point et auxquelles ils ne pourraient survivre. L'organisation de la femme, sous ce rapport, est un prodige. On ne comprend pas une telle intensité de souffrance avec tant de force pour y résister. La pauvre mère n'eut pas un instant de sommeil et ne vécut que d'eau froide. La vue des aliments qu'on lui présentait lui arrachait des sanglots et presque des cris de désespoir. Mon fils meurt de faim! disait-elle; il expire peut-être en ce moment, et vous voulez que je puisse manger? Elle ne voulait plus se coucher. «Mon fils couche par terre, disait-elle; on ne lui donne peut-être pas une poignée de paille pour se coucher. Il a peut-être été pris blessé[28]. Il n'a pas un morceau de linge pour couvrir ses plaies.» La vue de sa chambre, de son fauteuil, de son feu, de tout le bien-être de sa vie, tout réveillait en elle les plus amères comparaisons; son imagination lui exagérait les privations et les souffrances que son cher enfant pouvait endurer. Elle le voyait lié dans un cachot: elle le voyait frappé par des mains sacriléges, tombant de lassitude et d'épuisement au bord des chemins, et forcé de se relever et de se traîner sous le bâton du caporal autrichien.

Le pauvre Deschartres s'efforçait vainement de la distraire. Outre qu'il n'y entendait rien et que personne n'était plus alarmiste par tempérament, il était si triste lui-même, que c'était pitié de les voir remuer des cartes le soir sur une table à jeu, sans savoir ce qu'ils faisaient et sans savoir lequel des deux avait gagné ou perdu la partie.

Enfin, vers la fin de ventose, Saint-Jean arriva au pas de course. Ce fut peut-être la seule fois de sa vie qu'il oublia d'entrer au cabaret en sortant de la poste. Ce fut peut-être aussi la seule fois qu'à l'aide de *son* éperon d'argent il mit au galop ce paisible cheval blanc qui a vécu presque aussi longtemps que lui. Au bruit inusité de sa démarche triomphante, ma grand'mère tressaillit, courut à sa rencontre et reçut la lettre suivante:

LETTRE XV.
«*Conegliano*, le 6 ventose an IX (février 1801).

«Enfin, je suis hors de leurs mains! Je respire! Ce jour est pour moi celui du bonheur et de la liberté! J'ai l'espoir certain de te revoir, de t'embrasser dans peu, et tout ce que j'ai souffert est oublié. Dès ce moment, tous mes démarches vont tendre à te rejoindre. Le détail de toutes mes infortunes serait trop long; je te dirai seulement qu'après être restés deux mois dans leurs mains, marchant toujours dans les déserts de la Carinthie et de la Carniole, nous avons été menés jusqu'aux confins de la Bosnie et de la Croatie; nous allions entrer dans la Basse-Hongrie, lorsque, par l'événement le plus heureux, on nous a fait retourner sur nos pas et, pris un des derniers, j'ai été rendu un des premiers.

Je suis maintenant au second poste français, où j'ai trouvé un lit, meuble dont je ne me suis point servi depuis environ trois mois; car j'étais resté un mois, avant d'être pris, sans me déshabiller pour dormir, et, depuis ma prise jusqu'à ce jour, je n'ai eu d'autre lit que de la paille. En revenant à l'armée, j'espérais retrouver le général Dupont et mes camarades; mais j'apprends qu'il est rappelé pour avoir, par son intrépide passage du Mincio, excité la jalousie d'un homme dont on ne tardera pas à reconnaître l'incapacité.

«Le général Dupont ayant emmené, à ce que je présume, mes chevaux et mes bagages, il ne me reste plus qu'à m'adresser au général Mounier, qui est aussi un de ses généraux divisionnaires. Je ne doute pas qu'il ne me donne les moyens de retourner près de toi, et je vais me diriger vers Bologne, où il est maintenant. Je ne puis plus servir jusqu'à mon échange, je suis rendu sur ma parole.

«J'éprouve une joie d'être libre, de pouvoir retourner près de toi sans qu'on puisse me faire de reproches! Je suis dans le ravissement, et pourtant j'ai pris comme une habitude de tristesse qui m'empêche encore de comprendre tout mon bonheur. Je vais demain à Trévise, où les nouveaux renseignemens que je prendrai décideront de ma route. Adieu, ma bonne mère, plus d'inquiétudes, plus de chagrin. Je t'embrasse et n'aspire qu'au moment de te revoir. J'embrasse l'ami Deschartres et ma bonne. Ce pauvre père Deschartres, qu'il y a longtemps que je ne l'ai vu.»

LETTRE XVI.
«*Paris*, 25 germinal an IX (Avril 1801).

«Après bien des ennuis et des affaires qui m'ont retenu à Ferrare et à Milan, où j'ai retrouvé le général Watrin, un de mes meilleurs amis de l'aile droite, et qui m'a fait toucher, non sans peine, mes appointements arriérés, je me suis mis en route avec George Lafayette. Nous avons versé quatre fois, et cependant, en dépit des mauvaises voitures et des brigands[29], nous sommes arrivés à Paris sains et saufs hier matin. J'ai vu déjà mes neveux, mon oncle, mon général, et j'ai été reçu de tous avec la plus vive effusion. Mais ma joie n'était pas pure, tu manquais à mon bonheur. En passant dans la rue Ville-l'Evêque, je regardai tristement notre maison où tu n'étais plus, et mon cœur fut bien serré. Je crois rêver de me voir rendu à ma patrie, à ma mère, à mes amis; je suis triste, quoique heureux! Pourquoi triste, je n'en sais rien! Il y a des émotions qu'on ne peut pas définir. C'est sans doute l'impatience de te voir.

«Je fus voir le général Dupont le matin même de mon arrivée. Il n'y était pas. J'y retournai à cinq heures, je le trouvai à table avec plusieurs autres généraux. En me voyant entrer, il se leva pour m'embrasser. Nous nous sommes serrés mutuellement avec la plus vive affection et des larmes de joie dans les yeux; Morin était fou de plaisir. Pendant le dîner, le général s'est plu à citer plusieurs traits honorables pour moi, et à faire mon éloge. En rentrant au salon, nous nous sommes encore embrassés. Après tant de périls et de travaux, cette réception amicale était pour moi bien douce, j'étais suffoqué d'attendrissement. Il existe une union réelle parmi des compagnons d'armes. On a mille fois bravé la mort ensemble; on a vu couler leur sang, on est aussi sûr de leur courage que de leur amitié. Ce sont véritablement des frères, et la gloire est notre mère. Il en est une plus tendre, plus sensible et que j'aime encore mieux. C'est vers elle que se portent tous mes vœux, c'est à elle que je pense quand mon général et mes amis me disent qu'ils sont contents et fiers de moi.

«Je voulais t'aller embrasser tout de suite, mais Beaumont me dit que tu vas venir et Pernon t'a trouvé un autre logement rue Ville-l'Evêque. Pons dit que l'état de tes finances te permet d'arriver. Arrive donc vite, bonne mère, ou je cours te chercher. Le général veut pourtant me retenir pour me présenter à toutes *nos grandeurs*. Je ne sais à qui entendre. Si tu pouvais venir de suite, affaires et bonheur iraient de compagnie. Réponds-moi donc aussitôt ou je pars. Qu'il est doux le moment où l'on retrouve tout ce qui vous est cher, sa mère, sa patrie, ses amis! On ne saurait croire comme j'aime ma patrie! Comme on sent le prix de la liberté quand on l'a perdue, on sent de même l'amour de la patrie quand on en a été éloigné. Tous ces gens de Paris n'entendent rien à un tel langage; ils ne connaissent que l'amour de la vie et de l'argent. Moi, je ne connais le prix de la vie qu'à cause de toi. J'ai vu déjà tant de gens tomber à mes côtés sans presque m'en apercevoir que je regarde ce changement de la vie à la mort comme très peu de chose en soi-même. Enfin, je l'ai conservée malgré le peu de soin que j'en ai pris, cette vie que je veux te consacrer entièrement, quand j'aurai encore donné quelques années au service de la France.

«Je vais voir le logement que Pernon t'a trouvé et le faire préparer pour ton arrivée. Je ne pense qu'à cela. Je t'embrasse de toute mon âme.»

LETTRE XVII.
*A Madame ****.
«Sans date ni indication de lieu.

«Ah! que je suis heureux et malheureux à la fois! Je ne sais que faire et que dire, ma chère Victoire: je sais que je t'aime passionnément, et voilà tout. Mais je vois que tu es dans une position brillante, et moi je ne suis qu'un pauvre petit officier qu'un boulet peut emporter avant que j'aie fait fortune à la guerre. Ma mère, ruinée par la révolution, a bien de la peine à m'entretenir, et, dans ce moment, sortant des mains de l'ennemi, ayant à peine de quoi me vêtir, j'ai la figure d'un homme qui meurt de faim plus que celle d'un fils de famille. Tu m'as aimé pourtant ainsi, ma chère et charmante amie, et tu as mis avec un rare dévouement ta bourse à ma disposition. Qu'as tu fait? qu'ai-je fait moi-même en acceptant ce secours!

«C'est moi que tu aimes, et tu veux me suivre, tu veux perdre une position assurée et fortunée, pour partager les hasards de ma mince fortune. Oui, je sais que tu es l'être le plus fier, le plus indépendant, le plus désintéressé. Je sais, en outre, que tu es une femme adorable, et que je t'adore! Mais je ne puis me résoudre à rien. Je ne puis accepter un si grand sacrifice, je ne pourrais peut-être jamais t'en dédommager. Et puis, ma mère! ma mère m'appelle, et moi, je brûle de la rejoindre, en même temps que l'idée de te perdre me fait tourner la tête! Allons, il faut pourtant prendre un parti, et voici ce que je demande: c'est de ne rien décider encore, c'est de ne pas brusquer les choses de manière à ne pouvoir plus s'en dédire. Je vais passer un certain temps auprès de ma mère, et t'envoyer immédiatement ce que tu m'as prêté. Ne te fâche pas, c'est la première dette que je veux payer. Si tu persistes dans ta résolution, nous nous retrouverons à Paris. Mais jusque-là réfléchis bien, et surtout ne me consulte pas. Adieu. Je t'aime éperdument, et je suis si triste que je regrette presque le temps où je pensais à toi sans espoir dans les déserts de la Croatie.»

LETTRE XVIII.

A Mme Dupin, à Nohant.

«*Paris*, 3 floréal an IX (avril 1801)

«Je pars lundi. Je vais donc enfin te revoir, ma chère mère, te serrer dans mes bras! Je suis au comble de la joie. Toutes ces lettres, toutes ces réponses sont d'une lenteur insupportable. Je me repens de les avoir attendues et d'avoir reculé le plus doux moment de ma vie. Paris m'ennuie déjà. C'est singulier, depuis quelque temps je ne me trouve bien nulle part. Je vais goûter à Nohant près de toi le calme dont j'ai besoin. Mes camarades Morlin, Marin et Decouchy sont en route. Nous allons laisser notre général seul. On ne dit encore rien de certain sur les expéditions; j'espère pourtant que lorsqu'on se sera décidé à quelque chose, on n'oubliera pas les lauriers du Mincio. C'est sur ces lauriers sanglants que nous avons déposé nos armes. Faudra-t-il donc que tant de braves officiers et de généreux soldats, sacrifiés là pour conquérir la paix, sortent de la tombe pour crier honte et vengeance contre de lâches calomniateurs! Tu n'as pas d'idée de ce qui se dit autour du général en chef[30] pour pallier l'horrible indifférence avec laquelle il a laissé assassiner nos braves. Quelqu'un chez lui, par sa permission ou par son ordre, a osé dire, entre autres choses, que je m'étais fait prendre pour donner à l'ennemi le plan et la marche de l'armée. Le général Dupont et mes camarades, qui se trouvaient là, ont heureusement relevé ces pieds plats de la belle manière.

«Adieu, ma bonne mère; je vais plier bagage et arriver.... toujours trop tard au gré de mon impatience. Je t'embrasse de toute mon âme. Que je vais être content de revoir père Deschartres et ma bonne!

«MAURICE.»

CHAPITRE SEIZIEME

Incidens romanesque. Malheureux expédient de Deschartres. L'auberge de la Tête-Noire. *Chagrins de famille.— Courses au Blanc, à Argenton, à Courcelles, à Paris.—Suite du roman. L'oncle de Beaumont.—Résumé de l'an IX.*

Qu'on me permette, pour esquisser quelques événements romanesques, de désigner mes parents par leurs noms de baptême. C'est en effet un chapitre de roman; seulement, il est vrai de tous points.

Maurice arriva à Nohant dans les premiers jours de mai 1801. Après les premières effusions de la joie, sa mère l'examina avec quelque surprise. Cette campagne d'Italie l'avait plus changé que la campagne de Suisse: Il était plus grand, plus maigre, plus fort, plus pâle; il avait grandi d'un pouce depuis son enrôlement, fait assez rare à l'âge de 21 ans, mais amené probablement par les marches extraordinaires auxquelles il avait été forcé par les Autrichiens. Malgré les transports de plaisir et de gaîté qui remplirent les premiers jours de ce rapprochement avec sa mère, on ne tarda pas à s'apercevoir qu'il était parfois rêveur et poursuivi par une mélancolie secrète; et puis, un jour qu'il était allé faire des visites à La Châtre, il y resta plus longtemps que de raison. Il y retourna le lendemain sous un prétexte, le surlendemain sous un autre, et, le jour suivant, il avoua à sa mère, inquiète et chagrine, que Victoire était venue le rejoindre. Elle avait tout quitté, tout sacrifié à un amour libre et désintéressé. Elle lui donnait de cet amour la preuve la plus irrécusable. Il était ivre de reconnaissance et de tendresse: mais il trouva sa mère si hostile à cette réunion qu'il dut refouler toutes ses pensées en lui-même et dissimuler la force de son affection. La voyant sérieusement alarmée du scandale qu'une pareille aventure allait faire et faisait déjà dans la petite ville, il promit de persuader à Victoire de retourner bien vite à Paris. Mais il ne pouvait le lui persuader, il ne pouvait se le persuader à lui-même, qu'en promettant de la suivre ou de la rejoindre bientôt, et là était la difficulté. Il fallait choisir entre sa mère et sa maîtresse, tromper ou désespérer l'une ou l'autre. La pauvre mère avait compté garder son cher fils jusqu'au moment où il serait rappelé par son service, et ce moment pouvait être assez éloigné, puisque toute l'Europe travaillait à la paix, et que c'était l'unique pensée de Bonaparte à cette époque. Victoire avait tout sacrifié, elle avait brûlé ses vaisseaux; elle ne comprenait plus d'autre fortune, d'autre bonheur que celui de vivre sans prévision du lendemain, sans regret de la veille, sans obstacle dans le présent, avec l'objet de son amour. Mais était-ce au retour d'une campagne durant laquelle sa mère avait tant gémi, tant pleuré et tant souffert, que cet excellent fils pouvait la quitter au bout de quelques jours? Etait-ce au moment où Victoire lui montrait un dévouement si passionné qu'il pouvait lui parler du chagrin de sa mère, de l'indignation des collets-montés de la province, et la renvoyer comme une maîtresse vulgaire qui vient de faire un coup de tête impertinent? Il y avait là plus que la lutte de deux amours: il y avait la lutte de deux devoirs.

Il essaya d'abord, pour rassurer sa mère, de tourner l'affaire en plaisanterie. Il eut tort peut-être. Il l'eût attendrie, sinon persuadée, par des raisons sérieuses. Mais il craignit les anxiétés qu'elle était sujette à se créer, et cette sorte de jalousie qui n'était que trop certaine et qui trouvait, pour la première fois, un aliment réel.

Cette situation était, pour ainsi dire, insoluble. Ce fut l'ami Deschartres qui trancha la difficulté par une énorme faute, et qui dégagea le jeune homme des scrupules qui l'assiégeaient.

Dans son dévouement à Mme Dupin, dans son mépris pour l'amour, qu'il n'avait jamais connu, dans son respect pour les convenances, le pauvre pédagogue eut la malheureuse idée de frapper un grand coup, s'imaginant mettre fin par un éclat à une situation qui menaçait de se prolonger. Un beau matin, il part de Nohant avant que son élève ait les yeux ouverts, et il se rend à La Châtre, à l'auberge de la *Tête-Noire*, où la jeune voyageuse était encore livrée aux douceurs du sommeil. Il se présente comme un ami de Maurice Dupin, on le fait attendre quelques instants, on s'habille à la hâte, on le reçoit. A peine troublé par la grâce et la beauté de Victoire, il la salue avec cette brusque gaucherie qui le caractérise et débute par procéder à un interrogatoire en règle. La jeune femme, que sa figure divertit et qui ne sait à qui elle a affaire, répond d'abord avec douceur, puis avec enjouement, et, le prenant pour un fou, finit par éclater de rire. Alors Deschartres, qui, jusque-là, avait gardé un ton magistral, entre en colère et devient rude, grondeur, insolent. Des reproches, il passe aux menaces. Son esprit n'est pas assez délicat, son cœur n'est pas assez tendre pour avertir sa conscience de la lâcheté qu'il va commettre en insultant une femme dont le défenseur est absent. Il l'insulte, il s'emporte, il lui ordonne de reprendre la route de Paris le jour même, et la menace de faire intervenir les autorités constituées, si elle ne fait ses paquets au plus vite.

Victoire n'était ni craintive ni patiente: à son tour, elle raille et froisse le pédagogue. Plus prompte que prudente à la réplique, douée d'une vivacité d'élocution qui contraste avec le bégaiement qui s'emparait de Deschartres lorsqu'il était en colère, fine et mordante comme un véritable enfant de Paris, elle le pousse bravement à la porte, la lui ferme au nez, en lui jetant, à travers la serrure, la promesse de partir le jour même, mais avec Maurice; et Deschartres, furieux, atterré de tant d'audace, se consulte un instant et prend un parti qui met le comble à la folie de sa démarche. Il va chercher le maire et un des amis de la famille, qui remplissait je ne sais quelle autre fonction municipale. Je ne sais pas s'il ne fit pas avertir la gendarmerie. L'auberge de la Tête-Noire fut promptement envahie par ces respectables représentants de l'autorité. La ville crut un instant à une nouvelle révolution, à l'arrestation d'un personnage important, tout au moins.

Ces messieurs, alarmés par le rapport de Deschartres, marchaient bravement à l'assaut, s'imaginant avoir affaire à une armée de furies. Chemin faisant, ils se consultaient sur les moyens *légaux* à employer pour forcer l'ennemi à évacuer la ville. D'abord il fallait lui demander ses papiers, et s'il n'en avait pas, il fallait exiger son départ et le menacer de la prison. S'il en avait, il fallait tâcher de trouver qu'ils n'étaient pas en règle et élever une chicane quelconque. Deschartres, tout boursouflé de colère, stimulait leur zèle. Il réclamait l'intervention de la force armée. Cependant l'appareil du pouvoir militaire ne fut pas jugé indispensable; les magistrats pénétrèrent dans l'auberge, et, malgré les représentations de l'aubergiste, qui s'intéressait vivement à sa belle hôtesse, ils montèrent l'escalier avec autant de courage que de sang-froid.

J'ignore s'ils firent à la porte les trois sommations légales en cas d'émeute, mais il est certain qu'ils n'eurent à franchir aucune espèce de barricade, et qu'ils ne trouvèrent dans l'antre de la mégère dépeinte par Deschartres qu'une toute petite femme, jolie comme un ange, qui pleurait, assise sur le bord de son lit, les bras nus et les cheveux épars.

A ce spectacle, les magistrats, moins féroces que le pédagogue, se rassurèrent d'abord, s'adoucirent ensuite, et finirent par s'attendrir. Je crois que l'un d'eux tomba amoureux de la terrible personne, et que l'autre comprit fort bien que le jeune Maurice pouvait l'être de tout son cœur. Ils procédèrent avec beaucoup de politesse et même de courtoisie à son interrogatoire. Elle refusa fièrement de leur répondre; mais quand elle les vit prendre son parti contre les invectives de Deschartres, imposer silence à ce dernier, et se piquer envers elle d'une paternelle bienveillance, elle se calma, leur parla avec douceur, avec charme, avec courage et confiance. Elle ne cacha rien: elle raconta qu'elle avait connu Maurice en Italie, qu'elle l'avait aimé, qu'elle avait quitté pour lui une riche protection, et qu'elle ne connaissait aucune loi qui pût lui faire un crime de sacrifier un général à un lieutenant et sa fortune à son amour. Les magistrats la consolèrent, et, remontrant à Deschartres qu'ils n'avaient aucun droit de persécuter cette jeune femme, ils l'engagèrent à se retirer, promettant d'employer le langage de la douceur et de la persuasion pour l'amener à quitter la ville de son plein gré.

Deschartres se retira en effet, entendant peut-être le galop du cheval qui ramenait Maurice auprès de sa bien-aimée. Tout s'arrangea ensuite à l'amiable et de concert avec Maurice, qu'on eut d'abord quelque peine à calmer, car il était indigné contre son butor de précepteur, et Dieu sait si, dans le premier mouvement de sa colère, il n'eût pas couru après lui pour lui faire un mauvais parti. C'était pourtant l'ami fidèle qui avait sauvé sa mère au péril de ses jours; c'était l'ami de toute sa vie, et cette faute qu'il venait de commettre, c'était encore par amour pour sa mère et pour lui qu'il en avait eu la fatale inspiration. Mais il venait d'insulter et d'outrager la femme que Maurice aimait. La sueur lui en venait au front, un vertige passait devant ses yeux. «Amour, tu perdis Troie!» Heureusement, Deschartres était déjà loin. Rude et maladroit, comme il l'était toujours, il allait ajouter aux chagrins de la mère de Maurice en faisant un horrible portrait de l'*aventurière*, et en se livrant sur l'avenir du jeune homme dominé et aveuglé par cette femme dangereuse à de sinistres prévisions.

Pendant qu'il mettait la dernière main à son œuvre de colère et d'aberration, Maurice et Victoire se laissaient peu à peu calmer par les magistrats, devenus leurs amis communs. Ce jeune couple les intéressait vivement; mais ils ne pouvaient oublier la bonne et respectable mère dont ils avaient mission de faire respecter le repos et de ménager la sensibilité. Maurice n'avait pas besoin de leurs représentations affectueuses pour comprendre ce qu'il devait faire. Il le fit comprendre à son amie, et elle promit de partir le soir même. Mais ce qui fut convenu entre eux, après que les magistrats se furent retirés, c'est qu'il irait la rejoindre à Paris au bout de peu de jours. Il en avait le droit, il en avait le devoir désormais.

Il l'eut bien davantage lorsque, revenu auprès de sa mère, il la trouva irritée contre lui et refusant de donner tort à Deschartres. Le premier mouvement du jeune homme fut de partir pour éviter une scène violente avec son ami, et Mme Dupin, effrayée de leur mutuelle irritation, ne chercha pas à s'y opposer. Seulement, pour ne pas faire acte de désobéissance et de bravade envers cette mère si tendre et si aimée, Maurice lui annonça, en ayant même l'air de la consulter sur l'opportunité de cette démarche, un petit voyage au Blanc chez son neveu Auguste de Villeneuve, puis à Courcelles, où était son autre neveu René, alléguant la nécessité de se distraire de pénibles émotions, et d'éviter une rupture douloureuse et violente avec Deschartres. Dans quelques jours, lui dit-il, je reviendrai calme. Deschartres le sera aussi, ton chagrin sera dissipé et tu n'auras plus d'inquiétudes, puisque Victoire est déjà partie. Il ajouta même, en la voyant pleurer amèrement, que Victoire serait probablement consolée de son côté, et que, quant à lui, il travaillerait à l'oublier. Il mentait, le pauvre enfant, et ce n'était pas la première fois que la tendresse un peu pusillanime de sa mère le forçait à mentir. Ce ne fut pas non plus la dernière fois, et cette nécessité de la tromper fut une des grandes souffrances de sa vie; car jamais caractère ne fut plus loyal, plus sincère et plus confiant que le sien. Pour dissimuler, il était forcé de faire une telle violence à son instinct, qu'il s'en tirait toujours mal et ne réussissait pas du tout à tromper la pénétration de sa mère. Aussi lorsqu'elle le vit monter à cheval le lendemain matin, elle lui dit tristement qu'elle savait bien où il allait. Il donna sa parole d'honneur qu'il allait au Blanc et à Courcelles. Elle n'osa pas lui faire donner sa parole d'honneur qu'il n'irait point de là à Paris. Elle sentit qu'il ne la donnerait pas ou qu'il y manquerait. Elle dut sentir aussi qu'en sauvant les apparences vis-à-vis d'elle, il lui donnait toutes les preuves de respect et de déférence qu'il pouvait lui donner en une telle situation.

Ma pauvre grand'mère n'était donc sortie d'une douleur que pour retomber dans de nouveaux chagrins et dans de nouvelles appréhensions. Deschartres lui avait rapporté de son orageux entretien avec ma mère que celle-ci lui avait dit: «Il ne tient qu'à moi d'épouser Maurice, et si j'étais ambitieuse comme vous le croyez, je donnerais ce démenti à vos insultes. Je sais bien à quel point il m'aime, et vous, vous ne le savez pas!» Dès ce moment, la crainte de ce mariage s'empara de Mme Dupin, et, à cette époque, c'était une crainte puérile et chimérique. Ni Maurice ni Victoire n'en avaient eu la pensée. Mais comme il arrive toujours qu'on provoque les dangers dont on se préoccupe avec excès, la menace de ma mère devint une prophétie, et ma grand'mère, Deschartres surtout, en précipitèrent l'accomplissement par le soin qu'ils prirent de l'empêcher.

Ainsi qu'il l'avait annoncé et promis, Maurice alla au Blanc, et de là il écrivit à sa mère une lettre qui peint bien la situation de son âme.

LETTRE XIX.

«*Le Blanc*, prairial an IX (mai 1801).

«Ma mère, tu souffres, et moi aussi. Il y a quelqu'un de coupable entre nous, qui, par bonne intention, je le reconnais, mais sans jugement et sans ménagement aucun, nous a fait beaucoup de mal. Voici, depuis la Terreur, le premier chagrin sérieux de ma vie: il est profond, et peut-être plus amer que le premier; car, si nous étions malheureux alors, nous n'avions, du moins, pas de discussion ensemble, nous n'avions qu'une pensée, qu'une volonté, et aujourd'hui, nous voilà divisés, non de sentiments, mais d'opinions sur certains points assez importants. C'est la plus grande douleur qui pût nous arriver, et je prendrai difficilement mon parti sur l'influence fâcheuse que l'ami Deschartres exerce sur toi en cette occasion. Comment se fait-il, ma bonne mère, que tu voies les choses au même point de vue qu'un homme, honnête et dévoué, sans doute, mais brutal, et qui juge de certains actes et de certaines affections comme un aveugle des couleurs? Je n'y comprends rien moi-même: car j'ai beau interroger mon cœur, je n'y trouve pas même la pensée d'un tort envers toi; je sens mon amour pour toi plus pur, plus grand que tout autre amour, et l'idée de te causer une souffrance m'est aussi étrangère et aussi odieuse que l'idée de commettre un crime.

«Mais raisonnons un peu, maman. Comment se fait-il que mon goût pour telle ou telle femme soit une injure pour toi et un danger pour moi qui doive t'inquiéter et te faire répandre des larmes? Dans toutes ces occasions-là, tu m'as toujours considéré comme un homme à la veille de se déshonorer, et déjà, du temps de Mlle ***, tu te créais des soucis affreux, comme si cette personne devait m'entraîner à des fautes impardonnables. Aimerais-tu mieux que je fusse un suborneur qui porte le trouble dans les familles, et quand je rencontre des personnes de bonne volonté, dois-je donc jouer le rôle d'un Caton? Cela est bon pour Deschartres, qui n'a plus mon âge, et qui, d'ailleurs, n'a peut-être pas rencontré beaucoup d'occasions de pécher, soit dit sans malice. Mais venons au fait. Je ne suis plus un enfant, et je puis très bien juger des personnes qui m'inspirent de l'affection. Certaines femmes sont, je le veux bien, pour me servir du vocabulaire de Deschartres, des filles et des créatures: je ne les aime ni ne les recherche; je ne suis ni assez libertin pour abuser de mes forces, ni assez riche pour entretenir ces femmes-là; mais jamais ces vilains mots ne seront applicables à une femme qui a du cœur. L'amour purifie tout. L'amour ennoblit les êtres les plus abjects; à plus forte raison, ceux qui n'ont d'autres torts que le malheur d'avoir été jetés dans ce monde sans appui, sans ressources et sans guide. Pourquoi donc une femme ainsi abandonnée serait-elle coupable de chercher son soutien et sa consolation dans le cœur d'un honnête homme, tandis que les femmes du monde, auxquelles rien ne manque en jouissances et en considération, prennent toutes des amans pour se désennuyer de leurs maris? Celle qui te chagrine et t'inquiète tant a quitté un homme qui l'aimait, j'en conviens, et qui l'entourait de bien-être et de plaisirs. Mais l'avait-il aimée au point de lui donner son nom et de lui engager son avenir? Non! aussi quand j'ai su qu'elle était libre de le quitter, n'ai-je pas eu le moindre remords d'avoir recherché et obtenu son amour. Bien loin d'être honteux d'inspirer et de partager cet amour-là, j'en suis fier, n'en déplaise à Deschartres et aux bonnes langues de La Châtre; car parmi *ces dames* qui me blâment et se scandalisent, j'en sais qui n'ont pas, vis-à-vis de moi, le droit d'être si prudes. A cet égard-là, je rirais bien un peu; si je pouvais rire quand tu es si triste, ma bonne mère, pour l'amour de moi!

«Mais, enfin, que crains-tu, et qu'imagines-tu? Que je vais épouser une femme qui me ferait *rougir un jour*? D'abord, sois sûr que je ne ferai rien dont je rougisse jamais, parce que, si j'épousais cette femme, apparemment, je l'estimerais, et qu'on ne peut pas aimer sérieusement ce qu'on n'estime pas beaucoup. Ensuite ta crainte, ou plutôt la crainte de Deschartres, n'a pas le moindre fondement. Jamais l'idée du mariage ne s'est encore présentée à moi: je suis beaucoup trop jeune pour y songer, et la vie que je mène ne me permet guère d'avoir femme et enfants. Victoire n'y pense pas plus que moi. Elle a été déjà mariée fort jeune; son mari est mort lui laissant une petite fille dont elle prend grand soin, mais qui est une charge pour elle. Il faut maintenant qu'elle travaille pour vivre, et c'est ce qu'elle va faire, car elle a déjà eu un magasin de modes et elle travaille fort bien. Elle n'aurait donc aucun intérêt à vouloir épouser un pauvre diable comme moi, qui ne possède que son sabre, son grade peu lucratif, et qui, pour rien au monde, ne voudrait porter atteinte à ton bien-être plus qu'il ne le fait aujourd'hui, et c'est déjà trop!

«Tu vois donc bien que toutes ces prévisions du sage Deschartres n'ont pas le sens commun, et que son amitié n'est pas du tout délicate ni éclairée, quand il se plaît à te mettre de telles craintes dans la tête. Son rôle serait de te consoler et de te rassurer; au contraire, il te fait du mal. Il ressemble à l'ours de la fable qui, voulant écraser une mouche sur le visage de son ami, lui écrase la tête avec un pavé. Dis-lui cela de ma part, et qu'il change de thèse, s'il veut que nous restions amis. Autrement, ce sera bien difficile. Je peux lui pardonner d'être absurde avec moi, mais non de te faire souffrir et de vouloir te persuader que mon amour pour toi n'est pas à l'épreuve de tout.

«D'ailleurs, ma bonne mère, ne me connais-tu pas bien? Ne sais-tu pas que, quand même j'aurais formé le projet de me marier, lors même que j'en aurais la plus grande envie (ce qui n'est pas vrai, par exemple), il suffirait de ton chagrin et de tes larmes pour m'y faire renoncer? Est-ce que je pourrai jamais prendre un parti qui serait contraire à ta volonté et à tes désirs? Songe que c'est impossible, et dors donc tranquille.

«Auguste et sa femme veulent me garder encore deux ou trois jours. On n'est pas plus aimable qu'eux. Ce ne sont pas des phrases, c'est de la cordialité, de l'amitié. Ils sont bien heureux, eux! Ils s'aiment, ils n'ont point d'ambition, point de projets? mais aussi point de gloire! Et quand on a bu de ce vin-là, on ne peut plus se remettre à l'eau pure.

«Adieu, ma bonne mère; il me tarde d'aller te rejoindre et te consoler. Pourtant, laisse-moi encore écouter pendant deux ou trois jours les graves discours et les sages conseils de mon respectable neveu. Je suis un oncle débonnaire qui se laisse endoctriner. J'ai besoin de sermons plus tendres que ceux de Deschartres, et je sens que l'air de Nohant ou de La Châtre ne serait pas encore bon pour moi dans ce moment-ci. Je t'embrasse de toute mon âme, et je t'aime bien plus que tu ne crois.

«MAURICE.»

LETTRE XX.

«Argenton.

«Je suis resté au Blanc un jour de plus que je ne croyais, ma bonne mère, et me voilà à Argenton, chez notre bon ami Scévole, qui veut aussi me garder deux jours et qui jette les hauts cris en me voyant hésiter à les lui promettre. Ah! ma mère, que mon existence est changée depuis trois ans! C'est une chose singulière. J'ai fait de la musique, et même de la bonne musique tous ces jours-ci. Ici, je vais en faire encore, car Scévole est toujours un dilettante passionné, et il fait autant de fête à mon violon qu'à moi. Eh bien, autrefois, je n'aurais pas songé à autre chose, j'aurais tout oublié avec la musique, et aujourd'hui elle m'attriste au lieu de m'électriser. Je crains la paix, je désire le retour des combats avec une ardeur que je ne puis comprendre et que je ne saurais expliquer. Puis, je songe qu'en voulant m'éloigner encore de toi, je te prépare de nouveaux chagrins. Cette idée empoisonne celle du plaisir que je goûterais au milieu des batailles et des camps. Tu serais triste et tourmentée, et moi aussi. Il n'est donc pas de bonheur en ce monde? Je commence à m'en aviser; comme un fou que je suis, je l'avais oublié, et cette belle découverte me frappe de stupeur. Cependant, je me sens incapable de me distraire et de m'étourdir loin des combats. Après de telles émotions, tout me paraît insipide. Je n'avais que ta tendresse pour me les faire oublier, et il faut que ce bonheur-là même soit empoisonné pour quelques instants.

«Je suis comme un enragé quand je vois défiler des troupes, quand j'entends le son belliqueux des instruments guerriers. Nous autres gens de guerre, nous sommes des espèces de fous dont les accès redoublent comme ceux des autres fous, quand ils voient ou entendent ce qui leur rappelle les causes de leur égarement. C'est ce qui m'est arrivé ce soir, en voyant passer une demi-brigade. Je tenais mon violon, je l'ai jeté là. Adieu Haydn, adieu Mozart, quand le tambour bat et que la trompette sonne! J'ai gémi de mon inaction. J'ai presque pleuré de rage. Mon Dieu, où est le repos, où est l'insouciance de ma première jeunesse.

«A bientôt ma bonne mère, j'irai me calmer et me consoler dans tes bras. Bonsoir à Deschartres. Dis-lui qu'il a par ici une réputation admirable de savant agriculteur et de croquenotes fieffé. Je t'embrasse de toute mon âme. Et ma pauvre bonne; elle ne m'a pas jeté la pierre, elle! Qu'elle te rassure et te console; écoute-la. Elle a plus de bon sens que tous les autres.»

* * *

Une tendre lettre de ma grand'mère ramena Maurice au bercail pour quelques jours. Deschartres le reçut d'un air morne et assez rogue, et, voyant qu'il ne s'approchait pas pour l'embrasser, il tourna le dos et alla faire une scène au jardinier à propos d'une planche de laitues. Un quart d'heure après, il se trouva face à face, dans une allée, avec son élève. Maurice vit que le pauvre pédagogue avait les yeux pleins de larmes; il se jeta à son cou. Tous deux pleurèrent sans se rien dire, et revinrent, bras dessus bras dessous, trouver ma grand'mère, qui les attendait sur un banc et qui fut heureuse de les voir réconciliés.

Mais Victoire écrivait! C'est tout au plus, si, à cette époque, elle savait écrire assez pour se faire comprendre. Pour toute éducation elle avait reçu, en 1788, les leçons élémentaires d'un vieux capucin qui apprenait *gratis* à lire et à réciter le catéchisme à de pauvres enfants. Quelques années après son mariage, elle écrivait des lettres dont ma grand'mère elle-même admirait la spontanéité, la grâce et l'esprit. Mais, à l'époque que je raconte, il fallait les yeux d'un amant pour déchiffrer ce petit grimoire et comprendre ces élans d'un sentiment passionné qui ne pouvait trouver de forme pour s'exprimer. Il comprit pourtant que Victoire était désespérée, qu'elle se croyait méconnue, trahie, oubliée. Il reparla alors du voyage de Courcelles. Ce furent de nouvelles craintes, de nouveaux pleurs. Il partit cependant, et le 28 prairial il écrivait de Courcelles:

LETTRE XXI.

«*Courcelles*, le 28 prairial (juin 1801).

«Je suis arrivé ici hier soir, ma bonne mère, après avoir voyagé assez durement par la patache, mais, en revanche, très rapidement. J'ai fait là un voyage fort triste. Ta douleur, tes larmes me poursuivaient comme un remords, et pourtant mon cœur me disait que je n'étais pas coupable; car tout ce que tu me demandes est de t'aimer, et je sens bien que je t'aime. Tes larmes! est-il possible que je t'en fasse verser, moi qui voudrais tant te voir heureuse! Mais aussi, pourquoi donc t'affliger ainsi? C'est inconcevable, et je m'y perds. Cette jeune femme n'a jamais pensé que je l'épouserais, puisque je n'y ai jamais pensé moi-même, et ce qu'elle a pu dire à Deschartres n'est que l'effet d'un mouvement de colère, bien légitimé par les duretés qu'il a été lui débiter. Je ne saurais trop te répéter que rien de tout cela ne fût arrivé s'il se fût tenu tranquille. Je l'aurais fait partir sans éclat, puisque sa présence à La Châtre (dont tu aurais dû ne pas t'occuper) te déplaisait si cruellement. Mais, puisqu'il en est ainsi, je te promets que je n'aurai plus jamais de maîtresse sous tes yeux, et que je ne te parlerai jamais de mes aventures. Cela me fera un peu souffrir. J'ai pris une telle habitude de te dire tout ce qui m'arrive et tout ce que j'éprouve, que je ne me comprends pas ayant des secrets pour toi. Quelle triste nécessité m'impose cette déplorable affaire, et le coup de tête inconcevable de Deschartres! Allons, n'en parlons plus. Je ne peux pas me brouiller avec lui, je ne voudrais pour rien au monde le brouiller avec toi. Il ne se corrigera guères de ses défauts, apprécions ses qualités et aimons-nous en dépit de tout.

«Je cours ici dans les bois et au bord des eaux, c'est un paradis terrestre. J'ai été reçu avec la plus tendre amitié. René était dans une île du parc avec sa femme. Il est venu me chercher en bateau, et notre embrassade sur l'eau a été si vive, qu'elle a failli faire chavirer l'embarcation. Adieu, ma bonne mère, à bientôt! Ne t'afflige plus, aime-moi toujours, et sois bien sûre que je ne puis pas être heureux si tu ne l'es pas, car tes chagrins sont les miens. Je t'embrasse de toute mon âme.»

LETTRE XXII.

«*Paris*, 7 messidor an IX (juin 1801).

«Comme tu l'avais prévu, ne me voyant qu'à une journée de Paris, je n'ai pu me dispenser d'y venir passer quelques instants. J'ai vu Beaumont et mon général. Ma belle jument Paméla part demain pour Nohant; le général part demain pour le Limousin. Dans une quinzaine, il sera de retour, et m'a promis de passer par Nohant, où je t'aiderai à le recevoir. J'ai vu ce matin Oudinot, qui, étant un peu mieux que nous dans les bonnes grâces, va, j'espère, d'après les instigations de Charles His, demander pour moi le grade de capitaine. Je vais aussi toucher mes appointements, ce qui me procurera l'agrément d'un habit pour aller voir le cardinal Gonzalvi, qui est ici pour négocier la grande affaire du Concordat. Il paraît qu'il a eu bien de la peine à se décider à ce voyage, et qu'il croyait marcher à la guillotine en quittant Rome. Charles His, celui qui m'a accompagné dans mon *ambassade* à Rome, a déjà vu Son Eminence ici et en a reçu force embrassades. Allons, ma bonne mère, cette petite excursion, que tu regardes déjà comme une grande extravagance, n'amènera rien de funeste dans ma destinée, sera peut-être utile à mes affaires et ne te coûtera pas un sou. Je n'ai pas encore entendu parler des vingt-six louis que M. de Cobentzel doit me faire restituer. J'irai chez lui demain. Adieu, bonne mère, je serai bientôt près de toi, et, si le ciel me seconde, ce sera comme capitaine. Ne t'afflige pas, je t'en supplie, et ne doute jamais de la tendresse de ton fils.»

* * *

Ce séjour de Maurice à Paris se prolongea jusqu'à la fin de *messidor*. Diverses affaires servirent de prétexte. La visite à monsignor Gonzalvi, les vingt-six louis de la commission d'échange, diverses démarches en vue d'obtenir un avancement qu'il n'espérait pas et dont il ne s'occupa guères, la jument blessée au garrot, la fête du 14 juillet, tels furent les motifs plus ou moins sérieux qui couvrirent d'un voile assez peu mystérieux ces jours consacrés à l'amour. Il ne savait pas mentir, ce pauvre enfant, et de temps à autre un cri de l'âme lui échappait. «Tu ne veux pas que je m'intéresse à une femme qui a tout quitté et tout perdu pour moi! Mais c'est impossible! Toi qui parles, ma bonne mère, tu ne témoignerais pas cette indifférence à un domestique qui aurait perdu sa place pour te suivre, et tu crois que je puis être ingrat envers une femme dont le cœur est noble et sincère? Non, ce n'est pas toi qui me donnerais un pareil conseil!.......................»

L'oncle Beaumont, autrefois abbé et coadjuteur à l'archevêché de Bordeaux, ce fils de Mlle Verrières et du duc de Bouillon, petit-fils de Turenne et parent de M. de Latour-d'Auvergne, par conséquent, était un homme plein d'esprit et de sens. Il avait eu, jeune abbé, une existence brillante et orageuse. Il était beau, d'une beauté idéale, pétillant de gaîté, brave comme un lieutenant de hussards, poète comme... l'Almanach des Muses, impérieux et faible, c'est-à-dire tendre et irascible. C'était aussi une nature d'artiste, un type qui, dans un autre milieu, eût pris les proportions d'un Gondi, dont il avait un peu imité la jeunesse. Retiré du mouvement et du bruit, il vécut paisible après la révolution, et ne se mêla point aux *ralliés*, qu'il méprisait un peu, mais sans amertume et sans pédantisme. Une femme gouverna sa vie depuis lors, et le rendit heureux. Il fut toujours l'ami fidèle de ma grand'mère, et, pour mon père, il fut quelque chose comme un père et un camarade.

Mais le bel abbé avait la moralité des hommes aimables de son temps, moralité que les hommes d'aujourd'hui ne portent pas plus loin; seulement, ils ne sont pas si aimables, voilà la différence. Mon grand-oncle était un composé de sécheresse et d'effusion, de dureté et de bonté sans égale. Il trouvait tout naturel de repousser le noble élan de Victoire.

«Qu'elle soit riche et qu'elle s'amuse, se disait-il dans son doux cynisme d'épicurien, cela vaudra bien mieux pour elle que d'être pauvre avec l'homme qu'elle aime. Que Maurice l'oublie et n'encourage pas ce dévouement romanesque; cela vaudra bien mieux pour lui que de s'embarrasser d'un ménage et de contrarier sa mère.»

Jamais il n'encouragea la passion de mon père; mais jamais il ne travailla efficacement à la faire avorter, et quand Maurice épousa Victoire, il traita celle-ci comme sa fille, et ne songea qu'à la rapprocher de ma grand'mère.

Maurice revint à Nohant aux premiers jours de thermidor (derniers jours de juillet 1801), et y resta jusqu'à la fin de l'année. Avait-il résolu d'oublier Victoire pour faire cesser cette lutte avec sa mère? Ce n'est pas probable, puisqu'elle l'attendit à Paris et l'y retrouva plus épris que jamais. Mais je n'ai point de traces de leur correspondance pendant ces quatre mois. Sans doute c'était une correspondance un peu épiée à Nohant, et qu'on faisait disparaître à mesure.

FIN DU TOME DEUXIÈME.

TOME TROISIÈME

CHAPÎTRE DIX-SEPTIEME

1802. Fragments de lettres. Les beaux du beau monde. Études musicales. Les Anglais à Paris. Retour du luxe.—Fête du Concordat. La cérémonie à Notre-Dame. Attitude des généraux.—Deschartres à Paris.—Départ pour Charleville.—Réponse à Deschartres.—Déboires de la fonction d'aide-de-camp en temps de paix.

1802.

Maurice retourna à Paris vers la fin de 1801. Il écrivit avec la même exactitude que par le passé. Mais ses lettres ne sont plus les mêmes. Ce ne sont plus les mêmes épanchements, la même insouciance, ou, s'il y a insouciance, elle est parfois un peu forcée. Évidemment, la pauvre mère a une rivale; sa tendre jalousie a fait éclore le mal qu'elle redoutait.

De frimaire an X, jusqu'en floréal de la même année, ses lettres contiennent des appréciations intéressantes sur le monde qu'il voit et qu'il traverse de sa pensée. Je ne sais où prendre, pour en donner ici un extrait. Toutes sont charmantes. Il y dépeint la société parisienne posant devant les Anglais venus à Paris avec Fox. Il raconte la fête du Concordat, et son opinion personnelle est celle du milieu militaire qui l'entoure; mais je ne citerai dans ce feuilleton que les passages relatifs à sa propre histoire.

«Du 4 nivose an X.

«.... C'est aujourd'hui que nous avons célébré l'anniversaire du fameux passage[31]. Presque toute l'aile droite était réunie chez mon général. On ne se doutait pas qu'il y aurait des couplets. Je fis un gros paquet de mauvais vers que son domestique fut chargé d'apporter au milieu du dîner. Le général décachète avec empressement, et le voilà de pouffer de rire.

«C'était toute une relation héroïco-burlesque de l'affaire. Il la lut tout haut, et chacun de rire aussi, en se récriant sur la véracité des faits. Je fus vite deviné, et on voulut me faire chanter mon œuvre; mais pour ne pas recommencer ce qui avait été déjà lu, je chantai une kyrielle d'autres couplets sur le même sujet. Cela m'a couvert de gloire à bon marché. On s'est levé de table en riant et en chantant, et en rentrant au salon, nous nous sommes tous embrassés les uns les autres, Dupont commençant par moi. Si jamais on a vu de *l'égalité* et de la *fraternité* régner tout de bon parmi quelques hommes, c'était bien entre nous dans ce moment-là.»

* * *

«Tous les aimables de la société *** sont les freluquets les plus conditionnés que je connaisse. Ils parlent pendant une heure pour ne rien dire, décident de tout à tort et à travers, et ont tellement à cœur, sous prétexte de belles manières, de se copier les uns les autres, que qui en a vu un seul les connaît tous. Il faut vivre dans le monde, dis-tu, c'est possible, ma bonne mère; mais il n'y a rien de plus sot que tous ces gens qui n'ont pour tout mérite qu'un nom dont l'éclat ne leur appartient pas.»

«.... Avec mon maître de composition et mon piano de louage, je m'amuse beaucoup mieux que dans le monde; et, la nuit, quand je me suis oublié à travailler la musique jusqu'à trois heures du matin, je sens que je suis beaucoup plus calme et plus heureux que si j'avais été au bal. Je m'entête à devenir bon harmoniste, et j'y réussirai. Je ne néglige pas non plus mon violon. Je l'aime tant! Mes finances ne sont pas dans un très bel état. J'ai été obligé de me rééquiper des pieds à la tête pour aller à la parade. Mais comme je me pique d'être un enfant d'Apollon, si je suis gueux, c'est dans l'ordre.

«J'ai vu Lejeune au spectacle. Il m'a cherché dans tout Paris, lorsqu'il faisait son tableau de la bataille de Marengo. Il dit qu'il ne se console pas de ne pas avoir eu *ma tête sous la main* pour la placer dans cette composition.

* * *

«J'ai fait connaissance avec plusieurs grandes dames. Mme d'Esquelbee, qui a *daigné* me trouver *fort bien*, à ce qu'on m'a dit; Mme de Flahaut, qui vient de faire paraître un roman que j'ai la grossièreté de n'avoir pas lu, et Mme d'Andlaw.—Réné est toujours le meilleur des amis, mais il a un grand défaut, c'est de boire de l'eau comme un canard. Heureusement cela n'est pas contagieux......»

«Je te jure *par tout ce qu'il y a de plus sacré* que V... travaille et ne me coûte rien. Je ne comprends pas que tu t'inquiètes tant. Jamais je n'entretiendrai une femme tant que je serai un pauvre diable, puisque je serais forcé de l'entretenir à tes frais. En outre, tu ne la connais pas, et tu la juges sur le dire de Deschartres qui la connaît encore moins. Ne parlons pas d'elle, je t'en prie, ma bonne mère, nous ne nous entendrions pas; sois sûre seulement que j'aimerais mieux me brûler la cervelle que de mériter de toi un reproche, et que te faire de la peine est le plus mortel chagrin qui me puisse arriver.......

«Je n'en finirais pas si je voulais te raconter tous les ridicules de cette belle jeunesse. Les Anglais les sentent bien, et j'enrage de les voir rire sous cape, sans pouvoir trouver qu'ils ont tort de mépriser dans leur âme de pareils échantillons de notre nation. Il y en a d'autres qui essaient gauchement de les singer et qui n'ont à cœur que de déprécier leur patrie devant les étrangers. C'est quelque chose de révoltant, et les étrangers en haussent les épaules tout les premiers. Tous ces jeunes lords qui sont militaires chez eux me questionnent avec avidité sur notre armée, et je leur réponds avec feu par le récit de nos immortels exploits, qu'ils ne peuvent s'empêcher d'admirer aussi. Je leur recommande surtout de ne pas juger de l'esprit public par ce qu'ils entendent dire aux gens du monde. Je leur soutiens que l'esprit national est aussi fort chez nous que chez eux. Ils en douteraient s'ils pouvaient oublier nos triomphes. Mais tu comprends que je sors de ce monde-là plus triste et plus désabusé. Bonsoir, ma bonne mère. Je t'aime plus que ma vie. Je rosse le municipal. J'envoie à ma bonne son dé *à coudre et à ouvrer.*»

«24 pluviose.

* * *

«Tout est terminé avec mes neveux. Outre la maison, me voilà possesseur d'une somme de 40,000 fr. Diable! jamais je ne me serais cru si riche. Tu vas prendre là-dessus tout de suite dix mille francs pour payer toutes tes dettes. Pernon, Deschartres et ma bonne[32]. Je ne veux pas qu'ils attendent; je veux que tu te débarrasses de tous ces petits chagrins-là. Tu as fait plus pour moi que je ne pourrai jamais te rendre. Ainsi, ma bonne mère, pas de chicane là-dessus, ou je te fais un procès pour te forcer à recevoir mon argent. Avec le revenu de la maison et mon traitement, me voilà à la tête de 7,840 fr. de rente. Ma foi, c'est bien joli, et il n'y a pas de quoi se désespérer. Avec le revenu de Nohant, nous voilà réunissant 16,000 fr.[33] de rente à nous deux, dont nous pouvons jouir l'année prochaine, et sans dettes; c'est superbe, et je suis bien heureux de te voir à l'abri de toute inquiétude. Paie, paie tout ce que tu dois, et quand il ne me resterait que la moitié de ces 40,000 fr., je t'assure que ce serait bien assez.

* * *

«Mme de Béranger t'a mandé la mort du duc de Bouillon. Beaumont en est fort affecté, car, malgré leurs discussions, ils s'aimaient véritablement comme deux frères.............

«Du 24 ventose (mars).

.... «Mon général est très bien, pour le coup, avec Bonaparte. Celui-ci l'a envoyé chercher, et, après quelques reproches obligeans sur son éloignement, il lui a donné le commandement de la 2e division militaire, forte de vingt-cinq mille hommes. Elle occupe les Ardennes et le pays de Luxembourg. Ainsi nous voilà en pleine activité. Bonaparte a ajouté qu'aussitôt qu'il verrait quelque emploi plus avantageux, il lui en fît la demande.

* * *

«L'arrivée de ma jument m'a fait grand plaisir. Le bois de Boulogne est charmant: il est nouvellement percé, et il y a tous les jours une telle quantité de calèches et de voitures de toute espèce, que la garde est obligée d'y faire la police comme à Longchamps. C'est inconcevable de voir cela, quand nous sommes à peine sortis d'une révolution où toute richesse semblait anéantie. Eh bien! il y a cent fois plus de luxe que sous l'ancien régime. Quand je me rappelle la solitude du bois de Boulogne en 94, lors de mon exil à Passy, je crois rêver de m'y trouver aujourd'hui comme porté par la foule. C'est une foule d'Anglais, d'ambassadeurs étrangers, de Russes, etc., étalant une magnificence que le monde de Paris veut éclipser à son tour. Longchamps sera splendide.

..... On tire en ce moment le canon pour la signature de la paix. Les mères et les femmes se réjouissent; nous autres, nous faisons un peu la grimace.».............

«*Paris*, le 23 germinal (avril).

«Paris commence à m'ennuyer passablement. C'est toujours la même chose: des grands airs, de grandes vanités et des ambitions mal dissimulées qui ne demandent qu'à être caressées pour se montrer.

* * *

«On prépare un grand déjeuner à la Porte-Maillot... Tous les *aimables* y seront: ils paient un louis par tête pour avoir deux fenêtres entre trente. Il n'y aura que des gens *titrés*, les Biron, les de l'Aigle, les Périgord, les Noailles[34]. *Ce sera charmant.* Je n'irai *fichtre* pas! ....

«*Paris*, le 30 germinal an X.......................

«Les journaux t'ont sans doute fait un récit très pompeux de la fête du Concordat. J'étais du cortége à cheval, avec le général Dupont, qui en avait reçu l'ordre, ainsi que tous les généraux actuellement à Paris. Ils y ont donc tous figuré, à peu près comme des chiens qu'on fouette. Nous avons défilé dans Paris aux acclamations d'une multitude qui était plus charmée de l'appareil militaire que de la cérémonie en elle-même. Nous étions tous très brillants, et pour ma part, j'étais magnifique, *Pamela*[35] et moi, dorés de la tête aux pieds. Le légat était en voiture et la croix devant lui, dans une autre voiture[36]. Nous n'avons mis pied à terre qu'à la porte de Notre-Dame, et tous ces beaux chevaux richement caparaçonnés, qui piaffaient et se querellaient autour de la cathédrale, offraient un coup d'œil singulier. Nous sommes entrés dans l'église aux sons de la musique militaire, qui a cessé tout d'un coup à l'approche du dais, sous lequel les trois consuls se sont placés et ont été conduits en silence, et même assez gauchement, jusqu'à l'estrade qui leur était destinée. Le dais sous lequel ont été reçus les consuls avait l'air d'un baldaquin de lit d'auberge: quatre mauvais plumets et une méchante petite frange. Celui du cardinal était quatre fois plus riche et la chaire splendidement drapée. On n'a pas entendu un mot du discours de M. de Boisgelin. J'étais à côté du général Dupont, derrière le premier consul. J'ai parfaitement joui de la beauté du coup d'œil et du *Te Deum*. Ceux qui étaient au milieu de l'église n'ont rien entendu. Au moment de l'élévation les trois consuls ont mis genou en terre. Derrière eux étaient au moins quarante généraux, parmi lesquels Augereau, Masséna, Macdonald, Oudinot, Baraguey-d'Hilliers, Le Courbe, etc. Aucun n'a bougé de dessus sa chaise, ce qui faisait un drôle de contraste. En sortant, chacun est remonté sur son cheval et s'est en allé de son côté, de sorte qu'il n'y avait plus que les régiments et la garde dans le cortége. Il était cinq heures et demie et l'on mourait d'ennui, de faim et d'impatience. Quant à moi, j'étais monté à cheval à neuf heures du matin sans déjeuner, avec la fièvre qui continue à me tourmenter. J'ai été dîner chez Scévole, et aujourd'hui je t'écris de chez mon général. J'ai vu Corvisart, médecin du premier consul. Il me promet que, dans deux ou trois jours, je pourrai voyager et aller t'embrasser avant de partir pour notre quartier général. Je crois que l'impatience de te revoir m'empêche de guérir. J'embrasse le municipal. Il eût fait bien de l'effet à la cérémonie avec son écharpe et ses adjoints.»

* * *

Après un mois de séjour auprès de sa mère, Maurice quitte Nohant, passe deux ou trois jours à Paris, et va rejoindre son général à Charleville, où bientôt Victoire devait aller s'établir, en dépit des sermons de Deschartres, qui ne faisaient pas fortune, comme l'on voit, auprès de son élève. Ce pauvre pédagogue ne se décourageait pourtant pas. Il persistait à regarder Victoire comme une intrigante, et Maurice comme un jeune homme trop facile à tromper. Il ne voyait pas que l'effet de ce jugement erroné rendrait chaque jour mon père plus clairvoyant sur le désintéressement de son amie, et que plus on l'accuserait injustement, plus il lui rendrait justice et s'attacherait à elle. Deschartres, en cette circonstance, prit prétexte de ses affaires et accompagna Maurice à Paris, craignant peut-être qu'il n'y séjournât, au lieu d'aller à son poste. En même temps, ma grand'mère exprimait à son fils le désir de le voir marié, et cette inquiétude que lui causait la liberté du jeune homme, habituait le jeune homme à l'idée d'engager sa chère liberté. Ainsi, tout ce qu'on faisait pour le détacher de la femme aimée ne servait qu'à hâter le cours de la destinée.

Pendant ce court séjour à Paris avec son élève, Deschartres crut ne pas devoir le quitter d'un instant. C'était faire le précepteur un peu tard, avec un jeune militaire émancipé par de glorieuses et rudes campagnes. Mon père était bon, on le voit de reste par ses lettres, et, au fond, il aimait tendrement son pédagogue. Il ne savait pas le brusquer sérieusement, et il était assez enfant encore pour trouver un certain plaisir à tromper, comme un véritable écolier, la surveillance burlesque du bourru. Un matin, il s'esquive de leur commun logement, et va rejoindre Victoire dans le jardin du Palais-Royal, où ils s'étaient donné rendez-vous pour déjeuner ensemble chez un restaurateur. A peine se sont-ils retrouvés, à peine Victoire a-t-elle pris le bras de mon père, que Deschartres, jouant le rôle de Méduse, se présente au devant d'eux. Maurice paie d'audace, fait bonne mine à son argus, et lui propose de venir déjeûner en tiers. Deschartres accepte. Il n'était pas épicurien, pourtant il aimait les vins fins et on ne les lui épargna point. Victoire prit le parti de le railler avec esprit et douceur, et il parut s'humaniser un peu au dessert; mais quand il s'agit de se séparer, mon père voulant reconduire son amie chez elle, Deschartres retomba dans ses idées noires, et reprit tristement le chemin de son hôtel garni.

Le séjour de Charleville parut fort maussade à mon père jusqu'au moment où son amie vint s'y établir chez d'honnêtes bourgeois où elle payait une modique pension. Elle passait auprès d'eux pour être mariée secrètement avec mon père, mais elle ne l'était pas encore. Dès ce moment ils ne se quittèrent presque plus, et se regardèrent comme liés l'un à l'autre.

Ma bonne grand'mère ignorait tout cela. De temps en temps Deschartres, toujours aux aguets, de loin comme de près, faisait une découverte inquiétante et ne la lui épargnait pas. Il en résultait avec Maurice des explications qui la rassuraient pour un instant, mais qui ne changeaient rien à la situation de chacun.

«*Charleville*, le 1ᵉʳ messidor (juin).

.... «Nous faisons un étalage du diable avec nos grands plumets, nos dorures et nos beaux coursiers. Il est parlé de nous jusqu'à Soissons et jusqu'à Laon patrie de Jean-François Deschartres! Mais tant de gloire nous touche peu, et nous aimerions mieux être moins propres que d'user notre ardeur à faire la parade. En outre, on est curieux et bavard ici comme à La Châtre. Le général a voulu déjà tenter quelque aventure, mais il n'eut pas parlé deux fois à la même femme, qu'il s'éleva une clameur immense dans les trois villes de Sedan, Mézières et Charleville.»

«*Charleville*, 1ᵉʳ thermidor (juillet).

«Voilà une singulière fantaisie de mon général. Il ne savait que vaguement que j'étais le petit-fils du maréchal de Saxe, et il s'est mis à m'interroger là-dessus en détail. Quand il a appris que tu avais été reconnue par acte du parlement, et que le roi de Pologne était mon aïeul, tu n'as pas d'idée de l'effet que cela a produit sur lui. Il m'en parle vingt fois le jour, il m'accable de questions. Malheureusement, je ne me suis jamais occupé de tout cela, et il m'est impossible de lui tracer mon arbre généalogique. Je ne me souviens pas du nom de ta mère, et je ne sais pas du tout si nous sommes parents des Levenhaupt. Il faut que tu cèdes à sa fantaisie et que tu me renseignes sur tout cela. Il veut m'envoyer en Allemagne avec des lettres de recommandation du ministre de l'intérieur et des généraux Marceau et Macdonald, afin de me faire reconnaître comme le seul rejeton existant du grand homme.

«Je me garderai bien de donner dans de pareilles extravagances, mais je ne veux pas brusquer trop cette manie de Dupont, parce qu'il prétend qu'avec mon nom je dois être fait capitaine, et qu'il se fait fort de m'obtenir ce grade incessamment. Je crois l'avoir mérité par moi-même, et je le laisserai agir. Te souviens-tu du temps où je ne voulais pas être protégé? C'était avant d'être militaire; j'avais des illusions sur la vie, et je m'imaginais qu'il suffisait d'être brave et intelligent pour parvenir. La République m'avait mis ce fol espoir dans la tête; mais à peine ai-je vu ce qui en est que j'ai reconnu que le régime d'autrefois n'est guère changé; et Bonaparte en est, je crois, plus épris qu'il n'en a l'air.»

A M. Deschartres.

«*Charleville*, 8 thermidor an X.

«Vous êtes bien aimable, mon ami, de vous donner tant de peines pour mes affaires. Croyez que je sens vivement le prix d'un ami tel que vous: vous mettez à tout ce qui me regarde un zèle que je ne puis trop reconnaître; mais laissez-moi vous dire, sans circonlocution, qu'à certains égards ce zèle va trop loin; non que je veuille vous dénier le droit de vous occuper de ma conduite, comme vous vous occupez de mes affaires et de ma santé: ce droit est celui de l'affection, et je saurai le subir quand même il me blesserait; je crois vous l'avoir prouvé déjà en des circonstances délicates; mais l'ardeur de ce zèle vous fait voir en noir et prendre au tragique des choses qui ne le sont pas. C'est donc voir faux, et l'amitié que je vous porte ne m'oblige pas à me tromper avec vous.

«Quand, par exemple, vous me pronostiquez qu'*à trente ans*, j'aurai les *infirmités de la vieillesse*, et que, par là, je deviendrai *inhabile aux grandes choses*, et tout cela, parce qu'à vingt-quatre ans j'ai une maîtresse, vous ne m'effrayez pas beaucoup. En outre, vous jouez de malheur dans votre raisonnement quand vous me proposez l'exemple de mon grand-père le maréchal, qui fut précisément d'une *galanterie* dont je n'approche pas, et qui n'en gagna pas moins la bataille de Fontenoy à 45 ans. Votre *Annibal* était un sot de s'endormir à Capoue avec son armée; mais, nous autres Français, nous ne sommes jamais plus robustes et plus braves que quand nous sortons des bras d'une jolie femme. Quant à moi, je crois être beaucoup plus sage et plus chaste en me livrant à l'amour d'une seule qu'en changeant tous les jours de caprice, ou en allant voir les filles, pour lesquelles je vous avoue que je ne me sens pas de goût.

«Il est vrai que, pour être conséquent avec vous-même, il vous plaît de traiter de *fille* la personne à laquelle je suis attaché. On voit bien que vous ne savez pas plus ce que c'est qu'une *fille* que vous ne savez probablement ce que c'est qu'une *femme*. Moi, je vais vous l'apprendre, car j'ai un peu connu déjà la vie de hussard, et c'est parce que je l'ai connue que j'ai eu hâte d'en sortir. Nous avons rompu assez de lances sur ce sujet pour qu'il me semble inutile d'y revenir, mais puisque vous persistez à l'accuser, je persisterai à défendre celle que j'aime.

«Une fille, puisqu'il faut encore vous l'expliquer, est un être qui spécule, et vend son amour. Il y en a beaucoup dans le grand monde, bien qu'elles aient de grands noms et des maisons très fréquentées. Je ne vivrais pas huit jours avec elles. Mais une femme qui s'attache à vous en vous rencontrant dans le malheur, qui vous a résisté lorsque vous étiez dans une situation brillante en apparence et qui vous cède en vous voyant couvert de haillons et mourant de faim (c'est ainsi que j'étais en sortant des mains des Croates), une femme qui vous garde la plus stricte fidélité depuis le jour où elle vous a aimé, et qui, lorsque vous voulez lui assurer quelques ressources, au moment où vous venez de recueillir un petit héritage, vous jette au nez et foule aux pieds avec colère vos billets de cent louis, puis les ramasse et les brûle en pleurant! non, cent fois non, cette femme n'est pas une fille, et on peut l'aimer fidèlement, sérieusement, et la défendre envers et contre tous. Quel que soit le passé d'une telle femme, il n'y a qu'un lâche qui puisse le lui reprocher, quand il a profité de son amour, quand il a reçu d'elle des services; et vous savez très bien que sans V... j'aurais eu beaucoup de peine à revenir en France. Les circonstances décident de nous, et souvent malgré nous, dans la première jeunesse, lorsque nous sommes sans ressources et sans appui. Les femmes, plus faibles que nous et provoquées par nous qui nous faisons une gloire d'égarer leur faiblesse, peuvent se perdre aisément. Mais entourez les premières saintes du Paradis de tous les genres de séductions, mettez-les aux prises avec le malheur et l'abandon, et vous verrez si toutes s'en tireront aussi bien que certaines femmes dont vos arrêts croient faire une justice salutaire.

«Vous vous trompez donc, mon ami. Et voilà tout ce que j'ai à dire pour résister à des conseils que vous croyez bons, et que je regarde comme mauvais. Quant à ma mère, je vous prie de ne point me recommander de la chérir. Je n'ai besoin pour cela des encouragemens de personne. Jamais je n'oublierai ce que je lui dois; mon amour et ma vénération pour elle sont à l'abri de tout. Adieu, mon cher Deschartres, je vous embrasse de tout mon cœur. Vous savez mieux que tout autre combien il vous est attaché.

«MAURICE DUPIN.»

De Maurice à sa mère.

«Eh bien! oui, ma bonne mère, je te l'avoue, je suis, non pas triste comme tu le crois, mais assez mécontent de la tournure que prennent mes affaires. Voilà de grands changemens dans les affaires publiques, et qui ne nous promettent rien de bon[37]. Certainement cela lève toutes les difficultés qui auraient pu surgir à la mort du premier consul; mais c'est un retour complet à l'ancien régime; et, en raison de la stabilité des premières fonctions de l'État, il n'y aura guère moyen de sortir des plus humbles. Il faudra se tenir là où le hasard vous aura jeté, et ce sera comme autrefois, où un brave soldat restait soldat toute sa vie, tandis qu'un freluquet était officier selon le bon plaisir du maître. Tu verras que tu ne te réjouiras pas bien longtemps de cette espèce de restauration monarchique, et que pour moi, du moins, tu regretteras les hasards de la guerre et la grande émulation républicaine.

«Le poste que j'occupe n'est pas désagréable en soi-même, et, en temps de guerre, il est brillant, parce qu'il nous expose et nous fait agir: mais en temps de paix, il est assez sot, et, entre nous soit dit, peu honorable. Nous ne sommes après tout, que des laquais renforcés. Nous dépendons de tous les caprices d'un général. Si nous voulons sortir, il faut rester; si nous voulons rester, il faut sortir. A la guerre, c'est charmant: ce n'est pas au général que nous obéissons. Il représente le drapeau de la patrie. C'est pour le salut de la chose publique qu'il dispose de nos volontés, et quand il nous dit: «Allez à droite; si vous n'y êtes pas tué vous irez ensuite à gauche; et si vous n'êtes pas tué à la gauche, vous irez ensuite en avant, «c'est fort bien; c'est pour le service, et nous sommes trop heureux de recevoir de pareils ordres. Mais en temps de paix, quand il nous dit: «Montez à cheval pour m'accompagner à la chasse, ou venez faire des visites avec moi pour me servir d'escorte, «ce n'est plus si drôle. C'est à son caprice personnel que nous obéissons. Notre dignité en souffre, et la mienne est je l'avoue, à une rude épreuve. Dupont est pourtant d'un excellent caractère et peu de généraux sont aussi bienveillans et aussi expansifs: mais enfin, il est général et nous sommes aides-de-camp, et s'il ne faisait de nous ses domestiques, nous ne lui servirions à rien, puisqu'il n'y a rien autre chose à faire. Decouchy, qui est chef d'état-major, prend patience, quoique avant-hier, il ait eu une petite mortification assez dure. Le général était chez sa maîtresse et l'a fait attendre trois heures dans la cour. Il a failli le planter là et envoyer tout au diable. Morin est très insouciant et répond toujours *qu'importe?* à tout ce qu'on lui dit. Moi, je me dis en moi-même:

Il importe si bien, que, de tous vos repas,

Je ne veux en aucune sorte,

Et je ne voudrais même pas, à ce prix, un trésor.

si bien que j'ai le plus grand désir d'aller rejoindre mon régiment, et je vais écrire pour cela à Lacuée, qui est le grand faiseur et le grand réformateur.

* * *

«En raison de ma *haute valeur et de ma belle conduite dans les épreuves*, j'ai été nommé *compagnon* ces jours-ci, et je serai *maître* incessamment.»

CHAPITRE DIX-HUITIEME

Suite des amours.—Séparation douloureuse.—Retour à Paris.—Ces dames. *Le beau monde. La faveur.—M. de Vitrolles. M. Hékel. Eugène Beauharnais et lady Georgina.*

An XI.—LETTRE I.

De Maurice Dupin à sa mère.

«*Charleville*, 1ᵉʳ vendémiaire (22 septembre 1802).

«Ta lettre, ma bonne mère, que je reçois à l'instant, me rend au bonheur: tu m'y moralises, tu m'y grondes tout au long, mais c'est avec ton amour maternel que je possède toujours, que rien ne peut me *remplacer*, et de la perte duquel je ne me consolerais jamais: entends-tu bien, parce que *rien* ne pourrait me *dédommager*. En dépit de ton mécontentement, tu me portes toujours la même tendresse: conserve-la-moi toujours, ma bonne mère, je n'ai jamais cessé de la mériter. Je te l'avouerai, je craignais que quelque nouveau rapport mensonger, quelque apparence trompeuse ne l'eussent momentanément refroidie dans ton cœur. Cette idée me poursuivait partout: mon âme en était oppressée, mon sommeil troublé; enfin, tu viens de me rendre à la vie!

«Et cet original de Deschartres qui me mande, il y a deux jours, que tu ne m'écriras peut-être pas de longtemps, à cause des chagrins que je te donne! Je lui ai trop prouvé qu'il avait tort. Il s'en venge en me faisant souffrir, en me prenant par l'endroit le plus sensible. Avec tant de bonnes qualités, c'est cependant un ours qui vous griffe quand il ne peut vous assommer. Il m'a écrit des volumes tout le mois dernier pour me prouver, avec sa politesse accoutumée que j'étais un homme *déshonoré, couvert de boue*. Rien que ça! Belle conclusion, et digne des exordes dont il me régalait: mais je les lui passe de bien bon cœur à cause du motif qui allume son courroux et son zèle. Je n'ai pas encore répondu à sa dernière lettre, mais je me réserve cette petite satisfaction, tout en lui envoyant un bel et bon fusil à deux coups, pour qu'il te fasse manger des perdrix s'il n'est pas trop maladroit.

Non, ma bonne mère je n'ai jamais voulu séparer mon existence de la tienne, et si je suis devenu *ivrogne* et *mauvaise compagnie* comme tu m'en accuses, dans les camps et bivouacs, ce que je ne crois pas, sois sûre que, du moins, dans cette vie agitée, je n'ai rien perdu de mon amour pour toi. Si j'ai fait, sans te consulter, la *démarche* d'écrire à Lacuée pour tâcher de rentrer dans mon régiment, c'est que le temps pressait, qu'il m'eût fallu attendre ta réponse, et perdre ainsi le peu de jours que j'avais pour espérer un bon résultat. Maintenant tout est consommé, Lacuée ne m'a pas laissé la moindre espérance. En vertu des nouveaux arrêtés, je dois rester auprès de Dupont; je me résigne, et la satisfaction que tu en ressens diminue d'autant ma contrariété...................

«Adieu, ma bonne mère: crois que ton bonheur peut seul faire le mien, et qu'il entrera toujours comme cause première dans toutes mes actions comme dans toutes mes pensées. Je t'embrasse de toute mon âme.

«Mon Dieu, que l'idée de *Miemié* m'afflige; je ne peux pas me persuader cela. Parle-lui de moi, je t'en prie[38].

«Et Auguste qui est nommé receveur de la ville de Paris! Je lui en ai fait mon compliment.»

LETTRE III.

«De *Sillery*, chez M. de Valence (sans date).

«Tu l'as voulu, tu l'as exigé, tu m'as mis entre ton désespoir et le mien. J'ai obéi. V..... est à Paris. J'ai voulu, j'ai fait l'impossible. Mais, pour l'éloigner ainsi, il fallait bien veiller à son existence. Je me suis fait avancer soixante louis par le payeur de la division sur mes appointements, et j'ai exigé qu'*elle* allât travailler à Paris. Au moment du départ, elle m'a renvoyé l'argent. J'ai couru après elle, je l'ai ramenée, nous avons passé trois jours ensemble dans les larmes. Je lui ai parlé de toi, je lui ai fait espérer qu'en la connaissant mieux un jour, tu cesserais de la craindre. Elle s'est résignée, elle est partie. Mais ce n'est peut-être pas trop le moyen de se guérir d'une passion que de l'exposer à de telles épreuves. Enfin, je ferai pour toi ce que les forces humaines comportent. Mais ne me parle plus tant d'elle. Je ne peux pas encore te répondre avec beaucoup de sangfroid.»

* * *

Ma grand'mère, voyant aux lettres suivantes que son cher Maurice était mortellement triste, l'appela auprès d'elle, et obtint du général Dupont qu'il lui permettrait d'aller à Paris faire des démarches pour son avancement. C'était un prétexte pour l'attirer à Nohant; mais il n'y alla que plus tard. Il fut retenu à Paris par son amour, usant aussi auprès de sa mère du prétexte de ces mêmes démarches. Il désirait vivement alors entrer dans la garde du premier consul. Il fit quelques efforts sans succès, comme il était facile de le prévoir, car il était trop préoccupé pour être un solliciteur actif, et trop naïvement fier pour être un heureux courtisan. J'ai entendu souvent ses amis s'étonner qu'avec tant de bravoure, d'intelligence et de charme dans les manières, il n'ait pas eu un plus rapide avancement. Moi, je le conçois bien. Il était amoureux, et, pendant plusieurs années, il n'eut pas d'autre ambition que celle d'être aimé; ensuite, il n'était pas homme de cour, et on n'obtenait déjà plus rien sans se donner beaucoup de peine. Puis vinrent pour Bonaparte des préoccupations sérieuses. L'affaire de Pichegru, Moreau et Georges, celle du duc d'Enghien, et les événements, expliquent le mouvement qui se fit dans son esprit, pour rapprocher de lui les noms du passé, puis pour les en éloigner, puis enfin pour les rapprocher encore et se réconcilier avec eux.

SUITE DE FRAGMENS DE LETTRES.

«*Paris*, 18 frimaire an XI (décembre 1802).

.... «J'ai enfin vu Caulaincourt, et ce n'est pas sans peine; mais, ma foi, j'ai été bien inspiré de compter sur l'oubli de nos petites rancunes. A peine m'eut-il reconnu, qu'il embrassa cordialement l'ancienne ordonnance du père Harville, et me demanda de tes nouvelles avec un vif intérêt; et à peine lui eus-je dit que je désirais entrer dans la garde, qu'il ne me donna pas le temps de lui demander de m'y aider. Il s'y offrit, et s'en chargea avec un empressement fort aimable. Il m'a demandé mes états de services, et promis de son propre mouvement de les présenter et de les faire lire, demain, au premier consul, à Saint-Cloud. Il m'a surtout recommandé de mettre en toutes lettres et fort apparentes sur ma demande, que je suis le petit-fils du maréchal de Saxe, m'assurant qu'il le fallait pour réussir. Mais la Suisse, mais Marengo? lui disais-je.—Bien, bien, m'a-t-il répondu, le *présent* est beaucoup, mais le *passé* a une grande importance aujourd'hui. Parlez du héros de Fontenoy, et ne négligez rien de ce côté-là. Bien m'en avait pris d'avoir été dîner la veille chez Ordener et d'en avoir été reçu à bras ouverts, car il m'a demandé comment j'étais avec lui, et sur ma réponse il m'a assuré que tout cela irait sur des roulettes..........................»

«*Paris*, 29 frimaire.

.... «Auguste[39] a pris hier le costume grave de son emploi de trésorier de la ville de Paris. Il avait l'habit noir, l'épée, la bourse, et, dans cet équipage, il nous a fait mourir de rire. Il a toujours une figure superbe à qui tout sied, et il porte très bien ce costume, mais c'est si drôle de voir reparaître les habits de jadis! René veut être préfet du palais et sa femme dame d'honneur. Je l'ai fait enrager hier en lui disant que pour le coup *ces dames* ne la verraient plus que de mauvais œil. Mais le premier consul a été si aimable et si galant avec elle, qu'elle subit le commun prestige, et finit par avouer que tous ces grands seigneurs sont fiers et insolens. Ils le sont, d'autant plus, pour la plupart, qu'ils recherchent aussi la faveur du maître.»

«*Paris*, le 14 pluviose.

«.... Ne me gronde pas, j'agis du mieux que je peux. Mais comment faire pour réussir quand on n'est pas né courtisan! J'ai revu Caulaincourt hier. Il m'a fait déjeûner avec lui. Il m'a dit qu'il avait mis lui-même ma demande dans le portefeuille du premier consul, et même qu'il lui avait parlé de moi, mais que celui-ci lui avait répondu: *Nous verrons cela*. C'est peut-être bien un refus anticipé. Que veux-tu que j'y fasse? C'est Bonaparte lui-même qui m'a fait entrer dans l'état-major, et c'est Lacuée qui me l'a conseillé. A présent, Lacuée dit que cela ne vaut pas le diable, et Bonaparte ne nous permet pas d'en sortir. Ce sera une grande faveur si cela m'arrive, mais je ne suis pas homme à me mettre à plat-ventre pour obtenir une chose si simple et si juste. Je n'ose pourtant pas y renoncer, car tout mon désir est de me fixer à Paris, si la paix continue. Comme cela, nous nous arrangerions pour que tu vinsses y passer les hivers, et nous ne vivrions pas éternellement séparés, ce qui rend mon état aussi triste pour moi que pour toi-même. Je n'y mets ni *insouciance* ni *lenteur*, mais tu ne m'as pas élevé pour être un courtisan, ma bonne mère, et je ne sais pas assiéger la porte des protecteurs. Caulaincourt est excellent pour moi, il a recommandé devant moi à son portier de me laisser toujours entrer quand je me présenterais, à quelque moment que ce fût. Mais il sait bien que je ne suis pas de ceux qui abusent, et s'il veut me servir réellement il n'a pas besoin que je l'importune. Je vais ce soir chez le général Harville, c'est son jour de réception. J'y vais chapeau sous le bras, culotte et bas de soie noirs, frac vert: c'est, à présent, *la tenue militaire*!.... Ne me dis donc plus que tu vas tâcher de penser à moi le moins possible. Je ne suis déjà pas si gai. Et que veux-tu que je devienne si tu ne m'aimes plus?..»

«*Paris*, le 27 pluviose.

«J'ai revu S*** chez ***, à un fort beau souper qu'il a donné à Mme de Tourzelle, et j'en ai été enchanté. Quant au reste, tant mâles que femelles, c'est toujours la même nullité, la même sottise. Le *grand monde* n'a point changé et ne changera point. J'en excepte quelques-uns seulement, et surtout Vitrolles, qui a de l'esprit et du caractère[40].»

«*Paris*, le 7 ventose.

«Caulaincourt a reparlé de moi au premier consul. Il avait égaré ma demande et lui en a redemandé une autre. Est-ce à dire que je dois espérer? Ah! si le grand homme savait comme j'ai envie de l'envoyer paître, et de ne plus me ruiner sans gloire à son service! Qu'il nous donne encore de la gloire s'il veut faire sa paix avec moi. Le malheur est que cela lui est parfaitement égal pour le moment.

«Du 28 ventose (mars 1803).

.... «Je vois souvent mon ami Hékel. Comme il demeure fort loin, nous faisons chacun la moitié du chemin, nous nous joignons aux Tuileries, et là nous arpentons tout le jardin en babillant et en raisonnant à perte de vue. C'est vraiment l'homme le plus instruit et le plus éloquent que j'aie jamais rencontré, et il a des sentiments si nobles que je me sens toujours meilleur quand je le quitte que quand je l'aborde. Il sollicite en ce moment une place de proviseur dans un lycée; je ferai présenter sa note à Bonaparte par Dupont. Réussirai-je? Je me ferais volontiers *intriguant* pour l'amour de ce digne homme; mais l'esprit du gouvernement est de ne donner qu'à ceux qui ont déjà, et c'est assez l'histoire de tous les grands pouvoirs..............................»

«Le vendredi-saint.

«René a donné ces jours-ci un très beau déjeûner, où étaient Eugène Beauharnais, Adrien de Mun, mylord Stuart, Mme Louis Bonaparte, la princesse Dolgorouky, la duchesse de Gordon, Mme d'Andlaw et lady Georgina, nièce de la duchesse de Gordon. Cela se faisait à l'intention d'Eugène, qui est amoureux et aimé de lady Georgina, laquelle passe dans le grand monde pour un astre de beauté. Il ne lui manque, pour mériter sa réputation, que d'avoir une bouche et des dents. Mais, sur cet article, Eugène et elle n'ont rien à se reprocher. La duchesse ne demanderait pas mieux que de la lui faire épouser; mais ce cher beau-père Bonaparte n'entend point de cette oreille-là. La tante va partir pour l'Angleterre, et les amans se désolent. Voilà comment la grandeur rend les gens heureux!»

«Du 29 germinal (avril).

«Je pars dans trois jours pour Chenonceaux avec René. Envoie-moi les chevaux jusqu'à Saint-Agnan, et dans cinq jours je suis dans tes bras. Oui, oui, il y a bien longtemps que je devrais y être. Tu en as souffert; moi aussi. Tu vas me promener dans tes nouveaux jardins, et me prouver que la Grenouillère est devenue le lac de Trasimène, les petites allées des routes royales, le pré une vallée suisse, et le petit bois la forêt Hercinie. Oh! je ne demande pas mieux! Je verrai tout cela par tes yeux. Je le verrai en beau, puisque je serai près de toi.»

CHAPITRE DIX-NEUVIEME

Séjour à Nohant, retour à Paris et départ pour Charleville.—Bonaparte à Sedan.—Le camp de Boulogne.— Canonnade avec les Anglais; le général Bertrand.—Adresse de l'armée à Bonaparte, pour le prier d'accepter la couronne impériale.—Ma mère au camp de Montreuil; retour à Paris.—Mariage de mon père. Ma naissance.

Après avoir passé trois mois auprès de sa mère, qu'il accompagna aux eaux de Vichy, mon père, rappelé par un arrêté des consuls qui prescrivait à tous les généraux de réunir leurs subordonnés autour d'eux, revint à Paris, où l'on commençait à parler de l'expédition d'Angleterre.

«Quant à mes affaires d'argent, je ne veux pas que tu m'en parles, ni que tu me consultes sur quoi que ce soit. Je regarde l'argent comme un moyen, jamais comme un but. Tout ce que tu feras sera toujours sage, juste, excellent à mes yeux. Je sais bien que plus tu auras, plus tu me donneras. C'est une vérité que tu me démontres tous les jours. Mais je ne veux pas que, pour quelques arpens de terre de plus ou de moins, tu te prives de la moindre chose. L'idée d'*hériter* de toi me donne le frisson, et je ne peux pas me soucier de ce qui sera après toi, car, après toi, il n'y aura plus pour moi que douleur et solitude. Le ciel me préserve de faire des projets pour un temps que je ne veux pas prévoir, et dont je ne peux pas seulement accepter la pensée.»

«Du 10 thermidor.

.... «Je pars pour Sedan, où Bonaparte va passer et où nous devons aller à sa rencontre le 18 ou le 20.».................

«Du 15 thermidor, à *Charleville* (août 1803).

«Je suis arrivé hier, j'ai trouvé Dupont très goguenard et fort peu touché de *ma fièvre*. Nous attendons Bonaparte d'un moment à l'autre. Il n'y a rien de plaisant comme la rumeur qui règne ici. Les militaires se préparent à la grande revue. Les administrateurs civils composent des harangues. Les jeunes bourgeois s'équipent et se forment en garde d'honneur. Les ouvriers décorent partout, et le peuple bâille aux mouches. Nous avons réuni à Sedan trois régimens de cavalerie et quatre demi-brigades. Nous faisons l'exercice à feu, et nous manœuvrons dans la plaine. C'est tout ce qu'il y aura de beau, car le reste est fort mesquin et arrangé sans goût. L'illumination du premier jour absorbera toutes les graisses et chandelles de la ville; heureusement pour le lendemain qu'il fait clair de lune.

«Je profiterai de l'occasion pour faire demander par Dupont au premier consul une lieutenance dans sa garde, et comme il n'a encore jamais rien demandé pour moi, peut-être voudra-t-il bien s'en charger. Mais je ne me flatte pas. Le bonheur de vivre à Paris et de t'y amener est un trop beau rêve. Je ne suis pas homme à réussir en temps de paix. Je ne suis bon qu'à donner des coups et à en recevoir: présenter des placets et obtenir des grâces n'est pas mon fait. Dupont n'est pas du tout enthousiasmé de l'idée d'une descente en Angleterre. Soit humeur, soit défiance, il n'a pas le désir de s'en mêler. J'ai vu Masséna à Ruel le lendemain de mon départ pour Sedan, et il m'a presque promis, en cas de descente, que nous voguerions de compagnie. Voilà mon plan, faire la guerre ou rester à Paris, car la vie de garnison m'est odieuse.

«Je crains, ma bonne mère, que cette sécheresse excessive ne te fasse souffrir. Tu es si bonne que tu ne me parles que de moi dans tes lettres, et je ne sais pas comment tu te portes.».................

«De *Paris*, le 8 fructidor an XI.

....................«Dupont m'avait fait les plus belles promesses: il ne les a pas tenues. Pendant huit jours qu'il a passés avec le premier consul, il n'a pas trouvé une minute pour lui parler de moi. Caulaincourt, qui accompagnait Bonaparte à Sedan et qui m'a témoigné beaucoup d'amitié, m'avait dit, en y arrivant: «Eh bien! voilà une belle occasion pour vous faire proposer par votre général!» En partant, il a été stupéfait de l'indifférence de Dupont pour nous tous. Alors il s'est ouvert à moi sur les fluctuations d'idées du premier consul. Ainsi, quand cet hiver il lui a demandé pour moi une lieutenance dans sa garde, et qu'il m'a proposé comme petit-fils du maréchal de Saxe, Bonaparte lui a répondu: «*Point, point: il ne me faut pas de ces gens-là!*» A présent, il paraît que ce titre me servirait au lieu de me nuire, parce que le premier consul a déjà changé de manière de voir.»

* * *

Dégoûté, comme on vient de le voir, d'être attaché à l'état-major, Maurice fait, dès les premiers jours de l'an XII, des tentatives sérieuses pour rentrer dans la ligne. Dupont se repent de l'avoir blessé et présente une demande pour lui obtenir le grade de capitaine. Lacuée apostille sa demande. Caulaincourt, le général Berthier, M. de Ségur, beau-père d'Auguste de Villeneuve, font des démarches pour le succès de cette nouvelle entreprise, et, cette fois, c'est un motif sérieux pour que Maurice reste à Paris. Il écrit toujours assidûment à sa mère: mais il y a, dans ses lettres, tant de raillerie contre certaines personnes qui font le métier de courtisan avec une rare capacité, que je ne puis les transcrire sans blesser beaucoup d'individualités, et ce n'est pas mon but.

Mon père n'obtint rien et sa mère eût désiré en ce moment qu'il renonçât au service. Mais la voix de l'*impitoyable honneur* lui défendait de se retirer quand la guerre était sinon imminente, du moins probable. Il passa auprès d'elle les premiers mois de l'an XII (les derniers de 1803), et le projet de descente en Angleterre devenant de jour en jour plus sérieux, comme on croit facilement à ce qu'on désire, Maurice espéra conquérir l'Angleterre et entrer à Londres comme il était entré à Florence.

Il alla donc rejoindre Dupont aux premiers jours de frimaire, et quitta Paris en écrivant à sa mère, comme de coutume, qu'il *n'y avait pas de danger*, et que la guerre ne se ferait pas. «Je te prie de ne pas t'inquiéter de mon voyage sur les côtes, je n'y emploierai probablement pas d'autre arme que la lunette.» Il en fut ainsi, en effet, mais on sait comment Napoléon dut renoncer à un projet qui avait coûté tant d'argent, tant de science et de temps.

LETTRE I.

«Du camp d'*Ostrohow*, 30 frimaire an XII (octobre 1803).

«Me voilà encore une fois t'écrivant dans une ferme ou espèce de fief que j'ai érigé en quartier-général, en y attendant le général Dupont. Ostrohow est un village charmant situé sur une hauteur qui domine Boulogne et la mer. Notre camp est disposé à la romaine. C'est un carré parfait. J'en ai fait le croquis ce matin, ainsi que celui de la position des autres divisions qui bordent la mer, et j'ai envoyé le tout dans une lettre au seigneur Dupont. Nous sommes dans la boue jusqu'aux oreilles. Il n'y a ici ni bons lits pour se reposer, ni bons feux pour se sécher, ni grands fauteuils pour s'étaler, ni bonne mère aux soins excessifs, ni chère délicate. Courir toute la journée pour placer les troupes qui arrivent, et dont les baraques ne sont pas encore faites, se crotter, se mouiller, descendre et remonter la côte cent fois par jour, voilà le métier que nous faisons. C'est la fatalité de la guerre, mais la guerre dépouillée de tous ses charmes, puisqu'il n'y a pas à changer de place et pas le moindre coup de fusil pour passer le temps, en attendant la grande expédition dont on ne parle pas plus ici que si elle ne devait jamais avoir lieu. Ne t'inquiète donc pas, ma bonne mère, rien n'est prêt, et ce ne sera peut-être pas d'un an que nous irons prendre des chevaux anglais.»

LETTRE III.

«Du 7 pluviose an XII (Janvier 1804).«Au camp d'*Ostrohow*.

«Il y a des moments de bonheur qui effacent toutes les peines! Je viens de recevoir ta lettre du 26. Ah! ma bonne mère, mon cœur ne peut suffire à tous les sentiments qui le pénètrent. Mes yeux se remplissent de larmes. Elles me suffoquent. Je ne sais si c'est de joie ou de douleur, mais à chaque expression de ton amour ou de ta bonté, je pleure comme si j'avais dix ans. O! ma bonne mère, mon excellente mère, comment te dire la douleur que m'ont causée ton chagrin et ton mécontentement! Ah! tu sais bien que l'intention de t'affliger ne peut jamais entrer dans mon âme, et que, de toutes les peines que je puisse éprouver la plus amère est celle de faire couler tes larmes. Ta dernière lettre m'avait navré. Celle d'aujourd'hui me rend la paix et le bonheur. J'y retrouve le langage, le cœur de ma bonne mère. Elle-même reconnaît que je ne suis pas un mauvais fils, et que je ne méritais pas de tant souffrir. Je me réconcilie avec moi-même: car, quand tu me dis que je suis coupable, bien que ma conscience ne me reproche rien, je me persuade que tu ne peux pas te tromper, et je suis prêt à m'accuser de tous les crimes plutôt que de te contredire.

«Je ne sais qui a pu te dire que je voulais me jeter à la mer: je n'ai pas eu cette pensée. C'est pour le coup que j'aurais cru être criminel envers toi, qui m'aimes tant. Si je me suis exposé plus d'une fois à périr dans les flots, c'est sans songer à ce que je faisais. Véritablement, je me déplaisais tant sur la terre, que je me sentais plus à l'aise sur les vagues. Le bruit de vent, les secousses violentes de la barque s'accordaient mieux que tout avec ce qui se passait au dedans de moi, et, au milieu de cette agitation, je me trouvais comme dans mon élément.

«Adieu, ma mère chérie, garde la plume avec laquelle tu m'as écrit ta dernière lettre, et n'en prends jamais d'autre pour écrire à ton fils, qui t'aime autant que tu es bonne, et qui t'embrasse aussi tendrement qu'il t'aime.

«Je voudrais bien tenir ici Caton-Deschartres pour voir la jolie grimace qu'il ferait avec le tangage et le roulis de grosse mer.»

LETTRE IV.

«Quartier général à *Ostrohow*, 30 pluviose an XII.

«*Le général de division Dupont, commandant la 1re division du camp de Montreuil*[41]... m'a tellement fait courir avec lui tous ces jours-ci, soit sur la côte, soit sur la mer, que je n'ai pu trouver un moment pour t'écrire. Avant-hier, au moment où je commençais une lettre pour toi, une douzaine de coups de canon est venue me déranger. C'était le prélude d'une canonnade qui a duré toute la journée entre nos batteries et la flotte anglaise. Nous y avons couru comme de raison, et nous avons joui pendant sept heures d'un coup-d'œil aussi piquant qu'agréable, car toute la côte était en feu, toute la rade couverte de bâtiments, et, sur deux mille coups de canon tirés de part et d'autre, nous n'avons pas perdu un seul homme. Les boulets ennemis passaient par dessus nos têtes, et allaient, sans faire de mal à personne, se perdre dans la campagne.

«....J'ai vu ici le général Bertrand, après avoir été six fois inutilement chez lui. Il est venu dîner enfin chez Dupont, et j'ai été enchanté de lui. Il a des manières franches, aimables, amicales, sans *ton*, sans prétentions. Nous avons parlé du Berry avec le plaisir de deux compatriotes qui se rencontrent loin de leur pays, et qui s'entretiennent de tout ce qu'ils y ont laissé d'intéressant et d'attachant: de leurs mères surtout.»

LETTRE VI.

«*Au Fayel*, 12 prairial.

«Nous sommes bien affairés ici. Nous avons fait durant quatre jours des courses énormes *à l'effet* de nous entendre sur la rédaction de l'adresse que nous sommes forcés de présenter au premier consul, *à l'effet* de le supplier d'accepter la couronne impériale et le trône des Césars.»

* * *

Pendant que Maurice écrivait ainsi à sa mère, Victoire, désormais Sophie (l'habitude lui était venue de l'appeler ainsi), était venue le rejoindre au Fayel. Elle était sur le point d'accoucher. J'étais donc déjà au camp de Boulogne, mais sans y songer à rien, comme on peut croire, car, peu de jours après, j'allais voir la lumière sans en penser davantage. Cet accident de quitter le sein de ma mère m'arriva à Paris, le 16 messidor an XII, un mois juste après le jour où mes parents s'engagèrent irrévocablement l'un à l'autre. Ma mère, se voyant près de son terme, voulut revenir à Paris, et mon père l'y suivit le 12 prairial. Le 16, ils se rendirent en secret à la municipalité du deuxième arrondissement. Le même jour, mon père écrivait à ma grand'mère:

«*Paris*, 16 prairial an XII.

«J'ai saisi l'occasion de venir à Paris, et j'y suis. Dupont y a consenti parce que, mes quatre ans de lieutenance expirés, j'ai droit au grade de capitaine, et je viens le réclamer. Je voulais aller et surprendre à Nohant, mais une lettre de Dupont, que j'ai reçue ce matin, où il m'envoie une demande de sa main au ministre, pour le premier emploi vacant, me retient encore ici quelques jours. Si je ne réussis pas cette fois, je me fais moine. Vitrolles, qui veut acheter la terre de Ville-Dieu, partira avec moi pour le Berry. M. de Ségur appuie la demande de Dupont. Enfin, je te verrai bientôt, j'espère. J'ai reçu ta dernière lettre qu'on m'a renvoyée de Boulogne. Qu'elle est bonne!... Allons, mercredi, s'il est possible, je t'embrasserai, ce sera un heureux jour pour moi: il y en a comme cela dans la vie qui consolent de tous les autres. Ma mère chérie, je t'embrasse!»

* * *

Mon père avait à la fois la vie et la mort dans l'âme ce jour-là. Il venait de remplir son devoir envers une femme qui l'avait sincèrement aimé et qui allait le rendre père. Il avait voulu sanctifier son amour par un engagement indissoluble. Mais s'il était heureux et fier d'avoir obéi à cet amour qui était devenu sa conscience même, il avait la douleur de tromper sa mère et de lui désobéir en secret, comme font les enfants qu'on opprime et maltraite. Là fut toute sa faute, car loin d'être opprimé et maltraité, il eût pu tout obtenir de la tendresse inépuisable de cette bonne mère en frappant un grand coup et en lui disant la vérité.

Il n'eut pas ce courage, et ce ne fut pas, certes par manque de franchise: mais il fallait soutenir une de ces luttes où il savait qu'il serait vaincu. Il fallait entendre des plaintes déchirantes et voir couler des larmes dont la seule pensée troublait son repos. Il se sentait faible à cet endroit-là, et qui oserait l'en blâmer sévèrement? Il y avait déja deux ans qu'il était décidé à épouser ma mère, et qu'il lui faisait jurer chaque jour qu'elle y consentirait de son côté. Il y avait deux ans qu'au moment de tenir à Dieu la promesse qu'il avait faite, il avait reculé épouvanté par l'ardente affection et le désespoir un peu jaloux qu'il avait rencontrés dans le cœur maternel. Il n'avait pu la calmer, durant ces deux ans, où de continuelles absences amenaient pour elle de continuels déchiremens, qu'en lui cachant la force de son amour et l'avenir de fidélité qu'il s'était créé. Combien il dût souffrir le jour où, sans rien avouer à ses parents, à ses meilleurs amis, il conféra le nom de sa mère à une femme digne par son amour de le porter, mais que sa mère devait si difficilement s'habituer à lui voir partager! Il le fit pourtant: il fut triste, il fut épouvanté, et il n'hésita pas. Au dernier moment, Sophie Delaborde, vêtue d'une petite robe de basin, et n'ayant au doigt qu'un mince filet d'or, car leurs finances ne leur permirent d'acheter un véritable anneau de six francs qu'au bout de quelques jours; Sophie, heureuse et tremblante, intéressante dans sa grossesse, et insouciante de son propre avenir, lui offrit de renoncer à cette consécration du mariage qui ne devait rien ajouter, rien changer, disait-elle, à leurs amours. Il insista avec force, et quand il fut revenu avec elle de la mairie, il mit sa tête dans ses mains et donna une heure à la douleur d'avoir désobéi à la meilleure des mères. Il essaya de lui écrire, il ne put que lui envoyer les quelques lignes qui précèdent et qui, malgré ses efforts, trahissent son effroi et ses remords. Puis, il envoya sa lettre, demanda pardon à sa femme de ce moment donné à la nature, prit dans ses bras ma sœur Caroline, l'enfant d'une autre union, jura de l'aimer autant que celui qui allait naître, et prépara son départ pour Nohant, où il voulait aller passer huit jours, avec l'espérance de pouvoir tout avouer et tout faire accepter.

Mais ce fut une vaine espérance. Il parla d'abord de la grossesse de Sophie, et, tout en caressant mon frère Hippolyte, l'enfant de la *petite maison*, il fit allusion à la douleur qu'il avait éprouvée en apprenant la naissance de cet enfant, dont la mère lui était devenue forcément étrangère. Il parla du devoir que l'amour exclusif d'une femme impose après des preuves d'un immense dévouement de sa part. Dès les premiers mots, ma grand'mère fondit en larmes, et, sans rien écouter, sans rien discuter, elle se servit de son argument accoutumé, argument d'une tendre perfidie et d'une touchante personnalité. «Tu aimes une femme plus que moi, lui dit-elle, donc tu ne m'aimes plus! Où sont les jours de Passy, où sont tes sentiments exclusifs pour ta mère? Que je regrette ce temps où tu m'écrivais: *Quand tu me seras rendue, je ne te quitterai plus d'un jour, plus d'une heure!* Que ne suis-je morte, comme tant d'autres, en 93! tu m'aurais conservée dans ton cœur telle que j'y étais alors, je n'y aurais jamais eu de rivale!»

Que répondre à un amour si passionné? Maurice pleura, ne répondit rien et renferma son secret.

Il revint à Paris sans l'avoir trahi et vécut calme et retiré dans son modeste intérieur. Ma bonne tante Lucie était à la veille de se marier avec un officier, ami de mon père, et ils se réunissaient avec quelques amis pour de petites fêtes de famille. Un jour qu'ils avaient formé quelques quadrilles, ma mère avait ce jour-là une jolie robe couleur de rose, et mon père jouait sur son fidèle violon de Crémone (je l'ai encore, ce vieux instrument au son duquel j'ai vu le jour), une contredanse de sa façon. Ma mère, un peu souffrante, quitta la danse et passa dans sa chambre. Comme sa figure n'était point altérée et qu'elle était sortie fort tranquillement, la contredanse continua. Au dernier *chassez-huit*, ma tante Lucie entra dans la chambre de ma mère, et tout aussitôt s'écria: Venez, venez, Maurice, vous avez une fille.

—Elle s'appellera Aurore, comme ma pauvre mère qui n'est pas là pour la bénir, mais qui la bénira un jour, dit mon père en me recevant dans ses bras.

C'était le 5 juillet 1804, l'an dernier de la république, le 1ᵉʳ de l'empire.

—Elle est née *en musique et dans le rose*; elle aura du bonheur, dit ma tante.

CHAPITRE VINGTIEME

Date de ce travail.—Mon signalement.—Opinion naïve de ma mère sur le mariage civil et le mariage religieux.— Le corset de Mᵐᵉ Murat.—Disgrace absolue des états-majors.—Déchiremens de cœur.—Diplomatie maternelle.

Tout ce qui précède a été écrit sous la monarchie de Louis-Philippe. Je reprends ce travail le 1ᵉʳ juin 1848, réservant pour une autre phase de mon récit, ce que j'ai vu et ressenti durant cette lacune.

J'ai beaucoup appris, beaucoup vécu, beaucoup vieilli durant ce court intervalle, et mon appréciation actuelle de toutes les idées qui ont rempli le cours de ma vie se ressentira peut-être de cette tardive et rapide expérience de la vie générale. Je n'en serai pas moins sincère envers moi-même. Mais Dieu sait si j'aurai la même foi naïve, la même ardeur confiante qui me soutenaient intérieurement! Si j'eusse fini mon livre avant cette révolution, c'eût été un autre livre, celui d'un solitaire, d'un enfant généreux, j'ose le dire, car je n'avais étudié l'humanité que sur des individus, souvent exceptionnels et toujours examinés par moi à loisir. Depuis, j'ai fait, de l'œil, une campagne dans le monde des faits, et je n'en suis point revenue telle que j'y étais entrée. J'y ai perdu les illusions de la jeunesse, que, par un privilège dû à ma vie de retraite et de contemplation, j'avais conservées plus tard que de raison.

Mon livre sera donc triste, si je reste sous l'impression que j'ai reçue dans ces derniers temps. Mais qui sait? Le temps marche vite, et, après tout, l'humanité n'est pas différente de moi: c'est-à-dire qu'elle se décourage et se ranime avec une grande facilité. Dieu me préserve de croire, comme J.-J. Rousseau, que je vaux mieux que mes contemporains et que j'ai acquis le droit de les maudire. Jean-Jacques était malade quand il voulait séparer sa cause de celle de l'humanité.

Nous avons tous souffert plus ou moins, en ce siècle de la maladie de Rousseau. Tâchons d'en guérir, avec l'aide de Dieu.

Le 5 juillet 1804, je vins donc au monde, mon père jouant du violon et ma mère ayant une jolie robe rose. Ce fut l'affaire d'un instant. J'eus, du moins, cette part de bonheur que me prédisait ma tante Lucie, de ne point faire souffrir longtemps ma mère. Je vins au monde fille légitime; ce qui aurait bien pu ne pas arriver, si mon père n'avait pas résolument marché sur les préjugés de sa famille; et cela fut un bonheur aussi, car, sans cela, ma grand'mère ne se fût peut-être pas occupée de moi avec autant d'amour qu'elle le fit plus tard, et j'eusse été privée d'un petit fonds d'idées et de connaissances qui a fait ma consolation dans les ennuis de ma vie.

J'étais fortement constituée, et, durant toute mon enfance, j'annonçai devoir être fort belle, promesse que je n'ai point tenue. Il y eut peut-être de ma faute, car, à l'âge où la beauté fleurit, je passais déjà les nuits à lire et à écrire. Etant fille de deux êtres d'une beauté parfaite, j'aurais dû ne pas dégénérer, et ma pauvre mère qui estimait la beauté plus que tout, m'en faisait souvent de naïfs reproches. Pour moi, je ne pus jamais m'astreindre à soigner ma personne. Autant j'aime l'extrême propreté, autant les recherches de la mollesse m'ont toujours paru insupportables. Se priver de travail pour avoir l'œil frais, ne pas courir au soleil, quand ce beau soleil de Dieu vous attire irrésistiblement; ne point marcher dans de bons gros sabots, de peur de se déformer le coup de pied; porter des gants, c'est-à-dire renoncer à l'adresse et à la force de ses mains, se condamner à une éternelle gaucherie, à une éternelle débilité, ne jamais se fatiguer, quand tout nous commande de ne point nous épargner, vivre enfin sous une cloche pour n'être ni hâlée, ni gercée, ni flétrie avant l'âge, voilà ce qu'il me fut toujours impossible d'observer. Ma grand'mère renchérissait encore sur les réprimandes de ma mère, et le chapitre des chapeaux et des gants fit le désespoir de mon enfance. Mais, quoique je ne fusse pas volontairement rebelle, la contrainte ne put m'atteindre. Je n'eus qu'un instant de fraîcheur, et jamais de beauté. Mes traits étaient cependant assez bien formés, mais je ne songeai jamais à leur donner la moindre expression. L'habitude contractée, presque dès le berceau, d'une rêverie dont il me serait impossible de me rendre compte à moi-même, me donna de bonne heure l'*air bête*. Je dis le mot tout net, parce que toute ma vie, dans l'enfance, au couvent, dans l'intimité de ma famille, on me l'a dit de même, et qu'il faut bien que cela soit vrai.

Somme toute, avec des cheveux, des yeux, des dents, et aucune difformité, je ne fus ni laide ni belle dans ma jeunesse, avantage que je considère comme sérieux à mon point de vue: car la laideur inspire des préventions dans un sens, la beauté dans un autre. On attend trop d'un extérieur brillant, on se méfie trop d'un extérieur qui repousse. Il vaut mieux avoir une bonne figure qui n'éblouit et n'effraie personne, et je m'en suis bien trouvée avec mes amis des deux sexes.

J'ai parlé de ma figure, afin de n'avoir plus du tout à en parler. Dans le récit de la vie d'une femme, ce chapitre menaçant de se prolonger indéfiniment, pourrait effrayer le lecteur. Je me suis conformée à l'usage, qui est de faire la description extérieure du personnage que l'on met en scène. Et je l'ai fait dès le premier mot qui me concerne, afin de me débarrasser complétement de cette puérilité dans tout le cours de mon récit. J'aurais peut-être pu ne pas m'en occuper du tout. J'ai consulté l'usage, et j'ai vu que des hommes très sérieux, en racontant leur vie, n'avaient pas cru devoir s'y soustraire. Il y aurait donc eu peut-être une apparence de prétention à ne pas payer cette petite dette à la curiosité souvent un peu niaise du lecteur.

Je désire pourtant qu'à l'avenir, on se dérobe à cette exigence des curieux, et que si on est absolument forcé de tracer son portrait, on se borne à copier sur son passeport le signalement rédigé par le commissaire de police de son quartier, dans un style qui n'a rien d'emphatique ni de compromettant. Voici le mien: yeux noirs, cheveux noirs, front ordinaire, teint pâle, nez bien fait, menton rond, bouche moyenne; taille, quatre pieds dix pouces. Signes particuliers, aucun.

Mais justement, à ce propos, je dois dire ici une circonstance assez bizarre: c'est qu'il n'y a pas plus de deux ou trois ans que je sais positivement qui je suis; j'ignore quels motifs ou quelles rêveries portèrent plusieurs personnes, qui prétendaient m'avoir *vue naître*, à me dire que, pour des raisons de famille faciles à deviner dans un mariage secret, on ne m'avait pas attribué légalement mon âge véritable. Selon cette version, je serais née à Madrid, en 1802 ou 1803, et l'acte de naissance qui portait mon nom aurait été, en réalité, celui d'une autre enfant née depuis, et mort peu de temps après. Comme les registres de l'état civil n'avaient pas encore acquis à cette époque la rigoureuse exactitude que l'habitude de la législation nouvelle leur a donnée depuis; comme dans le mariage de mon père, il y eut en effet des irrégularités singulières dont je vais bientôt parler, et qu'il serait impossible de commettre aujourd'hui, le récit qui m'abusa n'était pas aussi invraisemblable qu'on pourrait le croire. En revanche, comme, en me faisant cette révélation prétendue, on m'avait assuré que mes parents ne me diraient pas la vérité sur ce point, je m'abstins toujours de les interroger et demeurai persuadée que j'étais née à Madrid et que j'avais un an ou deux de plus que mon âge présumé. A cette époque, je lus rapidement la correspondance de mon père avec ma grand'mère, et une lettre mal datée, intercalée mal à propos dans le recueil de 1803, me confirma dans mon erreur. Cette lettre, qu'on trouvera à sa place véritable, ne m'abusa plus, lorsqu'au moment de transcrire cette correspondance, je pus y porter un examen plus attentif. Enfin, un ensemble de lettres, sans intérêt pour le lecteur, mais très intéressantes pour me fixer sur ce point, lettres que je n'avais jamais classées et jamais lues, me donnent enfin la certitude de mon identité. Je suis bien née à Paris le 5 juillet 1804; je suis bien *moi-même*, en un mot, ce qui ne laisse pas que de m'être agréable, car il y a toujours quelque chose de gênant à douter de son nom, de son âge et de son pays. Or, j'ai subi ce doute pendant une dizaine d'années sans savoir que j'avais, dans quelques vieux tiroirs inexplorés, de quoi le dissiper entièrement. Il est vrai que là, comme dans tout, j'ai porté une habitude de paresse naturelle pour ce qui me concerne personnellement, et que j'aurais pu mourir sans savoir si j'avais vécu en *personne*, ou à la place d'une autre, si l'idée ne m'était venue d'écrire ma vie, et d'en approfondir le commencement.

Mon père avait fait publier ses bans à Boulogne-sur-Mer, et il contracta mariage à Paris à l'insu de sa mère. Ce qui ne serait point possible aujourd'hui le fut alors, grâce au désordre et à l'incertitude que la révolution avait apportés dans les relations. Le nouveau code laissait quelques moyens d'éluder les actes respectueux, et le cas d'*absence* avait été rendu très fréquemment et facilement supposable par l'émigration. C'était un moment de transition entre l'ancienne société et la nouvelle, et les rouages de cette dernière ne fonctionnaient pas encore très bien. Je ne rapporterai pas les détails pour ne pas ennuyer le lecteur par des points de droit fort arides, bien que j'aie toutes les pièces sous les yeux. Certainement il y eut absence ou insuffisance de certaines formalités qui seraient indispensables aujourd'hui, et qui apparemment n'étaient pas jugées alors d'une importance absolue.

Ma mère était au moral un exemple de cette situation transitoire. Tout ce qu'elle avait compris de l'acte civil de son mariage, c'est qu'il assurait la légitimité de ma naissance.

Elle était pieuse et le fut toujours, sans aller jusqu'à la dévotion. Mais ce qu'elle avait cru dans son enfance, elle devait le croire toute sa vie sans s'inquiéter des lois civiles et sans penser qu'un acte par-devant le citoyen municipal pût remplacer un sacrement. Elle ne se fit donc pas scrupule des irrégularités qui facilitèrent son mariage civil, mais elle le porta si loin quand il fut question du mariage religieux, que ma grand'mère, malgré ses répugnances, fut obligée d'y assister. Cela eut lieu plus tard comme je le dirai.

Jusque-là ma mère ne se crut point complice d'un acte de rébellion envers la mère de son mari; et quand on lui disait que Mme Dupin était fort irritée contre elle, elle avait coutume de répondre:

—Vraiment, c'est bien injuste, et elle ne me connaît guère; dites-lui donc que je n'épouserai jamais son fils à l'église tant qu'elle ne le voudra pas.

Mon père voyant qu'il ne vaincrait jamais ce préjugé naïf et respectable croyance vraie au fond, car, à moins de nier Dieu, il faut vouloir que la pensée de Dieu intervienne dans une consécration comme celle du mariage, mon père avait le plus grand désir de faire consacrer le sien. Jusque-là il tremblait que Sophie, ne se regardant pas comme engagée par sa conscience, n'en vînt à tout remettre en question. Il ne doutait point d'elle, il n'en pouvait pas douter sous le rapport de l'attachement et de la fidélité. Mais elle avait des accès de fierté terrible quand il lui laissait entrevoir l'opposition de sa mère. Elle ne parlait de rien moins que d'aller au loin vivre de son travail avec ses enfants, et de montrer par là qu'elle ne voulait recevoir ni aumône ni pardon de cette orgueilleuse *grande dame*, dont elle se faisait une bien fausse et bien terrible idée.

Lorsque Maurice voulait lui persuader que le mariage contracté était indissoluble, et que sa mère viendrait à y souscrire tôt ou tard:—Eh non, disait-elle: votre mariage civil ne prouve rien, puisqu'il permet le divorce. L'Église ne le permet pas, nous ne sommes donc pas mariés, et ta mère n'a rien à me reprocher. Il me suffit que notre fille (j'étais née alors) ait un sort assuré. Mais quant à moi, je ne te demande rien et je n'ai à rougir devant personne.»

Ce raisonnement plein de force et de simplicité, la société ne le ratifiait pas, il est vrai. Elle le ratifierait encore moins aujourd'hui qu'elle s'est assise définitivement sur sa base nouvelle. Mais, à l'époque où ces choses se passaient, on avait déjà vu tant d'ébranlemens et de prodiges qu'on ne savait pas bien sur quel terrain l'on marchait. Ma mère avait les idées du peuple sur tout cela. Elle ne jugeait ni les causes ni les effets de ces nouvelles bases de la société révolutionnaire. «Cela changera encore, disait-elle. J'ai vu le temps où il n'y avait pas d'autre mariage que le mariage religieux. Tout à coup on a prétendu que celui-là ne valait rien et ne compterait plus. On en a inventé un autre qui ne durera pas et qui ne peut pas compter.»

Il a duré, mais en se modifiant d'une manière essentielle. Le divorce a été permis, puis aboli, et à présent on parle de le rétablir[42]. Jamais moment n'a été plus mal choisi pour soulever une aussi grave question. Et, bien que j'aie des idées arrêtées à cet égard, si j'étais de l'assemblée, je demanderais l'ordre du jour. On ne peut pas régler le sort et la religion de la famille dans un moment où la société est dans le désordre moral, pour ne pas dire dans l'anarchie. Aussi, lorsqu'il sera question de discuter cela, l'idée religieuse et l'idée civile vont se trouver encore une fois aux prises, au lieu de chercher cet accord sans lequel la loi n'a point de sens et n'atteint pas son but. Que le divorce soit rejeté, ce sera la consécration d'un état de choses contraire à la morale publique. Qu'il soit adopté, il le sera de telle manière et dans de telles circonstances, qu'il ne servira point la morale et ajoutera à la dissolution du pacte religieux de la famille. Je dirai mon opinion quand il faudra, et je reviens à mon récit.

Mon père avait vingt-six ans, ma mère en avait trente lorsque je vins au monde. Ma mère n'avait jamais lu Jean-Jacques Rousseau et n'en avait peut-être pas beaucoup entendu parler, ce qui ne l'empêcha pas d'être ma nourrice comme elle l'avait été et comme elle le fut de tous ses autres enfants. Mais, pour mettre de l'ordre dans le cours de ma propre histoire, il faut que je continue à suivre celle de mon père, dont les lettres me servent de jalons, car on peut bien imaginer que mes propres souvenirs ne datent pas encore de l'an XII.

Il passa une quinzaine à Nohant après son mariage, ainsi que je l'ai dit au précédent volume, et ne trouva aucun moyen d'en faire l'aveu à sa mère. Il revint à Paris, sous prétexte de poursuivre cet éternel brevet de capitaine, qui n'arrivait pas, et il trouva toutes ses connaissances, tous ses parents fort bien traités par la nouvelle monarchie:

Caulaincourt, grand écuyer de l'empereur; le général d'Harville, grand écuyer de l'impératrice Joséphine; le bon neveu René, chambellan du prince Louis; sa femme, dame de compagnie de la princesse, etc. Cette dernière présenta à Mme Murat un état des services de mon père, que Mme Murat mit *dans son corset*, ce qui fait dire à mon père, à la date du 12 prairial an XII: «Voici le temps revenu où les dames disposent des grades, et où le corset d'une princesse nous promet plus que le champ de bataille. Soit j'espère me laver de ce corset-là quand nous aurons la guerre, et bien remercier mon pays de ce que mon pays me force à mal gagner.» .... Puis, revenant à ses chagrins personnels: «On m'apporte à l'instant, ma bonne mère, une lettre de toi, où tu m'affliges en t'affligeant. Tu prétends que j'ai été soucieux auprès de toi, et que des mots d'impatience me sont échappés. Mais est-ce que je t'en ai jamais, même dans ma pensée, adressé un seul? J'aimerais mieux mourir. Tu sais bien que c'était à l'adresse de Deschartres, en remboursement de ses sermons blessants et intempestifs. Jamais, quand j'ai été près de toi, je n'ai appelé avec impatience le jour qui devait m'en éloigner. Ah! que tout cela est cruel et que j'en souffre! Je retournerai bientôt te demander raison de tes lettres, méchante mère que je chéris!»

Je vins au monde le 12 messidor. Ma grand-mère n'en sut rien. Le 16, mon père lui écrivait sur toute autre chose.

LETTRE I.

De Maurice à sa mère, à Nohant.

«*Paris*, 16 messidor an XII.

«J'ai reçu ton aimable lettre pour Lacuée. Je la lui ai portée moi-même. Il était à Saint-Cloud. J'y suis retourné hier, et je l'ai vu. Ma demande est au bureau de la guerre, et doit être mise sous les yeux de l'empereur la semaine prochaine. Je suis porté sur le tableau d'avancement. D'un autre côté, notre famille fait son chemin: M. de Ségur vient d'être nommé grand dignitaire de l'empire et grand-maître des cérémonies, avec 100,000 fr. d'appointements, plus 40,000 comme conseiller d'État. René entre en fonctions avec une grande clef d'or brodée au derrière. Le prince va avoir une garde. *Appoline m'y promet une compagnie.* Le prince sera grand connétable. Je me frotte les yeux pour savoir si je ne fais pas un rêve absurde; mais j'ai beau les refermer, l'ambition ne vient pas, et je me sens toujours partagé entre celle d'aller me battre ou celle d'aller vivre près de toi. Je ne puis en avoir de plus brillante, et celle des autres me fait toujours un drôle d'effet. Je me réjouis pourtant du bonheur de ceux que j'aime, parce que je ne suis pas né jaloux. Mais mon bonheur ne serait pas fait comme cela. Je voudrais de l'activité, de l'honneur, ou bien une petite aisance et le bonheur domestique. Si j'étais capitaine, tu pourrais venir ici, j'aurais bien de quoi avoir un cabriolet bien suspendu pour te promener; je te soignerais, je te ferais oublier toutes nos tristesses: Deschartres n'étant pas là, nous serions encore heureux comme autrefois, j'en suis sûr. Je t'aime tant, quoi que tu en dises, que tu finirais bien par y croire. Ta dernière lettre est bonne comme toi, et dans ma joie, je l'ai montrée *à tout le monde*[43]. Ne me gronde pas. Je t'embrasse de toute mon âme.

«Beaumont a fait un mélodrame pour la Porte-Saint-Martin. Ce n'est pas bon, mais cela n'est pas nécessaire pour avoir du succès. Et d'ailleurs, cela l'amuse tant[44].

«Le voyage de l'empereur remet au mois de septembre mon projet de retourner de suite auprès de toi; mais alors j'irai faire tes vendanges, et si Deschartres fait encore le docteur, je le camperai dans sa cuve.»

* * *

Mon père eut à cette époque une fièvre scarlatine pendant laquelle René écrivait à ma grand'mère pour la rassurer, et il lui échappait quelques indiscrétions involontaires sur ma naissance, dont il la croyait informée. Il n'est point question du mariage dans ces lettres. Je ne pense pas qu'il en eût reçu la confidence, mais il attribue à la persévérance de l'attachement de Maurice pour Sophie le peu de succès de ses démarches pour son avancement. Cela ne me paraît pas prouvé, car mon père était compris dans une mesure de disgrace générale, concernant les états-majors. S'il est vrai qu'il eût pu faire faire une exception en sa faveur à force d'obsessions et de démarches, je ne lui en veux pas d'avoir été inhabile à ce genre de succès. Mais ma grand'mère, effrayée et irritée des insinuations que le plus tendre intérêt dictait à M. de Villeneuve, écrivit une lettre assez amère à son fils, ce qui lui donna un nouvel accès de fièvre. La réponse est pleine de tendresse et de douleur.

LETTRE III.

«10 fructidor (août 1804).

«Je suis, dis-tu, ma bonne mère, un ingrat et un fou. Ingrat, jamais! Fou, je le deviendrai peut-être, malade de corps et d'esprit comme me voilà. Ta lettre me fait beaucoup plus de mal que la réponse du ministre, car tu m'accuses de mon propre guignon, et tu voudrais que j'eusse fait des miracles pour le conjurer. Je n'en sais point faire, en fait de courbettes et d'intrigues. Ne t'en prends qu'à toi-même qui, de bonne heure, m'as enseigné à mépriser les courtisans. Si tu ne vivais pas depuis quelques années loin de Paris et retirée du monde, tu saurais que le nouveau régime est, sous ce rapport, pire que l'ancien, et tu ne me ferais pas un crime d'être resté moi-même. Si l'on avait fait la guerre plus longtemps, je crois que j'aurais conquis mes grades. Mais depuis qu'il faut les conquérir dans les antichambres, j'avoue que je n'ai pas, sous ce rapport-là, de brillantes campagnes à faire valoir. Tu me reproches de ne te jamais parler de mon intérieur. C'est toi qui ne l'as jamais voulu! Est-ce possible, quand, au premier mot, tu m'accuses d'être un mauvais fils! Je suis forcé de me taire, car je n'ai à te faire qu'une réponse dont tu ne te contentes pas, c'est que je t'aime et que je n'aime personne plus que toi.—N'est-ce pas toi qui as été toujours contraire à mon désir de quitter Dupont et de rentrer dans la ligne? A présent tu reconnais que je suis dans un cul-de-sac, mais il est trop tard. Il faut maintenant *obtenir cela comme une faveur spéciale de Sa Majesté*. La faveur et moi ne faisons guère route ensemble.»

* * *

Il retourna à Nohant et y passa encore six semaines sans que le fatal aveu pût passer de son cœur à ses lèvres. Mais son secret fut deviné; car, vers la fin de brumaire an XIII (novembre 1804), en même temps qu'il revenait à Paris, sa mère écrivait au maire du cinquième arrondissement:

«Une mère, monsieur, n'aura pas, sans doute, besoin de justifier auprès de vous le titre avec lequel elle se présente pour solliciter votre attention.

«J'ai de fortes raisons pour craindre que mon fils unique ne se soit récemment marié à Paris sans mon consentement. Je suis veuve; il a 26 ans; il sert; il s'appelle Maurice-François-Elisabeth Dupin. La personne avec laquelle il a pu contracter mariage a porté différents noms. Celui que je crois le sien est Victoire Delaborde. Elle doit être un peu plus âgée que mon fils; tous deux demeurent ensemble rue Meslay, n° 15, chez le sieur Maréchal[45], et c'est parce que je suppose cette rue dans votre arrondissement, que je prends la liberté de vous adresser mes questions et de vous confier mes craintes. J'ose espérer que vous voudrez bien faire parvenir ma lettre à celui de MM. vos collègues dans l'arrondissement duquel se trouve la rue Meslay.

«Cette fille ou femme, car je ne sais de quel nom l'appeler, avant de s'établir dans la rue Meslay, demeurait, en nivose dernier, rue de la Monnaie, où elle tenait une boutique de modes.

«Depuis qu'elle habite la rue Meslay, mon fils en a eu une fille, que je crois née en messidor, et inscrite sur les registres sous le nom d'Aurore, fille de M. Dupin et de..... L'inscription pourrait, ce me semble, vous donner quelque lumière sur le mariage, s'il existe précédemment, comme je le crois, à cause du prénom qu'on a donné à l'enfant. Quelques indices me font présumer qu'il peut avoir été contracté en prairial dernier. J'ai l'honneur d'écrire à un magistrat, peut-être à un père de famille. Ce double titre ne m'aura pas vainement flattée d'une réponse aussi prompte que possible et d'une discrétion inviolable, quel que soit le résultat des recherches que je prends la liberté de vous demander.

«J'ai l'honneur, etc.

«DUPIN.»

Deuxième lettre de Mme Dupin au maire du 5e arrondissement.

«En confirmant mes craintes, monsieur, vous avez navré mon cœur, et, de longtemps, il ne s'ouvrira aux consolations que vous voulez y répandre; mais il ne sera jamais fermé à la reconnaissance, et je sens tout le prix d'une intention qui honore le vôtre. Cependant, je dois trop à vos soins généreux pour ne pas en espérer encore quelque chose. Vous paraissez croire *que la plus grande irrégularité commise dans ce mariage fut d'avoir blessé les sentiments les plus respectables et les plus doux*. Je vois que vous le connaissez; mais vous ne connaissez pas, et puissiez-vous ne jamais connaître jusqu'à quel point il peut les avoir blessés! Je l'ignore encore moi-même; mais mon cœur me dit qu'il faut qu'il soit bien coupable, puisqu'il a cru devoir me faire un mystère de la démarche la plus essentielle de sa vie. C'est ce mystère que vous seul pouvez m'aider à approfondir, parce que vous seul en êtes jusqu'ici le dépositaire, parce que je n'ose confier à aucune personne de ma connaissance à Paris ce que mon fils n'a pas osé dire à sa mère; puisque j'ose encore moins, pendant qu'il y est, m'y rendre moi-même et quitter une terre que je me plaisais à embellir pour une compagne digne de lui et de moi. Et, cependant, il faut bien que je sache quelle est cette étrange belle-fille qu'il a voulu me donner... Ma tranquillité présente, son bien-être futur en dépendent. Pour que mon cœur se familiarise, s'il le faut, avec toutes les conséquences de sa faute, il est absolument nécessaire que mon esprit l'embrasse dans tous ses détails. Votre estimable collègue, le maire du.... arrondissement..... a bien voulu vous offrir *communication du dossier qui forme la réunion des pièces produites par les deux époux*. Il ne vous refusera pas, monsieur, une copie régulière de toutes ces pièces *sans exception*; et j'ose attendre de votre obligeance, j'aurais dû dire de votre sensibilité, que vous voudrez bien la lui demander, soit en votre nom, soit au mien.»

* * *

Il est facile de voir par cette lettre si douloureuse, si généreuse et pourtant si habile, que ma grand'mère désirait consulter, pièces en main, afin de faire déclarer, s'il était possible, la nullité du mariage. Elle n'ignorait pas autant qu'elle voulait bien le dire, les noms et précédens de sa belle-fille. Elle feignait de tout ignorer pour ne pas laisser pénétrer ses desseins, et si elle faisait pressentir une sorte de pardon qu'elle n'était encore nullement disposée à accorder, c'était dans la crainte de trouver dans le maire du ..... arrondissement (celui qui avait fait le mariage), un auxiliaire complaisant de ce mariage irrégulièrement contracté. Aussi ne s'adressait-elle pas à lui directement, mais bien au maire du 5ᵉ, qu'elle savait ne point avoir la rue Meslay dans sa juridiction, et sur l'intégrité duquel, probablement, elle avait quelques données particulières. La ruse délicate de la femme l'inspirait donc mieux que n'eût pu le faire un habile conseil, et j'avoue que cette petite conspiration contre la légitimité de ma naissance me paraît d'une légitimité tout aussi incontestable.

De son côté, mon père, conseillé probablement par un homme spécial, car de lui-même il fût tombé dans tous les piéges de la tendresse maternelle, devait vouloir cacher son mariage jusqu'au moment où tout délai d'opposition de la part de sa mère serait expiré. Ils se trompaient donc l'un l'autre, triste fatalité de leur mutuelle situation, et ils s'écrivaient comme si de rien n'était. Je dis qu'ils se trompaient, et pourtant ils n'échangeaient pas de mensonges. Le seul artifice était le silence que tous deux gardaient dans leurs lettres sur le principal objet de leurs préoccupations.

CHAPITRE VINGT-UNIEME

Suites des lettres.—Lettres de ma grand'mère et d'un officier civil.—L'abbé d'Andrezel.—Un passage des mémoires de Marmontel.—Ma première entrevue avec ma grand'mère.—Caractère de ma mère.—Son mariage à l'église.—Ma tante Lucie et ma cousine Clotilde.—Mon premier séjour à Chaillot.

LETTRE IV.

De Maurice à sa mère.

«Fin brumaire an XIII (novembre 1804).

«Depuis six semaines, j'ai été si heureux près de toi, ma bonne mère, que c'est presque un chagrin maintenant que d'être obligé de t'écrire pour m'entretenir avec toi. Le calme, le bonheur dont j'ai joui à Nohant me rendent encore plus insupportables le tumulte, l'inquiétude et le bruit qui m'entourent à Paris.

«J'espère que je ne serai pas forcé d'aller retrouver mes rats et mon galetas au Fayel, car le général Suchet, qui m'a fait l'honneur d'arrêter sa voiture tout exprès pour me parler hier, m'a dit que tous les généraux de division allaient être mandés pour assister à la cérémonie du couronnement, et que probablement Dupont ne resterait pas dans son exil. Me voilà donc encore ici pour quelques jours, et je te rendrai compte de la fête.

«Quant à ***, elle se donne avec moi des airs de protection passablement drôles, de la part d'une personne qui ne me sert pas du tout. Elle disait hier que si Dupont lui eût envoyé de *bonnes notes* sur mon compte, elle m'aurait fait faire mon chemin: mais que je voyais *trop mauvaise compagnie*. La compagnie que je vois vaut bien celle qui l'entoure. Vitrolles, en me racontant cela, riait aux éclats de cette impertinence, et la traitait sans façon de *péronnelle*. Va pour péronnelle! Mais je ne lui en veux pas, tout le monde est de même. Le ton de cour est la maladie de ceux qui n'y auraient jamais mis le pied autrefois.»

LETTRE V.

7 frimaire an XII (novembre 1804).

«J'allais repartir pour le Fayel et perdre la cérémonie du couronnement, lorsque notre maréchal Ney m'apprend enfin qu'il vient d'expédier un courrier à Dupont pour le faire venir, et qu'on l'attend le lendemain. Je cours chercher ma malle, qui était déjà chargée, et que je n'arrache qu'avec peine des mains des conducteurs et après avoir épuisé toute mon éloquence. Je jette l'ancre et je cargue mes voiles. Dupont arrive en effet la veille du grand jour. Nous sommes très bons amis. Il s'est occupé de ma croix, et le rapport sera fait après le couronnement.

(*A lire, tout bas*:)

«Mon Aurore se porte à merveille. Elle est belle par admiration, et je suis dans l'enchantement que tu m'en aies demandé des nouvelles.

«Ta lettre m'a comblé d'aise. Tu y es bien *ma bonne mère*! et toutes les chimères d'orgueil dont je suis le témoin ne donneront jamais à ceux qui s'en nourrissent le quart du bonheur que je trouve dans les témoignages de ta tendresse. Conserve-moi bien ce bonheur-là! Je regrette chaque jour nos soirées, et nos causeries, et nos joyeux dîners, et le grand salon, tout Nohant enfin, et je ne me console qu'en songeant à y retourner. Adieu, ma bonne chère mère, parle de moi à d'Andrezel et à l'ingénieur Deschartres. Tes commissions sont faites.»

* * *

On voit, par cette lettre, que mon existence était acceptée par la bonne mère, et qu'elle ne pouvait se défendre de montrer l'intérêt qu'elle y prenait: et pourtant elle n'acceptait pas le mariage, et elle était occupée avec l'abbé d'Andrezel à chercher les preuves de nullité que son défaut de consentement pouvait y apporter. Le maire qui avait fait ce mariage avait été abusé par des témoignages hasardés. Averti par les réclamations de ma grand'mère, qui voulait avoir une copie régulière des actes, il ne se hâtait pas de répondre, effrayé peut-être des conséquences de son erreur, qui pouvaient retomber sur lui ou sur le juge de paix. De son côté, le maire du 5ᵉ arrondissement, qui n'avait pas de raison pour s'abstenir de répondre, et qui s'était fait communiquer les pièces, répondait, du moins, avec une réserve très convenable, sur la manière dont les formalités avaient été remplies, et se bornait à donner des détails sur la naissance de ma mère, sur Claude Delaborde, l'oiselier du quai de la Mégisserie, sur le grand-père Cloquard, qui vivait encore, et qui portait encore à cette époque, ce renseignement n'est pas dans la lettre du grave magistrat, un grand habit rouge et un chapeau à trois cornes, son habit de noces du temps de Louis XV, le plus beau sans doute qu'il eût jamais possédé, et dont il avait fait si longtemps ses dimanches, qu'il lui fallait enfin l'user par mesure d'économie. A propos de cette origine peu brillante de sa belle-fille, ma grand'mère écrivit au susdit maire, à la date du 27 frimaire an XIII:

«..... Quelques douloureuses que soient pour mon cœur les informations que vous avez bien voulu prendre, je n'en suis pas moins reconnaissante de votre préoccupation à éclairer ma triste curiosité. La parenté m'afflige fort peu, mais bien le personnel de la demoiselle. Votre silence à son égard, monsieur, m'est une certitude de mon malheur et de celui de mon fils. C'est sa première faute. Il était l'exemple des bons fils, et j'étais citée comme la plus heureuse des mères. Mon cœur se brise, et c'est en pleurant que je vous exprime, monsieur, ma sensibilité pour vos honnêtes procédés et l'estime très particulière avec laquelle, etc.»

* * *

A quoi le maire du 5ᵉ répondit: J'ai toutes ces lettres sous les yeux, ma grand'mère ayant pris copie des siennes, et ayant formé du tout une espèce de dossier:

«Madame,

«Si j'en juge par votre réponse à ma dernière lettre, la douleur vous a fait illusion sur un article que je crois me devoir à moi-même de redresser. Cet article est le plus essentiel à ma satisfaction comme à votre tranquillité.

«Il me semble, madame, que c'est sur des faits seulement que pourraient porter les données propres à adoucir dans cette circonstance l'épreuve qu'elle fait subir au cœur d'une mère. C'est du moins dans cette intention et dans cet esprit que j'ai fait des recherches et que je vous en ai transmis le résultat.

«Serait-ce le malheur de l'esprit entraîné par le sentiment, de se porter précipitamment à croire ce qu'il craint? A cet égard, ma lettre me semblait renfermer des inductions contraires à celles que vous en avez tirées sur le personnel de l'épouse que votre fils a choisie. Ne pouvant et ne voulant dire que des choses certaines, j'ai voulu juger par moi-même, et, ainsi que je vous l'ai dit, j'ai chargé une personne intelligente et sûre de pénétrer, sous un prétexte quelconque, dans l'intérieur des jeunes époux. Ainsi que j'ai déjà eu l'honneur de vous le dire, on a trouvé un local extrêmement modeste, mais bien tenu: les deux jeunes gens ayant un extérieur de décence et même de distinction: la jeune mère au milieu de ses enfants, allaitant elle-même le dernier, et paraissant absorbée par ces soins maternels. Le jeune homme plein de politesse, de bienveillance et de sérénité. Comme la personne envoyée par moi avait pris pour prétexte de demander une adresse, monsieur votre fils est descendu à l'étage au-dessous pour la demander à M. Maréchal, qui est marié avec Mˡˡᵉ Lucie Delaborde, sœur cadette de Mˡˡᵉ Victoire Delaborde: M. Maréchal est monté fort obligeamment avec M. Dupin pour donner cette adresse. M. Maréchal est un officier retraité dont l'extérieur est très favorable. Enfin, le jugement de mon envoyé, auquel vous pouvez avoir confiance entière, est que quels qu'aient pu être les antécédens de la personne, antécédens que j'ignore entièrement, sa vie est actuellement des plus régulières et dénote même une habitude d'ordre et de décence qui n'aurait rien d'affecté. En outre, les deux époux avaient entre eux ce ton d'intimité douce qui suppose la bonne harmonie, et, d'après des renseignemens ultérieurs, je me suis convaincu que *rien n'annonce* que votre fils ait à se repentir de l'union contractée.

«Je me trompe, il doit un jour ou l'autre se repentir amèrement d'avoir brisé le cœur de sa mère; mais vous-même l'avez dit, madame, c'est sa première, sa seule faute! et j'ai tout lieu de croire, que si elle est grave envers vous, elle est réparable par sa tendresse et grâce à la vôtre. Il appartient à votre cœur maternel de l'absoudre, et je serais heureux de vous apporter une consolation en vous confirmant que le *ton qu'on a vu chez lui* ne justifie en rien vos douloureux présages.

«C'est dans cet esprit, madame, que je vous prie d'agréer, etc.»

* * *

Quelque rassurante que fût cette bonne et honnête réponse, ma grand'mère n'en persista pas moins à se munir des pièces qui pouvaient lui laisser l'espoir de rompre ce mariage.

Ce fut l'abbé d'Andrezel qui repartit pour Paris muni de toutes les procurations nécessaires. L'abbé d'Andrezel, qu'on n'appelait plus l'abbé depuis la révolution, était un des hommes les plus spirituels et les plus aimables que j'aie connus. Il a fait je ne sais quelles traductions du grec, et passait pour savant. Il a été recteur de l'université et, pendant quelque temps, censeur sous la restauration. Ce n'était pourtant pas un royaliste à idées exagérées. Il avait été très joli garçon, et je crois qu'il était encore très libertin. Il avait donc assez mauvaise grâce à se charger d'une mission aussi grave que celle qui lui était confiée par ma grand'mère. Il y mit pourtant beaucoup d'activité, car toutes les consultations qui forment le dossier relatif au mariage de mon père lui sont adressées et sont provoquées par lui. De toutes ces consultations, il résulte que le mariage est indissoluble et que l'officier public qui l'a consacré, étant de bonne foi, toutes recherches contre lui n'aboutiraient qu'à une vengeance personnelle sans effet contre le mariage contracté.

Pendant que l'abbé d'Andrezel agissait à Paris, et que, de Nohant, ma grand'mère écrivait à son fils sans lui témoigner son irritation et sa douleur, mon père, toujours muet sur l'article principal, l'entretenait de ses affaires et de ses démarches.

LETTRE VI.

«28 frimaire an XIII.

«J'arrive de Montreuil, par la *fraîcheur*; il m'a fallu y courir avant le 30, me présenter devant l'inspecteur aux revues, pour être porté sur la liste des payables. A mon retour, je trouve René enflammé pour moi du plus beau zèle. Il a dîné chez son prince avec Dupont, et ils ont eu à mon sujet un long entretien. Dupont a beaucoup vanté *mes talents et ma valeur*. Le prince s'est beaucoup étonné de me savoir si peu avancé. Je vais lui être présenté, et il dit s'intéresser beaucoup à moi. Malheureusement il a peu de crédit en ce moment; si sa femme pouvait se mêler de mes affaires, ce serait beaucoup plus sûr.

«Pour t'obéir, je vais faire encore tous mes efforts pour entrer dans la garde: je vais, encore une fois, tenter les protecteurs et les courtisans; quant aux places de finances, le cautionnement des receveurs est de cent mille écus comptant. Il n'y faut pas songer...

«Je travaille à mon opéra, et je t'envoie le projet de mon plan. Dis-moi si tu l'approuves.

«Aurore est bien sensible, ma bonne mère, au baiser que je lui ai donné de ta part. Si elle pouvait parler ou écrire, elle te souhaiterait une *bonne année* la mieux tournée et la plus tendre du monde. Elle ne dit rien encore, mais je t'assure qu'elle n'en pense pas moins. C'est un enfant que j'adore; pardonne-moi cet amour-là, il ne nuit en rien à mon amour pour toi, au contraire, il me fait mieux comprendre et apprécier celui que tu me portes.

«Tu sais sans doute que le prince Joseph va être *nommé roi* de Lombardie, et Eugène Beauharnais roi d'Etrurie. On parle d'une déclaration de guerre très prochaine.»

* * *

LETTRE VII.

«*Paris*, 9 ventose.

«En vérité, ma bonne et chère mère, si je voulais prendre ta lettre dans le ton où tu me l'as écrite, il ne me resterait plus qu'à me jeter à la rivière. Je vois bien que tu ne penses pas un mot de ce que tu me dis. La solitude et l'éloignement te grossissent les objets: mais quoique je sois fort de ma conscience, je n'en suis pas moins douloureusement affecté de ton langage. Tu me reproches toujours ma mauvaise fortune, comme si j'avais pu la conjurer, comme si je ne t'avais pas dit et prouvé cent fois que les états-majors étaient complétement en disgrace.

«Il ne faut point croire que le hasard et les protections conspirent beaucoup pour ou contre nous. L'empereur a son système, j'ai été très bien servi auprès de lui par Clarke et Caulaincourt. Dupont lui-même m'a rendu justice et bien servi dans ces derniers temps. Je ne me plains de personne et surtout je n'envie personne; je me réjouis des faveurs qui tombent sur mes parents et mes amis. Seulement je me dis que je ne parviendrai pas par le même chemin, parce que je ne sais pas m'y prendre. L'empereur seul travaille et nomme. Le ministre de la guerre n'est plus qu'un premier commis. L'empereur sait ce qu'il fait et ce qu'il veut faire. Il veut ramener à lui ceux qui ont fait les superbes, et entourer sa famille et sa personne de courtisans arrachés à l'ancien parti. Il n'a pas besoin de complaire à de petits officiers comme nous, qui avons fait la guerre par enthousiasme, et dont il n'a rien à craindre. Si tu était lancée dans le monde, dans l'intrigue; si tu conspirais contre lui avec les amis de l'étranger, tout irait mieux pour moi; je ne serais pas ignoré, délaissé; je n'aurais pas eu besoin de payer de ma personne, de dormir dans l'eau et dans la neige, d'exposer cent fois ma vie, et de sacrifier notre petite aisance au service de la patrie. Je ne te reproche pas ton désintéressement, ta sagesse et ta vertu, ma bonne mère, au contraire, je t'aime et t'estime, et je te vénère pour ton caractère. Pardonne-moi donc, à ton tour, de n'être qu'un brave soldat et un *sincère* patriote.

«Consolons-nous pourtant; vienne la guerre, et tout cela changera probablement. Nous serons bons à quelque chose quand il s'agira de coups de fusil, et alors on songera à nous.

«Je ne veux pas relire la dernière page de ta lettre: je l'ai brûlée. Hélas! que me dis-tu? Non, ma mère, un galant homme ne se déshonore pas parce qu'il aime une femme; et une femme n'est pas une fille quand elle est aimée d'un galant homme qui répare envers elle les injustices de la destinée. Tu sais cela mieux que moi, et mes sentiments, formés par tes leçons, que j'ai toujours religieusement écoutées, ne sont que le reflet de ton âme. Par quelle inconcevable fatalité me reproches-tu aujourd'hui d'être l'homme que tu as fait au moral comme au physique?

«Au milieu de tes reproches, ta tendresse perce toujours. Je ne sais qui t'a dit que pendant quelque temps j'avais été dans la misère, et tu t'en inquiètes après coup. Eh bien! il est vrai que j'ai habité un petit grenier l'été dernier, et que mon ménage de poète et d'amoureux faisait un singulier contraste avec les chamarrures d'or de mon costume militaire. N'accuse personne de ce moment de gêne, dont je ne t'ai point parlé et dont je ne me plaindrai jamais. Une dette que je croyais payée et dont l'argent avait passé par des mains infidèles a été la seule cause de ce petit désastre, déjà réparé par mes appointements. J'ai maintenant un petit appartement très agréable, et je ne manque de rien.

«Qu'est-ce que me dit donc d'Andrezel, que tu vas peut-être venir à Paris, peut-être vendre Nohant? Je n'y comprends rien. Ah! ma bonne mère, viens, et toutes nos peines s'envoleront dans une explication tendre et sincère. Mais ne vends pas Nohant, tu le regretterais. Adieu; je t'embrasse de toute mon âme, bien triste et bien effrayé de ton mécontentement. Et cependant Dieu m'est témoin que je t'aime et que je mérite ton amour.

«MAURICE.»

* * *

Dans une dernière lettre de cette correspondance, mon père entretient assez longuement sa mère d'un incident qui paraissait la tourmenter beaucoup.

On venait de publier les Mémoires posthumes de Marmontel. Ma grand'mère avait beaucoup connu Marmontel dans son enfance; mais elle ne m'en parla jamais, et les Mémoires posthumes expliquent assez pourquoi.

Voici une page de ces Mémoires.

* * *

«L'espèce de bienveillance que l'on avait pour moi dans cette cour[46] me servit cependant à me faire écouter et croire dans une affaire intéressante. L'acte de baptême d'Aurore, fille de Mlle Verrière, attestait qu'elle était fille du maréchal de Saxe[47]; et après la mort de son père, Mme la dauphine était dans l'intention de la faire élever. C'était l'ambition de la mère; mais il vint dans la fantaisie de M. le dauphin de dire qu'elle était ma fille, et ce mot fit son impression. Mme de Chalut me le dit en riant; mais je pris la plaisanterie de M. le dauphin sur le ton le plus sérieux. Je l'accusai de légèreté, et, en offrant de faire preuve que je n'avais connu Mlle Verrière que pendant le voyage du maréchal en Prusse, et plus d'une année après la naissance de cette enfant, je dis que ce serait inhumainement lui enlever son véritable père que de me faire passer pour l'être. Mme de Chalut se chargea de plaider cette cause devant Mme la dauphine et M. le dauphin céda. Ainsi Aurore fut élevée à leurs frais, au couvent des religieuses de Saint-Cloud, et Mme de Chalut[48], qui avait à Saint-Cloud sa maison de campagne, voulut bien se charger, pour l'amour de moi et à ma prière, des soins et des détails de cette éducation.»

* * *

Ce fragment ne pouvait mécontenter ma grand'mère, et Marmontel avait certainement droit à sa reconnaissance. Mais, dans un autre endroit, l'auteur des *Incas* raconte avec moins de réserve ses relations avec Mlle Verrière. Bien qu'il y parle avec estime et affection de la conduite, du caractère et du talent de cette jeune actrice, il entre dans des détails d'intimité qui nécessairement devaient faire souffrir sa fille. Celle-ci en écrivit donc à mon père pour l'engager à voir s'il ne serait pas possible de faire supprimer le passage dans les nouvelles éditions. L'oncle Beaumont fut consulté. Il était également intéressé à l'affaire, puisque, dans ce même passage, Marmontel raconte comme quoi, ayant été cause que le maréchal de Saxe avait retiré à Mlle Verrière la pension de douze mille livres qu'il lui faisait pour elle et sa fille, cette belle personne en fut dédommagée par le prince de Turenne, sous promesse, de la part de Marmontel, de ne plus la voir. Or, l'oncle Beaumont était, comme je l'ai déjà dit, fils de Mlle Verrière et de ce prince de Turenne, duc de Bouillon. Cependant, il prit la chose moins au sérieux.

«Beaumont assure, écrivait mon père à ma grand'mère, que cela ne mérite pas le chagrin que tu t'en fais. D'abord, nous ne sommes pas assez riches que je sache, pour racheter l'édition publiée et pour obtenir que la prochaine soit corrigée; fussions-nous à même de le faire, cela donnerait d'autant plus de piquant aux exemplaires vendus, et, tôt ou tard, nous ne pourrions empêcher qu'on ne refît de nouvelles éditions conformes aux premières. Les héritiers de Marmontel consentiraient-ils, d'ailleurs, à cet arrangement avec les éditeurs? J'en doute, et nous ne sommes plus au temps où l'on pouvait sévir, soit par promesses, soit par menaces, soit par des lettres de cachet contre la liberté d'écrire. On ne donne plus de coups de bâton à ces *faquins* d'auteurs et d'imprimeurs. Et toi, ma bonne mère, qui, dès ce temps-là, étais du parti des encyclopédistes et des philosophes, tu ne peux pas trouver mauvais que nous ayons changé de lois et de mœurs. Je comprends bien que tu souffres d'entendre parler si légèrement de ta mère; mais en quoi cela peut-il atteindre ta vie, qui a toujours été si austère, et ta réputation qui est si pure? Pour mon compte, cela ne me fâche guère, qu'on sache dans le public ce qu'on savait déjà de reste, dans le monde, sur ma grand'mère maternelle. C'était, je le vois, par les mémoires en question, une aimable femme, douce, sans intrigue, sans ambition, très sage et de bonne vie, en égard à sa position. Il en a été d'elle comme de bien d'autres. Les circonstances ont fait ses fautes, et son naturel les a fait accepter en la rendant aimable et bonne. Voilà l'impression qui me reste de ces pages, dont tu te tourmentes tant, et sois certaine que le public ne sera pas plus sévère que moi.»

* * *

Ici se terminent les lettres de mon père à sa mère. Sans doute il lui en écrivit beaucoup d'autres durant les quatre années qu'il vécut encore et qui amenèrent de fréquentes séparations à la reprise de la guerre. Mais la suite de leur correspondance a disparu, j'ignore pourquoi et comment. Je ne puis donc consulter pour la suite exacte de l'histoire de mon père que ses états de service, quelques lettres écrites à sa femme et les vagues souvenirs de mon enfance.

Ma grand'mère se rendit à Paris dans le courant de ventose, avec l'intention de faire rompre le mariage de son fils, espérant même qu'il y consentirait, car jamais elle ne l'avait vu résister à ses larmes. Elle arriva d'abord à Paris à son insu, ne lui ayant pas fixé le jour de son départ, et ne l'avertissant pas de son arrivée comme elle en avait l'habitude. Elle commença par aller trouver M. Desèze qu'elle consulta sur la validité du mariage. M. Desèze trouva l'affaire *neuve*, comme la législation qui l'avait rendue possible. Il appela deux autres avocats célèbres, et le résultat de la consultation fut qu'il y avait matière à procès, parce qu'il y a toujours matière à procès dans toutes les affaires de ce monde, mais que le mariage avait neuf chances contre dix d'être validé par les tribunaux: que mon acte de naissance me constituait légitime, et qu'en supposant la rupture du mariage, l'intention, comme le devoir de mon père, serait infailliblement de remplir les formalités voulues, et de contracter de nouveau mariage avec la mère de l'enfant qu'il avait voulu légitimer.

Ma grand'mère n'avait peut-être jamais eu l'intention formelle de plaider contre son fils. En eût-elle conçu le projet, elle n'en aurait certes pas eu le courage. Elle fut probablement soulagée de la moitié de sa douleur en renonçant à ses velléités hostiles, car on double son propre mal en tenant rigueur à ce qu'on aime. Elle voulut cependant passer encore quelques jours sans voir son fils, sans doute afin d'épuiser les résistances de son propre esprit, et de prendre de nouvelles informations sur sa belle-fille. Mais mon père découvrit que sa mère était à Paris: il comprit qu'elle savait tout et me chargea de plaider sa cause. Il me prit dans ses bras, monta dans un fiacre, s'arrêta à la porte de la maison où ma grand'mère était descendue, gagna en peu de mots les bonnes grâces de la portière, et me confia à cette femme, qui s'acquitta de la commission ainsi qu'il suit.

Elle monta à l'appartement de ma bonne maman, et, sous le premier prétexte venu, demanda à lui parler. Introduite en sa présence, elle lui parla de je ne sais quoi, et tout en causant elle s'interrompit pour lui dire: Voyez donc, madame, la jolie petite fille dont je suis grand'mère! sa nourrice me l'a apportée aujourd'hui, et j'en suis si heureuse, que je ne puis pas m'en séparer un instant.

—Oui, elle est très fraîche et très forte, dit ma grand'mère en cherchant sa bonbonnière, et tout aussitôt la bonne femme, qui jouait fort bien son rôle, me déposa sur les genoux de la bonne maman, qui m'offrit des friandises et commença à me regarder avec une sorte d'étonnement et d'émotion. Tout à coup elle me repoussa en s'écriant: Vous me trompez, cet enfant n'est pas à vous. Ce n'est pas à vous qu'il ressemble... je sais, je sais ce que c'est!...

Effrayée du mouvement qui me chassait du sein maternel, il paraît que je me mis, non à crier, mais à pleurer de vraies larmes qui firent beaucoup d'effet. Viens, mon pauvre cher amour, dit la portière en me reprenant; on ne veut pas de toi, allons-nous-en.

Ma pauvre bonne maman fut vaincue. Rendez-la-moi, dit-elle: pauvre enfant! tout cela n'est pas sa faute. Et qui a apporté cette petite?—Monsieur votre fils lui-même, madame: il attend en bas: je vais lui reporter sa fille. Pardonnez-moi si je vous ai offensée, je ne savais rien, je ne sais rien, moi! J'ai cru vous faire plaisir, vous faire une belle surprise...—Allez, allez, ma chère, je ne vous en veux pas, dit ma grand'mère: allez cherchez mon fils, et laissez moi l'enfant.

Mon père monta les escaliers quatre à quatre. Il me trouva sur les genoux, contre le sein de ma bonne maman, qui pleurait en s'efforçant de me faire rire. On ne m'a pas raconté ce qui se passa entre eux, et comme je n'avais que 8 ou 9 mois, il est probable que je n'en tins pas note. Il est probable aussi qu'ils pleurèrent ensemble et s'aimèrent d'autant plus. Ma mère, qui m'a raconté cette première aventure de ma vie, m'a dit que, lorsque mon père me ramena auprès d'elle, j'avais dans les mains une belle bague avec un gros rubis, que ma bonne maman avait détachée de son doigt, en me chargeant de la mettre à celui de ma mère, ce que mon père me fit observer religieusement.

Quelque temps se passa encore, cependant, avant que ma grand'mère consentit à voir sa belle-fille. Mais déjà le bruit se répandait que son fils avait fait un mariage *disproportionné*, et le refus qu'elle faisait de la recevoir devait nécessairement amener des inductions fâcheuses contre ma mère, contre mon père, par conséquent. Ma bonne maman fut effrayée du tort que sa répugnance pouvait faire à son fils. Elle reçut la tremblante Sophie, qui la désarma par sa soumission naïve et ses tendres caresses. Le mariage religieux fut célébré sous les yeux de ma grand'mère, après quoi un repas de famille scella officiellement l'adoption de ma mère et la mienne.

Je dirai plus tard, en consultant mes propres souvenirs qui ne peuvent me tromper, l'impression que ces deux femmes, si différentes d'habitudes et d'opinions, produisait l'une sur l'autre. Il me suffira de dire, quant à présent, que, de part et d'autre, les procédés furent excellents; que les doux noms de mère et de fille furent échangés, et que si le mariage de mon père fit un petit scandale entre les personnes d'un entourage intime assez restreint, le monde que mon père fréquentait ne s'en occupa nullement et accueillit ma mère sans lui demander compte de ses aïeux ou de sa fortune; mais elle n'aima jamais le monde, et ne fut présentée à la cour de Murat que contrainte et forcée, pour ainsi dire, par les fonctions que mon père remplit plus tard auprès de ce prince.

Ma mère ne se sentit jamais ni humiliée ni honorée de se trouver avec des gens qui eussent pu se croire au-dessus d'elle. Elle raillait finement l'orgueil des sots, la vanité des parvenus, et, se sentant peuple jusqu'au bout des ongles, elle se croyait plus noble que tous les patriciens et les aristocrates de la terre. Elle avait coutume de dire que ceux de sa race avaient le sang plus rouge et les veines plus larges que les autres, ce que je croirais assez, car si l'énergie morale et physique constitue en effet l'excellence des races, on ne saurait nier que cette énergie ne soit condamnée à diminuer dans les races qui perdent l'habitude du travail et le courage de la souffrance. Cet aphorisme ne serait certainement pas sans exception, et l'on peut ajouter que l'excès du travail et de la souffrance énervent l'organisation tout aussi bien que l'excès de la mollesse et de l'oisiveté. Mais il est certain, en général, que la vie part du bas de la société et se perd à mesure qu'elle monte au sommet, comme la sève dans les plantes.

Ma mère n'était point de ces intrigantes hardies dont la passion secrète est de lutter contre les préjugés de leur temps, et qui croient se grandir en s'accrochant, au risque de mille affronts, à la fausse grandeur du monde. Elle était mille fois trop fière pour s'exposer même à des froideurs. Son attitude était si réservée qu'elle semblait timide; mais si on essayait de l'encourager par des airs protecteurs, elle devenait plus que réservée, elle se montrait froide et taciturne.

Son maintien était excellent avec les personnes qui lui inspiraient un respect fondé, elle était alors prévenante et charmante; mais son véritable naturel était enjoué, taquin, actif, et par dessus tout ennemi de la contrainte. Les grands dîners, les longues soirées, les visites banales, le bal même lui étaient odieux. C'était la femme du coin du feu ou de la promenade rapide et folâtre; mais dans son intérieur comme dans ses courses, il lui fallait l'intimité, la confiance, des relations d'une sincérité complète, la liberté absolue de ses habitudes et de l'emploi de son temps. Elle vécut donc toujours retirée, et plus soigneuse de s'abstenir de connaissances gênantes que jalouse d'en faire d'avantageuses. C'était bien là le fond du caractère de mon père, et, sous ce rapport, jamais époux ne furent mieux assortis. Ils ne se trouvaient heureux que dans leur petit ménage. Partout ailleurs ils étouffaient de mélancoliques bâillemens, et ils m'ont légué cette secrète sauvagerie qui m'a rendu toujours le monde insupportable et le *home* nécessaire.

Toutes les démarches que mon père avait faites avec beaucoup de tiédeur, il faut l'avouer, n'aboutirent à rien. Il avait eu mille fois raison de le dire: il n'était pas fait pour gagner ses éperons en temps de paix et les campagnes d'antichambre ne lui réussissaient pas. La guerre seule pouvait le faire sortir de l'impasse de l'état-major.

Il retourna au camp de Montreuil avec Dupont. Ma mère l'y suivit au printemps de 1805 et y passa deux ou trois mois au plus, durant lesquels ma tante Lucie prit soin de ma sœur et de moi. Cette sœur, dont j'aurai à parler plus tard et dont j'ai déjà indiqué l'existence, n'était pas fille de mon père. Elle avait cinq ou six ans de plus que moi et s'appelait Caroline. Ma bonne petite tante Lucie avait épousé M. Maréchal, officier retraité, dans le même temps que ma mère épousait mon père. Une fille était née de leur union cinq ou six mois après ma naissance. C'est ma chère Clotilde: la meilleure amie peut-être que j'aie jamais eue. Ma tante demeurait alors à Chaillot où mon oncle avait acheté une petite maison, alors en campagne, et qui serait aujourd'hui en ville. Elle louait, pour nous promener, l'âne d'un jardinier du voisinage. On nous mettait sur du foin dans les paniers destinés à porter les fruits et les légumes au marché, Caroline dans l'un, Clotilde et moi dans l'autre. Il paraît que nous goûtions fort, «cette façon d'aller.»

Pendant ce temps-là, l'empereur Napoléon, occupé à d'autres soins et s'amusant à d'autres chevauchées, s'en allait en Italie mettre sur sa tête la couronne de fer. *Guai a chi la tocca!* avait dit le grand homme, l'Angleterre, l'Autriche et la Russie résolurent d'y toucher, et l'empereur leur tint parole.

Au moment où l'armée, réunie au rivage de la Manche, attendait avec impatience le signal d'une descente en Angleterre, l'empereur, voyant sa fortune trahie sur les mers, changea tous ses plans dans une nuit; une de ces nuits d'inspiration où la fièvre se faisant froide dans ses veines, le découragea d'une entreprise toute-puissante, pour une entreprise nouvelle dans son esprit.

CHAPITRE VINGT-DEUXIEME

Campagne de 1805.—Lettres de mon père à ma mère.—Affaire d'Haslach.—Lettre de Nuremberg.—Belles actions de la division Gazan et de la division Dupont sur les rives du Danube.—Lettre de Vienne.—Le général Dupont.—Mon père passe dans la ligne avec le grade de capitaine et la croix.—Campagnes de 1806 et 1807.—Lettres de Varsovie et de Rosemberg.—Suite de la campagne de 1807.—Radeau de Tilsit.—Retour en France.—Voyage en Italie.—Lettres de Venise et de Milan.—Fin de la correspondance avec ma mère et commencement de ma propre histoire.

LETTRE I.

De mon père à ma mère.

«*Haguenau*, 1er vendémiaire an IV(22 septembre 1805).

«J'arrive avec Decouchy pour faire ici le logement de notre division, comme c'est notre coutume. Nous dînons chez le maréchal Ney. Il nous avertit que nous allons faire vingt lieues sans débride, passer le Rhin, et ne faire halte qu'à Dourlach, où nous devons rencontrer l'ennemi. Après une marche de cent cinquante lieues, une pareille galopade est capable de nous crever tous. N'importe, c'est l'ordre. En passant le Rhin, nous prenons sous nos ordres le 1er régiment de hussards et quatre mille hommes des troupes de l'électeur de Baden. Ainsi, nous allons être très forts avec cette division de douze mille hommes. Tu entendras parler de nous. Ah? mon amie, loin de toi les bagarres et les batailles sont les seules distractions que je puisse goûter; car, sans toi, les plaisirs me paraissent des motifs de tristesse, et tout ce qui peut rendre les autres inquiets et agités, en les mettant à mon niveau, me les fait paraître plus supportables. Je jouis intérieurement des figures renversées de beaucoup de gens très braves et très importants en temps de paix. Les routes sont couvertes des voitures de la cour, remplies de pages, de chambellans et de laquais, voyageant en bas de soie blancs. Gare les éclaboussures!

«Vraiment si je pouvais me réjouir de quelque chose quand je ne te vois pas, je crois que je serais content du branlebas qui se prépare. Ne crains pas d'infidélités, car, de longtemps, je n'aurai rien à démêler qu'avec le sexe masculin. Messieurs de l'Autriche vont nous donner du travail, et, du train dont on nous mène, je ne crois pas qu'on nous laisse le temps de penser à mal.

«Je n'irai point à Strasbourg et ne verrai ni ***, ni ****, ni *****, qui ne sont point gens à fréquenter les coups de fusil.

«Depuis que je t'ai quittée, je n'ai pas eu un seul moment de repos; il y a six nuits que je n'ai dormi et huit jours que je n'ai pu me déshabiller. Toujours en avant pour les logemens, j'en ai une extinction de voix. Je te demande si c'est dans cet équipage, et quand je te porte tout entière dans mon cœur, que je puis penser à aller faire l'agréable auprès des belles des villages que nous traversons en poste. Ce serait bien plutôt à moi d'être inquiet, si je ne croyais pas à ton amour, si je n'en connaissais pas toute la délicatesse. Ah! si je me mettais à être jaloux, je le serais même d'un regard de tes yeux, et, pour un rien, je deviendrais le plus malheureux des hommes. Mais loin de moi cette injure à notre amour! J'ai reçu, ma chère femme, ta lettre de Sarrebourg. Elle est aimable comme toi, elle m'a rendu la vie et le courage. Que notre Aurore est gentille! Que tu me donnes d'impatience de revenir pour vous serrer toutes deux dans mes bras! Je t'en conjure, chère amie, donne-moi souvent de tes nouvelles. Adresse-moi tes lettres: «à M. Dupin, aide-de-camp du général Dupont, commandant la 1re division du 6e corps, sous les ordres du maréchal Ney.» De cette manière, quelque mouvement que fasse l'armée, je les recevrai. Songe, chère femme, que c'est le seul plaisir que je puisse goûter loin de toi, au milieu des fatigues de cette campagne; parle-moi de ton amour, de notre enfant. Songe que tu m'arracherais la vie si tu cessais de m'aimer. Songe que tu es ma femme, que je t'adore, que je n'aime l'existence que pour toi et que je t'ai consacré la mienne. Songe que rien au monde, excepté l'honneur et le devoir, ne peut me retenir loin de toi; que je suis au milieu des fatigues et des privations de toute espèce; et qu'elles ne me paraissent rien en comparaison de celle que me laisse ton absence. Songe que l'espoir seul de te retrouver me soutient et m'attache à la vie.

«Adieu, chère femme, je tombe de fatigue. J'ai un lit pour cette nuit! D'ici à longtemps je n'en trouverai plus, et je vais en profiter pour rêver de toi. Adieu donc, chère Sophie, je t'écrirai de Dourlach, si je peux. Reçois mille tendres baisers et donnes-en pour moi tout autant à Aurore. Sois sans inquiétude, je sais faire mon métier, je suis heureux à la guerre; le brevet et la croix m'attendent.

* * *

«*P.S.* Où as-tu pris qu'on payait double en temps de guerre? C'est plus que le contraire, car il n'est pas seulement question de l'arrivée du payeur. Cependant, comme nous n'avons pas de mer à traverser, et qu'il viendra tôt ou tard, ne crains rien pour moi, et ne me garde rien de l'argent que ma mère aura à te remettre. Ecris-lui pour la prévenir de ton arrivée à Paris.»

LETTRE II.

De mon père à ma mère.

«*Nuremberg*, 29 vendémiaire an XIV.

«Nous sommes ici, ma chère femme, depuis hier soir, après avoir poursuivi l'ennemi sans relâche pendant quatre jours, nous avons fait toute l'armée autrichienne prisonnière. A peine en est-il resté quelques-uns pour porter la nouvelle et l'épouvante au fond de l'Allemagne. Le prince Murat qui nous commande est très content de nous, et doit, demain ou après, demander pour moi la croix à l'empereur, ainsi que pour trois autres officiers de la division.

«Je ne te parlerai pas des fatigues et des dangers de ces dix journées. Ce sont les inconvéniens du métier. Que sont-ils en comparaison des inquiétudes et des chagrins que me cause ton absence! Je ne reçois point de tes nouvelles. On dit même que l'ennemi, ayant inquiété continuellement notre gauche, aucune lettre de nous n'a pu passer en France. Juge de mon tourment, de mon angoisse. Sais-je si tu n'es pas horriblement inquiète de moi? Si tu as reçu l'argent que je t'ai fait passer? Si mon Aurore se porte bien? Être séparé de ce que j'ai de plus cher au monde sans pouvoir en obtenir un seul mot! Sois courageuse mon amie! Songe que notre séparation ne peut altérer mon amour. Quel bonheur de nous retrouver pour ne plus nous séparer! Dès que la campagne sera terminée, avec quelle ivresse je volerai dans tes bras pour ne plus m'en arracher, et te consacrer, ainsi qu'à Aurore, tous mes soins et tous mes instants: cette idée seule me soutient contre l'ennui et le chagrin qui, loin de toi, m'assiégent. Au milieu des horreurs de la guerre, je me reporte près de toi et ta douce image me fait oublier le vent, le froid, la pluie, et toutes les misères auxquelles nous sommes livrés. De ton côté, chère amie, pense à moi. Songe que je t'ai voué l'amour le plus tendre et que la mort seule pourra l'éteindre dans mon cœur. Songe que le moindre refroidissement de ta part empoisonnerait le reste de ma vie, et que si j'ai pu te quitter, c'est que le devoir et l'honneur m'en faisaient une loi sacrée.

«Nous quittons demain Nuremberg à cinq heures du matin pour nous rendre à Ratisbonne, où nous arriverons dans trois jours. Le prince Murat commande toujours notre division.»

LETTRE III.

De mon père à ma mère.

«*Vienne*, le 30 brumaire an XIV.

«Ma femme, ma chère femme, ce jour est le plus beau de ma vie. Dévoré d'inquiétude, excédé de fatigue, j'arrive à Vienne avec la division. Je ne sais si tu m'aimes, si tu te portes bien, si mon Aurore est triste ou joyeuse, si ma femme est toujours ma Sophie. Je cours à la poste. Mon cœur bat d'espérance et de crainte. Je trouve une lettre de toi; je l'ouvre avec transport. Je tremble de bonheur en lisant les douces expressions de ta tendresse... Oh! oui! chère femme, c'est pour la vie que je suis à toi, rien au monde ne peut altérer l'ardent amour que je te porte, et tant que tu le partageras, je défierai le sort, la fortune et les ridicules injustices. J'avais grand besoin de lire une lettre de ma femme pour me faire supporter l'ennui de mon existence.

«Après m'être battu en bon soldat, avoir exposé cent fois ma vie pour le succès de nos armes, avoir vu périr à mes côtés mes plus chers amis, j'ai eu le chagrin de voir nos plus brillants exploits ignorés, défigurés, obscurcis par la valetaille militaire. *Je m'entends* et tu dois m'entendre, et reconnaître les courtisans. Sans cesse à la tête des régimens de notre division, j'ai vu que le courage et l'intrépidité étaient des qualités inutiles, et que la faveur seule distribuait les lauriers. Enfin, nous étions six mille il y a deux mois, nous ne sommes plus que trois mille aujourd'hui. Pour notre part, nous avons pris cinq drapeaux à l'ennemi, dont deux aux Russes, nous avons fait cinq mille prisonniers, tué deux mille hommes, pris quatre pièces de canon, le tout dans l'espace de six semaines, et nous voyons citer tous les jours, dans les rapports, des gens *qui n'ont rien fait du tout*, tandis que nos noms restent dans l'oubli. L'estime et l'affection de nos camarades me consolent. Je reviendrai pauvre diable, mais avec des amis que j'ai faits sur le champ de bataille, et qui sont plus sincères que messieurs de la cour. Je t'ennuie de mon humeur noire; mais à qui puis-je conter mes chagrins, si ce n'est à ma Sophie, et qui peut mieux qu'elle les partager et les adoucir?

«Enfin, comme nos soldats sont excédés, que nous nous sommes battus *sans relâche* depuis huit jours avec les Russes, on nous a renvoyés de la Moravie ici pour prendre quelque repos. J'ai tout perdu à l'affaire d'Haslach[49]. Je m'en suis indemnisé depuis aux dépens d'un officier de dragons de Latour, auquel j'ai fait mettre pied à terre.

«On nous promet toujours de fort belles choses, mais Dieu sait si cela viendra! Ma mère m'écrit que tu ne manqueras de rien, et que je puis être tranquille. A propos, de quelle nouvelle folie m'as-tu régalé? J'en ai fait rire Debaine aux larmes. Mlle Roumier est ma vieille bonne à qui ma mère fait une pension pour m'avoir élevé. Elle avait quarante ans quand je vins au monde! Le beau sujet de jalousie! Je raconte cette folie à tous mes amis.

«J'ai vu ce matin Billette. Sa vue, qui me rappelait la rue Meslée, m'a causé une joie infinie. Je l'ai embrassé comme mon meilleur ami, parce que je pouvais lui parler de toi, et qu'il pouvait me répondre. Quoiqu'il n'ait pas de nouvelles directes à me donner de ta santé, je l'ai questionné jusqu'à l'ennuyer.

«On parle de nous renvoyer bientôt en France, car la guerre finit ici faute de combattans. Les Autrichiens n'osent plus se mesurer avec nous, ils sont terrifiés. Les Russes sont en pleine déroute. On nous regarde ici avec stupéfaction. Les habitants de Vienne peuvent à peine croire à notre présence.

«D'ailleurs cette ville est assez insipide. Depuis vingt-quatre heures que j'y suis, je m'y ennuie comme dans une prison. Les gens riches se sont enfuis, les bourgeois tremblent et se cachent, le peuple est frappé de stupeur. On dit que nous repartirons dans trois ou quatre jours pour marcher sur la Hongrie, faire mettre bas les armes aux débris de l'armée autrichienne, et hâter par là la conclusion de la paix.

«Sois toujours maussade en mon absence; oui, chère femme, c'est ainsi que je t'aime. Que personne ne te voie; ne songe qu'à soigner notre fille, et je serai heureux autant que je puis l'être loin de toi.

«Adieu, chère amie, j'espère te serrer bientôt dans mes bras. Mille baisers pour toi et pour mon Aurore.»

* * *

Cet *on dit* sur une nouvelle marche en Hongrie aboutit à la bataille d'Austerlitz, le 4 décembre 1805. J'ignore si mon père y assista. Bien que plusieurs personnes me l'aient affirmé et que son article nécrologique l'atteste, je ne le crois pas, car la division Dupont, exténuée par les prodiges d'Haslach et de Diestern, dut rester à Vienne pour se refaire, et le nom de Dupont ne se trouve dans aucune des relations que j'ai lues de la bataille d'Austerlitz.

Disons en passant un mot sur Dupont, ce général si coupable ou si malheureux en Espagne, à Baylen, et si honteusement récompensé par la Restauration d'avoir été un des premiers à trahir la gloire de l'armée française dans la personne de l'Empereur. Il est certain que, dans la campagne que nous venons d'esquisser, il se montra grand homme de guerre. On a vu que mon père le jugeait légèrement en temps de paix, mais sérieusement ailleurs. L'empereur avait-il une méfiance, une prévention secrète contre Dupont? Il devait en être ainsi, ou bien Dupont aimait à jouer le rôle de mécontent. Il est bien certain que les plaintes de mon père, dans la lettre qu'on vient de lire, sont inspirées par un sentiment collectif. Il n'était pas, quant à lui, un personnage assez important pour se croire l'objet d'une inimitié particulière. Je ne sais pas quels sont ces courtisans, cette valetaille militaire, contre laquelle mon père regimbe avec tant d'amertume. Comme il avait le caractère le plus bienveillant et le plus généreux qui se puisse rencontrer, il faut croire qu'il y avait dans ses plaintes quelque chose de fondé.

On sait combien de rivalités et de colères l'empereur eut à contenir durant cette campagne; quelles fautes commit Murat par audace et par présomption, quelles indignations furent soulevées dans l'âme de Ney à ce propos. Qu'on se reporte à l'histoire, on trouvera sûrement la clé de cette douleur que mon père nourrit sur les champs de bataille, et qui marque un changement bien notable dans les dispositions de ceux qui avaient suivi le premier consul avec tant d'ivresse à Marengo. Sans doute, elles sont magnifiques ces campagnes de l'Empire, et nos soldats y sont des héros de cent coudées. Napoléon y est le plus grand général de l'univers. Mais comme l'esprit de cour a déjà défloré les jeunes enthousiasmes de la République! A Marengo, mon père écrivait en *post-scriptum* à sa mère! «Ah! mon Dieu! j'allais oublier de te dire que je suis nommé lieutenant sur le champ de bataille.» Preuve qu'il n'avait guère pensé à sa fortune personnelle en combattant avec l'ivresse de la cause. A Vienne, il écrit à sa femme pour exprimer un doute dédaigneux sur la récompense qui l'attend. Chacun, sous l'Empire, songe à soi. Sous la République, c'était à qui s'oublierait.

Quoi qu'il en soit, la disgrace apparente dont la carrière de mon père semblait être frappé depuis le passage Mincio, cessa avec la campagne de 1805. Il obtint enfin de passer dans la ligne, et fut nommé capitaine du 1er hussards le 30 frimaire an XIV (20 décembre 1805)[50]. Il revint à Paris, puis, nous emmena, ma mère, Caroline et moi, à son régiment, qui était en garnison je ne sais où. Lorsqu'il répartit pour la campagne de 1806, il écrivait à sa femme à Tongres, au dépôt, chez le quartier-maître du régiment. Probablement, il fit un voyage à Nohant dans l'intervalle, mais je ne retrouve son histoire que dans les quelques lettres qui vont suivre:

«*Primlingen*, 2 octobre 1806.

«Depuis Mayence, nous avons été tellement errans, que je n'ai pu trouver un moment pour te donner de mes nouvelles. D'abord, je t'aime avec idolâtrie. Ceci n'est pas nouveau pour toi, mais c'est ce que je suis le plus pressé de te dire. Ah! que je suis déjà las d'être loin de toi: je jure bien que cette campagne-ci finie, quoi qu'il arrive, je ne te quitterai plus.

«Depuis trois jours, j'ai fait trente-six lieues avec ma compagnie pour escorter l'empereur. Il est arrivé hier soir à Wurzbourg. Nous sommes cantonnés aux environs. Toute la garde à pied est arrivée. Chemin faisant, l'empereur m'a fait plusieurs questions sur le régiment, et à la dernière, que le bruit de la voiture m'empêchait d'entendre, et que pourtant il répéta trois fois, je répondis à tout hasard: *Oui, Sire*. Je le vis sourire, et je juge que j'aurai dit une fière bêtise. S'il pouvait me donner ma retraite comme idiot ou sourd, je m'en consolerais bien en retournant près de toi.

«Adieu, ma jolie femme, ma chère amie, ce que j'aime, ce que je regrette, ce que je désire le plus au monde. Je t'embrasse de toute mon âme. J'aime mon Aurore, nos enfants, ta sœur, tout ce qui est à nous.»

De mon père à ma mère.

«Le 7 décembre 1806.

«Depuis quinze jours, ma chère femme, je parcours les déserts de la Pologne à cheval, dès cinq heures du matin: et, après avoir marché jusqu'à la nuit, ne trouvant que la barraque enfumée d'un pauvre diable où je puis à peine obtenir une botte de paille pour me reposer. Aujourd'hui j'arrive dans la capitale de la Pologne, et je puis enfin mettre une lettre à la poste. Je t'aime cent fois plus que la vie. Ton souvenir me suit partout pour me consoler et me désespérer en même temps. En m'endormant, je te vois; en m'éveillant, je pense à toi; mon âme tout entière est près de toi. Tu es mon Dieu, l'ange tutélaire que j'invoque, que j'appelle au milieu de mes fatigues et de mes dangers. Depuis que je t'ai quittée, je n'ai pas joui d'un seul instant de repos, et je n'ai pas besoin de dire que je n'ai pas goûté un seul instant de bonheur. Aime-moi, aime-moi! c'est le seul moyen d'adoucir cette rude vie que je mène. Ecris-moi. Je n'ai encore reçu que deux lettres de toi. Je les ai lues cent fois, je les relis encore. Sois toujours la même femme qui m'écrit d'une manière si tendre et si adorable. Que l'absence ne te refroidisse pas. Je crois qu'elle augmente mon amour, s'il est possible. Ne perdons pas l'espoir de nous réunir bientôt. On traite à Posen. Il est très probable que nos succès détermineront les Russes à la paix. Je vais voir tout à l'heure Philippe Ségur et lui remettre le paquet que je te destine, il aura les moyens de te le faire parvenir promptement. Demain nous passons la Vistule. Les Russes sont à dix lieues d'ici, fort interloqués de notre marche et de nos manœuvres. Pour moi, j'en suis à désirer un bon coup de sabre qui m'estropie à tout jamais et me renvoie auprès de toi. Dans le siècle où nous sommes un militaire ne peut espérer de repos et de bonheur domestique qu'en perdant bras ou jambes. Je ne rencontre pas un être dans l'armée qui ne fasse un vœu analogue; mais le maudit honneur est là qui nous retient tous. Beaucoup se plaignent, moi, je souffre tout bas, car, que m'importent les dégoûts, les privations, les fatigues, ce n'est point là ce qui me chagrine dans le métier, c'est ton absence, et je ne puis aller dire cela aux autres. Ceux qui ne te connaissent pas ne comprendraient pas l'excès de mon amour, ceux qui te connaissent le comprendraient trop.

«Parle de moi à nos enfants. Je suis forcé de courir au fourrage. Pas un moment même pour goûter cette demi-consolation de t'écrire! Je t'aime comme un fou. Aime-moi si tu veux que je conserve la vie.»

* * *

Après l'affaire de la Passage mon père fut fait chef d'escadron, et, le 4 avril 1807, Murat se l'attacha en qualité d'aide-de-camp. Deschartres m'a raconté que ce fut à la recommandation de l'empereur, qui, l'ayant remarqué, dit au prince: «Voilà un beau et brave jeune homme: c'est comme cela qu'il vous faut des aides-de-camp.» Mon père s'attendait si peu à cette faveur qu'il faillit la refuser, en voyant qu'elle allait l'assujettir davantage, et créer un nouvel obstacle au repos absolu qu'il rêvait au sein de sa famille. Ma mère lui sut assez mauvais gré de ce qu'elle appela son ambition, et il eut à s'en justifier, ainsi qu'on le verra dans la lettre suivante:

«*Rosemberg*, 10 mai 1807, au quartier général du grand-duc de Berg.

«Après avoir couru pendant trois mois comme un dératé et donné au prince un assez joli échantillon de mon savoir-faire dans la partie des missions, j'arrive ici et j'y trouve deux lettres de toi, du 23 mars et du 8 avril. La première me tue. Il me semble que tu ne m'aimes déjà plus quand tu m'annonces que tu vas *t'efforcer de m'aimer un peu moins*. Heureusement je décachète la seconde et je vois bien que c'est à force de m'aimer que tu me fais tout ce mal. O ma chère femme, ma Sophie, tu as pu les écrire ces mots cruels, m'envoyer à trois cents lieues ce poison mortel, m'exposer à la douleur de lire cette lettre affreuse, pendant quinze jours peut-être, avant d'en avoir reçu une autre qui me rassure et me console! Me voilà forcé de remercier Dieu d'avoir été longtemps privé de tes nouvelles. O mon amie! abjure ces horribles pensées, ces injustes soupçons! Est-il possible que tu doutes de moi! Le plus sensible reproche que tu puisses me faire, c'est de me dire que je ne me souviens pas que Caroline existe, et que tu es effrayée en pensant à l'avenir de cette enfant. En quoi ai-je pu mériter ces doutes injurieux? Ai-je un seul moment cessé de la regarder comme ma fille? Ai-je fait, dans mes soins et dans mes caresses, la moindre différence entre elle et mes autres enfants? Depuis le jour où je t'ai vue pour la première fois, ai-je un moment cessé de t'adorer, d'aimer tout ce qui t'appartient: ta fille, ta sœur, tout ce que tu aimes? Tu m'accables de reproches comme si je t'abandonnais pour le seul plaisir de courir le monde. Je te jure sur l'honneur et sur l'amour, que je n'ai point demandé d'avancement, que le grand-duc m'a appelé auprès de lui sans que je me doutasse qu'il en eût la moindre idée; qu'enfin j'ai vu s'éloigner avec un profond chagrin le jour qui devait nous réunir. Te dirai-je tout? J'ai failli refuser, me sentant sans courage devant un nouveau retard à mon retour près de toi. Mais, chère femme, aurais-je rempli mon devoir envers toi, envers ma mère, qui a sacrifié son aisance à ma carrière militaire, envers nos enfants, nos *trois enfants*[51] qui auront bientôt besoin des ressources et de la considération de leur père, si j'avais rejeté la fortune qui venait d'elle-même me chercher?

«Mon ambition, dis-tu? Moi, de l'ambition! Si j'étais moins triste, tu me ferais rire avec ce mot-là. Ah! je n'en ai qu'une depuis que je te connais, c'est de réparer envers toi les injustices de la société et de la destinée; c'est de t'assurer une existence honorable et de te mettre à l'abri du malheur, si un boulet me rencontre sur le champ de bataille. Ne te dois-je donc pas cela? A toi, qui as supporté si longtemps ma mauvaise fortune, et quitté un palais pour une mansarde par amour pour moi! Juge un peu mieux de moi, ma Sophie, juges-en d'après toi-même. Non, il n'est pas un instant dans ma vie où je ne pense à toi; il n'est rien qui vaille pour moi la modeste chambre de ma chère femme. C'est là le sanctuaire de mon bonheur; rien ne peut valoir à mes yeux, ses jolis cheveux noirs, ses yeux si beaux, ses dents si blanches, sa taille si gracieuse, sa robe de percale, ses jolis pieds, ses petits souliers de prunelle. Je suis amoureux de tout cela comme le premier jour, et je ne désire rien de plus au monde; mais pour posséder ce bonheur en toute sécurité, pour n'avoir point à lutter contre la misère avec des enfants, il faut faire au présent quelques sacrifices. Tu dis que nous serons moins heureux dans un palais que dans notre petit grenier; qu'à la paix, le prince sera fait roi et que nous serons obligés d'aller habiter ses états où nous n'aurons plus notre obscurité, notre tête-à-tête, notre chère liberté de Paris. Il est bien probable que le prince sera roi, en effet, et qu'il nous emmènera avec lui. Mais je nie que nous puissions n'être pas heureux là où nous serons ensemble, ni que rien puisse gêner désormais un amour que le mariage a consacré. Que tu es bête, ma pauvre femme, de croire que je t'aimerai moins parce que je vivrai dans *le luxe et la dorure*! Et que tu es gentille, en même temps, de mépriser tout cela! Mais, moi aussi, je déteste les grandeurs et les vanités, et l'ennui de ces plaisirs-là me ronge quand j'y suis, tu le sais bien. Tu sais bien avec quel empressement je m'y dérobe pour être tranquille avec toi dans un petit coin. C'est pour mon petit coin que je travaille, que je me bats, que j'accepte une récompense et que j'aspire à avoir un régiment, parce que, alors, tu ne me quitteras plus et que nous aurons un intérieur à nous, aussi tranquille, aussi simple, aussi intime que nous le souhaitons. Et puis, quand je mettrais un peu d'amour-propre à te montrer quelquefois, heureuse et brillante à mon bras, pour te venger des sots dédains de certaines gens à qui notre petit ménage faisait tant de pitié, où serait le mal? Je serais fier, je l'avoue, d'avoir été, moi seul, l'artisan de notre fortune et de n'avoir dû qu'à mon courage, à mon amour pour la patrie, ce que d'autres n'ont dû qu'à la faveur, à l'intrigue ou à la chimère de la naissance. J'en sais qui sont quelque chose, grâce au nom ou à la galanterie de leurs femmes: ma femme à moi aura d'autres titres. Son amour fidèle et le mérite de son époux.

«Voilà la belle saison revenue. Que fais-tu, chère amie? Ah! que l'aspect d'une belle prairie ou d'un bois prêt à verdir remplit mon âme de souvenirs tristes et délicieux! aux bords du Rhin, l'année dernière, quels doux moments je passais auprès de toi! Trop courts instants de bonheur, de combien de regrets vous êtes suivis! A Marienwerder, je me suis promené aux bords de la Vistule, seul, en proie à mes chagrins, le cœur dévoré de tristesse et d'inquiétude. Je voyais tout renaître dans la nature et mon âme était fermée au sentiment du bonheur. J'étais dans un endroit pareil à celui où tu avais si peur, près de Coblentz, où nous nous assîmes sur l'herbe et où je te pressais sur mon cœur pour te rassurer. Je me suis senti tout embrasé de ton souvenir, j'errais comme un fou, je te cherchais, je t'appelais en vain. Je me suis enfin assis fatigué et brisé de douleur, et au lieu de ma Sophie je n'ai trouvé sur ces tristes rivages que la solitude, l'inquiétude et la jalousie. Oui, la jalousie, je l'avoue; moi aussi, de loin, je suis obsédé de fantômes; mais je ne t'en parle pas de peur de t'offenser. Hélas! quand la fatigue des marches et le bruit des batailles cessent un instant pour moi, je suis la proie de mille tourments. Toutes les furies de la passion viennent m'obséder. J'éprouve toutes les angoisses, toutes les faiblesses de l'amour. Oh! oui! chère femme, je t'aime comme le premier jour! Que nos enfants te parlent de moi sans cesse: ne te promène qu'avec eux; qu'ils te retracent à toute heure nos sermens et notre union. Parle-leur de moi aussi. Je ne vis que pour eux, pour toi et pour ma mère.

«Ici, le printemps et le lieu que nous occupons me rappellent le Fayel. Mais, hélas! Boulogne est bien loin, et le triste château me laisse tout entier à mes regrets. En y arrivant, je l'ai trouvé absolument désert; tout le monde était parti avec le prince pour Elbing, où s'est passée la fameuse revue de l'empereur. Le prince commandait et m'a fait courir de la belle manière. Adieu, chère femme. On parle beaucoup de la paix: rien n'annonce la reprise des hostilités. A! quand serai-je près de toi! Je te presse mille fois dans mes bras avec tous nos enfants. Pense à ton mari, à ton amant.

«MAURICE.»

«Que mon Aurore est gentille de penser à moi et de savoir déjà t'en parler!»

* * *

Au mois de juin de la même année, mon père accompagna Murat, qui, de son côté, accompagnait Napoléon à la fameuse conférence du radeau de Tilsit. De retour en France au mois de juillet, mon père ne tarda pas à repartir pour l'Italie avec Murat et l'empereur, qui allait là faire des rois et des princes nouveaux.

«*Venise*, 28 septembre 1807.

«Après avoir affronté tous les précipices de la Savoie et du Montcenis, j'ai été culbuté dans un fossé bourbeux du Piémont, par la nuit la plus noire et la plus détestable, et, de plus, au milieu d'un bois, coupe-gorge fameux, où, la veille, on avait assassiné et volé un marchand de Turin. Le sabre d'une main et le pistolet de l'autre, nous avons fait sentinelle jusqu'à ce qu'il nous soit arrivé main-forte pour nous remettre sur pied, c'est-à-dire pendant trois heures. Bientôt les chevaux nous ont manqué, ensuite les chemins sont devenus affreux. Arrivés au bord de la mer, le vent s'est élevé contre nous et nous avons pensé chavirer dans la lagune. Enfin, nous voici dans Venise la belle, où je n'ai encore vu que de l'eau fort laide dans les rues et bu que de fort mauvais vin à la table de Duroc. Depuis Paris, voici la première nuit que je vais passer dans un lit. L'empereur ne passera que huit jours ici. Je n'ai pas le temps de t'en dire davantage. Je t'aime, tu es ma vie, mon âme, mon Dieu, mon tout.»

«*De Milan*, le 11 décembre 1807.

«Cette date doit te dire, chère amie, que je pense à toi doublement s'il est possible, puisque je suis dans un lieu si plein de souvenirs de notre amour, de mes douleurs, de mes tourments et de mes joies. Ah! que d'émotions j'ai éprouvées en parcourant les jardins voisins du cours! Elles n'étaient pas toutes agréables; mais ce qui les domine toutes, c'est mon amour pour toi. C'est mon impatience de me retrouver dans tes bras. Nous serons bien certainement à Paris, à la fin du mois. Il est impossible de s'ennuyer plus que je ne fais ici; j'ai des fêtes et des cérémonies par dessus la tête. Tous mes camarades en disent presque autant, encore n'ont-ils pas d'aussi puissants motifs que moi pour désirer d'en finir avec toutes ces comédies. L'air est appesanti pour moi de grandeurs, de dignités, de raideur et d'ennui. Le prince est malade, et par cette raison nous devancerons, j'espère, le retour de l'empereur, et je vais bientôt te retrouver, toujours mon ange, mon diable et ma divinité. Si je ne trouve pas de lettres de toi à Turin, je te tirerai tes petites oreilles. Adieu, et mille tendres baisers à toi, à notre Aurore et à ma mère. Je t'écrirai de Turin.»

* * *

La vie de mon père, cette vie si pure et si généreuse, touche à sa fin. Je n'aurai plus de lui qu'une affreuse catastrophe à raconter. Désormais je vais être guidée par mes propres souvenirs, et comme je n'ai pas la prétention d'écrire l'histoire de mon temps en dehors de la mienne propre, je ne dirai de la campagne d'Espagne que ce que j'en ai vu par mes yeux à une époque où les objets extérieurs, étranges et incompréhensibles pour moi, commençaient à me frapper comme des tableaux mystérieux. On me permettra de rétrograder un peu et de prendre ma vie au moment où je commence à la sentir.

DEUXIEME PARTIE
CHAPITRE PREMIER

Premiers souvenirs.—Premières prières.—L'œuf d'argent des enfants.—Le père Noël.—Le système de J.-J. Rousseau.—Le bois de lauriers.—Polichinelle et le réverbère.—Les romans entre quatre chaises.—Jeux militaires.— Chaillot.—Clotilde.—L'empereur.—Les papillons et les fils de la Vierge.—Le roi de Rome.—Le flageolet.

Il faut croire que la vie est une bien bonne chose en elle-même, puisque les commencements en sont si doux et l'enfance un âge si heureux. Il n'est pas un de nous qui ne se rappelle cet âge d'or comme un rêve évanoui, auquel rien ne saurait être comparé dans la suite. Je dis un rêve, en pensant à ces premières années où nos souvenirs flottent incertains et ne ressaisisent que quelques impressions isolées dans un vague ensemble. On ne saurait dire pourquoi un charme puissant s'attache, pour chacun de nous, à ces éclairs du souvenir, insignifiants pour les autres.

La mémoire est une faculté qui varie selon les individus et qui, n'étant complète chez aucun, offre mille inconséquences. Chez moi, comme chez beaucoup d'autres personnes, elle est extraordinairement développée sur certains points, extraordinairement infirme sur certains autres. Je ne me rappelle qu'avec effort les petits événements de la veille, et la plupart des détails m'échappent même pour toujours. Mais quand je regarde un peu loin derrière moi, mes souvenirs remontent à un âge où la plupart des autres individus ne peuvent rien retrouver dans leur passé. Cela tient-il essentiellement à la nature de cette faculté en moi ou à une certaine précocité dans le sentiment de la vie?

Peut-être sommes-nous doués tous à peu près également sous ce rapport, et peut-être n'avons-nous la notion nette ou confuse des choses passées qu'en raison du plus ou moins d'émotion qu'elles nous ont causé? Certaines préoccupations intérieures nous rendent presque indifférens à des faits qui ébranlent le monde autour de nous. Il arrive aussi que nous nous rappelons mal ce que nous avons peu compris. L'oubli n'est peut-être que de l'inintelligence ou de l'inattention.

Quoi qu'il en soit, voici le premier souvenir de ma vie, et il date de loin. J'avais deux ans, une bonne me laissa tomber de ses bras sur l'angle d'une cheminée. J'eus peur et je fus blessée au front. Cette commotion, cet ébranlement du système nerveux ouvrirent mon esprit au sentiment de la vie, et je vis nettement, je vois encore le marbre rougeâtre de la cheminée, mon sang lui coulait, la figure égarée de ma bonne. Je me rappelle distinctement aussi la visite du médecin, les sangsues qu'on me mit derrière l'oreille, l'inquiétude de ma mère, et la bonne congédiée pour cause d'ivrognerie. Nous quittâmes la maison, et je ne sais où elle était située. Je n'y suis jamais retournée depuis; mais si elle existe encore, il me semble que je m'y reconnaîtrais.

Il n'est donc pas étonnant que je me rappelle parfaitement l'appartement que nous occupions rue Grange-Batelière, un an plus tard. De là datent mes souvenirs précis et presque sans interruption. Mais depuis l'accident de la cheminée jusqu'à l'âge de trois ans, je ne me retrace qu'une suite indéterminée d'heures passées dans mon petit lit sans dormir, et remplie de la contemplation de quelque pli de rideau ou de quelque fleur au papier des chambres.

Je me souviens aussi que le vol des mouches et leur bourdonnement m'occupaient beaucoup et que je voyais souvent les objets doubles, circonstance qu'il m'est impossible d'expliquer et que plusieurs personnes m'ont dit avoir éprouvée aussi dans la première enfance. C'est surtout la flamme des bougies qui prenait cet aspect devant mes yeux, et je me rendais compte de l'illusion sans pouvoir m'y soustraire. Il me semble même que cette illusion était un des pâles amusements de ma captivité dans le berceau et cette vie du berceau m'apparaît extraordinairement longue, et plongée dans un mol ennui.

Ma mère s'occupa de fort bonne heure de me développer, et mon cerveau ne fit aucune résistance, mais il ne devança rien, et il eût pu être fort tardif, si on l'eût laissé tranquille. Je marchais à dix mois. Je parlai assez tard; mais une fois que j'eus commencé à dire quelques mots, j'appris tous les mots très vite, et, à quatre ans, je savais très bien lire, ainsi que ma cousine Clotilde, qui fut enseignée comme moi par nos deux mères alternativement. On nous apprenait aussi des prières, et je me souviens que je les récitais, sans broncher, d'un bout à l'autre, et sans y rien comprendre, excepté ces premiers mots de la dernière prière qu'on nous faisait dire quand nous avions la tête sur le même oreiller, ce qui nous arrivait souvent: «*Mon Dieu, je vous donne mon cœur.*» Je ne sais pas pourquoi je comprenais cela plus que le reste, car il y a beaucoup de métaphysique dans ce peu de paroles; mais enfin je le comprenais, et c'était le seul endroit de ma prière où j'eusse une idée de Dieu et de moi-même. Quant au *Pater*, au *Credo* et à l'*Ave Maria* que je savais très bien en français, excepté *donnez-nous notre pain de chaque jour*, j'aurais aussi bien pu les réciter en latin, comme un perroquet, ils n'eussent pas été plus inintelligibles pour moi.

On nous exerçait aussi à apprendre par cœur les fables de La Fontaine, et je les sus presque toutes lorsque c'était encore lettres closes pour moi. J'étais si lasse de les réciter, que je fis, je crois, tout mon possible pour ne les comprendre que fort tard, et ce ne fut que vers l'âge de 15 ou 16 ans que je m'aperçus de leur beauté.

On avait l'habitude, autrefois, de remplir la mémoire des enfants d'une foule de richesses au-dessus de leur portée. Ce n'est pas le petit travail qu'on leur impose que je blâme, Rousseau, en le retranchant tout à fait dans l'*Émile*, risque de laisser le cerveau de son élève s'épaissir au point de n'être plus capable d'apprendre ce qu'il lui réserve pour un âge plus avancé. Il est bon d'habituer l'enfance, d'aussi bonne heure que possible, à un exercice modéré, mais quotidien, des diverses facultés de l'esprit. Mais on se hâte trop de leur servir des choses exquises.

Il n'existe point de littérature à l'usage des petits enfants. Tous les jolis vers qu'on a faits en leur honneur sont maniérés et farcis de mots qui ne sont point de leur vocabulaire. Il n'y a guère que les chansons des berceuses qui parlent réellement à leur imagination. Les premiers vers que j'aie entendus sont ceux-ci, que tout le monde connaît sans doute, et que ma mère me chantait de la voix la plus fraîche et la plus douce qui se puisse entendre:

Allons dans la grange

Voir la poule blanche

Qui pond un bel œuf d'argent

Pour ce cher petit enfant.

La rime n'est pas riche, mais je n'y tenais guère, et j'étais vivement impressionnée par cette poule blanche et par cet œuf d'argent que l'on me promettait tous les soirs et que je ne songeais jamais à demander le lendemain matin. La promesse revenait toujours et l'espérance naïve revenait avec elle. Ami Leclair, t'en souviens-tu? car, à toi aussi, pendant des années, on a promis cet œuf merveilleux qui n'éveillait point ta cupidité, mais qui te semblait, de la part de la bonne poule, le présent le plus poétique et le plus gracieux. Et qu'aurais-tu fait de l'œuf d'argent, si on te l'eût donné? Tes mains débiles n'eussent pu le porter, et ton humeur inquiète et changeante se fût bientôt lassée de ce jouet insipide. Qu'est-ce qu'un œuf: qu'est-ce qu'un jouet qui ne se casse point? Mais l'imagination fait de rien quelque chose, c'est sa nature, et l'histoire de cet œuf d'argent est peut-être celle de tous les biens matériels qui éveillent notre convoitise. Le désir est beaucoup, la possession peu de chose.

Ma mère me chantait aussi une chanson de ce genre la veille de Noël, et comme cela ne venait qu'une fois l'an, je ne me la rappelle pas. Ce que je me rappelle parfaitement, c'est la croyance absolue que j'avais à la descente par le tuyau de la cheminée du petit père Noël, bon vieillard à barbe blanche qui, à l'heure de minuit, devait venir déposer dans mon petit soulier un cadeau que j'y trouverais à mon réveil. Minuit! cette heure fantastique que les enfants ne connaissent point, et qu'on leur montre comme le terme impossible de leur veillée! Quels efforts incroyables je faisais pour ne pas m'endormir avant l'apparition du petit vieux! J'avais à la fois grande envie et grand'peur de le voir; mais jamais je ne pouvais me tenir éveillée jusque-là, et le lendemain mon premier regard était pour mon soulier au bord de l'âtre. Quelle émotion me causait l'enveloppe de papier blanc! car le père Noël était d'une propreté extrême, et ne manquait jamais d'empaqueter soigneusement son offrande. Je courais, pieds nus, m'emparer de mon trésor. Ce n'était jamais un don bien magnifique, car nous n'étions pas riches. C'était un petit gâteau, une orange, ou tout simplement une belle pomme rouge. Mais cela me semblait si précieux, que j'osais à peine le manger. L'imagination jouait encore là son rôle, et c'est toute la vie de l'enfant.

Je n'approuve pas du tout Rousseau de vouloir supprimer le merveilleux, sous prétexte de mensonge. La raison et l'incrédulité viennent bien assez vite, et d'elles-mêmes; je me rappelle fort bien la première année où le doute m'est venu, sur l'existence réelle du père Noël. J'avais cinq ou six ans, et il me sembla que ce devait être ma mère qui mettait le gâteau dans mon soulier. Aussi me parut-il moins beau et moins bon que les autres fois, et j'éprouvais une sorte de regret de ne pouvoir plus croire au petit homme à barbe blanche. J'ai vu mon fils y croire plus longtemps; les garçons sont plus simples que les petites filles. Comme moi, il faisait de grands efforts pour veiller jusqu'à minuit. Comme moi, il n'y réussissait point, et comme moi, il trouvait au jour le gâteau merveilleux pétri dans les cuisines du paradis. Mais pour lui aussi la première année où il douta fut la dernière de la visite du bonhomme. Il faut servir aux enfants les mets qui conviennent à leur âge et ne rien devancer. Tant qu'ils ont besoin de merveilleux, il faut leur en donner. Quand ils commencent à s'en dégoûter, il faut bien se garder de prolonger l'erreur et d'entraver le progrès naturel de leur raison.

Retrancher le merveilleux de la vie de l'enfant, c'est procéder contre les lois même de la nature. L'enfance n'est-elle pas chez l'homme un état mystérieux et plein de prodiges inexpliqués? D'où vient l'enfant? Avant de se former dans le sein de sa mère, n'avait-il pas une existence quelconque dans le sein impénétrable de la divinité? La parcelle de vie qui l'anime ne vient-elle pas du monde inconnu où elle doit retourner? Ce développement si rapide de l'âme humaine dans nos premières années, ce passage étrange d'un état qui ressemble au chaos, à un état de compréhension et de sociabilité, ces premières notions du langage, ce travail incompréhensible de l'esprit qui apprend à donner un nom, non pas seulement aux objets extérieurs, mais à l'action, à la pensée, au sentiment; tout cela tient au miracle de la vie, et je ne sache pas que personne l'ait expliqué. J'ai toujours été émerveillée du premier verbe que j'ai entendu prononcer aux petits enfants. Je comprends que le substantif leur soit enseigné, mais les verbes, et surtout ceux qui expriment les affections! La première fois qu'un enfant sait dire à sa mère qu'il l'aime, par exemple, n'est-ce pas comme une révélation supérieure qu'il reçoit et qu'il exprime? Le monde extérieur où flotte cet esprit en travail, ne peut lui avoir donné encore aucune notion distincte des fonctions de l'âme. Jusque-là, il n'a vécu que par les besoins, et l'éclosion de son intelligence ne s'est faite que par les sens. Il voit, il veut toucher, goûter, et tous ces objets extérieurs dont, pour la plupart, il ignore l'usage, et ne peut comprendre ni la cause ni l'effet, doivent passer d'abord devant lui comme une vision énigmatique. Là commence le travail intérieur. L'imagination se remplit de ces objets; l'enfant rêve dans le sommeil, et il rêve aussi sans doute quand il ne dort point. Du moins il ne sait pas, pendant longtemps, la différence de l'état de veille à l'état de sommeil. Qui peut dire pourquoi un objet nouveau l'égaie ou l'effraie? Qui lui inspire la notion vague du beau et du laid? Une fleur, un petit oiseau ne lui font jamais peur; un masque difforme, un animal bruyant l'épouvante. Il faut donc qu'en frappant ses sens, cet objet de sympathie ou de répulsion révèle à son entendement quelque idée de confiance ou de terreur qu'on n'a pu lui enseigner; car cet attrait ou cette répugnance se manifeste déjà chez l'enfant qui n'entend pas encore le langage humain. Il y a donc chez lui quelque chose d'antérieur à toutes les notions que l'éducation peut lui donner, et c'est là le mystère qui tient à l'essence de la vie dans l'homme.

L'enfant vit tout naturellement dans un milieu, pour ainsi dire, surnaturel, où tout est prodige en lui et où tout ce qui est en dehors de lui doit, à la première vue, lui sembler prodigieux. On ne lui rend pas service en hâtant sans ménagement et sans discernement l'appréciation de toutes les choses qui le frappent. Il est bon qu'il la cherche lui-même et qu'il s'établisse à sa manière durant la période de sa vie, où, à la place de son innocente erreur, nos explications, hors de portée pour lui, le jetteraient dans des erreurs plus grandes encore et peut-être à jamais funestes à la droiture de son jugement, et, par suite, à la moralité de son âme.

Ainsi on aura beau chercher quelle première notion de la Divinité on pourra donner aux enfants, on n'en trouvera pas une meilleure pour que l'existence de ce vieux bon Dieu qui est au ciel et qui voit tout ce qui se fait sur la terre. Plus tard il sera temps de lui faire comprendre que Dieu c'est l'être infini sans figure idolâtrique, et que le ciel n'est pas plus la voûte bleue qui nous enveloppe que la terre où nous vivons et que le sanctuaire même de notre pensée. Mais à quoi bon essayer de faire percer le symbole à l'enfant pour qui tout symbole est une réalité? Cet éther infini, cet abîme de la création, ce ciel enfin où gravitent les mondes, l'enfant le voit plus beau et plus grand que nos définitions ne l'étendraient dans sa pensée, et nous le rendrions plus fou que sage si nous voulions lui faire concevoir la mécanique de l'univers, alors que le sentiment de la beauté de l'univers lui suffit.

La vie de l'individu n'est-elle pas le résumé de la vie collective? Quiconque observe les développemens de l'enfant, son passage à l'adolescence, à la virilité, et toutes ses transformations jusqu'à l'âge mûr, assiste à l'histoire abrégée de la race humaine, laquelle a eu aussi son enfance, son adolescence, sa jeunesse et sa virilité. Eh bien! qu'on se reporte aux temps primitifs de l'humanité, on y voit toutes les nations humaines prendre la forme du merveilleux, et l'histoire, la science naissante, la philosophie et la religion écrites en symboles, énigmes, que la raison moderne traduit ou interprète. La poésie, la fable même sont la vérité, la réalité relatives des temps primitifs. Il est donc dans la loi éternelle que l'homme ait sa véritable enfance, comme l'humanité a eu la sienne, comme l'ont encore les populations que notre civilisation n'a fait qu'effleurer. Le sauvage vit dans le merveilleux, et n'est ni un idiot, ni un fou, ni une brute, c'est un poète et un enfant. Il ne procède que par poèmes et par chants comme nos anciens, à qui le vers semblait être plus naturel que la prose, et l'ode, que le discours. L'enfance est donc l'âge des chansons, et on ne saurait trop lui en donner. La fable, qui n'est qu'un symbole, est la meilleure forme pour introduire en lui le sentiment du beau et du poétique, qui est la première manifestation du beau et du vrai.

Les fables de Lafontaine sont trop fortes et trop profondes pour le premier âge. Elles sont pleines d'excellentes leçons de morale, mais il ne faudrait pas de formules de morale au premier âge: c'est l'engager dans un labyrinthe d'idées où il s'égare, parce que toute morale implique une idée de société, et l'enfant ne peut se faire aucune idée de la société. J'aime mieux pour lui les notions religieuses sous forme de poésie et de sentiment. Quand ma mère me disait qu'en lui désobéissant je faisais pleurer la sainte Vierge et les anges dans le ciel, mon imagination était vivement frappée. Ces êtres merveilleux et toutes ces larmes provoquaient en moi une terreur et une tendresse infinies. L'idée de leur existence m'effrayait, et tout aussitôt l'idée de leur douleur me pénétrait de regrets et d'affection.

En somme, je veux qu'on donne du merveilleux à l'enfant tant qu'il l'aime et le cherche, et qu'on le lui laisse perdre de lui-même, sans prolonger systématiquement son erreur, dès que le merveilleux, n'étant plus son aliment naturel, il s'en dégoûte et vous avertit par ses questions et ses doutes qu'il veut entrer dans le monde de la réalité.

Ni Clotilde ni moi n'avons gardé aucun souvenir du plus ou moins de peine que nous eûmes pour apprendre à lire. Nos mères nous ont dit depuis qu'elles en avaient eu fort peu à nous enseigner. Seulement, elles signalaient un fait d'entêtement fort ingénu de ma part. Un jour que je n'étais pas disposée à recevoir ma leçon d'alphabet, j'avais répondu à ma mère: «Je vais bien dire *a*, mais je ne sais pas dire *b*.» Il paraît que ma résistance dura fort longtemps. Je nommais toutes les lettres de l'alphabet, excepté la seconde, et quand on me demandait pourquoi je la passais sous silence, je répondais imperturbablement: «C'est que je ne connais pas le *b*.»

Le second souvenir que je me retrace de moi-même, et qu'à coup sûr, vu son peu d'importance, personne n'eût songé à me rappeler, c'est la robe et le voile blanc que porta la fille aînée du vitrier, le jour de sa première communion. J'avais alors environ trois ans et demie; nous étions dans la rue Grange-Batelière, au 3ᵉ, et le vitrier qui occupait une boutique en bas, avait plusieurs filles qui venaient jouer avec ma sœur et moi. Je ne sais plus leurs noms et ne me rappelle spécialement que l'aînée dont l'habit blanc me parut la plus belle chose du monde. Je ne pouvais me lasser de l'admirer. Ma mère ayant dit tout d'un coup que son blanc était tout jaune et qu'elle était mal arrangée, cela me fit une peine étrange. Il me semblait qu'on me causait un vif chagrin en me dégoûtant de l'objet de mon admiration.

Je me souviens qu'une autre fois, comme nous dansions une ronde, cette même enfant chanta:

Nous n'irons plus au bois,

Les lauriers sont coupés.

Je n'avais jamais été dans les bois, que je sache, et peut-être n'avais-je jamais vu de lauriers. Mais, apparemment, je savais ce que c'était, car ces deux petits vers me firent beaucoup rêver. Je me retirai de la danse pour y penser, et je tombai dans une profonde mélancolie. Je ne voulus faire part à personne de ma préoccupation, mais j'aurais volontiers pleuré, tant je me sentais triste et privée de ce charmant bois de lauriers, où je n'étais entrée en rêve que pour en être aussitôt dépossédée. Explique qui pourra les singularités de l'enfance, mais cette loi fut si marquée chez moi, que je n'en ai jamais oublié l'impression mystérieuse. Toutes les fois qu'on me chanta cette ronde, je sentis la même tristesse me gagner, et je ne l'ai jamais entendue chanter depuis, par des enfants, sans me retrouver dans la même disposition de regret et de mélancolie. Je vois toujours ce bois avant qu'on y eût porté la coignée, et, dans la réalité, je n'en ai jamais vu d'aussi beau. Je le vois jonché de ses lauriers fraîchement coupés, et il me semble que j'en veux toujours aux Vandales qui m'en ont bannie pour jamais. Quelle était donc l'idée du poète naïf qui commençait ainsi la plus naïve des danses?

Je me rappelle aussi la jolie ronde de *Giroflé, girofla*, que tous les enfants connaissent, et où il est question encore d'un bois mystérieux où l'on va *seulette*, et où l'on rencontre le *Roi*, la *Reine*, le *Diable* et l'*Amour*, êtres également fantastiques pour les enfants. Je ne me souviens pas d'avoir eu peur du Diable: je pense que je n'y croyais pas et qu'on m'empêchait d'y croire, car j'avais l'imagination très impressionnable, et je m'effrayais facilement. On me fit présent, une fois, d'un superbe Polichinelle, tout brillant d'or et d'écarlate. J'en eus peur d'abord et surtout à cause de ma poupée, que je chérissais tendrement, et que je me figurais en grand danger auprès de ce petit monstre. Je la serrai précieusement dans l'armoire, et je consentis à jouer avec Polichinelle; ses jeux d'émail, qui tournaient dans leurs orbites au moyen d'un ressort, le plaçaient pour moi dans une sorte de milieu entre le carton et la vie. Au moment de me coucher, on voulut le serrer dans l'armoire auprès de la poupée; mais je ne voulus jamais y consentir, et on céda à ma fantaisie, qui était de le laisser dormir sur le poêle, car il y avait un petit poêle dans notre chambre qui était plus que modeste, et dont je vois encore les panneaux peints à la colle et la forme en carré long. Un détail que je me rappelle aussi, bien que depuis l'âge de quatre ans je ne sois jamais rentrée dans cet appartement, c'est que l'alcôve était un cabinet fermé par des portes à grillage de laiton sur un fond de toile verte. Sauf une antichambre qui servait de salle à manger et une petite cuisine qui me servait de pénitencier, il n'y avait pas d'autres pièces que cette chambre à coucher, qui servait de salon pendant le jour. On voit que ce n'était point luxueux. Mon petit lit était placé le soir en dehors de l'alcôve, et quand ma sœur, qui était alors en pension, couchait à la maison, on lui arrangeait un canapé à côté de moi. C'était un canapé vert en velours d'Utrecht. Tout cela m'est encore présent, quoiqu'il ne me soit rien arrivé de remarquable dans cet appartement; mais il faut croire que mon esprit s'y ouvrait à un travail soutenu sur lui-même, car il me semble que tous ces objets sont remplis de mes rêveries, et que je les ai usés à force de les voir. J'avais un amusement particulier avant de m'endormir, c'était de promener mes doigts sur le réseau de laiton de la porte de l'alcôve qui se trouvait à côté de mon lit. Le petit son que j'en tirais me paraissait une musique céleste, et j'entendais ma mère dire: «Voilà Aurore qui joue du grillage.»

Je reviens à mon Polichinelle, qui reposait sur le poêle, étendu sur le dos et regardant le plafond avec ses yeux vitreux et son méchant rire. Je ne le voyais plus, mais dans mon imagination je le voyais encore, et je m'endormis très préoccupée du genre d'existence de ce vilain être qui riait toujours et qui pouvait me suivre des yeux dans tous les coins de la chambre. La nuit, je fis un rêve épouvantable. Polichinelle s'était levé: sa bosse de devant, revêtue d'un gilet de paillon rouge, avait pris feu sur le poêle, et il courait partout, poursuivant tantôt moi, tantôt ma poupée qui fuyait éperdue, tandis qu'il nous atteignait par de longs jets de flamme. Je réveillai ma mère par mes cris. Ma sœur, qui dormait près de moi, s'avisa de ce qui me tourmentait et porta le Polichinelle dans la cuisine, en disant que c'était une vilaine poupée pour un enfant de mon âge. Je ne le revis plus, mais l'impression imaginaire que j'avais reçue de la brûlure me resta pendant quelque temps, et, au lieu de jouer avec le feu comme jusque-là j'en avais eu la passion, la seule vue du feu me laissa une grande terreur.

Nous allions alors à Chaillot voir ma tante Lucie, qui y avait une petite maison et un jardin. J'étais parvenue à marcher, et je voulais toujours me faire porter par notre ami Pierret, pour qui, de Chaillot au boulevard, j'étais un poids assez incommode. Pour me décider à marcher le soir au retour, ma mère imagina de me dire qu'elle allait me laisser seule au milieu de la rue. C'était au coin de la rue de Chaillot et des Champs-Elysées, et il y avait une petite vieille femme qui, en ce moment, allumait le réverbère. Bien persuadée qu'on ne m'abandonnerait pas, je m'arrêtai, décidée à ne point marcher, et ma mère fit quelques pas avec Pierret pour voir comment je prendrais l'idée de rester seule; mais comme la rue était à peu près déserte, l'allumeuse du réverbère avait entendu notre contestation, et, se tournant vers moi, elle me dit d'une voix cassée! «Prenez garde à moi; c'est moi qui ramasse les méchantes petites filles, et je les enferme dans mon réverbère pour toute la nuit.»

Il semblait que le diable eût soufflé à cette bonne femme l'idée qui pouvait le plus m'effrayer. Je ne me souviens pas d'avoir éprouvé une terreur pareille à ce qu'elle m'inspira. Le réverbère avec son réflecteur étincelant prit aussitôt à mes yeux des proportions fantastiques, et je me voyais déjà enfermée dans cette prison de cristal, consumée par la flamme que faisait jaillir à volonté le Polichinelle en jupons. Je courus après ma mère en poussant des cris aigus. J'entendais rire la vieille, et le grincement du réverbère qu'elle remontait me causa un frisson nerveux comme si je me sentais élevée au-dessus de terre et pendue avec la lanterne infernale.

Quelquefois nous prenions le bord de l'eau pour aller à Chaillot. La fumée et le bruit de la pompe à feu me causaient une épouvante dont je ressens encore l'impression.

La peur est, je crois, la plus grande souffrance morale des enfants. Les forcer à voir de près ou à toucher l'objet qui les effraie est un moyen de guérison que je n'approuve pas. Il faut plutôt les en éloigner et les en distraire: car le système nerveux domine leur organisation, et quand ils ont reconnu leur erreur, ils ont éprouvé une si violente angoisse à s'y voir contraints, qu'il n'est plus temps pour eux de perdre le sentiment de la peur. Elle est devenue en eux un mal physique que leur raison est impuissante à combattre. Il en est de même des femmes nerveuses et pusillanimes. Les encourager dans leur ridicule faiblesse est un grand tort; mais la brusquer trop en est un pire, et la contrainte provoque souvent chez elles de véritables attaques de nerfs, bien que les nerfs ne fussent pas en jeu sérieusement au commencement de l'épreuve.

Ma mère n'avait point cette cruauté. Quand nous passions devant la pompe à feu, voyant que je pâlissais et ne pouvais plus me soutenir, elle me mettait dans les bras du bon Pierret. Il cachait ma tête dans sa poitrine, et j'étais rassurée par la confiance qu'il m'inspirait. Il vaut mieux trouver au mal moral un remède moral que de forcer la nature et d'essayer d'apporter au mal physique une épreuve physique plus pénible encore.

C'est dans la rue Grange-Batelière que j'eus entre les mains un vieil abrégé de mythologie que je possède encore et qui est accompagné de grandes planches gravées les plus comiques qui se puissent imaginer. Quand je me rappelle l'intérêt et l'admiration avec lesquels je contemplais ces images grotesques, il me semble encore les voir telles qu'elles m'apparaissaient alors. Sans lire le texte, j'appris bien vite, grâce aux images, les principales données de la fabulation antique, et cela m'intéressait prodigieusement. On me menait quelquefois aux ombres chinoises de l'éternel Séraphin, et aux pièces féeriques du boulevard. Enfin ma mère et ma sœur me racontaient les contes de Perrault, et quand ils étaient épuisés, elles ne se gênaient pas pour en inventer de nouveaux qui ne me paraissaient pas les moins jolis de tous.

Avec cela, on me parlait du paradis, et on me régalait de ce qu'il y avait de plus frais et de plus joli dans l'allégorie catholique; si bien que les anges et les amours, la bonne Vierge et la bonne fée, les polichinelles et les magiciens, les diablotins du théâtre et les saintes de l'église, se confondant dans ma cervelle, y produisaient le plus étrange gâchis poétique qu'on puisse imaginer.

Ma mère avait des idées religieuses que le doute n'effaça jamais, vu qu'elle ne les examina jamais. Elle ne se mettait donc nullement en peine de me présenter comme vraies ou emblématiques les notions de merveilleux qu'elle me versait à pleines mains, artiste et poète qu'elle était elle-même sans le savoir, croyant, dans sa religion, à tout ce qui était beau et bon, rejetant tout ce qui était sombre et menaçant, et me parlant des trois Grâces ou des neuf Muses avec autant de sérieux que des vertus théologales ou des vierges sages.

Que ce soit éducation, insufflation ou prédisposition, il est certain que l'amour du roman s'empara de moi passionnément, avant que j'eusse fini d'apprendre à lire. Voici comment:

Je ne comprenais pas encore la lecture des contes de fées; les mots imprimés, même dans le style le plus élémentaire, ne m'offraient pas grand sens, et c'est par le récit que j'arrivais à comprendre ce qu'on m'avait fait lire. De mon propre mouvement je ne lisais pas; j'étais paresseuse par nature et n'ai pu me vaincre qu'avec de grands efforts. Je ne cherchais donc dans les livres que les images; mais tout ce que j'apprenais par les yeux et par les oreilles entrait en ébullition dans ma petite tête, et j'y rêvais au point de perdre souvent la notion de la réalité et du milieu où je me trouvais. Comme j'avais eu longtemps la manie de jouer au poêle avec le feu, ma mère, qui n'avait pas de servante, et que je vois toujours occupée à coudre ou à soigner le pot-au-feu, ne pouvait se débarrasser de moi qu'en me retenant souvent dans la prison qu'elle m'avait inventée, à savoir quatre chaises avec une chaufferette sans feu au milieu, pour m'asseoir quand je serais fatiguée, car nous n'avions pas le luxe d'un coussin: c'étaient des chaises garnies en paille, et je m'évertuais à les dégarnir avec mes ongles; il faut croire qu'on les avait sacrifiées à mon usage. Je me rappelle que j'étais encore si petite que pour me livrer à cet amusement, j'étais obligée de monter sur la chaufferette: alors je pouvais appuyer mes coudes sur l'un des siéges, et je jouais des griffes avec une patience miraculeuse. Mais tout en cédant ainsi au besoin d'occuper mes mains, besoin qui m'est toujours resté, je ne pensais nullement à la paille des chaises. Je composais à haute voix d'interminables contes que ma mère appelait mes romans. Je n'ai aucun souvenir de ces plaisantes compositions. Ma mère m'en a parlé mille fois et longtemps avant que j'eusse la pensée d'écrire. Elle les déclarait souverainement ennuyeuses, à cause de leur longueur et du développement que je donnais aux digressions. C'est un défaut que j'ai bien conservé, à ce qu'on dit, car pour moi, j'avoue que je me rends peu de compte de ce que je fais, et que j'ai aujourd'hui, tout comme à quatre ans, un laisser-aller invincible dans ce genre de création.

Il paraît que mes histoires étaient une sorte de pastiche de tout ce dont ma petite cervelle était obsédée. Il y avait toujours un canevas dans le goût des contes de fées, et, pour personnages principaux, une bonne fée, un bon prince et une belle princesse. Il y avait peu de méchants êtres, et jamais de grands malheurs. Tout s'arrangeait sous l'influence d'une pensée riante et optimiste, comme l'enfance. Ce qu'il y avait de curieux, c'était la durée de ces histoires et leur sorte de suite, car j'en reprenais le fil là où il avait été interrompu la veille. Peut-être ma mère, écoutant machinalement et comme malgré elle ces longues divagations, m'aidait-elle à son insu à m'y retrouver. Ma tante se souvient aussi de ces histoires, et s'égaye aussi de ce souvenir. Elle se rappelle m'avoir dit souvent: «Eh bien! Aurore, est-ce que ton prince n'est pas encore sorti de la forêt? Ta princesse aura-t-elle bientôt fini de mettre sa robe à queue et sa couronne d'or?—Laisse-la tranquille, disait ma mère: je ne peux travailler en repos que quand elle commence ses romans entre quatre chaises.

Je me rappelle d'une manière plus nette, l'ardeur que je prenais aux jeux qui simulaient une action véritable. J'étais maussade pour commencer. Quand ma sœur ou la fille aînée du vitrier venaient me provoquer aux jeux classiques de pied de bœuf ou de main-chaude, je n'en trouvais aucun à mon gré ou je m'en lassais tout de suite. Mais, avec ma cousine Clotilde ou les autres enfants de mon âge, j'arrivais d'emblée aux jeux qui flattaient ma fantaisie. Nous simulions des batailles, des fuites à travers ces bois qui jouaient un si grand rôle dans mon imagination. Et puis, l'une de nous était perdue, les autres la cherchaient et l'appelaient. Elle était endormie sous un arbre, c'est-à-dire sous le canapé. On venait à son aide: l'une de nous était la mère des autres ou leur général, car l'impression militaire du dehors pénétrait forcément jusque dans notre nid, et, plus d'une fois, j'ai fait l'empereur et j'ai commandé sur le champ de bataille. On mettait en lambeaux les poupées, les bonhommes et les ménages, et il paraît que mon père avait l'imagination aussi jeune que nous, car il ne pouvait souffrir cette représentation microscopique des scènes d'horreur qu'il voyait à la guerre. Il disait à ma mère:—Je t'en prie, donne un coup de balai au champ de bataille de ces enfants: c'est une manie, mais cela me fait mal de voir par terre ces bras, ces jambes et toutes ces guenilles rouges.»

Nous ne nous rendions pas compte de notre férocité, tant les poupées et les bonshommes souffraient patiemment ce carnage. Mais en galopant sur nos coursiers imaginaires, et en frappant de nos sabres invisibles les meubles et les jouets, nous nous laissions emporter à un enthousiasme qui nous donnait la fièvre. On nous reprochait nos jeux de garçons, et il est certain que ma cousine et moi, nous avions l'esprit avide d'émotions viriles. Je me retrace particulièrement un jour d'automne où, le dîner étant servi, la nuit s'était faite dans la chambre. Ce n'était pas chez nous, mais, à Chaillot, chez ma tante, à ce que je puis croire, car il y avait des rideaux de lit, et chez nous il n'y en avait pas. Nous nous poursuivions l'une l'autre à travers les arbres, c'est-à-dire sous les plis des rideaux, Clotilde et moi. L'appartement disparut à nos yeux, et nous étions véritablement dans un sombre paysage à l'entrée de la nuit. On nous appelait pour dîner et nous n'entendions rien. Ma mère vint me prendre dans ses bras pour me porter à table, et je me rappellerai toujours l'étonnement où je fus en voyant les lumières, la table et les objets réels qui m'environnaient. Je sortais positivement d'une hallucination complète, et il me coûtait d'en sortir si brusquement. Quelquefois étant à Chaillot, je croyais être chez nous à Paris, et réciproquement. Il me fallait faire souvent un effort pour m'assurer du lieu où j'étais, et j'ai vu ma fille, enfant, subir cette illusion d'une manière très prononcée.

Je ne crois pas avoir été à Chaillot depuis 1808, car, après le voyage d'Espagne, je n'ai plus quitté Nohant jusqu'après l'époque où mon oncle vendit à l'État sa petite propriété qui se trouvait sur l'emplacement destiné au palais du roi de Rome. Que je me trompe ou non, je placerai ici ce que j'ai à dire de cette maison, qui était alors une véritable maison de campagne. Chaillot n'étant point bâti comme il l'est aujourd'hui.

C'était l'habitation la plus modeste du monde, je le comprends, aujourd'hui que les objets restés dans ma mémoire m'apparaissent avec leur valeur véritable. Mais, à l'âge que j'avais alors, c'était un paradis. Je pourrais donner le plan du local et celui du jardin, tant ils me sont restés présents. Le jardin était surtout pour moi un lieu de délices, car c'était le seul que je connusse. Ma mère qui, malgré ce qu'on disait d'elle alors à ma grand'mère, vivait dans une gêne voisine de la pauvreté, et avec une économie et un labeur domestiques dignes d'une femme du peuple, ne me menait pas aux Tuileries étaler des toilettes que nous n'avions pas, et me maniérer en jouant au cerceau ou à la corde sous les regards des badauds. Nous ne sortions de notre triste réduit que pour aller quelquefois au théâtre dont ma mère avait le goût prononcé, ainsi que je l'avais déjà, et le plus souvent à Chaillot, où nous étions toujours reçues à grands cris de joie. Le voyage à pied et le passage par la pompe à feu me contrariaient bien d'abord: mais à peine me trouvais-je dans ce jardin, que je me croyais dans l'île enchantée de mes contes. Clotilde, qui pouvait s'ébattre là au grand soleil toute la journée, était bien plus fraîche et plus enjouée que moi. Elle me faisait les honneurs de son Eden avec ce bon cœur et cette franche gaîté qui ne l'ont jamais abandonnée. Elle était certes la meilleure de nous deux, la mieux portante et la moins capricieuse; aussi je l'adorais en dépit de quelques algarades que je provoquais toujours, et auxquelles elle répondait par des moqueries qui me mortifiaient un peu. Ainsi quand elle était mécontente de moi, elle jouait sur mon nom d'Aurore, et m'appelait *Horreur*, injure qui m'exaspérait. Mais pouvais-je bouder longtemps en face d'une charmille verte, et d'une terrasse toute bordée de pots de fleurs? C'est là que j'ai vu les premiers fils de la Vierge, tout blancs et brillants au soleil d'automne: ma sœur y était ce jour-là, car ce fut elle qui m'expliqua doctement comme quoi la sainte Vierge filait elle-même ces jolis fils sur sa quenouille d'ivoire. Je n'osais pas les briser et je me faisais bien petite pour passer dessous.

Le jardin était un carré long, fort petit en réalité, mais qui me semblait immense, quoique j'en fisse le tour deux cents fois par jour. Il était régulièrement dessiné à la mode d'autrefois: il y avait des fleurs et des légumes: pas la moindre vue, car il était tout entouré de murs; mais il y avait au fond une terrasse sablée, à laquelle on montait par des marches en pierre, avec un grand vase de terre cuite, classiquement bête, de chaque côté, et c'était sur cette terrasse, lieu idéal pour moi, que se passaient nos grands jeux de bataille, de fuite et de poursuite.

C'est là aussi que j'ai vu des papillons pour la première fois, et de grandes fleurs de tournesol qui me paraissaient avoir cent pieds de haut. Un jour, nous fûmes interrompues dans nos jeux par une grande rumeur au dehors. On criait *Vive l'Empereur!* on marchait à pas précipités, on s'éloignait, et les cris continuaient toujours. L'Empereur passait, en effet, à quelque distance, et nous entendions le trot des chevaux et l'émotion de la foule. Nous ne pouvions pas voir à travers le mur; mais ce fut bien beau dans mon imagination, je m'en souviens; et nous criâmes de toutes nos forces: *Vive l'Empereur!* transportées d'un enthousiasme sympathique.

Savions-nous ce que c'était que l'empereur? Je ne m'en souviens pas, mais il est probable que nous en entendions parler sans cesse. Je m'en fis une idée distincte peu de temps après. Je ne saurais dire précisément l'époque, mais ce devait être à la fin de 1807.

Il passait la revue sur le boulevard, et il était non loin de la Madeleine lorsque ma mère et Pierret, ayant réussi à pénétrer jusqu'auprès des soldats. Pierret m'éleva dans ses bras, au-dessus des shakos, pour que je pusse le voir. Cet objet qui dominait la ligne de têtes, frappa machinalement les yeux de l'empereur, et ma mère s'écria: «Il t'a regardée;

souviens-toi de ça, ça te portera bonheur.» Je crois que l'empereur entendit ces paroles naïves, car il me regarda tout-à-fait et je crois voir encore une sorte de sourire flotter sur son visage pâle dont la sévérité froide m'avait effrayée d'abord. Je n'oublierai donc jamais sa figure et surtout cette expression de son regard qu'aucun portrait n'a pu rendre. Il était à cette époque assez gras et blême. Il avait une redingote sur son uniforme, mais je ne saurais dire si elle était grise. Il avait son chapeau à la main au moment où je le vis, et je fus comme magnétisée un instant par ce regard clair, si dur au premier moment et tout à coup si bienveillant et si doux. Je l'ai revu d'autres fois, mais confusément, parce que j'étais moins près et qu'il passait vite.

J'ai vu aussi le roi de Rome, enfant, dans les bras de sa nourrice. Il était à une fenêtre des Tuileries, et il riait aux passants. En me voyant, il se mit à rire encore plus, par l'effet sympathique que les enfants produisent les uns sur les autres. Il tenait un gros bonbon dans sa petite main, et il le jeta de mon côté. Ma mère voulut le ramasser pour me le donner; mais le factionnaire, qui surveillait la fenêtre, ne voulut pas permettre qu'elle fît un pas au-delà de la ligne qu'il gardait. La gouvernante lui fit en vain signe que le bonbon était pour moi et qu'il fallait me le donner. Cela n'entrait probablement pas dans la consigne de ce militaire, et il fit la sourde oreille. Je fus très blessée de ce procédé, et je m'en allai demandant à ma mère pourquoi ce soldat était si malhonnête. Elle m'expliqua que son devoir était de garder ce précieux enfant et d'empêcher qu'on ne l'approchât de trop près, parce que des gens mal intentionnés pourraient lui faire du mal. Cette idée que quelqu'un pût faire du mal à un enfant me parut exorbitante; mais à cette époque j'avais neuf ou dix ans, car le petit roi en avait deux tout au plus, et cette anecdote n'est qu'une digression par anticipation.

Un souvenir qui date de mes quatre premières années, est ma première émotion musicale.

Ma mère avait été voir quelqu'un dans un village près de Paris, je ne sais lequel. L'appartement était à un étage très élevé, et de la fenêtre, étant trop petite pour voir dans la rue, je ne distinguais que le faîte des maisons environnantes, et beaucoup d'étendue de ciel. Nous passâmes là une partie de la journée, mais je ne fis attention à rien, tant j'étais occupée du son d'un flageolet qui joua tout le temps une foule d'airs qui me parurent admirables. Le son partait d'une des mansardes les plus élevées, et même d'assez loin, car ma mère, à qui je demandais ce que c'était, l'entendait à peine. Pour moi, dont l'ouïe était apparemment plus fine et plus sensible à cette époque, je ne perdais pas une seule modulation de ce petit instrument, si aigu de près, si doux à distance, et j'en étais charmée. Il me semblait l'entendre dans un rêve. Le ciel était pur et d'un bleu étincelant, et ces délicates mélodies semblaient planer sur les toits et se perdre dans le ciel même. Qui sait si ce n'était pas un artiste d'une inspiration supérieure, qui n'avait, en ce moment, d'autre auditeur attentif que moi? Ce pouvait bien être aussi un marmiton qui étudiait l'air de la *Monaco* ou des *Folies d'Espagne*. Quoi qu'il en soit, j'éprouvai d'indicibles jouissances musicales, et j'étais véritablement en extase devant cette fenêtre où, pour la première fois, je comprenais vaguement l'harmonie des choses extérieures, mon âme étant également ravie par la musique et par la beauté du ciel.

FIN DU TOME TROISIÈME

TOME QUATRIÈME

CHAPITRE DEUXIEME

Intérieur de mes parents.—Mon ami Pierret.—Départ pour l'Espagne.—Les poupées.—Les Asturies.—Les liserons et les ours.—La tache de sang.—Les pigeons.—La pie parlante.—La reine d'Etrurie.—Madrid.—Le palais de Godoy.—Le lapin blanc.—Les jouets des infans.—Le prince Fanfarinet.—Je passe aide-de-camp de Murat.—Sa maladie.—Le faon de biche.—Weber.—Première solitude.—Les mamelucks.—Les Orblutes.—L'écho.—Naissance de mon frère.—On s'aperçoit qu'il est aveugle.—Nous quittons Madrid.

Tous mes souvenirs d'enfance sont bien puérils, comme l'on voit; mais si chacun de mes lecteurs fait un retour sur lui-même en me lisant, s'il se retrace avec plaisir les premières émotions de sa vie, s'il se sent redevenir enfant pendant une heure, ni lui ni moi n'aurons perdu notre temps, car l'enfance est bonne, candide, et les meilleurs êtres sont ceux qui gardent le plus, qui perdent le moins de cette candeur et de cette sensibilité primitives.

J'ai très peu de souvenir de mon père avant la campagne d'Espagne.—Il était si souvent absent, que je dus le perdre de vue pendant de longs intervalles. Il a pourtant passé auprès de nous l'hiver de 1807 à 1808, car je me rappelle vaguement de tranquilles dîners à la lumière, et un plat de friandises à coup sûr fort modeste, car il consistait en vermicelle cuit dans du lait, et sucré, que mon père faisait semblant de vouloir manger tout entier pour s'amuser de ma gourmandise désappointée. Je me rappelle aussi qu'il faisait avec sa serviette nouée et roulée de diverses manières, des figures de moine, de lapin et de pantin, qui me faisaient beaucoup rire. Je crois qu'il m'eût horriblement gâtée, car ma mère était forcée de s'interposer entre nous pour qu'il n'encourageât pas tous mes caprices au lieu de les réprimer. On m'a dit que pendant le peu de temps qu'il pouvait passer dans sa famille, il s'y trouvait si heureux, qu'il ne voulait pas perdre sa femme et ses enfants de vue; qu'il jouait avec moi des jours entiers, et qu'en grand uniforme il n'avait nullement honte de me porter dans ses bras au milieu de la rue et sur les boulevards.

A coup sûr, j'étais très heureuse, car j'étais très aimée; nous étions pauvres, et je ne m'en apercevais nullement. Mon père touchait pourtant alors des appointements qui eussent pu nous procurer de l'aisance, si les dépenses qu'entraînaient ses fonctions d'aide-de-camp de Murat n'eussent dépassé ses recettes. Ma grand'mère se privait elle-même pour le mettre sur le pied de luxe insensé qu'on exigeait de lui, et encore laissa-t-il des dettes de chevaux, d'habits et d'équipements. Ma mère fut souvent accusée d'avoir ajouté par son désordre à ces embarras de famille. J'ai le souvenir si net de notre intérieur à cette époque, que je puis affirmer qu'elle ne méritait en rien ces reproches. Elle faisait elle-même son lit, balayait l'appartement, raccommodait ses nippes et faisait la cuisine. C'était une femme d'une activité et d'un courage extraordinaires. Toute sa vie elle s'est levée avec le jour et couchée à une heure du matin, et je ne me rappelle pas l'avoir vue oisive un seul instant. Nous ne recevions personne en dehors de notre famille et de l'excellent ami Pierret, qui avait la tendresse d'un père et les soins d'une mère.

C'est le moment de faire l'histoire et le portrait de cet homme inappréciable que je regretterai toute ma vie.

Pierret était fils d'un petit propriétaire champenois, et dès l'âge de dix-huit ans il était employé au Trésor, où il a toujours occupé un emploi modeste. C'était le plus laid des hommes; mais cette laideur était si bonne qu'elle appelait la confiance et l'amitié. Il avait un gros nez épaté, une bouche épaisse et de très petits yeux; ses cheveux blonds frisaient obstinément, et sa peau était si ridiculement blanche et rose, qu'il parut toujours jeune. A quarante ans, il se mit fort en colère parce qu'un commis de la mairie, où il servait de témoin au mariage de ma sœur, lui demanda de très bonne foi s'il avait atteint l'âge de majorité. Il était pourtant assez grand et assez gros, et sa figure était toute ridée, à cause d'un tic nerveux qui lui faisait faire perpétuellement des grimaces effroyables. C'était peut-être ce tic même qui empêchait qu'on pût se faire une idée juste de l'espèce de visage qu'il pouvait avoir. Mais je crois que c'était surtout l'expression candide et naïve de cette physionomie, dans ses rares instants de repos, qui prêtait à l'illusion. Il n'avait pas la moindre parcelle de ce qu'on appelle de l'esprit; mais comme il jugeait tout avec son cœur et sa conscience, on pouvait bien lui demander conseil sur les affaires les plus délicates de la vie. Je ne crois pas qu'il ait jamais existé un homme plus pur, plus loyal, plus dévoué, plus généreux et plus juste. Et son âme était d'autant plus belle, qu'il n'en connaissait pas la beauté et la rareté. Croyant à la bonté des autres, il ne s'est jamais douté qu'il fût une exception.

Il avait des goûts fort prosaïques. Il aimait le vin, la bière, la pipe, le billard et le domino. Tout le temps qu'il ne passait pas avec nous, il le passait dans un estaminet de la rue du Faubourg-Poissonnière, à l'enseigne du *Cheval-Blanc*. Il y était comme dans sa famille, car il le fréquenta pendant trente ans, et il y porta, jusqu'à son dernier jour, son inépuisable enjoûment et son incomparable bonté. Sa vie s'est écoulée dans un cercle bien obscur et fort peu varié. Il s'y est trouvé heureux. Et comment ne l'eût-il pas été? Quiconque l'a connu l'a aimé, et jamais l'idée du mal n'a effleuré son âme honnête et simple.

Il était pourtant fort nerveux, et par conséquent colère et susceptible. Mais il fallait que sa bonté fût bien irrésistible, car il n'a jamais réussi à blesser personne. On n'a pas idée des brusqueries et des algarades que j'ai eues à essuyer de lui. Il frappait du pied, roulait ses petits yeux, devenait rouge et se livrait aux plus fantastiques grimaces tout en vous adressant dans un langage fort peu parlementaire les plus véhémens reproches. Ma mère avait coutume de n'y pas faire la moindre attention. Elle se contentait de dire: «Ah! voilà Pierret en colère, nous allons voir de belles grimaces!» et aussitôt Pierret, oubliant le ton tragique, se mettait à rire. Elle le taquinait beaucoup, et il n'est pas étonnant qu'il perdît souvent patience. Dans leurs dernières années, il était devenu plus irascible encore, et il ne se passait guère de jour qu'il ne prît son chapeau et ne sortît de chez elle en lui déclarant qu'il n'y remettrait jamais les pieds; mais il revenait le soir sans se rappeler la solennité de ses adieux du matin.

Quant à moi, il s'arrogeait un droit de paternité qui eût été jusqu'à la tyrannie s'il lui eût été possible de réaliser ses menaces. Il m'avait vue naître et il m'avait sevrée. Cela est assez remarquable pour donner une idée de son caractère. Ma mère, étant épuisée de fatigue, mais ne pouvant se résoudre à braver mes cris et mes plaintes, et craignant aussi que je fusse mal soignée, la nuit, par une bonne, était arrivée à ne plus dormir, dans un moment où elle en avait grand besoin. Voyant cela, un soir, et de sa propre autorité, Pierret vint me prendre dans mon berceau, et m'emporta chez lui où il me garda quinze ou vingt nuits, dormant à peine, tant il craignait pour moi, et me faisant boire du lait et de l'eau sucrée avec autant de sollicitude, de soin et de propreté qu'une berceuse eût pu le faire. Il me rapportait chaque matin à ma mère pour aller à son bureau, puis au *Cheval Blanc*; et chaque soir il venait me reprendre, me portant ainsi à pied devant tout le quartier, lui grand garçon de vingt-deux ou vingt-trois ans, et ne se souciant guère d'être remarqué. Quand ma mère faisait mine de résister et de s'inquiéter, il se fâchait tout rouge, lui reprochait son imbécile faiblesse, car il ne choisissait pas ses épithètes, il le disait lui-même avec grand contentement de sa manière d'agir; et quand il me rapportait, ma mère était forcée d'admirer combien j'étais proprette, fraîche et de bonne humeur.

Il est si peu dans les goûts et dans les facultés d'un homme, et surtout d'un homme d'estaminet, comme Pierret, de soigner un enfant de dix mois, que c'est merveille, non qu'il l'ait fait, mais que l'idée lui en soit venue. Enfin, je fus sevrée par lui, et il en vint à bout à son honneur, ainsi qu'il l'avait annoncé.

On pense bien qu'il me regarda toujours comme un petit enfant, et j'avais environ quarante ans, qu'il me parlait toujours comme à un marmot. Il était très exigeant sur le chapitre, non de la reconnaissance, il n'avait jamais songé à se faire valoir en quoi que ce soit, mais sur celui de l'amitié. Et quand on l'éprouvait en lui demandant pourquoi il voulait être tant aimé, il ne savait répondre que ceci: C'est que je vous aime. Et il disait cette douce parole d'un ton de fureur et avec une contraction nerveuse qui lui faisait grincer les dents. Si, en écrivant trois mots à ma mère, j'oubliais une seule fois d'adresser quelque amitié à Pierret, et que je vinsse à le rencontrer sur ces entrefaites, il me tournait le dos et refusait de me dire bonjour. Les explications et les excuses ne servaient de rien. Il me traitait de mauvais cœur, de mauvais enfant, et il me jurait une rancune et une haine éternelles. Il disait cela d'une manière si comique qu'on eût cru qu'il jouait une sorte de parade, si on n'eût vu de grosses larmes rouler dans ses yeux. Ma mère, qui connaissait cet état nerveux, lui disait: Taisez-vous donc, Pierret; vous êtes fou; et même elle le pinçait fortement pour que ce fût plus vite fini. Alors il revenait à lui-même et daignait écouter ma justification. Il ne fallait qu'un mot du cœur et une caresse pour l'apaiser et le rendre heureux, aussitôt qu'on avait réussi à la lui faire entendre.

Il avait fait connaissance avec mes parents dès les premiers jours de mon existence, et d'une manière qui les avait liés tout d'un coup. Une parente à lui demeurait rue Meslay, sur le même carré que ma mère. Cette femme avait un enfant de mon âge qu'elle négligeait, et qui, privé de son lait, criait tout le jour. Ma mère entra pendant une des nombreuses absences dont il pâtissait cruellement, et, voyant que le petit malheureux mourait de besoin, le fit téter et continua à le secourir ainsi sans rien dire. Mais Pierret, en venant voir sa parente, surprit ma mère dans cette occupation, en fut attendri, et se dévoua à elle et aux siens pour toujours.

A peine eût-il vu mon père, qu'il se prit également pour lui d'une affection sérieuse. Il se chargea de toutes ses affaires, y mit de l'ordre, le débarrassa des créanciers de mauvaise foi, l'aida par sa prévoyance à satisfaire peu à peu les autres; enfin il le délivra de tous les soins matériels qu'il était peu capable de débrouiller sans le secours d'un esprit rompu aux affaires de détail et toujours occupé du bien-être d'autrui. C'est lui qui lui choisissait ses domestiques, qui réglait ses mémoires, qui touchait ses recettes et lui faisait parvenir de l'argent à coup sûr, en quelque lieu que l'imprévu de la guerre l'eût porté.

Mon père ne partait jamais pour une campagne sans lui dire. «Pierret, je te recommande ma femme et mes enfants, et si je ne reviens pas, songe que c'est pour toute ta vie.» Pierret prit cette recommandation au sérieux, car toute sa vie nous fut consacrée après la mort de mon père.

On voulut bien incriminer ces relations domestiques, car qu'y a-t-il de sacré en ce monde, et quelle âme peut être jugée pure par celles qui ne le sont pas? Mais, à quiconque a été digne de comprendre Pierret, une semblable supposition paraîtra toujours un outrage à sa mémoire. Il n'était pas assez séduisant pour rendre ma mère infidèle, même par la pensée. Il était trop consciencieux et trop probe pour ne pas s'éloigner d'elle, s'il eût senti en lui-même le danger de trahir, même mentalement, la confiance dont il était si fier et si jaloux.

Par la suite, il épousa la fille d'un général sans fortune, et ils firent très bon ménage ensemble, cette personne étant estimable et bonne, à ce que j'ai toujours entendu dire à ma mère, que j'ai vue en relations affectueuses avec elle.

Quand notre voyage en Espagne fut résolu, ce fut Pierret qui fit tous nos préparatifs. Ce n'était pas une entreprise fort prudente de la part de ma mère, car elle était grosse de sept à huit mois. Elle voulait m'emmener, et j'étais encore un personnage assez incommode. Mais mon père annonçait un séjour de quelque temps à Madrid, et ma mère avait, je crois, quelque soupçon jaloux. Quel que fût le motif, elle s'obstina à l'aller rejoindre et se laissa séduire, je crois, par l'occasion. La femme d'un fournisseur de l'armée, qu'elle connaissait, partait en poste et lui offrait une place dans sa calèche pour la conduire jusqu'à Madrid.

Cette dame avait pour tout protecteur, dans cette occurrence, un petit jockey de douze ans. Nous voici donc en route ensemble, deux femmes dont une enceinte, et deux enfants dont je n'étais pas le plus déraisonnable et le plus insoumis.

Je ne crois pas avoir eu de chagrin en me séparant de ma sœur, qui restait en pension, et de ma cousine Clotilde. Comme je ne les voyais pas tous les jours, je ne me faisais pas l'idée de la durée plus ou moins longue d'une séparation que je voyais recommencer toutes les semaines. Je ne regrettais pas non plus l'appartement, quoique ce fût à peu près mon univers et que je n'eusse encore guère existé ailleurs par la pensée. Ce qui me serra véritablement le cœur pendant les premiers moments du voyage, ce fut la nécessité de laisser ma poupée dans cet appartement désert où elle devait s'ennuyer si fort.

Le sentiment que les petites filles éprouvent pour leur poupée est véritablement assez bizarre, et je l'ai ressenti si longtemps et si vivement, que, sans l'expliquer, je puis aisément le définir. Il n'est aucun moment de leur enfance où elles se trompent entièrement sur le genre d'existence de cet être inerte qu'on leur met entre les mains et qui doit développer en elles le sentiment de la maternité, pour ainsi dire avec la vie. Du moins, quant à moi, je ne me souviens pas d'avoir jamais cru que ma poupée fût un être animé: pourtant j'ai ressenti pour certaines de celles que j'ai possédées une véritable affection maternelle. Ce n'était pas précisément de l'idolâtrie, quoique l'usage de faire aimer ces sortes de fétiches aux enfants soit un peu sauvage. Je ne me rendais pas bien compte de ce que c'était que cette affection, et je crois que si j'eusse pu l'analyser, j'y aurais trouvé quelque chose d'analogue, relativement, à ce que les catholiques fervens éprouvent en face de certaines images de dévotion. Ils savent que l'image n'est pas l'objet même de leur adoration, et pourtant ils se prosternent devant l'image, ils la parent, ils l'encensent, ils lui font des offrandes; les anciens n'étaient pas plus idolâtres que nous, quoi qu'on en ait dit. En aucun temps, les hommes éclairés n'ont adoré ni la statue de Jupiter, ni l'idole de Mammon: c'est Jupiter et Mammon qu'ils révéraient sous les symboles extérieurs. Mais en tout temps, aujourd'hui comme jadis, les esprits incultes ont été assez empêchés de faire une distinction bien nette entre le Dieu et l'image.

Il en est ainsi des enfants en général. Ils sont entre le réel et l'impossible. Ils ont besoin de soigner ou de gronder, de caresser ou de briser ce fétiche d'enfant ou d'animal qu'on leur donne pour jouet, et dont on les accuse à tort de se dégoûter trop vite. Il est tout simple, au contraire, qu'ils s'en dégoûtent. En les brisant ils protestent contre le mensonge. Un instant, ils ont cru trouver la vie dans cet être muet qui bientôt leur montre ses muscles de fil de laiton, ses membres difformes, son cerveau vide, ses entrailles de son ou de filasse. Et le voilà qui souffre l'examen, qui se soumet à l'autopsie, qui tombe lourdement au moindre choc et se brise d'une façon ridicule. Comment l'enfant aurait-il pitié de cet être qui n'excite que son mépris? Plus il l'a admiré dans sa fraîcheur et dans sa nouveauté, plus il le dédaigne quand il a surpris le secret de son inertie et de sa fragilité. J'ai aimé à casser les poupées et les faux chats, et les faux chiens, et les faux petits hommes, tout comme les autres enfants. Mais il y a eu, par exceptions, certaines poupées que j'ai soignées comme de vrais enfants. Quand j'avais déshabillé la petite personne, si je voyais ses bras vaciller sous les épingles qui les retenaient aux épaules, et ses mains de bois se détacher de ses bras, je ne pouvais me faire aucune illusion sur son compte, et je la sacrifiais vite aux jeux impétueux et belliqueux; mais si elle était solide et bien faite, si elle résistait aux premières épreuves, si elle ne se cassait pas le nez à la première chute, si ses yeux d'émail avaient une espèce de regard dans mon imagination, elle devenait ma fille, je lui rendais des soins infinis, et je la faisais respecter des autres enfants avec une jalousie incroyable.

J'avais aussi des jouets de prédilection, un entre autres que je n'ai jamais oublié et qui s'est perdu à mon grand regret, car je ne l'ai point brisé, et il se peut qu'il fût effectivement aussi joli qu'il me paraît dans mes souvenirs.

C'était une pièce de surtout de table assez ancienne, car elle avait servi de jouet à mon père dans son enfance, le surtout entier n'existant plus apparemment à cette époque. Il l'avait retrouvée chez ma grand'mère en fouillant dans une armoire, et, se rappelant combien ce jouet lui avait plu, il me l'avait apporté. C'était une petite Vénus en biscuit de Sèvres, portant deux colombes dans ses mains. Elle était montée sur un piédestal, lequel tenait à un petit plateau ovale doublé d'une glace et entouré de découpures de cuivre doré. Dans cette garniture se trouvaient des tulipes qui servaient de chandeliers, et quand on y allumait de petites bougies, la glace, qui figurait un bassin d'eau vive, reflétait les lumières et la statue, et les jolis ornements dorés de la garniture.

C'était pour moi tout un monde enchanté que ce joujou, et quand ma mère m'avait raconté pour la dixième fois le charmant conte de Gracieuse et Percinet, je me mettais à composer en imagination des paysages ou des jardins magiques dont je croyais saisir la répétition dans un lac. Où les enfants trouvent-ils la vision des choses qu'ils n'ont jamais vues?

Lorsque nos paquets pour le voyage en Espagne furent terminés, j'avais une poupée chérie qu'on m'eût sans doute laissée emporter; mais ce ne fut point mon idée. Il me sembla qu'elle se casserait ou qu'on la prendrait si je ne la laissais dans ma chambre, et après l'avoir déshabillée et lui avoir fait une toilette de nuit fort recherchée, je la couchai dans mon petit lit et j'arrangeai les couvertures avec beaucoup de soin. Au moment de partir, je courus lui donner un dernier regard, et comme Pierret me promettait de venir lui faire manger la soupe tous les matins, je commençai à tomber dans l'état de doute où sont les enfants sur la réalité de ces sortes d'êtres. État vraiment singulier où la raison naissante d'une part, et le besoin d'illusion de l'autre, se combattent dans leur cœur, avide d'amour maternel. Je pris les deux mains de ma poupée et je les lui joignis sur la poitrine. Pierret m'observa que c'était l'attitude d'une morte. Alors je lui élevai les mains jointes au-dessus de la tête, dans une attitude de désespoir ou d'invocation, à laquelle j'attribuais très sérieusement une idée superstitieuse. Je pensais que c'était un appel à la bonne fée, et qu'elle serait protégée en restant dans cette posture tout le temps de mon absence. Aussi Pierret dut me promettre de ne pas la lui faire perdre. Il n'y a rien de plus vrai au monde que cette folle et poétique histoire d'Hoffmann, intitulée le *Casse-Noisette*. C'est la vie intellectuelle de l'enfant prise sur le fait. J'en aime même cette fin embrouillée qui se perd dans le monde des chimères. L'imagination des enfants est aussi riche et aussi confuse que ces brillants rêves du conteur allemand.

Sauf la pensée de ma poupée qui me poursuivit pendant quelque temps, je ne me rappelle rien du voyage jusqu'aux montagnes des Asturies. Mais je ressens encore l'étonnement et la terreur que me causèrent ces grandes montagnes. Les brusques détours de la route au milieu de cet amphithéâtre où les cimes fermaient l'horizon, m'apportaient à chaque instant une surprise pleine d'angoisses. Il me semblait que nous étions enfermés dans ces montagnes, qu'il n'y avait plus de route et que nous ne pourrions ni continuer ni retourner. J'y vis pour la première fois, sur les marges du chemin, de la vrille en fleurs. Ces clochettes roses délicatement rayées de blanc, me frappèrent beaucoup. Ma mère m'ouvrait instinctivement et tout naïvement le monde du beau, en m'associant, dès l'âge le plus tendre, à toutes ses impressions. Ainsi quand il y avait un beau nuage, un grand effet de soleil, une eau claire et courante, elle me faisait arrêter en me disant: «Voilà, qui est joli, regarde.» Et tout aussitôt ces objets que je n'eusse peut-être pas remarqués de moi-même me révélaient leur beauté, comme si ma mère avait eu une clé magique pour ouvrir mon esprit au sentiment inculte, mais profond qu'elle en avait elle-même. Je me souviens que notre compagne de voyage ne comprenait rien aux naïves admirations que ma mère me faisait partager, et qu'elle disait souvent: «Oh! mon Dieu, madame Dupin, que vous êtes drôle avec votre petite fille!» Et pourtant je ne me rappelle pas que ma mère m'ait jamais fait *une phrase*? je crois qu'elle en eût été bien empêchée, car c'est à peine si elle savait écrire à cette époque, et elle ne se piquait point d'une vaine et inutile orthographe; et pourtant elle parlait purement, comme les oiseaux chantent sans avoir appris à chanter. Elle avait la voix douce et la prononciation distinguée: ses moindres paroles me charmaient et me persuadaient.

Comme ma mère était véritablement infirme sous le rapport de la mémoire, et n'avait jamais pu enchaîner deux faits dans son esprit, elle s'efforçait de combattre en moi cette infirmité, qui, à bien des égards, a été héréditaire; aussi, me disait-elle à chaque instant: «Il faudra te souvenir de ce que tu vois là,» et chaque fois qu'elle a pris cette précaution, je me suis souvenue en effet. Ainsi, en voyant ces liserons en fleurs, elle me dit: «Respire-les, cela sent le bon miel, et ne les oublie pas!» C'est donc la première révélation de l'odorat que je me rappelle, et par un lien de souvenirs et de sensations que tout le monde connaît sans pouvoir l'expliquer, je ne respire jamais des fleurs de liserons-vrille sans voir l'endroit des montagnes espagnoles et le bord du chemin où j'en cueillis pour la première fois.

Mais quel était cet endroit? Dieu le sait! Je le reconnaîtrais en le voyant. Je crois que c'était du côté de Pancorbo.

Une autre circonstance que je n'oublierai pas, et qui eût frappé tout autre enfant, est celle-ci: Nous étions dans un endroit assez aplani, et non loin des habitations. La nuit était claire, mais de gros arbres bordaient la route et y jetaient par moments beaucoup d'obscurité. J'étais sur le siégé de la voiture avec le jockey. Le postillon ralentit ses chevaux, se retourna et cria au jockey: *Dites de ne pas avoir peur, j'ai de bons chevaux.* Ma mère n'eut pas besoin que cette parole lui fût transmise; elle l'entendit, et s'étant penchée à la portière, elle vit aussi bien que je les voyais trois personnages, deux sur un côté de la route, l'autre en face, à dix pas de nous environ. Ils paraissaient petits et se tenaient immobiles.—Ce sont des voleurs, cria ma mère; postillon, n'avancez pas, retournez! retournez! Je vois leurs fusils.

Le postillon, qui était Français, se mit à rire, car cette vision de fusils lui prouvait bien que ma mère ne savait guère à quels ennemis nous avions affaire. Il jugea plus prudent de ne pas la détromper, fouetta ses chevaux, et passa résolument au grand trot devant ces trois flegmatiques personnages, qui ne se dérangèrent pas le moins du monde et que je vis distinctement, mais sans pouvoir dire ce que c'était. Ma mère, qui les vit à travers sa frayeur, crut distinguer des chapeaux pointus, et les prit pour une sorte de militaires. Mais quand les chevaux excités, et très effrayés pour leur compte, eurent fourni une assez longue course, le postillon les mit au pas, et descendit pour venir parler à ses voyageuses. «Eh bien, mesdames, dit-il en riant toujours, avez-vous vu leurs fusils? Ils avaient bien quelque mauvaise idée, car ils se sont tenus debout tout le temps qu'ils nous ont vus. Mais je savais que mes chevaux ne feraient pas de sottise. S'ils nous avaient versés dans cet endroit-là, ce n'eût pas été une bonne affaire pour nous.—Mais, enfin, dit ma mère, qu'est-ce que c'était donc?—C'étaient trois grands ours de montagne, sauf votre respect, ma petite dame.»

Ma mère eut plus peur que jamais. Elle suppliait le postillon de remonter sur ses chevaux et de nous conduire bride abattue jusqu'au plus prochain gîte. Mais cet homme était apparemment habitué à de telles rencontres, qui seraient sans doute bien rares aujourd'hui, en plein printemps, sur les voies de grande communication. Il nous dit que ces animaux n'étaient à craindre qu'en cas de chute, et il nous conduisit au relais sans encombre.

Quant à moi, je n'eus aucune peur. J'avais connu plusieurs ours dans mes boîtes de Nuremberg. Je leur avais fait dévorer certains personnages malfaisants de mes romans improvisés; mais ils n'avaient jamais osé attaquer ma bonne princesse, aux aventures de laquelle je m'identifiais certainement sans m'en rendre compte.

On ne s'attend pas sans doute à ce que je mette de l'ordre dans des souvenirs qui datent de si loin. Ils sont très brisés dans ma mémoire, et ce n'est pas ma mère qui eût pu m'aider par la suite à les enchaîner, car elle se souvenait moins que moi. Je dirai seulement, dans l'ordre où elles me viendront, les principales circonstances qui m'ont frappée.

Ma mère eut une autre frayeur moins bien fondée, dans une auberge qui avait pourtant fort bonne mine. Je me retrace ce gîte parce que j'y remarquai pour la première fois ces jolies nattes de paille nuancées de diverses couleurs qui remplacent les tapis chez les peuples méridionaux. J'étais bien fatiguée, nous voyagions par une chaleur étouffante, et mon premier mouvement fut de me jeter tout de mon long sur la natte en entrant dans la chambre qui nous était ouverte. Probablement, nous avions déjà eu sur cette terre d'Espagne, bouleversée par l'insurrection, des gîtes moins confortables, car ma mère s'écria: «A la bonne heure! voici des chambres très propres, et j'espère que nous pourrons dormir.» Mais, au bout de quelques instants, étant sortie dans le corridor, elle fit un grand cri et rentra précipitamment. Elle avait vu une large tache de sang sur le plancher et c'en était assez pour lui faire croire qu'elle était dans un coupe-gorge.

Mme Fontanier (voici que le nom de notre compagne de voyage me revient) se moqua d'elle; mais rien ne put la décider à se coucher qu'elle n'eût examiné furtivement la maison. Ma mère était d'une poltronnerie d'un genre assez particulier. Sa vive imagination lui présentait à chaque instant l'idée des dangers extrêmes; mais, en même temps, sa nature active et sa présence d'esprit remarquable lui inspiraient le courage de réagir, d'examiner, de voir de près les objets qui l'avaient épouvantée, afin de se soustraire au péril, ce qu'elle eût fait fort adroitement, je n'en doute pas. Enfin, elle était de ces femmes qui, en ayant toujours peur de quelque chose, parce qu'elles craignent la mort, ne perdent jamais la tête, parce qu'elles ont, pour ainsi dire, le génie de la conservation.

La voilà donc qui s'arme d'un flambeau et qui veut emmener Mme Fontanier à la découverte: celle-ci, qui n'était ni aussi craintive, ni aussi brave, ne s'en souciait guère. Je me sentis alors prise d'un grand instinct de courage qui avait peu de mérite, puisque je n'avais pas compris pourquoi ma mère avait peur; mais enfin, la voyant se lancer toute seule dans une expédition qui faisait reculer sa compagne, je m'attachai résolument à son jupon, et le jockey, qui était un drôle fort malin, n'ayant peur de quoi que ce soit, et se moquant de toutes gens et de toutes choses, nous suivit avec autre flambeau. Nous allâmes ainsi à la découverte, sur la pointe du pied, pour ne pas éveiller la méfiance des hôtes que nous entendions rire et causer dans la cuisine. Ma mère nous montra, en effet, la tache de sang auprès d'une porte où elle colla son oreille et son imagination était tellement excitée qu'elle crut entendre des gémissements. «Je suis sûre, dit-elle au jockey, qu'il y a là quelque malheureux soldat français égorgé par ces méchants Espagnols,» et d'une main tremblante, mais résolue, elle ouvrit la porte et se trouva en présence de trois énormes cadavres... de porcs fraîchement assassinés pour la provision de la maison et la consommation des voyageurs.

Ma mère se mit à rire et revint se moquer de sa frayeur avec Mme Fontanier. Quant à moi, j'eus plus peur de la vue de ces cochons sanglants et ouverts, si vilainement pendus à la muraille avec leur nez grillé touchant la terre, que de tout ce que j'aurais pu imaginer.

Je ne me fis pas, pour cela, une idée nette de la mort, et il me fallut un autre spectacle pour comprendre ce que c'était. J'avais pourtant tué beaucoup de monde dans mes romans entre quatre chaises, et dans mes jeux militaires avec Clotilde. Je connaissais le mot et non la chose, j'avais fait la morte moi-même sur le champ de bataille avec mes compagnes amazones, et je n'avais senti aucun déplaisir d'être couchée par terre et de fermer les yeux pendant quelques instants. J'appris tout de bon ce que c'est, dans une autre auberge, où l'on m'avait donné un pigeon vivant, sur quatre ou cinq que l'on destinait à notre dîner; car, en Espagne, c'est, avec le porc, le fond de la nourriture des voyageurs, et, en ce temps de guerre et de misère, c'était du luxe que d'en trouver à discrétion. Ce pigeon me causa des transports de joie et de tendresse. Je n'avais jamais eu un si beau joujou, et un joujou vivant, quel trésor! Mais il me prouva bientôt qu'un être vivant est un joujou incommode, car il voulait toujours s'enfuir, et aussitôt que je lui laissais la liberté pour un instant, il s'échappait, et il me fallait le poursuivre dans toute la chambre. Il était insensible à mes baisers, et j'avais beau l'appeler des plus doux noms, il ne m'entendait pas. Cela me lassa, et je demandai où l'on avait mis les autres pigeons. Le jockey me répondit qu'on était en train de les tuer. Eh bien! dis-je, je veux qu'on tue aussi le mien. Ma mère voulut me faire renoncer à cette idée cruelle, mais je m'y obstinai jusqu'à pleurer et à crier, ce qui lui causa une grande surprise. «Il faut, dit-elle à Mme Fontanier, que cette enfant ne se fasse aucune idée de ce qu'elle demande: elle croit que mourir c'est dormir.» Elle me prit alors par la main, et m'emmena avec mon pigeon dans la cuisine, où l'on égorgeait ses frères. Je ne me rappelle pas comment on s'y prenait, mais je vis le mouvement de l'oiseau qui mourait violemment et la convulsion finale. Je poussai des cris déchirants, et, croyant que mon oiseau, déjà tant aimé, avait subi le même sort, je versai des torrents de larmes. Ma mère, qui l'avait sous son bras, me le montra vivant, et ce fut pour moi une joie extrême. Mais quand on nous servit, à dîner, les cadavres des autres pigeons, et qu'on me dit que c'était les mêmes êtres que j'avais vus si beaux avec leurs plumes luisantes et leur doux regard, j'eus horreur de cette nourriture et n'y voulus point toucher.

Plus nous avancions dans notre trajet, plus le spectacle de la guerre devenait terrible. Nous passâmes la nuit dans un village qui avait été brûlé la veille, et où il ne restait dans l'auberge qu'une salle avec un banc et une table. Il n'y avait absolument à manger que des oignons crus, dont je me contentai, mais auxquels ma mère ni sa compagne ne purent se résoudre à toucher. Elles n'osaient pas voyager la nuit; elles la passèrent sans fermer l'œil, et je dormis sur la table, où elles m'avaient fait un lit vraiment trop bon avec les coussins de la calèche.

Il m'est impossible de dire à quelle époque précise de la guerre d'Espagne nous nous trouvions. Je ne me suis jamais occupée de le savoir à l'époque où mes parents eussent pu mettre de l'ordre dans mes souvenirs, et je n'en ai plus aucun en ce monde qui puisse m'y aider. Je pense que nous étions parties de Paris dans le courant d'avril 1808, et que l'événement terrible du 2 mai éclata à Madrid pendant que nous traversions l'Espagne pour nous y rendre. Mon père était arrivé à Bayonne le 27 février. Il écrivait quelques lignes des environs de Madrid le 18 mars, à ma mère, et c'est vers cette époque que j'ai dû voir l'empereur à Paris, à son retour de Venise, et avant son départ pour Bayonne; car, quand je le vis, le soleil baissait et me venait dans les yeux, et nous rentrions chez nous pour dîner. Quand nous quittâmes Paris, il ne faisait pas chaud; mais, à peine fûmes-nous en Espagne, que la chaleur nous accabla. Si j'avais été à Madrid pendant l'événement du 2 mai, une pareille catastrophe m'eût sans doute vivement frappée, puisque je me rappelle de bien moindres circonstances.

En voici une qui me fixe presque: c'est la rencontre que nous fîmes, vers Burgos ou vers Vittoria, d'une reine qui ne pouvait être que la reine d'Etrurie. Or, l'on sait que le départ de cette princesse fut la première cause du mouvement du 2 mai à Madrid. Nous la rencontrâmes probablement peu de jours après, comme elle se dirigeait sur Bayonne où le roi Charles IV l'appelait, afin de réunir toute sa famille sous la serre de l'aigle impériale.

Comme cette rencontre me frappa beaucoup, je puis la raconter avec quelques détails. Je ne saurais dire en quel lieu c'était, sinon que c'était dans une sorte de village où nous nous étions arrêtées pour dîner. Il y avait dans l'auberge un relais de poste, et, au fond de la cour, un assez grand jardin où je vis des tournesols qui me rappelèrent ceux de Chaillot. Pour la première fois, je vis recueillir la graine de cette plante, et l'on me dit qu'elle était bonne à manger. Il y avait dans un coin de cette même cour une pie en cage, et cette pie parlait, ce qui fut pour moi un autre sujet d'étonnement. Elle disait en espagnol quelque chose qui signifiait probablement *mort aux Français*, ou peut-être *mort à Godoy*. Je n'entendais distinctement que le premier mot, qu'elle répétait avec affectation, et avec un accent vraiment diabolique, *muera, muera*. Et le jockey de Mme Fontanier m'expliquait qu'elle était en colère contre moi et qu'elle me souhaitait la mort. J'étais si étonnée d'entendre parler un oiseau que mes contes de fées me parurent plus sérieux que je n'avais peut-être cru jusqu'alors. Je ne me rendis pas du tout compte de cette parole mécanique dont le pauvre oiseau ne comprenait pas le sens. Puisqu'il parlait, il devait penser et raisonner, selon moi, et j'eus très peur de cette espèce de génie malfaisant qui frappait du bec les barreaux de sa cage, en répétant toujours: *Muera, muera!*

Mais je fus distraite par un nouvel événement. Une grande voiture, suivie de deux ou trois autres, venait d'entrer dans la cour, et on changeait de chevaux avec une précipitation extraordinaire. Les gens du village essayaient d'entrer dans la cour en criant: *La reina, la reina!* Mais l'hôte et d'autres personnes les repoussaient en disant: Non, non, ce n'est pas la reine. On relaya si vite que ma mère, qui était à la fenêtre, n'eut pas le temps de descendre pour s'assurer de ce que c'était, d'ailleurs, on ne laissait pas approcher des voitures. Les maîtres de l'hôtellerie paraissaient être dans la confidence, car ils assuraient aux gens du dehors que ce n'était pas la reine, et pourtant une femme de la maison me porta tout auprès de la principale voiture en me disant: *Voyez la reine!*

Ce fut pour moi une assez vive émotion, car il y avait toujours des rois et des reines dans mes romans, et je me représentais des êtres d'une beauté, d'un éclat et d'un luxe extraordinaires. Or, la pauvre reine que je voyais là était vêtue d'une petite robe blanche très étriquée à la mode du temps et très jaunie par la poussière. Sa fille, qui me parut avoir huit ou dix ans, était vêtue comme elle, et toutes deux me parurent très brunes et assez laides; du moins, c'est l'impression qui m'en est restée. Elles avaient l'air triste et inquiet. Dans mon souvenir, elles n'avaient ni suite ni escorte; elles fuyaient plutôt qu'elles ne partaient, et j'entendis ensuite ma mère qui disait d'un ton d'insouciance: «C'est encore une reine qui se sauve.»

Ces pauvres reines sauvaient, en effet, leurs personnes, en laissant l'Espagne livrée à l'étranger. Elles allaient à Bayonne chercher auprès de Napoléon une protection qui ne leur manqua point, en tant que sécurité matérielle, mais qui fut le sceau de leur déchéance politique. On sait que cette reine d'Etrurie était fille de Charles IV et infante d'Espagne. Elle avait épousé son cousin, le fils du vieux duc de Parme. Napoléon, voulant s'emparer du duché, avait donné en retour aux jeunes époux la Toscane, avec le titre de royaume. Ils étaient venus à Paris, en 1801, rendre hommage au premier consul, et ils y avaient été reçus avec de grandes fêtes. On sait que la jeune reine, ayant abdiqué au nom de son fils, était revenue à Madrid au commencement de 1804 pour prendre possession du nouveau royaume de Lusitanie que la victoire devait lui assurer dans le nord du Portugal. Mais tout était désormais remis en question, grâce à l'impuissance politique de Charles IV et au peu de loyauté de cette politique dirigée par le prince de la Paix. Nous allions nous engager dans cette formidable guerre contre la nation espagnole, qui nous arrivait comme par un décret de la fatalité, et qui devait inspirer spontanément à Napoléon la nécessité de s'emparer de toutes ces royales personnes au moment où, d'elles-mêmes, elles venaient implorer son appui. La reine d'Etrurie et ses enfants suivirent le vieux Charles IV, la reine Marie-Louise et le prince de la Paix, à Compiégne.

Lorsque je vis cette reine, elle était déjà sous la protection française. Etrange protection qui l'arrachait à l'amour traditionnel du peuple espagnol, consterné de voir partir ainsi tous les membres de la famille royale, au milieu d'une lutte décisive et terrible avec l'étranger. A Aranjuez, le 17 mars, le peuple, malgré sa haine pour Godoy, avait voulu retenir Charles IV. A Madrid, le 2 mai, il avait voulu retenir l'infant don François de Paule et la reine d'Etrurie. A Vittoria, le 16 avril, il avait voulu retenir Ferdinand. En toutes ces occasions, il avait essayé de dételer les chevaux et de garder malgré eux ces princes pusillanimes et insensés qui le méconnaissaient et le fuyaient par crainte les uns des autres. Mais, entraînés par la destinée, ils avaient résisté; les uns aux menaces, les autres aux prières du peuple. Où couraient-ils ainsi? à la captivité de Compiègne et de Valencey.

On pense bien qu'à l'époque où je vis la scène que j'ai rapportée, je ne compris rien à l'incognito effrayé de cette reine fugitive. Mais je me suis toujours rappelé sa physionomie sombre qui semblait trahir à la fois la crainte de rester et la crainte de partir. C'était bien la situation où son père et sa mère avaient dû se trouver à Aranjuez, en présence d'un peuple qui ne voulait ni les garder ni les laisser fuir. La nation espagnole était lasse de ses imbéciles souverains; mais tels qu'ils étaient, elle les préférait à l'homme de génie qui n'était pas espagnol. Elle semblait avoir pris pour devise, en tant que nation, le mot énergique que Napoléon disait dans un sens plus restreint: «*Qu'il faut laver son linge sale en famille.*»

Nous arrivâmes à Madrid dans le courant de mai. Nous avions tant souffert en route, que je ne me rappelle rien des derniers jours de notre voyage. Pourtant nous atteignîmes notre but sans catastrophe, ce qui est presque miraculeux, car déjà l'Espagne était soulevée sur plusieurs points, et partout grondait l'orage prêt à éclater. Nous suivions la ligne protégée par les armes françaises, il est vrai; mais nulle part les soldats français eux-mêmes n'étaient en sûreté contre de nouvelles Vêpres siciliennes, et ma mère, portant un enfant dans son sein, un autre dans ses bras, n'avait que trop de sujets de crainte.

Elle oublia ses terreurs et ses souffrances en voyant mon père; et, quant à moi, la fatigue qui m'accablait se dissipa en un instant à l'aspect des magnifiques appartements où nous venions nous installer. C'était dans le palais du prince de la Paix, et j'entrais là véritablement en plein dans la réalisation de mes contes de fées. Murat occupait l'étage inférieur de ce même palais, le plus riche et le plus confortable de Madrid, car il avait protégé les amours de la reine et de son favori, et il y régnait plus de luxe que dans la maison du roi légitime. Notre appartement était situé, je crois, au troisième étage. Il était immense, tout tendu en damas de soie cramoisie; les corniches, les lits, les fauteuils, les divans, tout était doré et me parut en or massif, toujours comme dans les contes de fées.

Il y avait d'énormes tableaux qui me faisaient un peu peur. Ces grosses têtes, qui semblaient sortir du cadre et me suivre des yeux, me tourmentaient passablement; mais j'y fus bientôt habituée. Une autre merveille pour moi fut une glace *psyché*, où je me voyais marcher sur les tapis, et où je ne me reconnus pas d'abord, car je ne m'étais jamais vue ainsi de la tête aux pieds, et je ne me faisais pas une idée de ma taille qui était même, relativement à mon âge, assez petite. Pourtant, je me trouvai si grande, que j'en fus effrayée.

Peut-être ce beau palais et ces riches appartements étaient-ils de fort mauvais goût, malgré l'admiration qu'ils me causaient. Ils étaient, du moins, fort malpropres et remplis d'animaux domestiques, entre autres de lapins, qui couraient et entraient partout sans que personne y fit attention. Ces tranquilles hôtes, les seuls qu'on n'eût point dépossédés, avaient-ils l'habitude d'être admis dans les appartements, ou, profitant de la préoccupation générale, avaient-ils passé de la cuisine au salon? Il y en avait un, blanc comme la neige, avec des yeux de rubis, qui se mit de suite à agir très familièrement avec moi. Il s'était installé dans l'angle de la chambre à coucher, derrière la psyché, et notre intimité s'établit bientôt là sans conteste. Il était pourtant assez maussade, et, plusieurs fois, il égratigna la figure des personnes qui voulaient le déloger; mais il ne prit jamais d'humeur contre moi, et il dormait sur mes genoux ou sur le bord de ma robe des heures entières, pendant que je lui racontais mes plus belles histoires.

J'eus bientôt à ma disposition les plus beaux jouets du monde, des poupées, des moutons, des ménages, des lits, des chevaux, tout cela couvert d'or fin, de franges, de housses et de paillons. C'étaient les joujoux abandonnés par les infans d'Espagne et déjà à moitié cassés par eux. J'achevai assez lestement leur besogne, car ces jouets me parurent grotesques et déplaisants. Ils devaient être cependant d'un prix véritable, car mon père sauva deux ou trois petits personnages en bois peint et sculpté, qu'il apporta à ma grand'mère comme des objets d'art. Elle les conserva quelque temps, et tout le monde les admirait. Mais, après la mort de mon père, je ne sais comment ils retombèrent entre mes mains, et je me rappelle un petit vieillard en haillons qui devait être d'une vérité et d'une expression remarquables, car il me faisait peur. Cette habile représentation d'un pauvre vieux mendiant tout décharné et tendant la main, s'était-elle glissée par hasard parmi les brillants hochets des infans d'Espagne? C'est toujours un étrange jouet dans les mains d'un fils de roi que la personnification de la misère, et il y aurait de quoi le faire réfléchir.

D'ailleurs, les jouets ne m'occupèrent pas à Madrid comme à Paris. J'avais changé de milieu. Les objets extérieurs m'absorbaient, et même j'y oubliais les contes de fées, tant ma propre existence prit pour moi-même une apparence merveilleuse.

J'avais déjà vu Murat à Paris. J'avais joué avec ses enfants; mais je n'en avais gardé aucun souvenir. Probablement je l'avais vu en habit, comme tout le monde. A Madrid, tout doré et empanaché comme il m'apparut, il me fit une grande impression. On l'appelait le prince, et comme dans les drames féeriques et les contes, les princes jouent toujours le premier rôle, je crus voir le fameux *prince Fanfarinet*. Je l'appelai moi-même ainsi tout naturellement, sans me douter que je lui adressais une épigramme. Ma mère eut beaucoup de peine à m'empêcher de lui faire entendre ce maudit nom que je prononçais toujours en l'apercevant dans les galeries du palais. On m'habitua à l'appeler *mon prince* en lui parlant, et il me prit en grande amitié.

Peut-être avait-il exprimé quelque déplaisir de voir un de ses aides-de-camp lui amener femme et enfants, au milieu des terribles circonstances où il se trouvait, et peut-être voulait-on que tout cela prît à ses yeux un aspect militaire. Il est certain que, toutes les fois qu'on me présenta devant lui, on me fit endosser l'uniforme.

Cet uniforme était une merveille. Il est resté longtemps chez nous après que j'ai été trop grande pour le porter. Ainsi je peux m'en souvenir minutieusement. Il consistait en un dolman de casimir blanc tout galonné et boutonné d'or fin; une pelisse pareille garnie de fourrure noire, et jetée sur l'épaule, et un pantalon de casimir amarante avec des ornements et broderies d'or à la hongroise. J'avais aussi des bottes de maroquin rouge à éperons dorés, le sabre, le ceinturon de gances de soie, à canons d'or et aiguillettes émaillées, la sabretache avec une aigle brodée en perles fines; rien n'y manquait. En me voyant équipée absolument comme mon père, soit qu'il me prît pour un garçon, soit qu'il voulût bien faire semblant de s'y tromper, Murat, sensible à cette petite flatterie de ma mère, me présenta en riant aux personnes qui venaient chez lui, comme son aide-de-camp, et nous admit dans son intimité.

Elle n'eut pas beaucoup de charmes pour moi, car ce bel uniforme me mettait au supplice. J'avais appris à le très bien porter, il est vrai, à faire traîner mon petit sabre sur les dalles du palais, à faire flotter ma pelisse sur mon épaule, de la manière la plus convenable; mais j'avais chaud sous cette fourrure, j'étais écrasée sous ces galons, et je me trouvais bien heureuse lorsqu'en rentrant chez nous, ma mère me remettait le costume espagnol du temps, la robe de soie noire bordée d'un grand réseau de soie, qui prenait au genou et tombait en franges sur la cheville, et la mantille plate en crêpe noir, bordée d'une large bande de velours. Ma mère, sous ce costume, était d'une beauté surprenante. Jamais Espagnole véritable n'avait eu une peau brune aussi fine, des yeux noirs aussi veloutés, un pied si petit et une taille si cambrée.

Murat tomba malade. On a dit que c'était par suites de débauches; mais ce n'est pas vrai. Il avait une inflammation d'entrailles, comme une grande partie de notre armée d'Espagne, et il souffrait de violentes douleurs, quoiqu'il ne fût point alité. Il se croyait empoisonné, et ne subissait pas son mal avec beaucoup de patience, car ses cris faisaient retentir ce vaste et triste palais où l'on ne dormait que d'un œil. Je me souviens d'avoir été réveillée par l'effroi de mon père et de ma mère, la première fois qu'il rugit ainsi au milieu de la nuit. Ils pensaient qu'on l'assassinait. Mon père se jeta hors du lit, prit son sabre, et courut, presque nu, à l'appartement du prince. J'entendis les cris de ce pauvre héros, si terrible à la guerre, si pusillanime hors du champ de bataille. J'eus grand'peur et je jetai les hauts cris à mon tour. Il paraît que j'avais fini par comprendre ce que c'est que la mort, car je m'écriais en sanglotant: *On tue mon prince Fanfarinet!* Il sut ma douleur et m'en aima davantage. A quelques jours de là, il monta dans notre appartement vers minuit, et approcha de mon berceau. Mon père et ma mère étaient avec lui. Ils revenaient d'une partie de chasse et rapportaient un petit faon de biche, que Murat plaça lui-même à côté de moi. Je m'éveillai à demi et vis cette jolie petite tête de faon qui se penchait languissamment contre mon visage. Je jetai mes bras autour de son cou et me rendormis sans pouvoir remercier le prince. Mais le lendemain matin, en m'éveillant, je vis encore Murat auprès de mon lit. Mon père lui avait dit le spectacle qu'offraient l'enfant et la petite bête endormis ensemble, et il avait voulu le voir. En effet, ce pauvre animal, qui n'avait peut-être que quelques jours d'existence et que les chiens avaient poursuivi la veille, était tellement vaincu par la fatigue, qu'il s'était arrangé dans mon lit pour dormir comme eût pu le faire un petit chien. Il était couché en rond contre ma poitrine, il avait la tête sur l'oreiller, ses jambes étaient repliées comme s'il eût craint de me blesser, et mes deux bras étaient restés enlacés à son cou, comme je les y avais mis en me rendormant. Ma mère m'a dit que Murat regrettait, en cet instant, de ne pouvoir montrer un groupe si naïf à un artiste. Sa voix m'éveilla; mais on n'est pas courtisan à quatre ans, et mes premières caresses furent pour le faon, qui semblait vouloir me les rendre, tant la chaleur de mon petit lit l'avait rassuré et apprivoisé.

Je le gardai quelques jours et je l'aimai passionnément; mais je crois bien que la privation de sa mère le fit mourir, car un matin je ne le revis plus, et on me dit qu'il s'était sauvé. On me consola en m'assurant qu'il retrouverait sa mère et qu'il serait heureux dans les bois.

Notre séjour à Madrid dura tout au plus deux mois, et pourtant il me parut extrêmement long. Je n'avais aucun enfant de mon âge pour me distraire, et j'étais souvent seule pendant une grande partie de la journée. Ma mère était forcée de sortir avec mon père et de me confier à une servante madrilène qu'on lui avait recommandée comme très sûre, et qui pourtant prenait la clef des champs aussitôt que mes parents étaient dehors. Mon père avait un domestique nommé Weber, qui était bien le meilleur homme du monde, et qui venait souvent me garder à la place de Térésa; mais ce brave Allemand, qui ne savait presque pas de mots français, me parlait un langage inintelligible, et il sentait si mauvais, que sans me rendre compte de la cause de mon malaise, je tombais en défaillance quand il me portait dans ses bras. Il n'osait pas trahir le peu de soin que ma bonne prenait de moi, et quant à moi, je ne songeais nullement à me plaindre. Je croyais Weber chargé de veiller sur moi, et je n'avais qu'un désir, c'est qu'il restât dans l'antichambre et me laissât seule dans l'appartement. Aussi ma première parole était de lui dire: *Weber, je t'aime bien, va-t'en.* Et Weber, docile comme un Allemand, s'en allait en effet. Quand il vit que je me tenais fort tranquille dans ma solitude, il lui arriva souvent de m'y enfermer et d'aller voir ses chevaux, qui probablement le recevaient mieux que moi. Je connus donc pour la première fois le plaisir, étrange pour un enfant, mais vivement senti par moi, de me trouver seule, et, loin d'en être contrariée ou effrayée, j'avais comme du regret en voyant revenir la voiture de ma mère. Il faut que j'aie été bien impressionnée par mes propres contemplations, car je me les rappelle avec une grande netteté, tandis que j'ai oublié mille circonstances extérieures probablement beaucoup plus intéressantes. Dans celles que j'ai rapportées, les souvenirs de ma mère ont entretenu ma mémoire; mais dans ce que je vais dire je ne puis être aidée de personne.

Aussitôt que je me voyais seule dans ce grand appartement que je pouvais parcourir librement, je me mettais devant la psyché et j'y essayais des poses de théâtre; puis je prenais mon lapin blanc et je voulais le contraindre à en faire autant; ou bien je faisais le simulacre de l'offrir en sacrifice aux dieux, sur un tabouret qui me servait d'autel. Je ne sais pas où j'avais vu, soit sur la scène, soit dans une gravure quelque chose de semblable. Je me drapais dans ma mantille pour faire la prêtresse, et je suivais tous mes mouvements. On pense bien que je n'avais pas le moindre sentiment de coquetterie: mon plaisir venait de ce que, voyant ma personne et celle du lapin dans la glace, j'arrivais, avec l'émotion du jeu, à me persuader que je jouais une scène à quatre, soit deux petites filles et deux lapins. Alors le lapin et moi nous adressions, en pantomime, des saluts, des menaces, des prières, aux personnages de la psyché. Nous dansions le boléro avec eux, car, après les danses du théâtre, les danses espagnoles m'avaient charmée, et j'en singeais les poses et les grâces avec la facilité qu'ont les enfants à imiter ce qu'ils voient faire. Alors j'oubliais complètement que cette figure dansant dans la glace fût la mienne, et j'étais étonnée qu'elle s'arrêtât quand je m'arrêtais.

Quand j'avais assez dansé et mimé ces ballets de ma composition, j'allais rêver sur la terrasse. Cette terrasse, qui s'étendait sur toute la façade du palais, était fort large et fort belle. La balustrade était en marbre blanc, si je ne me trompe pas, et devenait si chaude au soleil que je ne pouvais y toucher. J'étais trop petite pour voir par dessus, mais, dans l'intervalle des balustres, je pouvais distinguer tout ce qui se passait sur la place. Dans mes souvenirs, cette place est magnifique. Il y avait d'autres palais ou de grandes belles maisons tout autour, mais je n'y vis jamais la population, et je ne crois pas l'avoir aperçue, durant tout le temps que je restai à Madrid. Il est probable qu'après l'insurrection du 2 mai, on ne laissa plus circuler les habitants autour du palais du général en chef. Je n'y vis donc jamais que des uniformes français et quelque chose de plus beau encore pour mon imagination, les Mamelucks de la garde dont un poste occupait l'édifice situé en face de nous. Ces hommes cuivrés, avec leurs turbans et leur riche costume oriental, formaient des groupes que je ne pouvais me lasser de regarder. Ils amenaient boire leurs chevaux à un grand bassin situé au milieu de la place, et c'était un coup d'œil dont, sans m'en rendre compte, je sentais vivement la poésie.

A ma droite, tout un côté de la place était occupé par une église d'une architecture massive; du moins, elle se retrace ainsi à ma mémoire, et surmontée d'une croix plantée dans un globe doré. Cette croix et ce globe étincelant au coucher du soleil, se détachant sur un ciel plus bleu que je ne l'avais jamais vu, sont un spectacle que je n'oublierai jamais, et que je contemplais jusqu'à ce que j'eusse dans les yeux ces boules rouges et bleues que, par un excellent mot, dérivé du latin, nous appelons dans notre langage du Berry les *orblutes*. Ce mot devrait passer dans la langue moderne: il doit avoir été français, quoique je ne l'aie trouvé dans aucun auteur. Il n'a point d'équivalent, et il exprime parfaitement un phénomène que tout le monde connaît, et qui ne s'exprime que par des périphrases inexactes.

Ces *orblutes* m'amusaient beaucoup, et je ne pouvais pas m'en expliquer la cause toute naturelle. Je prenais plaisir à voir flotter devant mes yeux ces brûlantes couleurs qui s'attachaient à tous les objets et qui persistaient lorsque je fermais les yeux. Quand l'*orblute* est bien complète, elle vous représente exactement la forme de l'objet qui l'a causée. C'est une sorte de mirage. Je voyais donc le globe et la croix de feu se dessiner partout où se portaient mes regards, et je m'étonne d'avoir tant répété impunément ce jeu assez dangereux pour les yeux d'un enfant.

Mais je découvris bientôt sur la terrasse un autre phénomène dont jusque-là je n'avais eu aucune idée. La place était souvent déserte, et, même en plein jour, un morne silence régnait dans le palais et aux environs. Un jour, ce silence m'effraya et j'appelai Weber, que je vis passer sur la place. Weber ne m'entendit pas; mais une voix toute semblable à la mienne répéta le nom de Weber à l'autre extrémité du balcon.

Cette voix me rassura; je n'étais plus seule. Mais, curieuse de savoir qui s'amusait à me contrefaire, je rentrai dans l'appartement croyant y trouver quelqu'un. J'y étais absolument seule comme à l'ordinaire. Je revins sur la terrasse et j'appelai ma mère. La voix répéta le mot d'une façon très douce, mais très nette, et cela me donna beaucoup à penser. Je grossis ma voix, j'appelai mon propre nom qui me fut rendu aussitôt, mais plus confusément. Je le répétai sur un ton plus faible, et la voix revint faible, mais bien plus distincte et comme si l'on me parlait à l'oreille. Je n'y comprenais rien; j'étais persuadée que quelqu'un était avec moi sur la terrasse; mais, ne voyant personne et regardant à toutes les fenêtres qui étaient fermées, j'étudiai ce prodige avec un plaisir extrême.

L'impression la plus étrange pour moi était d'entendre mon propre nom répété avec ma propre voix. Alors il me vint à l'esprit une explication bizarre; c'est que j'étais double et qu'il y avait autour de moi un autre *moi* que je ne pouvais pas voir et qui me voyait toujours, puisqu'il me répondait toujours. Cela s'arrangea aussitôt dans ma cervelle comme une chose qui devait être, qui avait toujours été, et dont je ne m'étais pas encore aperçue. Je comparai ce phénomène à celui de mes *orblutes*, qui m'avait d'abord étonnée tout autant, et auquel je m'étais habituée sans le comprendre. J'en conclus que toutes choses et toutes gens avaient leur reflet, leur double, leur autre *moi*, et je souhaitai vivement de voir le mien. Je l'appelai cent fois, je lui disais toujours de venir auprès de moi. Il répondait: *Viens là, viens donc*, et il me semblait s'éloigner ou se rapprocher quand je changeais de place. Je le cherchai et l'appelai dans l'appartement, il ne me répondit plus. J'allai à l'autre bout de la terrasse. Il fut muet. Je revins vers le milieu, et, depuis ce milieu jusqu'à l'extrémité de l'église, il me parla et répondit à mon *viens donc* par un *viens donc* tendre et inquiet. Mon autre moi se tenait donc dans un certain endroit de l'air ou de la muraille, mais comment l'atteindre et comment le voir? Je devenais folle sans m'en douter.

Je fus interrompue par l'arrivée de ma mère, et je ne saurais dire pourquoi, loin de la questionner, je lui cachai ce qui m'agitait si fort. Il faut croire que les enfants aiment le mystère de leurs rêveries, et il est certain que je n'avais jamais voulu demander l'explication de mes *orblutes*. Je voulais découvrir le problème toute seule, ou peut-être bien avais-je été déçue de quelque autre illusion par des explications qui m'en avaient ôté le charme secret. Je gardai le silence sur ce nouveau prodige, et pendant plusieurs jours, oubliant les ballets, je laissai mon pauvre lapin dormir tranquille, et la psyché répéter l'image immobile des grands personnages représentés dans les tableaux. J'avais la patience d'attendre que je fusse seule pour recommencer mon expérience. Mais enfin ma mère étant rentrée sans que j'y fisse attention, et m'entendant m'égosiller, vint surprendre le secret de mon amour pour le grand soleil de la terrasse. Il n'y avait plus à reculer: je lui demandai où était le quelqu'un qui répétait toutes mes paroles, et elle me dit: *C'est l'écho.*

Bien heureusement pour moi, elle ne m'expliqua pas ce que c'était que l'écho. Elle n'avait peut-être jamais songé à s'en rendre compte; elle me dit que c'était une *voix qui était dans l'air*, et l'inconnu garda pour moi sa poésie. Pendant plusieurs autres jours, je pus continuer à jeter mes paroles au vent. Cette voix de l'air ne m'étonnait plus, mais me charmait encore. J'étais satisfaite de pouvoir lui donner un nom, et de lui crier: «Echo, es-tu là? m'entends-tu? Bonjour, écho!»

Tandis que la vie de l'imagination est si développée chez les enfants, la vie du sentiment est-elle plus tardive? Je ne me souviens pas d'avoir songé à ma sœur, à ma bonne tante, à Pierret ou à ma chère Clotilde, durant mon séjour à Madrid. J'étais pourtant déjà capable d'aimer, puisque j'avais déjà une si vive tendresse pour certaines poupées et pour certains animaux. Je crois que l'indifférence avec laquelle les enfants quittent les personnes qui leur sont chères tient à l'impossibilité où ils sont d'apprécier la durée du temps. Quand on leur parle d'un an d'absence, ils ne savent pas si un an est beaucoup plus long qu'un jour, et on leur établirait inutilement la différence par des chiffres. Je crois que les chiffres ne disent rien du tout à leur esprit. Lorsque ma mère me parlait de ma sœur, il me semblait que je l'avais quittée la veille, et pourtant le temps me semblait long. Il y a dans le défaut d'équilibre des facultés de l'enfant mille contradictions qu'il nous est difficile d'expliquer après que l'équilibre est établi.

Je crois que la vie du sentiment ne se révéla à moi qu'au moment où ma mère accoucha à Madrid. On m'avait bien annoncé l'arrivée prochaine d'un petit frère ou d'une petite sœur, et depuis plusieurs jours je voyais ma mère étendue sur une chaise longue. Un jour on m'envoya jouer sur la terrasse et on ferma les portes vitrées de l'appartement. Je n'entendis pas la moindre plainte, ma mère supportait très courageusement le mal physique et mettait ses enfants au monde très promptement; pourtant cette fois elle souffrit plusieurs heures, mais on ne m'éloigna d'elle que peu d'instants, après lesquels mon père me rappela et me montra un petit enfant; j'y fis à peine attention. Ma mère était étendue sur un canapé; elle avait la figure si pâle et les traits tellement contractés, que j'hésitai à la reconnaître. Puis je fus prise d'un grand effroi et je courus l'embrasser en pleurant. Je voulais qu'elle me parlât, qu'elle répondît à mes caresses, et comme on m'éloignait encore pour lui laisser du repos, je me désolai longtemps, croyant qu'elle allait mourir et qu'on voulait me la cacher. Je retournai pleurer sur la terrasse, et on ne put m'intéresser au nouveau-né.

Ce pauvre petit garçon avait des yeux d'un bleu-clair fort singuliers. Au bout de quelques jours, ma mère se tourmenta de la pâleur de ses prunelles, et j'entendis souvent mon père et d'autres personnes prononcer avec anxiété le mot *cristallin*. Enfin, au bout d'une quinzaine, il n'y avait plus à en douter, l'enfant était aveugle. On ne voulut pas le dire à ma mère positivement. On la laissa dans une sorte de doute. On émettait timidement devant elle l'espérance que ce cristallin se reformerait dans l'œil de l'enfant. Elle se laissa consoler, et le pauvre infirme fut aimé et choyé avec autant de joie que si son existence n'eût pas été un malheur pour lui et pour les siens. Ma mère le nourrissait, et il n'avait guère que deux semaines lorsqu'il fallut se remettre en route pour la France, à travers l'Espagne en feu.

CHAPITRE TROISIEME

Dernière lettre de mon père.—Souvenirs d'un bombardement et d'un champ de bataille.—Misère et maladie.—La soupe à la chandelle.—Embarquement et naufrage.—Leopardo.—Arrivée à Nohant.—Ma grand'mère.—Hippolyte.—Deschartres.—Mort de mon frère.—Le vieux poirier.—Mort de mon père.—Le revenant.—Ursule.—Une affaire d'honneur.—Première notion de la richesse et de la pauvreté.—Portrait de ma mère.

Lettre de mon père à sa mère.

«*Madrid*, 12 juin 1808.

«Après de longues souffrances, Sophie est accouchée ce matin d'un gros garçon qui siffle comme un perroquet. La mère et l'enfant se portent à merveille. Avant la fin du mois, le prince part pour la France. Le médecin de l'empereur, qui a soigné Sophie, dit qu'elle sera en état de voyager dans douze jours avec son enfant. Aurore se porte très bien. J'emballerai le tout dans une calèche que je viens d'acquérir à cet effet, et nous prendrons la route de Nohant où je compte bien arriver vers le 20 juillet, *par la fraîcheur*, et rester le plus longtemps possible. Cette idée, ma bonne mère, me comble de joie. Je me nourris de l'espoir assuré de notre réunion, du charme de notre intérieur, sans affaires, sans inquiétudes, sans distractions pénibles! Il y a si longtemps que je désire ce bonheur complet!

«Le prince m'a dit hier qu'il allait passer quelque temps à Baréges avant que d'aller à sa destination. De mon côté, j'allongerai ma courroie jusque vers les eaux de Nohant, auxquelles nous ferons subir préalablement le miracle des noces de Cana. Je crois que Deschartres se chargera volontiers du prodige.

«Je réserve le baptême de mon nouveau-né pour les fêtes de Nohant. Belle occasion pour sonner les cloches et faire danser le village. Le maire inscrira mon fils au nombre des Français, car je ne veux point qu'il ait jamais rien à démêler avec les notaires et les prêtres castillans.

«Je ne conçois pas que mes deux dernières lettres aient été interceptées. Elles étaient d'une bêtise à leur faire trouver grâce devant la police la plus rigide. Je te faisais la description d'un sabre africain dont j'ai fait l'acquisition. Il y avait deux pages d'explications et de citations. Tu verras cette merveille, ainsi que l'indomptable *Leopardo d'Andalousie*, que je prierai Deschartres d'équiper un peu, après avoir toutefois frappé d'avance une réquisition sur tous les matelas de la commune, pour garnir le manège qu'il aura choisi.

«Adieu, ma bonne mère, je te manderai le jour de mon départ et celui de mon arrivée. J'espère que ce sera plus tôt encore que je ne te le dis. Sophie partage vivement mon impatience de t'embrasser. Aurore veut partir à l'instant même, et, s'il était possible, nous serions déjà en route.»

* * *

Cette lettre si gaie, si pleine de contentement et d'espérance, est la dernière que ma grand'mère ait reçue de son fils. On verra bientôt à quelle épouvantable catastrophe allaient aboutir tous ces projets de bonheur, et combien peu de jours étaient comptés à mon pauvre père pour savourer cette réunion tant rêvée et si chèrement achetée des objets de son affection. On comprendra, par la nature de cette catastrophe, ce qu'il y a de fatal et d'effrayant dans les plaisanteries de cette lettre à propos de *l'indomptable Leopardo d'Andalousie.*

C'était Ferdinand VII, le prince des Asturies, alors plein de prévenances pour Murat et ses officiers, qui avait fait don de ce terrible cheval à mon père, à la suite d'une mission que celui-ci avait remplie, je crois, près de lui, à Aranjuez. Ce fut un présent funeste et dont ma mère, par une sorte de fatalisme ou de pressentiment, se méfiait et s'effrayait, sans pouvoir décider mon père à s'en défaire au plus vite, bien qu'il avouât que c'était le seul cheval qu'il ne pût monter sans une sorte d'émotion. C'était pour lui une raison de plus pour vouloir s'en rendre maître, et il trouvait du plaisir à le vaincre. Pourtant, il lui arriva une fois de dire: «Je ne le crains pas, mais je le monte mal, parce que je m'en méfie, et il le sent.»

Ma mère prétendait que Ferdinand le lui avait donné avec l'espérance qu'il le tuerait. Elle prétendait aussi que, par haine contre les Français, le chirurgien de Madrid qui l'avait accouchée avait crevé les yeux de son enfant. Elle s'imaginait avoir vu, dans l'accablement qui suivit le paroxysme de sa souffrance, ce chirurgien appuyer ses deux pouces sur les deux yeux du nouveau-né, et qu'il avait dit entre ses dents: *celui-là ne verra pas le soleil de l'Espagne.*

Il est possible que ce fut une hallucination de ma pauvre mère, et, pourtant, au point où en étaient les choses à cette époque, il est également possible que le fait se soit accompli, comme elle avait cru le voir, dans un moment rapide où le chirurgien se serait trouvé seul dans l'appartement avec elle, et comptant sans doute qu'elle était hors d'état de le voir et de l'entendre; mais on pense bien que je ne prends pas sur moi la responsabilité de cette terrible accusation.

On a vu, dans la lettre de mon père, qu'il ne s'aperçut pas d'abord de la cécité de cet enfant, et j'ai souvenance d'avoir entendu Deschartres la constater à Nohant hors de sa présence et de celle de ma mère. On redoutait encore alors de leur enlever un faible et dernier espoir de guérison.

Ce fut dans la première quinzaine de juillet que nous partîmes. Murat allait prendre possession du trône de Naples. Mon père avait un congé. J'ignore s'il accompagna Murat jusqu'à la frontière et si nous voyageâmes avec lui. Je me souviens que nous étions en calèche, et je crois que nous suivions les équipages de Murat. Mais je n'ai aucun souvenir de mon père jusqu'à Bayonne.

Ce que je me rappelle le mieux, c'est l'état de souffrance, de soif, de dévorante chaleur et de fièvre où je fus tout le temps de ce voyage. Nous avancions très lentement à travers les colonnes de l'armée. Il me revient maintenant que mon père devait être avec nous, parce que, comme nous suivions un chemin assez étroit dans des montagnes, nous vîmes un énorme serpent qui le traversait presque en entier d'une ligne noire. Mon père fit arrêter, courut en avant et le coupa en deux avec son sabre. Ma mère avait voulu en vain le retenir, elle avait peur, selon son habitude.

Pourtant, une autre circonstance me fait penser qu'il n'était avec nous que par intervalles et qu'il rejoignait Murat de temps en temps. Cette circonstance est assez frappante pour s'être gravée dans ma mémoire. Mais comme la fièvre me tenait encore dans un assoupissement presque continuel, ce souvenir est isolé de tout ce qui pourrait me faire préciser l'événement dont je fus témoin. Étant un soir à une fenêtre avec ma mère, nous vîmes le ciel encore éclairé par le soleil couchant, traversé de feux croisés, et ma mère me dit: Tiens, regarde, c'est une bataille, et ton père y est peut-être.

Je ne me faisais pas d'idée de ce que c'était qu'une bataille véritable. Ce que je voyais me représentait un immense feu d'artifice, quelque chose de riant et de triomphal, une fête ou un tournoi. Le bruit du canon et les grandes courbes de feu me réjouissaient. J'assistais à cela comme à un spectacle, en mangeant une pomme verte. Je ne sais à qui ma mère dit alors: «Que les enfants sont heureux de ne rien comprendre!»

Comme je ne sais pas quelle route les opérations de la guerre nous forcèrent de suivre, je ne saurais dire si cette bataille fut celle de Medina del Rio-Seco, ou un épisode moins important de la belle campagne de Bessières. Mon père, attaché à la personne de Murat, n'avait point affaire sur ce champ de bataille, et il n'est pas probable qu'il y fût. Mais ma mère s'imaginait qu'il pouvait avoir été envoyé en mission.

Que ce fût l'affaire de Rio-Seco ou la prise de Torquemada, il est certain que notre voiture avait été mise en réquisition pour porter des blessés ou des personnes plus précieuses que nous, et que nous fîmes un bout de chemin en charrette avec des bagages, des vivandières et des soldats malades. Il est certain aussi que nous longeâmes le champ de bataille, le lendemain ou le surlendemain, et que je vis un endroit tout couvert de débris informes, assez semblable, en grand, au carnage de poupées, de chevaux et de chariots que j'exécutais avec Clotilde à Chaillot et dans la maison de la rue Grange-Batelière. Ma mère se cachait le visage et l'air était infecté. Nous ne passions pas assez près de ces objets sinistres pour que je pusse me rendre compte de ce que c'était, et je demandais pourquoi on avait semé là tant de chiffons. Enfin la roue heurta quelque chose qui se brisa avec un craquement étrange. Ma mère me retint au fond de la charrette pour m'empêcher de regarder. C'était un cadavre. J'en vis ensuite plusieurs autres, épars sur le chemin. Mais j'étais si malade que je ne me souviens pas d'avoir été vivement impressionnée par ces horribles spectacles.

Avec la fièvre, j'éprouvai bientôt une autre souffrance qui ne se concilie pas souvent avec ce désordre de la vie, et dont pourtant tous les soldats malades avec lesquels nous voyagions éprouvaient aussi les angoisses: c'était la faim; une faim excessive, maladive, presque animale. Ces pauvres gens, pleins de soins et de sollicitude pour nous, m'avaient communiqué un mal qui explique ce phénomène, et qu'une petite maîtresse n'avouerait pas avoir subi, même dans son enfance. Mais la vie a ses vicissitudes, et quand ma mère se désolait de voir mon petit frère et moi dans cet état, les soldats et les cantinières lui disaient en riant! «Bah! ma petite dame, ce n'est rien. C'est un brevet de santé pour toute la vie de vos enfants. C'est le véritable baptême *des enfants de la giberne.*»

La gale, puisqu'il faut l'appeler par son nom, avait commencé par moi. Elle se communiqua à mon frère, puis à ma mère plus tard, et à d'autres personnes auxquelles nous apportâmes ce triste fruit de la guerre et de la misère, heureusement affaibli en nous par des soins extrêmes et un sang pur.

En quelques jours, notre sort avait bien changé. Ce n'était plus le palais de Madrid, les lits dorés, les tapis d'Orient et les courtines de soie. C'étaient des charrettes immondes, des villages incendiés, des villes bombardées des routes couvertes de morts; des fossés où nous cherchions une goutte d'eau pour étancher notre soif brûlante, et où l'on voyait tout à coup surnager des caillots de sang. C'était surtout l'horrible faim et une disette de plus en plus menaçante. Ma mère supportait tout cela avec un grand courage, mais elle ne pouvait vaincre le dégoût que lui inspiraient les oignons crus, les citrons verts et la graine de tournesol, dont je me contentais sans répugnance. Quelle nourriture, d'ailleurs, pour une femme qui allaitait son nouveau-né!

Nous traversâmes un camp français, je ne sais où, et, à l'entrée d'une tente, nous vîmes un groupe de soldats qui mangeaient la soupe avec un grand appétit. Ma mère me poussa au milieu d'eux en les priant de me laisser manger à leur gamelle. Ces braves gens me mirent aussitôt à même et me firent manger à discrétion en souriant d'un air attendri. Cette soupe me parut excellente, et quand elle fut à moitié dégustée, un soldat dit à ma mère avec quelque hésitation: «Nous vous engagerions bien à en manger aussi, mais vous ne pourriez peut-être pas, parce que le goût est un peu fort.» Ma mère approcha et regarda la gamelle. Il y avait du pain et du bouillon très gras, mais certaines mèches noircies surnageaient: c'était une soupe faite avec des bouts de chandelle.

Je me souviens de Burgos et d'une ville (celle-là ou une autre) où les aventures du Cid étaient peintes à fresque sur les murailles. Je me souviens aussi d'une superbe cathédrale où les hommes du peuple avaient un genou en terre pour prier, le chapeau sur l'autre genou, et un petit paillasson rond sous celui qui touchait le sol. Enfin, je me souviens de Vittoria et d'une servante dont les cheveux noirs, inondés de vermine, flottaient sur son dos. J'eus un ou deux jours de bien-être à la frontière d'Espagne. Le temps était rafraîchi, la fièvre et la misère avaient cessé. Mon père était décidément avec nous. Nous avions repris possession de notre calèche pour faire le reste du voyage. Les auberges étaient propres; il y avait des lits et toutes sortes d'aliments dont nous avions apparemment été privés assez longtemps, car ils me parurent tout nouveaux, entre autres, des gâteaux et du fromage. Ma mère me fit une toilette à Fontarabie, et j'éprouvai un soulagement extrême à prendre un bain. Elle me soignait à sa manière, et au sortir du bain, elle m'enduisait de soufre de la tête aux pieds, puis elle me faisait avaler des boulettes de soufre pulvérisé dans du beurre et du sucre. Ce goût et cette odeur, dont je fus imprégnée pendant deux mois, m'ont laissé une grande répugnance pour tout ce qui me les rappelle.

Nous trouvâmes apparemment des personnes de connaissance à la frontière, car je me rappelle un grand dîner et des politesses qui m'ennuyèrent beaucoup. J'avais retrouvé mes facultés et mon appréciation des objets extérieurs. Je ne sais quelle idée eut ma mère de vouloir retourner par mer à Bordeaux. Peut-être était-elle brisée par la fatigue de voitures, peut-être s'imaginait-elle, dans son instinct médical, qu'elle suivait toujours, que l'air de la mer délivrerait ses enfants et elle-même du poison de la pauvre Espagne. Apparemment le temps était beau et l'Océan tranquille, car c'était une nouvelle imprudence que de se risquer en chaloupe sur les côtes de Gascogne, dans ce golfe de Biscaye toujours si agité. Quel que fût le motif, une chaloupe pontée fut louée, la calèche y fut descendue, et nous partîmes comme pour une partie de plaisir. Je ne sais où nous nous embarquâmes, ni quelles gens nous accompagnèrent jusqu'au rivage, en nous prodiguant de grands soins. On me donna un gros bouquet de roses, que je gardai tout le temps de la traversée pour me préserver de l'odeur du soufre.

Je ne sais combien de temps nous côtoyâmes le rivage; je retombai dans mon sommeil léthargique, et cette traversée ne m'a laissé d'autres souvenirs que ceux du départ et de l'arrivée. Au moment où nous approchions de notre but, un coup de vent nous éloigna du rivage, et je vis le pilote et ses deux aides livrés à une grande anxiété. Ma mère recommença à avoir peur, mon père se mit à la manœuvre; mais comme nous étions enfin entrés dans la Gironde, nous heurtâmes je ne sais quel récif, et l'eau commença à entrer dans la cale. On se dirigea précipitamment vers la rive, mais la cale se remplissait toujours, et la chaloupe sombrait visiblement. Ma mère, prenant ses enfants avec elle, était entrée dans la calèche; mon père la rassurait en lui disant que nous avions le temps d'aborder avant d'être engloutis. Pourtant, le pont commençait à se mouiller, et il ôta son habit et prépara un châle pour attacher ses deux enfants sur son dos. «Sois tranquille, disait-il à ma mère, je te prendrai sous mon bras, je nagerai de l'autre, et je vous sauverai tous trois, sois-en sûre.»

Nous touchâmes enfin la terre, ou plutôt un grand mur à pierres sèches surmonté d'un hangar. Il y avait, derrière ce hangar, quelques habitations, et, à l'instant même, plusieurs hommes vinrent à notre secours. Il était temps: la calèche sombrait aussi avec la chaloupe, et une échelle nous fut jetée fort à propos. Je ne sais ce qu'on fit pour sauver l'embarcation, mais il est certain qu'on en vint à bout; cela dura plusieurs heures, pendant lesquelles ma mère ne voulut pas quitter le rivage; car mon père, après nous avoir mises en sûreté, était redescendu sur la chaloupe pour sauver nos effets d'abord, et puis la voiture, et enfin la chaloupe. Je fus frappée alors de son courage, de sa promptitude et de sa force. Quelque expérimentés que fussent les matelots et les gens de l'endroit, ils admiraient l'adresse et la résolution de ce jeune officier qui, après avoir sauvé sa famille, ne voulait pas abandonner son patron avant d'avoir sauvé sa barque, et qui dirigeait tout ce petit sauvetage avec plus d'à-propos qu'eux-mêmes. Il est vrai qu'il avait fait son apprentissage au camp de Boulogne; mais, en toutes choses, il agissait de sang-froid et avec une rare présence d'esprit. Il se servait de son sabre comme d'une hache ou d'un rasoir pour couper et tailler, et il avait pour ce sabre (probablement c'était le sabre africain dont il parle dans sa dernière lettre) un amour extraordinaire, car, dans le premier moment d'incertitude où nous nous étions trouvés en abordant, pour savoir si la chaloupe et la calèche sombreraient immédiatement, ou si nous aurions le temps de sauver quelque chose, ma mère avait voulu l'empêcher d'y redescendre, en lui disant: «Eh! laisse aller tout ce que nous avons au fond de l'eau, plutôt que de risquer de te noyer;» et il lui avait répondu:—«J'aimerais mieux risquer cela que d'abandonner mon sabre.» C'était, en effet, le premier objet qu'il eût retiré. Ma mère se tenait pour satisfaite d'avoir sa fille à ses côtés et son fils dans ses bras. Pour moi, j'avais sauvé mon bouquet de roses flétries avec le même amour que mon père avait mis à nous sauver tous. J'avais fait grande attention à ne pas le lâcher en sortant de la calèche à demi submergée et en grimpant à l'échelle de sauvetage. C'était mon idée, comme celle de mon père était pour son sabre.

Je ne me souviens pas d'avoir éprouvé la moindre frayeur dans toutes ces rencontres. La peur est de deux sortes. Il y en a une qui tient au tempérament, une autre à l'imagination. Je ne connus jamais la première, mon organisation m'ayant douée d'un sang-froid tout semblable à celui de mon père. Ce mot de *sang-froid* exprime positivement la tranquillité que nous tenons d'une disposition physique, et dont par conséquent nous n'avons pas à tirer vanité. Quant à la frayeur qui résulte d'une excitation maladive de l'imagination et qui n'a pour aliment que de fantômes, j'en fus obsédée pendant toute mon enfance. Mais quand l'âge et la raison eurent dissipé ces chimères, je retrouvai l'équilibre de mes facultés et ne connus jamais aucun genre de peur.

Nous arrivâmes à Nohant dans les derniers jours d'août. J'étais retombée dans ma fièvre, je n'avais plus faim, la gale faisait de progrès. Une petite bonne espagnole, que nous avions prise en route et qui s'appelait Cécilia, commençait aussi à ressentir les effets de la contagion, et ne me touchait qu'avec répugnance. Ma mère était à peu près guérie déjà, mais mon pauvre petit frère, dont les boutons ne paraissaient plus, était encore plus malade et plus accablé que moi. Nous étions l'un et l'autre deux masses inertes, brûlantes, et je n'avais pas plus conscience que lui de ce qui s'était passé autour de moi depuis le naufrage dans la Gironde.

Je repris mes sens en entrant dans la cour de Nohant. Ce n'était pas aussi beau, à coup sûr, que le palais de Madrid, mais cela me fit le même effet, tant une grande maison est imposante pour les enfants élevés dans de petites chambres.

Ce n'était pas la première fois que je voyais ma grand'mère, mais je ne me souviens pas d'elle avant ce jour-là. Elle me parut aussi très grande, quoiqu'elle n'eût que cinq pieds, et sa figure blanche et rosée, son air imposant, son invariable costume, composé d'une robe de soie brune à taille longue et à manches plates, qu'elle n'avait pas voulu modifier selon les exigences de la mode de l'Empire, sa perruque blonde et crêpée en touffe sur le front, son petit bonnet rond avec une cocarde de dentelle au milieu, firent d'elle pour moi un être à part, et qui ne ressemblait à rien de ce que j'avais vu.

C'était la première fois que nous étions reçues à Nohant, ma mère et moi. Après que ma grand'mère eut embrassé mon père, elle voulut embrasser ma mère aussi; mais celle-ci l'en empêcha en lui disant:

—Ah! ma chère maman, ne touchez ni à moi ni à ces pauvres enfants. Vous ne savez pas quelles misères nous avons subies, nous sommes tous malades.

Mon père, qui était toujours optimiste, se mit à rire, et me mettant dans les bras de ma grand'mère:

—Figure-toi, lui dit-il, que ces enfants ont une petite éruption de boutons, et que Sophie, qui a l'imagination très frappée, s'imagine qu'ils ont la gale.

—Gale ou non, dit ma grand'mère en me serrant contre son cœur, je me charge de celui-là. Je vois bien que ces enfants sont malades, ils ont la fièvre très fort tous les deux; ma fille allez vite vous reposer avec votre fils, car vous avez fait là une campagne au dessus des forces humaines. Moi, je soignerai la petite. C'est trop de deux enfants sur les bras, dans l'état où vous êtes.

Elle m'emporta dans sa chambre, et, sans aucun dégoût de l'état horrible où j'étais, cette excellente femme, si délicate et si recherchée pourtant, me déposa sur son lit. Ce lit et cette chambre, encore frais à cette époque, me firent l'effet d'un paradis. Les murs étaient tendus de toile de perse à grands ramages; tous les meubles étaient du temps de Louis XV. Le lit, en forme de corbillard, avec de grands panaches aux quatre coins, avait de doubles rideaux et une quantité de lambrequins découpés, d'oreillers et de garnitures dont le luxe et la finesse m'étonnèrent. Je n'osais m'installer dans un si bel endroit, car je me rendais compte du dégoût que je devais inspirer, et j'en avais déjà ressenti l'humiliation. Mais on me la fit vite oublier par les soins et les caresses dont je fus l'objet. La première figure que je vis après celle de ma grand'mère, fut un gros garçon de neuf ans qui entra avec un énorme bouquet de fleurs, et qui vint me le jeter à la figure d'un air amical et enjoué. Ma grand'mère me dit: «*C'est Hippolyte*, embrassez-vous, mes enfants.» Nous nous embrassâmes sans en demander davantage, et je passai bien des années avec lui, sans savoir qu'il était mon frère: c'était l'enfant de la *petite maison*.

Mon père le prit par le bras et le conduisit à ma mère, qui l'embrassa, le trouva superbe, et lui dit: «Eh bien! il est à moi aussi, comme Caroline est à toi.» Et nous fûmes élevés ensemble, tantôt sous ses yeux, tantôt sous ceux de ma grand'mère.

Deschartres m'apparut aussi ce jour-là pour la première fois. Il avait des culottes courtes, des bas blancs, des guêtres de nankin, un habit noisette très long et très carré, et une casquette à soufflet. Il vint gravement m'examiner, et, comme il était très bon médecin, il fallut bien le croire quand il déclara que j'avais la gale; mais la maladie avait perdu son intensité, et ma fièvre ne venait que d'un excès de fatigue. Il recommanda à mes parents de nier cette gale que nous apportions, afin de ne pas jeter l'effroi et la consternation dans la maison. Il déclara devant les domestiques que c'était une petite éruption fort innocente, et elle ne se communiqua qu'à deux autres enfants, qui, surveillés et soignés à temps, furent promptement guéris, sans savoir de quel mal.

Pour moi, au bout de deux heures de repos sur le lit de ma grand'mère, dans cette chambre fraîche et aérée où je n'entendais plus l'agaçant bourdonnement des moustiques de l'Espagne, je me sentis si bien que j'allai courir dans le jardin avec Hippolyte. Je me souviens qu'il me tenait par la main avec une sollicitude extrême, croyant qu'à chaque pas j'allais tomber. J'étais un peu humiliée qu'il me crût si petite fille, et je lui montrai bientôt que j'étais un garçon très résolu. Cela le mit à l'aise, et il m'initia à plusieurs jeux fort agréables, entre autres à celui de faire ce qu'il appelait des pâtés à la crotte. Nous prenions du sable fin ou du terreau, que nous trempions dans l'eau, et que nous dressions, après l'avoir bien pétri, sur de grandes ardoises, en lui donnant la forme de gâteaux. Ensuite il portait tout cela furtivement dans le four, et comme il était fort taquin déjà, il se réjouissait de la colère des servantes qui, en venant retirer le pain et les galettes, juraient et jetaient dehors nos étranges ragoûts cuits à point.

Je n'avais jamais été malicieuse, car, de ma nature, je ne suis point fine. Fantasque et impérieuse, parce que j'étais fort gâtée par mon père, je n'avais de préméditation et de dissimulation en rien. Hippolyte vit bientôt mon faible, et pour me punir de mes caprices et de mes colères, il se mit à me taquiner cruellement. Il me dérobait mes poupées et les enterrait dans le jardin, puis il y mettait une petite croix, et me les faisait déterrer. Il les pendait aux branches la tête en bas, et leur faisait endurer mille supplices que j'avais la simplicité de prendre au sérieux et qui me faisaient répandre de véritables larmes. Aussi, j'avoue que je le détestais fort souvent. Mais je n'ai jamais été capable de rancune, et quand il venait me chercher pour jouer, je ne savais pas lui résister.

Ce grand jardin et ce bon air de Nohant m'eurent bientôt rendu la santé. Ma mère me bourrait toujours de soufre, et je me soumettais à ce traitement, parce qu'elle avait sur moi un ascendant de persuasion complet. Pourtant, ce soufre m'était odieux, et je lui disais de me fermer les yeux et de me pincer le nez pour me le faire avaler. Pour me débarrasser ensuite de ce goût, je cherchais les aliments les plus acides, et ma mère, qui avait toute une médecine d'instinct ou de préjugé dans la tête, croyait que les enfants ont la divination de ce qui leur convient. Voyant que je rongeais toujours des fruits verts, elle mit des citrons à ma disposition, et j'en étais si avide que je les mangeais avec la peau et les pepins, comme on mange des fraises. Ma grande faim était passée, et pendant cinq ou six jours, je me nourris exclusivement de citron. Ma grand'mère s'effrayait de cet étrange régime, mais, cette fois, Deschartres m'observant avec attention, et voyant que j'allais de mieux en mieux, pensa que la nature m'avait fait deviner effectivement ce qui devait me sauver.

Il est certain que je fus promptement guérie, et que je n'ai jamais fait d'autre maladie. Je ne sais si la gale est, en effet, comme le disaient nos soldats, un brevet de santé; mais il est certain que, toute ma vie, j'ai pu soigner des maladies réputées contagieuses, et de pauvres galeux dont personne n'osait approcher, sans que j'aie attrapé un bouton. Il me semble que je soignerais impunément des pestiférés, et je pense qu'à quelque chose malheur est bon, moralement du moins, car je n'ai jamais vu de misères physiques dont je n'aie pu vaincre en moi le dégoût. Ce dégoût est violent cependant, et j'ai été souvent, bien souvent, près de m'évanouir en voyant des plaies et des opérations repoussantes.

Mais j'ai toujours pensé alors à ma gale et au premier baiser de ma grand'mère, et il est certain que la volonté et la foi peuvent dominer les sens, quelque affectés qu'ils soient.

Mais tandis que je reprenais à vue d'œil, mon pauvre petit frère Louis dépérissait rapidement. La gale avait disparu, mais la fièvre le rongeait. Il était livide et ses pauvres yeux éteints avaient une expression de tristesse indicible. Je commençai à l'aimer en le voyant souffrir. Jusque-là je n'avais pas fait grande attention à lui; mais quand il était étendu sur les genoux de ma mère, si languissant et si faible qu'elle osait à peine le toucher, je devenais triste avec elle, et comprenais vaguement l'inquiétude, la chose que les enfants sont le moins portés à ressentir. Ma mère s'attribuait le dépérissement de son enfant. Elle craignait que son lait ne lui fût un poison, et elle s'efforçait de reprendre de la santé pour lui en donner. Elle passait toutes ses journées au grand air avec l'enfant couché à l'ombre, auprès d'elle, dans des coussins et des châles bien arrangés. Deschartres lui conseilla de faire beaucoup d'exercice afin d'avoir de l'appétit, et de réparer la qualité de son lait par de bons aliments. Elle commença aussitôt un petit jardin dans un angle du grand jardin de Nohant, au pied d'un gros poirier qui existe encore.

Cet arbre a toute une histoire si bizarre qu'elle ressemble à un roman, et que je ne l'ai sue que longtemps après.

Le 8 septembre, un vendredi, le pauvre petit aveugle, après avoir gémi longtemps sur les genoux de ma mère, devint froid; rien ne put le réchauffer; il ne remuait plus. Deschartres vint, l'ôta des bras de ma mère; il était mort. Triste et courte existence dont, grâce à Dieu, il ne s'est pas rendu compte.

Le lendemain on l'enterra; ma mère me cacha ses larmes. Hippolyte fut chargé de m'emmener au jardin toute la journée. Je sus à peine et ne compris que faiblement et dubitativement ce qui se passait dans la maison. Il paraît que mon père fut vivement affecté, et que cet enfant, malgré son infirmité, lui était tout aussi cher que les autres. Le soir, après minuit, ma mère et mon père, retirés dans leur chambre, pleuraient ensemble, et il se passa entre eux une scène étrange que ma mère m'a racontée avec détail une vingtaine d'années plus tard. J'y avais assisté en dormant.

Dans sa douleur, et l'esprit frappé des réflexions de ma grand'mère, mon père dit à ma mère: «Ce voyage d'Espagne nous aura été bien funeste, ma pauvre Sophie. Lorsque tu m'écrivais que tu voulais venir m'y rejoindre, et que je te suppliais de n'en rien faire, tu croyais voir là une preuve d'infidélité ou de refroidissement de ma part; et moi, j'avais le pressentiment de quelque malheur. Qu'y avait-il de plus téméraire et de plus insensé que de courir ainsi, grosse à pleine ceinture, à travers tant de dangers, de privations, de souffrances et de terreurs de tous les instants? C'est un miracle que tu y aies résisté; c'est un miracle qu'Aurore soit vivante. Notre pauvre garçon n'eût peut-être pas été aveugle s'il était né à Paris. L'accoucheur de Madrid m'a expliqué que, par la position de l'enfant dans le sein de la mère, les deux poings fermés et appuyés contre les yeux, la longue pression qu'il a dû éprouver par ta propre position dans la voiture, avec ta fille souvent assise sur tes genoux, a nécessairement empêché les organes de la vue de se développer.»

—«Tu me fais des reproches, maintenant, dit ma mère, il n'est plus temps. Je suis au désespoir. Quant au chirurgien, c'est un menteur et un scélérat. Je suis persuadée que je n'ai pas rêvé, quand je lui ai vu écraser les yeux de mon enfant.»

Ils parlèrent longtemps de leur malheur, et peu à peu ma mère s'exalta beaucoup dans l'insomnie et dans les larmes. Elle ne voulait pas croire que son fils fût mort de dépérissement et de fatigue; elle prétendait que, la veille encore, il était en pleine voie de guérison, et qu'il avait été surpris par une convulsion nerveuse. «Et maintenant, dit-elle en sanglotant, il est dans la terre, ce pauvre enfant! Quelle horrible chose que d'ensevelir ainsi ce qu'on aime, et de se séparer pour toujours du corps d'un enfant qu'un instant auparavant on soignait et on caressait avec tant d'amour! On vous l'ôte, on le cloue dans une bière, on le jette dans un trou! On le couvre de terre, comme si l'on craignait qu'il n'en sortît! Ah! c'est horrible, et je n'aurais pas dû me laisser arracher ainsi mon enfant. J'aurais dû le garder, le faire embaumer!

—Et quand on songe, dit mon père, que l'on enterre souvent des gens qui ne sont pas morts! Ah! il est bien vrai que cette manière d'ensevelir les cadavres, est ce qu'il y a de plus sauvage au monde.

—Les sauvages! dit ma mère, ils le sont moins que nous. Ne m'as-tu pas raconté qu'ils étendent leurs morts sur des claies, et qu'ils les suspendent, desséchés, sur des branches d'arbres? J'aimerais mieux voir le berceau de mon petit enfant mort, accroché à un des arbres du jardin, que de penser qu'il va pourrir dans la terre! Et puis, ajouta-t-elle, frappée de la réflexion qui était venue à mon père, s'il n'était pas mort, en effet! Si on avait pris une convulsion pour l'agonie! si M. Deschartres s'était trompé? Car, enfin, il me l'a ôté, il m'a empêché de le frotter encore, de le réchauffer, disant que je hâtais sa mort. Il est si rude, ton Deschartres! Il me fait peur, et je n'ose lui résister! Mais c'est peut-être un ignorant qui n'a pas su distinguer une léthargie de la mort. Tiens, je suis si tourmentée que j'en deviens folle, et que je donnerais tout au monde pour ravoir mon enfant mort ou vivant.»

Mon père combattit d'abord cette pensée, mais, peu à peu, elle le gagna aussi, et regardant à sa montre: «Il n'y a pas de temps à perdre, dit-il; il faut que j'aille chercher cet enfant. Ne fais pas de bruit, ne réveillons personne; je te réponds que dans une heure tu l'auras.»

Il se lève, s'habille, ouvre doucement les portes, va prendre une bêche et court au cimetière qui touche à notre maison et qu'un mur sépare du jardin. Il s'approche de la terre fraîchement remuée et commence à creuser. Il faisait sombre, et mon père n'avait pas pris de lanterne; il ne put voir assez clair pour distinguer la bière qu'il découvrait, et ce ne fut que quand il l'eut débarrassée en entier, étonné de la longueur de son travail, qu'il la reconnut trop grande pour être celle de l'enfant. C'était celle d'un homme de notre village qui était mort peu de jours auparavant. Il fallut creuser à côté, et là, en effet, il retrouva le petit cercueil. Mais, en travaillant à le retirer, il appuya fortement le pied sur la bière du pauvre paysan, et cette bière, entraînée par le vide plus profond qu'il avait fait à côté, se dressa devant lui, le frappa à l'épaule, et le fit tomber dans la fosse. Il a dit ensuite à ma mère qu'il avait éprouvé un instant de terreur et d'angoisse inexprimable en se trouvant poussé par ce mort, et renversé dans la terre sur la dépouille de son fils. Il était brave, on le sait du reste, et il n'avait aucun genre de superstition. Pourtant, il eut un mouvement de terreur et une sueur froide lui vint au front. Huit jours après, il devait prendre place à côté du paysan dans cette même terre qu'il avait soulevée pour en arracher le corps de son fils.

Il recouvra vite son sang-froid, et répara si bien le désordre que personne ne s'en aperçut jamais.

Il rapporta le petit cercueil à ma mère, et l'ouvrit avec empressement. Le pauvre enfant était bien mort, mais ma mère se plut à lui faire elle-même une dernière toilette. On avait profité de son premier abattement pour l'en empêcher. Maintenant, exaltée et comme ranimée par ses larmes, elle frotta de parfums ce petit cadavre, elle l'enveloppa de son plus beau linge, et le replaça dans son berceau pour se donner la douloureuse illusion de le regarder dormir encore.

Elle le garda ainsi caché et enfermé dans sa chambre toute la journée du lendemain; mais la nuit suivante toute vaine espérance étant dissipée, mon père écrivit avec soin le nom de l'enfant et la date de sa naissance et de sa mort sur un papier qu'il plaça entre deux vitres, et qu'il ferma avec de la cire à cacheter tout autour.

Étranges précautions qui furent prises avec une apparence de sang-froid, sous l'empire d'une douleur exaltée. L'inscription ainsi placée dans le cercueil, ma mère couvrit l'enfant de feuilles de roses, et le cercueil fut recloué et porté dans le jardin, à l'endroit que ma mère cultivait elle-même, et enseveli au pied du vieux poirier.

Dès le lendemain, ma mère se remit avec ardeur au jardinage, et mon père l'y aida. On s'étonna de leur voir prendre cet amusement puéril, en dépit de leur tristesse. Eux seuls savaient le secret de leur amour pour ce coin de terre. Je me souviens de l'avoir vu cultiver par eux pendant le peu de jours qui séparèrent cet étrange incident de la mort de mon père. Ils y avaient planté de superbes reines-marguerites qui y ont fleuri pendant plus d'un mois. Au pied du poirier, ils avaient élevé une butte de gazon avec un petit sentier en colimaçon pour que j'y pusse monter et m'y asseoir. Combien de fois j'y suis montée, en effet! Combien j'y ai joué et travaillé sans me douter que c'était un tombeau! Il y avait autour de jolies allées sinueuses, bordées de gazon, des plates-bandes de fleurs et des bancs; c'était un jardin d'enfant, mais complet, et qui s'était créé là comme par magie, mon père, ma mère, Hippolyte et moi y travaillant sans relâche pendant cinq ou six journées, les dernières de la vie de mon père, les plus paisibles peut-être qu'il ait goûtées, et les plus tendres dans leur mélancolie. Je me souviens qu'il apportait sans cesse de la terre et du gazon, et qu'en allant chercher ces fardeaux, il nous mettait, Hippolyte et moi, dans la brouette, prenant plaisir à nous regarder, et faisant quelquefois semblant de nous verser pour nous voir crier ou rire, selon notre humeur du moment.

Quinze ans plus tard, mon mari fit changer la disposition générale de notre jardin; déjà le petit jardin de ma mère avait disparu depuis longtemps. Il avait été abandonné pendant mon séjour au couvent et planté de figuiers. Le poirier avait grossi et il fut question de l'ôter parce qu'il se trouvait rentré un peu dans une allée dont on ne pouvait changer l'alignement. J'obtins grâce pour lui. On creusa l'allée et une plate-bande de fleurs se trouva placée sur la sépulture de l'enfant. Quand l'allée fut finie, assez longtemps après, même, le jardinier dit un jour, d'un air mystérieux, à mon mari et à moi, que nous avions bien fait de respecter cet arbre. Il avait envie de parler et ne se fit pas beaucoup prier pour nous dire le secret qu'il avait découvert. Quelques années auparavant, en plantant ses figuiers, sa bêche avait heurté contre un petit cercueil. Il l'avait dégagé de la terre, examiné et ouvert. Il y avait trouvé les ossements d'un petit enfant. Il avait cru d'abord que quelque infanticide avait été caché en ce lieu, mais il avait trouvé le carton écrit intact entre les deux vitres, et il y avait lu les noms du pauvre petit Louis, et les dates si rapprochées de sa naissance et de sa mort. Il n'avait guère compris, lui, dévôt et superstitieux, par quelle fantaisie on avait ôté de la terre consacrée ce corps qu'il avait vu porter au cimetière; mais enfin il en avait respecté le secret. Il s'était borné à le dire à ma grand'mère, et il nous le disait maintenant pour que nous avisassions à ce qu'il y avait à faire. Nous jugeâmes qu'il n'y avait rien à faire du tout. Faire reporter ces ossements dans le cimetière, c'eût été ébruiter un fait que tout le monde n'eût pas compris et qui, sous la Restauration, eût pu être exploité contre ma famille par les prêtres. Ma mère vivait, et son secret devait être gardé et respecté. Ma mère m'a raconté le fait ensuite et a été satisfaite que les ossements n'eussent pas été dérangés.

L'enfant resta donc sous le poirier, et le poirier existe encore. Il est même fort beau, et, au printemps, il étend un parasol de fleurs rosées sur cette sépulture ignorée. Je ne vois pas le moindre inconvénient à en parler aujourd'hui. Ces fleurs printanières lui sont un ombrage moins sinistre que le cyprès des tombeaux. L'herbe et les fleurs sont le véritable mausolée des enfants et quant à moi, je déteste les monuments et les inscriptions. Je tiens cela de ma grand'mère qui n'en voulut jamais pour son fils chéri, disant avec raison que les grandes douleurs n'ont point d'expression, et que les arbres et les fleurs sont les seuls ornements qui n'irritent pas la pensée.

Il me reste à raconter des choses bien tristes, et quoiqu'elles ne m'aient point affectée au-delà des facultés très limitées qu'un enfant peut avoir pour la douleur, je les ai toujours vues si présentes aux souvenirs et aux pensées de ma famille, que j'en ai ressenti le contre-coup toute ma vie.

Quand le petit jardin mortuaire fut à peu près établi, l'avant-veille de sa mort, mon père engagea ma grand'mère à faire abattre les murs qui entouraient le grand jardin, et, dès qu'elle y eut consenti, il se mit à l'ouvrage, à la tête des ouvriers. Je le vois encore au milieu de la poussière, un pic de fer à la main, faisant crouler ces vieux murs qui tombaient presque d'eux-mêmes avec un bruit dont j'étais effrayée.

Mais les ouvriers finirent l'ouvrage sans lui. Le vendredi 17 septembre, il monta son terrible cheval pour aller faire visite à nos amis de La Châtre. Il y dîna et y passa la soirée. On remarqua qu'il se forçait un peu pour être enjoué comme à l'ordinaire, et que, par moments, il était sombre et préoccupé. La mort récente de son enfant lui revenait dans l'âme, et il faisait généreusement son possible pour ne pas communiquer sa tristesse à ses amis. C'était ceux-là même avec lesquels il avait joué, sous le Directoire, *Robert, chef de brigands*. Il dînait chez M. et Mme Duvernet.

Ma mère était toujours jalouse, et surtout, comme il arrive dans cette maladie, des personnes qu'elle ne connaissait pas. Elle eut du dépit de voir qu'il ne rentrait pas de bonne heure, ainsi qu'il le lui avait promis, et montra naïvement son chagrin à ma grand'mère. Déjà elle lui avait confessé cette faiblesse, et déjà ma grand'mère l'avait raisonnée. Ma grand'mère n'avait pas connu les passions, et les soupçons de ma mère lui paraissaient fort déraisonnables. Elle eût dû y compatir un peu pourtant, elle qui avait porté la jalousie dans l'amour maternel: mais elle parlait à son impétueuse belle fille un langage si grave, que celle-ci en était souvent effrayée. Elle la grondait même, toujours dans une forme douce et mesurée, mais avec une certaine froideur qui l'humiliait et la réduisait sans la guérir.

Ce soir-là, elle réussit à la mater complètement, en lui disant que, si elle tourmentait ainsi Maurice, Maurice se dégoûterait d'elle, et chercherait peut-être alors, hors de son intérieur, le bonheur qu'elle en aurait chassé. Ma mère pleura, et, après quelques révoltes, se soumit pourtant, et promit de se coucher tranquillement, de ne pas aller attendre son mari sur la route, enfin de ne pas se rendre malade, elle qui avait été récemment éprouvée par tant de fatigue et de chagrin. Elle avait encore beaucoup de lait; elle pouvait, au milieu de ses agitations morales, faire une maladie, éprouver des accidents qui lui ôteraient tout d'un coup sa beauté et les apparences de la jeunesse. Cette dernière considération la frappa plus que toute la philosophie de ma grand'mère. Elle céda à cet argument. Elle voulait être belle pour plaire à son mari. Elle se coucha et s'endormit comme une personne raisonnable. Pauvre femme, quel réveil l'attendait!

Vers minuit, ma grand'mère commençait pourtant à s'inquiéter sans en rien dire à Deschartres, avec qui elle prolongeait sa partie de piquet, voulant embrasser son fils avant de s'endormir. Enfin minuit sonna, et elle était retirée dans sa chambre, lorsqu'il lui sembla entendre dans la maison un mouvement inusité. On agissait avec précaution pourtant, et Deschartres, appelé par Saint-Jean, était sorti avec le moins de bruit possible; mais quelques portes ouvertes, un certain embarras de la femme de chambre qui avait vu appeler Deschartres sans savoir de quoi il s'agissait, mais qui, à la physionomie de Saint-Jean, avait pressenti quelque chose de grave, et, plus que tout cela l'inquiétude déjà éprouvée, précipitèrent l'épouvante de ma grand'mère. La nuit était sombre et pluvieuse, et j'ai déjà dit que ma grand'mère, quoique d'une belle et forte organisation, soit par faiblesse naturelle des jambes, soit par mollesse excessive dans sa première éducation, n'avait jamais pu marcher. Quand elle avait fait lentement le tour de son jardin, elle était accablée pour tout le jour. Elle n'avait marché qu'une fois en sa vie pour aller surprendre son fils à Passy en sortant de prison. Elle marcha pour la seconde fois le 17 septembre 1808. Ce fut pour aller relever son cadavre à une lieue de la maison, à l'entrée de La Châtre. Elle partit seule, en petits souliers de prunelle, sans châle, comme elle se trouvait en ce moment-là. Comme il s'était passé un peu de temps avant qu'elle ne surprît dans la maison l'agitation qui l'avait avertie, Deschartres était arrivé avant elle. Il était déjà près de mon pauvre père; il avait déjà constaté la mort.

Voici comment ce funeste accident était arrivé:

Au sortir de la ville, cent pas après le pont qui en marque l'entrée, la route fait un angle. En cet endroit, au pied du treizième peuplier, on avait laissé, ce jour-là, un monceau de pierres et de gravats. Mon père avait pris le galop en quittant le pont. Il montait le fatal *Leopardo*. Weber, à cheval aussi, le suivait à dix pas en arrière. Au détour de la route, le cheval de mon père heurta le tas de pierres dans l'obscurité. Il ne s'abattit pas, mais, effrayé et stimulé sans doute par l'éperon, il se releva par un mouvement d'une telle violence, que le cavalier fut enlevé et alla tomber à dix pieds en arrière. Weber n'entendit que ces mots: «*A moi, Weber!... je suis mort!*» Il trouva son maître étendu sur le dos. Il n'avait aucune blessure apparente; mais il s'était rompu la colonne vertébrale. Il n'existait plus!

Je crois qu'on le porta dans l'auberge voisine et que des secours lui vinrent promptement de la ville, pendant que Weber, en proie à une inexprimable terreur, était venu au galop chercher Deschartres. Il n'était plus temps, mon père n'avait pas eu le temps de souffrir. Il n'avait eu que celui de se rendre compte de la mort subite et implacable qui venait le saisir au moment où sa carrière militaire s'ouvrait enfin devant lui brillante et sans obstacle, où, après une lutte de huit années, sa mère, sa femme et ses enfants, enfin acceptés les uns par les autres, et réunis sous le même toit, le combat terrible et douloureux de ses affections allait cesser et lui permettre d'être heureux.

Au lieu fatal, terme de sa course désespérée, ma pauvre grand'mère tomba comme suffoquée sur le corps de son fils. Saint-Jean s'était hâté de mettre les chevaux à la berline et il arriva pour y placer Deschartres, le cadavre et ma grand'mère, qui ne voulut pas s'en séparer. C'est Deschartres qui m'a raconté, dans la suite, cette nuit de désespoir, dont ma grand'mère n'a jamais pu parler. Il m'a dit que tout ce que l'âme humaine peut souffrir sans se briser, il l'avait souffert durant ce trajet où la pauvre mère, pâmée sur le corps de son fils, ne faisait entendre qu'un râle semblable à celui de l'agonie.

Je ne sais pas ce qui se passa jusqu'au moment où ma mère apprit cette effroyable nouvelle. Il était six heures du matin, et j'étais déjà levée. Ma mère s'habillait: elle avait une jupe et une camisole blanches, et elle se peignait. Je la vois encore au moment où Deschartres entra chez elle sans frapper, la figure si pâle et si bouleversée, que ma mère comprit tout de suite. «Maurice! s'écria-t-elle; où est Maurice?» Deschartres ne pleurait pas. Il avait les dents serrées, il ne pouvait prononcer que des paroles entrecoupées: «Il est tombé..... non, n'y allez pas, restez ici... Pensez à votre fille... Oui, c'est grave, très grave....» Et enfin, faisant un effort qui pouvait ressembler à une cruauté brutale, mais qui était tout à fait indépendant de la réflexion, il lui dit avec un accent que je n'oublierai de ma vie: «*Il est mort!*» Puis il eut comme une espèce de rire convulsif, s'assit, et fondit en larmes.

Je vois encore dans quel endroit de la chambre nous étions. C'est celle que j'habite encore et dans laquelle j'écris le récit de cette lamentable histoire. Ma mère tomba sur une chaise derrière le lit. Je vois sa figure livide, ses grands cheveux noirs épars sur sa poitrine, ses bras nus que je couvrais de baisers; j'entends ses cris déchirants. Elle était sourde aux miens et ne sentait pas mes caresses. Deschartres lui dit: «Voyez donc cette enfant, et vivez pour elle.»

Je ne sais plus ce qui se passa. Sans doute les cris et les larmes m'eurent bientôt brisée: l'enfance n'a pas la force de souffrir. L'excès de la douleur et de l'épouvante m'anéantit et m'ôta le sentiment de tout ce qui se passait autour de moi. Je ne retrouve le souvenir qu'à dater de plusieurs jours après, lorsqu'on me mit des habits de deuil. Ce noir me fit une impression très vive. Je pleurai pour m'y soumettre; j'avais porté cependant la robe et le voile noirs des Espagnoles, mais sans doute je n'avais jamais eu de bas noirs, car ces bas me causèrent une grande terreur. Je prétendis qu'on me mettait des jambes de mort, et il fallut que ma mère me montrât qu'elle en avait aussi. Je vis le même jour ma grand'mère, Deschartres, Hippolyte et toute la maison en deuil. Il fallut qu'on m'expliquât que c'était à cause de la mort de mon père, et je dis alors à ma mère une parole qui lui fit beaucoup de mal: Mon papa, lui dis-je, est donc encore mort aujourd'hui?

J'avais pourtant compris la mort, mais apparemment je ne la croyais pas éternelle. Je ne pouvais me faire l'idée d'une séparation absolue, et je reprenais peu à peu mes jeux et ma gaîté avec l'insouciance de mon âge. De temps en temps, voyant ma mère pleurer à la dérobée, je m'interrompais pour lui dire de ces naïvetés qui la brisaient. «Mais quand mon papa aura fini d'être mort, il reviendra bien te voir?» La pauvre femme ne voulait pas me détromper complétement; elle me disait seulement que nous resterions bien longtemps comme cela à l'attendre; et elle défendait aux domestiques de me rien expliquer. Elle avait au plus haut point le respect de l'enfance, que l'on met trop de côté dans des éducations plus complètes et plus savantes.

Cependant la maison était plongée dans une morne tristesse, et le village aussi, car personne n'avait connu mon père sans l'aimer. Sa mort répandit une véritable consternation dans le pays, et les gens même qui ne le connaissaient que de vue furent vivement affectés de cette catastrophe. Hippolyte fut très ébranlé par un spectacle qu'on ne lui avait pas dérobé avec autant de soin qu'on l'avait fait pour moi. Il avait déjà neuf ans; et il ne savait pas encore que mon père était le sien. Il eut beaucoup de chagrin, mais à son chagrin l'image de la mort mêla une sorte de terreur, et il ne faisait que pleurer et crier la nuit. Les domestiques, confondant leurs superstitions et leurs regrets, prétendaient avoir vu mon père se promener dans la maison après sa mort. La vieille femme de Saint-Jean affirmait, avec serment, l'avoir vu à minuit traverser le corridor, et descendre l'escalier. Il avait son grand uniforme, disait-elle, et il marchait lentement, sans paraître voir personne. Il avait passé auprès d'elle sans la regarder et sans lui parler. Une autre l'avait vu dans l'antichambre de l'appartement de ma mère. C'était alors une grande salle nue destinée à un billard, et où il n'y avait qu'une table et quelques chaises. En traversant cette pièce le soir, une servante l'avait vu assis, les coudes appuyés sur la table et la tête dans ses mains. Il est certain que quelque voleur domestique profita ou essaya de profiter des terreurs de nos gens, car un fantôme blanc erra dans la cour pendant plusieurs nuits. Hippolyte le vit et en fut malade de peur. Deschartres le vit aussi et le menaça d'un coup de fusil: il ne revint plus.

Heureusement pour moi je fus assez bien surveillée pour ne pas entendre ces sottises, et la mort ne se présenta pas à moi sous l'aspect hideux que les imaginations superstitieuses lui ont donné. Ma grand'mère me sépara pendant quelques jours d'Hippolyte qui perdait la tête et qui, d'ailleurs, était pour moi un camarade un peu trop impétueux. Mais elle s'inquiéta bientôt de me voir trop seule et de l'espèce de satisfaction passive avec laquelle je me tenais tranquille sous ses yeux et plongée dans des rêveries, qui étaient pourtant une nécessité de mon organisation, et qu'elle ne s'expliquait point. Il paraît que je restais des heures entières assise sur un tabouret, aux pieds de ma mère ou aux siens, ne disant mot, les bras pendants, les yeux fixes, la bouche entr'ouverte, et que je paraissais idiote par moments. «Je l'ai toujours vue ainsi, disait ma mère; c'est sa nature; ce n'est pas bêtise; soyez sûre qu'elle rumine toujours quelque chose. Autrefois elle parlait tout haut en rêvassant. A présent elle ne dit plus rien, mais, comme disait son pauvre père, elle n'en pense pas moins.—C'est probable, répondait ma grand'mère; mais il n'est pas bon pour les enfants de tant rêver. J'ai vu aussi son pauvre père, enfant, tomber dans des espèces d'extases, et après cela, il a eu une maladie de langueur. Il faut que cette petite soit distraite et secouée malgré elle; nos chagrins la feront mourir si on n'y prend garde; elle les ressent, bien qu'elle ne les comprenne pas. Ma fille, il faut vous distraire aussi, ne fût-ce que physiquement. Vous êtes naturellement robuste, l'exercice vous est nécessaire. Il faut reprendre votre travail de jardinage; l'enfant y reprendra goût avec vous.»

Ma mère obéit, mais sans doute elle ne put pas d'abord y mettre beaucoup de suite. A force de pleurer, elle avait dès lors contracté d'effroyables douleurs de tête qu'elle a conservées pendant plus de vingt ans, et qui, presque toutes les semaines, la forçaient à se coucher pendant vingt-quatre heures.

Il faut que je dise ici, pour ne pas l'oublier, une chose qui me revient et que je tiens à dire, parce qu'on en a fait contre ma mère un sujet d'accusation qui est resté jusqu'à ce jour dans l'esprit de plusieurs personnes. Il paraît que le jour de la mort de mon père, ma mère s'était écriée: *Et moi qui étais jalouse! A présent je ne le serai donc plus!* Cette parole était profonde dans sa douleur; elle exprimait un regret amer du temps où elle se livrait à des peines chimériques, et une comparaison avec le malheur réel qui lui apportait une si horrible guérison. Soit Deschartres, qui jamais ne put se réconcilier franchement avec elle, soit quelque domestique mal intentionné, cette parole fut répétée et dénaturée. Ma mère aurait dit, avec un accent de satisfaction monstrueuse: *Enfin, je ne serai donc plus jalouse!* Cela est si absurde, pris dans une pareille acception et dans un jour de désespoir si violent, que je ne comprends pas que des gens d'esprit aient pu s'y tromper. Il n'y a pourtant pas longtemps (1847) que M. de Vitrolles, ancien ami de mon père, et l'homme le plus *homme* de l'ancien parti légitimiste, le racontait dans ce sens à un de mes amis. J'en demande pardon à M. de Vitrolles, mais on l'a indignement trompé, et la conscience humaine se révolte contre de pareilles interprétations. J'ai vu le désespoir de ma mère, et ces scènes-là ne s'oublient point.

Je reviens à moi après cette digression. Ma grand'mère, s'inquiétant toujours de mon isolement, me chercha une compagne de mon âge. Mlle Julie, sa femme de chambre, lui proposa d'amener sa nièce qui n'avait que six mois de plus que moi, et bientôt la petite Ursule fut habillée de deuil et amenée à Nohant. Aujourd'hui notre amitié, toujours plus éprouvée par l'âge, a quarante ans de date. C'est quelque chose.

J'aurai à parler souvent de cette bonne Ursule, et je commence par dire qu'elle fut pour moi d'un grand secours, dans la disposition morale et physique où je me trouvais par suite de notre malheur domestique. Le bon Dieu voulut bien me faire cette grâce que l'enfant pauvre qu'on associait à mes jeux ne fût point une âme servile. L'enfant du riche (et relativement à Ursule j'étais une petite princesse) abuse instinctivement des avantages de sa position, et quand son pauvre compagnon se laisse faire, le petit despote lui ferait volontiers donner le fouet à sa place, ainsi que cela s'est vu entre seigneurs et vilains. J'étais fort gâtée. Ma sœur, plus âgée que moi de cinq ans, m'avait toujours cédé avec cette complaisance que la raison inspire aux petites filles pour leurs cadettes. Clotilde seule m'avait tenu tête, mais, depuis quelques mois, je n'avais plus l'occasion de devenir sociable avec mes pareilles. J'étais seule avec ma mère, qui pourtant ne me gâtait pas, car elle avait la parole vive et la main leste, et mettait en pratique cette maxime que: qui aime bien châtie bien; mais, dans ces jours de deuil, soutenir contre les caprices d'un enfant une lutte de toutes les heures, était nécessairement au-dessus de ses forces. Ma grand'mère et elle avaient besoin de m'aimer et de me gâter pour se consoler de leurs peines. J'en abusais naturellement, et puis le voyage d'Espagne, la maladie et les douleurs auxquelles j'avais assisté m'avaient laissé une excitation nerveuse qui dura assez longtemps. J'étais donc irritable au dernier point, et hors de mon état normal. J'éprouvais mille fantaisies, et je ne sortais de mes contemplations mystérieuses que pour vouloir l'impossible. Je voulais qu'on me donnât les oiseaux qui volaient dans le jardin, et de rage je me roulais par terre quand on se moquait de moi. Je voulais que Weber me mît sur son cheval; ce n'était plus Léopardo, on l'avait vendu bien vite; mais on pense bien qu'on ne voulait me laisser approcher d'aucun cheval. Enfin mes désirs contrariés faisaient mon supplice. Ma grand'mère disait que cette intensité de fantaisies était une preuve d'imagination, et elle voulait distraire cette imagination malade: mais cela fut long et difficile.

Lorsque Ursule arriva, après la première joie, car elle me plut tout de suite, et je sentis, sans m'en rendre compte, que c'était un enfant très intelligent et très courageux, l'esprit de domination revint et je voulus l'astreindre à toutes mes volontés. Tout au beau milieu de nos jeux, il fallait changer celui qui lui plaisait pour celui qui me plaisait davantage, et tout aussitôt je m'en dégoûtais quand elle commençait à le préférer. Ou bien il fallait rester tranquille et ne rien dire, *méditer* avec moi, et si j'avais pu faire qu'elle eût mal à la tête, ce qui m'arrivait souvent, j'aurais exigé qu'elle me tînt compagnie sous ce rapport. Enfin j'étais l'enfant le plus maussade, le plus chagrin et le plus irascible qu'il soit possible d'imaginer.

Grâce à Dieu, Ursule ne se laissa point asservir. Elle était d'humeur enjouée, active, et si babillarde qu'on lui avait donné le surnom de *Caquet bon bec*, qu'elle a gardé longtemps. Elle a toujours eu de l'esprit, et ses discours faisaient souvent sourire ma grand'mère à travers ses larmes. On craignit d'abord qu'elle ne se laissât tyranniser; mais elle était trop têtue naturellement pour avoir besoin qu'on lui fît la leçon. Elle me résista on ne peut mieux, et quand je voulus jouer des mains et des griffes, elle me répondit des pieds et des dents. Elle a gardé souvenir d'une formidable bataille à laquelle nous nous défiâmes un jour. Il paraît que nous avions une querelle sérieuse à vider, et comme nous ne voulions céder ni l'une ni l'autre, nous convînmes de nous battre du mieux qu'il nous serait possible. L'affaire fut assez chaude et il y eut des marques de part et d'autre. Je ne sais qui fut la plus forte, mais le dîner étant servi sur ces entrefaites, il nous fallait comparaître et nous craignions également d'être grondées. Nous étions seules dans la chambre de ma mère. Nous nous hâtâmes de nous laver la figure pour effacer quelques petites gouttes de sang; nous nous arrangeâmes les cheveux l'une à l'autre, et nous eûmes même de l'obligeance mutuelle dans ce commun danger. Enfin, nous descendîmes l'escalier en nous demandant l'une à l'autre s'il n'y paraissait plus. La rancune s'était effacée, et Ursule me proposa de nous réconcilier et de nous embrasser, ce que nous fîmes de bon cœur, comme deux vieux soldats après une affaire d'honneur. Je ne sais pas si ce fut la dernière entre nous; mais il est certain que, soit dans la paix, soit dans la guerre, nous vécûmes dès lors sur le pied de l'égalité, et que nous nous aimions tant que nous ne pouvions vivre un instant séparées. Ursule mangeait à notre table, comme elle y a toujours mangé depuis. Elle couchait dans notre chambre et souvent avec moi dans le grand lit. Ma mère l'aimait beaucoup, et quand elle avait la migraine, elle était soulagée par les petites mains fraîches qu'Ursule passait sur son front, bien longtemps et bien doucement. J'étais un peu jalouse de ces soins qu'elle lui rendait, mais, soit animation au jeu, soit un reste de disposition fébrile, j'avais toujours les mains brûlantes, et j'empirais la migraine.

Nous restâmes deux ou trois ans à Nohant sans que ma grand'mère songeât à retourner à Paris, sans que ma mère pût se décider à ce qu'on désirait d'elle. Ma grand'mère voulait que mon éducation lui fût entièrement confiée et que je ne la quittasse plus. Ma mère ne pouvait abandonner Caroline, qui était en pension, à la vérité, mais qui bientôt devait avoir besoin qu'elle s'en occupât d'une manière suivie, et elle ne pouvait se résoudre à se séparer définitivement de l'une ou de l'autre de ses filles. Mon oncle de Beaumont vint passer un été à Nohant pour aider ma mère à prendre cette résolution qu'il jugeait nécessaire au bonheur de ma grand'mère et au mien, car, tous comptes faits, et même ma grand'mère augmentant le plus possible l'existence à laquelle ma mère pouvait prétendre, il ne restait à celle-ci que 2,500 francs de rente, et ce n'était pas de quoi donner une brillante éducation à ses deux enfants. Ma grand'mère s'attachait à moi chaque jour davantage, non pas à cause de mon petit caractère, qui était encore passablement quinteux à cette époque, mais à cause de ma ressemblance frappante avec mon père. Ma voix, mes traits, mes manières, mes goûts, tout en moi lui rappelait son fils enfant, à tel point qu'elle se faisait quelquefois en me regardant jouer, une sorte d'illusion, et que souvent elle m'appelait Maurice, et disait mon fils, en parlant de moi.

Elle tenait beaucoup à développer mon intelligence, dont elle se faisait une haute idée, je ne sais pourquoi. Je comprenais tout ce qu'elle me disait et m'enseignait, mais elle le disait si clairement et si bien, que ce n'était pas merveille. J'annonçais aussi des dispositions musicales qui n'ont jamais été suffisamment développées, mais qui la charmaient, parce qu'elles lui rappelaient l'enfance de mon père, et elle recommençait la jeunesse de sa maternité en me donnant des leçons.

J'ai souvent entendu ma mère soulever devant moi ce problème: «Mon enfant sera-t-elle plus heureuse ici qu'avec moi? Je ne sais rien, c'est vrai, et je n'aurai pas le moyen de lui en faire apprendre bien long. L'héritage de son père peut être amoindri, si sa grand'mère se désaffectionne en ne la voyant pas sans cesse. Mais l'argent et les talents font-ils le bonheur?» Je comprenais déjà ce raisonnement, et quand elle parlait de mon avenir avec mon oncle de Beaumont, qui la pressait vivement de céder, j'écoutais de toutes mes oreilles sans en avoir l'air. Il en résulta pour moi un grand mépris pour l'argent, avant que je susse ce que ce pouvait être, et une sorte de terreur vague de la richesse dont j'étais menacée. Cette richesse n'était pas grand-chose car, au net, ce devait être un jour environ 12,000 francs de rente.

Mais relativement, c'était beaucoup, et cela me faisait grand'peine, étant lié à l'idée de me séparer de ma mère. Aussi, dès que j'étais seule avec elle, je la couvrais de caresses, en la suppliant de ne pas me *donner pour de l'argent* à ma grand'mère. J'aimais pourtant cette bonne maman si douce, qui ne me parlait que pour me dire des choses tendres; mais cela ne pouvait se comparer à l'amour passionné que je commençais à ressentir pour ma mère, et qui a dominé ma vie jusqu'à une époque où des circonstances plus fortes que moi m'ont fait hésiter entre ces deux mères, jalouses l'une de l'autre à propos de moi, comme elles l'avaient été à propos de mon père.

Oui, je dois l'avouer, un temps est venu où, placée dans une situation anormale entre deux affections qui, de leur nature, ne se combattent point, j'ai été tour à tour victime de la sensibilité de ces deux femmes, et de la mienne propre, trop peu ménagée par elles. Je raconterai ces choses comme elles se sont accomplies, mais dans leur ordre; et je veux tâcher de commencer par le commencement. Jusqu'à l'âge de quatre ans, c'est-à-dire jusqu'au voyage en Espagne, j'avais chéri ma mère instinctivement et sans le savoir. Ainsi que je l'ai dit, je ne m'étais rendu compte d'aucune affection, et j'avais vécu comme vivent les petits enfants et comme vivent les peuples primitifs, par l'imagination. La vie du sentiment s'était éveillée en moi à la naissance de mon petit frère aveugle, en voyant souffrir ma mère. Son désespoir à la mort de mon père m'avait développée davantage dans ce sens, et je commençai à me sentir subjuguée par cette affection, quand l'idée d'une séparation vint me surprendre au milieu de mon âge d'or.

Je dis mon âge d'or, parce que c'était, à cette époque-là, le mot favori d'Ursulette. Je ne sais où elle l'avait entendu dire, mais elle me le répétait quand elle raisonnait avec moi; car elle prenait déjà part à mes peines, et, par son caractère plus encore que par les cinq ou six mois qu'elle avait de plus que moi, elle comprenait mieux le monde réel. En me voyant pleurer à l'idée de rester sans ma mère avec ma bonne maman, elle me disait: «C'est pourtant gentil d'avoir une grande maison et un grand jardin comme ça pour se promener, et des voitures, et des robes, et des bonnes choses à manger tous les jours. Qu'est-ce qui donne tout ça? C'est le *richement*. Il ne faut donc pas que tu pleures, car tu auras, avec ta bonne maman, toujours de l'*âge d'or* et toujours du *richement*. Et quand je vas voir maman à La Châtre, elle dit que je suis devenue difficile à Nohant, et que je fais la dame. Et moi je lui dis: Je suis dans mon *âge d'or*, et je prends du *richement* pendant que j'en ai.»

Les raisonnements d'Ursule ne me consolèrent pas. Un jour sa tante, Mlle Julie, la femme de chambre de ma grand'mère, qui me voulait du bien et qui raisonnait à son point de vue, me dit: *Voulez-vous donc retourner dans votre petit grenier, manger des haricots?* Cette parole me révolta, et les haricots et le petit grenier me parurent l'idéal du bonheur et de la dignité. Mais j'anticipe un peu. J'avais peut-être déjà sept ou huit ans quand cette question de la richesse me fut ainsi posée. Avant de dire le résultat du combat que ma mère soutenait et se livrait à elle-même à propos de moi, je dois esquisser les deux ou trois années que nous passâmes à Nohant après la mort de mon père. Je ne pourrai pas le faire avec ordre, ce sera un tableau général et un peu confus, comme mes souvenirs.

D'abord, je dois dire comment vivaient ensemble ma mère et ma grand'mère, ces deux femmes aussi différentes par leur organisation qu'elles l'étaient par leur éducation et leurs habitudes. C'était vraiment les deux types extrêmes de notre sexe: l'une, blanche, blonde, grave, calme et digne dans ses manières, une véritable Saxonne de noble race, aux grands airs pleins d'aisance et de bonté protectrice, l'autre, brune, pâle, ardente, gauche et timide devant les gens du beau monde, mais toujours prête à éclater quand l'orage grondait trop fort au dedans, une nature d'Espagnole jalouse, passionnée, colère et faible, méchante et bonne en même temps. Ce n'était pas sans une mortelle répugnance que ces deux êtres, si opposés par nature et par situation, s'étaient acceptés l'un l'autre, et pendant la vie de mon père, elles s'étaient trop disputé son cœur pour ne pas se haïr un peu. Après sa mort la douleur les rapprocha, et l'effort qu'elles avaient fait pour s'aimer porta ses fruits. Ma grand'mère ne pouvait comprendre les vives passions et les violents instincts; mais elle était sensible aux grâces, à l'intelligence et aux élans sincères du cœur. Ma mère avait tout cela, et ma grand'mère l'observait souvent avec une sorte de curiosité, se demandant pourquoi mon père l'avait tant aimée. Elle découvrit bientôt à Nohant ce qu'il y avait de puissance et d'attrait dans cette nature inculte. Ma mère était une grande artiste manquée, faute de développement. Je ne sais à quoi elle eût été propre spécialement, mais elle avait pour tous les arts et pour tous les métiers une aptitude merveilleuse. Elle ne savait rien, elle n'avait rien appris. Ma grand'mère lui reprocha son orthographe barbare et lui dit qu'il ne tiendrait qu'à elle de la corriger. Elle se mit non à apprendre la grammaire, il n'était plus temps, mais à lire avec attention, et, peu après, elle écrivait presque correctement et dans un style si naïf et si joli, que ma grand'mère, qui s'y connaissait, admirait ses lettres. Elle ne connaissait pas seulement les notes, mais elle avait une voix ravissante, d'une légèreté et d'une fraîcheur incomparables, et ma grand'mère se plaisait à l'entendre chanter, toute grande musicienne qu'elle était. Elle remarquait le goût et la méthode naturelle de son chant. Puis, à Nohant, ne sachant comment remplir de longues journées, ma mère se mit à dessiner, elle qui n'avait jamais touché un crayon. Elle le fit d'instinct, comme tout ce qu'elle faisait, et après avoir copié très adroitement plusieurs gravures, elle se mit à faire des portraits à la plume et à la gouache, qui étaient ressemblants et dont la naïveté avait toujours du charme et de la grâce. Elle brodait un peu gros, mais avec une rapidité si incroyable, qu'elle fit à ma grand'mère, en peu de jours, une robe de percale brodée tout entière, du haut en bas, comme on en portait alors. Elle faisait toutes nos robes et tous nos chapeaux, ce qui n'était pas merveille, puisqu'elle avait été longtemps modiste; mais c'était inventé et exécuté avec une promptitude, un goût et une fraîcheur incomparables. Ce qu'elle avait entrepris le matin, il fallait que ce fût prêt pour le lendemain, eût-elle dû y passer la nuit: et elle portait dans les moindres choses une ardeur et une puissance d'attention qui paraissaient merveilleuses à ma grand'mère, un peu nonchalante d'esprit et maladroite de ses mains, comme l'étaient alors les grandes dames. Ma mère savonnait, elle repassait, elle raccommodait toutes nos nippes elle-même, avec plus de prestesse et d'habileté que la meilleure ouvrière de profession. Jamais je ne lui ai vu faire d'ouvrages inutiles ou dispendieux comme ceux que font les dames riches. Elle ne faisait ni petites bourses, ni petits écrans, ni aucun de ces brinborions qui coûtent plus cher quand on les fait soi-même, qu'on ne les paierait tout faits chez un marchand; mais pour une maison qui avait besoin d'économie, elle valait dix ouvrières à elle seule; et puis, elle était toujours prête à entreprendre toutes choses. Ma grand'mère avait-elle cassé sa boîte à ouvrage, ma mère s'enfermait une journée dans sa chambre, et, à dîner, elle lui apportait une boîte en cartonnage, coupée, collée, doublée et confectionnée par elle de tous points. Et il se trouvait que c'était un petit chef-d'œuvre de goût.

Il en était de tout ainsi. Si le clavecin était dérangé, sans connaître ni le mécanisme ni la tablature, elle remettait des cordes, elle recollait des touches, elle rétablissait l'accord. Elle osait tout et réussissait à tout: elle eût fait des souliers, des meubles, des serrures, s'il l'avait fallu. Ma grand'mère disait que c'était une fée, et il y avait quelque chose de cela. Aucun travail, aucune entreprise ne lui semblait ni trop poétique ni trop vulgaire, ni trop pénible, ni trop fastidieuse; seulement elle avait horreur des choses qui ne servent à rien, et disait tout bas que c'étaient des amusements de *vieille comtesse*.

C'était donc une organisation magnifique. Elle avait tant d'esprit naturel que, quand elle n'était pas paralysée par sa timidité, qui était extrême avec certaines gens, elle en était étincelante. Jamais je n'ai entendu railler et critiquer comme elle savait le faire, et il ne faisait pas bon de lui avoir déplu. Quand elle était bien à son aise, c'était le langage incisif, comique et pittoresque de l'*enfant de Paris*, auquel rien ne peut être comparé chez aucun peuple du monde; et, au milieu de tout cela, il y avait des éclairs de poésie, des choses senties et dites comme on ne les dit plus quand on s'en rend compte et qu'on sait les dire.

Elle n'avait aucune vanité de son intelligence et ne s'en doutait même pas. Elle était sûre de sa beauté sans en être fière, et disait naïvement qu'elle n'avait jamais été jalouse de celle des autres, se trouvant assez bien partagée de ce côté-là. Mais ce qui la tourmentait par rapport à mon père, c'était la supériorité d'intelligence et d'éducation qu'elle supposait aux femmes du monde. Cela prouve combien elle était modeste naturellement, car les dix-neuf vingtièmes des femmes que j'ai connues dans toutes les positions sociales étaient de véritables idiotes auprès d'elle. J'en ai vu qui la regardaient par-dessus l'épaule, et qui, en la voyant réservée et craintive, s'imaginaient qu'elle avait honte de sa sottise et de sa nullité. Mais qu'elles eussent essayé de piquer l'épiderme, le volcan eût fait irruption et les eût lancées un peu loin.

Avec tout cela, il faut bien le dire, c'était la personne la plus difficile à manier qu'il y eût au monde. J'en étais venue à bout dans ses dernières années, mais ce n'était pas sans peine et sans souffrance. Elle était irascible au dernier point, et pour la calmer, il fallait feindre d'être irrité. La douceur et la patience l'exaspéraient, le silence la rendait folle, et c'est pour l'avoir trop respectée que je l'ai trouvée longtemps injuste avec moi. Il ne me fut jamais possible de m'emporter avec elle. Ses colères m'affligeaient sans trop m'offenser; je voyais en elle un enfant terrible qui se dévorait lui-même, et je souffrais trop du mal qu'elle croyait me faire. Mais je pris sur moi-même de lui parler avec une certaine sévérité, et son âme, qui avait été si tendre pour moi dans mon enfance, se laissa enfin vaincre et persuader. J'ai bien souffert pour en arriver là. Mais ce n'est pas encore ici le moment de le dire.

Il faut pourtant la peindre tout entière, cette femme qui n'a pas été connue; et l'on ne comprendrait pas le mélange de sympathie et de répulsion, de confiance et d'effroi qu'elle inspira toujours à ma grand'mère (et à moi longtemps), si je ne disais toutes les forces et toutes les faiblesses de son âme. Elle était pleine de contrastes, c'est pour cela qu'elle a été beaucoup aimée et beaucoup haïe; c'est pour cela, qu'elle a beaucoup aimé et beaucoup haï elle-même. A certains égards, j'ai beaucoup d'elle, mais en moins bon et en moins rude; je suis une empreinte très affaiblie par la nature ou très modifiée par l'éducation. Je ne suis capable ni de ses rancunes ni de ses éclats, mais, quand du mauvais mouvement je reviens au bon, je n'ai pas le même mérite, parce que mon dépit n'a jamais été de la fureur et mon éloignement jamais de la haine. Pour passer ainsi d'une passion extrême à une autre, pour adorer ce qu'on vient de maudire et caresser ce qu'on a brisé, il faut une rare puissance. J'ai vu cent fois ma mère outrager jusqu'au sang, et puis tout à coup reconnaître qu'elle allait trop loin, fondre en larmes et relever jusqu'à l'adoration ce qu'elle avait injustement foulé aux pieds.

Avare pour elle-même, elle était prodigue pour les autres. Elle lésinait sur des riens, et puis, tout à coup, elle craignait d'avoir mal agi, et donnait trop. Elle avait d'admirables naïvetés lorsqu'elle était en train de médire de ses ennemis. Si Pierret, pour user vite son dépit, ou tout bonnement parce qu'il voyait par ses yeux, enchérissait sur ses malédictions, elle changeait tout à coup.—«Pas du tout, Pierret disait-elle, vous déraisonnez: vous ne vous apercevez pas que je suis en colère, que je dis des choses qui ne sont pas justes, et que dans un instant je serai désolée d'avoir dites.»

Cela est arrivé bien souvent à propos de moi; elle éclatait en reproches terribles, et, j'ose le dire, fort peu mérités. Pierret ou quelque autre voulait-il qu'elle eût raison:—«Vous en avez menti, s'écriait-elle: ma fille est excellente, je ne connais rien de meilleur qu'elle, et vous aurez beau faire, je l'aimerai plus que vous.»

Elle était rusée comme un renard, et tout à coup naïve comme un enfant. Elle mentait sans le savoir de la meilleure foi du monde. Son imagination et l'ardeur de son sang l'emportant toujours, elle vous accusait des plus incroyables méfaits. Et puis tout à coup, elle s'arrêtait et disait:

«Mais ce n'est pas vrai ce que je dis là. Non, il n'y a pas un mot de vrai. Je l'ai rêvé!»

TROISIÈME PARTIE
CHAPITRE PREMIER

Ma mère.—Une rivière dans une chambre.—Ma grand'mère et ma mère.—Deschartres.—La médecine de Deschartres.—Écriture hiéroglyphique.—Premières lectures.—Contes de fées, mythologie.—La nymphe et la bacchante.—Mon grand-oncle.—Le chanoine de Consuelo.—Différence de la vérité et de la réalité dans les arts.—La fête de ma grand'mère.—Premières études et impressions musicales.

J'ai tracé avec vérité, je crois, le caractère de ma mère. Je ne puis passer outre dans le récit de ma vie, sans me rendre compte, autant qu'il est en moi, de l'influence que ce caractère exerça sur le mien.

On pense bien qu'il m'a fallu du temps pour apprécier une nature si singulière et si remplie de contradictions; d'autant plus qu'au sortir de mon enfance, nous avons peu vécu ensemble. Dans la première période de ma vie, je ne connus d'elle que son amour pour moi, amour immense, et que, plus tard, elle avouait avoir combattu en elle pour se résigner à notre séparation; mais cet amour n'était pas de la même nature que le mien. Il était plus tendre chez moi, plus passionné chez elle, et déjà elle me corrigeait vertement pour de petits méfaits que sa préoccupation avait laissés passer longtemps impunément, et dont, par conséquent, je ne me sentais pas coupable.

J'ai toujours été d'une déférence extrême avec elle, et elle disait toujours qu'il n'y avait pas au monde une personne plus douce et plus aimable que moi. Cela n'était vrai que pour elle. Je ne suis pas meilleure qu'une autre, mais j'étais véritablement bonne avec elle, et je lui obéissais sans pourtant la craindre, quelque rude qu'elle fût. Enfant insupportable avec les autres, j'étais soumise avec elle, parce que j'avais du plaisir à l'être. Elle était alors pour moi un oracle. C'était elle qui m'avait donné les premières notions de la vie, et elle me les avait données conformes aux besoins intellectuels que m'avait créés la nature. Mais, par distraction et par oubli, les enfants font souvent ce qu'on leur a défendu et ce qu'ils n'ont point résolu de faire. Elle me grondait et me frappait alors comme si ma désobéissance eût été volontaire, et je l'aimais tant que j'étais véritablement au désespoir de lui avoir déplu. Il ne me vint jamais à l'esprit dans ce temps-là qu'elle pût être injuste. Jamais je n'eus ni rancune ni aigreur contre elle. Quand elle s'apercevait qu'elle avait été trop loin, elle me prenait dans ses bras, elle pleurait, elle m'accablait de caresses. Elle me disait même qu'elle avait eu tort, elle craignait de m'avoir fait du mal, et moi j'étais si heureuse de retrouver sa tendresse que je lui demandais pardon des coups qu'elle m'avait administrés.

Comment sommes-nous faits? Si ma grand'mère eût déployé avec moi la centième partie de cette rudesse irréfléchie, je serais entrée en pleine révolte. Je la craignais pourtant beaucoup plus, et un mot d'elle me faisait pâlir; mais je ne lui eusse pas pardonné la moindre injustice, et toutes celles de ma mère passaient inaperçues et augmentaient mon amour.

Un jour, entre autres, je jouais dans sa chambre avec Ursule et Hippolyte, tandis qu'elle dessinait. Elle était tellement absorbée par son travail, qu'elle ne nous entendait pas faire notre vacarme accoutumé. Nous avions trouvé un jeu qui passionnait nos imaginations. Il s'agissait de passer la rivière. La rivière était dessinée sur le carreau avec de la craie, et faisait mille détours dans cette grande chambre. En de certains endroits elle était fort profonde; il fallait trouver l'endroit guéable et ne pas se tromper. Hippolyte s'était déjà noyé plusieurs fois. Nous l'aidions à se retirer des grandes eaux où il tombait toujours, car il faisait le rôle du maladroit ou de l'homme ivre, et il nageait à sec sur le carreau en se débattant et en se lamentant. Pour les enfants, ces jeux-là sont tout un drame, toute une fiction scénique, parfois tout un roman, tout un poème, tout un voyage, qu'ils miment et rêvent durant des heures entières, et dont l'illusion les gagne et les saisit véritablement. Pour mon compte, il ne me fallait pas cinq minutes pour m'y plonger de si bonne foi que je perdais la notion de la réalité, et croyais voir les arbres, les eaux, les rochers, une vaste campagne, et le ciel tantôt clair, tantôt chargé de nuages qui allaient crever et augmenter le danger de passer la rivière. Dans quel vaste espace les enfants croient agir, quand ils vont ainsi de la table au lit, et de la cheminée à la porte!

Nous arrivâmes, Ursule et moi, au bord de notre rivière, dans un endroit où l'herbe était fine et le sable doux; elle le tâta d'abord, et puis elle m'appela en me disant: «Vous pouvez vous y risquer, vous n'en aurez guère plus haut que les genoux.» Les enfants s'appellent *vous* dans ces sortes de mimodrames. Ils ne croiraient pas jouer une scène s'ils se tutoyaient comme à l'ordinaire. Ils représentent toujours certains personnages qui expriment des caractères, et ils suivent très bien la première donnée. Ils ont même des dialogues très vrais et que des acteurs de profession seraient bien embarrassés d'improviser sur la scène avec tant d'à-propos et de fécondité.

Sur l'invitation d'Ursule, je lui observai que, puisque l'eau était basse, nous pouvions bien passer sans nous mouiller. Il ne s'agissait que de relever un peu nos jupes et d'ôter nos chaussures. «Mais, dit-elle, si nous rencontrons des écrevisses, elles nous mangeront les pieds.—C'est égal, lui dis-je, il ne faut pas mouiller nos souliers; nous devons les ménager, car nous avons encore bien du chemin à faire.»

A peine fus-je déchaussée, que le froid du carreau me fit l'effet de l'eau véritable, et nous voilà, Ursule et moi, pataugeant dans le ruisseau. Pour ajouter à l'illusion générale, Hippolyte imagina de prendre le pot à l'eau et de le verser par terre, imitant ainsi un torrent et une cascade. Cela nous sembla délirant d'invention. Nos rires et nos cris attirèrent enfin l'attention de ma mère. Elle nous regarda et nous vit tous les trois, pieds et jambes nus, barbotant dans un cloaque, car le carreau avait déteint et notre fleuve était fort peu limpide. Alors elle se fâcha tout de bon, surtout contre moi qui étais déjà enrhumée; elle me prit par le bras, m'appliqua une correction manuelle assez accentuée, et, m'ayant rechaussée elle-même, en me grondant beaucoup, elle chassa Hippolyte de sa chambre et nous mit en pénitence, Ursule et moi, chacune dans un coin. Tel fut le dénouement imprévu et dramatique de notre représentation, et la toile tomba sur des larmes et des cris véritables.

Eh bien! je me rappellerai toujours ce dénouement comme une des plus pénibles commotions que j'aie ressenties. Ma mère me surprenait au plus fort de mon hallucination, et ces sortes de réveils me causaient toujours un ébranlement moral très douloureux. Les coups ne me faisaient pourtant pas grande impression; j'en recevais souvent, et je savais parfaitement que ma mère en me frappant, me faisait fort peu de mal. De quelque façon qu'elle me secouât et fît de moi un petit paquet qu'on pousse et qu'on jette sur un lit ou sur un fauteuil, ses mains adroites et souples ne me meurtrissaient pas, et j'avais cette confiance malicieuse qu'ont tous les enfants, que la colère de leurs parents est prudente, et qu'on a plus peur de les blesser qu'ils n'ont peur de l'être. Cette fois, comme les autres, ma mère me voyant désespérée de son courroux me fit mille caresses pour me consoler. Elle aurait eu tort peut-être avec certains enfants orgueilleux et vindicatifs; mais elle avait raison avec moi qui n'ai jamais connu la rancune, et qui trouve encore qu'on se punit soi-même en ne pardonnant pas à ceux qu'on aime.

Pour en revenir aux rapports qui s'établirent entre ma mère et ma grand'mère, après la mort de mon père, je dois dire que l'espèce d'antipathie naturelle qu'elles éprouvaient l'une pour l'autre, ne fut jamais qu'à demi vaincue, ou plutôt elle fut vaincue entièrement par intervalles, suivis de réactions assez vives. De loin, elles se haïssaient toujours, et ne pouvaient s'empêcher de dire du mal l'une de l'autre. De près, elles ne pouvaient s'empêcher de se plaire ensemble, car chacune avait en elle un charme puissant tout opposé à celui de l'autre.

Cela venait du fond de justice et de droiture qu'elles avaient toutes deux, et de leur grande intelligence qui ne leur permettait pas de méconnaître ce qu'elles avaient d'excellent. Les préjugés de ma grand'mère n'étaient pas en elle-même, ils étaient dans son entourage. Elle avait beaucoup de faiblesse pour certaines personnes, et ménageait en elles des opinions qu'au fond de son âme elle ne partageait pas. Ainsi, devant ses vieilles amies, elle abandonnait ma mère absente à leurs anathèmes, et semblait vouloir se justifier de l'avoir accueillie dans son intimité et de la traiter comme sa fille. Et puis, quand elle se retrouvait avec elle, elle oubliait le mal qu'elle venait d'en dire et lui montrait une confiance et une sympathie dont j'ai été mille fois témoin, et qui n'étaient pas feintes; car ma grand'mère était la personne la plus sincère et la plus loyale que j'aie jamais connue. Mais, toute grave et toute froide qu'elle paraissait, elle était impressionnable; elle avait besoin d'être aimée, et les moindres attentions la trouvaient sensible et reconnaissante. Combien de fois je lui ai entendu dire, en parlant de ma mère: «Elle a de la grandeur dans le caractère; elle est charmante; elle a un maintien parfait; elle est généreuse et donnerait sa chemise aux pauvres; elle est libérale comme une grande dame et simple comme un enfant!»

Mais, dans d'autres moments, se rappelant toutes ses jalousies maternelles et les sentant survivre à l'objet qui les avait causées, elle disait: «C'est un démon, c'est une folle; elle n'a jamais été aimée de mon fils. Elle le dominait, elle le rendait malheureux. Elle ne le regrette pas.» Et mille autres plaintes qui n'étaient pas fondées, mais qui la soulageaient d'une secrète et incurable amertume.

Ma mère agissait absolument de même. Quand le temps était au beau entre elles, elle disait: «C'est une femme supérieure, elle est encore belle comme un ange; elle sait tout; elle est si douce et si bien élevée qu'il n'y a jamais moyen de se fâcher avec elle; et si elle vous dit quelquefois une parole qui pique, au moment où la colère vous prend, elle vous en dit une autre qui vous donne envie de l'embrasser. Si elle pouvait se débarrasser de ses *vieilles comtesses*, elle serait adorable.»

Mais quand l'orage grondait dans l'âme impétueuse de ma mère, c'était toute autre chose. La vieille belle-mère était une prude et une hypocrite; elle était sèche et sans pitié; elle était encroûtée dans ses idées de l'ancien régime, etc. Et alors, malheur aux vieilles amies qui avaient causé une altercation domestique par leurs propos et leurs réflexions! Les vieilles comtesses, c'étaient les bêtes de l'Apocalypse pour ma pauvre mère, et elle les habillait de la tête aux pieds avec une verve et une causticité qui faisaient rire ma grand'mère elle-même, malgré qu'elle en eût.

Deschartres, il faut bien le dire, était le principal obstacle à leur complet rapprochement. Il ne put jamais prendre son parti là-dessus, et il ne laissait pas tomber la moindre occasion de raviver les anciennes douleurs. C'était sa destinée. Il a toujours été rude et désobligeant pour les êtres qu'il chérissait; comment ne l'eût-il pas été pour ceux qu'il haïssait? Il ne pardonnait pas à ma mère de l'avoir emporté sur lui dans l'influence à laquelle il prétendait sur l'esprit et le cœur de son cher Maurice. Il la contredisait et essayait de la molester à tout propos, et puis il s'en repentait et s'efforçait de réparer ses grossièretés par des prévenances gauches et ridicules. Il semblait parfois qu'il fût amoureux d'elle. Eh! qui sait s'il ne l'était pas? Le cœur humain est si bizarre et les hommes austères si inflammables! Mais il eût dévoré quiconque le lui eût dit. Il avait la prétention d'être supérieur à toutes les faiblesses humaines. D'ailleurs ma mère recevait mal ses avances, et lui faisait expier ses torts par de si cruelles railleries, que l'ancienne haine lui revenait toujours, augmentée de tout le dépit des nouvelles luttes.

Quand on paraissait au mieux ensemble, et que Deschartres faisait peut-être tous ses efforts pour se rendre moins maussade, il essayait d'être taquin et gentil, et Dieu sait comme il s'y entendait, le pauvre homme! Alors ma mère se moquait de lui avec tant de malice et d'esprit, qu'il perdait la tête, devenait brutal, blessant, et que ma grand'mère était obligée de lui donner tort et de le faire taire.

Ils jouaient aux cartes tous les soirs, tous les trois, et Deschartres, qui avait la prétention d'être supérieur dans tous les jeux, et qui les jouait tous fort mal, perdait toujours. Je me souviens qu'un soir, exaspéré d'être gagné obstinément par ma mère qui ne calculait rien, mais qui, par instinct et par inspiration, était toujours heureuse, il entra dans une fureur épouvantable, et lui dit en jetant ses cartes sur la table: «On devrait vous les jeter au nez pour vous apprendre à gagner en jouant si mal!» Ma mère se leva tout en colère et allait répondre, lorsque ma bonne maman dit avec son grand air calme et sa voix douce:

—Deschartres, si vous faisiez une pareille chose, je vous assure que je vous donnerais un grand soufflet.

Cette menace d'un soufflet, faite d'un ton si paisible, et d'un *grand soufflet*, venant de cette belle main à demi paralysée, si faible qu'elle pouvait à peine soutenir ses cartes, était la chose la plus comique qui se puisse imaginer. Aussi ma mère partit d'un rire inextinguible, et se rassit, incapable de rien ajouter à la stupéfaction et à la mortification du pauvre pédagogue.

Mais cette anecdote eut lieu bien longtemps après la mort de mon père. Il se passa de longues années avant qu'on n'entendît dans cette maison en deuil d'autres rires que ceux des enfants.

Pendant ces années, une vie calme et réglée, un bien-être physique que je n'avais jamais connu, un air pur que j'avais rarement respiré à pleins poumons, me fit peu à peu une santé robuste, et l'excitation nerveuse cessant, mon humeur devint égale et mon caractère enjoué. On s'aperçut que je n'étais pas un enfant plus méchant qu'un autre, et la plupart du temps, il est certain que les enfants ne sont acariâtres et fantasques que parce qu'ils souffrent sans pouvoir ou sans vouloir le dire.

Pour ma part, j'avais été si dégoûtée par les remèdes, et à cette époque, on en faisait un tel abus, que j'avais pris l'habitude de ne jamais me plaindre de mes petites indispositions, et je me souviens d'avoir été souvent près de m'évanouir au milieu de mes jeux, et d'avoir lutté avec un stoïcisme que je n'aurais peut-être pas aujourd'hui. C'est que quand j'étais remise à la science de Deschartres, je devenais réellement la victime de son système qui était de donner de l'émétique à tout propos. Il était habile chirurgien, mais il n'entendait rien à la médecine, et appliquait ce maudit émétique à tous les maux. C'était sa panacée universelle. J'étais et j'ai toujours été d'un tempérament très bilieux; mais si j'avais eu toute la bile dont Deschartres prétendait me débarrasser, je n'aurais jamais pu vivre. Etais-je pâle, avais-je mal à la tête? C'était la bile; et vite l'émétique, qui produisait chez moi d'affreuses convulsions sans vomissements et qui me brisait pour plusieurs jours. De son côté, ma mère croyait aux vers. C'était encore une préoccupation de la médecine dans ce temps-là. Tous les enfants avaient des vers, et on les bourrait de vermifuges, affreuses médecines noires qui leur causaient des nausées et leur ôtaient l'appétit; alors, pour rendre l'appétit, on appliquait la rhubarbe; et puis, avais-je une piqûre de cousin, ma mère croyait voir reparaître la gale, et le soufre était de nouveau mêlé à tous mes aliments. Enfin c'était une droguerie perpétuelle, et il faut que la génération à laquelle j'appartiens ait été bien fortement constituée, pour résister à tous les soins qu'on a pris pour la conserver.

C'est vers l'âge de cinq ans que j'appris à écrire. Ma mère me faisait faire de grandes pages de *bâtons* et de *jambages*. Mais comme elle écrivait elle-même comme un chat, j'aurais barbouillé bien du papier avant de savoir signer mon nom, si je n'eusse pris le parti de chercher moi-même un moyen d'exprimer ma pensée par des signes quelconques. Je me sentais fort ennuyée de copier tous les jours un alphabet et de tracer des pleins et des déliés en caractères d'affiche. J'étais impatiente d'écrire des phrases, et, dans nos récréations qui étaient longues, comme on peut croire, je m'exerçais à écrire des lettres à Ursule, à Hippolyte et à ma mère. Mais je ne les montrais pas, dans la crainte qu'on ne me défendît de me *gâter la main* à cet exercice. Je vins bientôt à bout de me faire une orthographe à mon usage. Elle était très simplifiée et chargée d'hiéroglyphes. Ma grand'mère surprit une de ces lettres et la trouva fort drôle. Elle prétendit que c'était merveille de voir comme j'avais réussi à exprimer mes petites idées avec ces moyens barbares, et elle conseilla à ma mère de me laisser griffonner seule tant que je voudrais. Elle disait avec raison qu'on perd beaucoup de temps à vouloir donner une belle écriture aux enfants, et que pendant ce temps-là ils ne songent point à quoi sert l'écriture. Je fus donc livrée à mes propres recherches, et quand les pages du *devoir* étaient finies, je revenais à mon système naturel. Longtemps j'écrivis en lettres d'imprimerie, comme celles que je voyais dans les livres, et je ne me rappelle pas comment j'arrivai à employer l'écriture de tout le monde; mais, ce que je me rappelle, c'est que je fis comme ma mère, qui apprenait l'orthographe en faisant attention à la manière dont les mots imprimés étaient composés. Je comptais les lettres et je ne sais par quel instinct j'appris de moi-même les règles principales. Lorsque, plus tard, Deschartres m'enseigna la grammaire, ce fut l'affaire de deux ou trois mois, car chaque leçon n'était que la confirmation de ce que j'avais observé et appliqué déjà.

A sept ou huit ans, je mettais donc l'orthographe, non pas correctement, cela ne m'est jamais arrivé, mais aussi bien que la majorité des Français qui l'ont apprise.

Ce fut en apprenant seule à écrire que je parvins à comprendre ce que je lisais. C'est ce travail qui me força à m'en rendre compte, car j'avais su lire avant de pouvoir comprendre la plupart des mots et de saisir le sens des phrases. Chaque jour cette révélation aggrandit son petit cadre et j'en vins à pouvoir lire seule un conte de fées.

Quel plaisir ce fut pour moi, qui les avais tant aimés et à qui ma pauvre mère n'en faisait plus, depuis que le chagrin pesait sur elle! Je trouvai à Nohant les contes de Mme D'Aulnoy et de Perrault, dans une vieille édition qui a fait mes délices pendant cinq ou six années. Ah! quelles heures m'ont fait passer l'*Oiseau Bleu*, le *Petit Poucet*, *Peau d'Ane*, *Bellebelle ou le Chevalier Fortuné*, *Serpentin vert*, *Babiole* et la *Souris bien-faisante*! Je ne les ai jamais relus depuis; mais je pourrais tous les raconter d'un bout à l'autre, et je ne crois pas que rien puisse être comparé, dans la suite de notre vie intellectuelle, à ces premières jouissances de l'imagination.

Je commençais aussi à lire, moi-même mon *Abrégé de mythologie grecque*, et j'y prenais grand plaisir, car cela ressemble aux contes de fées par certains côtés. Mais il y en avait d'autres qui me plaisaient moins: dans tous ces mystères, les symboles sont sanglants au milieu de leur poésie, et j'aimais mieux les dénoûmens heureux de mes contes. Pourtant les nymphes, les zéphirs, l'écho, toutes ces personnifications des rians mystères de la nature, tournaient mon cerveau vers la poésie, et je n'étais pas encore assez esprit fort pour ne pas espérer parfois de surprendre les napées et les dryades dans les bois et dans les prairies.

Il y avait dans notre chambre un papier de tenture qui m'occupait beaucoup. Le fond était vert foncé, uni, très épais, verni, et tendu sur toile. Cette manière d'isoler les papiers de la muraille assurait aux souris un libre parcours, et il se passait, le soir, derrière ce papier, des scènes de l'autre monde, des courses échevelées, des grattemens furtifs et de petits cris fort mystérieux. Mais ce n'était pas là ce qui m'occupait le plus: C'était la bordure et les ornements qui entouraient les panneaux. Cette bordure était large d'un pied et représentait une guirlande de feuilles de vigne s'ouvrant par intervalles pour encadrer une suite de médaillons où l'on voyait rire, boire et danser, des silènes et des bacchantes. Au-dessus de chaque porte, il y avait un médaillon plus grand que les autres, représentant une figurine, et ces figurines me paraissaient incomparables. Elles n'étaient pas semblables, celle que je voyais le matin en m'éveillant était une nymphe ou une Flore dansante, vêtue de bleu pâle, couronnée de roses, et agitant dans ses mains une guirlande de fleurs; celle-là me plaisait énormément. Mon premier regard, le matin, était pour elle. Elle semblait me rire et m'inviter à me lever pour aller courir et folâtrer en sa compagnie. Celle qui lui faisait vis-à-vis et que je voyais le jour, de ma table de travail, et le soir, en faisant mes prières avant d'aller me coucher, était d'une expression toute différente. Elle ne riait ni ne dansait. C'était une bacchante grave. Sa tunique était verte, sa couronne était de pampres, et son bras étendu s'appuyait sur un thyrse. Ces deux figures représentaient peut-être le printemps et l'automne. Quoi qu'il en soit, ces deux personnages, d'un pied de haut environ, me causaient une vive impression. Ils étaient peut-être aussi pacifiques et aussi insignifiants l'un que l'autre; mais, dans mon cerveau, ils offraient le contraste bien tranché de la gaîté et de la tristesse, de la bienveillance et de la sévérité.

Je regardais la bacchante avec étonnement; j'avais lu l'histoire d'Orphée déchiré par ces cruelles, et le soir, quand la lumière vacillante éclairait le bras étendu et le thyrse, je croyais voir la tête du divin chantre au bout d'un javelot.

Mon petit lit était adossé à la muraille, de manière à ce que je ne visse pas de là cette figure qui me tourmentait. Comme personne ne se doutait de ma prévention contre elle, l'hiver étant venu, ma mère changea mon lit de place pour le rapprocher de la cheminée, et de là je tournai le dos à ma nymphe bien aimée pour ne voir que la ménade redoutable. Je ne me vantai pas de ma faiblesse, je commençais à avoir honte de cela; mais, comme il me semblait que cette diablesse me regardait obstinément et me menaçait de son bras immobile, je mis ma tête sous les couvertures pour ne pas la voir en m'endormant. Ce fut inutile. Au milieu de la nuit, elle se détacha du médaillon, glissa le long de la porte, devint aussi grande qu'une *personne naturelle*, comme disent les enfants, et marchant à la porte d'en face, elle essaya d'arracher la jolie nymphe de son médaillon. Celle-ci poussait des cris déchirans; mais la bacchante ne s'en souciait pas; elle tourmenta et déchira le papier, jusqu'à ce que la nymphe s'en détachât et s'enfuît au milieu de la chambre. L'autre l'y poursuivit, et la pauvre nymphe échevelée s'étant précipitée sur mon lit pour se cacher sous mes rideaux, la bacchante furieuse vint vers moi, et nous perça toutes deux mille fois de son thyrse, qui était devenu une lance acérée, et dont chaque coup était pour moi une blessure dont je sentais la douleur.

Je criai, je me débattis: ma mère vint à mon secours. Mais tandis qu'elle se levait, bien que je fusse assez éveillée pour le constater, j'étais encore assez endormie pour voir la bacchante. Le réel et le chimérique étaient simultanément devant mes yeux, et je vis distinctement la bacchante s'atténuer, s'éloigner à mesure que ma mère approchait d'elle, devenir petite comme elle l'était dans son médaillon, grimper le long de la porte comme eût fait une souris, et se replacer dans son cadre de feuilles de vigne, où elle reprit sa pose accoutumée et son air grave.

Je me rendormis, et je vis cette folle qui faisait encore des siennes. Elle courait tout le long de la bordure, appelant toutes les silènes et toutes les autres bacchantes, qui étaient attablées ou occupées à se divertir dans les médaillons, et elle les forçait à danser avec elle et à casser tous les meubles de la chambre.

Peu à peu le rêve devint très confus, et j'y pris une sorte de plaisir. Le matin, à mon réveil, je vis la bacchante au lieu de la nymphe vis-à-vis de moi, et comme je ne me rendais plus compte de la nouvelle place que mon lit occupait dans la chambre, je crus un instant qu'en retournant à leurs médaillons, les deux petites personnes s'étaient trompées et avaient changé de porte; mais cette hallucination se dissipa aux premiers rayons du soleil, et je n'y pensai plus de la journée.

Le soir, mes préoccupations revinrent et il en fut ainsi pendant fort longtemps. Tant que durait le jour, il m'était impossible de prendre au sérieux ces deux figurines coloriées sur le papier; mais les premières ombres de la nuit troublaient mon cerveau, et je n'osais plus rester seule dans la chambre. Je ne le disais pas, car ma grand'mère raillait la poltronnerie, et je craignais qu'on ne lui racontât ma sottise. Mais j'avais presque huit ans que je ne pouvais pas encore regarder tranquillement la bacchante avant de m'endormir. On ne s'imagine pas tout ce que les enfants portent de bizarrerie contenue et d'émotions cachées dans leur petite cervelle.

Le séjour à Nohant de mon grand-oncle, l'abbé de Beaumont, fut pour mes deux mères une grande consolation, une sorte de retour à la vie. C'était un caractère enjoué, un peu insouciant comme le sont les vieux garçons, un esprit remarquable, plein de ressources et de fécondité, un caractère à la fois égoïste et généreux. La nature l'avait fait sensible et ardent. Le célibat l'avait rendu personnel; mais sa personnalité était si aimable, si gracieuse et si séduisante, qu'on était forcé de lui savoir gré de ne pas partager vos peines au point de n'avoir pas la force d'essayer de vous en distraire. C'était le plus beau vieillard que j'aie vu de ma vie. Il avait la peau blanche et fine, l'œil doux et les traits réguliers et nobles de ma grand'mère; mais il avait encore plus de pureté dans les lignes, et sa physionomie était plus animée. A cette époque, il portait encore des ailes de pigeon bien poudrées et la queue à la prussienne. Il était toujours en culottes de satin noir, en souliers à boucles, et, quand il mettait par dessus son habit sa grande douillette de soie violette piquée et ouatée, il avait l'air solennel d'un portrait de famille.

Il aimait ses aises, et son intérieur était d'un vieux luxe comfortable. Sa table était raffinée comme son appétit. Il était despote et impérieux en paroles; doux, libéral et faible par le fait. J'ai souvent pensé à lui, en esquissant le portrait d'un certain chanoine qui a été fort goûté dans le roman de *Consuelo*: comme lui bâtard d'un grand personnage, il était friand, impatient, railleur, amoureux des beaux-arts, magnifique, candide et malin, en même temps irascible et débonnaire. J'ai beaucoup chargé la ressemblance pour les besoins du roman, et c'est ici le cas de dire que les portraits tracés de cette sorte ne sont plus des portraits. C'est pourquoi lorsqu'ils paraissent blessants à ceux qui croient s'y reconnaître, c'est une injustice commise envers l'auteur et envers soi-même. Un portrait de roman, pour valoir quelque chose, est toujours une figure de fantaisie. L'homme est si peu logique, si rempli de contrastes ou de disparates dans la réalité, que la peinture d'un homme réel serait impossible et tout-à-fait insoutenable dans un ouvrage d'art. Le roman entier serait forcé de se plier aux exigences de ce caractère, et ce ne serait plus un roman. Cela n'aurait ni exposition, ni intrigue, ni nœud, ni dénouement, cela irait tout de travers comme la vie et n'intéresserait personne, parce que chacun veut trouver dans un roman une sorte d'idéal de la vie[52].

C'est donc une bêtise de croire qu'un auteur ait voulu faire aimer ou haïr telle ou telle personne, en donnant à ses personnages quelques traits saisis sur la nature. La moindre différence en fait un être de convention, et je soutiens qu'en littérature on ne peut faire d'une figure *réelle* une peinture *vraisemblable*, sans se jeter dans d'énormes différences et sans dépasser extrêmement, en bien ou en mal, les défauts et les qualités de l'être humain qui a pu servir de premier type à l'imagination. C'est absolument comme le jeu des acteurs, qui ne paraît vrai sur la scène qu'à la condition de dépasser ou d'atténuer beaucoup la réalité. Caricature ou idéalisation, ce n'est plus le modèle primitif, et ce modèle a peu de jugement s'il croit se reconnaître, s'il prend du dépit ou de la vanité en voyant ce que l'art et la fantaisie ont pu faire de lui.

Lavater disait (ce ne sont pas ses expressions, mais c'est sa pensée): «On oppose à mon système un argument que je nie. On dit qu'un scélérat ressemble parfois à un honnête homme et réciproquement. Je réponds que si on se trompe à cette ressemblance, c'est qu'on ne sait pas observer, c'est qu'on ne sait pas voir. Il peut exister certainement entre l'honnête homme et le scélérat, une ressemblance vulgaire, apparente. Il n'y a peut-être même qu'une petite ligne, un léger pli, un *rien* qui constitue la dissemblance. *Mais ce rien est tout.*»

Ce que Lavater disait à propos des différences dans la réalité physique, est encore plus vrai quand on l'applique à la vérité relative dans les arts. La musique n'est pas de l'harmonie imitative, du moins l'harmonie imitative n'est pas de la musique. La couleur en peinture n'est qu'une interprétation, et la reproduction exacte des tons réels n'est pas de la couleur. Les personnages de roman ne sont donc pas des figures ayant un modèle existant. Il faut avoir connu mille personnes pour en peindre une seule. Si on n'en avait étudié qu'une seule et qu'on voulût en faire un type exact, elle ne ressemblerait à rien et ne semblerait pas possible.

J'ai fait cette digression pour n'y pas revenir plus tard. Elle n'est même pas nécessaire au rapprochement qu'on pourrait faire entre mon oncle de Beaumont et mon chanoine de *Consuelo*; car j'ai peint un chanoine chaste, et mon grand-oncle se piquait de tout le contraire. Il avait eu de très belles aventures, et il eût été bien fâché de n'en point avoir. Il y avait mille autres différences que je n'ai pas besoin d'indiquer, ne fût-ce que celle de la gouvernante de mon roman, qui n'a pas le moindre trait de la gouvernante de mon grand-oncle. Celle-ci était dévouée, sincère, excellente. Elle lui a fermé les yeux, et elle a hérité de lui, ce qui lui était bien dû: et pourtant mon oncle lui parlait quelquefois comme le chanoine parle à *Dame Brigitte* dans mon roman. Il n'y a donc rien de moins réel que ce qui paraît le plus vrai dans un ouvrage d'art.

Mon grand-oncle n'avait, à l'égard des femmes, aucune espèce de *préjugés*. Pourvu qu'elles fussent belles et bonnes, il ne leur demandait compte ni de leur naissance ni de leur passé. Aussi avait-il entièrement accepté ma mère, et il lui témoigna toute sa vie une affection paternelle. Il la jugeait bien et la traitait comme un enfant de bon cœur et de mauvaise tête, la grondant, la consolant, la défendant avec énergie quand on était injuste envers elle; la réprimant avec sévérité quand elle était injuste envers les autres. Il fut toujours un médiateur équitable, un conciliateur persuasif entre elle et ma grand'mère. Il la préservait des boutades de Deschartres, en donnant tort ouvertement à celui-ci, sans que jamais il pût se fâcher ni se révolter contre le protectorat ferme et enjoué du grand-oncle.

La légèreté de cet aimable vieillard était donc un bienfait au milieu de nos amertumes domestiques, et j'ai souvent remarqué que tout est bon dans les personnes qui sont bonnes, même leurs défauts apparens. On s'imagine d'avance qu'on en souffrira, et puis il arrive peu à peu qu'on en profite, et que ce qu'elles ont en plus ou en moins dans un certain sens corrige ce que nous avons en moins ou en plus dans le sens contraire. Elles rendent l'équilibre à notre vie, et nous nous apercevons que les tendances que nous leur avons reprochées étaient très nécessaires pour combattre l'abus ou l'excès des nôtres.

La sérénité et l'enjouement du grand-oncle parurent donc un peu choquans dans les premiers jours. Il regrettait pourtant très sincèrement son cher Maurice, mais il voulait distraire ces deux femmes désolées, et il y parvint. Bientôt on ressuscita un peu avec lui. Il avait tant d'esprit, tant d'activité dans les idées, tant de grâce à raconter, à railler, à amuser les autres en s'amusant lui-même, qu'il était impossible d'y résister. Il imagina de nous faire jouer la comédie pour la fête de ma grand'mère, et cette surprise lui fut ménagée de longue main. La grande pièce qui servait d'antichambre à la chambre de ma mère, et dans laquelle ma grand'mère, qui ne montait presque jamais l'escalier, ne risquait guère de surprendre les apprêts, fut convertie en salle de spectacle. On dressa des planches sur des tonneaux, les acteurs, qui étaient Hippolyte, Ursule et moi, n'ayant pas la taille assez élevée pour toucher au plafond, malgré cet exhaussement du sol. C'était une espèce de théâtre de marionnettes, mais il était charmant. Mon grand-oncle découpa, colla et peignit lui-même les décors; il fit la pièce et nous enseigna nos rôles, nos couplets et nos gestes. Il se chargea de l'emploi de souffleur. Deschartres, avec son flageolet, fit office d'orchestre. On s'assura que je n'avais pas oublié le *bolero* espagnol, quoique depuis près de trois ans on ne me l'eût pas fait danser. Je fus donc chargée à moi seule de la partie du ballet, et le tout réussit à merveille. La pièce n'était ni longue ni compliquée. C'était un à-propos des plus naïfs, et le dénouement était la présentation d'un bouquet à *Marie*. Hippolyte, comme le plus âgé et le plus savant, avait les plus longues tirades, mais quand l'auteur vit que la meilleure mémoire de nous trois était celle d'Ursule, et qu'elle avait un singulier plaisir à dégoiser son rôle avec aplomb, il allongea ses répliques et montra notre babillarde drolette sous son véritable aspect. C'est ce qu'il y eut de meilleur dans la pièce. Elle y conservait son surnom de Caquet Bon-Bec, et y adressait à la bonne maman un compliment de longue haleine et des couplets qui ne finissaient pas.

Je ne dansai pas mon boléro avec moins d'assurance. La timidité et la gaucherie ne m'étaient pas encore venues, et je me souviens que Deschartres m'impatientant, parce que, soit émotion, soit incapacité, il ne jouait ni juste ni dans le rhythme, je terminai le ballet par une improvisation d'entrechats et de pirouettes qui fit rire ma grand'mère aux éclats. C'était tout ce que l'on voulait, car il y avait environ trois ans que la pauvre femme n'avait souri. Mais, tout-à-coup, comme effrayée d'elle-même, elle fondit en larmes, et l'on se hâta de me prendre par les pieds au milieu de mon délire chorégraphique, de me faire passer par-dessus la rampe et de m'apporter sur ses genoux pour y recevoir mille baisers arrosés de pleurs.

Vers la même époque, ma grand'mère commença à m'enseigner la musique. Malgré ses doigts à moitié paralysés et sa voix cassée, elle chantait encore admirablement, et les deux ou trois accords qu'elle pouvait faire pour s'accompagner étaient d'une harmonie si heureuse et si large que, quand elle s'enfermait dans sa chambre pour relire quelque vieil opéra à la dérobée, et qu'elle me permettait de rester auprès d'elle, j'étais dans une véritable extase. Je m'asseyais par terre sous le vieux clavecin où Brillant, son chien favori, me permettait de partager un coin de tapis, et j'aurais passé là ma vie entière, tant cette voix chevrotante et le son criard de cette épinette me charmaient. C'est qu'en dépit des infirmités de cette voix et de cet instrument, c'était de la belle musique, admirablement comprise et sentie. J'ai bien entendu chanter depuis, et avec des moyens magnifiques. Mais si j'ai entendu quelque chose de plus, je puis dire que ce n'a jamais été quelque chose de mieux. Elle avait su beaucoup de musique des maîtres, et elle avait connu Gluck et Piccini pour lesquels elle était restée impartiale, disant que chacun avait son mérite, et qu'il ne fallait pas comparer, mais apprécier les individualités. Elle savait encore par cœur des fragments de Léo, de Hasse et de Durante que je n'ai jamais entendu chanter qu'à elle, et que je ne saurais même désigner, mais que je reconnaîtrais si je les entendais de nouveau. C'était des idées simples et grandes, des formes classiques et calmes. Même dans les choses qui avaient été le plus de mode dans sa jeunesse, elle distinguait parfaitement le côté faible, et n'aimait pas ce que nous appelons aujourd'hui le *rococo*. Son goût était franc, sévère et grave.

Elle m'enseigna les principes, et si clairement, que cela ne me parut pas la mer à boire. Plus tard, quand j'eus des maîtres, je n'y compris plus rien, et je me dégoûtai de cette étude à laquelle je ne me crus pas propre. Mais depuis, j'ai bien senti que c'était la faute des maîtres plus que la mienne, et que si ma grand'mère s'en fût toujours mêlée exclusivement, j'aurais été musicienne, car j'étais bien organisée pour l'être, et je comprends le beau qui, dans cet art, m'impressionne et me transporte plus que dans tous les autres.

CHAPITRE DEUXIEME

Mme de Genlis, les Battuécas.—*Les rois et les reines des contes de fées.—L'écran vert.—La grotte et la cascade.— Le vieux château.—Première séparation d'avec ma mère.—Catherine.—Effroi que me causait l'âge et l'air imposant de ma grand'mère.—Voyage à Paris.—La grande berline.—L'appartement de ma grand'mère à Paris.—Mes promenades avec ma mère.—La coiffure à la chinoise.—Ma sœur.—Premier chagrin violent.—La poupée noire.— Maladie et visions dans le délire.*

Ma petite cervelle était toujours pleine de poésie, et mes lectures me tenaient en haleine sous ce rapport. Berquin, ce vieux ami des enfants qu'on a, je crois trop vanté, ne me passionna jamais. Quelquefois ma mère nous lisait tout haut des fragments de roman de Mme de Genlis, cette bonne dame qu'on a trop oubliée, et qui avait un talent réel. Qu'importent aujourd'hui ses préjugés, sa demi-morale souvent fausse et son caractère personnel, qui ne semble pas avoir eu de parti pris entre l'ancien monde et le nouveau? Relativement au cadre qui a pesé sur elle, elle a peint aussi largement que possible. Son véritable naturel a dû être excellent, et il y a certain roman d'elle qui ouvre vers l'avenir des perspectives très larges. Son imagination est restée fraîche sous les glaces de l'âge, et, dans les détails, elle est véritablement artiste et poète.

Il existe d'elle un roman publié sous la Restauration, un des derniers, je crois, qu'elle ait écrit, et dont je n'ai jamais entendu parler depuis cette époque. J'avais quinze ou seize ans quand je le lus, et je ne saurais dire s'il eut du succès. Je ne me le rappelle pas bien, mais il m'a vivement impressionnée, et il a produit son effet sur toute ma vie. Ce roman est intitulé les *Battuécas*, et il est éminemment socialiste. Les *Battuécas* sont une petite tribu qui a existé, en réalité ou en imagination, dans une vallée espagnole cernée de montagnes inaccessibles. A la suite de je ne sais quel événement, cette tribu s'est renfermée volontairement en un lieu où la nature lui offre toutes les ressources imaginables, et où, depuis plusieurs siècles, elle se perpétue sans avoir aucun contact avec la civilisation extérieure. C'est une petite république champêtre, gouvernée par des lois d'un idéal naïf. On y est forcément vertueux; c'est l'âge d'or avec tout son bonheur et toute sa poésie. Un jeune homme, dont je ne sais plus le nom et qui vivait là dans toute la candeur des mœurs primitives, découvre un jour, par hasard, le sentier perdu qui mène au monde moderne. Il se hasarde, il quitte sa douce retraite, le voilà lancé dans notre civilisation, avec la simplicité et la droiture de la logique naturelle. Il voit des palais, des armées, des théâtres, des œuvres d'art, une cour, des femmes du monde, des savans, des hommes célèbres; et son étonnement, son admiration tiennent du délire. Mais il voit aussi des mendians, des orphelins abandonnés, des plaies étalées à la porte des églises, des hommes qui meurent de faim à la porte des riches. Il s'étonne encore plus. Un jour, il prend un pain sur l'étalage d'un boulanger pour le donner à une pauvre femme qui pleure avec son enfant pâle et mourant dans les bras. On le traite de voleur, on le menace; ses amis le grondent et tâchent de lui expliquer ce que c'est que la propriété. Il ne comprend pas. Une belle dame le séduit, mais elle a des fleurs artificielles dans les cheveux, des fleurs qu'il a crues vraies et qui l'étonnent, parce qu'elles sont sans parfum. Quand on lui explique que ce ne sont pas des fleurs, il s'effraie, il a peur de cette femme qui lui a semblé si belle, il craint qu'elle ne soit artificielle aussi.

Je ne sais plus combien de déceptions lui viennent quand il voit le mensonge, le charlatanisme, la convention, l'injustice partout. C'est le Candide ou le Huron de Voltaire, mais c'est conçu plus naïvement, c'est une œuvre chaste, sincère, sans amertume, et dont les détails ont une poésie infinie. Je crois que le jeune Battuécas retourne à sa vallée, et recouvre sa vertu sans retrouver son bonheur, car il a bu à la coupe empoisonnée du siècle. Je ne voudrais pas relire ce livre, je craindrais de ne plus le trouver aussi charmant qu'il m'a semblé.

Autant qu'il m'en souvient, la conclusion de Mme de Genlis n'est pas hardie: elle ne veut pas donner tort à la société, et, à plusieurs égards, elle a raison d'accepter l'humanité telle qu'elle est devenue par les lois mêmes du progrès. Mais il me semble qu'en général, les arguments qu'elle place dans la bouche de l'espèce de mentor dont elle fait accompagner son héros à travers l'examen du monde moderne, sont assez faibles; je les lisais sans plaisir et sans conviction, et l'on pense bien pourtant qu'à seize ans, sortant du cloître, et encore soumise à la loi catholique, je n'avais pas de parti pris contre la société officielle. Les naïfs raisonnements du *Battuécas* me charmaient, au contraire, et, chose bizarre, c'est peut-être à Mme de Genlis, l'institutrice et l'amie de Louis-Philippe, que je dois mes premiers instincts socialistes et démocratiques.

Mais je me trompe: je les dois à la singularité de ma position, à ma naissance *à cheval*, pour ainsi dire sur deux classes, à mon amour pour ma mère, contrarié et brisé par des préjugés qui m'ont fait souffrir avant que je pusse les comprendre. Je les dois aussi à mon éducation, qui fut tour à tour philosophique et religieuse, et à tous les contrastes que ma propre vie m'a présentés dès l'âge le plus tendre. J'ai donc été démocrate, non-seulement par le sang que ma mère a mis dans mes veines, mais par les luttes que ce sang du peuple a soulevées dans mon cœur et dans mon existence; et si les livres ont fait de l'effet sur moi, c'est que leurs tendances ne faisaient que confirmer et consacrer les miennes.

Pourtant, les princesses et les rois des contes de fées firent longtemps mes délices. C'est que, dans mes rêves d'enfant, ces personnages étaient le type de l'aménité, de la bienfaisance et de la beauté. J'aimais leur luxe et leurs parures; mais tout cela leur venait des fées, et ces rois-là n'ont rien de commun avec les rois véritables. Ils sont traités d'ailleurs fort cavalièrement par les génies quand ils se conduisent mal, et, à cet égard, ils sont soumis à une justice plus sévère que celle des peuples.

Les fées et les génies? où étaient-ils, ces êtres qui pouvaient tout, et qui, d'un coup de baguette, vous faisaient entrer dans un monde de merveilles! Ma mère ne voulut jamais me dire qu'ils n'existaient pas, et je lui en sais maintenant un gré infini. Ma grand'mère n'y eût pas été par quatre chemins, si j'avais osé lui faire les mêmes questions. Toute pleine de Jean-Jacques et de Voltaire, elle eût démoli sans remords et sans pitié tout l'édifice enchanté de mon imagination. Ma mère procédait autrement. Elle ne m'affirmait rien, elle ne niait rien non plus. La raison venait bien assez vite à son gré, et déjà je pensais bien par moi-même que mes chimères ne se réaliseraient pas; mais si la porte de l'espérance n'était plus toute grande ouverte comme dans les premiers jours, elle n'était pas encore fermée à clef. Il m'était permis de fureter autour et de tâcher d'y trouver une petite fente pour regarder au travers. Enfin je pouvais encore rêver toute éveillée, et je ne m'en faisais pas faute.

Je me souviens que dans les soirs d'hiver, ma mère nous lisait tantôt du Berquin, tantôt les veillées du château de Mme de Genlis, et tantôt d'autres fragments de livres à notre portée, mais dont je ne me souviens plus. J'écoutais d'abord attentivement. J'étais assise aux pieds de ma mère devant le feu, et il y avait entre le feu et moi, un vieux écran à pieds, garni de taffetas vert. Je voyais un peu le feu à travers ce taffetas usé, et il y produisait de petites étoiles dont j'augmentais le rayonnement en clignotant. Alors peu à peu je perdais le sens des phrases que lisait ma mère. Sa voix me jetait dans une sorte d'assoupissement moral, où il m'était impossible de suivre une idée. Des images se dessinaient devant moi et venaient se fixer sur l'écran vert. C'étaient des bois, des rivières, des villes d'une architecture bizarre et gigantesque comme j'en vois encore souvent en songe; des palais enchantés avec des jardins comme il n'y en a pas, avec des milliers d'oiseaux d'azur, d'or et de pourpre qui voltigeaient sur les fleurs, et qui se laissaient prendre comme les roses se laissent cueillir. Il y avait des roses vertes, noires, violettes, des roses bleues surtout. Il paraît que la rose bleue a été longtemps le rêve de Balzac. Elle était aussi le mien dans mon enfance, car les enfants, comme les poètes, sont amoureux de ce qui n'existe pas. Je voyais aussi des bosquets illuminés, des jets d'eau, des profondeurs mystérieuses, des ponts chinois, des arbres couverts de fruits d'or et de pierreries; enfin, tout le monde fantastique de mes contes devenait sensible, évident, et je m'y perdais avec délices. Je fermais les yeux et je le voyais encore; mais quand je les rouvrais, ce n'était que sur l'écran que je pouvais le retrouver. Je ne sais quel travail de mon cerveau avait fixé là cette vision plutôt qu'ailleurs; mais il est certain que j'ai contemplé sur cet écran vert des merveilles inouïes.

Un jour ces apparitions devinrent si complètes, que j'en fus comme effrayée, et que je demandai à ma mère si elle ne les voyait pas. Je prétendais qu'il y avait de grandes montagnes bleues sur l'écran, et elle me secoua sur ses genoux en chantant pour me ramener à moi-même. Je ne sais si ce fut pour donner un aliment à mon imagination trop excitée qu'elle imagina elle-même une création puérile, mais ravissante pour moi, et qui a fait longtemps mes délices. Voici ce que c'était.

Il y a dans notre enclos un petit bois planté de charmilles, d'érables, de frênes, de tilleuls et de lilas. Ma mère choisit un endroit où une allée tournante conduit à une sorte d'impasse. Elle pratiqua, avec l'aide d'Hippolyte, de ma bonne, d'Ursule et de moi, un petit sentier dans le fourré, qui était alors fort épais. Ce sentier fut bordé de violettes, de primevères et de pervenches, qui, depuis ce temps-là, ont tellement prospéré qu'elles ont envahi presque tout le bois. L'impasse devint donc un petit nid où un banc fut établi sous les lilas et les aubépines; et l'on allait étudier et répéter là ses leçons pendant le beau temps. Ma mère y portait son ouvrage, et nous y portions nos jeux, surtout nos pierres et nos briques pour construire des maisons, et nous donnions à ces édifices, Ursule et moi, des noms pompeux: c'était le château de la Fée, c'était le palais de la Belle au bois dormant, etc. Voyant que nous ne venions pas à bout de réaliser nos rêves dans ces constructions grossières, ma mère quitta un jour son ouvrage et se mit de la partie. Otez-moi, nous dit-elle, vos vilaines pierres à chaux et vos briques cassées; allez me chercher des pierres bien couvertes de mousse, des cailloux roses, verts, des coquillages, et que tout cela soit joli, ou bien je ne m'en mêle pas.

Voilà notre imagination allumée. Il s'agit de ne rien rapporter qui ne soit joli, et nous nous mettons à la recherche de ces trésors que jusque-là nous avions foulés aux pieds sans les connaître. Que de discussions avec Ursule pour savoir si cette mousse est assez veloutée, si ces pierres ont une forme heureuse, si ces cailloux sont assez brillants! D'abord tout nous avait paru bon, mais bientôt la comparaison s'établit, les différences nous frappèrent, et, peu à peu, rien ne nous paraissait plus digne de notre construction nouvelle. Il fallut que la bonne nous conduisît à la rivière pour y trouver ces beaux cailloux d'émeraude, de lapis et de corail qui brillent sous les eaux basses et courantes. Mais, à mesure qu'ils sèchent hors de leur lit, ils perdent leurs vives couleurs, et c'était une déception continuelle. Nous les replongions cent fois dans l'eau pour en ranimer l'éclat. Il y a, dans nos terrains des quartz superbes et une quantité d'ammonites et des pétrifications antédiluviennes d'une grande beauté et d'une grande variété. Nous n'avions jamais fait attention à tout cela, et le moindre objet nous devenait une surprise, une découverte et une conquête.

Il y avait à la maison un âne, le meilleur âne que j'aie jamais connu. Je ne sais s'il avait été malicieux dans sa jeunesse, comme tous ses pareils, mais il était vieux, très vieux; il n'avait plus ni rancunes ni caprices; il marchait d'un pas grave et mesuré; respecté pour son grand âge et ses bons services, il ne recevait jamais ni corrections, ni reproches, et s'il était le plus irréprochable des ânes, on peut dire aussi qu'il en était le plus heureux et le plus estimé. On nous mettait, Ursule et moi, chacune dans une de ses bannes, et nous voyagions ainsi sur ses flancs sans qu'il eût jamais la pensée de se débarrasser de nous. Au retour de la promenade, l'âne rentrait dans sa liberté habituelle, car il ne connaissait ni corde, ni ratelier. Toujours errant dans les cours, dans le village ou dans la prairie du jardin, il était absolument livré à lui-même, ne commettant jamais de méfaits, et usant discrètement de toutes choses. Il lui prenait souvent fantaisie d'entrer dans la maison, dans la salle à manger, et même dans l'appartement de ma grand'mère qui le trouva un jour installé dans son cabinet de toilette, le nez sur une boîte de poudre d'iris, qu'il respirait d'un air sérieux et recueilli. Il avait même appris à ouvrir les portes qui ne fermaient qu'au loquet, d'après l'ancien système du pays; et, comme il connaissait parfaitement tout le rez-de-chaussée, il cherchait toujours ma grand'mère dont il savait bien qu'il recevrait quelque friandise. Il lui était indifférent de faire rire; supérieur aux sarcasmes, il avait des airs de philosophe qui n'appartenaient qu'à lui. Sa seule faiblesse était le désœuvrement et l'ennui de la solitude qui en est la conséquence. Une nuit, ayant trouvé la porte du lavoir ouverte, il monta un escalier de sept ou huit marches, traversa la cuisine, le vestibule, souleva le loquet de deux ou trois pièces, et arriva à la porte de la chambre à coucher de ma grand'mère; mais trouvant là un verrou, il se mit à gratter du pied pour avertir de sa présence. Ne comprenant rien à ce bruit, et croyant qu'un voleur essayait de crocheter sa porte, ma grand'mère sonna sa femme de chambre qui accourut sans lumière, vint à la porte, et tomba sur l'âne en jetant les hauts cris.

Mais ceci est une digression. Je reviens à nos promenades. L'âne fut mis par nous en réquisition et il rapportait chaque jour dans ses paniers une provision de pierres pour notre édifice. Ma mère choisissait les plus belles ou les plus bizarres, et quand les matériaux furent rassemblés, elle commença à bâtir devant nous avec ses petites mains fortes et diligentes, non pas une maison, non pas un château, mais une grotte en rocaille.

Une grotte! nous n'avions aucune idée de cela. La nôtre n'atteignit guères que quatre ou cinq pieds de haut, et deux ou trois de profondeur. Mais la dimension n'est rien pour les enfants, ils ont la faculté de voir en grand, et comme l'ouvrage dura quelques jours, pendant quelques jours nous crûmes que notre rocaille allait s'élever jusqu'aux nues. Quand elle fut terminée, elle avait acquis dans notre cervelle les proportions que nous avions rêvées, et j'ai besoin de me rappeler qu'en montant sur ses premières assises je pouvais en atteindre le sommet; j'ai besoin de voir le petit emplacement qu'elle occupait, et qui existe encore, pour ne pas me persuader, encore aujourd'hui, que c'était une caverne de montagne.

C'était du moins très joli; je ne pourrai jamais me persuader le contraire: Ce n'étaient que cailloux choisis, mariant leurs vives couleurs; pierres couvertes de mousses fines et soyeuses, coquillages superbes, festons de lierre au-dessus et gazons tout autour. Mais cela ne suffisait pas; il fallait une source et une cascade, car une grotte sans eau vive est un corps sans âme. Or, il n'y avait pas le moindre filet d'eau dans le petit bois. Mais ma mère ne s'arrêtait pas pour si peu. Une grande terrine à fond d'émail vert, qui servait aux savonnages, fut enterrée jusqu'aux bords dans l'intérieur de la grotte, bordée de plantes et de fleurs qui cachaient la poterie, et remplie d'une eau limpide que nous avions grand soin de renouveler tous les jours. Mais la cascade! nous la demandions avec ardeur. «Demain vous aurez la cascade, dit ma mère; mais vous n'irez pas voir la grotte avant que je vous fasse appeler, car il faut que la fée s'en mêle, et votre curiosité pourrait la contrarier.»

Nous observâmes religieusement cette prescription, et à l'heure dite, ma mère vint nous chercher. Elle nous amena par le sentier en face de la grotte, nous défendit de regarder derrière, et, me mettant une petite baguette dans la main, elle frappa trois fois dans les siennes, me recommandant de frapper en même temps de ma baguette le centre de la grotte, qui présentait alors un orifice garni d'un tuyau de sureau. Au troisième coup de baguette, l'eau, se précipitant dans le tuyau, fit irruption si abondamment, que nous fûmes inondées, Ursule et moi, à notre grande satisfaction, et en poussant des cris de joie délirante. Puis, la cascade tombant de deux pieds de haut dans le bassin formé par la terrine, offrit une nappe d'eau cristalline, qui dura deux ou trois minutes et s'arrêta.... lorsque toute l'eau du vase que ma bonne, cachée derrière la grotte, versait dans le tuyau de sureau fut épuisée, et que, débordant de la terrine, l'*onde pure* eût copieusement arrosé les fleurs plantées sur ses bords. L'illusion fut donc de courte durée, mais elle avait été complète, délicieuse, et je ne crois pas avoir éprouvé plus de surprise et d'admiration quand j'ai vu par la suite les grandes cataractes des Alpes et des Pyrénées.

Quand la grotte eut atteint son dernier degré de perfection, comme ma grand'mère ne l'avait pas encore vue, nous allâmes solennellement la prier de nous honorer de sa visite dans le petit bois, et nous disposâmes tout pour lui donner la surprise de la cascade. Nous nous imaginions qu'elle serait ravie; mais, soit qu'elle trouvât la chose trop puérile, soit qu'elle fût mal disposée pour ma mère, ce jour-là, au lieu d'admirer notre chef-d'œuvre, elle se moqua de nous, et la terrine servant de bassin (nous avions pourtant mis des petits poissons dedans pour lui faire fête!) nous attira plus de railleries que d'éloges. Pour mon compte j'en fus consternée, car rien au monde ne me paraissait plus beau que notre grotte enchantée, et je souffrais réellement quand on s'efforçait de m'ôter une illusion.

Les promenades à âne nous mettaient toujours en grande joie; nous allions à la messe tous les dimanches sur ce patriarche des roussins, et nous portions notre déjeuner pour le manger après la messe, dans le vieux château de Saint-Chartier qui touche à l'église. Ce château était gardé par une vieille femme qui nous recevait dans les vastes salles abandonnées du vieux manoir, et ma mère prenait plaisir à y passer une partie de la journée.

Ce qui me frappait le plus, c'était l'apparence fantastique de la vieille femme, qui était pourtant une véritable paysanne, mais qui ne tenait aucun compte du dimanche et filait sa quenouille, ce jour-là, avec autant d'activité que dans la semaine, bien que l'observation du chômage soit une des plus rigoureuses habitudes du paysan de la Vallée-Noire. Cette vieille avait-elle servi quelque seigneur de village, voltairien et philosophe? Je ne sais. J'ai oublié son nom, mais non l'aspect imposant du château tel qu'il a été encore pendant plusieurs années après cette époque. C'était un redoutable manoir, bien entier et très habitable, quoique dégarni de meubles. Il y avait des salles immenses, des cheminées colossales et des oubliettes que je me rappelle parfaitement.

Ce château est célèbre dans l'histoire du pays. Il était le plus fort de la province, et longtemps il servit de résidence aux princes du bas Berry. Il a été assiégé par Philippe-Auguste en personne, et plus tard, il fut encore occupé par les Anglais, et repris sur eux à l'époque des guerres de Charles VII. C'est un grand carré flanqué de quatre tours énormes. Le propriétaire, lassé de l'entretenir, voulut l'abattre pour vendre les matériaux. On réussit à enlever la charpente et à effondrer toutes les cloisons et murailles intérieures; mais on ne put entamer les tours bâties en ciment romain, et les cheminées furent impossibles à déraciner. Elles sont encore debout, élevant leurs longs tuyaux à 40 pieds dans les airs, sans que jamais, depuis trente ans, la tempête ou la gelée en ait détaché une seule brique. En somme, c'est une ruine magnifique et qui bravera le temps et les hommes pendant bien des siècles encore. La base est de construction romaine, le corps de l'édifice est des premiers temps de la féodalité.

C'était un voyage alors que d'aller à Saint-Chartier. Les chemins étaient impraticables pendant neuf mois de l'année. Il fallait aller par les sentiers des prairies, ou se risquer avec le pauvre âne qui resta plus d'une fois planté dans la glaise avec son fardeau. Aujourd'hui, une route superbe, bordée de beaux arbres, nous y mène en un quart d'heure; mais le château me faisait une bien plus vive impression, alors qu'il fallait plus de peine pour y arriver.

Enfin, les arrangemens de famille furent terminés, et ma mère signa l'engagement de me laisser à ma grand'mère, qui voulait absolument se charger de mon éducation. J'avais montré une si vive répugnance pour cette convention qu'on ne m'en parla plus, du moment qu'elle fut adoptée. On s'entendit pour me détacher peu à peu de ma mère sans que je pusse m'en apercevoir; et, pour commencer, elle partit seule pour Paris, impatiente qu'elle était de revoir Caroline.

Comme je devais aller à Paris quinze jours après avec ma grand'mère, et que je voyais même déjà préparer la voiture et faire les paquets, je n'eus pas trop d'effroi ni de chagrin. On me disait qu'à Paris je demeurerais tout près de ma petite maman et que je la verrais tous les jours. Pourtant, j'éprouvai une sorte de terreur quand je me trouvai sans elle dans cette maison qui recommença à me paraître grande comme dans les premiers jours que j'y avais passés. Il fallut aussi me séparer de ma bonne, que j'aimais tendrement et qui allait se marier. C'était une paysanne que ma mère avait prise en remplacement de l'Espagnole Cécilia, après la mort de mon père. Cette excellente femme vit toujours et vient me voir souvent pour m'apporter des fruits de son cormier, arbre assez rare dans notre pays, et qui y atteint pourtant des proportions énormes. Le cormier de Catherine fait son orgueil et sa gloire, et elle en parle comme ferait le gardien *cicerone* d'un monument splendide. Elle a eu une nombreuse famille, et des malheurs par conséquent. J'ai eu souvent l'occasion de lui rendre service. C'est un bonheur de pouvoir assister la vieillesse de l'être qui a soigné notre enfance. Il n'y avait rien de plus doux et de plus patient au monde que Catherine. Elle tolérait, elle admirait même naïvement toutes mes sottises. Elle m'a horriblement gâtée, et je ne m'en plains pas, car je ne devais pas l'être longtemps par mes bonnes, et j'eus bientôt à expier la tolérance et la tendresse dont je n'avais pas assez senti le prix.

Elle me quitta en pleurant, bien que ce fût pour un mari excellent, d'une belle figure, d'une grande probité, intelligent, et riche par dessus le marché; société bien préférable à celle d'une enfant pleureuse et fantasque; mais le bon cœur de cette fille ne calculait pas, et ses larmes me donnèrent la première notion de l'absence. Pourquoi pleures-tu? lui disais-je; nous nous reverrons bien!—Oui, me disait-elle; mais je m'en vas à une grande demi-lieue d'ici, et je ne vous reverrai pas tous les jours.

Cela me fit faire des réflexions, et je commençai à me tourmenter de l'absence de ma mère. Je ne fus pourtant alors que quinze jours séparée d'elle, mais ces quinze jours sont plus distincts dans ma mémoire que les trois années qui venaient de s'écouler, et même peut-être que les trois années qui suivirent, et qu'elle passa encore avec moi. Tant il est vrai que la douleur seule marque dans l'enfance le sentiment de la vie!

Pourtant, il ne se passa rien de remarquable durant ces quinze jours. Ma grand'mère, s'apercevant de ma mélancolie, s'efforçait de me distraire par le travail. Elle me donnait mes leçons, et se montrait beaucoup plus indulgente que ma mère pour mon écriture et pour la récitation de mes fables. Plus de réprimandes, plus de punitions. Elle en avait toujours été fort sobre, et, voulant se faire aimer, elle me donnait plus d'éloges, d'encouragemens et de bonbons que de coutume. Tout cela eût dû me sembler fort doux, car ma mère était rigide et sans miséricorde pour mes langueurs et mes distractions. Eh bien, le cœur de l'enfant est un petit monde déjà aussi bizarre et aussi inconséquent que celui de l'homme. Je trouvais ma grand'mère plus sévère et plus effrayante dans sa douceur que ma mère dans ses emportemens; jusque-là, je l'avais aimée, et je m'étais montrée confiante et caressante avec elle. De ce moment, et cela dura bien longtemps après, je me sentis froide et réservée en sa présence; ses caresses me gênaient et me donnaient envie de pleurer, parce qu'elles me rappelaient les étreintes plus passionnées de ma petite mère. Et puis ce n'était pas, avec elle, une vie de tous les instants, une familiarité, une expansion continuelles. Il fallait du respect, et cela me semblait glacial. La terreur que ma mère me causait parfois n'était qu'un instant douloureux à passer. L'instant d'après j'étais sur ses genoux, sur son sein, je la tutoyais, tandis qu'avec la bonne maman c'étaient des caresses de cérémonie, pour ainsi dire. Elle m'embrassait solennellement et comme par récompense de ma bonne conduite; elle ne me traitait pas assez comme un enfant, tant elle souhaitait me donner de *la tenue* et me faire perdre l'invincible laisser-aller de ma nature, que ma mère n'avait jamais réprimé avec persistance. Il ne fallait plus se rouler par terre, rire bruyamment, parler berrichon. Il fallait se tenir droite, porter des gants, faire silence; ou chuchoter bien bas dans un coin, avec Ursulette. A chaque élan de mon organisation on opposait une petite répression bien douce, mais assidue. On ne me grondait pas, mais on me disait *vous*, et c'était tout dire. *Ma fille, vous vous tenez comme une bossue; ma fille, vous marchez comme une paysanne; ma fille, vous avez encore perdu vos gants! ma fille, vous êtes trop grande pour faire de pareilles choses.* Trop grande! j'avais sept ans, et on ne m'avait jamais dit que j'étais trop grande. Cela me faisait une peur affreuse d'être devenue tout-à-coup si grande depuis le départ de ma mère. Et puis, il fallait apprendre toute sorte d'usages qui me paraissaient ridicules. Il fallait faire la révérence aux personnes qui venaient en visite. Il ne fallait plus mettre le pied à la cuisine et ne plus tutoyer les domestiques, afin qu'ils perdissent l'habitude de me tutoyer. Il ne fallait pas même lui dire *vous*. Il fallait lui parler à la troisième personne: *Ma bonne maman veut-elle me permettre d'aller au jardin?*

Elle avait certainement raison, l'excellente femme, de vouloir me frapper d'un grand respect moral pour sa personne et pour le code des grandes habitudes de civilisation qu'elle voulait m'imposer. Elle prenait possession de moi, elle avait affaire à un enfant quinteux et difficile à manier; elle avait vu ma mère s'y prendre énergiquement, et elle pensait qu'au lieu de calmer ces accès d'irritation maladive, ma mère, excitant trop ma sensibilité, me soumettait sans me corriger. C'est bien probable. L'enfant, trop secoué dans son système nerveux, revient d'autant plus vite à son débordement d'impétuosité, qu'on l'a plus ébranlé en le matant tout d'un coup. Ma grand'mère savait bien qu'en me subjuguant par une continuité d'observations calmes, elle me plierait à une obéissance instinctive, sans combats, sans larmes, et qui m'ôterait jusqu'à l'idée de la résistance. Ce fut, en effet, l'affaire de quelques jours. Je n'avais jamais eu la pensée d'entrer en révolte contre elle, mais je ne m'étais guère retenue de me révolter contre les autres en sa présence. Dès qu'elle se fut emparée de moi, je sentis qu'en faisant des sottises sous ses yeux, j'encourais son blâme, et ce blâme exprimé si poliment, mais si froidement, me donnait froid jusque dans la moëlle des os. Je faisais une telle violence à mes instincts, que j'éprouvais des frissons convulsifs dont elle s'inquiétait sans les comprendre. Elle avait atteint son but qui était, avant tout, de me rendre disciplinable, et elle s'étonnait d'y être parvenue aussi vite. «Voyez donc, disait-elle, comme elle est douce et gentille!» Et elle s'applaudissait d'avoir eu si peu de peine à me transformer avec un système tout opposé à celui de ma pauvre mère, tour à tour esclave et tyran.

Mais ma chère bonne maman eut bientôt à s'étonner davantage. Elle voulait être respectée religieusement, et, en même temps, être aimée avec passion. Elle se rappelait l'enfance de son fils, et se flattait de la recommencer avec moi. Hélas! cela ne dépendait ni de moi ni d'elle-même. Elle ne tenait pas assez de compte du degré de génération qui nous séparait et de la distance énorme de nos âges. La nature ne se trompe pas, et malgré les bontés infinies, les bienfaits sans bornes de ma grand'mère dans mon éducation, je n'hésite pas à le dire, une aïeule âgée et infirme ne peut pas être une mère, et la gouverne absolue d'un jeune enfant par une vieille femme, est quelque chose qui contrarie la nature à chaque instant. Dieu sait ce qu'il fait en arrêtant à un certain âge la puissance de la maternité. Il faut au petit être qui commence la vie un être jeune et encore dans la plénitude de la vie. La solennité des manières de ma grand'mère me contristait l'âme. Sa chambre, sombre et parfumée, me donnait la migraine et des bâillemens spasmodiques. Elle craignait le chaud, le froid, un vent coulis, un rayon de soleil. Il me semblait qu'elle m'enfermait avec elle dans une grande boîte, quand elle me disait: *Amusez-vous tranquillement.* Elle me donnait des gravures à regarder, et je ne les voyais pas, j'avais le vertige. Un chien qui aboyait au dehors, un oiseau qui chantait dans le jardin me faisaient tressaillir; j'aurais voulu être le chien ou l'oiseau. Et, quand j'étais au jardin avec elle, bien qu'elle n'exerçât sur moi aucune contrainte, j'étais enchaînée à ses côtés par le sentiment des égards qu'elle avait déjà su m'inspirer. Elle marchait avec peine; je me tenais tout près pour lui ramasser sa tabatière ou son gant qu'elle laissait souvent tomber et qu'elle ne pouvait pas se baisser pour ramasser; car je n'ai jamais vu de corps plus languissant et plus débile, et comme elle était néanmoins grasse, fraîche, et point malade, cette incapacité de mouvement m'impatientait intérieurement au dernier point. J'avais vu cent fois ma mère brisée par des migraines violentes, étendue sur son lit comme une morte, les joues pâles et les dents serrées. Cela me mettait au désespoir, mais la nonchalance paralytique de ma grand'mère était quelque chose que je ne pouvais pas m'expliquer et qui parfois me semblait volontaire.

Il y avait bien un peu de cela dans le principe. C'était la faute de sa première éducation; elle avait trop vécu dans une boîte, elle aussi, et son sang avait perdu l'énergie nécessaire à la circulation. Quand on voulait la saigner, on ne pouvait pas lui en tirer une goutte, tant il était inerte dans ses veines. J'avais une peur effrayante de devenir comme elle, et quand elle m'ordonnait de n'être à ses côtés ni agitée ni bruyante, il me semblait qu'elle me commandât d'être morte.

Enfin, tous mes instincts se révoltaient contre cette différence d'organisation, et je n'ai aimé véritablement ma grand'mère que lorsque j'ai su raisonner. Jusque-là, je m'en confesse, j'ai eu une sorte de vénération morale, jointe à un éloignement physique invincible. Elle s'aperçut bien de ma froideur, la pauvre femme, et voulut la vaincre par des reproches, qui ne servirent qu'à l'augmenter, en constatant à mes propres yeux un sentiment dont je ne me rendais pas compte. Elle en a bien souffert, et moi peut-être encore plus, sans pouvoir m'en défendre. Et puis une grande réaction s'est faite en moi quand mon esprit s'est développé, et elle a reconnu qu'elle s'était trompée en me jugeant ingrate et obstinée.

Nous partîmes pour Paris au commencement, de, je crois, l'hiver de 1810 à 1811; car Napoléon était entré en vainqueur à Vienne, et il avait épousé Marie-Louise, pendant mon premier séjour à Nohant. Je me rappelle les deux endroits du jardin où j'entendis ces deux nouvelles occuper ma famille. Je dis adieu à Ursule: la pauvre enfant était désolée, mais je devais la retrouver au retour, et d'ailleurs j'étais si heureuse d'aller voir ma mère, que j'étais presque insensible à tout le reste. J'avais fait la première expérience d'une séparation, et je commençais à avoir la notion du temps. J'avais compté les jours et les heures qui s'étaient écoulés pour moi loin de l'unique objet de mon amour. J'aimais Hippolyte aussi malgré ses taquineries; lui aussi pleurait de rester seul, pour la première fois, dans cette grande maison. Je le plaignais; j'aurais voulu qu'on l'emmenât; mais, en somme, je n'avais de larmes pour personne, je n'avais que ma mère en tête, et ma grand'mère, qui passait sa vie à m'étudier, disait tout bas à Deschartres (les enfants entendent tout): «Cette petite n'est pas si sensible que je l'aurais cru.»

On mettait, dans ce temps-là, trois grandes journées pour aller à Paris, quelquefois quatre. Et pourtant ma grand'mère voyageait en poste. Mais elle ne pouvait passer la nuit en voiture, et quand elle avait fait, dans sa grande berline, vingt-cinq lieues par jour, elle était brisée. Cette voiture de voyage était une véritable maison roulante. On sait de combien de paquets, de détails et de commodités de tout genre les vieilles gens et surtout les personnes raffinées se chargeaient et s'incommodaient en voyage. Les innombrables poches de ce véhicule étaient remplies de provisions de bouche, de friandises, de parfums, de jeux de cartes, de livres, d'itinéraires, d'argent, que sais-je? On eût dit que nous nous embarquions pour un mois. Ma grand'mère et sa femme de chambre, empaquetées de couvre-pieds et d'oreillers, étaient étendues au fond; j'occupais la banquette de devant, et quoique j'y eusse toutes mes aises, j'avais de la peine à contenir ma pétulance dans un si petit espace, et à ne pas donner de coups de pied à mon vis-à-vis. J'étais devenue très turbulente dans la vie de Nohant, aussi commençais-je à jouir d'une santé parfaite; mais je ne devais pas tarder à me sentir moins vivante et plus souffreteuse dans l'air de Paris, qui m'a toujours été contraire.

Le voyage ne m'ennuya pourtant pas. C'était la première fois que je n'étais pas accablée par le sommeil que le roulement des voitures provoque dans la première enfance, et cette succession d'objets nouveaux tenait mes yeux ouverts et mon esprit tendu.

Nous arrivâmes à Paris, rue Neuve-des-Mathurins, dans un joli appartement qui donnait sur les vastes jardins situés de l'autre côté de la rue, et que, de nos fenêtres, nous découvrions en entier; l'appartement de ma grand'mère était meublé comme avant la Révolution. C'était ce qu'elle avait sauvé du naufrage, et tout cela était encore très frais et très confortable. Sa chambre était tendue et meublée en damas bleu-de-ciel, il y avait des tapis partout, un feu d'enfer dans toutes les cheminées. Jamais je n'avais été si bien logée, et tout me semblait un sujet d'étonnement dans ces recherches d'un bien-être qui était beaucoup moindre à Nohant. Mais je n'avais pas besoin de tout cela: moi élevée dans la pauvre chambre boisée et carrelée de la rue Grange-Batelière, et je ne jouissais pas du tout de ces aises de la vie auxquelles ma grand'mère eût aimé à me voir plus sensible. Je ne vivais, je ne souriais que quand ma mère était auprès de moi. Elle y venait tous les jours, et ma passion augmentait à chaque nouvelle entrevue. Je la dévorais de caresses, et la pauvre femme voyant que cela faisait souffrir ma grand'mère était forcée de me contenir et de s'abstenir elle-même de trop vives expansions. On nous permettait de sortir ensemble, et il le fallait bien, quoique cela ne remplît pas le but qu'on s'était proposé de me détacher d'elle. Ma grand'mère n'allait jamais à pied, elle ne pouvait pas se passer de la présence de Mlle Julie, qui, elle-même, était gauche, distraite, myope, et qui m'eût perdue dans les rues ou laissée écraser par les voitures. Je n'aurais donc jamais marché, si ma mère ne m'eût emmenée tous les jours faire de longues courses avec elle, et quoique j'eusse de bien petites jambes, j'aurais été à pied au bout du monde pour avoir le plaisir de tenir sa main, de toucher sa robe et de regarder avec elle tout ce qu'elle me disait de regarder. Tout me paraissait beau à travers ses yeux. Les boulevards étaient un lieu enchanté. Les bains Chinois, avec leur affreuse rocaille et leurs stupides magots, étaient un palais de conte de fées: les chiens savans qui dansaient sur le boulevard, les boutiques de joujoux, les marchands d'estampes et les marchands d'oiseaux, c'était de quoi me rendre folle, et ma mère s'arrêtant devant tout ce qui m'occupait, y prenant plaisir avec moi, enfant qu'elle était elle-même, doublait mes joies en les partageant.

Ma grand'mère avait un esprit de discernement plus éclairé et d'une grande élévation naturelle. Elle voulait former mon goût, et portait sa critique judicieuse sur tous les objets qui me frappaient. Elle me disait: «Voilà une figure mal dessinée, un assemblage de couleurs qui choque la vue, une composition ou un langage, ou une musique, ou une toilette de mauvais goût.» Je ne pouvais comprendre cela qu'à la longue. Ma mère, moins difficile et plus naïve, était en communication plus directe d'impressions avec moi. Presque tous les produits de l'art ou de l'industrie lui plaisaient, pour peu qu'ils eussent des formes riantes et des couleurs fraîches, et ce qui ne lui plaisait pas, l'amusait encore. Elle avait la passion du nouveau, et il n'était point de mode nouvelle qui ne lui parût la plus belle qu'elle eût encore vue. Tout lui allait, rien ne pouvait la rendre laide ou disgracieuse, malgré les critiques de ma grand'mère, fidèle avec raison à ses longues tailles et à ses amples jupes du directoire.

Ma mère engouée de la mode du jour, se désolait de voir ma bonne maman m'habiller en *petite vieille bonne femme*. On me taillait des douillettes dans les douillettes un peu usées, mais encore fraîches, de ma grand'mère, de sorte que j'étais presque toujours vêtue de couleurs sombres et que mes tailles plates me descendaient sur les hanches. Cela paraissait affreux, alors qu'on devait avoir la ceinture sous les aisselles. C'était pourtant beaucoup mieux. Je commençais à avoir de très grands cheveux bruns qui flottaient sur mes épaules et frisaient naturellement pour peu qu'on me passât une éponge mouillée sur la tête. Ma mère tourmenta si bien ma bonne maman, qu'il fallut la laisser s'emparer de ma pauvre tête pour me coiffer à *la chinoise*.

C'était bien la plus affreuse coiffure qu'on pût imaginer, et elle a été certainement inventée pour les figures qui n'ont pas de front. On vous rebroussait les cheveux en les peignant à contre-sens jusqu'à ce qu'ils eussent pris une attitude perpendiculaire, et alors, on entortillait le fouet juste au milieu du crâne, de manière à faire de la tête une boule allongée surmontée d'une petite boule de cheveux. On ressemblait à une brioche ou à une gourde de pèlerin. Ajoutez à cette laideur le supplice d'avoir les cheveux plantés ainsi à contrepoil; il fallait huit jours d'atroces douleurs et d'insomnie avant qu'ils eussent pris ce pli forcé, et on les serrait si bien avec un cordon, pour les y contraindre, qu'on avait la peau du front tirée et le coin des yeux relevé comme des figures d'éventail chinois.

Je me soumis aveuglément à ce supplice, quoiqu'il me fût alors absolument indifférent d'être laide ou belle, de suivre la mode ou de protester contre ses aberrations. Ma mère le voulait, je lui plaisais ainsi; je souffris avec un courage stoïque. Ma bonne maman me trouvait affreuse ainsi, elle était désespérée. Mais elle ne jugea point à propos de se quereller pour si peu de chose, ma mère l'aidant, d'ailleurs, autant qu'elle pouvait s'y plier, à me calmer dans mon exaltation pour elle.

Cela fut facile, en apparence, dans les commencements, ma mère me faisant sortir tous les jours, et dînant ou passant la soirée très souvent avec moi. Je n'étais guère séparée d'elle que pendant le temps de mon sommeil. Mais une circonstance où ma chère bonne maman eut véritablement tort à mes yeux, vint bientôt ranimer ma préférence pour ma mère.

Caroline ne m'avait point vue depuis mon départ pour l'Espagne, et il paraît que ma grand'mère avait fait une condition essentielle à ma mère, de briser à jamais tout rapport entre ma sœur et moi. Pourquoi cette aversion pour un enfant plein de candeur, élevé rigidement, et qui a été toute la vie un modèle d'austérité? Je l'ignore, et ne peux m'en rendre compte même aujourd'hui. Du moment que la mère était admise et acceptée, pourquoi la fille était-elle honnie et repoussée? Il y avait là un préjugé, une injustice inexplicables de la part d'une personne qui savait pourtant s'élever au-dessus des préjugés de son monde, quand elle échappait à des influences indignes de son esprit et de son cœur. Caroline était née longtemps avant que mon père eût connu ma mère, mon père l'avait traitée et aimée comme sa fille. Elle avait été la compagne raisonnable et complaisante de mes premiers jeux. C'était une jolie et douce enfant, et qui n'a jamais eu qu'un défaut pour moi, celui d'être trop absolue dans ses idées d'ordre et de dévotion. Je ne vois pas ce qu'on pouvait craindre pour moi de son contact, et ce qui eût pu me faire rougir jamais devant le monde de la reconnaître pour ma sœur, à moins que ce ne fût une souillure de n'être point noble de naissance, de sortir probablement de la classe du peuple, car je n'ai jamais su quel rang le père de Caroline occupait dans la société, et il est à présumer qu'il était de la même condition honnête et obscure que ma mère. Mais n'étais-je pas, moi aussi, la fille de Sophie Delaborde, la petite fille du marchand d'oiseaux, l'arrière-petite-fille de la mère Cloquard? Comment pouvait-on se flatter de me faire oublier que je sortais du peuple, et de me persuader que l'enfant porté dans le même sein que moi, était d'une nature inférieure à la mienne, par ce seul fait qu'il n'avait point l'honneur de compter le roi de Pologne et le maréchal de Saxe parmi ses ancêtres paternels? Quelle folie, ou plutôt quel inconcevable enfantillage! Et quand une personne d'un âge mûr et d'un grand esprit commet un enfantillage devant un enfant, combien de temps, d'efforts et de perfections ne faut-il pas pour en effacer en lui l'impression?

Ma grand'mère fit ce prodige, car cette impression, pour n'être jamais effacée en moi, n'en fut pas moins vaincue par les trésors de tendresse que son âme me prodigua. Mais s'il n'y avait pas eu quelque raison profonde à la peine qu'elle eut à se faire aimer de moi, je serais un monstre. Je suis donc forcée de dire en quoi elle pécha au début, et, maintenant que je connais la vie et l'obstination des classes nobiliaires, sa faute me paraît n'être point sienne, mais peser tout entière sur le milieu où elle avait toujours vécu, et dont, malgré son noble cœur et sa haute raison, elle ne put jamais se dégager entièrement.

Elle avait donc exigé que ma sœur me devînt étrangère, et comme je l'avais quittée à l'âge de quatre ans, il m'eût été facile de l'oublier. Je crois même que c'eût été déjà fait, si ma mère ne m'en eût pas parlé souvent depuis, et, quant à l'affection, n'ayant pu se développer encore bien vivement chez moi avant le voyage en Espagne, elle ne se fût peut-être pas beaucoup réveillée sans les efforts qu'on fit pour la briser violemment, et sans une petite scène de famille qui me fit une impression terrible.

Caroline avait environ douze ans, elle était en pension, et chaque fois qu'elle venait voir notre mère, elle la suppliait de m'amener chez ma grand'mère pour me voir, ou de me faire venir chez elle. Ma mère éludait sa prière, et lui donnait je ne sais quelles raisons, ne pouvant et ne voulant pas lui faire comprendre l'incompréhensible exclusion qui pesait sur elle. La pauvre petite n'y comprenant rien, en effet, ne pouvant plus tenir à son impatience de m'embrasser, et n'écoutant que son cœur, profita d'un soir où notre petite mère dînait chez mon oncle de Beaumont, persuada à la portière de ma mère de l'accompagner, et, arriva chez nous, bien joyeuse et bien empressée. Elle avait pourtant un peu peur de cette grand'mère qu'elle n'avait jamais vue; mais peut-être croyait-elle qu'elle dînait aussi chez l'oncle, ou peut-être était-elle décidée à tout braver pour me voir.

Il était sept ou huit heures, je jouais mélancoliquement toute seule sur le tapis du salon, lorsque j'entends un peu de mouvement dans la pièce voisine, et une nouvelle bonne qu'on m'avait donnée vient entr'ouvrir la porte et m'appeler tout doucement. Ma grand'mère avait l'air de sommeiller sur son fauteuil; mais elle avait le sommeil léger. Au moment où je gagnais la porte sur la pointe du pied, sans savoir ce qu'on voulait de moi, ma bonne maman se retourne et me dit d'un ton sévère: «Où allez-vous si mystérieusement, ma fille?—Je n'en sais rien maman, c'est ma bonne qui m'appelle.—Entrez, Rose, que voulez-vous? Pour quoi appelez-vous ma fille comme en cachette de moi?» La bonne s'embarrasse, hésite, et finit par dire: «Eh bien, madame, c'est Mlle Caroline qui est là.»

Ce nom si pur et si doux fit un effet extraordinaire sur ma grand'mère. Elle crut à une résistance ouverte de la part de ma mère, ou à une résolution de la tromper, que l'enfant ou la bonne avait trahie par maladresse. Elle parla durement et sèchement, ce qui certes lui arriva bien rarement dans sa vie: «Que cette petite s'en aille tout de suite, dit-elle, et qu'elle ne se présente plus jamais ici. Elle sait très bien qu'elle ne doit point voir ma fille. Ma fille ne la connaît plus, et moi je ne la connais pas. Et quant à vous, Rose, si jamais vous cherchez à l'introduire chez moi, je vous chasse.»

Rose épouvantée disparut. J'étais troublée et effrayée, presque affligée et repentante d'avoir été pour ma grand'mère un sujet de colère, car je sentais bien que cette émotion ne lui était pas naturelle et devait la faire beaucoup souffrir. Mon étonnement de la voir ainsi m'empêchait de penser à Caroline, dont le souvenir était bien vague en moi; mais, tout-à-coup, à la suite de chuchottemens échangés derrière la porte, j'entends un sanglot étouffé, mais déchirant, un cri parti du fond de l'âme, qui pénètre au fond de la mienne et réveille la voix du sang. C'est Caroline qui pleure et qui s'en va consternée, brisée, humiliée, blessée dans son juste orgueil d'elle-même et dans son naïf amour pour moi. Aussitôt l'image de ma sœur se ranime dans ma mémoire, je crois la voir telle qu'elle était dans la rue Grange-Batelière et à Chaillot, grande, belle, menue, douce, modeste et obligeante, se faisant l'esclave de mes caprices, me chantant des chansons pour m'endormir ou me racontant de belles histoires de fées. Je fonds en larmes et m'élance vers la porte; mais il est trop tard, elle est partie! Ma bonne pleure aussi et me reçoit dans ses bras en me conjurant de cacher à ma grand'mère un chagrin qui l'irrite contre elle. Ma grand'mère me rappelle et veut me prendre sur ses genoux pour me calmer et me raisonner. Je résiste, je fuis ses caresses et je me jette par terre dans un coin en criant: «Je veux retourner avec ma mère: je ne veux pas rester ici.»

Mlle Julie arrive à son tour et veut me faire entendre raison. Elle me parle de ma grand'mère que je rends malade, à ce qu'elle assure, et que je refuse de regarder. «Vous faites de la peine à votre bonne maman qui vous aime, qui vous chérit, qui ne vit que pour vous.» Mais je n'écoute rien, je redemande ma mère et ma sœur avec des cris de désespoir. J'étais si malade et si suffoquée, qu'il ne fallut point songer à me faire dire bonsoir à ma bonne maman. On me mena coucher, et toute la nuit je ne fis que gémir et soupirer dans mon sommeil.

Sans doute ma grand'mère passa une mauvaise nuit. Aussi j'ai si bien compris depuis combien elle était bonne et tendre, que je suis bien certaine maintenant de la peine qu'elle éprouvait quand elle se croyait forcée de faire de la peine aux autres. Mais sa dignité lui défendait de le faire paraître, et c'était par des soins et des gâteries détournées qu'elle essayait de le faire oublier.

A mon réveil, je trouvai sur mon lit une poupée que j'avais beaucoup désirée la veille, pour l'avoir vue avec ma mère dans un magasin de jouets, et dont j'avais fait une description pompeuse à ma bonne maman, en rentrant pour dîner. C'était une petite négresse qui avait l'air de rire aux éclats, et qui montrait ses dents blanches et ses yeux brillants au milieu de sa figure noire. Elle était ronde et bien faite; elle avait une robe de crêpe rose bordée d'une frange d'argent. Cela m'avait paru bizarre, fantastique, admirable; et, le matin, avant que je fusse éveillée, la pauvre bonne maman avait envoyé chercher la poupée négrillonne pour satisfaire mon caprice et me distraire de mon chagrin. En effet, le premier mouvement fut un vif plaisir; je pris la petite créature dans mes bras, son joli rire provoqua le mien, et je l'embrassai comme une mère embrasse son nouveau-né. Mais, tout en la regardant et en la berçant sur mon cœur, mes souvenirs de la veille se ranimèrent. Je pensai à ma mère, à ma sœur, à la dureté de ma grand'mère, et je jetai la poupée loin de moi. Mais comme elle riait toujours, la pauvre négresse, je la repris, je la caressai encore, et je l'arrosai de mes larmes, m'abandonnant à l'illusion d'un amour maternel qu'excitait plus vivement en moi le sentiment contristé de l'amour filial. Puis, tout-à-coup, j'eus un vertige; je laissai tomber la poupée par terre, et j'eus d'affreux vomissemens de bile qui effrayèrent beaucoup mes bonnes.

Je ne sais plus ce qui se passa pendant plusieurs jours; j'eus la rougeole avec une fièvre violente. Je devais l'avoir probablement, mais l'émotion et le chagrin l'avaient hâtée ou rendue plus intense. Je fus assez dangereusement malade, et une nuit, j'eus une vision qui me tourmenta beaucoup. On avait laissé une lampe brûler dans la chambre où j'étais; mes deux bonnes dormaient, et j'avais les yeux ouverts et la tête en feu. Il me semble pourtant que mes idées étaient très nettes, et qu'en regardant fixement cette lampe, je me rendais fort bien compte de ce que c'était. Il s'était formé un grand champignon sur la mèche, et la fumée noire qui s'en exhalait dessinait son ombre tremblotante sur le plafond. Tout-à-coup ce lumignon prit une forme distincte, celle d'un petit homme qui dansait au milieu de la flamme. Il s'en détacha peu à peu et se mit à tourner autour avec rapidité, et à mesure qu'il tournait, il grandissait toujours, il arrivait à la taille d'un homme véritable, jusqu'à ce qu'enfin ce fût un géant dont les pas rapides frappaient la terre avec bruit, tandis que sa folle chevelure balayait circulairement le plafond avec la légèreté d'une chauve-souris.

Je fis des cris épouvantables, et l'on vint à moi pour me rassurer; mais cette apparition revint trois ou quatre fois de suite et dura jusqu'au jour. C'est la seule fois que je me rappelle avoir eu le délire. Si je l'ai eu depuis, je ne m'en suis pas rendu compte, ou je ne m'en souviens pas.

NOTES DU LIVRE I

[1] Cette première partie de l'ouvrage a été écrite en 1847.

[2] On eût dit *sensibilité* au siècle dernier, *charité* antérieurement, *fraternité* il y a cinquante ans.

[3] Voici le fait comme je l'ai trouvé dans les notes de ma grand'mère: «Francueil, mon mari, disait un jour à Jean-Jacques: Allons aux Français, voulez-vous?—Allons, dit Rousseau, *cela nous fera toujours bailler une heure ou deux*. C'est peut-être la seule repartie qu'il ait eue en sa vie; encore n'est-elle pas énormément spirituelle. C'est peut-être ce soir-là que Rousseau vola 3 livres 10 sols à mon mari. Il nous a toujours semblé qu'il y avait eu de l'affectation à se vanter de cette escroquerie; Francueil n'en a gardé aucun souvenir, et même il pensoit que Rousseau l'avoit inventée pour montrer les susceptibilités de sa conscience et pour empêcher qu'on ne crût aux fautes dont il ne se confesse pas. Et puis d'ailleurs quand cela seroit, bon Jean-Jacques! il vous faudroit aujourd'hui faire claquer votre fouet un peu plus fort pour nous faire seulement dresser les oreilles!

[4] Il paraît que cette prodigieuse histoire est la chose la plus ordinaire du monde, car, depuis que j'ai écrit ce volume, nous en avons vu d'autres exemples. Une couvée de rossignols de muraille, élevée par nous, et commençant à peine à savoir manger, nourrissait avec tendresse tous les petits oiseaux de son espèce que l'on plaçait dans la même cage.

[5] L'anecdote est assez curieuse: la voici racontée par Voltaire, *Histoire de Charles XII*: «Auguste aima mieux recevoir des lois dures de son vainqueur que de ses sujets. Il se détermina à demander la paix au roi de Suède, et voulut entamer avec lui un traité secret. Il fallait cacher cette démarche au sénat, qu'il regardait comme un ennemi encore plus intraitable. L'affaire était très délicate; il s'en reposa sur la comtesse de Kœnigsmark, Suédoise d'une grande naissance, à laquelle il était alors attaché. C'est elle dont le frère est connu par sa mort malheureuse, et dont le fils a commandé les armées en France avec tant de succès et de gloire. Cette femme, célèbre dans le monde par son esprit et par sa beauté, était plus capable qu'aucun ministre de faire réussir une négociation. De plus, comme elle avait du bien dans les Etats de *Charles XII*, et qu'elle avait été longtemps à sa cour, elle avait un prétexte plausible d'aller trouver ce prince. Elle vint donc au camp des Suédois en Lithuanie, et s'adressa d'abord au comte *Piper*, qui lui promit trop légèrement une audience de son maître. La comtesse, parmi les perfections qui la rendaient une des plus aimables personnes de l'Europe, avait le talent singulier de parler les langues de plusieurs pays qu'elle n'avait jamais vus, avec autant de délicatesse que si elle y était née. Elle s'amusait même quelquefois à faire des vers français qu'on eût pris pour être d'une personne née à Versailles. Elle en composa pour *Charles XII*, que l'histoire ne doit point omettre. Elle introduisait les dieux de la fable, qui tous louaient les différentes vertus de *Charles*. La pièce finissait ainsi:

«Enfin, chacun des dieux discourant à sa gloire

«Le plaçait par avance au temple de Mémoire;

«Mais Vénus et Bacchus n'en dirent pas un mot.

«Tant d'esprit et d'agrémens était perdu auprès d'un homme tel que le roi de Suède. Il refusa constamment de la voir. Elle prit le parti de se trouver sur son chemin dans les fréquentes promenades qu'il faisait à cheval. Effectivement, elle le rencontra un jour dans un sentier fort étroit; elle descendit de carosse dès qu'elle l'aperçut: le roi la salua sans lui dire un seul mot, tourna la bride de son cheval et s'en retourna dans l'instant, de sorte que la comtesse de *Kœnigsmark* ne remporta de son voyage que la satisfaction de pouvoir croire que le roi de Suède ne redoutait qu'elle.

[6] Son vrai nom était Marie Rinceau, et sa sœur s'appelait Geneviève. Le nom qu'elles prirent de demoiselles Verrières est un nom de guerre.

[7] Extrait de la *Collection de décisions nouvelles et de notions relatives à la jurisprudence actuelle*, par Me J.-B. Denisart, procureur au châtelet de Paris, tome III, p. 704.—Paris, 1774.

[8] Messire Antoine de Horn, chevalier de Saint-Louis, lieutenant pour le roi de la province de Schlestadt.

[9] La Dauphine mourut en 1767. Ma grand'mère avait donc dix-neuf ans lorsqu'elle put aller vivre chez sa mère.

[10] Il lui envoyait sa traduction des *Douze Césars* de Suétone.

[11] Voici la lettre de ma grand'mère, et la réponse:

A. M. de Voltaire, 24 août 1768.

«C'est au chantre de Fontenoi que la fille du maréchal de Saxe s'adresse pour obtenir du pain. J'ai été reconnue; Mme la dauphine a pris soin de mon éducation après la mort de mon père. Cette princesse m'a retirée de St-Cyr pour me marier à M. de Horn, chevalier de St-Louis et capitaine au régiment de Royal-Bavière. Pour ma dot, elle a obtenu la lieutenance de roy de Schlestadt. Mon mari en arrivant dans cette place, au milieu des fêtes qu'on nous y donnait, est mort subitement. Depuis, la mort m'a enlevé mes protecteurs, M. le dauphin et Mme la dauphine.

«Fontenoi, Raucoux, Laufeld sont oubliés. Je suis délaissée. J'ai pensé que celui qui a immortalisé les victoires du père s'intéresserait aux malheurs de la fille. C'est à lui qu'il appartient d'adopter les enfants du héros et d'être mon soutien, comme il est celui de la fille du grand Corneille. Avec cette éloquence que vous avez consacrée à plaider la cause des malheureux, vous ferez retentir dans tous les cœurs le cri de la pitié, et vous acquerrez autant de droits sur ma reconnaissance, que vous en avez déjà sur mon respect et sur mon admiration pour vos talents sublimes.»

Réponse.

«27bre 1768, au château de Ferney.

«Madame,

«J'irai bientôt rejoindre le héros votre père et je lui apprendrai avec indignation l'état où est sa fille. J'ai eu l'honneur de vivre beaucoup avec lui; il daignait avoir de la bonté pour moi. C'est un des malheurs qui m'accablent dans ma vieillesse, de voir que la fille du héros de la France n'est pas heureuse en France. Si j'étais à votre place, j'irais me présenter à Mme la duchesse de Choiseul. Mon nom me ferait ouvrir les portes à deux battans, et Mme la duchesse de Choiseul, dont l'âme est juste, noble et bienfesante, ne laisserait pas passer une telle occasion de faire du bien. C'est le meilleur conseil que je puisse vous donner, et je suis sûr du succès quand vous parlerés. Vous m'avés fait, sans doute, trop d'honneur, madame, quand vous avés pensé qu'un vieillard moribond, persécuté et retiré du monde serait assés heureux pour servir la fille de M. le maréchal de Saxe. Mais vous m'avés rendu justice en ne doutant pas du vif intérêt que je dois prendre à la fille d'un si grand homme.

«J'ai l'honneur d'être avec respect,
«Madame,
«Votre très humble et très obéissant serviteur,
«VOLTAIRE,
«gentilhomme ord^re de la chambre du roy.»

[12] Il paraît qu'il y eut quelque opposition, je ne sais de quelle part, car ils allèrent se marier en Angleterre, dans la chapelle de l'ambassade, et firent ratifier ensuite leur union à Paris.

[13] Cet ouvrage ne se répandit guère. Mme de Pompadour, qui protégeait Montesquieu, obtint de M. Dupin qu'il anéantirait son livre, bien qu'il fût déjà publié. J'ai pourtant le bonheur d'en avoir un exemplaire qui s'est conservé entre mes mains. Sans aucune prévention ni amour-propre de famille, c'est un très bon livre, d'une critique serrée qui relève toutes les contradictions de l'*Esprit des Lois*, et présente de temps à autre des aperçus beaucoup plus élevés sur la législation et la morale des nations.

[14] J'ai commis ici une petite erreur de fait que mon cousin M. de Villeneuve, héritier de Chenonceaux et de l'histoire de Mme Dupin, me signale. L'abbé de Saint-Pierre mourut à Paris, mais bien peu de temps après avoir fait une maladie grave à Chenonceaux.

(Note de 1850.)

[15] J'écris ceci en juillet 1847. Qui sait si avant la publication de ces Mémoires, un bouleversement social n'aura pas créé beaucoup de penseurs *très courageux*?

[16] Maurice-François-Elisabeth, né le 13 janvier 1778. Il eut pour parrain le marquis de Polignac.

[17] Voici un renseignement que me fournit mon cousin René de Villeneuve: «L'hôtel Lambert était habité par notre famille et par l'amie intime de Mme Dupin de Chenonceaux, la belle et charmante princesse de Rohan-Chabot. C'était un vrai palais. En une nuit, M. de Chenonceaux, fils de M. et de Mme Dupin, cet ingrat élève de J.-J., marié depuis peu de temps à Mlle de Rochechouart, perdit au jeu 70,000 livres. Le lendemain, il fallut payer cette dette d'honneur. L'hôtel Lambert fut engagé, d'autres bien vendus. De ces splendeurs, de ces peintures célèbres, il ne me reste qu'un très beau tableau de Lesueur représentant trois muses dont une joue de la basse. Il l'avait peint deux fois, l'autre exemplaire est au Musée. M. de Chenonceaux, notre grand-oncle et notre grand-père Francueil ont mangé sept à huit millions d'alors. Mon père, marié à la sœur de ton père, était en même temps propre neveu de Mme Dupin de Chenonceaux et son unique héritier. Voilà comment depuis quarante-neuf ans je suis propriétaire de Chenonceaux.» Je dirai ailleurs avec quel soin religieux et quelle entente de l'art M. et Mme de Villeneuve ont conservé et remeublé ce château, un des chefs-d'œuvre de la renaissance.

[18] 1847.

[19] Voici les termes de ce décret, qui avait pour but de ramener la confiance par la terreur:

«Art. 1er. Tout métal d'or et d'argent monnayé ou non monnayé, les diamants, bijoux, galons d'or et d'argent, et tous autres meubles ou effets précieux qu'on aura *découvert* ou qu'on découvrira enfouis dans la terre ou cachés dans les caves, dans l'intérieur des murs, des combles, parquets ou pavés, âtres ou tuyaux de cheminées et autres lieux secrets, seront saisis et confisqués au profit de la République.

«Art. 2. Tout dénonciateur qui procurera la découverte de pareils objets recevra le vingtième de la valeur en assignats........................

«Art. 6. L'or et l'argent, vaiselle, bijoux et autres effets quelconques seront envoyés sur-le-champ, avec les inventaires, au comité des inspecteurs de la ville, qui fera passer sans délai les espèces monnayées à la tresorerie nationale, et l'argenterie à la Monnaie.

«A l'égard des bijoux, meubles et autres effets, ils seront vendus à l'enchère, à la diligence du même comité, qui en fera passer le produit à la trésorerie, et en rendra compte à la Convention nationale». (23 brumaire an II.

[20] Elle avait passé dans ce même couvent une grande partie de sa retraite volontaire, avant d'épouser son second mari.

[21] *Départ* signifiait là alors la guillotine.

[22] L'abbé de Beaumont, son oncle.

[23] Ce meuble en marqueterie était le même dont Deschartres et mon père brisèrent les scellés en 93, pour soustraire des papiers qui eussent été l'arrêt de mort de ma grand'mère. J'ai toujours ce casier avec ses vingt-trois cartons, dont quelques-uns portaient encore naguère des traces de la cire de la république. Je n'ai découvert son identité qu'en retrouvant tout récemment les procès-verbaux du fait, et la lettre de mon père qu'on vient de lire. Les meubles ont leur histoire, et s'ils pouvaient parler que de choses ils nous raconteraient!

[24] Le père de mon ami d'enfance.

[25] Il la trompait, il était forcé de la tromper.

[26] *Je me trouve* est bien joli. On a vu qu'il y avait été sans ordres, sans cheval, et *pour le plaisir*.

[27] Le père d'Alexandre Dumas.

[28] Elle ne se trompait pas, mais elle ne le sut jamais.

[29] C'était le temps où les routes de la France étaient infestées de coupe-jarrets de toute espèce, chauffeurs, chouans, déserteurs, rebut de tous les partis, mais plus particulièrement du parti royaliste.

[30] Le général Brune.

[31] Le passage du Mincio.

[32] Les honoraires du précepteur et les gages de la bonne étaient arriérés depuis 1792.

[33] Il se trompait beaucoup sur le revenu de Nohant.

[34] Je crois pouvoir nommer ceux-ci; la plaisanterie est sans amertume.

[35] Sa jument.

[36] «L'usage des légats *a latere* est de faire porter devant eux la croix d'or. C'est le signe du pouvoir extraordinaire que le saint-siége délègue aux représentants de cette espèce. Le cardinal Caprara, voulant, conformément aux vues de sa cour, que l'exercice du culte fût aussi public, aussi extérieur que possible en France, demandait que, suivant l'usage, la croix d'or fût portée devant lui par un officier vêtu de rouge et à cheval. C'était là un spectacle qu'on craignait de donner au peuple parisien. On négocia, et il fut convenu que cette croix serait portée dans l'une des voitures qui devaient précéder celle du légat.»

(M. Thiers, *Histoire du Consulat et de l'Empire*, tome 3, livre 14.)

[37] Le consulat à vie.

[38] *Miemié*, c'est-à-dire Mlle Roumier; c'était cette vieille bonne qu'il aimait tant. A peine eut-elle reçu son gage arriéré qu'elle voulut aller vivre dans sa famille. Malgré des regrets réciproques, elle effectua cette resolution.

[39] Auguste de Villeneuve, son neveu.

[40] Avec sa légèreté apparente, mon père jugeait très bien les hommes. M. de Vitrolles est un des rares *hommes* du parti royaliste, en effet, pour l'esprit et le caractère.

[41] C'est une tête de lettre imprimée.

[42] J'écris ceci le 2 juin 1848. J'ignore quelle sera la solution du projet présenté à l'Assemblée nationale par le ministre Crémieux.

[43] C'est-à-dire à Sophie.

[44] J'ignore quel fut le sort du mélodrame de mon grand-oncle: je n'en sais même pas le titre.

[45] Mon oncle: il venait de se marier avec Lucie.

[46] Celle du dauphin, père de Louis XVI.

[47] Marmontel se trompe, puisqu'il y eut lieu de rectifier cet acte par arrêt du Châtelet.

[48] Cette Mme de Chalut, qui était Mlle Varanchon, femme de chambre favorite de la première et de la seconde dauphine, fut mariée par cette dernière, et son mari fut fait fermier-général. Elle a tenu mon père sur les fonts de baptême avec le marquis de Polignac.

[49] Pendant cette glorieuse affaire, les Autrichiens s'étaient jetés à Albeck sur les bagages de la division Dupont, et s'en étaient emparés ramassant ainsi, dit M. Thiers quelques vulgaires trophées, triste consolation d'une défaite essuyée par 25,000 hommes contre 6,000.

[50] Il obtint aussi la croix de la Légion-d'honneur à cette époque.

[51] Ces trois enfants, c'étaient Caroline, moi, et un fils né en 1806, et qui n'a pas vécu. Je n'en ai aucun souvenir.

[52] Cette opinion, prise dans un sens absolu, serait très contestable. On s'efforce, en ce moment, de fonder une école de *réalisme* qui sera un progrès si elle n'outrepasse pas son but et ne devient pas trop systématique. Mais, dans les ouvrages que j'ai lus, dans ceux de M. Champfleury, entre autres, le réalisme est encore poétisé suffisamment pour donner raison à la courte théorie que j'expose. Je suis heureuse d'avoir cette occasion de dire que je trouve ravissante la manière de M. Champfleury, réaliste ou non.

LIVRE II

TOME CINQUIÈME

CHAPITRE TROISIEME

Rose et Julie.—Diplomatie maternelle de ma grand'mère.—Je retrouve mon chez nous.—L'intérieur de mon grand-oncle.—Voir, c'est avoir.—Les dîners fins de mon grand-oncle, ses tabatières.—Mme de la Marlière.—Mme de Pardaillan.—Mme de Béranger et sa perruque.—Mme de Ferrières et ses beaux bras.—Mme de Maleteste et son chien.—Les abbés.—Premiers symptômes d'un penchant à l'observation.—Les cinq générations de la rue de Grammont.—Le bal d'enfants.—La fausse grâce.—Les talons rouges littéraires de nos jours.

Quand ma fièvre se fut dissipée, et que je n'eus plus à garder le lit que par précaution, j'entendis Mlle Julie et Rose qui causaient à demi-voix de ma maladie et de la cause qui l'avait rendue si forte.

Il faut que je dise d'abord quelles étaient ces deux personnes à l'empire desquelles j'ai été beaucoup trop livrée depuis, pour le bonheur de mon enfance.

Rose avait été déjà au service de ma mère, du vivant de mon père, et ma mère étant satisfaite de son attachement et de plusieurs bonnes qualités qu'elle avait, l'ayant retrouvée à Paris, sans place, et désirant mettre auprès de moi une femme propre et honnête, avait persuadé à ma grand'mère de la prendre pour me soigner, me promener et me distraire. Rose était une rousse forte, active et intrépide. Elle était bâtie comme un garçon, montait à cheval jambe de çà, jambe de là, galopant comme un démon, sautant les fossés, tombant quelquefois, se fendant le crâne, et ne se rebutant de rien. En voyage, elle était précieuse à ma grand'mère, parce qu'elle n'oubliait rien, prévoyait tout, mettait le sabot à la roue, relevait le postillon s'il se laissait choir, raccommodait les traits et eût volontiers, en cas de besoin, pris les bottes fortes et mené la voiture. C'était une nature puissante, comme l'on voit, une véritable charretière de la Brie, où elle avait été élevée aux champs. Elle était laborieuse, courageuse, adroite, propre comme une servante hollandaise, franche, juste, pleine de cœur et de dévouement. Mais elle avait un défaut cruel dont je m'aperçus bien par la suite et qui tenait à l'ardeur de son sang et à l'exubérance de sa vie. Elle était violente et brutale. Comme elle m'aimait beaucoup, m'ayant bien soignée dans ma première enfance, ma mère croyait m'avoir donné une amie, et elle me chérissait en effet; mais elle avait des emportements et des tyrannies qui devaient m'opprimer plus tard et faire de ma seconde enfance une sorte de martyre.

Pourtant, je lui ai tout pardonné, et chose bizarre, malgré l'indépendance de mon caractère et les souffrances dont elle m'a accablée, je ne l'ai jamais haïe. C'est qu'elle était sincère, c'est que le fond était généreux, c'est surtout qu'elle aimait ma mère et qu'elle l'a toujours aimée. C'était tout le contraire avec Mlle Julie: celle-ci était douce, polie, n'élevait jamais la voix, montrait une patience angélique en toutes choses; mais elle manquait de franchise, et c'est là un caractère que je n'ai jamais pu supporter. C'était une fille d'un esprit supérieur, je n'hésite pas à le dire. Sortie de sa petite ville de La Châtre sans avoir rien appris, sachant à peine lire et écrire, elle avait occupé ses longs loisirs de Nohant à lire toute espèce de livres. D'abord ce furent des romans, dont toutes les femmes de chambre ont la passion, ce qui fait que je pense souvent à elles quand j'en écris. Ensuite ce furent des livres d'histoire, et enfin des ouvrages de philosophie. Elle connaissait son Voltaire mieux que ma grand'mère elle-même, et j'ai vu dans ses mains le *Contrat social*, de Rousseau, qu'elle comprenait fort bien. Tous les mémoires connus ont été avalés et retenus par cette tête froide, positive et sérieuse. Elle était versée dans toutes les intrigues de la cour de Louis XIV, de Louis XV, de la czarine Catherine, de Marie-Thérèse et du grand Frédéric, comme un vieux diplomate, et si l'on était embarrassé de rappeler quelque parenté de seigneurs de l'ancienne France avec les grandes familles de l'Europe, on pouvait s'adresser à elle: elle avait cela au bout de son doigt. J'ignore si, dans sa vieillesse elle a conservé cette aptitude et cette mémoire, mais je l'ai connue vraiment érudite en ce genre, solidement instruite à plusieurs autres égards, bien qu'elle ne sût pas mettre un mot d'orthographe.

J'aurai encore beaucoup à parler d'elle, car elle m'a fait beaucoup souffrir, et ses rapports de police sur mon compte, auprès de ma grand'mère, m'ont rendue beaucoup plus malheureuse que les criailleries et les coups dont Rose, par bonne intention, travaillait à m'abrutir; mais, je ne me plaindrai ni de l'une ni de l'autre avec amertume. Elles ont travaillé à mon éducation physique et morale selon leur pouvoir, et chacune d'après un système qu'elle croyait le meilleur.

Je conviens que Julie me déplaisait particulièrement parce qu'elle haïssait ma mère. En cela elle croyait témoigner son dévouement à sa maîtresse, et elle faisait à celle-ci plus de mal que de bien. En résumé, il y avait chez nous le *parti de ma mère*, représenté par Rose, Ursule et moi, le *parti de ma grand'mère*, représenté par Deschartres et par Julie.

Il faut dire à l'éloge des deux suivantes de ma bonne maman, que cette différence d'opinion ne les empêcha pas de vivre ensemble sur le pied d'une grande amitié, et que Rose, sans jamais abandonner la défense de sa première maîtresse, professa toujours un grand respect et un grand dévouement pour la seconde. Elles ont soigné ma grand'mère jusqu'à son dernier jour avec un zèle parfait; elles lui ont fermé les yeux. Je leur ai donc pardonné tous les ennuis et toutes les larmes qu'elles m'ont coûté, l'une par sa sollicitude féroce pour ma personne, l'autre par l'abus de son influence sur ma bonne maman.

Elles étaient donc dans ma chambre à chuchotter, et que de choses de ma famille j'ai su par elles, que j'aurais bien mieux aimé ne pas savoir si tôt!... Et ce jour-là, elles disaient: (*Julie.*) «Voyez comme cette petite est folle d'adorer sa mère! sa mère ne l'aime point du tout. Elle n'est pas venue une seule fois la voir depuis qu'elle est malade.—Sa mère! disait Rose, elle est venue tous les jours savoir de ses nouvelles. Mais elle n'a pas voulu monter, parce qu'elle est fâchée contre madame, à cause de Caroline.—C'est égal, reprenait Julie, elle aurait pu venir voir sa fille sans entrer chez madame; mais elle a dit à M. de Beaumont qu'elle avait peur d'attraper la rougeole. Elle craint pour sa peau!— Vous vous trompez, Julie, répartit Rose; ce n'est pas comme cela. C'est qu'elle a peur d'apporter la rougeole à Caroline, et pourquoi faudrait-il que ses deux filles fussent malades à la fois? C'est bien assez d'une.»

Cette explication me fit du bien et calma mon désir d'embrasser ma mère. Elle vint le lendemain jusqu'à la porte de ma chambre et me cria: Bonjour, à travers. «Va-t'en, ma petite mère, lui dis-je; n'entre pas. Je ne veux pas envoyer ma rougeole à Caroline.—Voyez, dit ma mère à je ne sais quelle personne qui était avec elle. Elle me connaît bien, elle! Elle ne m'accuse pas. On aura beau faire et beau dire, on ne l'empêchera pas de m'aimer...»

On voit, d'après ces petites scènes d'intérieur, qu'il y avait autour de mes deux mères, des gens qui leur redisaient tout, et qui envenimaient leurs dissentimens. Mon pauvre cœur d'enfant commençait à être ballotté par leur rivalité. Objet d'une jalousie et d'une lutte perpétuelles, il était impossible que je ne fusse pas la proie de quelque prévention, comme j'étais la victime des douleurs que je causais.

Dès que je fus en état de sortir, ma grand'mère m'enveloppa soigneusement, me prit avec elle dans une voiture et me conduisit chez ma mère où je n'avais pas encore été depuis mon retour à Paris. Je crois qu'elle demeurait alors rue Duphot, si je ne me trompe. L'appartement était petit, sombre et bas, pauvrement meublé, et le pot-au-feu bouillait dans la cheminée du salon. Tout était fort propre, mais ne sentait ni la richesse ni la prodigalité. On a tant reproché à ma mère d'avoir mis du désordre dans la vie de mon père et de lui avoir fait faire des dettes, que je suis bien aise de la retrouver dans tous mes souvenirs, économe, presque avare pour elle-même.

La première personne qui vint nous ouvrir fut Caroline; elle me parut jolie comme un ange, malgré son petit nez retroussé. Elle était plus grande que moi relativement à nos âges respectifs; elle avait la peau moins brune, les traits plus délicats, et une expression de finesse un peu froide et railleuse. Elle soutint avec aplomb la rencontre de ma grand'mère, elle se sentait chez elle; elle m'embrassa avec transport, me fit mille caresses, mille questions, avança tranquillement et fièrement un fauteuil à ma bonne maman en lui disant: «Asseyez-vous, *madame Dupin*, je vais faire appeler maman qui est *chez la voisine.*» Puis, ayant averti la portière qui faisait leurs commissions, car elles n'avaient pas de servante, elle revint s'asseoir auprès du feu, me prit sur ses genoux, et se remit à me questionner et à me caresser, sans s'occuper davantage de la grande dame qui lui avait fait un si cruel affront.

Ma bonne maman avait certainement préparé quelque bonne et digne parole à dire à cette enfant pour la rassurer et la consoler, car elle s'était attendue à la trouver timide, effrayée ou boudeuse, et à soutenir une scène de larmes ou de reproches. Mais, voyant qu'il n'y avait rien de ce qu'elle avait prévu, elle éprouva, je crois, un peu d'étonnement et de malaise, car je remarquai qu'elle prenait beaucoup de tabac prise sur prise.

Ma mère arriva au bout d'un instant. Elle m'embrassa passionnément, et salua ma grand'mère avec un regard sec et enflammé. Celle-ci vit bien qu'il fallait aller au devant de l'orage.—Ma fille, dit-elle avec beaucoup de calme et de dignité, sans doute quand vous avez envoyé Caroline chez moi, vous aviez mal compris mes intentions à l'égard des relations qui doivent exister entre elle et Aurore. Je n'ai jamais eu la pensée de contrarier ma petite-fille dans ses affections. Je ne m'opposerai jamais à ce qu'elle vienne vous voir et à ce qu'elle voie Caroline chez vous. Faisons donc en sorte, ma fille, qu'il n'y ait plus de malentendu à cet égard.»

Il était impossible de s'en tirer plus sagement et avec plus d'adresse et de justice. Elle n'avait pas été toujours aussi équitable dans cette affaire. Il est bien certain qu'elle n'avait pas voulu consentir, dans le principe, à ce que je visse Caroline, même chez ma mère, et que ma mère avait été forcée de s'engager à ne me point amener chez elle dans nos promenades, engagement qu'elle avait fidèlement observé. Il est bien certain aussi qu'en voyant dans mon cœur plus de mémoire et d'attachement qu'elle ne pensait, ma bonne maman avait renoncé à une résolution impossible et mauvaise. Mais, cette concession faite, elle conservait son droit de ne pas admettre chez elle une personne dont la présence lui était désagréable. Son explication adroite et nette coupait court à toute récrimination: ma mère le sentit et son courroux tomba. «A la bonne heure, maman,» dit-elle, et elles parlèrent à dessein, d'autre chose. Ma mère était entrée avec une tempête dans l'âme, et, comme de coutume, elle était étonnée, devant la fermeté souple et polie de sa belle-mère, d'avoir à plier ses voiles et à rentrer au port.

Au bout de quelques instants, ma grand'mère se leva pour continuer ses visites, priant ma mère de me garder jusqu'à ce qu'elle vînt me reprendre: c'était une concession et une délicatesse de plus, pour bien montrer qu'elle ne prétendait pas gêner et surveiller nos épanchements. Pierret arriva à temps pour lui offrir son bras jusqu'à la voiture.

Ma grand'mère avait de la déférence pour lui, à cause du grand dévouement qu'il avait témoigné à mon père. Elle lui faisait très bon accueil, et Pierret n'était pas de ceux qui excitaient ma mère contre elle. Bien au contraire, il n'était occupé qu'à la calmer et à l'engager à vivre dans de bons rapports avec sa belle-mère. Mais il rendait à celle-ci de très rares visites. C'était pour lui trop de contrainte que de rester une demi-heure sans allumer son cigare, sans faire de grimaces et sans proférer à chaque phrase son jurement favori: *sac à papier!*

Quelle joie ce fut pour moi que de nous retrouver dans ce qui me semblait ma seule, ma véritable famille! Que ma mère me semblait bonne, ma sœur aimable, mon ami Pierret drôle et complaisant! Et ce petit appartement si pauvre et si laid en comparaison des salons *ouatés* de ma grand'mère (c'est ainsi que je les appelais par dérision), devint pour moi en un instant la terre promise de mes rêves. Je l'explorais dans tous les coins, je regardais avec amour les moindres objets, la petite pendule en albâtre, les vases de fleurs en papier, jaunies sous leur cylindre de verre, les pelottes que Caroline avait brodées en chenille, à sa pension, et jusqu'à la chaufferette de ma mère, ce meuble prolétaire banni des habitudes élégantes, ancien trépied de mes premières improvisations dans la rue Grange-Batelière. Comme j'aimais tout cela! Je ne me lassais pas de dire: «Je suis ici *chez nous*. Là-bas, je suis chez ma bonne maman.—*Sac à papier!* disait Pierret, qu'elle n'aille pas dire *chez nous* devant Mme Dupin: elle nous reprocherait de lui apprendre à parler comme *aux z-halles*.» Et Pierret de rire aux éclats, car il riait volontiers de tout, et ma mère de se moquer de lui, et moi de crier: Comme on s'amuse *chez nous!*

Caroline me faisait *des pigeons* avec ses doigts; ou, avec un bout de fil que nous passions et croisions dans les doigts l'une de l'autre, elle m'apprenait toutes ces figures et ces combinaisons de lignes que les enfants appellent le lit, le bateau, les ciseaux, la scie, etc. Les belles poupées et les beaux livres d'images de ma bonne maman ne me paraissaient plus rien auprès de ces jeux qui me rappelaient mon enfance; car, encore enfant, j'avais déjà une enfance, un passé derrière moi, des souvenirs, des regrets, une existence accomplie et qui ne devait pas m'être rendue.

La faim me prit. Il n'y avait *chez nous* ni gâteaux ni confitures, mais le classique pot-au-feu pour toute nourriture: mon goûter passa en un instant de la cheminée sur la table. Avec quel plaisir je retrouvai mon assiette de terre de pipe! Jamais je ne mangeai de meilleur cœur. J'étais comme un voyageur qui rentre chez lui après de longues tribulations, et qui jouit de tout dans son petit ménage.

Ma grand'mère revint me chercher; mon cœur se serra, mais je compris que je ne devais pas abuser de sa générosité. Je la suivis en riant avec des yeux pleins de larmes.

Ma mère ne voulut pas abuser non plus de la concession faite, et ne me mena chez elle que les dimanches. C'étaient les jours de congé de Caroline, qui était encore en pension, ou qui, peut-être, commençait à apprendre le métier de graveuse de musique, qu'elle a continué depuis et exercé jusqu'à son mariage avec beaucoup de labeur et quelque petit profit. Ces heureux dimanches, si impatiemment attendus, passaient comme des rêves. A cinq heures, Caroline allait dîner chez ma tante Maréchal; maman et moi, nous allions retrouver ma grand'mère chez mon grand-oncle de Beaumont. C'était un vieil usage de famille fort doux que ce dîner hebdomadaire qui réunissait invariablement les mêmes convives. Il s'est presque perdu dans la vie agitée et désordonnée que l'on mène aujourd'hui. C'était la manière la plus agréable et plus commode de se voir pour les gens de loisir et d'habitudes régulières. Mon grand-oncle avait pour cuisinière un cordon bleu qui, n'ayant jamais affaire qu'à des palais d'une expérience et d'un discernement consommés, mettait un amour-propre immense à les contenter. Mme Bourdieu, la gouvernante de mon oncle, et mon oncle lui-même, exerçaient une surveillance éclairée sur ces importants travaux. A cinq heures précises, nous arrivions, ma mère et moi, et nous trouvions déjà autour du feu ma grand'mère dans un vaste fauteuil placé vis-à-vis du vaste fauteuil de mon grand-oncle, et Mme de la Marlière entre eux, les pieds allongés sur les chenets, la jupe un peu relevée, et montrant deux maigres jambes chaussées de souliers très pointus. Mme de la Marlière était une ancienne amie intime de la feue comtesse de Provence, la femme de celui qui fut depuis Louis XVIII. Son mari, le général de la Marlière, était mort sur l'échafaud. Il est souvent question de cette dame dans les lettres de mon père, si l'on s'en souvient. C'était une personne fort bonne, fort gaie, expansive, babillarde, obligeante, dévouée, bruyante, railleuse, un peu cynique dans ses propos. Elle n'était point du tout pieuse alors, et se gaussait des curés, voire même d'autre chose, avec une liberté extrême. A la Restauration, elle devint dévote, et elle a vécu jusqu'à l'âge de 98 ans, je crois, en odeur de sainteté: c'était, en somme, une excellente femme, sans préjugés au temps où je l'ai connue, et je ne pense pas qu'elle soit jamais devenue bigote et intolérante. Elle n'en avait guère le droit après avoir tenu si peu de compte des choses saintes pendant les trois quarts de sa vie. Elle était fort bonne pour moi, et comme c'était la seule des amies de ma grand'mère, qui n'eût aucune prévention contre ma mère, je lui témoignais plus de confiance et d'amitié qu'aux autres. Pourtant j'avoue qu'elle ne m'était pas naturellement sympathique. Sa voix claire, son accent méridional, ses étranges toilettes, son menton aigu dont elle me meurtrissait les joues en m'embrassant, et surtout la crudité de ses expressions burlesques, m'empêchaient de la prendre au sérieux et de trouver du plaisir à ses gâteries.

Mme Bourdieu allait et venait légèrement de la cuisine au salon; elle n'avait guère alors qu'une quarantaine d'années: c'était une brune forte, replète et d'un type très accusé. Elle était de Dax, et avait un accent gascon encore plus sonore que celui de Mme de la Marlière. Elle appelait mon grand-oncle *papa*, et ma mère aussi avait cette habitude. Mme de la Marlière, qui aimait à faire l'enfant, disait *papa* aussi, ce qui faisait paraître mon grand-oncle plus jeune qu'elle.

L'appartement qu'il a occupé tout le temps de ma vie où je l'ai connu, c'est-à-dire pendant une vingtaine d'années, était situé rue Guénégaud, au fond d'une cour triste et vaste, dans une maison du temps de Louis XIV, d'un caractère très homogène dans toutes ses parties. Les fenêtres étaient hautes et longues: mais il y avait tant de rideaux, de tentures, de paravens, de draperies et de tapis pour défendre à l'air extérieur de s'introduire par la moindre fissure, que toutes les pièces étaient sombres et sourdes comme des caves. L'art de se préserver du froid en France, et surtout à Paris, commençait à se perdre sous l'Empire, et il s'est tout à fait perdu maintenant pour les gens d'une fortune médiocre, malgré les nombreuses inventions de chauffage économique dont le progrès nous a enrichis. La mode, la nécessité et la spéculation, qui, de concert, nous ont amené à bâtir des maisons percées de plus de fenêtres qu'il ne reste de parties pleines dans l'édifice, le manque d'épaisseur des murailles, et la hâte avec laquelle ces constructions laides et fragiles se sont élevées, font que plus un appartement est petit, plus il est froid et coûteux à réchauffer. Celui de mon grand-oncle était une serre-chaude, créée par ses soins assidus dans une maison épaisse et massive, comme devraient l'être toutes les habitations d'un climat aussi ingrat et aussi variable que le nôtre. Il est vrai qu'autrefois on s'installait là pour toute sa vie, et en y bâtissant son nid, on y creusait sa tombe.

Les vieilles gens que j'ai connues à cette époque et qui avaient une existence retirée ne vivaient que dans leur chambre à coucher. Elles avaient un salon vaste et beau, où elles recevaient une ou deux fois l'an, et où elles n'entraient jamais d'ailleurs. Mon grand-oncle et ma grand'mère, ne recevant jamais, eussent pu se passer de ce luxe inutile qui doublait le prix de leur loyer. Mais ils eussent cru n'être pas logés s'il en eût été autrement.

Le mobilier de ma grand'mère était du temps de Louis XVI, et elle n'avait pas de scrupule d'y introduire de temps en temps un objet plus moderne, lorsqu'il lui semblait commode ou joli. Mais mon grand-oncle était trop artiste pour se permettre le moindre disparate. Tout chez lui était du même style Louis XIV: les moulures des portes ou les ornements du plafond. Je ne sais s'il avait hérité de ce riche ameublement ou s'il l'avait collectionné lui-même; mais ce serait aujourd'hui une trouvaille pour un amateur que ce mobilier complet dans son ancienneté, depuis la pincette et le soufflet jusqu'au lit et aux cadres des tableaux. Il avait des peintures superbes dans son salon et des meubles de Boule d'une grandeur et d'une richesse respectables. Comme tout cela n'était point redevenu de mode et qu'on préférait à ces belles choses, véritables objets d'art, les chaises curules de l'empire et les détestables imitations d'Herculanum en acajou plaqué ou en bois peint couleur bronze, le mobilier de mon grand-oncle n'avait guère de prix que pour lui-même. J'étais loin de pouvoir apprécier le bon goût et la valeur artistique d'une semblable collection, et même j'entendais dire à ma mère que tout cela était trop vieux pour être beau. Pourtant les belles choses portent avec elles une impression que subissent souvent ceux même qui ne les comprennent pas. Quand j'entrais chez mon oncle, il me semblait entrer dans un sanctuaire mystérieux, et comme le salon était, en effet, un sanctuaire fermé, je priais tout bas Mme Bourdieu de m'y laisser pénétrer. Alors, pendant que mes grands parents jouaient aux cartes après dîner, elle me donnait un petit bougeoir, et, me conduisant comme en cachette dans ce grand salon, elle m'y laissait quelques instants, me recommandant bien de ne pas monter sur les meubles et de ne pas répandre de bougie. Je n'avais garde d'y manquer; je posais ma lumière sur une table, et je me promenais gravement dans cette vaste pièce à peine éclairée jusqu'au plafond par mon faible luminaire. Je ne voyais donc que très confusément les grands portraits de Largillière, les beaux intérieurs flamands et les tableaux des maîtres italiens qui couvraient les murs; je me plaisais au scintillement des dorures, aux grands plis des rideaux, au silence et à la solitude de cette pièce respectable, que l'on semblait ne pas oser habiter, et dont je prenais possession à moi toute seule.

Cette possession fictive me suffisait, car, dès mes plus jeunes années, la possession réelle des choses n'a jamais été un plaisir pour moi. Jamais rien ne m'a fait envie, en fait de palais, de voitures, de bijoux et même d'objets d'art; et pourtant j'aimais à parcourir un beau palais, à voir passer un équipage élégant et rapide, à toucher et à retourner des bijoux bien travaillés, à contempler les produits d'art ou d'industrie où l'intelligence de l'homme s'est révélée sous une forme quelconque. Mais je n'ai jamais éprouvé le besoin de me dire: Ceci est à moi; et je ne comprends même pas qu'on ait ce besoin-là. On a tort de me donner un objet rare ou précieux, parce qu'il m'est impossible de ne pas le donner bientôt à un ami qui l'admire et chez qui je vois le désir de la possession. Je ne tiens qu'aux choses qui me viennent des êtres que j'ai aimés et qui ne sont plus. Alors j'en suis avare, quelque peu de valeur qu'elles aient, et j'avoue que le créancier qui me forcerait à vendre les vieux meubles de ma chambre, me ferait beaucoup de peine, parce qu'ils me viennent presque tous de ma grand'mère, et qu'ils me la rappellent à tous les instants de ma vie. Pour tout ce qui est aux autres, je n'en suis jamais tentée et je me sens de la race de ces bohémiens dont Béranger a dit:

Voir, c'est avoir.

Je ne haïs pas le luxe, tout au contraire, je l'aime; mais je n'en ai que faire pour moi. J'aime les bijoux surtout de passion. Je ne trouve pas de création plus jolie que ces combinaisons de métaux et de pierres précieuses, qui peuvent réaliser les formes les plus riantes et les plus heureuses dans de si délicates proportions. J'aime à examiner les parures, les étoffes, les couleurs: le goût me charme. Je voudrais être bijoutier ou costumier, pour inventer toujours, et pour donner, par ce miracle du goût, une sorte de vie à ces riches matières. Mais tout cela n'est d'aucun usage agréable pour moi. Une belle robe est gênante, les bijoux égratignent: et, en toutes choses, la mollesse des habitudes nous vieillit et nous tue. Enfin, je ne suis pas née pour être riche, et si les malaises de la vieillesse ne commençaient à se faire sentir, je vivrais très réellement dans une chaumière du Berry, pourvu qu'elle fût propre[1], avec autant de contentement que dans une villa italienne.

Ce n'est point vertu, ni prétention à l'austérité républicaine. Est-ce qu'une chaumière n'est pas souvent, pour l'artiste, plus belle, plus riche de couleur, de grâce, d'arrangement et de caractère, qu'un vilain palais moderne construit et décoré dans le goût *constitutionnel*, le plus pitoyable style qui existe dans l'histoire des arts? Aussi n'ai-je jamais compris que les artistes de mon temps eussent tant de vénalité, de besoins de luxe et d'ambitions de fortune. Si quelqu'un au monde peut se passer de luxe et se créer à lui-même une vie selon ses rêves, avec peu, avec presque rien, c'est l'artiste, puisqu'il porte en lui le don de poétiser les moindres choses et de se construire une cabane selon les règles du goût ou les instincts de la poésie. Le luxe me paraît la ressource des gens bêtes.

Ce n'était pourtant point le cas pour mon grand-oncle; son goût était luxueux de sa nature, et j'approuve beaucoup qu'on se meuble avec de belles choses quand on peut se les procurer, par d'heureuses rencontres, à meilleur marché que de laides. C'est probablement ce qui lui était arrivé, car il avait une mince fortune et il était fort généreux, ce qui équivaut à dire qu'il était pauvre et n'avait pas de folies et de caprices à se permettre.

Il était gourmand, quoiqu'il mangeât fort peu: mais il avait une gourmandise sobre et de bon goût comme tout le reste, point fastueuse, sans ostentation, et qui se piquait même d'être positive. Il était plaisant de l'entendre analyser ses théories culinaires, car il le faisait tantôt avec une gravité et une logique qui eussent pu s'appliquer à toutes les données de la politique et de la philosophie, tantôt avec une verve comique et indignée. «Rien n'est si bête, disait-il avec ses paroles enjouées dont l'accent distingué corrigeait la crudité, que de se ruiner pour sa gueule. Il n'en coûte pas plus d'avoir une omelette délicieuse que de se faire servir, sous prétexte d'omelette, un vieux torchon brûlé. Le tout, c'est de savoir soi-même ce que c'est qu'une omelette; et quand une ménagère l'a bien compris, je la préfère dans ma cuisine, à un savant prétentieux qui se fait appeler monsieur par ses marmitons, et qui baptise une charogne des noms les plus pompeux.»

Tout le temps du dîner, la conversation était sur ce ton et roulait sur la mangeaille. J'en ai donné cet échantillon pour qu'on se figure bien cette nature de chanoine qui n'a plus guère de type dans le temps présent. Ma grand'mère, qui était d'une friandise extrême, bien que très petite mangeuse, avait aussi des théories scientifiques sur la manière de faire une crème à la vanille et une omelette soufflée. Mme Bourdieu se faisait quereller par mon oncle, parce qu'elle avait laissé mettre dans la sauce quelques parcelles de muscade de plus ou de moins; ma mère riait de leurs disputes. Il n'y avait que la mère la Marlière qui oubliât de babiller au dîner, parce qu'elle mangeait comme un ogre. Quant à moi, ces longs dîners servis, discutés, analysés et savourés avec tant de solennité m'ennuyaient mortellement. J'ai toujours mangé vite, et en pensant à autre chose. Une longue séance à table m'a toujours rendue malade, et j'obtenais la permission de me lever de temps en temps, pour aller jouer avec un vieux caniche qui s'appelait *Babet*, et qui passait sa vie à faire des petits et à les allaiter dans un coin de la salle à manger.

La soirée me paraissait bien longue aussi. Il fallait que ma mère prît des cartes et fît la partie des grands-parens, ce qui ne l'amusait pas non plus, mon oncle étant beau joueur et ne se fâchant pas comme Deschartres, et la mère la Marlière gagnant toujours parce qu'elle trichait. Elle convenait elle-même que le jeu sans tricherie l'ennuyait. C'est pourquoi elle ne voulait pas jouer d'argent[2].

Pendant ce temps, la bonne Bourdieu tâchait de me distraire. Elle me faisait faire des châteaux de cartes ou des édifices de dominos. Mon oncle qui était taquin, se retournait pour souffler dessus ou pour donner un coup de coude à notre petite table. Et puis, il disait à Mme Bourdieu qui s'appelait Victoire, comme ma mère: «Victoire, vous abrutissez cette enfant. Montrez-lui quelque chose d'intéressant. Tenez, faites-lui voir mes tabatières!» Alors on ouvrait un coffret et l'on me faisait passer en revue une douzaine de tabatières fort belles, ornées de charmantes miniatures. C'étaient les portraits d'autant de belles dames en costume de nymphes, de déesses ou de bergères. Je comprends maintenant pourquoi mon oncle avait tant de belles dames sur ses tabatières. Quant à lui, il n'y tenait plus, et cela ne lui paraissait plus avoir d'autre utilité que d'amuser les regards d'un petit enfant. Donnez donc des portraits aux abbés! heureusement ce n'est plus la mode.

Ma bonne maman me menait aussi quelquefois chez Mme de la Marlière; mais celle-ci, n'ayant qu'une très mince existence, ne donnait pas de dîners. Elle occupait, rue Villedot, n° 6, un petit appartement au troisième, qu'elle n'a pas quitté, je crois, depuis le Directoire jusqu'à sa mort, arrivée en 1841 ou 42. Son intérieur, moins beau que celui de mon grand-oncle, était curieux aussi pour son homogénéité, et je ne crois pas que depuis le temps de Louis XVI, dont il était un petit spécimen complet, il eût subi le moindre changement.

Mme de la Marlière était alors très liée avec Mme Junot, duchesse d'Abrantès, qui a laissé des Mémoires intéressants, et qui est morte très malheureuse, après une vie mêlée de plaisirs et de désastres. Elle a consacré, s'il m'en souvient bien, une page à Mme de la Marlière, qu'elle a beaucoup poétisée. Mais il faut permettre à l'amitié ces sortes d'inexactitudes. En somme, la vieille amie de la comtesse de Provence, de Mme Junot et de ma grand'mère avait plus de qualités que de défauts, et c'était de quoi lui faire pardonner quelques travers et quelques ridicules. Les autres amies de ma grand'mère étaient d'abord Mme de Pardaillan, celle qu'elle préférait avec raison à toutes les autres: petite bonne vieille qui avait été fort jolie et qui était encore proprette, mignonne et fraîche sous ses rides. Elle n'avait pas d'esprit et pas plus d'instruction que les autres dames de son temps, car de toutes celles que je mentionne, ma grand'mère était la seule qui sût parfaitement sa langue et dont l'orthographe fût correcte. Mme de la Marlière, quoique drôle et piquante dans son style, écrivait comme nos cuisinières n'écrivent plus; mais Mme de Pardaillan, n'ayant jamais eu aucune espèce de prétention, et ne visant point à l'esprit, n'était jamais ennuyeuse. Elle jugeait tout avec un grand bon sens, et prenait son opinion et ses principes dans son cœur, sans s'inquiéter du monde. Je ne crois pas qu'elle ait, non seulement dit un mot méchant dans sa vie, mais encore qu'elle ait eu une seule pensée hostile ou amère. C'était une nature angélique, calme, et pourtant sensible et aimante, une âme fidèle, maternelle à tous, pieuse sans fanatisme, tolérante non par indifférence, mais par tendresse et modestie. Enfin, je ne sais si elle avait des défauts, mais elle est une des deux ou trois personnes que j'ai rencontrées, dans ma vie, chez lesquelles il m'a été impossible d'en pressentir aucun.

S'il n'y avait pas de brillant à la surface de son esprit, je crois qu'il y avait du moins une certaine profondeur dans ses pensées. Elle avait l'habitude de m'appeler *pauvre petite*. Et un jour que je me trouvais seule avec elle, je m'enhardis à lui demander pourquoi elle m'appelait ainsi. Elle m'attira près d'elle et me dit d'une voix émue, en m'embrassant: «Soyez toujours bonne, ma pauvre enfant, car ce sera votre seul bonheur en ce monde.» Cette espèce de prophétie me fit quelque impression.—«Je serai donc malheureuse? lui dis-je.—Oui, me répondit-elle. Tout le monde est condamné au chagrin; mais vous en aurez plus qu'une autre, et souvenez-vous de ce que je vous dis; soyez bonne, parce que vous aurez beaucoup à pardonner.—Et pourquoi faudra-t-il que je pardonne? lui demandai-je encore.—Parce que vous éprouverez à pardonner le seul bonheur que vous devez avoir.»

Avait-elle dans l'âme quelque secret chagrin qui la faisait parler ainsi d'une manière générale? Je ne le pense pas; elle devait être heureuse, car elle était adorée de sa famille. Je croirais pourtant assez qu'elle avait été brisée dans sa jeunesse par quelque peine de cœur, qu'elle n'avait jamais révélée à personne, ou bien comprenait-elle, avec son bon et noble cœur, combien j'aimais ma mère et combien j'aurais à souffrir dans cette affection?

Mme de Béranger et Mme de Ferrières étaient toutes deux si infatuées de leur noblesse que je ne saurais laquelle nommer la première pour l'orgueil et les grands airs. C'étaient bien les meilleurs types de *vieilles comtesses* dont ma mère pût se divertir. Elles avaient été fort belles toutes les deux, et fort vertueuses, disaient-elles, ce qui ajoutait à leur morgue et à leur raideur. Mme de Ferrières avait encore de *beaux* RESTES, et n'était point fâchée de les montrer. Elle avait toujours les bras nus dans son manchon, dès le matin, quelque temps qu'il fît. C'étaient des bras fort blancs et très gras, que je regardais avec étonnement, car je ne comprenais rien à cette coquetterie surannée. Mais ces beaux bras de soixante ans étaient si flasques qu'ils devenaient tout plats quand ils se posaient sur une table, et cela me causait une sorte de dégoût. Je n'ai jamais compris ces besoins de nudité chez les vieilles femmes, surtout chez celles dont la vie a été sage. Mais c'était peut-être chez Mme de Ferrières une habitude de costume ancien quelle ne voulait point abjurer.

Mme de Béranger, non plus que la précédente, n'était la favorite d'aucune princesse de l'ancien ou du nouveau régime[3]. Elle s'estimait trop haut placée pour cela, car elle eût dit volontiers: C'est à moi d'avoir une cour, et non de faire partie de celle des autres. Je ne sais plus de qui elle était fille, mais son mari prétendait descendre de Béranger, roi d'Italie, du temps des Goths; à cause de cela, sa femme et lui se croyaient des êtres supérieurs dans la création.

«Et comme du fumier regardaient tout le monde.»

Ils avaient été fort riches, et l'étaient encore assez, quoiqu'ils se prétendissent ruinés par l'infâme révolution. Mme de Béranger ne montrait pas ses bras, mais elle avait encore pour sa taille une prétention extraordinaire. Elle portait des corsets si serrés qu'il fallait deux femmes de chambre pour la sangler en lui mettant leurs genoux dans la cambrure du dos. Si elle avait été belle comme on le disait, il n'y paraissait guère, surtout avec la coiffure qu'elle portait, et qui consistait en une petite perruque blonde frisée à *l'enfant* ou à la *Titus* sur toute la tête. Rien n'était si laid et si ridicule que de voir une vieille femme avec ce simulacre de tête nue et de cheveux courts, blondins et frisotés; d'autant plus pour Mme de Béranger qu'elle était fort brune, et qu'elle avait de grands traits. Le soir, le sang lui montait à la tête et elle ne pouvait supporter la chaleur de sa perruque; elle l'ôtait pour jouer aux cartes avec ma grand'mère, et elle restait en serre-tête noir, ce qui lui donnait l'air d'un vieux curé; mais si l'on annonçait quelque visite, elle se hâtait de chercher sa perruque qui souvent était par terre, ou dans sa poche, ou sur son fauteuil, elle assise dessus. On juge quels plis étranges avaient pris toutes ces mèches de petits cheveux frisés, et comme, dans sa précipitation, il lui arrivait souvent de la mettre à l'envers, ou sens-devant-derrière, elle offrait une suite de caricatures à travers lesquelles il m'était bien difficile de retrouver la beauté d'autrefois.

Mme de Troussebois, Mme de Jasseau et les autres dont je ne me rappelle pas les noms, avaient, celle-ci un menton qui rejoignait son nez, celle-là une face de momie. La plus jeune de la collection était une chanoinesse blonde qui avait une assez belle tête sur un corps nain et difforme. Quoiqu'elle fût demoiselle, elle avait le privilège de s'appeler madame, et de porter un ruban d'ordre sur sa bosse, parce qu'elle avait seize quartiers de noblesse. Il y avait aussi une baronne d'Hasfeld ou d'Hazefeld, qui avait la tournure et les manières d'un vieux corporal schlag: enfin, une Mme *Dubois*, la seule qui n'eût point *un nom*, et qui, précisément, n'avait aucun ridicule. Je ne sais plus quelle autre avait une grosse lèvre violette toujours gonflée, fendue et gercée, dont les baisers m'étaient odieux. Il y avait aussi une Mme de Maleteste, encore assez jeune, qui avait épousé un vieux mari pauvre et grognon, uniquement pour porter le nom des Malatesta d'Italie, nom qui n'est pas bien beau, puisqu'il signifie tout bonnement *mauvaise tête* ou plutôt *tête méchante*. Par une singulière coïncidence, cette dame passait sa vie à avoir la migraine, et comme on prononçait son nom *Maltête*, je croyais de bonne foi que c'était un sobriquet qu'on lui avait donné à cause de sa maladie et de ses plaintes continuelles. De sorte qu'un jour je lui demandai naïvement comment elle s'appelait pour de bon. Elle s'étonna et me répondit que je le savais bien.—Mais non, lui dis-je, mal de tête, mal à la tête, mal-tête, n'est pas un nom.— Pardon, mademoiselle, me répondit-elle fièrement, c'est un fort beau et fort grand nom.—Ma foi, je ne trouve pas, lui répondis-je. Vous devriez vous fâcher quand on vous appelle comme ça.—Je vous en souhaite un pareil! ajouta- t-elle avec emphase.—Merci, repris-je obstinément: j'aime mieux le mien. Les autres dames qui ne l'aimaient pas, peut-être parce qu'elle était la plus jeune, se cachaient pour rire dans leurs grands éventails. Ma grand'mère m'imposa silence, et Mme de Maleteste se retira peu de moments après, fort blessée d'une impertinence dont je ne sentais pas la portée.

Les hommes étaient l'abbé de Pernon, un doux et excellent homme, sécularisé dans toute sa personne, toujours vêtu d'un habit gris-clair, et la figure couverte de gros pois-chiches; l'abbé d'Andrezel, dont j'ai déjà parlé, et qui portait des *spincers* sur ses habits; le chevalier de Vinci qui avait un tic nerveux, grâce auquel sa perruque, fortement secouée et attirée par une continuelle contraction des sourcils et des muscles frontaux, quittait sa nuque et, en cinq minutes, arrivait à tomber sur son nez. Il la rattrapait juste au moment où elle abandonnait sa tête et se précipitait dans son assiette. Il la rejetait alors très en arrière sur son crâne afin qu'elle eût plus de chemin à parcourir avant d'arriver à une nouvelle chute. Il y avait encore deux ou trois vieillards dont les noms m'échappent et me reviendront peut-être en temps et lieu.

Mais qu'on se figure l'existence d'un enfant qui n'a point sucé les préjugés de la naissance avec le lait de sa mère, au milieu de ces tristes personnages d'un enjouement glacial ou d'une gravité lugubre! J'étais déjà très artiste sans le savoir, artiste dans ma spécialité, qui est l'observation des personnes et des choses, bien longtemps avant de savoir que ma vocation serait de peindre bien ou mal des caractères et de décrire des intérieurs. Je subissais avec tristesse et lassitude les instincts de cette destinée. Je commençais à ne pouvoir plus m'abstraire dans mes rêveries, et malgré moi, le monde extérieur, la réalité, venait me presser de tout son poids et m'arracher aux chimères dont je m'étais nourrie dans la liberté de ma première existence. Malgré moi, je regardais et j'étudiais ces visages ravagés par la vieillesse, que ma grand'mère trouvait encore beaux par habitude et qui me paraissaient d'autant plus affreux que je les entendais vanter dans le passé. J'analysais les expressions de physionomie, les attitudes, les manières, le vide des paroles oiseuses, la lenteur des mouvements, les infirmités, les perruques, les verrues, l'embonpoint désordonné, la maigreur cadavéreuse: toutes ces laideurs, toutes ces tristesses de la vieillesse, qui choquent quand elles ne sont pas supportées avec bonhomie et simplicité. J'aimais la beauté, et, sous ce rapport, la figure sereine, fraîche et indestructiblement belle de ma grand'mère ne blessait jamais mes regards: mais, en revanche, la plupart des autres me contristaient, et leurs discours me jetaient dans un ennui profond. J'aurais voulu ne point voir, ne pas entendre; ma nature scrutatrice me forçait à regarder, à écouter, à ne rien perdre, à ne rien oublier, et cette faculté naissante redoublait mon ennui en s'exerçant sur des objets aussi peu attrayants.

Dans la journée, quand je courais avec ma mère, je m'égayais avec elle, de ce qui m'avait ennuyé la veille. Je lui faisais, à ma manière, la peinture des petites scènes burlesques dont j'avais été le silencieux et mélancolique spectateur, et elle riait aux éclats, enchantée de me voir partager son dédain et son aversion pour les vieilles comtesses.

Et pourtant, il y avait certainement, parmi ces vieilles dames, des personnes d'un mérite réel puisque ma bonne maman leur était attachée. Mais, excepté Mme de Pardaillan qui m'a toujours été sympathique, je n'étais pas en âge d'apprécier le mérite sérieux, et je ne voyais que les disgrâces et les ridicules des solennelles personnes qui en étaient revêtues.

Mme de Maleteste avait un horrible chien qui s'appelait Azor; c'est aujourd'hui le nom classique du chien de la portière: mais toutes choses ont leur charme dans la nouveauté, et, à cette époque, le nom d'Azor ne paraissait ridicule que parce qu'il était porté par un vieux caniche d'une malpropreté insigne. Ce n'est pas qu'il ne fût lavé et peigné avec amour, mais sa gourmandise avait les plus tristes résultats, et sa maîtresse avait la rage de le mener partout avec elle, disant qu'il avait trop de chagrin quand elle le laissait seul. Mme de la Marlière, par contre, avait horreur des animaux, et j'avoue que ma tendresse pour les bêtes n'allait pas jusqu'à trouver trop cruel qu'elle allongeât, avec ses grand souliers pointus, de plantureux coups de pieds à *Azor de Maleteste*, c'est ainsi qu'elle l'appelait. Cela fut cause d'une haine profonde entre ces deux dames. Elles disaient pis que pendre l'une de l'autre, et toutes les autres s'amusaient à les exciter. Mme de Maleteste qui était fort pincée, lançait toutes sortes de petits mots secs et blessants. Mme de la Marlière, qui n'était pas méchante, mais vive et leste en paroles, ne se fâchait pas et l'exaspérait d'autant plus par la crudité de ses plaisanteries.

Une chose qui m'étonnait autant que le nom de Mme de Maleteste, c'était ce titre d'abbé que je voyais donner à des messieurs habillés comme tout le monde et n'ayant rien de religieux dans leurs habitudes ni de grave dans leurs manières. Ces célibataires, qui allaient au spectacle, et mangeaient des poulardes le vendredi saint, me paraissaient des êtres particuliers dont je ne pouvais me définir le mode d'existence, et, comme les *enfants terribles* de Gavarni, je leur adressais des questions gênantes. Je me souviens qu'un jour je disais à l'abbé d'Andrezel: «Eh bien, si tu n'es pas curé où donc est ta femme? et si tu es curé, où donc est ta messe?» On trouva le mot fort spirituel et fort méchant, je ne m'en doutais guère. J'avais fait de la critique sans le savoir, et cela m'est arrivé plus d'une fois dans la suite de ma vie. J'ai fait, par distraction ou par bêtise, des questions ou des remarques qu'on a crues bien profondes ou bien mordantes.

Comme je ne peux pas ordonner mes souvenirs avec exactitude, j'ai mis ensemble dans ma mémoire beaucoup de personnes et de détails qui ne datent peut-être pas spécialement de ce premier séjour à Paris avec ma grand'mère; mais comme les habitudes et l'entourage de celle-ci ne changèrent pas, et que chaque séjour à Paris amena les mêmes circonstances et les mêmes visages autour de moi, je n'aurai plus à les décrire quand je poursuivrai mon récit. Je parlerai donc ici de la famille Villeneuve, dont il a été si souvent question dans les lettres de mon père.

J'ai déjà dit que Dupin de Francueil mon grand-père, ayant été marié deux fois, avait eu, de sa première femme, une fille qui se trouvait être par conséquent sœur de mon père et beaucoup plus âgée que lui. Elle avait été mariée à M. Valet de Villeneuve, financier, et ses deux fils, René et Auguste, étaient par conséquent les neveux de mon père, bien que l'oncle et les neveux fussent à peu près du même âge.

Quant à moi, je suis leur cousine, et leurs enfants sont mes neveux et nièces à la mode de Bretagne, bien que je sois la plus jeune de cette génération. Ce renversement de l'âge, qui convient ordinairement au degré ascendant de la parenté, faisait toujours un effet bizarre pour les personnes qui n'étaient pas bien au courant de la filiation. A présent, quelques années de différence ne s'aperçoivent plus; mais quand j'étais un petit enfant, et que de grands garçons et de grandes demoiselles m'appelaient *ma tante*, on croyait toujours que c'était un jeu. Par plaisanterie, mes cousins, habitués à appeler mon père leur oncle, m'appelaient leur grand'tante, et mon nom prêtant à cet amusement, toute la famille, vieux et jeunes, grands et petits, m'appelaient ma *tante Aurore*.

Cette famille demeurait alors et a demeuré depuis, pendant une trentaine d'années, dans une même maison qui lui appartenait, rue de Grammont. C'était une nombreuse famille, comme on va voir, et dont l'union avait quelque chose de patriarcal. Au rez-de-chaussée, c'était Mme de Courcelles, mère de Mme de Guibert. Au premier, Mme de Guibert, mère de Mme René de Villeneuve. Au second, M. et Mme René de Villeneuve avec leurs enfants. Dix ans après l'époque de ma vie que je raconte, Mlle de Villeneuve ayant épousé M. de La Roche-Aymon, demeura, au troisième, et la vieille Mme de Courcelles vivait encore sans défaillance et sans infirmités, lorsque les enfants de Mme de La Roche-Aymon furent installés avec leurs bonnes au quatrième étage; ce qui faisait en réalité, avec le rez-de-chaussée, cinq générations directes vivant sous le même toit. Et Mme de Courcelles pouvait dire à Mme de Guibert ce mot proverbial si joli: *Ma fille, va-t'en dire à ta fille que la fille de sa fille crie.*

Toutes ces femmes s'étant mariées très jeunes et étant toutes jolies ou bien conservées, il était impossible de deviner que Mme de Villeneuve fût grand'mère et Mme de Guibert arrière-grand'mère. Quant à la trisaïeule, elle était droite, mince, propre, active. Elle montait légèrement au quatrième pour aller voir les arrière-petits-enfants de sa fille. Il était impossible de ne pas éprouver un grand respect et une grande sympathie en la voyant si forte, si douce, si calme et si gracieuse. Elle n'avait aucun travers, aucun ridicule, aucune vanité. Elle est morte sans faire de maladie, par une indisposition subite à laquelle son grand âge ne put résister. Elle était encore dans toute la plénitude de ses facultés.

Je ne dirai rien de Mme de Guibert, veuve du général de ce nom, qui a eu des talents et du mérite. J'ai très peu connu sa veuve, qui vivait un peu à part du reste de sa famille: je n'ai jamais bien su pourquoi? on la disait mariée secrètement avec Barrère. Ce devait être une personne d'idées et d'aventures étranges. Mais il régnait une sorte de mystère autour d'elle, et je suis si peu curieuse que je n'ai jamais songé à m'en enquérir.

Quant à M. et à Mme René de Villeneuve, j'en parlerai plus tard, parce qu'ils sont liés plus directement à l'histoire de ma vie.

Auguste, frère de René, et trésorier de la ville de Paris, demeurait rue d'Anjou, dans un bel hôtel, avec ses trois enfants: Félicie, qui était un ange de beauté, de douceur et de bonté, et qui, phthisique comme sa mère, est morte jeune en Italie, où elle avait épousé le comte Balbo, le même dont les écrits et les opinions très modérément progressives ont fait quelque bruit en Piémont dans ces derniers temps; Louis, qui est mort aussi au sortir de l'adolescence, et Léonce, qui a été préfet de l'Indre et du Loiret sous Louis-Philippe.

Celui-là aussi était un enfant d'une charmante figure, très spirituel et très railleur. Je me souviens d'un bal d'enfants que donna sa mère! c'est la première et la dernière fois que je vis cette bonne et charmante Laure de Ségur, pour qui mon père avait tant de respect et d'affection. Elle portait une robe rose garnie de jacinthes, et me prit auprès d'elle sur le divan où elle était couchée, pour regarder tristement ma ressemblance avec mon père. Elle était pâle et brûlante de fièvre. Ses enfants ne pressentaient nullement qu'elle fût à la veille de mourir. Léonce se moquait de toutes ces petites filles endimanchées. Les toilettes de ce temps-là étaient parfois bien singulières, et je ne crois pas que les gravures du temps nous les aient toutes transmises. Je n'ai du moins retrouvé nulle part une robe de réseau de laine rouge à grandes mailles, un véritable filet à prendre de poisson, que Félicie avait, et qui me paraissait fantastique. Cela se portait sur une robe de dessous en satin blanc, et se terminait en bas par une frange de houppes de laine tombant de chaque maille. Cela venait d'Italie, et c'était très estimé.

Ce qui me frappa le plus, ce fut une petite fille dont je n'ai jamais su le nom et que Léonce taquinait beaucoup. Elle était déjà coquette comme une petite femme du monde, et elle n'avait guère que mon âge, sept ou huit ans. Léonce lui disait qu'elle était laide, pour la faire enrager, et elle enrageait si bien qu'elle pleurait de colère. Elle vint auprès de moi et me dit: «N'est-ce pas que c'est faux, et que je suis très jolie? Je suis la plus jolie et la mieux habillée de tout le bal, maman l'a dit.» D'autres enfants, qui étaient autour de nous, excités par l'exemple de Léonce, lui dirent qu'elle se trompait et qu'elle était la plus laide. Elle était si furieuse qu'elle faillit s'étrangler avec son collier de corail qu'elle tirait violemment autour de son cou, et qui, heureusement, finit par se rompre.

Je fus frappée de ce naïf dépit, de ce véritable désespoir d'enfant, comme d'une chose fort extraordinaire. Mes parents avaient dit cent fois devant moi que j'étais une superbe petite fille, et la vanité ne m'était pas venue pour cela. Je prenais cela pour un éloge donné à ma bonne conduite, car toutes les fois que j'étais méchante, on me disait que j'étais affreuse. La beauté pour les enfants me semblait donc avoir une acception purement morale. Peut-être n'étais-je point portée par nature à l'adoration de moi-même; ce qu'il y a de certain, c'est que ma grand'mère, tout en faisant de grands efforts pour me donner le degré de coquetterie qu'elle me souhaitait, m'ôta le peu que j'en aurais pu avoir. Elle voulait me rendre gracieuse de ma personne, soigneuse de mes petites parures, élégante dans mes petites manières. J'avais eu jusque-là la grâce naturelle à tous les enfants qui ne sont point malades ou contrefaits. Mais on commençait à me trouver trop grande pour conserver cette grâce-là, qui n'est de la grâce que parce qu'elle est l'aplomb et l'aisance de la nature. Il y avait, dans les idées de ma bonne maman, une grâce acquise, une manière de marcher, de s'asseoir, de saluer, de ramasser son gant, de tenir sa fourchette, de présenter un objet; enfin, une mimique complète qu'on devait enseigner aux enfants de très bonne heure, afin que ce leur devînt, par l'habitude, une seconde nature. Ma mère trouvait cela fort ridicule, et je crois qu'elle avait raison. La grâce tient à l'organisation, et, si on ne l'a pas en soi-même, le travail qu'on fait pour y arriver augmente la gaucherie. Il n'y a rien de si affreux pour moi qu'un homme ou une femme qui se manièrent. La grâce de convention n'est bonne qu'au théâtre (précisément par la raison que j'ai donnée plus haut que la vérité dans l'art n'est pas la réalité).

Cette convention était un article de si haute importance dans la vie des hommes et des femmes de l'ancien beau monde, que les acteurs ont peine aujourd'hui, malgré toutes leurs études, à nous en donner une idée. J'ai encore connu de ces vieux êtres gracieux, et je déclare que, malgré leurs vieux admirateurs des deux sexes, je n'ai rien vu de plus ridicule et de plus déplaisant. J'aime cent fois mieux un laboureur à sa charrue, un bûcheron dépeçant un arbre, une lavandière enlevant sa corbeille sur sa tête, un enfant se roulant par terre avec ses compagnons. Les animaux d'une belle structure sont des modèles de grâce. Qui apprend au cheval ses grands airs de cygne, ses attitudes fières, ses mouvements larges et souples, et à l'oiseau ses indescriptibles gentillesses, et au jeune chevreau ses danses et ses bonds inimitables? Fi de cette vieille grâce qui consistait à prendre avec art une prise de tabac et à porter avec prétention un habit brodé, une robe à queue, une épée ou un éventail. Les belles dames espagnoles manient ce dernier jouet avec une grâce indicible, nous dit-on, et c'est un art chez elles. C'est vrai, mais leur nature s'y prête. Les paysannes espagnoles dansent le boléro mieux que nos actrices de l'Opéra, et leur grâce ne leur vient que de leur belle organisation, qui porte son cachet avec elle.

La *grâce*, comme on l'entendait avant la Révolution, c'est-à-dire la fausse grâce, fit donc le tourment de mes jeunes années. On me reprenait sur tout, et je ne faisais pas un mouvement qui ne fût critiqué. Cela me causait une impatience continuelle, et je disais souvent: Je voudrais être un bœuf ou un âne, on me laisserait marcher à ma guise et brouter comme je l'entendrais: au lieu qu'on veut faire de moi un chien savant, m'apprendre à marcher sur les pieds de derrière et à donner la patte.»

A quelque chose malheur est bon, car c'est peut-être à l'aversion que cette petite persécution de tous les instants m'inspira pour le maniéré, que je dois d'être restée naturelle dans mes idées et dans mes sentiments. Le faux, le guindé, l'affecté me sont antipathiques, et je les devine, même quand l'habileté les a couverts du vernis, d'une fausse simplicité. Je ne puis voir le beau et le bon que dans le vrai et le simple, et plus je vieillis, plus je crois avoir raison de vouloir cette condition avant toutes les autres dans les caractères humains, dans les œuvres de l'esprit et dans les actes de la vie sociale.

Et puis, je voyais fort bien que cette prétendue grâce, eût-elle été vraiment jolie et séduisante, était un brevet de maladresse et de débilité physique. Toutes ces belles dames et tous ces beaux messieurs qui savaient si bien marcher sur des tapis et faire la révérence, ne savaient pas faire trois pas sur la terre du bon Dieu sans être accablés de fatigue. Ils ne savaient même pas ouvrir et fermer une porte, et ils n'avaient pas la force de soulever une bûche pour la mettre dans le feu. Il leur fallait des domestiques pour leur avancer un fauteuil. Ils ne pouvaient pas entrer et sortir tout seuls. Qu'eussent-ils fait de leur grâce sans leurs valets pour leur tenir lieu de bras, de mains et de jambes? Je pensais à ma mère qui, avec des mains et des pieds plus mignons que les leurs, faisait deux ou trois lieues le matin dans la campagne avant son déjeuner, et qui remuait de grosses pierres ou poussait la brouette aussi facilement qu'elle maniait une aiguille ou un crayon. J'aurais mieux aimé être une laveuse de vaisselle qu'une vieille marquise comme celles que j'étudiais chaque jour en baillant dans une atmosphère de vieux musc?

O écrivains d'aujourd'hui, qui maudissez sans cesse la grossièreté de notre temps et qui pleurez sur les ruines de tous ces vieux chiffons; vous qui avez créé, en ce temps de royauté constitutionnelle et de démocratie bourgeoise, une littérature toute poudrée, à l'image des nymphes de Trianon, je vous félicite de n'avoir point passé votre heureuse enfance dans ces décombres de l'ancien bon ton! Vous avez été moins ennuyés que moi, ingrats qui reniez le présent et l'avenir, penchés sur l'urne d'un passé charmant que vous n'avez connu qu'en peinture!

CHAPITRE QUATRIEME

Idée d'une loi morale réglementaire des affections.—Retour à Nohant.—Année de bonheur.—Apologie de la puissance impériale.—Commencemens de trahison.—Propos et calomnies des salons.—Première communion de mon frère.—Notre vieux curé; sa gouvernante.—Ses sermons.—Son voleur, sa jument.—Sa mort.—Les méfaits de l'enfance.—Le faux Deschartres.—La dévotion de ma mère.—J'apprends le français et le latin.

Je m'ennuyais beaucoup, et pourtant je n'étais pas encore malheureuse. J'étais fort aimée, et ce n'est pas là ce qui m'a manqué dans ma vie. Je ne me plains donc pas de cette vie, malgré toutes ses douleurs, car la plus grande doit être de ne point inspirer les affections qu'on éprouve. Mon malheur et ma destinée furent d'être blessée et déchirée précisément par l'excès de ces affections qui manquaient tantôt de clairvoyance ou de délicatesse, tantôt de justice ou de modération. Un de mes amis, homme d'une grande intelligence faisait souvent une réflexion qui m'a toujours paru très frappante, et il la développait ainsi:

«On a fait des règles et des lois morales pour corriger ou développer les instincts, disait-il; mais on n'en a point fait pour diriger et éclairer les sentiments. Nous avons des religions et des philosophies pour régler nos appétits et réprimer nos passions; les devoirs de l'âme nous sont bien enseignés d'une manière élémentaire, mais l'âme a toutes sortes d'élans qui donnent toutes sortes de nuances et d'aspects particuliers à ses affections. Elle a des puissances qui dégénèrent en excès, des défaillances qui deviennent des maladies. Si vous consultez les amis, si vous cherchez un remède dans les livres, vous aurez différents avis et des jugements contradictoires; preuve qu'il n'y a pas de règle fixe pour la morale des affections même les plus légitimes, et que chacun, livré à lui-même, juge à son point de vue l'état moral de celui qui lui demande conseil; conseil qui ne sert à rien, d'ailleurs, qui ne guérit aucune souffrance et ne corrige aucun travers. Par exemple, je ne vois pas où est le *catéchisme de l'amour*. Et pourtant l'amour, sous toutes les formes, domine notre vie entière: Amour filial, amour fraternel, amour conjugal, amour paternel ou maternel, amitié, bienfaisance, charité ou philanthropie. L'amour est partout, il est notre vie même. Eh bien! l'amour échappe à toutes les directions, à tous les exemples, à tous les préceptes. Il n'obéit qu'à lui-même, et il devient tyrannie, jalousie, soupçon, exigence, obsession, inconstance, caprice, volupté ou brutalité, chasteté ou ascétisme, dévouement sublime ou égoïsme farouche, le plus grand des biens, le plus grand des maux, suivant la nature de l'âme qu'il remplit et possède. N'y aurait-il pas un *catéchisme* à faire pour rectifier les excès de l'amour, car l'amour est excessif de sa nature, et il l'est souvent d'autant plus qu'il est plus chaste et plus sacré. Souvent les mères rendent leurs enfants malheureux à force de les aimer, impies à force de les vouloir religieux, téméraires à force de les vouloir prudents, ingrats à force de les vouloir tendres et reconnaissans. Et la jalousie conjugale! où sont ses limites permises d'atteindre, défendues de dépasser? Les uns prétendent qu'il n'y a pas d'amour sans jalousie, d'autres que le véritable amour ne connaît pas le soupçon et la méfiance. Où est, sous ce rapport, la règle de conscience qui devrait nous enseigner à nous observer, à nous guérir nous-mêmes, à nous ranimer quand notre enthousiasme s'éteint, à le réprimer quand il s'emporte au delà du possible? Cette règle, l'homme ne l'a pas encore trouvée; voilà pourquoi je dis que nous vivons comme des aveugles, et que si les poètes ont mis un bandeau sur les yeux de l'amour, les philosophes n'ont pas su le lui ôter.»

Ainsi parlait mon ami, et il mettait le doigt sur mes plaies; car, toute ma vie, j'ai été le jouet des passions d'autrui, par conséquent leur victime. Pour ne parler que du commencement de ma vie, ma mère et ma grand'mère, avides de mon affection, s'arrachaient les lambeaux de mon cœur. Ma bonne, elle-même, ne m'opprima et ne me maltraita que parce qu'elle m'aimait avec excès, et me voulait parfaite selon ses idées.

Dès les premiers jours du printemps, nous fîmes les paquets pour retourner à la campagne. J'en avais grand besoin. Soit trop de bien-être, soit l'air de Paris, qui ne m'a jamais convenu, je redevenais languissante et je maigrissais à vue d'œil. Il n'aurait pas fallu songer à me séparer de ma mère: je crois qu'à cette époque, ne pouvant avoir le sentiment de la résignation et la volonté de l'obéissance, j'en serais morte. Ma bonne maman invita donc ma mère à revenir avec nous à Nohant, et comme je montrais à cet égard une inquiétude qui inquiétait les autres, il fut convenu que ma mère me conduirait avec elle, et que Rose nous accompagnerait, tandis que la grand'mère irait de son côté avec Julie. On avait vendu la grande berline, et on ne l'avait encore remplacée, vu un peu de gêne dans nos finances, que par une voiture à deux places.

Je n'ai point parlé dans ce qui précède de mon oncle Maréchal, ni de sa femme ma bonne tante Lucie, ni de leur fille ma chère Clotilde. Je ne me rappelle rien de particulier sur eux dans cette période de temps. Je les voyais assez souvent, mais je ne sais plus où ils demeuraient. Ma mère m'y conduisait, et même quelquefois ma grand'mère, qui recevait d'eux et qui leur rendait de rares visites. Les manières franches et ouvertes de ma tante ne lui plaisaient pas beaucoup; mais elle était trop juste pour ne pas reconnaître le devoûment vrai qu'elle avait eu pour mon père, et les excellentes et solides qualités du mari et de la femme.

J'eus donc le plaisir de demeurer deux ou trois jours avec ma mère et Caroline, dans une intimité de tous les moments. Puis ma pauvre sœur retourna en pleurant à sa pension, où l'on mit, je crois, Clotilde avec elle pendant quelque temps pour la consoler; et nous partîmes.

Cette portion de l'année 1811 passée à Nohant fut, je crois, une des rares époques de ma vie où je connus le bonheur complet. J'avais été heureuse comme cela rue Grange-Batelière, quoique je n'eusse ni grands appartements ni grands jardins. Madrid avait été pour moi une campagne émouvante et pénible; l'état maladif que j'en avais rapporté, la catastrophe survenue dans ma famille par la mort de mon père, puis cette lutte entre mes deux mères, qui avait commencé à me révéler l'effroi et la tristesse, c'était déjà un apprentissage du malheur et de la souffrance. Mais le printemps et l'été de 1811 furent sans nuages, et la preuve, c'est que cette année-là ne m'a laissé aucun souvenir particulier. Je sais qu'Ursule la passa avec moi, que ma mère eut moins de migraines que précédemment, et que s'il y eut de la mésintelligence entre elle et ma bonne maman, cela fut si bien caché, que j'oubliais qu'il pouvait y en avoir et qu'il y en avait eu. Il est probable que ce fut aussi le moment de leur vie où elles s'entendirent le mieux, car ma mère n'était pas femme à cacher ses impressions: cela était au-dessus de ses forces, et quand elle était irritée, la présence même de ses enfants ne pouvait l'engager à se contenir.

Il y eut aussi dans la maison un peu plus de gaîté qu'auparavant. Le temps n'endort pas les grandes douleurs, mais il les assoupit. Presque tous les jours, pourtant, je voyais l'une ou l'autre de mes deux mères pleurer à la dérobée, mais leurs larmes même prouvaient qu'elles ne pensaient plus à toute heure, à tout instant, à l'objet de leurs regrets. Les douleurs dans leur plus grande intensité n'ont pas de crises; elles agissent dans une crise permanente pour ainsi dire.

Mme de la Marlière vint passer un mois ou deux chez nous. Elle était fort amusante avec Deschartres, qu'elle appelait petit père et qu'elle taquinait du matin au soir. Elle n'avait pas, à coup sûr, autant d'esprit que ma mère, mais il n'y avait jamais de bile dans ses plaisanteries. Elle avait de l'amitié pour Deschartres sans être hostile à ma mère, à qui elle donnait même toujours raison. Cette vieille femme légère était bonne, facile à vivre, impatientante seulement par son caquet, son bruit, son mouvement, ses éclats de rire retentissans, ses bons mots un peu répétés et le peu de suite de ses propos comme de ses idées. Elle était d'une ignorance fabuleuse malgré le brillant de son caquet. C'était elle qui disait une *épître à l'âme* au lieu d'un épithalame, et *Mistoufiè* pour Méphistophélès. Mais on pouvait se moquer d'elle sans la fâcher. Elle riait aux éclats de ses bévues, et c'était d'aussi bon cœur que quand elle riait de celles des autres.

Les petits jardins, les grottes, les bancs de gazon, les cascades allaient leur train pendant toute la belle saison. Le parterre du vieux poirier, qui marquait à notre insu la sépulture de mon petit frère, reçut de notables améliorations. Un tonneau plein d'eau fut placé à côté, afin que nous puissions nous livrer aux travaux de l'arrosage. Un jour, je tombai la tête la première dans ce tonneau et je m'y serais noyée si Ursule ne fût venue à mon secours.

Nous avions chacune notre petit jardin dans ce jardin de ma mère, qui était lui-même si petit qu'il aurait bien dû nous suffire; mais un certain esprit de propriété est tellement inné dans l'être humain, qu'il faut à l'enfant quatre pieds carrés de terre pour qu'il aime réellement cette terre cultivée par lui, et dont l'étendue est proportionnée à ses forces. Cela m'a toujours fait penser que, quelque communiste qu'on pût être, on devait toujours reconnaître une propriété individuelle. Qu'on la restreigne ou qu'on l'étende dans une certaine mesure, qu'on la définisse d'une manière ou d'une autre selon le génie ou les nécessités des temps, il n'en est pas moins certain que la terre que l'homme cultive lui-même lui est aussi personnelle que son vêtement. Sa chambre ou sa maison est encore un vêtement, son jardin ou son champ est le vêtement de sa maison, et ce qu'il y a de remarquable, c'est que cette observation des instincts naturels, qui constate le besoin de la propriété dans l'homme, semble exclure le besoin d'une grande étendue de propriété. Plus la propriété est petite, plus il s'y attache, mieux il la soigne, plus elle lui devient chère. Un noble Vénitien ne tient certainement pas à son palais autant qu'un paysan du Berry à sa chaumière, et le capitaliste qui possède plusieurs lieues carrées en retire moins de jouissances que l'artisan qui cultive une giroflée dans sa mansarde. Un avocat de mes amis disait un jour en riant, à un riche client qui lui parlait à satiété de ses domaines: «Des terres? vous croyez qu'il n'y a que vous pour avoir des terres? J'en ai aussi, moi, sur ma fenêtre, dans des pots à fleurs, et elles me donnent plus de plaisir et moins de soucis que les vôtres.» Depuis, cet ami a fait un gros héritage; il a eu des terres, des bois, des fermes, et de soucis par conséquent.

En abordant l'idée communiste, qui a beaucoup de grandeur parce qu'elle a beaucoup de vérité, il faudrait donc commencer par distinguer ce qui est essentiel à l'existence complète de l'individu de ce qui est essentiellement collectif dans sa liberté, dans son intelligence, dans sa jouissance, dans son travail. Voilà pourquoi le communisme absolu, qui est la notion élémentaire, par conséquent grossière et trop forcée de l'égalité vraie, est une chimère ou une injustice.

Mais je ne pensais guère à tout cela, il y a trente-sept ans[4]! Trente-sept ans! Quelles transformations s'opèrent dans les idées humaines pendant ce court espace, et combien les changemens sont plus frappans et plus rapides à proportion dans les masses que chez les individus! Je ne sais pas s'il existait un communiste il y a trente-sept ans; cette idée aussi vieille que le monde n'avait pas pris un nom particulier, et c'est peut-être un tort qu'elle en ait pris un de nos jours, car ce nom n'exprime pas complètement ce que devrait être l'idée.

On n'en était pas alors à discuter sur de semblables matières. C'était la dernière, la plus brillante phase du règne de l'individualité. Napoléon était dans toute sa gloire, dans toute sa puissance, dans toute la plénitude de son influence sur le monde. Le flambeau du génie allait décroître; il jetait sa plus vive lueur, sa clarté la plus éblouissante sur la France ivre et prosternée. Des exploits grandioses avaient conquis une paix opulente, glorieuse, mais fictive, car le volcan grondait sourdement dans toute l'Europe, et les traités de l'empereur ne servaient qu'à donner le temps aux anciennes monarchies de rassembler des hommes et des canons. Sa grandeur cachait un vice originel, cette profonde vanité aristocratique du parvenu qui lui fit commettre toutes ses fautes, et rendit de plus en plus inutiles, au salut de la France, la beauté du génie et du caractère de l'homme en qui la France se personnifiait. Oui, c'était un admirable caractère d'homme, puisque la vanité même, le plus mesquin, le plus pleutre des travers, n'avait pu altérer en lui la loyauté, la confiance, la magnanimité naturelles. Hypocrite dans les petites choses, il était naïf dans les grandes. Orgueilleux dans les détails, exigeant sur des misères d'étiquette, et follement fier du chemin que la fortune lui avait fait faire, il ne connaissait pas son propre mérite, sa vraie grandeur. Il était modeste à l'égard de son vrai génie.

Toutes les fautes qui ont précipité sa chute comme homme de guerre et comme homme d'État, sont venues d'une trop grande confiance dans le talent ou dans la probité des autres. Il ne méprisait pas l'espèce humaine, comme on l'a dit, pour n'estimer que lui-même: c'est là un propos de courtisan dépité ou d'ambitieux secondaire jaloux de sa supériorité. Il s'est confié toute sa vie à des traîtres. Toute sa vie il a compté sur la foi des traités, sur la reconnaissance de ses obligés, sur le patriotisme de ses créatures. Toute sa vie il a été joué ou trahi.

Son mariage avec Marie-Louise était une mauvaise action et devait lui porter malheur. Les gens les plus simples et les plus tolérans sur la loi du divorce, ceux mêmes qui aimaient le plus l'empereur, disaient tout bas, je m'en souviens bien: «*C'est un mariage d'intérêt.* On ne répudie pas une femme qu'on aime et dont on est aimé.» Il n'y aura, en effet, jamais de loi qui sanctionne moralement une séparation pleurée de part et d'autre, et qui s'accomplit seulement en vue d'un intérêt matériel. Mais, tout en blâmant l'empereur, on l'aimait encore parmi le peuple. Les grands commençaient à le trahir, et jamais ils ne l'avaient tant adulé. Le beau monde était en fêtes. La naissance d'un enfant roi (car ce n'eût pas été assez pour l'orgueil du soldat de fortune que de lui donner le titre de Dauphin de France) avait jeté la petite bourgeoisie, les soldats, les ouvriers et les paysans dans l'ivresse. Il n'y avait pas une maison riche ou pauvre, palais ou cabane, où le portrait du marmot impérial ne fût inauguré avec une vénération feinte ou sincère. Mais les masses étaient sincères: elles le sont toujours. L'empereur se promenait à pied, sans escorte, au milieu de la foule. La garnison de Paris était de 12,000 hommes!

Pourtant la Russie armait. Bernadotte donnait le signal d'une immense et mystérieuse trahison. Les esprits un peu clairvoyans voyaient venir l'orage. La cherté des denrées frappées par le blocus continental effrayait et contrariait les petites gens. On payait le sucre 6 francs la livre, et, au milieu de l'opulence apparente de la nation, on manquait de choses fort nécessaires à la vie. Nos fabriques n'avaient pas encore atteint le degré de perfectionnement nécessaire à cet isolement de notre commerce. On souffrait d'un certain malaise matériel, et quand on était las de s'en prendre à l'Angleterre, on s'en prenait au chef de la nation, sans amertume il est vrai, mais avec tristesse.

Ma grand'mère n'avait point d'enthousiasme pour l'empereur. Mon père n'en avait pas eu beaucoup non plus, comme on l'a vu dans ses lettres. Pourtant, dans les dernières années de sa vie il avait pris de l'affection pour lui. Il disait souvent à ma mère: «J'ai beaucoup à me plaindre de lui, non pas parce qu'il ne m'a pas placé d'emblée aux premiers rangs; il avait bien autre chose en tête, et il n'a pas manqué de gens plus heureux, plus habiles et plus hardis à demander que moi: mais je me plains de lui, parce qu'il aime les courtisans, et que ce n'est pas digne d'un homme de sa taille. Pourtant, malgré ses torts envers la révolution et envers lui-même, je l'aime. Il y a en lui quelque chose, je ne sais quoi, son génie à part, qui me force à être ému quand mon regard rencontre le sien. Il ne me fait pas peur du tout, et c'est à cela que je sens qu'il vaut mieux que les airs qu'il se donne.»

Ma grand'mère ne partageait pas cette sympathie secrète qui avait gagné mon père, et qui, jointe à la loyauté de son âme, à la chaleur de son patriotisme, l'eussent certainement empêché, je ne dis pas seulement de trahir l'empereur, mais même de se rallier après coup au service des Bourbons. Il fallait que cela fût bien certain, d'après son caractère, puisque après la campagne de France, ma grand'mère, toute royaliste qu'elle était devenue, disait en soupirant: «Ah! si mon pauvre Maurice avait vécu, il ne m'en faudrait pas moins le pleurer à présent! Il se serait fait tuer à Waterloo ou sous les murs de Paris, ou bien il se serait brûlé la cervelle en voyant entrer les Cosaques.» Et ma mère m'en disait la même chose de son côté.

Pourtant ma grand'mère redoutait l'Empereur plus qu'elle ne l'aimait. A ses yeux c'était un ambitieux sans repos, un tueur d'hommes, un despote par caractère encore plus que par nécessité. Les plaintes, les critiques, les calomnies, les révélations fausses ou vraies, ne remplissaient pas alors les colonnes des journaux. La presse était muette: mais cette absence de polémique donnait aux conversations et aux préoccupations des particuliers un caractère de partialité et de commérage extraordinaire. La louange officielle a fait plus de mal à Napoléon que ne lui en eussent fait vingt journaux hostiles. On était las de ces dithyrambes ampoulés, de ces bulletins emphatiques, de la servilité des fonctionnaires et de la morgue mystérieuse des courtisans. On s'en vengeait en rabaissant l'idole dans l'impunité des causeries intimes, et les salons récalcitrans étaient des officines de délations, de propos d'antichambre, de petites calomnies, de plates anecdotes qui devaient plus tard rendre la vie à la presse sous la Restauration. Quelle vie! Mieux eût valu rester morte que de ressusciter ainsi, en s'acharnant sur le cadavre de l'empire vaincu et profané.

La chambre à coucher de ma grand'mère (car, je l'ai dit, elle ne tenait pas salon, et sa société avait un caractère d'intimité solennelle) fût devenue une de ces officines si, par son bon esprit et son grand sens, la maîtresse du logis n'eût fait, de temps en temps, ouvertement la part du vrai et du faux dans les nouvelles que chacun ou plutôt chacune y apportait: car c'était une société de femmes plutôt que d'hommes, et, au reste, il y avait peu de différence morale entre les deux sexes: les hommes y faisant l'office de vieilles bavardes. Chaque jour on nous apportait quelque méchant bon mot de M. de Talleyrand contre son maître, ou quelque cancan de coulisses. Tantôt l'empereur avait battu l'impératrice, tantôt il avait arraché la barbe du Saint-Père. Et puis, il avait peur; il était toujours plastronné. Il fallait bien dire cela pour se venger de ce que personne ne songeait plus à l'assassiner, si ce n'est quelque intrépide et fanatique enfant de la Germanie, comme Staps ou La Sahla. Un autre jour, il était fou; il avait craché au visage de M. Cambacérès. Et puis son fils, arraché par le forceps au sein maternel, était mort en voyant la lumière, et le petit roi de Rome était l'enfant d'un boulanger de Paris. Ou bien, le forceps ayant déprimé son cerveau, il était infailliblement crétin, et l'on se frottait les mains, comme si, en rétablissant l'hérédité au profit d'un soldat de fortune, la France devait être punie par la Providence de n'avoir pas su conserver ses crétins légitimes.

Mais ce qu'il y a de remarquable, c'est qu'au milieu de tous ces déchaînemens sournois contre l'empereur, il n'y avait pas un regret, pas un souvenir, pas un vœu pour les Bourbons exilés. J'écoutais avec stupeur tous ces propos; jamais je n'entendis prononcer le nom des prétendans inconnus qui trônaient à huis-clos on ne savait où, et quand ces noms frappèrent mes oreilles en 1814, ce fut pour la première fois de ma vie.

Ces commérages ne nous suivaient pas à Nohant, si ce n'est dans quelques lettres que ma grand'mère recevait de ses nobles amies. Elle les lisait tout haut à ma mère, qui haussait les épaules, et à Deschartres, qui les prenait pour paroles d'Évangile, car l'empereur était sa bête noire, et il le tenait fort sérieusement pour un cuistre.

Ma mère était comme le peuple: elle admirait et adorait l'empereur à cette époque. Moi, j'étais comme ma mère et comme le peuple. Ce qu'il ne faut jamais oublier ni méconnaître, c'est que les cœurs naïvement attachés à cet homme furent ceux qu'aucune reconnaissance personnelle et aucun intérêt matériel ne lièrent à ses désastres ou à sa fortune. Sauf de bien rares exceptions, tous ceux qu'il avait comblés furent ingrats. Tous ceux qui ne songèrent jamais à lui rien demander lui tinrent compte de la grandeur de la France.

Je crois que ce fut cette année-là ou la suivante qu'Hippolyte fit sa première communion. Notre paroisse étant supprimée, c'est à Saint-Chartier que se faisaient les dévotions de Nohant. Mon frère fut habillé de neuf ce jour-là. Il eut des culottes courtes, des bas blancs et un habit veste en drap vert-billard. Il était si enfant que cette toilette lui tournait la tête, et que s'il réussit à se tenir tranquille pendant quelques jours, ce fut dans la crainte, en manquant sa première communion, de ne pas endosser ce costume splendide qu'on lui préparait.

C'était un excellent homme que le vieux curé de Saint-Chartier mais dépourvu de tout idéal évangélique. Quoiqu'il eût un *de* devant son nom, je crois qu'il était paysan de naissance, ou bien, à force de vivre avec les paysans, il avait pris leurs façons et leur langage, à tel point qu'il pouvait les prêcher sans qu'ils perdissent un mot de son sermon; ce qui eût été un bien si ses sermons eussent été un peu plus évangéliques. Mais il n'entretenait ses fidèles que d'affaires de ménage, et c'était avec un abandon plein de bonhomie qu'il leur disait en chaire: «Mes chers amis, voilà que je reçois un mandement de l'archevêque qui nous prescrit encore une procession. Monseigneur en parle bien à son aise. Il a un beau carrosse pour porter sa grandeur, et un tas de personnage pour se donner du mal à sa place. Mais moi, me voilà vieux, et ce n'est pas une petite besogne que de vous ranger en ordre de procession. La plupart de vous n'entendent ni à *hue* ni à *dia*. Vous vous poussez, vous vous marchez sur les pieds, vous vous bousculez pour entrer ou sortir de l'église, et j'ai beau me mettre en colère, jurer après vous, vous ne m'écoutez point et vous vous comportez comme des veaux qui entrent dans une étable. Il faut que je sois à tout, dans ma paroisse et dans mon église; c'est moi qui suis obligé de faire toute la police, de gronder les enfants et de chasser les chiens. Or, je suis las de toutes ces processions qui ne servent à rien du tout pour votre salut et pour le mien. Le temps est mauvais, les chemins sont gâtés, et si monseigneur était obligé de patauger, comme nous, deux heures dans la boue avec la pluie sur le dos, il ne serait pas si friand de cérémonies.—Ma foi, je n'ai pas envie de me déranger pour celle-là, et si vous m'en croyez, vous resterez chacun chez vous.... Oui dà, j'entends le père *un tel* qui me blâme, et voilà ma servante qui ne m'approuve point... Écoutez: que ceux qui ne sont pas contents, aillent... *se promener*. Vous en ferez ce que vous voudrez: mais quant à moi, je ne compte pas sortir dans les champs: je vous ferai votre procession autour de l'église. C'est bien suffisant. Allons, allons, c'est entendu. Finissons cette messe qui n'a duré que trop longtemps.» J'ai entendu de mes deux oreilles plus de deux cents sermons, dont celui-là est un *specimen* très atténué, et dont les formes sont restées proverbiales dans nos paroisses, particulièrement la formule de la fin qui était comme l'*amen* de toutes ses prédications et admonestations paternelles.

Il y avait à Saint-Chartier une vieille dame d'un embonpoint prodigieux, dont l'époux était maire ou adjoint de la commune. Elle avait eu une vie orageuse: novice, avant la révolution, elle avait sauté par dessus les murs du monastère pour suivre à l'armée un garde français ou un suisse; je ne sais par quelle suite d'aventures étranges elle était venue asseoir ses derniers beaux jours dans le banc des marguilliers de notre paroisse où elle avait apporté beaucoup plus des manières du régiment que de celles du cloître. Aussi la messe était-elle interrompue à chaque instant par ses bâillemens affectés et par ses apostrophes énergiques à M. le curé: «Quelle diable de messe, disait-elle tout haut. Ce gredin-là n'en finira pas!—Allez au diable! disait le curé à demi-voix, en se retournant pour bénir l'auditoire: *Dominus vobiscum.*»

Ces dialogues, jetés à travers la messe et dans un style si accentué que je ne puis en donner qu'une très faible traduction, troublaient à peine la gravité de l'auditoire rustique, et comme ce furent les premières messes auxquelles j'assistai, il me fallut quelque temps pour comprendre que c'étaient des cérémonies religieuses. La première fois que j'en revins, ma grand'mère me demandant ce que j'avais vu: J'ai vu, lui dis-je, le curé qui déjeûnait tout debout devant une grande table, et qui, de temps en temps, se retournait pour nous dire des sottises.

Le jour où Hippolyte fit sa première communion, le curé l'avait invité à déjeûner après la messe. Comme ce gros garçon n'était pas trop ferré sur son catéchisme, ma grand'mère, qui désirait que la première communion fût, comme elle le disait, une *affaire baclée*, avait prié le curé d'user d'un peu d'indulgence, alléguant le peu de mémoire de l'enfant. M. le curé avait été indulgent, en effet, et Hippolyte fut chargé de lui porter un petit cadeau: c'était douze bouteilles de vin muscat. On se mit à table et on déboucha la première bouteille.—Ma foi, fit le bon curé, voilà un petit vin blanc qui se laisse boire et qui ne doit pas porter à la tête comme le vin du crû. C'est doux, c'est gentil, ça ne peut pas faire de mal. Buvez, mon garçon, mettez-vous là: Manette, appelez le sacristain, et nous goûterons la seconde bouteille quand la première sera finie.

La servante et le sacristain prirent place et trouvèrent le vin fort gentil. En effet, Hippolyte ne se méfiait de rien, n'en ayant jamais eu à sa discrétion. Les convives le trouvèrent un peu chaud à la seconde bouteille, mais après essai, ils déclarèrent qu'il ne portait pas l'eau. On passa au troisième et au quatrième feuillet du bréviaire, comme disait le curé, c'est à dire aux autres bouteilles du panier, et insensiblement le communiant, le curé, la servante et le sacristain se trouvèrent si gais, puis si graves, puis si préoccupés, qu'on se sépara sans trop savoir comment. Hippolyte revint seul par les prés, car depuis longtemps tous les paroissiens venus à la messe étaient rentrés chez eux. Chemin faisant, il se sentit la tête si lourde qu'il croyait voir danser les buissons. Il prit le parti de se coucher sous un arbre et d'y faire un bon somme. Après quoi, ses idées s'étant un peu éclaircies, il put revenir à la maison, où il nous édifia tous par sa gravité et sa sobriété le reste de la journée.

La servante du curé était une toute petite femme, propre, active, dévouée, tracassière et acariâtre: ce dernier défaut étant souvent comme un complément inévitable des qualités dont il est peut-être l'excès. Elle avait sauvé la vie et la bourse de son maître pendant la révolution. Elle l'avait caché, elle avait nié sa présence avec beaucoup de hardiesse et de sang-froid au temps de la persécution. Cela ne s'était point passé dans notre vallée noire, où les prêtres ni les seigneurs n'ont jamais été menacés sérieusement ni maltraités en aucune façon. Depuis ce temps, Manette gouvernait despotiquement son maître, et le faisait marcher comme un petit garçon. Ils sont morts à peu d'intervalle l'un de l'autre, dans un âge très avancé, et malgré leurs querelles et le peu d'idéal de leur vie, le temps qui ennoblit tout avait donné à leur affection mutuelle un caractère touchant. Manette voulait toujours que son maître fût exclusivement soigné et servi par elle; mais elle n'en avait plus la force, et lorsqu'il était malade, quand elle l'avait bien veillé et médicamenté, elle tombait malade à son tour. Alors, le curé prenait une autre servante pour que la vieille pût se reposer et se soigner. Mais à peine était-elle debout qu'elle était furieuse de voir une étrangère dans la maison. Elle n'avait pas de repos qu'elle ne l'eût fait renvoyer.

Mais plus elle allait, plus elle perdait ses forces. Elle se plaignait alors d'avoir trop d'ouvrage et de n'être point secondée. Et vite le curé de reprendre une aide qu'il fallait renvoyer de même au bout de huit jours. C'était une criaillerie perpétuelle, et le curé s'en plaignait à moi, car j'avais trente et quelques années qu'il vivait encore.. «Hélas! disait-il, elle me rend très malheureux, mais que voulez-vous? Il y a soixante et sept ans que nous sommes ensemble, elle m'a sauvé la vie, elle m'aime comme son fils, il faut bien que celui qui survivra ferme les yeux de celui qui partira le premier. Elle me gronde sans cesse, elle se plaint de moi comme si j'étais un ingrat: je tâche de lui prouver qu'elle est injuste, mais elle est si sourde qu'elle n'entend pas la grosse cloche!» Et, en disant cela, le vieux curé ne se doutait pas qu'il était sourd lui-même à ne pas entendre le canon.

Il n'était pas très aimé de ses paroissiens, et je pense qu'il y avait bien au moins autant de leur faute que de la sienne: car, quoi qu'on dise des touchantes relations qui existent dans les campagnes entre curés et paysans, rien n'est si rare, du moins depuis la révolution, que de voir les uns et les autres se rendre justice et se témoigner de l'indulgence. Le paysan exige du curé trop de perfection chrétienne: le curé ne pardonne pas assez au paysan son existence et les défauts de son éducation morale, qui sont un peu l'œuvre du catholicisme, venu en aide au despotisme pour le tenir dans l'ignorance et la crainte. Quoi qu'il en soit, notre curé avait de bonnes qualités. Il était d'une franchise et d'une indépendance de caractère qui ne se rencontrent plus guère dans la hiérarchie ecclésiastique. Il ne se mêlait pas de politique, il ne cherchait pas à exercer de l'influence pour plaire à tel personnage ou pour se préserver des rancunes de tel autre, car il était courageux, audacieux même par nature. Il aimait la guerre de passion, et se plaisait au récit des campagnes de nos soldats, disant que, s'il n'était pas prêtre, il voudrait être militaire. Certes, il tenait bien un peu de l'un et de l'autre, car il jurait comme un dragon et buvait comme un templier. «Je ne suis point un cagot, moi, disait-il, sous la Restauration. Je ne suis pas un de ces hypocrites qui ont changé de manières depuis que le gouvernement nous protège. Je suis le même qu'auparavant et n'exige point que mes paroissiens me saluent plus bas, ni qu'ils se privent du cabaret et de la danse, comme si ce qui était permis hier ne devait plus l'être aujourd'hui. Je suis mauvaise tête, et je n'ai pas besoin de nouvelles lois pour me défendre. Si quelqu'un me cherche noise, je suis bon pour lui répondre, et j'aime mieux lui montrer mon poing que de le menacer des gendarmes et du procureur du roi. Je suis un *vieux de la vieille roche*, et je ne crois pas qu'avec leur loi contre le sacrilége ils aient réussi à faire aimer la religion. Je ne tracasse personne et ne me laisse guère tracasser non plus. Je n'aime pas l'eau dans le vin et ne force personne à en mettre. Si l'archevêque n'est pas content, qu'il le dise, je lui répondrai, moi! Je lui montrerai qu'on ne fait pas marcher un homme de mon âge comme un petit séminariste; et s'il m'ôte ma paroisse, je n'irai pas dans une autre. Je me retirerai chez moi. J'ai huit ou dix mille francs de placés. C'est assez pour ce qui me reste de temps à vivre, et je me moquerai bien de tous les archevêques du monde.»

En effet, l'archevêque étant venu donner la confirmation à Saint-Chartier, et déjeûnant chez le curé avec tout son état-major, monseigneur voulut plaisanter son hôte, qui ne se laissa point faire. «Vous avez quatre-vingt-deux ans, monsieur le curé, lui dit il, c'est un bel âge!—Oui-dà, monseigneur, répliqua le curé, qui ne se faisait pas faute de quelques liaisons hasardées dans le discours: vous avez beau z-être archevêque, vous n'y viendrez peut-être point.» L'observation du prélat voulait dire au fond: Vous voilà si vieux que vous devez radoter, et il serait temps de laisser la place à un plus jeune.—Et la réplique signifiait: Je ne la céderai point que vous ne m'en chassiez, et nous verrons si vous oserez faire cette injure à mes cheveux blancs.

A ce même déjeuner, vers le dessert, comme l'archevêque devait venir dîner chez moi, le curé, apostrophant mon frère qui était à côté de lui et croyait lui parler tout bas, lui cria en vrai sourd qu'il était: «Ah çà, emmenez-le donc et débarrassez-moi de tous ces grands messieurs-là, qui me font une dépense de tous les diables et qui mettent ma maison sens dessus dessous. J'en ai *prou*, et grandement plus qu'il ne faut pour savoir qu'ils mangent mes perdrix et mes poulets tout en se gaussant de moi.» Ce discours tenu à haute voix au milieu d'un silence dont le bon curé ne se doutait pas, mit Hippolyte dans un grand embarras; mais voyant que l'archevêque et le grand-vicaire en riaient aux éclats, il prit le parti de rire aussi, et on quitta la table, à la grande satisfaction de l'Amphytrion et de Manette qui, croyant cacher leurs pensées, les disaient tout haut, à la barbe de leurs illustres hôtes.

Vers la fin de sa vie, notre curé eut une émotion qui dut la hâter. Il avait la manie de cacher son argent comme beaucoup de vieillards qui n'osent le placer, et qui se créent un tourment avec les économies destinées à faire la sécurité de leurs vieux jours. Il avait mis les siennes dans son grenier. Un voisin, qu'il avait pourtant, dit-on, comblé de bienfaits, se laissa tenter, grimpa la nuit par les toits, pénétra par une lucarne, et s'empara du trésor de M. l'abbé. Quand celui-ci vit ses écus dénichés, il eut tant de colère et de chagrin qu'il faillit devenir fou. Il était au lit, il avait presque le délire quand le procureur du roi vint, sur sa requête, prendre des informations et recevoir sa plainte. Ce qui ajoutait à la douleur et à l'indignation du vieillard, c'est qu'il avait deviné l'auteur du délit; mais, au moment de le désigner aux poursuites de la justice, il fut pris de compassion pour cet homme qu'il avait aimé, et peut-être aussi d'un remords de chrétien pour cet amour de l'argent qui l'avait trop dominé. «Faites votre besogne, dit-il au magistrat qui l'interrogeait; j'ai été volé, c'est vrai, mais si j'ai des soupçons, je n'en dois compte qu'au bon Dieu, et il ne m'appartient pas de punir le coupable.» On le pressa vainement. «Je n'ai rien à vous dire, fit-il en tournant le dos avec humeur. Je pourrais me tromper. C'est vous autres, magistrats, de prendre cela sur votre conscience. C'est votre état et non le mien.»

La nuit suivante, l'argent fut reporté dans le grenier, et Manette, en furetant avec désespoir, le retrouva dans la cachette d'où on l'avait soustrait. Le voleur, pris de repentir et touché de la générosité du curé, s'était exécuté à l'instant même. Le curé, pour faire cesser les investigations de la justice et les commentaires de la paroisse, donna à entendre qu'il avait rêvé la perte de son argent, ou que sa servante, pour le mieux cacher, l'avait changé de place et ne s'en était pas souvenue le lendemain, à cause de son grand âge, qui lui avait fait perdre la mémoire. On raconta donc de diverses manières l'aventure du curé, et plusieurs versions courent encore à cet égard. Mais il m'a raconté lui-même ce que je raconte ici à son honneur, et même à l'honneur de son voleur, car le sentiment chrétien qui estime le repentir plus agréable à Dieu que la persévérance, est un beau sentiment dont la justice humaine ne tient guère de compte.

Ce vieux curé avait beaucoup d'amitié pour moi. J'avais quelque chose comme trente-cinq ans qu'il disait encore de moi: «L'*Aurore* est un enfant que j'ai toujours aimé.» Et il écrivait à mon mari, supposant apparemment qu'il pouvait lui donner de l'ombrage: «Ma foi, monsieur, prenez-le comme vous voudrez, mais j'aime tendrement votre femme.»

Le fait est qu'il agissait tout paternellement avec moi. Pendant vingt ans, il n'a pas manqué un dimanche de venir dîner avec moi après vêpres. Quelquefois j'allais le chercher en me promenant. Un jour, je me fis mal au pied en marchant, et je n'aurais su comment revenir, car, dans ce temps-là, il ne fallait pas parler de voitures dans les chemins de Saint-Chartier, si le curé ne m'eût offert de me prendre en croupe sur sa jument; mais j'aurais mieux fait de prendre en croupe le curé, car il était si vieux alors qu'il s'endormait au mouvement du cheval. Je rêvassais en regardant la campagne, lorsque je m'aperçus que la bête, après avoir progressivement ralenti son allure, s'était arrêtée pour brouter, et que le curé ronflait de tout son cœur. Heureusement l'habitude l'avait rendu solide cavalier, même dans son sommeil; je jouai du talon, et la jument, qui savait son chemin, nous conduisit à bon port, malgré qu'elle eût la bride sur le cou.

Après le dîner, où il mangeait et buvait copieusement, il se rendormait au coin du feu, et, de ses ronflemens, faisait trembler les vitres. Puis il s'éveillait et me demandait un petit air de clavecin ou d'épinette: il ne pouvait pas dire piano, l'expression lui semblant trop nouvelle. A mesure qu'il vieillissait, il n'entendait plus les basses; les notes aiguës de l'instrument lui chatouillaient encore un peu le tympan. Un jour il me dit: «Je n'entends plus rien du tout. Allons, me voilà vieux!» Pauvre homme! il y avait longtemps qu'il l'était. Et pourtant, il montait encore à cheval à dix heures du soir, et s'en retournait, en plein hiver à son presbytère, sans vouloir être accompagné. Quelques heures avant de mourir, il dit au domestique, que j'avais envoyé savoir de ses nouvelles: «Dites à *Aurore* qu'elle ne m'envoie plus rien; je n'ai plus besoin de rien; et dites-lui aussi que je l'aime bien, ainsi que ses enfants.»

Il me semble que la plus grande preuve d'attachement qu'on puisse revendiquer, c'est d'avoir occupé les dernières pensées d'un mourant. Peut-être aussi y a-t-il là quelque chose de prophétique qui doit inspirer de la confiance ou de l'effroi. Lorsque la supérieure de mon couvent mourut, de soixante pensionnaires qui l'intéressaient toutes à peu près également, elle ne songea qu'à moi, à qui pourtant elle n'avait jamais témoigné une sollicitude particulière. «Pauvre Dupin, dit-elle à plusieurs reprises dans son agonie, je la plains bien de perdre sa grand'mère.» Elle rêvait que c'était ma grand'mère qui était malade et mourante à sa place. Cela me laissa une grande inquiétude et une sorte d'appréhension superstitieuse de quelque malheur imminent.

Ce fut vers l'âge de sept ans que je commençai à subir le préceptorat de Deschartres. Je fus assez longtemps sans avoir à m'en plaindre, car, autant il était rude et brutal avec Hippolyte, autant il fut calme et patient avec moi dans les premières années. C'est pour cela que je fis de rapides progrès avec lui, car il démontrait fort clairement et brièvement quand il était de sang-froid; mais dès qu'il s'animait, il devenait diffus, embarrassé dans ses démonstrations, et la colère le faisant bégayer, le rendait tout à fait inintelligible. Il maltraitait et rudoyait horriblement le pauvre Hippolyte, qui pourtant avait de la facilité et une mémoire excellente. Il ne voulait pas tenir compte du besoin d'activité d'une robuste nature que de trop longues leçons exaspéraient. J'avoue bien, malgré mon amitié pour mon frère, que c'était un enfant insupportable. Il ne songeait qu'à briser, à détruire, à taquiner, à jouer de mauvais tours à tout le monde. Un jour, il lançait des tisons enflammés dans la cheminée, sous prétexte de *sacrifier aux dieux infernaux* et il mettait le feu à la maison. Un autre jour, il mettait de la poudre dans une grosse bûche pour qu'elle fît explosion dans le foyer et lançât le pot-au-feu au milieu de la cuisine. Il appelait cela étudier la théorie des volcans. Et puis il attachait une casserole à la queue des chiens et se plaisait à leur fuite désordonnée et à leurs cris d'épouvante à travers le jardin. Il mettait des sabots aux chats, c'est à dire qu'il leur engluait les quatre pieds dans des coquilles de noix et qu'il les lançait ainsi sur la glace ou sur les parquets, pour les voir glisser, tomber, et retomber cent fois avec des juremens épouvantables. D'autres fois il disait être Calchas, le grand-prêtre des Grecs, et, sous prétexte de sacrifier Iphigénie sur la table de la cuisine, il prenait le couteau destiné à de moins illustres victimes: et, s'évertuant à droite et à gauche, il blessait les autres ou lui-même.

Je prenais bien quelquefois un peu de part à ses méfaits dans la mesure de mon tempérament qui était moins fougueux. Un jour que nous avions vu tuer un cochon gras dans la basse-cour, Hippolyte s'imagina de traiter comme tels les concombres du jardin. Il leur introduisait une petite brochette de bois dans l'extrémité qui, selon lui, représentait le cou de l'animal: puis, pressant du pied ces malheureux légumes, il en faisait sortir tout le jus. Ursule le recueillait dans un vieux pot à fleurs pour faire le boudin, et j'allumais gravement un feu fictif à côté pour faire griller le porc, c'est à dire le concombre, ainsi que nous l'avions vu pratiquer au boucher. Ce jeu nous plut tellement que, passant d'un concombre à l'autre, choisissant d'abord *les plus gras*, et finissant par les moins rebondis, nous dévastâmes lestement une couche, objet des sollicitudes du jardinier. Je laisse à penser quelle fut sa douleur quand il vit cette scène de carnage. Hippolyte, au milieu des cadavres, ressemblait à Ajax immolant dans son délire les troupeaux de l'armée des Grecs. Le jardinier porta plainte, et nous fûmes punis: mais cela ne fit pas revivre les concombres, et on n'en mangea pas cette année-là.

Un autre de nos méchants plaisirs était de faire ce que les enfants de notre village appellent des *trompe-chien*. C'est un trou que l'on remplit de terre légère délayée dans de l'eau. On le recouvre avec de petits bâtons; sur lesquels on place des ardoises et une légère couche de terre ou de feuilles sèches, et quand ce piège est établi au milieu d'un chemin ou d'une allée de jardin, on guette les passants et on se cache dans les buissons pour les voir s'embourber, en vociférant contre les gamins abominables qui *s'inventent* de pareils tours[5]. Pour peu que le trou soit profond, il y a de quoi se casser les jambes; mais les nôtres n'offraient pas ce danger-là, ayant une assez grande surface. L'amusant, c'était de voir la terreur du jardinier qui sentait la terre manquer sous ses pieds dans les plus beaux endroits de ses allées ratissées, et qui en avait pour une heure à réparer le dommage. Un beau jour, Deschartres y fut pris. Il avait toujours de beaux bas à côtes, bien blancs, des culottes courtes et de jolies guêtres de nankin, car il était vaniteux de son pied et de sa jambe; il était d'une propreté extrême et recherché dans sa chaussure; avec cela, comme tous les pédans c'est un signe caractéristique à quoi on peut les reconnaître à coup sûr, même quand ils ne font pas métier de pédagogues, il marchait toujours le jarret tendu et les pieds en dehors. Nous marchions derrière lui pour mieux jouir du coup d'œil. Tout d'un coup le sol s'affaisse, et le voilà jusqu'à mi-jambe dans une glaise jaune, admirablement préparée pour teindre ses bas. Hippolyte fit l'étonné, et toute la fureur de Deschartres dut retomber sur Ursule et sur moi. Mais nous ne le craignions guère; nous étions bien loin avant qu'il eût repêché ses souliers.

Comme Deschartres battait cruellement mon pauvre frère, et qu'il se contentait de dire des sottises aux petites filles, il était convenu, entre Hippolyte, Ursule et moi, que nous prendrions beaucoup de ces sortes de choses sur notre compte, et même nous avions, pour mieux donner le change, une petite comédie tout arrangée et qui eut du succès pendant quelque temps. Hippolyte prenait l'initiative: «Voyez ces petites sottes! criait-il aussitôt qu'il avait cassé une assiette ou fait crier un chien trop près de l'oreille de Deschartres, elles ne font que du mal! voulez-vous bien finir, mesdemoiselles!» Et il se sauvait, tandis que Deschartres, mettant le nez à la fenêtre, s'étonnait de ne pas voir les petites filles.

Un jour que Deschartres était allé vendre des bêtes à la foire, car l'agriculture et la régie de nos fermes l'occupaient en première ligne, Hippolyte, étant sensé étudier sa leçon dans la chambre du *grand homme*, s'imagina de faire le grand homme tout de bon. Il endosse la grande veste de chasse, qui lui tombait sur les talons, il coiffe la casquette à soufflet, et le voilà qui se promène dans la chambre en long et en large, les pieds en dehors, les mains derrière le dos, à la manière du pédagogue. Puis il s'étudie à imiter son langage. Il s'approche du tableau noir, fait des figures avec de la craie, entame une démonstration, se fâche, bégaie, traite son élève d'*ignorant crasse* et de *butor*; puis, satisfait de son talent d'imitation, il se met à la fenêtre et apostrophe le jardinier sur la manière dont il taille les arbres, et le critique, le réprimande, l'injurie, le menace.. le tout dans le style de Deschartres, et avec ses éclats de voix accoutumés. Soit que ce fut assez bien imité, soit la distance, le jardinier qui, dans tous les cas, était un garçon simple et crédule, y fut pris, et commença à répondre et à murmurer. Mais quelle fut sa stupeur quand il vit à quelques pas de lui le véritable Deschartres, qui assistait à cette scène et ne perdait pas un des gestes ni une des paroles de son sosie. Deschartres aurait dû en rire, mais il ne supportait pas qu'on s'attaquât à sa personnalité, et, par malheur, Hippolyte ne le vit pas, caché qu'il était par les arbres. Deschartres, qui était rentré de la foire plus tôt qu'on ne l'attendait, monta sans bruit à sa chambre et en ouvrit brusquement la porte, au moment où l'espiègle disait d'une grosse voix à un Hippolyte supposé: «Vous ne travaillez pas, voilà une écriture de chat et une orthographe de crocheteur; pim! pan! voilà pour vos oreilles, animal que vous êtes!»

En ce moment la scène fut double, et pendant que le faux Deschartres souffletait un Hippolyte imaginaire, le vrai Deschartres souffletait le véritable Hippolyte.

J'apprenais la grammaire avec Deschartres et la musique avec ma grand'mère. Ma mère me faisait lire et écrire. On ne me parlait d'aucune religion, bien qu'on me fît lire l'Histoire sainte. On me laissait libre de croire et de rejeter à ma guise les miracles de l'antiquité. Ma mère me faisait dire ma prière à genoux, à côté d'elle qui n'y manquait pas, qui n'y a jamais manqué. Et même c'étaient d'assez longues prières; car, après que j'avais fini les miennes et que j'étais couchée, je la voyais encore à genoux, la figure dans ses mains et profondément absorbée. Elle n'allait pourtant jamais à confesse et faisait gras le vendredi; mais elle ne manquait pas la messe le dimanche, ou, quand elle était forcée de la manquer, elle faisait double prière; et quand ma grand'mère lui demandait pourquoi elle pratiquait ainsi à moitié, elle répondait: «J'ai ma religion, de celle qui est prescrite, j'en prends et j'en laisse. Je ne peux pas souffrir les prêtres; ce sont des caffards, et je n'irai jamais leur confier mes pensées qu'ils comprendraient tout de travers. Je crois que je ne fais point de mal, parce que, si j'en fais, c'est malgré moi. Je ne me corrigerai pas de mes défauts, je n'y peux rien; mais j'aime Dieu d'un cœur sincère, je le crois trop bon pour nous punir dans l'autre vie. Nous sommes bien assez châtiés de nos sottises dans celle-ci. J'ai pourtant grand'peur de la mort, mais c'est parce que j'aime la vie, et non parce que je crains de comparaître devant Dieu, en qui j'ai confiance, et que je suis sûre de n'avoir jamais offensé avec intention.—Mais que lui dites-vous dans vos longues prières?—Je lui dis que je l'aime; je me console avec lui de mes chagrins et je lui demande de me faire retrouver mon mari dans l'autre monde.—Mais qu'allez-vous faire à la messe? vous n'y entendez goutte?—J'aime à prier dans une église; je sais bien que Dieu est partout; mais, dans l'église, je le vois mieux, et cette prière en commun me paraît meilleure. J'y ai beaucoup de distractions, cela dure trop longtemps; mais enfin il y a un bon moment où je prie Dieu de tout mon cœur, et cela me soulage.—Pourtant, lui disait encore ma grand'mère, vous fuyez les dévots?—Oui, répondait-elle, parce qu'ils sont intolérans et hypocrites, et je crois que si Dieu pouvait haïr ses créatures, les dévots et les dévotes surtout seraient celles qu'il haïrait le plus.—Vous condamnez par là votre religion même, puisque les personnes qui la pratiquent le mieux sont les plus haïssables et les plus méchantes qui existent. Cette religion est donc mauvaise, et, plus on s'en éloigne, meilleur on est; n'est-ce pas la conséquence de votre opinion?—Vous m'en demandez trop long, disait ma mère. Je n'ai pas été habituée à raisonner mes sentiments, je vais comme je me sens poussée, et tout ce que mon cœur me conseille, je le fais sans en demander la raison à mon esprit.»

On voit par là, et par l'éducation qui m'était donnée, ou plutôt par l'absence d'éducation religieuse raisonnée, que ma grand'mère n'était pas du tout catholique. Ce n'était pas seulement les dévots qu'elle haïssait, comme faisait ma mère, c'était la dévotion, c'était le catholicisme qu'elle jugeait froidement et sans pitié. Elle n'était pas athée, il s'en faut beaucoup. Elle croyait à cette sorte de religion naturelle enseignée et peu définie par les philosophes du dix-huitième siècle. Elle se disait déiste, et repoussait avec un égal dédain tous les dogmes, toutes les formes de religion. Elle tenait, disait-elle, Jésus-Christ en grande estime, et, admirant l'Évangile comme une philosophie parfaite, elle plaignait la vérité d'avoir toujours été entourée d'une fabulation plus ou moins ridicule.

Je dirai plus tard ce que j'ai gardé ou perdu, adopté ou rejeté de ses jugements. Mais, suivant pas à pas le développement de mon être, je dois dire que, dans mon enfance, mon instinct me poussait beaucoup plus vers la foi naïve et confiante de ma mère que vers l'examen critique et un peu glacé de ma bonne maman. Sans qu'elle s'en doutât, ma mère portait de la poésie dans son sentiment religieux, et il me fallait de la poésie; non pas de cette poésie arrangée et faite après mûre réflexion, comme on essayait d'en faire alors pour réagir contre le positivisme du dix-huitième siècle, mais de celle qui est dans le fait même et qu'on sent dans l'enfance sans savoir ce que c'est et quel nom on lui donne. En un mot, j'avais besoin de poésie, comme le peuple, comme ma mère, comme le paysan qui se prosterne un peu devant le bon Dieu, un peu devant le diable, prenant quelquefois l'un pour l'autre et cherchant à se rendre favorables toutes les mystérieuses puissances de la nature.

J'aimais le merveilleux passionnément, et mon imagination ne trouvait pas son compte aux explications que m'en donnait ma grand'mère. Je lisais avec un égal plaisir les prodiges de l'antiquité juive et païenne. Je n'aurais pas mieux demandé que d'y croire. Ma grand'mère, faisant de temps en temps un court et sec appel à ma raison, je ne pouvais pas arriver à la foi. Mais je me vengeais du petit chagrin que cela me causait en ne voulant rien nier intérieurement. C'était absolument comme pour mes contes de fées, auxquels je ne croyais plus qu'à demi, en de certains moments et comme par accès.

Les nuances que revêt le sentiment religieux suivant les individus, est une affaire d'organisation, et je ne fais pas le procès à la dévotion comme ma grand'mère, à cause des vices de la plupart des dévots. La dévotion est une exaltation de nos facultés mentales, comme l'ivresse est une exaltation de nos facultés physiques. Tout vin enivre quand on boit trop, et ce n'est pas la faute du vin. Il y a des gens qui en supportent beaucoup et qui n'en sont que plus lucides; il en est d'autres qu'une petite dose rend idiots ou furieux, mais, en somme, je crois que le vin ne nous fait révéler que ce que nous avons en nous de bon ou de mauvais, et le meilleur vin du monde fait mal à ceux qui ont la tête faible ou le caractère irritable.

L'exaltation religieuse, sur quelque dogme qu'elle s'appuie, est donc un état de l'âme sublime, odieux ou misérable, selon que le vase où fermente cette brûlante liqueur est solide ou fragile. Cette surexcitation de notre être fait de nous des saints ou des persécuteurs, des martyrs ou des bourreaux, et ce n'est certainement pas la faute du christianisme si les catholiques ont inventé l'inquisition et les tortures.

Ce qui me choque dans les dévots en général, ce ne sont pas les défauts qui tiennent invinciblement à leur organisation, c'est l'absence de logique de leur vie et de leurs opinions. Ils ont beau dire, ils font comme faisait ma mère: ils en prennent et ils en laissent, et ils n'ont pas ce droit que ma mère s'arrogeait, avec raison, elle qui ne se piquait point d'orthodoxie. Quand j'ai été dévote, je ne me passais rien, et je ne faisais pas un mouvement sans m'en rendre compte et sans demander à ma conscience timorée s'il m'était permis de marcher du pied droit ou du pied gauche. Si j'étais dévote aujourd'hui, je n'aurais peut-être pas l'énergie d'être intolérante avec les autres, parce que le caractère ne s'abjure jamais; mais je serais intolérante vis-à-vis de moi-même, et l'âge mûr conduisant à une sorte de logique positive, je ne trouverais rien d'assez austère pour moi. Je n'ai donc jamais compris les dames du monde qui vont au bal, qui montrent leurs épaules, qui songent à se faire belles, et qui pourtant reçoivent tous leurs sacremens, ne négligent aucune prescription du culte, et se croient parfaitement d'accord avec elles-mêmes. Je ne parle pas ici des hypocrites, ce ne sont point des dévotes; je parle de femmes très naïves et à qui j'ai souvent demandé leur secret pour pécher ainsi sans scrupule contre leur propre conviction, et chacune me l'a expliqué à sa manière, ce qui fait que je ne suis pas plus avancée qu'auparavant.

Je ne comprends pas non plus certains hommes qui croient de bonne foi à l'excellence de toutes les prescriptions catholiques, qui en défendent le principe avec chaleur, et qui n'en suivent aucune. Il me semble que si je croyais tel acte meilleur que tel autre, je n'hésiterais pas à l'accomplir. Il y a plus, je ne me pardonnerais pas d'y manquer. Cette absence de logique chez des personnes que je sais intelligentes et sincères est quelque chose que je n'ai jamais pu m'expliquer. Cela s'expliquera peut-être pour moi quand je repasserai mes souvenirs avec ordre, ce qui m'arrivera, certes, pour la première fois de ma vie, en les écrivant, et je pourrai analyser la situation de l'âme aux prises avec la foi et le doute, en me rappelant comment je devins dévote et comment je cessai de l'être.

A sept ou huit ans, je sus à peu près ma langue. C'était trop tôt, car on me fit passer tout de suite à d'autres études, et on négligea de me faire repasser la grammaire. On me fit beaucoup griffonner; on s'occupa de mon style, et on ne m'avertit qu'incidemment des incorrections qui se glissaient peu à peu dans mon langage, à mesure que j'étais entraînée par la facilité de m'exprimer par écrit. Au couvent, il fut entendu que je savais assez de français pour qu'on ne me fît point suivre les leçons des classes; et, en effet, je me tirai fort bien à l'épreuve des faciles devoirs distribués aux élèves de mon âge; mais, plus tard, quand je me livrai à mon propre style, je fus souvent embarrassée. Je dirai comment, au sortir du couvent, je rappris moi-même le français, et comment, douze ans plus tard, lorsque je voulus écrire pour le public, je m'aperçus que je ne savais encore rien; comment je fis une nouvelle étude, qui, trop tardive, ne me servit guère, ce qui est cause que j'apprends encore ma langue en la pratiquant, et que je crains de ne la savoir jamais: la pureté, la correction seraient pourtant un besoin de mon esprit, aujourd'hui surtout, et ce n'est jamais par négligence ni par distraction que je pèche, c'est par ignorance réelle.

Le malheur vint de ce que Deschartres, partageant le préjugé qui préside à l'éducation des hommes, s'imagina que, pour me perfectionner dans la connaissance de ma langue, il lui fallait m'enseigner le latin. J'apprenais très volontiers tout ce qu'on voulait, et j'avalai le rudiment avec résignation. Mais le français, le latin et le grec qu'on apprend aux enfants prennent trop de temps: soit qu'on les enseigne par de mauvais procédés, ou que ce soient les langues les plus difficiles du monde, ou encore que l'étude d'une langue quelconque soit ce qu'il y a de plus long et de plus difficile pour les enfants: toujours est-il qu'à moins de facultés toutes spéciales, on sort du collège sans savoir ni le latin, ni le français, et le grec encore moins. Quant à moi, le temps que je perdis à ne pas apprendre le latin fit beaucoup de tort à celui que j'aurais pu employer à apprendre le français, dans cet âge où l'on apprend mieux que dans tout autre.

Heureusement je cessai le latin d'assez bonne heure, ce qui fait que, sachant mal le français, je le sais encore mieux que la plupart des hommes de mon temps. Je ne parle pas ici des littérateurs, que je soupçonne fort de n'avoir pas pris leur forme et leur style au collège, mais du grand nombre des hommes qui ont parfait leurs études classiques sans songer depuis à faire de la langue une étude spéciale. Si on veut bien le remarquer, on s'apercevra qu'ils ne peuvent écrire une lettre de trois pages sans qu'il s'y rencontre une faute de langage ou d'orthographe. On remarquera aussi que les femmes de vingt à trente ans, qui ont reçu un peu d'éducation, écrivent le français généralement mieux que les hommes, ce qui tient, selon moi, à ce qu'elles n'ont pas perdu huit ou dix ans de leur vie à essayer d'apprendre les langues mortes.

Tout cela est pour dire que j'ai toujours trouvé déplorable le système adopté pour l'instruction des garçons, et je ne suis pas seule de cet avis. J'entends dire à tous les hommes qu'ils ont perdu leur temps et l'amour de l'étude au collége. Ceux qui y ont profité sont des exceptions. N'est-il donc pas possible d'établir un système où les intelligences ordinaires ne seraient pas sacrifiées aux besoins des intelligences d'élite?

CHAPITRE CINQUIEME

Tyrannie et faiblesse de Deschartres.—Le menuet de Fischer.—Le livre magique.—Nous évoquons le diable.—Le chercheur de tendresse.—Les premières amours de mon frère.—Pauline.—M. Gogault et M. Loubens.—Les talents d'agrément.—Le maréchal Maison.—L'appartement de la rue Thiroux.—Grande tristesse à 7 ans, en prévision du mariage.—Départ de l'armée pour la campagne de Russie.—Nohant.—Ursule et ses sœurs.—Effet du jeu sur moi.—Mes vieux amis.—Système de guerre du czar Alexandre.—Moscou.

Nous prenions nos leçons dans la chambre de Deschartres, chambre tenue très proprement à coup sûr, mais où régnait une odeur de savonnette à la lavande qui avait fini par me devenir nauséabonde. Mes leçons, à moi, n'étaient pas longues; mais celles de mon pauvre frère duraient toute l'après-midi, parce qu'il était condamné à étudier pour son compte, et à préparer son devoir sous les yeux du pédagogue. Il est vrai que, quand on ne le gardait pas à vue, il n'ouvrait pas seulement son livre. Il s'enfuyait à travers champs, et on ne le voyait plus de la journée. Dieu avait certainement créé et mis au monde cet enfant impétueux pour faire faire pénitence à Deschartres; mais Deschartres, tyran par nature, ne prenait pas ses escapades en esprit de mortification. Il le rendait horriblement malheureux, et il fallut que l'enfant fût de bronze pour ne pas éclater sous cette dure contrainte.

Ce n'était pas le latin qui faisait son martyre, on ne le lui enseignait pas; c'étaient les mathématiques, pour lesquelles il avait montré de l'aptitude, et il en avait véritablement. Il ne haïssait pas l'étude en elle-même, mais il préférait le mouvement et la gaîté dont il avait un impérieux besoin. Deschartres lui enseignait aussi la musique. Le flageolet étant son instrument favori, Hippolyte dut l'apprendre bon gré mal gré; on lui fit emplette d'un flageolet en buis, et Deschartres, armé de son flageolet d'ébène monté en ivoire, lui en appliquait de violens coups sur les doigts à chaque fausse note. Il y a un certain menuet de Fischer qui aurait dû laisser des calus sur les mains de l'élève infortuné. Cela était d'autant plus coupable de la part de Deschartres que, quelque irrité qu'il fût, il pouvait toujours se vaincre jusqu'à un certain point avec les personnes qu'il aimait. Il n'avait jamais brutalisé l'enfance de mon père, et jamais il ne s'emporta contre moi jusqu'à un essai de voie de fait, qu'une seule fois en sa vie. Il avait donc une sorte d'aversion pour Hippolyte, à cause des mauvais tours et des moqueries de celui-ci, et pourtant il lui portait, à cause de mon père, un véritable intérêt. Rien ne l'obligeait à l'instruire, et il s'y employait avec une obstination qui n'était pas de la vengeance, car il eût été vite dégoûté d'une satisfaction que son élève lui faisait payer si cher. Il s'était imposé cette tâche en conscience; mais il est bien vrai de dire qu'à l'occasion le ressentiment y trouvait son compte.

Quand j'allais prendre mes leçons auprès d'Hippolyte, accoudé sur sa table et jouant aux mouches quand on ne le regardait pas, Ursule était toujours là. Deschartres aimait cette petite fille pleine d'assurance qui lui tenait tête et lui répliquait fort à propos. Comme tous les hommes violens, Deschartres aimait parfois la résistance ouverte et devenait débonnaire, faible même avec ceux qui ne le craignaient pas. Le tort d'Hippolyte et son malheur était de ne lui jamais dire en face qu'il était injuste et cruel. S'il l'eût menacé une seule fois de se plaindre à ma grand'mère ou de quitter la maison, Deschartres eût certainement fait un retour sur lui-même; mais l'enfant le craignait, le haïssait et ne se consolait que par la vengeance.

Il est certain qu'il y était ingénieux et qu'il avait un esprit diabolique pour observer et relever les ridicules. Souvent, au milieu de la leçon, Deschartres était appelé dans la maison ou dans la cour de la ferme par quelque détail de son exploitation. Ces absences étaient mises à profit pour se moquer de lui. Hippolyte prenait le flageolet d'ébène et singeait le professeur avec un rare talent d'imitation. Il n'y avait rien de plus ridicule, en effet, que Deschartres jouant du flageolet. Cet instrument champêtre était déjà ridicule par lui-même dans les mains d'un personnage si solennel et au milieu d'un visage si refrogné d'habitude. En outre, il le maniait avec une extrême prétention, arrondissant les doigts avec grâce, dandinant son gros corps et pinçant la lèvre supérieure avec une affectation qui lui donnait la plus plaisante figure du monde. C'était dans le menuet de Fischer surtout qu'il déployait tous ses moyens, et Hippolyte savait très bien par cœur ce morceau qu'il ne pouvait venir à bout de lire proprement quand la musique écrite et la figure menaçante de Deschartres étaient devant ses yeux; mais à force de le contrefaire, il l'avait appris malgré lui, et je crois qu'il ne fit jamais d'autre étude musicale que celle-là.

Ursule, qui était fort sage pendant la leçon, devenait fort turbulente dans les entr'actes. Elle grimpait partout, feuilletait tous les livres, bousculait toutes les pantoufles et toutes les savonnettes, et riait à se rouler par terre de toutes les remarques dénigrantes d'Hippolyte sur la toilette, les habitudes et les manières du pédagogue. Il avait toujours sur les rayons de sa bibliothèque une quantité de petits sacs de graines qu'il expérimentait dans le jardin, rêvant sans cesse au moyen d'acclimater quelque nouvelle plante fourragère, fromentale ou légumineuse dans le département, et se flattant d'éclipser la gloire de ses concurrens au comité d'agriculture. Nous prenions soin de lui mêler toutes ces graines triées avec tant de scrupule par ses propres mains, nous mélangions le pastel avec le colza, et le sarrazin avec le millet, si bien que les graines poussaient tout de travers, et qu'il récoltait de la luzerne là où il avait semé des raves. Il entassait manuscrits sur manuscrits pour prouver à ses confrères de la Société d'agriculture que M. Cadet de Vaux était un âne et M. Rougier de la Bergerie un veau; car c'était en ces termes peu parlementaires qu'il faisait la guerre aux systèmes de ses concurrens dans le comice agricole. Nous dérangions les feuillets de ses opuscules et nous ajoutions des lettres à plusieurs mots pour y faire des fautes d'orthographe. Il lui arriva une fois d'envoyer le manuscrit ainsi embelli à l'imprimerie, et quand on lui renvoya ses épreuves à corriger, il entra dans une colère épouvantable contre le crétin de prote qui faisait de pareilles bévues.

Parmi ses livres, il y en avait plusieurs qui excitaient vivement notre curiosité: entre autres, le *Grand Albert* et le *Petit Albert*, et divers manuels d'économie rurale et domestique, fort anciens et remplis de billevesées. Il y en avait un, dont j'ai oublié le titre, que Deschartres avait placé au plus haut de ses rayons, et qu'il prisait pour l'ancienneté de l'édition. Je ne saurais dire au juste de quoi il traite ni ce qu'il vaut. Nous ne pouvions guère le parcourir, car l'escalade pour le saisir et le remettre en place prenait une partie du temps que nous dérobions à la vigilance du maître. Autant que je m'en souviens, il y avait de tout: des remèdes pour guérir les maladies des hommes et des bêtes, des recettes pour les médicamens, les mets, les liqueurs et les poisons. Il y avait aussi de la magie, et c'était là ce qui nous intéressait le plus. Hippolyte avait ouï dire une fois à Deschartres qu'il s'y trouvait une formule de conjuration pour faire paraître le diable. Il s'agissait de la trouver dans tout ce fatras et nous nous y reprîmes à plus de vingt fois. Au moment où nous pensions arriver au magique feuillet, nous entendions retentir sur l'escalier les pas lourds de Deschartres. Il eût été plus simple de lui demander de nous le montrer; il est probable que, dans un moment de bonne humeur, il nous eût enseigné en riant le procédé pour appeler satan; mais il nous paraissait bien plus piquant de surprendre le secret nous-mêmes et de faire l'expérience entre nous.

Enfin, un jour que Deschartres était à la chasse, Hippolyte vint nous chercher. Il avait, ou il croyait avoir trouvé parmi divers grimoires, celui qui servait à l'incantation. Il y avait des paroles à dire, des lignes à tracer par terre avec de la craie et je ne sais quelles autres préparations qui m'échappent, et que nous ne pouvions réaliser. Soit qu'Hippolyte se moquât de nous, soit qu'il crût un peu à la vertu des formules, nous fîmes ce qu'il nous prescrivait, lui, le livre à la main, nous, parcourant en différents sens les lignes tracées par terre. C'était une sorte de table de Pythagore, avec des carrés, des losanges, des étoiles, des signes du zodiaque, beaucoup de chiffres et d'autres figures cabalistiques dont le souvenir est assez confus en moi.

Ce que je me rappelle bien, c'est l'espèce d'émotion qui nous gagnait à mesure que nous opérions; il était dit que le premier indice du succès de l'opération serait le jaillissement d'une flamme bleuâtre sur certains chiffres ou certaines figures, et nous attendions ce prodige avec une certaine anxiété. Nous n'y croyions pourtant pas, Hippolyte étant déjà assez esprit fort, et moi ayant été habituée, par ma mère et ma grand'mère (d'accord sur ce point), à regarder l'existence du diable comme une imposture, la fiction d'un croquemitaine pour les petits enfants. Mais Ursule eut peur tout en riant, et quitta la chambre, sans qu'il fût possible de l'y ramener.

Alors, mon frère et moi, nous trouvant seuls à l'œuvre, et la gaîté de notre compagne ne nous soutenant plus, nous reprîmes l'opération avec une sorte de courage. Malgré nous, l'imagination s'allumait, et l'attente d'un prodige quelconque nous agitait un peu. Aussitôt que les flammes paraîtraient, nous pouvions en rester là et ne pas insister pour que, sous les chiffres du milieu, le plancher fût percé par les deux cornes de Lucifer. «Bah! disait Hippolyte, il est écrit dans le livre que les personnes qui n'oseraient pas aller jusqu'au bout, peuvent, en effaçant bien vite certains chiffres, faire rentrer le diable sous terre, au moment où il passe la tête dehors. Seulement, il faut éviter que ses yeux soient sortis, car aussitôt qu'il vous a regardé vous n'êtes plus maître de le renvoyer avant de lui avoir parlé: moi, je ne sais pas si je l'oserais, mais tout au moins, je voudrais voir le bout de ses cornes.

«—Mais s'il nous regarde, et s'il faut lui parler, disais-je, que lui dirons-nous?

«—Ma foi, répondait Hippolyte, je lui commanderai d'emporter Deschartres, son flageolet et tous ses vieux bouquins.»

Nous prenions certainement la chose en plaisanterie en devisant ainsi, mais nous n'en étions pas moins émus. Les enfants ne peuvent jouer avec le merveilleux sans en ressentir quelque ébranlement, et, sous ce rapport, les hommes du passé ont été des enfants bien autrement crédules que nous ne l'étions.

Nous complétâmes l'expérience comme nous pûmes, et non seulement le diable ne vint pas, mais encore il n'y eut pas la moindre petite flamme. Nous mettions pourtant l'oreille sur le carreau, et Hippolyte prétendait entendre un petit pétillement précurseur des premières étincelles; mais il se moquait de moi et je n'en étais pas dupe, tout en feignant d'écouter et d'entendre aussi quelque chose. Ce n'était qu'un jeu, mais un jeu qui nous faisait battre le cœur. Nos plaisanteries nous rassuraient et tenaient notre raison éveillée, mais je ne sais pas si nous eussions osé jouer ainsi avec l'enfer l'un sans l'autre. Je ne crois pas qu'Hippolyte l'ait essayé depuis.

Nous étions cependant un peu désappointés d'avoir pris tant de peine pour rien, et nous nous consolâmes en reconnaissant que nous n'avions pas la moitié des objets désignés dans le livre pour accomplir le charme. Nous nous promîmes de nous les procurer, et, en effet, pendant quelques jours, nous recueillîmes certaines herbes et certains chiffons. Mais comme il y avait une foule d'autres prescriptions scientifiques que nous ne comprenions pas, et d'ingrédiens qui nous étaient complétement inconnus, la chose n'alla pas plus loin.

Le flageolet de Deschartres me rappelle qu'il y avait à la Châtre un fou qui venait souvent demander à notre précepteur de lui jouer un petit air, et celui-ci n'avait garde de le lui refuser, car c'était un auditeur très attentif, le seul probablement qu'il ait jamais charmé. Ce fou s'appelait M. Demai. Il était jeune encore, habillé très proprement et d'une figure agréable, sauf une grande barbe noire qu'on était convenu de trouver très effrayante à cette époque, où l'on se rasait entièrement la figure, et où les militaires seuls portaient la moustache. Il était doux et poli; sa folie était une mélancolie profonde, une sorte de préoccupation solennelle. Jamais un sourire, le calme d'un désespoir ou d'un ennui sans bornes. Il arrivait seul à toute heure du jour, et nous remarquions avec surprise que les chiens, qui étaient fort méchants, aboyaient de loin après lui, s'approchaient avec méfiance pour flairer ses habits et se retiraient aussitôt, comme s'ils eussent compris que c'était un être inoffensif et sans conséquence. Lui, sans faire aucune attention aux chiens, entrait dans la maison ou dans le jardin, et bien qu'avant sa folie il n'eût jamais eu aucune relation avec nous, il s'arrêtait auprès de la première personne qu'il rencontrait, lui disait une ou deux paroles et restait là plus ou moins longtemps, sans qu'il fût nécessaire de s'occuper de lui. Quelquefois il entrait chez ma grand'mère sans frapper, sans songer à se faire annoncer, lui demandait très poliment de ses nouvelles, répondait à ses questions qu'il se portait fort bien, prenait un siégé sans y être invité, et demeurait impassible, pendant que ma grand'mère continuait à écrire ou à me donner ma leçon. Si c'était la leçon de musique, il se levait, se plaçait debout derrière le clavecin, et y restait immobile jusqu'à la fin.

Lorsque sa présence devenait gênante, on lui disait: «Eh bien, monsieur Demai, désirez-vous quelque chose?— *Rien de nouveau*, répondait-il, *je cherche la tendresse.*—Est-ce que vous ne l'avez pas trouvée encore, depuis le temps que vous la cherchez?—Non, disait-il, et pourtant j'ai cherché partout. Je ne sais où elle peut être.—Est-ce que vous l'avez cherchée dans le jardin?—Non, pas encore, disait-il, et, frappé d'une idée subite, il allait au jardin, se promenait dans toutes les allées, dans tous les coins, s'asseyait sur l'herbe à côté de nous pour regarder nos jeux, d'un air grave, montait chez Deschartres, entrait chez ma mère, et même dans les chambres inhabitées, parcourait toute la maison, ne demandant rien à personne, et se contentait de répondre à qui l'interrogeait «qu'il cherchait la tendresse.» Les domestiques, pour s'en débarrasser, lui disaient: «Ça ne se trouve pas ici; allez du côté de la Châtre. Bien sûr, vous la rencontrerez par là.» Quelquefois il avait l'air de comprendre qu'on le traitait comme un enfant. Il soupirait et s'en allait. D'autres fois, il avait l'air de croire à ce qu'on lui disait, et regagnait la ville à pas précipités.

Je crois avoir entendu dire qu'il était devenu fou par chagrin d'amour, mais qu'il le serait devenu pour une cause quelconque, parce qu'il y avait d'autres fous dans sa famille. Quoi qu'il en soit, je ne me rappelle pas ce pauvre chercheur de tendresse sans attendrissement. Nous l'aimions, nous autres enfants, sans autre motif que la compassion, car il ne nous disait presque rien, et faisait si peu d'attention à nous, malgré qu'il nous regardât jouer ensemble des heures entières, qu'il ne nous reconnaissait pas les uns d'avec les autres. Il appelait Hippolyte M. Maurice, et demandait souvent à Ursule si elle était Mlle Dupin, ou à moi si j'étais Ursule. Nous avions pour son infortune un respect d'instinct, car nous ne l'avons jamais raillé ni évité. Il ne répondait guère aux questions et semblait se trouver content quand on ne le repoussait ni ne le fuyait. Peut-être eût-il été très curable par un traitement soutenu de douceur, de distractions et d'amitié; mais probablement les soins moraux et intelligens lui manquaient, car il venait toujours seul et s'en allait de même. Il a fini par se suicider. Du moins, on l'a trouvé noyé dans un puits, où, sans doute, l'infortuné cherchait *la tendresse*, cet introuvable objet de ses douloureuses aspirations.

Ma mère nous quitta au commencement de l'automne. Elle ne pouvait abandonner Caroline, et se voyait forcée de partager sa vie entre ses deux enfants. Elle me raisonna beaucoup pour m'empêcher de vouloir la suivre. J'avais un vif chagrin: mais nous devions tous partir pour Paris à la fin d'octobre. C'était deux mois de séparation tout au plus, et l'effroi qui s'était emparé de moi l'année précédente à l'idée d'une séparation absolue, était dissipé par la manière dont j'avais vécu auprès d'elle, presque sans interruption, depuis ce temps-là. Elle me fit comprendre que Caroline avait besoin d'elle, que nous serions bientôt réunies à Paris, qu'elle viendrait encore à Nohant l'année suivante. Je me soumis.

Ces deux mois se passèrent sans encombre: je m'habituais aux manières imposantes de ma bonne maman; j'étais devenue assez raisonnable pour obéir sans effort, et elle s'était, de son côté, un peu relâchée envers moi de ses exigences de *bonne tenue*. A la campagne, elle était moins frappée des inconvéniens de mon laisser-aller. C'est à Paris qu'en me comparant aux petites poupées du beau monde, elle s'effrayait de mon franc parler et de mes allures de paysanne. Alors recommençait la petite persécution qui me profitait si peu.

Nous quittâmes Nohant, ainsi qu'on me l'avait promis, aux premiers froids. Il fut décidé qu'on mettrait Hippolyte en pension à Paris pour le dégrossir aussi de ses manières rustiques. Deschartres s'offrit à l'y conduire, à faire choix de l'établissement *destiné au bonheur de posséder un élève si gentil*, et à l'y installer. On lui fit donc un trousseau; et comme il devait aller prendre avec Deschartres la diligence à Châteauroux, il fut convenu que nous traverserions la brande ensemble, nous dans la voiture, conduite par Saint-Jean et les deux vieux chevaux, Hippolyte et Deschartres à cheval sur les paisibles jumens de la ferme. Mais quelques jours avant de partir, on s'avisa que, pour faire cette partie d'équitation, il lui fallait des bottes, car la culotte courte et les bas blancs de la première communion n'étaient plus de saison.

Une paire de bottes! c'était depuis longtemps le rêve, l'ambition, l'idéal, le tourment du gros garçon. Il avait essayé de s'en faire avec de vieilles tiges de Deschartres et un grand morceau de cuir qu'il avait trouvé dans la remise, peut-être le tablier de quelque cabriolet réformé. Il avait travaillé quatre jours et quatre nuits, taillant, cousant, faisant tremper son cuir dans l'auge des chevaux pour l'amollir, et il avait réussi à se confectionner des chaussures informes, dignes d'un Esquimau, mais qui crevèrent le premier jour qu'il les mit. Ses vœux furent donc comblés quand le cordonnier lui apporta de véritables bottes, avec fer au talon et courroies pour recevoir des éperons.

Je crois que c'est la plus grande joie que j'aie vu éprouver à un mortel. Le voyage à Paris, le premier déplacement de sa vie! la course à cheval, l'idée de se séparer bientôt de Deschartres, tout cela n'était rien en comparaison du bonheur d'avoir des bottes. Lui-même met encore cette satisfaction d'enfant, dans ses souvenirs, au-dessus de toutes celles qu'il a goûtées depuis, et il dit souvent: «Les premières amours? je crois bien! les miennes ont eu pour objet une paire de bottes; et je vous réponds que je me suis trouvé heureux et fier!»

C'étaient des bottes à la hussarde, selon la mode d'alors, et on les portait par dessus le pantalon plus ou moins collant. Je les vois encore, car mon frère me les fit tant regarder et tant admirer bon gré mal gré, que j'en fus obsédée jusqu'à en rêver la nuit. Il les mit la veille du départ et ne les quitta plus qu'à Paris, car il se coucha avec. Mais il ne put dormir, tant il craignait, non que ses bottes vinssent à déchirer ses draps de lit, mais que ses draps de lit n'enlevassent le brillant de ses bottes. Il se releva donc sur le minuit, et vint dans ma chambre pour les examiner à la clarté du feu qui brillait encore dans la cheminée. Ma bonne, qui couchait dans un cabinet voisin, voulut le renvoyer. Ce fut impossible. Il me réveilla pour me montrer ses bottes, puis s'assit devant le feu ne voulant point dormir, car c'eût été perdre pour quelques instants le sentiment de son bonheur. Pourtant le sommeil vainquit cette ivresse, et quand ma bonne m'éveilla pour partir, nous vîmes Hippolyte qui s'était laissé glisser par terre et qui dormait sur le carreau, devant la cheminée.

Je vis peut-être un peu moins ma mère à Paris dans l'hiver de 1811 à 1812. On m'habituait peu à peu à me passer d'elle, et, de son côté, sentant qu'elle se devait davantage à Caroline, qui n'avait pas de bonne maman pour la gâter, elle secondait le désir qu'on éprouvait de me voir prendre mon parti. J'eus, cette fois, des distractions et des plaisirs conformes à mon âge. Ma grand'mère était liée avec Mme de Fargès, dont la fille, Mme de Pontcarré, avait une fille charmante, nommée Pauline. On nous fit faire connaissance, et nous sommes restées intimement liées jusqu'à l'époque de nos mariages respectifs, qui nous ont éloignées l'une de l'autre, avec des circonstances que je raconterai en leur lieu. Pauline, qui fut plus tard une ravissante jeune fille, était un enfant blond, mince, un peu pâle, vif, agréable et fort enjoué. Elle avait une magnifique chevelure bouclée, des yeux bleus superbes, des traits réguliers. Elle avait, à peu de chose près, le même âge que moi. Comme sa mère était une femme de beaucoup d'esprit, l'enfant n'était point maniéré. Cependant, elle avait une *meilleure tenue* que moi, elle marchait plus légèrement et perdait beaucoup moins souvent ses gants et son mouchoir. Aussi ma grand'mère me la proposait-elle pour modèle à toute heure, moyen infaillible pour me la faire détester si j'avais eu l'amour-propre qu'on voulait me donner, et si je n'avais pas eu toute ma vie un besoin irrésistible de m'attacher aux êtres avec lesquels le hasard me fait vivre.

J'aimais donc tendrement Pauline qui se laissa aimer: c'était là sa nature. Elle était bonne, sincère, aimable, mais froide. J'ignore si elle a changé. Cela m'étonnerait beaucoup.

Nous prenions toutes nos leçons ensemble, et ma grand'mère n'ayant guère le temps, à Paris, de s'occuper de moi sous ce rapport, Mme de Pontcarré eut la bonté de m'associer aux études de Pauline, comme on associait Pauline à mes leçons. Il vint chez nous, pour nous deux, trois fois par semaine, un maître d'écriture, un maître de danse, une maîtresse de musique. Les autres jours, Mme de Pontcarré venait me chercher, et c'était elle-même qui se donnait la peine de nous faire repasser les principes et de nous mettre les mains sur son piano. Elle était excellente musicienne et chantait avec beaucoup de feu et de grandeur. Sa belle voix et les brillants accompagnemens qu'elle trouvait sur un instrument moins aigre et plus étendu que le clavecin de Nohant, augmentèrent mon goût pour la musique. Après la musique, elle nous enseignait la géographie et un peu d'histoire. Pour tout cela, elle se servait des méthodes de l'abbé Gaultier, qui étaient en vogue alors et que je crois excellentes. C'était une sorte de jeu avec des boules et des jetons comme au loto, et on apprenait en s'amusant.

Elle était fort douce et encourageante avec moi; mais, soit que Pauline fût plus distraite, soit le grand désir qu'ont les mères de pousser leurs enfants à de rapides progrès, elle la brutalisait un peu, et lui pinçait même les oreilles d'une façon toute napoléonienne. Pauline pleurait et criait, mais la leçon arrivait à bonne fin, et, aussitôt après, Mme de Pontcarré nous menait promener et jouer chez sa mère qui avait un appartement au rez-de-chaussée et un jardin quelque part comme rue de la Ferme-des-Mathurins ou de la Victoire. Je m'y amusais beaucoup, parce que nous y trouvions souvent des enfants plus âgés que nous, il est vrai, de quelques années, mais qui voulaient bien nous inviter à leur colin-maillard et à leur partie de barres. C'étaient les enfants de Mme Debrosse, seconde fille, je crois, de Mme de Fargès, par conséquent les cousins de Pauline. Je ne me rappelle du garçon que le nom d'Ernest. La fille était déjà une assez grande personne relativement à nous. Mais elle était gaie, vive et fort spirituelle. Elle s'appelait Constance, et était alors au couvent des Anglaises, où nous avons été depuis, Pauline et moi. Il y avait aussi un jeune garçon qui s'appelait Fernand de Prunelet, dont la figure était agréable, malgré un énorme nez. Il était le doyen de nos parties de jeu, par conséquent le plus obligeant et le plus tolérant à l'égard des bouderies ou des caprices des deux petites filles. Nous dînions quelquefois tous ensemble et, après le dîner, on nous laissait nous évertuer dans la salle à manger, où nous faisions grand vacarme. Les domestiques, et même les mamans venaient aussi se mêler aux jeux. C'était une sorte de vie de campagne transportée à Paris, et j'avais grand besoin de cela.

Je voyais aussi de temps en temps ma chère Clotilde, avec qui je me querellais beaucoup plus qu'avec Pauline, parce qu'elle répondait davantage à mon affection et ne prenait pas *mes torts* avec la même insouciance. Elle se fâchait quand je me fâchais, s'obstinait quand je lui en donnais l'exemple, et puis après c'étaient des embrassades et des transports de tendresse comme avec Ursule; mieux encore, car nous avions dormi dans le même berceau, nous avions été nourries du même lait, nos mères donnant le sein à celle de nous qui criait la première; et quoique, depuis, nous n'ayons jamais passé beaucoup de temps ensemble, il y a toujours eu entre nous comme un amour du sang plus prononcé encore que le degré de notre parenté. Nous nous considérions, dès l'enfance, comme deux sœurs jumelles.

Hippolyte était en demi-pension. Dans l'intervalle des heures qu'il passait à la maison, et les jours de congé, il prenait la leçon de danse et la leçon d'écriture avec nous. Je dirai quelque chose de nos maîtres, dont je n'ai rien oublié.

M. Gogault, le maître de danse, était danseur à l'Opéra. Il faisait grincer sa pochette et nous tortillait les pieds pour nous les placer en dehors. Quelquefois Deschartres, assistant à la leçon, renchérissait sur le professeur pour nous reprocher de marcher et de danser comme des ours ou des perroquets. Mais nous, qui détestions le marcher prétentieux de Deschartres, et qui trouvions M. Gogault singulièrement ridicule de se présenter dans une chambre comme un zéphyr qui va battre un entrechat, nous nous hâtions, mon frère et moi, de nous tourner les pieds en dedans aussitôt qu'il était parti, et, comme il nous les disloquait pour leur faire prendre la *première position*, nous nous les disloquions en sens contraire dans la crainte de rester comme il nous voulait arranger. Nous appelions ce travail en cachette la *sixième position*. On sait que les principes de la danse n'en admettent que cinq.

Hippolyte était d'une maladresse et d'une pesanteur épouvantables, et M. Gogault déclarait que jamais pareil cheval de charrue ne lui avait passé par les mains. Ses *changemens de pied* ébranlaient toute la maison; ses *battemens* entamaient la muraille. Quand on lui disait de relever la tête et de ne pas tendre le cou, il prenait son menton dans sa main et le tenait ainsi en dansant. Le professeur était forcé de rire, tandis que Deschartres exhalait une sérieuse et véhémente indignation contre l'élève, qui croyait pourtant avoir fait preuve de bonne volonté.

Le maître d'écriture s'appelait M. Loubens. C'était un professeur à grandes prétentions et capable de gâter la meilleure main avec ses systèmes. Il tenait à la position du bras et du corps, comme si écrire était une mimique chorégraphique: mais tout se tenait dans le genre d'éducation que ma grand'mère voulait nous donner; il fallait de la *grâce* dans tout. M. Loubens avait donc inventé divers instruments de gêne pour forcer ses élèves à avoir la tête droite, le coude dégagé, trois doigts allongés sur la plume, et le petit doigt étendu sur le papier, de manière à soutenir le *poids* de la main. Comme cette régularité de mouvement et cette tension des muscles sont ce qu'il y a de plus antipathique à l'adresse naturelle et à la souplesse des enfants, il avait inventé: 1° pour la tête, une sorte de couronne en baleine; 2° pour le corps et les épaules, une ceinture qui se rattachait par derrière à la couronne, au moyen d'une sangle; 3° pour le coude, une barre de bois qui se vissait à la table; 4° pour l'index de la main droite, un anneau de laiton soudé à un plus petit anneau dans lequel on passait la plume; 5° pour la position de la main et du petit doigt, une sorte de socle en bois avec des entailles et des roulettes. Joignez à tous ces ustensiles indispensables à l'étude de la calligraphie selon M. Loubens, les règles, le papier, les plumes et les crayons, toutes choses qui ne valaient rien, si elles n'étaient fournies par le professeur, on verra que le professeur faisait un petit commerce qui le dédommageait un peu de la modicité du prix attribué généralement aux leçons d'écriture.

D'abord toutes ces inventions nous firent beaucoup rire; mais au bout de cinq minutes d'essai, nous reconnûmes que c'était un vrai supplice, que les doigts s'ankylosaient, que le bras se raidissait et que le bandeau donnait la migraine. On ne voulut pas écouter nos plaintes et nous ne fûmes débarrassés de M. Loubens, que lorsqu'il eut réussi à nous rendre parfaitement illisibles.

La maîtresse de piano s'appelait Mme de Villiers. C'était une jeune femme toujours vêtue de noir, intelligente, patiente, et de manières distinguées.

J'avais en outre, pour moi seule, une maîtresse de dessin, Mlle Greuze, qui se disait fille du célèbre peintre, et qui l'était peut-être. C'était une bonne personne, qui avait peut-être aussi du talent, mais qui ne travaillait guère à m'en donner, car elle m'enseignait de la manière la plus bête du monde, à faire des hachures avant de savoir dessiner une ligne, et à arrondir de gros vilains yeux, avec d'énormes cils qu'il fallait compter un à un, avant d'avoir l'idée de l'ensemble d'une figure.

En somme, toutes ces leçons étaient un peu de l'argent perdu. Elles étaient trop superficielles pour nous apprendre réellement aucun art. Elles n'avaient qu'un bon résultat, c'était de nous occuper et de nous faire prendre l'habitude de nous occuper nous-mêmes. Mais il eût mieux valu éprouver nos facultés, et nous tenir ensuite à une spécialité que nous eussions pu conquérir. Cette manière d'apprendre un peu de tout aux demoiselles est certainement meilleure que de ne leur rien apprendre; c'est encore l'usage, et on appelle cela leur *donner des talents d'agrément*, agrément que nient, par parenthèse, les infortunés voisins condamnés à entendre des journées entières certaines études de chant ou de piano. Mais il me semble que chacune de nous est propre à une certaine chose, et que celles qui, dans l'enfance, ont de l'aptitude pour tout, n'en ont pour rien par la suite. Dans ce cas-là, il faudrait choisir et développer l'aptitude qui domine. Quant aux jeunes filles qui n'en ont aucune, il ne faudrait pas les abrutir par des études qu'elles ne comprennent pas, et qui parfois les rendent sottes et vaines, de simples et bonnes qu'elles étaient naturellement.

Il y a pourtant à considérer le bon côté en toutes choses, et celui de l'éducation que je critique est de développer simultanément toutes les facultés, par conséquent de compléter l'âme, pour ainsi dire. Tout se tient dans l'intelligence comme dans les émotions de l'être humain. C'est un grand malheur que d'être absolument étranger aux jouissances de la peinture lorsqu'on est musicien, et réciproquement. Le poète se complète par le sentiment de tous les arts et n'est point impunément insensible à un seul. La philosophie des anciens, continuée en partie au moyen-âge et pendant la renaissance, embrassait tous les développemens de l'esprit et du corps, depuis la gymnastique jusqu'à la musique, aux langues, etc. Mais c'était un ensemble logique, et la philosophie était toujours au faîte de cet édifice. Les diverses branches de l'instruction se rattachaient à l'arbre de la science, et quand on apprenait la déclamation et les différents modes de la lyre, c'était pour célébrer les dieux, ou pour répandre les chants sacrés des poètes. Cela ne ressemblait guère à ce que nous faisons aujourd'hui en apprenant une sonate ou une romance. Nos arts si perfectionnés sont en même temps profanés dans leur essence, et nous peignons assez bien le peu de dignité de leur usage en les appelant arts d'agrément dans le monde.

L'éducation étant ce qu'elle est, je ne regrette pas que ma bonne grand'mère m'ait forcée de bonne heure à saisir ces différentes notions. Si elles n'ont produit chez moi aucun résultat *d'agrément* pour les autres, elles ont du moins été pour moi-même une source de pures et inaltérables jouissances, et, m'étant inculquées dans l'âge où l'intelligence est fraîche et facile, elles ne m'ont causé ni peine ni dégoût.

J'en excepte pourtant la danse que M. Gogault me rendait ridicule, et le grand art de la calligraphie que M. Loubens me rendait odieux. Lorsque l'abbé d'Andrezel venait voir ma grand'mère, il entrait quelquefois dans la chambre où nous prenions nos leçons, et à la vue de M. Loubens, il s'écriait: «Salut à M. le professeur de *belles-lettres*!» titre que M. Loubens, soit qu'il comprît ou non le calembour, acceptait fort gravement. «Ah! grand Dieu! disait ensuite l'abbé, si on enseignait les véritables belles-lettres à l'aide de carcans, de camisoles de force et d'anneaux de fer, suivant la méthode Loubens, combien de littérateurs nous aurions de moins, mais combien de pédans de plus!»

Nous occupions alors un très joli appartement rue Thiroux, n° 8. C'était un entresol assez élevé pour un entresol, et vaste pour un appartement de Paris. Il y avait comme dans la rue des Mathurins un beau salon où l'on n'entrait jamais. La salle à manger donnait sur la rue, mon piano était entre les deux fenêtres, mais le bruit des voitures, les cris de Paris, bien plus fréquens et plus variés qu'ils ne le sont aujourd'hui, les orgues de Barbarie et le passage des visiteurs me dérangeaient tellement que je n'étudiais avec aucun plaisir et seulement pour l'acquit de ma conscience.

La chambre à coucher, qui était réellement le salon de ma grand'mère, donnait sur une cour, terminée par un jardin et un grand pavillon, dans le goût de l'empire, où demeurait, je crois, un ex-fournisseur des armées. Il nous permettait d'aller courir dans son jardin, qui n'était, en réalité qu'un fond de cour planté et sablé, mais où nous trouvions moyen de faire bien du chemin. Au dessus de nous demeurait Mme Perrier, fort jolie et pimpante personne, belle-sœur de Casimir Périer. Au second, c'était le général Maison, soldat parvenu, dont la fortune était certainement respectable, mais qui a été l'un des premiers à abandonner l'empereur en 1814. Ses équipages, ses ordonnances, ses mulets couverts de bagages (je crois qu'il partait pour l'Espagne à cette époque, ou qu'il en revenait) remplissaient la cour et la maison de bruit et de mouvement; mais ce qui me frappait le plus, c'était sa mère, vieille paysanne qui n'avait rien changé à son costume, à son langage et à ses habitudes de parcimonie rustique; toute tremblotante et cassée qu'elle était, elle assistait dans la cour, par le plus grand froid, au sciage des bûches et au mesurage du charbon. Elle avait des querelles de l'autre monde avec le concierge, à qui elle arrachait des mains la bûche dite *bûche du portier*, lorsqu'il la choisissait un peu trop grosse. Cela avait son beau et son mauvais côté; mais je défie que d'ici à longtemps on fasse passer le paysan de la misère à la richesse, sans porter son avarice à l'extrême. L'existence de cette pauvre vieille était une fatigue, un souci, une fureur sans relâche.

Nous avons occupé cet appartement de la rue Thiroux jusqu'en 1816. En 1832 ou 1833, cherchant à me loger, j'ai aperçu un écriteau sur la porte et je suis entrée, espérant que c'était le logement de ma grand'mère qui se trouvait vacant; mais c'était le pavillon du fond, et on en demandait, je crois, 1,800 fr., prix beaucoup trop élevé pour mes ressources à cette époque. Je me suis pourtant donné le plaisir d'examiner ce pavillon afin de parcourir la cour plantée où rien n'était changé, et de voir en face les croisées de la chambre de ma bonne maman, d'où elle me faisait signe de rentrer lorsque je m'oubliais dans le jardin. Tout en causant avec le portier, j'appris que cette maison n'avait pas changé de propriétaire: que ce propriétaire existait toujours, et qu'il occupait précisément l'appartement de l'entresol que je convoitais. Je voulus, du moins, me procurer la satisfaction de revoir cet appartement, et, sous prétexte de marchander le pavillon, je me fis annoncer à M. Buquet. Il ne me reconnut pas, et je ne l'aurais pas reconnu non plus. Je l'avais perdu de vue jeune encore et ingambe. Je retrouvai un vieillard qui ne sortait plus de sa chambre et qui, pour faire apparemment un peu d'exercice commandé par le médecin, avait installé un billard à côté de son lit, dans la propre chambre de ma grand'mère. Du reste, sauf ma chambre qui avait été jointe à un autre appartement, rien n'était changé dans la disposition des autres pièces: les ornements dans le goût de l'empire, les plafonds, les portes, les lambris, je crois même le papier de l'antichambre, étaient les mêmes que de mon temps; mais tout cela était noir, sale, enfumé, et puant le caporal au lieu des exquises senteurs de ma grand'mère. Je fus surtout frappée de la petitesse de la maison, de la cour, des jardins et des chambres, qui, jadis, me paraissaient si vastes, et qui étaient restés ainsi dans mes souvenirs. Mon cœur se serra de retrouver si laide, si triste et si sombre cette habitation toute pleine de mes souvenirs.

J'ai du moins encore une partie des meubles qui me retracent mon enfance et même le grand tapis qui nous amusait tant Pauline et moi. C'est un tapis Louis XV avec des ornements qui, tous, avaient un nom et un sens pour nous. Tel rond était une île, telle partie du fond un bras de mer à traverser. Une certaine rosace à flammes pourpres était l'enfer, de certaines guirlandes étaient le paradis, et une grande bordure représentant des ananas était la forêt Hercynia. Que de voyages fantastiques, périlleux ou agréables nous avons faits sur ce vieux tapis avec nos petits pieds! La vie des enfants est un miroir magique. Ceux qui ne sont pas initiés n'y voient que les objets réels. Les initiés y trouvent toutes les riantes images de leurs rêves; mais un jour vient où le talisman perd sa vertu, ou bien la glace se brise, et les éclats sont dispersés pour ne jamais se réunir.

Tel fut pour moi l'éparpillement de toutes les personnes et de presque toutes les choses qui remplirent ma vie de Paris jusqu'à l'âge de dix-sept ou dix-huit ans. Ma grand'mère et tous ses vieux amis des deux sexes moururent un à un. Mes relations changèrent. Je fus oubliée, et j'oubliai moi-même une grande partie des êtres que j'avais vus tous les jours pendant si longtemps. J'entrai dans une nouvelle phase de ma vie; qu'on me pardonne donc de trop m'arrêter dans celle qui a disparu pour moi tout entière.

Je voyais de temps en temps les neveux de mon père et la nombreuse famille qui se rattachait à l'aîné surtout, René, celui qui habitait le joli petit hôtel de la rue de Grammont. Je n'ai encore rien dit de ses enfants, afin de ne pas embrouiller mon lecteur dans cette complication de générations; et, au reste, je n'ai rien à dire de son fils Septime, que j'ai peu connu et qui ne m'était point sympathique. Le rêve de ma grand'mère était de me marier avec lui ou avec son cousin Léonce, fils d'Auguste. Mais je n'étais pas un parti assez riche pour eux, et je crois que ni eux ni leurs parents n'y songèrent jamais. Les propos des bonnes me mirent de bonne heure, malgré moi, au courant de rêveries de ma bonne grand'mère, et c'est une grande sottise de tourmenter les enfants par ces idées de mariage. Je m'en préoccupai longtemps avant l'âge où il eût été nécessaire d'y songer, et cela produisait en moi une grande inquiétude d'esprit. Léonce me plaisait, comme un enfant peut plaire à un autre enfant. Il était gai, vif et obligeant. Septime était froid et taciturne, du moins il me semblait tel parce que je me croyais destinée à lui plus particulièrement, ma grand'mère ayant plus d'amitié pour son père que pour celui de Léonce. Mais que ce fût Léonce ou Septime, j'avais une grande terreur de l'une ou de l'autre union, parce que, depuis la mort de mon père, leurs parents ne voyaient point ma mère et la maltraitaient beaucoup dans leur opinion.

Je pensais donc que mon mariage serait le signal d'une rupture forcée avec ma mère, ma sœur et ma chère Clotilde, et j'étais dès-lors si soumise de fait à ma grand'mère, que l'idée de résister à sa volonté ne se présentait pas encore à mon esprit. J'étais donc toujours assez mal à l'aise avec tous les Villeneuve, quoique d'ailleurs je les aimasse beaucoup, et quelquefois, en jouant chez eux avec leurs enfants, il me venait des envies de pleurer au milieu de mes rires. Appréhensions chimériques, souffrances gratuites. Personne ne pensait alors à me séparer de ma mère, et ces enfants, plus heureux que moi, ne songeaient point à enchaîner leur liberté ou la mienne par le mariage.

La sœur de Septime, Emma de Villeneuve, aujourd'hui Mme de la Roche-Aymon, était une charmante personne, gracieuse, douce et sensible, pour qui j'ai ressenti, dès mon enfance, une sympathie particulière. J'étais à l'aise avec elle, et pour peu qu'elle eût deviné les idées qui me tourmentaient, je lui aurais ouvert mon cœur au moindre encouragement de sa part. Mais elle était bien loin de penser qu'après avoir ri sur ses genoux et gambadé autour d'elle, je m'en allais pleine de mélancolie, et me reprochant en quelque sorte l'amitié que j'éprouvais pour mes parents paternels, pour ceux que l'on m'avait présentés comme les ennemis de ma mère.

La mère d'Emma et de Septime, Mme René de Villeneuve, était une des plus jolies femmes de la cour impériale. Elle était, à cette époque, dame d'honneur de la reine Hortense. Je la voyais quelquefois, le soir, avec des robes à queue et des diadèmes à l'antique, ce qui m'éblouissait grandement: mais je la craignais, je ne sais pourquoi.

René était chambellan du roi Louis. C'est un des hommes les plus aimables que j'aie connus. Je l'ai aimé comme un père jusqu'au moment où tout s'est brisé autour de moi. Et puis, sur ses vieux jours, il m'a appelée dans ses bras, et j'y ai couru de grand cœur: on ne boude pas contre soi-même.

Hippolyte ne fit pas long feu dans la pension où Deschartres l'avait installé. Il y trouva des garçons aussi fous et encore plus malins que lui, qui développèrent si bien ses heureuses dispositions pour le tapage et l'indiscipline, que ma grand'mère, voyant qu'il travaillait encore moins qu'à Nohant, le reprit au moment de notre départ.

C'est pendant l'hiver dont je viens de parler que se firent les immenses préparatifs de la campagne de Russie. Dans toutes les maisons où nous allions, nous rencontrions des officiers partant pour l'armée et venant faire leurs adieux à la famille. On n'était pas assuré de pénétrer jusqu'au cœur de la Russie. On était si habitué à vaincre qu'on ne doutait pas d'obtenir satisfaction par des traités glorieux aussitôt qu'on aurait passé la frontière et livré quelques batailles dans les premières marches russes. On se faisait si peu l'idée du climat, que je me souviens d'une vieille dame qui voulait donner toutes ses fourrures à un sien neveu, lieutenant de cavalerie, et cette précaution maternelle le faisait beaucoup rire. Jeune et fier dans son petit dolman pincé et étriqué, il montrait son sabre, et disait que c'était avec cela qu'on se réchauffe à la guerre. La bonne dame lui disait qu'il allait dans un pays toujours couvert de neige. Mais on était au mois d'avril: les jardins fleurissaient, l'air était tiède. Les jeunes gens, et les Français surtout, croient volontiers que le mois de décembre n'arrivera jamais pour eux. Ce fier jeune homme a pu regretter plus d'une fois les fourrures de sa vieille tante, lors de la fatale retraite.

Les gens avisés, et Dieu sait qu'il n'en manque point après l'événement, ont prétendu qu'ils avaient tous mal auguré de cette gigantesque entreprise; qu'ils avaient blâmé Napoléon comme un conquérant téméraire: enfin, qu'ils avaient eu le pressentiment de quelque immense désastre. Je n'en crois rien, ou du moins je n'ai jamais entendu exprimer ces craintes, même chez les personnes ennemies, par système ou par jalousie, des grandeurs de l'empire. Les mères qui voyaient partir leurs enfants se plaignaient de l'infatigable activité de l'empereur, et se livraient aux inquiétudes et aux regrets personnels inévitables en pareil cas. Elles maudissaient le conquérant ambitieux; mais jamais je ne vis en elles le moindre doute du succès, et j'entendais tout, je comprenais tout à cette époque. La pensée que Napoléon pût être vaincu ne se présenta jamais qu'à l'esprit de ceux qui le trahissaient. Ils savaient bien que c'était le seul moyen de le vaincre. Les gens prévenus, mais honnêtes, avaient en lui, tout en le maudissant, la confiance la plus absolue, et j'entendais dire à une des amies de ma grand'mère: Eh bien! quand nous aurons pris la Russie, qu'est-ce que nous en ferons?

D'autres disaient qu'il méditait la conquête de l'Asie, et que la campagne de Russie n'était qu'un premier pas vers la Chine. Il veut être le maître du monde, s'écriait-on, et il ne respecte les droits d'aucune nation. Où s'arrêtera-t-il? Quand se trouvera-t-il satisfait? C'est intolérable. Tout lui réussit.

Et personne ne disait qu'il pouvait éprouver des revers, et faire payer cher à la France la gloire dont il l'avait enivrée.

Nous revînmes à Nohant avec le printems de 1812; ma mère vint passer une partie de l'été avec nous, et Ursule, qui retournait tous les hivers chez ses parents, me fut rendue, à ma grande joie et à la sienne aussi. Outre l'affection qu'Ursule avait pour moi, elle adorait Nohant. Elle était plus sensible que moi à ce bien-être, et elle jouissait plus que moi de la liberté, puisque, sauf quelques leçons de couture et de calcul que lui donnait sa tante Julie, elle était livrée à une complète indépendance. Je dois dire qu'elle n'en abusait pas, et que, par caractère, elle était laborieuse. Ma mère lui apprenait à lire et à écrire, et, tandis que je prenais mes autres leçons avec Deschartres ou avec ma bonne maman, bien loin de songer à aller courir, elle restait auprès de ma mère qu'elle adorait et qu'elle entourait des plus tendres soins. Elle savait se rendre utile, et ma mère regrettait de n'avoir pas le moyen de l'emmener à Paris pendant l'hiver.

Ce maudit hiver était le désespoir de ma pauvre Ursule. Toute différente de moi en ceci, elle se croyait exilée quand elle retournait dans sa famille. Ce n'est pas que ses parents fussent dans la misère. Son père était chapelier et gagnait assez d'argent, surtout dans les foires, où il allait vendre des chapeaux à pleines charretées aux paysans. Sa femme, pour aider à son débit, tenait ramée dans les foires; mais ils avaient beaucoup d'enfants, et de la gêne, par conséquent.

Ursule ne pouvait supporter sans se plaindre le changement annuel de régime et d'habitudes. On pensa que le *richement* menaçait de lui tourner la tête, on commença à regretter de lui avoir fait manger *son pain blanc le premier*, et on parla de la reprendre et de la mettre en apprentissage pour lui donner une profession. Je ne voulais pas entendre parler de cela, et ma grand'mère hésita quelque temps. Elle avait quelque désir de garder Ursule, disant qu'un jour elle pourrait gouverner ma maison et s'y rendre utile en ne cessant pas d'être heureuse: mais il y avait du temps jusque-là; on ne savait ce qui pourrait arriver, et Ursule n'était pas d'un caractère à être jamais une *fille de chambre*. Elle avait trop de fierté, de franchise et d'indépendance pour faire penser qu'elle se plierait à faire des volontés des autres pour de l'argent. Il lui fallait une *fonction* et non un service domestique. C'était donc une position à lui assurer dans une famille qu'elle aimerait et dont elle serait aimée. Si, par quelque événement imprévu, la nôtre venait à lui manquer, que deviendrait-elle sans profession acquise, et avec l'habitude du bien-être? Mlle Julie pensait judicieusement que la pauvre enfant serait horriblement malheureuse, et elle insista pour qu'on ne la laissât pas plus longtemps s'accoutumer à ce *chez nous* dont le souvenir la tourmentait si fort en notre absence. Ma grand'mère céda, et il fut décidé qu'Ursule s'en irait tout à fait au moment où nous repartirions pour Paris, mais que, jusque-là, on ne ferait part de cette résolution ni à elle ni à moi, afin de ne pas troubler notre bonheur présent. C'était, en effet, la fin de mon bonheur qui approchait. En même temps qu'Ursule, je devais bientôt perdre la présence de ma mère et tomber sous le joug et dans la société des femmes de chambre.

Cet été de 1812 fut donc encore sans nuage, Tous les dimanches, les trois sœurs d'Ursule venaient passer la journée avec nous. L'aînée, qu'on appelait de son nom de famille féminisé, selon la coutume du pays, était une bonne personne d'une beauté angélique, à laquelle j'ai conservé une grande sympathie de cœur. Elle nous chantait des rondes, nous enseignait le *cob*, la *marelle*, les *évalines*, le *traîne-balin*, l'*aveuglat*[6], enfin tous les jeux de notre pays, dont le nom est aussi ancien que l'usage, et qu'on ne retrouverait même pas tous dans l'immense nomenclature des jeux d'enfants rapportés dans le Gargantua. Toutes ces amusettes nous passionnaient. La maison, le jardin et le petit bois retentissaient de nos jeux et de nos rires: mais, vers la fin de la journée, j'en avais assez, et, s'il avait fallu passer ainsi deux journées de suite, je n'aurais pas pu y tenir. J'avais déjà pris l'habitude du travail, et je souffrais d'une sorte d'ennui indéfinissable au milieu de mes amusements. Pour rien au monde, je ne me serais avoué à moi-même que je regrettais ma leçon de musique ou d'histoire, et pourtant elle me manquait. A mon insu, mon cerveau, abandonné à la dérive au milieu de ces plaisirs enfantins et de cette activité sans but, arrivait à la satiété, et n'eût été la joie de revoir ma chère *Godignonne*, j'aurais désiré, le dimanche soir, que les sœurs d'Ursule ne revinssent pas le dimanche suivant, mais le dimanche suivant ma gaîté et mon ardeur au jeu revenaient dès le matin et duraient encore une partie de la journée.

Nous eûmes cette année-là une nouvelle visite de mon oncle de Beaumont, et la fête de ma bonne maman fut de nouveau préparée avec des *surprises*. Nous n'étions déjà plus assez naïfs et assez confians en nous-mêmes pour désirer de jouer la comédie, mon oncle se contenta de faire des couplets sur l'air de la *Pipe de tabac* que je dus chanter à déjeuner en présentant mon bouquet. Ursule eut un long compliment en prose moitié sérieux, moitié comique, à dégoiser; Hippolyte dut jouer, sans faire une seule faute, le menuet de Fischer sur le flageolet, et même il eut l'honneur, ce jour-là, de soufler et de cracher dans le flageolet d'ébène de Deschartres.

Les visites que nous recevions et que nous rendions me mettaient en rapport avec de jeunes enfants qui sont restés les amis de toute ma vie. Le capitaine Fleury, dont il est question dans les premières lettres de mon père, avait un fils et une fille. La fille, charmante et excellente personne, est morte peu d'années après son mariage, et son frère Alphonse est resté un frère pour moi. M. et Mme Duvernet, les amis de mon père et les compagnons de ses joyeux essais dramatiques en 1797, avaient un fils que je n'ai guère perdu de vue depuis qu'il est au monde, et que j'appelle aujourd'hui mon *vieux* ami. Enfin, notre plus proche voisin habitait et habite encore un joli château de la renaissance, ancienne appartenance de Diane de Poitiers. Ce voisin, M. Papet, amenait sa femme et ses enfants passer la journée chez nous, et son fils Gustave était encore en robe quand nous fîmes connaissance. Voilà trois pères de famille, plus jeunes que moi de quelques années, que j'ai connus en petits jupons et en bourrelet, que j'ai pris dans mes bras déjà robustes pour leur faire cueillir des cerises aux arbres de mon jardin, qui m'ont tyrannisée des journées entières (car, dès mon enfance, j'ai aimé les petits enfants avec une passion maternelle), et qui souvent, depuis, se sont crus pourtant plus raisonnables que moi. Les deux aînés sont déjà un peu chauves, et moi je grisonne. J'ai peine aujourd'hui à leur persuader qu'ils sont des enfants, et ils ne se souviennent plus des innombrables *méfaits* que j'ai à leur reprocher. Il est vrai que des amitiés de quarante ans ont pu réparer bien des sottises, robes déchirées, joujoux cassés, exigences furibondes. J'en passe, et des meilleures! C'était un peu ma faute, et je ne pouvais pas m'empêcher de rire avec mon frère et Ursule de leurs turpitudes.

Il n'y avait pas si longtemps que nous les trouvions charmantes à commettre pour notre propre compte.

Au milieu de nos jeux et de nos songes dorés, les nouvelles de Russie vinrent, à l'automne, jeter de notes lugubres et faire passer sous nos yeux hallucinés des images effrayantes et douloureuses. Nous commencions à écouter la lecture des journaux, et l'incendie de Moscou me frappa comme un grand acte de patriotisme. Je ne sais pas aujourd'hui s'il faut ainsi juger cette catastrophe. La manière dont les Russes nous faisaient la guerre est à coup sûr quelque chose d'inhumain et de farouche qui ne peut avoir d'analogue chez les nations libres. Dévaster ses propres champs, brûler ses maisons, affamer de vastes contrées pour livrer au froid et à la faim une armée d'invasion serait héroïque de la part d'une population qui agirait ainsi de son propre mouvement. Mais le czar russe qui ose dire, comme Louis XIV: *L'État, c'est moi!* ne consultait point les populations esclaves de la Russie. Il les arrachait de leurs demeures, il dévastait leurs terres, il les faisait chasser devant ses armées comme de misérables troupeaux, sans les consulter, sans s'inquiéter de leur laisser un asile, et ces malheureux eussent été infiniment moins opprimés, moins ruinés et moins désespérés par notre armée victorieuse qu'ils ne le furent par leur propre armée, obéissant aux ordres sauvages d'une autorité sans merci, sans entrailles, sans notion aucune du droit humain.

En supposant que Rostopchin eût pris conseil, avant de brûler Moscou, de quelques riches et puissantes familles, la population de cette vaste cité n'en eut pas moins l'obligation de subir le sacrifice de ses maisons, et de ses biens, et il est permis de douter qu'elle y eût consenti unanimement si elle eût pu être consultée, si elle eût eu des réclamations à faire entendre, des droits à faire valoir. La guerre de Russie, c'est le navire battu de l'orage qui jette à l'eau sa cargaison pour alléger son lest; le czar, c'est le capitaine; les ballots qu'on submerge, c'est le peuple; le navire qu'on sauve, c'est la politique du souverain. Si jamais autorité a méprisé profondément et compté pour rien la vie et la propriété des hommes, c'est dans les monarchies absolues qu'il faut aller chercher l'idéal d'un pareil système.

Mais l'autorité de Napoléon recommença, dès le moment de nos désastres en Russie, à représenter l'individualité, l'indépendance et la dignité de la France. Ceux qui en jugèrent autrement pendant la lutte de nos armées avec la coalition tombèrent dans une erreur fatale. Les uns, ceux qui se préparaient à trahir, commirent sciemment un mensonge envers la conscience publique: d'autres, les pères du *libéralisme* naissant, y tombèrent probablement de bonne foi. Mais, l'histoire commence à faire justice de leur rôle en cette affaire. Ce n'était pas le moment de s'aviser des empiétemens de l'empereur sur les libertés politiques, lorsque le premier représentant de notre libéralisme allait être le Russe Alexandre.

J'avais donc huit ans quand j'entendis débattre pour la première fois le redoutable problème de l'avenir de la France. Jusque-là, je regardais ma nation comme invincible et le trône impérial comme celui de Dieu même. On suçait avec le lait, à cette époque, l'orgueil de la victoire. La chimère de la noblesse s'était agrandie, communiquée à toutes les classes. Naître Français, c'était une illustration, un titre. L'aigle était le blason de la nation tout entière.

CHAPITRE SIXIEME

L'armée et l'empereur perdus pendant quinze jours.—Vision.—Un mot de l'empereur sur mon père.—Les prisonniers allemands.—Les Tyroliennes.—Séparation d'avec Ursule.—Le tutoiement.—Le grand lit jaune.—La tombe de mon père.—Les jolis mots de M. de Talleyrand.—La politique des vieilles comtesses.—Un enfant patriote.—Autre vision.—Mme de Béranger et ma mère.—Les soldats affamés en Sologne.—L'aubergiste jacobin.—Maladie de ma grand'mère.—Mme de Béranger dévaste notre jardin.—Le corset.—Lorette de Béranger.—Entrée des alliés à Paris.—Opinion de ma grand'mère sur les Bourbons.—Le boulet de canon.—Les belles dames et les Cosaques.

Les enfants s'impressionnent à leur manière des faits généraux et des malheurs publics. On ne parlait d'autre chose autour de nous que de la campagne de Russie, et pour nous c'était quelque chose d'immense et de fabuleux comme les expéditions d'Alexandre dans l'Inde.

Ce qui nous frappa extrêmement c'est que pendant quinze jours, si je ne me trompe, on fut sans nouvelles de l'empereur et de l'armée. Qu'une masse de trois cent mille hommes, que Napoléon, l'homme qui remplissait l'univers de son nom et l'Europe de sa présence, eussent ainsi disparu comme un pèlerin que la neige engloutit, et dont on ne retrouve pas même le cadavre, c'était pour moi un fait incompréhensible. J'avais des rêves bizarres, des élans d'imagination qui me donnaient la fièvre et remplissaient mon sommeil de fantômes. Ce fut alors qu'une singulière fantaisie, qui m'est restée longtemps après, commença à s'emparer de mon cerveau excité par les récits et les commentaires qui frappaient mes oreilles. Je me figurais, à un certain moment de ma rêverie, que j'avais des ailes, que je franchissais l'espace, et que, ma vue plongeant sur les abîmes de l'horizon, je découvrais les vastes neiges, les steppes sans fin de la Russie blanche; je planais, je m'orientais dans les airs, je découvrais enfin les colonnes errantes de nos malheureuses légions; je les guidais vers la France, je leur montrais le chemin, car ce qui me tourmentait le plus, c'était de me figurer qu'elles ne savaient où elles étaient et qu'elles s'en allaient vers l'Asie, s'enfonçant de plus en plus dans les déserts, en tournant le dos à l'Occident. Quand je revenais à moi-même, je me sentais fatiguée et brisée par le long vol que j'avais fourni, mes yeux étaient éblouis par la neige que j'avais regardée; j'avais froid, j'avais faim, mais j'éprouvais une grande joie d'avoir sauvé l'armée française et son empereur.

Enfin, vers le 25 décembre, nous apprîmes que Napoléon était à Paris. Mais son armée restait derrière lui, engagée encore pour deux mois dans une retraite horrible, désastreuse. On ne sut officiellement les souffrances et les malheurs de cette retraite qu'assez longtemps après. L'empereur à Paris, on croyait tout sauvé, tout réparé. Les bulletins de la grande armée et les journaux ne disaient qu'une partie de la vérité. Ce fut par les lettres particulières, par les récits de ceux qui échappèrent au désastre, qu'on put se faire une idée de ce qui s'était passé.

Parmi les familles que ma grand'mère connaissait, il y eut un jeune officier qui était parti à seize ans pour cette terrible campagne. Il grandit de toute la tête au milieu de ces marches forcées et de ces fatigues inouïes. Sa mère, n'entendant plus parler de lui, le pleurait. Un jour, une espèce de brigand, d'une taille colossale et bizarrement accoutré, se précipite dans sa chambre, tombe à ses genoux et la presse dans ses bras. Elle crie de peur d'abord et bientôt de joie. Son fils avait près de six pieds[7]. Il avait une longue barbe noire, et en guise de pantalon, un jupon de femme, la robe d'une pauvre vivandière tombée gelée au milieu du chemin.

Je crois que c'est ce même jeune homme qui eut peu de temps après un sort pareil à celui de mon père. Sorti sain et sauf des extrêmes périls de la guerre, il se tua à la promenade; son cheval emporté vint se briser avec lui contre le timon d'une charrette. L'empereur ayant appris cet accident, dit d'un ton brusque: «Les mères de famille prétendent que je fais tuer tous leurs enfants à la guerre, en voilà un pourtant dont je n'ai pas à me reprocher la mort. C'est comme M. Dupin! Est-ce encore ma faute si celui-là a été tué par un mauvais cheval?»

Ce rapprochement entre M. de... et mon père montre la merveilleuse mémoire de l'empereur. Mais à quel propos se plaignait-il ainsi des mères de famille? C'est ce que je n'ai pu savoir. Je ne me souviens pas de l'époque précise de la catastrophe de M. de.... Ce devait être dans un moment où la France aristocratique abandonnait la cause de l'empereur, et où celui-ci faisait d'amères réflexions sur sa destinée.

Il m'est impossible de me rappeler si nous allâmes à Paris dans l'hiver de 1812 à 1813. Cette partie de mon existence est tout à fait sortie de ma mémoire. Je ne saurais dire non plus si ma mère vint à Nohant dans l'été de 1813. Il est probable que oui, car dans le cas contraire j'aurais eu du chagrin, et je me souviendrais.

Le calme s'était rétabli dans ma tête à l'endroit de la politique. L'empereur était reparti de Paris, la guerre avait recommencé en avril. Cet état de guerre extérieure était alors comme un état normal, et on ne s'inquiétait que lorsque Napoléon n'agissait pas d'une manière ostensible. On l'avait dit abattu et découragé après son retour de Moscou. Le découragement d'un seul homme, c'était encore le seul malheur public qu'on voulût admettre et qu'on osât prévoir. Dès le mois de mai, les victoires de Lutzen, Dresde et Bautzen, relevèrent les esprits. L'armistice dont on parlait me parut la sanction de la victoire. Je ne pensai plus à avoir des ailes et à voler au secours de nos légions. Je repris mon existence de jeux, de promenades et d'études faciles.

Dans le courant de l'été, nous eûmes un passage de prisonniers. Le premier que nous vîmes fut un officier qui s'était assis au bord de la route, sur le seuil d'un petit pavillon qui ferme notre jardin de ce côté-là. Il avait un habit de drap fin, de très beau linge, des chaussures misérables, et un portrait de femme attaché à un ruban noir sur sa poitrine. Nous le regardions curieusement, mon frère et moi, tandis qu'il examinait ce portrait d'un air triste, mais nous n'osâmes pas lui parler. Son domestique vint le rejoindre. Il se leva et se remit en route sans faire attention à nous. Une heure après, il passa un groupe assez considérable d'autres prisonniers. Ils se dirigeaient sur Châteauroux. Personne ne les conduisait ni ne les surveillait. Les paysans les regardaient à peine.

Le lendemain, comme nous jouions mon frère et moi auprès du pavillon, un de ces pauvres diables vint à passer. La chaleur était accablante. Il s'arrêta et s'assit sur cette marche du pavillon qui offrait aux passants un peu d'ombre et de fraîcheur. Il avait une bonne figure de paysan allemand, lourde, blonde et naïve. Cela nous enhardit à lui parler, mais il nous répondit: «Moi pas comprend.» C'était tout ce qu'il savait dire en français. Alors je lui demandai par signes s'il avait soif. Il me répondit en me montrant l'eau du fossé d'un air d'interrogation. Nous lui fîmes comprendre qu'elle n'était pas bonne à boire et qu'il eût à nous attendre. Nous courûmes lui chercher une bouteille de vin et un énorme morceau de pain sur lesquels il se jeta avec des exclamations de joie et de reconnaissance, et quand il se fut restauré, il nous tendit la main à plusieurs reprises. Nous pensions qu'il voulait de l'argent, et nous n'en avions pas. J'allais en demander pour lui à ma grand'mère, lorsqu'il devina ma pensée. Il me retint, et nous fit entendre que ce qu'il voulait de nous, c'était une poignée de main. Il avait les yeux pleins de larmes, et après avoir bien cherché, il vint à bout de nous dire: *Enfans très pons!*»

Nous revînmes tout attendris raconter à ma bonne maman notre aventure. Elle se prit à pleurer, songeant au temps où son fils avait eu un sort pareil chez les Croates. Puis, comme de nouvelles colonnes de prisonniers paraissaient sur la route, elle fit porter au pavillon une pièce de vin du pays et une provision de pain. Nous en prîmes possession, mon frère et moi, et nous eûmes récréation toute la journée, afin de pouvoir remplir l'office de cantiniers jusqu'au soir. Ces pauvres gens étaient d'une grande discrétion, d'une douceur parfaite, et nous montraient une vive reconnaissance pour ce pauvre morceau de pain et ce verre de vin offerts en passant, sans cérémonie. Ils paraissaient touchés surtout de voir deux enfants leur faire les honneurs, et pour nous remercier, ils se groupaient en chœur et nous chantaient des tyroliennes qui me charmèrent. Je n'avais jamais entendu rien de semblable. Ces paroles étrangères, ces voix justes chantant en parties, et cette classique vocalisation gutturale qui marque le refrain de leurs airs nationaux étaient alors choses très nouvelles en France, et ce n'est pas sur moi seulement qu'elles produisirent de l'effet. Tous les prisonniers allemands internés dans nos provinces y furent traités avec la douceur et l'hospitalité naturelles autrefois au Berrichon; mais ils durent à leurs chants et à leur talent pour la valse plus de sympathie et de bons traitemens que la pitié ne leur en eût assuré. Ils furent les compagnons et les amis de toutes les familles où ils s'établirent: quelques-uns même s'y marièrent.

Je crois bien que cette année-là fut la première que je passai à Nohant sans Ursule. Probablement nous avions été à Paris pendant l'hiver, et, à mon retour, la séparation était un fait préparé et accompli, car je ne me rappelle pas qu'il ait amené de la surprise et des larmes. Je sais que cette année-là, ou la suivante, Ursule venait me voir tous les dimanches, et nous étions restées tellement liées, que je ne passais pas un samedi sans lui écrire une lettre pour lui recommander de venir le lendemain, et pour lui envoyer un petit cadeau. C'était toujours quelque niaiserie de ma façon, un ouvrage en perles, une découpure en papier, un bout de broderie. Ursule trouvait tout cela magnifique et en faisait des reliques d'amitié.

Ce qui me surprit et me blessa beaucoup, c'est que tout d'un coup elle cessa de me tutoyer. Je crus qu'elle ne m'aimait plus, et quand elle m'eut protesté de son attachement, je crus que c'était une taquinerie, une obstination, je ne sais quoi enfin; mais cela me parut une insulte gratuite, et, pour me consoler, il fallut qu'elle m'avouât que sa tante Julie lui avait solennellement défendu de rester avec moi sur ce pied de familiarité inconvenante. Je courus en demander raison à ma grand'mère, qui confirma l'arrêt en me disant que je comprendrais plus tard combien cela était nécessaire. J'avoue que je ne l'ai jamais compris.

J'exigeai qu'Ursule me tutoyât quand nous serions tête à tête; mais comme à ce compte elle n'eût pu guère prendre l'habitude qu'on lui imposait, et qu'elle fut grondée pour avoir laissé échapper en présence de sa tante quelque *tu* au lieu de *vous* en parlant à ma personne, je fus forcée de consentir à ce qu'elle perdît avec moi cette douce et naturelle familiarité. Cela me fit souffrir longtemps, et même j'essayai de lui donner du *vous* pour rétablir l'égalité entre nous. Elle en ressentit beaucoup de chagrin. «Puisqu'on ne vous défend pas de me tutoyer, me disait-elle, ne m'ôtez pas ce plaisir-là; car, au lieu d'un chagrin, ça m'en ferait deux.» Alors comme nous étions assez savantes pour nous amuser des mots de notre première enfance: «Tu vois, lui disais-je, ce que c'est que ce maudit *richement*, que tu voulais me faire aimer et que je n'aimerai jamais. Cela ne sert qu'à vous empêcher d'être aimé.—Ne croyez pas cela de moi, disait Ursule, vous serez toujours ce que j'aimerai le mieux au monde: que vous soyez riche ou pauvre, ça m'est bien égal.» Cette excellente fille, qui vraiment m'a tenu parole, apprenait l'état de tailleuse, où elle est devenue fort habile. Bien loin d'être paresseuse et prodigue, comme on craignait qu'elle ne le devînt, elle est une des femmes les plus laborieuses et les plus raisonnables que je connaisse.

Je crois me rappeler positivement maintenant que ma mère passa cet été-là avec moi et que j'eus du chagrin, parce que jusqu'alors j'avais couché dans sa chambre quand elle était à Nohant, et que pour la première fois cette douceur me fut refusée. Ma grand'mère me disait trop grande pour dormir sur un sofa, et, en effet, le petit lit de repos qui m'avait servi devenait trop court. Mais le grand lit jaune qui avait vu naître mon père et qui était celui de ma mère à Nohant (le même dont je me sers encore) avait six pieds de large, et c'était une fête pour moi quand elle me permettait d'y dormir avec elle. J'étais là comme un oisillon dans le sein maternel, il me semblait que j'y dormais mieux et que j'y avais de plus jolis rêves.

Malgré la défense de la bonne maman, j'eus pendant deux ou trois soirs la patience d'attendre, sans dormir, jusqu'à onze heures, que ma mère fût rentrée dans sa chambre. Alors je me levais sans bruit, je quittais la mienne sur la pointe de mes pieds nus, et j'allais me blottir dans les bras de ma petite mère, qui n'avait pas le courage de me renvoyer, et qui elle-même était heureuse de s'endormir avec ma tête sur son épaule. Mais ma grand'mère eut des soupçons, ou fut avertie par Mlle Julie, son lieutenant de police. Elle monta et me surprit au moment où je m'échappais de ma chambre: Rose fut grondée pour avoir fermé les yeux sur mes escapades. Ma mère entendit du bruit et sortit dans le corridor. Il y eut des paroles assez vives échangées, ma grand'mère prétendait que ce n'était ni sain, ni *chaste*, qu'une fille de neuf ans dormît à côté de sa mère. Vraiment elle était fâchée et ne savait pas ce qu'elle disait, car rien n'est plus chaste et plus sain, au contraire. J'étais si chaste quant à moi, que je ne comprenais même pas bien le sens du mot de chasteté. Tout ce qui pouvait en être le contraire m'était inconnu. J'entendis ma mère qui répondait: «Si quelqu'un manque de chasteté, c'est pour avoir de pareilles idées! C'est en parlant trop tôt de cela aux enfants qu'on leur ôte l'innocence de leur esprit, et je vous assure bien que si c'est comme cela que vous comptez élever ma fille, vous auriez mieux fait de me la laisser. Mes caresses sont plus honnêtes que vos pensées.»

Je pleurai toute la nuit. Il me semblait être attachée physiquement et moralement à ma mère par une chaîne de diamant que ma grand'mère voulait en vain s'efforcer de rompre, et qui ne faisait que se resserrer autour de ma poitrine jusqu'à m'étouffer.

Il y eut beaucoup de froideur et de tristesse dans les relations avec ma grand'mère pendant quelques jours. Cette pauvre femme voyait bien que plus elle essayait de me détacher de ma mère, plus elle perdait elle-même dans mon affection, et elle n'avait d'autre ressource que de se réconcilier avec elle pour se réconcilier avec moi. Elle me prenait dans ses bras et sur ses genoux pour me caresser, et je lui fis grand'peine la première fois en m'en dégageant et en lui disant: «Puisque ce n'est pas chaste, je ne veux pas embrasser.» Elle ne répondit rien, me posa à terre, se leva et quitta sa chambre avec plus de précipitation qu'elle ne paraissait capable d'en mettre dans ses mouvements.

Cela m'étonna, m'inquiéta même après un moment de réflexion, et je n'eus pas de peine à la rejoindre dans le jardin; je la vis prendre l'allée qui longe le mur du cimetière et s'arrêter devant la tombe de mon père. Je ne sais pas si j'ai dit déjà que mon père avait été déposé dans un petit caveau pratiqué sous le mur du cimetière, de manière que la tête reposât dans le jardin et les pieds dans la terre consacrée. Deux cyprès et un massif de rosiers et de lauriers francs marquent cette sépulture, qui est aussi aujourd'hui celle de ma grand'mère.

Elle s'était donc arrêtée devant cette tombe qu'elle avait bien rarement le courage d'aller regarder, et elle pleurait amèrement. Je fus vaincue, je m'élançai vers elle, je serrai ses genoux débiles contre ma poitrine et je lui dis une parole qu'elle m'a bien souvent rappelée depuis: «Grand'mère, c'est moi qui vous consolerai.» Elle me couvrit de larmes et de baisers et alla sur-le-champ trouver ma mère avec moi. Elles s'embrassèrent sans s'expliquer autrement, et la paix revint pendant quelque temps.

Mon rôle eût été de rapprocher ces deux femmes et de les mener, à chaque querelle, s'embrasser sur la tombe de mon père. Un jour vint où je le compris et où je l'osai. Mais j'étais trop enfant à l'époque que je raconte pour rester impartiale entre elles deux: je crois même qu'il m'eût fallu une grande dose de froideur ou d'orgueil pour juger avec calme laquelle avait le plus tort ou le plus raison dans leurs dissidences, et j'avoue qu'il m'a fallu trente ans pour y voir bien clair et pour chérir presque également le souvenir de l'une et de l'autre.

Je crois que ce qui précède date de l'été 1813, je ne l'affirmerais pourtant pas, parce qu'il y a là une sorte de lacune dans mes souvenirs: mais, si je me trompe de date, il importe peu. Ce que je sais, c'est que cela n'est pas arrivé plus tard.

Nous fîmes un très court séjour à Paris l'hiver suivant. Dès le mois de janvier 1814 ma grand'mère, effrayée des rapides progrès de l'invasion, vint se réfugier à Nohant, qui est le point central pour ainsi dire de la France, par conséquent le plus à l'abri des événements politiques.

Je crois que nous en étions parties au commencement de décembre, et qu'en faisant ses préparatifs pour une absence de trois à quatre mois comme les autres années, ma grand'mère ne prévoyait nullement la chute prochaine de l'empereur et l'entrée des étrangers dans Paris. Il y était de retour, lui, depuis le 7 novembre, après la retraite de Leipzig. La fortune l'abandonnait. On le trahissait, on le trompait de toutes parts. Quand nous arrivâmes à Paris, le *nouveau mot* de M. de Talleyrand courait les salons: «C'est, disait-il, *le commencement de la fin.*» Ce mot, que j'entendais répéter dix fois par jour, c'est à dire par toutes les visites qui se succédaient chez ma grand'mère, me sembla niais d'abord, et puis triste, et puis odieux. Je demandai ce que c'était que M. de Talleyrand, j'appris qu'il devait sa fortune à l'empereur, et je demandai si son mot était un regret ou une plaisanterie. On me dit que c'était une moquerie et une menace, que l'empereur le méritait bien, qu'il était un ambitieux, un monstre. «En ce cas, demandai-je, pourquoi est-ce que ce Talleyrand a accepté quelque chose de lui?»

Je devais avoir bien d'autres surprises. Tous les jours j'entendais louer des actes de trahison et d'ingratitude. La politique des *vieilles comtesses* me brisait la tête. Mes études et mes jeux en étaient troublés et attristés.

Pauline n'était pas venue à Paris cette année-là; elle était restée en Bourgogne avec sa mère, qui, toute femme d'esprit qu'elle était, donnait dans la réaction jusqu'à la rage, et attendait les alliés comme le Messie. Dès le jour de l'an, on parla de Cosaques qui avaient franchi le Rhin, et la peur fit taire la haine un instant. Nous allâmes faire visite à une des amies de ma grand'mère vers le Château-d'Eau: c'était, je crois, chez Mme Dubois. Il y avait plusieurs personnes, et des jeunes gens qui étaient ses petits-fils ou ses neveux. Parmi ces jeunes gens, je fus frappée du langage d'un garçonnet de treize ou quatorze ans, qui, à lui seul, tenait tête à toute sa famille et à toutes les personnes en visite. «Comment, disait-il, les Russes, les Prussiens, les Cosaques sont en France et viennent sur Paris, et on les laissera faire?—Oui, mon enfant, disaient les autres, tous ceux qui pensent bien les laisseront faire. Tant pis pour le tyran, les étrangers viennent pour le punir de son ambition et pour nous débarrasser de lui.—Mais ce sont des étrangers! disait le brave enfant, et par conséquent nos ennemis. Si nous ne voulons plus de l'empereur, c'est à nous de le renvoyer nous-mêmes; mais nous ne devons pas nous laisser faire la loi par nos ennemis, c'est une honte. Il faut nous battre contre eux!» On lui riait au nez. Les autres grands jeunes gens, ses frères ou ses cousins, lui conseillaient de prendre un grand sabre et de partir à la rencontre des Cosaques. Cet enfant eut des élans de cœur admirables dont tout le monde se moqua, dont personne ne lui sut gré, si ce n'est moi, enfant qui n'osais dire un mot devant cet auditoire à peu près inconnu, et dont le cœur battait pourtant d'une émotion subite à l'idée enfin clairement énoncée devant moi du déshonneur de la France. «Oui, moquez-vous, disait le jeune garçon, dites tout ce que vous voudrez, mais qu'ils viennent, les étrangers, et que je trouve un sabre, fût-il deux fois grand comme moi, je saurai m'en servir, vous verrez, et tous ceux qui ne feront pas comme moi seront des lâches.»

On lui imposa silence, on l'emmena. Mais il avait fait au moins un prosélyte. Lui seul, cet enfant que je n'ai jamais revu et dont je n'ai jamais su le nom, m'avait formulé ma propre pensée. C'était tous des lâches ces gens qui criaient d'avance: Vivent les alliés! Je ne me souciais plus tant de l'empereur, car au milieu du dévergondage de sots propos dont il était l'objet, de temps en temps, une personne intelligente, ma grand'mère, mon oncle de Beaumont, l'abbé d'Andrezel ou ma mère elle-même, prononçait un arrêt mérité, un reproche fondé sur la vanité qui l'avait perdu. Mais *la France*! Ce mot-là était si grand à l'époque où j'étais née, qu'il faisait sur moi une impression plus profonde que si je fusse née sous la Restauration. On sentait l'honneur du pays dès l'enfance, pour peu qu'on ne fût pas né idiot.

Je rentrai donc fort triste et agitée, et mon rêve de la campagne de Russie me revint. Ce rêve m'absorbait et me rendait sourde aux déclamations qui fatiguaient mon oreille. C'était un rêve de combat et de meurtre. Je retrouvais mes ailes, j'avais une épée flamboyante, comme celle que j'avais vue à l'Opéra dans je ne sais plus quelle pièce, où l'ange exterminateur apparaissait dans les nuages[8], et je fondais sur les bataillons ennemis, je les mettais en déroute, je les précipitais dans le Rhin. Cette vision me soulageait un peu.

Pourtant, malgré la joie qu'on se promettait de la chute du tyran, on avait peur de ces bons messieurs les Cosaques, et beaucoup de gens riches se sauvaient. Mme de Béranger était la plus effrayée; ma grand'mère lui offrit de l'emmener à Nohant, elle accepta. Je la donnais de grand'cœur au diable, car cela empêchait ma bonne maman d'emmener ma mère. Elle n'eût pas voulu mettre en présence deux natures si incompatibles. J'étais outrée de cette préférence pour une étrangère. S'il y avait réellement du danger à rester à Paris, c'était ma mère, avant tout, qu'il fallait soustraire à ce danger, et je commençais à faire le projet d'entrer en révolte et de rester avec elle pour mourir avec elle s'il le fallait.

J'en parlai à ma mère, qui me calma. «Quand même ta bonne maman voudrait m'emmener, me dit-elle, moi je n'y consentirais pas. Je veux rester auprès de Caroline, et plus on parle de dangers à courir, plus c'est mon devoir et ma volonté; mais tranquillise-toi, nous n'y sommes pas. Jamais l'empereur, jamais nos troupes ne laisseront approcher les ennemis de Paris. Ce sont des espérances de *vieille comtesse*. L'empereur battra les Cosaques à la frontière, et nous n'en verrons jamais un seul. Quand ils seront exterminés, la vieille Béranger reviendra pleurer ses Cosaques à Paris, et j'irai te voir à Nohant.»

La confiance de ma mère dissipa mes angoisses. Nous partîmes le 12 ou le 13 janvier. L'empereur n'avait pas encore quitté Paris. Tant qu'on le voyait là, on se croyait sûr de n'y jamais voir d'autres monarques, à moins que ce ne fût en visite et pour lui baiser les pieds.

Nous étions dans une grande calèche de voyage dont ma grand'mère avait fait l'acquisition, et madame de Béranger, avec sa femme de chambre et sa petite chienne nous suivait dans une grande berline à quatre chevaux. Notre équipage déjà si lourd était leste en comparaison du sien. Le voyage fut assez difficile. Il faisait un temps affreux. La route était couverte de fourgons, de munitions de campagne de toute espèce. Des colonnes de conscrits, de volontaires se croisaient, se mêlaient bruyamment et se séparaient aux cris de *Vive l'empereur! vive la France!* Madame de Béranger avait peur de ces rencontres fréquentes, au milieu desquelles nos voitures ne pouvaient avancer. Les volontaires criaient souvent: *Vive la nation!* et elle se croyait en 93. Elle prétendait qu'ils avaient des figures patibulaires et qu'ils la regardaient avec insolence. Ma grand'mère se moquait un peu d'elle à la dérobée, mais elle était très dominée par elle et ne la contredisait jamais ouvertement.

Dans la Sologne, nous rencontrâmes des soldats qui paraissaient venir de loin, d'après leurs vêtemens en guenilles et leur air affamé. Etaient-ce des détachemens rappelés d'Allemagne ou repoussés de la frontière? Ils nous le dirent; je ne m'en souviens plus. Ils ne mendiaient point; mais lorsque nous allions au pas dans les sables détrempés de la Sologne, ils pressaient nos voitures d'un air suppliant. Qu'est-ce qu'ils veulent donc? dit ma grand'mère. Ces pauvres gens mouraient de faim et avaient trop de fierté pour le dire. Nous avions un pain dans la voiture, je le tendis à celui qui se trouvait le plus à ma portée. Il poussa un cri effrayant et se jeta dessus, non avec les mains, mais avec les dents, si violemment que je n'eus que le temps de retirer mes doigts, qu'il eût dévorés. Ses compagnons l'entourèrent, et mordirent à même ce pain qu'il rongeait comme eût pu le faire un animal. Ils ne se disputaient pas, ils ne songeaient point à partager, ils se faisaient place les uns aux autres pour mordre dans la proie commune, et ils pleuraient à grosses larmes. C'était un spectacle navrant, et je ne pus me retenir de pleurer aussi.

Comment, au cœur de la France, dans un pays pauvre, il est vrai, mais que la guerre n'avait pas dévasté et où la disette n'avait pas régné cette année-là, nos pauvres soldats expiraient-ils de faim sur une grande route? Voilà ce que j'ai vu et ne puis expliquer. Nous vidâmes le coffre aux provisions, nous leur donnâmes tout ce qu'il y avait dans les deux voitures. Je crois qu'ils nous dirent que les ordres avaient été mal donnés et qu'ils n'avaient pas eu de rations depuis plusieurs jours, mais le détail m'échappe.

Les chevaux manquèrent souvent aux relais de poste, et nous fûmes obligées de coucher dans de très mauvais gîtes. Dans un de ces gîtes, l'hôte vint causer avec nous après dîner. Il était outré contre Napoléon de ce qu'il avait laissé envahir la France. Il disait qu'il fallait faire la guerre de partisans, égorger tous les étrangers, mettre l'empereur à la porte, et proclamer la république: mais la bonne, disait-il, la vraie, l'*une et indivisible et impérissable*. Cette conclusion ne fut point du goût de Mme de Béranger, elle le traita de jacobin: il le lui fit payer sur sa note.

Enfin, nous arrivâmes à Nohant, mais nous n'y étions pas depuis trois jours qu'un grand chagrin vint donner un autre cours à mes pensées.

Ma grand'mère, qui n'avait jamais été malade de sa vie, fit une maladie grave. Comme son organisation était très particulière, les accidents de cette maladie eurent un caractère particulier. D'abord ce fut un sommeil profond dont il fut impossible, durant deux jours, de la tirer: puis, lorsque tous les symptômes alarmans furent dissipés, on s'aperçut qu'elle avait sur le corps une large plaie gangréneuse, produite par la légère excoriation laissée par les cataplasmes salins. Cette plaie fut horriblement douloureuse et longue à fermer. Pendant deux mois il lui fallut garder le lit, et la convalescence ne fut pas moins longue.

Deschartres, Rose et Julie soignèrent ma pauvre bonne maman avec un grand dévouement. Quant à moi, je sentis que je l'aimais plus que je ne m'en étais avisée jusqu'alors. Ses souffrances, le danger de mort où elle se trouva plusieurs fois me la rendirent chère, et le temps de sa maladie fut pour moi d'une mortelle tristesse.

Madame de Béranger resta, je crois, six semaines avec nous, et ne partit que lorsque ma grand'mère fut hors de tout danger. Mais cette dame, si elle eut du chagrin ou de l'inquiétude, ne le fit pas beaucoup paraître, et je doute qu'elle eût le cœur bien tendre. Je ne sais, en vérité, pourquoi ma bonne maman, qui avait un si grand besoin de tendresse, s'était particulièrement attachée à cette femme hautaine et impérieuse en qui je n'ai jamais pu découvrir le moindre charme d'esprit ou de caractère.

Elle était fort active et ne pouvait rester en place. Elle se croyait très habile à lever ou à rectifier le plan d'un jardin ou d'un parc, et elle n'eut pas plutôt vu notre vieux jardin régulier qu'elle se mit en tête de le transformer en paysage anglais: c'était une idée saugrenue, car sur un terrain plat, ayant peu de vue, et où les arbres sont très lents à pousser, ce qu'il y a de mieux à faire, c'est de conserver précieusement ceux qui s'y trouvent, de planter pour l'avenir, de ne point ouvrir de clairières qui vous montrent la pauvreté des lignes environnantes; c'est surtout, lorsqu'on a la route en face et tout près de la maison, de se renfermer autant que possible derrière des murs ou des charmilles pour être *chez soi*. Mais nos charmilles faisaient horreur à Mme de Béranger, nos carrés de fleurs et de légumes, qui me paraissaient si beaux et si rians, elle les traitait de jardin de curé. Ma grand'mère, au sortir de la première crise de son mal, avait à peine recouvré la voix et l'ouïe, que son amie lui demanda l'autorisation de mettre la coignée dans le petit bois et la pioche dans les allées. Ma grand'mère n'aimait pas le changement, mais elle avait la tête si faible en ce moment, et d'ailleurs Mme de Béranger exerçait sur elle une telle domination, qu'elle lui donna pleins pouvoirs.

Voilà donc cette bonne dame à l'œuvre: elle mande une vingtaine d'ouvriers, et de sa fenêtre dirige l'abattage, élaguant ici, détruisant là, et cherchant toujours un point de vue qui ne se trouva jamais, parce que, si des fenêtres du premier étage de la maison la campagne est assez jolie, rien ne peut faire que, dans ce jardin, de plain pied avec cette campagne, on ne la voie pas de niveau et sans étendue. Il aurait fallu exhausser de cinquante pieds le sol du jardin et chaque ouverture pratiquée dans les massifs n'aboutissait qu'à nous faire jouir de la vue d'une grande plaine labourée. On élargissait la brèche, on abattait de bons vieux arbres qui n'en pouvaient mais Mme de Béranger traçait des lignes sur le papier, tendait de sa fenêtre des ficelles aux ouvriers, criait après eux, montait, descendait, retournait, s'impatientait et détruisait le peu d'ombrage que nous avions, sans nous faire rien gagner en échange. Enfin, elle y renonça, Dieu merci, car elle eût pu faire table rase: mais Deschartres lui observa que ma grand'mère, dès qu'elle serait en état de sortir et de voir par ses yeux, regretterait peut-être beaucoup ses vieilles charmilles.

Je fus très frappée de la manière dont cette dame parlait aux ouvriers. Elle était beaucoup trop illustre pour daigner s'enquérir de leurs noms et pour les interpeller en particulier. Cependant elle avait affaire de sa fenêtre à chacun d'eux tour à tour, et pour rien au monde elle ne leur eût dit: «Monsieur, ou mon ami, ou *mon vieux*,» comme on dit en Berry, quel que soit l'âge de l'être masculin auquel on s'adresse. Elle leur criait donc à tuetète: «*L'homme n° 2! Écoutez, l'homme n° 4!*» Cela faisait grandement rire nos paysans narquois, et aucun ne se dérangeait ni ne tournait la tête de son côté. «Pardi se disaient-ils les uns aux autres en levant les épaules, nous sommes bien tous des hommes, et nous ne pouvons pas deviner à qui elle en a, la *femme*!»

Il a fallu une trentaine d'années pour faire disparaître le dégât causé chez nous par Mme de Béranger et pour refermer les brèches de ses *points de vue*.

Elle avait une autre manie qui me contrariait encore plus que celle des jardins anglais. Elle se sanglait si fort dans ses corsets, que le soir elle était rouge comme une betterave et que les yeux lui sortaient de la tête. Elle déclara que je me tenais comme une bossue, que j'étais taillée comme un morceau de bois, et qu'il fallait me donner des formes. En conséquence, elle me fit faire bien vite un corset, à moi qui ne connaissais pas cet instrument de torture, et elle me le sangla elle-même si bien que je faillis me trouver mal la première fois.

A peine fus-je hors de sa présence, que je coupai lestement le lacet, moyennant quoi je pus supporter le buse et les baleines; mais elle s'aperçut bientôt de la supercherie et me sangla encore plus fort. J'entrai en révolte, et, me réfugiant dans la cave, je ne me contentai pas de couper le lacet, je jetai le corset dans une vieille barrique de lie de vin où personne ne s'avisa d'aller le découvrir. On le chercha bien, mais si on le retrouva six mois après, à l'époque des vendanges, c'est ce dont je ne me suis jamais enquis.

La petite *Lorette de Béranger*, car Mme de la Marlière nous avait appris à donner aux chiens trop gâtés les noms de leurs maîtresses, était un être acariâtre qui sautait à la figure des gros chiens les plus graves et les forçait à sortir de leur caractère. Dans ces rencontres, Mme de Béranger jetait les hauts cris et se trouvait mal. Si bien que nos amis Brillant et Moustache ne pouvaient plus mettre la patte au salon. Chaque soir, Hippolyte était chargé de mener promener Lorette, parce que son air bon apôtre inspirait de la confiance à Mme de Béranger; mais Lorette passait de mauvais quarts d'heure entre ses mains. «Pauvre petite chérie, amour de petite bête!» lui disait-il sur le seuil de la porte, d'où sa maîtresse pouvait l'entendre, et à peine la porte était-elle franchie, qu'il lançait Lorette en l'air de toute sa force au milieu de la cour, s'inquiétant peu comment et où elle retomberait. Je crois bien que Lorette se figurait aussi avoir seize quartiers de noblesse, car c'était une bête stupide et détestable dans son impertinence.

Enfin Mme de Béranger et Lorette partirent. Nous ne regrettâmes que sa femme de chambre, qui était une personne de mérite.

La maladie de la bonne maman ne nous avait pas permis de beaucoup rire aux dépens de la vieille comtesse. Les nouvelles du dehors n'étaient pas gaies non plus, et, un jour de printemps, ma grand'mère convalescente reçut une lettre de Mme de Pardaillan qui lui disait: «Les alliés sont entrés dans Paris. Ils n'y ont pas fait de mal. On n'a point pillé. On dit que l'empereur Alexandre va nous donner pour roi le frère de Louis XVI, celui qui était en Angleterre *et dont je ne me rappelle pas le nom*.»

Ma grand'mère rassembla ses souvenirs. «Ce doit être, dit-elle, celui qui avait le titre de *Monsieur*. C'était un bien mauvais homme. Quant au comte d'Artois, c'était un vaurien détestable. Allons, ma fille, voilà nos cousins sur le trône, mais il n'y a pas de quoi nous vanter.»

Telle fut sa première impression. Et puis, suivant l'impulsion de son entourage, elle fut dupe pendant quelque temps des promesses faites à la France, et subit le premier engouement, non pour les personnes, mais pour les choses restaurées. Cela ne fut pas de longue durée. Quand la dévotion fut à l'ordre du jour, elle revint à son dégoût pour les hypocrites; je le dirai plus tard.

J'attendais avec anxiété une lettre de ma mère, elle arriva enfin. Ma pauvre petite maman avait été malade de peur. Par une chance singulière, un des cinq ou six boulets lancés sur Paris et dirigés sur la statue de la colonne de la place Vendôme était venu tomber sur la maison que ma mère habitait alors rue Basse-du-Rempart. Ce boulet avait troué le toit, pénétré deux étages, et était venu s'amortir sur le plafond de la chambre où elle se trouvait. Elle avait fui avec Caroline, croyant que Paris allait être, en peu d'heures, un amas de décombres. Elle put revenir coucher tranquillement chez elle, après avoir vu, avec la foule consternée et stupéfaite, l'entrée des barbares que de belles dames couraient embrasser et couronner de fleurs.

CHAPITRE SEPTIEME

La lutte domestique s'envenime.—Je commence à connaître le chagrin.—Discussion avec ma mère.—Mes prières, ses promesses, son départ.

Ma mère vint passer un mois avec nous, et dut s'en retourner pour faire sortir Caroline de pension. Je compris alors que je la verrais désormais de moins en moins à Nohant. Ma grand'mère parlait d'y passer l'hiver, je tombai dans le plus grand chagrin que j'eusse encore ressenti de ma vie. Ma mère s'efforçait de me donner du courage, mais elle ne pouvait plus me tromper, j'étais d'âge à constater les nécessités de la position qui nous était faite à l'une et à l'autre. L'admission de Caroline dans la famille eût tout arrangé, et c'est sur quoi ma grand'mère était inflexible.

Ma mère n'était point heureuse à Nohant, elle y souffrait, elle y subissait un étouffement moral, une contrainte, une irritation comprimée de tous les instants. Mon obstination à la préférer ostensiblement à ma grand'mère (je ne savais pas feindre, quoique cela eût été dans l'intérêt de tout le monde) aigrissait de plus en plus cette dernière contre elle. Et il faut bien dire que la maladie de cette pauvre grand'mère avait beaucoup changé son caractère. Elle avait des jours d'humeur que je ne lui avais jamais vus. Sa susceptibilité devenait excessive. En de certains moments, elle me parlait si sèchement que j'en étais atterrée. Mlle Julie prenait un empire extraordinaire, déplorable, sur son esprit, recevant toutes ses confidences et envenimant tous ses déplaisirs, à bonne intention sans doute, mais sans discernement et sans justice.

Pourtant ma mère eût supporté tout cela pour moi, si elle n'eût été continuellement inquiète de son autre fille. Je le compris; je ne voulais pas que Caroline me fût sacrifiée, et pourtant Caroline commençait, de son côté, à être jalouse de moi, la pauvre enfant, à se plaindre des absences annuelles de sa mère, et à lui reprocher en sanglotant sa préférence pour moi.

Ainsi nous étions toutes malheureuses, et moi, cause innocente de toutes ces amertumes domestiques, j'en ressentais le contre-coup plus douloureusement encore que les autres.

Quand je vis ma mère faire ses paquets, je fus saisie de terreur. Comme elle était, ce jour-là, fort irritée des propos de Julie et disait qu'il n'y avait plus moyen de subir l'autorité d'une femme de chambre devenue plus maîtresse dans la maison que la maîtresse elle-même, je crus que ma mère s'en allait pour ne plus revenir; je devinai, du moins, qu'elle ne reviendrait plus que de loin en loin, et je me jetai dans ses bras, à ses pieds; je me roulai par terre, la suppliant de m'emmener, et lui disant que si elle ne le faisait pas, je me sauverais et que j'irais de Nohant à Paris, seule et à pied, pour la rejoindre.

Elle me prit sur ses genoux et tâcha de me faire comprendre sa situation. «Ta grand'mère, me dit-elle, peut me réduire à quinze cents francs si je t'emmène.—Quinze cents francs, m'écriai-je, mais c'est beaucoup, cela! c'est bien assez pour nous trois.—Non, me dit-elle, ce ne serait pas assez pour Caroline et moi, car la pension et l'entretien de ta sœur m'en coûtent la moitié, et avec ce qui me reste, j'ai bien de la peine à vivre et à m'habiller. Tu saurais cela si tu avais la moindre idée de ce que c'est que l'argent. Eh bien, si je t'emmène, et qu'on me retire mille francs par an, nous serons si pauvres, si pauvres, que tu ne pourras pas le supporter et que tu me redemanderas ton Nohant et tes quinze mille livres de rente.—Jamais! jamais! m'écriai-je; nous serons pauvres, mais nous serons ensemble: nous ne nous quitterons jamais, nous travaillerons, nous mangerons des haricots dans un petit grenier, comme dit Mlle Julie, où est le mal? nous serons heureuses, on ne nous empêchera plus de nous aimer!»

J'étais si convaincue, si ardente, si désespérée, que ma mère fut ébranlée. «C'est peut-être vrai, ce que tu dis là, répondit-elle avec la simplicité d'un enfant, et d'un généreux enfant qu'elle était. Il y a longtemps que je sais que l'argent ne fait pas le bonheur, et il est certain que si je t'avais avec moi à Paris, je serais beaucoup plus heureuse dans ma pauvreté que je ne le suis ici, où je ne manque de rien et où je suis abreuvée de dégoûts. Mais ce n'est pas à moi que je pense, c'est à toi, et je crains que tu ne me reproches un jour de t'avoir privée d'une belle éducation, d'un beau mariage et d'une belle fortune.

—Oui, oui, m'écriai-je, une belle éducation, où l'on veut faire de moi une poupée de bois; un beau mariage! avec un monsieur qui rougira de ma mère et la mettra à la porte de chez moi; une belle fortune, qui m'aura coûté tout mon bonheur et qui me forcera à être une mauvaise fille! Non, j'aime mieux mourir que d'avoir toutes ces belles choses-là. Je veux bien aimer ma grand'mère, je veux bien venir la soigner et faire sa partie de grabuge et de loto quand elle s'ennuiera; mais je ne veux pas demeurer avec elle. Je ne veux pas de son château et de son argent; je n'en ai pas besoin, qu'elle les donne à Hippolyte, ou à Ursule, ou à Julie, puisqu'elle aime tant Julie: moi, je veux être pauvre avec toi, et on n'est pas heureuse sans sa mère.»

Je ne sais pas tout ce que j'ajoutai, je fus éloquente à ma manière, puisque ma mère se trouva réellement influencée. «Ecoute, me dit-elle, tu ne sais pas ce que c'est que la misère pour de jeunes filles! moi, je le sais, et je ne veux pas que Caroline et toi passiez par où j'ai passé quand je me suis trouvée orpheline et sans pain à quatorze ans; je n'aurais qu'à mourir et à vous laisser comme cela! Ta grand'mère te reprendrait peut-être, mais elle ne prendra jamais ta sœur, et que deviendrait-elle? Mais il y a un moyen d'arranger tout. On peut toujours être assez riche en travaillant, et je ne sais pas pourquoi, moi qui sais travailler, je ne fais plus rien, et pourquoi je vis de mes rentes comme une belle dame. Ecoute-moi bien; je vais essayer de monter un magasin de modes. Tu sais que j'ai été déjà modiste et que je fais les chapeaux et les coiffures mieux que les perruches qui coiffent ta bonne maman tout de travers, et qui font payer leurs vilains chiffons les yeux de la tête. Je ne m'établirai pas à Paris, il faudrait trop d'argent; mais, en faisant des économies pendant quelques mois, et en empruntant une petite somme que ma sœur ou Pierret me feront bien trouver, j'ouvrirai une boutique à Orléans, où j'ai déjà travaillé. Ta sœur est adroite, tu l'es aussi, et tu auras plus vite appris ce métier-là que le grec et le latin de M. Deschartres. A nous trois, nous suffirons au travail; je sais qu'on vend bien à Orléans et que la vie n'est pas très chère. Nous ne sommes pas des princesses, nous vivrons de peu, comme du temps de la rue Grange-Batelière; nous prendrons plus tard Ursule avec nous. Et puis nous ferons des économies, et, dans quelques années, si je peux vous donner à chacune huit ou dix mille francs, ce sera de quoi vous marier avec d'honnêtes ouvriers qui vous rendront plus heureuses que des marquis et des comtes. Au fait, tu ne seras jamais à ta place dans ce monde-là. On ne t'y pardonnera pas d'être ma fille et d'avoir eu un grand-père marchand d'oiseaux. On t'y fera rougir à chaque instant, et si tu avais le malheur de prendre leurs grands airs, tu ne te pardonnerais plus à toi-même de n'être qu'à moitié noble. C'est donc résolu. Garde bien ce secret-là. Je vais partir, et je m'arrêterai un jour ou deux à Orléans pour m'informer et voir des boutiques à louer. Puis je préparerai tout à Paris, je t'écrirai en cachette par Ursule ou par Catherine, quand tout sera arrangé, et je viendrai te prendre ici. J'annoncerai ma résolution à ma belle-mère: je suis ta mère, et personne ne peut m'ôter mes droits sur toi. Elle se fâchera, elle me retirera le surplus de pension qu'elle me donne, je m'en moquerai: nous partirons d'ici pour prendre possession de notre petite boutique, et quand elle passera dans son carrosse par la grande rue d'Orléans, elle verra en lettres longues comme le bras: «*Madame veuve Dupin, marchande de modes.*»

FIN DU TOME CINQUIÈME.

TOME SIXIÈME

Première nuit d'insomnie et de désespoir.—La chambre déserte.—Première déception.—Liset.—Projet romanesque.—Mon trésor.—Accident arrivé à ma grand'mère.—Je renonce à mon projet.—Ma grand'mère me néglige forcément.—Leçons de Deschartres.—La botanique.—Mon dédain pour ce qu'on m'enseigne.

Ce beau projet me tourna la tête. J'en eus presque une attaque de nerfs. Je sautais par la chambre en criant et en riant aux éclats, et en même temps je pleurais. J'étais comme ivre. Ma pauvre mère était certainement de bonne foi et croyait à sa résolution, sans cela elle n'eût point à la légère empoisonné l'insouciance ou la résignation de mes jeunes années par un rêve trompeur; car il est certain que ce rêve s'empara de moi et me créa pour longtemps des agitations et des tourments sans rapport naturel avec mon âge.

Je mis alors autant de zèle à faire partir ma mère que j'en avais mis à l'en empêcher. Je l'aidais à faire ses paquets, j'étais gaie, j'étais heureuse; il me semblait qu'elle reviendrait me chercher au bout de huit jours. Mon enjouement, ma pétulance étonnèrent ma bonne maman pendant le dîner, d'autant plus que j'avais tant pleuré que j'avais les paupières presque en sang, et que ce contraste était inexplicable. Ma mère me dit quelques mots à l'oreille pour m'engager à m'observer et à ne pas donner de soupçons. Je m'observai si bien, je fus si discrète, que jamais personne ne se douta de mon projet, bien que je l'aie porté quatre ans dans mon cœur avec toutes les émotions de la crainte et de l'espérance; je ne le confiai jamais, pas même à Ursule.

Pourtant, à mesure que la nuit approchait (ma mère devait partir à la première aube), j'étais inquiète, épouvantée. Il me semblait que ma mère ne me regardait pas de l'air d'intelligence et de sécurité qu'il aurait fallu pour me consoler. Elle devenait triste et préoccupée. Pourquoi était-elle triste, puisqu'elle devait sitôt revenir, puisqu'elle allait travailler à notre réunion, à notre bonheur? Les enfants ne doutent pas par eux-mêmes et ne tiennent pas compte des obstacles, mais quand ils voient douter ceux en qui leur foi repose, ils tombent dans une détresse de l'âme qui les fait ployer et trembler comme de pauvres brins d'herbe.

On m'envoya coucher à neuf heures, comme à l'ordinaire. Ma mère m'avait bien promis de ne pas se coucher elle-même sans entrer dans ma chambre pour me dire encore adieu et me renouveler ses engagemens; mais je craignis qu'elle ne voulût m'éveiller si elle me supposait endormie, et je ne me couchai pas; c'est-à-dire que je me relevai aussitôt que Rose fut partie, car lorsqu'elle m'avait mise au lit, elle redescendait attendre auprès de Julie le coucher de ma grand'mère. Ce coucher était fort long. Ma grand'mère mangeait un peu et très lentement; et puis, pendant qu'on lui apprêtait et lui arrangeait, sur la tête et sur les épaules, une douzaine de petits bonnets et de petits fichus de toile, de soie, de laine et d'ouate, elle écoutait le rapport de Julie sur les choses intimes de la famille, et celui de Rose sur les détails du ménage. Cela durait jusqu'à deux heures du matin, et c'est alors seulement que Rose venait se coucher dans le cabinet contigu à ma chambrette.

Cette chambrette donnait sur un long corridor presque en face de la porte du cabinet de toilette de ma mère, par lequel elle passait ordinairement pour rentrer chez elle, et je ne pouvais manquer de la saisir au passage et de m'entretenir encore avec elle avant que Rose vînt nous interrompre. Mais nous pouvions être surveillées par exception cette nuit-là, et, dans ma terreur de ne pouvoir plus m'épancher avec l'objet de mon amour, je voulus lui écrire une longue lettre. Je fis des prodiges d'adresse et de patience pour rallumer ma bougie, sans allumettes, à mon feu presque éteint; j'en vins à bout, et j'écrivis sur des feuilles arrachées à mon cahier de verbes latins.

Je vois encore ma lettre et l'écriture ronde et enfantine que j'avais dans ce temps-là; mais qu'y avait-il dans cette lettre? Je ne m'en souviens plus. Je sais que je l'écrivis dans la fièvre de l'enthousiasme, que mon cœur y coulait à flots pour ainsi dire, et que ma mère l'a gardée longtemps comme une relique; mais je ne l'ai pas retrouvée dans les papiers qu'elle m'a laissés. Mon impression est que jamais passion plus profonde et plus pure ne fut plus naïvement exprimée, car mes larmes l'arrosèrent littéralement, et à chaque instant j'étais forcée de retracer les lettres effacées par mes pleurs.

Mais comment remettre cette lettre à ma mère si elle était accompagnée, en montant l'escalier, par Deschartres? J'imaginai, pendant que j'en avais le temps encore, de pénétrer dans la chambre de ma mère sur la pointe du pied. Il fallait ouvrir et fermer des portes, précisément au-dessus de la chambre de Mlle Julie. La maison est d'une sonorité effrayante, grâce à une immense cage d'escalier où vibre le moindre souffle. J'en vins à bout cependant, et je plaçai ma lettre derrière un petit portrait de mon grand'mère qui était comme caché derrière une porte. C'était un dessin au crayon où il était représenté, non pas jeune, mince et coquet, comme dans le grand pastel du salon, avec une veste de chambre en taffetas feuille-morte à boutons de diamant et les cheveux relevés avec un peigne, une palette à la main, et vis-à-vis d'un paysage ébauché couleur de rose et bleu turquoise; mais vieux, cassé, en grand habit carré, en bourse et ailes de pigeon, gros, flasque et courbé sur une table de travail, comme il devait être peu de temps avant de mourir. J'avais mis sur l'adresse de ma lettre: «Place ta réponse derrière ce même portrait du vieux Dupin. Je la trouverai demain quand tu seras partie.» Il ne me restait plus qu'à trouver un moyen d'avertir ma mère d'avoir à chercher derrière ce portrait; j'y accrochai son bonnet de nuit: et, dans le bonnet de nuit, je mis un mot au crayon: «Secoue le portrait.»

Toutes mes précautions prises, je revins me coucher, sans faire le moindre bruit; mais je restai assise sur mon lit, dans la crainte que la fatigue ne vainquît ma résolution. J'étais brisée par les larmes et les émotions de la journée, et je m'assoupissais à chaque instant, mais j'étais réveillée en sursaut par les battemens de mon cœur, et je croyais entendre marcher dans le corridor. Enfin minuit sonna à la pendule de Deschartres dont la chambre n'était séparée de la mienne que par la muraille. Deschartres monta le premier; j'entendis son pas lourd et régulier, et ses portes fermées avec une majestueuse lenteur. Ma mère vint un quart d'heure après, mais Rose était avec elle, elle venait l'aider à faire ses malles. Rose n'avait pas l'intention de nous contrarier, mais elle avait été souvent réprimée pour sa faiblesse dans ces sortes d'occasions, et je ne pouvais plus me fier à elle. D'ailleurs, j'avais besoin de voir ma mère sans témoin. Je me renfonçai donc sous mes couvertures, à demi vêtue encore, et je ne bougeai pas. Ma mère passa, Rose resta avec elle une demi-heure, puis vint se coucher. J'attendis encore une demi-heure qu'elle fût endormie, puis bravant tout, j'ouvris tout doucement ma porte, et m'en allai trouver ma mère.

Elle lisait ma lettre, elle pleurait. Elle m'étreignit sur son cœur: mais elle était retombée de la hauteur de notre projet romanesque dans une hésitation désespérante. Elle comptait que je m'habituerais à ma grand'mère, elle se reprochait de m'avoir monté la tête, elle m'engageait à l'oublier. C'était comme des coups de poignard froids comme la mort dans mon pauvre cœur. Je lui fis de tendres reproches, et j'y mis tant de véhémence qu'elle s'engagea de nouveau à revenir me chercher dans trois mois au plus tard, si ma bonne maman ne me conduisait pas à Paris à l'hiver, et si je persistais dans ma résolution. Mais ce n'était pas assez pour me rassurer, je voulais qu'elle répondît par écrit à l'ardente supplication de ma lettre. Je demandais une lettre d'elle à trouver, après son départ, derrière le portrait, une lettre que je pourrais relire tous les jours en secret pour me donner du courage et entretenir mon espérance. Elle ne put m'envoyer coucher qu'à ce prix, et j'allai essayer de réchauffer mon pauvre corps glacé dans mon lit encore plus froid. Je me sentais malade: j'aurais voulu dormir comme elle le désirait pour oublier un instant mon angoisse: mais cela me fut impossible. J'avais le doute, c'est-à-dire le désespoir dans l'âme: c'est tout un pour les enfants, puisqu'ils ne vivent que de songes, et de confiance en leurs songes. Je pleurai si amèrement que j'avais le cerveau brisé, et quand le jour parut pâle et triste, c'était la première aube que je voyais paraître après une nuit de douleur et d'insomnie. Combien d'autres depuis, que je ne saurais compter!

J'entendis rouvrir les portes, descendre les paquets: Rose se leva, je n'osai lui montrer que je ne dormais pas; elle en eût été attendrie cependant; mais mon amour, à force d'être exalté, devenait romanesque, il avait besoin de mystère. Pourtant lorsque la voiture roula dans la cour, lorsque j'entendis les pas de ma mère dans le corridor, je n'y pus tenir, je m'élançai pieds nus sur le carreau, je me précipitai dans ses bras, et perdant la tête, je la suppliai de m'emmener. Elle me reprocha de lui faire du mal lorsqu'elle souffrait déjà tant de me quitter. Je me soumis, je retournai à mon lit; mais lorsque j'entendis le dernier roulement de la voiture qui l'emportait, je ne pus retenir des cris de désespoir, et Rose elle-même, malgré la sévérité dont elle commençait à s'armer, ne put retenir ses larmes en me retrouvant dans cet état pitoyable, trop violent pour mon âge et qui aurait dû me rendre folle, si Dieu, me destinant à souffrir, ne m'eût douée d'une force extraordinaire.

Je reposai cependant quelques heures: mais à peine fus-je éveillée que je retrouvai mon chagrin, et que mon cœur se brisa à l'idée que ma mère était partie, peut-être pour toujours. Aussitôt habillée, je courus à sa chambre, je me jetai sur son lit défait, je baisai mille fois l'oreiller qui portait encore l'empreinte de sa tête. Puis, je m'approchai du portrait où je devais trouver une lettre, mais Rose entra, et je dus renfermer ma douleur: non pas que cette fille, dont le cœur était bon, m'en eût fait un crime, mais j'éprouvais une sorte d'amère douceur à cacher ma souffrance. Elle se mit à faire la chambre, à enlever les draps, à relever les matelas, à fermer les persiennes.

Assise dans un coin, je la regardais faire, j'étais comme hébétée. Il me semblait que ma mère était morte, et qu'on rendait au silence et à l'obscurité cette chambre où elle ne rentrerait plus.

Ce ne fut que dans la journée que je pus trouver le moyen d'y rentrer sans être observée, et je courus au portrait, le cœur palpitant d'espérance; mais j'eus beau secouer et retourner l'image du vieux Francueil, on ne lui avait rien confié pour moi; ma mère, ne voulant pas entretenir dans mon esprit une chimère qu'elle regrettait déjà sans doute d'y avoir fait naître, avait cru ne pas devoir me répondre. Ce fut pour moi le dernier coup. Je restai tout le temps de ma récréation immobile et abrutie dans cette chambre devenue si froide, si mystérieuse et si morne. Je ne pleurais plus, je n'avais plus de larmes, et je commençais à souffrir d'un mal plus profond et plus déchirant que l'absence. Je me disais que ma mère ne m'aimait pas autant qu'elle était aimée de moi; j'étais injuste en cette circonstance; mais, au fond, c'était la révélation d'une vérité que chaque jour devait confirmer. Ma mère avait pour moi, comme pour tous les êtres qu'elle avait aimés, plus de passion que de tendresse. Il se faisait dans son âme comme de grandes lacunes dont elle ne pouvait se rendre compte. A côté de trésors d'amour, elle avait des abîmes d'oubli ou de lassitude. Elle avait trop souffert, elle avait besoin souvent de ne plus souffrir: et moi j'étais comme avide de souffrance, tant j'avais encore de force à dépenser sous ce rapport-là.

J'avais pour compagnon de mes jeux un petit paysan plus jeune que moi de deux années, à qui ma mère enseignait à lire et à écrire. Il était alors fort gentil et fort intelligent. Je me fis non-seulement un plaisir, mais comme une religion, de continuer l'éducation commencée par ma mère, et j'obtins de ma grand'mère qu'il viendrait prendre sa leçon tous les matins à huit heures. Je le trouvais installé dans la salle à manger, ayant déjà barbouillé une grande page de lettres. On peut croire que je ne le soumettais pas à la méthode de M. Lubin, aussi avait-il une jolie écriture, fort lisible. Je corrigeais ses fautes, je le faisais épeler, et j'exigeais qu'il se rendît compte du sens des mots. Car je me souvenais d'avoir su lire longtemps avant de comprendre ce que je lisais. Cela amenait beaucoup de questions de sa part et d'explications de la mienne. Je lui donnais donc des notions d'histoire, de géographie, etc., ou plutôt de raisonnement sur ces choses qui étaient toutes fraîches dans ma tête et qui passaient facilement dans la sienne.

Le jour du départ de ma mère, je trouvai *Liset* (diminutif berrichon de *Louis*) tout en larmes. Il ne voulut pas me dire devant Rose la cause de son chagrin, mais, quand nous fûmes seuls, il me dit qu'il pleurait *madame Maurice*. Je me mis à pleurer avec lui, et, de ce moment, je le pris en amitié véritable. Quand sa leçon était finie, il allait aux champs, et il revenait à l'heure de ma récréation. Il n'était ni gai ni bruyant. Il aimait à causer avec moi, et quand j'étais triste il gardait le silence et marchait derrière moi comme un confident de tragédie. Le railleur Hippolyte, qui regrettait bien aussi ma mère, mais qui n'était pas capable d'engendrer une longue mélancolie, l'appelait mon fidèle Achate.

Je ne lui confiais pourtant rien du tout: je sentais la gravité du secret que ma mère m'avait confié dans un moment d'entraînement, et je ne voulais pas encore me persuader que ce secret n'était qu'un leurre.

Pourtant les jours succédèrent aux jours, les semaines aux semaines, et ma mère ne m'envoya aucun avis particulier; elle ne me fit pas entendre, par le moindre mot à double sens dans ses lettres, qu'elle songeât à notre projet. Ma grand'mère s'installa à Nohant pour tout l'hiver. Je dus me résigner, mais ce ne fut pas sans de grands déchiremens intérieurs. J'avais, pour me consoler de temps en temps, une fantaisie en rapport avec ma préoccupation dominante. C'était de me figurer que, quand je souffrirais trop, je pourrais exécuter la tendre menace que j'avais faite à ma mère de quitter Nohant seule et à pied pour aller la trouver à Paris. Il y avait des moments où ce projet me paraissait très réalisable, et je me promettais d'en faire part à Liset, le jour où j'aurais définitivement résolu de me mettre en route. Je comptais qu'il m'accompagnerait.

Ce n'était ni la longueur du chemin, ni la souffrance du froid, ni aucun danger qui me faisait hésiter, mais je ne pouvais me résoudre à demander l'aumône en chemin, et il me fallait un peu d'argent. Voici ce que j'imaginai pour m'en procurer au besoin. Mon père avait rapporté d'Italie, à ma mère, un très beau collier d'ambre jaune mat qui n'avait guère d'autre valeur que le souvenir, et qu'elle m'avait donné. J'avais ouï dire à ma mère qu'il l'avait payé fort cher, *deux louis!* cela me paraissait très considérable. En outre j'avais un petit peigne en corail, un brillant gros comme une tête d'épingle monté en bague, une bonbonnière d'écaille blonde garnie d'un petit cercle d'or qui valait trois francs, et quelques débris de bijoux sans aucune valeur, que ma mère et ma grand'mère m'avaient donnés pour en orner ma poupée. Je rassemblai toutes ces richesses dans une petite encoignure de la chambre de ma mère, où personne n'entrait que moi, à la dérobée, en de certains jours: et, en moi-même, j'appelai cela *mon trésor*. Je songeai d'abord à le confier à Liset ou à Ursule, pour qu'ils le vendissent à la Châtre. Mais on eût pu les soupçonner d'avoir volé ces bijoux, du moment qu'ils en voudraient faire de l'argent, et je m'avisai d'un meilleur moyen tout à fait conforme à celui usité par les princesses errantes de mes contes de fées: c'était d'emporter mon trésor dans ma poche, et, chaque fois que j'aurais faim en voyage, d'offrir en paiement une perle de mon collier, ou une petite brisure de mes vieux ors. Chemin faisant, je trouverais bien un orfèvre à qui je pourrais vendre ma bonbonnière, mon peigne ou ma bague, et je me figurais que j'aurais encore de quoi dédommager ma mère, en arrivant, de la dépense que j'allais lui occasionner.

Quand je crus m'être ainsi assurée de la possibilité de ma fuite, je me sentis un peu plus calme, et dans mes accès de chagrin, je me glissais dans la chambre sombre et déserte, j'allais ouvrir l'encoignure et je me consolais en contemplant mon trésor, l'instrument de ma liberté. Je commençais à être, non plus en imagination, mais en réalité, si malheureuse que j'aurais certainement pris la clef des champs, sauf à être rattrapée et ramenée au bout d'une heure (chance que je ne voulais pas prévoir, tant je me croyais certaine d'aller vite et de me cacher habilement dans les buissons du chemin), sans un nouvel accident arrivé à ma grand'mère.

Un jour au milieu de son dîner, elle se trouva prise d'un étourdissement, elle ferma les yeux, devint pâle, et resta immobile et comme pétrifiée pendant une heure. Ce n'était pas un évanouissement, mais plutôt une sorte de catalepsie. La vie molle et sans mouvement physique qu'elle s'était obstinée à mener avait mis en elle un germe de paralysie qui devait l'emporter plus tard, et qui s'annonça dès lors par une suite d'accidents du même genre. Deschartres trouva ce symptôme très grave, et la manière dont il m'en parla changea toutes mes idées. Je retrouvais dans mon cœur une grande affection pour ma bonne maman quand je la voyais malade; j'éprouvais alors le besoin de rester auprès d'elle, de la soigner, et une crainte excessive de lui faire du mal en lui faisant de la peine. Cette sorte de catalepsie revint cinq ou six fois par an pendant deux années, et reparut ensuite aux approches de sa dernière maladie.

Je commençai donc à me reprocher mes projets insensés. Ma mère ne les encourageait pas; tout au contraire, elle semblait vouloir me les faire oublier en se faisant oublier elle-même, car elle m'écrivait assez rarement, et il me fallait lui adresser deux ou trois lettres pour en recevoir une d'elle. Elle s'apercevait, un peu tard sans doute, mais avec raison, qu'elle avait trop développé ma sensibilité, et elle m'écrivait: «*Cours*, joue, marche, grandis, reprend tes bonnes joues roses, ne pense à rien que de gai, porte-toi bien et deviens forte, si tu veux que je sois tranquille, et que je me console un peu d'être loin de toi.»

Je la trouvais devenue bien patiente à supporter notre séparation, mais je l'aimais quand même, et puis ma grand'mère devenait si chétive que le moindre chagrin pouvait la tuer. Je renonçai solennellement (toujours en présence de moi seule) à effectuer ma fuite. Pour n'y plus penser, comme ce maudit *trésor* me donnait des tentations ou des regrets, je le retirai de la chambre où sa vue et l'espèce de mystère de son existence m'impressionnaient doublement. Je le donnai à serrer à ma bonne, après avoir envoyé à Ursule tout ce qu'elle pouvait accepter sans être accusée d'indiscrétion par ses parents, très sévères et très délicats sous ce rapport.

Je ne pouvais pas me dissimuler que la maladie de ma bonne-maman et les accidents qui se renouvelaient avaient porté atteinte à sa force d'esprit et à la sérénité de son caractère. Chez elle, l'esprit proprement dit, comme on l'entend dans le monde, c'est-à-dire l'art de causer et d'écrire, n'avait pas souffert; mais le jugement et la saine appréciation des personnes et des choses avaient été ébranlés. Elle avait tenu jusqu'alors ses domestiques et même ses amis à une certaine distance du sanctuaire de sa pensée. Elle avait résisté à ses premières impressions et aux influences du préjugé. Il n'en était plus absolument de même, bien que l'apparence y fût toujours. Les domestiques avaient trop voix délibérative dans les conseils de la famille.

La santé morale était affaiblie avec la santé physique, et pourtant elle n'avait que soixante-six ans, âge qui n'est pas fatalement marqué pour les infirmités du corps et de l'âme, âge que j'ai vu atteindre et dépasser par ma mère sans amener la moindre diminution dans son énergie morale et physique.

Ma grand'mère ne pouvait plus guère supporter le bruit de l'enfance, et je me faisais volontairement, mais sans effort et sans souffrance, de plus en plus taciturne et immobile à ses côtés. Elle sentait que cela pouvait être préjudiciable à ma santé, et elle ne me gardait plus guère auprès d'elle. Elle était poursuivie par une somnolence fréquente, et comme son sommeil était fort léger, que le moindre souffle la réveillait péniblement, elle voulut, pour échapper à ce malaise continuel, régulariser son sommeil de la journée. Elle s'enfermait donc à midi pour faire sur son grand fauteuil une sieste qui durait jusqu'à trois heures. Et puis c'étaient des bains de pieds, des frictions et mille soins particuliers qui la forçaient à s'enfermer avec Mlle Julie, si bien que je ne la voyais plus guère qu'aux heures des repas et pendant la soirée, pour faire sa partie ou tenir les cartes, tandis qu'elle faisait des patiences et des réussites. Cela m'amusait médiocrement, comme on peut croire: mais je n'ai point à me reprocher d'y avoir jamais laissé paraître un instant d'humeur ou de lassitude.

Chaque jour j'étais donc livrée davantage à moi-même, et les courtes leçons qu'elle me donnait consistaient en un examen de mon cahier d'extraits, tous les deux ou trois jours, et une leçon de clavecin qui durait à peine une demi-heure. Deschartres me donnait une leçon de latin que je prenais de plus en plus mal, car cette langue morte ne me disait rien; et une leçon de versification française qui me donnait des nausées, cette forme, que j'aime et que j'admire pourtant, n'étant point la mienne, et ne me venant pas plus naturellement que l'arithmétique, pour laquelle j'ai toujours eu une incapacité notoire. J'étudiais pourtant l'arithmétique et la versification, et le latin, voire un peu de grec et un peu de botanique par-dessus le marché, et rien de tout cela ne me plaisait. Pour comprendre la botanique (qui n'est point du tout une science à la portée des demoiselles), il faut connaître le mystère de génération et la fonction des sexes; c'est même tout ce qu'il y a de curieux et d'intéressant dans l'organisme des plantes. Comme on le pense bien, Deschartres me faisait sauter à pieds joints par là-dessus, et j'étais beaucoup trop simple pour m'aviser par moi-même de la moindre observation en ce genre. La botanique se réduisait donc pour moi à des classifications purement arbitraires, puisque je n'en saisissais pas les lois cachées, et à une nomenclature grecque et latine qui n'était qu'un aride travail de mémoire. Que m'importait de savoir le nom scientifique de toutes ces jolies herbes des prés, auxquelles les paysannes et les pâtres ont donné des noms souvent plus poétiques et toujours plus significatifs: le thym de bergère, la bourse à berger, la patience, le pied de chat, le baume, la nappe, la mignonnette, la boursette, la repousse, le danse-toujours, la pâquerette, l'herbe aux gredots, etc. Cette botanique à noms barbares me semblait la fantaisie des pédans, et de même pour la versification latine et française, je me demandais, dans ma superbe ignorance, à quoi bon ces alignemens et ces règles desséchantes qui gênaient l'élan de la pensée et qui en glaçaient le développement. Je me répétais tout bas ce que j'avais entendu dire à ma naïve mère: «A quoi ça sert-il, toutes ces fadaises-là?» Elle avait le bon sens de Nicole, moi la sauvagerie instinctive d'un esprit très logique sans le savoir, et très positif par cela même qu'il était très romanesque: ceci peut sembler un paradoxe, mais j'aurai tant à y revenir, qu'on me permettra de passer outre pour le moment.

CHAPITRE HUITIEME

Mes rapports avec mon frère.—Les ressemblances et les incompatibilités de nos caractères.—Violences de ma bonne.—Tendances morales que développe en moi cette tyrannie.—Ma grand'mère devient royaliste sans l'être.—Le portrait de l'empereur Alexandre.—Retour de l'île d'Elbe.—Nouvelles visions.—Ma mère revient à Nohant.—Je pardonne à ma bonne.—Le passage de l'armée de la Loire.—La cocarde du général Subervic.—Le général Colbert.—Comme quoi Nohant faillit être le foyer et le théâtre d'une Vendée patriotique.—Le licenciement.—Le colonel Sourd.—Les brigands de la Loire.—Les pêches de Deschartres.—Le régiment de mon père.—Visite de notre cousin.—Dévotion de Mme de la Marlière.—Départ de ma mère.—Départ de mon frère.—Solitude.

J'entrerai plus tard dans un détail plus raisonné du goût ou du dégoût que m'inspirèrent mes diverses études. Ce que je veux retracer ici, c'est la disposition morale dans laquelle je me trouvai, livrée pour ainsi dire à mes propres pensées, sans guide, sans causerie, sans épanchement. J'avais besoin d'exister pourtant, et ce n'est pas exister que d'être seul. Hippolyte devenait de plus en plus turbulent, et, dans nos jeux, il n'était pas question d'autre chose que de faire du mouvement et du bruit. Il m'en donnait bien vite plus que je n'avais besoin d'en prendre, et cela finissait toujours par quelque susceptibilité de ma part et quelque rebuffade de la sienne. Nous nous aimions pourtant, nous nous sommes toujours aimés. Il y avait certains rapports de caractère et d'intelligence entre nous, malgré d'énormes différences d'ailleurs. Il était aussi positif que j'étais romanesque, et pourtant il y avait dans son esprit un certain sens artiste, et dans sa gaîté un tour d'observation critique qui répondait au côté enjoué de mes instincts. Il ne venait personne chez nous qu'il ne jugeât, ne devinât et ne sût reprendre et analyser avec beaucoup de pénétration, mais avec trop de causticité. Cela m'amusait assez, et nous étions horriblement moqueurs ensemble. J'avais besoin de gaîté, et personne n'a jamais su comme lui me faire rire. Mais on ne peut pas toujours rire, et j'avais encore plus besoin d'épanchement sérieux que de folie à cette époque-là.

Ma gaîté avec lui avait donc souvent quelque chose sinon de forcé, du moins de nerveux et de fébrile. A la moindre occasion, elle se changeait en bouderies et puis en larmes. Mon frère prétendait que j'avais un mauvais caractère; cela n'était pas, il l'a reconnu plus tard: j'avais tout bonnement un secret ennui, un profond chagrin que je ne pouvais pas lui dire, et dont il se fût peut-être moqué comme il se moquait de tout, même de la tyrannie et des brutalités de Deschartres.

Je m'étais dit que tout ce que j'apprenais ne me servirait de rien, puisque, malgré le silence de ma mère à cet égard, j'avais toujours la résolution de retourner auprès d'elle et de me faire ouvrière avec elle, aussitôt qu'elle le jugerait possible. L'étude m'ennuyait donc d'autant plus que je ne faisais pas comme Hippolyte qui, bien résolûment, s'en abstenait de son mieux. Moi, j'étudiais par obéissance, mais sans goût et sans entraînement, comme une tâche fastidieuse que je fournissais durant un certain nombre d'heures fades et lentes. Ma bonne maman s'en apercevait et me reprochait ma langueur, ma froideur avec elle, ma préoccupation continuelle qui ressemblait souvent à de l'imbécilité, et dont Hippolyte me raillait tout le premier sans miséricorde. J'étais blessée de ces reproches et de ces railleries, et on m'accusait d'avoir un amour-propre excessif. J'ignore si j'avais beaucoup d'amour-propre en effet, mais j'ai bien conscience que mon dépit ne venait pas de l'orgueil contrarié, mais d'un mal plus sérieux, d'une peine de cœur méconnue et froissée.

Jusqu'alors Rose m'avait menée assez doucement, en égard à l'impétuosité naturelle de son caractère. Elle avait été tenue en bride par la fréquente présence de ma mère à Nohant, ou plutôt elle avait obéi à un instinct qui commençait à se modifier, car elle n'était pas dissimulée, j'aime à lui rendre cette justice. Je pense qu'elle était de la nature de ces bonnes couveuses qui soignent tendrement leurs petits tant qu'ils peuvent dormir sous leur aile, mais qui ne leur épargnent pas les coups de bec quand ils commencent à voler et à courir seuls. A mesure que je me faisais grandelette, elle ne me dorlotait plus, et, en effet, je n'avais plus besoin de l'être; mais elle commençait à me brutaliser, ce dont je me serais fort bien passée. Désirant ardemment complaire à ma grand'mère, elle prenait en sous-ordre le soin et la responsabilité de mon éducation physique, et elle m'en fit une sorte de supplice. Si je sortais sans prendre toutes les petites précautions indiquées contre le rhume, j'étais d'abord, je ne dirai pas grondée mais abasourdie; le mot n'est que ce qu'il faut pour exprimer la tempête de sa voix et l'abondance des épithètes injurieuses qui ébranlaient mon système nerveux. Si je déchirais ma robe, si je cassais mon sabot, si, en tombant dans les broussailles, je me faisais une égratignure qui eût pu faire soupçonner à ma grand'mère que je n'avais pas été bien surveillée, j'étais battue assez doucement d'abord, et comme par mesure d'intimidation, peu à peu plus sérieusement, par système de répression, et enfin tout à fait, par besoin d'autorité et par habitude de violence. Si je pleurais, j'étais battue plus fort; si j'avais eu le malheur de crier, je crois qu'elle m'aurait tuée, car lorsqu'elle était dans le paroxisme de la colère, elle ne se connaissait plus. Chaque jour l'impunité la rendait plus rude et plus cruelle, et en cela elle abusa étrangement de ma bonté; car si je ne la fis point chasser (ma grand'mère ne lui eût certes pas pardonné d'avoir seulement levé la main sur moi), ce fut uniquement parce que je l'aimais, en dépit de son abominable humeur. Je suis ainsi faite, que je supporte longtemps, très longtemps ce qui est intolérable. Il est vrai que quand ma patience est lassée, je brise tout d'un coup et pour jamais.

Pourquoi aimais-je cette fille au point de me laisser opprimer et briser à chaque instant? C'est bien simple, c'est qu'elle aimait ma mère, c'est qu'elle était encore la seule personne de chez nous qui me parlât d'elle quelquefois, et qui ne m'en parlât jamais qu'avec admiration et tendresse. Elle n'avait pas l'intelligence assez déliée pour voir jusqu'au fond de mon âme le chagrin qui me consumait, et pour comprendre que mes distractions, mes négligences, mes bouderies n'avaient pas d'autre cause: mais quand j'étais malade elle me soignait avec une tendresse extrême. Elle avait pour me désennuyer mille complaisances que je ne rencontrais point ailleurs; si je courais le moindre danger, elle m'en tirait avec une présence d'esprit, un courage et une vigueur qui me rappelaient quelque chose de ma mère. Elle se serait jetée dans les flammes ou dans la mer pour me sauver; enfin, ce que je craignais plus que tout, les reproches de ma grand'mère, elle ne m'y exposa jamais, elle m'en préserva toujours. Elle eût menti au besoin pour m'épargner son blâme, et quand mes légères fautes m'avaient placée dans l'alternative d'être battue par ma bonne ou grondée par ma grand'mère, je préférais de beaucoup être battue.

Pourtant, ces coups m'offensaient profondément. Ceux de ma mère ne m'avaient jamais fait d'autre mal et d'autre peine que le chagrin de la voir fâchée contre moi. Il y avait longtemps d'ailleurs qu'elle avait cessé entièrement ce genre de correction, qu'elle pensait n'être applicable qu'à la première enfance. Rose, procédant au rebours, adoptait ce système à un âge de ma vie où il pouvait m'humilier et m'avilir. S'il ne me rendit point lâche, c'est que Dieu m'avait donné un instinct très juste de la véritable dignité humaine. Sous ce rapport, je le remercie de grand cœur de tout ce que j'ai supporté et souffert. J'ai appris de bonne heure à mépriser l'injure et le dommage que je ne mérite pas. J'avais vis-à-vis de Rose un profond sentiment de mon innocence et de son injustice, car je n'ai jamais eu aucun vice, aucun travers qui ait pu motiver ses indignations et ses emportements. Tous mes torts étaient involontaires et si légers, que je ne comprendrais pas ses fureurs aujourd'hui si je ne me rappelais qu'elle était rousse, et qu'elle avait le sang si chaud qu'en plein hiver elle était vêtue d'une robe d'indienne et dormait la fenêtre ouverte.

Je m'habituai donc à l'humiliation de mon esclavage, et j'y trouvai l'aliment d'une sorte de stoïcisme naturel dont j'avais peut-être besoin pour pouvoir vivre avec une sensibilité de cœur trop surexcitée. J'appris de moi-même à me raidir contre le malheur, et, à cet égard, j'étais assez encouragée par mon frère, qui, dans nos escapades, me disait en riant: «*Ce soir, nous serons battus.*» Lui, horriblement battu par Deschartres, prenait son parti avec un mélange de haine et d'insouciance. Il se trouvait vengé par la satire; moi, je trouvais ma vengeance dans mon héroïsme et dans le pardon que j'accordais à ma bonne. Je me guindais même un peu pour me rehausser vis-à-vis de moi-même dans cette lutte de la force morale contre la force brutale, et lorsqu'un coup de poing sur la tête m'ébranlait les nerfs et remplissait mes yeux de larmes, je me cachais pour les essuyer. J'aurais rougi de les laisser voir.

J'aurais pourtant mieux fait de crier et de sangloter. Rose était bonne, elle eût eu des remords si elle se fût avisée qu'elle me faisait du mal. Mais peut-être bien aussi n'avait-elle pas conscience de ses voies de fait tant elle était impétueuse et irréfléchie. Un jour qu'elle m'apprenait à *marquer* mes bas, et que je prenais trois mailles au lieu de deux avec mon aiguille, elle m'appliqua un furieux soufflet. «Tu aurais dû, lui dis-je froidement, ôter ton dé pour me frapper la figure, quelque jour tu me casseras les dents.» Elle me regarda avec un étonnement sincère, elle regarda son dé et la marque qu'il avait laissée sur ma joue. Elle ne pouvait croire ce que fût elle qui, à l'instant même, venait de me faire cette marque-là. Quelquefois elle me menaçait d'une grande tape aussitôt après me l'avoir donnée, à son insu apparemment.

Je ne reviendrai plus sur cet insipide sujet; qu'il me suffise de dire que pendant trois ou quatre ans je ne passai guère de jour sans recevoir, à l'improviste, quelque horion qui ne me faisait pas toujours grand mal, mais qui chaque fois me causait un saisissement cruel et me replongeait, moi nature confiante et tendre, dans un roidissement de tout mon être moral. Il n'y avait peut-être pas de quoi, étant aimée quand même, me persuader que j'étais malheureuse, d'autant plus que je pouvais faire cesser cet état de choses et que je ne le voulus jamais. Mais que je fusse fondée ou non à me plaindre de mon sort, je me sentis, je me trouvai malheureuse, et c'était l'être en réalité. Je m'habituais même à goûter une sorte d'amère satisfaction à protester intérieurement et à toute heure contre cette destinée, à m'obstiner de plus en plus à n'aimer qu'un être absent et qui semblait m'abandonner à ma misère, à refuser à ma bonne maman l'élan de mon cœur et de mes pensées, à critiquer en moi-même l'éducation que je recevais et dont je lui laissais volontairement ignorer les déboires, enfin à me regarder comme un pauvre être exceptionnellement voué à l'esclavage, à l'injustice, à l'ennui et à d'éternels regrets.

Qu'on ne me demande donc plus pourquoi, pouvant me targuer d'une espèce d'aristocratie de naissance, et priser les jouissances d'un certain bien-être, j'ai toujours porté ma sollicitude et ma sympathie familière, mon intimité de cœur, si je puis ainsi dire, vers les opprimés. Cette tendance s'est faite en moi par la force des choses, par la pression des circonstances extérieures, bien longtemps avant que l'étude de la vérité et le raisonnement de la conscience m'en eussent fait un devoir. Je n'y ai donc aucune gloire, et ceux qui pensent comme moi ne doivent pas plus m'en faire un mérite que ceux qui pensent autrement ne sont fondés à m'en faire un reproche.

Ce qu'il y a de certain, ce que l'on ne contestera pas, de bonne foi, après avoir lu l'histoire de mon enfance, c'est que le choix de mes opinions n'a point été un caprice, une fantaisie d'artiste, comme on l'a dit: mais le résultat inévitable de mes premières douleurs, de mes plus saintes affections, de ma situation même dans la vie.

Ma grand'mère, après une courte résistance à l'entraînement de sa caste, était devenue non pas royaliste, mais *partisan de l'ancien régime*, comme on disait alors. Elle s'était toujours fait une sorte de violence pour accepter, non pas l'usurpation heureuse de l'homme de génie, mais l'insolence des parvenus qui avaient partagé sa fortune sans l'avoir conquise aux mêmes titres. De nouveaux insolens arrivaient: mais elle n'était pas aussi choquée de leur arrogance, parce qu'elle l'avait déjà connue, et que, d'ailleurs, mon père n'était plus là avec ses instincts républicains pour lui en montrer le ridicule.

Il faut dire aussi qu'après la longue tension du règne grandiose et absolu de l'empereur, l'espèce de désordre anarchique qui suivit immédiatement la Restauration avait quelque chose de nouveau qui ressemblait à la liberté dans les provinces. Les libéraux parlaient beaucoup, et on rêvait une sorte d'état politique et moral jusqu'alors inconnu en France, l'État *constitutionnel* dont personne ne se faisait une idée juste, et que nous n'avons connu qu'en paroles; une royauté sans pouvoirs absolus, un laisser-aller de l'opinion et du langage en tout ce qui touchait aux institutions ébranlées et replâtrées à la surface. Il régnait sous ce rapport beaucoup de tolérance dans un certain milieu bourgeois que ma grand'mère eût volontiers écouté de préférence à son vieux cénacle. Mais *ces dames* (comme disait mon père) ne lui permirent guère de raisonner. Elles avaient l'intolérance de la passion. Elles vouaient à la haine la plus tenace et la plus étroite tout ce qui osait regretter *le Corse*, sans songer que la veille encore elles avaient frayé sans répugnance avec son cortège. Jamais on n'a vu tant de petitesses, tant de commérages, tant d'accusations, tant d'aversions, tant de dénonciations.

Heureusement nous étions loin des foyers de l'intrigue. Les lettres que recevait ma grand'mère nous en apportaient seulement un reflet, et Deschartres se livrait à des déclamations souverainement absurdes contre le *tyran*, auquel il n'accordait même pas une intelligence ordinaire. Quant à moi, j'entendais dire tant de choses que je ne savais plus que penser. L'empereur Alexandre était le grand législateur, le philosophe des temps modernes, le nouveau Frédéric le Grand, l'homme de génie par excellence. On envoyait son portrait à ma grand'mère et elle me le donnait à encadrer. Sa figure, que j'examinai avec grande attention, puisqu'on disait que Bonaparte n'était qu'un petit garçon auprès de lui, ne me toucha point. Il avait la tête lourde, la face molle, le regard faux, le sourire niais. Je ne l'ai jamais vu qu'en peinture, mais je présume que parmi tant de portraits répandus alors en France à profusion, quelques-uns ressemblaient. Aucun ne m'inspira de sympathie, et malgré moi je me rappelais toujours les beaux yeux clairs de *mon empereur* qui s'étaient une fois attachés sur les miens dans un temps où l'on me disait que cela me porterait bonheur.

Mais voilà que tout à coup, dans les premiers jours de mars, la nouvelle nous arrive qu'il est débarqué, qu'il marche sur Paris. Je ne sais si elle nous vint de Paris ou du Midi; mais ma grand'mère ne partagea pas la confiance de *ces dames*, qui écrivaient: «Réjouissons-nous. Cette fois, on le pendra, ou tout au moins on l'enfermera dans une cage de fer.» Ma bonne maman jugea tout autrement, et nous dit: «Ces Bourbons sont incapables, et Bonaparte va les chasser pour toujours. C'est leur destinée d'être dupes; comment peuvent-ils croire que tous ces généraux qui ont trahi leur maître ne vont pas les trahir maintenant pour retourner à lui? Dieu veuille que tout cela n'amène pas de terribles représailles, et que Bonaparte ne les traite pas comme il a traité le duc d'Enghien!»

Quant à moi, je n'ai pas grand souvenir de ce qui se passa à Nohant durant les cent-jours. J'étais absorbée dans de longues rêveries où je ne voyais pas clair. J'étais ennuyée d'entendre toujours parler politique, et tous ces brusques reviremens de l'opinion étaient inexplicables pour ma jeune logique. Je voyais tout le monde changé et transformé du jour au lendemain. Nos provinciaux et nos paysans s'étaient trouvés royalistes tout d'un coup, sans que je pusse comprendre pourquoi. Où étaient ces bienfaits des Bourbons tant annoncés et tant vantés?

Chaque jour nous apportait vaguement la nouvelle de l'entrée triomphante de Napoléon dans toutes les villes qu'il traversait, et voilà que beaucoup de gens redevenaient bonapartistes qui avaient crié: *A bas le tyran!* et traîné le drapeau tricolore dans la boue. Je ne comprenais pas assez tout cela pour en être indignée, mais j'éprouvais un dégoût involontaire et comme un ennui d'être au monde. Il me semblait que tout le monde était fou, et je revenais à mon rêve de la campagne de Russie et de la campagne de France. Je retrouvais mes ailes, et je m'en allais au-devant de l'empereur pour lui demander compte de tout le mal et de tout le bien qu'on disait de lui.

Une fois, je songeai que je l'emportais à travers l'espace et que je le déposais sur la coupole des Tuileries. Là j'avais un long entretien avec lui, je lui faisais mille questions, et je lui disais: «Si tu me prouves par tes réponses que tu es, comme on le dit, un monstre, un ambitieux, un buveur de sang, je vais te précipiter en bas et te briser sur le seuil de ton palais; mais si tu te justifies, si tu es ce que j'ai cru, le bon, le grand, le juste empereur, le père des Français, je te reporterai sur ton trône, et avec mon épée de feu je te défendrai de tes ennemis.» Il m'ouvrit alors son cœur et m'avoua qu'il avait commis beaucoup de fautes par un trop grand amour de la gloire: mais il me jura qu'il aimait la France, et que désormais il ne songerait plus qu'à faire le bonheur du peuple. Sur quoi je le touchai de mon épée de feu qui devait le rendre invulnérable.

Il est fort étrange que je fisse ces rêves tout éveillée, et souvent en apprenant machinalement des vers de Corneille ou de Racine que je devais réciter à ma leçon. C'était une espèce d'hallucination, et j'ai remarqué depuis que beaucoup de petites filles, lorsqu'elles approchent d'une certaine crise de développement physique, sont sujettes à des extases ou à des visions encore plus bizarres. Je ne me rappellerais probablement pas les miennes si elles n'avaient pris obstinément la même forme pendant quelques années consécutives, et si elles ne s'étaient pas fixées sur l'empereur et sur la grande armée, il me serait impossible d'expliquer pourquoi. Certes, j'avais des préoccupations plus personnelles et plus vives, et mon imagination eût dû ne me présenter que le fantôme de ma mère dans l'espèce d'Éden qu'elle m'avait fait envisager un instant, et auquel j'aspirais sans cesse. Il n'en fut rien pourtant, je pensais à elle à toute heure et je ne la voyais jamais: au lieu que cette pâle figure de l'empereur que je n'avais vue qu'un instant se dessinait toujours devant moi et devenait vivante et parlante aussitôt que j'entendais prononcer son nom.

Pour n'y plus revenir, je dirai que, lorsque le *Bellérophon* l'emporta à Sainte-Hélène, je fis chavirer le navire en le poussant avec mon épée de feu; je noyai tous les Anglais qui s'y trouvaient et j'emportai une fois encore l'empereur aux Tuileries, après lui avoir bien fait promettre qu'il ne ferait plus la guerre pour son plaisir. Ce qu'il y a de particulier dans ces visions, c'est que je n'y étais point moi-même, mais une sorte de génie, tout-puissant, l'ange du Seigneur, la destinée, la fée de la France, tout ce qu'on voudra excepté la petite fille de onze ans, qui étudiait sa leçon ou arrosait son petit jardin pendant les promenades aériennes de son *moi* fantastique.

Je n'ai rapporté ceci que comme un fait physiologique. Ce n'était pas le résultat d'une exaltation de l'âme ni d'un engouement politique, car, cela se produisait en moi dans mes pires moments de langueur, de froideur et d'ennui, et souvent après avoir écouté sans intérêt et comme malgré moi ce qui se disait à propos de la politique. Je n'ajoutais aucune loi, aucune superstition à mon rêve, je ne le pris jamais au sérieux, je n'en parlai jamais à personne: il me fatiguait, et je ne le cherchais pas. Il s'emparait de moi par un travail de mon cerveau tout à fait imprévu et indépendant de ma volonté.

Le séjour des ennemis à Paris y rendait l'existence odieuse et insupportable aux personnes en qui le fanatisme de la royauté n'avait pas étouffé l'amour et le respect de la patrie. Ma mère confia Caroline à ma tante et vint passer l'été à Nohant. Il y avait sept ou huit mois que je ne l'avais vue, je laisse à penser quels furent mes transports. Avec elle, d'ailleurs, ma vie était transformée. Rose perdait son autorité sur moi et se reposait volontiers de ses fureurs. J'avais été plus d'une fois tentée de me plaindre à ma mère, aussitôt qu'elle arriverait, des mauvais traitemens que me faisait essuyer cette fille: mais comme, dans sa sincérité de cœur, elle ne se rendait pas compte à elle-même de ses torts envers moi, comme, au lieu de redouter son arrivée, elle se réjouissait de toute son âme de voir *madame Maurice*, comme elle préparait sa chambre avec sollicitude, comme elle comptait les jours et les heures avec moi, comme elle l'aimait enfin, je lui pardonnai tout, et non-seulement je ne trahis pas le secret de ses violences, mais encore j'eus le courage de les nier, lorsque ma mère en eut quelque soupçon. Je me rappelle qu'un jour ces soupçons s'aggravèrent et que j'eus un certain mérite à les effacer.

Mon frère avait imaginé de faire de la glu pour prendre les oiseaux. Je ne sais si c'est dans le Grand ou le Petit Albert, ou dans notre vieux manuel de diablerie qu'il en avait trouvé la recette. Il s'agissait tout bonnement de piler du gui de chêne. Nous ne réussîmes point à faire de la glu, mais bien à barbouiller notre visage, nos mains et nos vêtemens d'une pâte verte d'un ton fort équivoque. Ma mère travaillait près de nous dans le jardin, assez distraite, suivant sa coutume, et ne songeant pas même à se préserver des éclaboussures de notre baquet. Tout à coup je vis venir Rose au bout de l'allée, et mon premier mouvement fut de me sauver. «Qu'a-t-elle donc?» dit ma mère à Hippolyte en sortant de sa rêverie et en me regardant courir; mon frère, qui n'a jamais aimé à se faire des ennemis, répondit qu'il n'en savait rien: mais ma mère était méfiante, elle me rappela, et interpellant Rose en ma présence: «Ce n'est pas la première fois, lui dit-elle, que je remarque combien la petite a peur de toi. Je crois que tu la brutalises. Mais, dit la rousse indignée de me voir si salie et si tachée, voyez comme elle est faite! n'y a-t-il pas de quoi perdre patience quand il faut passer sa vie à laver et à raccommoder ses nippes?—Ah çà, dit ma mère d'un ton brusque, t'imagines-tu, par hasard, que je t'ai fait entrer ici pour faire autre chose que laver et raccommoder des nippes? crois-tu que c'est pour toucher une rente et lire Voltaire comme mademoiselle Julie? Ote-toi cela de l'esprit, lave, raccommode, laisse courir, jouer et grandir mon enfant, c'est comme cela que je l'entends et pas autrement.»

Aussitôt que ma mère fut seule avec moi, elle me pressa de questions. «Je te vois trembler et pâlir quand elle te fait les gros yeux, me dit-elle: elle te gronde donc bien fort?—Oui, répondis-je, elle me gronde trop fort.—Mais j'espère, reprit ma mère, qu'elle n'a jamais eu le malheur de te donner une chiquenaude, car je la ferais chasser dès ce soir!» L'idée de faire renvoyer cette pauvre fille qui m'aimait tant, malgré ses emportements, fit rentrer au fond de mon cœur l'aveu que j'allais faire. Je gardai le silence. Ma mère insista vivement. Je vis qu'il fallait mentir pour la première fois de ma vie, et mentir à ma mère! mon cœur fit taire ma conscience. Je mentis, et ma mère, toujours soupçonneuse, n'attribuant ma discrétion qu'à la crainte, mit ma générosité à une rude épreuve en me faisant affirmer plusieurs fois que je lui disais la vérité. Je n'en eus point de remords, je l'avoue. Mon mensonge ne pouvait nuire qu'à moi.

A la fin, elle me crut. Rose ne sut pas ce que j'avais fait pour elle. Tenue en respect par la présence de ma mère, elle se radoucit: mais par la suite, quand nous nous retrouvâmes ensemble, elle me fit payer cher la bêtise de mon cœur. J'eus la fierté de ne pas la lui dire, et, comme de coutume, je subis en silence l'oppression et les outrages.

Un spectacle imposant et plein d'émotions vint m'arracher au sentiment de ma propre existence pendant une partie de l'été que ma mère passa avec moi en 1815. Ce fut le passage et le licenciement de l'armée de la Loire.

On sait qu'après s'être servi de Davoust pour tromper cette noble armée, après lui avoir promis amnistie complète, le roi publiait, le 24 juillet, une ordonnance qui traduisait devant les conseils de guerre Ney, Labédoyère et dix-neuf autres noms chers à l'armée et à la France. Trente-huit autres étaient condamnés au bannissement. Le prince d'Eckmühl avait donné sa démission, sa position de généralissime à l'armée de la Loire n'étant plus soutenable. La restauration s'apprêtait à le dédommager de sa soumission, elle lui donna pour successeur Macdonald, lequel fut chargé d'opérer en *douceur* le licenciement. Il transféra à Bourges le quartier général de l'armée. «Deux ordres, en date des 1er et 2 août, firent connaître ce double changement aux troupes. Macdonald, dans ces deux ordres, ne prononçait pas encore le mot de licenciement. Il se bornait à annoncer que, pour soulager les habitants du fardeau des logemens militaires, il allait *étendre* l'armée. Cette mesure fut le commencement de la dissolution: on disloqua les brigades et les divisions; les régimens d'un même corps ou d'une même arme se trouvèrent dispersés à de grandes distances les uns des autres; on éparpilla jusqu'aux bataillons ou aux escadrons de certains régimens. Une fois tous les rapports brisés; l'ordonnance pour la réorganisation de l'armée fut rendue publique (le 12 août), et l'on procéda au licenciement, mais par détachemens, par régimens, de manière à diviser les réclamations, à isoler les murmures et les résistances.» (ACHILLE DE VAULABELLE, *Histoire des deux Restaurations*.)

C'est ainsi que nous assistâmes à des scènes de détail qui me firent enfin comprendre peu à peu ce qui se passait en France. Jusque-là, j'avoue que je ne pouvais guère démêler le vrai sentiment national de l'esprit de parti. J'avais presque frayeur des instincts bonapartistes qui se réveillaient en moi quand j'entendais maudire, conspuer, calomnier et avilir tout ce que j'avais vu respecter et redouter la veille. Ma mère, aussi enfant que moi, n'avait pas attendu le retour des *vieilles comtesses* pour railler et détester l'ancien régime: mais elle n'avait de parti pris sur rien et ne savait quoi répondre à ma bonne maman quand celle-ci, faisant le procès aux ambitieux et aux conquérans *grands tueurs d'hommes*, lui disait qu'une monarchie tempérée par des institutions libérales, un système de paix durable, le retour du bien-être, de la liberté individuelle, de l'industrie, des arts et des lettres, vaudraient mieux à la France que le règne du sabre. «N'avons-nous pas assez maudit la guerre, vous et moi, du temps de notre pauvre Maurice? lui disait-elle: maintenant nous payons les violons de toute cette gloire impériale. Mais laissez passer cette première colère de l'Europe contre nous, et vous verrez que nous entrerons dans une ère de calme et de sécurité heureuse sous ces Bourbons que je n'aime pas beaucoup plus que vous, mais qui nous sont le gage d'un meilleur avenir. Sans eux notre nationalité était perdue. Bonaparte l'avait sérieusement compromise en voulant trop l'étendre. Si un parti royaliste ne s'était pas formé pour hâter sa chute, voyez ce que nous deviendrions aujourd'hui après le désastre de nos armées! La France eût été démembrée, nous serions Prussiens, Anglais ou Allemands.»

Ainsi raisonnait ma grand'mère, n'admettant pas une chose que je crois pourtant fort certaine, c'est que si un parti royaliste ne se fût pas formé pour vendre et trahir le pays, l'univers réuni contre nous, n'eût pu vaincre l'armée française. Ma mère, qui volontiers reconnaissait la supériorité de sa belle-mère, se laissait tout doucement persuader, et moi, par conséquent avec elle. J'étais donc comme désillusionnée de l'empire et comme résignée à la Restauration, lorsque, par un ardent soleil d'été, nous vîmes reluire sur tous les versans de la vallée noire les glorieuses armes de Waterloo. Ce fut un régiment de lanciers décimé par ce grand désastre, qui, le premier, vint occuper nos campagnes. Le général Colbert établit à Nohant son quartier-général. Le général Subervic occupa le château d'Ars, situé à une demi-lieue. Tous les jours, ces généraux, leurs aides-de-camp et une douzaine d'officiers principaux dînaient ou déjeunaient chez nous. Le général Subervic était alors un joli garçon très galant avec les dames, enjoué, et même taquin avec les enfants. Comme par sa faute, je m'étais un peu trop familiarisée avec lui, et qu'il m'avait tiré les oreilles un peu fort en jouant avec lui, je me vengeai, un jour, par une espièglerie dont je ne sentais guère la portée. Je découpai une jolie cocarde en papier blanc, et je l'attachai avec une épingle sur la cocarde tricolore de son chapeau, sans qu'il s'en aperçût. Toute l'armée portait encore les couleurs de l'empire, et l'ordre de les faire disparaître n'arriva que quelques jours plus tard. Il alla donc à la Châtre avec cette cocarde, et s'étonna de voir les regards des officiers et des soldats qu'il rencontrait se fixer sur lui avec stupeur. Enfin, je ne sais plus quel officier lui demanda l'explication de cette cocarde blanche, à quoi il ne comprit rien, et ôtant son chapeau et jetant la cocarde blanche au diable, il me donna à tous les diables par-dessus le marché.

J'ai revu ce bon général Subervic pour la première fois depuis ce temps-là, en 1848, à l'hôtel-de-ville, quelques jours après la révolution et lorsqu'il venait d'accepter le portefeuille de la guerre. Il n'avait oublié aucune des circonstances de son passage à Nohant en 1815, et il me reprocha ma cocarde blanche, comme je lui reprochai de m'avoir tiré les oreilles.

Quelques jours plus tard, en 1815, je ne lui aurais certainement pas fait cette mauvaise plaisanterie, car mon court essai de royalisme fut abjuré dans mon cœur, et voici à quelle occasion.

On voyait, au premier mot de ma grand'mère, et rien qu'à son grand air et à son costume suranné, qu'elle appartenait au parti royaliste. On supposait même chez elle plus d'attachement à ce parti qu'il n'en existait réellement au fond de sa pensée. Mais elle était fille du maréchal de Saxe, elle avait eu un brave fils au service, elle était pleine de grâces hospitalières et de délicates attentions pour ces *brigands de la Loire* en qui elle ne pouvait voir autre chose que de vaillans et généreux hommes, les frères d'armes de son fils (quelques-uns même l'avaient connu, et je crois que le général Colbert était du nombre), en outre ma grand'mère inspirait le respect, et un respect tendre, à quiconque avait un bon sentiment dans l'âme. Ces officiers qu'elle recevait si bien s'abstenaient donc de dire devant elle un seul mot qui pût blesser les opinions qu'elle était censée avoir, comme de son côté, elle s'abstenait de prononcer une parole, de rappeler un fait qui pût aigrir leur respectable infortune. Voilà pourquoi je vis ces officiers pendant plusieurs jours sans qu'aucune émotion nouvelle changeât la disposition de mon esprit; mais un jour que nous étions par exception en petit comité à dîner, Deschartres, qui ne savait pas retenir sa langue, excita un peu le général Colbert. Alphonse Colbert, descendant du grand Colbert, était un homme d'environ quarante ans, un peu replet et sanguin. Il avait des manières excellentes, des talents agréables: il chantait des romances champêtres en s'accompagnant au piano: il était plein de petits soins pour ma grand'mère, qui le trouvait charmant, et ma mère disait tout bas que, pour un militaire, elle le trouvait trop à l'eau de rose.

Je ne saurais dire si ce jour-là même l'ordonnance de la dislocation de l'armée n'était pas arrivée de Bourges. Que ce fût cette cause ou les maladroites réflexions de Deschartres, le général s'anima. Ses yeux ronds et noirs commencèrent à lancer des flammes, ses joues se colorèrent, l'indignation et la douleur trop longtemps contenues s'épanchèrent, et il parla avec une véritable énergie: «Non! nous n'avons pas été vaincus, s'écria-t-il, nous avons été trahis, et nous le sommes encore. Si nous ne l'étions pas, si nous pouvions compter sur tous nos officiers, je vous réponds que nos braves soldats feraient bien voir à messieurs les Prussiens et à messieurs les Cosaques que la France n'est pas une proie qu'ils puissent impunément dévorer.» Il parla avec feu de l'honneur français, de la honte de subir un roi imposé par l'étranger, et il peignit cette honte avec tant d'âme, que je sentis la mienne se ranimer, comme le jour où j'avais entendu, en 1811, un enfant de treize ou quatorze ans parler de prendre un grand sabre pour défendre sa patrie.

Ma grand'mère, voyant que le général s'exaltait de plus en plus, voulut le calmer, et lui dit que le soldat était épuisé, que le peuple ne voulait plus que le repos. «Le peuple! s'écria-t-il, ah! vous ne le connaissez pas. Le peuple! son vœu et sa véritable pensée ne se font pas jour dans vos châteaux. Il est prudent devant ses vieux seigneurs qui reviennent, et dont il se défie; mais nous autres soldats nous connaissons ses sympathies, ses regrets, et, voyez-vous, ne croyez pas que la partie soit si bien gagnée! On veut nous licencier parce que nous sommes la dernière force, le dernier espoir de la patrie: mais il ne tient qu'à nous de repousser cet ordre comme un acte de trahison et comme une injure. Pardieu! ce pays-ci est excellent pour une guerre de partisans, et je ne sais pas pourquoi nous n'y organisons pas le noyau d'une Vendée patriotique. Ah! le peuple, ah! les paysans! dit-il en se levant et en brandissant son couteau de table, vous allez les voir se joindre à nous! Vous verrez comme ils viendront avec leurs faux et leurs fourches, et leurs vieux fusils rouillés! On peut tenir six mois dans vos chemins creux et derrière vos grandes haies. Pendant ce temps, la France se lèvera sur tous les points; et d'ailleurs, si nous sommes abandonnés, mieux vaut mourir avec gloire en se défendant que d'aller tendre la gorge aux ennemis. Nous sommes encore un bon nombre à qui il ne faudrait qu'un mot pour relever l'étendard de la nation, et c'est peut-être à moi de donner l'exemple!»

Deschartres ne disait plus rien. Ma grand'mère prit le bras du général, lui ôta le couteau des mains, le força à se rasseoir, et cela d'une façon si tendre et si maternelle qu'il en fut ému. Il prit les deux mains de la vieille dame, les couvrit de baisers et lui demandant pardon de l'avoir effrayée, la douleur reprit le dessus sur la colère, et il fondit en larmes, les premières peut-être qui eussent soulagé son cœur ulcéré depuis Waterloo.

Nous pleurions tous, sauf Deschartres, qui, cependant, n'insistait plus pour avoir raison et à qui un certain respect devant le malheur fermait enfin la bouche. Ma grand'mère emmena le général au salon. «Mon cher général, au nom du ciel, lui dit-elle, soulagez-vous, pleurez, mais ne dites jamais devant personne des choses comme il vient de vous en échapper. Je suis sûre autant qu'on peut l'être de ma famille, de mes hôtes et de mes domestiques; mais, voyez-vous, dans le temps où nous sommes et lorsqu'une partie de vos compagnons est forcée de fuir pour échapper peut-être à une sentence de mort, c'est jouer votre tête que de vous abandonner ainsi à votre désespoir.

—Vous me conseillez la prudence, chère madame, lui dit-il, mais ce n'est pas la prudence, c'est la témérité que vous devriez me conseiller. Vous croyez donc que je ne parle pas sérieusement, et que je veux accepter le licenciement honteux que les ennemis nous imposent! C'est un second Waterloo, moins l'honneur, auquel on nous pousse. Un peu d'audace nous sauverait!

—La guerre civile! s'écria ma grand'mère: vous voulez rallumer la guerre civile en France! vous, idolâtres de ce même Napoléon, qui du moins n'a pas voulu imprimer cette tache à son nom et qui a sacrifié son orgueil devant l'horreur d'un pareil expédient! Sachez que je ne l'ai jamais aimé, mais que pourtant j'ai eu de l'admiration pour lui un jour en ma vie. C'est le jour où il a abdiqué plutôt que d'armer les Français les uns contre les autres. Lui-même désavouerait aujourd'hui votre tentative. Soyez donc fidèle à son souvenir en suivant le noble exemple qu'il vous a donné.»

Soit que ces raisons fissent impression sur l'esprit du général, soit que ses propres réflexions fussent conformes, quant au fond, à celles de ma grand'mère, il se calma, et plus tard il a repris du service sous les Bourbons. Mais pour tous ceux que la loyauté et la douleur avaient accompagnés comme lui derrière la Loire, il n'y a rien eu que de très légitime à poursuivre leur carrière militaire, lorsqu'ils l'ont pu sans s'abaisser, sous un autre régime.

On a vu dans ce que j'ai cité de l'histoire de M. de Vaulabelle que l'ordre du licenciement fut déguisé sous diverses ordonnances de dissolution partielle. Un soir, la petite place de Nohant et les chemins qui y aboutissent virent une foule compacte de cavaliers encore superbes de tenue venir recevoir les ordres du général Colbert. Ce fut l'affaire d'un instant. Muets et sombres, ils se divisèrent et s'éloignèrent dans des directions diverses.

Le général et son état-major parurent résignés. L'idée d'une *Vendée patriotique* n'était pourtant pas éclose isolément dans la tête de M. de Colbert. Elle avait parcouru les rangs frémissans de l'armée de la Loire: mais on sait maintenant qu'il y avait là une intrigue du parti d'Orléans à laquelle ils eurent raison de ne point se fier.

Un matin, pendant que nous déjeunions avec plusieurs officiers de lanciers, on parla du colonel du régiment, tombé sur le champ de bataille de Waterloo: «Ce brave colonel Sourd, disait-on, quelle perte pour ses amis et quelle douleur pour tous les hommes qu'il commandait! C'était un héros à la guerre et un homme excellent dans l'intimité.

—Et vous ne savez ce qu'il est devenu? dit ma grand'mère.—Il était criblé de blessures, et il avait un bras fracassé par un boulet, répondit le général. On a pu l'emporter à l'ambulance; il a encore vécu après l'événement, on espérait le sauver; mais depuis longtemps nous n'avons plus de ses nouvelles, et tout porte à croire qu'il n'est plus. Un autre a pris le commandement du régiment. Pauvre Sourd! Je le regretterai toute ma vie!»

Comme il disait ces mots, la porte s'ouvre. Un officier mutilé, la manche vide et relevée dans la boutonnière, la figure traversée de larges bandes de taffetas d'Angleterre qui cachaient d'effroyables cicatrices, paraît et s'élance vers ses compagnons. Tous se lèvent, un cri s'échappe de toutes les poitrines, on se précipite sur lui, on l'embrasse, on le presse, on l'interroge, on pleure, et le colonel Sourd achève avec nous ce déjeûner qui avait commencé par son éloge funèbre.

Le lieutenant-colonel Féroussac, qui avait commandé le régiment en son absence, fut heureux de lui rendre son autorité, et Sourd voulut être licencié à la tête de son régiment, qui le revit avec des transports impossibles à décrire.

Je dois ici un souvenir à M. Pétiet, aide-de-camp du général Colbert, qui fut pour moi d'une bonté vraiment paternelle, toujours occupé de jouer avec moi comme un excellent enfant qu'il était encore, malgré son grade et ses années de service, qui commençaient déjà à compter. Il n'avait guère que trente ans, mais il avait été page de l'impératrice, et il était entré dans l'armée de fort bonne heure. Il avait conservé la gaîté et l'espièglerie d'un page: mon frère et moi nous l'adorions et nous ne le laissions pas un instant en repos. Il est maintenant général.

Au bout d'une quinzaine de jours, le général Colbert, M. Pétiet, le général Subervic et les autres officiers du corps qu'ils commandaient allèrent ailleurs, à Saint-Amand, si je ne me trompe. Ma grand'mère aimait déjà tant le général Colbert qu'elle pleura son départ. Il avait été excellent, en effet, parmi nous, et les nombreux officiers supérieurs que nous eûmes successivement à loger pendant une partie de la saison nous laissèrent tous des regrets. Mais à mesure que le licenciement s'opérait, l'intérêt devenait moins vif pour moi, du moins à l'égard des officiers, qui commençaient à prendre leur parti et à se préoccuper de l'avenir plus que du passé. Plusieurs même étaient déjà tout ralliés à la Restauration et avaient de nouveaux brevets dans leur poche. Ma grand'mère voyait cela avec plaisir et leur faisait fête. Mais ce royalisme de fraîche date répugnait encore à ma mère, à moi par conséquent, car je cherchais toujours mon impression dans ses yeux et mon avis sur ses lèvres.

Plus d'un lui fit la cour car elle était encore charmante, et je crois qu'elle eût pu facilement se remarier honorablement à cette époque; mais elle n'en voulut pas entendre parler, et, quoiqu'elle fût entourée d'hommages, jamais je ne vis moins de coquetterie et plus de réserve qu'elle n'en montra.

C'était un spectacle imposant que ce continuel passage d'une armée encore superbe dans notre vallée noire. Le temps fut toujours clair et chaud. Tous les chemins étaient couverts de ces nobles phalanges qui défilaient en bon ordre et dans un silence solennel. C'était la dernière fois qu'on devait voir ces uniformes si beaux, si bien portés, *usés par la victoire*, comme on l'a dit depuis avec raison, ces belles figures bronzées, ces fiers soldats si terribles dans les combats, si doux, si humains, si bien disciplinés pendant la paix. Il n'y eut pas un seul acte de maraude ou de brutalité à leur reprocher. Je ne vis jamais parmi eux un homme ivre, quoique le vin chez nous soit à bon marché, et que le paysan le prodigue au soldat. Nous pouvions nous promener à toute heure sur les chemins, ma mère et moi, comme en temps ordinaire, sans craindre la moindre insulte. Jamais on ne vit le malheur, la proscription, l'ingratitude et la calomnie supportés avec tant de patience et de dignité; ce qui n'empêcha pas qu'ils ne fussent nommés les *Brigands de la Loire*.

Deschartres même jeta les hauts cris parce qu'un volume des *Mille et une Nuits* fut égaré, et que quatre belles pêches disparurent de l'espalier où il les regardait mûrir; méfaits dont Hippolyte peut-être fut le seul coupable. N'importe, Deschartres accusait les brigands, et il ne se calma que lorsque ma bonne maman lui dit avec un grand sérieux: «Eh bien! monsieur Deschartres, quand vous écrirez l'histoire de ces temps-ci, vous n'oublierez pas un fait si grave. Vous direz: «Une armée entière traversa Nohant et porta le ravage et la dévastation sur un espalier, où l'on comptait quatre pêches avant cette terrible époque.»

Je me rappelle qu'il y eut pourtant un autre fait un peu plus grave et que je raconte précisément pour montrer combien ces *brigands* se piquaient d'honneur et de probité.

Nous vîmes passer des régimens de toutes armes, des chasseurs, des carabiniers, des dragons, des cuirassiers, de l'artillerie et ces brillants mamelucks avec leurs beaux chevaux et leur costume de théâtre, que j'avais vus à Madrid. Le régiment de mon père passa aussi, et les officiers, dont plusieurs l'avaient connu, entrèrent dans la cour et demandèrent à saluer ma grand'mère et ma mère. Elles les reçurent en sanglotant, prêtes à s'évanouir. Un officier dont j'ai oublié le nom s'écria en me voyant: «Ah! voilà sa fille. Il n'y a pas à se tromper à une pareille ressemblance.» Il me prit dans ses bras et m'embrassa en me disant: «Je vous ai vue toute petite en Espagne. Votre père était un brave militaire et bon comme un ange.»

Plus tard, à Paris, ayant plus de vingt ans, j'ai été abordée sur le boulevard par un officier à demi solde qui m'a demandé si je n'étais pas la fille du *pauvre Dupin*, et dans un restaurant, d'autres officiers qui dînaient à une autre table sont venus faire la même question aux personnes qui étaient avec moi. C'étaient de braves débris de notre belle armée, mais j'ai la mémoire des noms si peu certaine que je craindrais de me tromper en les citant. Dans toutes ces rencontres, j'ai toujours entendu faire de mon père les plus vifs et les plus tendres éloges.

J'ai dit que mon frère était grand observateur et critique judicieux pour son âge. Il me faisait part de ses remarques, et nous remarquâmes, en effet, que les réconciliations du nouveau pouvoir avec l'armée s'opéraient toujours en commençant par les plus hauts grades. Ainsi, vers la fin du passage, les officiers supérieurs exhibaient avec satisfaction des étendards fleurdelisés, brodés, disait-on, par la duchesse d'Angoulême, et qu'elle leur avait envoyés en signe de bienveillance. Les officiers de moindre grade se montraient irrésolus ou sur la réserve. Les sous-officiers et les soldats étaient tous franchement et courageusement des *bonapartistes*, comme on disait alors, et quand vint l'ordre définitif de changer de drapeau et de cocarde, nous vîmes brûler des aigles dont les cendres furent littéralement baignées de larmes. Quelques-uns crachèrent sur la cocarde *sans tache* avant de la mettre à leur shako. Les officiers ralliés avaient hâte de se séparer de ces fidèles soldats et de prendre place dans l'armée réorganisée sur les nouvelles bases et avec un autre personnel. Je pense bien qu'il y en eut beaucoup de trompés dans leurs espérances, et que les belles promesses à l'aide desquelles on leur avait fait opérer sans bruit la dislocation n'aboutirent plus tard qu'à une maigre demi-solde.

Quand les derniers uniformes eurent disparu dans la poussière de nos routes, nous sentîmes tous une grande fatigue: à force de voir marcher, il nous semblait avoir marché nous-mêmes. Nous avions assisté au convoi de la gloire, aux funérailles de notre nationalité. Ma grand'mère avait eu des émotions douloureuses et profondes, des souvenirs ravivés; ma mère, en voyant tous ces jeunes et brillants officiers, avait senti plus que jamais qu'elle n'aimerait plus et que sa vie encore jeune et pleine s'écoulerait dans la solitude et les regrets. Deschartres avait la tête brisée d'avoir eu tous les jours des centaines de logemens à distribuer et à discuter. Tous nos domestiques étaient sur les dents pour avoir servi nuit et jour une quarantaine de personnes et de chevaux pendant deux mois. Les courtes finances de ma grand'mère et sa cave s'en ressentaient, mais elle aimait à faire grandement les honneurs de chez elle, et elle y avait mangé une année de son revenu sans se plaindre.

A courir avec les soldats, mon frère avait pris rage d'être militaire et il ne fallait plus guère lui parler d'études. Quant à moi, qui avais été comme lui en récréation forcée pendant tout ce temps, j'étais accablée et brisée de mon inaction, car dès mon plus jeune âge, ne rien faire a toujours été pour moi la pire des fatigues.

Néanmoins, j'eus beaucoup de peine à me remettre au travail. Le cerveau est un instrument qui se rouille, et qui aurait besoin d'un exercice modéré, mais soutenu. La politique me devenait nauséabonde. Nohant n'était plus aussi recueilli et aussi intime que par le passé. Les autorités de la ville voisine avaient été remplacées en grande partie par des royalistes ardents, qui venaient faire des visites officielles à ma grand'mère, et là on ne parlait que du trône et de l'autel, et des nouvelles tentatives du parti des *Jacobins*, et des nouvelles répressions paternelles de ce bon gouvernement, qui envoyait à l'échafaud Ney, Labédoyère et autres *scélérats*. On faisait du zèle devant ma grand'mère parce qu'on la croyait bien lancée dans le monde et influente. Le fait est qu'elle ne l'était ni ne se piquait de l'être. Elle avait passé la seconde moitié de sa vie dans une sorte de retraite qui ne lui avait laissé que peu d'occasions d'être utile, et elle n'était pas charmée de l'*ancien régime* autant qu'on se l'imaginait.

Pour moi, je n'étais plus tentée de me laisser prendre au royalisme. J'avais honte de passer pour en tenir par solidarité de famille. Je trouvais ma mère trop indifférente à tout cela, et je *déblatérais* dans mon coin avec Hippolyte contre ce roi *cotillon* que les troupiers nous avaient enseigné à railler et à chansonner en cachette. Mais il fallait nous bien garder d'en rien laisser paraître. Deschartres n'entendait pas raison sur ce chapitre, et Mlle Julie n'avait pas coutume de garder pour elle ce qu'elle entendait.

Mon cousin René de Villeneuve vint nous voir à l'automne. Il était parfaitement aimable, enjoué, sachant occuper agréablement les loisirs de la campagne, et pas du tout royaliste, quoiqu'il sût ménager les apparences. Ma grand'mère lui parla de l'avenir de mon frère, qui s'en allait avoir seize ans et qui ne tenait plus dans sa peau, tant il avait envie de quitter Deschartres et de commencer la vie, n'importe par quel bout. On lui avait enseigné les mathématiques avec l'idée de le mettre dans la marine; mais M. de Villeneuve, qui venait de marier sa fille avec le comte de la Roche-Aymon, et qui voyait dans cette nouvelle alliance beaucoup de nouvelles portes ouvertes pour une certaine influence, engagea ma grand'mère à le faire entrer dans un régiment de cavalerie, où il espérait lui assurer des protections et de l'avancement. Il promit de s'en occuper aussitôt, et mon frère bondit de joie à l'idée d'avoir un cheval et des bottes tous les jours de sa vie.

Après M. de Villeneuve, nous vîmes arriver Mme de la Marlière, qui était devenue dévote tout d'un coup et qui allait à la messe et à vêpres le dimanche. Cela m'étonna grandement. Enfin, vint la bonne Mme de Pardaillan, et puis, tout ce monde parti, ma mère partit à son tour. Quelque temps après, Hippolyte fit ses paquets et alla rejoindre son régiment de hussards à Saint-Omer, si bien qu'au commencement de l'année 1816 je me trouvai absolument seule à Nohant avec ma grand'mère, Deschartres, Julie et Rose.

Alors s'écoulèrent pour moi les deux plus longues, les deux plus rêveuses, les deux plus mélancoliques années qu'il y eût encore eu dans ma vie.

CHAPITRE NEUVIEME

Enseignement de l'histoire.—Je l'étudie comme un roman.—Je désapprends la musique avec un maître.—Premiers essais littéraires.—L'art et le sentiment.—Ma mère se moque de moi, et je renonce aux lettres.—Mon grand roman inédit.—Corambé.—Marie et Solange.—Plaisir le porcher.—Le fossé couvert.—Démogorgon.—Le temple mystérieux.

Je ne peux pas toujours suivre ma vie comme un récit qui s'enchaîne, car il y a beaucoup d'incertitudes dans ma mémoire sur l'ordre des petits événements que je me retrace. Je sais que j'ai passé à Nohant avec ma grand'mère, sans aller à Paris, les années 1814, 15, 16 et 17. Je résumerai donc en masse mon développement moral pendant ces quatre années.

Les seules études qui me plurent réellement furent l'histoire, la géographie, qui n'en est que l'appendice nécessaire, la musique et la littérature. Je pourrais encore réduire ces aptitudes, en disant que je n'aimais et n'aimerai réellement jamais que la littérature et la musique, car ce qui me passionnait dans l'histoire, ce n'était pas cette philosophie que la théorie toute moderne du progrès nous a enseigné à déduire de l'enchaînement des faits. On n'avait point alors popularisé cette notion claire et précise qui est véritablement, sinon la grande découverte, du moins la grande certitude philosophique des temps nouveaux, et dont Pierre Leroux, Jean Reynaud et leur école de 1830 à 1840 ont posé la meilleure exposition et les meilleures déductions dans les travaux de l'*Encyclopédie nouvelle*.

A l'époque où l'on m'enseigna l'histoire, on n'avait généralement aucune idée d'ordre et d'ensemble dans l'appréciation des faits. Aujourd'hui, l'étude de l'histoire peut être la théorie du progrès; elle peut tracer une ligne grandiose à laquelle viennent se rattacher toutes les lignes jusqu'alors éparses et brisées. Elle nous fait assister à l'enfance de l'humanité, à son développement, à ses essais, à ses efforts, à ses conquêtes successives, et ses déviations mêmes aboutissant fatalement à un retour qui la replace sur la route de l'avenir, ne font que confirmer la loi qui la pousse et l'entraîne.

Dans la théorie du progrès, Dieu est un, comme l'humanité est une. Il n'y a qu'une religion, qu'une vérité antérieure à l'homme, coéternelle à Dieu, et dont les différentes manifestations dans l'homme et par l'homme sont la vérité relative et progressive des diverses phases de l'histoire. Rien de plus simple, rien de plus grand, rien de plus logique. Avec cette notion, avec ce fil conducteur dans une main: *L'humanité éternellement progressive*; avec ce flambeau dans l'autre main: *Dieu éternellement révélateur et révélable*, il n'est plus possible de flotter et de s'égarer dans l'étude de l'histoire des hommes, puisque c'est l'histoire de Dieu même dans ses rapports avec nous.

De mon temps, on procédait simultanément par plusieurs histoires séparées, qui n'avaient aucun rapport entre elles. Par exemple, l'histoire sacrée et l'histoire profane étant contemporaines l'une de l'autre, il fallait les étudier en regard l'une de l'autre, sans admettre qu'elles eussent aucun lien. Quelle était la vraie, quelle était la fabuleuse? Toutes deux étaient chargées de miracles et de fables également inadmissibles pour la raison; mais pourquoi le Dieu des Juifs était-il le seul vrai Dieu? On ne vous le disait point, et, pour moi, particulièrement, j'étais libre de rejeter le dieu de Moïse et de Jésus, tout aussi bien que ceux d'Homère et de Virgile. «Lisez, me disait-on, prenez des notes, faites des extraits, retenez bien tout cela. Ce sont des choses qu'il faut savoir et qu'il n'est pas permis d'ignorer[9].»

Savoir pour savoir, voilà véritablement toute la moralité de l'éducation qui m'était donnée. Il n'était pas question de s'instruire pour se rendre meilleur, plus heureux ou plus sage. On apprenait pour devenir capable de causer avec les personnes instruites, pour être à même de lire dans les livres qu'on avait dans son armoire, et de tuer le temps à la campagne ou ailleurs. Et comme les caractères de mon espèce ne comprennent pas beaucoup qu'il soit utile de donner la réplique aux causeurs instruits, au lieu de les écouter en silence ou de ne pas les écouter du tout; comme, en général, les enfants ne s'inquiètent pas de l'ennui, puisqu'ils s'amusent volontiers de toute autre chose que l'étude, il fallait leur donner un autre motif, un autre stimulant. On leur parlait alors du plaisir de satisfaire leurs parents, et on faisait appel au sentiment de l'obéissance, à la conscience du devoir. C'était encore ce qu'il y avait de meilleur à invoquer, et cela réussissait assez avec moi, qui étais, par nature indépendante dans mes idées, soumise dans les actes extérieurs.

Je n'ai jamais connu la révolte de fait avec les êtres que j'aimais et dont j'ai dû accepter la domination naturelle, car il y en a une, ne fût-ce que celle de l'âge, sans compter celle du sang. Je n'ai jamais compris qu'on ne cédât pas aux personnes avec lesquelles on ne veut ni ne peut rompre, quand même on est persuadé qu'elles se trompent, ni qu'on hésitât entre le sacrifice de soi-même et leur satisfaction. Voilà pourquoi ma grand'mère, ma mère, et les religieuses de mon couvent m'ont toujours trouvée d'une douceur inexplicable au milieu d'un insurmontable entêtement. Je me sers du mot *douceur*, parce que j'ai été frappée de les voir se rencontrer dans cette expression dont elles se servaient pour peindre mon caractère d'enfant. L'expression n'était peut-être pas juste. Je n'étais pas douce, puisque je ne cédais pas intérieurement. Mais, pour ne pas céder en fait, il eût fallu haïr, et, tout au contraire, j'aimais. Cela prouve donc uniquement que mon affection m'était plus précieuse que mon raisonnement, et que j'obéissais plus volontiers, dans mes actions, à mon cœur qu'à ma tête.

Ce fut donc par pure affection pour ma grand'mère que j'étudiai de mon mieux les choses qui m'ennuyaient, que j'appris par cœur des milliers de vers dont je ne comprenais pas les beautés, le latin, qui me paraissait insipide: la versification, qui était comme une camisole de force imposée à ma poétique naturelle: l'arithmétique, qui était si opposée à mon organisation que, pour faire une addition, j'avais littéralement des vertiges et des défaillances. Pour lui faire plaisir aussi, je m'enfonçais dans l'histoire, mais là, ma soumission reçut enfin sa récompense, l'histoire m'amusa prodigieusement.

Pourtant, par la raison que j'ai dite, par l'absence de théorie morale de cette étude, elle ne satisfaisait pas l'appétit de logique qui commençait à s'éveiller en moi; mais elle prit à mes yeux un attrait différent: je la goûtai sous son aspect purement littéraire et romanesque. Les grands caractères, les belles actions, les étranges aventures, les détails poétiques, le détail, en un mot, me passionna, et je trouvai à raconter tout cela, à y donner une forme dans mes extraits, un plaisir indicible.

Peu à peu, je m'aperçus que j'étais peu surveillée, que ma grand'mère, trouvant mon extrait bien écrit pour mon âge, et intéressant, ne consultait plus le livre pour voir si ma version était bien fidèle, et cela me servit plus qu'on ne peut croire. Je cessai de porter à la leçon les livres qui avaient servi à mon résumé, et comme on ne me les demanda plus, je me lançai avec plus de hardiesse dans mes appréciations personnelles. Je fus plus philosophe que mes historiens profanes, plus enthousiaste que mes historiens sacrés. Me laissant aller à mon émotion et ne m'inquiétant pas d'être d'accord avec le jugement de mes auteurs, je donnai à mes récits la couleur de ma pensée, et même je me souviens que je ne me gênais pas pour orner un peu la sécheresse de certains fonds. Je n'altérais point les faits essentiels, mais, quand un personnage insignifiant ou inexpliqué me tombait sous la main, obéissant à un besoin invincible d'*art*, je lui donnais un caractère quelconque que je déduisais assez logiquement de son rôle ou de la nature de son action dans le drame général. Incapable de me soumettre aveuglément au jugement de l'auteur, si je ne réhabilitais pas toujours ce qu'il condamnait, j'essayais du moins de l'expliquer et de l'excuser, et si je le trouvais trop froid pour les objets de mon enthousiasme, je me livrais à ma propre flamme, et je la répandais sur mon cahier dans des termes qui faisaient rire souvent ma grand'mère par leur naïveté d'exagération.

Enfin, quand je trouvais l'occasion de fourrer une petite description au milieu de mon récit, je ne m'en faisais pas faute. Pour cela une courte phrase du texte, une sèche indication me suffisaient. Mon imagination s'en emparait et brodait là-dessus; je faisais intervenir le soleil ou l'orage, les fleurs, les ruines, les monumens, les chœurs, les sons de la flûte sacrée ou de la lyre d'Ionie, l'éclat des armes, le hennissement des coursiers, que sais-je? J'étais classique en diable; mais si je n'avais pas l'art de me trouver une forme nouvelle, j'avais le plaisir de sentir vivement, et de voir par les yeux de l'imagination tout ce passé qui se ranimait devant moi.

Il est vrai aussi que, n'étant pas tous les jours dans cette disposition poétique, et pouvant impunément en prendre à mon aise, il m'arriva parfois de copier presque textuellement les pages du livre dont j'étais chargée de rendre le sens. Mais c'étaient mes jours de langueur et de distraction. Je m'en dédommageais avec plaisir quand je sentais la verve se rallumer.

Je faisais un peu de même pour la musique. J'étudiais pour l'acquit de ma conscience les sèches études que je devais jouer à ma grand'mère; mais quand j'étais sûre de m'en tirer passablement, je les arrangeais à ma guise, ajoutant des phrases, changeant les formes, improvisant au hasard, chantant, jouant et composant musique et paroles, quand j'étais bien sûre de ne pas être entendue. Dieu sait à quelles stupides aberrations musicales je m'abandonnais ainsi! j'y prenais un plaisir extrême.

La musique qu'on m'enseignait commençait à m'ennuyer. Ce n'était plus la direction de ma grand'mère. Elle s'était imaginé qu'elle ne pourrait pas m'enseigner elle-même la musique, ou bien sa santé ne lui permettait plus d'en garder l'initiative; elle ne me démontrait plus rien, et se bornait à me faire jouer en mesure la plate musique que m'apportait mon maître.

Ce maître était l'organiste de la Châtre. Il savait la musique, certainement, mais il ne la sentait nullement, et il mettait peu de conscience à me la montrer. Il s'appelait M. Gayard, et il avait la figure et la tournure ridicules. Il portait toujours la queue ficelée, les ailes de pigeon et les grands habits carrés de l'ancien régime, quoiqu'il n'eût guère qu'une cinquantaine d'années. Sous la Restauration, on a vu pendant quelque temps des particuliers reprendre ces vieux usages de coiffure et d'habillement pour témoigner de leur attachement aux *bons principes*. D'autres ne les avaient jamais quittés, et c'était sans doute par habitude de gravité que M. Gayard conservait la poudre et les culottes courtes.

Il était pourtant médiocrement grave quand il n'était plus sous les yeux du curé, à la Châtre, et de ma grand'mère, à Nohant. Il arrivait le dimanche, à midi, se faisait servir un copieux déjeûner, remontait l'accord du piano et du clavecin, me donnait une leçon de deux heures, puis allait batifoler avec les servantes jusqu'au dîner. Là il mangeait comme quatre, parlait peu, me faisait jouer ensuite devant ma grand'mère un morceau qu'il m'avait seriné plutôt qu'expliqué, et s'en allait les poches pleines de friandises qu'il se faisait donner par les femmes de chambre.

Je faisais des progrès apparens avec ce professeur, et, en réalité, je n'apprenais rien du tout, et je perdais le respect et l'amour de la musique. Il m'apportait de la musique facile, bête, soi-disant brillante. Heureusement, il se glissait quelquefois à son insu de petits diamants dans ce fatras, des sonatines de Steibelt, des pages de Gluck, de Mozart, et de jolies études de Pleyel et de Clementi. La preuve que j'avais un bon sentiment musical, c'est que je discernais fort bien de moi-même ce qui valait la peine d'être étudié, et j'y portais un certain sentiment naïf qui plaisait à ma grand'mère, mais dont M. Gayard ne me tenait aucun compte. Il frappait fort et jouait carrément, sans nuances, sans couleur et sans cœur. C'était exact, correct, bruyant, sans charme et sans élévation. Je le sentais, et je haïssais sa manière. Avec cela, il avait de grosses pattes laides, velues, grasses et sales qui me répugnaient, et une odeur de poudre mêlée à une odeur de crasse qui me faisait paraître ma leçon insupportable. Ma grand'mère devait bien savoir que c'était là un maître sans valeur et sans âme; mais elle pensait que j'avais besoin de me délier les doigts, et comme les siens étaient de plus en plus paralysés, elle me donnait M. Gayard comme une mécanique. En effet, M. Gayard m'apprenait à remuer les doigts, et il me donnait à lire beaucoup de musique, mais il ne m'enseignait rien. Jamais il ne me demanda de me rendre compte à moi-même du ton dans lequel était écrit le morceau qu'il me faisait jouer, ni du mouvement, encore moins du sentiment et de la pensée musicale. Il me fallait deviner tout cela, car j'avais oublié toutes les règles que ma grand'mère m'avait enseignées si clairement et qu'il eût été bon de repasser sans cesse en les appliquant. Je les appliquais d'instinct et ne les savais plus. Quand je faisais quelque faute, M. Gayard me débitait des calembours et des coqs-à-l'âne en forme de critique. *C'est ainsi que je travaillais, disait-il, la dernière fois qu'on me mit à la porte*; ou bien il avait des sentences en latin de collége:

Aspice Pierrot pendu,

Quod fa dièse n'a pas rendu.

Et toute la leçon se passait ainsi, à moins qu'il ne préférât dormir auprès du poêle, ou se promener dans la chambre en mangeant des pruneaux ou des noisettes, car il mangeait toujours et ne se souciait guère d'autre chose.

On ne me parlait plus de chant, et pourtant c'était là mon instinct et ma vocation. Je trouvais un soulagement extrême à improviser en prose ou en vers blancs des récitatifs ou des fragments de mélodie lyrique, et il me semblait que le chant eût été ma véritable manière d'exprimer mes sentiments et mes émotions. Quand j'étais seule au jardin, je chantais toutes mes actions pour ainsi dire: «*Roule, roule, ma brouette: poussez, poussez, petits gazons que j'arrose; papillons jolis, venez sur mes fleurs*, etc.;» et quand j'avais du chagrin, quand je pensais à ma petite mère absente, c'étaient des complaintes en mineur qui ne finissaient pas et qui endormaient peu à peu ma mélancolie ou qui provoquaient des larmes dont j'étais soulagée:

Ma mère, m'entends-tu? je pleure et je soupire, etc.

Vers l'âge de douze ans, je m'essayai à écrire; mais cela ne dura qu'un instant; je fis plusieurs *descriptions*, une de la vallée noire, vue d'un certain endroit où j'allais souvent me promener, et l'autre d'une nuit d'été avec clair de lune. C'est tout ce que je me rappelle, et ma grand'mère eut la bonté de déclarer à qui voulait la croire que c'étaient des chefs-d'œuvre. D'après les phrases qui me sont restées dans la mémoire[10], ces chefs-d'œuvre-là étaient bons à mettre au cabinet. Mais ce que je me rappelle avec plus de plaisir, c'est que, malgré les imprudents éloges de ma bonne maman, je ne fus nullement enivrée de mon petit succès. J'avais dès lors un sentiment que j'ai toujours conservé; c'est qu'aucun art ne peut rendre le charme et la fraîcheur de l'impression produite par les beautés de la nature, de même que rien dans l'expression ne peut atteindre à la force et à la spontanéité de nos émotions intimes. Il y a dans l'âme quelque chose de plus que dans la forme. L'enthousiasme, la rêverie, la passion, la douleur n'ont pas d'expression suffisante dans le domaine de l'art, quel que soit l'art, quel que soit l'artiste. J'en demande pardon aux maîtres: je les vénère et les chéris, mais ils ne m'ont jamais rendu ce que la nature m'a donné, ce que moi-même j'ai senti mille fois l'impossibilité de rendre aux autres.

L'art me semble une aspiration éternellement impuissante et incomplète, de même que toutes les manifestations humaines. Nous avons, pour notre malheur, le sentiment de l'infini, et toutes nos expressions ont une limite rapidement atteinte; ce sentiment même est vague en nous, et les satisfactions qu'il nous donne sont une espèce de tourment.

L'art moderne l'a bien senti, ce tourment de l'impuissance, et il a cherché à étendre ses moyens en littérature, en musique, en peinture. L'art a cru trouver dans les formes nouvelles du romantisme une nouvelle puissance d'expansion. L'art a pu y gagner, mais l'âme humaine n'élève ses facultés que relativement, et la soif de la perfection, le besoin de l'infini restent les mêmes, éternellement avides, éternellement inassouvis. C'est pour moi une preuve irréfutable de l'existence de Dieu. Nous avons le désir inextinguible du beau idéal: donc le désir a un but. Ce but n'existe nulle part à notre portée, ce but est l'infini, ce but est Dieu.

L'art est donc un effort plus ou moins heureux pour manifester des émotions qui ne peuvent jamais l'être complètement, et qui, par elles-mêmes, dépassent toute expression. Le romantisme, en augmentant les moyens, n'a pas reculé la limite des facultés humaines. Une grêle d'épithètes, un déluge de notes, un incendie de couleurs, ne témoignent et n'expriment rien de plus qu'une forme élémentaire et naïve. J'ai beau faire, j'ai le malheur de ne rien trouver dans les mots et dans les sons de ce qu'il y a dans un rayon du soleil ou dans un murmure de la brise.

Et pourtant l'art a des manifestations sublimes, et je ne saurais vivre sans les consulter sans cesse; mais plus ces manifestations sont grandes, plus elles excitent en moi la soif d'un *mieux* et d'un *plus* que personne ne peut me donner, et que je ne puis pas donner moi-même, parce qu'il faudrait pour exprimer ce plus et ce mieux un chiffre qui n'existe pas pour nous et que l'homme ne trouvera probablement jamais.

J'en reviens à dire plus clairement et plus positivement que rien de ce que j'ai écrit dans ma vie ne m'a jamais satisfait, pas plus mes premiers essais à l'âge de douze ans, que les travaux littéraires de ma vieillesse, et qu'il n'y a à cela aucune modestie de ma part. Toutes les fois que j'ai vu et senti quelque sujet d'art, j'ai espéré, j'ai cru naïvement que j'allais le rendre comme il m'était venu. Je m'y suis jetée avec ardeur, j'ai rempli ma tâche parfois avec un vif plaisir, et parfois, en écrivant la dernière page, je me suis dit: «Oh! cette fois, c'est bien réussi!» Mais, hélas, je n'ai jamais pu relire l'épreuve sans me dire: «Ce n'est pas du tout cela, je l'avais rêvé et senti, et conçu tout autrement; c'est froid, c'est *à côté*, c'est trop dit et ce n'est pas assez.» Et si l'ouvrage n'avait pas toujours été la propriété d'un éditeur, je l'aurais mis dans un coin avec le projet de le refaire, et je l'y aurais oublié pour en essayer un autre.

Je sentis donc, dès la première tentative littéraire de ma vie, que j'étais au-dessous de mon sujet et que mes mots et mes phrases le gâtaient pour moi-même. On envoya à ma mère une de mes *descriptions* pour lui faire voir comme je devenais habile et savante: elle me répondit: «*Tes belles phrases m'ont bien fait rire, j'espère que tu ne vas pas te mettre à parler comme ça.*» Je ne fus nullement mortifiée de l'accueil fait par elle à mon élucubration poétique: je trouvai qu'elle avait parfaitement raison, et je lui répondis: «Sois tranquille, ma petite mère, je ne deviendrai pas une pédante, et quand je voudrai te dire que je t'aime, que je t'adore, je te le dirai tout bonnement comme le voilà dit.»

Je cessai donc d'*écrire*; mais le besoin d'inventer et de composer ne m'en tourmentait pas moins. Il me fallait un monde de fictions, et je n'avais jamais cessé de m'en créer un que je portais partout avec moi, dans mes promenades, dans mon immobilité, au jardin, aux champs, dans mon lit avant de m'endormir et en m'éveillant, avant de me lever. Toute ma vie j'avais eu un roman en train dans la cervelle, auquel j'ajoutais un chapitre plus ou moins long aussitôt que je me trouvais seule, et pour lequel j'amassais sans cesse des matériaux. Mais pourrai-je donner une idée de cette manière de composer que j'ai perdue et que je regretterai toujours, car c'est la seule qui ait réalisé jamais ma fantaisie.

Je ne donnerais aucun développement au récit de cette fantaisie de mon cerveau, si je croyais qu'elle n'eût été qu'une bizarrerie personnelle. Car mon lecteur doit remarquer que je me préoccupe beaucoup plus de lui faire repasser et commenter sa propre existence, celle de nous tous, que de l'intéresser à la mienne propre; mais j'ai lieu de croire que mon histoire intellectuelle est celle de la génération à laquelle j'appartiens, et qu'il n'est aucun de nous qui n'ait fait, dans son jeune âge, un roman ou un poème.

J'avais bien vingt-cinq ans, lorsque voyant mon frère griffonner beaucoup, je lui demandai ce qu'il faisait. «Je cherche, me dit-il, un roman moral dans le fond, comique dans la forme: mais je ne sais pas écrire, et il me semble que tu pourrais rédiger ce que j'ébauche.» Il me fit part de son plan, que je trouvai trop sceptique et dont les détails me rebutèrent. Mais, à ce propos, je lui demandai depuis quand il avait cette fantaisie de faire un roman. «Je l'ai toujours eue, répondit-il. Quand j'y rêve, il me passionne et me divertit quelquefois tant, que j'en ris tout seul. Mais quand je veux y mettre de l'ordre, je ne sais par où commencer, par où finir. Tout cela se brouille sous ma plume. L'expression me manque, je m'impatiente, je me dégoûte, je brûle ce que je viens d'écrire, et j'en suis débarrassé pour quelques jours. Mais bientôt cela revient comme une fièvre. J'y pense le jour, j'y pense la nuit, et il faut que je gribouille encore, sauf à brûler toujours.

—Que tu as tort, lui dis-je, de vouloir donner une forme arrêtée, un plan régulier à ta fantaisie! tu ne vois donc pas que tu lui fais la guerre, et que si tu renonçais à la jeter hors de toi, elle serait toujours en toi active, riante et féconde? Que ne fais-tu comme moi, qui n'ai jamais gâté l'idée que je me suis faite de ma création en cherchant à la formuler?

—Ah çà, dit-il, c'est donc une maladie que nous avons dans le sang? Tu pioches donc aussi dans le vide? tu rêvasses donc aussi comme moi? tu ne me l'avais jamais dit.» J'étais déjà fâchée de m'être trahie, mais il était trop tard pour se raviser. Hippolyte, en me confiant son mystère, avait droit de m'arracher le mien, et je lui racontai ce que je vais raconter ici.

Dès ma première enfance, j'avais besoin de me faire un monde intérieur à ma guise, un monde fantastique et poétique; peu à peu j'eus besoin d'en faire aussi un monde religieux ou philosophique, c'est-à-dire moral ou sentimental. Vers l'âge de onze ans, je lus l'*Iliade* et la *Jérusalem délivrée*. Ah! que je les trouvais courtes, que je fus contrariée d'arriver à la dernière page! je devins triste et comme malade de chagrin de les voir sitôt finies. Je ne savais plus que devenir; je ne pouvais plus rien lire; je ne savais auquel de ces deux poèmes donner la préférence: je comprenais qu'Homère était plus beau, plus grand, plus simple; mais le Tasse m'intéressait et m'intriguait davantage. C'était plus romanesque, plus de mon temps et de mon sexe. Il y avait des situations dont j'aurais voulu que le poète ne me fît jamais sortir, Herminie chez les bergers, par exemple, ou Clorinde délivrant du bûcher Olinde et Sofronie. Quels tableaux enchantés je voyais se dérouler autour de moi! Je m'emparais de ces situations, je m'y établissais pour ainsi dire; les personnages devenaient miens; je les faisais agir ou parler, et je changeais à mon gré la suite de leurs aventures, non pas que je crusse mieux faire que le poète, mais parce que les préoccupations amoureuses de ces personnages me gênaient, et que je les voulais tels que je les sentais, c'est-à-dire enthousiastes seulement de religion, de guerre ou d'amitié. Je préférais la martiale Clorinde à la timide Herminie: sa mort et son baptême la divinisaient à mes yeux. Je haïssais Armide, je méprisais Renaud. Je sentais vaguement de la guerrière et de la magicienne ce que Montaigne dit de Bradamante et d'Angélique, à propos du poème de l'Arioste: l'*une* «d'une beauté naïve, active, généreuse, non homasse, mais virile; l'*autre* d'une beauté molle, affectée, délicate, artificielle: l'une travestie en garçon, coiffée d'un morion luisant: l'autre vêtue en *fille*, coiffée d'un atiffet emperlé.»

Mais au-dessus de ces personnages du roman, l'Olympe chrétien planait sur la composition du Tasse, comme dans l'*Iliade* les dieux du paganisme: et c'est par la poésie de ces symboles que le besoin d'un sentiment religieux, sinon d'une croyance définie, vint s'emparer ardemment de mon cœur. Puisqu'on ne m'enseignait aucune religion, je m'aperçus qu'il m'en fallait une, et je m'en fis une.

J'arrangeai cela très secrètement en moi-même; religion et roman poussèrent de compagnie dans mon âme. J'ai dit que les esprits les plus romanesques étaient les plus positifs, et, quoique cela ressemble à un paradoxe, je le maintiens. Le penchant romanesque est un penchant du beau idéal. Tout ce qui, dans la réalité vulgaire, gêne cet élan est facilement mis de côté et compté pour rien par ces esprits logiciens à leur point de vue. Les chrétiens primitifs, les adeptes de toutes les sectes enfantées par le christianisme pris au pied de la lettre sont des esprits romanesques, et leur logique est rigoureuse, absolue: je défie qu'on prouve le contraire.

Me voilà donc, enfant rêveur, candide, isolé, abandonné à lui-même, lancé à la recherche d'un idéal, et ne pouvant pas rêver un monde, une humanité idéalisée, sans placer au faîte un Dieu, l'idéal même. Ce grand créateur Jéhovah, cette grande fatalité Jupiter, ne me parlaient pas assez directement. Je voyais bien les rapports de cette puissance suprême avec la nature, je ne la sentais pas assez particulièrement dans l'humanité. Je fis ce que l'humanité avait fait avant moi. Je cherchai un médiateur, un intermédiaire, un Dieu-homme, un divin ami de notre race malheureuse.

Homère et le Tasse, venant couronner la poésie chrétienne et païenne de mes premières lectures, me montraient tant de divinités sublimes ou terribles que je n'avais que l'embarras du choix; mais cet embarras était grand. On me préparait à la première communion, et je ne comprenais absolument rien au catéchisme. L'Évangile et le drame divin de la vie et de la mort de Jésus m'arrachaient en secret des torrents de larmes. Je m'en cachais bien, j'aurais craint que ma grand'mère ne se moquât de moi. Elle ne l'eût pas fait, j'en suis certaine aujourd'hui, mais cette absence d'intervention dans ma croyance, dont elle semblait s'être fait une loi, me jetait dans le doute, et peut-être aussi l'éternel attrait du mystère dans mes émotions les plus intimes me portait-il à moi-même le préjudice moral d'être privée de direction. Ma grand'mère, en me voyant lire et apprendre le dogme par cœur, sans faire la moindre réflexion, se flattait peut-être de trouver en moi une table rase, aussitôt qu'elle voudrait m'instruire à son point de vue, mais elle se trompait. L'enfant n'est jamais une table rase. Il commente, il s'interroge, il doute, il cherche, et si on ne lui donne rien pour se bâtir une maison, il se fait un nid avec les fétus qu'il peut rassembler.

C'est ce qui m'arriva. Comme ma grand'mère n'avait eu qu'un soin, celui de combattre en moi le penchant superstitieux, je ne pouvais croire aux miracles et je n'aurais pas osé croire non plus à la divinité de Jésus. Mais je l'aimais quand même, cette divinité et je me disais: «Puisque toute religion est une fiction, faisons un roman qui soit une religion ou une religion qui soit un roman. Je ne crois pas à mes romans, mais ils me donnent autant de bonheur que si j'y croyais. D'ailleurs, s'il m'arrive d'y croire de temps en temps, personne ne le saura, personne ne contrariera mon illusion en me prouvant que je rêve.»

Et voilà qu'en rêvant la nuit, il me vint une figure et un nom. Le nom ne signifiait rien, que je sache, c'était un assemblage fortuit de syllabes comme il s'en forme dans les songes. Mon fantôme s'appelait *Corambé*, et ce nom lui resta. Il devint le titre de mon roman et le dieu de ma religion.

En commençant à parler de *Corambé*, je commence à parler, non-seulement de ma vie poétique, que ce type a remplie si longtemps dans le secret de mes rêves, mais encore de ma vie morale, qui ne faisait qu'une avec la première. Corambé n'était pas, à vrai dire, un simple personnage de roman, c'était la forme qu'avait prise et que garda longtemps mon idéal religieux.

De toutes les religions qu'on me faisait passer en revue comme une étude historique pure et simple, sans m'engager à en adopter aucune, il n'y en avait aucune, en effet, qui me satisfît complétement, et toutes m'attiraient par quelque endroit. Jésus-Christ était bien pour moi le type d'une perfection supérieure à toutes les autres; mais la religion qui me défendait, au nom de Jésus, d'aimer les autres philosophes, les autres dieux, les autres saints de l'antiquité, me gênait et m'étouffait pour ainsi dire. Il me fallait l'*Iliade* et la *Jérusalem* dans mes fictions. Corambé se créa tout seul dans mon cerveau. Il était pur et charitable comme Jésus, rayonnant et beau comme Gabriel; mais il lui fallait un peu de la grâce des nymphes et de la poésie d'Orphée. Il avait donc les formes moins austères que le Dieu des chrétiens, et un sentiment plus spiritualisé que ceux d'Homère. Et puis il me fallait le compléter en le vêtissant en femme à l'occasion, car ce que j'avais le mieux aimé, le mieux compris jusqu'alors, c'était une femme, c'était ma mère. Ce fut donc souvent sous les traits d'une femme qu'il m'apparut. En somme, il n'avait pas de sexe et revêtait toutes sortes d'aspects différents.

Il y avait des déesses païennes que je chérissais: la sage Pallas, la chaste Diane, Iris, Hébé, Flore, les muses, les nymphes; c'étaient là des êtres charmants dont je ne voulais pas me laisser priver par le christianisme. Il fallait que Corambé eût tous les attributs de la beauté physique et morale, le don de l'éloquence, le charme tout-puissant des arts, la magie de l'improvisation musicale surtout; je voulais l'aimer comme un ami, comme une sœur, en même temps que le révérer comme un Dieu. Je ne voulais pas le craindre, et, à cet effet, je souhaitais qu'il eût quelques-unes de nos erreurs et de nos faiblesses.

Je cherchai celle qui pourrait se concilier avec sa perfection, et je trouvai l'excès de l'indulgence et de la bonté. Ceci me plut particulièrement, et son existence, en se déroulant dans mon imagination (je n'oserais dire par l'effet de ma volonté, tant ces rêves me parurent bientôt se formuler d'eux-mêmes), m'offrit une série d'épreuves, de souffrances, de persécutions et de martyres. J'appelais livre ou chant chacune de ses phases d'humanité, car il devenait homme ou femme en touchant la terre, et quelquefois le Dieu supérieur et tout-puissant dont il n'était, après tout, qu'un ministre céleste, préposé au gouvernement moral de notre planète, prolongeait son exil parmi nous, pour le punir de trop d'amour et de miséricorde envers nous.

Dans chacun de ces chants (je crois bien que mon poème en a au moins mille sans que j'aie été tentée d'en écrire une ligne), un monde de personnages nouveaux se groupait autour de Corambé. Tous étaient bons. Il y avait des méchants qu'on ne voyait jamais (je ne voulais pas les faire paraître), mais dont la malice et la folie se révélaient par des images de désastre et des tableaux de désolation. Corambé consolait et réparait sans cesse. Je le voyais, entouré d'êtres mélancoliques et tendres, qu'il charmait de sa parole et de son chant, dans des paysages délicieux, écoutant le récit de leur peines et les ramenant au bonheur par la vertu.

D'abord je me rendis bien compte de cette sorte de travail inédit; mais au bout de très peu de temps, de très peu de jours même, car les jours comptent triple dans l'enfance, je me sentis possédée par mon sujet bien plus qu'il n'était possédé par moi. Le rêve arriva à une sorte d'hallucination douce, mais si fréquente et si complète parfois, que j'en étais comme ravie hors du monde réel.

D'ailleurs, le monde réel se plia bientôt à ma fantaisie. Il s'arrangea à mon usage. Nous avions, aux champs, mon frère, Liset et moi, plusieurs amis, filles et garçons, que nous allions trouver tour à tour pour jouer, courir, marauder ou grimper avec eux. J'allais, quant à moi, plus souvent avec les filles d'un de nos métayers, Marie et Solange, qui étaient un peu plus jeunes de fait et plus enfants que moi par caractère. Presque tous les jours, de midi à deux heures, c'était l'heure de ma récréation permise, je courais à la métairie et je trouvais mes jeunes amies occupées à soigner leurs agneaux, à chercher les œufs de leurs poules, épars dans les buissons, à cueillir les fruits du verger, ou à garder les *ouailles*, comme on dit chez nous, ou *à faire de la feuille* pour leur provision d'hiver. Suivant la saison, elles étaient toujours à l'ouvrage, et je les aidais avec ardeur afin d'avoir le plaisir d'être avec elles. Marie était un enfant fort sage et fort simple. La plus jeune, Solange, était assez volontaire, et nous cédions à toutes ses fantaisies. Ma grand'mère était fort aise que je prisse de l'exercice avec elles, mais elle disait qu'elle ne concevait pas le plaisir que je pouvais trouver, moi qui faisais de si belles descriptions, et qui asseyais la lune *dans une nacelle d'argent*, avec ces petites paysannes crottées, avec leurs dindons et leurs chèvres.

Moi, j'avais le secret de mon plaisir et je le gardais pour moi seule. Le verger où je passais une partie de ma journée était charmant (il l'est encore), et c'est là que mon roman venait en plein me trouver. Quoique ce verger fût bien assez joli par lui-même, je ne le voyais pas précisément tel qu'il était. Mon imagination faisait d'une butte de trois pieds une montagne, de quelques arbres une forêt, du sentier qui allait de la maison à la prairie le chemin qui mène au bout du monde, de la mare bordée de vieux saules un gouffre ou un lac, à volonté; et je voyais mes personnages agir, courir ensemble, ou marcher seuls en rêvant, ou dormir à l'ombre, ou danser en chantant dans ce paradis de mes songes creux. La causette de Marie et de Solange ne me dérangeait nullement. Leur naïveté, leurs occupations champêtres ne détruisaient rien à l'harmonie de mes tableaux, et je voyais en elles deux petites nymphes déguisées en villageoises et préparant tout pour l'arrivée de Corambé qui passerait par là un jour ou l'autre et les rendrait à leur forme et à leur destinée véritables.

D'ailleurs quand elles parvenaient à me distraire et à faire disparaître mes fantômes, je ne leur en savais pas mauvais gré, puisque j'arrivais à m'amuser pour mon propre compte avec elles. Quand j'étais là, les parents se montraient fort tolérans sur le temps perdu, et bien souvent nous laissions quenouilles, moutons ou corbeilles pour nous livrer à une gymnastique échevelée, grimper sur les arbres, ou nous précipiter du haut en bas des montagnes de gerbes entassées dans la grange, jeu délirant, je l'avoue, et que j'aimerais encore si je l'osais.

Cet accès de mouvement et de gaîté enivrante me faisait trouver plus de plaisir encore à retomber dans mes contemplations, et mon cerveau excité physiquement était plus riche d'images et de fantaisies. Je le sentais et ne m'en faisais pas faute.

Une autre amitié que je cultivais moins assidûment, mais où mon frère m'entraînait quelquefois, avait pour objet un gardeur de cochons qui s'appelait *Plaisir*. J'ai toujours eu peur et horreur des cochons, et pourtant, peut-être précisément à cause de cela, Plaisir, par la grande autorité qu'il exerçait sur ces méchants et stupides animaux, m'inspirait une sorte de respect et de crainte. On sait que c'est une dangereuse compagnie qu'un troupeau de porcs. Ces animaux ont entre eux un étrange instinct de solidarité. Si l'on offense un individu isolé, il jette un certain cri d'alarme qui réunit instantanément tous les autres. Ils forment alors un bataillon qui se resserre sur l'ennemi commun, et le force à chercher son salut sur un arbre; car, de courir, il n'y faut point songer, le porc maigre étant, comme le sanglier, un des plus rapides et des plus infatigables jarrets qui existent.

Ce n'était donc pas sans terreur que je me trouvais aux champs au milieu de ces animaux, et jamais l'habitude n'a pu me corriger de cette faiblesse. Pourtant, Plaisir craignait si peu et dominait tellement ceux auxquels il avait affaire, leur arrachant sous le nez les féverolles et autres tubercules sucrés qu'ils trouvent dans nos terres, que je travaillais à m'aguerrir auprès de lui. La plus terrible bête de son troupeau, c'était le maître porc, celui que nos pastours appellent le *cadi*, et qui, réservé à la reproduction de l'espèce, atteint souvent une taille et une force extraordinaires. Il l'avait si bien dompté, qu'il le chevauchait avec une sorte de maëstria sauvage et burlesque.

Walter Scott n'a pas dédaigné d'introduire un gardeur de pourceaux dans *Ivanhoe*, un de ses plus beaux romans. Il aurait pu tirer un grand parti de la figure de Plaisir. C'était un être tout primitif, doué des talents de sa condition barbare. Il abattait les oiseaux à coups de pierre avec une habileté remarquable et s'exerçait principalement sur les pies et les corneilles qui viennent, en hiver, faire société intime avec les troupeaux de porcs. On les voit se tenir autour de ces animaux pour chercher dans les mottes de terre qu'ils retournent avec leur nez les vers et les graines en germe. Cela donne lieu à de grandes altercations entre ces oiseaux querelleurs: celui qui a saisi la proie saute sur le cochon pour la dévorer à son aise, les autres l'y suivent pour le houspiller, et le dos ou la tête du quadrupède indifférent et impassible devient le théâtre de luttes acharnées. Quelquefois aussi ces oiseaux se perchent sur le pourceau seulement pour se réchauffer, ou pour mieux observer le travail dont ils doivent profiter. J'ai vu souvent une vieille corneille cendrée se tenir ainsi sur une jambe, d'un air pensif et mélancolique, tandis que le pourceau labourait profondément le sol, et par ses efforts lui imprimait des secousses qui la dérangeaient, l'impatientaient et la décidaient à le corriger à coups de bec.

C'est dans cette farouche société que Plaisir passait sa vie; vêtu en toute saison d'une blouse et d'un pantalon de toile de chanvre qui avaient pris, ainsi que ses mains et ses pieds nus, la couleur et la dureté de la terre, se nourrissant, comme son troupeau, des racines qui rampent sous le sol, armé de l'instrument de fer triangulaire qui est le sceptre des porchers et qui leur sert à creuser et à couper sous les sillons, toujours enfoui dans quelque trou, ou rampant sous les buissons pour y poursuivre les serpens ou les belettes, quand un pâle soleil d'hiver faisait briller le givre sur les grands terrains bouleversés par l'incessant travail de son troupeau, il me faisait l'effet du gnome de la glèbe, une sorte de diable entre l'homme et le loup-garou, entre l'animal et la plante.

A la lisière du champ où nous vîmes Plaisir pendant toute une saison, le fossé était couvert d'une belle végétation. Sous les branches pendantes des vieux ormes et l'entrecroisement des ronces, nous autres enfants, nous pouvions marcher à couvert, et il y avait des creux secs et sablonneux avec des revers de mousse et d'herbes desséchées, où nous pouvions nous tenir à l'abri du froid ou de la pluie. Ces retraites me plaisaient singulièrement, surtout quand j'y étais seule, et que les rouge-gorges et les roitelets, enhardis par mon immobilité, venaient curieusement tout auprès de moi pour me regarder. J'aimais à me glisser inaperçue sous les berceaux naturels de la haie, et il me semblait entrer dans le royaume des esprits de la terre. J'eus là beaucoup d'inspirations pour mon roman. Corambé vint m'y trouver sous la figure d'un gardeur de pourceaux, comme Apollon chez Admète. Il était pauvre et poudreux comme Plaisir; seulement sa figure était autre et laissait quelquefois jaillir un rayon où je reconnaissais le dieu exilé, condamné à d'obscurs et mélancoliques labeurs. Le cadi était un méchant génie attaché à ses pas, et dompté, malgré sa malice, par l'irrésistible influence de l'esprit de patience et de bonté. Les petits oiseaux du buisson étaient des sylphes qui venaient le plaindre et le consoler dans leur joli langage, et il souriait encore sous ses haillons, le pauvre pénitent volontaire. Il me racontait qu'il expiait la peine de quelqu'un, et que son abjection était destinée à racheter l'âme d'un de mes personnages coupable de faste ou d'indolence.

Dans le fossé couvert, je vis aussi apparaître un personnage mythologique qui m'avait fait une grande impression dans ma première enfance. C'était l'antique Démogorgon, le génie du sein de la terre, ce *petit vieillard crasseux, couvert de mousse, pâle et défiguré, qui habitait les entrailles du globe*. Ainsi le décrivait mon vieux traité de mythologie, lequel assurait, en outre, que Démogorgon s'ennuyait beaucoup dans cette triste solitude. L'idée m'était bien venue quelquefois de faire un grand trou pour essayer de le délivrer, mais lorsque je commençai à rêver de Corambé, je n'ajoutai plus foi aux fables païennes, et Démogorgon ne fut plus pour moi qu'un personnage fantastique dans mon roman. Je l'évoquais pour qu'il vînt s'entretenir avec Corambé qui lui racontait les malheurs des hommes et le consolait ainsi de vivre parmi les débris ignorés de l'antique création.

Peu à peu la fiction qui m'absorbait prit un tel caractère de conviction, que j'éprouvai le besoin de me créer une sorte de culte.

Pendant près d'un mois, je parvins à me dérober à toute surveillance durant mes heures de récréation, et à me rendre si complétement invisible, que personne n'eût pu dire ce que je devenais à ces heure-là, pas même Rose, qui pourtant ne me laissait guère tranquille, pas même Liset, qui me suivait partout comme un petit chien.

Voici ce que j'avais imaginé. Je voulais élever un autel à Corambé. J'avais d'abord pensé à la grotte en rocaille qui subsistait encore, quoique ruinée et abandonnée: mais le chemin en était encore trop connu et trop fréquenté. Le petit bois du jardin offrait alors certaines parties d'un fourré impénétrable. Les arbres, encore jeunes, n'avaient pas étouffé la végétation des aubépines et des troënes qui croissaient à leur pied, serrés comme les herbes d'une prairie. Dans ces massifs que côtoyaient les allées de charmille, j'avais donc remarqué qu'il en était plusieurs où personne n'entrait jamais et où l'œil ne pouvait pénétrer durant la saison des feuilles. Je choisis le plus épais, je m'y frayai un passage et je cherchai dans le milieu un endroit convenable. Il s'y trouva, comme s'il m'eût attendue. Au centre du fourré s'élevaient trois beaux érables sortant d'un même pied, et la végétation des arbustes étouffés par leur ombrage s'arrondissait à l'entour pour former comme une petite salle de verdure. La terre était jonchée d'une mousse magnifique, et, de quelque côté qu'on portât les yeux, on ne pouvait rien distinguer dans l'interstice des broussailles à deux pas de soi. J'étais donc là aussi seule, aussi cachée qu'au fond d'une forêt vierge, tandis qu'à trente ou quarante pieds de moi couraient des allées sinueuses où l'on pouvait passer et repasser sans se douter de rien.

Il s'agissait de décorer à mon gré le temple que je venais de découvrir. Pour cela je procédai comme ma mère me l'avait enseigné. Je me mis à la recherche des beaux cailloux, des coquillages variés, des plus fraîches mousses. J'élevai une sorte d'autel au pied de l'arbre principal, et au-dessus je suspendis une couronne de fleurs que des chapelets de coquilles roses et blanches faisaient descendre comme un lustre des branches de l'érable. Je coupai quelques broussailles, de manière à donner une forme régulière à la petite rotonde, et j'y entrelaçai du lierre et de la mousse de façon à former une sorte de colonnade de verdure avec des arcades, d'où pendaient d'autres petites couronnes, des nids d'oiseaux, de gros coquillages en guise de lampes, etc. Enfin je parvins à faire quelque chose qui me parut si joli, que la tête m'en tournait et que j'en rêvais la nuit.

Tout cela fut accompli avec les plus grandes précautions. On me voyait bien fureter dans le bois, chercher des nids et des coquillages, mais j'avais l'air de ne ramasser ces petites trouvailles que par désœuvrement, et quand j'en avais rempli mon tablier, j'attendais d'être bien seule pour pénétrer dans le taillis. Ce n'était pas sans peine et sans égratignures, car je ne voulais pas me frayer un passage qui pût me trahir, et chaque fois je m'introduisais par un côté différent, afin de ne pas laisser de traces en foulant un sentier et en brisant des arbrisseaux par des tentatives répétées.

Quand tout fut prêt, je pris possession de mon empire avec délices, et, m'asseyant sur la mousse, je me mis à rêver aux sacrifices que j'offrirais à la divinité de mon invention. Tuer des animaux ou seulement des insectes pour lui complaire, me parut barbare et indigne de sa douceur idéale. Je m'avisai de faire tout le contraire, c'est-à-dire de rendre sur son autel la vie et la liberté à toutes les bêtes que je pourrais me procurer. Je me mis donc à la recherche des papillons, des lézards, des petites grenouilles vertes et des oiseaux; ces derniers ne me manquaient pas, j'avais toujours une foule d'engins tendus de tous côtés, au moyen desquels j'en attrapais souvent. Liset en prenait dans les champs et me les apportait; de sorte que, tant que dura mon culte mystérieux, je pus tous les jours délivrer, en l'honneur de Corambé, une hirondelle, un rouge-gorge, un chardonneret, voire un moineau franc. Les moindres offrandes, les papillons et les scarabées comptaient à peine. Je les mettais dans une boîte que je déposais sur l'autel et que j'ouvrais, après avoir invoqué le bon génie de la liberté et de la protection. Je crois que j'étais devenue un peu comme ce pauvre fou qui cherchait la tendresse. Je la demandais aux bois, aux plantes, au soleil, aux animaux et à je ne sais quel être invisible qui n'existait que dans mes rêves.

Je n'étais plus assez enfant pour espérer de voir apparaître ce génie: cependant, à mesure que je matérialisais pour ainsi dire mon poème, je sentais mon imagination s'exalter singulièrement. J'étais également près de la dévotion et de l'idolâtrie, car mon idéal était aussi bien chrétien que païen, et il vint un moment où, en accourant le matin pour visiter mon temple, j'attachais malgré moi une idée superstitieuse au moindre dérangement. Si un merle avait gratté mon autel, si le pivert avait entaillé mon arbre, si quelque coquille s'était détachée du feston ou quelque fleur de la couronne, je voulais que pendant la nuit, au clair de la lune, les nymphes ou les anges fussent venus danser et folâtrer en l'honneur de mon génie. Chaque jour je renouvelais toutes les fleurs, et je faisais des anciennes couronnes un amas qui jonchait l'autel. Quand, par hasard, la fauvette ou le pinson auquel je donnais la volée, au lieu de fuir effarouché dans le taillis, montait sur l'arbre et s'y reposait un instant, j'étais ravie: il me semblait que mon offrande avait été plus agréable encore que de coutume. J'avais là des rêveries délicieuses, et, tout en cherchant le merveilleux, qui avait pour moi tant d'attrait, je commençais à trouver l'idée vague et le sentiment net d'une religion selon mon cœur.

Malheureusement (heureusement peut-être pour ma petite cervelle, qui n'était pas assez forte pour creuser ce problème), mon asile fut découvert. A force de me chercher, Liset arriva jusqu'à moi, et tout ébaubi à la vue de mon temple, il s'écria: «Ah! mam'selle, le joli petit reposoir de la Fête-Dieu!»

Il ne vit qu'un amusement dans mon mystère et il voulut m'aider à l'embellir encore. Mais le charme était détruit. Du moment que d'autres pas que les miens eurent foulé ce sanctuaire Corambé ne l'habita plus. Les dryades et les chérubins l'abandonnèrent, et il me sembla que mes cérémonies et mes sacrifices n'étaient plus qu'une puérilité que je n'avais pas prise moi-même au sérieux. Je détruisis le temple avec autant de soin que je l'avais édifié. Je creusai au pied de l'arbre et j'enterrai les guirlandes, les coquillages et tous les ornements champêtres sous les débris de l'autel.

CHAPITRE DIXIEME

L'ambition de Liset.—Energie et langueur de l'adolescence.—Les glaneuses.—Deschartres me rend communiste.—Il me dégoûte du latin.—Un orage pendant la fenaison.—La bête.—Histoire de l'enfant de chœur.— Les veillées des chanvreurs.—Les histoires du sacristain.—Les visions de mon frère.—Les beautés de l'hiver à la campagne.—Association fraternelle des preneurs d'alouettes.—Le roman de Corambé se passe du nécessaire.—La première communion.—Les comédiens de passage.—La messe et l'Opéra. Brigitte et Charles.—L'enfance ne passe pas pour tout le monde.

Mon frère était si content de s'en aller, que je ne pus m'affliger beaucoup de le voir partir. Cependant la maison me parut bien grande, le jardin bien triste, la vie bien morne quand je me trouvai seule. Comme il riait en me quittant, j'aurais eu honte de pleurer: mais je pleurai le lendemain matin, lorsqu'en m'éveillant je me dis que je ne le verrais plus. Liset, me voyant les yeux rouges à la récréation, se crut obligé de pleurer, quoiqu'il eût été plus tourmenté et plus rossé que choyé par Hippolyte. C'était un enfant très sensible, que ses parents ne rendaient pas heureux et qui avait reporté sur moi toutes ses affections. Il rêvait, comme félicité suprême, d'être un jour mon jockey et d'avoir un chapeau galonné. Je ne goûtais pas ce genre d'ambition, et je lui jurais que de ma vie je ne *galonnerais* mes domestiques. J'ai tenu parole; je ne peux pas souffrir ces travestissemens; mais c'était le conte de fées, la poésie de Liset, et je ne pus jamais lui faire comprendre que c'était une sotte vanité. Le pauvre enfant est mort pendant que j'étais au couvent et je devais bientôt le quitter pour ne plus le revoir.

Tout au milieu de mes rêvasseries sans fin et des chagrins de ma situation, je me développais extraordinairement. J'annonçais devoir être grande et robuste; de douze à treize ans, je grandis de trois pouces, et j'acquis une force exceptionnelle pour mon âge et pour mon sexe. Mais j'en restai là, et mon développement s'arrêta au moment où il commence souvent pour les autres. Je ne dépassai pas la taille de ma mère, mais je fus toujours très forte, et capable de supporter des marches et des fatigues presque viriles.

Ma grand'mère, ayant enfin compris que je n'étais jamais malade que faute d'exercice et de grand air, avait pris le parti de me laisser courir, et pourvu que je ne revinsse pas avec des déchirures à ma personne ou à mes vêtemens, Rose m'abandonnait peu à peu à ma liberté physique. La nature me poussait par un besoin invincible à seconder le travail qu'elle opérait en moi, et ces deux années, celles où je rêvai et pleurai pourtant le plus, furent aussi celles où je courus et où je m'agitai davantage. Mon corps et mon esprit se commandaient alternativement une inquiétude d'activité et une fièvre de contemplation, pour ainsi dire. Je dévorais les livres qu'on me mettait entre les mains, et puis tout à coup je sautais par la fenêtre du rez-de-chaussée, quand elle se trouvait plus près de moi que la porte, et j'allais m'ébattre dans le jardin ou dans la campagne, comme un poulain échappé. J'aimais la solitude de passion, j'aimais la société des autres enfants avec une passion égale; j'avais partout des amis et des compagnons. Je savais dans quel champ, dans quel pré, dans quel chemin je trouverais Fanchon, Pierrot, Lilinne, Rosette ou Sylvain. Nous faisions le *ravage* dans les fossés, sur les arbres, dans les ruisseaux. Nous gardions les troupeaux, c'est-à-dire que nous ne les gardions pas du tout, et que, pendant que les chèvres et les moutons faisaient bonne chère dans les jeunes blés, nous formions des danses échevelées, ou bien nous goûtions sur l'herbe avec nos galettes, nos fromages et notre pain bis. On ne se gênait pas pour traire les chèvres et les brebis, voire les vaches et les jumens quand elles n'étaient pas trop récalcitrantes. On faisait cuire des oiseaux ou des pommes de terre sous la cendre. Les poires et les pommes sauvages, les prunelles, les mûres de buisson, les racines, tout nous était régal. Mais c'était là qu'il ne fallait pas être surpris par Rose, car il m'était enjoint de ne pas manger *hors des repas*, et si elle arrivait, armée d'une houssine verte, elle frappait impartialement sur moi et sur mes complices.

Chaque saison amenait ses plaisirs. Dans le temps des foins, quelle joie de se rouler sur le sommet du charroi, ou sur les miloches! Toutes mes amies, tous mes petits camarades rustiques venaient glaner derrière les ouvriers dans nos prairies, et j'allais rapidement faire l'ouvrage de chacun d'eux, c'est-à-dire que, prenant leurs râteaux, j'entamais dans nos récoltes, et qu'en un tour de main je leur en donnais à chacun autant qu'il en pouvait emporter. Nos métayers faisaient la grimace, et je ne comprenais pas qu'ils n'eussent pas le même plaisir que moi à donner. Deschartres se fâchait; il disait que je faisais de tous ces enfants des pillards qui me feraient repentir, un jour, de ma facilité à donner et à laisser prendre.

C'était la même chose en temps de moisson; ce n'était plus des javelles qu'emportaient les enfants de la commune, c'était des gerbes. Les pauvresses de La Châtre venaient par bandes de quarante et cinquante. Chacune m'appelait pour *suivre sa rège*, c'est-à-dire pour tenir son sillon avec elle, car elles établissent entre elles une discipline et battent celle qui glane hors de sa ligne. Quand j'avais passé cinq minutes avec une glaneuse, comme je ne me gênais pas pour prendre à deux mains dans nos gerbes, elle avait gagné sa journée, et lorsque Deschartres me grondait, je lui rappelais l'histoire de Ruth et de Booz.

C'est de cette époque particulièrement que datent les grandes et fastidieuses instructions que le bon Deschartres entreprit de me faire goûter sur les avantages et les plaisirs de la propriété. Je ne sais pas si j'étais prédisposée à prendre la contre-partie de sa doctrine, ou si ce fut la faute du professeur, mais il est certain que je me jetai par réaction dans le *communisme* le plus aveugle et le plus absolu. On pense bien que je ne donnais pas ce nom à mon utopie, je crois que le mot n'avait pas encore été créé; mais je décrétai en moi-même que l'égalité des fortunes et des conditions était la loi de Dieu, et que tout ce que la fortune donnait à l'un, elle le volait à l'autre. J'en demande bien pardon à la société présente, mais cela m'entra dans la tête à l'âge de douze ans, et n'en sortit plus que pour se modifier en se conformant aux nécessités morales des faits accomplis. L'idéal resta pour moi dans un rêve de fraternité paradisiaque, et lorsque je devins catholique plus tard, ce rêve s'appuya sur la logique de l'Évangile. J'y reviendrai.

J'exposais naïvement mon utopie à Deschartres. Pauvre homme! s'il vivait aujourd'hui, avec ses instincts réactionnaires développés par les circonstances, dans quelles fureurs certaines idées nouvelles lui feraient achever ses jours! Mais en 1816 l'utopie ne lui paraissait pas menaçante, et il prenait la peine de la discuter méthodiquement. «Vous changerez d'avis, me disait-il, et vous arriverez à mépriser trop l'humanité pour vouloir vous sacrifier à elle. Mais, dès à présent, il faut combattre en vous ces instincts de prodigalité que vous tenez de votre pauvre père. Vous n'avez pas la moindre idée de ce que c'est que l'argent, vous vous croyez riche parce que vous avez autour de vous de la terre qui est à vous, des moissons qui mûrissent pour vous, des bestiaux qu'on soigne et qu'on engraisse pour vous fournir tous les ans quelques sacs d'écus. Mais avec tout cela vous n'êtes pas riche, et votre bonne maman a bien de la peine à tenir sa maison sur un pied honorable.

—Eh bien, voyons, disais-je, qui est-ce qui force ma bonne maman à ces dépenses, qui sont principalement une bonne cave et une bonne table pour ses amis? Car, quant à elle, elle mange comme un oiseau, et une bouteille de muscat lui durerait bien deux mois. Croyez-vous qu'on vienne la voir pour boire et manger ses friandises?—Mais il faut ceci, il faut cela,» disait Deschartres. Je niais tout; j'accordais qu'il fallait à ma bonne maman tout le bien-être dont je la voyais jouir avec plaisir, mais je prétendais que Deschartres et moi nous pouvions bien nous mettre au brouet noir des Lacédémoniens. Cela ne lui souriait pas du tout. Il raillait ma ferveur de novice en stoïcisme, et il m'emmenait voir nos champs et nos prés, assurant que je devais me mettre au courant de ma fortune et que je ne pouvais de trop bonne heure me rendre compte de mes dépenses et de mes recettes. Il me disait: «Voilà un morceau de terre qui vous appartient. Il a coûté tant, il vaut tant, il rapporte tant.» Je l'écoutais d'un air de complaisance; et lorsqu'au bout d'un instant il voulait me faire répéter ma leçon de propriétaire, il se trouvait que je ne l'avais pas entendue, ou que je l'avais déjà oubliée. Ses chiffres ne me disaient rien, je savais très bien dans quel blé poussaient les plus belles nieilles et les plus belles gesses sauvages, dans quelle haie je trouverais des coronilles et des saxifrages, dans quel pré des mousserons ou des morilles, sur quelles fleurs, au bord de l'eau, se posaient les demoiselles vertes et les petits hannetons bleus; mais il m'était impossible de lui dire si nous étions sur nos terres ou sur celles du voisin, où était la limite du champ, combien d'ares, d'hectares ou de centiares renfermait cette limite, si la terre était de première ou de troisième qualité, etc. Je le désespérais, j'étouffais des bâillemens spasmodiques, et je finissais par lui dire des folies qui le faisaient rire et gronder en même temps. «Ah! pauvre tête, pauvre cervelle! disait-il en soupirant. C'est absolument comme son père; de l'intelligence pour certaines choses inutiles et brillantes, mais néant en fait de notions pratiques! pas de logique, pas un grain de logique!» Que dirait-il donc aujourd'hui s'il savait que, grâce à ses explications, j'ai pris une telle aversion pour la possession de la terre que je ne suis pas plus avancée à quarante-cinq ans que je ne l'étais à douze! Je l'avoue à ma honte, je ne connais pas mes terres d'avec celles du voisin, et quand je me promène à trois pas de ma maison, j'ignore absolument chez qui je suis.

Il semblerait qu'il fît tout son possible, ce brave homme, pour me dégoûter à tout jamais de ce qu'il appelait l'agriculture. Moi, j'adorais déjà, j'ai toujours adoré la poésie des scènes champêtres, mais il ne voulait m'y laisser rien voir de ce que j'y voyais. Si j'admirais la physionomie imposante des grands bœufs ruminant dans les herbes, il fallait entendre toute l'histoire du marché où le prix de ce bœuf avait été discuté, et la surenchère de tel fermier, et les grandes raisons que Deschartres, secondé par un intelligent Marchois de sa connaissance, avait fait valoir pour le payer trente francs de moins. Et puis ce bœuf avait une maladie qu'il fallait connaître et examiner. Il avait le pied tendre, la corne usée, une maladie de peau, que sais-je? Adieu la poésie et l'idéale sérénité de mon bœuf Apis, le roi des prairies. Ces bons moutons qui venaient m'étouffer de leurs empressemens pour manger dans mes poches, il fallait les voir trépaner parce qu'ils avaient une affection cérébrale; c'était horrible. Il grondait terriblement les bergères, mes douces compagnes, qui tremblaient devant lui et s'en allaient en pleurant, tandis que moi, plantée à son côté comme juge et comme partie intéressée en même temps, je prenais en exécration mon rôle de *propriétaire* et de *maître*, qui tôt ou tard devait me faire haïr. Haïr pour ma parcimonie ou railler pour mon insouciance, c'était l'écueil inévitable, et j'y suis tombée. Les paysans de chez nous ont un grand mépris pour mon incurie, et je passe parmi eux depuis longues années pour une espèce d'imbécile.

Quand je voulais aller d'un côté, Deschartres m'emmenait d'un autre. Nous partions pour la rivière, qui, dans tout son parcours, sous les saules et le long des écluses du petit ravin, offre une suite de paysages adorables, des ombrages frais et des fabriques rustiques du style le plus pittoresque. Mais, en route, Deschartres, armé de sa lunette de poche, voyait des oies dans un de nos blés. Il fallait remonter la côte aride, et, sous l'ardente chaleur de l'été, aller verbaliser sur ces oies, ou sur la chèvre qui pelait des ormeaux, déjà si pelés, que je ne comprends guère le mal qu'elle y pouvait faire. Et puis on surprenait dans un arbre touffu un gamin volant de la feuille. L'âne du voisin avait franchi la haie et tondait dans nos foins la *largeur de sa langue*. C'étaient des débits continuels à réprimer, des exécutions, des menaces, des querelles de tous les instans, et qui s'engageaient parfois avec mes meilleurs amis. Cela me serrait le cœur, et, quand je le disais à ma grand'mère, elle me donnait de l'argent pour que je pusse, en cachette de Deschartres, aller rembourser les frais de l'amende au délinquant, ou porter de sa part les paroles de grâce.

Mais ce rôle ne me plaisait pas non plus: il était loin de satisfaire mon idéal d'égalité fraternelle. En faisant grâce à ces villageois, il me semblait que je les rabaissais dans mon propre cœur. Leurs remercîmens me blessaient, et je ne pouvais pas m'empêcher de leur dire que je ne faisais là qu'un acte de justice. Ils ne me comprenaient pas. Ils s'avouaient coupable dans la personne de leurs enfants, mauvais gardiens du petit troupeau. On voulait les battre en ma présence pour me donner satisfaction; cela m'était odieux, et véritablement, me sentant devenir chaque jour artiste avec des instincts de poésie et de tendresse, je maudissais le sort qui m'avait fait naître dame et châtelaine contre mon gré. J'enviais la condition des pastours. Mon plus doux rêve eût été de m'éveiller un beau matin sous leur chaume, de m'appeler Naniche ou Pierrot, et de mener mes bêtes au bord des chemins, sans souci de M. L'Homond et compagnie, sans solidarité avec les riches, sans appréhension d'un avenir qu'on me présentait si compliqué, si difficile à soutenir et si antipathique à mon caractère. Je ne voyais dans cette petite fortune qu'on voulait me faire compter et recompter sans cesse, qu'un embarras dont je ne saurais jamais me tirer, et je ne me trompais nullement.

En dépit de mon goût pour le vagabondage, une sorte de fatalité me poussait au besoin de cultiver mon intelligence, malgré la conviction où j'étais que toute science était vanité et fumée. Même au milieu de mes plus vifs amusemens champêtres, il me prenait un besoin de solitude et de recueillement ou une rage de lecture, et, passant d'un extrême à l'autre après une activité fiévreuse, je m'oubliais dans les livres pendant plusieurs jours, et il n'y avait pas moyen de me faire bouger de ma chambre ou du petit boudoir de ma grand'mère; de sorte qu'on était bien embarrassé de définir mon caractère, tantôt dissipé jusqu'à la folie, tantôt sérieux et morne jusqu'à la tristesse.

Deschartres s'était beaucoup radouci depuis que mon frère n'était plus là pour le faire enrager. Il se plaisait souvent aux leçons que je prenais bien; mais l'inconstance de mon humeur ramenait de temps en temps les bourrasques de la sienne, et il m'accusait de mauvaise volonté quand je n'avais réellement qu'une fièvre de croissance. Il me menaça quelquefois de me frapper, et, comme ces sortes d'avertissemens sont déjà un fait à demi accompli, je me tenais sur mes gardes, résolue à ne pas souffrir de lui ce que je commençais à ne plus souffrir de Rose. A l'habitude, il était débonnaire avec moi, et me savait un gré infini de la promptitude avec laquelle je comprenais ses enseignements, quand ils étaient clairs. Mais, en de certains jours, j'étais si distraite, qu'il lui arriva enfin de me jeter à la tête un gros dictionnaire latin. Je crois qu'il m'aurait tuée si je n'eusse lestement évité le boulet en me baissant à propos. Je ne dis rien du tout, je rassemblai mes cahiers et mes livres, je les mis dans l'armoire, et j'allai me promener. Le lendemain, il me demanda si j'avais fait ma version: «Non, lui dis-je, je sais assez de latin comme cela, je n'en veux plus!» Il ne m'en reparla jamais, et le latin fut abandonné. Je ne sais pas comment il s'en expliqua avec ma grand'mère; elle ne m'en parla pas non plus. Probablement Deschartres eut honte de son emportement et me sut gré de lui en garder le secret, en même temps qu'il comprit que ma résolution de ne plus m'y exposer était irrévocable. Cette aventure ne m'empêcha pas de l'aimer; il était pourtant l'ennemi juré de ma mère, et je n'avais jamais pu prendre mon parti sur les mauvais traitemens qu'il avait fait essuyer à Hippolyte. Un jour qu'il l'avait cruellement battu, je lui avais dit: «*Je vais le dire à ma bonne maman,*» et je l'avais fais résolument. Il avait été sévèrement blâmé, à ce que je présume, mais il ne m'en avait pas gardé de ressentiment. Comme nous étions francs l'un et l'autre, nous ne pouvions pas nous brouiller.

Il avait beaucoup du caractère de Rose, c'est pour cela qu'ils ne pouvaient pas se supporter. Un jour qu'elle balayait ma chambre et qu'il passait dans le corridor, elle lui avait jeté de la poussière sur ses beaux souliers reluisans. Lui de la traiter de butorde, elle de le qualifier de crocheteur: le combat s'engage, et Rose, lançant son balai dans les jambes du pédagogue pendant qu'il descendait l'escalier, avait failli lui faire rompre le cou. De ce moment, ils se détestèrent cordialement: c'était chaque jour de nouvelles querelles, qui dégénéraient même en pugilat. Un peu plus tard, il eut des différends moins énergiques, mais encore plus amers avec Julie. La cuisinière était aussi à couteaux tirés avec Rose, et elles se jetaient les assiettes à la tête. Ladite cuisinière se battait d'autre part avec son vieux époux, Saint-Jean. On changea dix fois de valet de chambre parce qu'il ne pouvait s'entendre avec Rose ou avec Deschartres. Jamais intérieur ne fut troublé de plus de criailleries et de batailles. Tel était le triste effet de l'excessive faiblesse de ma grand'mère. Elle ne voulait ni se séparer de ses domestiques ni s'établir juge de leurs différends. Deschartres, en voulant y porter la paix, venait y mêler la tempête de sa colère. Tout cela m'inspirait un grand dégoût et augmentait mon amour pour les champs et pour la société de mes pastours, qui étaient si doux et vivaient en si bon accord.

Quand je sortais avec Deschartres, je pouvais aller assez loin avec lui, et j'avais une certaine liberté. Rose m'oubliait, et je pouvais faire le gamin tout à mon aise. Un soir la fenaison se prolongea fort tard dans la soirée. On enlevait le dernier charroi d'un pré. Il faisait clair de lune, et on voulait en finir, parce que l'orage s'annonçait pour la nuit. Quelque diligence qu'on fît, le ciel se voila, et la foudre commençait à gronder lorsque nous reprîmes le chemin de la ferme. Nous étions au bord de la rivière, à un quart de lieue de chez nous. Le charroi, chargé précipitamment, était mal équilibré. Deux ou trois fois en chemin il s'écroula, et il fallut le rétablir. Nous avions de jeunes bœufs de trait que le tonnerre effrayait, et qui ne marchaient qu'à grands renforts d'aiguillon, et en soufflant d'épouvante comme des chevaux ombrageux. La bande des glaneurs et des glaneuses de foin nous avait attendue pour aider au chargement et pour soutenir de leurs râteaux l'édifice chancelant que chaque ornière compromettait. Deschartres, armé de l'aiguillon, dont il se servait mal, *pestait, suait, jurait*; les métayers et leurs ouvriers se lamentaient avec exagération, comme s'il se fût agi de la retraite de Russie. C'est la manière de s'impatienter du paysan berrichon. La foudre roulait avec un fracas épouvantable, et le vent soufflait avec furie. On ne voyait plus à se conduire qu'à la lueur des éclairs, et le chemin était très difficile. Les enfants avaient peur et pleuraient. Une de mes petites camarades était si démoralisée qu'elle ne voulait plus porter sa petite récolte, et l'aurait laissée au milieu du chemin si je ne m'en fusse chargée. Encore fallait-il la tirer elle-même par la main, car elle avait mis son tablier sur sa tête pour ne pas voir le *feu du ciel*, et elle se jetait dans tous les trous. Il était fort tard quand nous arrivâmes enfin par un vrai déluge. On était inquiet de nous à la maison. A la ferme, on était inquiet des bœufs et du foin. Pour moi, cette scène champêtre m'avait ravie, et j'essayai le lendemain d'en écrire la description, mais je n'y réussis pas à mon gré, et la déchirai sans la montrer à ma grand'mère. Chaque nouvel essai que je faisais de formuler mon émotion me dégoûtait pour longtemps de recommencer.

L'automne et l'hiver étaient le temps où nous nous amusions le mieux. Les enfants de la campagne y sont plus libres et moins occupés. En attendant les blés de mars, il y a des espaces immenses où leurs troupeaux peuvent errer sans faire de mal. Aussi se gardent-ils eux-mêmes tandis que les pastours, rassemblés autour de leur feu en plein vent, devisent, jouent, dansent, ou se racontent des histoires. On ne s'imagine pas tout ce qu'il y a de merveilleux dans la tête de ces enfants qui vivent au milieu des scènes de la nature sans y rien comprendre, et qui ont l'étrange faculté de voir par les yeux du corps tout ce que leur imagination leur représente. J'ai tant de fois entendu raconter à plusieurs d'entre eux, que je savais très véridiques, et trop simples d'ailleurs pour rien inventer, les apparitions dont ils avaient été témoins, que je suis bien persuadée qu'ils n'ont pas *cru voir*, mais qu'ils ont *vu*, par l'effet d'un phénomène qui est particulier aux organisations rustiques, les objets de leur épouvante. Leurs parents, moins simples qu'eux, et quelquefois même incrédules, étaient sujets aussi à ces visions.

J'ai été témoin d'un de ces faits d'hallucination; je revenais de Saint-Chartier, et le curé m'avait donné une paire de pigeons qu'il mit dans un panier et dont il chargea son enfant de chœur, en lui disant de m'accompagner. C'était un garçon de quatorze à quinze ans, grand, fort, d'une santé excellente, d'un esprit très calme et très lucide. Le curé lui donnait de l'instruction, et il a été depuis maître d'école. Il savait dès lors moins de français peut-être, mais plus de latin que moi, à coup sûr. C'était donc un paysan dégrossi et très intelligent.

Nous sortions de vêpres, il était environ trois heures; c'était en plein été, par le plus beau temps du monde; nous prîmes les sentiers de traverse parmi les champs et les prairies, et nous causions fort tranquillement. Je l'interrogeais sur ses études. Il avait l'esprit parfaitement libre et dispos; il s'arrêta auprès d'un buisson pour mettre un brin d'osier à son sabot qui s'était cassé. «Allez toujours, me dit-il, je vous rattraperai bien.» Je continuai donc à marcher; mais je n'avais pas fait trente pas que je le vois accourir, pâle, les cheveux comme hérissés sur le front. Il avait laissé sabots, panier et pigeons là où il s'était arrêté. Il avait vu, au moment où il était descendu dans le fossé, un homme affreux qui l'avait menacé de son bâton.

Je le crus d'abord, et je me retournai pour voir si cet homme nous suivait ou s'il s'en allait avec nos pigeons; mais je vis distinctement le panier et les sabots de mon compagnon, et pas un être humain sur le sentier ni dans le champ, ni auprès, ni au loin.

J'avais à cette époque dix-sept ou dix-huit ans, et je n'étais plus du tout peureuse. «C'est, dis-je à l'enfant, un pauvre vagabond qui meurt de faim et qui a été tenté par nos pigeons. Il se sera caché dans le fossé. Allons voir ce que c'est.—Non répondit-il, quand on me couperait par morceaux.—Comment! repris-je, un grand et fort garçon comme te voilà a peur d'un homme tout seul? Allons, coupe un bâton, et viens avec moi rechercher nos pigeons. Je ne prétends pas les laisser là.—Non, non, demoiselle, je n'irai pas, s'écria-t-il, car je le verrais encore, et je ne veux plus le voir. Les bâtons et le courage n'y feraient rien, puisque ce n'est pas un *homme humain*. C'est plutôt *fait comme une bête.*»

Je commençais à comprendre et j'insistai d'autant plus pour le ramener avec moi à son panier et à ses sabots. Rien ne put l'y faire consentir. J'y allai seule, en lui disant au moins de me suivre des yeux, pour bien s'assurer qu'il avait rêvé. Il me le promit, mais quand je revins avec les sabots et les pigeons, mon drôle avait pris sa course et me les laissa très bien porter jusqu'aux premières maisons du village, où il arriva avant moi. J'essayai de lui faire honte. Ce fut bien inutile. C'est lui qui se moqua de mon incrédulité, et qui trouva que j'étais folle de braver un loup-garou pour ravoir deux malheureux pigeons.

Le beau courage que j'eus en cette rencontre, je ne l'aurais probablement pas eu trois ans plus tôt, car à l'époque où je passais une bonne moitié de ma vie avec les pastours, je confesse que leurs terreurs m'avaient gagnée, et que, sans croire précisément au follet, aux revenants et à *Georgeon*, le diable de la vallée noire, j'avais l'imagination vivement impressionnée par ces fantômes. Mais je n'étais pas de la race rustique et je n'eus jamais la moindre hallucination. J'eus beaucoup de visions d'objets et de figures, dans la rêverie, presque jamais dans la frayeur; et même, dans ce dernier cas, je ne fus jamais dupe de moi-même. La tendance sceptique de l'enfant de Paris luttait encore en moi contre la crédulité de l'enfant en général.

Ce qui achevait de me troubler la cervelle, c'étaient les contes de la veillée lorsque les chanvreurs venaient broyer. Pour éloigner de la maison le bruit et la poussière de leur travail, et comme la moitié du hameau voulait écouter leurs histoires, on les installait à la petite porte de la cour qui donne sur la place, tout à côté du cimetière dont on voyait les croix au clair de la lune par-dessus un mur très bas. Les vieilles femmes relayaient les narrateurs. J'ai raconté ces scènes rustiques dans mes romans. Mais je ne saurais jamais raconter cette foule d'histoires merveilleuses et saugrenues que l'on écoutait avec tant d'émotion et qui avaient toutes le caractère de la localité ou des diverses professions de ceux qui les avaient rapportées. Le sacristain avait sa poésie à lui, qui jetait du merveilleux sur les choses de son domaine, les sépultures, les cloches, la chouette, le clocher, les rats du clocher, etc. Tout ce qu'il attribuait à ces rats de mystérieuse sorcellerie remplirait un volume. Il les connaissait tous, il leur avait donné les noms des principaux habitants morts dans le bourg depuis une quarantaine d'années. A chaque nouveau mort, il voyait surgir un nouveau rat qui s'attachait à ses pas et le tourmentait par ses grimaces. Pour apaiser ces mânes étranges, il leur portait des graines dans le clocher; mais en y retournant le lendemain, il trouvait les plus bizarres caractères tracés par ces rats suspects avec les graines mêmes qu'il leur avait offertes. Un jour il trouvait tous les haricots blancs rangés en cercle avec une croix de haricots rouges au centre. Le jour suivant, c'était la combinaison contraire. Une autre fois, les blancs et les rouges, alternés systématiquement formaient plusieurs cercles enchaînés, ou des lettres inconnues, mais si bien dessinées, qu'on aurait juré l'ouvrage d'une *personne humaine*. Il n'est point d'animaux insignifians, il n'est point d'objets inanimés que le paysan ne fasse entrer dans son monde fantastique, et le christianisme du moyen âge, qui est encore le sien, est tout aussi fécond en personnifications mythologiques que les religions antérieures.

J'étais avide de tous ces récits, j'aurais passé la nuit à les entendre, mais ils me faisaient beaucoup de mal; ils m'ôtaient le sommeil. Mon frère, plus âgé que moi de cinq ans, en avait été plus affecté encore, et son exemple me confirma dans la croyance où je suis que les races d'origine rustique ont la faculté de l'hallucination. Il tenait à cette race par sa mère, et il avait des visions, tandis que, malgré la fièvre de peur et les rêves sinistres de mon sommeil, je n'en avais pas. Vingt ans plus tard, il m'affirmait sous serment avoir entendu claquer le fouet du follet dans les écuries, et le battoir des lavandières de nuit au bord des sources. C'est de lui que j'ai parlé dans les articles intitulés: *Visions de la nuit dans les campagnes*, et ses récits étaient d'une sincérité complète. Dans les dangers réels, il était plus que courageux, il était téméraire. Dans son âge mûr comme dans son enfance, il a toujours eu comme une habitude de mépriser la vie; du moins il exposait la sienne à tout propos et pour la moindre affaire. Mais que vous dirai-je? il tenait au terroir, il était halluciné, il croyait aux choses surnaturelles.

J'ai dit que l'automne et l'hiver étaient nos saisons les plus gaies; j'ai toujours aimé passionnément l'hiver à la campagne, et je n'ai jamais compris le goût des riches, qui a fait de Paris le séjour des fêtes dans la saison de l'année la plus ennemie des bals, des toilettes et de la dissipation. C'est au coin du feu que la nature nous convie en hiver à la vie de famille, et c'est aussi en pleine campagne que les rares beaux jours de cette saison peuvent se faire sentir et goûter. Dans les grandes villes de nos climats, cette affreuse boue, puante et glacée, ne sèche presque jamais. Aux champs, un rayon de soleil ou quelques heures de vent rendent l'air sain et la terre propre. Les pauvres prolétaires des cités le savent bien, et ce n'est pas pour leur agrément qu'ils restent dans ce cloaque. La vie factice et absurde de nos riches s'épuise à lutter contre la nature. Les riches Anglais l'entendent mieux: ils passent l'hiver dans leurs châteaux.

On s'imagine à Paris que la nature est morte pendant six mois, et pourtant les blés poussent dès l'automne, et le *pâle soleil* des hivers, on est convenu de l'appeler comme cela, est le plus vif et le plus brillant de l'année. Quand il dissipe les brumes, quand il se couche dans la pourpre étincelante des soirs de grande gelée, on a peine à soutenir l'éclat de ses rayons. Même dans nos contrées froides, et fort mal nommées *tempérées*, la création ne se dépouille jamais d'un air de vie et de parure. Les grandes plaines fromentales se couvrent de ces tapis courts et frais, sur lesquels le soleil, bas à l'horizon, jette de grandes flammes d'émeraude. Les prés se revêtent de mousses magnifiques, luxe tout gratuit de l'hiver. Le lierre, ce pampre inutile, mais somptueux, se marbre de tons d'écarlate et d'or. Les jardins mêmes ne sont pas sans richesse. La primevère, la violette et la rose de Bengale rient sous la neige. Certaines autres fleurs, grâce à un accident de terrain, à une disposition fortuite, survivent à la gelée et vous causent à chaque instant une agréable surprise. Si le rossignol est absent, combien d'oiseaux de passage, hôtes bruyans et superbes, viennent s'abattre ou se reposer sur le faîte des grands arbres ou sur le bord des eaux! Et qu'y a-t-il de plus beau que la neige, lorsque le soleil en fait une nappe de diamans, ou lorsque le gelée se suspend aux arbres en fantastiques arcades, en indescriptibles festons de givre et de cristal? Et quel plaisir n'est-ce pas de se sentir en famille, auprès d'un bon feu, dans ces longues soirées de campagne où l'on s'appartient si bien les uns aux autres, où le temps même semble nous appartenir, où la vie devient toute morale et tout intellectuelle en se retirant en nous-mêmes?

L'hiver, ma grand'mère me permettait d'installer ma *société* dans la grande salle à manger, qu'un vieux poêle réchauffait au mieux. Ma société, c'était une vingtaine d'enfants de la commune qui apportaient là leurs *saulnées*. La saulnée est une ficelle incommensurable, toute garnie de crins disposés en nœuds coulans pour prendre les alouettes et menus oiseaux des champs en temps de neige. La belle saulnée fait le tour d'un champ. On la roule sur des dévidoirs faits exprès, et on la tend avant le lever du jour dans les endroits propices. On balaie la neige tout le long du sillon, on y jette du grain, et deux heures après, on y trouve les alouettes prises par centaines. Nous allions à cette récolte avec de grands sacs que l'âne rapportait pleins. Comme il y avait de graves contestations pour les partages, j'avais établi le régime de l'association, et l'on s'en trouva fort bien. Les saulnées ne peuvent servir plus de deux ou trois jours sans être regarnies de crins (car il s'en casse beaucoup dans les chaumes), et sans qu'on fasse le *rebouclage*, c'est-à-dire le nœud coulant à chaque crin dénoué. Nous convînmes donc que ce long et minutieux travail se ferait en commun, comme celui de l'installation des saulnées, qui exige aussi un balayage rapide et fatigant. On se partageait, sans compter et sans mesurer, la corde et le crin; le crin était surtout la denrée précieuse, et c'était en commun aussi qu'on en faisait la maraude: cela consistait à aller dans les prés et dans les étables arracher de la queue et de la crinière des chevaux tout ce que ces animaux voulaient bien nous en laisser prendre sans entrer en révolte. Aussi nous étions devenus bien adroits à ce métier-là, et nous arrivions à éclaircir la chevelure des poulains en liberté, sans nous laisser atteindre par les ruades les plus fantastiques. L'ouvrage se faisait entre nous tous avec une rapidité surprenante, et nous avons été jusqu'à regarnir deux ou trois cents brasses dans une soirée. Après la chasse venait le triage. On mettait d'un côté les alouettes, de l'autre les oiseaux de moindre valeur. Nous prélevions pour notre régal du dimanche un certain choix, et l'un des enfants allait vendre le reste à la ville, après quoi je partageais l'argent entre eux tous. Ils étaient fort contens de cet arrangement, et il n'y avait plus de disputes et de méfiance entre eux. Tous les jours notre association recrutait de nouveaux adhérans, qui préféraient ce bon accord à leurs querelles et à leurs batailles. On ne pensait plus à se lever avant les autres pour aller dépouiller la saulnée des camarades, et la journée du dimanche était une véritable fête. Nous faisions nous-mêmes notre cuisine de volatiles. Rose était de bonne humeur ces jours-là, car elle était gaie et bonne fille quand elle n'était pas furibonde. La cuisinière faisait l'esprit fort à l'endroit de notre cuisine; le père Saint-Jean seul faisait la grimace et prétendait que la queue de son cheval blanc diminuait tous les jours. Nous le savions bien.

A travers tous ces jeux, le roman de Corambé continuait à se dérouler dans ma tête. C'était un rêve permanent aussi décousu, aussi incohérent que les rêves du sommeil, et dans lequel je ne me retrouvais que parce qu'un même sentiment le dominait toujours.

Ce sentiment ce n'était pas l'amour. Je savais par les livres que l'amour existe dans la vie et qu'il est le fond et l'âme de tous les romans et de tous les poèmes. Mais, ne sentant en moi rien qui put m'expliquer pourquoi un être s'attachait exclusivement à la poursuite d'un autre être, dans cet ordre d'affections inconnues, hiéroglyphiques pour ainsi dire, je me préservais avec soin d'entraîner mon roman sur ce terrain glacé pour mon imagination. Il me semblait que si j'y introduisais des *amans* et des *amantes*, il deviendrait banal, ennuyeux pour moi, et que je ferais, des personnages charmants avec lesquels je passais ma vie, des êtres de convention comme ceux que je trouvais souvent dans les livres, ou, tout au moins des étrangers occupés d'un secret auquel je ne pouvais m'intéresser, puisqu'il ne répondait à aucune émotion que j'eusse éprouvée par moi-même. En revanche, l'amitié, l'amour filial ou fraternel, la sympathie, l'attrait le plus pur, régnaient dans cette sorte de monde enchanté: mon cœur comme mon imagination étaient tout entiers dans cette fantaisie, et quand j'étais mécontente de quelque chose ou de quelqu'un dans la vie réelle, je pensais à Corambé avec presque autant de confiance et de consolation qu'à une vérité démontrée.

J'en étais là lorsqu'on m'annonça que dans trois mois j'aurais à faire ma première communion.

C'était une situation encore plus embarrassante pour ma bonne maman que pour moi. Elle ne voulait pas me donner une éducation franchement philosophique. Tout ce qui eût pu être taxé d'excentricité lui répugnait; mais, en même temps qu'elle subissait l'empire de la coutume, et qu'au début de la Restauration elle n'eût pu s'y soustraire sans un certain scandale, elle craignait que ma nature enthousiaste ne se laissât prendre à la superstition, dont elle avait décidément horreur. Elle prit donc le parti de me dire qu'il fallait faire cet acte de bienséance très décemment, mais me bien garder d'outrager la sagesse divine et la raison humaine jusqu'à croire que j'allais *manger mon Créateur*.

Ma docilité naturelle fit le reste. J'appris le catéchisme comme un perroquet, sans chercher à le comprendre et sans songer à en railler les mystères, mais bien décidée à n'en pas croire, à n'en pas retenir un mot aussitôt que l'*affaire serait bâclée*, comme on disait chez nous. La confession me causa une répugnance extrême. Ma grand'mère, qui savait que le bon curé de Saint-Chartier parlait et pensait un peu crûment, me confia à un autre bon vieux curé, celui de La Châtre, qui avait plus d'éducation, et qui, je dois le dire, respecta l'ignorance de mon âge et ne m'adressa aucune de ces questions infâmes par lesquelles il arrive souvent au prêtre de souiller, sciemment ou non, la pudeur de l'enfance. On ne mit entre mes mains aucun formulaire, aucun examen de conscience, et on me dit simplement d'accuser les fautes dont je me sentais coupable.

Je me trouvai fort embarrassée. J'en voyais bien quelques-unes, mais il me semblait que ce n'était pas assez pour que M. le curé pût s'en contenter. D'abord j'avais menti une fois à ma mère pour sauver Rose, et souvent depuis à

Deschartres pour sauver Hippolyte. Mais je n'étais pas menteuse, je n'avais aucun besoin de l'être, et Rose elle-même, me brutalisant toujours avant de m'interroger, ne faisait pas de ma servitude une nécessité de dissimulation. J'avais été un peu gourmande, mais il y avait si longtemps, que je m'en souvenais à peine. J'avais toujours vécu au milieu de personnes si chastes, que je n'avais même pas l'idée de quelque chose de contraire à la chasteté. J'avais été irritable et violente: depuis que je me portais bien, je n'avais plus sujet de l'être. De quoi donc pouvais-je m'accuser, à moins que ce ne fût d'avoir préféré parfois le jeu à l'étude, d'avoir déchiré mes robes et perdu mes mouchoirs, griefs que ma bonne qualifiait d'*enfance terrible?*

En vérité, je ne sais pas de quoi peut s'accuser un enfant de douze ans, à moins que le malheureux n'ait été déjà souillé par des exemples et des influences hideuses, et dans ce cas-là c'est la confession d'autrui qu'il a à faire.

J'avais si peu de choses à dire, que cela ne valait pas la peine de déranger un curé; le mien s'en contenta, et me donna pour pénitence de réciter l'oraison dominicale en sortant du confessional. Cela me parut fort doux: car cette prière est belle, sublime et simple, et je l'adressai à Dieu de tout mon cœur; mais je ne me sentais pas moins humiliée de m'être agenouillée devant un prêtre pour si peu.

Au reste, jamais première communion ne fut si lestement expédiée. J'allais une fois par semaine à La Châtre. Le curé me faisait une petite instruction de cinq minutes; je savais mon catéchisme sur le bout du doigt dès la première semaine. La veille du jour fixé, on m'envoya passer la soirée et la nuit chez une bonne et charmante dame de nos amies. Elle avait deux enfants plus jeunes que moi. Sa fille Laure, belle et remarquable personne à tous égards, a épousé depuis mon ami Fleury, fils de Fleury, l'ami de mon père. Il y avait encore d'autres enfants dans la maison; je m'y amusai énormément, car on joua à toutes sortes de jeux sous l'œil des bons parents, qui prirent part à notre innocente gaîté, et j'allai dormir si fatiguée d'avoir ri et sauté que je ne me souvenais plus du tout de la solennité du lendemain.

Mᵐᵉ Decerfz, cette charmante et excellente femme qui voulait bien m'accompagner à l'église dans *mes dévotions*, m'a souvent rappelé depuis combien j'étais folle et bruyante lorsque je me trouvais dans sa famille au retour de l'église. Sa mère, une bien excellente femme aussi, lui disait alors: Mais voilà un enfant bien peu recueilli, et ce n'est pas ainsi que de mon temps on se préparait aux sacremens. «Je ne lui vois faire aucun mal, répondait Mᵐᵉ Decerfz: elle est gaie, donc elle a la conscience bien légère, et le rire des enfants est une musique pour le bon Dieu.»

Le lendemain matin, ma grand'mère arriva. Elle s'était décidée à assister à ma première communion, non sans peine, je crois, car elle n'avait pas mis le pied dans une église depuis le mariage de mon père. Mᵐᵉ Decerfz me dit de lui demander sa bénédiction et le pardon des déplaisirs que je pouvais lui avoir causés, ce que je fis de meilleur cœur que devant le prêtre. Ma bonne maman m'embrassa et me conduisit à l'église.

Aussitôt que j'y fus, je commençai à me demander ce que j'allais faire; je n'y avais pas encore songé. Je me sentais si étonnée de voir ma grand'mère dans une église! Le curé m'avait dit qu'il fallait croire, sinon commettre un sacrilége; je n'avais pas la moindre idée d'être sacrilége, pas la plus légère velléité de révolte ou d'impiété, mais je ne croyais pas. Ma bonne maman m'avait empêchée de croire, et cependant elle m'avait ordonné de communier. Je me demandai si elle et moi nous ne faisions pas un acte d'hypocrisie, et, bien que j'eusse l'air aussi calme et aussi sérieux que j'avais paru insouciante et dissipée la veille, je me sentis fort mal à l'aise, et j'eus deux ou trois fois la pensée de me lever et de dire à ma grand'mère: «En voilà assez; allons-nous-en.»

Mais, tout à coup, il me vint à l'esprit un commentaire qui me calma. Je repassais la Cène de Jésus dans mon esprit, et ces paroles: «*Ceci est mon corps et mon sang*» ne me parurent plus qu'une métaphore; Jésus était trop saint et trop grand pour avoir voulu tromper ses disciples. Il les avait conviés à un repas fraternel, il les avait invités à rompre le pain ensemble en mémoire de lui. Je ne sentis plus rien de moquable dans l'institution de la Cène, et, me trouvant à la balustrade auprès d'une vieille pauvresse qui reçut dévotement l'hostie avant moi, j'eus la première idée de la signification de ces agapes de l'égalité dont l'Église avait, selon moi, méconnu ou falsifié le symbole.

Je revins donc fort tranquille de la sainte table, et le contentement d'avoir trouvé une solution à ma petite anxiété donna, m'a-t-on dit depuis, une expression nouvelle à ma figure. Ma grand'mère, attendrie et effrayée, partagée peut-être entre la crainte de m'avoir rendue dévote et celle de m'avoir fait mentir à moi-même, me pressa doucement contre son cœur quand je revins auprès d'elle, et laissa tomber des larmes sur mon voile.

Tout cela fut énigmatique pour moi; j'attendais qu'elle me donnât, le soir, une explication sérieuse de l'acte qu'elle m'avait fait accomplir et de l'émotion qu'elle avait laissée paraître. Il n'en fut rien. On me fit faire une seconde communion huit jours après, et, puis, on ne me reparla plus de religion, il n'en fut pas plus question que si rien ne s'était passé.

Aux grandes fêtes, on m'envoyait encore à La Châtre pour voir les processions et assister aux offices. C'était des occasions que je faisais valoir moi-même, parce que je passais ces jours-là dans la famille Decerfz, où je m'ébattais avec les enfants et où j'étais si gâtée que je mettais tout sens dessus dessous, cassant tout, les meubles, les poupées et même quelque peu les enfants, trop débiles pour mes manières de paysanne.

Quand je revenais à la maison fatiguée de ces ébats, je retombais dans mes accès de mélancolie. Je me replongeais dans la lecture, et ma grand'mère avait bien un peu de peine à me remettre au travail réglé. Rien ne ressemble plus à l'artiste que l'enfant. Il a ses veines de labeur et de paresse, ses soifs ardentes de production, ses lassitudes pleines de dégoût. Ma grand'mère n'avait jamais eu le caractère de l'artiste, bien qu'elle en eût certaines facultés; j'ignore si elle avait eu une enfance. C'était une nature si calme, si régulière, si unie, qu'elle ne comprenait pas les engouemens et les défaillances de la mienne. Elle me donnait si peu de besogne (et c'était là le mal), qu'elle s'étonnait de m'en voir accablée parfois, et comme, en d'autres jours, j'en faisais volontairement quatre fois davantage, elle m'accusait de caprice et de résistance raisonnée. Elle se trompait, je ne me gouvernais pas moi-même, voilà tout. Elle me grondait toujours avec affection, mais avec une certaine amertume, et elle avait tort: elle voulait m'obliger à me vaincre, m'habituer à me régulariser, et en cela elle avait raison.

Comme par-dessus tout elle me gâtait, elle me laissa prendre un genre de dissipation qui me tourna la tête pendant tout l'été qui suivit ma première communion. Il vint à La Châtre une troupe de comédiens ambulans, une assez bonne troupe, par parenthèse, qui donnait le mélodrame, la comédie, le vaudeville et surtout l'opéra comique. Il y avait de bonnes voix, assez d'ensemble, un premier chanteur et deux chanteuses qui ne manquaient pas de talent. Cette troupe était vraiment trop distinguée pour le misérable local des représentations. C'était la même salle où mon père avait joué la comédie avec nos amis les Duvernet, une ancienne église de couvent, où l'on voyait encore les dessins des ogives mal recouvertes d'un plâtre plus frais que celui des murailles, le tout surmonté d'un plafond de solives brutes posé après coup, et meublé de mauvais bancs de bois en amphithéâtre. N'importe, les dames de la ville venaient s'y asseoir en grande toilette, et quand tout cela était couvert de fleurs et de rubans, on ne voyait plus la nudité et la malpropreté de la salle. Les amateurs de l'endroit, à la tête desquels était encore M. Duvernet, composaient un orchestre très satisfaisant. On était encore artiste en province dans ce temps-là. Il n'y avait si pauvre et si petite localité où l'on ne trouvât moyen d'organiser un bon quatuor, et toutes les semaines on se réunissait, tantôt chez un amateur, tantôt chez l'autre, pour faire ce que les Italiens appellent *musica di camera* (musique de chambre), honnête et noble délassement qui a disparu avec les vieux virtuoses, derniers gardiens du feu sacré dans nos provinces.

J'adorais toujours la musique, bien que ma bonne maman me négligeât sous ce rapport, et que Gayard m'inspirât de plus en plus le dégoût de l'étudier à sa manière. Il arrivait bien rarement à ma grand'mère de poser ses doigts blancs et paralysés sur le vieux clavecin, et de chevroter ces majestueux fragments des vieux maîtres qu'elle chevrotait mieux que personne ne les eût chantés. J'avais presque oublié que j'étais née musicienne aussi, et que je pouvais sentir et comprendre ce que les autres peuvent exprimer ou produire. La première fois qu'on m'envoya entendre la comédie à La Châtre, nos chanteurs ambulans donnèrent *Aline, reine de Golconde*. J'en revins transportée et sachant presque l'opéra par cœur, chant, paroles, accompagnemens, récitatifs. Une autre fois, ce fut *Montano et Stéphanie*; puis le *Diable à quatre, Adolphe et Clara, Gulistan, Ma tante Aurore, Jeannot et Colin*, que sais-je? toutes les jolies, faciles, chantantes et gracieuses opérettes de ce temps-là. Je repris fureur à la musique, et je chantais le jour en réalité, la nuit en rêve. La musique avait tout poétisé pour moi dans ces représentations où Mme Duvernet avait l'obligeance de me conduire toutes les semaines. Je ne me souvenais plus d'avoir vu de belles salles de spectacle et des acteurs de premier ordre à Paris. Il y avait si longtemps de cela que la comparaison ne me gênait point. Je ne m'apercevais pas de la misère des décors, de l'absurdité des costumes: mon imagination et le prestige de la musique suppléant à tout ce qui manquait, je croyais assister aux plus beaux, aux plus somptueux, aux plus complets spectacles de l'univers, et ces comédiens de campagne, chantant et déclamant dans une grange, m'ont fait autant de plaisir et de bien que, depuis, les plus grands artistes de l'Europe sur les plus nobles scènes du monde.

Madame Duvernet avait une nièce nommée Brigitte, aimable, bonne et spirituelle enfant avec laquelle je fus bientôt intimement liée. Avec le plus jeune fils de la maison, Charles (mon vieux ami d'aujourd'hui) et deux ou trois autres personnages de la même gravité (je crois que le doyen de tous n'avait pas quinze ans), nous passions dans des jeux absorbans ces heureuses journées qui précédaient la comédie. Comme tout nous était spectacle, même les fêtes religieuses du matin, nous représentions alternativement la messe et la comédie, la procession et le mélodrame. Nous nous affublions des chiffons de la mère, qu'on mettait au pillage; nous faisions avec des fleurs, des miroirs, des dentelles et des rubans, tantôt des décors de théâtre, tantôt des chapelles, et nous chantions, ensemble à tue-tête tantôt des chœurs d'opéra-comique, tantôt la messe et les vêpres. Tout cela accompagné des cloches qui sonnaient à toute volée presque sur le toit de la maison, des amateurs qui répétaient en bas l'ouverture et les accompagnemens qu'on allait jouer le soir, et des hurlemens des chiens d'alentour qui avaient mal aux nerfs: c'était la plus étrange cacophonie et en même temps la plus joyeuse. Enfin l'heure du dîner arrivait; on dépouillait vite les costumes improvisés. Charles ôtait à la hâte le jupon brodé de sa mère dont il s'était fait un surplis. Il fallait repeigner les longs cheveux noirs de Brigitte. Je courais cueillir dans le petit jardin les bouquets de la soirée. On se mettait à table avec grand appétit: mais Brigitte et moi nous ne pouvions pas manger, tant l'impatience et la joie d'aller au spectacle nous serraient l'estomac.

Heureux temps, où l'on s'amuse, où l'on s'éprend, où l'on se passionne à si bon marché, êtes-vous passés sans retour pour mes amis et pour tous ceux qui ne sont plus jeunes? Me voilà assez vieille, et, pourtant, à beaucoup d'égards, j'ai eu cette grâce du bon Dieu de rester enfant. Le spectacle m'amuse encore quelquefois comme si j'avais encore douze ans, et j'avoue que ce sont les spectacles les plus naïfs, les mimodrames, les féeries, qui me divertissent si fort. Il m'arrive encore quelquefois, lorsque j'ai passé un an loin de Paris, de dîner à la hâte avec mes enfants et mes amis, et d'avoir un certain battement de cœur au lever du rideau. Je laisse à peine aux autres le temps de manger, je m'impatiente contre le fiacre qui va trop lentement, je ne veux rien perdre, je veux comprendre la pièce, quelque stupide qu'elle soit. Je ne veux pas qu'on me parle, tant je veux écouter et regarder. On se moque de moi, et j'y suis insensible, tant ce monde de fictions qui pose devant moi trouve en moi un spectateur naïf et avide. Eh bien! je crois que dans la salle il se trouve bon nombre de gens tout aussi malheureux que je l'ai été, tout aussi amers dans leur appréciation de la vie et dans leur expérience des choses humaines, qui sont, sans oser l'avouer, tout aussi absorbés, tout aussi amusés, tout aussi enfants que moi. Nous sommes une race infortunée, et c'est pour cela que nous avons un impérieux besoin de nous distraire de la vie réelle par les mensonges de l'art: plus il ment, plus il nous amuse.

CHAPITRE ONZIEME

Récit d'une profonde douleur que tout le monde comprendra.—Mouvement de dépit.—Délation de Mlle Julie.—Pénitence et solitude.—Soirée d'automne à la porte d'une chaumière.—On me brise le cœur.—Je me raidis contre mon chagrin et deviens tout de bon un enfant terrible.—Je retrouve ma mère.—Déception.—J'entre au couvent des Anglaises.—Origine et aspect de ce monastère.—La supérieure.—Nouveau déchirement.—La mère Alippe.—Je commence à apprécier ma situation et je prends mon parti.—Claustration absolue.

Malgré toutes ces distractions et tous ces étourdissemens, je nourrissais toujours au fond de mon cœur une sorte de passion malheureuse pour ma mère absente. De notre cher roman, il n'était plus question le moins du monde, elle l'avait bien parfaitement oublié; mais moi j'y pensais toujours. Je protestais toujours, dans le secret de ma pensée, contre le sort que ma pauvre bonne maman tenait tant à m'assurer. Instruction, talents et fortune, je persistais à tout mépriser. J'aspirais à revoir ma mère, à lui reparler de nos projets, à lui dire que j'étais résolue à partager son sort, à être ignorante, laborieuse et pauvre avec elle. Les jours où cette résolution me dominait, je négligeais bien mes leçons, il faut l'avouer. J'étais grondée, et ma résolution n'en était que plus obstinée. Un jour que j'avais été réprimandée plus que de coutume en sortant de la chambre de ma bonne maman, je jetai par terre mon livre et mes cahiers; je pris ma tête dans mes deux mains, et me croyant seule, je m'écriai: «Eh bien, oui, c'est vrai, je n'étudie pas parce que je ne veux pas. J'ai mes raisons. On les saura plus tard.»

Julie était derrière moi. «Vous êtes une mauvaise enfant, me dit-elle, et ce que vous pensez est pire que tout ce que vous faites. On vous pardonnerait d'être dissipée et paresseuse, mais puisque c'est par entêtement et par mauvaise volonté que vous mécontentez votre bonne maman, vous mériteriez qu'elle vous renvoyât chez votre mère.

—Ma mère! m'écriai-je, me renvoyer chez ma mère! mais c'est tout ce que je désire, tout ce que je demande!

—Allons, vous n'y pensez pas, reprit Julie; vous parlez comme cela, parce que vous avez de la colère, vous êtes folle dans ce moment-ci. Je me garderai bien de répéter ce qui vient de vous échapper, car vous seriez bien désolée plus tard qu'on vous eût prise au mot.

—Julie, lui répondis-je avec véhémence, je vous entends très bien et je vous connais. Je sais que quand vous promettez de vous taire, c'est que vous êtes bien décidée à parler. Je sais que quand vous m'interrogez avec douceur et câlinerie, c'est pour m'arracher ce que je pense et pour l'envenimer aux yeux de ma bonne maman. Je sais que dans ce moment-ci, vous m'excitez à dessein et que vous profitez de ma colère et de mon ennui pour m'en faire dire encore plus. Eh bien, vous n'avez pas besoin de vous donner tant de peine. Ce que j'ai dans le cœur, vous le saurez et je vous autorise à le faire savoir. Je ne veux plus rester ici, je veux retourner avec ma mère, et je ne veux plus qu'on me sépare d'elle. C'est elle que j'aime et que j'aimerai toujours, quoi qu'on fasse. C'est à elle seule que je veux obéir. Allez, dépêchez-vous, faites votre déposition, je suis prête à la signer.»

La pauvre fille faisait-elle réellement auprès de moi le métier d'agent provocateur? Dans la forme, oui, dans le fond, non certainement. Elle ne me voulait que du bien. Elle n'avait pas de méchant plaisir à me faire gronder, elle s'affligeait avec ma grand'mère de ce qu'elles appelaient mon ingratitude. Comment eût-elle compris que ce n'était pas à l'affection que j'étais ingrate, mais à la fortune que j'étais rebelle? ma grand'mère elle-même s'y trompait. Mais il est certain que cette fille avait dans le regard, dans la voix, dans toutes ses manières de procéder, une sorte de prudence insinuante qui sentait la ruse et la duplicité, et cela m'était souverainement antipathique.

Quoi qu'il en soit, c'était la première fois que je la poussais à bout et que j'irritais son amour-propre. Elle fut mortifiée, et elle eut vraiment un mouvement de vengeance, car elle alla sur-le-champ rapporter ma déclamation dans les termes les plus noirs. Elle fit là une mauvaise action, car elle frappait au cœur cette pauvre bonne maman qui n'était guère de force à lutter contre de nouvelles douleurs maternelles. La moindre peine ravivait en elle la mémoire de son fils, et ses éternels regrets, et sa dévorante jalousie contre la femme qui lui avait disputé le cœur de ce fils adoré et qui maintenant lui disputait le mien. Elle eut, j'en suis sûre, un chagrin mortel, et si elle me l'eût laissé voir, je serais tombée à ses pieds, j'aurais abjuré toutes mes rébellions; car j'ai toujours été d'une excessive faiblesse devant les douleurs que j'ai causées, et mes retours m'ont toujours plus liée que mes résistances ne m'avaient déliée. Mais on me cacha bien soigneusement l'émotion de ma bonne maman, et Julie, irritée personnellement contre moi, ne vint pas me dire: «Elle souffre, allez la consoler.»

On prit un mauvais système, on résolut de s'armer de rigueur, on crut m'effrayer en me prenant au mot, et mademoiselle Julie vint m'annoncer que j'eusse à me retirer dans ma chambre et à n'en pas sortir. «Vous ne reverrez plus votre grand'mère, me dit-elle, puisque vous la détestez. Elle vous abandonne; dans trois jours vous partirez pour Paris.

—Vous en avez menti, lui répondis-je, menti avec méchanceté, je ne déteste pas ma grand'mère, je l'aime: mais j'aime mieux ma mère, et si l'on me rend à elle, je remercie le bon Dieu, ma grand'mère et même vous.»

Là-dessus je lui tournai le dos et montai résolûment à ma chambre. J'y trouvai Rose, qui ne savait pas ce qui venait de se passer et qui ne me dit rien. Je n'avais ni sali ni déchiré mes hardes ce jour-là, le reste la préoccupait fort peu. Je passai trois grands jours sans voir ma bonne maman. On me faisait descendre pour prendre mes repas quand elle avait fini les siens. On me disait d'aller prendre l'air au jardin quand elle était enfermée, et elle s'enfermait ou on l'enfermait bien littéralement, car lorsque je passais devant la porte de sa chambre, j'entendais mettre la barre de fer avec une sorte d'affectation, comme pour me dire que tout repentir serait inutile.

Les domestiques semblaient consternés, mais j'avais un air si hautain, apparemment, que pas un n'osa me parler, pas même Rose, qui devinait peut-être bien qu'on s'y prenait mal et qu'on excitait mon amour pour ma mère au lieu de le refroidir. Deschartres, soit par système, soit par suite d'une appréciation analogue à celle de Rose, ne me parlait pas non plus. Il ne fut plus question de leçons ni d'écritures pendant ce temps d'expiation.

Voulait-on me faire sentir l'ennui de l'inaction? on aurait dû me priver de livres; mais on ne me priva de rien: et, voyant la bibliothèque à ma disposition comme de coutume, je ne sentis pas la moindre envie de me distraire par la lecture. On ne désire que ce qu'on ne peut pas avoir.

Je passai donc ces trois jours dans un tête à tête assidu avec Corambé. Je lui racontai mes peines, et il m'en consola en me donnant raison. Je souffrais pour l'amour de ma mère, pour l'amour de l'humilité et de la pauvreté. Je croyais remplir un grand rôle, accomplir une mission sainte, et comme tous les enfants romanesques, je me drapais un peu dans mon calme et dans ma persévérance. On avait voulu m'humilier en m'isolant comme un lépreux dans cette maison où d'ordinaire tout me riait, je ne m'en rehaussais que plus dans ma propre estime. Je faisais de belles réflexions philosophiques sur l'esclavage moral de ces valets qui n'osaient plus m'adresser la parole, et qui, la veille, se fussent mis à mes pieds parce que j'étais en faveur. Je comparais ma disgrâce à toutes les grandes disgrâces historiques que j'avais lues, et je me comparais moi-même aux grands citoyens des républiques ingrates, condamnés à l'ostracisme pour leurs vertus.

Mais l'orgueil est une sotte compagnie, et je m'en lassai en un jour. «C'est fort bête, tout cela, me dis-je, voyons clair sur les autres et sur moi-même, et concluons. On ne prépare pas mon départ, on n'a pas envie de me rendre à ma mère. On veut m'éprouver, on croit que je demanderai à rester ici. On ne sait pas combien je désire vivre avec elle, et il faut qu'on le voie. Restons impassible. Que ma claustration dure huit jours, quinze jours, un mois, peu importe. Quand on se sera bien assuré que je ne change pas d'idée, on me fera partir, et alors je m'expliquerai avec ma bonne maman; je lui dirai que je l'aime, et je le lui dirai si bien qu'elle me pardonnera et me rendra son amitié. Pourquoi faut-il qu'elle me maudisse parce que je lui préfère celle qui m'a mise au monde et que Dieu lui-même me commande de préférer à tout? Pourquoi croirait-elle que je suis ingrate parce que je ne veux pas être élevée à sa manière et vivre de sa vie? A quoi lui suis-je utile ici? Je la vois de moins en moins. La société de ses femmes lui semble plus nécessaire ou plus agréable que la mienne, puisque c'est avec elles qu'elle passe le plus de temps. Si elle me garde ici, ce n'est pas pour elle certainement, c'est pour moi. Eh bien! ne suis-je pas un être libre, libre de choisir la vie et l'avenir qui lui conviennent? Allons, il n'y a rien de tragique à ce qui m'arrive. Ma grand'mère a voulu, par pure bonté, me rendre instruite et riche: moi je lui en suis très reconnaissante, mais je ne peux pas m'habituer à me passer de ma mère. Mon cœur lui sacrifie tous les faux biens joyeusement. Elle m'en saura gré, et Dieu m'en tiendra compte. Personne n'a sujet d'être irrité contre moi, et ma bonne maman le reconnaîtra si je puis parvenir jusqu'à elle et combattre les calomnies qui se sont glissées entre elle et moi.»

Là-dessus j'essayai d'entrer chez elle, mais je trouvai encore la porte barricadée, et j'allai au jardin. J'y rencontrai une vieille femme pauvre à qui l'on avait permis de ramasser le bois mort. «Vous n'allez pas vite, la mère, lui dis-je, pourquoi vos enfants ne vous aident-ils pas?—Ils sont aux champs, me dit-elle, et moi, je ne peux plus me baisser pour ramasser ce qui est par terre, j'ai les reins trop vieux.» Je me mis à travailler pour elle, et comme elle n'osait toucher au bois mort sur pied, j'allai chercher une serpe pour abattre les arbrisseaux desséchés et faire tomber les branches des arbres à ma portée. J'étais forte comme une paysanne, je fis bientôt un abatis splendide. Rien ne passionne comme le travail du corps quand une idée ou un sentiment vous poussent. La nuit vint que j'étais encore à l'ouvrage, taillant, fagotant, liant, et faisant à la vieille une provision pour la semaine au lieu de sa provision de la journée qu'elle aurait eu peine à enlever. J'avais oubliée de manger, et comme personne ne m'avertissait plus de rien, je ne songeais pas à me retirer. Enfin, la faim me prit, la vieille était partie depuis longtemps. Je chargeai sur mes épaules un fardeau plus lourd que moi et je le portai à sa chaumière, qui était au bout du hameau. J'étais en nage et en sang, car la serpe m'avait plus d'une fois fendu les mains, et les ronces m'avaient fait une grande balafre au visage.

Mais la soirée d'automne était superbe et les merles chantaient dans les buissons. J'ai toujours aimé particulièrement le chant du merle; moins éclatant, moins original, moins varié que celui du rossignol, il se rapproche davantage de nos formes musicales, et il a des phrases d'une naïveté rustique qu'on pourrait presque noter et chanter en y mêlant fort peu de nos conventions. Ce soir-là, ce chant me parut la voix même de Corambé qui me soutenait et m'encourageait. Je pliais sous mon fardeau; je sentis, tant l'imagination gouverne nos facultés, décupler ma force, et même une sorte de fraîchir soudaine passer dans mes membres brisés. J'arrivai à la chaumière de la mère Brin comme les premières étoiles brillaient dans le ciel encore rose. «Ah! ma pauvre mignonne, me dit-elle, comme vous voilà fatiguée! vous prendrez du mal!—Non, lui dis-je, mais j'ai bien travaillé pour vous, et cela vaut un morceau de votre pain, car j'ai grand appétit.» Elle me coupa, dans son pain noir et moisi, un grand morceau que je mangeai, assise sur une pierre à sa porte, tandis qu'elle couchait ses petits enfants et disait ses prières. Son chien efflanqué (tout paysan, si pauvre qu'il soit, a un chien, ou plutôt une ombre de chien qui vit de maraude, et n'en défend pas moins le misérable logis où il n'est pas même abrité); son chien, après m'avoir beaucoup grondée, s'apprivoisa à la vue de mon pain et vint partager ce modeste souper.

Jamais repas ne m'avait semblé si bon, jamais heure plus douce et nature plus sereine. J'avais le cœur libre et léger, le corps dispos comme on l'a après le travail. Je mangeais le pain du pauvre après avoir fait la tâche du pauvre. «Et ce n'est pas une *bonne action*, comme on dit dans le vocabulaire orgueilleux des châteaux, pensais-je, c'est tout bonnement un premier acte de la vie de pauvreté que j'embrasse et que je commence. Me voici enfin libre: plus de leçons fastidieuses, plus de confitures écœurantes qu'il faut trouver bonnes sous peine d'être ingrate, plus d'heures de convention pour manger, dormir, et s'amuser sans envie et sans besoin. La fin du jour a marqué celle de mon travail. La faim seule m'a sonné l'heure de mon repas: plus de laquais pour me tendre mon assiette et me l'enlever à sa fantaisie. A présent voici les étoiles qui viennent, il fait bon, il fait frais: je suis lasse et je me repose, personne n'est là pour me dire: «Mettez votre châle, ou rentrez, de crainte de vous enrhumer. «Personne ne pense à moi, personne ne sait où je suis; si je veux passer la nuit sur cette pierre, il ne tient qu'à moi. Mais c'est là le bonheur suprême, et je ne conçois pas que cela s'appelle une punition.»

Puis je pensai que bientôt je serais avec ma mère, et je fis mes adieux tendres, mais joyeux, à la campagne, aux merles, aux buissons, aux étoiles, aux grands arbres. J'aimais la campagne; mais je ne savais pas que je ne pourrais jamais vivre ailleurs, je croyais qu'avec ma mère le paradis serait partout. Je me réjouissais de l'idée que je lui serais utile, que ma force physique la dispenserait de toute fatigue. «C'est moi qui porterai son bois, qui ferai son feu, son lit, me disais-je. Nous n'aurons point de domestiques, point d'esclaves tyrans; nous nous appartiendrons, nous aurons enfin la liberté du pauvre.»

J'étais dans une situation d'esprit vraiment délicieuse, mais Rose ne m'avait pas si bien oubliée que je le pensais. Elle me cherchait et s'inquiétait, quand je rentrai à la maison; mais, en voyant l'énorme balafre que j'avais au visage, comme elle m'avait vue travailler pour la mère Blin, elle, qui avait un bon cœur, ne songea point à me gronder. D'ailleurs, depuis que j'étais en pénitence, elle était fort douce et même triste.

Le lendemain, elle m'éveilla de bonne heure. «Allons, me dit-elle, cela ne peut pas durer ainsi. Ta bonne maman a du chagrin, va l'embrasser et lui demander pardon.—Il y a trois jours qu'on aurait dû me laisser faire ce que tu dis là, lui répondis-je: mais Julie me laissera-t-elle entrer?—Oui, oui, répondit-elle, je m'en charge!» Et elle me conduisit par les petits couloirs à la chambre de ma bonne maman. J'y allais de bon cœur, quoique sans grand repentir, car je ne me sentais vraiment pas coupable, et je n'entendais pas du tout, en lui témoignant de la tendresse, renoncer à cette séparation que je regardais comme un fait accompli: mais dans les bras de ma pauvre chère aïeule m'attendait la plus cruelle, la plus poignante et la moins méritée des punitions.

Jusque-là personne au monde, ma grand'mère moins que personne, ne m'avait dit de ma mère un mal sérieux. Il était bien facile de voir que Deschartres la haïssait, que Julie la dénigrait pour faire sa cour, que ma grand'mère avait de grands accès d'amertume et de froideur contre elle. Mais ce n'était que des railleries sèches, des demi-mots d'un blâme non motivé, des airs de dédain; et, dans ma partialité naïve, j'attribuais au manque de fortune et de naissance le profond regret que le mariage de mon père avait laissé dans sa famille. Ma bonne maman semblait s'être fait un devoir de respecter en moi le respect que j'avais pour ma mère.

Durant ces trois jours qui l'avaient tant fait souffrir, elle chercha apparemment le plus prompt et le plus sûr moyen de me rattacher à elle-même et à ses bienfaits dont je tenais si peu de compte, en brisant dans mon jeune cœur la confiance et l'amour qui me portaient vers une autre. Elle réfléchit, elle médita, elle s'arrêta au plus funeste de tous les partis.

Comme je m'étais mise à genoux contre son lit et que j'avais pris ses mains pour les baiser, elle me dit d'un ton vibrant et amer que je ne lui connaissais pas: «Restez à genoux et m'écoutez avec attention, car ce que je vais vous dire vous ne l'avez jamais entendu et jamais plus vous ne l'entendrez de ma bouche. Ce sont des choses qui ne se disent qu'une fois dans la vie, parce qu'elles ne s'oublient pas, mais, faute de les connaître, quand, par malheur, elles existent, on perd sa vie, on se perd soi-même.»

Après ce préambule qui me fit frissonner, elle se mit à me raconter sa propre vie et celle de mon père, telles que je les ai fait connaître, puis celle de ma mère, telle qu'elle croyait la savoir, telle du moins qu'elle la comprenait. Là, elle fut sans pitié et sans intelligence, j'ose le dire, car il y a dans la vie des pauvres, des entraînements, des malheurs et des fatalités que les riches ne comprennent jamais et qu'ils jugent comme les aveugles des couleurs.

Tout ce que ma grand'mère me raconta était vrai par le fait et appuyé sur des circonstances dont le détail ne permettait pas le moindre doute. Mais on eût pu me dévoiler cette histoire sans m'ôter le respect et l'amour pour ma mère, et l'histoire racontée ainsi eût été beaucoup plus vraisemblable et beaucoup plus vraie. Il n'y avait qu'à tout dire, les causes de ses malheurs, l'isolement et la misère dès l'âge de quatorze ans, la corruption des riches qui sont là pour guetter la faim et flétrir l'innocence, l'impitoyable rigorisme de l'opinion qui ne permet point le retour et n'accepte point l'expiation[11]. Il fallait me dire aussi comment ma mère avait racheté le passé, comment elle avait aimé fidèlement mon père, comment, depuis sa mort, elle avait vécu humble, triste et retirée. Ce dernier point, je le savais bien, du moins je croyais le savoir; mais on me faisait entendre que si l'on me disait tout le passé, on m'épargnait le présent, et qu'il y avait, dans la vie actuelle de ma mère, quelque secret nouveau qu'on ne voulait pas me dire et qui devait me faire trembler pour mon propre avenir si je m'obstinai à vivre avec elle. Enfin, ma pauvre bonne maman, épuisée par ce long récit, hors d'elle-même, la voix étouffée, les yeux humides et irrités, lâcha le grand mot, l'affreux mot: Ma mère était une femme perdue, et moi un enfant aveugle qui voulait s'élancer dans un abîme.

Ce fut pour moi comme un cauchemar; j'avais la gorge serrée, chaque parole me faisait mourir: je sentais la sueur me couler du front, je voulais interrompre, je voulais me lever, m'en aller, repousser avec horreur cette effroyable confidence; je ne pouvais pas, j'étais clouée sur mes genoux, la tête brisée et courbée par cette voix qui planait sur moi et me desséchait comme un vent d'orage. Mes mains glacées ne tenaient plus les mains brûlantes de ma grand'mère, je crois que machinalement je les avais repoussées de mes lèvres avec terreur.

Enfin je me levai sans dire un mot, sans implorer une caresse, sans me soucier d'être pardonnée; je remontai à ma chambre. Je trouvai Rose sur l'escalier. «Eh bien! me dit-elle, est-ce fini, tout cela?—Oui, c'est bien fini, fini pour toujours,» lui dis-je: et me rappelant que cette fille ne m'avait jamais dit que du bien de ma mère, sûre qu'elle connaissait tout ce qu'on venait de m'apprendre, et qu'elle n'en était pas moins attachée à sa première maîtresse, quoiqu'elle fût horrible, elle me parut belle: quoiqu'elle fût mon tyran et presque mon bourreau, elle me sembla être ma meilleure, ma seule amie; je l'embrassai avec effusion, et, courant me cacher, je me roulai par terre en proie à des convulsions de désespoir.

Les larmes qui firent irruption ne me soulagèrent pas. J'ai toujours entendu dire que les pleurs allégent le chagrin, j'ai toujours éprouvé le contraire, je ne sais pas pleurer. Dès que les larmes me viennent aux yeux, les sanglots me prennent à la gorge, j'étouffe, ma respiration s'exhale en cris ou en gémissemens: et comme j'ai horreur du bruit de la douleur, comme je me retiens de crier, il m'est souvent arrivé de tomber comme une morte, et c'est probablement comme cela que je mourrai quelque jour si je me trouve seule, surprise par un malheur nouveau. Cela ne m'inquiète guère, il faut toujours mourir de quelque chose, et chacun porte en soi le coup qui doit l'achever. Probablement la pire des morts, la plus triste et la moins désirable, est celle que choisissent les poltrons, mourir de vieillesse, c'est-à-dire après tout ce qu'on a aimé, après tout ce à quoi on a cru sur la terre.

A cette époque, je n'avais pas le stoïcisme de refouler mes sanglots, et Rose, m'entendant râler, vint à mon secours. Quand j'eus repris un peu d'empire sur moi-même, je ne voulus pas faire la malade, je descendis au premier appel du déjeuner, je me forçai pour manger. On me donna mes cahiers, je fis semblant de travailler, mais j'avais les paupières à vif, tant mes larmes avaient été âcres et brûlantes; j'avais une migraine affreuse, je ne pensais plus, je ne vivais pas, j'étais indifférente à toutes choses. Je ne savais plus si j'aimais ou si je haïssais quelqu'un, je ne sentais plus d'enthousiasme pour personne, plus de ressentiment contre qui que ce soit; j'avais comme une énorme brûlure intérieure et comme un vide cuisant à la place du cœur. Je ne me rendais compte que d'une sorte de mépris pour l'univers entier et d'un amer dédain pour la vie, quelle qu'elle pût être pour moi désormais; je ne m'aimais plus moi-même. Si ma mère était méprisable et haïssable, moi, le fruit de ses entrailles, je l'étais aussi. Je ne sais à quoi a tenu que je ne devinsse pas perverse par misanthropie, à partir de ce moment-là. On m'avait fait un mal affreux qui pouvait être irréparable; on avait tenté de tarir en moi les sources de la vie morale, la foi, l'amour et l'espérance.

Heureusement pour moi, le bon Dieu m'avait faite pour aimer et pour oublier. On m'a souvent reproché d'être oublieuse du mal: puisque je devais tant en subir, c'est une grâce d'état.

Au bout de quelques jours d'une indicible souffrance et d'une fatigue suprême, je sentis avec étonnement que j'aimais encore plus ma mère, et que je n'aimais pas moins ma grand'mère qu'auparavant. On m'avait vue si triste, Rose avait raconté de moi une telle scène de douleur, qu'on crut à un grand repentir. Ma bonne maman comprit bien qu'elle m'avait fait beaucoup de mal, mais elle s'imagina que c'était un mal salutaire et que mon parti était pris. Il ne fut pas question d'explication nouvelle, on ne m'interrogea pas, c'eût été bien inutile. J'avais pour toujours un sceau sur les lèvres. La vie recommença à couler comme un ruisseau tranquille, mais le ruisseau était troublé pour moi, et j'y ne regardais plus.

En effet, je ne faisais plus aucun projet, je ne faisais plus venir les doux rêves. Plus de roman, plus de contemplations. Corambé était muet. Je vivais comme une machine. Le mal était plus profond qu'on ne pensait. Aimante, j'aimais encore les autres. Enfant, je m'amusais encore de la vie, mais, je l'ai dit, je ne m'aimais plus, je ne me souciais plus du tout de moi-même. J'avais résisté systématiquement à l'avantage de l'instruction, j'avais dédaigné d'orner et de rehausser mon être intellectuel, croyant que mon être moral y gagnerait. Mais mon idéal était voilé, et je ne comprenais plus l'avenir que je m'étais pendant si longtemps créé et arrangé selon ma fantaisie. J'entrevoyais désormais, dans cet avenir, des luttes contre l'opinion auxquelles je n'avais jamais songé, et je ne sais quelle énigme douloureuse dont on n'avait pas voulu me dire le mot. On m'avait parlé de dangers affreux, on s'était imaginé que je les devinerais, et moi, simple, et d'organisation tranquille, je ne devinais rien du tout. En outre, autant j'ai l'esprit actif pour ce qui sourit à mes instincts, autant je l'ai paresseux pour ce qui leur est hostile, et je ne cherchais pas le mot du sphynx; mais il y avait quelque chose de terrible devant moi si je persistais à quitter l'aile de ma grand'mère, et ce quelque chose, sans me faire peur, ôtait à mes châteaux en Espagne le charme de la confiance absolue.

«Ce sera pire que la misère, m'avait-on dit, ce sera la honte!»

«La honte de quoi? me disais-je. Rougirai-je d'être la fille de ma mère? Oh! si ce n'était que cela! on sait bien que je n'aurai pas cette lâche honte.» Je supposais alors, sans rien incriminer, quelque lieu mystérieux entre ma mère et quelqu'un qui me ferait sentir une domination injuste et illégitime. Et puis je m'abstenais volontairement d'y songer. «Nous verrons bien, me disais-je. On veut que je cherche, je ne chercherai pas.»

Il m'a toujours fallu, pour vivre, une résolution arrêtée de vivre pour quelqu'un ou pour quelque chose, pour des personnes ou pour des idées. Ce besoin m'était venu naturellement dès l'enfance, par la force des circonstances, par l'affection contrariée. Il restait en moi quoique mon but fût obscurci et mon élan incertain. On voulait me forcer à me rattacher à l'autre but que l'on m'avait montré, et dont je m'étais obstinément détournée. Je me demandai si cela était possible. Je sentis que non. La fortune et l'instruction, les belles manières, le bel esprit, ce qu'on appelait le *monde* m'apparut sous des formes sensibles, telles que je pouvais les concevoir. «Cela se réduit, pensai-je, à devenir une belle demoiselle bien pimpante, bien guindée, bien érudite, tapant sur un piano devant des personnes qui approuvent sans écouter ou sans comprendre, ne se souciant de personne, aimant à briller, aspirant à un riche mariage, vendant sa liberté et sa personnalité pour une voiture, un écusson, des chiffons et quelques écus. Cela ne me va point et ne m'ira jamais. Si je dois hériter forcément de ce castel, de ces gerbes de blé que compte et recompte Deschartres, de cette bibliothèque où tout ne m'amuse pas, et de cette cave où rien ne me tente, ne voilà-t-il pas un grand bonheur et de belles richesses! J'ai souvent rêvé de lointains voyages. Les voyages m'auraient tentée si je n'avais eu le projet de vivre pour ma mère. Eh bien, voilà! Si ma mère ne veut pas de moi, quelque jour je partirai, j'irai au bout du monde. Je verrai l'Etna et le mont Gibel; j'irai en Amérique, j'irai dans l'Inde. On dit que c'est loin, que c'est difficile, tant mieux! On dit qu'on y meurt, qu'importe? En attendant, vivons au jour le jour, vivons au hasard, puisque rien de ce que je connais ne me tente ou ne me rassure; laissons venir l'inconnu.»

Là-dessus, j'essayai de vivre sans songer à rien, sans rien craindre et sans rien désirer. Cela me fut d'abord bien difficile; j'avais pris une telle habitude de rêver et d'aspirer à un bien futur, que, malgré moi, je me reprenais à y songer. Mais la tristesse devenait alors si noire et le souvenir de la scène qu'on m'avait faite si étouffant, que j'avais besoin d'échapper à moi-même, et que je courais aux champs m'étourdir avec les gamins et les gamines qui m'aimaient et m'arrachaient à ma solitude.

Quelques mois se passèrent alors qui ne me profitèrent à rien et dont je me souviens confusément, parce qu'ils furent vides. Je m'y comportai fort mal, ne travaillant que juste ce qu'il fallait pour n'être pas gronder, me dépêchant, pour ainsi dire, d'oublier vite ce que je venais d'apprendre, ne méditant plus sur mon travail comme j'avais fait jusqu'alors par un besoin de logique et de poésie qui avait eu son charme secret, courant plus que jamais les chemins, les buissons et les pacages avec mes bruyans acolytes: mettant la maison sens dessus dessous par des jeux échevelés: prenant une habitude de gaîté folle, quelquefois forcée, quand ma douleur intérieure menaçait de se réveiller, enfin tournant tout de bon à l'enfant terrible, comme le disait ma bonne, qui commençait à avoir raison, et qui pourtant ne me battait plus, voyant à ma taille que je serais de force à le lui rendre, et à mon air que je n'étais plus d'humeur à le souffrir.

Voyant tout cela aussi, ma grand'mère me dit: «Ma fille, vous n'avez plus le sens commun. Vous aviez de l'esprit, et vous faites tout votre possible pour devenir ou pour paraître bête. Vous pourriez être agréable, et vous vous faites laide à plaisir. Votre teint est noirci, vos mains gercées, vos pieds vont se déformer dans les sabots. Votre cerveau se déforme et se dégingande comme votre personne. Tantôt vous répondez à peine et vous avez l'air d'un esprit fort qui dédaigne tout. Tantôt vous parlez à tort et à travers comme une pie qui babille pour babiller. Vous avez été une charmante petite fille, il ne faut pas devenir une jeune personne absurde. Vous n'avez point de tenue, point de grâce, point d'à-propos. Vous avez un bon cœur et une tête pitoyable. Il faut changer tout cela. Vous avez d'ailleurs besoin de *maîtres d'agrément*, et je ne puis vous en procurer ici. J'ai donc résolu de vous mettre au couvent, et nous allons à Paris à cet effet.

—Et je vais voir ma mère? m'écriai-je.

—Oui certes, vous la verrez, répondit froidement ma bonne maman, après quoi vous vous séparerez d'elle et de moi le temps nécessaire pour achever votre éducation.

—Soit, pensai-je: le couvent, je ne sais ce que c'est, mais ce sera nouveau, et comme après tout, je ne m'amuse pas du tout de la vie que je mène, je pourrai gagner au change.

Ainsi fut fait. Je revis ma mère avec mes transports accoutumés. J'avais un dernier espoir: c'est qu'elle trouverait ce couvent inutile et ridicule, et qu'elle me reprendrait avec elle en voyant que j'avais persisté dans ma résolution. Mais, tout au contraire, elle me prêcha l'avantage des richesses et des talents. Elle le fit d'une manière qui m'étonna et me blessa, car je n'y trouvai pas sa franchise et son courage ordinaires. Elle raillait le couvent, elle critiquait fort à propos ma grand'mère, qui, détestant et méprisant la dévotion, me confiait à des religieuses: mais tout en la blâmant, ma mère fit comme ma grand'mère. Elle me dit que le couvent me serait utile et qu'il y fallait entrer. Je n'ai jamais eu de volonté pour moi-même, j'entrai au couvent sans crainte, sans regret et sans répugnance. Je ne me rendis pas compte des suites. Je ne savais pas que j'entrais peut-être véritablement dans le monde en franchissant le seuil du cloître, que je pouvais y contracter des relations, des habitudes d'esprit, même des idées qui m'incorporeraient, pour ainsi dire, dans la classe avec laquelle j'avais voulu rompre. Je crus voir, au contraire, dans ce couvent, un terrain neutre, et dans ces années que je devais y passer, une sorte de halte au milieu de la lutte que je subissais.

J'avais retrouvé à Paris Pauline de Pontcarré et sa mère. Pauline était plus jolie que jamais, son caractère était resté enjoué, facile, aimable: son cœur n'avait pas changé non plus. Il était parfaitement froid, ce qui ne m'empêcha pas d'aimer et d'admirer comme par le passé cette belle indifférente.

Ma grand'mère avait questionné Mme de Pontcarré sur le couvent des Anglaises, ce même couvent où elle avait été prisonnière pendant la révolution. Une nièce de Mme de Pontcarré y avait été élevée et venait d'en sortir. Ma bonne maman, qui avait gardé de ce couvent et des religieuses qu'elle y avait connues un certain souvenir, fut charmée d'apprendre que Mlle Debrosses y avait été fort bien soignée, élevée avec distinction, que l'on faisait là de bonnes études, que les maîtres *d'agrément* étaient renommés, enfin que le couvent des Anglaises méritait la vogue dont il jouissait dans le beau monde, en concurrence avec le Sacré-Cœur et l'Abbaye-aux-Bois. Mme de Pontcarré avait le projet d'y mettre sa fille, ce qu'elle fit, en effet, l'année suivante. Ma grand'mère se décida donc pour les Anglaises, et, un jour d'hiver, on me fit endosser l'uniforme de sergette amarante, on arrangea mon trousseau dans une malle, un fiacre nous conduisit rue des Fossés-Saint-Victor, et après que nous eûmes attendu quelques instans dans le parloir, on ouvrit une porte de communication qui se referma derrière nous. J'étais cloîtrée.

Ce couvent est une des trois ou quatre communautés britanniques qui s'établirent à Paris pendant la puissance de Cromwell. Après avoir été persécuteurs, les catholiques anglais, cruellement persécutés, s'assemblèrent dans l'exil pour prier et demander spécialement à Dieu la conversion des protestans. Les communautés religieuses restèrent en France, mais les rois catholiques reprirent le sceptre en Angleterre et se vengèrent peu chrétiennement.

La communauté des Augustines anglaises est la seule qui ait subsisté à Paris, et dont la maison ait traversé les révolutions sans trop d'orage. La tradition du couvent disait que la reine d'Angleterre, Henriette de France, fille de notre Henri IV et femme du malheureux Charles Ier, était venue souvent avec son fils Jacques II prier dans notre chapelle et guérir les scrofules des pauvres qui se pressaient sur leurs pas. Un mur mitoyen sépare ce couvent du collége des Écossais. Le séminaire des Irlandais est à quatre portes plus loin. Toutes nos religieuses étaient Anglaises, Écossaises ou Irlandaises. Les deux tiers des pensionnaires et des locataires, ainsi qu'une partie des prêtres qui venaient officier appartenaient aussi à ces nations. Il y avait des heures de la journée où il était enjoint à toute la classe de ne pas dire un mot de français, ce qui était la meilleure étude possible pour apprendre vite la langue anglaise. Nos religieuses, comme de raison, ne nous en parlaient presque jamais d'autres. Elles avaient les habitudes de leur climat, prenant le thé trois fois par jour et admettant celles de nous qui étaient bien sages à le prendre avec elles.

Le cloître et l'église étaient pavés de longues dalles funéraires sous lesquelles reposaient les ossemens vénérés des catholiques de la vieille Angleterre, morts dans l'exil et ensevelis par faveur dans ce sanctuaire inviolable. Partout, sur les tombes et sur les murailles, des épitaphes et des sentences religieuses en anglais. Dans la chambre de la supérieure et dans son parloir particulier, de grands vieux portraits de princes ou de prélats anglais. La belle et galante Marie Stuart, réputée sainte par nos chastes nonnes, brillait là comme une étoile. Enfin, tout était anglais dans cette maison, le passé et le présent, et quand on avait franchi la grille, il semblait qu'on eût traversé la Manche.

Ce fut pour moi, paysanne du Berry, un étonnement, un étourdissement à n'en pas revenir de huit jours. Nous fûmes d'abord reçues par la supérieure, Mme Canning, une très grosse femme entre cinquante et soixante ans, belle encore avec sa pesanteur physique qui contrastait avec un esprit fort délié. Elle se piquait avec raison d'être femme du monde, elle avait de grandes manières, la conversation facile malgré son rude accent, plus de moquerie et d'entêtement dans l'œil que de recueillement et de sainteté. Elle a toujours passé pour bonne, et comme sa science du monde faisait prospérer le couvent, comme elle savait habilement pardonner, en vertu de son droit de grâce, qui lui réservait, en dernier ressort, l'utile et commode fonction de réconcilier tout le monde, elle était aimée et respectée des religieuses et des pensionnaires. Mais, dès l'abord, son regard ne me plut pas, et j'ai eu lieu de croire depuis qu'elle était dure et rusée. Elle est morte en odeur de sainteté, mais je crois ne pas me tromper en pensant qu'elle devait surtout à son habit et à son grand air la vénération dont elle était l'objet.

Ma grand'mère, en me présentant, ne put se défendre du petit orgueil de dire que j'étais fort instruite pour mon âge, et qu'on me ferait perdre mon temps si on me mettait en classe avec les enfants. On était divisé en deux sections, la petite classe et la grande classe. Par mon âge, j'appartenais réellement à la petite classe, qui contenait une trentaine de pensionnaires de six à treize ou quatorze ans. Par les lectures qu'on m'avait fait faire et par les idées qu'elles avaient développées en moi, j'appartenais à une troisième classe qu'il aurait peut-être fallu créer pour moi et pour deux ou trois autres: mais je n'avais pas été habituée à travailler avec méthode, je ne savais pas un mot d'anglais. Je comprenais beaucoup d'histoire et même de philosophie: mais j'étais fort ignorante, ou tout au moins fort incertaine sur l'ordre des temps et des événements. J'aurais pu causer de tout avec les professeurs et peut-être même voir un peu plus clair et plus avant que ceux qui nous dirigeaient: mais le premier cuistre venu m'aurait fort embarrassée sur des points de fait, et je n'aurais pu soutenir un examen en règle sur quoi que ce fût.

Je le sentais bien, et je fus très soulagée d'entendre la supérieure déclarer que, n'ayant pas encore reçu le sacrement de confirmation, je devais forcément entrer à la petite classe.

FIN DU TOME SIXIÈME.

TOME SEPTIÈME

CHAPITRE ONZIEME (SUITE)

J'entre au couvent des Anglaises.—Origine et aspect de ce monastère.—La supérieure.—Nouveau déchirement.—La mère Alippe.—Je commence à apprécier ma situation et je prends mon parti.—Claustration absolue.

C'était l'heure de la récréation; la supérieure fit appeler une des plus sages de la petite classe, me confia et me recommanda à elle, et m'envoya au jardin. Je me mis tout de suite à aller et venir, à regarder toutes choses et toutes figures, à fureter dans tous les coins du jardin comme un oiseau qui cherche où il mettra son nid. Je ne me sentais pas intimidée le moins du monde, quoiqu'on me regardât beaucoup; je voyais bien qu'on avait de plus belles manières que moi; je voyais passer et repasser les *grandes*, qui ne jouaient pas et babillaient en se tenant par le bras. Mon introductrice m'en nomma plusieurs; c'étaient de grands noms très aristocratiques, qui ne firent pas d'effet sur moi, comme l'on peut croire. Je m'informai du nom des allées, des chapelles et des berceaux qui ornaient le jardin. Je me réjouis en apprenant qu'il était permis de prendre un petit coin dans les massifs et de le cultiver à sa guise. Cet amusement n'étant recherché que des toutes petites, il me sembla que la terre et le travail ne me manqueraient pas.

On commença une partie de barres et on me mit dans un camp. Je ne connaissais pas les règles du jeu, mais je savais bien courir. Ma grand'mère vint se promener avec la supérieure et l'économe, et elle parut prendre plaisir à me voir déjà si dégourdie et si à l'aise. Puis elle se disposa à partir et m'emmena dans le cloître pour me dire adieu. Le moment lui paraissait solennel, et l'excellente femme fondit en larmes en m'embrassant. Je fus un peu émue, mais je pensai qu'il était de mon devoir de faire contre fortune bon cœur, et je ne pleurai pas. Alors ma grand'mère, me regardant en face, me repoussa en s'écriant: «Ah! insensible cœur, vous me quittez sans aucun regret, je le vois bien!» Et elle sortit, la figure cachée dans ses mains.

Je restai stupéfaite. Il me semblait que j'avais bien agi en ne lui montrant aucune faiblesse, et, selon moi, mon courage et ma résignation eussent dû lui être agréables. Je me retournai et vis près de moi l'économe; c'était la mère Alippe, une petite vieille toute ronde et toute bonne, un excellent cœur de femme. «Eh bien, me dit-elle avec son accent anglais, qu'y a-t-il? avez-vous dit à votre grand'mère quelque chose qui l'ait fâchée?—Je n'ai rien dit du tout, répondis-je, et j'ai cru ne devoir rien dire.—Voyons, dit-elle en me prenant par la main, avez-vous du chagrin d'être ici? Comme elle avait cet accent de franchise qui ne trompe pas, je lui répondis sans hésiter: «Oui, madame, malgré moi, je me sens triste et seule au milieu de gens que je ne connais pas. Je sens qu'ici personne ne peut encore m'aimer, et que je ne suis plus avec mes parents, qui m'aiment beaucoup. C'est pour cela que je n'ai pas voulu pleurer devant ma grand'mère, puisque sa volonté est que je reste où elle me met. Est-ce que j'ai eu tort?—Non, mon enfant, répondit la mère Alippe, votre grand'mère n'a peut-être pas compris. Allez jouer, soyez bonne, et l'on vous aimera ici autant que chez vos parents. Seulement, quand vous reverrez votre bonne maman, n'oubliez pas de lui dire que, si vous n'avez pas montré de chagrin en la quittant, c'était pour ne pas augmenter le sien.»

Je retournai au jeu, mais j'avais le cœur gros. Il me semblait et il me semble encore que le mouvement de ma pauvre grand'mère avait été fort injuste. C'était sa faute si je regardais ce couvent comme une pénitence qu'elle m'imposait, car elle n'avait pas manqué, dans ses moments de gronderie, de me dire que, quand j'y serais, je regretterais bien Nohant et les petites douceurs de la maison paternelle. Il semblait qu'elle fût blessée de me voir endurer la punition sans révolte ou sans crainte. «Si c'est pour mon bonheur que je suis ici, pensai-je, je serais ingrate d'y être à contre-cœur. Si c'est pour mon châtiment, eh bien, me voilà châtiée, j'y suis, que veut-on de plus? que je souffre d'y être? c'est comme si l'on me battait plus fort parce que je refuse de crier au premier coup.»

Ma grand'mère alla dîner ce jour-là chez mon grand-oncle de Beaumont, et elle lui raconta en pleurant comme quoi je n'avais pas pleuré. «Eh bien donc tant mieux! fit-il avec son enjoûment philosophique. C'est bien assez triste d'être au couvent, voulez-vous qu'elle le comprenne? Qu'a-t-elle donc fait de mal pour que vous lui imposiez la réclusion et les larmes par-dessus le marché? Bonne sœur, je vous l'ai déjà dit, la tendresse maternelle est souvent fort égoïste, et nous eussions été bien malheureux si notre mère eût aimé ses enfants comme vous aimez les vôtres.»

Ma grand'mère fut assez irritée de ce sermon. Elle se retira de bonne heure, et ne vint me voir qu'au bout de huit jours, quoiqu'elle m'eût promis de revenir le surlendemain de mon entrée au couvent. Ma mère, qui vint plus tôt, me raconta ce qui s'était passé, me donnant raison, suivant sa coutume. Ma petite amertume intérieure en augmenta. «Ma bonne maman a tort, pensai-je; mais ma mère a tort aussi de me le faire tant sentir; moi, j'ai eu tort par le fait, bien que j'aie cru avoir raison. J'ai voulu ne montrer aucun dépit, on a cru que je voulais montrer de l'orgueil. Ma bonne maman me blâme pour cela, pour cela ma mère m'approuve; ni l'une ni l'autre ne m'a comprise, et je vois bien que cette aversion qu'elles ont l'une pour l'autre me rendra injuste aussi, et très malheureuse, à coup sûr, si je me livre aveuglément à l'une ou à l'autre.»

Là-dessus, je me réjouis d'être au couvent; j'éprouvais un impérieux besoin de me reposer de tous ces déchiremens intérieurs; j'étais lasse d'être comme une pomme de discorde entre deux êtres que je chérissais. J'aurais presque voulu qu'on m'oubliât.

C'est ainsi que j'acceptai le couvent, et je l'acceptai si bien que j'arrivai à m'y trouver plus heureuse que je ne l'avais été de ma vie. Je crois que j'ai été la seule satisfaite parmi tous les enfants que j'y ai connus. Tous regrettaient leur famille, non pas seulement par tendresse pour les parents, mais aussi par regret de la liberté et du bien-être. Quoique je fusse des moins riches et que je n'eusse jamais connu le grand luxe, et quoique nous fussions passablement traitées au couvent, il y avait certes une grande différence sous le rapport de la vie matérielle entre Nohant et le cloître. En outre, la claustration, l'air de Paris, la continuité absolue d'un même régime, que je regarde comme funeste aux développemens successifs ou aux modifications continuelles de l'organisation humaine, me rendirent bientôt malade et languissante. En dépit de tout cela, je passai là trois ans sans regretter le passé, sans aspirer à l'avenir, et me rendant compte de mon bonheur dans le présent; situation que comprendront tous ceux qui ont souffert et qui savent que la seule félicité humaine pour eux c'est l'absence de maux excessifs: situation exceptionnelle pourtant pour les enfants des riches, et que mes compagnes ne comprenaient pas, quand je leur disais que je ne désirais pas la fin de ma captivité.

Nous étions cloîtrées dans toute l'acception du mot. Nous ne sortions que deux fois par mois, et nous ne découchions qu'au jour de l'an. On avait des vacances, mais je n'en eus point, ma grand'mère disant qu'elle aimait mieux ne pas interrompre mes études, afin de pouvoir me laisser moins longtemps au couvent. Elle quitta Paris peu de semaines après notre séparation, et ne revint qu'au bout d'un an, après quoi elle repartit pour un an encore. Elle avait exigé de ma mère qu'elle ne demandât pas à me faire sortir. Mes cousins Villeneuve m'offrirent de me prendre chez eux les jours de sortie et écrivirent à ma bonne maman pour le lui demander. J'écrivis, de mon côté, pour la prier de ne pas le permettre, et j'eus le courage de lui dire que, ne sortant pas avec ma mère, je ne voulais et ne devais sortir avec personne. Je tremblais qu'elle ne m'écoutât pas, et, quoique je sentisse bien un peu le besoin et le désir des sorties, j'étais décidée à me faire malade, si mes cousins venaient me chercher munis d'une permission. Cette fois, ma grand'mère m'approuva, et, au lieu de me faire des reproches, elle donna à mon sentiment des éloges que je trouvai même un peu exagérés. Je n'avais fait que mon devoir.

Si bien que je passai deux fois l'année entière derrière les grilles. Nous avions la messe dans notre chapelle, nous recevions les visites au parloir, nous y prenions nos leçons particulières, le professeur d'un côté des barreaux, nous de l'autre. Toutes les croisées du couvent qui donnaient sur la rue étaient non seulement grillées, mais garnies de châssis de toile. C'était bien réellement la prison, mais la prison avec un grand jardin et une nombreuse société. J'avoue que je ne m'aperçus pas un instant des rigueurs de la captivité, et que les précautions minutieuses qu'on prenait pour nous tenir sous clé et nous empêcher d'avoir seulement la vue du dehors me faisaient beaucoup rire. Ces précautions étaient le seul stimulant au désir de la liberté, car la rue des Fossés-Saint-Victor et la rue Clopin n'étaient tentantes ni pour la promenade ni même pour la vue. Il n'était pas une de nous qui eût jamais songé à franchir seule la porte de l'appartement de sa mère: presque toutes cependant épiaient au couvent l'entrebâillement de la porte du cloître, ou glissaient des regards furtifs à travers les fentes des toiles de croisées. Déjouer la surveillance, descendre deux ou trois degrés de la cour, apercevoir un fiacre qui passait, c'était l'ambition et le rêve de quarante ou cinquante filles folâtres et moqueuses, qui, le lendemain, parcouraient tout Paris avec leurs parents sans y prendre le moindre plaisir, fouler le pavé et regarder les passans n'étant plus le fruit défendu hors de l'enceinte du couvent.

Durant ces trois années, mon être moral subit des modifications que je n'aurais jamais pu prévoir, et que ma grand'mère vit avec beaucoup de peine, comme si en me mettant là elle n'eût pas dû les prévoir elle-même. La première année, je fus plus que jamais l'enfant terrible que j'avais commencé d'être, parce qu'une sorte de désespoir ou tout au moins de *désespérance* dans mes affections me poussait à m'étourdir et à m'enivrer de ma propre espièglerie. La seconde année, je passai presque subitement à une dévotion ardente et agitée. La troisième année je me maintins dans un état de dévotion calme, ferme et enjouée. La première année, ma grand'mère me gronda beaucoup dans ses lettres. La seconde, elle s'effraya de ma dévotion plus qu'elle n'avait fait de ma mutinerie. La troisième, elle parut à moitié satisfaite, et me témoigna un contentement qui n'était pas sans mélange d'inquiétude.

Ceci est le résumé de ma vie de couvent; mais les détails offrent quelques particularités auxquelles plus d'une personne de mon sexe reconnaîtra les effets tantôt bons, tantôt mauvais de l'éducation religieuse. Je les rapporterai sans la moindre prévention, et, j'espère, avec une parfaite sincérité d'esprit et de cœur.

CHAPITRE DOUZIEME

Description du couvent.—La petite classe.—Malheur et tristesse des enfans.—Mademoiselle D***, maîtresse de classe.—Mary Eyre.—La mère Alippe.—Les limbes.—Le signe de la croix.—Les diables, les sages *et les* bêtes.—*Mary G***.—Les escapades.—Isabelle C***.—Ses compositions bizarres.—Sophy C***.—Le* secret du couvent.—*Recherches et expéditions pour la délivrance de la* victime.—*Les souterrains.—L'impasse mystérieuse.—Promenade sur les toits.—Accident burlesque.—Whisky et les sœurs converses.—Le froid.—Je passe* diable.—*Mes relations avec les sages et les bêtes.—Mes jours de sortie.—Grand orage contre moi.—Ma correspondance surprise.—Je passe à la grande classe.*

Avant de raconter ma vie au couvent, ne dois-je pas décrire un peu le couvent? Les lieux qu'on habite ont une si grande influence sur les pensées, qu'il est difficile d'en séparer les réminiscences.

C'était un assemblage de constructions, de cours et de jardins qui en faisait une sorte de village, plutôt qu'une maison particulière. Il n'y avait rien de monumental, rien d'intéressant pour l'antiquaire. Depuis sa construction, qui ne remontait pas à plus de deux cents ans, il y avait eu tant de changemens, d'ajoutances ou de distributions successives, qu'on ne retrouvait l'ancien caractère que dans très peu de parties. Mais cet ensemble hétérogène avait son caractère à lui, quelque chose de mystérieux et d'embarrassant comme un labyrinthe, un certain charme de poésie comme les recluses savent en mettre dans les choses les plus vulgaires. Je fus bien un mois avant de savoir m'y retrouver seule, et encore, après mille explorations furtives, n'en ai-je jamais connu tous les détours et les recoins.

La façade, située en contre-bas sur la rue, n'annonce rien du tout. C'est une grande bâtisse laide et nue, avec une petite porte cintrée qui ouvre sur un escalier de pierres large, droit et raide. Au haut de dix-sept degrés (si j'ai bonne mémoire), on se trouve dans une petite cour pavée en dalles et entourée de constructions basses et non percées. C'est d'un côté, le grand mur de l'église, de l'autre, les bâtiments du cloître.

Un portier qui demeure dans cette cour, et dont la loge touche la porte du cloître, ouvre aux personnes du dehors un couloir par lequel on communique avec celles de l'intérieur au moyen d'un tour où l'on dépose les paquets, et de quatre parloirs grillés pour les visites. Le premier est plus spécialement affecté aux visites que reçoivent les religieuses; le second est destiné aux leçons particulières; le troisième, qui est le plus grand, est celui où les pensionnaires voient leurs parens; le quatrième est celui où la supérieure reçoit les personnes du monde, ce qui ne l'empêche pas d'avoir un salon dans un autre corps de logis, et un grand parloir grillé où elle s'entretient avec les ecclésiastiques ou les personnes de sa famille, lorsqu'elle a à traiter d'affaires importantes ou secrètes.

Voilà tout ce que les hommes et même les femmes qui n'ont pas une permission particulière pour entrer, voient du couvent. Pénétrons dans cet intérieur si bien gardé.

La porte de la cour est armée d'un guichet et s'ouvre à grand bruit sur le cloître sonore. Ce cloître est une galerie quadrangulaire, pavée de pierres sépulcrales avec force têtes de mort, ossemens en croix et *requiescant in pace*. Les cloîtres sont voûtés, éclairés par de larges fenêtres à plein cintre ouvrant sur le préau, qui a son puits traditionnel et son parterre de fleurs. Une des extrémités du cloître ouvre sur l'église et sur le jardin, une autre sur le bâtiment neuf où se trouvent au rez-de-chaussée la grande classe, à l'entresol l'ouvroir des religieuses, au premier et au second les cellules, au troisième le dortoir des pensionnaires de la petite classe.

Le troisième angle du cloître conduit aux cuisines, aux caves, puis au bâtiment de la petite classe, qui se relie à plusieurs autres très vieux qu'ils n'existent peut-être plus, car, de mon temps, ils menaçaient ruine. C'était un dédale de couloirs obscurs, d'escaliers tortueux, de petits logemens détachés et reliés les uns aux autres par des paliers inégaux ou par des passages en planches déjetées. C'était là probablement ce qui restait des constructions primitives, et les efforts qu'on avait faits pour rattacher ces constructions avec les nouvelles attestaient ou une grande misère dans les temps de révolution, ou une grande maladresse de la part des architectes. Il y avait des galeries qui ne conduisaient à rien, des ouvertures par où l'on avait peine à passer, comme on en voit dans ces rêves où l'on parcourt des édifices bizarres qui vont se refermant sur vous et vous étouffant dans leur angles subitement resserrés. Cette partie du couvent échappe à toute description. J'en donnerai une meilleure idée quand je raconterai quelles folles explorations nos folles imaginations de pensionnaires nous y firent entreprendre. Il me suffira, quant à présent, de dire que l'usage de ces constructions était aussi peu en harmonie que leur assemblage. Ici c'était l'appartement d'une locataire; à côté, celui d'une élève; plus loin, une chambre où l'on étudiait le piano; ailleurs, une lingerie, et puis des appartements vacans ou passagèrement occupés par des amies d'outremer; et puis, de ces recoins sans nom où les vieilles filles, et les nonnes surtout, entassent mystérieusement une foule d'objets fort étonnés de se trouver ensemble, des débris d'ornemens d'église avec des oignons, des chaises brisées avec des bouteilles vides, des cloches fêlées avec des guenilles, etc., etc.

Le jardin était vaste et planté de marronniers superbes. D'un côté il était contigu à celui du collége des Écossais, dont il était séparé par un mur très élevé; de l'autre il était bordé de petites maisons toutes louées à des dames pieuses retirées du monde. Outre ce jardin, il y avait encore, devant le bâtiment neuf, une double cour plantée en potager et bordée d'autres maisons également louées à de vieilles matrones ou à des pensionnaires en chambre. Cette partie du couvent se terminait par une buanderie et par une porte qui donnait sur la rue des Boulangers. Cette porte ne s'ouvrait que pour les locataires qui avaient, de ce côté-là, un parloir pour leurs visites. Après le grand jardin dont j'ai parlé, il y en avait un autre encore plus grand où nous n'entrions jamais et qui servait à la consommation du couvent. C'était un immense potager qui s'en allait toucher celui des dames de la Miséricorde, et qui était rempli de fleurs, de légumes et de fruits magnifiques. Nous apercevions à travers une vaste grille les raisins dorés, les melons majestueux et les beaux œillets panachés: mais la grille était presque infranchissable et on risquait ses os pour l'escalader, ce qui n'empêcha pas quelques-unes d'entre nous d'y pénétrer par surprise deux ou trois fois.

Je n'ai pas parlé de l'église et du cimetière, les seuls endroits vraiment remarquables du couvent, j'en parlerai en temps et lieu: je trouve que ma description générale est déjà beaucoup trop longue.

Pour la résumer, je dirai que, tant religieuses que sœurs converses, pensionnaires, locataires, maîtresses séculières et servantes, nous étions environ cent vingt ou cent trente personnes, logées de la manière la plus bizarre et la plus incommode, les unes trop accumulées sur certains points, les autres trop disséminées sur un espace où dix familles eussent vécu fort à l'aise, en cultivant même un peu de terre pour leur agrément. Tout était si éparpillé, qu'on perdait un quart de la journée à aller et venir. Je n'ai pas parlé non plus d'un vaste laboratoire où l'on distillait de l'eau de menthe; de la *chambre des cloîtres*, où l'on prenait certaines leçons et qui avait servi de prison à ma mère et à ma tante; de la cour aux poules, qui infectait la petite classe; de l'arrière-classe, où l'on déjeunait: des caves et souterrains, dont j'aurais beaucoup à raconter; enfin, de l'avant-classe, du réfectoire et du chapitre, car je n'aurais jamais fini de faire comprendre, par toutes ces distributions, combien peu les religieuses entendent l'ordonnance logique et les véritables aises de l'habitation.

Mais, en revanche, les cellules des nonnes étaient d'une propreté charmante et remplies de tous ces brimborions qu'une dévotion mignarde découpe, encadre, enlumine et enrubane patiemment. Dans tous les coins, la vigne et le jasmin cachaient la vétusté des murailles. Les coqs chantaient à minuit comme en pleine campagne, la cloche avait un joli son argentin comme une voix féminine; dans tous les passages, une niche gracieusement découpée dans la muraille s'ouvrait pour vous montrer une madone grassette et maniérée du dix-septième siècle; dans l'ouvroir, de belles gravures anglaises vous présentaient la chevaleresque figure de Charles Ier à tous les âges de sa vie, et tous les membres de la royale famille papiste. Enfin, jusqu'à la petite lampe qui tremblotait, la nuit, dans le cloître, et aux lourdes portes qui, chaque soir, se fermaient à l'entrée des corridors avec un bruit solennel et un grincement de verrous lugubre, tout avait un certain charme de poésie mystique auquel tôt ou tard je devais être fort sensible.

Maintenant je raconte. Mon premier mouvement en entrant dans la petite classe fut pénible. Nous y étions entassés une trentaine dans une salle sans étendue et sans élévation suffisantes. Les murs revêtus d'un vilain papier jaune d'œuf, le plafond sale et dégradé, des bancs, des tables et des tabourets malpropres, un vilain poêle qui fumait, une odeur de poulailler mêlée à celle du charbon, un vilain crucifix de plâtre, un plancher tout brisé, c'était là que nous devions passer les deux grands tiers de la journée, les trois quarts en hiver, et nous étions en hiver précisément.

Je ne trouve rien de plus maussade que cette coutume des maisons d'éducation de faire de la salle des études l'endroit le plus triste et le plus navrant, sous prétexte que les enfans gâteraient les meubles et dégraderaient les ornemens, on ôte de leur vue tout ce qui serait un stimulant à la pensée ou un charme pour l'imagination. On prétend que les gravures et les enjolivemens, même les dessins d'un papier sur la muraille leur donneraient des distractions. Pourquoi orne-t-on de tableaux et de statues les églises et les oratoires, si ce n'est pour élever l'âme et la ranimer dans ses langueurs par le spectacle d'objets vénérés? Les enfans, dit-on, ont des habitudes de malpropreté ou de maladresse. Ils jettent l'encre partout, ils aiment à détruire. Ces goûts et ces habitudes ne leur viennent pourtant pas de la maison paternelle, où on leur apprend à respecter ce qui est beau ou utile, et où, dès qu'ils ont l'âge de raison, ils ne pensent point à commettre tous ces dégâts, qui n'ont tant d'attraits pour eux, dans les pensions et dans les colléges, que parce que c'est une sorte de vengeance contre la négligence ou la parcimonie dont ils sont l'objet. Mieux vous les logeriez, plus ils seraient soigneux. Ils regarderaient à deux fois avant de salir un tapis ou de briser un cadre. Ces vilaines murailles nues où vous les enfermez leur deviennent bientôt un objet d'horreur, et ils les renverseraient s'ils le pouvaient. Vous voulez qu'ils travaillent comme des machines, que leur esprit, détaché de toute préoccupation, fonctionne à l'heure, et soit inaccessible à tout ce qui fait la vie et le renouvellement de la vie intellectuelle. C'est faux et impossible. L'enfant qui étudie a déjà tous les besoins de l'artiste qui crée. Il faut qu'il respire un air pur, qu'il ait un peu les aises de son corps, qu'il soit frappé par les images extérieures, et qu'il renouvelle, à son gré, la nature de ses pensées par l'appréciation de la couleur et de la forme. La nature lui est un spectacle continuel. En l'enfermant dans une chambre nue, malsaine et triste, vous étouffez son cœur et son esprit aussi bien que son corps. Je voudrais que tout fût riant dès le berceau autour de l'enfant des villes. Celui des campagnes a le ciel et les arbres, les plantes et le soleil. L'autre s'étiole trop souvent, au moral et au physique, dans la saleté chez le pauvre, dans le mauvais goût chez le riche, dans l'absence de goût chez la classe moyenne.

Pourquoi les Italiens naissent-ils en quelque sorte avec le sentiment du beau? Pourquoi un maçon de Vérone, un petit marchand de Venise, un paysan de la campagne de Rome aiment-ils à contempler les beaux monumens? Pourquoi comprennent-ils les beaux tableaux, la bonne musique, tandis que nos prolétaires, plus intelligens sous d'autres rapports, et nos bourgeois élevés avec plus de soin, aiment le faux, le vulgaire, le laid même dans les arts, si une éducation spéciale ne vient redresser leur instinct? C'est que nous vivons dans le laid et dans le vulgaire; c'est que nos parens n'ont pas de goût, et que nous passons le mauvais goût traditionnel à nos enfans.

Entourer l'enfance d'objets agréables et nobles en même temps qu'instructifs ne serait qu'un détail. Il faudrait, avant tout, ne la confier qu'à des êtres distingués soit par le cœur, soit par l'esprit. Je ne conçois donc pas que nos religieuses si belles, si bonnes, et douées de si nobles ou si suaves manières, eussent mis à la tête de la petite classe une personne d'une tournure, d'une figure et d'une tenue repoussantes, avec un langage et un caractère à l'avenant. Grasse, sale, voûtée, bigote, bornée, irascible, dure jusqu'à la cruauté, sournoise, vindicative, elle fut, dès la première vue, un objet de dégoût moral et physique pour moi, comme elle l'était déjà pour toutes mes compagnes.

Il est des natures antipathiques qui ressentent l'aversion qu'elles inspirent et qui ne peuvent jamais faire le bien, en eussent-elles envie, parce qu'elles éloignent les autres de la bonne voie, rien qu'en les prêchant, et qu'elles sont réduites à *faire leur propre salut* isolément, ce qui est la chose la plus stérile et la moins pieuse du monde. Mlle D... était de ces natures-là. Je serais injuste envers elle si je ne disais pas le pour et le contre. Elle était sincère dans sa dévotion et rigide pour elle-même; elle y portait une exaltation farouche qui la rendait intolérante et détestable, mais qui eût été une sorte de grandeur, si elle eût vécu au désert comme les anachorètes, dont elle avait la foi. Dans ses rapports avec nous, son austérité devenait féroce, elle avait de la joie à punir, de la volupté à gronder, et, dans sa bouche, gronder, c'était insulter et outrager. Elle mettait de la perfidie dans ses rigueurs, et feignait de sortir (ce qu'elle n'eût jamais dû faire tant qu'elle tenait la classe) pour écouter aux portes le mal que nous disions d'elle, et nous surprendre avec délices en flagrant délit de sincérité. Puis, elle nous punissait de la manière la plus bête et la plus humiliante. Elle nous faisait, entre autres platitudes, baiser la terre pour ce qu'elle appelait nos mauvaises paroles. Cela faisait partie de la discipline du couvent, mais les religieuses se contentaient du simulacre, et feignaient de ne pas voir que nous baisions notre main en nous baissant vers le carreau, tandis que Mlle D... nous poussait la figure dans la poussière, et nous l'eût brisée si nous eussions résisté.

Il était facile de voir que sa personnalité dominait sa rigidité, et qu'elle ressentait une sorte de rage d'être haïe. Il y avait dans la classe une pauvre petite Anglaise de cinq à six ans, pâle, délicate, maladive, un véritable *chacrot*, comme nous disons en Berry pour désigner le plus maigre et le plus fragile oisillon de la couvée. Elle s'appelait Mary Eyre, et Mlle D... faisait son possible pour s'intéresser à elle et peut-être même pour l'aimer maternellement. Mais cela était si peu dans sa nature homasse et brutale qu'elle n'en pouvait venir à bout. Si elle la réprimandait, elle la frappait de terreur ou l'irritait au point qu'elle était forcée ensuite, pour ne pas céder, de l'enfermer ou de la battre. Si elle s'humanisait jusqu'à plaisanter et vouloir jouer avec elle, c'était comme un ours ferait avec une sauterelle. La petite enrageait et criait toujours, soit par espièglerie mutine, soit par colère et désespoir. Du matin au soir c'était une lutte agaçante, insupportable à voir et à entendre, entre cette vilaine grosse femme et ce maussade et malheureux petit enfant, et tout cela sans préjudice des emportemens et des rigueurs dont nous étions toutes l'objet tour à tour.

J'avais désiré entrer à la petite classe, par un sentiment de modestie assez ordinaire chez les enfans dont les parens sont trop vains; mais je me sentis bientôt humiliée et navrée d'être sous la férule de ce vieux père fouetteur en cotillons sales. Elle se levait de mauvaise humeur, elle se couchait de même. Je ne fus pas trois jours sous ses yeux sans qu'elle me prît en grippe et sans qu'elle me fît comprendre que j'allais avoir affaire à une nature aussi violente que celle de Rose, moins la franchise, l'affection et la bonté du cœur. Au premier regard attentif dont elle m'honora: «*Vous me paraissez une personne fort dissipée,*» me dit-elle, et, dès ce moment, je fus classée parmi ses pires antipathies, car la gaîté lui faisait mal, le rire de l'enfance lui faisait grincer les dents, la santé, la bonne humeur, la jeunesse, en un mot, étaient des crimes à ses yeux.

Nos heures de soulagement et d'expansion étaient celles où une religieuse tenait la classe à sa place, mais cela durait une heure ou deux au plus dans la journée.

C'était un tort de la part de nos religieuses, de s'occuper si peu de nous directement. Nous les aimions: elles avaient toutes de la distinction, du charme ou de la solennité, quelque chose de doux ou de grave, ne fût-ce que l'extérieur et le costume, qui nous calmait comme par enchantement. Leur claustration, leur renoncement au monde et à la famille avaient ce seul côté utile à la société qu'elles pouvaient se consacrer à former nos cœurs et nos esprits, et cette tâche leur eût été facile, si elles s'en fussent occupées exclusivement: mais elles prétendaient n'en avoir pas le temps, et elles ne l'avaient pas, en effet, à cause des longues heures qu'elles donnaient aux offices et aux prières. Voilà le mauvais côté des couvens de filles. On y emploie ce qu'on appelle des *maîtresses séculières*, sorte de *pions* femelles qui font les bons apôtres devant les religieuses, et qui abrutissent ou exaspèrent les enfans. Nos religieuses eussent mieux mérité de Dieu, de nos parens et de nous, si elles eussent sacrifié à notre bonheur, et, pour parler leur style, à notre salut, une partie du temps qu'elles consacraient avec égoïsme à travailler au leur.

La religieuse, qui relevait de temps en temps ces dames, était la mère Alippe: c'était une petite nonne ronde et rosée comme une pomme d'api trop mûre qui commence à se rider. Elle n'était point tendre; mais elle était juste, et, quoiqu'elle ne me traitât pas fort bien, je l'aimais comme faisaient les autres.

Chargée de notre instruction religieuse, elle m'interrogea, le premier jour, sur le lieu où *languissaient* les âmes des enfans morts sans baptême. Je n'en savais rien du tout: je ne me doutais pas qu'il y eût un lieu d'exil ou de châtiment pour ces pauvres petites créatures, et je répondis hardiment qu'elles allaient dans le sein de Dieu. «A quoi songez-vous et que dites-vous là, malheureuse enfant? s'écria la mère Alippe. Vous ne m'avez pas entendue? Je vous demande où vont les âmes des enfans morts sans baptême?»

Je restai court. Une de mes compagnes, prenant mon ignorance en pitié, me souffla à demi-voix: «*Dans les limbes!*» Comme elle était Anglaise, son accent m'embrouilla, et je crus qu'elle faisait une mauvaise plaisanterie. «*Dans l'Olympe?*» lui dis-je tout haut en me retournant et en éclatant de rire. «*For shame!*[12] s'écria la mère Alippe, vous riez pendant le catéchisme?—Pardon, mère Alippe, lui répondis-je, je ne l'ai pas fait exprès.»

Comme j'étais de bonne foi, elle s'apaisa. «Eh bien, dit-elle, puisque c'est malgré vous, vous ne baiserez pas la terre, mais faites le signe de la croix pour vous remettre et vous recueillir.

Malheureusement, je ne savais pas faire le signe de la croix. C'était la faute de Rose, qui m'avait appris à toucher l'épaule droite avant l'épaule gauche, et jamais mon vieux curé n'y avait pris garde. A la vue de cette énormité, la mère Alippe fronça le sourcil: «Est-ce que vous le faites exprès, *miss*?—Hélas! non, madame. Quoi donc?—Recommences-moi ce signe de croix.—Voilà, ma mère!—Encore?—Je veux bien, après?—Et c'est ainsi que vous faites toujours?—Mon Dieu oui.—*Mon Dieu?* Vous avez dit *mon Dieu*? Vous jurez?—Je ne crois pas.—Ah! malheureuse, d'où sortez-vous? C'est une païenne, une véritable païenne, en vérité! Elle dit que les âmes vont dans l'Olympe, elle fait le signe de la croix de droite à gauche, et elle dit *mon Dieu* hors de la prière! Allons, vous apprendrez le catéchisme avec Mary Eyre. Encore en sait-elle plus long que vous!»

Je ne fus pas très humiliée, je l'avoue: je me mordis les lèvres et me pinçai le nez pour ne pas rire; mais la religion du couvent me parut une si niaise et si ridicule affaire que je résolus d'en prendre à mon aise, et surtout de ne la jamais prendre au sérieux.

Je me trompais. Mon jour devait venir, mais il ne vint pas tant que je fus à la petite classe. J'étais là dans un milieu tout à fait impropre au recueillement, et certes je ne fusse jamais devenue pieuse si j'étais restée sous le joug odieux de Mlle D..., et sous la férule un peu pédante de la bonne mère Alippe.

Je n'avais pas de parti pris en entrant au couvent. J'étais plutôt portée à la docilité qu'à la révolte. On a vu que j'y arrivais sans humeur et sans chagrin; je ne demandais pas mieux que de m'y soumettre à la discipline générale. Mais quand je vis cette discipline si bête à mille égards et si méchamment prescrite par la D***, je mis mon bonnet sur l'oreille, et je m'enrégimentai résolument dans le *camps des diables*.

On appelait ainsi celles qui n'étaient pas et ne voulaient pas être dévotes. Ces dernières étaient appelées les *sages*. Il y avait une variété intermédiaire qu'on appelait les *bêtes*, et qui ne prenait parti pour personne, riant à gorge déployée des espiègleries des *diables*, baissant les yeux et se taisant aussitôt que paraissaient les maîtresses ou les *sages*, et ne manquant jamais de dire, aussitôt qu'il y avait danger: «*Ce n'est pas moi!*»

Au *Ce n'est pas moi* des bêtes égoïstes, quelques-unes, complétement lâches, prirent bientôt l'habitude d'ajouter: C'est Dupin ou G***.

Dupin, c'était moi: G***, c'était autre chose: c'était la figure la plus saillante de la petite classe, et la plus excentrique de tout le couvent.

C'était une Irlandaise de 11 ans, beaucoup plus grande et plus forte que moi, qui en avait treize. Sa voix pleine, sa figure franche et hardie, son caractère indépendant et indomptable lui avaient fait donner le surnom du *garçon*; et quoique ce fût bien une femme, qui a été belle depuis, elle n'était pas de notre sexe par le caractère. C'était la fierté et la sincérité mêmes, une belle nature, en vérité, une force physique tout à fait virile, un courage plus que viril, une intelligence rare, une complète absence de coquetterie, une activité exubérante, un profond mépris pour tout ce qui est faux et lâche dans la société. Elle avait beaucoup de frères et de sœurs, dont deux au couvent, l'une desquelles (Marcella), personne excellente, est restée fille, et l'autre (Henriette), aimable enfant alors, est devenue Mme Vivien.

Mary G*** (le garçon) était sortie pour cause d'indisposition lorsque j'entrai au couvent. On m'en fit un portrait effroyable. Elle était la terreur des *bêtes*, et naturellement les bêtes étaient venues à moi pour commencer. Les *sages* m'avaient tâtée, et comme elles craignaient le bruit et la pétulance de Mary, elles tâchèrent de me mettre en garde contre elle. J'avoue qu'au portrait qu'on m'en fit, j'eus peur aussi. Il y avait des futées qui disaient d'un air mystérieux et qui croyaient fermement que c'était un garçon dont ses parens voulaient absolument faire une fille. Elle cassait tout, elle tourmentait tout le monde, elle était plus forte que le jardinier; elle ne permettait pas aux laborieuses de travailler; c'était un fléau, une peste. Malheur à qui oserait lui tenir tête! «Nous verrons bien, disais-je; je suis forte aussi, je ne suis pas poltronne, et j'aime bien qu'on me laisse dire et penser à ma guise.» Pourtant je l'attendais avec une sorte d'anxiété. Je n'aurais pas voulu me sentir une ennemie, une antipathie même, parmi mes compagnes. C'était bien assez de la D***, l'ennemie commune.

Mary arriva, et dès le premier regard sa figure sincère me fut sympathique. «C'est bon, me dis-je, nous nous entendrons de reste.» Mais c'était à elle, comme plus ancienne, à me faire les avances. Je l'attendis fort tranquillement.

Elle débuta par des railleries: «Mademoiselle s'appelle *Du pain? some bread?* elle s'appelle Aurore? *rising-sun?* lever du soleil? les jolis noms? et la belle figure! Elle a la tête d'un cheval sur le dos d'une poule. Lever du soleil, je me prosterne devant vous; je veux être le tournesol qui saluera vos premiers rayons. Il paraît que nous prenons les limbes pour l'Olympe; jolie éducation, ma foi, et qui nous promet de l'amusement!»

Toute la classe partit d'un immense éclat de rire.

Les bêtes surtout riaient à se décrocher la mâchoire. Les sages étaient bien aises de voir aux prises deux diables dont elles craignaient l'association.

Je me mis à rire d'aussi bon cœur que les autres. Mary vit du premier coup d'œil que je n'avais pas de dépit, parce que je n'avais pas de vanité. Elle continua de me railler, mais sans aigreur, et, une heure après, elle me donna sur l'épaule une tape à tuer un bœuf, que je lui rendis sans sourciller et en riant. «C'est bon, cela! dit-elle en se frottant l'épaule. Allons nous promener.—Où?—Partout excepté dans la classe.—Comment faire?—C'est bien malin! Regardez-moi et faites de même.»

On se levait pour changer de table: la mère Alippe entrait avec ses livres et ses cahiers. Mary profite du remue-ménage, et, sans prendre la moindre précaution, sans être observée cependant de personne, franchit la porte et va s'asseoir dans le cloître désert, où, trois minutes après, je vais la rejoindre sans plus de cérémonie.

«Te voilà? me dit-elle, qu'as-tu inventé pour sortir?

—Rien du tout, j'ai fait ce que je t'ai vu faire.

—C'est très bien, cela! dit-elle. Il y en a qui font des histoires, qui demandent à aller étudier le piano, ou qui ont un saignement de nez, ou qui prétendent qu'elles vont faire une prière de santé dans l'église; ce sont des prétextes usés et des mensonges inutiles. Moi, j'ai supprimé le mensonge, parce que le mensonge est lâche. Je sors, je rentre, on me questionne, je ne réponds pas. On me punit, je m'en moque, et je fais tout ce que je veux.

—Cela me va.

—Tu es donc diable?

—Je veux l'être.

—Autant que moi?

—Ni plus ni moins.

—Accepté! fit-elle en me donnant une poignée de main. Rentrons maintenant et tenons-nous tranquilles devant la mère Alippe. C'est une bonne femme, réservons-nous pour la D... Tous les soirs, hors de classe, entends-tu?

—Qu'est-ce que cela, hors de classe?

—Les récréations du soir dans la classe sous les yeux de la D... sont fort ennuyeuses. Nous, nous disparaissons en sortant du réfectoire, et nous ne rentrons plus que pour la prière. Quelquefois la D... n'y prend pas garde, le plus souvent elle en est enchantée, parce qu'elle a le plaisir de nous injurier et de nous punir quand nous rentrons. La punition, c'est d'avoir son bonnet de nuit tout le lendemain sur la tête, même à l'église. Dans ce temps-ci, c'est fort agréable et bon pour la santé. Les religieuses qui vous rencontrent ainsi font des signes de croix, et crient: *Shame! shame!*[13] Cela ne fait de mal à personne. Quand on a eu beaucoup de bonnets de nuit dans la quinzaine, la supérieure vous menace de vous priver de sortir. Elle se laisse fléchir par les parens ou elle oublie. Quand le bonnet de nuit est un état chronique, elle se décide à vous tenir enfermée; mais qu'est ce que cela fait: ne vaut-il pas mieux renoncer à un jour de plaisir que de s'ennuyer volontairement tous les jours de sa vie?

—C'est fort bien raisonné; mais la D... que fait-elle quand elle vous déteste à l'excès?

—Elle vous injurie comme une poissarde qu'elle est. On ne lui répond rien, elle enrage d'autant plus.

—Vous frappe-t-elle?

—Elle en meurt d'envie, mais elle n'a pas de prétexte pour en venir là, parce que les unes tremblent devant elle comme les sages et les bêtes, et les autres, comme nous, la méprisent et se taisent.

—Combien sommes-nous de diables dans la classe?

—Pas beaucoup dans ce moment-ci, et il était temps que tu vinsses nous renforcer un peu. Il y a Isabelle, Sophie et nous deux. Toutes les autres sont des bêtes ou des sages. Dans les sages, il y a Louise de la Rochejaquelein et Valentine de Gouy, qui ont autant d'esprit que des diables et qui sont bonnes, mais pas assez hardies pour planter là la classe. Mais sois tranquille, il y en a de la grande classe qui sortent de même et qui viendront nous rejoindre ce soir. Ma sœur Marcelle en est quelquefois.

—Et alors que fait-on?

—Tu verras, tu seras initiée ce soir.

J'attendis la nuit et le souper avec grande impatience. Au sortir du réfectoire, on entrait en récréation. Dans l'été, les deux classes se mêlaient dans le jardin. Dans l'hiver (et nous étions en hiver), chaque classe rentrait chez elle, les grandes dans leur belle et spacieuse salle d'études, nous dans notre triste local, où nous n'avions pas assez d'espace pour jouer, et où la D*** nous forçait à nous *amuser tranquillement*, c'est-à-dire à ne pas nous amuser du tout. La sortie du réfectoire amenait un moment de confusion, et j'admirais combien les *diables* des deux classes s'entendaient à faire naître ce petit désordre à la faveur duquel on s'échappait aisément. Le cloître n'était éclairé que par une petite lampe qui laissait les trois autres galeries dans une quasi-obscurité. Au lieu de marcher tout droit pour gagner la petite classe, on se jetait dans la galerie de gauche, on laissait défiler le troupeau, et on était libre.

Je me trouvai donc dans les ténèbres avec mon amie G*** et les autres diables qu'elle m'avait annoncées. Je ne me rappelle de celles qui furent des nôtres ce soir-là que Sophie et Isabelle, c'étaient les plus grandes de la petite classe. Elles avaient deux ou trois ans de plus que moi, c'étaient deux charmantes filles. Isabelle, blonde, grande, fraîche, plus agréable que jolie, du caractère le plus enjoué, railleuse quoique bonne, remarquable et remarquée surtout pour le talent, la facilité et l'abondance de son crayon. Elle était assurément douée d'un certain génie pour le dessin. J'ignore ce qu'est devenu ce don naturel; mais il eût pu lui faire un nom et une fortune s'il eût été développé. Elle avait ce que n'avait aucune de nous, ce que n'ont pas ordinairement les femmes, ce qu'on ne nous enseignait pas du tout, quoique nous eussions un maître de dessin: elle savait véritablement dessiner. Elle pouvait composer heureusement un sujet compliqué, elle créait en un clin d'œil, et sans paraître y songer, des masses de personnages tous vrais de mouvement, tous comiques avec une certaine grâce, tous groupés avec une sorte de *mæstria*. Elle ne manquait pas d'esprit, mais le dessin, la caricature, la composition folle, servaient principalement de manifestation à cet esprit à la fois méditatif et spontané, romanesque, fantasque, satirique et enthousiaste. Elle prenait un morceau de papier, et, avec sa plume éclaboussante ou un mauvais bout de fusain que l'œil avait peine à suivre, elle jetait là des centaines de figures bien agencées, hardiment dessinées et toutes bien employées dans le sujet, qui était toujours original, souvent bizarre. C'étaient des processions de nonnes qui traversaient un cloître gothique ou un cimetière au clair de la lune. Les tombes se soulevaient à leur approche, les morts dans leurs suaires commençaient à s'agiter, ils sortaient, ils se mettaient à chanter, à jouer de divers instrumens, à prendre les nonnes par les mains, à les faire danser. Les nonnes avaient peur, les unes se sauvaient en criant, les autres s'enhardissaient, entraient en danse, laissaient tomber leurs voiles, leurs manteaux, et s'en allaient se perdre en tournoyant et en cabriolant avec les spectres dans la nuit brumeuse.

D'autres fois c'étaient de fausses religieuses qui avaient des pieds de chèvre, ou des bottes Louis XIII avec d'énormes éperons se trahissant sous leurs robes traînantes par un mouvement imprévu. Le romantisme n'était pas encore découvert, et déjà elle y nageait en plein sans savoir ce qu'elle faisait. Sa vive imagination lui avait fourni cent sujets de danses macabres, quoiqu'elle n'en eût jamais entendu parler et qu'elle n'en connût pas le nom. La mort et le diable jouaient tous les rôles, tous les personnages possibles dans ses compositions terribles et burlesques. Et puis c'étaient des scènes d'intérieur, des caricatures frappantes de toutes les religieuses, de toutes les pensionnaires, des servantes, des maîtres d'agrément, des professeurs, des visiteurs, des prêtres, etc. Elle était le chroniqueur fidèle et éternellement fécond de tous les petits événemens, de toutes les mystifications, de toutes les paniques, de toutes les batailles, de tous les amusemens et de tous les ennuis de notre vie monastique. Le drame incessant de Mlle D... avec Mary Eyre lui fournissait chaque jour vingt pages plus vraies, plus piteuses, plus drôles les unes que les autres. Enfin on ne pouvait pas plus se lasser de la voir inventer qu'elle ne se lassait d'inventer elle-même. Comme elle créait ainsi à la dérobée, à toute heure, pendant les leçons, sous l'œil même de nos argus, elle n'avait souvent que le temps de déchirer la page, de la rouler dans ses mains et de la jeter par la fenêtre ou dans le feu, pour échapper à une saisie qui eût amené de vives réprimandes ou de sévères punitions. Combien le poêle de la petite classe n'a-t-il pas dévoré de ces chefs-d'œuvre inconnus! Je ne sais si l'imagination rétrospective ne m'en exagère pas le mérite, mais il me semble que toutes ces créations sacrifiées aussitôt que produites sont fort regrettables, et qu'elles eussent surpris et intéressé un véritable maître.

Sophie était l'amie de cœur d'Isabelle. C'était une des plus jolies, et la plus gracieuse personne du couvent. Sa taille souple, fine et arrondie en même temps, avait des poses d'une langueur britannique, moins la gaucherie habituelle à ces insulaires. Elle avait le cou rond, fort et allongé, avec une petite tête dont les mouvemens onduleux étaient pleins de charmes: les plus beaux yeux du monde, le front droit, court et obstiné, inondé d'une forêt de cheveux bruns et brillans; son nez était vilain et ne réussissait pas à gâter sa figure ravissante d'ailleurs. Elle avait une bouche, chose rare chez les Anglaises, une bouche de rose bien littéralement remplie de petites perles, une fraîcheur admirable, la peau veloutée, très blanche pour une peau brune. Enfin on l'appelait le bijou. Elle était bonne et sentimentale, exaltée dans ses amitiés, implacable dans ses aversions, mais ne les manifestant que par un muet et invincible dédain. Elle était adorée d'un grand nombre et ne daignait aimer que peu d'élues. Je me pris pour elle et pour Isabelle d'une grande tendresse qui me fut rendue avec plus de protection que d'élan. C'était dans l'ordre. J'étais un enfant pour elles.

Quand nous fûmes réunies dans le cloître, je vis que toutes étaient armées, qui d'une bûche, qui d'une pincette. Je n'avais rien, j'eus l'audace de rentrer dans la classe, de m'emparer d'une barre de fer qui servait à attiser le poêle, et de retourner auprès de mes complices sans être remarquée.

Alors on m'initia au grand secret, et nous partîmes pour notre expédition.

Ce grand secret, c'était la légende traditionelle du couvent, une rêverie qui se transmettait d'âge en âge et de *diable en diable* depuis deux siècles peut-être: une fiction romanesque qui pouvait bien avoir eu quelque fond de réalité dans le principe, mais qui ne reposait certainement plus que sur le besoin de nos imaginations. Il s'agissait de *délivrer la victime*. Il y avait quelque part une prisonnière, on disait même plusieurs prisonnières, enfermées dans un réduit impénétrable, soit cellule cachée et murée dans l'épaisseur des murailles, soit cachot situé sous les voûtes des immenses souterrains qui s'étendaient sous le monastère et sous une grande partie du quartier Saint-Victor. Il y avait, en réalité, des caves magnifiques, une véritable ville souterraine dont nous n'avons jamais vu la fin, et qui offrait plusieurs sorties mystérieuses sur divers points du vaste emplacement du couvent. On assurait que ces caves allaient, très loin de là, se relier aux excavations qui se prolongent sous une grande moitié de Paris, et sous les campagnes environnantes jusque vers Vincennes. On disait qu'en suivant les belles caves de notre couvent on pouvait aller rejoindre les catacombes, les carrières, le palais des Thermes de Julien, que sais-je? Ces souterrains étaient la clé d'un monde de ténèbres, de terreurs, de mystères, un immense abîme creusé sous nos pieds, fermé de portes de fer, et dont l'exploration était aussi périlleuse que la descente aux enfers d'Enée ou du Dante. C'est pour cela qu'il fallait absolument y pénétrer en dépit des difficultés insurmontables de l'entreprise, et des punitions terribles qu'eût provoquées la découverte de notre secret.

Parvenir dans les souterrains, c'était une de ces fortunes inespérées qui arrivaient une fois, deux fois au plus dans la vie d'un *diable* après des années de persévérance et de contention d'esprit. Y entrer par la porte principale, il n'y fallait pas songer. Cette porte était située au bas d'un large escalier, à côté des cuisines, qui étaient des caves aussi, et où se tenaient toujours les sœurs converses.

Mais nous étions persuadées qu'on pouvait entrer dans les souterrains par mille autres endroits, fût-ce par les toits. Selon nous, toute porte condamnée, tout recoin obscur sous un escalier, toute muraille qui sonnait le creux, pouvait être en communication mystérieuse avec les souterrains, et nous cherchions de bonne foi cette communication jusque sous les combles.

J'avais lu avec délice, avec terreur à Nohant, le *Château des Pyrénées* de Mme Radcliffe. Mes compagnes avaient dans la cervelle bien d'autres légendes écossaises et irlandaises à faire dresser les cheveux sur la tête. Le couvent avait aussi à foison ses histoires de drames lamentables, de revenants, de cachettes, d'apparitions inexpliquées, de bruits mystérieux. Tout cela, et l'idée de découvrir enfin le formidable secret de *la victime*, allumait tellement nos folles imaginations, que nous nous persuadions entendre des soupirs, des gémissemens partir de dessous les pavés ou s'exhaler par les fissures des portes et des murs.

Nous voilà donc lancées, mes compagnes pour la centième fois, moi pour la première, à la recherche de cette introuvable captive qui languissait on ne savait où, mais quelque part certainement, et que nous étions peut-être appelées à découvrir. Elle devait être bien vieille depuis tant d'années qu'on la cherchait en vain! Elle pouvait bien avoir deux cents ans, mais nous n'y regardions pas de si près. Nous la cherchions, nous l'appelions, nous y pensions sans cesse, nous ne désespérions jamais.

Ce soir-là on me conduisit dans la partie des bâtiments que j'ai déjà esquissée, la plus ancienne, la plus disloquée, la plus excitante pour nos explorations. Nous nous attachâmes à un petit couloir bordé d'une rampe en bois et donnant sur une cage vide et sans issue connue. Un escalier, également bordé d'une rampe, descendait à cette région ignorée; mais une porte en chêne défendait l'entrée d'escalier. Il fallait tourner l'obstacle en passant d'une rampe à l'autre, et en marchant sur la face extérieure des balustres vermoulus. Au-dessous il y avait un vide sombre dont nous ne pouvions apprécier la profondeur. Nous n'avions qu'une petite bougie roulée (*un rat*), qui n'éclairait que les premières marches de l'escalier mystérieux. C'était un jeu à nous casser le cou. Isabelle y passa la première avec la résolution d'une héroïne, Mary avec la tranquillité d'un professeur de gymnastique, les autres avec plus ou moins d'adresse, mais toutes avec bonheur.

Nous voici enfin sur cet escalier si bien défendu. En un instant nous sommes au bas des degrés, et, avec plus de joie que de désappointement, nous nous trouvons dans un espace carré situé sous la galerie, une véritable impasse. Pas de porte, pas de fenêtre, pas de destination explicable à cette sorte de vestibule sans issue. Pourquoi donc un escalier pour descendre dans une impasse? pourquoi une porte solide et cadenassée pour en fermer l'escalier?

On divise en plusieurs bouts la petite bougie, et chacune examine de son côté. L'escalier est en bois. Il faut qu'une marche à secret, ouvre un passage, un escalier nouveau, ou une trappe cachée. Tandis que les unes explorent l'escalier et s'essaient à en disjoindre les vieux ais, les autres tâtent le mur, y cherchent un bouton, une fente, un anneau, un de ces mille engins qui, dans les romans de Radcliffe et dans les chroniques des vieux manoirs, font mouvoir une pierre, tourner un pan de boiserie, ouvrir une entrée quelconque vers des régions inconnues.

Mais, hélas, rien! le mur est lisse et crépi en plâtre. Le carreau rend un son mat, aucune dalle ne se soulève, l'escalier ne recèle aucun secret. Isabelle ne se décourage pas. Au plus profond de l'angle qui rentre sous l'escalier, elle déclare que la muraille sonne le creux, on frappe, on vérifie le fait. «C'est là, s'écrie-t-on. Il y a là un passage muré, mais ce passage est celui de la fameuse cachette. Par là on descend au sépulcre qui renferme des victimes vivantes.» On colle l'oreille à ce mur, on n'entend rien, mais Isabelle affirme qu'elle entend des plaintes confuses, des grincemens de chaînes: que faire? «C'est tout simple, dit Mary, il faut démolir le mur. A nous toutes, nous pourrons bien y faire un trou.»

Rien ne nous paraissait plus facile; nous voilà travaillant ce mur, les unes essayant de l'enfoncer avec leurs bûches, les autres l'écorchant avec les pelles et les pincettes, sans penser qu'à tourmenter ainsi ces pauvres murailles tremblantes, nous risquions de faire écrouler le bâtiment sur nos têtes. Nous ne pouvions heureusement lui faire grand mal, parce que nous ne pouvions pas frapper sans attirer quelqu'un par le bruit retentissant des coups de bûche. Il fallait nous contenter de pousser et de gratter. Cependant nous avions réussi à entamer assez notablement le plâtre, la chaux et les pierres, quand l'heure de la prière vint à sonner. Nous n'avions que le temps de recommencer notre périlleuse escalade, d'éteindre nos lumières, de nous séparer et de regagner les classes à tâtons. Nous remîmes au lendemain la poursuite de l'entreprise, et rendez-vous fut pris au même lieu. Celles qui y arriveraient les premières n'attendraient pas celles qu'une punition ou une surveillance inusitée retarderaient. On travaillerait à creuser le mur, chacune de son mieux. Ce serait autant de fait pour le jour suivant. Il n'y avait pas de risque qu'on s'en aperçût, personne ne descendant jamais dans cette impasse abandonnée aux souris et aux araignées.

Nous nous aidâmes les unes les autres à faire disparaître la poussière et le plâtre dont nous étions couvertes, nous regagnâmes le cloître et nous rentrâmes dans nos classes respectives comme on se mettait à genoux pour la prière. Je ne me souviens plus si nous fûmes remarquées et punies ce soir-là. Nous le fûmes si souvent qu'aucun fait de ce genre ne prend une date particulière dans le nombre. Mais bien souvent aussi nous pûmes poursuivre impunément notre œuvre. Mlle D... tricotait, le soir, tout en babillant et se querellant avec Mary Eyre. La classe était sombre, et je crois qu'elle n'avait pas la vue bonne. Tant il y a qu'avec la rage de l'espionnage, elle n'avait pas le don de la clairvoyance, et qu'il nous était toujours facile de nous échapper. Une fois que nous étions *hors de classe*, où nous prendre dans ce village qu'on appelait le couvent? Mlle D... n'avait pas d'intérêt à faire une esclandre et à signaler nos fréquentes escapades à la communauté. On lui eût reproché de ne savoir pas empêcher ce dont elle se plaignait. Nous étions parfaitement indifférentes au bonnet de nuit et aux déclamations furibondes de l'aimable personne. La supérieure, qui était politiquement indulgente, ne se laissait pas aisément persuader de nous priver de sorties. Elle seule avait le droit de prononcer cet arrêt suprême. La discipline était donc fort peu rigoureuse, en dépit du méchant caractère de la surveillante.

La poursuite du grand secret, la recherche de la cachette dura tout l'hiver que je passai à la petite classe. Le mur de l'impasse fut notablement dégradé, mais nous n'arrivâmes qu'à des traverses de bois devant lesquelles il fallut s'arrêter. On chercha ailleurs, on fouilla dans vingt endroits différens, toujours sans obtenir le moindre succès, toujours sans perdre l'espérance.

Un jour, nous nous imaginâmes de chercher sur les toits quelque fenêtre en mansarde qui fût comme la clé supérieure du monde souterrain tant rêvé. Il y avait beaucoup de ces fenêtres dont nous ne savions pas la destination. Sous les combles existait une petite chambre où nous allions étudier un des trente pianos épars dans l'établissement. Chaque jour on avait une heure pour cette étude, dont fort peu d'entre nous se souciaient. J'avais bonne envie d'étudier pourtant, j'adorais toujours la musique. J'avais un excellent maître, M. Pradher. Mais je devenais bien plus artiste pour le roman que pour la musique, car quel plus beau poème que le roman en action que nous poursuivions à frais communs d'imagination, de courage et d'émotions palpitantes?

L'heure du piano était donc tous les jours l'heure des aventures, sans préjudice de celles du soir. On se donnait rendez-vous dans une de ces chambres éparses, et de là on partait pour *le je ne sais où, et le comme il vous plaira* de la fantaisie.

Donc, de la mansarde où j'étais censée faire des gammes, j'observai un labyrinthe de toits, d'auvens, d'appentis, de soupentes, le tout couvert en tuiles moussues et orné de cheminées éraillées, qui offrait un vaste champ à des explorations nouvelles. Nous voilà sur les toits; je ne sais plus avec qui j'étais, mais je sais que Fanelly (dont je parlerai plus tard) conduisait la marche. Sauter par la fenêtre ne fut pas bien difficile. A six pieds au-dessous de nous s'étendait une gouttière formant couture entre deux pignons. Escalader ces pignons, en rencontrer d'autres, sauter de pente en pente, voyager comme les chats, c'était plus imprudent que difficile, et le danger nous stimulait loin, de nous retenir.

Il y avait dans cette manie de *chercher la victime* quelque chose de profondément bête, et aussi quelque chose d'héroïque: bête, parce qu'il nous fallait supposer que ces religieuses dont nous adorions la douceur et la bonté exerçaient sur quelqu'une quelque épouvantable torture; héroïque, parce que nous risquions tous les jours notre vie pour délivrer un être imaginaire, objet des préoccupations les plus généreuses et des entreprises les plus chevaleresques.

Nous étions là depuis une heure, découvrant le jardin, dominant toute une partie des bâtiments et des cours, et prenant bien soin de nous blottir derrière une cheminée quand nous apercevions le voile noir d'une religieuse qui eût pu lever la tête et nous voir dans les nuages, lorsque nous nous demandâmes comment nous reviendrions sur nos pas. La disposition des toits nous avait permis de descendre et de sauter de haut en bas. Remonter n'était pas aussi facile. Je crois même que, sans échelle, c'était complètement impossible. Nous ne savions plus guère où nous étions. Enfin nous reconnûmes la fenêtre d'une pensionnaire en chambre, Sidonie Macdonald, fille du célèbre général. On pouvait y atteindre en faisant un dernier saut. Celui-là était plus périlleux que les autres. J'y mis trop de précipitation, et donnai du talon dans une croisée horizontale qui éclairait une galerie, et par laquelle je fusse tombée de trente pieds de haut dans les environs de la petite classe, si le hasard de ma maladresse ne m'eût fait dévier un peu. J'en fus quitte pour deux genoux très écorchés sur les tuiles; mais ce ne fut point là l'objet de ma préoccupation. Mon talon avait enfoncé une partie du châssis de cette maudite fenêtre et brisé une demi-douzaine de vitres qui tombèrent avec un fracas épouvantable à l'intérieur, tout près de l'entrée des cuisines. Aussitôt une grande rumeur s'élève parmi les sœurs converses, et, par l'ouverture que je viens de faire, nous entendons la voix retentissante de la sœur Thérèse qui crie aux chats et qui accuse Whisky, le maître matou de la mère Alippe, de se prendre de querelle avec tous ses confrères, et de briser toutes les vitres de la maison. Mais la sœur Marie défendait les mœurs du chat, et la sœur Hélène assurait qu'une cheminée venait de s'écrouler sur les toits. Ce débat nous causa ce fou rire nerveux chez les petites filles que rien ne peut arrêter. Nous entendions monter les escaliers, nous allions être prises en flagrant délit de promenade sur les toits, et nous ne pouvions faire un pas pour chercher un refuge. Fanelly était couchée tout de son long dans la gouttière; une autre cherchait son peigne. Quant à moi, j'étais bien autrement empêchée. Je venais de découvrir qu'un de mes souliers avait quitté mon pied, qu'il avait traversé le châssis brisé, et qu'il était allé tomber à l'entrée des cuisines. J'avais les genoux en sang, mais le fou rire était si violent que je ne pouvais articuler un mot, et que je montrais mon pied déchaussée en indiquant l'aventure par signes. Ce fut une nouvelle explosion de rires, et cependant l'alarme était donnée, les sœurs converses approchaient.

Bientôt nous nous rassurâmes. Là où nous étions abritées et cachées par des toits qui surplombaient, il n'était guère possible de nous découvrir sans monter par une échelle à la fenêtre brisée, ou sans suivre le même chemin que nous avions pris. C'était de quoi nous pouvions bien défier toutes les nonnes. Aussi, quand nous eûmes reconnu l'avantage de notre position, commençâmes-nous à faire entendre des miaulemens homériques afin que Whisky et sa famille fussent atteints et convaincus à notre place. Puis nous gagnâmes la fenêtre de Sidonie, qui nous reçut fort mal. La pauvre enfant étudiait son piano et ne s'inquiétait pas des hurlemens félins qui frappaient vaguement son oreille. Elle était maladive et nerveuse, fort douce, et incapable de comprendre le plaisir que nous pouvions trouver à courir les toits. Quand elle nous entendit débusquer en masse par sa fenêtre, à laquelle, en jouant du piano, elle tournait le dos, elle jeta des cris perçans. Nous ne prîmes guère le temps de la rassurer. Ses cris allaient attirer les nonnes; nous nous élançâmes dans sa chambre, gagnant la porte avec précipitation, tandis que debout, tremblante, les yeux hagards, elle voyait défiler cette étrange procession sans y rien comprendre, sans pouvoir reconnaître aucune de nous, tant elle était effarée.

En un instant nous fûmes dispersées: l'une remontait à la chambre haute dont nous étions parties, et parcourait le piano à tour de bras; une autre faisait un grand détour pour regagner la classe. Quant à moi, il me fallait aller à la recherche de mon soulier, et reprendre cette pièce de conviction s'il en était temps encore. Je parvins à ne pas rencontrer les sœurs converses et à trouver l'entrée des cuisines libre. «*Audaces fortuna juvat,*» me disais-je en songeant aux aphorismes que Deschartres m'avait enseignés. Et, en effet, je retrouvai le soulier fortuné qui était venu tomber dans un endroit sombre et qui n'avait frappé les regards de personne. Whisky seul fut accusé. J'eus grand mal aux genoux pendant quelques jours, mais je ne m'en vantai point, et les explorations ne furent pas ralenties.

Il me fallait bien toute cette excitation romanesque pour lutter contre le régime du couvent, qui m'était fort contraire. Nous étions assez convenablement nourries, et c'est d'ailleurs la chose dont je me suis toujours souciée le moins, mais nous souffrions du froid de la manière la plus cruelle, et l'hiver fut très rigoureux cette année-là. Les habitudes du lever et du coucher m'étaient aussi nuisibles que désagréables. J'ai toujours aimé à veiller tard et à ne pas me lever de bonne heure. A Nohant, on m'avait laissé faire, je lisais ou j'écrivais le soir dans ma chambre, et on ne me forçait pas à affronter le froid des matinées. J'ai la circulation lente et le mot *sang-froid* peint au physique et au moral de mon organisation. Diable parmi les diables du couvent, je ne me démentais jamais et je faisais les plus grandes folies du monde avec un sérieux qui réjouissait fort mes complices: mais j'étais bien réellement paralysée par le froid, surtout pendant la première moitié de la journée. Le dortoir, situé sous le toit en mansarde, était si glacial que je ne m'endormais pas et que j'entendais tristement sonner toutes les heures de la nuit. A six heures, les deux servantes, Marie-Josephe et Marie-Anne venaient nous éveiller impitoyablement. Se lever et s'habiller à la lumière m'a toujours paru fort triste. On se lavait dans de l'eau dont il fallait briser la glace et qui ne lavait pas. On avait des engelures, les pieds enflés saignaient dans les souliers trop étroits. On allait à la messe à la lueur des cierges, on grelottait sur son banc, ou on dormait à genoux dans l'attitude du recueillement. A sept heures, on déjeûnait d'un morceau de pain et d'une tasse de thé. On voyait enfin, en entrant en classe, poindre un peu de clarté dans le ciel et un peu de feu dans le poêle. Moi, je ne dégelais que vers midi, j'avais des rhumes épouvantables, des douleurs aiguës dans tous les membres; j'en ai souffert après pendant quinze ans.

Mais Mary ne pouvait supporter la plainte; forte comme un garçon, elle raillait impitoyablement quiconque n'était pas stoïque. Elle me rendit ce service de me rendre impitoyable à moi-même. J'y eus quelque mérite, car je souffrais plus que personne, et l'air de Paris me tuait déjà.

Jaune, apathique, et muette, je paraissais en classe la personne la plus calme et la plus soumise. Jamais je n'eus avec la féroce D... qu'une seule altercation que je raconterai plus tard. Je n'étais point *répondeuse*, je ne connaissais pas la colère, je ne me souviens pas d'en avoir eu la plus légère velléité pendant les trois ans que j'ai passés au couvent. Grâce à ce caractère, je n'y ai jamais eu qu'une seule ennemie, et je n'y ai par conséquent ressenti qu'une seule antipathie, c'est pour cela que j'ai gardé une sorte de rancune à cette D... qui m'a fait connaître là le sentiment le plus opposé à mon organisation. J'ai toujours été aimée, même dans mon temps de pire diablerie, des compagnes les plus maussades et des maîtresses ou des nonnes les plus exigeantes. La supérieure disait à ma grand'mère que j'étais une *eau qui dort*. Paris avait glacé en moi cette fièvre de mouvement que j'avais subie à Nohant. Tout cela ne m'empêchait pas de courir sur les toits au mois de décembre, et de passer des soirées entières nu-tête dans le jardin en plein hiver; car, dans le jardin aussi, nous cherchions le grand secret, et nous y descendions par les fenêtres quand les portes étaient fermées. C'est qu'à ces heures-là nous vivions par le cerveau, et je ne m'apercevais plus que j'eusse un corps malade à porter.

Avec tout cela, avec ma figure pâle et mon air transi, dont Isabelle faisait les plus plaisantes caricatures, j'étais gaie intérieurement. Je riais fort peu, mais le rire des autres me réjouissait les oreilles et le cœur. Une extravagance ne me faisait pas bondir de joie, mais je la couronnais gravement par une pire extravagance, et j'avais plus de succès que personne auprès des bêtes, qui ne me haïssaient pas et qui surtout se fiaient à ma générosité.

Par exemple, il arrivait souvent que toute la classe fût punie pour le méfait d'un diable ou pour la maladresse d'une bête. Les bêtes ne voulaient pas se trahir entre elles, mais elles eussent trahi les diables si elles l'eussent osé, seulement elles n'osaient pas. Tout tremblait devant G..., et pourtant G... était bonne et n'employa jamais sa force à maltraiter les faibles, mais elle avait de l'esprit comme douze diables, et ses moqueries exaspéraient celles qui n'y savaient pas répondre. Isabelle se faisait craindre par ses caricatures. Lavinia par ses grands airs de mépris. Moi seule je ne me faisais craindre par rien; j'étais diable avec les diables, bête avec les bêtes, le tout par laisser aller de caractère ou par langueur physique. Je conquis tout à fait ces dernières en leur épargnant les punitions collectives. Aussitôt que la maîtresse disait: «Toute la classe en pénitence, si je ne découvre la coupable,» je me levais et je disais: «*C'est moi.*» Mary, qui me donnait le bon exemple en toutes choses, suivit le mien en celle-ci, et on nous en sut gré.

Ma bonne maman allait quitter Paris, elle obtint de me faire sortir deux ou trois jeudis de suite. La supérieure n'osa pas trop lui dire que j'étais notée par toutes les maîtresses et tous les professeurs comme ne faisant absolument rien, et que le *bonnet de nuit* était ma coiffure habituelle. Ma grand'mère eût peut-être pensé alors que je perdais mon temps et qu'il valait mieux me reprendre avec elle. On passa donc légèrement sur ma dissipation et mes escapades.

Je me promettais une grande joie de ces sorties. Il n'en fut rien. J'avais déjà pris l'habitude de la vie en commun, habitude si douce aux caractères mélancoliques, et mon caractère était tout à la fois le plus triste et le plus enjoué de tout le couvent: triste par la réflexion, quand je retombais sur moi-même, avec mon corps souffreteux et endolori, avec le souvenir de mes chagrins de famille; gai, quand le rire de mes compagnes, la brusque interpellation de ma chère Mary, la plaisanterie originale de ma romanesque Isabelle venaient m'arracher au sentiment de ma propre existence et me communiquer la vie qui était dans les autres.

Chez ma bonne maman, tout mon passé amer, tout mon présent tourmenté, tout mon avenir incertain me revenaient. On s'occupait trop de moi, on me questionnait, on me trouvait changée, alourdie, distraite. Quand la nuit était venue, on me reconduisait au couvent. Ce passage du petit salon chaud, parfumé, éclairé, de ma grand'mère, au cloître obscur, vide et glacé: des tendres caresses de la bonne maman, de la petite mère et du grand-oncle, au bonsoir froid et rechigné des portiers et des tourières me navrait le cœur un instant. Je frissonnais en traversant seule ces galeries pavées de tombeaux: mais au bout du cloître déjà la suavité de la retraite se faisait sentir. La madone Vanloo avait l'air de sourire pour moi. Je n'étais pas dévote envers elle, mais déjà sa petite lampe bleuâtre me jetait dans une rêverie vague et douce. Je laissais derrière moi un monde d'émotions trop fortes pour mon âge, et d'exigences de sentiment qu'on ne m'avait pas assez ménagées. J'entendais la voix de Mary m'appeler avec impatience. Les *petites bêtes* venaient curieusement s'enquérir de ce que j'avais vu dans la journée. «Comme c'est triste de rentrer!» me disait-on. Je ne répondais pas. Je ne pouvais expliquer pourquoi j'avais cette bizarrerie de me trouver mieux au couvent que dans ma famille.

A la veille du départ de ma grand'mère, un grand orage se forma contre moi dans les conseils de la supérieure. J'aimais à écrire autant que j'aimais peu à parler; et je m'amusais à faire de nos espiègleries et des rigueurs de la D..., une sorte de journal satirique que j'envoyais à ma bonne maman, laquelle y prenait un grand divertissement et ne me prêchait nullement la soumission et la cajolerie, la dévotion encore moins. Il était de règle que nous missions le soir sur le bahut de l'antichambre de la supérieure les lettres que nous voulions envoyer. Celles qui n'étaient point adressées aux parens devaient être déposées ouvertes. Celles pour les parens étaient cachetées; on était censé en respecter le secret.

Il m'eût été facile d'envoyer mes manuscrits à ma grand'mère par une voie plus sûre, puisque ses domestiques venaient souvent m'apporter divers objets et s'informer de ma santé; mais j'avais une confiance suprême dans la loyauté de la supérieure. Elle avait dit devant moi à ma grand'mère qu'elle n'ouvrait jamais les lettres adressées aux parens. Je croyais, j'étais loyale, j'étais tranquille. Mais le volume de la fréquence de mes envois inquiétèrent *reverend mother*[14]. Elle décacheta sans façon, lut mes satires et supprima les lettres. Elle me fit même ce bon tour trois jours de suite sans en rien dire, afin de bien connaître mes habitudes de chronique moqueuse et la manière dont la D... nous gouvernait. Une personne de cœur et d'intelligence en eût fait son profit. Elle m'eût grondée peut-être, mais elle eût congédié la D.... Il est vrai qu'une personne de cœur n'eût pas tendu un piége à la simplicité d'un enfant et n'eût pas abusé d'un secret qu'elle avait autorisé. La supérieure préféra interroger Mlle D..., qui, bien entendu, ne se reconnut pas au portrait plus ressemblant que flatté que j'avais tracé d'elle. Sa haine, déjà allumée par mon air calme et la douceur très réelle de mes manières, s'exaspéra, comme on peut le croire. Elle me traita de menteuse abominable, d'*esprit fort* (c'est-à-dire impie), de délatrice, de serpent, que sais-je! La supérieure me manda et me fit une scène effroyable. Je restai impassible. Elle me promit ensuite bénignement de ne point faire connaître mes *calomnies* à ma grand'mère et de me garder le secret sur ces abominables lettres. Je ne l'entendais pas ainsi. Je sentis la duplicité de cette promesse. Je répondis que j'avais un brouillon de mes lettres, que ma grand'mère l'aurait, que je soutiendrais devant elle et devant madame la supérieure elle-même la vérité de mes assertions, et que, puisqu'il n'y avait pas de franchise et de loyauté dans les relations auxquelles je m'étais confiée, je demanderais à changer de couvent.

La supérieure n'était pas une méchante femme; mais, quoi qu'on en pensât, je n'ai jamais senti qu'elle fût une très bonne femme. Elle m'ordonna de sortir de sa présence en m'accablant de menaces et d'injures. C'était une personne du grand monde, et elle savait au besoin prendre des manières royales: mais elle avait fort mauvais ton quand elle était en colère. Peut-être ne savait-elle pas bien la valeur de ses expressions en français, et je ne savais pas encore assez d'anglais pour qu'elle me parlât dans sa langue. Mlle D... avait la tête baissée, l'œil fermé dans l'attitude extatique d'une sainte qui entendait la voix de Dieu même. Elle se donnait des airs de pitié pour moi et de silence miséricordieux. Une heure après, au réfectoire, la supérieure entra suivie de quelques nonnes qui lui faisaient cortége. Elle parcourut les tables comme pour faire une inspection; puis, s'arrêtant devant moi, et roulant ses gros yeux noirs, qui étaient fort beaux, elle me dit d'une voix solennelle: «*Étudiez la vérité!*»—Les sages pâlirent et firent le signe de la croix. Les bêtes chuchotèrent en me regardant. On vint ensuite m'accabler de questions. «Tout cela signifie, répondis-je que dans trois jours je ne serai plus ici.»

J'étais outrée, mais j'avais un violent chagrin. Je ne désirais nullement changer de couvent. J'avais déjà formé des affections que je souffrais de voir sitôt brisées. Ma grand'mère arriva sur ces entrefaites. La supérieure s'enferma avec elle, et prévoyant que je dirais tout, elle prit le parti de remettre mes lettres présentées comme un tissu de mensonges. Je crois qu'elle eut le dessous et que ma grand'mère blâma énergiquement l'abus de confiance qu'on était forcé de lui révéler. Je crois qu'elle prit ma défense, et parla de me remmener sur-le-champ. Je ne sais ce qui se passa entre elles: mais quand on me fit monter dans le parloir de la supérieure, toutes deux essayaient de se composer un maintien grave, et toutes deux étaient fort animées.—Ma grand'mère m'embrassa comme à l'ordinaire, et pas un mot de reproche ne me fut adressé, si ce n'est sur ma dissipation et le temps perdu à des enfantillages. Puis la supérieure m'annonça que j'allais quitter la petite classe où mon intimité avec Mary portait le désordre, et que j'entrerais immédiatement parmi les grandes. Cette bonne nouvelle, qui, en définitive, faisait aboutir toutes les menaces à une notable amélioration dans mon sort, me fut signifiée pourtant d'un ton sévère. On espérait que, n'ayant plus de relations avec Mlle D..., je renoncerais à mes habitudes de satire contre elle, que je romprais mes habitudes de diablerie avec la terrible Mary, et que cette séparation serait profitable à l'une comme à l'autre.

Je répondis que je consentais de bon cœur à ne jamais m'occuper de Mlle D..., mais je ne voulus jamais promettre de ne plus aimer Mary. La force des choses devait suffire à nous séparer, puisque nous n'aurions plus que l'heure des récréations au jardin pour nous voir. Ma grand'mère, satisfaite du résultat de cette affaire, partit pour Nohant. Je passai à la grande classe, où m'avaient précédée Isabelle et Sophie. Je jurai à Mary de rester son amie à la vie et à la mort; mais je n'en avais pas fini avec la terrible D..., comme on va bientôt le voir.

CHAPITRE DOUZIEME (SUITE)

Louise et Valentine.—La marquise de la Rochejaquelein.—Ses mémoires.—Son salon.—Pierre Riallo.—Mes compagnes de la petite classe.—Héléna.—Facéties et bel esprit de couvent.—La comtesse et Jacquot.—Sœur Françoise.—Mme Eugénie.—Combat singulier avec Mlle D....—Le cabinet noir.—La séquestration.—Poulette.—Les nonnes.—Mme Monique.—Miss Fairbairns.—Mme Anne-Augustine et son ventre d'argent.—Mme Marie-Xavier.—Miss Hurst.—Mme Marie-Agnès.—Mme Anne-Josephe.—Les incapacités intellectuelles.—Mme Alicia.—Mon adoption.— Les conversations de l'avant-quart.—Sœur Thérèse.—La distillerie.—Les dames de chœur et les sœurs converses.

Je ne quitterai pas la petite classe sans parler de deux pensionnaires que j'y ai beaucoup aimées, bien qu'elles ne fussent point classées parmi les diables. Elles ne l'étaient pas non plus parmi les sages, encore moins parmi les bêtes, car c'étaient deux intelligences fort remarquables. Je les ai déjà nommées: c'était Valentine de Gouy et Louise de la Rochejaquelein.

Valentine était une enfant, elle n'avait guère que neuf ou dix ans, si j'ai bonne mémoire; et comme elle était petite et délicate, elle ne paraissait guère plus âgée que Mary Eyre et Helen Kelly, les deux *mioches* de la petite classe à cette époque. Mais cette enfant était grandement supérieure à son âge, et on pouvait autant se plaire avec elle qu'avec Isabelle ou Sophie. Elle apprenait toutes choses avec une facilité merveilleuse. Elle était déjà aussi avancée dans toutes ses études que les grandes. Elle avait un esprit charmant, beaucoup de franchise et de bonté. Mon lit était auprès du sien au dortoir, et j'aimais à la soigner comme si elle eût été ma fille. J'avais, de l'autre côté, une petite Suzanne, sœur de Sophie, qu'il me fallait soigner encore plus, car elle était continuellement malade.

L'autre affection que je laissais à la petite classe, mais qui ne tarda pas à me rejoindre à la grande, Louise, était fille de la marquise de la Rochejaquelein, veuve de M. de Lescure, la même qui a laissé des mémoires intéressans sur la première Vendée. Je crois que le personnage politique (1848) qui représente à l'Assemblée nationale une nuance de parti royaliste à idées plus chevaleresques que rassurantes est le frère de cette Louise. Leur mère a été certainement une héroïne de roman historique. Ce roman vrai, raconté par elle, offre des narrations très dramatiques, très bien senties et très touchantes. La situation de la France et de l'Europe m'y semble complétement méconnue; mais le point de vue royaliste accepté, il est impossible de mieux juger son propre parti, de mieux peindre le fort et le faible, le bon et le mauvais côté des divers éléments de la lutte. Ce livre est d'une femme de cœur et d'esprit. Il restera parmi les documens les plus colorés et les plus utiles de l'époque révolutionnaire. L'histoire a déjà fait justice des erreurs de fait et des naïves exagérations de l'esprit de parti qui ne peuvent pas ne point s'y trouver: mais elle fera son profit des curieuses révélations d'un jugement droit et d'un esprit sincère qui signalent les causes de mort de la monarchie, tout en se dévouant avec héroïsme à cette monarchie expirante.

Louise avait le cœur et l'esprit de sa mère, le courage et un peu de l'intolérance politique des vieux chouans, beaucoup de la grandeur et de la poésie des paysans belliqueux au milieu desquels elle avait été élevée. J'avais déjà lu le livre de la marquise, qui était récemment publié. Je ne partageais pas ses opinions: mais je ne les combattais jamais, je sentais le respect que je devais à la religion de sa famille, et ses récits animés, ses peintures charmantes de mœurs et des aspects du Bocage m'intéressaient vivement. Quelques années plus tard, j'ai été une fois chez elle, et j'ai vu sa mère.

Comme cet intérieur m'a beaucoup frappée, je raconterai ici cette visite, que j'oublierais certainement si je la remettais à être rapportée en son lieu.

Je ne me rappelle plus où était située la maison. C'était un grand hôtel du faubourg Saint-Germain. J'arrivai modestement en fiacre, selon mes moyens et mes habitudes, et je fis arrêter devant la porte, qui ne s'ouvrait pas pour de si minces équipages. Le portier, qui était un vieux poudré de bonne maison, voulut m'arrêter au passage. «Pardon, lui dis-je, je vais chez Mme de la Rochejaquelein.—Vous? dit-il en me toisant d'un air de mépris, apparemment parce que j'étais en manteau et en chapeau sans fleurs ni dentelles. Allons, entrez!» Et il leva les épaules comme pour dire! «Ces gens-là reçoivent tout le monde!»

J'essayai de pousser la porte derrière moi. Elle était si lourde, que je n'en vins pas à bout avec les doigts. Je ne voulais pas salir mes gants, je n'insistai donc pas; mais comme j'avais déjà monté les premières marches de l'escalier, ce vieux cerbère courut après moi. «Et votre porte? me cria-t-il.—Quelle porte?—Celle de la rue!—Ah, pardon! lui dis-je en riant, c'est votre porte et non pas la mienne.» Il s'en alla la fermer en grommelant, et je me demandai si j'allais être aussi mal reçue par les illustres laquais de ma compagne d'enfance. En trouvant beaucoup de ces messieurs dans l'antichambre, je vis qu'il y avait du monde, et je fis demander Louise. Je n'étais à Paris que pour deux ou trois jours; je désirais répondre au désir qu'elle m'avait témoigné de m'embrasser, et je ne voulais causer que quelques minutes avec elle. Elle vint me chercher, et m'entraîna au salon avec la même gaîté et la même cordialité qu'autrefois. Du côté où elle me fit asseoir auprès d'elle, il n'y avait que des jeunes personnes, ses sœurs ou ses amies. De l'autre, des gens graves autour du fauteuil de sa mère, qui était un peu isolé en avant.

Je fus très désappointée de trouver dans l'héroïne de la Vendée une grosse femme très rouge et d'une apparence assez vulgaire. A sa droite, un paysan vendéen se tenait debout. Il était venu de son village pour la voir ou pour voir Paris, et il avait dîné avec la famille. Sans doute c'était un homme *bien pensant*, et peut-être un héros de la dernière Vendée. Il ne me parut point d'âge à dater de la première, et Louise, que j'interrogeai, me dit simplement: «C'est un brave homme de chez nous.»

Il était vêtu d'un gros pantalon et d'une veste ronde. Il portait une sorte d'écharpe blanche au bras, et une vieille rapière lui battait les jambes. Il ressemblait à un garde champêtre un jour de procession. Il y avait loin de là aux partisans demi-pasteurs, demi-brigands que j'avais rêvés, et ce bon homme avait une manière de dire *madame la marquise* qui m'était nauséabonde. Pourtant la marquise, presque aveugle alors, me plut par son grand air de bonté et de simplicité. Il y avait autour d'elle de belles dames parées pour le bal, qui lui rendaient de grands hommages et qui, certes, n'avaient pas pour ses cheveux blancs et ses yeux bleus à demi éteints autant de vénération que mon cœur naïf était disposé à lui en accorder; secret hommage d'autant plus appréciable que je n'étais alors ni dévote ni royaliste.

Je l'écoutai causer, elle avait plus de naturel que d'esprit, du moins dans ce moment-là. Le paysan, en prenant congé, reçut d'elle une poignée de main, et mit son chapeau sur sa tête avant d'être sorti du salon, ce qui ne fit rire personne. Louise et ses sœurs étaient aussi simplement mises qu'elles étaient simples dans leurs manières. Cette simplicité allait même jusqu'à la brusquerie. Elles ne faisaient pas de petits ouvrages, elles avaient des quenouilles et affectaient de filer du chanvre, à la manière des paysannes. Je ne demandais pas mieux que de trouver tout cela charmant, et cela eût pu l'être.

Chez Louise, j'en suis certaine, tout était naïf et spontané; mais le cadre où je la voyais ainsi jouer à la châtelaine de Vendée ne se mariait point avec ses allures de fille des champs. Un beau salon très éclairé, une galerie de patriciennes élégantes et de *ladies* compassées, une antichambre remplie de laquais, un portier qui insultait presque les gens en fiacre, cela manquait d'harmonie, et on y sentait trop l'impossibilité d'un hymen public et légitime entre le peuple et la noblesse.

Cette pensée d'hyménée me rappelle une des plus étranges et des plus significatives aventures de la vie de Mme de la Rochejaquelein. Elle était alors veuve de M. de Lescure, encore enceinte de deux jumelles qu'elle devait perdre peu de jours après leur naissance. Réfugiée en Bretagne, au hameau de la Minaye, chez de pauvres paysans fidèles au malheur, traquée par les *bleus*, livrée à de continuelles alertes, gardant les troupeaux sous le nom de Jeannette, couchant souvent dans les bois avec sa mère (une femme héroïque que l'on adore en lisant ses mémoires), fuyant, par le vent et la pluie, pour se cacher dans quelque sillon ou dans quelque fosse, tandis que les patriotes fouillaient les maisons où elles avaient reçu asile: Mme de la Rochejaquelein avait failli épouser un paysan breton. Voici comme elle raconte elle-même cet épisode:

«... Ma mère voulut, pour plus de précautions, user d'une ressource fort singulière. Deux paysannes vendéennes avait épousé des Bretons, et depuis ce temps-là, on ne les inquiétait plus. Ma mère, qui cherchait à m'assurer un repos complet pendant mes couches, ne trouva pas de meilleur moyen. Elle jeta les yeux sur Pierre Riallo. C'était un vieil homme veuf qui avait cinq enfans: mais il fallait avoir un acte de naissance. La Ferret avait une sœur qui était allée autrefois s'établir de l'autre côté de la Loire avec sa fille. On envoya Riallo chercher les actes de naissance dans le pays de La Ferret. Tout allait s'arranger: l'officier municipal était prévenu et nous avait promis de déchirer la feuille du registre quand nous le voudrions. On devait prier les bleus au repas de la noce: mais l'exécution de ce projet fut suspendue par des alarmes très vives qu'on nous donna. On nous dit que nous avions été dénoncées et que nous étions particulièrement recherchées. Nous changeâmes de demeure, et même nous nous séparâmes, etc.»

Quelques semaines plus tard, Mme de Lescure et sa mère changeant d'asile, se séparèrent de Pierre Riallo qui les avait conduites à leur nouveau refuge. «Cet excellent homme, dit-elle, nous quitta en pleurant. Il ôta de son doigt une bague d'argent comme en portent les paysannes bretonnes, et me la donna. Jamais je n'ai cessé de la porter depuis.»

Ainsi la veuve de M. de Lescure, celle qui devait être la marquise de La Rochejaquelein, avait été en quelque sorte la fiancée de Pierre Riallo. Rien de plus austère certainement que ces fiançailles en présence de la mort, rien de plus chaste que l'affection du vieux paysan et la gratitude de la jeune marquise; mais que fût-il arrivé si le mariage eût été conclu, et que Pierre Riallo se fût refusé à la suppression frauduleuse de l'acte civil? Certes, la noble Jeannette fût morte plutôt que de consentir à ratifier cette mésalliance monstrueuse. On était bien alors, par le fait, l'égale, moins que l'égale du pauvre paysan breton. On était une pauvre *brigande,* bien heureuse de recevoir cette généreuse hospitalité et cette magnanime protection. Sous la Restauration, on ne l'avait pas oublié sans doute. On recevait dans son salon le premier paysan venu, pourvu qu'il eût au coude le brassard sans tache. On filait la quenouille des bergères, on avait de touchans et affectueux souvenirs: mais on n'en était pas moins madame la marquise, et cette fausse égalité ne pouvait pas tromper le paysan. Si le fils de Pierre Riallo se fût présenté pour épouser Louise ou Laurence de La Rochejaquelein, on l'aurait considéré comme fou. Le *fils des croisés,* M. de La Rochejaquelein, aujourd'hui orateur politique, ne serait pas volontiers le beau-frère de quelque laboureur armoricain. Eh bien! Pierre Riallo, c'est bien là réellement comme un symbole pour personnifier le peuple vis à vis de la noblesse. On se fie à lui, on accepte ses sublimes dévouemens, ses suprêmes sacrifices, on lui tend la main, on se fiancerait volontiers à lui aux jours du danger, mais on lui refuse, au nom de la religion monarchique et catholique, le droit de vivre en travaillant, le droit de s'instruire, le droit d'être l'égal de tout le monde; en un mot, la véritable union morale des castes, on frémit à l'idée seule de la ratifier.

Je pensais déjà un peu à tout cela en quittant le salon de Mme de la Rochejaquelein, et, bien certaine que tout ce que j'avais vu n'était pas une comédie, sachant bien que Louise et sa famille avaient la mémoire du cœur, je me disais pourtant que, par la force des choses, ce que j'avais vu n'était qu'une charmante petite parade de salon.

Avant de clore cette digression, on me permettra de faire remarquer l'espèce d'analogie qui existe entre l'aventure de la marquise chez Pierre Riallo et les idées que ma mère avait encore en 1804 sur le mariage civil. En 1804, ma mère ne se croyait pas mariée avec mon père parce qu'elle n'était mariée qu'à la municipalité. En 93, Mme de Larochejaquelein ne se fût pas crue mariée avec Pierre Riallo parce que l'officier municipal promettait de déchirer l'acte. Ce peu de respect pour une formalité purement civile marque bien la transition d'une législation à une autre, et la transformation de la société.

Je quitte mon épisode anticipé, qui date de 1824 ou 1825, 1826 peut-être, et je reviens sur mes pas. Je rentre au couvent, où Louise, avec sa vive intelligence, son noble cœur et son aimable caractère, ne faisait naître en moi aucune des réflexions que j'eus lieu de faire plus tard sans cesser de l'aimer. Je l'ai perdue de vue depuis longtemps. J'ignore qui elle a épousé, j'ignore même si elle vit, tant je suis peu *du monde,* tant j'ai franchi de choses qui me séparent du passé et m'ont fait perdre jusqu'à la trace de mes premières relations. Si elle existe, si elle se souvient de moi, si elle sait que George Sand est la même personne qu'Aurore Dupin, elle doit soupirer, détourner les yeux et nier même qu'elle m'ait aimée. Je sais l'effet des opinions et des préjugés sur les âmes les plus généreuses, et je ne m'en étonne ni ne m'en scandalise. Moi, tranquille dans ma conscience d'aujourd'hui, comme j'étais tranquille et *eau dormante* dans ma diablerie d'il y a trente ans, je l'aime encore, cette Louise. J'aime encore les royalistes, les dévotes, les nonnes mêmes que j'ai aimées, et qui aujourd'hui ne prononcent mon nom, j'en suis sûre, qu'en faisant de grands signes de croix. Je ne désire pas les revoir, je sais qu'elles me prêcheraient ce qu'elles appelleraient le retour à la vérité. Je sais que je serais forcée de leur causer le chagrin d'échouer dans leurs pieux desseins. Il vaut donc mieux ne pas se revoir que de se revoir avec une cuirasse sur le cœur: mais mon cœur n'est pas mort pour cela. Il a toujours de doux élans vers ses premières tendresses. Ma religion, à moi, ne condamne pas à l'enfer éternel les adversaires de ma croyance. C'est pourquoi je parlerai de mes amies de couvent sans me soucier de ce que l'esprit de caste et de parti en a fait depuis. Je parlerai de celles qui ont dû me renier avec le même enthousiasme, la même effusion que de celles qui m'ont gardé un souvenir inaltérable. Je les vois encore telles qu'elles étaient, et je ne veux pas savoir ce qu'elles sont. Je les vois pures et suaves comme le matin de la vie où nous nous sommes connues. Les grands marronniers du couvent m'apparaissent comme ces Champs-Elyséens où se rencontraient des âmes venues de tous les points de l'univers, et où elles faisaient échange de douces et calmes sympathies, sans prendre garde aux mondaines agitations, aux puériles dissidences de ce bas monde.

On me pardonnera bien de tracer ici une courte liste des compagnes que je laissais à la petite classe; je ne me les rappelle pas toutes, mais j'ai du plaisir à retrouver une partie de leurs noms dans ma mémoire. C'était, outre celles que j'ai déjà citées, les trois Kelly (Mary, Helen et Henriette); les deux O'Mullan, créoles jaunes et douces; les deux Cary, Fanny et Suzanne, sœurs de Sophie; Lucy Masterson; Catherine et Maria Dormer; Maria Gordon, une délicate et maladive enfant, douce et intelligente, qui a épousé un Français, et qui est devenue une excellente mère de famille, une femme distinguée sous tous les rapports;—Louise Rollet, fille d'un maître de forges du Berry; Lavinia Anster; Camille de la Josne-Contay, personne raide et grave comme une huguenote des anciens jours (très catholique pourtant), Eugénie de Castella, demi-diable très excellent d'ailleurs, avec qui j'étais assez liée; une des trois Defargues, filles d'un maire de Lyon; Henriette Manoury, qui venait, je crois, du Havre; enfin Héléna, enfant un peu persécuté, un peu opprimé, par sa faute peut-être, mais qui m'inspirait de la sollicitude par cette raison qu'elle était souvent victime de la *diablerie.*

Elle m'aimait quelquefois trop. C'était une nature inquiète et tourmentante. Il fallait lui faire tous ses devoirs, se charger de toutes ses corvées, voire de lui écrire sa confession, ce qui ne se faisait pas toujours très sérieusement, je l'avoue. Je la protégeais contre Mary, qui ne pouvait pas la tolérer. Je lui ai épargné bien des punitions, je l'ai sauvée de bien des orages, et je doute qu'elle en ait gardé la mémoire. Elle tirait une grande vanité de son nom, et on lui en savait mauvais gré, même celles qui en portaient de plus illustres, car il faut rendre à la plupart d'entre nous cette justice, que nous pratiquions de tous points l'égalité chrétienne, et que nous n'avions même pas la pensée de nous croire plus ou moins les unes que les autres.

C'est cette Héléna de.... qui m'avait, du reste, gratifiée d'un sobriquet que j'ai porté plus particulièrement que les autres; car, comme toutes mes compagnes, j'en avais plusieurs. Héléna m'avait nommée *Calepin*, parce que j'avais la manie des tablettes de poche; la sœur Thérèse m'avait surnommée *Mad-Cap* et *Mischievous*; à la grande classe, je devins *ma Tante* et *le marquis de Sainte-Lucie*.

J'ai eu l'amusement de conserver mes livres élémentaires de la petite classe, le *Spelling book, the Garden of the soul* (le *Jardin de l'âme*), etc. Ils sont chargés de devises, de rébus, et ce qui me réjouit le plus, de conversations dialoguées qu'on s'écrivait durant les heures de silence, car le *censile général* était une punition fort usitée. La couverture du premier livre venu passant de main en main sous la table devenait une causerie générale. On avait aussi des lettres en carton qu'on se faisait passer au moyen d'un long fil, d'un bout de la classe à l'autre. On formait rapidement des mots, et celle qui était séquestrée dans un coin, séparée des autres par une punition particulière, était avertie de tout ce que l'on complotait. En fait de confessions écrites, d'examens de conscience qu'on faisait pour les petites, je retrouve un griffonnage qui est un spécimen, je ne sais qui l'a fait ni à qui il était destiné.

«*Confession de.....*

«Hélas, mon petit père Villèle[15], il m'est arrivé bien souvent de me barbouiller d'encre, de moucher la chandelle avec mes doigts, de me donner des indigestions *d'haricots*, comme on dit dans le grand monde où j'ai été z'élevée; j'ai scandalisé les jeunes *ladies* de la classe par ma malpropreté: j'ai eu l'air bête, et j'ai oublié de penser à quoi que ce soit, plus de deux cents fois par jour. J'ai dormi au catéchisme et j'ai ronflé à la messe; j'ai dit que vous n'étiez pas beau, j'ai fait égoutter *mon rat* sur le voile de la mère Alippe, et je l'ai fait exprès. J'ai fait cette semaine au moins quinze pataquès en français et trente en anglais, j'ai brûlé mes souliers au poêle et j'ai infecté la classe. C'est ma faute, c'est ma faute, c'est ma très grande faute, etc.»

On voit combien nos méchancetés et nos impiétés étaient innocentes. Elles étaient pourtant sévèrement tancées quand Mlle D... mettait la main sur ces écrits, qu'elle appelait licencieux et dangereux. La mère Alippe faisait semblant de se fâcher, punissait un peu, confisquait, et, j'en suis sûre, amusait l'ouvroir avec nos sottises.

Que chacun se rappelle comme il a ri de bon cœur, dans l'enfance, de choses qui, par elles-mêmes, n'étaient peut-être pas drôles du tout. Il n'en faut pas beaucoup pour les petites filles. Tout nous était sujet d'inextinguible risée: un nom estropié, une figure ridicule au parloir, un incident quelconque à l'église, le miaulement d'un chat, que sais-je? Il y avait des paniques contagieuses comme les joies. Une petite criait pour une araignée; aussitôt toute la classe criait sans savoir pourquoi. Un soir, à la prière, je ne sais ce qui se passa, personne n'a jamais pu le dire; une de nous crie, sa voisine se lève, une troisième se sauve; c'est aussitôt un sauve-qui-peut général, on quitte la classe en masse, renversant les chaises, les bancs, les lumières, et on s'enfuit dans le cloître en tombant les unes sur les autres, entraînant les maîtresses, qui ne crient et ne courent pas moins que les élèves. Il faut une heure pour rassembler le troupeau éperdu, et quand on veut s'expliquer, impossible d'y rien comprendre.

Malgré toute cette gaîté fébrile de la petite classe, j'y souffrais si réellement au moral et au physique, que j'ai conservé le souvenir du jour où j'entrai à la grande classe comme un des plus heureux de ma vie.

J'ai toujours été sensible à la privation de la vive lumière. Il semble que toute ma vie physique soit là. Je m'assombris inévitablement dans une atmosphère terne. La grande classe était très vaste; il y avait cinq ou six fenêtres, dont plusieurs donnaient sur les jardins. Elle était chauffée d'une bonne cheminée et d'un bon poêle. D'ailleurs, le printemps commençait. Les marronniers allaient fleurir, leurs grappes rosées se dressaient comme des candélabres. Je crus entrer dans le paradis.

La maîtresse de classe, que l'on tournait beaucoup en ridicule, et qui était bien un peu étrange dans ses manières, était une fort bonne personne au fond, et encore plus distraite que Mlle D.... On l'appelait *la Comtesse*, parce qu'elle se donnait de grands airs, et je lui conserverai ce surnom. Elle avait dans le jardin un appartement au rez-de-chaussée, dont un potager nous séparait, et, de sa fenêtre, quand elle ne tenait pas la classe, elle pouvait voir une partie de nos escapades. Mais elle était bien plus occupée de voir, de la classe, ce qui se passait dans son appartement. C'est que là, à sa fenêtre, ou devant sa porte, vivait, grattait et piaillait au soleil, l'unique objet de ses amours, un vieux perroquet gris tout râpé, maussade bête, que nous accablions de nos dédains et de nos insultes.

Nous avions grand tort, car Jacquot eût mérité toute notre gratitude; c'était à lui que nous devions notre liberté. C'était grâce à lui que *la Comtesse*, incessamment préoccupée, nous laissait faire nos folies. Perché sur son bâton, à la portée de la vue, Jacquot, lorsqu'il s'ennuyait, poussait des cris perçans. Aussitôt la comtesse courait à la fenêtre, et si un chat rôdait autour du perchoir, si Jacquot impatienté avait brisé sa chaîne et entrepris un voyage d'agrément sur les lilas voisins, la comtesse, oubliant tout, se précipitait hors de la classe, franchissait le cloître, traversait le jardin et courait gronder ou caresser la bête adorée. Pendant ce temps, on dansait sur les tables ou on quittait la classe pour faire, comme Jacquot, quelque voyage d'agrément à la cave ou au grenier.

La Comtesse était une jeune personne de quarante à cinquante ans, demoiselle, très bien née, on ne pouvait l'ignorer, car elle le disait à tout propos, sans fortune, et je crois peu instruite, car elle ne nous donnait aucune espèce de leçons et ne servait qu'à garder la classe comme surveillante. Elle était ennuyeuse et ridicule, mais bonne et convenable. Quelques unes de nous l'avaient prise en grippe et la traitaient si mal qu'elles la forçaient de sortir de son caractère. Je n'ai jamais eu qu'à me louer d'elle pour mon compte, et je me reproche même d'avoir ri avec les autres de sa tournure magistrale, de ses phrases prétentieuses, de son grand chapeau noir qu'elle ne quittait jamais, de son châle vert qu'elle drapait d'une manière si solennelle, enfin de ses *lapsus linguæ* qui étaient relevés sans pitié et qu'on plaçait ensuite très haut dans la conversation, sans qu'elle s'en aperçût jamais. J'aurais dû plutôt prendre son parti, puis qu'elle prenait souvent le mien auprès des religieuses. Mais les enfans sont ingrats (*cet âge est sans pitié!*) et la moquerie leur semble un droit inaliénable.

La seconde surveillante était une religieuse fort sévère Mme Anne-Françoise. Cette vieille, maigre et pâle, avait un énorme nez aquilin. Elle grondait beaucoup, injuriait trop, et n'était pas aimée. Je n'avais rien pour elle, ni éloignement ni sympathie. Elle ne me traitait ni bien ni mal. Je ne lui ai jamais vu de préférence pour personne, et on la soupçonnait d'être *philosophe*, parce qu'elle s'occupait d'astronomie. Elle avait effectivement une manière d'être fort différente des autres nonnes. Au lieu de communier comme elles tous les jours, elle ne s'approchait des sacremens qu'aux grandes fêtes de l'année. Ses sermons n'avaient point d'onction. C'étaient toujours des menaces, et dans un si mauvais français, qu'on ne pouvait les écouter sérieusement. Elle punissait beaucoup, et quand, par hasard, elle voulait plaisanter, elle était blessante et peu convenable. Sa figure accentuée ne manquait pas de caractère. Elle avait l'air d'un vieux dominicain, et pourtant elle n'était pas fanatique, pas même dévote pour une religieuse.

La maîtresse en chef de la petite classe était madame Eugénie, *Maria Eugenia Stonor*. C'était une grande femme, d'une belle taille, d'un port noble, gracieux même dans sa solennité. Sa figure, rose et ridée comme celle de presque toutes les nonnes sur le retour, avait pu être jolie, mais elle avait une expression de hauteur et de moquerie qui éloignait d'elle au premier abord. Elle était plus que sévère, elle était emportée, et se laissait aller à des antipathies personnelles qui lui faisaient beaucoup d'ennemis irréconciliables. Elle n'était affectueuse avec personne, et je ne connais qu'une seule pensionnaire qui l'ait aimée: c'est moi.

Cette affection, que je ne pus m'empêcher de manifester pour le *féroce abat-jour* (on l'appelait ainsi, parce qu'elle avait la vue délicate et portait un garde-vue en taffetas vert), étonna toute la grande classe. Voici comment elle me vint.

Trois jours après mon entrée à cette classe, je rencontrai Mlle D... à la porte du jardin. Elle me fit des yeux terribles; je la regardai très en face et avec ma tranquillité habituelle.

Elle avait eu un dessous dans mon admission à la grande classe, elle était furieuse. «Vous voilà bien fière, me dit-elle, vous ne me saluez seulement pas!—Bonjour, madame, comment vous portez-vous?—Vous avez l'air de vous moquer de moi.—Il vous plaît de le voir.—Ah! ne prenez pas ces airs dégagés, je vous ferai encore sentir qui je suis.—J'espère que non, madame; je n'ai plus rien à démêler avec vous.—Nous verrons!» et elle s'éloigna avec un geste de menace.

On était en récréation, tout le monde courait au jardin. J'en profitai pour entrer à la petite classe, afin de reprendre quelques cahiers que j'avais laissés dans un cabinet attenant à la salle d'études. Ce cabinet, où l'on mettait les encriers, les pupitres, les grandes cruches d'eau destinées au lavage de la classe, servait aussi de *cabinet noir*, de prison pour les petites, pour Mary Eyre et compagnie.

J'y étais depuis quelques instants, cherchant mes cahiers, lorsque mademoiselle D... se présente à moi comme Tisiphone. «Je suis bien aise de vous trouver ici, me dit-elle, vous allez me faire des excuses pour la manière impertinente dont vous m'avez regardée tout à l'heure.—Non, madame, je n'ai pas été impertinente, je ne vous ferai pas d'excuses.—En ce cas, vous serez punie à la manière des petites, vous serez enfermée ici jusqu'à ce qu'elle ayez baissé le ton.—Vous n'en avez pas le droit, je ne suis plus sous votre autorité.—Essayez de sortir!—Tout de suite.»

Et, profitant de sa stupeur, je franchis la porte du cabinet et allai droit à elle; mais aussitôt, transportée de rage, elle se précipita sur moi, m'étreignit dans ses bras et me repoussa vers le cabinet. Je n'ai jamais rien vu de si laid que cette grosse dévote en fureur. Moitié riant, moitié résistant, je la repoussai, je l'acculai contre le mur, jusqu'à ce qu'elle voulut me frapper: alors je levai le poing sur elle, je la vis pâlir, je la sentis faiblir, et je restai le bras levé, certaine que j'étais la plus forte et qu'il m'était très facile de m'en débarrasser; mais pour cela, il fallait ou lui donner un coup, ou la faire tomber, ou au moins la pousser rudement et risquer de lui faire du mal. Je n'étais pas plus en colère que je ne le suis à cette heure, et je n'ai jamais pu faire de mal à personne. Je la lâchai donc en souriant, et j'allais m'en aller, satisfaite de lui avoir pardonné et de lui avoir fait sentir la supériorité de mes instincts sur les siens, lorsqu'elle profita traîtreusement de ma générosité, revint sur moi et me poussa de toute sa force. Mon pied heurta une grosse cruche d'eau qui roula avec moi dans le cabinet; la D... m'y enferma à double tour, et s'enfuit en vomissant un torrent d'injures.

Ma situation était critique. J'étais littéralement dans un bain froid; le cabinet était fort petit et la cruche énorme; lorsque je fus relevée j'avais encore de l'eau jusqu'à la cheville. Pourtant je ne pus m'empêcher de rire en entendant la D... s'écrier: «Ah! la perverse, la maudite. Elle m'a fait mettre tellement en colère, que je vais être obligée de retourner me confesser. J'ai perdu mon absolution.» Moi, je ne perdis pas la tête, je grimpai sur les rayons du cabinet pour me mettre à pied sec, j'arrachai une feuille blanche d'un cahier, je trouvai plumes et encre, et j'écrivis à Mme Eugénie à peu près ce qui suit. «Madame je ne reconnais maintenant d'autre autorité sur moi que la vôtre. Mlle D... vient de faire acte de violence sur ma personne et de m'enfermer. Veuillez venir me délivrer, etc.»

J'attendis que quelqu'un parût. Maria Gordon, je crois, vint chercher aussi un cahier dans le cabinet, et, en voyant ma tête apparaître à la lucarne, elle eut grand'peur et voulut fuir. Mais je me fis reconnaître et la priai de porter mon billet à Mme Eugénie, qui devait être au jardin. Un instant après Mme Eugénie parut, suivie de Mlle D.... Elle me prit par la main et m'emmena sans rien dire. La D... était silencieuse aussi. Quand je fus seule avec Mme Eugénie dans le cloître, je l'embrassai naïvement pour la remercier. Cet élan lui plut. Mme Eugénie n'embrassait jamais personne et personne ne songeait à l'embrasser. Je la vis émue comme une femme qui ne connaît pas l'affection et qui pourtant n'y serait pas insensible. Elle me questionna. Elle avait une manière de questionner très habile; elle avait l'air de ne pas écouter la réponse, et elle ne perdait ni un mot ni une expression de visage. Je lui racontai tout, elle vit que c'était la vérité. Elle sourit, me serra la main et me fit signe de retourner au jardin.

L'archevêque de Paris venait confirmer quelques jours après. On choisissait les élèves qui avaient fait leur première communion et qui n'avaient pas reçu l'autre sacrement. On les faisait entrer en retraite dans une chambre commune dont Mlle D... était la gardienne et la lectrice. C'est elle qui faisait les exhortations religieuses. On vint me chercher le jour même, mais Mlle D... refusa de me recevoir, et ordonna que je ferais ma retraite toute seule dans la chambre qu'il plairait aux religieuses de m'assigner. Alors, Mme Eugénie prit hautement mon parti. «C'est donc une pestiférée? dit-elle avec son air railleur. Eh bien! qu'elle vienne dans ma cellule.» Elle m'y conduisit en effet, et Mme Alippe vint nous y joindre. Elles restèrent dans le corridor pendant que je m'installais dans la cellule, et j'entendis leur conversation en anglais. Je ne sais si elles me croyaient déjà capable de n'en pas perdre beaucoup de mots.

«Voyons, disait Mme Eugénie, cet enfant est donc détestable, vous qui la connaissez?—Elle n'est pas détestable du tout, répondit la mère Alippe; elle est bonne, au contraire, et cette D... ne l'est pas. Mais l'enfant est *diable*, comme elles disent... Ah! cela vous fait rire, vous? vous aimez les diables, on sait cela!» (C'est bon à savoir, pensai-je.) Et Mme Eugénie reprit: «Puisqu'elle est folle, ce n'est pas le moment de la confirmer. Elle n'y porterait pas le recueillement nécessaire. Laissons-lui le temps de devenir sage, et surtout ne la mettons pas en contact avec une personne qui lui en veut. Vous m'accordez bien que cet enfant m'appartient, et que vous-même vous n'avez plus de droit sur elle?—Pas d'autres que les droits de l'amitié chrétienne, répondit la mère Alippe, et Mlle D... est dans son tort; soyez tranquille, elle ne recommencera plus.»

Mme Eugénie alla trouver la supérieure, à ce que je crois, pour s'expliquer avec elle, et peut-être avec la mère Alippe et Mlle D..., sur ce qui venait de se passer et sur ce qu'il y avait à faire. Pendant que j'étais dans la cellule de ma protectrice, *Poulette* vint m'y trouver. Poulette, c'était le nom que les petites avaient donné à Mme Mary Austin (Marie-Augustine), la sœur de la mère Alippe, et la dépositaire du couvent. Celle-là était l'idole des pensionnaires. Elle grognait d'une certaine façon maternelle et caressante. N'ayant pas de fonctions auprès de nous, elle faisait métier de nous gâter et de nous tancer gaîment de nos sottises. Elle avait une boutique de friandises qu'elle nous vendait, et elle donnait souvent à celles qui n'avaient plus d'argent, ou du moins elle leur ouvrait des crédits qu'on oubliait de fermer de part et d'autre. Cette bonne femme, toujours gaie, sans morgue de dévotion et qu'on prenait par le cou sans façon, qu'on embrassait sur les deux joues, qu'on taquinait même sans jamais la fâcher sérieusement, vint me consoler de mes mésaventures et me donner même trop raison, ce dont j'aurais pu abuser si je n'avais pas eu hâte de rentrer en paix avec tout le monde.

Au bout d'une heure de babillage avec Poulette, je reçus la visite de Mlle D.... La supérieure ou son confesseur l'avait grondée: elle était douce comme miel, et je fus fort étonnée de ses façons caressantes. Elle m'annonça qu'on avait remis mon sacrement à l'année suivante, qu'on ne me croyait pas suffisamment disposée à recevoir la grâce; que Mme Eugénie allait venir me le dire; mais qu'elle-même, avant d'entrer en retraite avec les néophytes, avait voulu faire sa paix avec moi. «Voyons, me dit-elle, voulez-vous convenir que vous avez eu tort, et me donner la main?—De tout mon cœur, lui dis-je. Tout ce que vous me prescrirez avec douceur et bienveillance, je m'y rendrai. Elle m'embrassa, ce qui ne me fit pas grand plaisir, mais tout fut terminé, et jamais plus nous n'eûmes bataille à partir ensemble.

L'année suivante j'étais devenue très dévote, je fus confirmée et je fis la retraite sous le patronage de cette même Mlle D.... Elle me témoigna beaucoup d'égards et me loua beaucoup de ma conversion. Elle nous faisait de longues lectures qu'elle développait et commentait ensuite avec une certaine éloquence rude et parfois saisissante. Elle commençait d'un ton emphatique auquel on s'habituait peu à peu, et qui finissait par vous émouvoir. Cette retraite est tout ce que je me rappelle d'elle à partir de mon installation définitive à la grande classe. Je lui ai pardonné de tout mon cœur, et je ne rétracte pas mon pardon; mais je persiste à dire que nous eussions été infiniment meilleures et plus heureuses, si les religieuses seules se fussent chargées de notre éducation.

Avant d'en revenir au récit de mon existence au couvent, je veux parler de nos religieuses avec quelque détail, je ne crois pas avoir oublié aucun de leurs noms.

Après Mme Canning (la supérieure), dont j'ai parlé, après Mme Eugénie, la mère Alippe, la bonne Poulette (Marie-Augustine); une des doyennes était Mme Monique (*Maria Monica*), personne très austère, très grave, que je n'ai jamais vue sourire et avec laquelle nul ne se familiarisa jamais. Elle a été supérieure après Mme Eugénie, qui, elle-même, avait succédé de mon temps à Mme Canning. L'autorité supérieure n'était pas inamovible. On procédait à l'élection, je crois, tous les cinq ans. Mme Canning fut supérieure pendant trente ou quarante ans, et mourut supérieure. Mme Eugénie demanda à être délivrée de son gouvernement cinq ans après, sa vue se troublant de plus en plus. Elle est devenue presque aveugle. J'ignore si elle existe encore. Je ne sais pas non plus si Mme Monique a vécu jusqu'à présent. Je sais qu'il y a quelques années Mme Marie-Françoise lui avait succédé.

De mon temps, Mme Marie-Françoise était novice sous son nom de famille, miss Fairbairns. C'était une très belle personne, blanche avec des yeux noirs, de fraîches couleurs, une physionomie très ferme, très décidée, franche, mais froide. Cette froideur, dont le principe tout britannique était développé par la réserve claustrale et le recueillement chrétien se faisait sentir chez la plupart de nos religieuses. Souvent nos élans de sympathie pour elles en étaient attristés et glacés. C'est le seul reproche collectif que j'aie à leur faire. Elles n'étaient pas assez désireuses de se faire aimer.—Une autre doyenne était Mme Anne-Augustine, si je ne fais pas erreur de nom. Celle-là était si vieille que, lorsqu'on se trouvait à monter un escalier derrière elle, on avait le temps d'apprendre sa leçon. Elle n'avait jamais pu dire un mot de français. Elle avait aussi une figure très solennelle et très austère. Je ne crois pas qu'elle ait jamais adressé la parole à aucune de nous. On prétendait qu'elle avait eu une maladie très grave et qu'elle ne digérait qu'au moyen d'un ventre d'argent. Le ventre d'argent de Mme Anne-Augustine était une des traditions du couvent, et nous étions assez bêtes pour y croire. On s'imaginait même entendre le cliquetis de ce ventre lorsqu'elle marchait; c'était donc pour nous un être très mystérieux et quelque peu effrayant que cette antique béguine qui était à moitié statue de métal, qui ne parlait jamais, qui vous regardait quelquefois d'un air étonné, et qui ne savait même pas le nom d'une seule d'entre nous. On la saluait en tremblant, elle faisait une courte inclinaison de la tête et passait comme un spectre. Nous prétendions qu'elle était morte depuis deux cents ans et qu'elle trottait toujours dans les cloîtres par habitude.

Mme Marie-Xavier était la plus belle personne du couvent, grande, bien faite, d'une figure régulière et délicate; elle était toujours pâle comme sa guimpe, triste comme un tombeau. Elle se disait fort malade et aspirait à la mort avec impatience. C'est la seule religieuse que j'aie vue au désespoir d'avoir prononcé des vœux. Elle ne s'en cachait guère et passait sa vie dans les soupirs et les larmes. Ces vœux éternels, que la loi civile ne ratifiait pas, elle n'osait pourtant pas aspirer à les rompre. Elle avait juré sur le saint sacrement; elle n'était pas assez philosophe pour se dédire, pas assez pieuse pour se résigner. C'était une âme défaillante, tourmentée, misérable, plus passionnée que tendre, car elle ne s'épanchait que dans des accès de colère, et comme exaspérée par l'ennui. On faisait beaucoup de commentaires là-dessus. Les unes pensaient qu'elle avait pris le voile par désespoir d'amour et qu'elle aimait encore; les autres, qu'elle haïssait et qu'elle vivait de rage et de ressentiment; d'autres enfin l'accusaient d'avoir un caractère amer et insociable, et de ne pouvoir subir l'autorité des doyennes.

Quoique tout cela fût aussi bien caché que possible, il nous était facile de voir qu'elle vivait à part, que les autres nonnes la blâmaient et qu'elle passait sa vie à bouder et à être boudée. Elle communiait cependant comme les autres, et elle a passé, je crois, une dizaine d'années sous le voile. Mais j'ai su que peu de temps après ma sortie du couvent elle avait rompu ses vœux et qu'elle était partie, sans qu'on sût ce qui s'était passé dans le sein de la communauté. Quelle a été la fin du douloureux roman de sa vie! A-t-elle retrouvé libre ou repentant l'objet de sa passion? Avait-elle ou n'avait-elle point une passion? Est-elle rentrée dans le monde? A-t-elle surmonté les scrupules et les remords de la dévotion qui l'avait retenue si longtemps captive, en dépit de son manque de vocation? Est-elle rentrée dans un autre couvent pour y finir ses jours dans le deuil et la pénitence? Aucune de nous, je crois, ne l'a jamais su. Ou bien on me l'a dit, et je l'ai oublié. Est-elle morte à la suite de cette longue maladie de l'âme qui la dévorait? Nos religieuses donnaient pour prétexte l'arrêt des médecins, qui l'avaient condamnée à mourir ou à changer de climat et de régime. Mais il était facile de voir à leur sourire un peu amer que tout cela ne s'était point passé sans luttes et sans blâme.

Une autre novice qui était fort belle aussi et que j'ai vue entrer postulante sous le nom de miss Croft, a fait, depuis mon départ, comme Mme Marie-Xavier: elle a quitté le couvent et renoncé à sa vocation avant d'avoir pris le voile noir.

Miss Hurst, novice à qui j'ai vu prendre ce voile de deuil éternel et qui l'a fait très délibérément et sans repentir, était la nièce de Mme Monique. Elle était ma maîtresse d'anglais. Tous les jours je passais une heure dans sa cellule. Elle démontrait avec clarté et patience. Je l'aimais beaucoup, elle était parfaite pour moi, même quand j'étais diable. Elle s'est nommée en religion Maria Winifred. Je n'ai jamais lu Shakspeare ou Byron dans le texte sans penser à elle et sans la remercier dans mon cœur.

Il y avait, quand j'entrai au couvent, deux autres novices qui touchaient à la fin de leur noviciat et qui prirent le voile avant miss Hurst et miss Fairbairns. J'ai oublié leurs noms de famille, je ne me rappelle que leurs noms de religion. C'était la sœur Mary-Agnès et la sœur Anna-Joseph. Toutes deux petites et menues, elles avaient l'air de deux enfans. Mary-Agnès surtout était un petit être fort singulier. Ses goûts et ses habitudes étaient en parfaite harmonie avec l'exiguïté mignarde de sa personne. Elle aimait les petits livres, les petites fleurs, les petits oiseaux, les petites filles, les petites chaises: tous les objets de son choix et à son usage étaient mignons et proprets comme elle. Elle portait dans son genre de prédilection une certaine grâce enfantine et plus de poésie que de manie.

L'autre petite nonne, moins petite pourtant et moins intelligente aussi, était la plus douce et la plus affectueuse créature du monde. Celle-là n'avait pas une parcelle de la morgue anglaise et de la méfiance catholique. Elle ne nous rencontrait jamais sans nous embrasser, en nous adressant, d'un ton à la fois larmoyant et enjoué, les épithètes les plus tendres.

Les enfans sont portés à abuser de l'expansion qu'on a avec eux, aussi les pensionnaires avaient-elles peu de respect pour cette bonne petite nonne. Les Anglaises surtout regardaient comme un travers le laisser aller affectueux de ses manières. Il n'y a pas à dire, au couvent comme ailleurs, j'ai toujours trouvé cette race hautaine et guindée à la surface. Le caractère des Anglaises est plus bouillant que le nôtre. Leurs instincts ont plus d'animalité dans tous les genres. Elles sont moins maîtresses que nous de leurs sentimens et de leurs passions. Mais elles sont plus maîtresses de leurs mouvemens, et dès l'enfance il semble qu'elles s'étudient à les cacher et à se composer une habitude de maintien impassible. On dirait qu'elles viennent au monde dans la toile goudronnée dont on faisait ces fameux *collets montés* devenus synonymes d'orgueil et de pruderie.

Pour en revenir à la sœur *Anna-Joseph*, je l'aimais comme elle était, et quand elle venait à moi les bras ouverts et l'œil humide (elle avait toujours l'air d'un enfant qui vient d'être grondé et qui demande protection ou consolation au premier venu), je ne songeais point à épiloguer sur la banalité de ses caresses: je les lui rendais avec la sincérité d'une sympathie toute d'instinct, car, d'affection raisonnée, il n'y avait pas moyen d'y songer avec elle. Elle ne savait pas dire deux mots de suite, parce qu'elle ne pouvait pas assembler deux idées. Était-ce bêtise, timidité, légèreté d'esprit? Je croirais plutôt que c'était maladresse intellectuelle, gaucherie du cerveau, si l'on peut parler ainsi. Elle jasait sans rien dire: mais c'est qu'elle eût voulu beaucoup dire et qu'elle ne le pouvait pas, même dans sa propre langue. Il n'y avait pas absence, mais confusion d'idées. Préoccupée de ce à quoi elle voulait penser, elle disait des mots pour d'autres mots qu'elle croyait dire, ou elle laissait sa phrase au beau milieu, et il fallait deviner le reste tandis qu'elle en commençait une autre. Elle agissait comme elle parlait. Elle faisait cent choses à la fois et n'en faisait bien aucune: son dévoûment, sa douceur, son besoin d'aimer et de caresser semblaient la rendre tout à fait propre aux fonctions d'infirmière dont on l'avait revêtue. Malheureusement comme elle embrouillait sa main droite avec sa main gauche, elle embrouillait malades, remèdes et maladies: elle vous faisait avaler votre lavement, elle mettait la potion dans la seringue. Et puis elle courait pour chercher quelque drogue à la pharmacie, et croyant monter l'escalier, elle le descendait, et réciproquement. Elle passait sa vie à se perdre et à se retrouver. On la rencontrait toujours affairée, toute dolente pour un bobo survenu à une de ses *dearest sisters*[16] ou à un de ses *dearest children*[17]. Bonne comme un ange, bête comme une oie, disait-on. Et les autres religieuses la grondaient beaucoup, ou la raillaient un peu vivement pour ses étourderies. Elle se plaignait d'avoir des rats dans sa cellule. On lui répondait que s'il y en avait, ils étaient sortis de sa cervelle. Désespérée quand elle avait fait une sottise, elle pleurait, perdait la tête et devenait complétement incapable de la retrouver.

Quel nom donner à ces organisations affectueuses, inoffensives, pleines de bon vouloir, mais, par le fait, inhabiles et impuissantes? Il y en a beaucoup, de ces natures-là, qui ne savent et ne peuvent rien faire, et qui, livrées à elles-mêmes, ne trouveraient pas dans la société une fonction applicable à leur individualité. On les appelle brutalement idiotes et imbéciles. Moi, j'aimerais mieux ce préjugé de certains peuples qui réputent sacrées les personnes ainsi faites. Dieu agit en elles mystérieusement, et il faut respecter Dieu dans l'être qu'il semble vouloir écraser de trop de pensées, ou embarrasser en lui ôtant le fil conducteur du labyrinthe intellectuel.

N'aurons-nous pas un jour une société assez riche et assez chrétienne pour qu'on ne dise plus aux inhabiles: «Tant pis pour toi, deviens ce que tu pourras?» L'humanité ne comprendra-t-elle jamais que ceux qui ne sont capables que d'aimer sont bons à quelque chose, et que l'amour d'une bête est encore un trésor?

Pauvre petite sœur Anna-Joseph, tu fis bien de te tourner vers Dieu, qui seul ne rebute pas les élans d'un cœur simple, et, quant à moi, je le remercie de ce qu'il m'a fait aimer en toi cette *sainte simplicité* qui ne pouvait rien donner que de la tendresse et du dévouement. Faites les difficiles, vous autres qui en avez trop rencontré dans ce monde!

J'ai gardé pour la dernière celle des nonnes que j'ai le plus aimée. C'était, à coup sûr, la perle du couvent. Mme *Mary Alicia Spiring* était la meilleure, la plus intelligente et la plus aimable des cent et quelques femmes, tant vieilles que jeunes, qui habitaient, soit pour un temps, soit pour toujours le couvent des Anglaises. Elle n'avait pas trente ans lorsque je la connus. Elle était encore très belle, bien qu'elle eût trop de nez et trop peu de bouche. Mais ses grands yeux bleus bordés de cils noirs étaient les plus beaux, les plus francs, les plus doux yeux que j'aie vus de ma vie. Toute son âme généreuse, maternelle et sincère, toute son existence dévouée, chaste et digne étaient dans ces yeux-là. On eût pu les appeler, en style catholique, des miroirs de pureté. J'ai eu longtemps l'habitude, et je ne l'ai pas tout à fait perdue, de penser à ces yeux-là quand je me sentais la nuit, oppressée par ces visions effrayantes qui vous poursuivent encore après le réveil. Je m'imaginais rencontrer le regard de Mme Alicia, et ce pur rayon mettait les fantômes en fuite.

Il y avait dans cette personne charmante quelque chose d'idéal; je n'exagère pas, et quiconque l'a vue un instant à la grille du parloir, quiconque l'a connue quelques jours au couvent, a ressenti pour elle une de ces subites sympathies mêlées d'un profond respect, qu'inspirent les âmes d'élite. La religion avait pu la rendre humble, mais la nature l'avait faite modeste. Elle était née avec le don de toutes les vertus, de tous les charmes, de toutes les puissances que l'idée chrétienne bien comprise par une noble intelligence ne pouvait que développer et conserver. On sentait qu'il n'y avait point de combat en elle et qu'elle vivait dans le beau et dans le bon comme dans son élément nécessaire. Tout était en harmonie chez elle. Sa taille était magnifique et pleine de grâces sous le sac et la guimpe. Ses mains effilées et rondelettes étaient charmantes, malgré une ankylose des petits doigts qui ne se voyait pas habituellement. Sa voix était agréable, sa prononciation d'une distinction exquise dans les deux langues, qu'elle parlait également bien. Née en France d'une mère française, élevée en France, elle était plus Française qu'Anglaise, et le mélange de ce qu'il y a de meilleur dans ces deux races en faisait un être parfait. Elle avait la dignité britannique sans en avoir la raideur, l'austérité religieuse sans la dureté. Elle grondait parfois, mais en peu de mots, et c'étaient des mots si justes, un blâme si bien motivé, des reproches si directs, si nets, et pourtant accompagnés d'un espoir si encourageant, qu'on se sentait courbée, réduite, convaincue, devant elle, sans être ni blessée, ni humiliée ni dépitée. On l'estimait d'autant plus qu'elle avait été plus sincère, on l'aimait d'autant plus qu'on se sentait moins digne de l'amitié qu'elle vous conservait, mais on gardait l'espoir de la mériter, et on y arrivait certainement, tant cette affection était désirable et salutaire.

Plusieurs religieuses avaient une *fille*, ou plusieurs *filles* parmi les pensionnaires, c'est-à-dire que, sur la recommandation des parens, ou sur la demande d'un enfant et avec la permission de la supérieure, il y avait une sorte d'adoption maternelle spéciale. Cette maternité consistait en petits soins particuliers, en réprimandes tendres ou sévères à l'occasion. La fille avait la permission d'entrer dans la cellule de sa mère, de lui demander conseil ou protection, d'aller quelquefois prendre le thé avec elle dans l'ouvroir des religieuses, de lui offrir un petit ouvrage à sa fête, enfin de l'aimer et de le lui dire. Tout le monde voulait être la fille de Poulette ou de la mère Alippe. Mme Marie-Xavier avait des filles. On désirait vivement être celle de Mme Alicia, mais elle était avare de cette faveur. Secrétaire de la communauté, chargée de tout le travail de bureau de la supérieure, elle avait peu de loisir et beaucoup de fatigue. Elle avait une fille bien-aimée, Louise de Courteilles (qui a été depuis Mme d'Aure). Cette Louise était sortie du couvent, et personne n'osait espérer de la remplacer.

Cette ambition me vint comme aux gens naïfs qui ne doutent de rien. On se prenait de passion filiale autour de moi pour Mme Alicia, mais on n'osait pas le lui dire. J'allai le lui dire tout net et sans m'embarrasser l'esprit du sermon qui m'attendait. «Vous? me dit-elle. Vous le plus grand diable du couvent? Mais vous voulez donc me faire faire pénitence? Que vous ai-je donc fait pour que vous m'imposiez le gouvernement d'une aussi mauvaise tête que la vôtre? Vous voulez me remplacer, vous, enfant terrible, ma bonne Louise, ma douce et sage enfant? Je crois que vous êtes folle ou que vous m'en voulez.—Bah! lui répondis-je sans me déconcerter, essayez toujours, qui sait? Je me corrigerai peut-être, je deviendrai peut-être charmante pour vous faire plaisir!—A la bonne heure, dit-elle; si c'est dans l'espoir de vous amender que je vous entreprends, je m'y résignerai peut-être; mais vous me fournissez là un rude moyen de faire mon salut, et j'en aurais préféré un autre.—Un ange comme Louise de Courteilles ne compte pas pour votre salut, repris-je. Vous n'avez eu aucun mérite avec elle; vous en auriez beaucoup avec moi.—Mais si, après m'être donné beaucoup de peine, je ne réussis pas à vous rendre sage et pieuse?—Pouvez-vous me promettre de m'aider au moins?—Pas trop, répondis-je. Je ne sais pas encore ce que je suis et ce que je veux être. Je sens que je vous aime beaucoup, et je me figure que, de quelque façon que je tourne, vous serez forcée de m'aimer aussi.—Je vois que vous ne manquez pas d'amour-propre?—Oh! vous verrez que ce n'est pas cela; mais j'ai besoin d'une mère. J'en ai deux en réalité qui m'aiment trop, que j'aime trop, et nous ne nous faisons que du mal les unes aux autres. Je ne peux guère vous expliquer cela, et pourtant vous le comprendriez, vous qui avez votre mère, dans le couvent; mais soyez pour moi une mère à votre manière. Je crois que je m'en trouverai bien. C'est dans mon intérêt que je vous le demande, et je ne m'en fais point accroire. Allons, chère mère, dites oui, car je vous avertis que j'en ai déjà parlé à ma bonne maman et à madame la supérieure, et qu'elles vont vous le demander aussi.

Mᵐᵉ Alicia se résigna, et mes compagnes, tout étonnées de cette adoption, me disaient: «Tu n'es pas malheureuse, toi! Tu es un diable incarné, tu ne fais que des sottises et des malices. Pourtant voilà Mᵐᵉ Eugénie qui te protége et Mᵐᵉ Alicia qui t'aime, tu es née coiffée.»—«Peut-être!» disais-je avec la fatuité d'un mauvais sujet.

Mon affection pour cette admirable personne était pourtant plus sérieuse qu'on ne pensait et qu'elle ne le croyait certainement elle-même. Je n'avais jamais senti qu'une passion dans mon petit être, l'amour filial; cette passion se concentrait en moi; ma véritable mère y répondait tantôt trop, tantôt pas assez, et, depuis que j'étais au couvent, elle semblait avoir fait vœu de repousser mes élans et de me restituer à moi-même pour ainsi dire. Ma grand'mère me boudait parce que j'avais accepté l'épreuve qu'elle m'avait imposée. Ni l'une ni l'autre n'avait plus de raison que moi. J'avais besoin d'une mère sage, et je commençais à comprendre que l'amour maternel, pour être un refuge, ne doit pas être une passion jalouse.

Malgré la dissipation où mon être moral semblait s'être absorbé et comme évaporé, j'avais toujours mes heures de rêverie douloureuse et de sombres réflexions dont je ne faisais part à personne. J'étais parfois si triste en faisant mes folies, que j'étais forcée de m'avouer malade pour ne pas m'épancher. Mes compagnes anglaises se moquaient de moi et me disaient: «*You are low-spirited to-day?—What is the matter with you?*»[18] Isabelle avait coutume de répéter quand j'étais jaune et abattue: «*She is in her low-spirits, in her spiritual absences*»[19]. Elle faisait ma charge, je riais, et je gardais mon secret.

J'étais diable moins par goût que par laisser-aller. J'aurais tourné à la sagesse si mes diables l'eussent voulu. Je les aimais, ils me faisaient rire, ils m'arrachaient à moi-même: mais cinq minutes de sévérité de Mᵐᵉ Alicia me faisaient plus de bien, parce que, dans cette sévérité, soit amitié particulière, soit charité chrétienne, je sentais un intérêt plus sérieux et plus durable qu'il n'y en avait dans cet échange de gaîté entre mes compagnes et moi. Si j'avais pu vivre à l'ouvroir ou dans la cellule de ma chère mère, au bout de trois jours je n'aurais plus compris qu'on s'amusât sur les toits ou dans les caves.

J'avais besoin de chérir quelqu'un et de le placer dans ma pensée habituelle au-dessus de tous les autres êtres, de rêver en lui la perfection, le calme, la force, la justice: de vénérer enfin un objet supérieur à moi, et de rendre dans mon cœur un culte assidu à quelque chose comme Dieu ou comme *Corambé*. Ce quelque chose prenait les traits graves et sereins de Maria Alicia. C'était mon idéal, mon saint amour, c'était la mère de mon choix.

Quand j'avais fait le diable tout le jour, je me glissais le soir dans sa cellule après la prière. C'était une des prérogatives de mon adoption. La prière finissait à huit heures et demie. Nous montions l'escalier de notre dortoir, et nous trouvions dans les longs corridors (qu'on appelait dortoirs aussi, parce que toutes les portes des cellules y donnaient) les nonnes alignées sur deux rangs, et rentrant chez elles en psalmodiant à haute voix des prières en latin. Elles s'arrêtaient devant une madone qui était sur le dernier palier, et là elles se séparaient, après plusieurs versets et répons. Chacune entrait dans sa cellule sans rien dire, car, entre la prière et le sommeil, le silence leur était imposé.

Mais celles qui avaient une fonction à remplir auprès des malades ou auprès de leurs filles étaient dispensées de s'astreindre à ce réglement. J'avais donc le droit d'entrer chez ma mère entre neuf heures moins un quart et neuf heures. Lorsque neuf heures sonnaient à la grande horloge, il fallait que sa lumière fût éteinte et que je fusse rentrée au dortoir. C'était donc quelquefois cinq ou six minutes seulement qu'elle pouvait m'accorder, encore avec préoccupation et l'oreille attentive aux *quarts*, *demi-quarts* et *avant-quarts* que sonnait la vieille horloge, car Mᵐᵉ Alicia était scrupuleusement fidèle à l'observance des moindres règles, et elle n'y eût pas voulu manquer d'une seconde.

«Allons, me disait-elle en m'ouvrant sa porte, que je grattais d'une certaine façon pour me faire admettre, *voilà encore mon tourment!*» C'était sa formule habituelle, et le ton dont elle la disait était si bon, si accueillant, son sourire était si tendre et son regard si doux que je me trouvais parfaitement encouragée à entrer. «Voyons, disait-elle, que venez-vous me dire de nouveau? Auriez-vous été sage, par hasard, aujourd'hui?—Non.—Mais vous n'êtes pas en bonnet de nuit, cependant? (On sait que c'était la marque de pénitence qui était devenue à peu près adhérente à mon chef.)—Je ne l'ai eu que deux heures, ce soir, disais-je.—Ah! fort bien! Et ce matin?—Ce matin, je l'avais à l'église. Je me suis glissée derrière les autres pour que vous ne le vissiez point.—Ah! ne craignez rien! je vous regarde le moins possible, pour ne pas voir ce vilain bonnet. Eh bien! vous l'aurez donc encore demain?—Oh! probablement!—Vous ne voulez donc pas changer?—Je ne peux pas encore.—Alors qu'est-ce que vous venez faire chez moi?—Vous voir et me faire gronder.—Ah! cela vous amuse?—Cela me fait du bien.—Je ne m'en aperçois pas du tout, et cela me fait du mal, à moi, méchante enfant!—Ah! tant mieux! lui disais-je, cela prouve que vous m'aimez.—Et que vous ne m'aimez pas!» reprenait-elle.

Alors elle me grondait, et j'avais un grand plaisir à être grondée par elle. «Au moins, me disais-je, voilà une mère qui m'aime pour moi et qui a raison avec moi.» Je l'écoutais avec le recueillement d'une personne bien décidée à se convertir, et pourtant je n'y songeais nullement.

«Allons me disait-elle, vous changerez, je l'espère; vos sottises vous ennuieront, et Dieu parlera à votre âme.— Le priez-vous beaucoup pour moi?—Oui, beaucoup.—Tous les jours?—Tous les jours.—Vous voyez bien que si j'étais sage, vous m'aimeriez moins et ne penseriez pas si souvent à moi.»

Elle ne pouvait s'empêcher de rire, car elle avait ce fond de gaîté qui est le cachet des bons esprits et des bonnes consciences. Elle me prenait par les épaules et me secouait comme pour faire sortir le diable dont j'étais possédée. Puis l'heure sonnait, et elle me jetait à la porte en riant. Et je remontais au dortoir, emportant, comme par influence magnétique, quelque chose de la sérénité et de la candeur de cette belle âme.

Je n'ai dit ces détails que pour compléter le portrait de ma chère Marie Alicia, car j'aurai beaucoup à revenir sur mes relations avec elle. J'achève maintenant ma nomenclature en disant que nous avions quatre sœurs converses dont je ne me rappelle bien que deux, la sœur Thérèse et la sœur Hélène.

Sister Teresa était une grande vieille d'un beau type. Elle était gaie, brusque, moqueuse, adorablement bonne. C'est encore un de mes chers souvenirs. C'est elle qui m'avait baptisée *Madcap*. Elle ne savait pas un mot de français et ne pouvait, dans aucune langue, dire correctement trois paroles. C'était une Ecossaise, maigre, forte, très active, vous repoussant toujours de manière à vous attirer, se plaisant aux niches qu'on lui faisait, et capable de vous châtier à coups de balai, tout en riant plus haut que vous. Elle aussi aimait les diables et ne les craignait point.

Elle avait l'emploi de distiller l'eau de menthe, ce qui était une industrie très perfectionnée dans notre couvent. On cultivait la plante dans de grands carrés réservés, au jardin des religieuses. Trois ou quatre fois par semaine, on la fauchait comme une luzerne, et on l'apportait dans une vaste cave qui servait de laboratoire à la sœur Thérèse. Cette cave était située juste au-dessous de la grande classe, et on y descendait par un large escalier. C'était donc naturellement une de nos premières étapes quand nous partions pour nos escapades. Mais quand la distilleuse était absente, tout était fermé avec le plus grand soin, et quand elle était présente, il ne fallait pas songer à folâtrer au milieu de ses alambics et de ses cornues. On s'arrêtait devant la porte ouverte et on la taquinait en paroles, ce qu'elle acceptait fort bien. Cependant, moi qui savais faire tranquillement mes impertinences, j'arrivai bientôt à pénétrer dans le sanctuaire. Je me tins d'abord pendant quelque temps en observation; j'aimais à la regarder. Seule dans cette grande cave éclairée par un jour blanc, qui, du soupirail, tombait sur sa robe violette, sur son voile d'un noir grisâtre et sur sa figure accentuée de lignes, terne de couleur comme une terre cuite, elle avait l'air d'une sorcière de Macbeth faisant ses évocations autour des fourneaux. Parfois elle était immobile comme une statue, assise auprès de l'alambic où le précieux breuvage coulait goutte à goutte: elle lisait la Bible en silence, ou murmurait ses offices d'une voix rauque et monotone. Elle était belle dans sa rude vieillesse comme un portrait de Rembrandt.

Un jour qu'elle était absorbée ou assoupie, j'arrivai jusqu'à elle sur la pointe des pieds, et quand elle me vit au milieu de ses flacons et de tout l'attirail fragile qu'un combat folâtre eût compromis, force lui fut de capituler et de souffrir ma curiosité. Elle était si bonne qu'elle me prit en affection, Dieu sait pourquoi, et que je pus dès lors me glisser souvent à ses côtés. Quand elle vit que je n'étais pas maladroite et que je ne brisais rien, elle se laissa distraire et désennuyer par mes flâneries, et, tout en me reprochant de n'être pas à la classe, elle ne me poussa jamais dehors, comme elle faisait des autres. L'odeur de la menthe lui causait des maux d'yeux et des migraines. Je l'aidais à étaler et à remuer son fourrage embaumé, et dans les jours d'été, quand on étouffait dans la classe, je trouvais un bien-être extrême à me réfugier dans cette cave dont le parfum me charmait.

L'autre sœur converse, sœur Hélène, était la maîtresse servante du couvent. Elle faisait les lits au dortoir, balayait l'église, etc. Comme après Mme Alicia, c'est la religieuse qui m'a été la plus chère, je parlerai beaucoup d'elle en temps et lieu; mais, à la phase de mon récit où je me trouve, je n'ai rien à en dire. Je fus longtemps sans faire la moindre attention à elle.

Les deux autres converses faisaient la cuisine. Ainsi, au couvent comme ailleurs, il y avait une aristocratie et une démocratie. Les *dames de chœur* vivaient en patriciennes. Elles avaient des robes blanches et du linge fin. Les converses travaillaient comme des prolétaires et leur vêtement sombre était plus grossier. C'étaient de vraies femmes du peuple, sans aucune éducation, et beaucoup moins absorbées par l'église et les offices que par les travaux de ce grand ménage. Elles n'étaient pas en nombre pour y suffire, et il y avait en outre deux servantes séculières, Marie-Anne et Marie-Josephe, sa nièce, deux créatures excellentes qui me dédommageaient bien de Rose et de Julie.

En général on était bon comme Dieu dans cette grande famille féminine. Je n'y ai pas rencontré une seule méchante compagne, et parmi les religieuses et les maîtresses, sauf Mlle D..., je n'ai trouvé que tendresse ou tolérance. Comment ne chérirais-je pas le souvenir de ces années, les plus tranquilles, les plus heureuses de ma vie? J'y ai souffert de moi-même au physique et au moral, mais, en aucun temps et en aucun lieu, je n'ai moins souffert de la part des autres.

CHAPITRE TREIZIEME

Départ d'Isabelle pour la Suisse.—Amitié protectrice de Sophie pour moi.—Fanelly.—La liste des affections.— Anna.—Isabelle quitte le couvent.—Fanelly me console.—Retour sur le passé.—Précautions mal entendues des religieuses.—Je fais des vers.—J'écris mon premier roman.—Ma grand'mère revient à Paris.—M. Abraham.—Études sérieuses pour la présentation à la cour.—Je retombe dans mes chagrins de famille.—On me met en présence d'épouseurs.—Visites chez de vieilles comtesses.—On me donne une cellule.—Description de ma cellule.—Je commence à m'ennuyer de la diablerie.—La vie des saints.—Saint Siméon le Stylite, saint Augustin, saint Paul.—Le Christ au jardin des Oliviers.—L'Évangile.—J'entre un soir dans l'église.

Mon premier chagrin à la grande classe fut le départ d'Isabelle. Ses parens l'emmenaient en Suisse avec sa sœur aînée, qui n'était pas au couvent. Isabelle partit, joyeuse de faire un si beau voyage, ne regrettant que Sophie, et faisant fort peu d'attention à mes larmes. J'en fus blessée. J'aimais Sophie et j'en étais doublement jalouse: jalouse, parce qu'elle me préférait Isabelle; jalouse, parce que Isabelle me la préférait. J'eus quelques jours de grand chagrin. Mais la jalousie en amitié n'est point mon mal: je la méprise et m'en défends assez bien. Quand je vis Sophie pleurer son amie et dédaigner mes consolations, je ne fis pas la superbe. Je la priai de m'associer à ses regrets, d'être triste avec moi sans se gêner et de me parler d'Isabelle sans jamais craindre de lasser ma patience et mon affection. «Au fait, me dit Sophie en se jetant dans mes bras, je ne sais pas pourquoi nous t'avions traitée comme un enfant, Isabelle et moi. Tu as plus de cœur qu'on ne pense, et je te jure amitié sérieuse. Tu me permettras d'aimer Isabelle avant tout. Elle y a droit par ancienneté, mais après Isabelle, je sens que c'est toi que j'aime plus que tout le monde ici.»

J'acceptai joyeusement la part qui m'était faite, et je devins l'inséparable de Sophie. Elle fut toujours aimable et charmante: mais je dois dire que, pour l'élan du cœur et le dévoûment complet, je fis toujours les frais de cette amitié; Sophie était exclusive malgré elle. Son âme ne pouvait se partager. Je l'accusai quelquefois d'ingratitude, puis je sentis que j'avais tort, et, sans la quitter d'une semelle, j'ouvris mon cœur à d'autres amitiés.

Mary partit pour un voyage en Angleterre. Elle devait revenir bientôt, et je ne m'en affectai pas beaucoup, parce que mon entrée à la grande classe nous avait beaucoup séparées, et qu'à son retour elle devait m'y rejoindre. Mais son absence se prolongea. Elle ne revint qu'au bout d'un an et pour rentrer à la petite classe. L'affection qui s'empara de moi me dédommagea de toutes ces pertes, et je trouvai dans Fanelly de Brisac la plus aimante de toutes mes amies.

C'était une petite blonde, fraîche comme une rose et d'une physionomie si vive, si franche, si bonne, qu'on avait du plaisir à la regarder. Elle avait de magnifiques cheveux cendrés qui tombaient en longues boucles sur ses yeux bleus et sur ses joues rondelettes. Comme elle remuait toujours, qu'elle ne savait pas marcher sans courir, ni courir sans bondir comme une balle, ce perpétuel flottement de cheveux était la chose la plus gaie du monde. Ses lèvres vermeilles ne savaient que sourire, et, comme elle était de Nérac, elle avait un petit accent gascon qui réjouissait l'oreille. Ses sourcils se rejoignaient au-dessus de son petit nez, ses yeux pétillaient comme des étincelles. Elle agissait et entreprenait toujours, elle ne connaissait pas la rêverie. Elle babillait sans désemparer. Elle était tout feu, tout cœur, tout soleil, un vrai type méridional, la plus aimable, la plus vivante, la plus prévenante compagne que j'aie jamais eue.

Elle m'aima la première et me le dit sans savoir comment j'y répondrais. J'y répondis tout de suite et de tout mon cœur, sans savoir où cela me mènerait. Mais ma bonne étoile avait présidé à ce pacte d'inspiration. Je trouvai en elle un trésor de bonté, la douceur d'un ange dans la pétulance d'un démon, un esprit rayonnant de santé morale, une abondance de cœur inépuisable, une complaisance empressée, ingénieuse, active, une droiture et une générosité d'instincts à toute épreuve, un caractère comme on n'en rencontre pas trois dans la vie pour l'unité, l'égalité, la sûreté. Cette personne-là a toujours vécu loin de moi depuis, nous ne nous sommes presque pas écrit. Elle n'était pas *écriveuse*, comme nous disions au couvent: nous ne nous sommes pas revues. Elle s'est mariée avec un homme très estimable, M. le Franc de Pompignan, mais dont la religion politique et sociale doit être tout l'opposé de la mienne. Elle doit donc vivre dans un milieu où je suis considérée très probablement comme un suppôt de l'Antechrist[20]. Mais en dépit de tout cela, il y a une chose dont je suis aussi assurée que de ma propre existence, c'est que Fanelly m'aime toujours tendrement et ardemment, c'est qu'aucun nuage n'a passé sur cette irrésistible et complète sympathie que nous avons éprouvée l'une pour l'autre, il y a trente ans, c'est qu'elle ne pense jamais à moi sans se dire qu'elle m'aime et sans être certaine que je l'aime aussi. Qui ne l'eût aimée? Elle n'avait pas un seul défaut, pas un seul travers. A la voir si rieuse, si échevelée, si *en l'air*, on eût pu croire qu'elle ne pensait à rien, et cependant elle pensait toujours à vous être agréable; elle vivait pour ainsi dire de l'affection qu'elle vous portait et du plaisir qu'elle voulait vous donner. Je la vois toujours entrant dans la classe dix fois par jour (car elle savait sortir de classe comme personne) et remuant sa jolie tête blonde à droite et à gauche pour me chercher. Elle était myope malgré ses beaux yeux. «*Ma tante*, disait-elle, où est donc *ma tante*? qu'a-t-on fait de ma tante? Mesdemoiselles, mesdemoiselles, qui a vu ma tante?—Eh! je suis là, lui disais-je. Viens donc auprès de moi.

—Ah! c'est bien, ma tante! Tu m'as gardé ma place à côté de toi. C'est bien, c'est bien, nous allons rire. Mais qu'est-ce que tu as, ma tante? Tu as l'air soucieux, voyons, dis-moi ce que tu as?

—Mais rien.

—En ce cas, ris donc, est-ce que tu t'ennuies? Eh, oui, je parie! Il y a au moins une heure que tu es tranquille. Viens, décampons; j'ai découvert quelque chose de charmant.»

Et elle m'emmenait battre les buissons dans le jardin, ou les pavés dans le cloître, et elle avait toujours préparé quelque folle surprise pour me divertir. Il n'y avait pas moyen d'être triste ou seulement rêveuse avec elle, et ce qu'il y avait de remarquable dans ce charmant naturel, c'est que son tourbillonnement ne fatiguait jamais. Elle vous arrachait à vous-même et ne vous faisait jamais regretter de vous être laissé aller. Elle était pour moi la santé, la vie de l'âme et du corps. C'était le ciel qui me l'envoyait, à moi qui avais, qui ai toujours eu besoin précisément de l'initiative des autres pour exister.

Je trouvais fort doux d'être aimée ainsi, et je dois ajouter que cette enfant est dans ma vie le seul être dont je me sois sentie aimée à toute heure avec la même intensité et la même placidité.

Comment fit-elle durant deux années d'intimité pour ne pas se lasser de moi un seul instant? C'est qu'elle avait une libéralité de cœur tout exceptionnelle. C'est aussi qu'elle avait un esprit peu ordinaire. Elle avait trouvé le secret de me transformer, de me rendre amusante, de m'arracher si bien à mes langueurs et à mes abattemens, qu'elle en était venue à me croire vivante comme elle. Elle ne se doutait pas que c'était elle qui me donnait la vie.

On avait au couvent l'enfantine et plaisante habitude d'établir et de respecter le classement de ses amitiés. L'on exigeait cela les unes des autres, ce qui prouve que la femme est née jalouse, et tient à ses droits dans l'affection, à défaut d'autres droits à faire valoir dans la société. Ainsi, on dressait la liste de ses relations plus ou moins intimes: on les classait par ordre, et les initiales des quatre ou cinq noms préférés étaient comme une devise qu'on lisait sur les cahiers, sur les murs, sur les couvercles de pupitre, comme autrefois l'on mettait certains chiffres et certaines couleurs sur ses armes et sur son palefroi. Quand on avait donné la première place, on n'avait pas le droit de la reprendre pour la donner à une autre. L'ancienneté faisait loi. Ainsi ma liste de la grande classe portait invariablement Isabella Clifford en tête, et puis Sophie Cary. Quand vint Fanelly, elle ne put avoir que la troisième place, et bien que Fanelly n'eût pas de meilleures amies que moi, bien qu'elle n'en eût jamais d'autres que les miennes, elle accepta sans jalousie et sans chagrin cette troisième place. Après elle vint Anna Vié, qui eut la quatrième; et pendant près d'une année je ne formai pas d'autres relations. Le nom de Mme Alicia couronnait toujours la liste; elle brillait seule, au-dessus, comme mon soleil. Les initiales de mes quatre compagnes formaient le mot *Isfa*, que je traçais sur tous les objets à mon usage dans la classe, comme une formule cabalistique. Quelquefois je l'entourais d'une auréole de petits a pour signifier qu'Alicia remplissait tout le reste de mon cœur. Combien de fois Mme Eugénie, qui, avec sa vue débile, voyait cependant tout, et mettait son petit nez curieux dans toutes nos paperasses, s'est-elle creusé l'esprit pour découvrir ce que signifiait ce mot mystérieux! Chacune de nous, ayant un logogriphe du même genre, lui laissait présumer que nous avions une langue de convention, et qu'à l'aide de ce langage nous conspirions contre son autorité. Mais elle interrogeait vainement. On lui disait que c'étaient des lettres jetées au hasard pour essayer les plumes. Le mystère est une si belle chose quand il ne cache aucun secret!

Anna Vié, ma *quatrième*, était une personne très intelligente, gaie, railleuse, malicieuse, la plus spirituelle du couvent en paroles. Il était impossible de ne pas se plaire avec elle. Elle était laide et pauvre, et ces deux disgrâces dont elle riait sans cesse, faisaient son plus grand charme; orpheline, elle avait pour tout appui un vieil oncle grec, M. de Césarini, qu'elle connaissait peu et craignait beaucoup. Diable au premier chef, rageuse surtout, redoutée pour son ironie, elle avait pourtant un noble et généreux cœur. Sa gaîté brillante cachait un grand fonds d'amertume. Son avenir, qui se présentait toujours à elle sous des couleurs sombres, son esprit, qui la faisait craindre plus qu'aimer; ses pauvres petites robes noires, fanées, sa petite taille, qui ne se développait point, son teint jaune et bilieux, ses petits yeux étranges, tout lui était un sujet de plaisanterie apparente et de douleur secrète. A cause de cela, on la croyait envieuse des avantages des autres. Cela n'était point. Elle avait une grande droiture de jugement, une grande élévation d'idées, et quand elle vous aimait assez pour ne plus rire avec vous, elle pleurait avec noblesse et s'emparait de votre sympathie. Longtemps nous caressâmes ensemble le rêve qu'elle viendrait habiter Nohant quand j'y retournerais. Ma grand'mère souriait à ce projet; mais l'oncle d'Anna, à qui celle-ci en parla d'abord, ne s'y montra pas favorable.

Je l'ai revue une ou deux fois depuis notre séparation. Elle avait épousé un M. Desparbès de Lussan, de la famille de Mme de Lussan, qui avait été l'amie intime de ma grand'mère. Anna, mariée, n'était plus la même personne. Elle avait grandi, son teint s'était éclairci: sans être jolie, elle était devenue agréable. Elle habitait la campagne à Ivry. Son mari n'était ni jeune, ni riche ni *avenant*, mais elle s'en louait beaucoup, et, soit pour lui complaire, soit pour se réconcilier avec son sort, qui ne paraissait pas enivrant, elle était devenue dévote, de sceptique très obstinée que je l'avais connue.

Un autre changement qui m'étonna davantage et qui m'affligea, fut la contrainte et la froideur de ses manières avec moi. Je n'étais pourtant pas George Sand alors, et je ne songeais guère à le devenir. J'étais encore catholique, et si inconnue en ce monde que personne ne songeait à dire du mal de moi. La réserve de mon ancienne amie ne m'eût peut-être pas empêchée de la revoir, car je croyais deviner qu'elle n'était pas plus heureuse dans le monde qu'au couvent, et qu'elle aurait besoin de s'épancher avec moi quand nous serions seules; mais je n'habitais point Paris, et les douze ou treize ans que j'ai passés a Nohant après mon mariage ont nécessairement rompu la plupart de mes relations de couvent. J'ai su qu'Anna avait perdu son mari après quelques années de mariage, et je ne sais pas ce qu'elle est devenue. Puisse-t-elle être heureuse! Elle avait toujours désespéré de pouvoir l'être, et pourtant elle le méritait beaucoup.

Pendant près d'un an, Sophie, Fanelly, Anna et moi, nous fûmes inséparables. Je fus le lien entre elles; car, avant que Sophie m'eût acceptée pour sa *seconde*, et que les deux autres m'eussent adoptée pour leur *première*, elles n'avaient pas marché ensemble. Notre intimité fut sans nuages. Je souffrais bien un peu des fréquentes *indifférences* de Sophie, qui se croyait obligée d'aimer Isabelle absente plus que moi, tandis que je me croyais obligée d'aimer Isabelle absente et Sophie indifférente plus que Fanelly et Anna, qui m'adoraient généreusement. Mais c'était la règle, la loi. On aurait cru mériter l'odieuse qualification d'inconstante si on eût dérangé l'ordre de la liste. Pourtant je dois dire à ma justification qu'en dépit de la liste, en dépit de l'ancienneté, en dépit des promesses échangées, je ne pouvais m'empêcher de sentir que j'aimais Fanelly plus que toutes les autres, et je lui faisais souvent cet étrange raisonnement: «Par ma volonté tu n'es que ma troisième, mais contre ma volonté tu es ma première et peut-être ma seule.» Elle riait. «Qu'est-ce que cela me fait, me disait-elle, que tu me comptes la troisième, si tu m'aimes comme je t'aime? va, *ma tante*, je ne t'en demande pas davantage. Je ne suis pas fière, et j'aime celles que tu aimes.» Isabelle revint de Suisse au bout de quelques mois, mais elle vint nous dire adieu, elle quittait définitivement le couvent. Elle partait pour l'Angleterre. J'eus un désespoir complet, d'autant plus que, tout absorbée par Sophie, elle s'apercevait à peine de ma présence et se retourna pour dire: «*Qu'a donc cette petite à pleurer comme cela?*» Je trouvai le mot bien dur; mais comme Sophie lui dit que j'avais été sa consolatrice et qu'elle m'avait prise pour amie, Isabelle s'efforça de me consoler et voulut que je fusse en tiers dans leur promenade. Elle revint nous voir une autre fois, et partit peu de temps après. Elle a fait un riche mariage. Je ne l'ai jamais revue.

Sophie ne se consola pas de cette séparation. Pour moi, dont l'amitié avait été plus courte et moins heureuse, je m'en laissai consoler par ma chère Fanelly, et je fis bien; car Isabelle n'avait jamais vu en moi qu'un enfant, et d'ailleurs, elle était peut-être plus sentimentale que tendre.

Mon année, presque mes dix-huit ans de *diablerie* s'écoulèrent comme un jour et sans que j'en eusse pour ainsi dire conscience. Sophie et Anna prétendaient s'ennuyer mortellement au couvent, et que ce fût un *genre* ou une réalité, toutes mes compagnes disaient la même chose. Il n'y avait que les dévotes qui se fussent interdit la plainte, et elles n'en paraissaient pas plus gaies. Tous ces enfans avaient été apparemment bien heureux dans leurs familles. Celles qui, comme Anna, n'avaient pas de famille, et dont les jours de sortie n'étaient rien moins que gais, rêvaient un monde de plaisir, de bals, de délices, de voyages, que sais-je! tout ce qui était la liberté et l'absence d'occupations réglées. La claustration et la règle sont apparemment ce qu'il y a de plus antipathique à l'adolescence.

Pour moi, si je souffris physiquement de la claustration, je ne m'en aperçus pas au moral; mon imagination ne devançait pas les années, et l'avenir me faisait plus de peur que d'envie. Je n'ai jamais aimé à regarder devant moi. L'inconnu m'effraie, j'aime mieux le passé qui m'attriste. Le présent est toujours une sorte de compromis entre ce que l'on a désiré et ce que l'on a obtenu. Tel qu'il est, on l'accepte ou on le subit, on sait qu'on a déjà subi ou accepté beaucoup de choses, mais que sait-on de ce qu'on pourra subir ou accepter le lendemain? Je n'ai jamais voulu me laisser dire ma bonne aventure, je ne croyais certes pas à la divination; mais l'avenir matériel me paraît toujours quelque chose de si grave que je n'aime pas qu'on m'en parle, même en rébus et en jongleries. Pour mon compte, je n'ai jamais fait à Dieu qu'une demande dans mes prières: c'est d'avoir la force de supporter ce qui m'arriverait.

Avec cette disposition d'esprit, qui n'a jamais changé, je me trouvai donc heureuse au couvent plus qu'ailleurs; car là, personne ne connaissant à fond le passé des autres, personne ne pouvait parler aux autres de ce qui devait leur arriver. Les parens parlent toujours de l'avenir à leurs enfans. Cet avenir de leur progéniture, c'est leur continuel souci, leur tendre et inquiète préoccupation. Ils voudraient l'arranger, l'assurer: ils y consument toute leur vie, et pourtant la destinée dément et déjoue toutes leurs prévisions. Les enfans ne profitent jamais des recommandations qu'on leur a faites. Certain instinct d'indépendance ou de curiosité les pousse même le plus souvent en sens contraire. Les nonnes n'ont pas le même genre de sollicitude pour les enfans qu'elles élèvent. Pour elles, il n'y a pas d'avenir sur la terre.

Elles ne voient que le ciel ou l'enfer, et l'avenir, dans leur langage, s'appelle le salut. Avant même d'être dévote, ce genre d'avenir ne m'effrayait pas comme l'autre. Puisque, selon les catholiques, on est libre de choisir entre le salut et la damnation, puisque la grâce n'est jamais en défaut, et que la moindre bonne volonté vous jette dans une voie où les anges mêmes daignent marcher devant vous, je me disais avec une confiance superbe que je ne courais aucun danger, que j'y penserais quand je voudrais, et je ne me pressais pas d'y penser. Je n'étais pas sensible aux considérations d'intérêt personnel. Elles n'ont jamais agi sur moi, même en matière de religion. Je voulais aimer Dieu pour la seule douceur de l'aimer, je ne voulais pas avoir peur de lui: voilà ce que je disais quand on s'efforçait de m'épouvanter.

Sans réflexion et sans souci de cette vie et de l'autre, je ne songeais qu'à m'amuser, ou, pour mieux dire, je ne songeais même pas à cela: je ne songeais à rien. J'ai passé les trois quarts de ma vie ainsi, et pour ainsi dire à l'état latent. Je crois bien que je mourrai sans avoir réellement songé à vivre, et pourtant j'aurai vécu à ma manière, car rêver et contempler est une action insensible qui remplit parfaitement les heures et occupe les forces intellectuelles sans les trop user.

Je vivais donc là sans savoir comment et toujours prête à m'amuser comme l'entendraient mes amies. Anna aimait à causer, je l'écoutais. Sophie était rêveuse et triste, je m'attachais à ses pas en silence, ne la troublant pas dans ses méditations, ne la boudant pas quand elle revenait à moi. Fanelly aimait à courir, à rire, à fureter, à organiser toujours quelque diablerie, je devenais tout feu, toute joie, tout mouvement avec elle. Heureusement pour moi, elle s'emparait de moi; Anna nous suivait par amitié et Sophie par désœuvrement; alors commençaient des escapades et des vagabondages qui duraient des journées entières. On se donnait rendez-vous dans un coin quelconque; Fanelly, dont la petite bourse était toujours la mieux garnie et qui avait l'art de faire acheter en cachette par le portier tout ce qu'elle voulait, nous préparait sans cesse des surprises de gourmandise. C'était un melon magnifique, des gâteaux, des paniers de cerises ou de raisins, des beignets, des pâtés, que sais-je! Elle s'ingéniait toujours à nous régaler de quelque chose d'inattendu et de prodigieux. Pendant tout un été, nous ne fûmes nourries que par contrebande, et quelle folle nourriture! Il fallait avoir quinze ans pour n'en pas tomber malade. De mon côté, j'apportais les friandises que me donnaient Mme Alicia et la sœur Thérèse, qui confectionnait elle-même des *dumpleens* et des *puddings* délicieux, et qui m'appelait dans son laboratoire pour en bourrer mes poches.

Mettre en commun nos friandises et les manger en cachette aux heures où l'on ne devait pas manger, c'était une fête, une partie fine et des rires inextinguibles, et des saletés de l'autre monde, comme de lancer au plafond la croûte d'une tarte aux confitures et de la voir s'y coller avec grâce, de cacher des os de poulets au fond d'un piano, de semer des pelures de fruit dans les escaliers sombres pour faire tomber les personnes graves. Tout cela paraissait énormément spirituel, et l'on se grisait à force de rire: car en fait de boisson nous n'avions que de l'eau ou de limonade.

La recherche de la *victime* était poursuivie avec ardeur, et j'aurais à raconter bien des déceptions qu'elle nous causa. Mais j'ai déjà raconté trop d'enfantillages, et, je le crains, avec trop de complaisance.

Je ne voudrais pourtant pas avoir oublié que mon but, en retraçant mes souvenirs, est d'intéresser mon lecteur au souvenir de sa propre vie. Déchirerai-je les pages qui précèdent comme puériles et sans utilité? Non! La gaîté, l'espièglerie même de l'adolescence, toujours mêlées d'une certaine poésie ou d'une grande activité d'imagination, sont une phase de notre existence que nous ne retraçons jamais sans nous sentir redevenir meilleurs, quand l'âge a passé sur nos têtes. L'adolescence est un âge de candeur, de courage et de dévouement souvent déraisonnable, toujours sincère et spontané. Ce que l'âge nous fait acquérir d'expérience et de jugement est au détriment de cette ingénuité première, qui ferait de nous des êtres parfaits si nous la conservions tout en acquérant la maturité. Faute de raison, ces trésors de la première jeunesse sont perdus ou stériles: mais en nous reportant à ce temps de prodigalité morale, nous reprenons possession de notre véritable richesse, et nul de nous ne serait capable d'une mauvaise action s'il avait toujours devant les yeux le spectacle de sa première innocence. Voilà pourquoi ces souvenirs sont bons pour tout le monde comme pour moi.

Pourtant j'abrége, car si je voulais rapporter tout ce que je me rappelle avec plaisir et avec une exactitude de mémoire, à certains égards, qui me surprend moi-même, je remplirais tout un volume. Il suffira de dire que je passai longtemps dans cet état de diablerie, ne faisant quoi que ce soit, si ce n'est d'apprendre un peu d'italien, un peu de musique, le moins possible en vérité. Je m'appliquais seulement à l'anglais, que j'avais hâte de savoir, parce que la moitié de la vie était manquée au couvent quand on n'entendait pas cette langue. Je commençais aussi à vouloir écrire. Nous en avions toutes la rage, et celles qui manquaient d'imagination passaient leur temps à s'écrire des lettres les unes aux autres: lettres parfois charmantes de tendresse et de naïveté, que l'on nous interdisait sévèrement comme si c'eût été des billets doux, mais que la prohibition rendait plus actives et plus ardentes.

Disons en passant que la grande erreur de l'éducation monastique est de vouloir exagérer la chasteté. On nous défendait de nous promener deux à deux, il fallait être au moins trois; on nous défendait de nous embrasser; on s'inquiétait de nos correspondances innocentes, et tout cela nous eût donné à penser si nous eussions eu en nous-mêmes seulement le germe des mauvais instincts qu'on nous supposait apparemment. Je sais que j'en eusse été fort blessée, pour ma part, si j'eusse compris le motif de ces prescriptions bizarres. Mais la plupart d'entre nous, élevées simplement et chastement dans leurs familles, n'attribuaient ce système de réserve excessive qu'à l'esprit de dévotion qui restreint l'élan des affections humaines en vue d'un amour exclusif pour le Créateur.

Je commençais donc à écrire, et mon premier essai, comme celui de tous les jeunes cerveaux, prit la forme de l'alexandrin. Je connaissais les règles de la versification, et j'y avais toujours fait, contre Deschartres, une opposition obstinée. J'avais parfaitement tort. Il n'y a pas de milieu entre la prose libre et le vers régulier. Je prétendais trouver un terme moyen, rimer de la prose et conserver une sorte de rhythme, sans me soucier de la rime et de la césure. Enfin, je prenais mes aises, prétendant que la règle était trop rigoureuse et gênait l'élan de la pensée. Je fis ainsi beaucoup de prétendus vers qui eurent grand succès au couvent, où l'on n'était pas difficile, il faut l'avouer. Ensuite il me prit fantaisie d'écrire un roman, et, bien que je ne fusse pas du tout dévote alors, ce fut un roman chrétien et dévot.

Ce prétendu roman était plutôt une nouvelle, car il n'avait qu'une centaine de pages. Le héros et l'héroïne se rencontraient, un soir, dans la campagne, aux pieds d'une madone où ils faisaient leurs prières. Ils s'admiraient et s'édifiaient l'un l'autre: mais, quoiqu'il fût de règle qu'ils devinssent amoureux l'un de l'autre, ils ne le devinrent pas. J'avais résolu, par les conseils de Sophie, de les amener à s'aimer; mais quand j'en fus là, quand je les eus décrits beaux et parfaits tous les deux, dans un site enchanteur, au coucher du soleil, à l'entrée d'une chapelle gothique ombragée de grands chênes, jamais je ne pus dépeindre les premières émotions de l'amour. Cela n'était point en moi, il ne me vint pas un mot. J'y renonçai. Je les fis ardemment pieux, quoique la piété ne fût pas plus en moi que l'amour; mais je la comprenais, parce que j'en avais le spectacle sous les yeux, et peut-être d'ailleurs le germe de cet amour-là commençait-il à éclore en moi à mon insu. Tant il y a que mes deux jeunes gens, après plusieurs chapitres de voyages et d'aventures que je ne me rappelle pas du tout, se consacrèrent à Dieu chacun de son côté: la demoiselle prit le voile, et le héros se fit prêtre.

Sophie et Anna trouvèrent mon roman *bien écrit* et les détails leur plurent. Mais elles déclaraient que *Fitz Gérald* (c'était le nom du héros) était un personnage fort ennuyeux, et que l'héroïne n'était guère plus divertissante. Il y avait une mère qui leur plut davantage; mais, en somme, ma prose eut moins de succès que mes vers, et ne me charma point moi-même. Je fis un autre roman, un roman pastoral, que je jugeai plus mauvais que le premier et dont j'allumai le poêle un jour d'hiver. Puis je cessai d'écrire, jugeant que cela ne pourrait jamais m'amuser, et trouvant qu'en comparaison de l'infinie jouissance morale que j'avais goûtée à composer sans écrire, tout serait à jamais stérile et glacé pour moi.

Je continuais toujours, sans l'avoir jamais confié à personne, mon éternel poème de *Corambé*. Mais c'était à bâtons rompus, car au couvent, comme je l'ai dit, le roman était en action, et le sujet, c'était la victime du souterrain, sujet bien plus émouvant que toutes les fictions possibles, puisque nous prenions cette fiction au sérieux.

Ma grand'mère vint au milieu du second hiver que je passai au couvent. Elle repartit deux mois après, et je sortis, en tout, cinq ou six fois. Ma tenue de pensionnaire ne lui plut pas mieux que ma tenue de campagnarde. Je ne m'étais nullement formée aux belles manières. J'étais plus distraite que jamais. Les leçons de danse de M. Abraham, ex-professeur de grâces de Marie-Antoinette, ne m'avaient donné aucune espèce de grâce. Cependant M. Abraham faisait son possible pour nous donner une tenue de cour. Il arrivait en habit carré, jabot de mousseline, cravate blanche à longs bouts, culotte courte et bas de soie noirs, souliers à boucles, perruque à bourse et à frimas, le diamant au doigt, la pochette en main. Il avait environ quatre-vingts ans, toujours mince, gracieux, élégant, une jolie tête ridée, veinée de rouge et de bleu sur un fond jaune comme une vieille feuille nuancée par l'automne, mais fine et distinguée. C'est le meilleur homme du monde, le plus poli, le plus solennel, le plus convenable. Il donnait leçon par première et seconde division de 15 ou 20 élèves chacune, dans le grand parloir de la supérieure, dont nous franchissions la grille à cette occasion. Là, M. Abraham nous démontrait la grâce par raison géométrique, et après les pas d'usage il s'installait dans un fauteuil et nous disait: «Mesdemoiselles, je suis le roi, ou la reine, et comme vous êtes toutes appelées, sans doute, à être présentées à la cour, nous allons étudier les entrées, les révérences et les sorties de la présentation.»

D'autres fois on étudiait des solennités plus habituelles, on représentait un salon de graves personnages. Le professeur faisait asseoir les unes, entrer et sortir les autres, montrait la manière de saluer la maîtresse de la maison, puis la princesse, la duchesse, la marquise, la comtesse, la vicomtesse, la baronne et la présidente, chacune dans la mesure de respect ou d'empressement réservée à sa qualité. On figurait aussi le prince, le duc, le marquis, le comte, le vicomte, le baron, le chevalier, le président, le vidame et l'abbé. M. Abraham faisait tous ces rôles et venait saluer chacune de nous, afin de nous apprendre comment il fallait répondre à toutes ces révérences, reprendre le gant ou l'éventail offert, sourire, traverser l'appartement, s'asseoir, changer de place: que sais-je! Tout était prévu, même la manière d'éternuer, dans ce code de la politesse française. Nous pouffions de rire, et nous faisions exprès mille balourdises pour le désespérer. Puis, vers la fin de la leçon, pour le renvoyer content, le brave homme (car il y avait barbarie à contrarier tant de douceur et de patience), nous affections toutes les grâces et toutes les mines qu'il nous demandait. C'était pour nous une comédie que nous avions bien de la peine à jouer sans lui rire au nez, mais qui nous apprenait à jouer la comédie tant bien que mal. Il faut croire que la grâce du temps du père Abraham était bien différente de celle d'aujourd'hui: car, plus nous nous rendions à dessein ridicules et affectées, plus il était satisfait, plus il nous remerciait de notre bonne volonté.

Malgré tant de soins et de théorie, je me tenais toujours voûtée, j'avais toujours des mouvemens brusques, des allures naturelles, l'horreur des gants et des profondes révérences. Ma bonne maman me grondait vraiment trop pour ces vices-là. Elle grondait à sa manière, l'excellente femme, d'une voix douce, et avec des paroles caressantes. Mais il me fallait un grand effort sur moi-même pour cacher l'ennui et l'impatience que me causaient ces perpétuels mécontentemens. J'eusse tant voulu lui agréer! Je n'en venais point à bout. Elle me chérissait, elle ne vivait que pour moi, et il semblait qu'il y eût dans ma simplicité et dans ma malheureuse absence de coquetterie quelque chose qu'elle ne pût accepter, quelque chose d'antipathique qu'elle ne pouvait vaincre, peut-être une sorte de vice originel qui sentait le peuple en dépit de tous ses soins. Pourtant je n'étais pas *butorde*; ma nature calme et portée à la confiance ne me poussait point à des manières importunes ou grossières. J'étais préoccupée la plupart du temps Dieu sait de quoi, de rien peut-être le plus souvent. Je n'avais pas de causerie avec ma grand'mère. De quoi parler? De nos folies, de nos souterrains, de nos paresses, de nos amitiés de couvent? C'était toujours la même chose, et je ne portais pas mes regards sur le monde et sur l'avenir dont elle eût voulu me voir préoccupée. On me présentait déjà des jeunes gens à marier, et je ne m'en apercevais pas. Quand ils étaient sortis, on me demandait comment je les avais trouvés, et il se trouvait que je ne les avais pas regardés. On me grondait d'avoir pensé à autre chose pendant qu'ils étaient là, à une partie de barres ou à un achat de balles élastiques qui me trottait par la cervelle. Je n'étais pas une nature précoce; j'avais parlé tard dans ma première enfance, tout le reste fut à l'avenant: ma force physique s'était développée rapidement; j'avais l'air d'une demoiselle, mais mon cerveau, tout engourdi, tout replié sur lui-même, faisait de moi un enfant, et loin de m'aider à m'endormir dans cette grâce d'état, on cherchait à faire de moi une personne.

Cette grande sollicitude de ma bonne maman venait d'un grand fonds de tendresse. Elle se sentait vieillir et mourir peu à peu. Elle voulait me marier, m'attacher au monde, s'assurer que je ne tomberais pas sous la tutelle de ma mère: et, dans la crainte de n'en avoir pas le temps, elle s'efforçait de m'inspirer la religion du monde, la méfiance pour ma famille maternelle, l'éloignement pour le milieu plébéien où elle tremblait de me laisser retomber en me quittant. Mon caractère, mes sentimens et mes idées se refusaient à la seconder. Le respect et l'amour enchaînaient ma langue. Elle me prenait tantôt pour une sotte, tantôt pour une rusée. Je n'étais ni l'une ni l'autre. Je l'aimais et je souffrais en silence.

Ma mère semblait avoir renoncé à m'aider dans cette lutte muette et douloureuse. Elle raillait toujours le grand monde, me caressait beaucoup, m'admirait comme un prodige, et se préoccupait peu de mon avenir. Il semblait qu'elle eût accepté pour elle-même un avenir dont je ne faisais plus partie essentielle. Je me sentais navrée de cette sorte d'abandon, après la passion dont elle m'avait fait vivre dans mon enfance. Elle ne m'emmenait plus chez elle. Je vis ma sœur une ou deux fois en deux ou trois ans. Mes jours de sortie étaient remplis de visites que ma grand'mère me faisait faire avec elle à ses *vieilles comtesses*. Elle voulait apparemment les intéresser à ma jeunesse, me créer des relations, des appuis, parmi celles qui lui survivraient. Ces *dames* continuaient à m'être antipathiques, la seule Mme de Pardaillan exceptée. Le soir, nous dînions ou chez les cousins Villeneuve ou chez l'oncle Beaumont. Il fallait rentrer à l'heure où je commençais à me mettre à l'aise avec ma famille. Mes jours de sortie étaient donc lugubres. Le matin, joyeuse et empressée, j'arrivais *chez nous* le cœur plein d'élan et d'impatience. Au bout de trois heures, je devenais triste. Je l'étais davantage en faisant mes adieux; au couvent seulement je retrouvais du calme et de la gaîté.

L'événement intérieur qui me donna le plus de contentement fut d'obtenir enfin une cellule. Toutes les demoiselles de la grande classe en avaient; moi seule je restai longtemps au dortoir, parce qu'on craignait mon tapage nocturne. On souffrait mortellement, dans ce dortoir placé sous les toits, du froid en hiver, de la chaleur en été. On y dormait mal, parce qu'il y avait toujours quelque petite qui criait de peur ou de colique au milieu de la nuit. Et puis, n'être pas *chez soi*, ne pas se sentir seul une heure dans la journée ou dans la nuit, c'est quelque chose d'antipathique pour ceux qui aiment à rêver et à contempler. La vie en commun est l'idéal du bonheur entre gens qui s'aiment. Je l'ai senti au couvent, je ne l'ai jamais oublié; mais il faut à tout être pensant ses heures de solitude et de recueillement. C'est à ce prix seulement qu'il goûte la douceur de l'association.

La cellule qu'on me donna enfin fut la plus mauvaise du couvent. C'était une mansarde située au bout du corps de bâtiment qui touchait à l'église. Elle était contiguë à une toute semblable occupée par Coralie le Marrois, personne austère, pieuse, craintive et simple, dont le voisinage devait, pensait-on, me tenir en respect. Je fis bon ménage avec elle, malgré la différence de nos goûts; j'eus soin de ne pas troubler sa prière ou son sommeil, et de décamper sans bruit pour aller sur le palier trouver Fanelly et d'autres babilleuses avec qui l'on errait une partie de la nuit dans le grenier *aux oignons* et dans les tribunes de l'orgue. Il nous fallait passer devant la chambre de Marie-Josephe, la bonne du couvent; mais elle avait un excellent sommeil.

Ma cellule avait environ dix pieds de long sur six de large. De mon lit, je touchais avec ma tête le plafond en soupente. La porte, en ouvrant, rasait la commode placée vis-à-vis, auprès de la fenêtre, et pour fermer la porte il fallait entrer dans l'embrasure de cette fenêtre, composée de quatre petits carreaux, et donnant sur une gouttière en auvent qui me cachait la vue de la cour. Mais j'avais un horizon magnifique. Je dominais une partie de Paris par-dessus la cime des grands marronniers du jardin. De vastes espaces de pépinières et de jardins potagers s'étendaient autour de notre enclos. Sauf la ligne bleue de monumens et de maisons qui fermait l'horizon je pouvais me croire, non pas à la campagne, mais dans un immense village. Le campanile du couvent et les constructions basses du cloître servaient de repoussoir au premier plan. La nuit, au clair de la lune, c'était un tableau admirable. J'entendais sonner de près l'horloge, et j'eus quelque peine à m'y habituer pour dormir: mais peu à peu ce fut un plaisir pour moi d'être doucement réveillée par ce timbre mélancolique, et d'entendre au loin les rossignols reprendre bientôt après leur chant interrompu.

Mon mobilier se composait d'un lit en bois peint, d'une vieille commode, d'une chaise de paille, d'un méchant tapis de pied, et d'une petite harpe Louis XV, extrêmement jolie, qui avait brillé jadis entre les beaux bras de ma grand'mère, et dont je jouais un peu en chantant. J'avais la permission d'étudier cette harpe dans ma cellule: c'était un prétexte pour y passer tous les jours une heure en liberté, et, quoique je n'étudiasse pas du tout, cette heure de solitude et de rêverie me devint précieuse. Les moineaux, attirés par mon pain entraient sans frayeur chez moi et venaient manger jusque sur mon lit. Quoique cette pauvre cellule fût un four en été, et littéralement une glacière en hiver (l'humidité des toits se gelant en stalactites à mon plafond disjoint), je l'ai aimée avec passion, et je me souviens d'en avoir ingénument baisé les murs en la quittant, tellement je m'y étais attachée. Je ne saurais dire quel monde de rêveries semblait lié pour moi à cette petite niche poudreuse et misérable. C'est là seulement que je me retrouvais et que je m'appartenais à moi-même. Le jour, je n'y pensais à rien, je regardais les nuages, les branches des arbres, le vol des hirondelles. La nuit, j'écoutais les rumeurs lointaines et confuses de la grande cité qui venaient comme un râle expirant se mêler aux bruits rustiques du faubourg. Dès que le jour paraissait, les bruits du couvent s'éveillaient et couvraient fièrement ces mourantes clameurs. Nos coqs se mettaient à chanter, nos cloches sonnaient matines: les merles du jardin répétaient à satiété leur phrase matinale: puis les voix monotones des religieuses psalmodiaient l'office et montaient jusqu'à moi à travers les couloirs et les mille fissures de la masure sonore. Les pourvoyeurs de la maison élevaient dans la cour, située en précipice au-dessous de moi, des voix rauques et rudes qui contrastaient avec celles des nonnes, et enfin l'appel strident de l'éveilleuse Marie-Josephe courant de chambre en chambre, et faisant grincer les verrous des dortoirs, mettait fin à ma contemplation auditive.

Je dormais peu. Je n'ai jamais su dormir à point. Je n'en avais envie que quand il fallait songer à s'éveiller. Je rêvais à Nohant; c'était devenu dans ma pensée un paradis, et cependant je n'avais point de hâte d'y retourner, et quand ma grand'mère prononça que je n'aurais pas de vacances, parce que, ne devant pas rester de nombreuses années au couvent, il les fallait faire aussi complètes que possible pour mes études, je me soumis sans chagrin, tant je craignais de retrouver à Nohant les chagrins qui me l'avaient fait quitter sans regret.

Ces études, auxquelles ma bonne maman sacrifiait le plaisir de me voir, étaient à peu près nulles. Elle ne tenait qu'aux leçons d'agrément, et depuis que j'étais diable, je n'aimais plus à m'occuper. Cela m'ennuyait bien quelquefois, cette oisiveté errante, mais le moyen de s'en déshabituer quand on s'y est laissé longtemps endormir?

Enfin vint le temps où une grande révolution devait s'opérer en moi. Je devins dévote; cela se fit tout d'un coup, comme une passion qui s'allume dans une âme ignorante de ses propres forces. J'avais épuisé pour ainsi dire la paresse et la complaisance envers mes diables, le mouvement, la rébellion muette et systématique contre la discipline. Le seul amour violent dont j'eusse vécu, l'amour filial, m'avait comme lassée et brisée. J'avais une sorte de culte pour Mme Alicia, mais c'était un amour tranquille: il me fallait une passion ardente. J'avais quinze ans. Tous mes besoins étaient dans mon cœur, et mon cœur s'ennuyait si l'on peut ainsi parler. Le sentiment de la personnalité ne s'éveillait pas en moi. Je n'avais pas cette sollicitude immodérée pour ma personne que j'ai vue se développer à l'âge que j'avais alors chez presque toutes les jeunes filles que j'ai connues. Il me fallait aimer hors de moi, et je ne connaissais rien sur la terre que je pusse aimer de toutes mes forces.

Cependant je ne cherchai point Dieu. L'idéal religieux, et ce que les chrétiens appellent la grâce, vint me trouver et s'emparer de moi comme par surprise. Les sermons des nonnes et des maîtresses n'agirent aucunement sur moi. Mme Alicia elle-même ne m'influença point d'une manière sensible. Voici comment la chose arriva, je la raconterai sans l'expliquer, car il y a dans ces soudaines transformations de notre esprit un mystère qu'il ne nous appartient pas toujours de pénétrer nous-mêmes.

Nous entendions tous les matins la messe, à sept heures; nous retournions à l'église à quatre heures, et nous y passions une demi-heure, consacrée pour les pieuses à la méditation, à la prière ou à quelque sainte lecture. Les autres baillaient, sommeillaient, ou chuchotaient quand la maîtresse n'avait pas les yeux sur elles. Par désœuvrement, je pris un livre qu'on m'avait donné et que je n'avais pas encore daigné ouvrir. Les feuillets étaient collés encore par l'enluminage de la tranche; c'était un abrégé de la Vie des saints. J'ouvris au hazard. Je tombai sur la légende excentrique de saint Simon le Stylite, dont Voltaire s'est beaucoup moqué, et qui ressemble à l'histoire d'un fakir indien plus qu'à celle d'un philosophe chrétien. Cette légende me fit sourire d'abord, puis son étrangeté me surprit, m'intéressa; je la relus plus attentivement, et j'y trouvai plus de poésie que d'absurdité. Le lendemain, je lus une autre histoire, et le surlendemain j'en dévorai plusieurs avec un vif intérêt. Les miracles me laissaient incrédule, mais la foi, le courage, le stoïcisme des confesseurs et des martyrs m'apparaissaient comme de grandes choses et répondaient à quelque fibre secrète qui commençait à vibrer en moi.

Il y avait au fond du chœur un superbe tableau du Titien que je n'ai jamais pu bien voir. Placé trop loin des regards et dans un coin privé de lumière, comme il était très noir par lui-même, on ne distinguait que des masses d'une couleur chaude sur un fond obscur. Il représentait Jésus au jardin des Olives au moment où il tombe défaillant dans les bras de l'ange. Le Sauveur était affaissé sur ses genoux, un de ses bras étendu sur ceux de l'ange qui soutenait sur sa poitrine cette belle tête éperdue et mourante. Ce tableau était placé vis-à-vis de moi, et à force de le regarder je l'avais deviné plutôt que compris. Il y avait un seul moment dans la journée où j'en saisissais à peu près les détails, c'était un hiver, lorsque le soleil sur son déclin jetait un rayon sur la draperie rouge de l'ange et sur le bras nu et blanc du Christ. Le miroitement du vitrage rendait éblouissant ce moment fugitif, et à ce moment-là j'éprouvais toujours une émotion indéfinissable, même au temps où je n'étais pas dévote et où je ne pensais pas devoir jamais le devenir.

Tout en feuilletant la *Vie des Saints*, mes regards se reportèrent plus souvent sur le tableau; c'était en été, le soleil couchant ne l'illuminait plus à l'heure de notre prière, mais l'objet contemplé n'était plus aussi nécessaire à ma vue qu'à ma pensée. En interrogeant machinalement ces masses grandioses et confuses, je cherchai le sens de cette agonie du Christ, le secret de cette douleur volontaire si cuisante, et je commençais à y pressentir quelque chose de plus grand et de plus profond que ce qui m'avait été expliqué; je devenais profondément triste moi-même et comme navrée d'une pitié, d'une souffrance inconnues. Quelques larmes venaient au bord de ma paupière, je les essuyais furtivement, ayant honte d'être émue sans savoir pourquoi. Je n'aurais pas pu dire que c'était la beauté de la peinture, puisqu'on la voyait tout juste assez pour pouvoir dire que cela avait l'air de quelque chose de beau.

Un autre tableau, plus visible et moins digne d'être vu, représentait saint Augustin sous le figuier, avec le rayon miraculeux sur lequel était écrit le fameux *Tolle, lege*, ces mystérieuses paroles que le fils de Monique crut entendre sortir du feuillage et qui le décidèrent à ouvrir le livre divin des Évangiles. Je cherchai la Vie de saint Augustin, qui m'avait été vaguement racontée au couvent, où ce saint, patron de l'ordre, était en particulière vénération. Je me plus extraordinairement à cette histoire, qui porte avec elle un grand caractère de sincérité et d'enthousiasme. De là, je passai à celle de saint Paul, et le *cur me persequeris?* me fit une impression terrible. Le peu de latin que Deschartres m'avait appris me servait à comprendre une partie des offices, et je me mis à écouter et à trouver dans les psaumes récités par les religieuses une poésie et une simplicité admirables. Enfin il se passa tout à coup huit jours où la religion catholique m'apparut comme une étude intéressante.

Le *Tolle, lege*, me décida enfin à ouvrir l'Évangile et à le relire attentivement. La première impression ne fut pas vive. Le livre divin n'avait point l'attrait de la nouveauté. Déjà j'en avais goûté le côté simple et admirable, mais ma grand'mère avait si bien conspiré pour me faire trouver les miracles ridicules, et elle m'avait tant répété les facéties de Voltaire sur l'esprit malin, transporté du corps d'un possédé à celui d'un troupeau de cochons, enfin elle m'avait si bien mise en garde contre l'entraînement, que je me défendis par habitude et restai froide en relisant l'agonie et la mort de Jésus.

Le soir de ce même jour, je battais tristement le pavé des cloîtres, à la nuit tombante. On était au jardin, j'étais hors de la vue des surveillantes, en fraude, comme toujours; mais je ne songeais pas à faire d'espiégleries, et ne souhaitais point me trouver avec mes camarades. Je m'ennuyais. Il n'y avait plus rien à inventer en fait de diablerie. Je vis passer quelques religieuses et quelques pensionnaires qui allaient prier et méditer dans l'église isolément, comme c'était la coutume des plus ferventes aux heures de récréation. Je songeai bien à verser de l'encre dans le bénitier, mais cela avait été fait; à pendre Whisky par la patte à la corde de la sonnette des cloîtres, c'était usé. Je m'avouai que mon existence désordonnée touchait à sa fin qu'il me fallait entrer dans une nouvelle phase: mais laquelle? Devenir *sage* ou *bête*? Les sages étaient trop froides, les bêtes trop lâches. Mais les dévotes ferventes, étaient-elles heureuses? Non, elles avaient la dévotion sombre et comme malade. Les *diables* leur créaient mille contrariétés, mille indignations, mille colères mal rentrées. Leur vie était un supplice, une lutte entre le ridicule et le relâchement. D'ailleurs, il en est de la foi comme de l'amour. Quand on la cherche, on ne la trouve pas, on la trouve au moment où l'on s'y attend le moins. Je ne savais pas cela, mais ce qui m'éloignait de la dévotion, c'était la crainte d'y arriver par un esprit de calcul, par un sentiment d'intérêt personnel.

D'ailleurs, n'a pas la foi qui veut, me disais-je. Je ne l'ai pas, je ne l'aurai jamais. J'ai fait aujourd'hui le dernier effort: j'ai lu le livre même, la vie et la doctrine du Rédempteur! je suis restée calme. Mon cœur restera vide.

En devisant ainsi avec moi-même, je regardais passer dans l'obscurité, comme des spectres, des ferventes qui s'en allaient furtivement répandre leurs âmes aux pieds de ce Dieu d'amour et de contrition. La curiosité me vint de savoir dans quelle attitude et avec quel recueillement elles priaient ainsi dans la solitude. Par exemple, une vieille locataire bossue qui s'en allait, toute petite et difforme, dans les ténèbres, plus semblable à une sorcière courant au sabbat qu'à une vierge sage! «Voyons, me dis-je, comment ce petit monstre va se tordre sur son banc! Cela fera rire les diables quand je leur en ferai la description.»

Je la suivis, je traversai avec elle la salle du chapitre, j'entrai dans l'église. On n'y allait point à ces heures-là sans permission, et c'est ce qui me décida à y aller. Je ne dérogeais point à ma dignité de diable en entrant là par contrebande. Il est assez curieux que la première fois que j'entrai de mon propre mouvement dans une église, ce fut pour faire acte d'indiscipline et de moquerie.

CHAPITRE QUATORZIEME

Tolle, lege.—La lampe du sanctuaire.—Invasion étrange du sentiment religieux.—Opinion d'Anna, de Fanelly et de Louise.—Retour et plaisanteries de Mary.—Confession générale.—L'abbé de Prémord.—Le jésuitisme et le mysticisme.—Communion et ravissement.

A peine eus-je mis le pied dans l'église, que j'oubliai ma vieille bossue. Elle trotta et disparut comme un rat dans je ne sais quelle fente de la boiserie. Mes regards ne la suivirent pas. L'aspect de l'église pendant la nuit m'avait saisie et charmée. Cette église, ou plutôt cette chapelle, n'avait rien de remarquable, qu'une propreté exquise. C'était un grand carré long, sans architecture, tout blanchi à neuf, et plus semblable, pour la simplicité, à un temple anglican qu'à une église catholique. Il y avait, comme je l'ai dit, quelques tableaux au fond du chœur; l'autel, fort modeste, était orné de beaux flambeaux, de fleurs toujours fraîches et de jolies étoffes. La nef était divisée en trois parties: le chœur, où n'entraient que les prêtres et quelques personnes du dehors par permission spéciale, aux jours de fête[21], l'avant-chœur, où se tenaient les pensionnaires, les servantes et les locataires; l'arrière-chœur ou le chœur des dames, où se tenaient les religieuses. Ce dernier sanctuaire était parqueté, ciré tous les matins, de même que les stalles des nonnes, qui suivaient en hémicycle la muraille du fond, et qui étaient en beau noyer brillant comme une glace. Une grille de fer à petites croisures, avec une porte semblable, qu'on ne fermait pourtant jamais, entre les religieuses et nous, séparait ces deux nefs. De chaque côté de cette porte de lourds piliers de bois cannelés, d'un style rococo, soutenaient l'orgue et la tribune découverte qui formait comme un jubé élevé entre les deux parties de l'église. Ainsi, contre l'usage, l'orgue se trouvait isolé et presque au centre du vaisseau, ce qui doublait la sonorité et l'effet des voix quand nous chantions des chœurs ou des motets aux grandes fêtes. Notre avant-chœur était pavé de sépultures, et sur les grandes dalles on lisait l'épitaphe des antiques doyennes du couvent, mortes avant la révolution, plusieurs personnages ecclésiastiques et même laïques du temps de Jacques Stuart, certains *Trockmorton*, entre autres, gisaient là sous nos pieds, et l'on disait que quand on allait dans l'église à minuit, tous ces morts soulevaient leurs dalles avec leurs têtes décharnées, et vous regardaient avec des yeux ardens pour vous demander des prières.

Pourtant, malgré l'obscurité qui régnait dans l'église, l'impression que j'y ressentis n'eut rien de lugubre. Elle n'était éclairée que par la petite lampe d'argent du sanctuaire, dont la flamme blanche se répétait dans les marbres polis du pavé, comme une étoile dans une eau immobile. Son reflet détachait quelques pâles étincelles sur les angles des cadres dorés, sur les flambeaux ciselés de l'autel et sur les lames d'or du tabernacle. La porte placée au fond de l'arrière-chœur était ouverte à cause de la chaleur, ainsi qu'une des grandes croisées qui donnaient sur le cimetière. Les parfums du chèvrefeuille et du jasmin couraient sur les ailes d'une fraîche brise. Une étoile perdue dans l'immensité était comme encadré par le vitrage et semblait me regarder attentivement. Les oiseaux chantaient, c'était un calme, un charme, un recueillement, un mystère, dont je n'avais jamais eu l'idée.

Je restai en contemplation sans songer à rien. Peu à peu les rares personnes éparses dans l'église se retirèrent doucement. Une religieuse agenouillée au fond de l'arrière-chœur resta la dernière, puis ayant assez médité, et voulant lire, elle traversa l'avant-chœur et vint allumer une petite bougie à la lampe du sanctuaire. Lorsque les religieuses entraient là, elles ne se bornaient pas à saluer en pliant le genou jusqu'à terre, elles se prosternaient littéralement devant l'autel, et restaient un instant comme écrasées, comme anéanties devant le Saint des saints. Celle qui vint en ce moment était grande et solennelle. Ce devait être Mme Eugénie, Mme Xavier ou Mme Monique. Nous ne pouvions guère reconnaître ces dames à l'église, parce qu'elles n'y entraient que le voile baissé et la taille entièrement cachée sous un grand manteau d'étamine noire qui traînait derrière elles.

Ce costume grave, cette démarche lente et silencieuse, cette action simple mais gracieuse d'attirer à elle la lampe d'argent en élevant le bras pour en saisir l'anneau, le reflet que la lumière projeta sur sa grande silhouette noire lorsqu'elle fit remonter la lampe, sa longue et profonde prosternation sur le pavé avant de reprendre dans le même silence et avec la même lenteur le chemin de sa stalle, tout, jusqu'à l'incognito de cette religieuse qui ressemblait à un fantôme prêt à percer les dalles funéraires pour rentrer dans sa couche de marbre, me causa une émotion mêlée de terreur et de ravissement. La poésie du saint lieu s'empara de mon imagination, et je restai encore après que la nonne eut fait sa lecture et se fut retirée.

L'heure s'avançait, la prière était sonnée, on allait fermer l'église. J'avais tout oublié. Je ne sais ce qui se passait en moi. Je respirais une atmosphère d'une suavité indicible, et je la respirais par l'âme plus encore que par les sens. Tout à coup je ne sais quel ébranlement se produisit dans tout mon être, un vertige passe devant mes yeux comme une lueur blanche dont je me sens enveloppée. Je crois entendre une voix murmurer à mon oreille, *Tolle, lege*. Je me retourne, croyant que c'est Marie Alicia qui me parle. J'étais seule.

Je ne me fis point d'orgueilleuse illusion, je ne crus point à un miracle. Je me rendis fort bien compte de l'espèce d'hallucination où j'étais tombée. Je n'en fus ni enivrée ni effrayée. Je ne cherchai ni à l'augmenter ni à m'y soustraire. Seulement, je sentis que la foi s'emparait de moi, comme je l'avais souhaité, par le cœur. J'en fus si reconnaissante, si ravie, qu'un torrent de larmes inonda mon visage. Je sentis encore que j'aimais Dieu, que ma pensée embrassait et acceptait pleinement cet idéal de justice, de tendresse et de sainteté que je n'avais jamais révoqué en doute, mais avec lequel je ne m'étais jamais trouvée en communication directe; je sentis enfin cette communication s'établir soudainement comme si un obstacle invincible se fût abîmé entre le foyer d'ardeur infinie et le feu assoupi dans mon âme. Je voyais un chemin vaste, immense, sans bornes, s'ouvrir devant moi: je brûlais de m'y élancer. Je n'étais plus retenue par aucun doute, par aucune froideur. La crainte d'avoir à me reprendre à railler en moi-même au lendemain la fougue de cet entraînement ne me vint pas seulement à la pensée. J'étais de ceux qui vont sans regarder derrière eux, qui hésitent longtemps devant un certain Rubicon à passer, mais qui, en touchant la rive, ne voient déjà plus celle qu'ils viennent de quitter.

«Oui, oui, le voile est déchiré, me disais-je; je vois rayonner le ciel, j'irai! Mais avant tout, rendons grâce?»

«A qui, comment? Quel est ton nom? disais-je au Dieu inconnu qui m'appelait à lui. Comment te prierai-je? quel langage digne de toi et capable de te manifester mon amour? mon âme pourra-t-elle te parler? Je l'ignore mais n'importe, tu lis en moi; tu vois bien que je t'aime.» Et mes larmes coulaient comme une pluie d'orage, mes sanglots brisaient ma poitrine, j'étais tombée derrière mon banc. J'arrosais littéralement le pavé de mes pleurs.

La sœur qui venait fermer l'église entendit gémir et pleurer: elle chercha, non sans frayeur, et vint à moi sans me reconnaître, sans que je la reconnusse moi-même sous son voile et dans les ténèbres. Je me levai vite, et sortis sans songer à la regarder ni à lui parler. Je remontai à tâtons dans ma cellule; c'était un voyage. La maison était si bien agencée en corridors et en escaliers, que, pour aller de l'église à cette cellule, qui touchait à l'église même, il me fallait faire des détours et des circuits qui prenaient au moins cinq minutes en grimpant vite. Le dernier escalier tournant, quoique assez large et peu rapide, était si déjeté qu'il était impossible de le franchir sans précaution et sans bien se tenir à la corde qui servait de rampe: à la descente, il vous précipitait en avant malgré qu'on en eût.

On avait fait la prière sans moi à la classe: mais j'avais mieux prié que personne ce jour-là. Je m'endormis brisée de fatigue, mais dans un état de béatitude indicible. Le lendemain, *la comtesse* qui, par hasard, avait remarqué mon absence de la prière, me demanda où j'avais passé la soirée. Je n'étais pas menteuse, et lui répondis sans hésiter: «A l'église.» Elle me regarda d'un air de doute, vit que je disais vrai et garda le silence. Je ne fus point punie; je ne sais quelles réflexions cette bizarrerie de ma part lui suggéra.

Je ne cherchai pas Mme Alicia pour lui ouvrir mon cœur. Je ne fis aucune déclaration à mes amies les diables. Je ne me sentais pas pressée de divulguer le secret de mon bonheur. Je n'en avais pas la moindre honte. Je n'eus aucune espèce de combat à livrer contre ce que les dévots appellent le *respect humain*: mais j'étais comme avare de ma joie intérieure. J'attendais avec impatience l'heure de la méditation de l'église. J'avais encore dans l'oreille le *Tolle, lege!* de ma veillée d'extase. Il me tardait de relire de livre divin; et cependant je ne l'ouvris point. J'y rêvais, je le savais presque par cœur, je le contemplais pour ainsi dire en moi-même. Le côté miraculeux qui m'avait choquée ne m'occupa plus. Non-seulement je n'avais plus besoin d'examiner, mais je sentais comme du mépris pour l'examen après l'émotion puissante que j'avais goûtée dans sa plénitude, je me disais qu'il eût fallu être folle, ou sottement ennemie de soi-même, pour chercher à analyser, à commenter, à discuter la source de pareilles délices.

A partir de ce jour, toute lutte cessa, ma dévotion eut tout le caractère d'une passion. Le cœur une fois pris, la raison fut mise à la porte avec résolution, avec une sorte de joie fanatique. J'acceptai tout, je crus à tout, sans combats, sans souffrance, sans regret, sans fausse honte. Rougir de ce qu'on adore, allons donc! Avoir besoin de l'assentiment d'autrui pour se donner sans réserve à ce qu'on sent parfait et chérissable de tous points! Je n'avais rien de plus excellent qu'une autre dans le caractère; mais je n'étais point lâche, je n'aurais pas pu l'être, l'eussé-je essayé.

Au bout de quatre ou cinq jours, Anna, remarquant que j'étais silencieuse et absorbée, et que j'allais à l'église tous les soirs, me dit d'un air stupéfait: «Ah ça, mon cher *Calepin*, qu'est-ce à dire? On jurerait que tu deviens dévote!— C'est fait, mon enfant, lui répondis-je tranquillement.—Pas possible!—Je t'en donne ma parole d'honneur.—Eh bien, reprit-elle après avoir réfléchi un instant, je ne te dirai rien pour t'en détourner. Je crois que ce serait inutile. Tu es une nature passionnée; je l'ai toujours pensé. Je ne pourrai pas te suivre sur ce terrain-là. Je suis une nature plus froide, je raisonne. J'envie ton bonheur, je t'approuve de ne point hésiter; mais je ne crois pas que jamais j'arrive à la foi aveugle. Si ce miracle s'opérait pourtant, je ferais comme toi, j'en conviendrais sincèrement.—M'aimeras-tu moins? lui demandai-je.—A présent tu t'en consolerais aisément, reprit-elle. La dévotion absorbe et dédommage de tout. Mais comme j'ai pour ta sincérité la plus parfaite estime, je resterai ton amie quoi qu'il arrive.» Elle ajouta d'excellentes paroles encore, et se montra toujours pleine de raison, d'affection et d'indulgence pour moi.

Sophie ne prit pas beaucoup garde à mon changement. La diablerie passait de mode. Ma conversion lui portait le dernier coup. Peut-être étions-nous toutes également ennuyées de notre inaction, sans nous l'être avoué les unes aux autres. D'ailleurs Sophie était un diable mélancolique, et parfois elle avait de courts accès de dévotion, mêlés de profondes tristesses qu'elle ne voulait ni expliquer ni avouer.

Celle que je craignais le plus d'affliger était Fanelly. Elle m'épargna la peine de lui refuser de courir davantage avec elle, elle me prévint. «Eh bien, ma tante, me dit-elle, te voilà donc rangée? Soit! Si tu t'en trouves bien, j'en serai heureuse, et si cela te fait plaisir, je me rangerai aussi. Je suis capable de devenir dévote pour faire comme toi et pour être toujours avec toi.»

Elle l'eût fait comme elle le disait, cette généreuse et abondante nature, si cela eût dépendu d'un mouvement de son cœur. Mais ses idées n'avaient pas la fixité et l'exclusivisme des miennes. D'ailleurs parmi les diables il n'y en avait que deux. Anna et moi, qui fussions susceptibles de ce qu'on appelait une conversion. Les autres n'avaient jamais protesté, elles n'étaient pas pieuses, parce qu'elles étaient dissipées, mais elles croyaient quand même, et du jour où la diablerie cessa, elles furent plus régulières dans leurs exercices de piété sans devenir dévotes exaltées pour cela.

Anna était *esprit fort*. C'était bien le mot pour elle, qui avait de l'esprit tout de bon et de la force dans la volonté. Pour moi, que l'on qualifiait d'esprit fort aussi, je n'avais ni force ni esprit. Il n'y avait de force en moi que celle de la passion, et quand celle de la religion vint à éclater, elle dévora tout dans mon cœur; rien dans mon cerveau ne lui fit obstacle.

J'ai dit qu'Anna aussi se jeta dans la piété après son mariage, mais tant qu'elle resta au couvent elle garda son incrédulité. Ma ferveur me rendit probablement moins agréable pour elle, et quoi qu'elle eût la générosité de ne me le faire jamais sentir, je fus naturellement entraînée vers d'autres intimités, comme je le dirai bientôt.

J'étais restée liée avec Louise de Larochejaquelein. Elle était encore à la petite classe, parce qu'elle était plus jeune que nous, mais elle était beaucoup plus raisonnable et plus instruite que moi. Je la rencontrai dans les cloîtres peu de jours après ma conversion, et ce fut la seule personne dont j'eus la curiosité de saisir la première impression. Comme elle n'était ni diable, ni bête, ni fervente, son jugement était une chose à part.

«Eh bien! me dit-elle, es-tu toujours aussi désœuvrée, aussi tapageuse?

—Que penserais-tu de moi, lui dis-je, si je t'apprenais que je me sens enflammée par la religion?

—Je dirais, me répondit-elle, que tu fais bien, et je t'aimerais encore plus que je ne t'aime.»

Elle m'embrassa avec une grande effusion de cœur, et n'ajouta aucun autre encouragement, voyant sans doute à mon air que j'irais plus loin que ses conseils.

Mary revint d'Angleterre ou d'Irlande dans ce temps-là. Elle avait grandi de toute la tête, sa figure avait pris une expression encore plus mâle, et ses manières étaient plus que jamais celles d'un garçon naïf, impétueux et insouciant. Elle rentra à la petite classe et y ressuscita si bien la diablerie que ses parens la reprirent au bout de quelques mois. Elle se moqua impitoyablement de ma dévotion, et quand nous nous rencontrions, elle me poursuivait des sarcasmes les plus comiques. Elle ne me fâcha pourtant jamais, car elle avait de l'esprit de bon aloi, c'est-à-dire de l'esprit sans amertume et une raillerie qui divertissait trop pour pouvoir blesser. Je raconterai dans la suite de mes Mémoires comment nous nous sommes retrouvées vers l'âge de quarante ans, nous aimant toujours et nous retraçant avec plaisir nos jeunes années.

Mais me voici arrivée à un moment où il faut que je parle un peu de moi isolément, car ma ferveur me fit, pendant quelques mois, une vie solitaire et sans expansion apparente.

Ma conversion subite ne me donna pas le temps de respirer. Tout entière à mon nouvel amour, j'en voulus savourer toutes les joies. Je fus trouver mon confesseur pour le prier de me réconcilier officiellement avec le ciel. C'était un vieux prêtre, le plus paternel, le plus simple, le plus sincère, le plus chaste des hommes, et pourtant c'était un jésuite, *un père de la foi*, comme on disait depuis la révolution. Mais il n'y avait en lui que droiture et charité. Il s'appelait l'abbé de Prémord, et confessait la moindre partie du troupeau; l'abbé de Villèle, qui était le directeur en titre de la communauté et des pensionnaires, ne pouvant suffire à tout.

On nous envoyait à confesse, bon gré, mal gré, tous les mois, usage détestable qui violentait la conscience et condamnait à l'hypocrisie celles qui n'avaient pas le courage de la résistance.

«Mon père, dis-je à l'abbé, vous savez bien comment je me suis confessée jusqu'ici, c'est-à-dire que vous savez que je ne me suis pas confessée du tout. Je suis venue vous réciter une formule d'examen de conscience qui court la classe et qui est la même pour toutes celles qui viennent à confesse contraintes et forcées. Aussi ne m'avez-vous jamais donné l'absolution que je ne vous ai jamais demandée non plus. Aujourd'hui je vous la demande et je veux me repentir et m'accuser sérieusement. Mais je vous avoue que je ne me souviens d'aucun péché volontaire; j'ai vécu, j'ai pensé, j'ai cru comme on me l'avait enseigné. Si c'était un crime de nier la religion, ma conscience, qui était muette, ne m'a avertie de rien. Pourtant je dois faire pénitence, aidez-moi à me connaître et à voir en moi-même ce qui est coupable et ce qui ne l'est pas.

—Attendez, mon enfant, me dit-il. Je vois que ceci est une confession générale, comme on dit, et que nous aurons beaucoup à causer. Asseyez-vous.» Nous étions dans la sacristie, j'allai prendre une chaise et lui demandai s'il voulait m'interroger. «Non pas, me dit-il, je ne fais jamais de question: Voici la seule que je vous adresserai. Avez-vous donc l'habitude de chercher vos examens de conscience dans les formulaires?—Oui, mais il y a bien des péchés que je ne sais pas avoir commis, car je n'y comprends rien.—C'est bien, je vous défends de jamais consulter aucun formulaire et de chercher les secrets de votre conscience ailleurs qu'en vous-même. A présent, causons. Racontez-moi simplement et tranquillement toute votre existence, telle que vous vous la rappelez, telle que vous la concevez et la jugez. N'arrangez rien, ne cherchez ni le bien ni le mal de vos actions et de vos pensées; ne voyez en moi ni un juge ni un confesseur; parlez-moi comme à une amie. Je vous dirai ensuite ce que je crois devoir encourager ou corriger en vous dans l'intérêt de votre salut, c'est-à-dire de votre bonheur en cette vie et en l'autre.

Ce plan me mit bien à l'aise. Je lui racontai ma vie avec effusion, moins longuement que je ne l'ai fait ici, mais avec assez de détails et de précision cependant pour que le récit durât plus de trois heures. L'excellent homme m'écouta avec une attention soutenue, avec un intérêt paternel; plusieurs fois je le vis essuyer ses larmes, surtout quand j'arrivai à la fin et que je lui exposai simplement comment la grâce m'avait touchée au moment où je m'y attendais le moins.

C'était un vrai jésuite que l'abbé de Prémord, et en même temps un honnête homme, un cœur sensible et doux. Sa morale était pure, humaine, vivante pour ainsi dire. Il ne poussait pas au mysticisme, il prêchait terre à terre avec une grande onction et une grande bonhomie. Il ne voulait pas qu'on s'absorbât dans le rêve anticipé d'un monde meilleur, au point d'oublier l'art de se bien conduire dans celui-ci; voilà pourquoi je dis que c'était un vrai jésuite, malgré sa candeur et sa vertu.

Quand j'eus fini de causer, je lui demandai de me juger et de me choisir les points où j'étais coupable, afin que, m'agenouillant devant lui, j'eusse à les rappeler en confession et à m'en repentir pour mériter une absolution générale. Mais il me répondit: «Votre confession est faite. Si vous n'avez pas été éclairée plus tôt de la grâce, ce n'est pas votre faute. C'est à présent que vous pourriez devenir coupable si vous perdiez le fruit des salutaires émotions que vous avez éprouvées. Agenouillez-vous pour recevoir l'absolution que je vais vous donner de tout mon cœur.»

Quand il eut prononcé la formule sacramentelle, il me dit: «Allez en paix, vous pouvez communier demain. Soyez calme et joyeuse, ne vous embarrassez pas l'esprit de vains remords, remerciez Dieu d'avoir touché votre cœur; soyez toute à l'ivresse d'une sainte union de votre âme avec le Sauveur.»

C'était me parler comme il fallait, mais on verra bientôt que ce saint quiétisme ne suffisait pas à l'ardeur de mon zèle et que j'étais cent fois plus dévote que mon confesseur; ceci soit dit à la louange de ce digne homme: il avait atteint, je crois, l'état de perfection et ne connaissait plus les orages d'un prosélytisme ardent. Sans lui, je crois bien que je serais ou folle, ou religieuse cloîtrée à l'heure qu'il est. Il m'a guérie d'une passion délirante pour l'idéal chrétien. Mais en cela fut-il chrétien catholique, ou jésuite homme du monde?

Je communiai le lendemain, jour de l'Assomption, 15 août. J'avais quinze ans et n'avais pas approché du sacrement depuis ma première communion à La Châtre. C'était dans la soirée du 4 août que j'avais ressenti ces émotions, ces ardeurs inconnues que j'appelais ma conversion. On voit que j'avais été droit au but; j'étais pressée de faire acte de foi et de rendre, comme on disait, témoignage devant le Seigneur.

FIN DU TOME SEPTIÈME.

TOME HUITIÈME

Communion et ravissement.—Le dernier bonnet de nuit.—Sœur Hélène.—Enthousiasme et vocation.—Opinion de Marie Alicia.—Elisa Auster.—Le pharisien et le publicain.—Parallèle de sentimens et d'instincts.

Ce jour de véritable première communion me parut le plus beau de ma vie, tant je me sentis pleine d'effusion et en même temps de puissance dans ma certitude. Je ne sais pas comment je m'y prenais pour prier. Les formules consacrées ne me suffisaient pas, je les lisais pour obéir à la règle catholique, mais j'avais ensuite des heures entières où, seule dans l'église, je priais d'abondance, répandant mon âme aux pieds de l'Éternel et, avec mon âme, mes pleurs, mes souvenirs du passé, mes élans vers l'avenir, mes affections, mes dévouemens, tous les trésors d'une jeunesse embrasée qui se consacrait et se donnait sans réserve à une idée, à un rêve insaisissable, à un rêve d'amour éternel.

C'était puéril et étroit dans la forme, cette orthodoxie où je me plongeais, mais j'y portais le sentiment de l'infini. Et quelle flamme ce sentiment n'allume-t-il pas dans un cœur vierge! Quiconque a passé par là, sait bien que nulle affection terrestre ne peut donner de pareilles satisfactions intellectuelles. Ce Jésus, tel que les mystiques l'ont interprété et refait à leur usage, est un ami, un frère, un père, dont la présence éternelle, la sollicitude infatigable, la tendresse, la mansuétude infinies, ne peuvent se comparer à rien de réel et de possible; je n'aime pas que les religieuses en aient fait leur époux. Il y a là quelque chose qui doit servir d'aliment au mysticisme hystérique, la plus répugnante des formes que le mysticisme puisse prendre. Cet amour idéal pour le Christ n'est sans danger que dans l'âge où les passions humaines sont muettes. Plus tard, il prête aux aberrations du sentiment et aux chimères de l'imagination troublée. Nos religieuses anglaises n'étaient pas mystiques du tout, heureusement pour elles.

L'été se passa pour moi dans la plus complète béatitude. Je communiais tous les dimanches et quelquefois deux jours de suite. J'en suis revenue à trouver fabuleuse et inouïe l'idée matérialisée de manger la chair et de boire le sang d'un Dieu; mais que m'importait alors? Je n'y songeais pas, j'étais sous l'empire d'une fièvre qui ne raisonnait pas et je trouvais ma joie à ne pas raisonner. On me disait: «Dieu est en vous, il palpite dans votre cœur, il remplit tout votre être de sa divinité; la grâce circule en vous avec le sang de vos veines!» Cette identification complète avec la Divinité se faisait sentir à moi comme un miracle. Je brûlais littéralement comme sainte Thérèse: je ne dormais plus, je ne mangeais plus, je marchais sans m'apercevoir du mouvement de mon corps; je me condamnais à des austérités qui étaient sans mérite, puisque je n'avais plus rien à immoler, à changer ou à détruire en moi. Je ne sentais pas la langueur du jeûne. Je portais au cou un chapelet de filigrane qui m'écorchait, en guise de cilice. Je sentais la fraîcheur des gouttes de mon sang, et au lieu d'une douleur c'était une sensation agréable. Enfin je vivais dans l'extase, mon corps était insensible, il n'existait plus. La pensée prenait un développement insolite et impossible. Était-ce même la pensée? Non, les mystiques ne pensent pas. Ils rêvent sans cesse, ils contemplent, ils aspirent, ils brûlent, ils se consument comme des lampes, et ils ne sauraient se rendre compte de ce mode d'existence qui est tout spécial et ne peut se comparer à rien.

Je crains donc d'être peu intelligent pour ceux qui n'ont pas subi cette maladie sacrée, car je me rappelle l'état où j'ai vécu durant quelques mois sans pouvoir bien me le définir à moi-même.

J'étais devenue sage, obéissante et laborieuse, cela va sans dire. Il ne me fallut aucun effort pour cela. Du moment que le cœur était pris, rien ne me coûtait pour mettre mes actions d'accord avec ma croyance. Les religieuses me traitèrent avec une grande affection; mais, je dois le dire, sans aucune flatterie et sans chercher, par aucun des moyens de séduction qu'on reproche aux communautés religieuses d'exercer envers leurs élèves, à m'inspirer plus de ferveur. Leur dévotion était calme, un peu froide peut-être, digne et même fière. Hormis une seule, elles n'avait ni le don ni la volonté du prosélytisme entraînant, soit que cette réserve tînt à l'esprit de leur ordre, ou au caractère britannique, dont elles ne se départaient point.

Et puis, quelles remontrances, quelles exhortations aurait-on pu m'adresser? J'étais si entière dans ma foi, si logique dans mon enthousiasme! Jamais de tiédeur, jamais d'oubli, jamais de relâchement possible à un esprit enfiévré comme était le mien. La corde était trop tendue pour se détendre d'elle-même, elle se serait plutôt brisée.

Marie Alicia continua d'être angéliquement bonne avec moi. Elle ne m'aima pas davantage après ma conversion qu'elle n'avait fait auparavant, et ce fut une raison pour moi d'augmenter d'affection pour elle. En goûtant la douceur de cette amitié maternelle si pure et si soutenue, je savourais la perfection de cette âme d'élite qui me chérissait si bien pour moi-même, puisqu'elle avait aimé la *pécheresse*, l'enfant ingouverné et ingouvernable, autant qu'elle aimait la convertie, l'enfant soumis et rangé.

Mᵐᵉ Eugénie, qui m'avait toujours traitée avec une indulgence qu'on taxait de partialité, devint plus sévère en même temps que je devenais plus raisonnable. Je ne péchais plus que par distraction, et elle me rabrouait un peu durement pour cela, quelque involontaires que fussent mes fautes. Un jour même que, perdue dans mes rêveries pieuses, je n'avais pas entendu un ordre qu'elle me donnait, elle m'infligea sans miséricorde la punition du bonnet de nuit. Le bonnet de nuit à *sainte Aurore* (les diables m'appelaient ainsi en riant)! Ce fut un cri de surprise et un murmure de stupeur dans toute la classe. «Vous voyez bien, disait-on, cette femme bizarre et contredisante aime les diables, et depuis que celui-ci est tombé dans le bénitier, elle ne peut plus le souffrir!» Le bonnet de nuit ne m'affecta pas, j'avais la conscience de mon innocence, et je sus même gré à Mme Eugénie de ne m'avoir pas épargnée plus qu'elle n'eût fait d'une autre en pareil cas. Je ne pensai pas qu'elle m'aimait moins, car elle me prouvait sa préférence comme en cachette. Si j'étais souffrante ou triste, elle venait le soir dans ma cellule m'interroger froidement, d'un ton railleur même; mais c'était de sa part, beaucoup plus que de la part de toute autre, cette sollicitude enjouée, cette démarche de venir à moi qu'elle n'a jamais faite pour aucune autre, que je sache. Je n'éprouvais pas le besoin de lui ouvrir mon cœur comme avec Marie Alicia, mais j'étais sensible à la part d'affection qu'elle pouvait me donner, et baisais avec reconnaissance sa main longue, blanche et froide.

Ce fut au milieu de ma première ferveur que je contractai une amitié qui fut trouvée encore plus bizarre que celle que je portais à Mme Eugénie, mais qui m'a laissé les plus doux et les plus chers souvenirs.

Dans la liste de nos religieuses, j'ai nommé une sœur converse, sœur Hélène, dont je me suis réservé de parler amplement quand j'aurais atteint la phase de mon récit où son existence se mêle à la mienne; m'y voici arrivée.

Un jour que je traversais le cloître, je vois une sœur converse assise sur la dernière marche de l'escalier, pâle, mourante, baignée d'une sueur froide. Elle était placée entre deux seaux fétides qu'elle descendait du dortoir, et qu'elle allait vider. Leur pesanteur et leur puanteur avaient vaincu son courage et ses forces. Elle était pâle, maigre, en chemin de devenir phthisique. C'était Hélène, la plus jeune des converses, consacrée aux fonctions les plus pénibles et les plus repoussantes du couvent. A cause de cela, elle était un objet de dégoût pour les pensionnaires recherchées. On eût frémi de s'asseoir auprès d'elle, on évitait même de frôler son vêtement.

Elle était laide, d'un type commun, marquée de taches de rousseur sur un front terne et comme terreux. Et cependant cette laideur avait quelque chose de touchant; cette figure calme dans la souffrance avait comme une habitude et une insouciance du malheur qu'on ne comprenait pas bien au premier abord, et qu'on eût pu prendre pour une indifférence grossière, mais qui se révélait quand on avait lu dans son âme, et dont chaque indice venait confirmer le poème obscur et rude de sa propre vie. Ses dents étaient les plus belles que j'aie jamais vues, blanches, petites, saines et rangées comme un collier de perles. Quand on se souhaitait une beauté idéale, on parlait des yeux d'Eugenia Izquierdo, du nez de Maria Dormer, des cheveux de Sophie et des dents de *Sister Helen*.

Quand je la vis ainsi défaillante, je courus à elle, comme de juste; je la soutins dans mes bras, je ne savais que faire pour la secourir. Je voulais monter à l'ouvroir, appeler quelqu'un. Elle retrouva ses forces pour m'en empêcher, et, se levant, elle voulut reprendre son fardeau et continuer son ouvrage; mais elle se traînait d'une si piteuse façon, qu'il ne me fallut pas beaucoup de vertu pour m'emparer de ses seaux et pour les emporter à sa place. Je la retrouvai, le balai à la main et se dirigeant vers l'église. «Ma sœur, lui dis-je, vous vous tuez. Vous êtes trop malade pour travailler aujourd'hui. Laissez-moi l'aller dire à Poulette pour qu'elle envoie quelqu'un nettoyer l'église, et vous irez vous coucher.—Non! non! dit-elle en secouant sa tête courte et obstinée, je n'ai pas besoin d'aide, on peut toujours ce qu'on veut, et je veux mourir en travaillant.—Mais c'est un suicide, lui dis-je, et Dieu vous défend de chercher la mort, même par le travail.—Vous n'y entendez rien, reprit-elle. J'ai hâte de mourir, puisqu'il faut que je meure. Je suis condamnée par les médecins. Eh bien! j'aime mieux être réunie à Dieu dans deux mois que dans six.»

Je n'osai pas lui demander si elle parlait ainsi par ferveur ou par désespoir, je lui demandai seulement si elle voulait consentir à ce que je l'aidasse à nettoyer l'église, puisque c'était l'heure de ma récréation. Elle y consentit en me disant: «Je n'en ai pas besoin, mais il ne faut pas empêcher une bonne âme de faire acte de charité.»

Hélène me montra comment il fallait s'y prendre pour cirer le parquet de l'arrière-chœur, pour épousseter et frotter à la serge les stalles des nonnes. Ce n'était pas bien difficile, et je fis un côté de l'hémicycle pendant qu'elle faisait l'autre; mais, toute jeune et forte que j'étais, le travail me mit en nage, tandis qu'elle, endurcie à la fatigue, et déjà remise de son évanouissement, avec l'air d'une mourante et l'apparente lenteur d'une tortue, elle vint à bout de sa tâche plus vite et mieux que moi.

Le lendemain était un jour de fête; il n'y en avait pas pour elle, puisque tous les jours exigeaient les mêmes soins domestiques. Le hasard me la fit rencontrer encore comme elle allait faire les lits au dortoir. Il y en avait trente et quelques. Elle me demanda d'elle-même si je voulais l'aider, non pas qu'elle voulût être soulagée de son travail, mais parce que ma société commençait à lui plaire. Je la suivis par un mouvement de complaisance qui eût été bien naturel, quand même je n'aurais pas été poussée par le dévouement religieux qui inspire l'amour de la peine. Quand l'ouvrage fut terminé, et abrégé de moitié par mon concours, il nous resta quelques instants de loisir, et la sœur Hélène, s'asseyant sur un coffre, me dit: «Puisque vous êtes si complaisante, vous devriez bien m'enseigner un peu de français, car je n'en peux pas dire un mot, et cela me gêne avec les servantes françaises que j'ai à diriger.—Cette demande de votre part me réjouit, lui dis-je. Elle me prouve que vous ne songez plus à mourir dans deux mois, mais à vous conserver le plus longtemps possible.—Je ne veux que ce que Dieu voudra, reprit-elle. Je ne cherche pas la mort, je ne l'évite pas. Je ne peux pas m'empêcher de la désirer, mais je ne la demande pas. Mon épreuve durera tant qu'il plaira au Seigneur.—Ma bonne sœur, lui dis-je, vous êtes donc bien sérieusement malade?—Les médecins prétendent que oui, répondit-elle, et il y a des momens où je souffre tant que je crois qu'ils ont raison. Mais, après tout, je me sens si forte qu'ils pourraient bien se tromper. Allons! qu'il en soit comme Dieu voudra!»

Elle se leva en ajoutant: «Voulez-vous venir ce soir dans ma cellule, vous me donnerez la première leçon?»

J'y consentis à regret, mais sans hésiter. Cette pauvre sœur m'inspirait, malgré moi, de la répugnance, non pas elle, mais ses vêtemens qui étaient immondes et dont l'odeur me causait des nausées. Et puis, j'aimais mieux mon heure d'extase, le soir à l'église, que de donner une leçon de français à une personne fort peu intelligente et qui ne savait que fort mal l'anglais.

Je m'y résignai pourtant, et le soir venu, j'entrai pour la première fois dans la cellule de sœur Hélène. Je fus agréablement surprise de la trouver d'une propreté exquise et toute parfumée de l'odeur du jasmin qui montait du préau jusqu'à sa fenêtre. La pauvre sœur était propre aussi, elle avait sa robe de serge violette neuve; ses petits objets de toilette bien rangés sur un table attestaient le soin qu'elle prenait de sa personne. Elle vit dans mes yeux ce qui me préoccupait. «Vous voilà étonnée, me dit-elle, de trouver propre et même recherchée sous ce rapport une personne qui remplit sans chagrin les plus viles fonctions. C'est parce que j'ai horreur de la saleté et des mauvaises odeurs que j'ai accepté gaîment ces fonctions-là. Quand je suis arrivée en France, j'ai été révoltée de voir des chenets ternes et des serrures rouillées. *Chez nous*, on se mirait dans le bois des meubles et dans la ferrure des moindres ustensiles. J'ai cru que je ne m'habituerais jamais à vivre dans un pays où l'on était si négligent. Mais, pour faire de la propreté, il faut toucher à des choses malpropres. Vous voyez bien que mon goût devait me faire prendre l'état qui m'a suggéré l'envie de faire mon salut.»

«Elle dit tout cela en riant; car elle était gaie comme les personnes d'un grand courage. Je lui demandai ce qu'elle était avant d'être religieuse, et elle se mit à me raconter son histoire en mauvais anglais, dans un langage simple et rustique dont il me serait impossible de rendre la grandeur et la naïveté. Je ne l'essaierai pas, mais voici la substance de son récit:

«Je suis une montagnarde écossaise; mon père[22] est un paysan aisé chargé d'une nombreuse famille. C'est un homme bon et juste, mais aussi rude dans sa volonté que courageux pour son travail. Je gardais ses troupeaux, je ne m'épargnais pas aux soins du ménage et à la surveillance de mes petits frères et sœurs, qui m'aimaient tendrement; je les aimais de même. J'étais heureuse, j'aimais la campagne, les prés, les animaux. Il ne me semblait pas que je pusse vivre renfermée, seulement dans une ville; je ne pensais pas beaucoup à mon salut. Un sermon que j'entendis changea toutes mes idées et m'inspira un si grand désir de plaire à Dieu que je n'eus plus ni plaisir, ni repos dans ma famille. Ce sermon prêchait le renoncement, la mortification. Je me demandai ce que je pouvais faire de plus agréable à Dieu et de plus cruel pour moi-même, et je trouvai que quitter la campagne, perdre ma liberté, me séparer pour toujours de ma famille, serait un véritable martyre pour moi. Aussitôt j'y fus résolue. J'allai trouver le prêtre qui avait prêché, et je lui dis que j'avais la vocation. Il ne voulut pas me croire et me conduisit à l'évêque afin que cet homme savant dans la religion examinât si ma vocation était véritable. L'évêque me demanda si j'étais malheureuse chez mes parens, si j'étais dégoûtée de mon pays, de mon état, si enfin j'avais quelque sujet de dépit ou de colère pour quitter comme cela tout ce qui me retenait chez nous. Je lui répondis que dans ce cas-là ma vocation ne serait pas grande, et que je n'y croyais que parce qu'elle m'imposait les plus grands sacrifices que je pusse m'imaginer. Quand l'évêque m'eut bien interrogée sans me trouver en défaut, il me dit: «Oui, vous avez une grande vocation, mais il faut obtenir le consentement de vos parens.»

Je retournai chez nous, et je parlai d'abord à mon père, mon père me dit que si je retournais seulement voir les prêtres, il me tuerait. «Eh bien! lui dis-je, j'y retournerai, vous me tuerez, et j'irai au ciel plus tôt: c'est tout ce que je demande.» Ma mère et mes tantes pleurèrent, et, voyant que je ne pleurais pas, elles me reprochèrent de ne pas les aimer. Cela me fit beaucoup de peine, comme vous pouvez croire, mais c'était le commencement de mon martyre, et puisque je ne pouvais pas me faire couper par morceaux ou brûler vive pour l'amour de Dieu, je devais me contenter d'avoir le cœur brisé et me réjouir dans cette épreuve. Je ne fis donc que sourire aux larmes de mes parens, parce que je souffrais plus qu'eux encore et que j'étais contente de souffrir.

Je retournai voir le prêtre et l'évêque: mon père me maltraita, m'enferma dans ma chambre, et quand vint le jour où je voulus partir pour entrer en religion, il m'attacha avec des cordes au pied d'un lit. Plus on me faisait de peine et de mal, plus je souhaitais qu'on m'en fît. Enfin ma mère et une de mes tantes, voyant que mon père était furieux, et craignant qu'il ne me fît mourir, essayèrent de le faire consentir à mon départ. «Eh bien, dit-il, qu'elle parte tout de suite, mais qu'elle emporte ma malédiction.»

«Il vint me détacher, et quand je voulus me mettre à ses genoux et l'embrasser, il me repoussa, refusa de me dire adieu et sortit. Il avait bien du chagrin, mon pauvre père. Il prit son fusil: on aurait dit qu'il allait se tuer. Mes frères aînés le suivirent, et quand je fus seule avec les femmes et les enfans, tous se mirent à genoux autour de moi pour me faire renoncer à mon sacrifice. Et moi je riais, et je disais: «Encore, encore! vous ne me ferez jamais souffrir autant que je le souhaite.»

«Il y avait un petit enfant, l'enfant de ma sœur aînée, un vrai chérubin que j'avais élevé particulièrement, qui était toujours pendu à ma robe, aux champs et dans la maison. On savait que j'étais folle de cet enfant-là. On le mit sur mes genoux, il pleurait et m'embrassait. Je me levai pour le mettre à terre. Je pris mon paquet et marchai vers la porte. L'enfant courut au-devant de moi, et se couchant sur le seuil, il me dit: Puisque tu veux me quitter, tu me marcheras sur le corps. «Je remerciai Dieu de ce qu'il ne m'épargnait rien, et je passai par-dessus l'enfant. Pendant bien longtemps, j'entendis ses cris et les sanglots de ma mère, de mes tantes, de mes sœurs et de tous les petits, qu'on retenait pour les empêcher de courir après moi. Je me retournai et leur montrai le ciel en élevant un bras au-dessus de ma tête. Ma famille n'était pas impie. Il se fit un grand silence. Alors je me remis à marcher, et ne me retournai plus que quand je fus assez loin pour n'être point vue. Je regardai le toit de la maison et la fumée. Je fus forcée de m'asseoir un instant, mais je ne pleurai pas, et j'arrivai auprès de l'évêque aussi tranquille que je le suis maintenant. Il me confia à des dames pieuses qui m'envoyèrent ici, parce qu'elles craignaient que mon père ne vînt me reprendre de force si on me laissait dans mon pays. Voilà mon histoire. Elle n'est pas bien longue, ni bien dite, mais je ne sais pas m'expliquer mieux.»

Cette histoire simple et terrible acheva de me monter la tête pour la religion et m'inspira tout à coup pour la sœur Hélène une prédilection enthousiaste. Je vis en elle une sainte des anciens jours, rude, ignorante des délicatesses de la vie et des compromis de cœur avec la conscience, une fanatique ardente et calme comme Jeanne d'Arc ou sainte Génévieve. C'était, par le fait, une mystique, la seule, je crois, qu'il y eût dans la communauté: aussi n'était-elle pas Anglaise.

Frappée comme d'un contact électrique, je lui pris les mains et m'écriai: «Vous êtes plus forte dans votre simplicité que tous les docteurs du monde, et je crois que vous me montrez, sans y songer, le chemin que j'ai à suivre. Je serai religieuse!—Tant mieux! me dit-elle avec la confiance et la droiture d'un enfant: vous serez sœur converse avec moi, et nous travaillerons ensemble.»

Il me sembla que le ciel me parlait par la bouche de cette inspirée.

Enfin j'avais rencontré une véritable sainte comme celles que j'avais rêvées. Mes autres nonnes étaient comme des anges terrestres, qui, sans lutte et sans souffrances, jouissaient par anticipation du calme paradisiaque. Hélène était une créature plus humaine et plus divine en même temps. Plus humaine, parce qu'elle souffrait; plus divine, parce qu'elle aimait à souffrir. Elle n'avait pas cherché le bonheur, le repos, l'absence de tentations mondaines, la liberté du recueillement dans le cloître. Les séductions du siècle! pauvre fille des champs nourrie dans de grossiers labeurs, elle ne les connaissait pas. Elle n'avait rêvé et accompli qu'un martyre de tous les jours; elle l'avait envisagé avec la logique sauvage et grandiose de la foi primitive. Elle était exaltée jusqu'au délire sous une apparence froide et stoïque. Quelle nature puissante! Son histoire me faisait frissonner et brûler. Je la voyais aux champs, écoutant, comme notre *grande pastoure*, les voix mystérieuses dans les branches des chênes et dans le murmure des herbes. Je la voyais passant par-dessus le corps de ce bel enfant dont les larmes tombaient sur mon cœur et passaient dans mes yeux. Je la voyais seule et debout sur le chemin, froide comme une statue et le cœur percé cependant des sept glaives de la douleur, élevant sa main hâlée vers le ciel et réduisant au silence, par l'énergie de sa volonté, toute cette famille gémissante et frappée de respect.

«O sainte Hélène, me disais-je en la quittant, vous avez raison, vous êtes dans le vrai, vous! vous êtes d'accord avec vous-même. Oui! quand on aime Dieu de toutes ses forces, quand on le préfère à toutes choses, on ne s'endort point en chemin; on n'attend pas ses ordres, on les prévient; on court au-devant des sacrifices. Oui! vous m'avez embrasée du feu de votre amour, et vous m'avez montré la voie. Je serai religieuse; ce sera le désespoir de mes parens, le mien par conséquent. Il faut ce désespoir-là pour avoir le droit de dire à Dieu: «Je t'aime, je serai religieuse et non pas *dame de chœur*, vivant dans une simplicité recherchée et dans une béate oisiveté. Je serai sœur converse, servante écrasée de fatigue, balayeuse de tombeaux, porteuse d'immondices; tout ce qu'on voudra, pourvu que je sois oubliée après avoir été maudite par les miens; pourvu que, dévorant l'amertume de l'immolation, je n'aie que Dieu pour témoin de mon supplice et que son amour pour ma récompense.»

Je ne tardai pas à confier à Marie Alicia mon projet d'entrer en religion. Elle n'en fut point enivrée. La digne et raisonnable femme me dit en souriant: «Si cette idée vous est douce, nourrissez-la, mais ne la prenez pas trop au sérieux. Il faut être plus fort que vous ne pensez pour mettre à exécution une chose difficile. Votre mère n'y consentira pas volontiers, votre grand'mère encore moins. Elles diront que nous vous avons entraînée, et ce n'est pas du tout notre intention ni notre manière d'agir. Nous ne caressons point les vocations au début, nous les attendons à leur entier développement. Vous ne vous connaissez pas encore vous-même. Vous croyez qu'on mûrit du jour au lendemain; allons, allons, *ma chère sœur*, il passera encore de l'eau sous le pont avant que vous signiez cet écrit-là.» Et elle me montrait la formule de ses vœux, écrite en latin dans un petit cadre de bois noir au dessus de son prie-Dieu. Cette formule, contraire à la législation française, était un engagement éternel; on le signait à une petite table sur laquelle, au milieu de l'église, on posait le saint sacrement.

Je souffrais bien un peu des doutes de Mme Alicia sur mon compte; mais je me défendais de cette souffrance comme d'une révolte de mon orgueil. Seulement je persistais à croire, sans en rien dire, que la sœur Hélène avait une plus grande vocation. Marie Alicia était heureuse, elle le disait sans affectation et sans emphase, et on voyait bien qu'elle était sincère. Elle disait parfois: «Le plus grand bonheur, c'est d'être en paix avec Dieu. Je ne l'aurais pas été dans le monde, je ne suis pas une héroïne, j'ai la crainte et peut-être le sentiment de ma faiblesse. Le cloître me sert de refuge et la règle monastique d'hygiène morale; moyennant ces puissans secours, je suis mon chemin sans trop d'efforts ni de mérite.»

Ainsi raisonnait cette âme profondément humble, ou, si on l'aime mieux, cet esprit parfaitement modeste. Elle était d'autant plus forte qu'elle croyait ne pas l'être.

Quand j'essayais de raisonner avec elle à la manière de la sœur Hélène, elle secouait doucement la tête: «Mon enfant, me disait-elle, si vous cherchez le mérite de la souffrance, vous le trouverez de reste dans le monde. Croyez bien qu'une mère de famille, ne fût-ce que pour mettre ses enfans au monde, a plus de douleur et de travail que nous. Je ne regarde pas la vie claustrale comme un sacrifice comparable à ceux qu'une épouse et une bonne mère doit s'imposer tous les jours. Ne vous tourmentez donc pas l'esprit, et attendez ce que Dieu vous inspirera quand vous serez en âge de choisir. Il sait mieux que vous et moi ce qui vous convient. Si vous désirez de souffrir, soyez tranquille, la vie vous servira à souhait, et peut-être trouverez-vous, si votre ardeur de sacrifice persiste, que c'est dans le monde, et non dans le couvent, qu'il faut aller chercher votre martyre.»

Sa sagesse me pénétrait de respect, et ce fut elle qui me préserva de prononcer ces vœux imprudens que les jeunes filles font quelquefois d'avance dans le secret de leur effusion devant Dieu: sermens terribles qui pèsent quelquefois pour toute la vie sur des consciences timorées, et qu'on ne viole pas, quelque non recevable qu'ils aient été devant Dieu, sans porter une grave atteinte à la dignité et à la santé de l'âme.

Cependant je ne me défendais pas de l'enthousiasme de sœur Hélène; je la voyais tous les jours, j'épiais l'occasion et le moyen de l'aider dans ses rudes travaux, consacrant mes récréations de la journée à les partager, et celles du soir à lui donner des leçons de français dans sa cellule. Elle avait, je l'ai dit, fort peu d'intelligence et savait à peine écrire. Je lui appris plus d'anglais que de français, car je m'aperçus bientôt que c'était par l'anglais que nous eussions dû commencer. Nos leçons ne duraient guère qu'une demi-heure. Elle se fatiguait vite. Cette tête si forte avait plus de volonté que de puissance.

Nous avions donc une demi-heure pour causer, et j'aimais son entretien, qui était pourtant celui d'un enfant. Elle ne savait rien, elle ne désirait rien savoir hors du cercle étroit où sa vie s'était renfermée. Elle avait le profond mépris de toute science étrangère à la vie pratique qui caractérise le paysan. Elle parlait mal à froid, ne trouvait pas de mots à son usage, et ne pouvait pas enchaîner ses idées; mais quand l'enthousiasme revenait, elle avait des élans d'une profondeur étrange dans leur concision enfantine.

Elle ne doutait pas de ma vocation, elle ne cherchait pas à me retenir et à me faire hésiter dans mon entraînement; elle croyait à la force des autres comme à la sienne propre. Elle ne s'embarrassait l'esprit d'aucun obstacle et se persuadait qu'il serait très facile de m'obtenir une dispense pour entrer dans la communauté en dépit des statuts de la règle, qui n'admettaient que des Anglaises, des Écossaises ou des Irlandaises dans le couvent. J'avoue que l'idée d'être religieuse ailleurs qu'aux Anglaises me faisait frémir, preuve que je n'avais pas de vocation véritable, et comme je lui avouais le doute que cette préférence pour notre couvent élevait en moi, elle me rassurait avec une adorable indulgence. Elle voulait trouver ma préférence légitime, et cette mollesse de cœur n'altérait pas, suivant elle, l'excellence de ma vocation. J'ai déjà dit quelque part dans cet ouvrage, à propos de la Tour d'Auvergne, je crois, que le cachet de la véritable grandeur est de ne jamais songer à exiger des autres les grandes choses qu'on s'impose à soi-même. La sœur Hélène, cette créature toute d'instincts sublimes, agissait de même avec moi. Elle avait quitté sa famille et son pays, elle était venue avec joie s'enterrer dans le premier couvent qu'on lui avait désigné, et elle consentait à me laisser choisir ma retraite et *arranger* mon sacrifice. C'était assez, à ses yeux, qu'une personne comme moi, qu'elle regardait comme un grand esprit (parce que je savais ma langue mieux qu'elle ne savait la sienne), acceptât délibérément l'idée d'être sœur converse au lieu de préférer tenir la classe.

Nous faisions donc des châteaux en Espagne ensemble. Elle me cherchait un nom: celui de Marie-Augustine, que j'avais pris à la confirmation, étant déjà porté par Poulette. Elle me désignait une cellule voisine de la sienne. Elle m'autorisait d'avance à aimer le jardinage et à cultiver des fleurs dans le préau. J'avais conservé le goût de tripoter la terre, et comme j'étais trop grande fille pour faire un petit jardin pour moi-même, je passais une partie des récréations à brouetter du gazon et à dessiner des allées dans les jardinets des petites. Aussi il fallait voir quelle adoration ces enfans avaient pour moi. On me raillait un peu à la grande classe. Anna soupirait de mon abrutissement sans cesser d'être bonne et affectueuse. Pauline de Pontcarré, mon amie d'enfance, qui était entrée au couvent depuis six mois, disait à sa mère, devant moi, que j'étais devenue imbécile, parce que je ne pouvais plus vivre qu'avec la sœur Hélène ou les enfans de sept ans.

J'avais pourtant contracté une amitié qui eût dû me relever dans l'opinion des plus intelligentes, puisque c'était avec la personne la plus intelligente du couvent. Je n'ai pas encore parlé d'Elisa Auster, bien que ce soit une des figures les plus remarquables de cette série de portraits où mon récit m'entraîne. J'ai voulu la garder pour le joyau principal de cette précieuse couronne.

Un Anglais, M. Auster, neveu de Mme Canning, notre supérieure, avait épousé à Calcutta une belle Indienne, dont il avait eu grand nombre d'enfans, douze, peut-être quatorze. Le climat les avait tous dévorés dans leur bas âge, excepté un fils, qui s'est fait prêtre, et deux filles: Lavinia, qui a été ma compagne à la petite classe; Elisa, sa sœur aînée, mon amie de la grande classe, qui est aujourd'hui supérieure d'un couvent de Cork, en Irlande.

M. et Mme Auster, voyant périr tous leurs enfans, dont l'organisation splendide semblait se dessécher tout à coup dans un milieu contraire, et ne pouvant abandonner leurs affaires, firent l'effort de se séparer des trois qui leur restaient. Ils les envoyèrent en Angleterre à Mme Blount, sœur de Mme Canning. Voilà du moins l'histoire que l'on racontait au couvent. Plus tard, j'ai entendu dire autrement; mais qu'importe? Le fait certain, c'est qu'Elisa et Lavinia se rappelaient confusément leur mère se roulant de désespoir sur le rivage indien tandis que le navire s'en éloignait à pleines voiles. Mises au couvent de Cork, en Irlande, Elisa et Lavinia vinrent en France lorsque Mme Blount se décida à venir habiter, avec sa fille et ses deux nièces, notre couvent des Anglaises. Cette famille avait-elle de la fortune? Je l'ignore, on ne s'occupait guère de cela parmi les dévotes. Je crois que le père était encore aux Indes quand je connus ses filles. La mère y était à coup sûr, et n'avait pas vu ses enfans depuis une douzaine d'années.

Lavinia était une charmante enfant, timide, impressionnable, rougissant à tout propos, d'une douceur parfaite, ce qui ne l'empêchait pas d'être un peu diable et fort peu dévote. Ses tantes et sa sœur la grondaient souvent. Elle ne s'en souciait pas énormément.

Elisa était d'une beauté incomparable et d'une intelligence supérieure. C'était le plus admirable résultat possible de l'union de la race anglaise avec le type indien. Elle avait un profil grec d'une pureté de lignes exquises, un teint de lis et de roses sans hyperbole, des cheveux châtains superbes, des yeux bleus d'une douceur et d'une pénétration frappantes, une sorte de fierté caressante dans la physionomie; le regard et le sourire annonçaient la tendresse d'un ange, le front droit, l'angle facial fortement accusé, je ne sais quoi de carré dans une taille magnifique de proportions, révélaient une grande volonté, une grande puissance, un grand orgueil.

Dès son plus jeune âge, toutes les forces de cette âme vigoureuse s'étaient tournées vers la piété. Elle nous arriva sainte, comme je l'ai toujours connue, ferme dans sa résolution de se faire religieuse, et cultivant dans son cœur une seule amitié exclusive, le souvenir d'une religieuse de son couvent d'Irlande, sœur Maria Borgia de Chantal, qui a toujours encouragé sa vocation, et qu'elle est allée rejoindre plus tard en prenant le voile. La plus grande marque d'amitié qu'elle m'ait donnée, c'est un petit reliquaire que j'ai toujours à ma cheminée, et qu'elle tenait de cette religieuse. Je lis encore sur l'envers: *M. de Chantal, to E. 1816.* Elle y tenait tant qu'elle me fit promettre de ne jamais m'en séparer, et je lui ai tenu parole. Il m'a suivie partout. Dans un voyage, le verre s'est cassé, la relique s'est perdue, mais le médaillon est intact, et c'est le reliquaire lui-même qui est devenu relique pour moi.

Cette belle Elisa était la première dans toutes les études, la meilleure pianiste du couvent, celle qui faisait tout mieux que les autres, puisqu'elle y portait à dose égale les facultés naturelles et la volonté soutenue. Elle faisait tout cela en vue d'être propre à diriger l'éducation des jeunes Irlandaises qui lui seraient confiées un jour à Cork, car elle était pour son couvent de Cork comme moi pour mon couvent des Anglaises. Marie Borgia était son Alicia et son Hélène. Elle ne comprenait pas qu'elle pût être religieuse ailleurs, et sa vocation n'en était pas moins certaine, puisqu'elle y a persisté avec joie.

Elle avait bien plus raison que moi en songeant à se rendre utile dans le cloître. Moi, je suivais les études avec soumission, avec le plus d'attention possible; mais, en réalité, depuis que j'étais dévote, je ne faisais pas plus de progrès que je n'avais fait de besogne auparavant. Je n'avais pas d'autre but que celui de me soumettre à la règle, et mon mysticisme me commandant d'immoler toutes les vanités du monde, je ne voyais pas qu'une sœur converse eût besoin de savoir jouer du piano, dessiner et de connaître l'histoire. Aussi, après trois années de couvent, en suis-je sortie beaucoup plus ignorante que je n'y étais entrée. J'y avais même perdu ces accès d'amour pour l'étude dont je m'étais senti prise de temps en temps à Nohant. La dévotion m'absorbait bien autrement que n'avait fait la diablerie. Elle usait toute mon intelligence au profit de mon cœur. Quand j'avais pleuré d'adoration pendant une heure à l'église, j'étais brisée pour tout le reste du jour. Cette passion, répandue à flots dans le sanctuaire, ne pouvait plus se rallumer pour rien de terrestre. Il ne me restait ni force, ni élan, ni pénétration pour quoi que ce soit. Je m'abrutissais, Pauline avait bien raison de le dire, mais il me semble pourtant que je grandissais dans un certain sens. J'apprenais à aimer autre chose que moi-même: la dévotion exaltée a ce grand effet sur l'âme qu'elle possède que, du moins, elle y tue l'amour-propre radicalement, et si elle l'hébète à certains égards, elle la purge de beaucoup de petitesses et de mesquines préoccupations.

Quoique l'être humain soit dans la conduite de sa vie un abîme d'inconséquences, une certaine logique fatale le ramène toujours à des situations analogues à celles où son instinct l'a déjà conduit. Si l'on s'en souvient, j'étais parfois à Nohant, devant les soins et les leçons de ma grand'mère, dans la même disposition de soumission inerte et de dégoût secret que celle où je me retrouvais au couvent devant les études qui m'étaient imposées. A Nohant, ne pensant qu'à me faire ouvrière avec ma mère, j'avais méprisé l'étude comme trop aristocratique. Au couvent, ne songeant qu'à me faire servante avec sœur Hélène, je méprisais l'étude comme trop mondaine.

Je ne sais plus comment il m'arriva de me lier avec Elisa. Elle avait été froide et même dure avec moi durant mes diableries. Elle avait des instincts de domination qu'elle ne pouvait contenir, et lorsqu'un diable dérangeait sa méditation à l'église ou bouleversait ses cahiers à la classe, elle devenait pourpre; ses belles joues prenaient même rapidement une teinte violacée, ses sourcils déjà très rapprochés, s'unissaient par un froncement nerveux; elle murmurait des paroles d'indignation, son sourire devenait méprisant, presque terrible; sa nature impérieuse et hautaine se trahissait. Nous disions alors que le sang asiatique lui montait au visage. Mais c'était un orage passager. La volonté, plus forte que l'instinct, dominait cette colère. Elle faisait un effort, pâlissait, souriait, et ce sourire, passant sur ses traits comme un rayon de soleil, y ramenait la douceur, la fraîcheur et la beauté.

Toutefois il fallait la connaître beaucoup pour l'aimer, et en général, elle était plus admirée que recherchée.

Quand elle se fit connaître à moi, ce ne fut point à demi. Elle me révéla ses propres défauts avec beaucoup de grandeur et m'ouvrit sans réserve son âme austère et tourmentée.

«Nous marchons au même but par des chemins différens, me disait-elle. J'envie le tien, car tu y marches sans effort et tu n'as pas de lutte à soutenir. Tu n'aimes pas le monde, tu n'y pressens qu'ennuis et lassitudes. La louange ne te cause que du dégoût. On dirait que tu te laisses glisser du siècle dans le cloître par une pente facile et que ton être n'a point d'aspérités qui te retiennent. Moi, disait-elle (et en parlant ainsi sa figure rayonnait comme celle d'un archange), j'ai *un orgueil de Satan!* Je me tiens dans le temple comme le pharisien superbe, et il me faut faire un effort pour me mettre moi-même à la porte, où je te retrouve, toi, endormie et souriante à l'humble place du publicain. J'ai un sentiment de recherche dans le choix de mon sort futur en religion. Je veux bien obéir, mais je sens aussi le besoin de commander. J'aime l'approbation, la critique m'irrite, la moquerie m'exaspère. Je n'ai ni indulgence instinctive ni patience naturelle. Pour vaincre tout cela, pour m'empêcher de tomber dans le mal cent fois par jour, il me faut une continuelle tension de ma volonté. Enfin, si je surnage au-dessus de l'abîme de mes passions, j'aurai bien du mal, et il me faudra du Ciel une bien grande assistance.

Là-dessus elle pleurait et se frappait la poitrine. J'étais forcée de la consoler, moi qui me sentais un atome auprès d'elle. «Il est possible, lui disais-je, que je n'aie pas les mêmes défauts que toi, mais j'en ai d'autres, et je n'ai pas tes qualités. A brebis tondue, Dieu ménage le vent. Comme je n'ai pas ta force, les vives sensations me sont épargnées. Je n'ai pas de mérite à être humble, puisque par caractère, par position sociale peut-être, je méprise beaucoup de choses qu'on estime dans le monde. Je ne connais pas le plaisir qu'on goûte à la louange, ni ma personne ni mon esprit ne sont remarquables. Peut-être serais-je vaine si j'avais ta beauté et tes facultés: si je n'ai pas le goût du commandement, c'est que je n'aurais pas la persévérance de gouverner quoi que ce soit. Enfin, rappelle-toi que les plus grands saints sont ceux qui ont eu le plus de peine à le devenir.»

—C'est vrai! s'écriait-elle. Il y a de la gloire à souffrir, et les récompenses sont proportionnées aux mérites.» Puis tout à coup laissant retomber sa tête charmante dans ses belles mains: «Ah! disait-elle en soupirant, ce que je pense là est encore de l'orgueil! Il s'insinue en moi par tous les pores et prend toutes les formes pour me vaincre. Pourquoi est-ce que je veux trouver de la gloire au bout de mes combats, et une plus haute place dans le ciel que toi et la sœur Hélène? En vérité, je suis une âme bien malheureuse. Je ne peux pas m'oublier et m'abandonner un seul instant.»

C'est dans de telles luttes intérieures que cette vaillante et austère jeune fille consumait ses plus brillantes années; mais il semblait que la nature l'eût formée pour cela, car plus elle s'agitait, plus elle était resplendissante d'embonpoint, de couleur et de santé.

Il n'en était pas ainsi de moi. Sans lutte et sans orage, je m'épuisais dans mes expansions dévotes. Je commençais à me sentir malade, et bientôt le malaise physique changea la nature de ma dévotion. J'entre dans la seconde phase de cette vie étrange.

CHAPITRE QUINZIEME

Le cimetière.—Mystérieux orage contre sœur Hélène.—Premiers doutes instinctifs.—Mort de la mère Alippe.—Terreurs d'Elisa.—Second mécontentement intérieur.—Langueurs et fatigues.—La maladie des scrupules.—Mon confesseur me donne pour pénitence l'ordre de m'amuser.—Bonheur parfait.—Dévotion gaie.—Molière au couvent.—Je deviens auteur et directeur des spectacles.—Succès inouï du Malade imaginaire *devant la communauté.—Jane.—Révolte.—Mort du duc de Berry.—Mon départ du couvent.—Mort de Mme Canning.—Son administration.—Election de Mme Eugénie.—Décadence du couvent.*

J'avais passé plusieurs mois dans la béatitude, mes jours s'écoulaient comme des heures. Je jouissais d'une liberté absolue depuis que je n'étais plus d'humeur à en abuser. Les religieuses me menaient avec elles dans tout le couvent, dans l'ouvroir où elles m'invitaient à prendre le thé; dans la sacristie, où j'aidais à ranger et à plier les ornemens d'autel; dans la tribune de l'orgue, où nous répétions les chœurs et motets; dans la *chambre des novices*, qui était une salle servant d'école de plain-chant; enfin dans le cimetière, qui était le lieu le plus interdit aux pensionnaires. Ce cimetière, placé entre l'église et le mur du jardin des Écossais, n'était qu'un parterre de fleurs sans tombes et sans épitaphes. Le renflement du gazon annonçait seul la place des sépultures. C'était un endroit délicieux, tout ombragé de beaux arbres, d'arbustes et de buissons luxurians. Dans les soirs d'été, on y était presque asphyxié par l'odeur des jasmins et des roses; l'hiver, pendant la neige, les bordures de violettes et les roses du Bengale souriaient encore sur le linceul sans tache. Une jolie chapelle rustique, sorte de hangar ouvert qui abritait une statue de la Vierge, et qui était toute festonnée de pampres et de chèvrefeuille, séparait ce coin sacré de notre jardin, et l'ombrage de nos grands marronniers se répandait par-dessus le petit toit de la chapelle. J'ai passé là des heures de délices à rêver sans songer à rien. Dans mon temps de diablerie, quand je pouvais me glisser dans le cimetière, c'était pour y recueillir les bonnes balles élastiques que les Écossais perdaient par-dessus le mur. Mais je ne songeais même plus aux balles élastiques. Je me perdais dans le rêve d'une mort anticipée, d'une existence de sommeil intellectuel, d'oubli de toutes choses, de contemplations incessantes. Je choisissais ma place dans le cimetière. Je m'étendais là en imagination pour dormir comme dans le seul lieu du monde où mon cœur et ma cendre pussent reposer en paix.

Sœur Hélène m'entretenait dans mes songes de bonheur, et pourtant elle n'était pas heureuse, la pauvre fille. Elle souffrait beaucoup, quoique sa force physique eût repris le dessus, et qu'elle fût en voie de guérison; mais je crois que son mal était moral. Je crois qu'elle était un peu grondée, un peu persécutée pour son mysticisme. Il y avait des soirs où je la trouvais en pleurs dans sa cellule. J'osais à peine l'interroger, car à mon premier mot, elle secouait sa tête carrée d'un air dédaigneux, comme pour me dire: «J'en ai supporté bien d'autres, et vous n'y pouvez rien.» Il est vrai qu'aussitôt elle se jetait dans mes bras et pleurait sur mon épaule; mais pas une plainte, pas un murmure, pas un aveu ne s'échappa jamais de ses lèvres scellées.

Un soir que je passais dans le jardin au-dessous de la fenêtre de la chambre de la supérieure, j'entendis le bruit d'une vive altercation. Je ne pouvais ni ne voulais saisir le dialogue, mais je reconnaissais le son des voix. Celle de la supérieure était rude et irritée, celle de sœur Hélène navrante et entre-coupée de gémissemens. Dans le temps où je cherchais le secret de la *victime*, j'aurais trouvé là matière à de belles imaginations; je me serais glissée dans l'escalier, dans l'antichambre, j'aurais surpris le mystère dont j'étais avide. Mais ma religion me défendait d'espionner désormais, et je passai le plus vite que je pus. Pourtant cette voix déchirante de ma chère Hélène me suivait malgré moi. Elle ne paraissait pas supplier; je ne crois pas que cette robuste nature eût pu se ployer à cela, elle semblait protester énergiquement et se plaindre d'une accusation injuste. D'autres voix que je ne reconnus pas semblaient la charger et la reprendre. Enfin, quand je fus assez loin pour ne rien entendre clairement, il me sembla que des cris inarticulés venaient jusqu'à moi à travers les brises de la nuit et les rires des pensionnaires en récréation.

Ce fut le premier coup porté à la sérénité de mon âme? Que se passait-il donc dans le secret du chapitre? Etaient-elles injustement soupçonneuses, étaient-elles impitoyables devant une faute, ces nonnes à l'air si doux, aux manières si tranquilles? Et quelle faute pouvait donc commettre une sainte comme la sœur Hélène? N'était-ce pas son trop de foi et de dévoûment qu'on lui reprochait? Etais-je pour quelque chose là dedans? Lui faisait-on un crime de notre sainte amitié? J'avais entendu distinctement la supérieure articuler d'une voix courroucée: «*Shame! shame! Honte! honte!*» Ce mot de honte appliqué à une âme naïve et pure comme celle d'un petit enfant, à un être véritablement angélique, me froissait comme une insulte gratuite et cruelle; le vers de Boileau me revenait sur les lèvres malgré moi:

Tant de fiel entre-t-il dans l'âme des dévots?

Mme Canning n'était pas un Tartufe femelle, bien certainement. Elle avait des vertus solides, mais elle était dure et pas très franche. Je l'avais éprouvé par moi-même. Où pouvait-elle avoir puisé dans une âme béate ce flot de reproches amers ou de menaces humiliantes que l'accent de sa voix trahissait à mon oreille? Je me demandais s'il était possible, à moins qu'on n'eût une âme stupide, de ne pas chérir et admirer sœur Hélène; et s'il était possible, quand on avait de l'estime et de l'affection pour quelqu'un, de le gronder, de l'humilier, de le faire souffrir à ce point, même pour son bien, même en vue de lui faire son salut. «Est-ce une querelle? est-ce une épreuve? me disais-je: si c'est une querelle, elle est ignoble de formes. Si c'est une épreuve, elle est odieuse de cruauté.»

Tout à coup j'entendis des cris (mon imagination troublée me les fit seule entendre peut-être), un vertige passa devant mes yeux, une sueur froide inonda mon corps tremblant: «On la frappe, on la martyrise!» m'écriai-je.

Que Dieu me pardonne cette pensée, probablement folle et injuste, mais elle s'empara de moi comme une obsession. J'étais dans la grande allée au fond du jardin, torturée par ces bruits confus qui semblaient m'y poursuivre. Je ne fis qu'un bond jusqu'à la cellule de sœur Hélène; je croirais volontiers que mes pieds ne m'y portaient pas, tant il me sembla voler aussi rapidement que ma pensée. Si je n'avais pas trouvé Hélène dans sa cellule, je crois que j'aurais été la chercher dans celle de la supérieure.

Hélène venait de rentrer; sa figure était bouleversée, son visage inondé de larmes. Mon premier mouvement fut de regarder si elle n'avait pas de traces de violences, si son voile n'était pas déchiré ou ses mains ensanglantées. J'étais devenue tout à coup soupçonneuse comme ceux qui passent subitement d'une confiance aveugle à un doute poignant. Sa robe seule était poudreuse comme si elle eût été jetée par terre, ou comme si elle se fût roulée sur le plancher. Elle me repoussa en me disant: «Ce n'est rien, ce n'est rien! Je suis fort malade, il faut que je me mette au lit; laissez-moi.»

Je sortis pour lui laisser le temps de se coucher, mais je restai dans le corridor, protégée par l'obscurité, l'oreille collée à la porte. Elle gémissait à me déchirer le cœur. Du côté de la chambre de la supérieure, il y avait de l'agitation. On ouvrait et on fermait les portes, j'entendais des frôlemens de robes passer non loin de moi. Cette incertitude était fantastique, affreuse. Quand tout fut rentré dans le silence, je revins auprès de la sœur Hélène.

«Je ne dois pas vous interroger, lui dis-je, et je sais que vous ne voudriez pas me répondre; mais laissez-moi vous assister et vous soigner.» Elle avait la fièvre, disait-elle, mais ses mains étaient glacées, et elle était agitée d'un tremblement nerveux. Elle me demanda seulement à boire; il n'y avait que de l'eau dans sa cellule. Je courus malgré elle trouver madame Marie-Augustine (Poulette), qui demeurait, je crois, dans le même dortoir[23]. Poulette était l'infirmière en chef, c'est elle qui avait les clefs et la surveillance de la pharmacie. Je lui dis que sœur Hélène était fort malade. Mais quoi! la bonne, la rieuse, la maternelle Poulette haussa les épaules d'un air d'insouciance et me répondit: «Sœur Hélène? bah! bah! elle n'est pas bien malade, elle n'a besoin de rien!»

Révoltée de cette inhumanité, j'allai trouver la sœur Thérèse, la vieille converse aux alambics, la grande Irlandaise de la cave à la menthe. Elle travaillait aussi à la cuisine; elle pouvait faire chauffer de l'eau, préparer une tisane. Elle m'accueillit sans plus de sollicitude que Poulette. «*Sister Helen!* dit-elle en riant: *she is in her bad spirits*»[24]. Elle ajouta pourtant: «Allons, allons, je vais lui faire du tilleul,» et elle se mit à l'œuvre sans se presser et en ricanant toujours. Elle me remit la tisane et un peu d'eau de menthe en me disant: «Buvez-en aussi, c'est très bon pour le mal d'estomac et pour la folie.»

Je n'en pus rien tirer autre chose, et je retournai auprès de ma malade, qui était dans le plus complet abandon. Elle grelottait de froid; j'allai lui chercher la couverture de mon lit, et la tisane chaude la réchauffa un peu. On disait la prière à la classe, on allait se retirer. Je fus demander à la *Comtesse*, qui véritablement ne me refusait jamais rien, la permission de veiller sœur Hélène qui était malade. «Comment?» dit-elle d'un air étonné, «Sœur Hélène est malade, et il n'y a que vous pour la soigner?»—«C'est comme cela, madame; me le permettez-vous?»—«Allez, ma très chère,» répondit-elle, «tout ce que vous faites ne peut-être que fort agréable à Dieu.» Ainsi me traitait cette excellente personne dont je m'étais tant moquée, et qui n'avait souci et rancune d'aucune chose au monde quand il ne s'agissait que de son perroquet et du chat de la mère Alippe.

Je restai auprès de sœur Hélène jusqu'au moment où l'on vint fermer les portes de communication des dortoirs. Elle dormait enfin et paraissait tranquille quand je la quittai. Elle avait mortellement souffert pendant quelques heures, et il lui était arrivé de dire en se tordant sur son lit: «On ne peut donc pas mourir!» Mais pas une plainte contre qui que ce fût ne lui était échappée, et le lendemain je la trouvai au travail, souriante, et presque gaie. C'était la bienfaisante mobilité de l'enfant unie à la résignation et au courage d'une sainte.

Cette mystérieuse aventure avait laissé en moi plus de traces qu'en elle: je vis bien, aux manières des religieuses avec moi et à la liberté qu'on me laissait de la voir à toute heure du jour, que je n'étais pour rien dans l'orage qui avait passé sur sa tête. Mais je n'en restai pas moins pensive et brisée, non pas ébranlée dans ma foi, mais troublée dans mon bonheur et dans ma confiance.

Vers ce même temps, je crois, la mère Alippe mourut d'un catarrhe pulmonaire endémique qui mit aussi en danger la vie de la supérieure et de plusieurs autres religieuses. Je n'avais jamais été particulièrement liée avec la mère Alippe. Pourtant je l'aimais beaucoup: j'avais pu apprécier, à la petite classe, la droiture et la justice de son caractère. Elle fut fort regrettée, et sa mort presque subite (après quelques jours de maladie seulement) fut accompagnée de circonstances déchirantes. Sa sœur Poulette, qui la soignait et qui avait aussi, comme infirmière, à soigner les autres et la supérieure, montra un courage admirable dans sa douleur, au point de tomber évanouie et comme morte elle-même dans l'infirmerie, au milieu de ses fonctions, le jour de l'enterrement de mère Alippe.

Cet enterrement fut beau de tristesse et de poésie: les chants, les larmes, les fleurs, la cérémonie dans le cimetière, les pensées plantées immédiatement sur sa tombe et que nous nous hâtâmes de cueillir pour nous les partager, la douleur profonde et résignée des religieuses, tout sembla donner un caractère de sainteté et comme un charme secret à cette mort sereine, à cette séparation d'un jour, comme disait la bonne et courageuse Poulette.

Mais j'avais été violemment troublée par une circonstance incompréhensible pour moi. Nous avions appris la mort de la mère Alippe le matin en sortant de nos cellules. On s'abordait tristement, on pleurait, on était triste, mais calme, car dès la veille la digne créature était condamnée et était entrée dans son agonie. On nous avait caché cette lutte suprême, mais sans nous laisser d'espoir. Par un sentiment de respect pour le repos de l'enfance, ces tristes heures s'étaient écoulées sans bruit. Nous n'avions entendu ni son de cloche ni prières des agonisans. Le lugubre appareil de la mort nous avait été voilé. Nous nous mîmes en prières. C'était par une matinée froide et brumeuse. Un jour terne se glissait sur nos têtes inclinées. Tout à coup, au milieu de l'*Ave Maria*, un cri déchirant, horrible, part du milieu de nous: tout le monde se lève épouvanté. Elisa seule ne se lève pas; elle tombe par terre et se roule, en proie à des convulsions terribles.

Par un effort de sa volonté, elle fut debout pour aller entendre la messe, mais elle y fut reprise des mêmes crises nerveuses, et obligée de sortir. Toute la journée, elle fut plus morte que vive; le lendemain et les jours suivans, il lui échappait un cri strident, au milieu de ses méditations ou de ses études; elle promenait des yeux hagards autour d'elle, elle était comme poursuivie par un spectre.

Comme elle ne s'expliquait pas, nous attribuâmes d'abord cette commotion physique au chagrin; mais pourquoi ce chagrin violent, puisqu'elle n'était pas plus liée d'amitié particulière avec la mère Alippe que la plupart d'entre nous? Elle m'expliqua ce qu'elle souffrait aussitôt que nous fûmes seules: sa chambre n'était séparée que par une mince cloison de l'alcôve de la petite infirmerie, où la mère Alippe était morte. Pendant toute la nuit, elle avait, pour ainsi dire, assisté à son agonie. Elle n'avait pas perdu un mot, un gémissement de la moribonde, et le râle final avait exercé sur ses nerfs irritables un effet sympathique. Elle était forcée de se faire violence pour ne pas l'imiter en racontant cette nuit d'angoisses et de terreurs. Je fis mon possible pour la calmer; nous avions une prière à la Vierge qu'elle aimait à dire avec moi dans ces heures de souffrance morale. C'était une prière en anglais qui lui venait de sa chère madame de Borgia, et qu'il ne fallait pas dire seule, selon la pensée fraternelle du christianisme primitif, exprimée par cette parole: «Je vous le dis, en vérité, là où vous serez trois réunis en mon nom, je serai au milieu de vous.» Faute d'une troisième compagne aussi assidue que nous à ces pratiques d'une dévotion particulière, nous la disions à nous deux. Elisa avait un prie-Dieu dans sa cellule, qui était arrangée comme celle d'une religieuse. Nous allumions un petit cierge de cire bien blanche, au pied duquel nous déposions un bouquet des plus belles fleurs que nous pouvions nous procurer. Ces fleurs et cette cire vierge étaient exclusivement consacrées comme offrandes dans cette prière. Elisa aimait ces pratiques extérieures de la dévotion, elle y attachait de l'importance, et leur attribuait des influences secrètes pour la guérison des peines morales qu'elle éprouvait souvent. Elle chérissait les formules.

Je pensais bien qu'elle matérialisait un peu son culte, et cela me faisait l'effet d'un amusement naïf et tendre; mais je le partageais par affection pour elle plus que par goût. Je trouvais toujours que la seule vraie prière était l'*oraison mentale*, l'effusion du cœur sans paroles, sans phrases, et même sans idées. Elisa aimait tout dans la dévotion, le fond et la forme. Elle avait le goût des *patenôtres*. Il est vrai qu'elle y savait répandre la poésie qui était en elle.

Néanmoins, l'oraison de Mme Borgia ne la calma qu'un instant, et elle m'avoua qu'elle se sentait assaillie de terreurs involontaires et inexplicables. Le fantôme de la mort s'était dressé devant elle dans toute son horreur; cette riche et vivante organisation frissonnait d'épouvante devant l'idée de la destruction. A toute heure elle offrait sa vie à Dieu, et certes elle était d'une trempe à ne pas reculer devant la résolution du martyre. Mais la souffrance et la mort, lorsqu'elles se matérialisaient devant ses yeux, ébranlaient trop fortement son imagination; cette âme si forte avait les nerfs d'une femmelette. Elle se le reprochait et n'y pouvait rien.

Je ne saurais dire pourquoi cela me déplut. J'étais en humeur de désenchantement; je trouvai étrange et fâcheux que ma sainte Elisa, le type de la force et de la vaillance, fût agitée et troublée devant une chose aussi auguste, aussi solennelle que la mort d'un être sans péché. Je n'avais jamais eu peur de la mort en général. Ma grand'mère me l'avait fait envisager avec un calme philosophique dont je retrouvais l'emploi en face de la mort chrétienne, moins froide et tout aussi sereine que celle du stoïque. Pour la première fois, cela m'apparut comme quelque chose de sombre, à travers l'impression maladive d'Elisa. Tout en la blâmant en moi-même de ne pas l'envisager comme je l'entendais, je sentis sa terreur devenir contagieuse, et, le soir, comme je traversais le dortoir où reposait la morte, j'eus comme une hallucination, je vis passer devant moi l'ombre de la mère Alippe avec sa robe blanche qu'elle secouait et agitait sur le carreau. J'eus peine à retenir un cri comme ceux que jetait Elisa. Je m'en défendis: mais j'eus honte de moi-même. Je m'accusai de cette vaine terreur comme d'une impiété, et je me sentis presque aussi mécontente d'Elisa que de moi-même.

Au milieu de ces désillusions que je refoulais de mon mieux, la tristesse me prit. Un soir j'entrai dans l'église et ne pus prier. Les efforts que je fis pour ranimer mon cœur fatigué ne servirent qu'à l'abattre davantage. Je me sentais malade depuis quelque temps, j'avais des spasmes d'estomac insupportables, plus de sommeil, ni d'appétit. Ce n'est pas à quinze ans qu'on peut supporter impunément les austérités auxquelles je me livrais. Elisa en avait dix-neuf, sœur Hélène en avait vingt-huit. Je faiblissais visiblement sous le poids de mon exaltation. Le lendemain de cette soirée, qui faisait un pendant si affligeant à ma veillée du 4 août, je me levai avec effort, j'eus la tête lourde et distraite à la prière. La messe me trouva sans ferveur. Il en fut de même le soir. Le jour suivant, je fis de tels efforts de volonté que je ressaisis mon émotion et mes transports. Mais le lendemain fut pire. La période de l'effusion était épuisée, une lassitude insurmontable m'écrasait. Pour la première fois depuis que j'étais dévote, j'eus comme des doutes, non pas sur la religion; mais sur moi-même. Je me persuadai que la grâce m'abandonnait. Je me rappelai cette terrible parole: «*Il y a beaucoup d'appelés, peu d'élus.*» Enfin, je crus sentir que Dieu ne m'aimait plus, parce que je ne l'aimais pas assez. Je tombai dans un morne désespoir.

Je fis part de mon mal à Mme Alicia. Elle en sourit et me voulut démontrer que c'était une mauvaise disposition de santé, à l'effet de laquelle il ne fallait pas attacher trop d'importance.

«Tout le monde est sujet à ces défaillances de l'âme, me dit-elle. Plus vous vous en tourmenterez, plus elles augmenteront. Acceptez-les en esprit d'humilité, et priez pour que cette épreuve finisse; mais si vous n'avez commis aucune faute grave, dont cette langueur soit le juste châtiment, espérez et priez!»

Ce qu'elle me disait là était le fruit d'une grande expérience philosophique et d'une raison éclairée. Mais ma faible tête ne sut pas en profiter. J'avais goûté trop de joie dans ces ardeurs de la dévotion pour me résigner à en attendre paisiblement le retour. Mme Alicia m'avait dit: «Si vous n'avez pas commis quelque faute grave!» Me voilà cherchant la faute que j'ai pu commettre; car de supposer Dieu assez fantasque et assez cruel pour me retirer la grâce sans autre motif que celui de m'éprouver, je n'y pouvais consentir. «Qu'il m'éprouve dans ma vie extérieure, je le conçois, me disais-je; on accepte, on cherche le martyre; mais pour cela la grâce est nécessaire, et s'il m'ôte la grâce, que veut-il donc que je fasse? Je ne puis rien que par lui, s'il m'abandonne, est-ce ma faute?»

Ainsi, je murmurais contre l'objet de mon adoration, et comme une amante jalouse et irritée, je lui eusse volontiers adressé d'amers reproches. Mais je frissonnais devant ces instincts de rebellion, et, me frappant la poitrine: «Oui, me disais-je, il faut que ce soit ma faute. Il faut que j'aie commis un crime et que ma conscience endurcie ou hébétée ait refusé de m'avertir.»

Et me voilà épluchant ma conscience et cherchant mon péché avec une incroyable rigueur envers moi-même, comme si l'on était coupable quand on cherche ainsi sans pouvoir rien trouver! Alors je me persuadai qu'une suite de péchés véniels équivalait à un péché mortel, et je cherchai de nouveau cette quantité de péchés véniels que j'avais dû commettre, que je commettais sans doute à toute heure, sans m'en rendre compte, puisqu'il est écrit que le juste pèche *sept fois par jour*, et que le chrétien humble doit se dire qu'il pèche jusqu'à *septante fois sept fois*.

Il y avait peut-être eu beaucoup d'orgueil dans mon enivrement. Il y eut excès d'humilité dans mon retour sur moi-même. Je ne savais rien faire à demi. Je pris la funeste habitude de scruter en moi les petites choses. Je dis funeste, parce qu'on n'agit pas ainsi sur sa propre individualité sans y développer une sensibilité déréglée, et sans arriver à donner une importance puérile aux moindres mouvemens du sentiment, aux moindres opérations de la pensée. De là à la disposition maladive qui s'exerce sur les autres et qui altère les rapports de l'affection par une susceptibilité trop grande et par une secrète exigence, il n'y a qu'un pas, et si un jésuite vertueux n'eût été à cette époque le médecin de mon âme, je serais devenue insupportable aux autres comme je l'étais déjà à moi-même.

Pendant un mois ou deux, je vécus dans ce supplice de tous les instants, sans retrouver la grâce: c'est-à-dire la juste confiance qui fait que l'on se sent véritablement assisté de l'esprit divin. Ainsi, tout mon pénible travail pour retrouver la grâce ne servait qu'à me la faire perdre davantage. J'étais devenue ce qu'en style de dévots on appelait *scrupuleuse*.

Une dévote tourmentée de scrupules de conscience devenait misérable. Elle ne pouvait plus communier sans angoisses, parce que, entre l'absolution et le sacrement, elle ne se pouvait préserver de la crainte d'avoir commis un péché, le péché véniel ne fait pas perdre l'absolution; un acte fervent de contrition en efface la souillure et permet d'approcher de la sainte table; mais si le péché est mortel, il faut ou s'abstenir, ou commettre un sacrilège. Le remède, c'est de recourir bien vite au directeur, ou, à son défaut, au premier prêtre qui se peut trouver, pour obtenir une nouvelle absolution! Sot remède, abus véritable d'une institution dont la pensée primitive fut grande et sainte, et qui pour les dévots devient un commérage, une taquinerie puérile, une obsession auprès du Créateur rabaissé au niveau de la créature inquiète et jalouse.

Si un péché mortel avait été commis au moment ou seulement à la veille de la communion, ne faudrait-il pas s'abstenir et attendre une plus longue expiation, une plus difficile réconciliation que celles qui s'opèrent, en cinq minutes de confession, entre le prêtre et le pénitent? Ah! les premiers chrétiens ne l'eussent pas entendu ainsi, eux qui faisaient à la porte du temple une confession publique avant de se croire lavés de leurs fautes, eux qui se soumettaient à des épreuves terribles, à des années de pénitence. Ainsi entendue, la confession pouvait et devait transformer un être, et faire surgir véritablement l'homme nouveau de la dépouille du vieil homme. Le vain simulacre de la confession secrète, la courte et banale exhortation du prêtre, cette niaise pénitence qui consiste à dire quelque prière, est-ce là l'institution pure, efficace et solenelle des premiers temps?

La confession n'a plus qu'une utilité sociale fort restreinte, parce que le secret qui s'y est glissé a ouvert la porte à plus d'inconvéniens que d'avantages pour la sécurité et la dignité des familles. Devenue une vaine formalité pour permettre l'approche des sacremens, elle n'imprime point au croyant un respect assez profond et un repentir assez durable. Son effet est à peu près nul sur les chrétiens tièdes et tolérans. Il est grand, au contraire, sur les fervens; mais c'est à titre de directeur de conscience, et non comme confesseur, que le prêtre agit sur ces esprits-là. Cela est si vrai, qu'on voit souvent ces deux fonctions distinctes et remplies par deux personnes différentes. Dans cette situation, le confesseur est effacé, puisque le directeur décide de ce qui doit lui être révélé. Il est comme l'infirmier à qui le médecin en chef abandonne et prescrit les soins vulgaires. De toute main l'absolution est bonne, mais le directeur a seul le secret de la maladie et la science de la guérison.

L'ascendant du confesseur n'est donc réel que lorsqu'il est en même temps le directeur de la conscience. Pour cela, il faut qu'il connaisse l'individu et qu'il le choye ou le guide assidûment: c'est alors que le prêtre devient le véritable chef de la famille, et c'est presque toujours par la femme qu'il règne, comme l'a si bien démontré M. Michelet dans un beau livre terrible de vérité. Pourtant, quand le prêtre et le pénitent sont sincères, la confession peut être encore secourable; mais la faiblesse humaine, l'esprit dominateur du clergé, la foi perdue au sein de l'Église, plus encore que dans celui de la femme, ont assez prouvé que les bienfaits de cette institution détournée de son but et dénaturée par le laisser-aller des siècles sont devenus exceptionnels, tandis que ses dangers et le mal produit habituellement sont immenses.

J'en parle par esprit de justice et d'examen, mon expérience personnelle me conduirait à d'autres conclusions, si je me renfermais dans ma personnalité pour juger le reste du monde. J'eus le bonheur de rencontrer un digne prêtre, qui fut longtemps pour moi un ami tranquille, un conseiller fort sage. Si j'avais eu affaire à un fanatique, je serais morte ou folle, comme je l'ai dit; à un imposteur, je serais peut-être athée, du moins j'aurais pu l'être par réaction pendant un temps donné.

L'abbé de Prémord fut pendant quelque temps la dupe généreuse de mes confessions. Je m'accusais de froideur, de relâchement, de dégoût, de sentimens impies, de tiédeur dans mes exercices de piété, de paresse à la classe, de distraction à l'église, de désobéissance par conséquent, et cela, disais-je, toujours, à toute heure, sans contrition efficace, sans progrès dans ma conversion, sans force pour arriver à la victoire. Il me grondait bien doucement, me prêchait la persévérance et me renvoyait en disant: «Allons, espérons, ne vous découragez pas: vous avez du repentir, donc vous triompherez.»

Enfin, un jour que je m'accusais plus énergiquement encore, et que je pleurais amèrement, il m'interrompit au beau milieu de ma confession avec la brusquerie d'un brave homme ennuyé de perdre son temps. «Tenez, me dit-il, je ne vous comprends plus, et j'ai peur que vous n'ayez l'esprit malade. Voulez-vous m'autoriser à m'informer de votre conduite auprès de la supérieure ou de telle personne que vous me désignerez?—Qu'apprendrez-vous par là? lui dis-je. Des personnes indulgentes et qui me chérissent vous diront que j'ai les apparences de la vertu; mais si le cœur est mauvais et l'âme égarée, moi seule puis en être juge, et le bon témoignage que l'on vous portera de moi ne me rendra que plus coupable.—Vous seriez donc hypocrite? reprit-il. Eh non, c'est impossible! Laissez-moi m'informer de vous. J'y tiens essentiellement. Revenez à quatre heures, nous causerons.»

Je crois qu'il vit la supérieure et Mme Alicia. Quand je fus le retrouver, il me dit en souriant: «Je savais bien que vous étiez folle, et c'est de cela que je veux vous gronder. Votre conduite est excellente, vos dames en sont enchantées: vous êtes un modèle de douceur, de ponctualité, de piété sincère; mais vous êtes malade, et cela réagit sur votre imagination: vous devenez triste, sombre et comme extatique. Vos compagnes ne vous reconnaissent plus, elles s'étonnent et vous plaignent. Prenez-y garde, si vous continuez ainsi, vous ferez haïr et craindre la piété, et l'exemple de vos souffrances et de vos agitations empêchera plus de conversions qu'il n'en attirera. Vos parens s'inquiètent de votre exaltation. Votre mère pense que le régime du couvent vous tue; votre grand'mère écrit qu'on vous fanatise et que vos lettres se ressentent d'un grand trouble dans l'esprit. Vous savez bien qu'au contraire on cherche à vous calmer. Quant à moi, à présent que je sais la vérité, j'exige que vous sortiez de cette exagération. Plus elle est sincère, plus elle est dangereuse. Je veux que vous viviez pleinement et librement de corps et d'esprit: et comme dans la maladie *des scrupules* que vous avez il entre beaucoup d'orgueil à votre insu sous forme d'humilité, je vous donne pour pénitence de retourner aux jeux et aux amusemens innocens de votre âge. Dès ce soir, vous courrez au jardin comme les autres, au lieu de vous prosterner à l'église en guise de récréation. Vous sauterez à la corde, vous jouerez aux barres. L'appétit et le sommeil vous reviendront vite, et quand vous ne serez plus malade physiquement, votre cerveau appréciera mieux ces prétendues fautes dont vous croyez devoir vous accuser. O mon Dieu! m'écriai-je, vous m'imposez là une plus rude pénitence que vous ne pensez. J'ai perdu le goût du jeu et l'habitude de la gaîté. Mais je suis d'un esprit si léger, que si je ne m'observe à toute heure, j'oublierai Dieu et mon salut.—Ne croyez pas cela, reprit-il. D'ailleurs, si vous allez trop loin, votre conscience, qui aura recouvré la santé, vous avertira à coup sûr, et vous écouterez ses reproches. Songez que vous êtes malade, et que Dieu n'aime pas les élans fiévreux d'une âme en délire. Il préfère un hommage pur et soutenu. Allons, obéissez à votre médecin. Je veux que dans huit jours on me dise qu'un grand changement s'est opéré dans votre air et dans vos manières. Je veux que vous soyez aimée et écoutée de toutes vos compagnes, non pas seulement de celles qui sont sages, mais encore (et surtout) de celles qui ne le sont pas. Faites-leur connaître que l'amour du devoir est une douce chose, et que la foi est un sanctuaire d'où l'on sort avec un front serein et une âme bienveillante. Rappelez-vous que Jésus voulait que ses disciples eussent les mains lavées et la chevelure parfumée. Cela voulait dire, n'imitez pas ces fanatiques et ces hypocrites qui se couvrent de cendres et qui ont le cœur impur comme le visage: soyez agréables aux hommes, afin de leur rendre agréable la doctrine que vous professez. Eh bien, mon enfant, il s'agit pour vous de ne pas enterrer votre cœur dans les cendres d'une pénitence mal entendue. Parfumez ce cœur d'une grande aménité et votre esprit d'un aimable enjouement. C'était votre naturel, il ne faut pas qu'on pense que la piété rend l'humeur farouche. Il faut que l'on aime Dieu dans ses serviteurs. Allons, faites votre acte de contrition et je vous donnerai l'absolution.—Quoi, mon père, lui dis-je, je me distrairai, je me dissiperai ce soir, et vous voulez que je communie demain?—Oui, vraiment, je le veux, reprit-il, et puisque je vous ordonne de vous amuser par pénitence, vous aurez accompli un devoir.—Je me soumets à tout si vous me promettez que Dieu m'en saura gré et qu'il me rendra ces doux transports, ces élans spirituels qui me faisaient sentir et savourer son amour.—Je ne puis vous le promettre de sa part, dit-il en souriant, mais je vous en réponds, vous verrez.»

Et le bonhomme me congédia, stupéfaite, bouleversée, effrayée de son ordonnance. J'obéis cependant, l'obéissance passive étant le premier devoir du chrétien, et je reconnus bien vite qu'il n'est pas fort difficile à quinze ans de reprendre goût à la corde et aux balles élastiques. Peu à peu je me remis au jeu avec complaisance, et puis avec plaisir, et puis avec passion, car le mouvement physique était un besoin de mon âge, de mon organisation, et j'en avais été trop longtemps privée pour n'y pas trouver un attrait nouveau.

Mes compagnes revinrent à moi avec une grâce extrême, ma chère Fanelly la première, et puis Pauline, et puis Anna, et puis toutes les autres, les diables comme les sages. En me voyant si gaie, on crut un instant que j'allais redevenir terrible. Elisa m'en gronda un peu, mais je lui racontai, ainsi qu'à celles qui recherchaient et méritaient ma confiance, ce qui s'était passé entre l'abbé de Prémord et moi, et ma gaîté fut acceptée comme légitime et même comme méritoire.

Tout ce que mon bon directeur m'avait prédit m'arriva. Je recouvrai promptement la santé physique et morale. Le calme se fit dans mes pensées; en interrogeant mon cœur, je le trouvai si sincère et si pur que la confession devint une courte formalité destinée à me donner le plaisir de communier. Je goûtai alors l'indicible bien-être que l'esprit jésuitique sait donner à chaque nature selon son penchant et sa portée. Esprit de conduite admirable dans son intelligence du cœur humain et dans les résultats qu'il pourrait obtenir pour le bien, si, comme l'abbé de Prémord, tout homme qui le professe et le répand avait l'amour du bien et l'horreur du mal; mais les remèdes deviennent des poisons dans certaines mains, et le puissant levier de l'école jésuitique a semé la mort et la vie avec une égale puissance dans la société et dans l'Église.

Il se passa alors environ six mois qui sont restées dans ma mémoire comme un rêve, et que je ne demande qu'à retrouver dans l'éternité pour ma part de paradis. Mon esprit était tranquille. Toutes mes idées étaient riantes. Il ne poussait que des fleurs dans mon cerveau, naguère hérissé de rochers et d'épines. Je voyais à toute heure le ciel ouvert devant moi, la Vierge et les anges me souriaient en m'appelant; vivre ou mourir m'était indifférent. L'empyrée m'attendait avec toutes ses splendeurs, et je ne sentais plus en moi un grain de poussière qui pût ralentir le vol de mes ailes. La terre était un lieu d'attente où tout m'aidait et m'invitait à faire mon salut. Les anges me portaient sur leurs mains, comme le prophète, pour empêcher que, dans la nuit, *mon pied ne heurtât la pierre du chemin*. Je ne priais plus autant que par le passé, cela m'était défendu, mais chaque fois que je priais, je retrouvais mes élans d'amour, moins impétueux peut-être, mais mille fois plus doux. La coupable et sinistre pensée du courroux du Père céleste et de l'indifférence de Jésus ne se présentait plus à moi. Je communiais tous les dimanches et à toutes les fêtes, avec une incroyable sérénité de cœur et d'esprit. J'étais libre comme l'air dans cette douce et vaste prison du couvent. Si j'avais demandé la clé des souterrains on me l'eût donnée. Les religieuses me gâtaient comme leur enfant chéri: ma bonne Alicia, ma chère Hélène, Mme Eugénie, Poulette, la sœur Thérèse, Mme Anne-Joseph, la supérieure, Elisa, et les anciennes pensionnaires, et les nouvelles, et la grande et la petite classe, je *traînais tous les cœurs après moi*. Tant il est facile d'être parfaitement aimable quand on se sent parfaitement heureux.

Mon retour à la gaîté fut comme une résurrection pour la grande classe. Depuis ma conversion la diablerie n'avait plus battu que d'une aile. Elle se réveilla sous une forme tout à fait inattendue: on devint anodin, diable à l'eau de rose, c'est-à-dire franchement espiègle, sans esprit de révolte, sans rupture avec le devoir. On travailla aux heures de travail, on rit et on joua aux heures de récréation comme on n'avait jamais fait. Il n'y eut plus de coteries, plus de camps séparés entre les diables, les sages et les bêtes. Les diables se radoucirent, les sages s'égayèrent, les bêtes prirent du jugement et de la confiance, parce qu'on sut les utiliser et les divertir.

Ce grand progrès dans les mœurs du couvent se fit au moyen des amusemens en commun. Nous imaginâmes, entre cinq ou six de la grande classe, d'improviser des charades ou plutôt de petites comédies, arrangées d'avance par *scénarios* et débitées d'abondance. Comme j'avais, grâce à ma grand'mère, un peu plus de littérature que mes camarades et une sorte de facilité à mettre en scène des caractères, je fus l'auteur de la troupe. Je choisis mes acteurs, je commandai les costumes; je fus fort bien secondée et j'eus des sujets très remarquables. Le fond de la classe, donnant sur le jardin, devint théâtre aux heures permises. Nos premiers essais furent comme le début de l'art à son enfance; la comtesse les toléra d'abord, puis elle y prit plaisir, et engagea Mme Eugénie et Mme Françoise à venir voir s'il n'y avait rien d'illicite dans ce divertissement. Ces dames rirent et approuvèrent.

Il se fit rapidement de grands progrès dans nos représentations. On nous prêta de vieux paravens pour faire nos coulisses. Les accessoires nous vinrent de toutes parts. Chacune apporta de chez ses parens des matériaux pour les costumes. La difficulté était de s'habiller en homme. La pudeur et les nonnes ne l'eussent pas souffert. J'imaginai le costume Louis XIII, qui conciliait la décence et la possibilité de s'arranger. Nos jupes froncées en bas jusqu'à mi-jambes formèrent les haut-de-chausses; nos corsages mis sens devant derrière, un peu arrangés et ouverts sur des mouchoirs froncés en devant de chemise, et en crevés de manches, formèrent les pourpoints. Deux tabliers cousus ensemble firent des manteaux. Les rubans, perruques, chapeaux et fanfreluches ne furent pas difficiles à se procurer. Quand on manquait de plumes, on en faisait en papier découpé et frisé. Les pensionnaires sont adroites, inventives et savent tirer parti de tout. On nous permit les bottes, les épées et les feutres. Les parens en fournirent. Bref, les costumes furent satisfaisans, et l'on fut indulgent pour la mise en scène. On voulut bien prendre une grande table pour un pont et un escabeau couvert d'un tapis vert pour un banc de gazon.

On permit à la petite classe de venir assister à nos représentations, et on enrôla quiconque voulut s'engager. La supérieure, qui aimait beaucoup à s'amuser, nous fit dire enfin un beau jour, qu'elle avait ouï conter des merveilles de notre théâtre, et qu'elle désirait y assister avec toute la communauté. Déjà la classe et Mme Eugénie avaient prolongé la récréation jusqu'à dix heures, et puis jusqu'à onze, les jours de spectacle. La supérieure la prolongea pour le jour en question jusqu'à minuit: c'est-à-dire qu'elle voulut un divertissement complet. Sa demande et sa permission furent accueillies avec transport. On se précipita sur moi: «Allons, *l'auteur*, allons, *boute en train* (c'était le dernier surnom qu'on m'avait donné), à l'œuvre! Il nous faut un spectacle admirable: il nous faut six actes, en deux ou trois pièces. Il faut tenir notre public en haleine depuis huit heures jusqu'à minuit. C'est ton affaire, nous t'aiderons pour tout le reste; mais pour cela, nous ne comptons que sur toi.»

La responsabilité qui pesait sur moi était grave. Il fallait faire rire la supérieure, mettre en gaîté les plus graves personnages de la communauté; et pourtant il ne fallait pas aller trop loin, la moindre légèreté pouvait faire crier au scandale et faire fermer le théâtre. Quel désespoir pour mes compagnes! Si j'ennuyais seulement, le théâtre pouvait être également fermé sous prétexte de trop de désordre dans les récréations du soir et de dissipation dans les études du jour, et le prétexte n'eût point été spécieux. Car il est bien certain que ces divertissemens montaient beaucoup de jeunes têtes, à la petite classe surtout.

Heureusement, je connaissais assez bien mon Molière, et, en retranchant les amoureux, on pouvait trouver encore assez de scènes comiques pour défrayer toute une soirée. Le *Malade imaginaire* m'offrit un scénario complet. Du dialogue et de l'enchaînement des scènes je ne pouvais avoir un souvenir exact. Molière était défendu au couvent, comme bien l'on pense, et, tout directeur de théâtre que j'étais, je n'en étais pas moins vertueuse. Je me rappelai pourtant assez la donnée principale pour ne pas trop m'écarter de l'original dans mon scénario; je soufflai à mes actrices les parties importantes du dialogue, et je leur communiquai assez de la couleur de l'ensemble. Pas une n'avait lu Molière, pas une de nos religieuses n'en connaissait une ligne. J'étais donc bien sûre que ma pièce aurait pour toutes l'attrait de la nouveauté. Je ne sais plus par qui furent remplis les rôles, mais ils le furent tous avec beaucoup d'intelligence et de gaîté. Je retranchai du mien, moitié par oubli, moitié à dessein, beaucoup de crudités médicales, car je faisais monsieur Purgon. Mais, à peine eus-je commencé à faire agir et parler mon monde, à peine eus-je débité quelques phrases que je vis la supérieure éclater de rire, Mme Eugénie s'essuyer les yeux et toute la communauté se dérider.

Tous les ans, à la fête de la supérieure, on lui jouait la comédie avec beaucoup plus de soin et de pompe que ce que nous faisions là. On dressait alors un véritable théâtre. Il y avait un magasin de décors *ad hoc*, une rampe, un tonnerre, des rôles appris par cœur et admirablement joués. Mais les représentations n'étaient point gaies; c'était toujours les petits drames larmoyans de Mme de Genlis. Moi, avec mes paravens, mes bouts de chandelles, mes actrices recrutées de confiance parmi celles que leur instinct poussait à s'offrir; avec mon *scénario* bâti de mémoire, notre dialogue improvisé et une répétition pour toute préparation, je pouvais arriver à un *fiasco* complet. Il n'en fut point ainsi. La gaîté, la verve, le vrai comique de Molière, même récité par bribes et représenté par fragmens incomplets, enlevèrent l'auditoire. Jamais, de mémoire de nonne, on n'avait ri de si bon cœur.

Ce succès obtenu dès les premières scènes nous encouragea. J'avais préparé pour intermède une scène de *Matassins* avec une poursuite bouffonne empruntée à *M. de Pourceaugnac*. Seulement, j'avais dit à mes actrices de se tenir dans les coulisses, c'est-à-dire derrière les paravens, et de n'exhiber les armes que si j'entrais moi-même en scène pour leur en donner l'exemple. Quand je vis qu'on était en humeur de tout accepter, je changeai vite de costume, et, faisant l'apothicaire, je commençai l'intermède en brandissant l'instrument classique au-dessus de ma tête. Je fus accueillie par des rires homériques. On sait que ce genre de plaisanterie n'a jamais scandalisé les dévots. Aussitôt mon régiment noir à tabliers blancs s'élança sur la scène, et cette exhibition burlesque (Poulette nous avait prêté tout l'arsenal de l'infirmerie) mit la communauté de si belle humeur que je pensai voir crouler la salle.

La soirée fut terminée par la cérémonie de réception, et comme je savais par cœur tous les vers, on avait pu les apprendre. Le succès fut complet, l'enthousiasme porté au comble. Ces dames, à force de réciter des offices en latin, en savaient assez pour apprécier le comique du latin bouffon de Molière. La supérieure se déclara divertie au dernier point, et je fus accablée d'éloges pour mon esprit et la gaîté de mes inventions. Je me tuais de dire tout bas à mes compagnes: «Mais c'est du Molière, et je n'ai fait merveille que de mémoire.» On ne m'écoutait pas, on ne voulait pas me croire. Une seule, qui avait lu Molière aux dernières vacances, me dit tout bas: «Tais-toi! il est fort inutile de dire à ces dames où tu as pris tout cela. Peut-être qu'elles feraient fermer le théâtre si elles savaient que nous leur donnons du Molière. Et puisque rien ne les a choquées, il n'y a aucun mal à ne leur rien dire, si elles ne te questionnent pas.»

En effet, personne ne songea à douter que l'esprit de Molière fût sorti de ma cervelle. J'eus un instant de scrupule d'accepter tous ces complimens. Je me tâtai pour savoir si ma vanité n'y trouvait pas son compte; je m'aperçus que c'était tout le contraire, et qu'à moins d'être fou, on ne pouvait que souffrir en se voyant décerner l'hommage dû à un autre. J'acceptai cette mortification par dévouement pour mes compagnes, et le théâtre continua à prospérer et à attirer la supérieure et les religieuses le dimanche.

Ce fut une suite de pastiches puisés dans tous les tiroirs de ma mémoire et arrangés selon les moyens et les convenances de notre théâtre. Cet amusement eut l'excellent résultat d'étendre le cercle des relations et des amitiés entre nous. La camaraderie, le besoin de s'aider les unes les autres pour se divertir en commun, engendrèrent la bienveillance, la condescendance, une indulgence mutuelle, l'absence de toute rivalité. Enfin le besoin d'aimer, si naturel aux jeunes cœurs, forma autour de moi un groupe qui grossissait chaque jour et qui se composa bientôt de tout le couvent, religieuses et pensionnaires, grande et petite classe. Je puis rappeler sans vanité ce temps où je fus l'objet d'un engouement inouï dans les fastes du couvent, puisque ce fut l'ouvrage de mon confesseur et le résultat de la dévotion tendre, expansive et riante où il m'avait entraînée.

On me savait un gré infini d'être dévote, complaisante et amusante. La gaîté se communiqua aux caractères les plus concentrés, aux dévotions les plus mélancoliques. Ce fut à cette époque que je contractai une tendre amitié avec Jane Bazoini, un petit être pâle, réservé, doux, malingre en apparence, mais qui a vécu pourtant sans maladie et à qui ses beaux grands yeux noirs, d'une finesse lente et bonne, et son petit sourire d'enfant tenaient lieu de beauté. C'était, ce sera toujours une créature adorable que Jane. C'était la bonté, le dévouement, l'obligeance infatigables de Fanelly avec la piété austère et ferme d'Elisa, le tout couronné d'une grâce calme et modeste qui ne pouvait se comparer qu'à Jane elle-même.

Elle avait deux sœurs plus belles et plus brillantes qu'elle: Chérie, qui était la plus jolie, la plus vivante et la plus recherchée des trois pour la séduction de ses manières, pauvre charmante fille qui est morte deux ans après; Aimée, qui était belle de distinction et d'intelligence, et qui a traversé une jeunesse maladive pour épouser M. d'Héliand à vingt-sept ans. Aimée était à tous égards une personne supérieure. Ses manières étaient froides, mais son cœur était affectueux, et son intelligence la rendait propre à tous les arts, où elle excellait sans efforts et sans passion apparente.

Ces trois sœurs étaient en chambre avec une gouvernante pour les soigner, mais elles suivaient les classes et les prières comme nous. On jalousait l'amitié de Chérie et d'Aimée. Jane n'avait d'amies que ses sœurs. Elle était trop timide et trop réservée pour en rechercher d'autres. Cette modestie me toucha, et je vis bientôt que ce n'était pas la froideur et la stupidité qui causaient son isolement. Elle était tout aussi intelligente, tout aussi instruite et beaucoup plus aimante que ses sœurs. Je découvris en elle un trésor de bienveillance et de tendresse calme et durable. Nous avons été intimement liées jusqu'en 1831. Je dirai plus tard pourquoi, sans cesser de l'aimer comme elle le méritait, j'ai cessé de la voir sans lui en dire la raison.

Ma petite Jane montra dans nos amusemens qu'elle était aussi capable de gentillesse et de gaîté que les plus brillantes d'entre nous. Une fois même, elle fut punie du bonnet de nuit par la comtesse, qui ne prenait pas toujours en bonne part nos espiègleries; car la gaîté montait tous les jours d'un cran, et les plus raides s'y laissaient entraîner. Je me rappelle que cela était devenu pour moi, pour tout le monde, une commotion électrique et comme irrésistible. Certes, je m'abstenais désormais de tourner la pauvre comtesse en ridicule, et je faisais mon possible pour l'épargner quand les autres s'en mêlaient. Mais quand, pour la centième fois, elle se laissait prendre à la bougie de pomme qu'Anna ou Pauline plaçaient dans sa lanterne, et lorsqu'elle disait une parole pour l'autre avec le sang-froid d'une personne parfaitement distraite, en voyant toute la classe partir d'un seul éclat de rire, il me fallait en faire autant. Alors elle se tournait vers moi d'un air de détresse, et, comme Jules César à Brutus, elle me disait, en se drapant dans son grand châle vert: «Et vous aussi, Aurore!» J'aurais bien voulu me repentir, mais elle avait une manière de prononcer les *e* muets qui sonnait comme un *o*. Anna la contrefaisait admirablement, et, se tournant vers moi, elle me criait: *Auroro! Auroro!* Je n'y pouvais tenir, le rire devenait nerveux. J'aurais ri dans le feu, comme on disait.

La gaîté alla si loin, que quelques cervelles échauffées la firent tourner en révolte. C'était à une époque de la Restauration où il y eut comme une épidémie de rébellion dans tous les lycées, dans les pensions et même dans les établissemens de notre sexe. Comme ces nouvelles nous arrivaient coup sur coup, avec le récit de circonstances tantôt graves, tantôt plaisantes, les plus vives d'entre nous disaient: «Est-ce que nous n'aurons pas aussi notre petite révolte? Nous serons donc les seules qui ne suivrons pas la mode? Nous n'aurons donc pas notre petite note dans les journaux?»

La comtesse émue devenait plus sévère parce qu'elle avait peur. Nos bonnes religieuses, quelques unes du moins, avaient des figures allongées, et pendant trois ou quatre jours (je crois que nos voisins les Écossais avaient fait aussi leur insurrection) il y eut une sorte de méfiance et de terreur qui nous divertissait beaucoup. Alors on s'imagina de faire semblant de se révolter pour voir la frayeur de ces dames, celle de la comtesse surtout. On ne m'en fit point part; on était si bon pour moi qu'on ne voulait pas me mettre aux prises avec ma conscience, et on comptait bien m'entraîner dans le rire général quand l'affaire éclaterait.

Il en fut ainsi: un soir, à la classe, comme nous étions toutes assises autour d'une longue table, la comtesse au bout, raccommodant ses nippes à la clarté des chandelles, j'entends ma voisine dire à sa voisine: «*Exhaussons!*» Le mot fait le tour de la table, qui, enlevée aussitôt par trente paires de petites mains, s'élève et s'exhausse en effet jusqu'au-dessus de la tête de la comtesse. Fort distraite comme d'habitude, la comtesse s'étonne de l'éloignement de la lumière, mais au moment où elle lève la tête, la table et les lumières s'abaissent et reprennent leur niveau. On recommença plusieurs fois le même tour sans qu'elle s'en rendît compte. C'était à peu près la scène du niais au logis de la sorcière, dans les *Pilules du Diable*. Je trouvai la chose si plaisante que je ne me fis pas grand scrupule de recevoir le mot d'ordre et d'*exhausser* comme les autres. Mais enfin la comtesse s'aperçut de nos sottises et se leva furieuse. Il était convenu qu'on ferait aussitôt des mines de mauvais garçons pour l'effrayer. Chacune se pose en conspirateur, les bras croisés, le sourcil froncé, et des chuchotemens font entendre autour d'elle le mot terrible de *révolte*. La comtesse était incapable de tenir tête à l'orage. Persuadée que le moment fatal est venu, elle s'enfuit en faisant flotter son grand châle comme une mouette qui étend ses ailes et qui prend son vol à travers les tempêtes.

Elle avait perdu l'esprit; elle traversa le jardin pour se réfugier et se barricader dans sa chambre. Pour augmenter sa terreur, nous jetâmes les flambeaux, les chandelles et les tabourets par la fenêtre au moment où elle passait. Nous ne voulions ni ne pouvions l'atteindre; mais ce vacarme accompagné des cris: «Révolte! révolte!» pensa la faire mourir de peur. Pendant une heure, nous fûmes livrés à nous-mêmes et à nos rires inextinguibles, sans que personne osât rétablir l'ordre. Enfin nous entendîmes de loin la grosse voix de la supérieure qui arrivait avec un bataillon de doyennes. C'était à notre tour d'avoir peur, car la supérieure était aimée, et comme on n'avait voulu que faire semblant de se révolter, il en coûtait d'être grondées et punies comme pour une révolte véritable. Aussitôt on court fermer au verrou les portes de la classe et de l'avant-classe; on se hâte de ranger tout, on repêche les tabourets et les flambeaux, on rajuste et on rallume les chandelles, puis, quand tout est en ordre, tout le monde se met à genoux et on commence tout haut la prière du soir, tandis qu'une de nous rouvre les portes au moment où la supérieure s'y présente, après quelque hésitation.

La comtesse fut regardée comme une folle et comme une visionnaire, et Marie-Josephe, la servante qui rangeait la classe le matin, et qui était la meilleure du monde, ne se plaignit pas de la fracture de quelques meubles et de quelques chandelles. Elle nous garda le secret, et là finit notre révolution.

Tout allait le mieux du monde, le carnaval arrivait, et nous préparions une soirée de comédie comme jamais nous n'avions encore espéré de la réaliser. Je ne sais plus quelle pièce de Molière ou de Regnard j'avais mise en canevas. Les costumes étaient prêts, les rôles distribués, le violon engagé. Car ce jour-là nous avions un violon, un bal, un souper, et toute la nuit pour nous divertir à discrétion.

Mais un événement politique qui devait naturellement retentir comme une calamité publique dans un couvent vint faire rentrer les costumes au magasin et la gaîté dans les cœurs.

Le duc de Berry fut assassiné à la porte de l'*Opéra* par *Louvel*. Crime isolé, fantasque comme tous les actes de délire sanguinaire, et qui servit de prétexte à des persécutions, ainsi qu'à un revirement subit dans l'esprit du règne de Louis XVIII.

Cette nouvelle nous fut apportée le lendemain matin, et commentée par nos religieuses d'une manière saisissante et dramatique. Pendant huit jours, on ne s'entretint pas d'autre chose, et les moindres détails de la mort chrétienne du prince, le désespoir de sa femme, qui coupa, disait-on, ses blonds cheveux sur sa tombe; toutes les circonstances de cette tragédie royale et domestique, rapportées, embellies, amplifiées et poétisées par les journaux royalistes et les lettres particulières, défrayèrent nos récréations de soupirs et de larmes. Presque toutes nous appartenions à des familles nobles, royalistes ou bonapartistes ralliées. Les Anglaises, qui étaient en majorité, prenaient part au deuil royal par principe, et d'ailleurs le récit d'une mort tragique, et les larmes d'une illustre famille étaient émouvans pour nos jeunes imaginations comme une pièce de Corneille ou de Racine. On ne nous disait pas que le duc de Berry avait été un peu brutal et débauché, on nous le peignait comme un héros, comme un second Henri IV, sa femme comme une sainte et le reste à l'avenant.

Moi seule peut-être je luttais contre l'entraînement général. J'étais restée bonapartiste et je ne m'en cachais pas, sans cependant me prendre de dispute avec personne à ce sujet.

Dans ce temps-là, quiconque était bonapartiste était traité de libéral. Je ne savais ce que c'était que le libéralisme: on me disait que c'était la même chose que le jacobinisme, que je connaissais encore moins. Je fus donc émue quand on me répéta sur tous les tons: «Qu'est-ce qu'un parti qui prêche, commet et préconise l'assassinat?—S'il en est ainsi, répondis-je, je suis tout ce qu'il vous plaira, excepté libérale,» et je me laissai attacher au cou je ne sais plus quelle petite médaille frappée en l'honneur du duc de Berry, qui était devenue comme un ordre pour tout le couvent.

Huit jours de tristesse, c'est bien long pour un couvent de jeunes filles. Un soir, je ne sais qui fit une grimace, une autre sourit, une troisième dit un bon mot, et voilà le rire qui fait le tour de la classe, d'autant plus violent et nerveux, qu'il succédait aux pleurs.

Peu à peu on nous laissa reprendre nos amusemens. Ma grand'mère était à Paris. Comme on lui rendait bon témoignage de ma conduite, elle n'avait plus sujet de me gronder sérieusement, et elle s'apercevait aussi que ma simplicité et mon absence de coquetterie n'allaient pas mal à une figure de seize ans. Elle me traitait donc avec toute sa bonté maternelle; mais un nouveau souci s'était emparé d'elle à propos de moi: c'était ma dévotion et le secret désir que je conservais, et qu'elle avait appris vraisemblablement par Mme de Pontcarré (qui devait le tenir de Pauline), de me faire religieuse. Elle avait su l'été précédent, par diverses lettres de personnes qui m'avaient vue au parloir, que j'étais souffrante, triste et *toute confite en Dieu*. Cette dévotion triste ne l'avait pas beaucoup inquiété. Elle s'était dit avec raison que cela n'était pas de mon âge et ne pouvait durer. Mais quand elle me vit bien portante, fraîche, gaie, ne prenant avec personne d'airs révêches, et néanmoins rentrant chaque fois dans mon cloître avec plus de plaisir que je n'en étais sortie, elle eut peur, et résolut de me reprendre avec elle aussitôt qu'elle repartirait pour Nohant.

Cette nouvelle tomba sur moi comme un coup de foudre, au milieu du plus parfait bonheur que j'eusse goûté de ma vie. Le couvent était devenu mon paradis sur la terre. Je n'y étais ni pensionnaire ni religieuse, mais quelque chose d'intermédiaire, avec la liberté absolue dans un intérieur que je chérissais et que je ne quittais pas sans regret, même pour une journée. Personne n'était donc aussi heureux que moi. J'étais l'amie de tout le monde, le conseil et le meneur de tous les plaisirs, l'idole des petites. Les religieuses, me voyant si gaie et persistant dans ma vocation, commençaient à y croire, et, sans l'encourager, ne disaient plus non. Elisa, qui seule ne s'était pas laissé distraire et égayer par mon entrain, y croyait fermement; sœur Hélène, plus que jamais. J'y croyais moi-même et j'y ai cru encore longtemps après ma sortie du couvent. Mme Alicia et l'abbé de Prémord étaient les deux seules personnes qui n'y comptaient pas, me connaissant probablement mieux que les autres, et tous deux me disaient à peu près la même chose: «Gardez cette idée si elle vous est bonne; mais pas de vœux imprudens, pas de secrètes promesses à Dieu, surtout pas d'aveu à vos parens avant le moment où vous serez certaine de vouloir pour toujours ce que vous voulez aujourd'hui. L'intention de votre grand'mère est de vous marier. Si dans deux ou trois ans vous ne l'êtes pas et que vous n'ayez pas envie de l'être, nous reparlerons de vos projets.»

Le bon abbé m'avait rendue bien facile la tâche d'être aimable. Dans les premiers temps, j'avais été un peu effrayée de l'idée que mon devoir, aussitôt que j'aurais pris quelque ascendant sur mes compagnes, serait de les prêcher et de les convertir. Je lui avais avoué que je ne me sentais pas propre à ce rôle. «Vous voulez que je sois aimée de tout le monde ici, lui avais-je dit: eh bien, je me connais assez pour vous dire que je ne pourrai pas me faire aimer sans aimer moi-même, et que je ne serai jamais capable de dire à une personne aimée: «Faites-vous dévote, mon amitié est à ce prix.» Non, je mentirais. Je ne sais pas obséder, persécuter, pas même insister, je suis trop faible.—Je ne demande rien de semblable, m'avait répondu l'indulgent directeur; prêcher, obséder serait de mauvais goût à votre âge. Soyez pieuse et heureuse, c'est tout ce que je vous demande, votre exemple prêchera mieux que tous les discours que vous pourriez faire.»

Il avait eu raison d'une certaine manière, mon excellent vieux ami. Il est certain que l'on était devenu meilleur autour de moi; mais la religion ainsi prêchée par la gaîté avait donné bien de la force à la vivacité des esprits, et je ne sais pas si c'était un moyen très sûr pour persister dans le catholicisme.

J'y persistais avec confiance, j'y aurais persisté, je crois, si je n'eusse pas quitté le couvent; mais il fallut le quitter, il fallut cacher à ma grand'mère, qui en aurait mortellement souffert, le regret mortel que j'avais de me séparer des nombreux et charmans objets de ma tendresse: mon cœur fut brisé. Je ne pleurai pourtant pas, car j'eus un mois pour me préparer à cette séparation, et quand elle arriva, j'avais pris une si forte résolution de me soumettre sans murmure, que je parus calme et satisfaite devant ma pauvre bonne maman. Mais j'étais navrée, et je l'étais pour bien longtemps.

Je ne dois pourtant pas fermer le dernier chapitre du couvent sans dire que j'y laissai tout le monde triste ou consterné de la mort de Mme Canning. J'étais arrivée, pour son caractère, au respect que lui devait ma piété; mais jamais ma sympathie ne m'avait poussée vers elle. Je fus pourtant une des dernières personnes qu'elle nomma avec affection dans son agonie.

Cette femme, d'une puissante organisation, avait eu sans doute les qualités de son rôle dans la vie monastique, puisqu'elle avait conservé, depuis la révolution, le gouvernement absolu de sa communauté. Elle laissait la maison dans une situation florissante, avec un nombre considérable d'élèves et de grandes relations dans le monde, qui eussent dû assurer à l'avenir une clientèle durable et brillante.

Néanmoins, cette situation prospère s'éclipsa avec elle. J'avais vu élire Mme Eugénie, et comme elle m'aimait toujours, si je fusse restée au couvent, j'y aurais été encore plus gâtée; mais Mme Eugénie se trouva impropre à l'exercice de l'autorité absolue. J'ignore si elle en abusa, si le désordre se mit dans sa gestion ou la division dans ses conseils; mais elle demanda, au bout de peu d'années, à se retirer du pouvoir, et fut prise au mot, m'a-t-on dit, avec un empressement général. Elle avait laissé les affaires péricliter, ou bien je crois plutôt qu'elle n'avait pu les empêcher d'aller ainsi. Tout est mode en ce monde, même les couvens. Celui des Anglaises avait eu, sous l'empire et sous Louis XVIII, une grande vogue. Les plus grands noms de la France et de l'Angleterre y avaient contribué. Les Mortemart, les Montmorency y avaient eu leurs héritières. Les filles des généraux de l'Empire ralliés à la Restauration y furent mises, à dessein sans doute d'établir des relations favorables à l'ambition aristocratique des parens, mais le règne de la bourgeoisie arrivait, et quoique j'aie entendu les *vieilles comtesses* accuser Mme Eugénie d'avoir laissé *encanailler* son couvent, je me souviens fort bien que, lorsque j'en sortis, peu de jours après la mort de Mme Canning, le *tiers état* avait déjà fait, par ses soins, une irruption très lucrative dans le couvent. Ç'avait été, pour ainsi dire, le bouquet de sa fructueuse administration.

J'avais donc vu notre personnel s'augmenter rapidement d'une quantité de charmantes filles de négocians ou d'industriels, tout aussi bien élevées déjà, et, pour la plupart, plus intelligentes (ceci était même remarquable et remarqué) que les petites personnes de grande maison.

Mais cette prospérité devait être et fut un de paille. Les gens *de la haute*, comme disent aujourd'hui les bonnes gens, trouvèrent le milieu trop roturier, et la vogue des beaux noms se porta sur le Sacré-Cœur et sur l'Abbaye-aux-Bois. Plusieurs de mes anciennes compagnes furent transférées dans ces monastères, et peu à peu l'élément patricien catholique rompit avec l'antique retraite des Stuarts. Alors sans doute les bourgeois, qui avaient été flattés de l'espérance de voir leurs héritières *frayer* avec celles de la noblesse, se sentirent frustrés et humiliés. Ou bien l'esprit voltairien du règne de Louis-Philippe, qui couvait déjà dès les premiers jours du règne de son prédécesseur, commença à proscrire les éducations monastiques. Tant il y a, qu'au bout de quelques années je trouvai le couvent à peu près vide, sept ou huit pensionnaires au lieu de soixante-dix à quatre-vingts que nous avions été, la maison trop vaste et aussi pleine de silence qu'elle l'avait été de bruit; Poulette, désolée et se plaignant avec âcreté des nouvelles supérieures et de la ruine de notre *ancienne gloire*.

J'ai eu les derniers détails sur cet intérieur en 1847. La situation était meilleure, mais ne s'était jamais relevée à son ancien niveau: grande injustice de la vogue; car, en somme, les Anglaises étaient sous tous les rapports un troupeau de vierges sages, et leurs habitudes de raison, de douceur et de bonté n'ont pu se perdre en un quart de siècle.

CHAPITRE SEIZIEME

Je ne me souviens guère des surprises et des impressions qui durent, ou qui auraient dû m'assaillir dans ces premiers jours que je passai à Paris, promenée et distraite à dessein par ma bonne grand'mère. J'étais hébétée, je pense, par le chagrin de quitter mon couvent; et tourmentée de l'appréhension de quelque projet de mariage. Ma bonne maman, que je voyais avec douleur très changée et très affaiblie, parlait de sa mort, prochaine selon elle, avec un grand calme philosophique; mais elle ajoutait, en s'attendrissant et en me pressant sur son cœur: «Ma fille, il faut que je te marie bien vite, car je m'en vas. Tu es bien jeune, je le sais; mais quelque peu d'envie que tu aies d'entrer dans le monde, tu dois faire un effort pour accepter cette idée-là. Songe que je finirais épouvantée et désespérée, si je te laissais sans guide et sans appui dans la vie.»

Devant cette menace de son désespoir et de son épouvante au moment suprême, j'étais épouvantée et désespérée, moi aussi. «Est-ce qu'on va vouloir me marier? me disais-je? Est-ce que c'est une affaire arrangée? M'a-t-on fait sortir du couvent juste pour cela? Quel est donc ce mari, ce maître, cet ennemi de mes vœux et de mes espérances? Où se tient-il caché? Quel jour va-t-on me le présenter, en me disant: Ma fille, il faut dire oui, ou me porter un coup mortel!»

Je vis pourtant bien qu'on ne s'occupait que vaguement et comme préparatoirement de ce grand projet. Mme de Pontcarré proposait quelqu'un; ma mère proposait, de par mon oncle de Beaumont, une autre personne. Je vis le parti de Mme de Pontcarré, et elle me demanda mon opinion. Je lui dis que ce monsieur m'avait semblé fort laid. Il paraît qu'au contraire il était beau, mais je ne l'avais pas regardé, et Mme de Pontcarré me dit que j'étais une petite sotte.

Je me rassurai tout à fait en voyant qu'on faisait les paquets pour Nohant sans rien conclure, et même j'entendis ma bonne maman dire qu'elle me trouvait si enfant, qu'il fallait encore m'accorder six mois, peut-être un an de répit.

Soulagée d'une anxiété affreuse, je retombai bientôt dans un autre chagrin. J'avais espéré que ma petite mère viendrait à Nohant avec nous. Je ne sais quel orage nouveau venait d'éclater dans ces derniers temps. Ma mère répondit brusquement à mes questions: «Non, certes! je ne retournerai à Nohant que quand ma belle-mère sera morte!»

Je sentis que tout se brisait encore une fois dans ma triste existence domestique. Je n'osai faire de questions; j'avais une crainte poignante d'entendre, de part ou d'autre, les amères récriminations du passé. Ma piété, autant que ma tendresse filiale, me défendait d'écouter le moindre blâme sur l'une ou sur l'autre. J'essayai en silence de les rapprocher; elles s'embrassèrent, les larmes aux yeux, devant moi; mais c'étaient des larmes de souffrance contenue et de reproche mutuel. Je le vis bien, et je cachai les miennes.

J'offris encore une fois à ma mère de me prononcer afin de pouvoir rester avec elle, ou tout au moins de décider ma bonne maman à l'emmener avec moi.

Ma mère repoussa énergiquement cette idée. «Non, non, dit-elle, je déteste la campagne, et Nohant surtout, qui ne me rappelle que des douleurs atroces. Ta sœur est une grande demoiselle que je ne peux plus quitter. Va-t'en sans te désoler, nous nous retrouverons, et peut-être plus tôt que l'on ne croit!»

Cette allusion obstinée à la mort de ma grand'mère était déchirante pour moi. J'essayai de dire que cela était cruel pour mon cœur. «Comme tu voudras! dit ma mère irritée; si tu l'aimes mieux que moi, tant mieux pour toi, puisque tu lui appartiens à présent corps et âme.

—Je lui appartiens de tout mon cœur par la reconnaissance et le dévoûment, répondis-je, mais non pas corps et âme contre vous. Ainsi, il y a une chose certaine, c'est que si elle exige que je me marie, ce ne sera jamais, je le jure, avec un homme qui refuserait de voir et d'honorer ma mère.»

Cette résolution était si forte en moi que ma pauvre mère eût bien dû m'en tenir compte. Moi, brisée désormais à la soumission chrétienne; moi qui, d'ailleurs, ne me sentais plus l'énergie de résister aux larmes de ma bonne maman, et qui voyais, par momens, s'effacer mon meilleur rêve, celui de la vie monastique, devant la crainte de l'affliger, j'aurais trouvé encore dans mon instinct filial la force que sœur Hélène avait eue pour briser le sien, quand elle avait résisté à son père pour aller à Dieu. Moi, moins sainte et plus humaine, j'aurais, je le crois, passé par-dessus le corps de ma grand'mère pour tendre les bras à ma mère humiliée et outragée.

Mais ma mère ne comprenait déjà plus mon cœur. Il était devenu trop sensible et trop tendre pour sa nature entière et sans nuances. Elle n'eut qu'un sourire d'énergique insouciance pour répondre à mon effusion: «Tiens, tiens! je crois bien! dit-elle. Je ne m'inquiète guère de cela. Est-ce tu ne sais pas qu'on ne peut pas te marier sans mon consentement? Est-ce que je le donnerai jamais quand il s'agira d'un monsieur qui prendrait de grands airs avec moi? Allons donc!

Je me moque bien de toutes les menaces. Tu m'appartiens, et quand même on réussirait à te mettre en révolte contre ta mère, ta mère saura bien retrouver ses droits!»

Ainsi ma mère, exaspérée, semblait vouloir douter de moi et s'en prendre à ma pauvre âme en détresse pour exhaler ses amertumes. Je commençai à pressentir quelque chose d'étrange dans ce caractère généreux, mais indompté, et il y avait, à coup sûr, dans ses beaux yeux noirs quelque chose de terrible qui, pour la première fois, me frappa d'une secrète épouvante.

Je trouvai, par contraste, ma grand'mère plongée dans une tristesse abattue et plaintive qui me toucha profondément. «Que veux-tu, mon enfant? me dit-elle lorsque j'essayai de rompre la glace; ta mère ne peut pas ou ne veut pas me savoir gré des efforts immenses que j'ai faits et que je fais tous les jours pour la rendre heureuse. Ce n'est ni sa faute ni la mienne, si nous ne nous chérissons pas l'une l'autre: mais j'ai mis les bons procédés de mon côté en toutes choses, et les siens sont si durs que je ne peux plus les supporter. Ne peut-elle me laisser finir en paix? Elle a si peu de temps à attendre!»

Comme j'ouvrais la bouche pour la distraire de cette pensée: «Laisse, laisse! reprit-elle. Je sais ce que tu veux me dire. J'ai tort d'attrister tes seize ans de mes idées noires. N'y pensons pas. Va t'habiller. Je veux te mener ce soir aux Italiens!»

J'avais bien besoin de me distraire, et par cela même que j'étais mortellement triste, je ne m'en sentais ni l'envie ni la force. Je crois que c'est ce soir-là que j'entendis pour la première fois Mme Catalani dans *Il fanatico per la musica*. Je crois aussi que c'était Galli qui faisait le rôle du dilettante burlesque, mais je vis et entendis bien mal, préoccupée comme je l'étais. Il me sembla que la cantatrice abusait de la richesse de ses moyens, et que sa fantaisie de chanter des variations écrites pour le violon était antimusicale. Je sortais des chœurs et des motets de notre chapelle, et, dans le nombre de nos morceaux à *effet*, ceux qu'on chantait pendant le salut du saint sacrement, il se trouvait bien des antiennes vocalisées dans le goût rococo de la musique sacrée du dernier siècle; mais nous n'étions pas trop dupes de ces abus, et, en somme, on nous mettait sur la voie des bonnes choses. La musique bouffe des Italiens, si artistement brodée par la cantatrice à la mode, ne me causa donc que de l'étonnement. J'avais plus de plaisir à écouter le chevalier de Lacoux, vieil émigré, ami de ma grand'mère, me jouer sur la harpe ou sur la guitare des airs espagnols dont quelques-uns m'avaient bercée à Madrid, et que je retrouvais comme un rêve du passé endormi dans ma mémoire.

Rose était mariée et devait nous quitter pour aller vivre à la Châtre aussitôt que nous serions de retour à Nohant. Impatiente de retrouver son mari, qu'elle avait épousé la veille du voyage à Paris, elle ne cachait guère sa joie et me disait avec sa passion rouge qui me faisait frémir de peur: «Soyez tranquille, votre tour viendra bientôt!»

J'allai embrasser une dernière fois toutes mes chères amies du couvent. J'étais véritablement désespérée.

Nous arrivâmes à Nohant aux premiers jours du printemps de 1820, dans la grosse calèche bleue de ma grand'mère, et je retrouvai ma petite chambre livrée aux ouvriers qui en renouvelaient les papiers et les peintures; car ma bonne maman commençait à trouver ma tenture de toile d'orange à grands ramages trop surannée pour mes jeunes yeux, et voulait les réjouir par une fraîche couleur lilas. Cependant mon lit à colonnes, en forme de corbillard, fut épargné, et les quatre plumets rongés des vers échappèrent encore au vandalisme du goût moderne.

On m'installa provisoirement dans le grand appartement de ma mère. Là, rien n'était changé, et je dormis délicieusement dans cet immense lit à grenades dorées qui me rappelait toutes les tendresses et toutes les rêveries de mon enfance.

Je vis enfin, pour la première fois depuis notre séparation décisive, le soleil entrer dans cette chambre déserte où j'avais tant pleuré. Les arbres étaient en fleurs, les rossignols chantaient, et j'entendais au loin la classique et solennelle cantilène des laboureurs, qui résume et caractérise toute la poésie claire et tranquille du Berry. Mon réveil fut pourtant un indicible mélange de joie et de douleur. Il était déjà neuf heures du matin. Pour la première fois depuis trois ans, j'avais dormi la grasse matinée, sans entendre la cloche de l'angélus et la voix criarde de Marie-Josephe m'arracher aux douceurs des derniers rêves. Je pouvais encore paresser une heure sans en courir aucune pénitence. Echapper à la règle, entrer dans la liberté, c'est une crise sans pareille dont ne jouissent pas à demi les âmes éprises de rêverie et de recueillement.

J'allai ouvrir ma fenêtre et retournai me mettre au lit. La senteur des plantes, la jeunesse, la vie, l'indépendance m'arrivaient par bouffées; mais aussi le sentiment de l'avenir inconnu qui s'ouvrait devant moi m'accablait d'une inquiétude et d'une tristesse profondes. Je ne saurais à quoi attribuer cette désespérance maladive de l'esprit, si peu en rapport avec la fraîcheur des idées et la santé physique de l'adolescence. Je l'éprouvai si poignante, que le souvenir très net m'en est resté après tant d'années, sans que je puisse retrouver clairement par quelle liaison d'idées, quels souvenirs de la veille, quelles appréhensions du lendemain, j'arrivai à répandre des larmes amères, en un moment où j'aurais dû reprendre avec transport possession du foyer paternel et de moi-même.

Que de petits bonheurs, cependant, pour une pensionnaire hors de cage! Au lieu du triste uniforme de serge amarante, une jolie femme de chambre m'apportait une fraîche robe de guingamp rose. J'étais libre d'arranger mes cheveux à ma guise, sans que Mme Eugénie me vînt observer qu'il était indécent de se découvrir les tempes. Le déjeuner était relevé de toutes les friandises que ma grand'mère aimait et me prodiguait. Le jardin était un immense bouquet. Tous les domestiques, tous les paysans venaient me faire fête. J'embrassais toutes les bonnes femmes de l'endroit, qui me trouvaient fort embellie parce que j'étais devenue *plus grossière*, c'est-à-dire, dans leur langage, que j'avais pris de l'embonpoint. Le parler berrichon sonnait à mon oreille comme une musique aimée, et j'étais tout émerveillée qu'on ne m'adressât pas la parole avec le blaisement et le sifflement britanniques. Les grands chiens, mes vieux amis, qui m'avaient grondée la veille au soir me reconnaissaient et m'accablaient de caresses avec ces airs intelligens et naïfs qui semblent vous demander pardon d'avoir un instant manqué de mémoire.

Vers le soir, Deschartres, qui avait été à je ne sais plus quelle soirée éloignée, arriva enfin, avec sa veste, ses grandes guêtres et sa casquette en soufflet. Il ne s'était pas encore avisé, le cher homme, que je dusse être changée et grandie depuis trois ans, et tandis que je lui sautais au cou, il demandait où était Aurore. Il m'appelait mademoiselle; enfin, il fit comme mes chiens, il ne me reconnut qu'au bout d'un quart d'heure.

Tous mes anciens camarades d'enfance étaient aussi changés que moi. Liset était *loué*, comme on dit chez nous. Je ne le revis pas; il mourut peu de temps après. Cadet était devenu aide valet de chambre. Il servait à table et disait naïvement à Mlle Julie, qui lui reprochait de casser toutes les carafes: «Je n'en ai cassé que sept la semaine dernière.» Fanchon était bergère chez nous. Marie Aucante était devenue la reine de beauté du village. Marie et Solange Croux étaient des jeunes filles charmantes. Pendant trois jours ma chambre ne désemplit pas des visites qui m'arrivaient. Ursule ne fut pas des dernières.

Mais, comme Deschartres, tout le monde m'appelait mademoiselle. Plusieurs étaient intimidés devant moi. Cela me fit sentir mon isolement. L'abîme de la hiérarchie sociale s'était creusé entre des enfans qui jusque-là s'étaient sentis égaux. Je n'y pouvais rien changer, on ne l'eût pas souffert. Je me pris à regretter davantage mes compagnes de couvent.

Pendant quelques jours ensuite, je fus tout au plaisir physique de courir les champs, de revoir la rivière, les plantes sauvages, les prés en fleur. L'exercice de marcher dans la campagne, dont j'avais perdu l'habitude, et l'air printanier me grisaient si bien, que je ne pensais plus et dormais de longues nuits avec délices; mais bientôt l'inaction de l'esprit me pesa, et je songeai à occuper ces éternels loisirs qui m'étaient faits par l'indulgente gâterie de ma grand'mère.

J'éprouvai même le besoin de rentrer dans la règle, et je m'en traçai une dont je ne me départis pas tant que je fus seule et maîtresse de mes heures. Je me fis naïvement un *tableau* de l'emploi de ma journée. Je consacrais une heure à l'histoire, une au dessin, une à la musique, une à l'anglais, une à l'italien, etc. Mais le moment de m'instruire réellement un peu n'était pas encore venu. Au bout d'un mois, je n'avais fait encore que résumer, sur des cahiers *ad hoc*, mes petites études du couvent, lorsque arrivèrent invitées par ma bonne maman, Mme de Pontcarré et sa charmante fille Pauline, ma blonde et enjouée compagne du couvent.

Pauline, à seize ans comme à six, était toujours cette belle indifférente qui se laissait aimer sans songer à vous rendre la pareille. Son caractère était charmant comme sa figure, comme sa taille, comme ses mains, comme ses cheveux d'ambre, comme ses joues de lis et de roses; mais comme son cœur ne se manifestait jamais, je n'ai jamais su s'il existait, et je ne pourrais dire que cette aimable compagne ait été mon amie.

Sa mère était bien différente. C'était une âme passionnée jointe à un esprit éblouissant. Trop sanguine et trop replète pour être encore belle (j'ignore même si elle l'avait jamais été), elle avait des yeux noirs si magnifiques et une physionomie si vivante, une si belle voix et tant d'âme pour chanter, une conversation si réjouissante, tant d'idées, tant d'activité, tant d'affection dans les manières, qu'elle exerçait un charme irrésistible. Elle était de l'âge de mon père, et ils avaient joué ensemble dans leur enfance. Ma grand'mère aimait à parler de son cher fils avec elle, et s'était prise d'amitié pour elle assez récemment, bien qu'elle l'eût toujours connue; mais cette amitié fit bientôt place chez elle à un sentiment contraire, dont je ne m'aperçus pas assez tôt pour ne pas la faire souffrir.

Dans les commencemens, tout allait si bien entre elles, que je ne me défendis point de l'attrait de cette amitié pour mon compte. Très naturellement, je passais beaucoup plus de temps avec Pauline et sa mère, ingambes et actives toutes deux, qu'auprès du fauteuil où ma grand'mère écrivait ou sommeillait presque toute la journée. Elle-même exigeait que je fisse soir et matin de grandes courses, et de la musique avec ces dames dans la journée. Mme de Pontcarré était un excellent professeur. Elle nous lançait, Pauline et moi, dans les partitions à livre ouvert, nous accompagnant avec feu et soutenant nos voix de l'énergie sympathique de la sienne. Nous avons déchiffré ensemble *Armide, Iphigénie, Œdipe*, etc. Quand nous étions un peu ferrées sur un morceau, nous ouvrions les portes pour que bonne maman pût entendre, et son jugement n'était pas la moins bonne leçon. Mais bien souvent la porte se trouvait fermée au verrou. Ma grand'mère avait conservé l'habitude d'être seule, ou avec Mlle Julie, qui lui faisait la lecture. Nous étions trop jeunes et trop vivantes pour que notre compagnie assidue lui fût agréable. La pauvre femme s'éteignait doucement, et il n'y paraissait pas encore. Elle se montrait aux repas avec un peu de rouge sur les joues, des diamans aux oreilles, la taille toujours droite et gracieuse dans sa douillette pensée, causant bien et répondant à propos; esclave d'un savoir-vivre aimable qui lui faisait cacher ou surmonter de fréquentes défaillances, elle semblait jouir d'une belle vieillesse exempte d'infirmités. Longtemps elle dissimula une surdité croissante, et jusqu'à ses derniers momens fit un mystère de son âge: affaire d'étiquette apparemment, car elle n'avait jamais été vaine, même dans tout l'éclat de la jeunesse et de la beauté. Cependant elle s'en allait, comme elle le disait souvent tout bas à Deschartres, qui, l'ayant toujours connue délicate et affaissée, n'y croyait pas et se flattait de mourir avant elle. Elle craignait le moindre bruit, l'éclat du jour lui était insupportable, et quand elle avait fait l'effort de tenir le salon une ou deux heures, elle éprouvait le besoin d'aller s'enfermer dans son boudoir, nous priant d'aller nous occuper ou nous promener un peu loin de son sommeil, qui était fort léger.

Je fus donc bien étonnée et presque effrayée un jour qu'elle me dit que j'étais inséparable de Mme de Pontcarré et de sa fille, que je la négligeais, que je me jetais tête baissée dans des amitiés nouvelles, que j'avais trop d'imagination, que je ne l'aimais pas, et tout cela avec une douleur et des larmes inexplicables.

Je sentais ces reproches si peu mérités qu'ils me consternèrent. Je ne trouvais rien à y répondre à force d'en voir l'injustice; mais cette injustice dans un cœur si bon et si droit ressemblait à un accès de démence triste et douce. Je ne sus que pleurer avec ma pauvre bonne maman, la caresser et la consoler de mon mieux. Comme elle me reprochait de parler bas souvent à ces dames et d'avoir avec elles un air de cachoterie, je lui fis promettre, en riant, le secret vis-à-vis d'elle-même, et lui confessai que depuis huit jours nous bâtissions un théâtre et répétions une pièce pour le jour de sa fête; mais que j'aimais bien mieux en trahir la surprise que de la laisser souffrir un seul jour de plus de ses chimères. «Eh! mon Dieu, me dit-elle en riant aussi à travers ses pleurs, je le sais bien que vous me préparez une belle fête et une belle surprise! Comment peux-tu t'imaginer que Julie ne me l'ait pas dit?

—Elle a très bien fait, sans doute, puisqu'elle vous a vue inquiète de nos mystères; mais alors comment se fait-il, chère maman, que vous vous en tourmentiez encore?»

Elle m'avoua qu'elle ne savait pas pourquoi elle s'en était fait un chagrin; et comme je lui proposai de laisser aller la comédie sans m'en mêler afin de passer tout mon temps auprès d'elle, elle s'écria: «Non pas, non pas! Je ne veux point de cela! Mme de Pontcarré fera bien assez valoir sa fille; je ne veux pas que, comme à l'ordinaire, tu sois mise de côté et éclipsée par elle!»

Je n'y comprenais plus rien. Jamais l'idée d'une rivalité quelconque n'avait pu éclore dans la tête de Pauline ou dans la mienne. Mme de Pontcarré n'y pensait probablement pas davantage; mais ma pauvre jalouse de bonne maman ne pardonnait pas à Pauline d'être plus belle que moi, et en même temps qu'elle supposait sa mère portée à me dénigrer, elle était jalouse aussi de l'affection que cette mère me témoignait.

Comme la jalousie est grosse d'inconséquences, il me fallut donc voir ces petites scènes se renouveler, et je crois qu'elles furent envenimées par Mlle Julie, qui, décidément, ne m'aimait point. Je ne lui avais fait ni mal ni dommage: tout au contraire, facile au retour comme je le suis, j'appréciais l'intelligence de cette froide personne, et j'aimais à consulter sa merveilleuse mémoire des faits historiques; mais ma mère l'avait trop blessée pour qu'elle pût me pardonner d'être sa fille et de l'aimer.

Ce fut donc en essuyant de secrètes larmes, et entre plusieurs nuées de ces orages étouffés par le savoir-vivre, que je me travestis en Colin pour jouer la comédie et faire rire ma grand'mère. Le théâtre, tout en feuillages naturels, formait un berceau charmant. M. de Trémoville, un officier ami de Mme de Pontcarré, lequel, se trouvant en remonte de cavalerie dans le département, était venu passer chez nous une quinzaine, avait tout disposé avec beaucoup d'adresse et de goût. Il jouait lui-même le rôle de *mon capitaine*, car je *m'engageais* par désespoir des caprices de mon amoureuse Colette. Je ne sais plus quel proverbe de Carmontelle nous avions ainsi arrangé à notre usage. Pauline, en villageoise d'opéra-comique, était belle comme un ange. Deschartres jouait aussi, et jouait très mal. Tout alla néanmoins le mieux du monde, malgré les terreurs de Pauline, qui pleura de peur en entrant en scène. N'ayant jamais connu ce genre de timidité, je jouai très résolument, ce qui consola un peu ma bonne maman de me voir travestie en garçon, pendant que Pauline brillait de tout le charme de sa beauté et de tous les atours de son sexe.

Quelque temps après, Mme de Pontcarré partit avec sa fille et M. de Trémoville, dont je me souviens comme du meilleur homme du monde; père de famille excellent, il nous traitait, Pauline et moi, comme ses enfans, et nous abusions tellement de son facile et aimable caractère, que ma grand'mère elle-même, dans ses momens de gaîté, l'avait surnommé la *bonne de ces demoiselles*.

Mais je ne sais quelle irritation profonde resta contre Mme de Pontcarré et Pauline dans le cœur de ma grand'mère. Affligée de leur départ, je dus pourtant me trouver soulagée de voir finir les étranges et incompréhensibles querelles qu'elles m'attiraient. Hippolyte vint en congé, et nous fûmes d'abord intimidés l'un devant l'autre. Il était devenu un beau maréchal de logis de hussards, faisant ronfler les *r*, domptant les chevaux indomptables, et ayant son franc parler avec Deschartres, qui lui permettait de le taquiner, comme avait fait mon père, sur le chapitre de l'équitation et sur plusieurs autres. Au bout de peu de jours notre ancienne amitié revint, et, recommençant à courir et à folâtrer ensemble, il ne nous sembla plus que nous nous fussions jamais quittés.

Ce fut lui qui me communiqua le goût de monter à cheval, et cet exercice physique devait influer beaucoup sur mon caractère et mes habitudes d'esprit.

Le cours d'équitation qu'il me fit n'était ni long ni ennuyeux. «Vois-tu, me dit-il un matin que je lui demandais de me donner la première leçon, je pourrais faire le pédant et te casser la tête du manuel d'instruction que je professe à Saumur, à des conscrits qui n'y comprennent rien, et qui, en somme, n'apprennent qu'à force d'habitude et de hardiesse; mais tout se réduit d'abord à deux choses: tomber ou ne pas tomber; le reste viendra plus tard. Or, comme il faut s'attendre à tomber, nous allons chercher un bon endroit pour que tu ne t'y fasses pas trop de mal.» Et il m'emmena dans un pré immense dont l'herbe était épaisse. Il monta sur le *général Pepe*, menant Colette en main.

Pepe était un très beau poulain, petit-fils du fatal Léopardo, et que, dans mon enthousiasme naissant pour la révolution italienne, j'avais gratifié du nom d'un homme héroïque qui a été mon ami par la suite des temps. Colette, que l'on appelait dans le principe mademoiselle Deschartres, était une *élève* de notre précepteur, et n'avait jamais été montée. Elle avait quatre ans et sortait du pacage. Elle paraissait si douce, que mon frère, après lui avoir fait faire plusieurs fois le tour du pré, jugea qu'elle se conduirait bien et me jeta dessus.

Il y a un Dieu pour les fous et pour les enfans. Colette et moi, aussi novices l'une que l'autre, avions toutes les chances possibles pour nous contrarier et nous séparer violemment. Il n'en fut rien. A partir de ce jour, nous devions vivre et galoper quatorze ans de compagnie. Elle devait gagner ses Invalides et finir tranquillement ses jours à mon service, sans qu'aucun nuage ait jamais troublé notre bonne intelligence.

Je ne sais pas si j'aurais eu peur par réflexion, mais mon frère ne m'en donna pas le temps. Il fouetta vigoureusement Colette, qui débuta par un galop frénétique, accompagné de gambades et de ruades les plus folles mais les moins méchantes du monde. «Tiens-toi bien, disait mon frère. Accroche-toi aux crins si tu veux, mais ne lâche pas la bride et ne tombe pas. Tout est là, tomber ou ne pas tomber!»

C'était le *to be or not to be* d'Hamlet. Je mis toute mon attention et ma volonté à ne pas trop quitter la selle. Cinq ou six fois, à moitié désarçonnée, je me rattrapai comme il plut à Dieu, et au bout d'une heure, éreintée, échevelée et surtout enivrée, j'avais acquis le degré de confiance et de présence d'esprit nécessaire à la suite de mon éducation équestre.

Colette était un être supérieur dans son espèce. Elle était maigre, laide, grande, dégingandée au repos: mais elle avait une physionomie sauvage et des yeux d'une beauté qui rachetait ses défauts de conformation. En mouvement, elle devenait belle d'ardeur, de grâce et de souplesse. J'ai monté des chevaux magnifiques, admirablement dressés: je n'ai jamais retrouvé l'intelligence et l'adresse de ma cavale rustique. Jamais elle ne m'a fait un faux pas, jamais un écart, et ne m'a jamais jetée par terre que par la faute de ma distraction ou de mon imprudence.

Comme elle devinait tout ce qu'on désirait d'elle, il ne me fallut pas huit jours pour savoir la gouverner. Son instinct et le mien s'étaient rencontrés. Taquine et emportée avec les autres, elle se pliait à ma domination de son plein gré, à coup sûr. Au bout de huit jours, nous sautions haies et fossés, nous gravissions les pentes ardues, nous traversions les eaux profondes; et moi, l'*eau dormante* du couvent, j'étais devenue quelque chose de plus téméraire qu'un hussard et de plus robuste qu'un paysan; car les enfans ne savent pas ce que c'est que le danger, et les femmes se soutiennent, par la volonté nerveuse, au delà des forces viriles.

Ma grand'mère ne parut pas surprise d'une métamorphose qui m'étonnait pourtant moi-même: car, du jour au lendemain, je ne me reconnais plus, tandis qu'elle disait reconnaître en moi les contrastes de langueur et d'enivrement qui avaient marqué l'adolescence de mon père.

Il est étrange que, m'aimant d'une manière si absolue et si tendre, elle n'ait pas été effrayée de me voir prendre le goût de ce genre de danger. Ma mère n'a jamais pu me voir à cheval sans cacher sa figure dans ses mains et sans s'écrier que je finirais comme mon père. Ma bonne maman répondait par un triste sourire à ceux qui lui demandaient raison de sa tolérance à cet égard par cette anecdote bien connue, mais bien jolie, du marin et du citadin.

«Eh quoi, monsieur, votre père et votre grand-père ont péri sur mer dans les tempêtes, et vous êtes marin? A votre place, je n'aurais jamais voulu monter sur un navire!

—Et vous, monsieur, comment donc sont morts vos parens?

—Dans leurs lits, grâce au ciel!

—En ce cas, à votre place, je ne me mettrais jamais au lit?»

Il m'arriva cependant un jour de tomber juste à la place où s'était tué mon père, et de m'y faire même assez de mal. Ce ne fut point Colette, mais le général Pepe qui me joua ce mauvais tour. Ma grand'mère n'en sut rien. Je ne m'en vantai pas, et remontai à cheval de plus belle.

Mon frère retourna à son régiment. Le vieux chevalier de Lacoux, qui était venu nous voir et qui me faisait beaucoup travailler la harpe, nous quitta aussi. Je restai seule à Nohant, pendant tout l'hiver, avec ma grand'mère et Deschartres.

Jusqu'à ce moment, malgré l'agréable compagnie de ces divers hôtes, j'avais lutté en vain contre une profonde mélancolie. Je ne pouvais pas toujours la dissimuler, mais jamais je n'en voulus dire la cause, pas même à Pauline ou à mon frère, qui s'étonnaient de mon abattement et de mes préoccupations. Cette cause, que je laissais attribuer à une indisposition maladive ou à un vague ennui, était bien claire en moi-même: je regrettais le couvent. J'avais le mal du couvent ou le mal du pays. Je ne pouvais pas m'ennuyer, ayant une vie assez remplie; mais je sentais tout me déplaire, quand je comparais même mes meilleurs momens aux placides et régulières journées du cloître, aux amitiés sans nuage, au bonheur sans secousse que j'avais à jamais laissés derrière moi. Mon âme, déjà lassée dès l'enfance, avait soif de repos, et là seulement j'avais goûté, après les premières émotions de l'enthousiasme religieux, presque une année de quiétude absolue. J'y avais oublié tout ce qui était le passé; j'y avais rêvé l'avenir semblable au présent. Mon cœur aussi s'était fait comme une habitude d'aimer beaucoup de personnes à la fois et de leur communiquer ou de recevoir d'elles un continuel aliment à la bienveillance et à l'enjouement.

Je l'ai dit, mais je le dirai encore une fois, au moment d'enterrer ce rêve de vie claustrale dans mes lointains mais toujours tendres souvenirs: l'existence en commun avec des êtres doucement aimables et doucement aimés est l'idéal du bonheur. L'affection vit de préférences, mais dans ce genre de société fraternelle, où une croyance quelconque sert de lien, les préférences sont si pures et si saines, qu'elles augmentent les sources du cœur au lieu de les épuiser. On est d'autant meilleur et facilement généreux avec les amis secondaires qu'on sent devoir leur prodiguer l'obligeance et les bons procédés, en dédommagement de l'admiration enthousiaste qu'on réserve pour des êtres plus directement sympathiques. On a dit souvent qu'une belle passion élargissait l'âme. Quelle plus belle passion que celle de la fraternité évangélique? Je m'étais sentie vivre de toute ma vie dans ce milieu enchanté, je m'étais sentie dépérir depuis, jour par jour, heure par heure, et sans bien me rendre toujours compte de ce qui me manquait, tout en cherchant parfois à m'étourdir et à m'amuser comme il convenait à l'innocence de mon âge, j'éprouvais dans la pensée un vide affreux, un dégoût, une lassitude de toutes choses et de toutes personnes autour de moi.

Ma grand'mère était seule exceptée; mon affection pour elle se développait extrêmement. J'arrivais à la comprendre, à avoir le secret de ses douces faiblesses maternelles, à ne plus voir en elle le froid esprit fort que ma mère m'avait exagéré, mais bien la femme nerveuse et délicatement susceptible qui ne faisait souffrir que parce qu'elle souffrait elle-même à force d'aimer. Je voyais les contradictions singulières qui existaient, qui avaient toujours existé plus ou moins, entre son esprit bien trempé et son caractère débile. Forcée de l'étudier, et reconnaissant qu'il fallait le faire pour lui épargner tous les petits chagrins que je lui avais causés, je débrouillais enfin cette énigme d'un cerveau raisonnable aux prises avec un cœur insensé. La femme supérieure, et elle l'était par son instruction, son jugement, sa droiture, son courage dans les grandes choses, redevenait femmelette et petite marquise dans les mille petites douleurs de la vie ordinaire. Ce fut d'abord une déception pour moi que d'avoir à mesurer ainsi un être que je m'étais habituée à voir grand dans la rigueur comme dans la bonté. Mais la réflexion me ramena, et je me mis à aimer les côtés faibles de cette nature compliquée, dont les défauts n'étaient que l'excès de qualités exquises. Un jour vint où nous changeâmes de rôle, et où je sentis pour elle une tendresse des entrailles qui ressemblait aux sollicitudes de la maternité.

C'était comme un pressentiment intérieur ou comme un avertissement du ciel, car le moment approchait où je ne devais plus trouver en elle qu'un pauvre enfant à soigner et à gouverner.

Hélas! il fut bien court, le temps arraché aux rigueurs de notre commune destinée, où, sortant moi-même des ténèbres de l'enfance, je pouvais enfin profiter de son influence morale et du bienfait intellectuel de son intimité. N'ayant plus aucun sujet de jalousie à propos de moi (Hippolyte aussi lui en avait causé quelques derniers accès), elle devenait adorable dans le tête-à-tête. Elle savait tant de choses et jugeait si bien, elle s'exprimait avec une simplicité si élégante, il y avait en elle tant de goût et d'élévation, que sa conversation était le meilleur des livres.

Nous passâmes ensemble les dernières soirées de février, à lire une partie du *Génie du Christianisme* de Chateaubriand. Elle n'aimait pas cette forme et le fond lui paraissait faux; mais les nombreuses citations de l'ouvrage lui suggéraient des jugemens admirables sur les chefs-d'œuvre dont je lui lisais les fragmens. Je m'étonnais qu'elle m'eût si peu permis de lire avec elle; je le lui disais, exprimant le charme que je goûtais dans de tels enseignemens, lorsqu'elle me dit un soir: «Arrête-toi, ma fille. Ce que tu me lis est si étrange que j'ai peur d'être malade et d'entendre autre chose que ce que j'écoute. Pourquoi me parles-tu de morts, de linceul, de cloches, de tombeaux? Si tu composes tout cela, tu as tort de me mettre ainsi des idées noires dans l'esprit.»

Je m'arrêtai épouvantée: je venais de lui lire une page fraîche et riante, une description des savanes, où rien de semblable à ce qu'elle avait cru entendre ne se trouvait. Elle se remit bien vite et me dit en souriant: «Tiens, je crois que j'ai dormi et rêvé pendant ta lecture. Je suis bien affaiblie. Je ne peux plus lire, et je ne peux plus écouter. J'ai peur de connaître l'oisiveté et l'ennui à présent. Donne-moi des cartes, et jouons au grabuge; cela me distraira.»

Je m'empressai de faire sa partie, et je réussis à l'égayer. Elle joua avec l'attention et la lucidité ordinaires. Puis, rêvant un instant, elle rassembla ses idées comme pour un entretien suprême; car, à coup sûr, elle sentait son âme s'échapper. «Ce mariage ne te convenait pas du tout, dit-elle, et je suis contente de l'avoir rompu.

—Quel mariage? lui dis-je.

—Est-ce que je ne t'en ai pas parlé? Eh bien! je t'en parle. C'est un homme immensément riche, mais cinquante ans et un grand coup de sabre à travers la figure. C'est un général de l'empire. Je ne sais pas où il t'a vue, au parloir de ton couvent, peut-être. Te souviens-tu de cela?

—Pas du tout.

—Enfin, il te connaît apparemment, et il te demande en mariage avec ou sans dot: mais conçoit-on que ces hommes de Bonaparte aient des préjugés comme nous autres? Il mettait pour première condition que tu ne reverrais jamais ta mère.

—Et vous avez refusé, n'est-ce pas, maman?

—Oui, me dit-elle; en voici la preuve.»

Elle me remit une lettre que j'ai encore sous les yeux, car je l'ai gardée comme un souvenir de cette triste soirée. Elle était de mon cousin René de Villeneuve, et ainsi conçue:

«Je ne me console pas, chère grand'mère, de n'être pas auprès de vous pour insister sur la proposition faite pour Aurore. L'âge vous offusque; mais réellement la personne de cinquante ans a l'air presque aussi jeune que moi. Elle a beaucoup d'esprit, d'instruction, tout ce qu'il faut enfin pour assurer le bonheur d'un lien pareil, car on trouvera bien des jeunes gens, mais on ne peut être sûr de leur caractère, et l'avenir avec eux est fort incertain; au lieu que là, la position élevée, la fortune, la considération, tout se trouve. Je vous citerai plusieurs exemples à l'appui du raisonnement que je pourrais vous faire. Le duc de C..., qui a soixante-cinq ans, a épousé, il y a deux ans, Mlle de la G..., qui en avait seize. Elle est la plus heureuse des femmes, se conduisant à merveille, bien que lancée dans le grand monde et entourée d'hommages, car elle est belle comme un ange[25]. Elle a reçu une excellente éducation et de bons principes. Tout est là. Venez donc sans faute à Paris au commencement de mars. Je vous somme de faire ce voyage dans l'intérêt de notre chère enfant, etc.»

—Eh bien, maman, m'écriai-je effrayée, est-ce que nous allons à Paris?

—Oui, mon enfant, nous irons dans huit jours. Mais, rassure-toi, je ne veux pas entendre parler de ce mariage. Ce n'est pas tant l'âge qui m'offusque que la condition dont je t'ai parlé. J'ai été si heureuse avec mon vieux mari que je n'ai pas trop peur pour toi d'un homme de cinquante ans; mais je sais que tu ne souscrirais pas... Ne dis rien; je te connais, à présent, et je regrette de n'avoir pas toujours aussi bien jugé ta situation que je le fais à cette heure. Tu aimes ta mère par devoir et par religion, comme tu l'aimais par habitude et par instinct dans ton enfance. J'ai cru devoir te mettre en garde contre trop de confiance et d'entraînement. J'ai peut-être eu tort de le faire dans un moment de douleur et d'irritation. J'ai bien vu que je te brisais. Il me semblait, dans ce moment-là, que c'était de moi que tu devais apprendre la vérité, et qu'elle te serait plus insupportable de la part de tout autre. Si tu penses que j'aie exagéré quelque chose, ou que j'aie jugé trop durement ta mère, oublie-le, et sache que malgré tout le mal qu'elle m'a fait, je rends justice à ses qualités et à sa conduite depuis la mort de ton pauvre père. D'ailleurs, fût-elle, comme je me le suis imaginé parfois, la dernière des femmes, je comprends ce que tu lui dois d'égards et de fidélité de cœur. Elle est ta mère! tout est là! Oui, je le sais. J'ai craint de te voir trop aveuglée, ensuite j'ai craint de te voir devenir trop dévote. Je suis tranquille sur ton compte à présent. Je te vois pieuse, tolérante et conservant les goûts de l'intelligence. Je regrette presque de ne pas croire à tout ce que tu pratiques; car je vois que tu y puises une force qui n'est pas dans ta nature et qui m'a frappée quelquefois comme au-dessus de ton âge. Ainsi, pendant que tu étais au couvent, enfermée toute l'année, sans vacances, privée de sortir pendant neuf ou dix mois que je passais ici, tu m'as écrit à différentes reprises pour me conjurer de ne pas te permettre de sortir avec les Villeneuve ou avec Mme de Pontcarré. J'en ai été affligée et jalouse d'abord, mais j'en ai été touchée aussi, et maintenant je sens que si je te proposais de rompre avec ta mère pour faire un grand mariage, je révolterais ton cœur et ta conscience. Sois tranquille, et va te coucher. Il ne sera jamais question de rien de pareil.»

J'embrassai ardemment ma chère grand'mère, et, la voyant parfaitement calme et lucide, je me retirai dans ma chambre, la laissant aux soins accoutumés de ses deux femmes, qui la mirent au lit à minuit, après les deux heures de toilette et de tranquille flânerie dont elle avait l'habitude.

C'était, comme je l'ai déjà dit, tout un étrange petit cérémonial que le coucher de ma grand'mère: des camisoles de satin piqué, des bonnets à dentelles, des cocardes de rubans, des parfums, des bagues particulières pour la nuit, une certaine tabatière, enfin tout un édifice d'oreillers splendides, car elle dormait assise, et il fallait l'arranger de manière qu'elle se réveillât sans avoir fait un mouvement. On eût dit que chaque soir elle se préparait à une réception d'apparat, et cela avait quelque chose de bizarre et de solennel où elle avait l'air de se complaire.

J'aurais dû me dire que l'espèce d'hallucination auditive qu'elle avait eue en écoutant ma lecture, et la clarté subite de ses idées, même le retour sur elle-même qu'elle avait voulu faire en me parlant de ma mère, indiquaient une situation morale et physique inusitée. Revenir sur ses propres arrêts, s'attribuer un tort, demander, pour ainsi dire, pardon d'une erreur de jugement, cela était bien contraire à ses habitudes. Ses actions démentaient continuellement ses paroles, mais elle n'en convenait pas et maintenait volontiers son dire. En y réfléchissant, j'eus une vague inquiétude, et je redescendis chez elle vers minuit, comme pour reprendre mon livre oublié. Elle était déjà couchée et enfermée, s'étant sentie assoupie un peu plus tôt que de coutume. Ses femmes n'avaient rien trouvé d'extraordinaire en elle, et je remontai fort tranquille.

Depuis trois ou quatre mois, je dormais fort peu. Je n'avais point passé une semaine dans la véritable intimité de ma grand'mère sans m'aviser du peu d'instruction que j'avais acquise au couvent, et sans reconnaître avec le sincère Deschartres que j'étais, selon son expression favorite, d'une *ignorance crasse*. Le désir de ne pas impatienter la bonne maman, qui me reprochait bien un peu vivement quelquefois de lui avoir fait dépenser trois années de couvent pour ne rien apprendre, me poussa, plus que la curiosité ou l'amour-propre, à vouloir m'instruire un peu. Je souffrais de lui entendre dire que l'éducation religieuse était abrutissante, et j'apprenais un peu en cachette, afin de lui en laisser attribuer l'honneur à mes religieuses.

J'entreprenais là une chose impossible. Quiconque manque de mémoire ne peut jamais être instruit réellement, et j'en étais complétement dépourvue. Je me donnais un mal inouï pour mettre de l'ordre dans mes petites notions d'histoire. Je n'avais pas même la mémoire des mots, et déjà j'oubliais l'anglais, qui naguère m'avait été aussi familier que ma propre langue. Je m'évertuais donc à lire et à écrire, depuis dix heures du soir jusqu'à deux ou trois du matin. Je dormais quatre ou cinq heures. Je montais à cheval avant le réveil de ma grand'mère. Je déjeunais avec elle, je lui faisais de la musique et ne la quittais presque plus de la journée; car, insensiblement, elle s'était habituée à vivre moins avec Julie, et j'avais pris sur moi de lui lire les journaux ou de rester à dessiner dans sa chambre pendant que Deschartres les lui lisait. Cela m'était particulièrement odieux. Je ne saurais dire pourquoi cette chronique journalière du monde réel m'attristait profondément. Elle me sortait de mes rêves, et je crois que la jeunesse ne vit pas d'autre chose que de la contemplation du passé, ou de l'attente de l'inconnu.

Je me souviens que cette nuit-là fut extraordinairement belle et douce. Il faisait un clair de lune voilé par ces petits nuages blancs que Chateaubriand comparait à des flocons de ouate. Je ne travaillai point, je laissai ma fenêtre ouverte et jouai de la harpe en déchiffrant la Nina de Paesiello. Puis je sentis le froid et me couchai en rêvant à la douceur et à l'épanchement de ma grand'mère avec moi. En donnant enfin la sécurité à mon sentiment filial, et en détournant de moi l'effroi d'une lutte qui avait pesé sur toute ma vie, elle me faisait respirer pour la première fois. Je pouvais enfin réunir et confondre mes deux mères rivales dans le même amour. A ce moment-là, je sentis que je les aimais également, et je me flattai de leur faire accepter cette idée. Puis, je pensai au mariage, à l'homme de cinquante ans, au prochain voyage de Paris, au monde où l'on menaçait de me produire. Je ne fus effrayée de rien. Pour la première fois j'étais optimiste. Je venais de remporter une victoire qui me paraissait décisive sur le grand obstacle de l'avenir. Je me persuadai que j'avais acquis sur ma grand'mère un ascendant de tendresse et de persuasion qui me permettrait d'échapper à ses sollicitudes pour mon établissement, que peu à peu elle verrait par mes yeux, me laisserait vivre libre et heureuse à ses côtés, et qu'après lui avoir consacré ma jeunesse, je pourrais lui fermer les yeux sans qu'elle exigeât de moi la promesse de renoncer au cloître. «Tout est bien ainsi, pensai-je. Il est fort inutile de la tourmenter de mes secrets desseins. Dieu les protégera.» Je savais qu'Elisa était sortie du couvent, qu'on la menait dans le monde, qu'elle se résignait à aller au bal, et que rien n'ébranlait sa résolution. Elle m'écrivit qu'elle acceptait l'épreuve à laquelle ses parens avaient voulu la soumettre, qu'elle se sentait chaque jour plus forte dans sa vocation, et que nous nous retrouverions peut-être à Cork sous le voile, si ma qualité de Française m'excluait de la communauté des Anglaises de Paris.

Je m'endormis donc dans une situation d'esprit que je n'avais pas connue depuis longtemps; mais à sept heures du matin Deschartres entra dans ma chambre, et, en ouvrant les yeux, je vis un malheur dans les siens. «Votre grand'mère est perdue, je le crains, me dit-il. Elle a voulu se lever cette nuit. Elle a été prise d'une attaque d'apoplexie et de paralysie. Elle est tombée et n'a pu se relever. Julie vient de la trouver par terre froide, immobile, sans connaissance. Elle est couchée, réchauffée et un peu ranimée; mais elle ne se rend compte de rien et ne peut faire aucun mouvement. J'ai envoyé chercher le docteur Decerfz. Je vais la saigner. Venez vite à mon aide.»

Nous passâmes la journée à la soigner. Elle recouvra ses esprits, se rappela être tombée, se plaignit seulement des contusions qu'elle s'était faites, s'aperçut qu'elle avait tout un côté *mort* depuis l'épaule jusqu'au talon, mais n'attribua cet engourdissement qu'à la courbature de la chute. La saignée lui rendit cependant un peu d'aisance dans les mouvemens qu'on l'aidait à faire, et vers le soir il y eut un mieux si sensible, que je me rassurai et que le docteur partit en me tranquillisant; mais Deschartres ne se flattait pas. Elle me demanda de lui lire son journal après dîner et parut l'entendre. Puis elle demanda des cartes et ne put les tenir dans sa main. Alors elle commença à divaguer et à se plaindre de ce que nous ne voulions pas la soulager en lui faisant une application de la dame de pique sur le bras.

Effrayée, je dis tout bas à Deschartres: «C'est le délire?—Hélas, non! me répondit-il; elle n'a pas de fièvre, c'est l'*enfance!*»

Cet arrêt tomba sur moi pire que l'annonce de la mort. J'en fus si bouleversée que je sortis de la chambre et m'enfuis dans le jardin, où je tombai à genoux dans un coin, voulant prier et ne pouvant pas. Il faisait un temps d'une beauté et d'une tranquillité insolentes. Je crois que j'étais en enfance moi-même dans ce moment-là, car je m'étonnais machinalement que tout semblât sourire autour de moi pendant que j'avais la mort dans l'âme. Je rentrai vite. «Du courage! me dit Deschartres, qui devenait bon et tendre dans la douleur. Il ne faut pas que vous soyez malade; elle a besoin de nous!»

Elle passa la nuit à divaguer doucement. Au jour, elle s'endormit profondément jusqu'au soir. Ce sommeil apoplectique était un nouveau danger à combattre. Le docteur et Deschartres l'en tirèrent avec succès; mais elle s'éveilla aveugle. Le lendemain elle voyait, mais les objets placés à droite lui paraissaient transportés à gauche. Un autre jour elle bégaya et perdit la mémoire des mots. Enfin, après une série de phénomènes étranges et de crises imprévues, elle entra en convalescence. Sa vie était momentanément sauvée. Elle avait des heures lucides. Elle souffrait peu, mais elle était paralytique, et son cerveau affaibli et brisé entrait véritablement dans la phase de l'enfance signalée par Deschartres. Elle n'avait plus de volonté, mais des velléités continuelles et impossibles à satisfaire. Elle ne connaissait plus ni la réflexion ni le courage. Elle voyait mal, n'entendait presque plus. Enfin sa belle intelligence, sa belle âme étaient mortes.

Il y eut beaucoup de phases différentes dans l'état de ma pauvre malade. Au printemps, elle fut mieux. Durant l'été, nous crûmes un instant à une guérison radicale, car elle retrouva de l'esprit, de la gaîté et une sorte de mémoire relative. Elle passait la moitié de sa journée sur son fauteuil. Elle se traînait, appuyée sur nos bras, jusque dans la salle à manger, où elle mangeait avec appétit. Elle s'asseyait dans le jardin, au soleil; elle écoutait encore quelquefois son journal et s'occupait même de ses affaires et de son testament avec sollicitude pour tous les siens. Mais à l'entrée de l'automne, elle retomba dans une torpeur constante et finit sans souffrance et sans conscience de sa fin, dans un sommeil léthargique, le 25 décembre 1821.

J'ai beaucoup vécu, beaucoup pensé, beaucoup changé dans ces dix mois, pendant lesquels ma grand'mère ne recouvra, dans ses meilleurs momens, qu'une demi-existence. Aussi raconterai-je comment la mienne pivota autour du lit de la pauvre moribonde, sans vouloir trop attrister mes lecteurs des détails douloureux d'une lente et inévitable destruction.

CHAPITRE DIX-SEPTIEME

Tristesses, promenades et rêveries.—Luttes contre le sommeil.—Premières lectures sérieuses.—Le Génie du christianisme *et l'*Imitation de Jésus-Christ.*—La vérité absolue, la vérité relative.—Scrupules de conscience.— Hésitation entre le développement et l'abrutissement de l'esprit.—Solution.—L'abbé de Prémord.—Mon opinion sur l'esprit des jésuites.—Lectures métaphysiques.—La guerre des Grecs.—Deschartres prend parti pour le Grand-Turc.—Leibnitz.—Grande impuissance de mon cerveau: victoire de mon cœur.*

Si ma destinée m'eût fait passer immédiatement de la domination de ma grand'mère à celle d'un mari ou à celle du couvent, il est possible que, soumise toujours à des influences acceptées, je n'eusse jamais été moi-même. Il n'y a guère d'initiative dans une nature endormie comme la mienne, et la dévotion sans examen qui allait si bien à ma langueur d'esprit, m'eût interdit de demander à ma raison la sanction de ma foi. Les petits efforts, insensibles en apparence, mais continuels, de ma grand'mère pour m'ouvrir les yeux ne produisaient qu'une sorte de réaction intérieure. Un mari voltairien comme elle eût fait pis encore. Ce n'était pas par l'*esprit* que je pouvais être modifiée; n'ayant pas d'esprit du tout, j'étais insensible à la raillerie, que, d'ailleurs, je ne comprenais pas toujours.

Mais il était décidé par le sort que, dès l'âge de dix-sept ans, il y aurait pour moi un temps d'arrêt dans les influences extérieures, et que je m'appartiendrais entièrement pendant près d'une année, pour devenir, en bien ou en mal, ce que je devais être à peu près tout le reste de ma vie.

Il est rare qu'un enfant de famille, un enfant de mon sexe surtout, se trouve abandonnée si jeune à sa propre gouverne. Ma grand'mère paralysée n'eut plus, même dans ses momens les plus lucides, la moindre pensée de direction morale ou intellectuelle à mon égard. Toujours tendre et caressante, elle s'inquiétait encore quelquefois de ma santé; mais toute autre préoccupation, même celle de mon mariage, qu'elle ne pouvait plus traiter par lettres, sembla écartée de son souvenir.

Ma mère ne vint pas, malgré ma prière, disant que l'état de ma grand'mère pouvait se prolonger indéfiniment, et qu'elle ne devait pas quitter Caroline. Je dus me rendre à cette bonne raison et accepter la solitude.

Deschartres, abattu d'abord, puis résigné, sembla changer entièrement de caractère avec moi. Il me remit, bon gré mal gré, tous ses pouvoirs, exigea que je tinsse la comptabilité de la maison, que tous les ordres vinssent de moi, et me traita comme une personne mûre, capable de diriger les autres et soi-même.

C'était beaucoup présumer de ma capacité, et cependant bien lui en prit, comme on le verra par la suite.

Je n'eus pas de grandes peines à me donner pour maintenir l'ordre établi dans la maison. Tous les domestiques étaient fidèles. Comme fermier, Deschartres continuait à diriger les travaux de la campagne, auxquels il m'eût été impossible de rien entendre, malgré tous ses efforts antérieurs pour m'y faire prendre goût. J'étais née amateur, et rien de plus.

Ce pauvre Deschartres, voyant que l'état de ma grand'mère, en me privant de mon unique et de ma plus douce société intellectuelle, me jetait dans un ennui et dans un découragement profonds, que je maigrissais à vue d'œil, et que ma santé s'altérait sensiblement, fit tout son possible pour me distraire et me secouer. Il me donna Colette en toute propriété, et même, pour me rendre le goût de l'équitation, que je perdais avec mon activité, il m'amena toutes les pouliches et tous les poulains de ses domaines, me priant, après les avoir essayés, de m'en servir pour varier mes plaisirs. Ces essais lui coûtèrent plus d'une chute sur le pré, et il fut forcé de convenir que, sans rien savoir, j'étais plus solide que lui qui se piquait de théorie. Il était si raide et si compassé à cheval, qu'il s'y fatiguait vite, et j'allais trop vite aussi pour lui. Il me donna donc pour écuyer, ou plutôt pour *page*, le petit André, qui était solide comme un singe attaché à un poney; et, me suppliant de ne point passer un jour sans promenade, il nous laissa courir les champs de compagnie.

Revenant toujours à Colette, à l'adresse et à l'esprit de laquelle rien ne pouvait être comparé, je pris donc l'habitude de faire tous les matins huit ou dix lieues en quatre heures, m'arrêtant quelquefois dans une ferme pour prendre une jatte de lait, marchant à l'aventure, explorant le pays au hasard, passant partout, même dans les endroits réputés impossibles, et me laissant aller à des rêveries sans fin, qu'André, très bien stylé par Deschartres, ne se permettait pas interrompre par la moindre réflexion. Il ne retrouvait son esprit naturel que lorsque je m'arrêtais pour manger, parce que j'exigeais qu'il s'assît alors, comme par le passé, à la même table que moi chez les paysans, et là, résumant les impressions de la promenade, il m'égayait de ses remarques naïves et de son parler berrichon. A peine remis en selle, il redevenait muet, consigne que je n'aurais pas songé à lui imposer, mais que je trouvais fort agréable, car cette rêverie au galop, ou cet oubli de toutes choses que le spectacle de la nature nous procure, pendant que le cheval au pas, abandonné à lui-même, s'arrête pour brouter les buissons sans qu'on s'en aperçoive; cette succession lente ou rapide de paysages, tantôt mornes, tantôt délicieux; cette absence de but, ce laisser passer du temps qui s'envole, ces rencontres pittoresques de troupeaux ou d'oiseaux voyageurs; le doux bruit de l'eau qui clapote sous les pieds des chevaux; tout ce qui est repos ou mouvement, spectacle des yeux ou sommeil de l'âme dans la promenade solitaire, s'emparait de moi et suspendait absolument le cours de mes réflexions et le souvenir de mes tristesses.

Je devins donc tout à fait poète, et poète exclusivement par les goûts et le caractère, sans m'en apercevoir et sans le savoir. Où je ne cherchais qu'un délassement tout physique, je trouvai une intarissable source de jouissances morales que j'aurais été bien embarrassée de définir, mais qui me ranimait et me renouvelait chaque jour davantage.

Si l'inquiétude ne m'eût ramenée auprès de ma pauvre malade, je me serais oubliée, je crois, des jours entiers dans ses courses; mais comme je sortais de grand matin, presque toujours à la première aube, aussitôt que le soleil commençait à me frapper sur la tête, je reprenais au galop le chemin de la maison. Je m'apercevais souvent alors que le pauvre André était accablé de fatigue; je m'en étonnais toujours, car je n'ai jamais vu la fin de mes forces à cheval, où je crois que les femmes, par leur position en selle et la souplesse de leurs membres, peuvent, en effet, tenir beaucoup plus longtemps que les hommes.

Je cédais cependant quelquefois Colette à mon petit page, afin de le reposer, par la douceur de son allure, et je montais ou la vieille jument normande qui avait sauvé la vie à mon père dans plus d'une bataille par son intelligence et la fidélité de ses mouvemens, ou le terrible général Pepe, qui avait des coups de reins formidables, mais je n'en étais pas plus lasse au retour, et je rentrais beaucoup plus éveillée et active que je n'étais partie.

C'est grâce à ce mouvement salutaire que je sentis tout à coup ma résolution de m'instruire cesser d'être un devoir pénible et devenir un attrait tout-puissant par lui-même. D'abord, sous le coup du chagrin et de l'inquiétude, j'avais essayé de tromper les longues heures que je passais auprès de ma malade, en lisant des romans de Florian, de Mme de Genlis et de Van der Velde. Ces derniers me parurent charmans; mais ces lectures, entrecoupées par les soins et les anxiétés que m'imposait ma situation de garde-malade, ne laissèrent presque rien dans mon esprit, et à mesure que la crainte de la mort s'éloignait pour faire place en moi à une mélancolique et tendre habitude de soins quasi-maternels, je revins à des lectures plus sérieuses, qui bientôt m'attachèrent passionnément.

J'avais eu d'abord à lutter contre le sommeil, et je puisais sans cesse dans la tabatière de ma bonne maman pour ne pas succomber à l'atmosphère sombre et tiède de sa chambre. Je pris aussi beaucoup de café noir sans sucre et même de l'eau-de-vie quelquefois, pour ne pas m'endormir, quand elle voulait causer toute la nuit; car il lui arrivait de temps en temps de prendre la nuit pour le jour, et de se fâcher de l'obscurité et du silence où nous voulions, disait-elle, la tenir; Julie et Deschartres essayèrent quelquefois d'ouvrir les fenêtres, pour lui montrer qu'il faisait nuit en effet. Alors elle s'affligeait profondément, disant qu'elle était bien sûre que nous étions en plein midi, et qu'elle devenait aveugle, puisqu'elle ne voyait pas le soleil.

Nous pensâmes qu'il valait mieux lui céder en toute chose et détourner surtout la tristesse. Nous allumions donc beaucoup de bougies derrière son lit et lui laissions croire qu'elle voyait la clarté du jour. Nous nous tenions éveillés autour d'elle, et prêts à lui répondre quand, à tout moment, elle sortait de sa somnolence pour nous parler.

Les commencemens de cette existence bizarre me furent très pénibles. J'avais un impérieux besoin du peu de sommeil que je m'étais accordé précédemment. Je grandissais encore. Mon développement, contrarié par ce genre de vie, devenait une angoisse nerveuse indicible. Les excitans, que j'abhorrais comme antipathiques à ma tendance calme, me causaient des maux d'estomac et ne me réveillaient pas.

Mais la reprise de l'équitation imposée par Deschartres m'ayant fait en peu de jours une santé et une force nouvelles, je pus veiller et travailler sans stimulans comme sans fatigue, et c'est alors seulement que, sentant changer en moi mon organisation physique, je trouvai dans l'étude un plaisir et une facilité que je ne connaissais pas.

C'était mon confesseur, le curé de La Châtre, qui m'avait prêté le *Génie du Christianisme*. Depuis six semaines je n'avais pu me décider à le rouvrir, l'ayant fermé sur une page qui marquait une si vive douleur dans ma vie. Il me le redemanda. Je le priai d'attendre encore un peu et me résolus à le recommencer pour le lire en entier avec réflexion, ainsi qu'il me le recommandait.

Chose étrange, cette lecture destinée par mon confesseur à river mon esprit au catholicisme, produisit sur moi l'effet tout contraire de m'en détacher pour jamais. Je dévorai le livre, je l'aimai passionnément, fond et forme, défauts et qualités. Je le fermai, persuadée que mon âme avait grandi de cent coudées; que cette lecture avait été pour moi un second effet du *Tolle, lege* de saint Augustin; que désormais j'avais acquis une force de persuasion à toute épreuve, et que non-seulement je pouvais tout lire, mais encore que je devais étudier tous les philosophes, tous les profanes, tous les hérétiques, avec la douce certitude de trouver dans leurs erreurs la confirmation et la garantie de ma foi.

Un instant renouvelée dans mon ardeur religieuse, que l'isolement et la tristesse de ma situation avaient beaucoup refroidie, je sentis ma dévotion se redorer de tout le prestige de la poésie romantique. La foi ne se fit plus sentir comme une passion aveugle, mais comme une lumière éclatante. Jean Gerson m'avait tenue longtemps sous la cloche, doucement pesante, de l'humilité d'esprit, de l'anéantissement de toute réflexion, de l'absorption en Dieu et du mépris pour la science humaine, avec un salutaire mélange de crainte de ma propre faiblesse. L'*Imitation de Jésus-Christ* n'était plus mon guide. Le saint des anciens jours perdait son influence; Chateaubriand l'homme de sentiment et d'enthousiasme, devenait mon prêtre et mon initiateur. Je ne voyais pas le poète sceptique, l'homme de la gloire mondaine, sous ce catholique dégénéré des temps modernes.

Ceci ne fut point ma faute, et je ne songeai pas à m'en confesser. Le confesseur lui-même avait mis le poison dans mes mains. Je m'en étais nourrie de confiance. L'abîme de l'examen était ouvert, et je devais y descendre, non comme Dante, sur le *tard de la vie*, mais à la fleur de mes ans et dans toute la clarté de mon premier réveil.

Hélas! toi seul es logique, toi seul es réellement catholique, pécheur converti, assassin de Jean Huss, coupable et repentant Gerson! C'est toi qui as dit:

«Mon fils, ne vous laissez point toucher par la beauté et la finesse des discours des hommes. Ne lisez jamais ma parole dans l'intention d'être plus habile ou plus sage. Vous profiterez plus à détruire le mal en vous-même qu'à approfondir des questions difficiles.

«Après beaucoup de lectures et de connaissances, il en faut toujours revenir à un seul principe: C'est moi *qui donne la science aux hommes*, et j'accorde aux petits une intelligence plus claire que les hommes n'en peuvent communiquer.

«Un temps viendra où Jésus-Christ, le maître des maîtres, le seigneur des anges, paraîtra pour entendre les leçons de tous les hommes, c'est-à-dire pour examiner la conscience de chacun. Alors, *la lampe à la main, il visitera les recoins de Jérusalem, et ce qui était caché dans les ténèbres sera mis au jour*, et les raisonnements des hommes n'auront point de lieu.

«C'est moi qui élève un esprit humble, au point qu'il pénètre en un moment plus de secrets de la vérité éternelle, qu'un autre n'en apprendrait dans les écoles en dix années d'étude.—J'instruis sans bruit de paroles, sans mélange d'opinions, sans faste d'honneur et sans agitation d'argumens...

«Mon fils, ne sois point curieux, et ne te charge point de soins inutiles.

«*Qu'est-ce que ceci ou cela vous regarde? Pour vous, suivez-moi!*

«En effet, que vous importe que celui-ci soit de telle ou telle humeur, que celui-là agisse ou parle de telle ou telle manière?

«Vous n'avez point à répondre pour les autres. Vous rendrez compte pour vous-même. De quoi vous embarrassez-vous donc?

«Je connais tous les hommes; je vois tout ce qui se passe sous le soleil, et je sais l'état de chacun en particulier, ce qu'il pense, ce qu'il désire, à quoi tendent ses desseins...

«Ne vous mettez point en peine de choses qui sont une source de distractions et de grands obscurcissemens de cœur...............

«Apprenez à obéir, poussière que vous êtes! apprenez, terre et boue, à vous abaisser sous les pieds de tout le monde.....................

«Demeure ferme et espère en moi, car que sont des paroles, sinon des paroles? Elles frappent l'air, mais elles ne blessent point la pierre............................

«L'homme a pour ennemis *ceux de sa propre maison, et il ne faut point ajouter foi à ceux qui diront: Le Christ est ici, ou il est là!*.......

«Ne te réjouis en aucune chose, mais dans le mépris de toi-même et dans l'accomplissement de ma seule volonté.......

«Quitte-toi toi-même, et tu me trouveras. Demeure sans choix et sans propriété d'aucune chose, et tu gagneras ainsi beaucoup.

«Tu t'abandonneras ainsi toujours, à toute heure, dans les petites choses comme dans les grandes. Je n'excepte rien. Je veux, en tout, te trouver dégagé de tout.

«Quitte-toi, résigne-toi. Donne tout pour tout. Ne cherche rien, ne reprends rien, et tu me posséderas. Tu auras la liberté du cœur et les ténèbres ne t'offusqueront plus.

«Que tes efforts, et tes prières, et tes désirs aient pour but de te dépouiller de toute propriété, et de suivre nu, Jésus-Christ nu, de mourir à toi-même et de vivre éternellement à moi......

«*Rougissez, Sidon, dit la mer!*... Rougissez donc, serviteurs paresseux et plaintifs, de voir que les gens du monde sont plus ardens pour leur perte que vous ne l'êtes pour votre salut!»

Voilà, non pas le véritable esprit de l'Évangile, mais la véritable loi du prêtre, la vraie prescription de l'Église orthodoxe: «Quitte-toi, abîme-toi, méprise-toi; détruis ta raison, confonds ton jugement; fuis le bruit des paroles humaines. Rampe, et fais-toi poussière sous la loi du mystère divin; n'aime rien, n'étudie rien, ne sache rien, ne possède rien, ni dans tes mains, ni dans ton âme. Deviens une abstraction fondue et prosternée dans l'abstraction divine; méprise l'humanité, détruis la nature; fais de toi une poignée de cendres, et tu seras heureux. Pour avoir tout, il faut tout quitter.» Ainsi se résume ce livre à la fois sublime et stupide, qui peut faire des saints, mais qui ne fera jamais un homme.

J'ai dit sans aigreur et sans dédain, j'espère, les délices de la dévotion contemplative. Je n'ai point combattu en moi le souvenir tendre et reconnaissant de l'éducation monastique. J'ai jugé le passé de mon cœur avec mon cœur. Je chéris et bénis encore les êtres qui m'ont plongée dans ces extases par le doux magnétisme de leur angélique simplicité. On me pardonnera bien, par la suite, à quelque croyance qu'on appartienne, de me juger moi-même et d'analyser l'essence des choses dont on m'a nourrie.

Si on ne me le pardonnait pas, je n'en serais pas moins sincère. Ce livre n'est pas une protestation systématique. Dieu me garde d'altérer pour moi, par un parti pris d'avance, le charme de mes propres souvenirs; mais c'est l'histoire de ma vie, et, dans tout ce que j'en veux dire, je veux être vraie.

Je n'hésiterai donc pas à le dire: Le catholicisme de Jean Gerson est anti-évangélique, et, pris au pied de la lettre, c'est une doctrine d'abominable égoïsme. Je m'en aperçus le jour où je le comparai, non avec le *Génie du Christianisme*, qui est un livre d'art, et nullement un livre de doctrine, mais avec toutes les pensées que ce livre d'art me suggéra. Je sentis qu'il y avait une lutte ouverte en moi, et complète, entre l'esprit et le résultat de ces deux lectures. D'un côté, l'annihilation absolue de l'intelligence et du cœur en vue du salut personnel; de l'autre, le développement de l'esprit et du sentiment, en vue de la religion commune.

Je relus alors l'*Imitation* dans l'exemplaire que m'avait donné Marie Alicia, et qui est encore là sous mes yeux, avec le nom, écrit de cette main chérie et vénérée.—Je savais par cœur ce chef-d'œuvre de forme et d'éloquente concision. Il m'avait charmée et persuadée de tous points; mais la logique est puissante dans le cœur des enfans. Ils ne connaissent pas le sophisme et les capitulations de conscience. L'*Imitation* est le livre du cloître par excellence, c'est le code du tonsuré. Il est mortel à l'âme de quiconque n'a pas rompu avec la société des hommes et les devoirs de la vie humaine. Aussi avais-je rompu, dans mon âme et dans ma volonté, avec les devoirs de fille, de sœur, d'épouse et de mère; je m'étais dévouée à l'éternelle solitude en buvant à cette source de béate personnalité.

En le relisant après le *Génie du Christianisme*, il me sembla entièrement nouveau, et je vis toutes les conséquences terribles de son application dans la pratique de la vie. Il me commandait d'oublier toute affection terrestre, d'éteindre toute pitié dans mon sein, de briser tous les liens de la famille, de n'avoir en vue que moi-même et de laisser tous les autres au jugement de Dieu. Je commençai à être effrayée et à me repentir sérieusement d'avoir marché entre la famille et le cloître sans prendre un parti décisif. Trop sensible au chagrin de mes parens ou au besoin qu'ils pouvaient avoir de moi, j'avais été irrésolue, craintive. J'avais laissé mon zèle se refroidir, ma résolution vaciller et se changer en un vague désir mêlé d'impuissans regrets. J'avais fait de nombreuses concessions à ma grand'mère, qui voulait me voir instruite et lettrée. J'étais le serviteur *paresseux et plaintif, qui ne se veut point dégager de toute affection charnelle et de toute condescendance particulière.* J'avais donc répudié la doctrine, à partir du jour où, cédant aux ordres de mon directeur, j'étais devenue gaie, affectueuse, obligeante avec mes compagnes, soumise et dévouée envers mes parens. Tout était coupable en moi, même mon admiration pour sœur Hélène, même mon amitié pour Marie Alicia, même ma sollicitude pour ma grand'mère infirme.... Tout était criminel dans ma conscience et dans ma conduite.—Ou bien le livre, le divin livre avait menti.

Pourquoi donc alors le docte et savant abbé de Prémord, qui me voulait aimante et charitable, pourquoi ma douce mère Alicia, qui repoussait l'idée de ma vocation religieuse, m'avaient-ils donné et recommandé ce livre? Il y avait là une inconséquence énorme; car, sans m'amener à la pratique véritable de l'insensibilité pour les autres, le livre m'avait fait du mal. Il m'avait tenue dans un juste milieu entre l'inspiration céleste et les sollicitudes terrestres. Il m'avait empêchée d'embrasser avec franchise les goûts de la vie domestique et les aptitudes de la famille. Il m'avait amenée à une morne révolte intérieure, dont ma soumission passive était la manifestation, trop cruelle si elle eût été comprise! J'avais trompé ma grand'mère par le silence, quand elle croyait m'avoir convaincue. Et qui sait si ses chagrins, ses susceptibilités, ses injustices n'avaient pas rencontré en moi une cause secrète qui les légitimait, encore qu'elle l'ignorât? Elle avait souvent trouvé mes caresses froides et mes promesses évasives. Peut-être avait-elle senti en moi, sans pouvoir s'en rendre compte, un obstacle à la sécurité de sa tendresse.

De plus en plus épouvantée par mes réflexions, je m'affligeai profondément de la faiblesse de mon caractère et de l'*obscurcissement* de mon esprit, qui ne m'avaient pas permis de suivre une route évidente et droite. J'étais d'autant plus désolée que je m'avisais de cela alors qu'il était trop tard pour le réparer, et au lendemain du malheureux jour où ma grand'mère avait perdu la faculté de comprendre mon retour à ses idées sur mon présent et mon avenir.

Tout était consommé maintenant; qu'elle vécût infirme de corps et d'âme pendant un an ou dix, ma place assidue était bien marquée à ses côtés; mais pour la suite de mon existence, il me fallait faire un choix entre le ciel et la terre; ou la manne d'ascétisme dont je m'étais à moitié nourrie était un aliment pernicieux dont il fallait à tout jamais me débarrasser, ou bien le livre avait raison, je devais repousser l'art et la science, et la poésie et le raisonnement, et l'amitié et la famille, passer les jours et les nuits, en extase et en prières auprès de ma moribonde, et de là, divorcer avec toutes choses et m'envoler vers les lieux saints pour ne jamais redescendre dans le commerce de l'humanité.

Voici ce que Chateaubriand répondait à ma logique exaltée:

«Les défenseurs des chrétiens tombèrent (au dix-huitième siècle) dans une faute qui les avait déjà perdus. Ils ne s'aperçurent pas qu'il ne s'agissait plus de discuter tel ou tel dogme, puisqu'on rejetait absolument les bases. En partant de la mission de Jésus-Christ, et remontant de conséquence en conséquence, ils établissaient sans doute fort solidement les vérités de la foi; mais cette manière d'argumenter, bonne au dix-septième siècle, lorsque le fond n'était point contesté, ne valait plus rien de nos jours. Il fallait prendre la route contraire, passer de l'effet à la cause, *ne pas prouver que le christianisme est excellent parce qu'il vient de Dieu, mais qu'il vient de Dieu parce qu'il est excellent................ Il fallait prouver* que, de toutes les religions qui ont jamais existé, la religion chrétienne est la plus poétique, la plus humaine, la plus favorable à la liberté, aux arts et aux lettres. On devait montrer qu'il n'y a rien de plus divin que sa morale; rien de plus aimable, de plus pompeux que ses dogmes, sa doctrine et son culte. On devait dire qu'elle favorise le génie, épure le goût, développe les passions vertueuses, donne de la vigueur à la pensée...... qu'il n'y a point de honte à croire avec Newton et Bossuet, Pascal et Racine; enfin il fallait appeler tous les enchantemens de l'imagination et tous les intérêts du cœur au secours de cette même religion contre laquelle on les avait armés.....

«Mais, n'y a-t-il pas de danger à envisager la religion sous un jour parfaitement humain? Et pourquoi? Notre religion craint-elle la lumière? Une grande preuve de sa céleste origine, c'est qu'elle souffre l'examen le plus sévère et le plus minutieux de la raison. Veut-on qu'on nous fasse éternellement le reproche de cacher nos dogmes dans une nuit sainte, de peur qu'on découvre la fausseté? Le christianisme sera-t-il moins vrai parce qu'il paraîtra plus beau? Bannissons une frayeur pusillanime. Par excès de religion, ne laissons pas la religion périr. Nous ne sommes plus dans le temps où il était bon de dire: *Croyez, et n'examinez pas.* On examinera malgré nous, et notre silence timide, augmentant le triomphe des incrédules, diminuera le nombre des fidèles.»

On voit que la question était bien nettement posée devant mes yeux. D'une part, abrutir en soi-même tout ce qui n'est pas la contemplation immédiate de Dieu seul; de l'autre chercher autour de soi et s'assimiler tout ce qui peut donner à l'âme des éléments de force et de vie pour rendre gloire à Dieu. L'alpha et l'oméga de la doctrine. «Soyons boue et poussière; soyons flamme et lumière.—N'examinez rien si vous voulez croire.—Pour tout croire, il faut tout examiner.» A qui entendre?

L'un de ces livres était-il complètement hérétique? Lequel? Tous deux m'avaient été donnés par les directeurs de ma conscience. Il y avait donc deux vérités contradictoires dans le sein de l'Église? Chateaubriand proclamait la vérité relative. Gerson la déclarait absolue.

J'étais dans de grandes perplexités. Au galop de Colette, j'étais tout Chateaubriand. A la clarté de ma lampe, j'étais tout Gerson, et me reprochais le soir mes pensées du matin.

Une considération extérieure donna la victoire au néo-chrétien. Ma grand'mère avait été de nouveau, pendant quelques jours, en danger de mort. Je m'étais cruellement tourmentée de l'idée qu'elle ne se réconcilierait pas avec la religion et mourrait sans sacremens; mais, bien qu'elle eût été parfois en état de m'entendre, je n'avais pas osé lui dire un mot qui pût l'éclairer sur son état et la faire condescendre à mes désirs. Ma foi m'ordonnait cependant impérieusement cette tentative: mon cœur me l'interdisait avec plus d'énergie encore.

J'eus d'affreuses angoisses à ce sujet, et tous mes scrupules et cas de conscience du couvent me revinrent. Après des nuits d'épouvante et des jours de détresse, j'écrivis à l'abbé de Prémord pour lui demander de me dicter ma conduite et lui avouer toutes les faiblesses de mon affection filiale. Loin de les condamner, l'excellent homme les approuva: «Vous avez mille fois bien agi, ma pauvre enfant, en gardant le silence, m'écrivait-il dans une longue lettre pleine de tolérance et de suavité. Dire à votre grand'mère qu'elle était en danger, c'eût été la tuer. Prendre l'initiative dans l'affaire délicate de sa conversion, cela serait contraire au respect que vous lui devez. Une telle inconvenance eût été vivement sentie par elle, et l'eût peut-être éloignée sans retour des sacremens. Vous avez été bien inspirée de vous taire et de prier Dieu de l'assister directement. *N'ayez jamais d'effroi quand c'est votre cœur qui vous conseille: le cœur ne peut pas se tromper.* Priez toujours, espérez, et, quelle que soit la fin de votre pauvre grand'mère, comptez sur la sagesse et la miséricorde infinies. Tout votre devoir auprès d'elle est de continuer à l'entourer des plus tendres soins. En voyant votre amour, votre modestie, l'humilité et, si je puis parler ainsi, la *discrétion* de votre foi, elle voudra peut-être, pour vous récompenser, répondre à votre secret désir et faire acte de foi elle-même. Croyez à ce que je vous ai toujours dit: Faites aimer en vous la grâce divine. C'est la meilleure exhortation qui puisse sortir de nous.»

Ainsi, l'aimable et vertueux vieillard transigeait aussi avec les affections humaines. Il laissait percer l'espoir du salut de ma grand'mère, dût-elle mourir sans réconciliation officielle avec l'Église, dût-elle mourir même sans y avoir songé! Cet homme était un saint, un vrai chrétien, dirai-je, *quoique* jésuite, ou *parce que* jésuite?

Soyons équitables. Au point de vue politique, en tant que républicains, nous haïssons ou redoutons cette secte éprise de pouvoir et jalouse de domination. Je dis *secte* en parlant des disciples de Loyola, car c'est une secte, je le soutiens. C'est une importante modification à l'orthodoxie romaine. C'est une hérésie bien conditionnée. Elle ne s'est jamais déclarée telle, voilà tout. Elle a sapé et conquis la papauté sans lui faire une guerre apparente, mais elle s'est ri de son infaillibilité tout en la déclarant souveraine. Bien plus habile en cela que toutes les autres hérésies, et partant, plus puissante et plus durable.

Oui, l'abbé de Prémord était plus chrétien que l'Église intolérante, et il était hérétique parce qu'il était jésuite. La doctrine de Loyola est la boîte de Pandore. Elle contient tous les maux et tous les biens. Elle est une assise de progrès et un abîme de destruction, une loi de vie et de mort. Doctrine officielle, elle tue, doctrine cachée, elle ressuscite ce qu'elle a tué.

Je l'appelle doctrine, qu'on ne me chicane pas sur les mots, je dirai esprit de corps, tendance d'institution, si l'on veut; son esprit dominant et agissant consiste surtout à ouvrir à chacun la voie qui lui est propre. C'est pour elle que la vérité est souverainement relative, et ce principe une fois admis dans le secret des consciences, l'Église catholique est renversée.

Cette doctrine tant discutée, tant décriée, tant signalée à l'horreur des hommes de progrès, est encore dans l'Église la dernière arche de la foi chrétienne. Derrière elle, il n'y a que l'absolutisme aveugle de la papauté. Elle est la seule religion praticable pour ceux qui ne veulent pas rompre avec *Jésus-Christ Dieu*. L'Église romaine est un grand cloître où les devoirs de l'homme en société sont inconciliables avec la loi du salut. Qu'on supprime l'amour et le mariage, l'héritage et la famille, la loi du renoncement catholique est parfaite. Son code est l'œuvre du génie de la destruction; mais dès qu'elle admet une autre société que la communauté monastique, elle est un labyrinthe de contradictions et d'inconséquences. Elle est forcée de se mentir à elle-même et de permettre à chacun ce qu'elle défend à tous.

Alors, pour quiconque réfléchit, la foi est ébranlée. Mais arrive le jésuite, qui dit à l'âme troublée: «Va comme tu peux et selon tes forces. La parole de Jésus est éternellement accessible à l'interprétation de la conscience éclairée. Entre l'Église et toi, il nous a envoyés pour lier ou délier. Crois en nous, donne-toi à nous, qui sommes une nouvelle Église dans l'Église: une Église tolérée et tolérante, une planche de salut entre la règle et le fait. Nous avons découvert le seul moyen d'asseoir sur une base quelconque la diffusion et l'incertitude des croyances humaines. Ayant bien reconnu l'impossibilité d'une vérité absolue dans la pratique, nous avons découvert la vérité applicable à tous les cas, à tous les fidèles. Cette vérité, cette base, c'est l'*intention*. L'intention est tout, le fait n'est rien. Ce qui est mal peut être bien, et réciproquement, selon le but qu'on se propose.»

Ainsi, Jésus avait parlé à ses disciples dans la sincérité de son cœur tout divin, quand il leur avait dit: «*L'esprit vivifie, la lettre tue.* Ne faites pas comme ces hypocrites et ces stupides qui font consister toute la religion dans les pratiques du jeûne et de la pénitence extérieure. Lavez vos mains et repentez-vous dans vos cœurs.»

Mais Jésus n'avait eu que des paroles de vie d'une extension immense. Le jour où la papauté et les conciles s'étaient déclarés infaillibles dans l'interprétation de cette parole, il l'avait tuée, ils s'étaient substitués à Jésus-Christ. Ils s'étaient octroyé la divinité. Aussi, forcément entraînés à condamner au feu, en ce monde et en l'autre, tout ce qui se séparait de leur interprétation et des préceptes qui en découlent, ils avaient rompu avec le vrai christianisme, brisé le pacte de miséricorde infinie de la part de Dieu, de tendresse fraternelle entre tous les hommes, et substitué au sentiment évangélique si humain et si vaste le sentiment farouche et despotique du moyen âge.

En principe, la doctrine des jésuites était donc comme son nom l'indique, un retour à l'esprit véritable de Jésus, une hérésie déguisée, par conséquent, puisque l'Église a baptisé ainsi toute protestation secrète ou déclarée contre ses arrêts souverains. Cette doctrine insinuante et pénétrante avait tourné la difficulté de concilier les arrêts de l'orthodoxie avec l'esprit de l'Évangile. Elle avait rajeuni les forces du prosélytisme en touchant le cœur et en rassurant l'esprit, et tandis que l'Église disait à tous: «Hors de moi point de salut!» le jésuite disait à chacun: «Quiconque fait de son mieux et selon sa conscience sera sauvé.»

Dirai-je maintenant pourquoi Pascal eut raison de flétrir Escobar et sa séquelle? C'est bien inutile; tout le monde le sait et le sent de reste: comment une doctrine qui eût pu être si généreuse et si bien faisante est devenue entre les mains de certains hommes, l'athéisme et la perfidie, ceci est de l'histoire réelle et rentre dans la triste fatalité des faits humains. Les pères de l'Église jésuitique espagnole ont, du moins sur certains papes de Rome, l'avantage pour nous de n'avoir pas été déclarés infaillibles par des pouvoirs absolus, ni reconnus pour tels par une notable portion du genre humain. Ce n'est jamais par les résultats historiques qu'il faut juger la pensée des institutions. A ce compte, il faudrait proscrire l'Évangile même, puisqu'en son nom tant de monstres ont triomphé, tant de victimes ont été immolées, tant de générations ont passé courbées sous le joug de l'esclavage. Le même suc, extrait à doses inégales du sein d'une plante, donne la vie ou la mort. Ainsi de la doctrine des jésuites, ainsi de la doctrine de Jésus lui-même.

L'*institut* des jésuites, car c'est ainsi que s'intitula modestement cette secte puissante, renfermait donc implicitement ou explicitement dans le principe une doctrine de progrès et de liberté. Il serait facile de le démontrer par des preuves, mais ceci m'entraînerait trop loin, et je ne fais point ici une controverse. Je résume une opinion et un sentiment personnels, appuyés en moi sur un ensemble de leçons, de conseils et de faits que je ne pourrai pas tous dire (car si le confesseur doit le secret au pénitent, le pénitent doit au confesseur, même au delà de la tombe, le silence de la loyauté sur certaines décisions qui pourraient être mal interprétées), mais cet ensemble d'expériences personnelles me persuade que je ne juge ni avec trop de partialité de cœur, ni avec trop de sévérité de conscience la pensée mère de cette secte. Si on la juge dans le présent, je sais comme tout le monde ce qu'elle renferme désormais de dangers politiques et d'obstacles au progrès; mais si on la juge comme pensée ayant servi de corps à un ensemble de progrès, on ne peut nier qu'elle n'ait fait faire de grands pas à l'esprit humain et qu'elle n'ait beaucoup souffert, au siècle dernier, pour le principe de la liberté intellectuelle et morale, de la part des apôtres de la liberté philosophique; mais ainsi va le monde sous la loi déplorable d'un malentendu perpétuel. Trop de besoins d'affranchissement se pressent et s'encombrent sur la route de l'avenir, dans des moments donnés de l'histoire des hommes, et qui voit son but sans voir celui du travailleur qu'il coudoie croit souvent trouver un obstacle là où il eût trouvé un secours.

Les jésuites se piquaient d'envisager les trois faces de la perfection: religieuse, politique, sociale. Ils se trompaient; leur institut même, par ses lois essentiellement théocratiques, et par son côté ésotérique, ne pouvait affranchir l'intelligence qu'en liant le corps, la conduite, les actions (*per inde ac cadaver*). Mais quelle doctrine a dégagé jusqu'ici le grand inconnu de cette triple recherche?

Je demande pardon de cette digression un peu longue. Avouer de la prédilection pour les jésuites est, au temps où nous vivons, une affaire délicate. On risque fort, quand on a ce courage, d'être soupçonné de duplicité d'esprit. J'avoue que je ne m'embarrasse guère d'un tel soupçon.

Entre l'*Imitation de Jésus-Christ* et le *Génie du Christianisme*, je me trouvai donc dans de grandes perplexités, comme dans l'affaire de ma conduite chrétienne auprès de ma grand'mère philosophe. Dès qu'elle fut hors de danger, je demandai l'intervention du jésuite pour résoudre la difficulté nouvelle. Je me sentais attirée vers l'étude par une soif étrange, vers la poésie par un instinct passionné, vers l'examen par une foi superbe.

«Je crains que l'orgueil ne s'empare de moi, écrivais-je à l'abbé de Prémord. Il est encore temps pour moi de revenir sur mes pas, d'oublier toutes ces pompes de l'esprit dont ma grand'mère était avide, mais dont elle ne jouira plus et qu'elle ne songera plus à me demander. Ma mère y sera fort indifférente. Aucun devoir immédiat ne me pousse donc plus vers l'abîme, si c'est, en effet, un abîme, comme l'esprit d'a Kempis[26] me le crie dans l'oreille. Mon âme est fatiguée et comme assoupie. Je vous demande la vérité. Si ce n'est qu'une satisfaction à me refuser, rien de plus facile que de renoncer à l'étude; mais si c'est un devoir envers Dieu, envers mes frères?... Je crains ici, comme toujours, de m'arrêter à quelque sottise.»

L'abbé de Prémord avait la gaîté de sa force et de sa sérénité. Je n'ai pas connu d'âme plus pure et plus sûre d'elle-même. Il me répondit cette fois avec l'aimable enjouement qu'il avait coutume d'opposer aux terreurs de ma conscience.

«Mon cher casuiste, me disait-il, si vous craignez l'orgueil, vous avez donc déjà de l'amour-propre? Allons, c'est un progrès sur vos *timeurs* accoutumées. Mais, en vérité, vous vous pressez beaucoup! A votre place, j'attendrais, pour m'examiner sur le chapitre de l'orgueil, que j'eusse déjà assez de savoir pour donner lieu à la tentation; car, jusqu'ici, je crains bien qu'il n'y ait pas de quoi. Mais, tenez, j'ai tout à fait bonne idée de votre bon sens, et me persuade que quand vous aurez appris quelque chose, vous verrez d'autant mieux ce qui vous manque pour savoir beaucoup. Laissez donc la crainte de l'orgueil aux imbéciles. La vanité, qu'est-ce que cela pour les cœurs fidèles! Ils ne savent ce que c'est.—Étudiez, apprenez, lisez tout ce que votre grand'mère vous eût permis de lire. Vous m'avez écrit qu'elle vous avait indiqué dans sa bibliothèque tout ce qu'une jeune personne pure doit laisser de côté et n'ouvrir jamais. En vous disant cela, elle vous en a confié les clés. J'en fais autant. J'ai en vous la plus entière confiance, et mieux fondée encore, moi qui sais le fond de votre cœur et de vos pensées. Ne vous faites pas si gros et si terribles tous ces esprits forts et beaux-esprits mangeurs d'enfans. On peut aisément troubler les faibles en calomniant les *gens d'église*; mais peut-on calomnier Jésus et sa doctrine? Laissez passer toutes les invectives contre nous. Elles ne prouvent pas plus contre *lui* que ne prouveraient nos fautes, si ce blâme était mérité. Lisez les poètes. Tous sont religieux. Ne craignez pas les philosophes, tous sont impuissans contre la foi. Et si quelque doute, quelque peur s'élève dans votre esprit, fermez ces pauvres livres, relisez un ou deux versets de l'Évangile, et vous vous sentirez docteur à tous ces docteurs.»

Ainsi parlait ce vieillard exalté, naïf et d'un esprit charmant, à une pauvre fille de dix-sept ans, qui lui avouait la faiblesse de son caractère et l'ignorance de son esprit. Était-ce bien prudent, pour un homme qui se croyait parfaitement orthodoxe? Non, certes; c'était bon, c'était brave et généreux. Il me poussait en avant comme l'enfant poltron à qui l'on dit: Ce n'est rien, ce qui t'effraie. Regarde et touche. C'est une ombre, une vaine apparence, un risible épouvantail. Et, en effet, la meilleure manière de fortifier le cœur et de rassurer l'esprit, c'est d'enseigner le mépris du danger et d'en donner l'exemple.

Mais ce procédé, si certain dans le domaine de la réalité, est-il applicable aux choses abstraites? La foi d'un néophyte peut-elle être soumise ainsi d'emblée aux grandes épreuves?

Mon vieil ami suivait avec moi la méthode de son institution: il la suivait avec candeur, car il n'est rien de plus candide qu'un jésuite né candide. On le développe dans ce sens pour le bien, et on l'exploite dans ce même sens pour le mal, selon que la pensée de l'*ordre* est dans la bonne ou dans la mauvaise voie de sa politique.

Il me voyait capable d'effusion intellectuelle, mais entravée par une grande rigidité de conscience, qui pouvait me rejeter dans la voie étroite du vieux catholicisme. Or, dans la main du jésuite, tout être pensant est un instrument qu'il faut faire vibrer dans le concert qu'il dirige. L'esprit du corps suggère à ses meilleurs membres un grand fond de prosélytisme, qui chez les mauvais est vanité ardente, mais toujours collective. Un jésuite qui, rencontrant une âme douée de quelque vitalité, la laisserait s'étioler ou s'annihiler dans une quiétude stérile, aurait manqué à son devoir et à sa règle. Ainsi M. de Chateaubriand faisait peut-être à dessein, peut-être sans le savoir, l'affaire des jésuites, en appelant *les enchantemens de l'esprit et les intérêts du cœur* au secours du christianisme. Il était héroïque, il était novateur, il était mondain; il était confiant et hardi avec eux, ou à leur exemple.

Après avoir lu avec entraînement, je savourai donc son livre avec délices, rassurée enfin par mon bon père et criant à mon âme inquiète: En avant! en avant! Et puis je me mis aux prises sans façon avec Mably, Locke, Condillac, Montesquieu, Bacon, Bossuet, Aristote, Leibnitz, Pascal, Montaigne, dont ma grand'mère elle-même m'avait marqué les chapitres et les feuillets à passer. Puis, vinrent les poètes ou les moralistes: La Bruyère, Pope, Milton, Dante, Virgile, Shakspeare, que sais-je? Le tout sans ordre et sans méthode, comme ils me tombèrent sous la main, et avec une facilité d'intuition que je n'ai jamais retrouvée depuis, et qui est même en dehors de mon organisation lente à comprendre. La cervelle était jeune, la mémoire toujours fugitive, mais le sentiment rapide et la volonté tendue. Tout cela était à mes yeux une question de vie et de mort, à savoir, si après avoir compris tout ce que je pouvais me proposer à comprendre, j'irais à la vie du monde ou à la mort volontaire du cloître.

Il s'agit bien, pensais-je, de prouver ma vocation dans des bals et des parures comme on contraint Elisa à le faire! Moi qui déteste ces choses par elles-mêmes, plus j'aurai vu les amusements puérils et supporté les fatigues du monde, moins je serai sûre que c'est mon zèle et non ma paresse qui me rejette dans la paix du monastère. Mon épreuve n'est donc pas là. (En ceci j'avais bien raison et ne me trompais pas sur moi-même.) Elle est dans l'examen de la vérité religieuse et morale. Si je résiste à toutes les objections du siècle, sous forme de raisonnement philosophique, ou sous forme d'imagination de poète, je saurai que je suis digne de me vouer à Dieu seul.

Si je voulais rendre compte de l'impression de chaque lecture et en dire les effets sur moi, j'entreprendrais là un livre de critique qui pourrait faire bien des volumes; mais qui les lirait en ce temps-ci? Et ne mourrais-je pas avant de l'avoir fini?

D'ailleurs, le souvenir de tout cela n'est plus assez net en moi, et je risquerais de mettre mes impressions présentes dans mon récit du passé. Je ferai donc grâce aux gens pour qui j'écris des détails personnels de cette étrange éducation, et j'en résumerai le résultat par époques successives.

Je lisais, dans les premiers temps, avec l'audace de conviction que m'avait suggérée mon bon abbé. Armée de toutes pièces, je me défendais aussi vaillamment qu'il était permis à mon ignorance. Et puis, n'ayant pas de plan, entremêlant dans mes lectures les croyans et les opposans, je trouvais dans les premiers le moyen de répondre aux derniers. La métaphysique ne m'embarrassait guère, je la comprenais fort peu, en ce sens qu'elle ne concluait jamais rien pour moi. Quand j'avais plié mon entendement, docile comme la jeunesse, à suivre les abstractions, je ne trouvais que vide ou incertitude dans les conséquences. Mon esprit était et a toujours été trop vulgaire et trop peu porté aux recherches scientifiques pour avoir besoin de demander à Dieu l'initiation de mon âme aux grands mystères. J'étais un être de sentiment, et le sentiment seul tranchait sur moi les questions à mon usage, qui toute expérience faite, devinrent bientôt les seules questions à ma portée.

Je saluai donc respectueusement les métaphysiciens; et tout ce que je peux dire à ma louange, à propos d'eux, c'est que je m'abstins de regarder comme vaine et ridicule une science qui fatiguait trop mes facultés. Je n'ai pas à me reprocher d'avoir dit alors: «A quoi bon la métaphysique?» J'ai été un peu plus superbe quand, plus tard, j'y ai regardé davantage. Je me suis réconciliée, plus tard encore, avec elle, en voyant encore un peu mieux. Et en somme, je dis aujourd'hui que c'est la recherche d'une vérité à l'usage des grands esprits, et que, n'étant pas de cette race, je n'en ai pas grand besoin. Je trouve ce qu'il me faut dans les religions et les philosophies qui sont ses filles, ses incarnations, si l'on veut.

Alors, comme aujourd'hui, mordant mieux à la philosophie, et surtout à la philosophie facile du dix-huitième siècle, qui était encore celle de mon temps, je ne me sentis ébranlée par rien et par personne. Mais Rousseau arriva, Rousseau, l'homme de passion et de sentiment par excellence, et je fus enfin entamée.

Étais-je encore catholique au moment où, après avoir réservé, comme par instinct, Jean-Jacques pour la *bonne bouche*, j'allais subir enfin le charme de son raisonnement ému et de sa logique ardente? Je ne le pense pas. Tout en continuant à pratiquer cette religion, tout en refusant de rompre avec ses formules commentées à ma guise, j'avais quitté, sans m'en douter le moins du monde, l'étroit sentier de sa doctrine. J'avais brisé à mon insu, mais irrévocablement, avec toutes ses conséquences sociales et politiques. L'esprit de l'Église n'était plus en moi: il n'y avait peut-être jamais été.

Les idées étaient en grande fermentation à cette époque. L'Italie et la Grèce combattaient pour leur liberté nationale. L'Église et la monarchie se prononçaient contre ses généreuses tentatives. Les journaux royalistes de ma grand'mère tonnaient contre l'insurrection, et l'esprit prêtre, qui eût dû embrasser la cause des chrétiens d'Orient, s'évertuait à prouver les droits de l'empire turc. Cette monstrueuse inconséquence, ce sacrifice de la religion à l'intérêt politique me révoltaient étrangement. L'esprit libéral devenait pour moi synonyme de sentiment religieux. Je n'oublierai jamais, je ne peux jamais oublier que l'élan chrétien me poussa résolument, pour la première fois, dans le camp du progrès, dont je ne devais plus sortir.

Mais déjà, et depuis mon enfance, l'idéal religieux et l'idéal pratique avaient prononcé au fond de mon cœur et fait sortir de mes lèvres, aux oreilles effarouchées du bon Deschartres, le mot sacré d'égalité. La liberté, je ne m'en souciais guère alors, ne sachant ce que c'était, et n'étant pas disposée à me l'accorder plus tard à moi-même. Du moins, ce qu'on appelait la liberté civile ne me disait pas grand-chose. Je ne la comprenais pas sans l'égalité absolue et la fraternité chrétienne. Il me semblait, et il me semble encore, je l'avoue, que ce mot de liberté placé dans la formule républicaine, en tête des deux autres, aurait dû être à la fin, et pouvait même être supprimé comme un pleonasme.

Mais la liberté nationale, sans laquelle il n'est ni fraternité ni égalité à espérer, je la comprenais fort bien, et la discuter équivalait pour moi à la théorie du brigandage, à la proclamation impie et farouche du droit du plus fort.

Il ne fallait pas être un enfant bien merveilleusement doué, ni une jeune fille bien intelligente pour en venir là. Aussi étais-je confondue et révoltée de voir mon ami Deschartres, qui n'était ni dévot ni religieux en aucune façon, combattre à la fois la religion dans la question des Hellènes et la philosophie dans la question du progrès. Le pédagogue n'avait qu'une idée, qu'une loi, qu'un besoin, qu'un instinct, l'autorité absolue en face de la soumission aveugle. Faire obéir à tout prix ceux qui *doivent* obéir, tel était son rêve; mais pourquoi les uns *devaient-ils* commander aux autres? Voilà à quoi lui, qui avait du savoir et de l'intelligence pratique, ne répondait jamais que par des sentences creuses et des lieux communs pitoyables.

Nous avions des discussions comiques, car il n'y avait pas moyen pour moi de les trouver sérieuses avec un esprit si baroque et si têtu sur certains points. Je me sentais trop forte de ma conscience pour être ébranlée et, par conséquent, dépitée un instant par ses paradoxes. Je me souviens qu'un jour, dissertant avec feu sur le droit divin du sultan (je crois, Dieu me pardonne, qu'il n'eût pas refusé la sainte ampoule au Grand Turc, tant il prenait à cœur la victoire du *maître sur les écoliers* mutins), il s'embarrassa le pied dans sa pantoufle et tomba tout de son long sur le gazon, ce qui ne l'empêcha pas d'achever sa phrase; après quoi il dit fort gravement en s'essuyant les genoux: «Je crois vraiment que je suis tombé.—Ainsi tombera l'empire ottoman,» lui répondis-je en riant de sa figure préoccupée. Il prit le parti de rire aussi, mais non sans un reste de colère, et en me traitant de jacobine, de régicide, de philhellène et de Bonapartiste, toutes injures anonymes dans son horreur pour la contradiction.

Il était cependant pour moi d'une bonté toute paternelle, et tirait une grande gloriole de mes *études*, qu'il s'imaginait diriger encore parce qu'il en discutait l'effet.

Quand j'étais embarrassée de rencontrer dans Leibnitz ou Descartes les argumens mathématiques, lettres closes pour moi, mêlés à théologie et à la philosophie, j'allais le trouver, et je le forçais de me faire comprendre par des analogies ces points inabordables. Il y portait une grande adresse, une grande clarté, une véritable intelligence de professeur. Après quoi, voulant conclure pour ou contre le livre, il battait la campagne et retombait dans ses vieilles *rengaines*.

J'étais donc, en politique, tout à fait hors du sein de l'Église, et ne songeais pas du tout à m'en fourmenter; car nos religieuses n'avaient pas d'opinion sur les affaires de la France, et ne m'avaient jamais dit que la religion commandât de prendre parti pour ou contre quoi que ce soit. Je n'avais rien vu, rien lu, rien entendu dans les enseignemens religieux qui me prescrivît, dans cet ordre d'idées, de demander au spirituel l'appréciation du temporel. Mme de Pontcarré, très passionnée légitimiste, très ennemie des *doctrinaires* d'alors, qu'elle traitait aussi de Jacobins, m'avait étonnée par son besoin d'identifier la religion à la monarchie absolue. M. de Chateaubriand, dans ses brochures que je lisais avidement, identifiait aussi le trône et l'autel; mais cela ne m'avait pas influencée notablement. Chateaubriand me touchait comme littérateur, et ne me pénétrait pas comme chrétien. Son œuvre, où j'avais passé à dessein l'épisode de *René*, comme un hors-d'œuvre à lire plus tard, ne me plaisait déjà plus que comme initiation à la poésie des œuvres de Dieu et des grands hommes.

Mably m'avait fort mécontentée. Pour moi, c'était une déception perpétuelle que ces élans de franchise et de générosité, arrêtés sans cesse par le découragement en face de l'application. «A quoi bon ces beaux principes, me disais-je, s'ils doivent être étouffés par l'esprit de *modération*? Ce qui est vrai, ce qui est juste doit être observé et appliqué sans limites.»

J'avais l'ardeur intolérante de mon âge. Je jetais le livre au beau milieu de la chambre, ou au nez de Deschartres, en lui disant que cela était bon pour lui, et il me le renvoyait de même, disant qu'il ne voulait pas accepter un pareil *brouillon*, un si dangereux révolutionnaire.

Leibnitz me paraissait le plus grand de tous: mais qu'il était dur à avaler quand il s'élevait de trente atmosphères au-dessus de moi! Je me disais avec Fontenelle, en changeant le point de départ de sa phrase sceptique: «Si j'avais bien pu le comprendre, *j'aurais vu le bout des matières, ou qu'elles n'ont point de bout!*»

«Et que m'importe, après tout, disais-je, les *monades, les unités, l'harmonie préétablie et sacrosancta Trinitas per nova inventa logica defensa, les esprits qui peuvent dire* MOI, *le carré des vitesses, la dynamique, le rapport des sinus d'incidence et de réfraction*, et tant d'autres subtilités où il faut être à la fois grand théologien et grand savant, *même pour s'y méprendre!*»[27].

Je me mettais à rire aux éclats toute seule de ma prétention à vouloir profiter de ce que je n'entendais pas. Mais cette entraînante préface de la *Théodicée*, qui résumait si bien les idées de Chateaubriand et les sentimens de l'abbé de Prémord sur l'utilité et même la nécessité du savoir, venait me relancer.

«La véritable piété, et même la véritable félicité, disait Leibnitz, consiste dans l'amour de Dieu, mais dans un amour éclairé, dont l'ardeur soit accompagnée de lumière. Cette espèce d'amour fait naître ce plaisir dans les bonnes actions qui, rapportant tout à Dieu comme au centre, transporte l'homme au divin.—Il faut que les perfections de l'entendement donnent l'accomplissement à celles de la volonté. Les pratiques de la vertu, aussi bien que celles du vice, peuvent être l'effet d'une simple habitude; on peut y prendre goût, mais on ne saurait aimer Dieu sans en connaître les perfections.—Le croirait-on? des chrétiens se sont imaginé de pouvoir être dévots sans aimer le prochain, et pieux sans comprendre Dieu! Plusieurs siècles se sont écoulés sans que le public se soit bien aperçu de ce défaut, et il y a encore de grands restes du règne des ténèbres... Les anciennes erreurs de ceux qui ont accusé la divinité, ou qui en ont fait un principe mauvais, ont été renouvelées de nos jours. On a eu recours à la puissance irrésistible de Dieu, quand il s'agissait plutôt de faire voir sa bonté suprême, et on a employé un pouvoir despotique, lorsqu'on devait concevoir une puissance réglée par la plus parfaite sagesse?»

Quand je relisais cela, je me disais: «Allons, encore un peu de courage! C'est si beau de voir cette tête sublime se vouer à l'adoration! Ce qu'elle a conçu et pris soin d'expliquer, n'aurais-je pas la conscience de vouloir le comprendre? Mais il me manque des éléments de science, et Deschartres me persécute pour que je laisse là ces grands résumés pour entrer dans l'étude des détails. Il veut m'enseigner la physique, la géométrie, les mathématiques! Pourquoi pas, si cela est nécessaire à la foi en Dieu et à l'amour du prochain? Leibnitz met bien le doigt sur la plaie quand il dit qu'on peut être fervent par habitude. Je suis capable d'aller au sacrifice par la paresse de l'âme; mais ce sacrifice, Dieu ne le rejettera-t-il pas?

J'allais prendre une ou deux leçons. «Continuez, me disait Deschartres. Vous comprenez!—Vous croyez? lui répondais-je.—Certainement, et tout est là.—Mais retenir?—Ça viendra.»

Et quand nous avions travaillé quelques heures: «*Grand homme* lui disais-je (je l'appelais toujours ainsi), vous me croirez si vous voulez, mais cela me tue. C'est trop long, le but est trop loin. Vous avez beau me mâcher la besogne, croyez bien que je n'ai pas la tête faite comme vous. Je suis pressée d'aimer Dieu, et s'il faut que je pioche ainsi toute la vie pour arriver à me dire, sur mes vieux jours, pourquoi et comment je dois l'aimer, je me consumerai en attendant, et j'aurai peut-être dévoré mon cœur aux dépens de ma cervelle.

—Il s'agit bien d'aimer Dieu! disait le naïf pédagogue. Aimez-le tant que vous voudrez, mais il vient là comme à propos de bottes!

—Ah! c'est que vous ne comprenez pas pourquoi je veux m'instruire.

—Bah! on s'instruit... pour s'instruire! répondait-il en levant les épaules.

—Justement, c'est ce que je ne veux pas faire. Allons, bonsoir, je vais écouter les rossignols.»

Et je m'en allais, non pas fatiguée d'esprit (Deschartres démontrait trop bien pour irriter les fibres du cerveau), mais accablée de cœur, chercher à l'air libre de la nuit et dans les délices de la rêverie la vie qui m'était propre et que je combattais en vain. Ce cœur avide se révoltait dans l'inaction où le laissait le travail sec de l'attention et de la mémoire. Il ne voulait s'instruire que par l'émotion, et je trouvais dans la poésie des livres d'imagination et dans celle de la nature, se renouvelant et se complétant l'une par l'autre, un intarissable élément à cette émotion intérieure, à ce continuel transport divin que j'avais goûtés au couvent, et qu'alors j'appelais la grâce.

FIN DU TOME HUITIÈME.

TOME NEUVIÈME

Leibnitz.—Relâchement dans les pratiques de la dévotion, avec un redoublement de foi.—Les églises de campagne et de province.—Jean-Jacques Rousseau, le Contrat social.

Je dois donc dire que les poètes et les moralistes à formes éloquentes ont agi en moi plus que les métaphysiciens et les philosophes profonds pour y conserver la foi religieuse.

Serai-je ingrate envers Leibnitz pourtant, et dirai-je qu'il ne m'a servi de rien, parce que je n'ai pas tout compris et tout retenu? Non, je mentirais. Il est certain que nous profitons des choses dont nous oublions la lettre, quand leur esprit a passé en nous, même à petites doses. On ne se souvient guère du dîner de la veille, et pourtant il a nourri notre corps. Si ma raison s'embarrasse peu, encore à cette heure, des systèmes contraires à mon sentiment; si les fortes objections que soulève contre la Providence, à mes propres yeux, le spectacle du terrible dans la nature et du mauvais dans l'humanité, sont vaincues par un instant de rêverie tendre; si, enfin, je sens mon cœur plus fort que ma raison, pour me donner foi en la sagesse et en la bonté suprême de Dieu, ce n'est peut-être pas uniquement au besoin inné d'aimer et de croire, que je dois ce rassérénement et ces consolations. J'ai assez compris de Leibnitz, sans être capable d'argumenter de par sa science, pour savoir qu'il y a encore plus de bonnes raisons pour garder la loi que pour la rejeter.

Ainsi, par ce coup d'œil rapide et troublé que j'avais hasardé dans le royaume des merveilles ardues, j'avais à peu près rempli mon but en apparence. Cette pauvre miette d'instruction que Deschartres trouvait surprenante de ma part, réalisait parfaitement la prédiction de l'abbé, en m'apprenant que j'avais tout à apprendre, et le démon de l'orgueil, que l'Église présente toujours à ceux qui désirent s'instruire, m'avait laissée bien tranquille, en vérité. Comme je n'en ai jamais beaucoup plus appris depuis, je peux dire que j'attends encore sa visite, et qu'à tous les complimens erronés, sur ma science et ma capacité, je ris toujours intérieurement, en me rappelant la plaisanterie de mon jésuite: *Peut-être que jusqu'à présent il n'y a pas sujet de craindre beaucoup cette tentation.*

Mais le peu que j'avais arraché au *règne des ténèbres* m'avait fortifiée dans la foi religieuse en général, dans le christianisme en particulier. Quant au catholicisme... y avais-je songé?

Pas le moins du monde. Je m'étais à peine doutée que Leibnitz fût protestant et Mably philosophe. Cela n'était pas entré pour moi dans la discussion intérieure. M'élevant au-dessus des formes de la religion, j'avais cherché à embrasser l'idée mère. J'allais à la messe et n'analysais pas encore le culte.

Cependant, en me le rappelant bien, je dois le dire, le culte me devenait lourd et malsain. J'y sentais refroidir ma piété. Ce n'était plus les pompes charmantes, les fleurs, les tableaux, la propreté, les doux chants de notre chapelle, et les profonds silences du soir, et l'édifiant spectacle des belles religieuses prosternées dans leurs stalles. Plus de recueillement, plus d'attendrissement, plus de prières du cœur possibles pour moi dans ces églises publiques où le culte est dépouillé de sa poésie et de son mystère.

J'allais tantôt à ma paroisse de Saint-Chartier, tantôt à celle de La Châtre. Au village, c'était la vue des *bons saints* et des *bonnes dames* de dévotion traditionnelle, horribles fétiches qu'on eût dits destinés à effrayer quelque horde sauvage; les beuglemens absurdes de chantres inexpérimentés, qui faisaient en latin les plus grotesques calembours de la meilleure foi du monde; et les bonnes femmes qui s'endormaient sur leur chapelet en ronflant tout haut; et le vieux curé qui jurait au beau milieu du prône contre les indécences des chiens introduits dans l'église. A la ville, c'étaient les toilettes provinciales des dames, leurs chuchotemens, leurs médisances et cancans apportés en pleine église comme en un lieu destiné à s'observer et à se diffamer les unes les autres, c'était aussi la laideur des idoles et les glapissemens atroces des collégiens qu'on laissait chanter la messe, et qui se faisaient des niches tout le temps qu'elle durait. Et puis tout ce tripotage de pain bénit et de gros sous qui se fait pendant les offices, les querelles des sacristains et des enfans de chœur à propos d'un cierge qui coule ou d'un encensoir mal lancé. Tout ce dérangement, tous ces incidens burlesques et le défaut d'attention de chacun qui empêchait celle de tous à la prière m'étaient odieux. Je ne voulais pas songer à rompre avec les pratiques obligatoires, mais j'étais enchantée qu'un jour de pluie me forçât à lire la messe dans ma chambre et à prier seule à l'abri de ce grossier concours de chrétiens pour rire.

Et puis, ces formules de prières quotidiennes, qui n'avaient jamais été de mon goût, me devenaient de plus en plus insipides. M. de Prémord m'avait permis d'y substituer les élans de mon âme quand je m'y sentirais entraînée, et insensiblement je les oubliais si bien, que je ne priais plus que d'inspiration et par improvisation libre. Ce n'était pas trop catholique, mais on m'avait laissée *composer* des prières au couvent. J'en avais fait circuler quelques-unes en anglais et en français, qu'on avait trouvées si *fleuries* qu'on les avait beaucoup goûtées. Je les avais aussitôt dédaignées en moi-même, ma conscience et mon cœur décrétant que les mots ne sont que des mots, et qu'un élan aussi passionné que celui de l'âme à Dieu ne peut s'exprimer par aucune parole humaine. Toute formule était donc une règle que j'adoptais par esprit de pénitence et qui finit par me sembler une corvée abrutissante et mortelle pour ma ferveur.

Voilà dans quelle situation j'étais quand je lus l'*Émile*, la *Profession de foi du vicaire savoyard*, les *Lettres de la montagne*, le *Contrat social* et les *discours*.

La langue de Jean-Jacques et la forme de ses déductions s'emparèrent de moi comme une musique superbe éclairée d'un grand soleil. Je le comparais à Mozart; je comprenais tout! Quelle jouissance pour un écolier malhabile et tenace d'arriver enfin à ouvrir les yeux tout à fait et à ne plus trouver de nuages devant lui! Je devins, en politique, le disciple ardent de ce maître, et je le fus bien longtemps sans restrictions. Quant à la religion, il me parut le plus chrétien de tous les écrivains de son temps, et, faisant la part du siècle de croisade philosophique où il avait vécu, je lui pardonnai d'autant plus facilement d'avoir abjuré le catholicisme, qu'on lui en avait octroyé les sacremens et le titre d'une manière irréligieuse bien faite pour l'en dégoûter. Protestant né, redevenu protestant par le fait de circonstances justifiables, peut-être inévitables, sa nationalité dans l'hérésie ne me gênait pas plus que n'avait fait celle de Leibnitz. Il y a plus, j'aimais fort les protestans, parce que, n'étant pas forcée de les admettre à la discussion du dogme catholique, et me souvenant que l'abbé de Prémord ne damnait personne et me permettait cette hérésie dans le silence de mon cœur, je voyais en eux des gens sincères, qui ne différaient de moi que par des formes sans importance absolue devant Dieu.

Jean-Jacques fut le point d'arrêt de mes travaux d'esprit. A partir de cette lecture enivrante, je m'abandonnai aux poètes et aux moralistes éloquens, sans plus de souci de la philosophie transcendante. Je ne lus pas Voltaire. Ma grand'mère m'avait fait promettre de ne le lire qu'à l'âge de trente ans. Je lui ai tenu parole. Comme il était pour elle ce que Jean-Jacques a été si longtemps pour moi: l'apogée de son admiration, elle pensait que je devais être dans toute la force de ma raison pour en goûter les conclusions. Quand je l'ai lu, je l'ai beaucoup goûté, en effet, mais sans en être modifiée en quoi que ce soit. Il y a des natures qui ne s'emparent jamais de certaines autres natures, quelque supérieures qu'elles leur soient. Et cela ne tient pas, comme on pourrait se l'imaginer, à des antipathies de caractère, pas plus que l'influence entraînante de certains génies ne tient à des similitudes d'organisation chez ceux qui la subissent. Je n'aime pas le caractère privé de Jean-Jacques Rousseau; je ne pardonne à son injustice, à son ingratitude, à son amour-propre malade, et à mille autres choses bizarres, que par la compassion que ses douleurs me causent. Ma grand'mère n'aimait pas les rancunes et les cruautés d'esprit de Voltaire, et faisait fort bien la part des égarements de sa dignité personnelle.

D'ailleurs, je ne tiens pas trop à voir les hommes à travers leurs livres, les hommes du passé surtout. Dans ma jeunesse, je les cherchais encore moins sous l'arche sainte de leurs écrits. J'avais un grand enthousiasme pour Chateaubriand, le seul vivant de mes maîtres d'alors. Je ne désirais pas du tout le voir, et ne l'ai vu dans la suite qu'à regret.

Pour mettre de l'ordre dans mes souvenirs, je devrais peut-être continuer le chapitre de mes lectures; mais on risque fort d'ennuyer en parlant trop longtemps de soi seul, et j'aime mieux entremêler cet examen rétrospectif de moi-même de quelques-unes des circonstances extérieures qui s'y rattachent.

CHAPITRE DIX-HUITIEME

Le fils de Mme d'Épinay et de mon grand-père.—Étrange système de prosélytisme.—Attitude admirable de ma grand'mère.—Elle exige que j'entende sa confession.—Elle reçoit les sacremens.—Mes réflexions et les sermons de l'archevêque.—Querelle sérieuse avec mon confesseur.—Le vieux curé et sa servante.—Conduite déraisonnable d'un squelette.—Claudius.—Bonté et simplicité de Deschartres.—Esprit et charité des gens de la Châtre.—*La fête du village.—Causeries avec mon pédagogue, réflexions sur le* scandale.—*Définition de l'*opinion.

Aux plus beaux jours de l'été, ma grand'mère éprouva un mieux très sensible et s'occupa même de reprendre ses correspondances, ses relations de famille et d'amitié. J'écrivais sous sa dictée des lettres aussi charmantes et aussi judicieuses qu'elle les eût jamais faites. Elle reçut ses amis, qui ne comprirent pas qu'elle eût subi l'altération de facultés dont nous nous étions tant affligés et dont nous nous affligions encore, Deschartres et moi. Elle avait des heures où elle causait si bien, qu'elle semblait être redevenue elle-même, et même plus brillante et plus gracieuse encore que par le passé.

Mais quand la nuit arrivait, peu à peu la lumière faiblissait dans cette lampe épuisée. Un grand trouble se faisait sentir dans les idées, ou une apathie plus effrayante encore, et les nuits n'étaient pas toutes sans délire, un délire inquiet, mélancolique et enfantin. Je ne pensais plus du tout à lui demander de faire acte de religion, bien que ma bonne Alicia me conseillât de profiter de ce moment de santé pour l'amener sans effroi à mes fins. Ses lettres me troublaient et me ramenaient quelques scrupules de conscience; mais elles n'eurent jamais le pouvoir de me décider à rompre la glace.

Pourtant la glace fut rompue d'une manière tout à fait imprévue. L'archevêque d'Arles en écrivit à ma grand'mère, lui annonça sa visite et arriva.

M. L... de B..., longtemps évêque de S..., et nommé récemment alors archevêque d'A... *in partibus*, ce qui équivalait à une belle sinécure de retraite, était mon oncle par bâtardise. Il était né des amours très passionnées et très divulguées de mon grand-père Francueil et de la célèbre Mme d'Épinay. Ce roman a été trahi par la publication, bien indiscrète et bien inconvenante, d'une correspondance charmante, mais trop peu voilée entre les deux amans.

Le bâtard, né au ***, nourri et élevé au village ou à la ferme de B..., reçut ces deux noms et fut mis dans les ordres dès sa jeunesse. Ma grand'mère le connut tout jeune encore lorsqu'elle épousa M. de Francueil, et veilla sur lui maternellement. Il n'était rien moins que dévot à cette époque; mais il le devint à la suite d'une maladie grave où les terreurs de l'enfer bouleversèrent son esprit faible.

Il était étrange que le fils de deux êtres remarquablement intelligens fût à peu près stupide. Tel était cet excellent homme, qui, par compensation, n'avait pas un grain de malice dans sa balourdise. Comme il y a beaucoup de bêtes fort méchantes, il faut tenir compte de la bonté, qu'elle soit privée ou accompagnée, d'intelligence.

Ce bon archevêque était le portrait frappant de sa mère, qui, comme Jean-Jacques a pris soin de nous le dire, et comme elle le proclame elle-même avec beaucoup de coquetterie, était positivement laide. J'ai encore un des portraits qu'elle donna à mon grand-père; mais elle était fort bien faite. Ma bonne maman en a donné un autre à mon cousin Villeneuve, où elle était représentée en costume de naïade, c'est-à-dire avec aussi peu de costume que possible.

Mais elle avait beaucoup de physionomie, dit-on, et fit toutes les conquêtes qu'elle put souhaiter. L'archevêque avait sa laideur toute crue et pas plus d'expression qu'une grenouille qui digère. Il était, avec cela, ridiculement gras, gourmand ou plutôt goinfre, car la gourmandise exige un certain discernement qu'il n'avait pas; très vif, très rond de manières, insupportablement gai, quelque chagrin qu'on eût autour de lui; intolérant en paroles, débonnaire en actions; grand diseur de calembours et de calembredaines monacales; vaniteux comme une femme de ses toilettes d'apparat, de son rang et de ses priviléges; cynique dans son besoin de bien-être; bruyant, colère, évaporé, bonnasse, ayant toujours faim ou soif, ou envie de sommeiller, ou envie de rire pour se désennuyer, enfin le chrétien le plus sincère à coup sûr, mais le plus impropre au prosélytisme que l'on puisse imaginer.

C'était justement le seul prêtre qui pût amener ma grand'mère à remplir les formalités catholiques, parce qu'il était incapable de soutenir aucune discussion contre elle, et ne l'essaya même pas.

«*Chère maman*, lui dit-il, résumant sa lettre, sans préambule, dès la première heure qu'il passa auprès d'elle, vous savez pourquoi je suis venu; je ne vous ai pas prise *en traître* et n'irai pas *par quatre chemins*. Je veux sauver votre âme. Je sais bien que cela vous fait rire; vous ne croyez pas que vous serez damnée parce que vous n'aurez pas fait ce que je vous demande; mais moi, je le crois, et comme, grâce à Dieu, vous voilà guérie, vous pouvez bien me faire ce plaisir-là, sans qu'il vous en coûte la plus petite frayeur d'esprit. Je vous prie donc, vous qui m'avez toujours traité comme votre fils, d'être *bien gentille et bien complaisante* pour votre gros enfant. Vous savez que je vous crains trop pour discuter contre vous et vos beaux esprits *reliés en veau*. Vous en savez beaucoup trop long pour moi; mais il ne s'agit pas de ça; il s'agit de me donner une grande marque d'amitié, et me voilà tout prêt à vous la demander à genoux. Seulement, comme mon ventre me gênerait fort, voilà votre petite fille qui va s'y mettre à ma place.»

Je restai stupéfaite d'un pareil discours, et ma grand'mère se prit à rire. L'archevêque me poussa à ses pieds: «Allons donc, dit-il, je crois que tu te fais prier pour m'aider, toi!»

Alors ma grand'mère me regardant agenouillée, passa du rire à une émotion subite. Ses yeux se remplirent de larmes, et elle me dit en m'embrassant: «Eh bien! tu me croiras donc damnée si je te refuse?—Non! m'écriai-je impétueusement, emportée par l'élan d'une vérité intérieure plus forte que tous les préjugés religieux. Non, non! je suis à genoux pour vous bénir et non pas pour vous prêcher.

—En voilà une petite sotte!» s'écria l'archevêque, et me prenant par le bras, il voulut me mettre à la porte; mais ma grand'mère me retint contre son cœur. «Laissez-la, mon gros *Jean le blanc*, lui dit-elle. Elle prêche mieux que vous. Je te remercie, ma fille. Je suis contente de toi, et pour te le prouver, comme je sais qu'au fond du cœur tu désires que je dise oui, je dis oui. Êtes-vous content, *monseigneur*?»

Monseigneur lui baisa la main en pleurant d'aise. Il était véritablement touché de tant de douceur et de tendresse. Puis il frotta ses mains et se frappa sur la bedaine en disant: «Allons, voilà qui est enlevé! Il faut battre le fer pendant qu'il est chaud. Demain matin, votre vieux curé viendra vous confesser et vous administrer. Je me suis permis de l'inviter à déjeuner avec nous. Ce sera une affaire faite, et demain soir vous n'y penserez plus.

—C'est probable», dit ma grand'mère avec malice.

Elle fut gaie tout le reste de la journée. L'archevêque encore plus, riant, batifolant en paroles, jouant avec les gros chiens, répétant à satiété le proverbe *qu'un chien peut bien regarder un évêque*, me grondant un peu de l'avoir si mal aidé, d'avoir failli *tout faire manquer*, et *nous mettre dans de beaux draps* par ma niaiserie; me reprochant de n'avoir pas *pour deux sous* de courage, et disant que si l'on m'eût laissée faire, *nous étions frais*.

J'étais navrée de voir aller ainsi les choses. Il me semblait que *fourrer* ainsi les sacremens à une personne qui n'y croyait pas et qui n'y voyait qu'une condescendance envers moi, c'était nous charger d'un sacrilége. J'étais décidée à m'en expliquer avec ma grand'mère, car de raisonner avec monseigneur, cela faisait pitié.

Mais tout changea d'aspect en un instant, grâce au grand esprit et au tendre cœur de cette pauvre infirme qui, le lendemain, était mourante par le corps et comme ressuscitée au moral.

Elle passa une très mauvaise nuit, pendant laquelle il me fut impossible de songer à autre chose qu'à la soigner. Le lendemain matin, la raison était nette et la volonté arrêtée. «Laisse-moi faire, dit-elle, dès les premiers mots que je lui adressai: Je crois qu'en effet je vais mourir. Eh bien, je devine tes scrupules. Je sais que si je meurs sans faire ma paix avec ces gens-là, ou tu te le reprocheras, ou ils te le reprocheront. Je ne veux pas mettre ton cœur aux prises avec ta conscience, ou te laisser aux prises avec tes amis. J'ai la certitude de ne faire ni une lâcheté ni un mensonge en adhérant à des pratiques qui, à l'heure de quitter ceux qu'on aime, ne sont pas d'un mauvais exemple. Aie l'esprit tranquille, je sais ce que je fais.»

Pour la première fois depuis sa maladie je la sentais redevenue la grand'mère, le chef de famille capable de diriger les autres et par conséquent elle-même. Je me renfermai dans l'obéissance passive.

Deschartres lui trouva beaucoup de fièvre et entra en fureur contre l'archevêque. Il voulait le mettre à la porte, et lui attribuait, probablement avec raison, la nouvelle crise qui se produisait dans cette existence chancelante.

Ma grand'mère l'apaisa et lui dit même: «Je *veux* que vous vous teniez tranquille, Deschartres.»

Le curé arriva, toujours ce même vieux curé dont j'ai parlé et qu'elle avait trouvé trop rustique pour être mon confesseur. Elle n'en voulut pas d'autre, sentant combien elle le dominerait.

Je voulus sortir avec tout le monde pour les laisser ensemble. Elle m'ordonna de rester; puis s'adressant au curé:

«Asseyez-vous là, mon vieux ami, lui dit-elle. Vous voyez que je suis trop malade pour sortir de mon lit, et je veux que ma fille assiste à ma confession.

—C'est bien, c'est bien, ma chère dame, répondit le curé tout troublé et tout tremblant.

—Mets-toi à genoux pour moi, ma fille, reprit ma grand'mère, et prie pour moi, tes mains dans les miennes. Je vais faire ma confession. Ce n'est pas une plaisanterie. J'y ai pensé. Il n'est pas mauvais de se résumer en quittant ce monde, et si je n'avais craint de froisser quelque usage, j'aurais voulu que tous mes serviteurs fussent présens à cette récapitulation de ma conscience. Mais, après tout, la présence de ma fille me suffit. Dites-moi les formules, curé; je ne les connais pas, ou je les ai oubliées. Quand ce sera fait, je m'accuserai.»

Elle se conforma aux formules et dit ensuite: «Je n'ai jamais ni fait ni souhaité aucun mal à personne. J'ai fait tout le bien que j'ai pu faire. Je n'ai à confesser ni mensonge, ni dureté, ni impiété d'aucune sorte. J'ai toujours cru en Dieu.—Mais écoute ceci, ma fille: je ne l'ai pas assez aimé. J'ai manqué de courage, voilà ma faute, et depuis le jour où j'ai perdu mon fils, je n'ai pu prendre sur moi de le bénir et de l'invoquer en aucune chose. Il m'a semblé trop cruel de m'avoir frappé d'un coup au-dessus de mes forces. Aujourd'hui qu'il m'appelle, je le remercie et le prie de me pardonner ma faiblesse. C'est lui qui me l'avait donné, cet enfant, c'est lui qui me l'a ôté, mais qu'il me réunisse à lui, et je vais l'aimer et le prier de toute mon âme.»

Elle parlait d'une voix si douce et avec un tel accent de tendresse et de résignation que je fus suffoquée de larmes et retrouvai toute ma ferveur des meilleurs jours pour prier avec elle.

Le vieux curé, attendri profondément, s'éleva et lui dit, avec une grande onction et dans son parler paysan, qui augmentait avec l'âge: «Ma chère sœur, je serons tous pardonnés, parce que le bon Dieu nous aime, et sait bien que quand je nous repentons, c'est que je l'aimons. Je l'ai bien pleuré aussi, moi, votre cher enfant, allez! et je vous réponds ben qu'il est à la droite de Dieu, et que vous y serez avecques lui. Dites avec moi votre acte de contrition, et je vas vous donner l'absolution.»

Quand il eut prononcé l'absolution, elle lui ordonna de faire rentrer tout le monde, et me dit dans l'intervalle: «Je ne crois pas que ce brave homme ait eu le pouvoir de me pardonner quoi que ce soit, mais je crois que Dieu a ce pouvoir, et j'espère qu'il a exaucé nos bonnes intentions à tous trois.»

L'archevêque, Deschartres, tous les domestiques de la maison et les ouvriers de la ferme assistèrent à son viatique; elle dirigea elle-même la cérémonie, me fit placer à côté d'elle et disposa les autres personnes à son gré, suivant l'amitié qu'elle leur portait. Elle interrompit plusieurs fois le curé pour lui dire à demi-voix, car elle entendait fort bien le latin, *je crois à cela*, ou *il importe peu*. Elle était attentive à toutes choses, et, conservant l'admirable netteté de son esprit et la haute droiture de son caractère, elle ne voulait pas acheter sa réconciliation officielle au prix de la moindre hypocrisie. Ces détails ne furent pas compris de la plupart des assistans. L'archevêque feignit de ne pas y prendre garde, le curé n'y tenait nullement. Il était là avec son cœur et avait mis d'avance son jugement de prêtre à la porte. Deschartres était fort troublé et irrité, craignant de voir la malade succomber à la suite d'un si grand effort moral. Moi seule j'étais attentive à toutes choses autant que ma grand'mère et, ne perdant aucune de ses paroles, aucune de ses expressions de visage, je la vis avec admiration résoudre le problème de se soumettre à la religion de son temps et de son pays sans abandonner un instant ses convictions intimes et sans mentir en rien à sa dignité personnelle.

Avant de recevoir l'hostie, elle prit encore la parole et dit très haut: «Je veux mourir en paix ici avec tout le monde. Si j'ai fait du tort à quelqu'un, qu'il le dise, pour que je le répare. Si je lui ai fait de la peine, qu'il me le pardonne, car je le regrette.»

Un sanglot d'affection et de bénédiction lui répondit de toutes parts. Elle fut administrée, puis demanda du repos et resta seule avec moi.

Elle était épuisée et dormit jusqu'au soir. Quelques jours d'accablement succédèrent à cette émotion. Puis les apparences de la santé revinrent, et nous retrouvâmes encore quelques semaines d'une sorte de sécurité.

Cet événement de famille me fit et me laissa une forte impression. Ma grand'mère, bien qu'elle fût retombée dans un demi-engourdissement de ses facultés, avait, par ce jour de courage et de pleine raison, repris, à mes yeux, toute l'importance de son rôle vis-à-vis de moi, et je ne m'attribuais plus aucun droit de juger sa conscience et sa conduite. J'étais frappée d'un grand respect en même temps que d'une tendre gratitude pour l'intention qu'elle avait eue de me complaire, et il m'était impossible de ne pas accepter de tous points sa manière de se repentir et de se réconcilier avec le ciel, comme digne, méritoire et agréable à Dieu. Je récapitulais toute la phase de sa vie dont j'avais été le témoin et le but; j'y trouvais, à l'égard de ma mère, de ma sœur et de moi, quelques injustices irréfléchies ou involontaires, toujours réparées par de grands efforts sur elle-même et par de véritables sacrifices. Dans tout le reste, une longanimité sage, une douceur généreuse, une droiture parfaite, un désintéressement, un mépris du mensonge, une horreur du mal, une bienfaisance, une assistance de cœur pour tous, vraiment inépuisables, enfin les plus admirables qualités, les vertus chrétiennes les plus réelles.

Et ce qui couronnait cette noble carrière, c'était précisément cette faute dont elle avait voulu s'accuser avant de mourir. C'était cette douleur immense, inconsolable, qu'elle n'avait pu offrir à Dieu comme un hommage de soumission, mais qui ne l'avait pas empêchée de rester grande et généreuse avec tous ses semblables. Ah! qu'elles me semblaient vénielles et pardonnables maintenant, ces crises d'amertume, ces paroles d'injustice, ces larmes de jalousie qui m'avaient tant fait souffrir dans mon plus jeune âge! Comme je me sentais petite et personnelle, moi qui ne les avais pas pardonnées sur l'heure! Avide de bonheur, indignée de souffrir, lâche dans mes muettes rancunes d'enfant, je n'avais pas compris ce que souffrait cette mère désespérée, et je m'étais comptée pour quelque chose, quand j'aurais dû deviner les profondes racines de son mal et l'adoucir par un complet abandon de moi-même!

Mon cœur gagna beaucoup dans ces repentirs. J'y noyai, dans des larmes abondantes, l'orgueil de mes résistances, et toute intolérance dévote s'y dissipa pour jamais. Ce cœur qui n'avait encore connu que la passion dans l'amour filial et dans l'amour divin s'ouvrit à des tendresses inconnues; et, faisant sur moi-même un retour aussi sérieux que celui que j'avais fait au couvent, lors de ma *conversion*, je sentis toutes les puissances du sentiment et de la raison me commander l'humilité, non plus seulement comme une vertu chrétienne, mais comme une conséquence forcée de l'équité naturelle.

Tout cela me faisait sentir d'autant plus vivement que la vérité *absolue* n'était pas plus dans l'Église que dans toute autre forme religieuse, qu'il y eût plus de vérité relative, voilà ce que je pouvais lui accorder, et voilà pourquoi je ne songeais pas encore à me séparer d'elle.

Les sacremens acceptés par ma grand'mère n'avaient été qu'un compromis de conscience de la part de l'archevêque, puisque l'archevêque, faute de ces sacremens, l'eût damnée en pleurant, mais sans appel. Que l'on observe et sache bien qu'il n'était pas hypocrite, ce bon prélat. Il ne s'agissait pas pour lui de faire triompher l'Église devant des provinciaux ébahis; il était étranger à la politique et croyait *dur comme fer*, c'était son expression, à l'infaillibilité des papes et à la lettre des conciles. Il aimait réellement ma grand'mère; n'ayant pas connu d'autre mère, il la regardait comme la sienne; il s'en allait disant: «Qu'elle meure maintenant, ça m'est égal, je ne suis pas jeune, et je la rejoindrai bientôt. La vie n'est pas une si grosse affaire! mais je ne me serais jamais consolé de sa perte, si elle eût persisté dans l'*impénitence finale*.»

Je me permettais de le contredire. «Je vous jure, monseigneur, lui disais-je, qu'elle ne croit pas plus aujourd'hui qu'hier à l'*infaillibilité*. Ce qu'elle a fait est très chrétien. Avec ou sans cela, elle eût été sauvée; mais ce n'est pas catholique, ou bien l'Église admet deux catholicismes, l'un qui s'abandonne à toutes ses prescriptions, l'autre qui fait ses réserves et proteste contre la lettre.

—Ah çà! mais tu deviens très ergoteuse! s'écriait monseigneur, marchant à grands pas, ou plutôt roulant comme une toupie à travers le jardin. Est-ce que, par hasard, tu donnes aussi dans le Voltaire? Cette chère maman est capable de t'avoir empestée de ces bavards-là! Voyons, que fais-tu? Comment vis-tu ici? Qu'est-ce que tu lis?

—En ce moment, monseigneur, je lis les Pères de l'Église, et j'y trouve beaucoup de points de vue contradictoires.

—Il n'y en a pas!

—Pardon, cher monseigneur! les avez-vous lus?

—Qu'elle est bête! Ah çà, pourquoi lis-tu les Pères de l'Église? Il y a beaucoup de choses qu'une jeune personne peut lire; mais je suis sûr que tu fais l'esprit fort, et que tu te mêles de juger. C'est un ridicule, à ton âge!

—Il est pour moi seul, puisque je ne fais part à personne de mes réflexions.

—Oui, mais ça viendra. Prends-y garde. Tu étais dans le bon chemin quand tu as quitté le couvent: à présent tu *bats la breloque*. Tu montes à cheval, tu chantes de l'italien, tu tires le pistolet, à ce qu'on m'a dit! Il faut que je te confesse. Fais ton examen de conscience pour demain. Je parie que j'aurai à te laver la tête!

—Pardon, monseigneur, mais je ne me confesserai point à vous.

—Pourquoi donc ça?

—Parce que nous ne nous entendrions pas. Vous me passeriez tout ce que je ne me passe point, et me gronderiez de ce que je considère comme innocent. Ou je ne suis plus catholique, ou je le suis autrement que vous.

—Qu'est-ce à dire, oison bridé?

—Je m'entends, mais ce n'est pas vous qui résoudrez la question.

—Allons, allons, il faut que je te gronde... Sache donc, malheureuse enfant.... Mais voilà l'heure du dîner, je te dirai cela après. J'ai une faim de chien. Dépêchons-nous de rentrer.»

Et après le dîner, il avait oublié de me prêcher. Il l'oublia jusqu'à la fin, et partit en me laissant très attachée à sa bonté, mais très peu édifiée de son genre de piété, qui ne pouvait pas être le mien.

La veille de son départ, il fit une chose des plus bêtes. Il entra dans la bibliothèque et procéda à l'incendie de quelques livres et à la mutilation de plusieurs autres. Deschartres le trouva brûlant, coupant, rognant, et se réjouissant fort de son œuvre. Il l'arrêta avant que le dommage fût considérable, le menaça d'aller avertir ma grand'mère de ce dégât, et ne put lui arracher des mains le fer et le feu qu'en lui remontrant que cette bibliothèque était une propriété confiée à sa garde, qu'il en était responsable, et que, comme maire de la commune, il était d'ailleurs autorisé à verbaliser, même contre un archevêque dilapidateur. J'arrivai pour mettre la paix; la scène était vive et des plus grotesques.

Quelques jours après, j'allai à confesse à mon curé de la Châtre, qui était un homme de belles manières, assez instruit et en apparence intelligent. Il me fit des questions qui ne blessaient en rien la chasteté, mais qui, selon moi, blessaient toute convenance et toute délicatesse. Je ne sais à quel cancan de petite ville il avait ouvert l'oreille. Il pensait que j'avais un commencement d'amour pour quelqu'un et voulait savoir de moi si la chose était vraie. «Il n'en est rien, lui répondis-je, je n'y ai même pas songé.—Cependant, reprit-il, on assure......»

Je me levai du confessional sans en écouter davantage et saisie d'une indignation irrésistible: «Monsieur le curé, lui dis-je, comme personne ne me force à venir me confesser tous les mois, pas même l'Église qui ne me prescrit que les sacremens annuels, je ne comprends pas que vous doutiez de ma sincérité. Je vous ai dit que je ne connaissais pas seulement par la pensée le sentiment que vous m'attribuez. C'était trop répondre déjà. J'eusse dû vous dire que cela ne vous regardait pas.

—Pardonnez-moi, reprit-il d'un ton hautain, le confesseur doit interroger les pensées, car il en est de confuses qui peuvent s'ignorer elles-mêmes et nous égarer!

—Non, monsieur le curé, les pensées qu'on ignore n'existent pas. Celles qui sont confuses existent déjà, et peuvent être cependant si pures qu'elles n'exigent pas qu'on s'en confesse. Vous devez croire ou que je n'ai pas de pensées confuses, ou qu'elles ne causent aucun trouble à ma conscience, puisque avant votre interrogatoire je vous avais dit la formule qui termine la confession.

—Je suis fort aise, répliqua-t-il, qu'il en soit ainsi. J'ai toujours été édifié de vos confessions; mais vous venez d'avoir un mouvement de vivacité qui prend sa source dans l'orgueil, et je vous engage à vous en repentir et à vous en accuser ici même, si vous voulez que je vous donne l'absolution.

—Non, monsieur, lui répondis-je. Vous êtes dans votre tort, et vous avez causé le mien dont je vous avoue n'être pas disposée à me repentir dans ce moment-ci.»

Il se leva à son tour et me parla avec beaucoup de sécheresse et de colère. Je ne répondis rien. Je le saluai et ne le revis jamais. Je n'allai même plus à la messe à sa paroisse.

A l'heure qu'il est, je ne sais pas encore si j'ai eu tort ou raison de rompre ainsi avec un très honnête homme et un très bon prêtre. Puisque j'étais chrétienne et croyais devoir pratiquer encore le catholicisme, j'aurais dû, peut-être, accepter avec l'esprit d'humilité le soupçon qu'il m'exprimait. Cela ne me fut point possible, et je ne sentis aucun remords de ma fierté. Toute la pureté de mon être se révoltait contre une question indiscrète, imprudente et selon moi étrangère à la religion. J'aurais tout au plus compris les questions de l'amitié, hors du confessional, dans l'abandon de la vie privée; mais cet abandon n'existait pas entre lui et moi. Je le connaissais fort peu, il n'était pas très vieux, et, en outre, il ne m'était pas sympathique. Si j'avais eu quelque chaste confidence à faire, je ne voyais pas de raison pour m'adresser à lui, qui n'était pas mon directeur et mon père spirituel. Il me semblait donc vouloir usurper sur moi une autorité morale que je ne lui avais pas donnée, et cet essai maladroit, au beau milieu d'un sacrement où je portais tant d'austérité d'esprit, me révolta comme un sacrilège. Je trouvai qu'il avait confondu la curiosité de l'homme avec la fonction du prêtre. D'ailleurs, l'abbé de Prémord, scrupuleux gardien de la sainte innocence des filles, m'avait dit: *On ne doit point faire de questions, je n'en fais jamais*, et je ne pouvais, je ne devais jamais avoir foi en un autre prêtre que celui-là.

Il m'était impossible de songer à me confesser à mon vieux curé de Saint-Chartier. J'étais trop intime, trop familière avec lui. J'avais trop joué avec lui dans mon enfance; je lui avais fait trop de niches, et je le sentais aussi incapable de me diriger que je l'étais de m'accuser à lui sérieusement. J'allais à sa messe: en sortant, je déjeûnais avec lui, il essuyait lui-même, bon gré, mal gré, mes souliers crottés. J'étais obligée de lui retenir le bras pour l'empêcher de boire, parce qu'il me ramenait en croupe sur sa jument. Il me racontait ses peines de ménage, les colères de sa gouvernante; je les grondais tous deux, tour à tour, de leurs mauvais caractères. Il n'y avait pas moyen de changer de pareilles relations, ne fût-ce qu'une heure par mois, au tribunal de la pénitence. Je savais, par mon frère et par mes petites amies de campagne, comment il écoutait la confession. Il n'en entendait pas un mot, et comme ces enfans espiègles s'accusaient par moquerie des plus grandes énormités, à toutes choses il répondait: «Très bien, très bien. Allons! est-ce bientôt fini?»

Je n'aurais pu me débarrasser de ces souvenirs, et comme je sentais bien la dévotion catholique me quitter jour par jour, je ne voulais pas m'exposer à la voir partir tout d'un coup, malgré moi, sans me sentir fondée par quelque raison vraiment sérieuse à l'abjurer volontairement.

Je n'avais jamais fait maigre les vendredis et samedis chez ma grand'mère. Elle ne le voulait pas. L'abbé de Prémord m'avait recommandé d'avance de me soumettre à cette infraction à la règle. Ainsi peu à peu j'arrivai à ne pratiquer que la prière, et encore était-elle presque toujours rédigée à ma guise.

Chose étrange ou naturelle, jamais je ne fus plus religieuse, plus enthousiaste, plus absorbée en Dieu qu'au milieu de ce relâchement absolu de ma ferveur pour le culte. Des horizons nouveaux s'ouvraient devant moi. Ce que Leibnitz m'avait annoncé, l'amour divin redoublé et ranimé par la foi mieux éclairée, Jean-Jacques me l'avait fait comprendre, et ma liberté d'esprit, recouvrée par ma rupture avec le prêtre, me le faisait sentir. J'éprouvai une grande sécurité, et de ce jour les bases essentielles de la foi furent inébranlablement posées dans mon âme. Mes sympathies politiques, ou plutôt mes aspirations fraternelles, me firent admettre, sans hésitations et sans scrupule, que l'esprit de l'Église était dévié de la bonne route et que je ne devais pas le suivre sur la mauvaise. Enfin, je m'arrêtai à ceci: que nulle Église chrétienne n'avait le droit de dire: Hors de moi, point de salut.

J'ai entendu depuis des catholiques soutenir, ce que je voulais encore me persuader alors, à savoir: que cette sentence ne ressortait pas absolument des arrêts de l'Église papale. Je pense qu'ils se trompaient, comme j'avais essayé de me tromper moi-même. Mais en supposant qu'ils eussent raison, il faudrait conclure qu'il n'y a pas, qu'il n'y a jamais eu, qu'il ne pourra jamais y avoir d'orthodoxie, ni là, ni ailleurs. Du moment que Dieu ne repousse les fidèles d'aucune Église, le catholicisme n'existe plus. Qu'il paraisse encore excellent à un assez grand nombre d'esprits religieux, et qu'il soit décrété culte de la majorité des Français, je n'y fais aucune opposition de conscience; mais s'il admet lui-même qu'il ne damne pas les dissidens, il doit admettre la discussion, et nul pouvoir humain ne peut légitimement l'entraver, pourvu qu'elle soit sérieuse, tolérante, sincère et digne; car toute calomnie est une persécution, toute injure est un attentat contre lesquels les lois de tout pays doivent une protection impartiale à chacun et à tous.

Le jeune homme pour qui on m'avait supposé de l'inclination était un des ***. Je l'appellerai Claudius, du premier nom qui me tombe sous la main et que ne porte aucune personne à moi connue. Sa famille était une des plus nobles du pays et avait eu de la fortune. L'éducation de dix enfans avait achevé de ruiner les parens de Claudius. Quelques-uns avaient entaché leur blason par de grands désordres et une fin tragique. Trois fils restaient. Des deux aînés, je n'ai rien à dire qui ait rapport à cette phase de mon existence philosophique et religieuse. Le seul qui s'y soit trouvé mêlé indirectement, comme on l'a déjà vu, était le plus jeune.

Il était d'une belle figure et ne manquait ni de savoir, ni d'intelligence, ni d'esprit. Il se destinait aux sciences, où il a eu depuis une certaine notoriété. Pauvre à cette époque, encore plus par le fait de l'avarice sordide de sa mère que par sa situation, il se destinait à être médecin. De grandes privations et beaucoup d'ardeur au travail avaient ébranlé sa santé. On le croyait phthisique. Il en a été appelé: mais il est mort de maladie dans la force de l'âge.

Deschartres, qui avait été lié avec son père, et qui s'intéressait à un gentilhomme étudiant, me l'avait présenté et l'avait même engagé à me donner quelques leçons de physique. Je m'occupais aussi d'ostéologie, voulant apprendre un peu de chirurgie et d'anatomie par conséquent, pour seconder Deschartres, au besoin, dans les opérations où je pouvais être initiée, pour le remplacer même dans le cas de blessures peu graves. Il avait coupé des bras, amputé des doigts, remis des poignets, rafistolé des têtes fendues en ma présence et avec mon aide. Il me trouvait très adroite, très prompte et sachant vaincre la douleur et le dégoût quand il le fallait. De très bonne heure il m'avait habituée à retenir mes larmes et à surmonter mes défaillances. C'était un très grand service qu'il m'avait rendu que de me rendre capable de rendre service aux autres.

Ce Claudius apporta des têtes, des bras, des jambes dont Deschartres avait besoin pour me démontrer le point de départ. Il me les faisait dessiner d'après nature (le temps nous manqua pour aller plus loin que la théorie de la charpente osseuse). Un médecin de la Châtre nous prêta même un squelette de petite fille tout entier, qui resta longtemps étendu sur ma commode; et, à ce propos, je dois me rappeler et constater un effet de l'imagination qui prouve que toute femmelette peut se vaincre.

Une nuit, je rêvais que mon squelette se levait et venait tirer les rideaux de mon lit. Je m'éveillai, et le voyant fort tranquille à la place où je l'avais mis, je me rendormis fort tranquillement.

Mais le rêve s'obstina, et cette petite fille desséchée se livra à tant d'extravagances qu'elle me devint insupportable. Je me levai et la mis à la porte, après quoi je dormis fort bien. Le lendemain elle recommença ses sottises; mais cette fois je me moquai d'elle, et elle prit de parti de rester sage, pendant tout le reste de l'hiver, sur ma commode.

Je reviens à Claudius. Il était moins facétieux que mon squelette, et je n'eus jamais avec lui, à cette époque, que des conversations toutes pédagogiques. Il retourna à Paris, et, chargé par moi de m'envoyer une centaine de volumes, il m'écrivit plusieurs fois pour me donner des renseignemens et me demander mon goût sur le choix des éditions. Je voulais avoir à moi plusieurs ouvrages qui m'avaient été prêtés, une série de poètes que je ne connaissais pas, et divers traités élémentaires, je ne sais plus lesquels, dont Deschartres lui avait donné la liste.

Je ne sais pas s'il chercha des prétextes pour m'écrire plus souvent que de besoin: il n'y parut point jusqu'à une lettre très sérieuse, un peu pédante et pourtant assez belle, qui, je m'en souviens, commençait ainsi: «Ame vraiment philosophique, vous avez bien raison, mais vous êtes la vérité qui tue.»

Je ne me souviens pas du reste, mais je sais que j'en fus étonnée et que je la montrai à Deschartres en lui demandant, avec une naïveté complète, pourquoi de grands éloges sur ma logique étaient mêlés d'une sorte de reproche désespéré.

Deschartres n'était pas beaucoup plus expert que moi sur ces matières. Il fut étonné aussi, lui, relut, et me dit avec candeur: «Je crois bien que cela veut être une déclaration d'amour. Qu'est-ce que vous avez donc écrit à ce garçon?

—Je ne m'en souviens déjà plus, lui dis-je. Peut-être quelques lignes sur La Bruyère, dont je suis coiffée pour le moment. Cela lui sert de prétexte pour revenir, comme vous voyez, sur la conversation que nous avons eue tous les trois à sa dernière visite.

—Oui, oui, j'y suis, dit Deschartres. Vous avez prononcé, de par vos moralistes chagrins, de si beaux anathèmes contre la société, que je vous ai dit: «Quand on voit les choses si en noir, il n'y a qu'un parti à prendre, c'est de se faire religieuse! Vous voyez à quelles conséquences stupides cela mènerait un esprit aussi absolu que le vôtre. Claudius s'est récrié. Vous avez parlé de la vie de retraite et de renoncement d'une manière assez spécieuse, et à présent ce jeune homme vous dit que vous n'avez d'amour que pour les choses abstraites et qu'il en mourra de chagrin.

Espérons que non, répondis-je, mais je crois que vous vous trompez. Il me dit plutôt que mon détachement des choses du monde est contagieux, et qu'il tourne lui-même au scepticisme à cet endroit-là.»

La lettre relue, nous nous convainquîmes que ce n'était pas une déclaration, mais au contraire une adhésion à ma manière de voir, un peu trop solennelle, et du ton d'un homme qui se pose en philosophe vainqueur des illusions de la vie.

En effet, Claudius m'écrivit d'autres lettres où il s'expliqua nettement sur la résolution qui s'était faite en lui depuis qu'il me connaissait. J'étais à ses yeux un être supérieur qui avait d'un mot tranché toutes ses irrésolutions. Il n'y avait de but que la science; la médecine n'était qu'une branche secondaire; il voulait s'élever aux idées transcendantes, n'avoir pas d'autre passion, et demander aux sciences exactes le but de la création.

Ne cherchant plus de prétextes pour m'écrire, il m'écrivit souvent. Ses lettres avaient quelque valeur par leur sincérité froide et tranchante. Deschartres trouva que ce commerce d'esprit ne m'était pas inutile, et rien ne lui sembla plus naturel qu'une correspondance sérieuse entre deux jeunes gens qui eussent pu fort bien être épris l'un de l'autre, tout en se parlant de Malebranche et consorts.

Il n'en fut pourtant rien. Claudius était trop pédant pour ne pas trouver une sorte de satisfaction à ne pas être amoureux en dépit de l'occasion. J'étais trop étrangère à tout sentiment de coquetterie et encore trop éloignée de la moindre notion d'amour pour voir en lui autre chose qu'un professeur.

Ma vie s'arrangeait en cela, et en plusieurs autres points, pour une marche indépendante de tous les usages reçus dans le monde, et Deschartres, loin de me retenir, me poussait à ce qu'on appelle l'excentricité, sans que ni lui ni moi en eussions le moindre soupçon. Un jour, il m'avait dit: «Je viens de rendre visite au comte de.... et j'ai eu une belle surprise. Il chassait avec un jeune garçon qu'à sa blouse et à sa casquette, j'allais traiter peu cérémonieusement, quand il m'a dit: «C'est ma fille. Je la fais habiller en gamin pour qu'elle puisse courir avec moi, grimper et sauter sans être gênée par des vêtemens qui rendent les femmes impotentes à l'âge où elles ont le plus besoin de développer leurs forces.»

Ce comte de *** s'occupait, je crois, d'idées médicales, et, à ses yeux, ce travestissement était une mesure d'hygiène excellente. Deschartres abondait dans son sens. N'ayant jamais élevé que des garçons, je crois qu'il était pressé de me voir en homme, afin de pouvoir se persuader que j'en étais un. Mes jupes gênaient sa gravité de cuistre, et il est certain que quand j'eus suivi son conseil et adopté le sarrau masculin, la casquette et les guêtres, il devint dix fois plus magister, et m'écrasa sous son latin, s'imaginant que je le comprenais bien mieux.

Je trouvai, pour mon compte, mon nouveau costume bien plus agréable pour courir, que mes jupons brodés qui restaient en morceaux accrochés à tous les buissons. J'étais devenue maigre et alerte, et il n'y avait pas si longtemps que je ne portais plus mon *uniforme d'aide-de-camp de Murat*, pour ne plus m'en souvenir.

Il faut se souvenir aussi qu'à cette époque les jupes sans plis étaient si étroites, qu'une femme était littéralement comme dans un étui, et ne pouvait franchir décemment un ruisseau sans y laisser sa chaussure.

Deschartres avait la passion de la chasse, et il m'y emmenait quelquefois à force d'obsessions. Cela m'ennuyait, justement à cause de la difficulté de traverser les buissons, qui sont multipliés à l'infini et garnis d'épines meurtrières dans nos campagnes. J'aimais seulement la chasse aux cailles avec le hallier et l'appeau dans les blés verts. Il me faisait lever avant le jour. Couchée dans un sillon, *j'appelais*, tandis qu'à l'autre extrémité du champ il rabattait le gibier. Nous rapportions tous les matins huit ou dix cailles vivantes à ma grand'mère, qui les admirait et les plaignait beaucoup, mais qui, ne se nourrissant que de menu gibier, m'empêchait de trop regretter le destin de ces pauvres créatures si jolies et si douces.

Deschartres, très affectueux pour moi et très occupé de ma santé, ne songeait plus à rien quand il entendait glousser la caille auprès de son filet. Je me laissais aussi emporter un peu à cet amusement sauvage de guetter et de saisir une proie. Aussi mon rôle d'*appeleur* consistant à être couchée dans les blés inondés de la rosée du matin, me ramena les douleurs aiguës dans tous les membres que j'avais ressenties au couvent. Deschartres vit qu'un jour je ne pouvais monter sur mon cheval et qu'il fallait m'y porter. Les premiers mouvemens de ma monture m'arrachaient des cris, et ce n'était qu'après de vigoureux temps de galop aux premières ardeurs du soleil que je me sentais guérie. Il s'étonna un peu et constata enfin que j'étais couverte de rhumatismes. Ce lui fut une raison de plus pour me prescrire les exercices violens et l'habit masculin qui me permettait de m'y livrer.

Ma grand'mère me vit ainsi et pleura. «Tu ressembles trop à ton père, me dit-elle. Habille-toi comme cela pour courir, mais rhabille-toi en femme en rentrant, pour que je ne m'y trompe pas, car cela me fait un mal affreux, et il y a des momens où j'embrouille si bien le passé avec le présent, que je ne sais plus à quelle époque j'en suis de ma vie.»

Ma manière d'être ressortait si naturellement de la position exceptionnelle où je me trouvais, qu'il me paraissait tout simple de ne pas vivre comme la plupart des autres jeunes filles. On me jugea très bizarre, et pourtant je l'étais infiniment moins que j'aurais pu l'être, si j'y eusse porté le goût de l'affectation et de la singularité. Abandonnée à moi-même en toutes choses, ne trouvant plus de contrôle chez ma grand'mère, oubliée en quelque sorte de ma mère, poussée à l'indépendance absolue par Deschartres, ne sentant en moi aucun trouble de l'âme ou des sens, et pensant toujours, malgré la modification qui s'était faite dans mes idées religieuses, à me retirer dans un couvent, avec ou sans vœux monastiques, ce qu'on appelait autour de moi l'*opinion* n'avait pour moi aucun sens, aucune valeur, et ne me paraissait d'aucun usage.

Deschartres n'avait jamais vu le monde à un point de vue pratique. Dans son amour pour la domination, il n'acceptait aucune entrave à ses jugemens, rapportant tout à sa sagesse, à son *omnicompétence*, infaillible à ses propres yeux,

Et comme du fumier regardant tout le monde,

excepté ma grand'mère, lui et moi; il ne riait pourtant pas comme moi de la critique. Elle le mettait en colère. Il s'indignait jusqu'à l'invective furibonde contre les sottes gens qui se permettaient de blâmer mon peu d'égards pour leurs coutumes.

Il faut dire aussi qu'il s'ennuyait. Il avait eu une vie extraordinairement active, dont il lui fallait retrancher beaucoup depuis la maladie de ma grand'mère. Il avait acheté, avec ses économies, un petit domaine à dix ou douze lieues de chez nous, où il allait autrefois passer des semaines entières. N'osant plus découcher, dans la crainte de retrouver sa malade plus compromise, il commençait à étouffer dans son embonpoint bilieux. Et puis, surtout, il était privé de la société de cette amie qui lui avait tenu lieu de tout ce qu'il avait ignoré dans la vie. Il avait besoin de s'attacher exclusivement à quelqu'un et de lui reporter l'admiration et l'engouement qu'il n'accordait à personne autre. J'étais donc devenue son Dieu, et peut-être plus encore que ma grand'mère ne l'avait jamais été, puisqu'il me regardait comme son ouvrage et croyait pouvoir s'aimer en moi comme dans un reflet de ses perfections intellectuelles.

Bien qu'il m'assommât souvent, je consentais à satisfaire son besoin de discuter et de disserter, en lui sacrifiant des heures que j'aurais préféré donner à mes propres recherches. Il croyait tout savoir, il se trompait. Mais comme il savait beaucoup de choses et possédait une mémoire admirable, il n'était pas ennuyeux à l'intelligence; seulement, il était fatiguant pour le caractère, à cause de l'exubérance de vanité du sien. Avec la figure la plus refrognée et le langage le plus absolu qui se puissent imaginer, il avait soif de quelques momens de gaîté et d'abandon. Il plaisantait lourdement, mais il riait de bon cœur quand je le plaisantais. Enfin il souffrait tout de moi, et tandis qu'il prenait en aversion violente quiconque ne l'admirait pas, il ne pouvait se passer de mes contradictions et de mes taquineries. Ce dogue hargneux était un chien fidèle, et, mordant tout le monde, se laissait tirer les oreilles par l'enfant de la maison.

Voilà par quel concours de circonstances toutes naturelles j'arrivai à scandaliser effroyablement les commères mâles et femelles de la ville de La Châtre. A cette époque, aucune femme du pays ne se permettait de monter à cheval, si ce n'est en croupe de son *valet* des champs. Le costume, non pas seulement du garçon pour les courses à pied, mais encore l'amazone et le chapeau rond, étaient une abomination: l'étude des *os de mort*, une profanation; la chasse, une destruction; l'étude, une aberration, et mes relations enjouées et tranquilles avec des jeunes gens, fils des amis de mon père, que je n'avais pas cessé de traiter comme des camarades d'enfance, et que je voyais, du reste, fort rarement, mais à qui je donnais une poignée de main sans rougir et me troubler comme une dinde amoureuse, c'était de l'effronterie, de la dépravation, que sais-je? Ma religion même fut un sujet de glose et de calomnie stupide. Était-il convenable d'être pieuse, quand on se permettait des choses si étonnantes? Cela n'était pas possible. Il y avait là-dessous quelque diablerie. Je me livrais aux sciences occultes. J'avais fait semblant une fois de communier, mais j'avais emporté l'hostie sainte dans mon mouchoir, on l'avait bien vu! J'avais donné rendez-vous à Claudius et à ses frères, et nous en avions fait une cible; nous l'avions traversée à coups de pistolet. Une autre fois j'étais entrée à cheval dans l'église, et le curé m'avait chassée au moment où je caracolais autour du maître-autel. C'était depuis ce jour-là qu'on ne me voyait plus à la messe et que je n'approchais plus des sacremens. André, mon pauvre page rustique, n'était pas bien net dans tout cela. C'était ou mon amant, ou une espèce d'appariteur, dont je me servais dans mes conjurations. On ne pouvait rien lui faire avouer de mes pratiques secrètes: mais j'allais la nuit dans le cimetière déterrer des cadavres avec Deschartres; je ne dormais jamais, je ne m'étais pas mise au lit depuis un an. Les pistolets chargés qu'André avait toujours dans les fontes de sa selle en m'accompagnant à cheval, et les deux grands chiens qui nous suivaient, n'étaient pas non plus une chose bien naturelle. Nous avions tiré sur des paysans, et des enfans avaient été étranglés par ma chienne Velléda. Pourquoi non? Ma férocité était bien connue. J'avais du plaisir à voir des bras cassés et des têtes fendues, et chaque fois qu'il y avait du sang à faire couler, Deschartres m'appelait pour m'en donner le divertissement.

Cela peut paraître exagéré. Je ne l'aurais pas cru moi-même, si, par la suite, je ne l'avais vu *écrit*. Il n'y a rien de plus bêtement méchant que l'habitant des petites villes. Il en est même divertissant, et quand ces folies m'étaient rapportées, j'en riais de bon cœur, ne me doutant guère qu'elles me causeraient plus tard de grands chagrins.

J'avais déjà subi, de la part de ces imbéciles, une petite persécution, dont j'avais triomphé. Au milieu de l'été, à l'époque où ma grand'mère était le mieux portante, j'avais dansé la bourrée sans encombre à la fête du village, en dépit de menaces qui avaient été faites contre moi à mon insu. Voici à quelle occasion:

Je voyais souvent une bonne vieille fille qui demeurait à un quart de lieue de chez moi, dans la campagne. C'était encore Deschartres qui m'y avait menée et qui la jugeait la plus honnête personne du monde. Je crois encore qu'il ne s'était pas trompé, car j'ai toujours vu cette bonne fille ou occupée de son vieux oncle, qui mourait d'une maladie de langueur et qu'elle soignait avec une piété vraiment filiale, ou vaquant aux soins de la campagne et du ménage avec une activité et une bonhomie touchantes. J'aimais son petit intérieur demi-rustique, tenu avec une propreté hollandaise, ses poules, son verger, ses galettes qu'elle tirait du four elle-même pour me les servir toutes chaudes. J'aimais surtout sa droiture, son bon sens, son dévoûment pour l'oncle et le réalisme de ses préoccupations domestiques, qui me faisait descendre de mes nuages et se présentait à moi avec un charme très pur et très bienfaisant.

Il lui vint une sœur qui me parut aussi très bonne femme, mais dont il plut aux moralistes de la ville de penser et de dire beaucoup de mal, j'ai toujours ignoré pourquoi, et je crois encore qu'il n'y avait pas d'autre raison à cela que la fantaisie de diffamation qui dévore les esprits provinciaux.

Il y avait une quinzaine de jours que cette sœur était au pays et je l'avais vue plusieurs fois. Elle me dit qu'elle viendrait à la fête de notre village; elle y vint, et je lui parlai comme à une personne que l'on connaît sous de bons rapports.

Ce fut une indignation générale, et on décréta que je foulais aux pieds, avec affectation, toutes les convenances. C'était une insulte à l'*opinion* des messieurs et dames de la ville. Je ne me doutais de rien. Quelqu'un de charitable vint m'avertir, et comme, en somme, on ne me disait contre cette femme rien qui eût le sens commun, je trouvai lâche de lui tourner le dos et continuai à lui parler chaque fois que je me trouvai auprès d'elle dans le mouvement de la fête.

Plusieurs garçons judicieux, artisans et bourgeois, prétendirent que je le faisais *à l'exprès* pour narguer le *monde*, et s'entendirent pour me faire ce qu'ils appelaient *un affront*, c'est-à-dire qu'ils ne me feraient pas danser. Je ne m'en aperçus pas du tout, car tous les paysans de chez nous m'invitèrent, et comme de coutume, je ne savais à qui entendre.

Mais il paraît que je risquais bien de n'avoir pas l'honneur d'être invitée par les gens de la ville, s'ils eussent été tous aussi bêtes les uns que les autres. Il se trouva que les premiers n'étaient pas en nombre, et que j'avais là des amis inconnus qui s'entendirent pour conjurer l'orage: entre autres, un tanneur à qui j'ai toujours su gré de s'être posé pour moi en chevalier dans cette belle affaire, quoique je ne lui eusse jamais parlé. Il se fit donc autour de lui un groupe toujours grossissant de mes défenseurs, et je dansai avec eux jusqu'à en être lasse, un peu étonnée de les voir si empressés autour de moi qui ne les connaissais pas du tout, tandis que Deschartres se promenait à mes côtés d'un air terrible.

Il m'expliqua ensuite tout ce qui s'était passé. Je lui reprochai de ne pas m'avoir avertie. J'aurais quitté la fête plutôt que de servir de prétexte à quelque rixe. Mais ce n'était pas la manière de voir de Deschartres. «Je l'aurais bien voulu! s'écria-t-il tout malade de n'avoir pas trouvé l'occasion d'éclater; j'aurais voulu qu'un de ces ânes dît un mot qui me permit de lui casser bras et jambes!—Bah! lui dis-je, cela vous aurait forcé à les leur remettre, et vous avez bien assez de besogne sans cela.» Deschartres, exerçant gratis, avait une grosse clientèle.

Ce petit fait nous occupa fort peu l'un et l'autre, mais nous donna lieu de parler de l'opinion, et je pensai, pour la première fois, à me demander quelle importance on devait y attacher. Deschartres, qui était toujours en contradiction ouverte avec lui-même, ne s'en était jamais préoccupé dans sa conduite, et s'imaginait devoir la respecter en principe. Quant à moi, j'avais encore dans l'oreille toutes les paroles sacrées, et celle-ci entre autres: «Malheur à celui par qui le scandale arrive!»

Mais il s'agissait de définir ce que c'est que le scandale. «Commençons par là, disais-je à mon pédagogue. Nous verrons ensuite à définir ce que c'est que l'opinion.—L'opinion, c'est très vague, disait Deschartres. Il y en a de toutes sortes. Il y a l'opinion des sages de l'antiquité, qui n'est pas celle des modernes; celle des théologiens, qui n'est que controverse éternelle; celle des gens du monde, qui varie encore selon les cultes. Il y a l'opinion des ignorans, qu'on doit nommer préjugés; enfin, il y a celle des sots, qu'on doit mépriser profondément. Quant au scandale, c'est bien clair! C'est l'impudeur dans le mal, dans le vice, dans toutes les actions mauvaises.

—Vous dites l'impudeur dans le mal: il peut donc y avoir de la pudeur dans le vice, dans toutes les mauvaises actions?

—Non, c'est une manière de dire: mais enfin, une certaine honte des égarements où l'on tombe est encore un hommage rendu à la morale publique.

—Oui et non, grand homme! Celui qui fait le mal par légèreté, par entraînement, par passion, enfin sans en avoir conscience, ne songe pas à s'en cacher. S'il peut oublier le jugement de Dieu, il n'est guère étonnant qu'il oublie celui des hommes. Je plains sa folie. Mais celui qui se cache habilement et sait se préserver du blâme me paraît beaucoup plus odieux. Il pèche donc bien sciemment contre Dieu, celui-là, puisqu'il y porte assez de réflexion pour ne pas se laisser juger par les hommes. Je le méprise!

—C'est très juste. Donc, il ne faut avoir rien de mauvais à cacher.

—Croyez-vous que vous et moi, par exemple, nous ayons à rougir de quelque vice, de quelque penchant au mal?

—Non certainement.

—Alors, pourquoi crie-t-on au scandale autour de nous?

—Le fait de certaines imbécillités ne prouve rien. Mais cependant il ne faudrait pas pousser à l'extrême l'esprit d'indépendance que, dans cette occasion-ci, je partage avec vous. Vous êtes appelée à vivre dans le monde; si telle ou telle chose innocente en soi-même, et que je juge sans inconvénient, venait à blesser les idées de votre entourage, il faudrait bien y renoncer.

—Cela dépend, grand homme. Les choses indifférentes en elles-mêmes doivent être sacrifiées au savoir-vivre, comme disait toujours ma pauvre bonne-maman quand elle m'enseignait, et, par le savoir-vivre, elle entendait l'affection, l'obligeance, l'esprit de famille ou de charité. Mais les choses qui sont essentiellement bonnes, peut-on et doit-on s'en abstenir parce qu'elles sont méconnues et mal interprétées? Pour sauver l'honneur d'un parent ou d'un ami, on peut être forcé d'exposer le sien à des soupçons. Pour lui sauver la vie, on peut être condamné à mentir. Pour avoir assisté un malheureux écrasé à tort ou à raison sous le blâme public, il arrive que l'intolérance vous rend solidaire de la réprobation qui pèse sur lui. Je vois dans l'exercice de la charité chrétienne, qui est la première de toutes les vertus, mille devoirs qui doivent scandaliser le monde. Donc, quand Jésus a dit: «Si l'un de vous scandalise un de ces petits qui croient en moi, il vaudrait mieux pour lui avoir une pierre au cou et être jeté dans le fond de la mer,» il a voulu parler de ce qui est le mal, et il l'a entendu d'une manière absolue toute conforme à sa doctrine. Il a dit de la pécheresse: «*Que celui de vous qui est sans péché lui jette la première pierre,*» et ses enseignemens aux disciples se résument ainsi: «Supportez les injures, le blâme, la calomnie, tous les genres de persécution de la part de ceux qui ne croient point en ma parole.»—Or, ce que le monde appelle scandale n'est pas toujours le scandale, et ce qu'il appelle l'opinion n'est qu'une convention arbitraire qui change, selon les temps, les lieux et les hommes.

—Sans doute, sans doute, disait Deschartres. *Vérité en deçà, erreur au delà*; mais le bon citoyen respecte les croyances du milieu où il se trouve. Ce milieu se compose de sages et de fous, de gens capables et d'êtres stupides. Le choix n'est pas difficile à faire!

—Il y a donc deux opinions?

—Oui, la vraie et la fausse, mères de toutes les autres nuances.

—S'il y en a deux, il n'y en a pas.

—Voyez le paradoxe!

—C'est pour l'Église orthodoxe, grand homme! Il n'y en a qu'une ou il n'y en a pas. Vous me dites que j'aurai à respecter le milieu où la destinée me jettera. C'est là le paradoxe! Si ce milieu est mauvais, je ne le respecterai pas; je vous en avertis.

—Vous voilà encore avec votre fausse logique! Je vous ai enseigné la logique, mais vous allez à l'extrême et rendez faux, par l'abus des conséquences, ce qui est vrai au point de départ. Le monde n'est pas infaillible, mais il a l'autorité. Il faut, dans tous les doutes, s'en remettre à l'autorité. Telle chose excellente en soi peut scandaliser.

—Il faut s'en abstenir?

—Non! il faut la faire, mais avec prudence quelquefois. Il faut quelquefois se cacher pour faire le bien, malgré le proverbe: Tu te caches, donc tu fais mal.

—A la bonne heure, grand homme! Vous avez dit le mot: *Prudence*. C'est tout autre chose, cela. Il ne s'agit plus ni du bien, ni du mal, ni du scandale, ni de l'opinion à définir. Tout cela est vague dans l'ordre des choses humaines. Il faut avoir de la prudence! Eh bien! je vous dis, moi, que la prudence est un agrément et un avantage personnels, mais que la conscience intime étant le seul juge, à défaut de juges absolument compétens dans la société, je me crois complétement libre de manquer de prudence, s'il me plaît de supporter tout le blâme et toutes les persécutions qui s'attachent aux devoirs périlleux et difficiles.

—C'est trop présumer de vos forces. Vous ne trouverez pas la chose si aisée que vous croyez, ou bien vous vous exposerez à de grands malheurs.

—Je ne me crois pas des forces extraordinaires. Je sais que je prendrai là une tâche très rude, aussi je m'arrange à l'avance pour me la faire aussi légère que possible. Pour cela, il y a un moyen très simple.

—Voyons!

—C'est de rompre dès à présent, dès ce premier jour où mes yeux s'ouvrent à l'inconséquence des choses humaines, avec le commerce de ce qu'on appelle le monde. Vivre dans la retraite en faisant le bien, soit dans un couvent, soit ici, ne quêtant l'approbation de personne, n'ayant aucun besoin de la société banale des indifférens, me souciant de Dieu, de quelques amis et de moi-même, voilà tout. Qu'y a-t-il de si difficile? ma grand'mère n'a-t-elle pas arrangé ainsi toute la dernière moitié de sa vie?»

Quand je me laissais aller à la pensée de reculer le plus possible le choix d'un état dans la vie; quand je parlais d'attendre l'âge de vingt-cinq ou trente ans pour me décider au mariage ou à la profession religieuse, et de m'adonner, jusque-là, à la science avec Deschartres, dans notre tranquille solitude de Nohant, il n'avait plus d'argumens pour me combattre, tant ce rêve lui souriait aussi. Malgré son peu d'imagination, il m'aidait à faire des châteaux en Espagne, et finissait par croire qu'à force de m'inculquer la sagesse, il m'avait rendue supérieure à lui-même.

Dans nos entretiens, je l'amenais donc presque toujours à mes conclusions, et même dans les choses d'enthousiasme où il n'était certainement pas inférieur à moi. Tout en raillant son amour-propre et ses contradictions, je sentais fort bien qu'il était tout au moins mon égal pour le cœur. Seulement le mien, plus jeune et plus excité, avait des élans plus soutenus, et le sien, engourdi par l'âge et l'habitude des soins matériels, avait besoin d'être réveillé de temps en temps. Il affectait de préférer la sagesse à la vertu, et la raison à l'enthousiasme; mais, au fond, il avait bien réellement dans l'âme des vertus dont je n'avais encore que l'ambition, et une conscience du devoir qui lui faisait fouler aux pieds, à chaque instant, tous ses intérêts personnels.

Le résumé que je viens de faire de nos entretiens d'une semaine ou deux n'a pas été arrangé après coup. J'ai changé de point de vue plusieurs fois dans ma vie, sur la marche et le détail des choses en voie d'éclaircissement et de progrès; mais tout ce qui a été conclusion de philosophie à mon usage dans les choses essentielles a été réglé une fois pour toutes, la première fois que mon esprit a été conduit par un fait d'expérience, frivole ou sérieux, à se poser nettement la question du devoir. Quand j'avais, au couvent, des scrupules de dévotion, c'est à dire des incertitudes de jugement, je crois que j'étais plus logique que l'abbé de Prémord et Mme Alicia. Catholique, je ne voulais pas l'être à moitié et croyais n'avoir pas touché le but tant qu'un grain de sable m'avait fait trébucher. J'entreprenais l'impossible, parce que rien ne semble impossible aux enfans. Je croyais à quelque chose d'absolu qui n'existe pas pour l'humanité et dont la suprême sagesse lui a refusé le secret. Aussitôt que je me crus fondée à raisonner ma croyance et à l'épurer en lui cherchant l'appui et la sanction de mes meilleurs instincts, je n'eus plus de doute et je n'eus plus à revenir sur mes décisions. Ce ne fut pas force de caractère. Les doutes ne reparurent pas, voilà tout.

Beaucoup de points importants furent ainsi tranchés dès lors en moi, avec ou sans Deschartres, avec et sans l'abbé de Prémord. Beaucoup d'autres restèrent encore lettres closes, entre autres tout ce qui était relatif à l'amour ou au mariage. Le temps n'était pas venu pour moi d'y songer, puisque aucune de ces fibres n'avait encore vibré en moi.

Quand je me souviens de ces contentions d'esprit et de la joie que me donnaient tout à coup mes certitudes, il me semble bien que j'avais le ridicule des écoliers qui croient avoir découvert eux-mêmes la sagesse des siècles; mais quand je me demande aujourd'hui, fort tranquillement et après longue expérience de la vie, si j'avais raison de mépriser si hardiment les idées fausses et les vains devoirs qui tuent la foi aux devoirs sérieux, je trouve que je n'avais pas tort, et je sens que si c'était à recommencer, je ne ferais pas mieux.

CHAPITRE DIX-NEUVIEME

*La maladie de ma grand'mère s'aggrave encore.—Fatigues extrêmes.—*Réné, Byron, Hamlet.—*Etat maladif de l'esprit.—Maladie du suicide.—La rivière.—Sermon de Deschartres.—Les classiques.—Correspondances.—Fragments de lettres d'une jeune fille.—Derniers jours de ma grand'mère.—Sa mort.—La nuit de Noël.—Le cimetière.—La veillée du lendemain.*

On a vu comment une circonstance très minime m'avait amenée à soulever des problèmes. Il en est toujours ainsi pour tout le monde, et bien qu'on soit convenu de dire qu'il ne faut pas se placer à un point de vue personnel, il n'en pourra jamais être autrement dans les choses pratiques. Tel qui ferait une mauvaise action, s'il se révoltait contre l'opinion des gens vertueux et éclairés qui le guident et l'entourent, est nécessairement porté, s'il a le sentiment du juste, à regarder l'opinion comme une loi; mais celui qui n'est aux prises qu'avec des niais injustes doit s'interroger avant de leur céder, et partir de là pour reconnaître qu'il n'y a nulle part, entre Dieu et lui, de contrôle légitimement absolu pour les faits de sa vie intime. La conséquence étendue à tous de cette vérité certaine, c'est que la liberté de conscience est inaliénable. En appréciant le fait par l'intention, les jésuites avaient proclamé ce principe, probablement sans en voir tous les résultats en dehors de leur ordre.

La petite aventure de la fête du village avait donc été le prélude des calomnies monstrueusement ridicules qui se forgèrent sur mon compte peu de temps après, avec un *crescendo* des plus brillans. Il semblait que le mépris que j'en faisais fût un motif de fureur pour ces bonnes gens de La Châtre, et que mon indépendance d'esprit (présumée, puisqu'ils ne me connaissaient que de vue) fût un outrage au code d'étiquette de leur clocher.

J'ai déjà dit que la bicoque de La Châtre était remarquable par un nombre de gens d'esprit, considérable relativement à sa population. Cela est encore vrai, mais partout les bons esprits sont l'exception, même dans les grandes villes, et dans les petites, on sait que la masse fait loi. C'est comme un troupeau de moutons où chacun, poussé par tous, donne du nez là où la moutonnerie entière se jette. De là une aversion instinctive contre celui qui se tient à part; l'indépendance du jugement est le loup dévorant qui bouleverse les esprits dans cette bergerie.

Mes relations d'amitié avec les familles amies de la mienne n'en souffrirent pas, et je les ai gardées intactes et douces tout le reste de ma vie.

Mais on pense bien que ma volonté de ne point voir par les yeux du premier venu ne fit que croître et embellir quand tout ce déchaînement vint à ma connaissance. Je trouvai un si grand calme dans ce parti pris, que j'étais presque reconnaissante envers les sots qui me l'avaient suggéré.

Aux approches de l'automne, ma pauvre grand'mère perdit le peu de forces qu'elle avait recouvrées; elle n'eut plus ni mémoire des choses immédiates, ni appréciation des heures, ni désir d'aucune distraction sérieuse. Elle sommeillait toujours et ne dormait jamais. Deux femmes ne la quittaient ni la nuit ni le jour. Deschartres, Julie et moi, à tour de rôle, nous passions ou le jour ou la nuit, pour surveiller ou compléter leurs soins. Dans ces fonctions fatigantes, Julie, bien que très malade elle-même, fut extrêmement courageuse et patiente. Ma pauvre grand'mère ne lui laissait guère de repos. Plus exigeante avec elle qu'avec les autres, elle avait besoin de la gronder et de la contredire, et Julie était forcée de nous faire intervenir souvent pour que sa malade renonçât à des caprices impossibles à satisfaire sans danger pour elle.

Voulant mener de front le soin de ma bonne maman, les promenades nécessaires à ma santé et mon éducation, j'avais pris le parti, voyant que quatre heures de sommeil ne me suffisaient pas, de ne plus me coucher que de deux nuits l'une. Je ne sais si c'était un meilleur système, mais je m'y habituai vite, et me sentis beaucoup moins fatiguée ainsi que par le sommeil à petites doses. Parfois, il est vrai, la malade me demandait à deux heures du matin, quand j'étais dans toute la jouissance de mon repos. Elle voulait savoir de moi s'il était réellement deux heures du matin, comme on le lui assurait. Elle ne se calmait qu'en me voyant, et, certaine enfin de la vérité, elle avait encore des paroles tendres pour me renvoyer dormir; mais il ne fallait guère compter qu'elle ne recommencerait pas à s'agiter au bout d'un quart d'heure, et je prenais le parti de lire auprès d'elle et de renoncer à ma nuit de sommeil.

Ce dur régime ne prenait plus sensiblement sur ma santé: la jeunesse se plie vite au changement d'habitudes; mais mon esprit s'en ressentit profondément: mes idées s'assombrirent, et je tombai peu à peu dans une mélancolie intérieure que je n'avais même plus le désir de combattre.

Comme Deschartres s'en affligeait, je m'appliquai à lui cacher cette disposition maladive. Elle redoubla dans le silence. Je n'avais pas lu *Réné*, ce hors-d'œuvre si brillant du *Génie du Christianisme*, que, pressée de rendre le livre à mon confesseur, j'avais réservé pour le moment où je posséderais un exemplaire à moi. Je le lus enfin, et j'en fus singulièrement affectée. Il me semblait que *Réné* c'était moi. Bien que je n'eusse aucun effroi semblable au sien dans ma vie réelle, et que je n'inspirasse aucune passion qui pût motiver l'épouvante et l'abattement, je me sentis écrasée par ce dégoût de la vie qui me paraissait puiser bien assez de motifs dans le néant de toutes les choses humaines. J'étais déjà malade; il m'arriva ce qui arrive aux gens qui cherchent leur mal dans les livres de médecine. Je pris, par l'imagination, tous les maux de l'âme décrits dans ce poème désolé.

Byron, dont je ne connaissais rien, vint tout aussitôt porter un coup encore plus rude à ma pauvre cervelle. L'enthousiasme que m'avaient causé les poètes mélancoliques d'un ordre moins élevé ou moins sombre, Gilbert, Millevoie, Young, Pétrarque, etc., se trouva dépassé. *Hamlet* et *Jacques* de Shakspeare m'achevèrent. Tous ces grands cris de l'éternelle douleur humaine venaient couronner l'œuvre de désenchantement que les moralistes avaient commencée. Ne connaissant encore que quelques faces de la vie, je tremblais d'aborder les autres. Le souvenir de ce que j'avais déjà souffert me donnait l'effroi et presque la haine de l'avenir. Trop croyante en Dieu pour maudire l'humanité, je m'arrangeais du paradoxe de Rousseau qui proclame, la bonté innée dans l'homme, en maudissant l'œuvre de la société, et en attribuant à l'action collective ce dont l'action individuelle ne se fût jamais avisée.

Comme la conclusion de ce sophisme spécieux était que l'isolement, la vie recueillie et cachée, sont les seuls moyens de conserver la paix de la conscience, ne voilà-t-il pas que, de par la liberté, je revenais au stoïcisme catholique de Gerson, et qu'épouvantée du néant de la vie, je pensais avoir tourné dans un cercle vicieux?

Seulement Gerson promettait et donnait la béatitude au cénobite, et mes moralistes ainsi que mes poètes ne me laissaient que le désespoir. Gerson, toujours logique à son point de vue étroit, m'avait conseillé de n'aimer mes semblables qu'en vue de mon propre salut, c'est-à-dire de ne les aimer point. J'avais appris des autres à mieux entendre Jésus et à aimer le prochain littéralement plus que moi-même: de là une douleur infinie de voir chez mes semblables le mal dont il me semblait si facile de se préserver, et un regret amer de ne pouvoir emporter dans la solitude l'espérance de leur conversion.

J'avais résolu de m'abstenir de la vie: à mon rêve de couvent avait succédé un rêve de claustration libre, de solitude champêtre. Il me semblait que j'avais, comme *Réné*, le cœur mort avant d'avoir vécu, et qu'ayant si bien découvert, par les yeux de Rousseau, de La Bruyère, de Molière même, dont le *Misanthrope* était devenu mon code, par les yeux enfin de tous ceux qui ont vécu, senti, pensé et écrit, la perversité et la sottise des hommes, je ne pourrais jamais en aimer un seul avec enthousiasme, à moins qu'il ne fût, comme moi, une espèce de sauvage, en rupture de ban avec cette société fausse et ce monde fourvoyé.

Si Claudius, avec son esprit, son savoir et son scepticisme à l'endroit des choses humaines, eût eu, comme moi, l'idéal religieux, j'eusse peut-être pensé à lui; j'y pensai même, pour me questionner à ce sujet; mais, tout au contraire de moi, il arrivait rapidement à nier Dieu, disant qu'il aurait dû commencer par là. Cela creusait un abîme entre nous, et notre amitié épistolaire en était glacée. Je ne lui pardonnais que par la pensée qu'il s'éclairerait mieux en s'instruisant davantage.

Cela n'arriva point. Et, bien que nous ayons été liés plus tard assez intimement, cette souffrance intérieure que me causait son athéisme ne s'est jamais dissipée, alors même que je n'avais plus l'esprit tendu habituellement sur des idées aussi sérieuses. Cet athéisme produisit chez lui, dans son âge mûr, des théories d'une perversité surprenante, et l'on se demandait parfois s'il y croyait, ou s'il se moquait de vous. Il vint même un moment où il fut saisi du vertige du mal et où il m'effraya au point que je cessai de le voir et refusai de renouer notre ancienne amitié; mais pourquoi raconterais-je cette phase de son existence: Il n'y a pas d'utilité à remuer la cendre des morts quand leur trace dans la vie n'a pas été assez éclatante pour laisser derrière eux des abîmes entr'ouverts.

Je m'isolais donc, par la volonté, à dix-sept ans, de l'humanité présente. Les lois de propriété, d'héritage, de répression meurtrière, de guerre litigieuse; les priviléges de fortune et d'éducation; les préjugés du rang et ceux de l'intolérance morale: la puérile oisiveté des gens du monde; l'abrutissement des intérêts matériels; tout ce qui est d'institution ou de coutume païenne dans une société soi-disant chrétienne, me révoltait si profondément, que j'étais entraînée à protester, dans mon âme, contre l'œuvre des siècles. Je n'avais pas la notion du progrès, qui n'était pas populaire alors, et qui ne m'était pas arrivée par mes lectures. Je ne voyais donc pas d'issue à mes angoisses; et l'idée de travailler, même dans mon milieu obscur et borné, pour hâter les promesses de l'avenir, ne pouvait se présenter à moi.

Ma mélancolie devint donc de la tristesse, et ma tristesse de la douleur. De là au dégoût de la vie et au désir de la mort il n'y a qu'un pas. Mon existence domestique était si morne, si endolorie, mon corps si irrité par une lutte continuelle contre l'accablement, mon cerveau si fatigué de pensées sérieuses trop précoces, et de lectures trop absorbantes aussi pour mon âge, que j'arrivai à une maladie morale très grave: l'attrait du suicide.

A Dieu ne plaise que j'attribue cependant ce mauvais résultat aux écrits des maîtres et au désir de la vérité. Dans une plus heureuse situation de famille, dans une meilleure disposition de santé, ou je n'aurais pas tant compris les livres, ou ils ne m'eussent pas tant impressionnée. Comme presque tous ceux de mon âge, peut-être n'aurais-je été émue que de la forme, et n'aurais-je pas tant cherché le fond. Les philosophes, pas plus que les poètes, ne sont coupables du mal qu'ils peuvent nous faire quand nous buvons sans à propos et sans modération aux sources qu'ils ont creusées. Je sentais bien que je devais me défendre, non pas d'eux, mais de moi-même, et j'appelais la foi à mon secours.

Je crois encore à ce que les chrétiens appellent la grâce. Qu'on nomme comme on voudra les transformations qui s'opèrent en nous quand nous appelons énergiquement le principe divin de l'infini au secours de notre faiblesse; que ce bienfait s'appelle secours ou assimilation; que notre aspiration s'appelle prière ou exaltation d'esprit, il est certain que l'âme se retrempe dans les élans religieux. Je l'ai toujours éprouvé d'une manière si évidente pour moi, que j'aurais mauvaise grâce à en matérialiser l'expression sous ma plume. Prier comme certains dévots pour demander au ciel la pluie ou le soleil, c'est-à-dire des pommes de terre et des écus; pour conjurer la grêle ou la foudre, la maladie ou la mort, c'est de l'idolâtrie pure; mais lui demander le courage, la sagesse, l'amour, c'est ne pas intervertir l'ordre de ses lois immuables, c'est puiser à un foyer qui ne nous attirerait pas sans cesse si, par sa nature, il n'était pas capable de nous réchauffer.

Je priai donc et reçus la force de résister à la tentation du suicide. Elle fut quelquefois si vive, si subite, si bizarre, que je pus bien constater que c'était une espèce de folie dont j'étais atteinte. Cela prenait la forme d'une idée fixe et frisait par momens la monomanie. C'était l'eau surtout qui m'attirait comme par un charme mystérieux. Je ne me promenais plus qu'au bord de la rivière, et, ne songeant plus à chercher les sites agréables, je la suivais machinalement jusqu'à ce que j'eusse trouvé un endroit profond. Alors, arrêtée sur le bord et comme enchaînée par un aimant, je sentais dans ma tête comme une gaîté fébrile, en me disant: «Comme c'est aisé! Je n'aurais qu'un pas à faire!»

D'abord cette manie eut son charme étrange, et je ne la combattis pas, me croyant bien sûre de moi-même; mais elle prit une intensité qui m'effraya. Je ne pouvais plus m'arracher de la rive aussitôt que j'en formais le dessein, et je commençais à me dire: *Oui* ou *Non*? assez souvent et assez longtemps pour risquer d'être lancée par le *oui* au fond de cette eau transparente qui me magnétisait.

Ma religion me faisait pourtant regarder le suicide comme un crime. Aussi je vainquis cette menace de délire. Je m'abstins de m'approcher de l'eau, et le phénomène nerveux, car je ne puis définir autrement la chose, était si prononcé, que je ne touchais pas seulement à la margelle d'un puits sans un tressaillement fort pénible à diriger en sens contraire.

Je m'en croyais pourtant guérie, lorsque, allant voir un malade avec Deschartres, nous nous trouvâmes tous deux à cheval au bord de l'Indre. «Faites attention, me dit-il, ne se doutant pas de ma monomanie, marchez derrière moi: le gué est très dangereux. A deux pas de nous, sur la droite, il y a vingt pieds d'eau.

—J'aimerais mieux ne point y passer, lui répondis-je, saisie tout à coup d'une grande méfiance de moi-même. Allez seul, je ferai un détour et vous rejoindrai par le pont du moulin.»

Deschartres se moqua de moi. «Depuis quand êtes-vous peureuse? me dit-il; c'est absurde. Nous avons passé cent fois dans des endroits pires, et vous n'y songiez pas. Allons, allons! le temps nous presse. Il nous faut être rentrés à cinq heures pour faire dîner votre bonne maman.»

Je me trouvai bien ridicule en effet, et je le suivis. Mais, au beau milieu du gué, le vertige de la mort s'empare de moi, mon cœur bondit, ma vue se trouble, j'entends le *oui* fatal gronder dans mes oreilles, je pousse brusquement mon cheval à droite, et me voilà dans l'eau profonde, saisie d'un rire nerveux et d'une joie délirante.

Si Colette n'eût été la meilleure bête du monde, j'étais débarrassée de la vie, et fort innocemment, cette fois, car aucune réflexion ne m'était venue, mais Colette, au lieu de se noyer, se mit à nager tranquillement et à m'emporter vers la rive: Deschartres faisait des cris affreux qui me réveillèrent. Déjà il s'élançait à ma poursuite. Je vis que, mal monté et maladroit, il allait se noyer. Je lui criai d'être tranquille et ne m'occupai plus que de me bien tenir. Il n'est pas aisé de ne pas quitter un cheval qui nage. L'eau vous soulève, et votre propre poids submerge l'animal à chaque instant; mais j'étais bien légère, et Colette avait un courage et une vigueur peu communs. La plus grande difficulté fut pour aborder. La rive était trop escarpée. Il y eut un moment d'anxiété terrible pour mon pauvre Deschartres; mais il ne perdit pas la tête et me cria de m'accrocher à un têteau de saule qui se trouvait à ma portée, et de laisser noyer la bête. Je réussis à m'en séparer et à me mettre en sûreté; mais quand je vis les efforts désespérés de ma pauvre Colette pour franchir le talus, j'oubliai tout à fait ma situation, et, entraînée une minute auparavant à ma propre perte, je me désolai de celle de mon cheval, que je n'avais pas prévue. J'allais me rejeter à l'eau pour essayer, bien inutilement sans doute, de le sauver, quand Deschartres vint m'arracher de là, et Colette eut l'esprit de revenir vers le gué où était restée l'autre jument.

Deschartres ne fit pas comme le maître d'école de la fable, qui débite son sermon avant de songer à sauver l'enfant; mais le sermon, pour venir après le secours, n'en fut pas moins rude. Le chagrin et l'inquiétude le rendaient parfois littéralement furieux. Il me traita d'*animal*, de *bête brute*. Tout son vocabulaire y passa. Comme il était d'une pâleur livide et que de grosses larmes coulaient avec ses injures, je l'embrassai sans le contredire; mais la scène continuant pendant le retour, je pris le parti de lui dire la vérité comme à un médecin, et de le consulter sur cette inexplicable fantaisie dont j'étais possédée.

Je pensais qu'il aurait peine à me comprendre, tant je comprenais peu moi-même ce que je lui avouais; mais il n'en parut pas surpris. «Ah! mon Dieu! s'écria-t-il, cela aussi! Allons, c'est héréditaire!» Il me raconta alors que mon père était sujet à ces sortes de vertiges, et m'engagea à les combattre par un bon régime et par la *religion*, mot inusité dans sa bouche, et que je lui entendais invoquer, je pense, pour la première fois.

Il n'avait pas lieu d'argumenter contre mon mal, puisqu'il était involontaire et combattu en moi; mais ceci nous conduisit à raisonner sur le suicide en général.

Je lui accordais d'abord que le suicide raisonné et consenti était généralement une impiété et une lâcheté. C'eût été le cas pour moi. Mais cela ne me paraissait pas plus absolu que bien d'autres lois morales. Au point de vue religieux, tous les martyrs étaient des suicides: si Dieu voulait, d'une manière absolue et sans réplique, que l'homme conservât, même parjure et souillée, la vie qu'il lui a imposée, les héros et les saints du christianisme devaient plutôt feindre d'embrasser les idoles que de se laisser livrer aux supplices et dévorer par les bêtes. Il y a eu des martyrs si avides de cette mort sacrée, qu'on raconte de plusieurs qu'ils se précipitèrent en chantant dans les flammes, sans attendre qu'on les y poussât. Donc l'idéal religieux admet le suicide et l'Église le canonise. Elle a fait plus que de canoniser les martyrs, elle a canonisé les saints volontairement suicidés par excès de macérations.

Quant au point de vue social (en outre des faits d'héroïsme patriotique et militaire, qui sont des suicides glorieux comme le martyre chrétien), ne pouvait-il pas se présenter des cas où la mort est un devoir tacitement exigé par nos semblables? Sacrifier sa vie pour sauver celle d'un autre n'est pas un devoir douteux, lors même qu'il s'agirait du dernier des hommes; mais la sacrifier pour réparer sa propre honte, si la société ne le commande pas, ne l'approuve-t-elle point? N'avons-nous pas tous dans le cœur et sur les lèvres ce cri instinctif de la conscience en présence d'une infamie: «Comment peut-on, comment ose-t-on vivre après cela?» L'homme qui commet un crime et qui se tue après, n'est-il pas à moitié absous? Celui qui a fait un grand tort à quelqu'un et qui, ne pouvant le réparer, se condamne à l'expier par le suicide, n'est-il pas plaint et en quelque sorte réhabilité? Le banqueroutier qui survit à la ruine de ses commettans est souillé d'une tache ineffaçable; sa mort volontaire peut seule prouver la probité de sa conduite ou la réalité de son désastre. Ce peut être parfois un point d'honneur exagéré, mais c'est un point d'honneur. Quand c'est l'œuvre d'un remords bien fondé, est-ce un scandale de plus à donner au monde? Le monde, par conséquent l'esprit des sociétés établies, n'en juge pas ainsi, puisque, par le pardon qu'il accorde, il considère ceci comme une réparation du mauvais exemple et un hommage rendu à la morale publique.

Deschartres m'accorda tout cela, mais il fut plus embarrassé quand je poussai plus loin. «Maintenant, lui dis-je, il peut arriver, comme conséquence de tout ce que nous avons admis, qu'une âme éprise du beau et du vrai sente cependant en elle la fatalité de quelque mauvais instinct, et qu'étant tombée dans le mal, elle ne puisse pas répondre, malgré ses remords et ses résolutions, de n'y pas retomber tout le reste de sa vie. Alors elle peut se prendre elle-même en dégoût, en aversion, en mépris, et non seulement désirer la mort, mais la chercher comme le seul moyen de s'arrêter dans la mauvaise voie.

—Oh! doucement, dit Deschartres. Vous voilà fataliste à présent, et que faites-vous du libre arbitre, vous qui êtes chrétienne?

—Je vous confesse qu'aujourd'hui, répondis-je, j'éprouve de grands doutes là-dessus. Ils sont pénibles plus que je ne puis vous le dire, et je ne demande pas mieux que vous les combattiez: mais ce qui m'est arrivé tout à l'heure ne prouve-t-il pas qu'on peut être entraîné vers la mort physique par un phénomène tout physique, auquel la conscience et la volonté n'ont point de part, et où l'assistance de Dieu semble ne vouloir pas intervenir?

—Vous en concluez que si l'instinct physique peut nous faire chercher la mort physique, l'instinct moral peut nous pousser de même à la mort morale? La conséquence est fausse. L'instinct moral est plus important que l'instinct physique, qui ne raisonne pas. La raison est toute-puissante, non pas toujours sur le mal physique, qui l'engourdit et la paralyse, mais sur le mal moral, qui n'est pas de force contre elle. Ceux qui font le mal sont des êtres privés de raison. Complétez la raison en vous-même, vous serez à l'abri de tous les dangers qui conspireraient contre elle, et même vous surmonterez en vous les désordres du sang et des nerfs; vous les préviendrez, tout au moins, par le régime moral et physique.»

Je donnai pleinement raison, cette fois, à Deschartres: pourtant il me revint plus tard bien des doutes et des angoisses de l'âme à ce sujet. Je pensai que le libre arbitre existe dans la pensée saine, mais que son exercice peut être entravé par des circonstances tout à fait indépendantes de nous et vainement combattues par notre volonté. Ce n'était pas ma faute si j'avais la tentation de mourir. Il se peut que j'eusse aidé à ce mal par un régime trop excitant au moral et au physique; mais, en somme, j'avais manqué de direction et de repos; ma maladie était la conséquence inévitable de celle de ma grand'mère.

Depuis mon immersion dans la rivière, je me sentis débarrassée de l'obsession de la noyade; mais, malgré les soins médicaux et intellectuels de Deschartres, l'attrait du suicide persista sous d'autres formes. Tantôt j'avais une étrange émotion en maniant des armes et en chargeant des pistolets, tantôt les fioles de laudanum que je touchais sans cesse pour préparer des lotions à ma grand'mère me donnaient de nouveaux vertiges.

Je ne me souviens pas trop comment je me débarrassai de cette manie. Cela vint de soi-même avec un peu plus de repos que je donnai à mon esprit, et que Deschartres vint à bout d'assurer à mon sommeil, en se dévouant plus d'une fois à ma place. Je parvins donc à oublier mon idée fixe, et peut-être la lecture que Deschartres me fit faire d'une partie des classiques grecs et latins y contribua-t-elle beaucoup. L'histoire nous transporte loin de nous-mêmes, surtout celle des temps reculés et des civilisations évanouies. Je me rassérénai souvent avec Plutarque, Tite-Live, Hérodote, etc. J'aimai aussi Virgile passionnément en français et Tacite en latin. Horace et Cicéron étaient les dieux de Deschartres. Il m'expliquait le mot à mot, car je m'obstinais à ne vouloir pas rapprendre le latin. Il me traduisit donc en lisant ses passages de prédilection, et il était là d'une décision, d'une clarté, d'une couleur que je n'ai jamais retrouvées chez personne.

Je trouvais aussi une distraction douce à écrire beaucoup de lettres, à mon frère, à Mme Alicia, à Elisa, à Mme de Pontcarré, et à plusieurs de mes compagnes restées au couvent, ou sorties comme moi définitivement. Dans les commencemens, je ne pouvais suffire aux nombreuses correspondances qui me provoquaient et me réclamaient; mais il avait fallu bien peu de temps pour que je fusse oubliée du plus grand nombre. Il ne me restait donc que des amies de choix. J'ai conservé presque toutes ces lettres, qui me sont de doux souvenirs, même des personnes que j'ai entièrement perdues de vue. Celles de Mme Alicia sont simples et toujours tendres. Elles vont de 1820 à 1830. Tout empreintes de la douce monotonie de la vie religieuse, elles ont pour la plupart un ton d'enjouement qui atteste la constante sérénité de cette belle âme. Elle m'appelle toujours mon enfant chéri, ou mon cher *tourment*, comme dans le temps où j'allais me faire gronder dans sa cellule[28].

Il y a beaucoup d'esprit, de gaîté ou de grâce dans les lettres de jeunes filles que j'ai conservées. Pour détacher un point un peu plus brillant sur la trame lourde et triste de mon récit, je citerai quelques extraits de la manière espiègle et charmante d'une de ces aimables compagnes.

A., 5 avril 21.

«Je t'envie bien, chère Aurore, le plaisir de courir les champs à cheval. Je tourmente mon papa mignon pour qu'il me le procure, car je rêve de me voir une casquette sur l'oreille. J'ai arraché sa promesse. En attendant, j'arpente à pied notre immense jardin de la préfecture. *Figure-toi, ma chère*, comme nous disions à la classe qu'il s'y trouve des plaines, des allées droites, des terrasses d'une longueur inouïe, et des tours qui dominent une espèce de promenade où il passe beaucoup de monde et où je vas souvent regarder. Comme la préfecture était autrefois une abbaye, il y a encore dans une partie du jardin entourée de murs, et qui est comme un grand jardin séparé du reste, de vieilles ruines d'église couvertes de lierre, des ifs taillés en pointe, et de longues allées sombres, bordées de grands tilleuls. Tout rappelle les moines dans cet endroit où rien n'a été changé, et je me les représente lisant leurs offices sous ces ombrages où j'aime à rêvasser ou à répéter les vers du Tasse.

«Ceux du Dante, que tu m'as envoyés, m'ont semblé magnifiques, et je ne peux me lasser de les relire.—Non vraiment, je ne chante plus:

Già reide la primavera,

Col suo fiorito aspetto.

Mais j'aime toujours M. l'abbé Métastase.

«Bonsoir, ma petite Aurore. Je vais me coucher, bien qu'il ne soit que neuf heures et demie, car je ne me sens pas disposée du tout à passer, comme toi, les nuits à travailler. Je n'ai pas d'ardeur et n'en prends que pour mon plaisir.................................. ....»

.... 17 juin ....

«J'ai été, il y a quelques jours, à ce qu'on appelle ici un *tantarare*. C'est une société composée de personnes âgées qui jouent au boston dans un salon fort peu éclairé. Quelques jeunes personnes, qui ont suivi leurs mères, bâillent ou en meurent d'envie. Pour moi, mon sort a été supportable. Je me suis trouvée, par hasard, auprès d'une jeune dame aimable et de mon âge. Nous avons beaucoup bavardé. Tu aurais été étonnée de nous entendre raisonner sur l'histoire de France! Comme je n'y suis pas des plus ferrées, j'ai jeté la conversation sur ce qui m'en plaît le mieux, sur le temps de la chevalerie. Nous avons cherché alors des hommes dignes du beau titre de chevaliers dans ceux que nous connaissons, et nous n'avons pas pu en trouver plus de deux ou trois. Il fallait leur donner des dames: la chose nous parut trop difficile, quoique, au fond, chacune de nous pensât que c'était elle.

«Tu me demandes si je versifie encore. Vraiment non. J'ai laissé ce goût au couvent, où je ne pouvais avoir à chanter d'autres romances que celles que je composais moi-même. Maintenant ce n'est pas un petit plaisir pour moi de pouvoir chanter toutes celles que je veux........

«Comment! tu tires le pistolet dans une cible, avec ton ami Hippolyte? Et moi qui me vantais à toi de brûler de la poudre! Décidément, tu es bien plus gâtée que moi, et je vais m'en plaindre à mon papa, qui me refuse des balles. Il croit que le bruit et le feu me suffiront longtemps!—Par exemple, je déteste toujours le travail d'aiguille. Je le reconnais pourtant bien nécessaire à une femme; mais j'ai trouvé un ouvrage qui me plaît: c'est de filer. J'ai un petit rouet charmant, avec une belle quenouille d'ébène, qui vaut bien la quenouille de bois de rose d'*Amélie*, dans *Gaston de Foix*.—Mais que tu es donc heureuse d'avoir un cheval à toi! Je n'ai, en fait de bêtes, qu'une tourterelle qui se charge de me réveiller le matin en volant sur mon lit.—Je ne partage guère ton désir singulier de retourner au couvent. En fait de religieuses, je n'aimais que Poulette; mais la nouvelle supérieure, point. Je m'étonne toujours que tu puisses supporter son souvenir et ne pourrais m'attacher à elle que pour l'amour de Dieu.—J'ai eu des nouvelles de G***. Elle est au Sacré-Cœur, et toujours méchante comme elle l'était chez nous. C'est encore quelqu'un que tu aimais et que je ne peux pas souffrir. Il paraît qu'elle se plaît beaucoup, dans cette nouvelle pension, à raconter tous les affreux tours qu'elle jouait à nos vieilles locataires de la rue des Boulangers.»

27 septembre ...

«... Je n'ai plus de nouvelles de notre couvent que par toi, et tu es la seule avec qui je puisse me livrer un peu à mon babil, car l'inspection des lettres par Mme Eugénie m'empêche d'écrire davantage aux amies que nous y avons laissées. Cela mettrait trop de contrainte dans mes lettres. Par exemple, je ne me risquerais pour rien au monde à leur parler de M. de la ***, qui est maintenant le seul beau danseur du régiment du Calvados, M. de Lauzun étant absent.

«Tu te représenteras facilement le premier, quand je te dirai qu'il me ressemble comme deux gouttes d'eau, surtout au bal, où nous avons tous deux de très vives couleurs. Nous sommes de la même taille. Il jouit, comme moi, d'un honnête embonpoint. Il a des cheveux blondasses et des petits yeux bleus mal ouverts. Enfin, quand nous dansons ensemble, on le prendrait pour mon frère. Maman dit que si elle s'était mariée deux ou trois ans plus tôt, elle aurait pu avoir un fils *aussi charmant*.

«Au dernier bal où j'ai été, il y avait trois officiers, dont M***. Celui-là avait de grands pantalons rouges et des petits brodequins verts, qui me donnaient grande envie qu'il me fît danser; mais c'est un désir qu'il n'a pas partagé.... On ne danse pas pendant l'Avent. Maman a donné des concerts où nous avons brillé comme tu penses. J'avais très peur, mais le public d'ici ne s'y connaît guère. Ma harpe est très bonne, quoique pas plus grande que la tienne, au couvent. Elle a des sons charmans. Elle est en bois satiné gris et toute dorée. Je chante toujours un peu, et on met mon peu de voix sur le compte de ma timidité.»

«18 janvier 1822.

«Il est plus de trois heures. Je sors du bal, et pendant que la femme de chambre déshabille maman, j'ai le temps de commencer une lettre pour ma petite Aurore. Puisque les extrêmes se cherchent, j'aime à babiller avec toi, et je veux de conter tout chaud, tout bouillant, mes plaisirs de ce soir. Hélas! malgré tout ce que je t'en dis pour te monter la tête, ils n'ont pas été sans mélange. J'ai encore dansé avec tout le monde, excepté avec ces petites bottes vertes qui m'avaient déjà tentée. Et comme les difficultés augmentent les fantaisies, j'en ai plus envie que jamais. J'ai grand besoin de me reposer après trois bals de suite. C'est une vie désordonnée, et tu as peut-être bien raison de n'en pas désirer une pareille. Mais passer l'hiver seule à la campagne! pour cela, c'est effrayant, je ne m'en sentirais pas le courage. La vie est toute couleur de rose autour de moi, et je me figure que la réflexion me rendrait triste.»

La personne qui m'écrivait ainsi était extrêmement jolie, malgré les moqueries qu'elle fait d'elle-même. Elle était un peu grasse et un peu louche, il est vrai; mais cela ne l'empêchait pas d'être légère dans sa démarche et d'avoir le plus doux regard et les plus jolis yeux. Elle avait peu de voix, en effet, mais chantait d'une manière ravissante. C'était une nature narquoise, remplie de bienveillance, et voyant en toutes choses le côté comique. Elle avait de grandes originalités, aimant le plaisir sans coquetterie, et laissant prendre à son esprit un tour assez hardi quelquefois, sans manquer dans ses manières et dans ses actions à une réserve exquise.

Ces charmantes puérilités de jeune fille m'arrivaient quelquefois en même temps qu'une argumentation de philosophie matérialiste de Claudius et une exhortation pleine d'onction et de suavité de l'abbé de Prémord. Ma vie intellectuelle était donc bien variée, et si j'étais triste souvent, je ne m'ennuyais du moins jamais. Au contraire, même au milieu de mes plus grands dégoûts de l'existence, je me plaignais de la rapidité du temps, qui ne suffisait à rien de ce dont j'aurais voulu le remplir.

J'aimais toujours la musique. J'avais dans ma chambre un piano, une harpe et une guitare. Je n'avais plus le temps de rien étudier, mais je déchiffrais beaucoup de partitions. Cette impossibilité où j'étais d'acquérir un talent quelconque m'assurait du moins une source de jouissances en m'habituant à lire et à comprendre.

Je voulais aussi apprendre la géologie et la minéralogie. Deschartres remplissait ma chambre de moellons. Je n'apprenais rien qu'à voir et à observer les détails de la création, sur lesquels il attirait mes regards; mais le temps manquait toujours. Il eût fallu que notre chère malade pût guérir.

Vers la fin de l'automne, elle devint très calme, et je me flattais encore; mais Deschartres regardait cette amélioration comme un nouveau pas vers la dissolution de l'être. Ma grand'mère n'était pourtant pas d'un âge à ne pouvoir se relever. Elle avait soixante-quinze ans, et n'avait été malade qu'une fois déjà dans toute sa vie. L'épuisement de ses forces et de ses facultés était donc assez mystérieux. Deschartres attribuait cette absence de puissance réactive à la mauvaise circulation de son sang dans un système de vaisseaux trop étroits. Il fallait l'attribuer plutôt à l'absence de volonté et d'épanouissement moral, depuis l'affreux chagrin de la perte de son fils.

Tout le mois de décembre fut lugubre. Ma grand'mère ne se leva plus et parla rarement. Cependant, habitués à être tristes, nous n'étions pas terrifiés. Deschartres pensait qu'elle pouvait vivre longtemps ainsi dans un engourdissement entre la mort et la vie. Le 22 décembre, elle me fit lever pour me donner un couteau de nacre, sans pouvoir expliquer pourquoi elle songeait à ce petit objet et voulait le voir dans mes mains. Elle n'avait plus d'idées nettes. Cependant elle s'éveilla encore une fois pour me dire: «*Tu perds ta meilleure amie.*»

Ce furent ses dernières paroles. Un sommeil de plomb tomba sur sa figure calme, toujours fraîche et belle. Elle ne se réveilla plus et s'éteignit sans aucune souffrance, au lever du jour et au son de la cloche de Noël.

Nous n'eûmes de larmes ni Deschartres ni moi. Quand le cœur eut cessé de battre et le souffle de ternir légèrement la glace, il y avait trois jours que nous la pleurions définitivement, et en ce moment suprême nous n'éprouvions plus que la satisfaction de penser qu'elle avait franchi sans souffrance du corps et sans angoisses de l'âme le seuil d'une meilleure existence. J'avais redouté les horreurs de l'agonie: la Providence les lui épargnait. Il n'y eut point de lutte entre le corps et l'esprit pour se séparer. Peut-être que déjà l'âme était envolée vers Dieu, sur les ailes d'un songe qui la réunissait à celle de son fils, tandis que nous avions veillé ce corps inerte et insensible.

Julie lui fit une dernière toilette, avec le même soin que dans les meilleurs jours. Elle lui mit son bonnet de dentelle, ses rubans, ses bagues. L'usage, chez nous, est d'enterrer les morts avec un crucifix et un livre de religion. J'apportai ceux que j'avais préférés au couvent. Quand elle fut parée pour la tombe, elle était encore belle. Aucune contraction n'avait altéré ses traits nobles et purs. L'expression en était sublime de tranquillité.

Dans la nuit, Deschartres vint m'appeler, il était fort exalté et me dit d'une voix brève: «Avez-vous du courage? Ne pensez-vous pas qu'il faut rendre aux morts un culte plus tendre encore que celui des prières et des larmes? Ne croyez-vous pas que de là-haut ils nous voient et sont touchés de la fidélité de nos regrets? Si vous pensez toujours ainsi, venez avec moi.»

Il était environ une heure du matin. Il faisait une nuit claire et froide. Le verglas, venu par dessus la neige, rendait la marche si difficile, que, pour traverser la cour et entrer dans le cimetière qui y touche, nous tombâmes plusieurs fois.

«Soyez calme, me dit Deschartres toujours exalté sous une apparence de sang-froid étrange. Vous allez voir celui qui fut votre père.» Nous approchâmes de la fosse ouverte pour recevoir ma grand'mère. Sous un petit caveau, formé de pierres brutes, était un cercueil que l'autre devait rejoindre dans quelques heures.

«J'ai voulu voir cela, dit Deschartres, et surveiller les ouvriers qui ont ouvert cette fosse dans la journée; le cercueil de votre père est encore intact; seulement les clous étaient tombés. Quand j'ai été seul, j'ai voulu soulever le couvercle. J'ai vu le squelette. La tête s'était détachée d'elle-même. Je l'ai soulevée, je l'ai baisée. J'en ai éprouvé un si grand soulagement, moi qui n'ai pu recevoir son dernier baiser, que je me suis dit que vous ne l'aviez pas reçu non plus. Demain cette fosse sera fermée. On ne la rouvrira sans doute plus que pour vous. Il faut y descendre, il faut baiser cette relique. Ce sera un souvenir pour toute votre vie. Quelque jour, il faudra écrire l'histoire de votre père, ne fût-ce que pour le faire aimer à vos enfans qui ne l'auront pas connu. Donnez maintenant à celui que vous avez connu à peine vous-même, et qui vous aimait tant, une marque d'amour et de respect. Je vous dis que de là où il est maintenant, il vous verra et vous bénira.»

J'étais assez émue et exaltée moi-même pour trouver tout simple ce que me disait mon pauvre précepteur. Je n'y éprouvai aucune répugnance, je n'y trouvais aucune bizarrerie; j'aurais blâmé et regretté qu'ayant conçu cette pensée, il ne l'eût pas exécutée. Nous descendîmes dans la fosse et je fis religieusement l'acte de dévotion dont il me donna l'exemple.

«Ne parlons de cela à personne, me dit-il, toujours calme en apparence, après avoir refermé le cercueil, et sortant avec moi du cimetière: on croirait que nous sommes fous, et pourtant nous ne le sommes pas, n'est-il pas vrai?

—Non, certes,» répondis-je avec conviction.

Depuis ce moment j'ai observé que les croyances de Deschartres avaient complétement changé. Il avait toujours été matérialiste et n'avait pas réussi à me le cacher, bien qu'il eût soin de chercher dans ses paroles des termes moyens pour ne pas s'expliquer sur la Divinité et l'immatérialité de l'âme humaine. Ma grand'mère était déiste, comme on disait de son temps, et lui avait défendu de me rendre athée. Il avait eu bien de la peine à s'en défendre, et, pour peu que j'eusse été portée à la négation, il m'y aurait confirmée malgré lui.

Mais il se fit en lui une révolution soudaine et même extrême dans son caractère, car peu de temps après je l'entendis soutenir avec feu l'autorité de l'Église. Sa conversion avait été un mouvement du cœur, comme la mienne. En présence de ces froids ossemens d'un être chéri, il n'avait pu accepter l'horreur du néant. La mort de ma grand'mère ravivant le souvenir de celle de mon père, il s'était trouvé devant cette double tombe écrasé sous les deux plus grandes douleurs de sa vie, et son âme ardente avait protesté, en dépit de sa raison froide, contre l'arrêt d'une éternelle séparation.

Dans la journée qui suivit cette nuit d'une étrange solennité, nous conduisîmes ensemble la dépouille de la mère auprès de celle du fils. Tous nos amis y vinrent et tous les habitants du village y assistèrent. Mais le bruit, les figures hébétées, les batailles des mendians qui, pressés de recevoir la distribution d'usage, nous poussaient jusque dans la fosse pour se trouver les premiers à la portée de l'aumône, les complimens de condoléance, les airs de compassion fausse ou vraie, les pleurs bruyans et les banales exclamations de quelques serviteurs bien intentionnés, enfin tout ce qui est de forme et de regret extérieur me fut pénible et me parut irréligieux. J'étais impatiente que tout ce monde fût parti. Je savais un gré infini à Deschartres de m'avoir amenée là, dans la nuit, pour rendre à cette tombe un hommage grave et profond.

Le soir, toute la maison, vaincue par la fatigue, s'endormit de bonne heure, Deschartres lui-même, brisé d'une émotion qui avait pris une forme toute nouvelle dans sa vie.

Je ne me sentis pas accablée. J'avais été profondément pénétrée de la majesté de la mort; mes émotions, conformes à mes croyances, avaient été d'une tristesse paisible. Je voulus revoir la chambre de ma grand'mère et donner cette dernière nuit de veille à son souvenir, comme j'en avais donné tant d'autres à sa présence.

Aussitôt que tout le bruit eut cessé dans la maison, et que je me fus assurée d'y être bien seule debout, je descendis et m'enfermai dans cette chambre. On n'avait pas encore songé à la remettre en ordre. Le lit était ouvert, et le premier détail qui me saisit fut l'empreinte exacte du corps, que la mort avait frappé d'une pesanteur inerte et qui se dessinait sur le matelas et sur le drap. Je voyais là toute sa forme gravée en creux. Il me sembla, en y appuyant mes lèvres, que j'en sentais encore le froid.

Des fioles à demi vides étaient encore à côté de son chevet. Les parfums qu'on avait brûlés autour du cadavre remplissaient l'atmosphère. C'était du benjoin, qu'elle avait toujours préféré pendant sa vie, et qui lui avait été rapporté de l'Inde, dans une noix de coco, par M. Dupleix. Il y en avait encore, j'en brûlai encore. J'arrangeai ses fioles comme la dernière fois elle les avait demandées; je tirai le rideau à demi, comme il avait coutume d'être quand elle le faisait disposer. J'allumai la veilleuse, qui avait encore de l'huile. Je ranimai le feu, qui n'était pas encore éteint. Je m'étendis dans le grand fauteuil, et je m'imaginai qu'elle était encore là, et qu'en tâchant de m'assoupir j'entendrais peut-être encore une fois sa faible voix m'appeler.

Je ne dormis pas, et cependant il me sembla entendre deux ou trois fois sa respiration, et l'espèce de gémissement, de réveil que mes oreilles connaissaient si bien. Mais rien de net ne se produisit à mon imagination, trop désireuse de quelque douce vision pour arriver à l'exaltation qui eût pu la produire.

J'avais eu dans mon enfance des accès de terreur à propos des spectres, et au couvent il m'en était revenu quelques appréhensions. Depuis mon retour à Nohant, cela s'était si complétement dissipé, que je le regrettais, craignant, quand je lisais les poètes, d'avoir l'imagination morte. L'acte religieux et romanesque que Deschartres m'avait fait accomplir la veille était de nature à me ramener les troubles de l'enfance; mais loin de là, il m'avait pénétrée d'une désespérance absolue de ne pouvoir communiquer directement avec les morts aimés. Je ne pensais donc pas que ma pauvre grand'mère pût m'apparaître réellement, mais je me flattais que ma tête fatiguée pourrait éprouver quelque vertige qui me ferait revoir sa figure éclairée du rayon de la vie éternelle.

Il n'en fût rien. La bise siffla au dehors, la bouillotte chanta dans l'âtre, et aussi le grillon, que ma grand'mère n'avait jamais voulu laisser persécuter par Deschartres, bien qu'il la réveillât souvent. La pendule sonna les heures. La montre à répétition, accrochée au chevet de la malade, et qu'elle avait la coutume d'interroger souvent du doigt, resta muette. Je finis par ressentir une fatigue qui m'endormit profondément.

Quand je m'éveillai, au bout de quelques heures, j'avais tout oublié, et je me soulevai pour regarder si elle dormait tranquille. Alors le souvenir me revint avec des larmes qui me soulagèrent, et dont je couvris son oreiller toujours empreint de la forme de sa tête. Puis je sortis de cette chambre, où les scellés furent mis le lendemain et qui me parut profanée par les formalités d'intérêt matériel.

CHAPITRE VINGTIEME

Mon tuteur.—Arrivée de ma mère et de ma tante.—Étrange changement de relations.—Ouverture du testament.— Clause illégale.—Résistance de ma mère.—Je quitte Nohant.—Paris, Clotilde.—1823.—Deschartres à Paris.—Mon serment.—Rupture avec ma famille paternelle.—Mon cousin Auguste.—Divorce avec la noblesse.—Souffrances domestiques.

Mon cousin Réné de Villeneuve, puis ma mère, avec mon oncle et ma tante Maréchal, arrivèrent peu de jours après. Ils venaient assister à l'ouverture du testament et à la levée des scellés. De la valeur de ce testament allait dépendre mon existence nouvelle; je ne parle pas sous le rapport de l'argent, je n'y pensais pas, et ma grand'mère y avait pourvu de reste; mais sous le rapport de l'autorité qui allait succéder pour moi à la sienne.

Elle avait désiré, par-dessus tout, que je ne fusse point confiée à ma mère, et la manière dont elle me l'avait exprimé, à l'époque de la pleine lucidité où elle avait rédigé ses dernières volontés, m'avait fortement ébranlée. «Ta mère, m'avait-elle dit, est plus bizarre que tu ne penses, et tu ne la connais pas du tout. Elle est si inculte qu'elle aime ses petits à la manière des oiseaux, avec de grands soins et de grandes ardeurs pour la première enfance; mais quand ils ont des ailes, quand il s'agit de raisonner et d'utiliser la tendresse instinctive, elle vole sur un autre arbre et les chasse à coups de bec. Tu ne vivrais pas à présent trois jours avec elle sans te sentir horriblement malheureuse. Son caractère, son éducation, ses goûts, ses habitudes, ses idées te choqueront complètement, quand elle ne sera plus retenue par mon autorité entre vous deux. Ne t'expose pas à ces chagrins, consens à aller habiter avec la famille de ton père, qui veut se charger de toi après ma mort. Ta mère y consentira très volontiers, comme tu peux déjà le pressentir, et tu garderas avec elle des relations douces et durables que vous n'aurez point si vous vous rapprochez davantage. On m'assure que, par une clause de mon testament, je peux confier la suite de ton éducation et le soin de t'établir à Réné de Villeneuve, que je nomme ton tuteur, mais je veux que tu acquisses d'avance à cet arrangement, car Mme de Villeneuve surtout ne se chargerait pas volontiers d'une jeune personne qui la suivrait à contre-cœur.»

A ces momens de courte mais vive lueur de sagesse, ma grand'mère avait pris sur moi un empire complet. Ce qui donnait aussi beaucoup de poids à ses paroles, c'était l'attitude singulière et même blessante de ma mère, son refus de venir me soutenir dans mes angoisses, le peu de pitié que l'état de ma grand'mère lui inspirait, et l'espèce d'amertume railleuse, parfois menaçante de ses lettres rares et singulièrement irritées. N'ayant pas mérité cette sourde colère qui paraissait gronder en elle, je m'en affligeais, et j'étais forcée de constater qu'il y avait chez elle soit de l'injustice, soit de la bizarrerie. Je savais que ma sœur Caroline n'était point heureuse avec elle, et ma mère m'avait écrit: «Caroline va se marier. Elle est lasse de vivre avec moi. Je crois, après tout, que je serai plus libre et plus heureuse quand je vivrai seule.»

Mon cousin était venu bientôt après passer une quinzaine avec nous. Je crois que pour se bien décider, ou tout au moins pour décider sa femme à se charger de moi, il avait voulu me connaître davantage. De mon côté, je désirais aussi connaître ce père d'adoption que je n'avais pas beaucoup vu depuis mon enfance. Sa douceur et la grâce de ses manières m'avaient toujours été sympathiques, mais il me fallait savoir s'il n'y avait pas derrière ces formes agréables un fond de croyances quelconques, inconciliables avec celles qui avaient surgi en moi.

Il était gai, d'une égalité charmante de caractère, d'un esprit aimable et cultivé, et d'une politesse si exquise que les gens de toute condition en étaient satisfaits ou touchés. Il avait beaucoup de littérature, et une mémoire si fidèle qu'il avait retenu, je crois, tous les vers qu'il avait lus. Il m'interrogeait sur mes lectures, et dès que je lui nommais un poète, il m'en récitait les plus beaux passages d'une manière aisée, sans déclamation, avec une voix et une prononciation charmantes. Il n'avait point d'intolérance dans le goût et se plaisait à Ossian aussi bien qu'à Gresset. Sa causerie était un livre toujours ouvert et qui vous présentait toujours une page choisie.

Il aimait la campagne et la promenade. Il n'avait, à cette époque, que quarante-cinq ans, et comme il n'en paraissait que trente, on ne manqua pas de dire à La Châtre, en nous voyant monter à cheval ensemble, qu'il était mon prétendu, et que c'était une nouvelle impertinence de ma part de courir seule avec lui, *au nez du monde.*

Je ne trouvai en lui aucun des préjugés étroits et des appréciations mesquines des provinciaux. Il avait toujours vécu dans le plus grand monde, et mes *excentricités* ne le blessaient en rien. Il tirait le pistolet avec moi, il se laissait aller à lire et à causer jusqu'à deux ou trois heures du matin; il luttait avec moi d'adresse à sauter les fossés à cheval; il ne se moquait pas de mes essais de philosophie, et même il m'exhortait à écrire, assurant que c'était ma vocation, et que je m'en tirerais agréablement.

Par son conseil, j'avais essayé de faire encore un roman, mais celui-ci ne réussit pas mieux que ceux du couvent. Il ne s'y trouva pas d'amour. C'était toujours une fiction en dehors de moi et que je sentais ne pouvoir peindre. Je m'en amusai quelque temps et y renonçai au moment où cela tournait à la dissertation. Je me sentais pédante comme un livre, et, ne voulant pas l'être, j'aimais mieux me taire et poursuivre intérieurement l'éternel poème de *Corambé*, où je me sentais dans le vrai de mes émotions.

En trouvant mon tuteur si conciliant et d'un commerce si agréable, je ne songeais pas qu'une lutte d'idées pût jamais s'engager entre nous. A cette époque, les idées philosophiques étaient toutes spéculatives dans mon imagination. Je n'en croyais pas l'application générale possible. Elles n'excitaient ni alarmes ni antipathies personnelles chez ceux qui ne s'en occupaient pas sérieusement. Mon cousin riait de mon libéralisme et ne s'en fâchait guère. Il voyait la nouvelle cour, mais il restait attaché aux souvenirs de l'empire, et comme, en ce temps-là, bonapartisme et libéralisme se fondaient souvent dans un même instinct d'opposition, il m'avouait que ce monde de dévots et d'obscurantistes lui donnait des nausées, et qu'il ne supportait qu'avec dégoût l'intolérance religieuse et monarchique de certains salons.

Il me faisait bien certaines recommandations de respect et de déférence envers madame de Villeneuve, qui me donnaient à penser qu'il n'était pas le maître absolu chez lui; mais ma cousine n'était pas dévote alors, et tenait surtout aux manières et au savoir-vivre. Comme je m'inquiétais de ma rusticité, il m'assura qu'il n'y paraissait pas quand je voulais, et qu'il ne s'agissait que de vouloir toujours. «Au reste, me disait-il, si tu trouves quelquefois ta cousine un peu sévère, tu feras à ses exigences du moment le sacrifice de la petite vanité d'écolier, et aussitôt qu'elle t'aura vue plier de bonne grâce, elle t'en récompensera par un grand esprit de justice et de générosité. Chenonceaux te semblera un paradis terrestre, à toi qui n'a jamais rien vu, et si tu y as quelques momens de contrainte je saurai te les faire oublier. Je sens que tu me seras une société charmante: nous lirons, nous disserterons, nous courrons, et même nous rirons ensemble, car je vois que tu es gaie aussi, quand tu n'a pas trop de sujets de chagrin.»

Je m'en remettais donc à lui de mon sort futur avec une grande confiance. Il m'assurait aussi que sa fille Emma, Mme de la Roche-Aymon, partageait la sympathie particulière que j'avais toujours eue pour elle, et qu'à nous trois nous oublierions la gêne du monde, que ni elle ni lui n'aimaient plus que moi.

Il m'avait également parlé de ma mère, sans aigreur et en termes très convenables, en me confirmant tout ce que ma grand'mère m'avait dit en dernier lieu de son peu de désir de m'avoir avec elle. Loin de me prescrire une rupture absolue, il m'encourageait à persister dans ma déférence envers elle. «Seulement, me disait-il, puisque le lien entre vous semble se détendre de lui-même, ne le resserre pas imprudemment, ne lui écris pas plus qu'elle ne paraît le souhaiter et ne te plains pas de la froideur qu'elle te témoigne. C'est ce qui peut arriver de mieux.»

Cette prescription me fut pénible. Malgré tout ce que j'y trouvais de sage, et peut-être de nécessaire au bonheur de ma mère elle-même, mon cœur avait toujours pour elle des élans passionnés, suivis d'une morne tristesse. Je ne me disais pas qu'elle ne m'aimait point: je sentais qu'elle m'en voulait trop d'aimer ma grand'mère pour n'être pas jalouse aussi à sa manière: mais cette manière m'effrayait, je ne la connaissais pas. Jusqu'à ces derniers temps, ma préférence pour elle lui avait été trop bien démontrée.

Quand après quelques mois, et au lendemain de la mort de ma grand'mère, mon cousin Réné revint pour m'emmener, j'étais bien décidée à le suivre. Pourtant l'arrivée de ma mère bouleversa. Ses premières caresses furent si ardentes et si vraies, j'étais si heureuse aussi de revoir ma petite tante Lucie, avec son parler populaire, sa gaîté, sa vivacité, sa franchise et ses maternelles gâteries, que je me flattai d'avoir retrouvé le rêve de bonheur de mon enfance dans la famille de ma mère.

Mais au bout d'un quart d'heure tout au plus, ma mère, très irritée par la fatigue du voyage, par la présence de M. de Villeneuve, par les airs refrognés de Deschartres, et surtout par les douloureux souvenirs de Nohant, exhala toutes les amertumes amassées dans son cœur contre ma grand'mère. Incapable de se contenir, malgré les efforts de ma tante pour la calmer et pour atténuer par des plaisanteries l'effet de ce qu'elle appelait ses *exagérations*, elle me fit voir qu'un abîme s'était creusé à mon insu entre nous, et que le fantôme de la pauvre morte se placerait là longtemps pour nous désespérer.

Ses invectives contre elle me consternèrent. Je les avais entendues autrefois, mais je ne les avais pas toujours comprises. Je n'y avais vu que des rigueurs à blâmer, des ridicules à supporter. Maintenant elle était accusée de vices de cœur, cette pauvre sainte femme! Ma mère, je dois dire aussi, ma pauvre mère, disait des choses inouïes dans la colère.

Ma résistance ferme et droite à ce torrent d'injustice la révolta. J'étais, certes bien émue intérieurement, mais la voyant si exaltée, je pensai devoir me contenir, et lui montrer dès le premier orage, une volonté inébranlable de respecter le souvenir de ma bienfaitrice. Comme cette révolte contre ses sentimens était par elle-même bien assez offensante pour son dépit, je ne croyais pas pouvoir y mettre trop de formes, trop de calme apparent, trop d'empire sur ma secrète indignation.

Cet effort de raison, ce sacrifice de ma propre colère intérieure au sentiment du devoir, était précisément ce que je pouvais imaginer de pire avec une nature comme celle de ma mère. Il eût fallu faire comme elle, crier, tempêter, casser quelque chose, l'effrayer enfin, lui faire croire que j'étais aussi violente qu'elle et qu'elle n'aurait pas bon marché de moi.

«Tu t'y prends tout de travers, me dit ma tante quand nous fûmes seules ensemble. Tu es trop tranquille et trop fière; ce n'est pas comme cela qu'il faut se conduire avec ma sœur. Je la connais bien, moi! Elle est mon aînée, et elle m'aurait rendue bien malheureuse dans mon enfance et dans ma jeunesse si j'avais fait comme toi; mais quand je la voyais de mauvaise humeur et couvant une grosse querelle, je la taquinais et me moquais d'elle jusqu'à ce que je l'eusse fait éclater. Ça allait plus vite. Alors quand je la sentais bien montée, je me fâchais aussi, et tout à coup je lui disais: «En voilà assez; veux-tu m'embrasser et faire la paix? Dépêche-toi, car sans cela, je te quitte.» Elle revenait aussitôt, et la crainte de me voir recommencer, l'empêchait de recommencer trop souvent elle-même.»

Je ne pus profiter de ce conseil. Je n'étais pas la sœur, l'égale par conséquent, de cette femme ardente et infortunée. J'étais sa fille. Je ne pouvais oublier le sentiment et les formes du respect. Quand elle revenait elle-même, je lui restituais ma tendresse avec tous ses témoignages; mais il m'était impossible de prévenir ce retour en allant baiser des lèvres encore chaudes d'injures contre celle que je vénérais.

L'ouverture du testament amena de nouvelles tempêtes. Ma mère, prévenue par quelqu'un qui trahissait tous les secrets de ma grand'mère (je n'ai jamais su qui), connaissait depuis longtemps la clause qui me séparait d'elle. Elle savait aussi mon adhésion à cette clause: de là sa colère anticipée.

Elle feignit d'ignorer tout jusqu'au dernier moment, et nous nous flattions encore, mon cousin et moi, que l'espèce d'aversion qu'elle me témoignait lui ferait accepter avec empressement cette disposition testamentaire, mais elle était armée de toutes pièces pour en accueillir la déclaration. Sans doute quelqu'un l'avait influencée d'avance, et lui avait fait voir là une injure qu'elle ne devait point accepter. Elle déclara donc très nettement qu'elle ne se laisserait pas réputer indigne de garder sa fille, qu'elle savait la clause nulle, puisqu'elle était ma tutrice naturelle et légitime, qu'elle invoquait la loi, et que ni prières ni menaces ne la feraient renoncer à son droit, qui était effectivement complet et absolu.

Qui m'eût dit cinq ans auparavant que cette réunion tant désirée serait un chagrin et un malheur pour moi? Elle me rappela ces jours de ma passion pour elle et me reprocha amèrement d'avoir laissé corrompre mon cœur par ma grand'mère et par Deschartres. «Ah! ma pauvre mère, m'écriai-je, que ne m'avez-vous prise au mot dans ce temps-là! Je n'aurais rien regretté alors. J'aurais tout quitté pour vous. Pourquoi m'avez-vous trompée dans mes espérances et abandonnée si complétement? J'ai douté de votre tendresse, je l'avoue. Et à présent, que faites-vous? Vous brisez, vous blessez mortellement ce cœur que vous voulez guérir et ramener! Vous savez qu'il a fallu quatre ans à ma grand'mère pour me faire oublier un moment d'injustice contre vous, et vous m'accablez tous les jours, à toute heure, de vos injustices contre elle!»

Comme, d'ailleurs, je me soumettais sans murmure à sa volonté de me garder avec elle, elle parut s'apaiser. La politesse extrême de mon cousin la désarmait par moment. Elle ne ferma pas tout à fait l'oreille à l'idée de me permettre de rentrer au couvent, comme pensionnaire en chambre, et j'en écrivis à Mme Alicia et à la supérieure, afin d'avoir une retraite toute prête à me recevoir, aussitôt que j'aurais conquis la permission d'en profiter.

Il ne se trouva pas un logement vacant, grand comme la main, aux Anglaises. On m'aurait reprise volontiers comme pensionnaire en classe; mais ma mère ne voulait pas qu'il en fût ainsi, disant qu'elle comptait me faire sortir sans en être empêchée par les réglemens, qu'elle voulait me marier à sa guise, par conséquent, n'avoir pas, dans ses relations avec moi, l'obstacle d'une grille et d'une consigne de tourière.

Mon cousin me quitta en me disant de prendre courage et de persister avec douceur et adresse dans le désir d'aller au couvent. Il me promettait de s'occuper de me caser au Sacré-Cœur ou à l'Abbaye-aux-Bois.

Ma mère ne voulait pas entendre parler de rester avec moi à Nohant, encore moins de m'y laisser avec Deschartres et Julie, l'une qui y conservait son logement selon le désir exprimé par ma grand'mère, l'autre qui, ayant encore une année de bail, devait y rester comme fermier. Ma mère ne savait vivre qu'à Paris, et pourtant elle avait l'intuition vraie de la poésie des champs, l'amour et le talent du jardinage et une grande simplicité de goûts; mais elle arrivait à l'âge où les habitudes sont impérieuses. Il lui fallait le bruit de la rue et le mouvement des boulevards. Ma sœur était tout récemment mariée; nous devions habiter, ma mère et moi, l'appartement de ma grand'mère, rue Neuve-des-Mathurins.

Je quittai Nohant avec un serrement de cœur pareil à celui que j'avais éprouvé en quittant les Anglaises. J'y laissais toutes mes habitudes studieuses, tous mes souvenirs de cœur, et mon pauvre Deschartres seul et comme abruti de tristesse.

Ma mère ne me laissa emporter que quelques livres de prédilection. Elle avait un profond mépris pour ce qu'elle appelait mon originalité. Elle me permit cependant de garder ma femme de chambre Sophie, à laquelle j'étais attachée, et d'emmener mon chien.

Je ne sais plus quelle circonstance nous empêcha de nous installer tout de suite rue Neuve-des-Mathurins. Peut-être une levée de scellés à faire. Nous descendîmes chez ma tante, rue de Bourgogne, et nous y passâmes une quinzaine avant de nous installer dans l'appartement de ma grand'mère.

J'eus une grande consolation à retrouver ma cousine Clotilde, belle et bonne âme, droite, courageuse, discrète, fidèle aux affections, avec un caractère charmant, un enjouement soutenu, des talens et la science du cœur, préférable à celle des livres. Quelque enveloppés d'orages domestiques que nous fussions alors, il n'y eut jamais, ni alors ni depuis, un nuage entre nous deux. Elle aussi me trouvait un peu *originale*; mais elle trouvait cela *très joli, très amusant, et m'aimait comme j'étais.*

Sa douce gaîté était un baume pour moi. Quelque malheureuse ou intempestivement tournée aux choses sérieuses que l'on soit, on a besoin de rire et de folâtrer à dix-sept ans, comme on a besoin d'exister. Ah! si j'avais eu à Nohant cette adorable compagne, je n'aurais peut-être jamais lu tant de belles choses, mais j'aurais aimé et accepté la vie.

Nous fîmes beaucoup de musique ensemble, nous apprenant l'une à l'autre ce que nous savions un peu, moi lire, elle dire. Sa voix, un peu voilée, était d'une souplesse extrême et sa prononciation facile et agréable. Quand je me mettais avec elle au piano, j'oubliais tout.

A cette époque se place une circonstance qui m'impressionne beaucoup, non qu'elle soit bien importante, mais parce qu'elle me mettait aux prises, dès mon entrée dans la vie, avec certaines probabilités entrevues d'avance. Deschartres fut appelé à venir rendre à une assemblée de famille compte de son administration. Cela se passait chez ma tante. Mon oncle, qui faisait carrément les choses et qui était le conseil de ma mère, trouvait une lacune dans le paiement des fermes, une lacune de trois ans, par conséquent dix-huit mille francs à Deschartres. On avait appelé, je ne sais plus pourquoi, un avoué à cette conférence.

En effet il y avait trois ans que Deschartres n'avait payé. J'ignore si, par tolérance ou par crainte de le laisser ruiné, ma grand'mère lui avait donné quittance d'une partie, mais ces quittances ne se trouvèrent point. Quant à moi, je n'avais rien touché de lui et ne lui avais, par conséquent, donné aucune décharge.

Le pauvre grand homme avait, comme je l'ai dit, acheté un petit domaine dans les landes, non loin de chez nous. Comme il avait plus d'imagination que de bonheur dans ses entreprises, il avait rêvé là, à tort, une fortune; non qu'il aimât l'argent, mais parce que toute sa science, tout son amour-propre s'engouffraient dans la perspective de transformer un terrain maigre et inculte en une terre grasse et luxuriante. Il s'était jeté dans cette aventure agricole avec la foi et la précipitation de son infaillibilité. Les choses avaient mal tourné, son régisseur l'avait volé! Et puis il avait voulu, croyant bien faire, échanger les produits de nos terres avec ceux de la sienne. Il nous amenait du bétail maigre qui n'engraissait pas chez nous, ou qui y crevait de pléthore en peu de jours. Il envoyait chez lui nos bestiaux gourmands et gâtés qui ne s'accommodaient pas de ses ajoncs et de ses genêts, et qui y dépérissaient rapidement. Il en était ainsi des grains et de tout le reste. En somme, sa terre lui avait peu rapporté, en Nohant encore moins, relativement. Des pertes considérables et répétées l'avaient mis dans la nécessité de vendre son petit bien, mais il ne trouvait pas d'acquéreurs et ne pouvait combler son arriéré.

Je savais tout cela, bien qu'il ne m'en eût jamais parlé. Ma grand'mère m'en avait avertie, et je savais que nous ne vivions à Nohant que du produit de la maison de la rue de la Harpe et de quelques rentes sur l'État.

Ce n'était pas suffisant pour les habitudes de ma grand'mère; sa maladie d'ailleurs avait occasionné d'assez grands frais. La gêne était réelle dans la maison, et, n'ayant pas de quoi renouveler ma garderobe, j'arrivais à Paris avec un bagage qui eût tenu dans un mouchoir de poche, et une robe pour toute toilette.

Deschartres ne pouvant fournir ces malheureuses quittances, auxquelles nous n'avions pas songé, arrivait donc de son côté pour donner ou essayer de donner des explications, ou d'obtenir des délais. Il se présenta fort troublé. J'aurais voulu être un moment seule avec lui pour le rassurer; ma mère nous garda à vue, et l'interrogatoire commença autour d'une table chargée de registres et de paperasses.

Ma mère, fortement prévenue contre mon pauvre pédagogue et avide de lui rendre tout ce qu'il lui avait fait souffrir autrefois, goûtait, à voir son embarras, une joie terrible. Elle tenait surtout à le faire passer pour un malhonnête homme vis-à-vis de moi, à qui elle faisait un principal grief de ne pas partager son aversion.

Je vis qu'il n'y avait pas à hésiter. Ma mère avait laissé échapper le mot de prison pour dettes; j'espère qu'elle n'eût pas exécuté une si dure menace; mais l'orgueilleux Deschartres, attaqué dans son honneur, était capable de se brûler la cervelle. Sa figure pâle et contractée était celle d'un homme qui a pris cette résolution.

Je ne le laissai pas répondre. Je déclarai qu'il avait payé entre mes mains, et que, dans le trouble où nous avait si souvent mis l'état de ma grand'mère, nous n'avions songé ni l'un, ni l'autre à la formalité des quittances.

Ma mère se leva, les yeux enflammés et la voix brève: «Ainsi, vous avez reçu dix-huit mille francs, me dit-elle, où sont-ils?

—Je les ai dépensés apparemment, puisque je ne les ai plus.

—Vous devez les représenter ou en prouver l'emploi.»

J'invoquai l'avoué. Je lui demandai si, étant unique héritière, je me devais des comptes à moi-même, et si ma tutrice avait le droit d'exiger ceux de ma gestion des revenus de ma grand'mère.

«Non, certes, répondit l'avoué. On n'a pas de questions à vous faire là-dessus. Je demande qu'on insiste seulement sur la réalité de vos recettes. Vous êtes mineure et n'avez pas le droit de remettre une dette. Votre tutrice a celui d'exiger les rentrées qui vous sont acquises.»

Cette réponse me rendit la force prête à m'abandonner. Tomber dans une série de mensonges et de fausses explications ne m'eût peut-être pas été possible. Mais, du moment qu'il ne s'agissait que de persister dans un *oui* pour sauver Deschartres, je crois que je ne devais pas hésiter. Je ne sais pas s'il était en aussi grand péril que je me l'imaginais. Sans doute on lui eût donné le temps de vendre son domaine pour s'acquitter, et l'eût-il vendu à bas prix, il lui restait pour vivre la pension que lui avait assignée ma grand'mère par son testament[29]. Mais les idées de déshonneur et de prison pour dettes me bouleversaient l'esprit.

Ma mère insista comme le lui suggéra l'avoué. «Si M. Deschartres vous a versé dix-huit mille francs, c'est ce qu'on saura bien. Vous n'en donneriez pas votre parole d'honneur?»

Je sentis un frisson, et je vis Deschartres prêt à tout confesser.

«Je la donnerais, m'écriai-je.

—Donne-la en ce cas, me dit ma tante, qui me croyait sincère et qui voulait voir finir ce débat.

—Non, mademoiselle, reprit l'avoué, ne la donnez pas.

—Je veux qu'elle la donne! s'écria ma mère, à qui j'eus ensuite bien de la peine à pardonner de m'avoir infligé cette torture.

—Je la donne, lui répondis-je très émue, et Dieu est avec moi contre vous dans cette affaire-ci!

—Elle a menti, elle ment! cria ma mère. Une dévote! une philosophailleuse! Elle ment et se vole elle-même!

—Oh! pour cela, dit l'avoué en souriant, elle en a bien le droit, et ne fait de tort qu'à sa dot.

—Je la conduirai, avec son Deschartres, jusque chez le juge de paix, dit ma mère. Je lui ferai faire serment sur le Christ, sur l'Évangile!

—Non, madame, dit l'avoué, tranquille comme un homme d'affaires; vous vous en tiendrez là; et quant à vous, mademoiselle, me dit-il avec une certaine bienveillance, soit d'approbation, soit de pitié pour mon désintéressement, je vous demande pardon de vous avoir tourmentée. Chargé de soutenir vos intérêts, je m'y suis cru obligé. Mais personne ici n'a le droit de révoquer votre parole en doute, et je pense que l'on doit passer outre sur ce détail.»

J'ignore ce qu'il pensait de tout ceci. Je ne m'en occupai point et je n'eusse point su lire à travers la figure d'un avoué. La dette de Deschartres fut rayée au registre, on s'occupa d'autre chose et on se sépara.

Je réussis à me trouver seule un instant sur l'escalier avec mon pauvre précepteur. «Aurore, me dit-il avec les larmes dans les yeux, je vous paierai, n'en doutez pas?

—Certes, je n'en doute pas, répondis-je, voyant qu'il éprouvait quelque humiliation. La belle affaire! Dans deux ou trois ans votre domaine sera en plein rapport.

—Sans doute! bien certainement! s'écria-t-il, rendu à la joie de ses illusions. Dans trois ans, ou il me rapportera trois mille livres de rente, ou je le vendrai cinquante mille francs. Mais j'avoue que, pour le moment, je n'en trouve que douze mille, et que si l'on m'eût retenu la pension de votre grand'mère pendant six années, il m'aurait fallu mendier, je ne sais quel gagne pain. Vous m'avez sauvé, vous avez souffert. Je vous remercie.»

Tant que je pus rester chez ma tante auprès de Clotilde, mon existence, malgré de fréquentes secousses, me parut tolérable. Mais quand je fus installée rue Neuve-des-Mathurins, elle ne le fut point.

Ma mère, irritée contre tout ce que j'aimais, me déclara que je n'irais point au couvent. Elle m'y laissa aller embrasser une fois mes religieuses et mes compagnes, et me défendit d'y retourner. Elle renvoya brusquement ma femme de chambre, qui lui déplaisait, et chassa même mon chien. Je le pleurai, parce que c'était la goutte d'eau qui faisait déborder le vase.

M. de Villeneuve vint lui demander de m'emmener dîner chez lui. Elle lui répondit que Mme de Villeneuve eût à venir elle-même lui faire cette demande. Elle était dans son droit sans doute, mais elle parlait si sèchement que mon cousin perdit patience, lui répondit que jamais sa femme ne mettrait les pieds chez elle, et partit pour ne plus revenir. Je ne l'ai revu que plus de vingt ans après.

De même que mon bon cousin m'a pardonné et me pardonne encore de ne pas partager toutes ses idées, je lui pardonne de m'avoir abandonnée ainsi à mon triste sort. Pouvait-il ne pas le faire? Je ne sais. Il eût fallu de sa part une patience que je n'aurais certes pas eue pour mon compte, si je n'eusse eu affaire à ma propre mère. Et puis, quand même il eût dévoré en silence cette première algarade, n'eût-elle pas recommencé le lendemain?

Cependant il m'a fallu des années, je le confesse, pour oublier la manière dont il me quitta, sans même me dire un mot d'adieu et de consolation, sans jeter les yeux sur moi, sans me laisser une espérance, sans m'écrire le lendemain pour me dire que je trouverais toujours un appui en lui quand il me serait possible de l'invoquer. Je m'imaginai qu'il était las des ennuis que lui suscitait son impuissante tutelle, et qu'il était content de trouver une vive occasion de s'en débarrasser. Je me demandai si Mme de Villeneuve, qui avait déjà l'âge d'une matrone, n'aurait pas pu, par un léger simulacre de politesse, dont ma mère eût été flattée, la décider à me laisser continuer mes visites chez elle, si tout au moins, on n'eût pas pu tenter un peu plus, sauf à me laisser là, avec la confiance d'inspirer quelque intérêt et de pouvoir y recourir plus tard sans crainte d'être importune. Je m'attendais à quelque chose de semblable. Il n'en fut rien. La famille de mon père resta muette. L'appréhension de la trouver close m'empêcha d'y jamais frapper. Je ne sais si ma fierté fut exagérée, mais il me fut impossible de la faire plier à des avances. J'étais un enfant, il est vrai, et, bien que je n'eusse aucun tort, je devais faire les premiers pas; mais on va voir ce qui m'en empêcha.

Mon autre cousin, Auguste de Villeneuve, frère de Réné, vint me voir aussi une dernière fois. Sans être liée avec lui, j'étais plus familière, je ne sais pourquoi. Il était aussi très bon, mais il manquait un peu de tact. Je me plaignis à lui de l'abandon de Réné: «Ah dame, me dit-il avec son grand sang-froid indolent, tu n'as pas agi comme on te le recommandait. On voulait te voir entrer au couvent, tu ne l'as pas fait. Tu sors avec ta mère, avec sa fille, avec le mari de sa fille, avec M. Pierret. On t'a vue dans la rue avec tout ce monde-là. C'est une société impossible: je ne dis pas pour moi, ça me serait bien égal, mais pour ma belle-sœur et pour les femmes de toute famille honorable où nous aurions pu te faire entrer par un bon mariage.»

Sa franchise éclaircissait une grande question d'avenir pour moi. Je lui demandai d'abord comment il m'était possible, ayant affaire à une personne que la résistance la plus polie et la plus humble exaspérait, d'entrer au couvent contre sa volonté, de refuser de sortir avec elle et de ne pas voir son entourage. Comme il ne pouvait me donner une réponse satisfaisante, je lui demandai si, d'ailleurs, refuser de voir ma sœur, son mari et Pierret, au cas où cela me serait possible, lui paraissait conciliable avec les liens du sang, de l'amitié et du devoir.

Il ne me répondit pas davantage, seulement il me dit: «Je vois que tu tiens à ta famille maternelle et que tu es décidée à ne jamais rompre avec tous ces braves gens-là. Je croyais le contraire. C'est différent.

—J'ai pu, lui dis-je, dans des momens de douleur et de colère intérieure, souhaiter de quitter ma mère, qui me rend fort malheureuse, et comme je ne vois pas qu'elle soit heureuse de notre réunion, je désirerais encore beaucoup le couvent, ou bien je m'arrangerais d'un mariage qui me soustrairait à son autorité absolue; mais quelque tort qu'elle puisse avoir, j'ai toujours été résolue à la fréquenter et à ne me rendre complice d'aucun affront qui lui serait fait.

—Eh bien! reprit-il, toujours aussi froid et faisant des grimaces nerveuses qui lui étaient habituelles, et qui semblaient lui servir à rassembler ses idées et ses paroles, en bonne religion, tu as raison, mais ainsi ne va pas le monde. Ce que nous appelons un bon mariage pour toi, c'est un comme ayant quelque fortune et de la naissance. Je t'assure qu'aucun de ces hommes-là ne viendra te trouver ici, et que, même quand tu auras attendu trois ans, l'époque de ta majorité, tu ne seras pas plus facile à bien marier qu'aujourd'hui. Quant à moi, je ne m'en chargerais pas: on me jetterait à la tête que tu as vécu trois ans chez ta mère et avec toutes sortes de bonnes gens qu'on ne serait pas fort aise de fréquenter. Ainsi, je te conseille de te marier toi-même comme tu pourras. Qu'est-ce que ça me fait, à moi, que tu épouses un roturier? S'il est honnête homme, je le verrai parfaitement et je ne t'en aimerai certainement car je vois que ta mère tourne autour de nous, et qu'elle va me flanquer à la porte!»

Là-dessus, il prit son chapeau et s'enfuit en me disant: «Adieu, ma tante!»

Je ne lui en voulus pas, à lui, il ne s'était jamais chargé de moi. Sa franchise me mettait à l'aise, et sa promesse d'amitié constante me consolait amplement de la perte d'un bon parti. Je l'ai retrouvé aussi amicalement insouciant et tranquillement bon peu d'années après mon mariage.

Mais cette rupture momentanée de sa part, absolue de celle de tout le reste de la famille, me donna bien à penser.

J'avais peut-être oublié, depuis quelques années, qui j'étais, et comme quoi mon sang royal s'était perdu dans mes veines en s'alliant, dans le sein de ma mère au sang plébéïen. Je ne crois pas, je suis même certaine que je n'avais pas cru m'élever au-dessus de moi-même en regardant comme naturelle et inévitable l'idée d'entrer dans une famille noble, de même que je ne me crus pas déchue pour n'avoir pas à y prétendre. Au contraire, je me sentais soulagée d'un grand poids. J'avais toujours eu de la répugnance, d'abord par instinct, ensuite par raisonnement, à m'incorporer dans une caste qui n'existait que par la négation de l'égalité. A supposer que j'eusse été décidée au mariage, ce qui n'était réellement pas encore, j'aurais, autant que possible, suivi le vœu de ma grand'mère, mais sans être persuadé que la naissance eût la moindre valeur sérieuse, et dans le cas seulement où j'aurais rencontré un patricien sans morgue et sans préjugés.

Mon cousin Auguste me signifiait, de par la loi du monde, qu'il n'en est pas et qu'il ne peut y en avoir. Tout en avouant que ma manière de voir était religieuse et honorable pour moi, il déclarait qu'elle me déshonorait aux yeux du monde, que personne ne m'y pardonnerait d'avoir fait de trouver quelqu'un qui dût m'approuver.

Que devais-je donc faire selon lui et selon son monde? M'enfuir de chez ma mère, faire connaître, par un éclat, qu'elle ne me rendait pas heureuse, ou faire supposer pis encore, c'est-à-dire que mon honneur était en danger auprès d'elle? Cela n'était pas, et si cela eût été, le retentissement de ma situation ainsi proclamée m'eût-il rendue beaucoup plus *mariable* au gré de mes cousins?

Devais-je, à défaut de la fuite, me révolter ouvertement contre ma mère, l'injurier, la menacer? quoi? que voulait-on de moi? Tout ce que j'eusse pu faire eût été si impossible et si odieux, que je ne le comprends pas encore.

C'est bien trop me défendre sans doute d'avoir fait mon devoir; mais si j'insiste sur ma situation personnelle, c'est que j'ai fort à cœur de prouver ce que c'est que l'opinion du monde, la justice de ses arrêts et l'importance de sa protection.

On représente toujours ceux qui secouent ses entraves comme des esprits pervers, ou tout au moins si orgueilleux et si brouillons qu'ils troublent l'ordre établi et la coutume régnante, pour le seul plaisir de mal faire. Je suis pourtant un petit exemple, entre mille plus sérieux et plus concluans, de l'injustice et de l'inconséquence de cette grande coterie plus ou moins nobiliaire qui s'intitule modestement le *monde*. En disant inconséquence et injustice, je suis calme jusqu'à l'indulgence; je devrais dire l'impiété: car, pour mon compte, je ne pouvais envisager autrement la réprobation qui devait s'attacher à moi pour avoir observé les devoirs les plus sacrés de la famille.

Qu'on sache bien que je ne m'en prenais pas, que je ne m'en suis jamais prise à mes parens paternels. Ils étaient de ce monde-là, ils n'en pouvaient refaire le code à leur usage et au mien. Ma grand'mère, ne pouvant se décider à envisager pour moi un avenir contraire à ses vœux, avait arraché d'eux la promesse de me réintégrer dans la caste où, par leurs femmes[30] (les Villeneuve n'étaient pas de vieille souche), ils avaient été réintégrés eux-mêmes. Les sacrifices qu'ils avaient dû faire pour s'y tenir, ils trouvaient naturel de me les imposer. Mais ils oubliaient que, pour pousser ces sacrifices jusqu'à fouler aux pieds le respect filial (ce que certes ils n'eussent pas fait eux-mêmes), il m'eût fallu, outre un mauvais cœur et une mauvaise conscience, la croyance à l'inégalité originelle.

Or je n'acceptais pas cette inégalité. Je ne l'avais jamais comprise, jamais supposée. Depuis le dernier des mendians jusqu'au premier des rois, je *savais*, par mon instinct, par ma conscience, par la loi du Christ surtout, que Dieu n'avait mis au front de personne ni un sceau de noblesse, ni un sceau de vasselage. Les dons mêmes de l'intelligence n'étaient rien devant lui sans la volonté du bien, et d'ailleurs cette intelligence innée, il la laissait tomber dans le cerveau d'un crocheteur tout aussi bien que dans celui d'un prince.

Je donnai des larmes à l'abandon de mes parens. Je les aimais. Ils étaient les fils de la sœur de mon père, mon père les avait chéris; ma grand'mère les avait bénis; ils avaient souri à mon enfance; j'aimais certains de leurs enfans: Mme de la Roche-Aymon, fille de Réné; Félicie, fille d'Auguste, adorable créature, morte à la fleur de l'âge, et son frère Léonce, d'un esprit charmant.

Mais je pris vite mon parti sur ce qui devait être rompu entre nous tous: les liens de l'affection et de la famille, non, certes, mais bien ceux de la solidarité d'opinion et de position.

Quant au beau mariage qu'ils devaient me procurer, je confesse que ce fut une grande satisfaction pour moi d'en être débarrassée. J'avais donné mon assentiment à une proposition de Mme de Pontcarré, que ma mère repoussa. Je vis que, d'une part, ma mère ne voudrait jamais de noblesse, que, de l'autre, la noblesse ne voulait plus de moi. Je me sentis enfin libre, par la force des choses, de rompre le vœu de ma grand'mère et de me marier selon mon cœur (comme avait fait mon père), le jour où je m'y sentirais portée.

Je l'étais encore si peu que je ne renonçais point à l'idée de me faire religieuse. Ma courte visite au couvent avait ravivé mon idéal de bonheur de ce côté-là. Je me disais bien que je n'étais plus dévote à la manière de mes chères recluses: mais l'une d'elles, Mme Françoise, ne l'était pas et passait pour s'occuper de science. Elle vivait là en paix comme un père dominicain des anciens jours. La pensée de m'élever par l'étude et la contemplation des plus hautes vérités au-dessus des orages de la famille et des petitesses du monde me souriait une dernière fois.

Il est bien possible que j'eusse pris ce parti à ma majorité, c'est-à-dire après trois ans d'attente, si ma vie eût été tolérable jusque-là. Mais elle le devenait de moins en moins. Ma mère ne se laissait toucher et persuader par aucune de mes résignations. Elle s'obstinait à voir en moi une ennemie secrètement irréconciliable. D'abord elle triompha de se voir débarrassée du contrôle de mon tuteur et me railla du désespoir qu'elle m'attribuait. Elle fut étonnée de me voir si bien détachée des grandeurs du monde; mais elle n'y crut pas et jura qu'elle *briserait ma sournoiserie*.

Soupçonneuse à l'excès et portée d'une manière toute maladive, toute délirante, à incriminer ce qu'elle ne comprenait pas, elle élevait, à tout propos des querelles incroyables. Elle venait m'arracher mes livres des mains, disant qu'elle avait essayé de les lire, qu'elle n'y avait entendu goutte, et que ce devait être de mauvais livres. Croyait-elle réellement que je fusse vicieuse ou égarée, ou bien avait-elle besoin de trouver un prétexte à ses imputations, afin de pouvoir dénigrer la *belle éducation* que j'avais reçue? Tous les jours c'étaient de nouvelles découvertes qu'elle me faisait faire sur ma *perversité*.

Quand je lui demandais, avec insistance, où elle avait pris de si étranges notions sur mon compte, elle disait avoir eu des correspondances à La Châtre, et savoir, jour par jour, heure par heure, tous les désordres de ma conduite. Je n'y croyais pas, je n'effrayais pas de l'idée que ma pauvre mère était folle. Elle le devina, un jour, au redoublement de silence et de soins qui étaient ma réponse habituelle à ses invectives. «Je vois bien, dit-elle, que tu fais semblant de me croire en délire. Je vais te prouver que je vois clair et que je marche droit.»

Elle exhiba alors cette correspondance sans vouloir me laisser jeter les yeux sur l'écriture, mais en me lisant des pages entières qu'elle n'improvisait certes pas. C'était le tissu de calomnies monstrueuses et d'aberrations stupides dont j'ai déjà parlé et dont je m'étais tant moquée à Nohant. Les ordures de la petite ville s'étaient emparées de l'imagination vive et faible de ma mère. Elles s'y étaient gravées jusqu'à détruire le plus simple raisonnement. Elles n'en sortirent entièrement qu'au bout de plusieurs années, quand elle me vit sans prévention et que tous ses sujets d'amertume eurent disparu.

Elle se disait renseignée ainsi par un des plus intimes amis de notre maison. Je ne répondis rien, je ne pouvais rien répondre. Le cœur me levait de dégoût. Elle se mettait au lit, triomphante de m'avoir écrasée. Je me retirai dans ma chambre; j'y restai sur une chaise jusqu'au grand jour, hébétée, ne pensant à rien, sentant mourir mon corps et mon âme tout ensemble.

CHAPITRE VINGT ET UNIEME

Singularités, grandeurs et agitations de ma mère.—Une nuit d'expansion.—Parallèle.—Le Plessis.—Mon père James et ma mère Angèle.—Bonheur de la campagne.—Retour à la santé, à la jeunesse et à la gaîté.—Les enfans de la maison.—Opinions du temps.—Loïsa Puget.—M. Stanislas et son cabinet mystérieux.—Je rencontre mon futur mari.—Sa prédiction.—Notre amitié.—Son père.—Bizarreries nouvelles.—Retour de mon frère.—La baronne Dudevant.—Le régime dotal.—Mon mariage.—Retour à Nohant.—Automne 1823.

Pour supporter une telle existence, il eût fallu être une sainte. Je ne l'étais pas, malgré mon ambition de le devenir. Je ne sentais pas mon organisation seconder les efforts de ma volonté. J'étais affreusement ébranlée dans tout mon être. Ce *bouquet* à toutes mes agitations et à toutes mes tristesses portait un si rude coup à mon système nerveux que je ne dormais plus du tout et que je me sentais mourir de faim, sans pouvoir surmonter le dégoût que me causait la vue des alimens. J'étais secouée à tout instant par des sursauts fébriles, et je sentais mon cœur aussi malade que mon corps. Je ne pouvais plus prier. J'essayai de faire mes dévotions à Pâques. Ma mère ne voulut pas me permettre d'aller voir l'abbé de Prémord, qui m'eût fortifiée et consolée. Je me confessai à un vieux bourru qui ne comprenant rien aux révoltes intérieures contre le respect filial dont je m'accusais, me demanda le pourquoi et le comment, et si ces révoltes de mon cœur étaient bien ou mal fondées.

«Ce n'est pas là la question, lui répondis-je. Selon ma religion, elles ne doivent jamais être assez fondées pour n'être pas combattues. Je m'accuse d'avoir soutenu ce combat avec mollesse.»

Il persista à me demander de lui faire la confession de ma mère. Je ne répondis rien, voulant recevoir l'absolution et ne pas recommencer la scène de La Châtre.

«Au reste, si je vous interroge, dit-il, frappé de mon silence, c'est pour vous éprouver. Je voulais voir si vous accuseriez votre mère, et puisque vous ne le faites pas, je vois que votre repentir est réel et que je peux vous absoudre.»

Je trouvai cette épreuve inconvenante et dangereuse pour la sûreté des familles. Je me promis de ne plus me confesser au premier venu, et je commençai à sentir un grand dégoût pour la pratique d'un sacrement si mal administré. Je communiai le lendemain, mais sans ferveur, quelque effort que je fisse, et encore plus dérangée et choquée du bruit qui se faisait dans les églises que je ne l'avais été à la campagne.

Les personnes qui entouraient ma mère étaient excellentes envers moi, mais ne pouvaient ou ne savaient pas me protéger. Ma bonne tante prétendait qu'il fallait rire des lubies de sa sœur et croyait la chose possible de ma part. Pierret, plus juste et plus indulgent que ma mère à l'habitude, mais parfois aussi susceptible et aussi fantasque, prenait ma tristesse pour de la froideur, et me la reprochait avec sa manière furibonde et comique qui ne pouvait plus me divertir. Ma bonne Clotilde ne pouvait rien pour moi. Ma sœur était froide et avait répondu à mes premières effusions avec une sorte de méfiance, comme si elle se fût attendue à de mauvais procédé de ma part. Son mari était un excellent homme qui n'avait aucune influence sur la famille. Mon grand-oncle de Beaumont ne fut point tendre. Il avait toujours eu un fonds d'égoïsme qui ne lui permettait plus de supporter une figure pâle et triste à sa table sans la taquiner jusqu'à la dureté. Il vieillissait aussi beaucoup, souffrait de la goutte, et faisait de fréquentes algarades dans son intérieur, et même à ses convives, quand ils ne s'efforçaient pas de le distraire et ne réussissaient pas à l'amuser. Il commençait à aimer les commérages, et je ne sais jusqu'à quel point ma mère ne l'avait pas imprégné de ceux dont j'étais l'objet à *La Châtre!*

Ma mère n'était cependant pas toujours tendue et irritée. Elle avait ses bons retours de candeur et de tendresse par où elle me reprenait. C'était là le pire. Si j'avais pu arriver à la froideur et à l'indifférence, je serais peut-être arrivée au stoïcisme; mais cela m'était impossible. Qu'elle versât une larme, qu'elle eût pour moi une inquiétude, un soin maternel, je recommençais à l'aimer et à espérer. C'était la route du désespoir: tout était brisé et remis en question le lendemain.

Elle était malade. Elle traversait une crise qui fut exceptionnellement longue et douloureuse chez elle, sans jamais abattre son activité, son courage et son irritation. Cette énergique organisation ne pouvait franchir, sans un combat terrible, le seuil de la vieillesse. Encore jolie et rieuse, elle n'avait pourtant aucune jalousie de femme contre la jeunesse et la beauté des autres. C'était une nature chaste, quoi qu'on en ait dit et pensé, et ses mœurs étaient irréprochables. Elle avait le besoin des émotions violentes, et, quoique sa vie en eût été abreuvée, ce n'était jamais assez pour cette sorte de haine étrange et bien certainement fatale qu'elle avait pour le repos de l'esprit et du corps. Il lui fallait toujours renouveler son atmosphère agitée par des agitations nouvelles, changer de logement, se brouiller ou se raccommoder avec quelqu'un ou quelque chose, aller passer quelques heures à la campagne, et se dépêcher de revenir tout d'un coup pour fuir la campagne; dîner dans un restaurant, et puis dans un autre; bouleverser même sa toilette de fond en comble chaque semaine.

Elle avait de petites manies qui résument bien cette mobilité inquiète. Elle achetait un chapeau qui lui semblait charmant. Le soir même, elle le trouvait hideux. Elle en ôtait le nœud, et puis les fleurs, et puis les ruches. Elle transposait tout cela avec beaucoup d'adresse et de goût. Son chapeau lui plaisait ainsi tout le lendemain. Mais le jour suivant c'était un autre changement radical, et ainsi pendant huit jours, jusqu'à ce que le malheureux chapeau, toujours transformé, lui devînt indifférent. Alors elle le portait avec un profond mépris, disant qu'elle ne se souciait d'aucune toilette, et attendant qu'elle se prît de fantaisie pour un chapeau neuf.

Elle avait encore de très beaux cheveux noirs. Elle s'ennuya d'être brune et mit une perruque blonde qui ne réussit point à l'enlaidir. Elle s'aima blonde pendant quelque temps, puis elle se déclara *filasse* et prit le châtain clair. Elle revint bientôt à un blond cendré, puis retourna à un noir doux, et fit si bien que je la vis avec des cheveux differens pour chaque jour de la semaine.

Cette frivolité enfantine n'excluait pas des occupations laborieuses et des soins domestiques très minutieux. Elle avait aussi ses délices d'imagination, et lisait M. d'Arlincourt avec rage jusqu'au milieu de la nuit, ce qui ne l'empêchait pas d'être debout à six heures du matin et de recommencer ses toilettes, ses courses, ses travaux d'aiguille, ses rires, ses désespoirs et ses emportemens.

Quand elle était de bonne humeur, elle était vraiment charmante, et il était impossible de ne pas se laisser aller à sa gaîté pleine de verve et de saillies pittoresques. Malheureusement cela ne durait jamais une journée entière, et la foudre tombait sur vous, on ne savait de quel coin du ciel.

Elle m'aimait cependant, ou du moins elle aimait en moi le souvenir de mon père et celui de mon enfance; mais elle haïssait aussi en moi le souvenir de ma grand'mère et de Deschartres. Elle avait couvé trop de ressentimens et dévoré trop d'humiliations intérieures pour n'avoir pas besoin d'une éruption de volcan longue, terrible, complète. La réalité ne lui suffisait pas pour accuser et maudire. Il fallait que l'imagination se mît de la partie. Si elle digérait mal, elle se croyait empoisonnée et n'était pas loin de m'en accuser.

Un jour, ou plutôt une nuit, je crus que toute amertume devait être effacée entre nous et que nous allions nous entendre et nous aimer sans souffrance.

Elle avait été dans le jour d'une violence extrême, et comme de coutume, elle était bonne et pleine de raison dans son apaisement. Elle se coucha et me dit de rester près de son lit jusqu'à ce qu'elle dormît, parce qu'elle se sentait triste. Je l'amenai, je ne sais comment, à m'ouvrir son cœur, et j'y lus tout le malheur de sa vie et de son organisation. Elle me raconta plus de choses que je n'en voulais savoir, mais je dois dire qu'elle le fit avec une simplicité et une sorte de grandeur singulières. Elle s'anima au souvenir de ses émotions, rit, pleura, accusa, raisonna même avec beaucoup d'esprit, de sensibilité et de force. Elle voulait m'initier au secret de toutes ses infortunes, et, comme emportée par une fatalité de la douleur, elle cherchait en moi l'excuse de ses souffrances et la réhabilitation de son âme.

Après tout, dit-elle en se résumant et en s'asseyant sur son lit, où elle était belle avec son madras rouge sur sa figure pâle qu'éclairaient de si grands yeux noirs, je ne me sens coupable de rien. Il ne me semble pas que j'aie jamais commis sciemment une mauvaise action; j'ai été entraînée, poussée, souvent forcée de voir et d'agir. Tout mon crime, c'est d'avoir aimé. Ah! si je n'avais pas aimé ton père, je serais riche, libre, insouciante et sans reproche, puisque avant ce jour-là je n'avais jamais réfléchi à quoi que ce soit. Est-ce qu'on m'avait enseigné à réfléchir, moi? Je ne savais ni *a* ni *b*. Je n'étais pas plus fautive qu'une linotte. Je disais mes prières soir et matin comme on me les avait apprises; et jamais Dieu ne m'avait fait sentir qu'elles ne fussent pas bien reçues.

«Mais à peine me fus-je attachée à ton père que le malheur et le tourment se mirent après moi. On me dit, on m'apprit que j'étais indigne d'aimer. Je n'en savais rien et je n'y croyais guère. Je sentais mon cœur plus aimant et mon amour plus vrai que ceux de ces grandes dames qui me méprisaient et à qui je le rendais bien. J'étais aimée. Ton père me disait «Moque-toi de tout cela comme je m'en moque.» J'étais heureuse et je le voyais heureux. Comment aurais-je pu me persuader que je le déshonorais?

«Voilà pourtant ce qu'on m'a dit sur tous les tons quand il n'a plus été là pour me défendre. Il m'a fallu alors réfléchir, m'étonner, me questionner, arriver à me sentir humiliée et à me détester moi-même, ou bien à humilier les autres dans leur hypocrisie et à les détester de toutes mes forces.

«C'est alors que moi, si gaie, si insouciante, si sûre de moi, si franche, je me suis senti des ennemis. Je n'avais jamais haï: je me suis mise à haïr presque tout le monde. Je n'avais jamais pensé à ce que c'est que votre belle société avec sa morale, ses manières, ses prétentions. Ce que j'en avais vu m'avait toujours fait rire comme très drôle. J'ai vu que c'était méchant et faux. Ah! je te déclare bien que si, depuis mon veuvage, j'ai vécu sagement, ce n'est pas pour faire plaisir à ces gens-là, qui exigent des autres ce qu'ils ne font pas. C'est parce que je ne pouvais plus faire autrement. Je n'ai aimé qu'un homme dans ma vie, et après l'avoir perdu, je ne me souciais plus de rien, ni de personne.»

Elle pleura, au souvenir de mon père, des torrents de larmes, s'écriant: «Ah! que je serais devenue bonne si nous avions pu vieillir ensemble! Mais Dieu me l'a arraché tout au milieu de mon bonheur. Je ne maudis pas Dieu: il est le maître; mais je déteste et maudis l'humanité!......»—Et elle ajouta naïvement et comme lasse de cette effusion: «*Quand j'y pense.* Heureusement je n'y pense pas toujours.»

C'était la contre-partie de la confession de ma grand'mère que j'entendais et recevais. La mère et l'épouse se trouvaient là en complète opposition dans l'effet de leur douleur. L'une qui, ne sachant plus que faire de sa passion et ne pouvant la reporter sur personne, acceptait l'arrêt du ciel, mais sentait son énergie se convertir en haine contre le genre humain; l'autre qui, ne sachant plus que faire de sa tendresse, avait accusé Dieu, mais avait reporté sur ses semblables des trésors de charité.

Je restais ensevelie dans les réflexions que soulevait en moi ce double problème. Ma mère me dit brusquement: «Eh bien! je t'en ai trop dit, je le vois, et à présent tu me condamnes et me méprises en connaissance de cause! J'aime mieux ça. J'aime mieux t'arracher de mon cœur et n'avoir plus rien à aimer après ton père, pas même toi!»

—Quant à mon mépris, lui répondis-je en la prenant toute tremblante et toute crispée entre mes bras, vous vous trompez bien. Ce que je méprise, c'est le mépris du monde. Je suis aujourd'hui pour vous contre lui, bien plus que je ne l'étais à cet âge que vous me reprochez toujours d'avoir oublié. Vous n'aviez que mon cœur, et à présent ma raison et ma conscience sont avec vous. C'est le résultat de ma *belle éducation* que vous raillez trop, de la religion, et de la philosophie que vous détestez tant. Pour moi, votre passé est sacré, non pas seulement parce que vous êtes ma mère, mais parce qu'il m'est prouvé par le raisonnement que vous n'avez jamais été coupable.

—Ah! vraiment! mon Dieu! s'écria ma mère, qui m'écoutait avec avidité. Alors, qu'est-ce que tu condamnes donc en moi?

—Votre aversion et vos rancunes contre ce monde, ce genre humain tout entier sur qui vous êtes entraînée à vous venger de vos souffrances. L'amour vous avait faite heureuse et grande, la haine vous a faite injuste et malheureuse.

—C'est vrai, c'est vrai! dit-elle. C'est trop vrai! Mais comment faire? Il faut aimer ou haïr. Je ne peux pas être indifférente et pardonner par lassitude.

—Pardonnez au moins par charité.

—La charité? oui, tant qu'on voudra pour les pauvres malheureux qu'on oublie ou qu'on méprise parce qu'ils sont faibles! Pour les pauvres filles perdues qui meurent dans la crotte pour n'avoir jamais pu être aimées. De la charité pour ceux qui souffrent sans l'avoir mérité? Je leur donnerais jusqu'à ma chemise, tu le sais bien! Mais de la charité pour *les comtesses*, pour madame une telle qui a déshonoré cent fois un mari aussi bon que le mien, par galanterie; pour monsieur un tel qui n'a blâmé l'amour de ton père que le jour où j'ai refusé d'être sa maîtresse...... Tous ces gens-là, vois-tu, sont des infâmes; ils font le mal, ils aiment le mal, et ils ont de la religion et de la vertu plein la bouche.

—Vous voyez pourtant qu'il y a, outre la loi divine, une loi fatale qui nous prescrit le pardon des injures et l'oubli des souffrances personnelles, car cette loi nous frappe et nous punit quand nous l'avons trop méconnue.

—Comment ça! explique-toi clairement.

—A force de nous tendre l'esprit et de nous armer le cœur contre les gens mauvais et coupables, nous prenons l'habitude de méconnaître les innocens et d'accabler de nos soupçons et de nos rigueurs ceux qui nous respectent et nous chérissent.

—Ah! tu dis cela pour toi! s'écria-t-elle.

—Oui, je le dis pour moi, mais je pourrais le dire aussi pour ma sœur, pour la vôtre, pour Pierret. Ne le croyez-vous pas, ne le dites-vous pas vous-même, quand vous êtes calme?

—C'est vrai que je fais enrager tout le monde quand je m'y mets, reprit-elle; mais je ne sais pas le moyen de faire autrement. Plus j'y pense, plus je recommence, et ce qui m'a paru le plus injuste de ma part en m'endormant est ce qui me paraît le plus juste quand je me réveille. Ma tête travaille trop. Je sens quelquefois qu'elle éclate. Je ne suis bien portante et raisonnable que quand je ne pense à rien; mais cela ne dépend pas de moi du tout. Plus je veux ne pas penser, plus je pense. Il faut que l'oubli vienne tout seul, à force de fatigue. C'est donc ce qu'on apprend dans tes livres, la faculté de ne rien penser du tout!»

On voit par cet entretien combien il m'était impossible d'agir sur l'instinct passionné de ma mère par le raisonnement, puisqu'elle prenait l'émotion de ses pensées tumultueuses pour de la réflexion, et cherchait son soulagement dans un étourdissement de lassitude qui lui ôtait toute conscience soutenue de ses injustices. Il y avait en elle un fonds de droiture admirable, obscurci à chaque instant par une fièvre d'imagination malade qu'elle n'était plus d'âge à combattre, ayant d'ailleurs vécu dans une complète ignorance des armes intellectuelles qu'il eût fallu employer.

C'était pourtant une âme très religieuse, et elle aimait Dieu ardemment, comme un refuge contre la sienne propre. Elle ne voyait de clémence et d'équité qu'en lui, et, comptant sur une miséricorde sans limites, elle ne songeait pas à ranimer et à développer en elle le reflet de cette perfection. Il n'était même pas possible de lui faire entendre par des mots l'idée de cette relation de la volonté avec Celui qui nous la donne. «Dieu, disait-elle, sait bien que nous sommes faibles, puisqu'il lui a plu de nous faire ainsi.»

La dévotion de ma sœur l'irritait souvent. Elle abhorrait les prêtres et lui parlait de *ses* curés comme elle me parlait de *mes* vieilles *comtesses*. Elle ouvrait souvent les Évangiles pour en lire quelques versets. Cela lui faisait du bien ou du mal, selon qu'elle était bien ou mal disposée. Calme, elle s'attendrissait aux larmes et aux parfums de Madeleine; irritée, elle traitait le prochain comme Jésus traita les vendeurs dans le Temple.

Elle s'endormit en me bénissant, en me remerciant *du bien que je lui avais fait*, et en déclarant qu'elle serait désormais toujours juste pour moi. «Ne t'inquiète plus, me dit-elle; je vois bien à présent que tu ne méritais pas tout le chagrin que je t'ai fait. Tu vois juste, tu as de bons sentimens. Aime-moi, et sois bien certaine qu'au fonds je t'adore.»

Cela dura trois jours. C'était bien long pour ma pauvre mère. Le printemps était arrivé et, à cette époque de l'année ma grand'mère avait toujours remarqué que son caractère s'aigrissait davantage, et frisait par momens l'aliénation, je vis qu'elle ne s'était pas trompée.

Je crois que ma mère elle-même sentit son mal et désira être seule pour me le cacher. Elle me mena à la campagne chez des personnes qu'elle avait vues trois jours auparavant à un dîner chez un vieux ami de mon oncle de Beaumont, et me quitta le lendemain de notre arrivée en me disant: «Tu n'es pas bien portante: l'air de la campagne te fera du bien. Je viendrai te chercher la semaine prochaine.»

Elle m'y laissa quatre ou cinq mois.

345

J'aborde de nouveaux personnages, un nouveau milieu où le hasard me jeta brusquement, et où la Providence me fit trouver des êtres excellens, des amis généreux, un temps d'arrêt dans mes souffrances, et un nouvel aspect de choses humaines.

Mme Roettiers du Plessis était la plus franche et la plus généreuse nature du monde. Riche héritière, elle avait aimé dès l'enfance son oncle James Roettiers, capitaine de chasseurs, *troupier fini*, dont la vive jeunesse avait beaucoup effrayé la famille. Mais l'instinct du cœur n'avait pas trompé la jeune Angèle. James fut le meilleur des époux et des pères. Ils avaient cinq enfans et dix ans de mariage quand je les connus. Ils s'aimaient comme au premier jour et se sont toujours aimés ainsi.

Mme Angèle, bien qu'à vingt-sept ans elle eût les cheveux gris, était charmante. Elle manquait de grâce, ayant toujours eu la pétulance, la franchise d'un garçon, et la plus complète absence de coquetterie; mais sa figure était délicate et jolie; sa fraîcheur, qui contrastait avec cette chevelure argentée, rendait sa beauté très originale.

James avait la quarantaine et le front très dégarni, mais ses yeux, bleus et ronds, pétillaient d'esprit et de gaîté, et toute sa physionomie peignait la bonté et la sincérité de son âme.

Les cinq enfans étaient cinq filles, dont une était élevée par le frère aîné de James: les quatre autres, habillées en garçons, couraient et grouillaient dans la maison la plus rieuse et la plus bruyante que j'eusse jamais vue.

Le château était une grande villa du temps de Louis XVI, jetée en pleine Brie, à deux lieues de Melun. Absence complète de vue et de poésie aux alentours, mais en revanche un parc très vaste et d'une belle végétation: des fleurs, des gazons immenses, toutes les aises d'une habitation que l'on ne quitte en aucune saison, et le voisinage d'une ferme considérable qui peuplait de bestiaux magnifiques les prairies environnantes. Mme Angèle et moi nous nous prîmes d'amitié à première vue. Bien qu'elle eût l'air d'un garçon sans en avoir les habitudes, tandis que j'en avais un peu l'éducation sans en avoir l'air, il y avait entre nous ce rapport, que nous ne connaissions ni ruses ni vanités de femme, et nous sentîmes tout d'abord que nous ne serions jamais, en rien et à propos de personne, la rivale l'une de l'autre; que, par conséquent, nous pouvions nous aimer sans méfiance et sans risque de nous brouiller jamais.

Ce fut elle qui provoqua ma mère à me laisser chez elle. Elle avait compté que nous y passerions huit jours. Ma mère s'ennuya dès le lendemain, et comme je soupirais en quittant déjà ce beau parc tout souriant de sa parure printanière, et ces figures ouvertes et sympathiques qui interrogeaient la mienne, Mme Angèle, par sa décision de caractère et sa bienveillance assurée, trancha la difficulté. Elle était mère de famille si irréprochable, que ma propre mère ne pouvait s'inquiéter du *qu'en dira-t-on*, et comme cette maison était un terrain neutre pour ses antipathies et ses ressentimens, elle accepta sans se faire prier.

Cependant, comme au bout de la semaine, elle ne faisait pas mine de revenir, je commençai à m'inquiéter, non pas de mon abandon dans une famille que je voyais si respectable et si parfaite, mais de la crainte d'être à charge, et j'avouai mon embarras.

James me prit à part et me dit: «Nous savons toute l'histoire de votre famille. J'ai un peu connu votre père à l'armée, et j'ai été mis au courant, le jour où je vous ai vue à Paris, de ce qui s'est passé depuis sa mort; comment vous avez été élevée par votre grand'mère, et comment vous êtes retombée sous la domination de votre mère. J'ai demandé pourquoi vous ne pouviez pas vous entendre avec elle. On m'a appris, et je l'ai vu au bout de cinq minutes, qu'elle ne pouvait se défendre de dire du mal de sa belle-mère devant vous, que cela vous blessait mortellement, et qu'elle vous tourmentait d'autant plus que vous baissiez la tête en silence. Votre air malheureux m'a intéressé à vous. Je me suis dit que ma femme vous aimerait comme je vous aimais déjà, que vous seriez pour elle une société sûre et une amie agréable. Vous avez parlé en soupirant du bonheur de vivre à la campagne. Je me suis promis du plaisir à vous donner ce plaisir-là. J'ai parlé le soir tout franchement à votre mère, et comme elle me disait avec la même franchise qu'elle s'ennuyait de votre figure triste et désirait vous voir mariée, je lui ai dit qu'il n'y avait rien de plus facile que de marier une fille qui a une dot, mais qu'elle ne vivait pas de manière à vous mettre à même de choisir, car je voyais bien que vous êtes une personne à vouloir choisir, et vous avez raison. Alors je l'ai engagée à venir passer quelques semaines ici, où vous voyez que nous recevons beaucoup d'amis ou de camarades à moi, que je connais à fond, et sur lesquels je ne la laisserais pas se tromper. Elle a eu confiance, elle est venue; mais elle s'est ennuyée, et elle est partie. Je suis sûr qu'elle consentira très bien à vous laisser avec nous tant que vous voudrez. Y consentez-vous vous-même? Vous nous ferez plaisir, nous vous aimons déjà tout à fait. Vous me faites l'effet d'être ma fille, et ma femme raffole de vous. Nous ne vous tourmenterons pas sur l'article du mariage. Nous ne vous en parlerons jamais, parce que nous aurions l'air de vouloir nous débarrasser de vous, ce qui ne ferait pas le compte d'Angèle; mais si, parmi les braves gens qui nous entourent et nous fréquentent, il se trouve quelqu'un qui vous plaise, dites-le nous, et nous vous dirons loyalement s'il vous convient ou non.

Mme Angèle vint joindre ses instances à celles de son mari. Il n'y avait pas moyen de se tromper à leur sincérité, à leur sympathie. Ils voulaient être mon père et ma mère, et je pris l'habitude, que j'ai toujours gardée, de les appeler ainsi. Toute la maison s'y habitua aussitôt, jusqu'aux domestiques, qui me disaient: «Mademoiselle, votre père vous cherche, votre mère vous demande.» Ces mots en disent plus que ne le ferait un récit détaillé des soins, des attentions, des tendresses délicates et soutenues qu'eurent pour moi ces deux excellens êtres. Mme Angèle me vêtit et me chaussa, car j'étais en guenilles et en savattes. J'eus à ma disposition une bibliothèque, un piano et un cheval excellent. C'était le superflu de mon bonheur.

J'eus quelque ennui d'abord des assiduités d'un brave officier en retraite qui me fit la cour. Il n'avait absolument rien que sa demi-solde et il était le fils d'un paysan. Cela me mit bien mal à l'aise pour le décourager. Il ne me plaisait pas du tout, et il était si honnête homme que je n'osais point croire qu'il ne fût épris que de ma dot. J'en parlai au père James en lui remontrant qu'il m'ennuyait, mais que j'avais si grand' peur de l'humilier et de lui laisser croire que je le dédaignais à cause de sa pauvreté, que je ne savais comment m'y prendre pour m'en débarrasser. Il s'en chargea, et ce brave garçon partit sans rancune contre moi.

Plusieurs autres offres de mariage furent faites par mon oncle Maréchal, mon oncle de Beaumont, Pierret, etc. Il y en eut de très satisfaisantes, pour parler le langage du monde, sous le rapport de la fortune et même de la naissance, malgré la prédiction de mon cousin Auguste. Je refusai tout, non pas brusquement, ma mère s'y fût obstinée, mais avec assez d'adresse pour qu'on me laissât tranquille. Je ne pouvais accepter l'idée d'être demandée en mariage par des gens qui ne me connaissaient pas, qui ne m'avaient jamais vue, et qui par conséquent ne songeaient qu'à faire *une affaire*.

Mes bons parens du Plessis, voyant bien réellement que je n'étais pas pressée, me prouvèrent bien réellement aussi qu'ils n'étaient pas pressés non plus de me voir prendre un parti. Ma vie auprès d'eux était enfin conforme à mes goûts et salutaire à mon cœur malade.

Je n'ai pas dit tout ce que j'avais souffert de la part de ma mère. Je n'ai pas besoin d'entrer dans le détail de ses violences et de leurs causes, qui étaient si fantasques qu'elles en paraîtraient invraisemblables. A quoi bon, d'ailleurs? Elles sont bien mille fois pardonnées dans mon cœur, et comme je ne me crois pas meilleure que Dieu, je suis bien certaine qu'il les lui a pardonnées aussi. Pourquoi offrirais-je ce détail au jugement de beaucoup de lecteurs, qui ne sont peut-être ni plus patiens, ni plus justes à l'habitude, que ne l'était ma pauvre mère dans ses crises nerveuses? J'ai tracé fidèlement son caractère, j'en ai montré le côté grand et le côté faible. Il n'y a à voir en elle qu'un exemple de la fatalité produite, bien moins par l'organisation de l'individu que par les influences de l'ordre social: la réhabilitation refusée à l'être qui s'en montre digne; le désespoir et l'indignation de cet être généreux, réduit à douter de tout et à ne pouvoir plus se gouverner lui-même.

Cela seul était utile à dire. Le reste ne regarde que moi. Je dirai donc seulement que je manquai de force pour supporter ses inévitables résultats de sa douleur. La mort de mon père avait été pour moi une catastrophe que mon jeune âge m'avait empêchée de comprendre, mais dont je devais subir et sentir les conséquences pendant toute ma jeunesse.

Je les comprenais enfin, mais cela ne me donnait pas encore le courage nécessaire pour les accepter. Il faut avoir connu les passions de la femme et les tendresses de la mère pour entrer dans la tolérance complète dont j'aurais eu besoin. J'avais l'orgueil de ma candeur, de mon inexpérience, de ma facile égalité d'âme. Ma mère avait raison de me dire souvent: «Quand tu auras souffert comme moi, tu ne seras plus *sainte Tranquille!*»

J'avais réussi à me contenir, c'était tout; mais j'avais eu plusieurs accès de colère muette, qui m'avaient fait un mal affreux, et après lesquels je m'étais sentie reprise de ma maladie de suicide. Toujours ce mal étrange changeait de forme dans mon imagination. Cette fois j'ai éprouvé le désir de mourir d'inanition, et j'avais failli le satisfaire malgré moi, car il me fallait pour manger un tel effort de volonté, que mon estomac repoussait les alimens, mon gosier se serrait, rien ne passait, et je ne pouvais pas me défendre d'une joie secrète en me disant que cette mort par la faim allait arriver sans que j'en fusse complice.

J'étais donc très malade quand j'allai au Plessis, et ma tristesse était tournée à l'hébètement. Peut-être que c'était trop d'émotions répétées pour mon âge.

L'air des champs, la vie bien réglée, une nourriture abondante et variée, où je pouvais choisir, au commencement, ce qui répugnait le moins aux révoltes de mon appétit détruit: l'absence de tracasseries et d'inquiétudes et l'amitié surtout, la sainte amitié, dont j'avais besoin plus que de tout le reste, m'eurent bientôt guérie. Jusque-là je n'avais pas su combien j'aimais la campagne et combien elle m'était nécessaire. Je croyais n'aimer que Nohant. Le Plessis s'empare de moi comme un Éden. Le parc était à lui seul toute la nature, qui méritait un regard dans cet affreux pays plat. Mais qu'il était charmant, ce parc immense, où les chevreuils bondissaient dans des fourrés épais, dans des clairières profondes, autour des eaux endormies de ces mares mystérieuses que l'on découvre sous les vieux saules et sous les grandes herbes sauvages! Certains endroits avaient la poésie d'une forêt vierge. Un bois vigoureux est toujours et en toute saison une chose admirable.

Il y avait aussi de belles fleurs et des orangers embaumés autour de la maison, un jardin potager luxuriant. J'ai toujours aimé les potagers. Tout cela était moins rustique, mieux tenu, mieux distribué, pourtant moins pittoresque et moins rêveur que Nohant; mais quelles longues voûtes de branches, quelles perspectives de verdure, quels beaux temps de galop dans les allées sablonneuses! Et puis, des hôtes jeunes, des figures toujours gaies, des enfans terribles si bons enfans! Des cris, des rires, des parties de barres effrénées, une escarpolette à se casser le cou! Je sentis que j'étais encore un enfant moi-même. Je l'avais oublié. Je repris mes goûts de pensionnaire, les courses échevelées, les rires sans sujet, le bruit pour l'amour du bruit, le mouvement pour l'amour du mouvement. Ce n'étaient plus les promenades fiévreuses ou les mornes rêveries de Nohant, l'activité où l'on se jette avec rage pour secouer le chagrin, l'abattement où l'on voudrait pouvoir s'oublier toujours. C'était la véritable partie de plaisir, l'amusement à plusieurs, la vie de famille pour laquelle, sans m'en douter, j'étais si bien faite, que je n'ai jamais pu en supporter d'autre sans tomber dans le spleen.

C'est là que je renonçai pour la dernière fois aux rêves du couvent. Depuis quelques mois, j'y étais revenue naturellement dans toutes les crises de ma vie extérieure. Je compris enfin, au Plessis, que je ne vivrais pas facilement ailleurs que dans un air libre et sur un vaste espace, toujours le même si besoin était, mais sans contrainte dans l'emploi du temps et sans séparation forcée avec le spectacle de la vie paisible et poétique des champs.

Et puis, j'y compris aussi, non pas l'exaltation de l'amour, mais les parfaites douceurs de l'union conjugale et de l'amitié vraie, en voyant le bonheur d'Angèle; cette confiance suprême, ce dévoûment tranquille, et absolu, cette sécurité d'âme qui régnaient entre elle et son mari au lendemain déjà de la première jeunesse. Pour quiconque n'eût pu obtenir du ciel que la promesse de dix années d'un tel bonheur, ces dix années valaient toute une vie.

J'avais toujours adoré les enfans, toujours recherché, à Nohant et au couvent, la société fréquente d'enfans plus jeunes que moi. J'avais tant aimé et tant soigné mes poupées, que j'avais l'instinct prononcé de la maternité. Les quatre filles de ma mère Angèle lui donnaient bien du tourment, mais c'était le *cher tourment* dont se plaignait Mme Alicia avec moi, et c'était encore bien mieux: c'étaient les enfans de ses entrailles, l'orgueil de son hyménée, la préoccupation de tous ses instans, le rêve de son avenir.

James n'avait qu'un regret, c'était de n'avoir pas au moins un fils. Pour s'en donner l'illusion, il voulait voir le plus longtemps possible ses filles habillées en garçon. Elles portaient des pantalons et des jaquettes rouges, garnis de boutons d'argent, et avaient la mine de petits soldats mutins et courageux. A elles se joignaient souvent les trois filles de sa sœur Mme Gondoin Saint-Aignan, dont l'aînée m'a été bien chère; et puis Loïsa Puget, dont le père était associé à mon père James dans l'exploitation d'une usine, enfin quelques garçons de la famille ou de l'intimité, Norbert Saint-Martin, fils du plus jeune des Roettiers, Eugène Sandré et les neveux d'un vieux ami. Quand tout ce petit monde était réuni, j'étais l'aînée de la bande et je menais les jeux, où je prenais, assez longtemps encore après mon mariage, autant de plaisir pour mon compte que le dernier de la nichée.

Je redevenais donc jeune, je retrouvais mon âge véritable au Plessis. J'aurais pu lire, veiller, réfléchir; j'avais des livres à discrétion et la plus entière liberté. Il ne me vint pas à l'esprit d'en profiter. Après les cavalcades et les jeux de la journée, je tombais de sommeil aussitôt que j'avais mis le pied dans ma chambre, et je me réveillais pour recommencer. Les seules réflexions qui me vinssent, c'était la crainte d'avoir à réfléchir. J'en avais trop pris à la fois; j'avais besoin d'oublier le monde des idées, et de m'abandonner à la vie de sentiment paisible et d'activité juvénile.

Il paraît que ma mère m'avait annoncée là comme une *pédante*, un *esprit fort*, une *originale*. Cela avait un peu effrayé ma mère Angèle, qui en avait eu d'autant plus de mérite à s'intéresser quand même à mon malheur; mais elle attendit vainement que je fisse paraître mon bel esprit et ma vanité. Deschartres était le seul être avec qui je me fusse permis d'être pédante; puisqu'il était pédant lui-même et dogmatisait sur toutes choses, il n'y avait guère moyen de ne pas disserter avec lui. Qu'aurais-je fait au Plessis de mon petit bagage d'écolier? Cela n'eût ébloui personne, et je trouvais bien plus agréable de l'oublier que d'en repaître les autres et moi-même. Je n'éprouvais le besoin d'aucune discussion, puisque mes idées ne rencontraient autour de moi aucune espèce de contradiction. La chimère de la naissance n'eût été, dans cette famille d'ancienne bourgeoisie, qu'un sujet de plaisanterie sans aigreur, et comme elle n'y avait pas d'adeptes, elle n'y avait pas non plus d'adversaires. On n'y pensait pas, on ne s'en occupait jamais.

A cette époque, la bourgeoisie n'avait pas la morgue qu'elle a acquise depuis, et l'amour de l'argent n'était point passé en dogme de morale publique. Quand même il en eût été ainsi d'ailleurs, il en eût été autrement au Plessis. James avait de l'esprit, de l'honneur et du bon sens. Sa femme, qui était tout cœur et toute tendresse, l'avait enrichi alors qu'il n'avait rien. Le pur amour, le complet désintéressement étaient la religion et la morale de cette noble femme. Comment me serais-je trouvée en désaccord sur quoi que ce soit avec elle ou avec les siens? Cela n'arriva jamais.

Leur opinion politique était le bonapartisme non raisonné, à l'état de passion contre la restauration monarchique, œuvre de la lance des Cosaques et de la trahison des grands généraux de l'empire. Ils ne voyaient pas dans la bourgeoisie dont ils faisaient partie une trahison plus vaste, une invasion plus décisive. Cela ne se voyait pas alors et la chute de l'empereur n'était bien comprise par personne. Les débris de la grande armée ne songeaient pas à l'imputer au libéralisme doctrinaire qui en avait pourtant bien pris sa bonne part. Dans les temps d'oppression, toutes les oppositions arrivent vite à se donner la main. L'idée républicaine se personnifiait alors dans Carnot, et les bonapartistes purs se réconciliaient avec l'idée, à cause de l'homme qui avait été grand avec Napoléon dans le malheur et dans le danger de la patrie.

Je pouvais donc continuer à être républicaine avec J.-J. Rousseau, et bonapartiste avec mes amis du Plessis, ne connaissant pas assez l'histoire de mon temps, et n'étant pas, en ce moment-là, assez portée à la réflexion et à l'étude des causes pour me débrouiller dans la divergence des faits; mes amis, comme la plupart des Français à cette époque, n'y voyaient pas moins trouble que moi.

Il y avait pourtant des opinions auprès de nous qui eussent dû me donner à penser. Le frère aîné de James et quelques-uns de ses plus vieux amis, s'étaient ralliés avec ardeur à la monarchie et détestaient le souvenir des guerres ruineuses de l'empire. Était-ce affaire d'intérêt, considération de fortune, ou amour de la sécurité? James bataillait contre eux en vrai chevalier de la France, ne voyant que l'honneur du drapeau, l'horreur de l'étranger, la honte de la défaite et la douleur de la trahison. Après sept ans de Restauration, il avait encore des larmes pour les héros du passé, et comme il n'était ni bête, ni ridicule, ni *culotte du peau*, on écoutait avec émotion ses longues histoires de guerre souvent répétées, mais toujours pittoresques et saisissantes. Je les savais par cœur, et je les écoutais encore, y découvrant un talent de romancier historique qui m'attachait, quoique je fusse bien loin de songer à devenir romancier moi-même. Quelques passages du roman de *Jacques* m'ont été suggérés par de vagues souvenirs des récits de mon père James.

Puisque j'ai nommé Loïsa Puget, que j'ai perdue de vue au bout de deux ou trois ans, je dois un souvenir à cette enfant remarquable, que j'ai à peine connue jeune fille. Elle avait quelques années de moins que moi, et cela faisait alors une si grande différence, que je ne me rappelle pas sans quelque étonnement l'espèce de liaison que nous avions ensemble. Il est certain qu'elle fut à peu près le seul être avec qui je m'entretins parfois d'art et de littérature au Plessis. Elle était douée d'une grande précocité d'esprit et montrait une aptitude en même temps qu'une paresse singulières dans toutes ses études. Elle fut, je crois une victime de la *facilité*. Elle comprenait tout d'emblée et s'assimilait promptement toutes les idées musicales et littéraires. Sa mère avait été cantatrice en province, et quoiqu'elle eût la voix cassée, chantait encore admirablement bien quand elle consentait à se faire entendre en petit comité. Elle était aussi très bonne musicienne et tourmentait Loïsa pour qu'elle étudiât sérieusement, au lieu d'improviser au hasard. Loïsa, qui avait du bonheur dans ses improvisations, ne l'écoutait guère. C'était un enfant terrible, plus terrible que tous ceux du Plessis. Jolie comme un ange, pleine de réparties drôles, elle savait se faire gâter par tout le monde. Je crois qu'elle s'est gâtée aussi elle-même à force de se contenter, esprit facile, de ses idées faciles. Elle a produit des choses gaies d'intention, spontanées, d'un rhythme heureux, d'une couleur nette et d'une parfaite rondeur. Ce sont des qualités qui l'emportent encore sur la vulgarité du genre. Mais moi qui me souviens d'elle plus qu'elle ne l'imagine peut-être (car j'étais déjà dans l'âge de l'attention quand elle n'était encore que dans celui de l'intuition), je sais qu'il y avait en elle beaucoup plus qu'elle n'a donné; et si l'on me disait que, retirée et comme oubliée en province, elle a produit quelque œuvre plus sérieuse et plus sentie que ses anciennes chansons, ne fût-ce que d'autres chansons (car la forme et la dimension ne font rien à la qualité des choses), je ne serais pas étonnée du tout d'un progrès immense de sa part.

Il y avait dans la maison un personnage assez fantastique qui s'appelait M. Stanislas Hue. C'était un vieux garçon surmonté d'un gazon jaunâtre et dont les traits durs n'étaient pas sans quelque analogie avec ceux de Deschartres: mais il ne s'y trouvait point la ligne de beauté originelle qui, en dépit du hâle, de l'âge et de l'expression à la fois bourrue et comique, révélait la beauté de l'âme de mon pédagogue. Le père Stanislas, on appelle volontiers ainsi ces vieux hommes sans famille qui passent à l'état de moines grognons, n'était ni bon ni dévoué. Il était souvent aimable, ne manquant ni de savoir ni d'esprit: mais il pensait et disait volontiers du mal de tout le monde. Il voyait en noir, et n'avait peut-être pas le droit d'être misanthrope, n'étant pas meilleur et plus aimant qu'un autre.

Ses manies divertissaient la famille, bien qu'on n'osât pas en rire devant lui. Je l'osai pourtant, ayant l'habitude de faire rire Deschartres de lui-même, et croyant la plaisanterie ouverte plus acceptable que la moquerie détournée. Je le rendis furieux, et puis il en revint. Et puis, il se refâcha et se défâcha, je ne sais combien de fois. Tantôt il avait un faible pour mes taquineries et les provoquait. Tantôt elles l'irritaient d'une façon burlesque. Il était pourtant très obligeant pour moi en général. Le beau cheval que je montais était à lui. C'était un andalou noir appelé Figaro, qui avait vingt-cinq ans, mais qui avait encore la souplesse, l'ardeur et la solidité d'un jeune cheval. Quelquefois son maître me le refusait, quand je l'avais mis de mauvaise humeur. Figaro se trouvait tout à coup boiteux. Mon père James allait me le chercher pendant que M. Stanislas avait le dos tourné. Nous partions au grand galop, et, au bout de deux heures, nous revenions lui dire que Figaro allait beaucoup mieux, l'air lui ayant fait du bien. Il s'en vengeait, au dire de James, par une bonne note bien méchante dans son journal; car il faisait un journal jour par jour, heure par heure, de tout ce qui se disait et se faisait autour de lui, et il avait ainsi, disait-on, vingt cinq ans de sa vie consignés, jusqu'aux plus insignifians détails, dans une montagne de cahiers pour lesquels il lui fallait une voiture de transport dans ses déplacemens et une chambre particulière dans ses établissemens. Je ne crois pas qu'il y ait eu d'homme plus chargé de ses souvenirs et plus embarrassé de son passé.

Une autre manie consistait à ne rien laisser perdre de ce qui traînait. Il ramassait, dans tous les coins de la maison et du jardin, les objets oubliés ou abandonnés, une bêche cassée, un mouchoir de poche, un vieux soulier, un vieux chenet, une paire de ciseaux. L'appartement qu'il occupait au Plessis était un musée encombré, jusqu'au plafond, de guenilles et de vieilles ferrailles. Ce n'était ni avarice ni penchant au larcin, car tout cela était pour lui sans usage, et une fois entré dans son capharnaüm, n'en devait sortir qu'à sa mort. Tout ce qu'on peut présumer de la cause de cette fantaisie, c'est que son vieux fonds de malice et de critique le portait à faire chercher aux gens peu soigneux les objets égarés. C'était une secrète joie pour lui de mettre les domestiques, les enfans et les hôtes de la maison en peine et en recherches. On n'avait pas la liberté de poser un livre sur le piano ou sur la table du salon, d'accrocher son chapeau à un arbre, de mettre un râteau contre un mur, ou un bougeoir sur l'escalier, sans qu'au retour, fût-ce au bout de cinq minutes, l'objet n'eût disparu pour ne jamais reparaître, tandis qu'il vous épiait, riant en sa barbe et se frottant le menton. «Ne cherchez pas, disait Mme Angèle, ou pénétrez, si vous pouvez, dans le magasin du père Stanislas.» Or, c'était la chose impossible. Le père Stanislas se renfermait au verrou quand il entrait chez lui et emportait sa clé quand il en sortait. Jamais *âme vivante* n'avait balayé ou épousseté son cabinet de *curiosités*. Il a été mourir dans un autre château, chez M. de Rochambeau, où il avait, je crois, transporté dans des fourgons tout son attirail, et quand tous ces trésors sortirent de la poussière pour être inventoriés, on m'a dit qu'il y en aurait eu pour des frais considérables d'inventaire, si l'on n'eût pris le parti d'estimer le tout à dix-huit francs.

Ce vieux renard avait, disait-on, douze mille livres de rente. Il avait été administrateur des guerres, si j'ai bonne mémoire. Ne voulant pas dépenser sa petite fortune, il se mettait en pension chez des amis, au moindre prix possible et accumulait son revenu. C'était un pensionnaire insupportable à la longue, grognant à sa manière, qui consistait à railler amèrement le café trouble ou la sauce tournée, et à déchirer à belles dents la gouvernante ou le cuisinier. Il était le parrain de la dernière fille de James, paraissait l'aimer beaucoup, et faisait entendre adroitement qu'il se chargeait de sa dot dans l'avenir; mais il n'en fit rien, et content d'avoir fait enrager son monde, mourut sans songer à personne.

Ma mère, ma sœur, et Pierret vinrent rarement passer un jour ou deux au Plessis, pour savoir si je m'y trouvais bien et si je désirais y rester. C'était tout mon désir, et tout alla bien entre ma mère et moi jusque vers la fin du printemps.

A cette époque, M. et Mme Du Plessis allèrent passer quelques jours à Paris, et, bien que je demeurasse chez ma mère, ils venaient me prendre tous les matins pour courir avec eux dîner au *cabaret*, comme ils disaient, et *flâner* le soir sur les boulevards. Ce cabaret, c'était toujours le *café de Paris* ou les *Frères provençaux*; cette flânerie, c'était l'Opéra, la *Porte Saint-Martin*, ou quelque mimodrame du Cirque, qui réveillait les souvenirs guerriers de James. Ma mère était invitée à toutes ces parties: mais bien qu'elle aimât ce genre d'amusement, elle m'y laissait aller sans elle le plus souvent. Il semblait qu'elle voulût remettre tous ses droits et toutes ses fonctions maternelles à Mme Du Plessis.

Un de ces soirs-là, nous prenions après le spectacle des glaces chez Tortoni, quand ma mère Angèle dit à son mari: «Tiens, voilà Casimir!» Un jeune homme mince, assez élégant, d'une figure gaie et d'une allure militaire, vint leur serrer la main, et répondre aux questions empressées qu'on lui adressait sur son père, le colonel Dudevant, très aimé et respecté de la famille. Il s'assit auprès de Mme Angèle et lui demanda tout bas qui j'étais. «C'est ma fille, répondit-elle tout haut.—Alors, reprit-il tout bas, c'est donc ma femme? Vous savez que vous m'avez promis la main de votre fille aînée. Je croyais que ce serait Wilfrid, mais comme celle-ci me paraît d'un âge mieux assorti au mien, je l'accepte, si vous voulez me la donner.» Mme Angèle se mit à rire, mais cette plaisanterie fut une prédiction.

Quelques jours après, Casimir Dudevant vint au Plessis et se mit de nos parties d'enfant avec un entrain et une gaîté, pour son propre compte, qui ne pouvaient me sembler que de bon augure pour son caractère. Il ne me fit pas la cour, ce qui eût troublé notre sans-gêne, et n'y songea même pas. Il se faisait entre nous une camaraderie tranquille, et il disait à Mme Angèle, qui avait depuis longtemps l'habitude de l'appeler son gendre: «Votre fille est un bon garçon;» tandis que je disais de mon côté: «Votre gendre est un bon enfant.»

Je ne sais qui poussa à continuer tout haut la plaisanterie. Le père Stanislas, pressé d'y entendre malice, me criait dans le jardin quand on y jouait aux barres: «Courez donc après *votre mari*!» Casimir, emporté par le jeu, criait de son côté: «Délivrez donc *ma femme*!» Nous en vînmes à nous traiter de mari et de femme avec aussi peu d'embarras et de passion, que le petit Norbert et la petite Justine eussent pu en avoir.

Un jour, le père Stanislas m'ayant dit à ce propos je ne sais quelle méchanceté dans le parc, je passai mon bras sous le sien, et demandai à ce vieux ours pourquoi il voulait donner une tournure amère aux choses les plus insignifiantes.

«Parce que vous êtes folle de vous imaginer, répondit-il, que vous allez épouser ce garçon-là. Il aura soixante ou quatre-vingt mille livres de rente, et certainement il ne veut point de vous pour femme.

—Je vous donne ma parole d'honneur, lui dis-je, que je n'ai pas songé un seul instant à l'avoir pour mari, et puisqu'une plaisanterie, qui eût été de mauvais ton si elle n'eût commencé entre des personnes aussi chastes que nous le sommes toutes ici, peut tourner au sérieux dans des cervelles chagrines comme la vôtre, je vais prier *mon père* et *ma mère* de la faire cesser bien vite.»

Le père James, que je rencontrai le premier en rentrant dans la maison, répondit à ma réclamation que le père Stanislas radotait. «Si vous voulez faire attention aux épigrammes de ce vieux Chinois, dit-il, vous ne pourrez jamais lever un doigt qu'il n'y trouve à gloser. Il ne s'agit pas de ça. Parlons sérieusement. Le colonel Dudevant a, en effet, une belle fortune, un beau revenu, moitié du fait de sa femme, moitié du sien; mais dans le sien il faut considérer comme personnelle sa pension de retraite d'officier de la Légion-d'Honneur, de baron de l'empire, etc. Il n'a de son chef qu'une assez belle terre en Gascogne, et son fils, qui n'est pas celui de sa femme, et qui est fils naturel, n'a droit qu'à la moitié de cet héritage. Probablement il aura le tout, parce que son père l'aime et n'aura pas d'autres enfans; mais tout compte fait, sa fortune n'excédera jamais la vôtre et même sera moindre au commencement. Ainsi, il n'y a rien d'impossible à ce que vous soyez réellement mari et femme, comme nous en faisions la plaisanterie, et ce mariage serait encore plus avantageux pour lui qu'il ne le serait pour vous. Ayez donc la conscience en repos, et faites comme vous voudrez. Repoussez la plaisanterie si elle vous choque; n'y faites pas attention, si elle vous est indifférente.

—Elle m'est indifférente, répondis-je, et je craindrais d'être ridicule et de lui donner de la consistance, si je m'en occupais.»

Les choses en restèrent là. Casimir partit et revint. A son retour, il fut plus sérieux avec moi et me demanda à moi-même ma main avec beaucoup de franchise et de netteté. «Cela n'est peut-être pas conforme aux usages, me dit-il; mais je ne veux obtenir le premier consentement que de vous seule, en toute liberté d'esprit. Si je ne vous suis pas trop antipathique et que vous ne puissiez pourtant pas vous prononcer si vite, faites un peu plus d'attention à moi, et vous me direz dans quelques jours, dans quelque temps, quand vous voudrez, si vous m'autorisez à faire agir mon père auprès de votre mère.»

Cela me mettait fort à l'aise. M. et Mme Du Plessis m'avaient dit tant de bien de Casimir et de sa famille, que je n'avais pas de motifs pour ne pas lui accorder une attention plus sérieuse que je n'avais encore fait. Je trouvais de la sincérité dans ses paroles et dans toute sa manière d'être. Il ne me parlait point d'amour et s'avouait peu disposé à la passion subite, à l'enthousiasme, et, dans tous les cas, inhabile à l'exprimer d'une manière séduisante. Il parlait d'une amitié à toute épreuve, et comparait le tranquille bonheur domestique de nos hôtes à celui qu'il croyait pouvoir jurer de me procurer. «Pour vous prouver que je suis sûr de moi, disait-il, je veux vous avouer que j'ai été frappé, à la première vue, de votre air bon et raisonnable. Je ne vous ai trouvée ni belle ni jolie, je ne savais pas qui vous étiez, je n'avais jamais entendu parler de vous; et, cependant, lorsque j'ai dit en riant à Mme Angèle que vous seriez ma femme, j'ai senti tout à coup en moi la pensée que si une telle chose arrivait, j'en serais bien heureux. Cette idée vague m'est revenue tous les jours plus nette, et quand je me suis mis à rire et à jouer avec vous, il m'a semblé que je vous connaissais depuis longtemps et que nous étions deux vieux amis.»

Je crois qu'à l'époque de ma vie où je me trouvais, et au sortir de si grandes irrésolutions entre le couvent et la famille, une passion brusque m'eût épouvantée. Je ne l'eusse pas comprise, elle m'eût peut-être semblé jouée ou ridicule, comme celle du premier prétendant qui s'était offert au Plessis. Mon cœur n'avait jamais fait un pas en avant de mon ignorance; aucune inquiétude de mon être n'eût troublé mon raisonnement ou endormi ma méfiance.

Je trouvai donc le raisonnement de Casimir sympathique, et, après avoir consulté mes hôtes, je restai avec lui dans les termes de cette douce camaraderie qui venait de prendre une sorte de droit d'exister entre nous.

Je n'avais jamais été l'objet de ces soins exclusifs, de cette soumission volontaire et heureuse qui étonnent et touchent un jeune cœur. Je ne pouvais pas ne point regarder bientôt Casimir comme le meilleur et le plus sûr de mes amis.

Nous arrangeâmes avec Mme Angèle une entrevue entre le colonel et ma mère, et jusque-là nous ne fîmes point de projets, puisque l'avenir dépendait du caprice de ma mère, qui pouvait faire tout manquer. Si elle eût refusé, nous devions n'y plus songer et rester en bonne estime l'un de l'autre.

Ma mère vint au Plessis et fut frappée, comme moi, d'un tendre respect pour la belle figure, les cheveux d'argent, l'air de distinction et de bonté du vieux colonel. Ils causèrent ensemble et avec nos hôtes. Ma mère me dit ensuite: «J'ai dit oui, mais pas de manière à ne pas m'en dédire. Je ne sais pas encore si le fils me plaît. Il n'est pas beau. J'aurais aimé un beau gendre pour me donner le bras.» Le colonel prit le mien pour aller voir une prairie artificielle derrière la maison, tout en causant agriculture avec James. Il marchait difficilement, ayant eu déjà de violentes attaques de goutte. Quand nous fûmes séparés, avec James, des autres promeneurs, il me parla avec une grande affection, me dit que je lui plaisais extraordinairement, et qu'il regarderait comme un très grand bonheur dans sa vie de m'avoir pour sa fille.

Ma mère resta quelques jours, fut aimable et gaie, taquina son futur gendre pour l'éprouver, le trouva bon garçon, et partit en nous permettant de rester ensemble sous les yeux de Mme Angèle. Il avait été convenu que l'on attendrait, pour fixer l'époque du mariage, le retour à Paris de Mme Dudevant, qui avait été passer quelque temps dans sa famille, au Mans. Jusque-là, on devait prendre connaissance entre parens de la fortune réciproque, et le colonel devait régler le sort que, de son vivant, il voulait assurer à son fils.

Au bout d'une quinzaine, ma mère retomba comme une bombe au Plessis. Elle avait *découvert* que Casimir, au milieu d'une existence désordonnée, avait été pendant quelque temps garçon de café. Je ne sais où elle avait pêché cette billevesée. Je crois que c'était un rêve qu'elle avait fait la nuit précédente, et qu'au réveil elle avait pris au sérieux. Ce grief fut accueilli par des rires qui la mirent en colère. James eut beau lui répondre sérieusement, lui dire qu'il n'avait presque jamais perdu de vue la famille Dudevant, que Casimir n'était jamais tombé dans aucun désordre; Casimir lui-même eut beau protester qu'il n'y avait pas de honte à être garçon de café, mais que n'ayant quitté l'école militaire que pour faire campagne comme sous lieutenant, et n'ayant quitté l'armée, au licenciement, que pour faire son droit à Paris, demeurant chez son père et jouissant d'une bonne pension, ou le suivant à la campagne où il était sur le pied d'un fils de famille, il n'avait jamais eu, même pendant huit jours, même pendant douze heures, le *loisir* de servir dans un café; elle s'y obstina, prétendit qu'on se jouait d'elle, et m'emmenant dehors, se répandit en invectives délirantes contre Mme Angèle, ses mœurs, le ton de sa maison et les *intrigues* de Du Plessis qui faisait métier de marier les héritières avec des aventuriers pour en tirer des pots-de-vin, etc., etc.

Elle était dans un paroxysme si violent que j'en fus effrayée pour sa raison et m'efforçai de l'en distraire en lui disant que j'allais faire mon paquet et partir tout de suite avec elle, qu'à Paris, elle prendrait toutes les informations qu'elle pourrait souhaiter, et que, tant qu'elle ne serait pas satisfaite, nous ne verrions pas Casimir. Elle se calma aussitôt. «Oui, oui, dit-elle. Allons faire nos paquets!» Mais à peine avais-je commencé, qu'elle me dit: «Réflexion faite, je m'en vas. Je me déplais ici. Tu t'y plais, restes-y, je m'informerai, et je te ferai savoir ce que l'on m'aura dit.»

Elle partit le soir même, revint encore faire des scènes du même genre, et, en somme, sans en être beaucoup priée, me laissa au Plessis jusqu'à l'arrivée de Mme Dudevant à Paris. Voyant alors qu'elle donnait suite au mariage et me rappelait auprès d'elle avec des intentions qui paraissaient sérieuses, je la rejoignis rue Saint-Lazare, dans un nouvel appartement assez petit et assez laid, qu'elle avait loué derrière l'ancien Tivoli. Des fenêtres de mon cabinet de toilette, je voyais ce vaste jardin, et dans la journée, je pouvais, pour une très mince rétribution, m'y promener avec mon frère, qui venait d'arriver et qui s'installa dans une soupente au-dessus de nous.

Hippolyte avait fini son temps, et, bien qu'à la veille d'être nommé officier, il n'avait pas voulu renouveler son engagement. Il avait pris en horreur l'état militaire, où il s'était jeté avec passion, il avait compté y faire un avancement plus rapide: mais il voyait bien que l'abandon des Villeneuve s'était étendu jusqu'à lui, et il trouvait ce métier de troupier en garnison, sans espoir de guerre et d'honneur, abrutissant pour l'intelligence et infructueux pour l'avenir. Il pouvait vivre sans misère avec sa petite pension, et je lui offris, sans être contrariée par ma mère, qui l'aimait beaucoup, de demeurer chez moi jusqu'à ce qu'il eût avisé, comme il en avait dessein, à se pourvoir d'un nouvel état.

Son intervention entre ma mère et moi fut très bonne. Il savait, beaucoup mieux que moi, trouver le joint de ce caractère malade. Il riait de ses emportemens, la flattait ou la raillait. Il la grondait même, et de lui elle souffrait tout. Son *cuir* de hussard n'était pas aussi facile à entamer que ma susceptibilité de jeune fille, et l'insouciance qu'il montrait devant ses algarades les rendaient tellement inutiles qu'elle y renonçait aussitôt. Il me récomfortait de son mieux, trouvant que j'étais folle de me tant affecter de ces inégalités d'humeur, qui lui semblaient de bien petites choses en comparaison de la salle de police et des *coups de torchon* du régiment.

Mme Dudevant vint faire sa visite officielle à ma mère. Elle ne la valait certes pas pour le cœur et l'intelligence, mais elle avait des manières de grande dame et l'extérieur d'un ange de douceur. Je donnai tête baissée dans la sympathie que son petit air souffrant, sa voix faible et sa jolie figure distingué inspiraient dès l'abord, et m'inspirèrent, à moi, plus longtemps que de raison. Ma mère fut flattée de ses avances qui caressaient justement l'endroit froissé de son orgueil. Le mariage fut décidé; et puis il fut remis en question, et puis rompu, et puis repris au gré de caprices qui durèrent jusqu'à l'automne et qui me rendirent encore souvent bien malheureuse et bien malade; car j'avais beau reconnaître avec mon frère qu'au fond de tout cela ma mère m'aimait et ne pensait pas un mot des affronts que prodiguait sa langue, je ne pouvais m'habituer à ces alternatives de gaîté folle et de sombre colère, de tendresse expansive et d'indifférence apparente ou d'aversion fantasque.

Elle n'avait point de retours pour Casimir. Elle l'avait pris en grippe parce que, disait-elle, son nez ne lui plaisait pas. Elle acceptait ses soins et s'amusait à exercer sa patience, qui n'était pas grande, et qui pourtant se soutint avec l'aide d'Hippolyte et l'intervention de Pierret. Mais elle m'en disait pis que pendre, et ces accusations portaient si à faux qu'il leur était impossible de ne pas produire une réaction d'indulgence ou de foi dans les cœurs qu'elle voulait aigrir ou désabuser.

Enfin elle se décida, après bien des pourparlers d'affaires assez blessants. Elle voulait me marier sous le régime dotal, et M. Dudevant père y faisait quelque résistance à cause des motifs de méfiance contre son fils, qu'elle lui exprimait sans ménagement. J'avais engagé Casimir à résister de son mieux à cette mesure conservatrice de la propriété, qui a presque toujours pour résultat de sacrifier la liberté morale de l'individu à l'immobilité tyrannique de l'immeuble. Pour rien au monde je n'eusse vendu la maison et le jardin de Nohant, mais bien une partie des terres, afin de me faire un revenu en rapport avec la dépense qu'entraînait l'importance relative de l'habitation. Je savais que ma grand'mère avait toujours été gênée à cause de cette disproportion: mais mon mari dut céder devant l'obstination de ma mère, qui goûtait le plaisir de faire un dernier acte d'autorité.

Nous fûmes mariés en septembre 1822, et après les visites et retours de noces, après une pause de quelques jours chez nos chers amis du Plessis, nous partîmes avec mon frère pour Nohant, où nous fûmes reçus avec joie par le bon Deschartres.

FIN DU TOME NEUVIÈME.

NOTES DU LIVRE II

[1] Et elles le sont presque toutes, j'aime à le dire.

[2] J'ai fait depuis une remarque qui m'a paru triste. C'est que la plupart des femmes trichent au jeu et sont malhonnêtes en affaires d'intérêt. Je l'ai constaté chez des femmes riches, pieuses et considérées. Il faut le dire, puisque cela est, et que signaler un mal c'est le combattre. Cet instinct de duplicité qu'on peut observer, même chez les jeunes filles qui jouent sans que la partie soit intéressé, tient-il à un besoin inné de tromper, ou à l'âpreté d'une volonté nerveuse qui veut se soustraire à la loi du hasard? Cela ne vient-il pas plutôt de ce que leur éducation morale est incomplète. Il y a deux sortes d'honneur dans le monde; celui des hommes porte sur la bravoure et sur la loyauté dans les transactions pécuniaires. Celui des femmes n'est attaché qu'à la pudeur et à la fidélité conjugale. Si l'on se permettait de dire ici aux hommes qu'un peu de chasteté et de fidélité ne leur nuiraient pas, ils lèveraient certainement les épaules: mais nieront-ils qu'une honnête femme, qui serait en même temps un honnête homme, aurait doublement droit à leur respect et à leur confiance?

[3] Mme de Pardaillan était l'amie de la duchesse douairière d'Orléans.

[4] 1848.

[5] Le Berrichon a le goût des verbes réfléchis. Il dit: Cet homme ne sait pas ce qu'il se veut, il ne sait quoi se faire ni s'inventer.

[6] L'*aveuglat* est une sorte de collin-maillard. Le *cob* et les *évalines* sont une manière de jouer aux osselets avec une grosse bille de marbre. Le *traîne-balin* s'appelle, je crois, les *petits-paquets*, à Paris. La marelle doit-être connue dans beaucoup de provinces. Elle est expliquée dans les notes de Pantagruel, par Esmengard. Un grave antiquaire du Berry s'est donné la peine de composer un ouvrage sur l'étymologie du mot *évaline*. Il n'a pas osé se risquer pour le *cob*. Cela devenait sans doute plus ardu et trop sérieux.

[7] On assurait qu'il avait grandi d'un pied pendant la campagne.

[8] Je crois que c'était la *Mort d'Abel*, de je ne sais qui.

[9] Je ne doute pas que ma grand'mère ne m'eût déduit de meilleures raisons si elle eût été encore dans toute la force de ses facultés morales et intellectuelles. Elle avait certainement dû s'occuper plus efficacement de former l'âme de mon père. Mais j'ai beau chercher dans mes souvenirs la trace d'un enseignement vraiment philosophique de sa part, je ne la trouve pas. Je crois pouvoir affirmer que, pendant une phase de sa vie antérieure à la révolution, elle avait préféré Rousseau à Voltaire; mais que plus elle a vieilli, plus elle est devenue voltairienne. L'esprit de bigoterie de la Restauration dut nécessairement porter cette réaction à l'extrême dans les cerveaux philosophiques qui dataient du siècle précédent. Or, l'on sait combien est pauvre de fond et vide de moralité la philosophie de l'histoire chez Voltaire.

[10] Il y avait, entre autres métaphores, une lune qui *labourait les nuages, assise dans sa nacelle d'argent.*

[11] On me dit que des critiques de parti pris blâment la sincérité avec laquelle je parle de mes parens, et particulièrement de ma mère. Cela est tout simple, et je m'y attendais. Il y a toujours certains lecteurs qui ne comprennent pas ce qu'ils lisent: ce sont ceux qui ne veulent pas ou qui ne peuvent pas comprendre la véritable morale des choses humaines. Comme je n'écris pas pour ceux-là, c'est en vain que je leur répondrais; leur point de vue est l'opposé du mien: mais je prie ceux qui ne haïssent pas systématiquement mon œuvre, de relire ces lignes et de réfléchir. Si, parmi eux, il en est quelques-uns qui aient souffert des mêmes douleurs que moi, pour les mêmes causes, je crois que j'aurai calmé l'angoisse de leurs doutes intérieurs, et fermé leur blessure, par une appréciation plus élevée que celle des champions de la fausse morale.

[12] O honte!—C'est notre *fi!*

[13] Honte! honte!

[14] La réverende mère. On lui donnait ce titre en anglais seulement.

[15] C'était le confesseur d'une partie des pensionnaires et des religieuses. Ce n'était pas le mien. Cet abbé de Villèle, frère du ministre, a été depuis archevêque de Bourges.

[16] Très chères sœurs.

[17] Très chers enfans.

[18] Cette phrase et la suivante ne sont pas littéralement traduisibles: *Vos esprits sont bas* (abattus) *aujourd'hui. Qu'est-ce que vous avez?*

[19] *Elle est bas espritée; elle est dans ses absences spirituelles.*

[20] Ce n'est pas une raison pour omettre de rappeler la belle action qui s'est passée depuis que ces lignes sont écrites. Sous-préfet à Nérac, M. de Pompignan est descendu dans un puits méphitique où personne n'osait se risquer, pour en retirer de pauvres ouvriers asphyxiés. Parvenu au but de ses efforts, M. de Pompignan, qui par deux fois déjà s'était évanoui, replongeant toujours avec un nouveau courage, faillit payer de sa vie l'admirable dévoûment de son cœur.

[21] Quelquefois les mêmes prêtres qui officiaient, tantôt dans notre chapelle, tantôt dans celle des Écossais, amenaient chez nous, pour servir la messe, quelque pieux élève, fier de remplir l'office d'enfant de chœur. Je me souviens d'avoir vu là plusieurs fois, sous la robe de pourpre et le blanc surplis, le frère d'une de nos plus belles compagnes, qui était aussi un des plus beaux garçons du collége voisin. C'était celui qu'on a appelé depuis dans le monde le *beau Dorsay*, et que je n'ai connu que peu de temps avant sa mort, alors que, plein de généreuse sollicitude pour les victimes politiques, jusque sur son lit d'agonie, il était le noble et courageux Dorsay. Sa sœur, la belle et bonne Ida Dorsay, était sortie du couvent lorsque j'y entrai, mais elle y venait souvent voir ses anciennes amies. Elle a épousé le comte de Guiche; elle est aujourd'hui duchesse de Grammont.

[22] Probablement il était d'origine anglaise; il s'appelait *Whitehead* (*tête blanche*).

[23] On appelait dortoirs non-seulement la salle commune de la petite classe, mais aussi les corridors longs, étroits et obscurs qui séparaient les doubles rangées de cellules fermées.

[24] Sœur Hélène! Elle est dans ses vapeurs. Littéralement: *Dans ses mauvais esprits*.

[25] J'ai connu dans la suite la belle et véritablement angélique personne dont il est question. Elle avait épousé M. de R... en secondes noces. Elle m'a raconté toute l'histoire de son union avec le duc de C... «Ah! mon bon cousin René, si vous l'aviez entendue décrire *ce parfait bonheur* de sa première union!»

[26] Dans ce temps-là, je croyais, comme beaucoup d'autres, que Thomas a Kempis était l'auteur de l'*Imitation*. Les preuves invoquées par M. Henri Martin sur la paternité légitime de Jean Gerson m'ont semblé si concluantes, que je n'hésite pas à m'y rendre.

[27] Fontenelle, *Éloge de Leibnitz*.

[28] Dans une de ces lettres, elle me raconte comme quoi Clary de Faudoas a manqué mettre le feu à sa cellule, pour fêter par des illuminations, la naissance du petit duc (Henri V). Je cite ce petit fait comme une date de mon récit.

[29] Elle avait été de quinze cents francs dans le premier brouillon du testament. Il l'avait fait réduire à mille francs, avec beaucoup d'instance et même d'emportement.

[30] Mlle de Guibert et Mlle de Ségur.

LIVRE III

TOME DIXIÈME

CHAPITRE VINGT-DEUXIEME[1].

Retraite à Nohant.—Travaux d'aiguille moralement utiles aux femmes.—Équilibre désirable entre la fatigue et le loisir.—Mon rouge-gorge.—Deschartres quitte Nohant.—Naissance de mon fils.—Deschartres à Paris.—Hiver de 1824 à Nohant.—Changemens et améliorations qui me donnent le spleen.—Été au Plessis.—Les enfans.—L'idéal dans leur société.—Aversion pour la vie positive.—Ormesson.—Nous revenons à Paris.—L'abbé de Prémord.— Retraite au couvent.—Aspirations à la vie monastique.—Maurice au couvent.—Sœur Hélène nous chasse.

Je passai à Nohant l'hiver de 1822-1823, assez malade, mais absorbée par le sentiment de l'amour maternel, qui se révélait à moi à travers les plus doux rêves et les plus vives aspirations. La transformation qui s'opère à ce moment dans la vie et dans les pensées de la femme est, en général, complète et soudaine. Elle le fut pour moi comme pour le grand nombre. Les besoins de l'intelligence, l'inquiétude des pensées, les curiosités de l'étude, comme celles de l'observation, tout disparut aussitôt que le doux fardeau se fit sentir, et même avant que ses premiers tressaillemens m'eussent manifesté son existence. La Providence veut que, dans cette phase d'attente et d'espoir, la vie physique et la vie de sentiment prédominent. Aussi, les veilles, les lectures, les rêveries, la vie intellectuelle en un mot, fut naturellement supprimée, et sans le moindre mérite ni le moindre regret.

L'hiver fut long et rude, une neige épaisse couvrit longtemps la terre durcie d'avance par de fortes gelées. Mon mari aimait aussi la campagne, bien que ce fût autrement que moi, et, passionné pour la chasse, il me laissait de longs loisirs que je remplissais par le travail de la layette. Je n'avais jamais cousu de ma vie. Tout en disant que cela était nécessaire à savoir, ma grand'mère ne m'y avait jamais poussée, et je m'y croyais d'une maladresse extrême. Mais quand cela eut pour but d'habiller le petit être que je voyais dans tous mes songes, je m'y jetai avec une sorte de passion. Ma bonne Ursule vint me donner les premières notions du *surjet* et du *rabattu*. Je fus bien étonnée de voir combien cela était facile; mais en même temps je compris que là, comme dans tout, il pouvait y avoir l'invention, et la *maëstria* du coup de ciseaux.

Depuis j'ai toujours aimé le travail de l'aiguille, et c'est pour moi une récréation où je me passionne quelquefois jusqu'à la fièvre. J'essayai même de broder les petits bonnets, mais je dus me borner à deux ou trois: j'y aurais perdu la vue. J'avais la vue longue, excellente, mais c'est ce qu'on appelle chez nous une *vue grosse*. Je ne distingue pas les petits objets; et compter les fils d'une mousseline, lire un caractère fin, regarder de près, en un mot, est une souffrance qui me donne le vertige et qui m'enfonce mille épingles au fond du crâne.

J'ai souvent entendu dire à des femmes de talent que les travaux du ménage, et ceux de l'aiguille particulièrement, étaient abrutissans, insipides, et faisaient partie de l'esclavage auquel on a condamné notre sexe. Je n'ai pas de goût pour la théorie de l'esclavage, mais je nie que ces travaux en soient une conséquence. Il m'a toujours semblé qu'ils avaient pour nous un attrait naturel, invincible, puisque je l'ai ressenti à toutes les époques de ma vie, et qu'ils ont calmé parfois en moi de grandes agitations d'esprit. Leur influence n'est abrutissante que pour celles qui les dédaignent et qui ne savent pas chercher ce qui se trouve dans tout: le *bien-faire*. L'homme qui bêche ne fait-il pas une tâche plus rude et aussi monotone que la femme qui coud? Pourtant le bon ouvrier qui bêche vite et bien ne s'ennuie pas de bêcher, et il vous dit en souriant qu'il *aime la peine*.

Aimer la peine, c'est un mot simple et profond du paysan, que tout homme et toute femme peuvent commenter sans risque de trouver au fond la loi du servage. C'est par là, au contraire, que notre destinée échappe à cette loi rigoureuse de l'homme exploité par l'homme.

La peine est une loi naturelle à laquelle nul de nous ne peut se soustraire sans tomber dans le mal. Dans les conjectures et les aspirations socialistes de ces derniers temps, certains esprits ont trop cru résoudre le problème du travail en rêvant un système de machines qui supprimerait entièrement l'effort et la lassitude physiques. Si cela se réalisait, l'abus de la vie intellectuelle serait aussi déplorable que l'est aujourd'hui le défaut d'équilibre entre ces deux modes d'existence. Chercher cet équilibre, voilà le problème à résoudre; faire que l'homme de *peine* ait la somme suffisante de loisir, et que l'homme de loisir ait la somme suffisante de peine, la vie physique et morale de tous les hommes l'exige absolument; et si l'on n'y peut pas arriver, n'espérons pas nous arrêter sur cette pente de décadence qui nous entraîne vers la fin de tout bonheur, de toute dignité, de toute sagesse, de toute santé du corps, de toute lucidité de l'esprit. Nous y courons vite, il ne faut pas se le dissimuler.

La cause n'est pas autre, selon moi, que celle-ci: une portion de l'humanité a l'esprit trop libre, l'autre l'a trop enchaîné. Vous chercherez en vain des formes politiques et sociales, il vous faut, avant tout, des hommes nouveaux. Cette génération-ci est malade jusqu'à la moelle des os. Après un essai de république où le but véritable, au point de départ, était de chercher à rétablir, autant que possible, l'égalité dans les conditions, on a dû reconnaître qu'il ne suffisait pas de rendre les citoyens égaux devant la loi. Je me hasarde même à penser qu'il n'eût pas suffi de les rendre égaux devant la fortune. Il eût fallu pouvoir les rendre égaux devant le sens de la vérité.

Trop d'ambition, de loisir et de pouvoir d'un côté; de l'autre, trop d'indifférence pour la participation au pouvoir et aux nobles loisirs, voilà ce qu'on a trouvé au fond de cette nation d'où l'homme véritable avait disparu, si tant est qu'il y eût jamais existé. Des hommes du peuple éclairés d'une soudaine intelligence et poussés par de grandes aspirations ont surgi, et se sont trouvés sans influence et sans prestige sur leurs frères. Ces hommes-là étaient généralement sages, et se préoccupaient de la solution du travail. La masse leur répondait: «Plus de travail, ou l'ancienne loi du travail. Faites-nous un monde tout neuf, ou ne nous tirez pas de notre corvée par des chimères. Le nécessaire assuré, ou le superflu sans limites: nous ne voyons pas le milieu possible, nous n'y croyons pas, nous ne voulons pas l'essayer, nous ne pouvons pas l'attendre.»

Il le faudra pourtant bien. Jamais les machines ne remplaceront l'homme d'une manière absolue, grâce au ciel, car ce serait la fin du monde. L'homme n'est pas fait pour penser toujours. Quand il pense trop il devient fou, de même qu'il devient stupide quand il ne pense pas assez. Pascal l'a dit: «Nous ne sommes ni anges, ni bêtes.»

Et quant aux femmes, qui, ni plus ni moins que les hommes, ont besoin de la vie intellectuelle, elles ont également besoin de travaux manuels appropriés à leur force. Tant pis pour celles qui ne savent y porter ni goût, ni persévérance, ni adresse, ni le courage qui est le plaisir dans la peine! Celles-là ne sont ni hommes ni femmes.

L'hiver est beau à la campagne, quoi qu'on en dise. Je n'en étais pas à mon apprentissage, et celui-là s'écoula comme un jour, sauf six semaines que je dus passer au lit dans une inaction complète. Cette prescription de Deschartres me sembla rude, mais que n'aurais-je pas fait pour conserver l'espoir d'être mère. C'était la première fois que je me voyais prisonnière pour cause de santé. Il m'arriva un dédommagement imprévu. La neige était si épaisse et si tenace dans ce moment-là que les oiseaux, mourant de faim, se laissaient prendre à la main. On m'en apporta de toutes sortes, on couvrit mon lit d'une toile verte, on fixa aux coins de grandes branches de sapin, et je vécus dans ce bosquet, environnée de pinsons, de rouges-gorges, de verdiers et de moineaux qui, apprivoisés soudainement par la chaleur et la nourriture, venaient manger dans mes mains et se réchauffer sur mes genoux. Quand ils sortaient de leur paralysie, ils volaient dans la chambre, d'abord avec gaîté, puis avec inquiétude, et je leur faisais ouvrir la fenêtre. On m'en apportait d'autres qui dégelaient de même et qui, après quelques heures ou quelques jours d'intimité avec moi (cela variait suivant les espèces et le degré de souffrance qu'ils avaient éprouvé), me réclamaient leur liberté. Il arriva que l'on me rapporta quelques-uns de ceux que j'avais relâchés déjà, et auxquels j'avais mis des marques. Ceux-là semblaient vraiment me reconnaître et reprendre possession de leur maison de santé après une rechute.

Un seul rouge-gorge s'obstina à demeurer avec moi. La fenêtre fut ouverte vingt fois, vingt fois il alla jusqu'au bord, regarda la neige, essaya ses ailes à l'air libre, fit comme une pirouette de grâces et rentra, avec la figure expressive d'un personnage raisonnable qui reste où il se trouve bien. Il resta ainsi jusqu'à la moitié du printemps, même avec les fenêtres ouvertes pendant des journées entières. C'était l'hôte le plus spirituel et le plus aimable que ce petit oiseau. Il était d'une pétulance, d'une audace et d'une gaîté inouïes. Perché sur la tête d'un chenet, dans les jours froids, ou sur le bout de mon pied étendu devant le feu, il lui prenait, à la vue de la flamme brillante, de véritables accès de folie. Il s'élançait au beau milieu, la traversait d'un vol rapide et revenait prendre sa place sans avoir une seule plume grillée. Au commencement, cette chose insensée m'effraya, car je l'aimais beaucoup; mais je m'y habituai en voyant qu'il la faisait impunément.

Il avait des goûts aussi bizarres que ses exercices, et, curieux d'essayer de tout, il s'indigérait de bougie et de pâtes d'amandes. En un mot, la domesticité volontaire l'avait transformé au point qu'il eut beaucoup de peine à s'habituer à la vie rustique, quand, après avoir cédé au magnétisme du soleil, vers le quinze avril, il se trouva dans le jardin. Nous le vîmes longtemps courir de branche en branche autour de nous, et je ne me promenais jamais sans qu'il vînt crier et voltiger près de moi.

Mon mari fit bon ménage avec Deschartres, qui finissait son bail à Nohant. J'avais prévenu M. Dudevant de son caractère absolu et irascible, et il m'avait promis de le ménager. Il me tint parole, mais il lui tardait naturellement de prendre possession de son autorité dans nos affaires; et, de son côté, Deschartres désirait s'occuper exclusivement des siennes propres. J'obtins qu'il lui fût offert de demeurer chez nous tout le reste de sa vie, et je l'y engageai vivement. Il ne me semblait pas que Deschartres pût vivre ailleurs, et je ne me trompais pas: mais il refusa expressément, et m'en dit naïvement la raison. «Il y a vingt-cinq ans que je suis le seul maître absolu dans la maison, me dit-il, gouvernant toutes choses, commandant à tout le monde, et n'ayant pour me contrôler que des femmes, car votre père ne s'est jamais mêlé de rien. Votre mari ne m'a donné aucun déplaisir, parce qu'il ne s'est pas occupé de ma gestion. A présent qu'elle est finie, c'est moi qui le fâcherais malgré moi par mes critiques et mes contradictions. Je m'ennuierais de n'avoir rien à faire, je me dépiterais de ne pas être écouté: et puis, je veux agir et commander pour mon compte. Vous savez que j'ai toujours eu le projet de faire fortune, et je sens que le moment est venu.»

L'illusion tenace de mon pauvre pédagogue pouvait être encore moins combattue que son appétit de domination. Il fut décidé qu'il quitterait Nohant à la Saint-Jean, c'est-à-dire au 24 juin, terme de son bail. Nous partîmes avant lui pour Paris, où, après quelques jours passés au Plessis chez nos bons amis, je louai un petit appartement garni hôtel de Florence, rue Neuve-des-Mathurins, chez un ancien chef de cuisine de l'empereur. Cet homme, qui se nommait Gaillot, et qui était un très honnête et excellent homme, avait contracté au service de l'*en cas* une étrange habitude, celle de ne jamais se coucher. On sait que l'*en cas* de l'empereur était un poulet toujours rôti à point, à quelque heure de jour et de nuit que ce fût. Une existence d'homme avait été vouée à la présence de ce poulet à la broche, et Gaillot, chargé de le surveiller, avait dormi dix ans sur une chaise, tout habillé, toujours en mesure d'être sur pied en un instant. Ce dur régime ne l'avait pas préservé de l'obésité. Il le continuait, ne pouvant plus s'étendre dans un lit sans étouffer, et prétendant ne pouvoir dormir bien que d'un œil. Il est mort d'une maladie de foie entre cinquante et soixante ans. Sa femme avait été femme de chambre de l'impératrice Joséphine.

C'est dans l'hôtel qu'ils avaient meublé que je trouvai, au fond d'une seconde cour plantée en jardin, un petit pavillon où mon fils Maurice vint au monde, le 30 juin 1823, sans encombre et très vivace. Ce fut le plus beau moment de ma vie que celui où, après une heure de profond sommeil qui succéda aux douleurs terribles de cette crise, je vis en m'éveillant ce petit être endormi sur mon oreiller. J'avais tant rêvé de lui d'avance, et j'étais si faible, que je n'étais pas sûre de ne pas rêver encore. Je craignais de remuer et de voir la vision s'envoler comme les autres jours.

On me tint au lit beaucoup plus longtemps qu'il ne fallait. C'est l'usage à Paris de prendre plus de précautions pour les femmes dans cette situation qu'on ne le fait dans nos campagnes. Quand je fus mère pour la seconde fois, je me levai le second jour et je m'en trouvai fort bien.

Je fus la nourrice de mon fils, comme plus tard je fus la nourrice de sa sœur. Ma mère fut sa marraine et mon beau-père son parrain.

Deschartres arriva de Nohant tout rempli de ses projets de fortune et tout gourmé dans son antique habit bleu barbeau à boutons d'or. Il avait l'air si provincial dans sa toilette surannée, qu'on se retournait dans les rues pour le regarder. Mais il ne s'en souciait pas et passait dans sa majesté. Il examina Maurice avec attention, le démaillota et le retourna de tous côtés pour s'assurer qu'il n'y avait rien à redresser ou à critiquer. Il ne le caressa pas: je n'ai pas souvenance d'avoir vu une caresse, un baiser de Deschartres à qui que ce soit: mais il le tint endormi sur ses genoux et le considéra longtemps. Puis, la vue de cet enfant l'ayant satisfait, il continua à dire qu'il était temps qu'il vécût pour lui-même.

Je passai l'automne et l'hiver suivans à Nohant, tout occupée de Maurice. Au printemps de 1824, je fus prise d'un grand spleen dont je n'aurais pu dire la cause. Elle était dans tout et dans rien. Nohant était amélioré, mais bouleversé; la maison avait changé d'habitudes, le jardin avait changé d'aspect. Il y avait plus d'ordre, moins d'abus dans la domesticité; les appartements étaient mieux tenus, les allées plus droites, l'enclos plus vaste; on avait fait du feu avec les arbres morts, on avait tué les vieux chiens infirmes et malpropres, vendu les vieux chevaux hors de service, renouvelé toutes choses, en un mot. C'était mieux, à coup sûr. Tout cela d'ailleurs occupait et satisfaisait mon mari. J'approuvais tout et n'avais raisonnablement rien à regretter; mais l'esprit a ses bizarreries. Quand cette transformation fut opérée, quand je ne vis plus le vieux Phanor s'emparer de la cheminée et mettre ses pattes crottées sur le tapis, quand on m'apprit que le vieux paon qui mangeait dans la main de ma grand'mère ne mangerait plus les fraises du jardin, quand je ne retrouvai plus les coins sombres et abandonnés où j'avais promené mes jeux d'enfant et les rêveries de mon adolescence, quand, en somme, un nouvel intérieur me parla d'un avenir où rien de mes joies et de mes douleurs passées n'allait entrer avec moi, je me troublai, et sans réflexion, sans conscience d'aucun mal présent, je me sentis écrasée d'un nouveau dégoût de la vie qui prit encore un caractère maladif.

Un matin, en déjeunant, sans aucun sujet immédiat de contrariété, je me trouvai subitement étouffée par les larmes. Mon mari s'en étonna. Je ne pouvais rien lui expliquer, sinon que j'avais déjà éprouvé de semblables accès de désespoir sans cause, et que probablement j'étais un cerveau faible ou détraqué. Ce fut son avis, et il attribua au séjour de Nohant, à la perte encore trop récente de ma grand'mère dont tout le monde l'entretenait d'une façon attristante, à l'air du pays, à des causes extérieures enfin, l'espèce d'ennui qu'il éprouvait lui-même en dépit de la chasse, de la promenade et de l'activité de sa vie de propriétaire. Il m'avoua qu'il ne se plaisait point du tout en Berry et qu'il aimerait mieux essayer de vivre partout ailleurs. Nous convînmes d'essayer, et nous partîmes pour le Plessis.

Par suite d'un arrangement pécuniaire que, pour me mettre à l'aise, nos amis voulurent bien faire avec nous, nous passâmes l'été auprès d'eux et j'y retrouvai la distraction et l'irréflexion nécessaires à la jeunesse. La vie du Plessis était charmante, l'aimable caractère des maîtres de la maison se reflétant sur les diverses humeurs de leurs hôtes nombreux. On jouait la comédie, on chassait dans le parc, on faisait de grandes promenades, on recevait tant de monde, qu'il était facile à chacun de choisir un groupe de préférence pour sa société. La mienne se forma de tout ce qu'il y avait de plus enfant dans le château. Depuis les marmots jusqu'aux jeunes filles et aux jeunes garçons, cousins, neveux et amis de la famille, nous nous trouvâmes une douzaine, qui s'augmenta encore des enfans et adolescens de la ferme. Je n'étais pas la personne la plus âgée de la bande, mais étant la seule mariée, j'avais le gouvernement naturel de ce personnel respectable. Loïsa Puget, qui était devenue une jeune fille charmante; Félicie Saint-Aignan, qui était encore une grande petite fille, mais dont l'adorable caractère m'inspirait une prédilection qui devint avec le temps de l'amitié sérieuse; Tonine Du Plessis, la seconde fille de ma mère Angèle, qui était encore un enfant, et qui devait mourir comme Félicie dans la fleur de l'âge, c'étaient là mes compagnes préférées. Nous organisions des parties de jeu de toutes sortes, depuis le volant jusqu'aux barres, et nous inventions des règles qui permettaient même à ceux qui, comme Maurice, marchaient encore à quatre pattes, de prendre une part active à l'action générale. Puis c'étaient des voyages, voyages véritables, en égard aux courtes jambes qui nous suivaient, à travers le parc et les immenses jardins. Au besoin les plus grands portaient les plus petits, et la gaîté, le mouvement ne tarissaient pas. Le soir, les grandes personnes étant réunies, il arrivait souvent que beaucoup d'entre elles prenaient part à notre vacarme; mais quand elles en étaient lasses, ce qui arrivait bien vite, nous avions la malice de nous dire entre nous que les dames et les messieurs ne savaient pas jouer et qu'il faudrait les éreinter à la course le lendemain pour les en dégoûter.

Mon mari, comme beaucoup d'autres, s'étonnait un peu de me voir redevenue tout à coup si vivante et si folle, dans ce milieu qui semblait si contraire à mes habitudes mélancoliques; moi seule et ma bande insouciante ne nous en étonnions pas. Les enfans sont peu sceptiques à l'endroit de leurs plaisirs, et comprennent volontiers qu'on ne puisse songer à rien de mieux. Quant à moi, je me retrouvais dans une des deux faces de mon caractère, tout comme à Nohant de huit à douze ans, tout comme au couvent de treize à seize, alternative continuelle de solitude recueillie et d'étourdissement complet, dans des conditions d'innocence primitive.

A cinquante ans, je suis exactement ce que j'étais alors. J'aime la rêverie, la méditation et le travail; mais, au delà d'une certaine mesure, la tristesse arrive, parce que la réflexion tourne au noir, et si la réalité m'apparaît forcément dans ce qu'elle a de sinistre, il faut que mon âme succombe, ou que la gaîté vienne me chercher.

Or, j'ai besoin absolument d'une gaîté saine et vraie. Celle qui est égrillarde me dégoûte, celle qui est de bel esprit m'ennuie. La conversation brillante me plaît à écouter quand je suis disposée au travail de l'attention; mais je ne peux supporter longtemps aucune espèce de conversation suivie sans éprouver une grande fatigue. Si c'est sérieux, cela me fait l'effet d'une séance politique ou d'une conférence d'affaires; si c'est méchant, ce n'est plus gai pour moi. Dans une heure, quand on a quelque chose à dire ou à entendre, on a épuisé le sujet, et après cela on ne fait plus qu'y patauger. Je n'ai pas, moi, l'esprit assez puissant pour traiter de plusieurs matières graves successivement, et c'est peut-être pour me consoler de cette infirmité que je me persuade, en écoutant les gens qui parlent beaucoup, que personne n'est fort en paroles plus d'une heure par jour.

Que faire donc pour égayer les heures de la vie en commun dans l'intimité de tous les jours? Parler politique occupe les hommes en général, parler toilette dédommage les femmes. Je ne suis ni homme ni femme sous ces rapports-là; je suis enfant. Il faut qu'en faisant quelque ouvrage de mes mains qui amuse mes yeux, ou quelque promenade qui occupe mes jambes, j'entende autour de moi un échange de vitalité qui ne me fasse pas sentir le vide et l'horreur des choses humaines. Accuser, blâmer, soupçonner, maudire, railler, condamner, voilà ce qu'il y a au bout de toute causerie politique ou littéraire, car la sympathie, la confiance et l'admiration ont malheureusement des formules plus concises que l'aversion, la critique et le commérage. Je n'ai pas la sainteté infuse avec la vie, mais j'ai la poésie pour condition d'existence, et tout ce qui tue trop cruellement le rêve du bon, du simple et du vrai, qui seul me soutient contre l'effroi du siècle, est une torture à laquelle je me dérobe autant qu'il m'est possible.

Voilà pourquoi, ayant rencontré fort peu d'exceptions au positivisme effrayant de mes contemporains d'âge, j'ai presque toujours vécu par instinct et par goût avec des personnes dont j'aurais pu, à peu d'années près, être la mère. En outre, dans toutes les conditions où j'ai été libre de choisir ma manière d'être, j'ai cherché un moyen d'idéaliser la réalité autour de moi et de la transformer en une sorte d'oasis fictive, où les méchants et les oisifs ne seraient pas tentés d'entrer ou de rester. Un songe d'âge d'or, un mirage d'innocence champêtre, artiste ou poétique, m'a prise dès l'enfance et m'a suivie dans l'âge mûr. De là une foule d'amusemens très simples et pourtant très actifs, qui ont été partagés réellement autour de moi, et plus naïvement, plus cordialement, par ceux dont le cœur a été le plus pur. Ceux-là, en me connaissant, ne se sont plus étonnés du contraste d'un esprit si porté à s'assombrir et si avide de s'égayer; je devrais dire peut-être d'une âme si impossible à contenter avec ce qui intéresse la plupart des hommes, et si facile à charmer avec ce qu'ils jugent puéril et illusoire. Je ne peux pas m'expliquer mieux moi-même. Je ne me connais pas beaucoup au point de vue de la théorie: j'ai seulement l'expérience de ce qui me tue ou me ranime dans la pratique de la vie.

Mais grâce à ces contrastes, certaines gens prirent de moi l'opinion que j'étais tout à fait bizarre. Mon mari, plus indulgent, me jugea idiote. Il n'avait peut-être pas tort, et peu à peu il arriva, avec le temps, à me faire tellement sentir la supériorité de sa raison et de son intelligence, que j'en fus longtemps écrasée et comme hébétée devant le monde. Je ne m'en plaignis pas. Deschartres m'avait habituée à ne pas contredire violemment l'infaillibilité d'autrui, et ma paresse s'arrangeait fort bien de ce régime d'effacement et de silence.

Aux approches de l'hiver, comme Mme Du Plessis allait à Paris, nous nous consultâmes mon mari et moi sur la résidence que nous choisirions; nous n'avions pas le moyen de vivre à Paris, et, d'ailleurs, nous n'aimions Paris ni l'un ni l'autre. Nous aimions la campagne; mais nous avions peur de Nohant; peur probablement de nous retrouver vis-à-vis l'un de l'autre, avec des instincts différens à tous autres égards et des caractères qui ne se pénétraient pas mutuellement. Sans vouloir nous rien cacher, nous ne savions rien nous expliquer; nous ne nous disputions jamais sur rien; j'ai trop horreur de la discussion pour vouloir entamer l'esprit d'un autre; je faisais, au contraire, de grands efforts pour voir par les yeux de mon mari, pour penser comme lui et agir comme il souhaitait. Mais, à peine m'étais-je mise d'accord avec lui, que, ne me sentant plus d'accord avec mes propres instincts, je tombais dans une tristesse effroyable.

Il éprouvait probablement quelque chose d'analogue sans s'en rendre compte, et il abondait dans mon sens quand je lui parlais de nous entourer et de nous distraire. Si j'avais eu l'art de nous établir dans une vie un peu extérieure et animée, si j'avais été un peu légère d'esprit, si je m'étais plu dans le mouvement des relations variées, il eût été secoué et maintenu par le commerce du monde. Mais je n'étais pas du tout la compagne qu'il lui eût fallu. J'étais trop exclusive, trop concentrée, trop en dehors du convenu. Si j'avais su d'où venait le mal, si la cause de son ennui et du mien se fût dessinée dans mon esprit sans expérience et sans pénétration, j'aurais trouvé le remède; j'aurais peut-être réussi à me transformer; mais je ne comprenais rien du tout à lui ni à moi-même.

Nous cherchâmes une maisonnette à louer aux environs de Paris, et comme nous étions assez gênés, nous eûmes grand' peine à trouver un peu de confortable sans dépenser beaucoup d'argent. Nous ne le trouvâmes même pas, car le pavillon qui nous fut loué était une assez pauvre et étroite demeure. Mais c'était à Ormesson, dans un beau jardin et dans un contre de relations fort agréables.

L'endroit était, alors laid et triste, des chemins affreux, des coteaux de vigne qui interceptaient la vue, un hameau malpropre. Mais, à deux pas de là, l'étang d'Enghien et le beau parc de Saint-Gratien offraient des promenades charmantes. Notre pavillon faisait partie de l'habitation d'une femme très distinguée, madame Richardot, qui avait d'aimables enfans. Une habitation mitoyenne, appartenant à M. Hédée, *boulanger du roi*, était louée et occupée par la famille de Malus, et, chaque soir, nos trois familles se réunissaient chez madame Richardot pour jouer des charades en costumes improvisés des plus comiques. En outre, ma bonne tante Lucie et ma chère Clotilde sa fille vinrent passer quelques jours avec nous. Cette saison d'automne fut donc très bénigne dans ma destinée.

Mon mari sortait beaucoup; il était appelé souvent à Paris pour je ne sais plus quelles affaires et revenait le soir pour prendre part aux divertissemens de la réunion. Ce genre de vie serait assez normal: les hommes occupés au dehors dans la journée, les femmes chez elles avec leurs enfans, et le soir la récréation des familles en commun.

Mon mari passait quelquefois les nuits à Paris, mon domestique couchait dans des bâtiments éloignés, j'étais seule avec ma servante dans ce pavillon, éloigné lui-même de toute demeure habitée. Je m'étais mis en tête des idées sombres, depuis que j'avais entendu, dans une de ces nuits de brouillard dont la sonorité est étrangement lugubre, les cris de détresse d'un homme qu'on battait et qu'on semblait égorger. J'ai su, depuis, le mot de ce drame étrange; mais je ne peux ni ne veux le raconter.

Je me rassurai en voyant peu à peu que le jardinier qui m'effrayait ne m'en voulait pas personnellement, mais qu'il était fort contrarié de notre présence, gênante peut-être pour quelque projet d'occupation du pavillon, ou quelque dilapidation domestique. Je me rappelai Jean-Jacques Rousseau chassé de château en château, d'ermitage en ermitage, par des calculs et des mauvais vouloirs de ce genre, et je commençai à regretter de n'être pas chez moi.

Pourtant je quittai cette retraite avec regret, lorsqu'un jour mon mari s'étant querellé violemment avec ce même jardinier, résolut de transporter notre établissement à Paris. Nous prîmes un appartement meublé, petit, mais agréable par son isolement et la vue des jardins, dans la rue du Faubourg-Saint-Honoré. J'y vis souvent mes amis anciens et nouveaux, et notre milieu fut assez gai.

Pourtant la tristesse me revint, une tristesse sans but et sans nom, maladive peut-être. J'étais très fatiguée d'avoir nourri mon fils; je ne m'étais pas remise depuis ce temps-là. Je me reprochai cet abattement, et je pensai que le refroidissement insensible de ma foi religieuse pouvait bien en être la cause. J'allai voir mon jésuite, l'abbé de Prémord. Il était bien vieilli depuis trois ans. Sa voix était si faible, sa poitrine si épuisée, qu'on l'entendait à peine. Nous causâmes pourtant longtemps plusieurs fois, et il retrouva sa douce éloquence pour me consoler, mais il n'y parvint pas, il y avait trop de tolérance dans sa doctrine pour une âme aussi avide de croyance absolue que l'était la mienne. Cette croyance m'échappait; je ne sais qui eût pu me la rendre, mais, à coup sûr, ce n'était pas lui. Il était trop compatissant à la souffrance du doute. Il la comprenait trop bien peut-être. Il était trop intelligent ou trop humain. Il me conseilla d'aller passer quelques jours dans mon couvent. Il en demanda pour moi la permission à la supérieure Mme Eugénie. Je demandai la même permission à mon mari, et j'entrai en retraite aux Anglaises.

Mon mari n'était nullement religieux, mais il trouvait fort bon que je le fusse. Je ne lui parlais pas de mes combats intérieurs à l'endroit de la foi: il n'eût rien compris à un genre d'angoisse qu'il n'avait jamais éprouvée.

Je fus reçue dans mon couvent avec des tendresses infinies, et comme j'étais réellement souffrante, on m'y entoura de soins maternels; ce n'était pas là peut-être ce qu'il m'eût fallu pour me rattacher à ma vie nouvelle. Toute cette bonté suave, toutes ces délicates sollicitudes me rappelaient un bonheur dont la privation m'avait été si longtemps insupportable, et me faisaient paraître le présent vide, l'avenir effrayant. J'errais dans les cloîtres avec un cœur navré et tremblant. Je me demandais si je n'avais pas résisté à ma vocation, à mes instincts, à ma destinée, en quittant cet asile de silence et d'ignorance, qui eût enseveli les agitations de mon esprit timoré et enchaîné à une règle indiscutable une inquiétude de volonté dont je ne savais que faire. J'entrais dans cette petite église où j'avais senti tant d'ardeurs saintes et de divins ravissemens. Je n'y retrouvais que le regret des jours où je croyais avoir la force d'y prononcer des vœux éternels. Je n'avais pas eu cette force, et maintenant je sentais que je n'avais pas celle de vivre dans le monde.

Je m'efforçais aussi de voir le côté sombre et asservi de la vie monastique, afin de me rattacher aux douceurs de la liberté que je pouvais reprendre à l'instant même. Le soir, quand j'entendais la ronde de la religieuse qui fermait les nombreuses portes des galeries, j'aurais bien voulu frissonner au grincement des verrous et au bruit sonore des échos bondissans de la voûte; mais je n'éprouvais rien de semblable: le cloître n'avait pas de terreurs pour moi. Il me semblait que je chérissais et regrettais tout dans cette vie de communauté où l'on s'appartient véritablement, parce qu'en dépendant de tous, on ne dépend réellement de personne. Je voyais tant d'aise et de liberté, au contraire, dans cette captivité qui vous préserve, dans cette discipline qui assure vos heures de recueillement, dans cette monotonie de devoirs qui vous sauve des troubles de l'imprévu!

J'allais m'asseoir dans la classe, et sur ces bancs froids, au milieu de ces pupitres enfumés, je voyais rire les pensionnaires en récréation. Quelques-unes de mes anciennes compagnes étaient encore là, mais il fallut qu'on me les nommât, tant elles avaient déjà grandi et changé. Elles étaient curieuses de mon existence, elles enviaient ma *libération* tandis que je n'étais occupée intérieurement qu'à ressaisir les mille souvenirs que me retraçaient le moindre coin de cette classe, le moindre chiffre écrit sur la muraille, la moindre écornure du poêle ou des tables.

Ma chère bonne mère Alicia ne m'encourageait pas plus que par le passé à me nourrir de vains rêves. «Vous avez un charmant enfant, disait-elle, c'est tout ce qu'il faut pour votre bonheur en ce monde. La vie est courte.»

Oui, la vie paisible est courte. Cinquante ans passent comme un jour dans le sommeil de l'âme; mais la vie d'émotions et d'événemens résume en un jour des siècles de malaise et de fatigue.

Pourtant, ce qu'elle me disait du bonheur d'être mère, bonheur qu'elle ne se permettait pas de regretter, mais qu'elle eût vivement savouré, on le voyait bien, répondait à un de mes plus intimes instincts. Je ne comprenais pas comment j'aurais pu me résigner à perdre Maurice, et, tout en aspirant malgré moi à ne pas sortir du couvent, je le cherchais autour de moi à chaque pas que j'y faisais. Je demandai de le prendre avec moi. «Ah, oui-dà! dit Poulette en riant, un garçon chez des nonnes! Est-il bien petit, au moins, ce monsieur-là? Voyons-le: s'il passe par le tour, on lui permettra d'entrer.»

Le tour est un cylindre creux tournant sur un pivot dans la muraille. Il a une seule ouverture où l'on met les paquets qu'on apporte du dehors; on la tourne vers l'intérieur, et on déballe. Maurice se trouva fort à l'aise dans cette cage et sauta en riant au milieu des nonnes accourues pour le recevoir. Tous ces voiles noirs, toutes ces robes blanches l'étonnèrent un peu, et il se mit à crier un des trois ou quatre mots qu'il savait: «*Lapins! lapins!*» Mais il fut si bien accueilli, et bourré de tant de friandises, qu'il s'habitua vite aux douceurs du couvent et put s'ébattre dans le jardin sans qu'aucun gardien farouche vînt lui reprocher, comme à Ormesson, la place que ses pieds foulaient sur le gazon.

On me permit de l'avoir tous les jours. On le gâtait, et ma bonne mère Alicia l'appelait orgueilleusement son petit-fils. J'aurais voulu passer ainsi tout le carême: mais un mot de sœur Hélène me fit partir.

J'avais retrouvé cette chère sainte guérie et fortifiée au physique comme au moral. Au physique, c'était bien nécessaire, car je l'avais laissée encore une fois en train de mourir. Mais au moral, c'était superflu, c'était trop. Elle était devenue rude et comme sauvage de prosélytisme. Elle ne me fit pas un grand accueil, me reprocha sèchement mon *bonheur terrestre*, et comme je lui montrais mon enfant pour lui répondre, elle le regarda dédaigneusement et me dit en anglais, dans son style biblique: «Tout est déception et vanité, hors l'amour du Seigneur. Cet enfant si précieux n'a que le souffle. Mettre son cœur en lui, c'est écrire sur le sable.»

Je lui fis observer que l'enfant était rond et rose, et, comme si elle n'eût pas voulu avoir le démenti d'une sentence où elle avait mis toute sa conviction, elle me dit, en le regardant encore: «Bah! il est trop rose, il est probablement phthisique!»

Justement l'enfant toussait un peu. Je m'imaginai aussitôt qu'il était malade et je me laissai frapper l'esprit par la prétendue prophétie d'Hélène. Je sentis contre cette nature entière et farouche que j'avais tant admirée et enviée une sorte de répulsion subite. Elle me faisait l'effet d'une sybille de malheur. Je montai en fiacre, et je passai la nuit à me tourmenter du sommeil de mon petit garçon, à écouter son souffle, à m'épouvanter de ses jolies couleurs vives.

Le médecin vint le voir dès le matin. Il n'avait rien du tout, et il me fut prescrit de le soigner beaucoup moins que je ne faisais. Pourtant l'effroi que j'avais m'ôta l'envie de retourner au couvent. Je n'y pouvais garder Maurice la nuit, et il y faisait d'ailleurs affreusement froid le jour. J'allai faire mes adieux et mes remercîmens.

CHAPITRE VINGT-TROISIEME

Mort mystérieuse de Deschartres, peut-être un suicide.

Deschartres s'était logé à la place Royale. Il avait là, pour fort peu d'argent, un très joli appartement. Il s'était meublé, et paraissait jouir d'un certain bien-être. Il nous entretenait de petites affaires qui avaient manqué, mais qui devaient aboutir à une grande affaire d'un succès infaillible. Qu'était-ce que cette grande affaire? Je n'y comprenais pas grand-chose; je ne pouvais prendre sur moi de prêter beaucoup d'attention aux lourdes expositions de mon pauvre pédagogue. Il était question d'huile de navette et de colza. Deschartres était las de l'agriculture pratique. Il ne voulait plus semer et récolter, il voulait acheter et vendre. Il avait noué des relations avec des gens *à idées*, comme lui, hélas! Il faisait des projets, des calculs sur le papier, et, chose étrange! lui si peu bienveillant et si obstiné à n'estimer que son propre jugement, il accordait sa confiance et prêtait ses fonds à des inconnus.

Mon beau-père lui disait souvent: «Monsieur Deschartres, vous êtes un rêveur, vous vous ferez tromper.» Il levait les épaules et n'en tenait compte.

Au printemps de 1825 nous retournâmes à Nohant, et trois mois s'écoulèrent sans que Deschartres me donnât de ses nouvelles. Etonnée de voir mes lettres sans réponse, et ne pouvant m'adresser à mon beau-père, qui avait quitté Paris, j'envoyai aux informations à la place Royale.

Le pauvre Deschartres était mort. Toute sa petite fortune avait été risquée et perdue dans des entreprises malheureuses. Il avait gardé un silence complet jusqu'à sa dernière heure. Personne n'avait rien su et personne ne l'avait vu, lui, depuis assez longtemps. Il avait légué son mobilier et ses effets à une blanchisseuse qui l'avait soigné avec dévoûment. Du reste, pas un mot de souvenir, pas une plainte, pas un appel, pas un adieu à personne. Il avait disparu tout entier, emportant le secret de son ambition déçue ou de sa confiance trahie; calme probablement, car, en tout ce qui touchait à lui seul, dans les souffrances physiques, comme dans les revers de fortune, c'était un véritable stoïcien.

Cette mort m'affecta plus que je ne voulus le dire. Si j'avais éprouvé d'abord une sorte de soulagement involontaire à être délivrée de son dogmatisme fatigant, j'avais déjà bien senti qu'avec lui j'avais perdu la présence d'un cœur dévoué et le commerce d'un esprit remarquable à beaucoup d'égards. Mon frère, qui l'avait haï comme un tyran, plaignit sa fin, mais ne le regretta pas. Ma mère ne lui faisait pas grâce au-delà de la tombe, et elle écrivait: «Enfin Deschartres n'est plus de ce monde!» Beaucoup des personnes qui l'avaient connu ne lui firent pas la part bien belle dans leurs souvenirs. Tout ce que l'on pouvait accorder à un être si peu sociable, c'était de le reconnaître honnête homme. Enfin, à l'exception de deux ou trois paysans dont il avait sauvé la vie et refusé l'argent, selon sa coutume, il n'y eut guère que moi au monde qui pleurai le *grand homme*, et encore dus-je m'en cacher pour n'être pas raillée, et pour ne pas blesser ceux qu'il avait trop cruellement blessés. Mais, en fait, il emportait avec lui dans le néant des choses finies toute une notable portion de ma vie, tous mes souvenirs d'enfance, agréables et tristes, tout le stimulant, tantôt fâcheux, tantôt bienfaisant, de mon développement intellectuel. Je sentis que j'étais un peu plus orpheline qu'auparavant. Pauvre Deschartres, il avait contrarié sa nature et sa destinée en cessant de vivre pour l'amitié. Il s'était cru égoïste, il s'était trompé: il était incapable de vivre pour lui-même et par lui-même.

L'idée me vint qu'il avait fini par le suicide. Je ne pus avoir sur ses derniers momens aucun détail précis. Il avait été malade pendant quelques semaines, malade de chagrin probablement; mais je ne pouvais croire qu'une organisation si robuste pût être si vite brisée par l'appréhension de la misère. D'ailleurs, il avait dû recevoir une dernière lettre de moi, où je l'invitais encore à venir à Nohant. Avec son esprit entreprenant et sa croyance aux ressources inépuisables de son génie, n'eût-il pas repris espoir et confiance, s'il se fût laissé le temps de la réflexion? N'avait-il pas plutôt cédé à une heure de découragement, en précipitant la catastrophe par quelque remède énergique, propre à emporter le mal et le chagrin avec la vie? Il m'avait tant chapitrée sur ce sujet, que je n'eusse guère cru à une funeste inconséquence de sa part, si je ne me fusse rappelé que mon pauvre précepteur était l'inconséquence personnifiée. En d'autres momens, il m'avait dit: «Le jour où votre père est mort, j'ai été bien près de me brûler la cervelle.» Une autre fois, je l'avais entendu dire à quelqu'un: «Si je me sentais infirme et incurable, je ne voudrais être à charge à personne. Je ne dirais rien, et je m'administrerais une dose d'opium pour avoir plus tôt fini.» Enfin, il avait coutume de parler de la mort avec le mépris des anciens, et d'approuver les *sages* qui s'étaient volontairement soustraits par le suicide à la tyrannie des choses extérieures.

Guillery, le château de mon beau-père.—Les chasses au renard.—Peyrounine et Tant belle.—Les Gascons, gens excellens et bien calomniés.—Les paysans, les bourgeois et les gentilshommes grands mangeurs, paresseux splendides, bons voisins et bons amis.—Voyage à la Brède.—Digressions sur les pressentimens.—Retour par Castel-Jaloux, la nuit, à cheval, au milieu des bois, avec escorte de loups.—Pigon mangé par les loups.—Ils viennent sous nos fenêtres.—Un loup mange la porte de ma chambre.—Mon beau-père attaqué par quatorze loups.—Les Espagnols pasteurs nomades et bandits dans les Landes.—La culture et la récolte du liége.—Beauté des hivers dans ce pays.—Mort de mon beau-père.—Portrait et caractère de sa veuve, la baronne Dudevant.—Malheur de sa situation.—Retour à Nohant.—Parallèle entre la Gascogne et le Berri.—Blois.—Le Mont-d'Or.—Ursule.—M. Duris-Dufresne, député de l'Indre.—Une chanson.—Grand scandale à la Châtre.—Rapide résumé de divers petits voyages et circonstances jusqu'en 1831.

Guillery, le *château* de mon beau-père, était une maisonnette de cinq croisées de front, ressemblant assez à une guinguette des environs de Paris, et meublée comme toutes les bastides méridionales, c'est-à-dire très modestement. Néanmoins l'habitation en était agréable et assez commode. Le pays me sembla d'abord fort laid; mais je m'y habituai vite. Quand vint l'hiver, qui est la plus agréable saison de cette région de sables brûlans, les forêts de pins et de chênes-liéges prirent, sous les lichens, un aspect druidique, tandis que le sol, raffermi et rafraîchi par les pluies, se couvrit d'une végétation printanière qui devait disparaître à l'époque qui est le printemps au nord de la France. Les genêts épineux fleurirent, des mousses luxuriantes semées de violettes s'étendirent sous les taillis, les loups hurlèrent, les lièvres bondirent, Colette arriva de Nohant et la chasse résonna dans les bois.

J'y pris grand goût. C'était la chasse sans luxe, sans vaniteuse exhibition d'équipages et de costumes, sans jargon scientifique, sans habits rouges, sans prétentions ni jalousies de *sport*, c'était la chasse comme je pouvais l'aimer, la chasse pour la chasse. Les amis et les voisins arrivaient la veille, on envoyait vite boucher le plus de terriers possible; on partait avec le jour, monté comme on pouvait, sur des chevaux dont on n'exigeait que de bonnes jambes et dont on ne raillait pourtant pas les chutes, inévitables quelquefois dans des chemins traversés de racines que le sable dérobe absolument à la vue et contre lesquelles toute prévoyance est superflue. On tombe sur le sable fin, on se relève, et tout est dit. Je ne tombai cependant jamais; fût-ce par bonne chance ou par la supériorité des instincts de Colette, je n'en sais rien.

On se mettait en chasse quelque temps qu'il fît. De bons paysans aisés des environs, fins braconniers, amenaient leur petite meute, bien modeste en apparence, mais bien plus exercée que celle des amateurs. Je me rappellerai toujours la gravité modeste de *Peyrounine* amenant ses trois *couples et demie* au rendez-vous, prenant tranquillement la piste, et disant de sa voix douce et claire, avec un imperceptible sourire de satisfaction: «*Aneim, ma tan belo! aneim*, c'est *allons, courage*; c'est le *animo* des Italiens; *Tan belo*, c'était *Tant-Belle*, la reine des bassets à jambes torses, la dépisteuse, l'obstinée, la sagace, l'infatigable par excellence, toujours la première à la découverte, toujours la dernière à la retraite.

Nous étions assez nombreux, mais les bois sont immenses et la promenade n'était plus, comme aux Pyrénées, une marche forcée sur une corniche qui ne permet pas de s'éparpiller. Je pouvais m'en aller seule à la découverte sans craindre de me perdre, en me tenant à portée de la petite fanfare que Peyrounine sifflait à ses chiens. De temps en temps, je l'entendais, sous bois, admirer, à part lui, les prouesses de sa chienne favorite et manifester discrètement son orgueil en murmurant: «*Oh! ma tant belle! oh! ma tant bonne!*»

Mon beau-père était enjoué et bienveillant; colère, mais tendre, sensible et juste. J'aurais volontiers passé ma vie auprès de cet aimable vieillard, et je suis certaine que nul orage domestique n'eût approché de nous; mais j'étais condamnée à perdre tous mes protecteurs naturels, et je ne devais pas conserver longtemps celui-là.

Les Gascons sont de très excellentes gens, pas plus menteurs, pas plus ventards que les autres provinciaux, qui le sont tous un peu. Ils ont de l'esprit, peu d'instruction, beaucoup de paresse, de la bonté, de la libéralité, du cœur et du courage. Les bourgeois, à l'époque que je raconte, étaient, pour l'éducation et la culture de l'esprit, très au-dessous de ceux de ma province; mais ils avaient une gaîté plus vraie, le caractère plus liant, l'âme plus ouverte à la sympathie. Les caquets de village étaient là aussi nombreux, mais infiniment moins méchants que chez nous, et s'il m'en souvient bien, ils ne l'étaient même pas du tout.

Les paysans, que je ne pus fréquenter beaucoup, car ce fut seulement vers la fin de mon séjour que je commençai à entendre un peu leur idiome, me parurent plus heureux et plus indépendans que ceux de chez nous. Tous ceux qui entouraient, à quelque distance, la demeure isolée de Guillery étaient fort aisés, et je n'en ai jamais vu aucun venir demander des secours. Loin de là, ils semblaient traiter d'égal à égal avec *monsu le varon*, et quoique très polis et même cérémonieux, ils avaient presque l'air de s'entendre pour lui accorder une sorte de protection, comme à un voisin honorable qu'ils étaient jaloux de récompenser. On le comblait de présens, et il vivait tout l'hiver des volailles et du gibier vivans qu'on lui apportait en étrennes. Il est vrai que c'était en échange de réfection pantagruélesque. Ce pays est celui de la déesse Manducée. Les jambons, les poulardes farcies, les oies grasses, les canards obèses, les truffes, les gâteaux de millet et de maïs y pleuvent comme dans cette île où Panurge se trouvait si bien; et la maisonnette de Guillery, si pauvre de bien-être apparent, était, sous le rapport de la cuisine, une abbaye de Thélème d'où nul ne sortait, qu'il fût noble ou vilain, sans s'apercevoir d'une notable augmentation de poids dans sa personne.

Ce régime ne m'allait pas du tout. La sauce à la graisse était pour moi une espèce d'empoisonnement, et je m'abstenais souvent de manger, quoique ayant grand'faim au retour de la chasse. Aussi je me portais fort mal et maigrissais à vue d'œil, au milieu des innombrables cages où les ortolans et les palombes étaient occupés à mourir d'indigestion.

A l'automne, nous avions fait une course à Bordeaux, mon mari et moi, et nous avions poussé jusqu'à la Bréde, où la famille de Zoé avait une maison de campagne. J'eus là un très violent chagrin, dont cette inappréciable amie me sauva par l'éloquence du courage et de l'amitié. L'influence que son intelligence vive et sa parole nette eurent sur moi en ce moment de désespérance absolue disposa de plusieurs années de ma vie et fit entrer ma conscience dans un équilibre vainement cherché jusqu'alors. Je revins à Guillery brisée de fatigue, mais calme, après avoir promené sous les grands chênes plantés par Montesquieu des pensées enthousiastes et des méditations riantes où le souvenir du philosophe n'eut aucune part, je l'avoue.

Et pourtant j'aurais pu faire ce jeu de mots que l'*Esprit des lois* était entré d'une certaine façon et à certains égards dans ma nouvelle manière d'accepter la vie.

Nous avions descendu la Garonne pour aller à Bordeaux; la remonter pour retourner à Nérac eût été trop long, et je ne m'absentais pas trois jours sans être malade d'inquiétude sur le compte de Maurice. Le mot de sœur Hélène au couvent et un mot d'Aimée à Cauterets m'avaient mis martel en tête, au point que je me faisais et me fis longtemps de l'amour maternel un véritable supplice. Je me laissais surprendre par des terreurs imbéciles et de prétendus pressentimens. Je me souviens qu'un soir, ayant dîné chez des amis à La Châtre, il me passa par l'imagination que Nohant brûlait et que je voyais Maurice au milieu des flammes. J'avais honte de ma sottise et ne disais rien. Mais je demande mon cheval, je pars à la hâte, et j'arrive au triple galop, si convaincue de mon rêve, qu'en voyant la maison debout et tranquille, je ne pouvais en croire mes yeux.

Je revins donc de Bordeaux par terre afin d'arriver plus vite. A cette époque, les routes manquaient ou étaient mal servies. Nous arrivâmes à Castel-Jaloux à minuit, et, au sortir d'une affreuse patache, je fus fort aise de trouver mon domestique qui avait amené nos chevaux à notre rencontre. Il ne nous restait que quatre lieues à faire, mais des lieues de pays sur un chemin détestable, par une nuit noire et à travers une forêt de pins immense, absolument inhabitée, un véritable coupe-gorge où rôdaient des bandes d'Espagnols, désagréables à rencontrer même en plein jour. Nous n'aperçûmes pourtant pas d'autres êtres vivans que des loups. Comme nous allions forcément au pas dans les ténèbres, ces messieurs nous suivaient tranquillement. Mon mari s'en aperçut à l'inquiétude de son cheval, et il me dit de passer devant et de bien tenir Colette pour qu'elle ne s'effrayât pas. Je vis alors briller deux yeux à ma droite, puis je les vis passer à gauche. Combien y en a-t-il? demandai-je. Je crois qu'il n'y en a que deux, me répondit mon mari; mais il en peut venir d'autres; ne vous endormez pas. C'est tout ce qu'il y a à faire.

J'étais si lasse, que l'avertissement n'était pas de trop. Je me tins en garde, et nous gagnâmes la maison, à quatre heures du matin, sans accident.

On était très habitué alors à ces rencontres dans les forêts de pins et de liéges. Il ne passait pas de jour que l'on n'entendît les bergers crier pour s'avertir, d'un taillis à l'autre, de la présence de l'ennemi. Ces bergers, moins poétiques que ceux des Pyrénées, avaient cependant assez de caractère, avec leurs manteaux tailladés et leurs fusils en guise de houlette. Leurs maigres chiens noirs étaient moins imposans, mais aussi hardis que ceux de la montagne.

Pendant quelque temps il y eut bonne défense aussi à Guillery. Pigon était un métis plaine et montagne, non-seulement courageux, mais héroïque à l'endroit des loups. Il s'en allait, la nuit, tout seul, les provoquer dans les bois, et il revenait, le matin, avec des lambeaux de leur chair et de leur peau, attachés à son redoutable collier hérissé de pointes de fer. Mais un soir, hélas! on oublia de lui remettre son armure de guerre; l'intrépide animal partit pour sa chasse nocturne et ne revint pas.

L'hiver fut un peu plus rude que de coutume en ce pays. La Garonne déborda et, par contre, ses affluens. Nous fûmes bloqués pendant quelques jours; les loups affamés devinrent très hardis; ils mangèrent tous nos jeunes chiens. La maison était bâtie en pleine campagne, sans cour ni clôture d'aucune sorte. Ces bêtes sauvages venaient donc hurler sous nos fenêtres, et il y en eut une qui s'amusa, pendant une nuit, à ronger la porte de notre appartement, situé au niveau du sol. Je l'entendais fort bien. Je lisais dans une chambre, mon mari dormait dans l'autre. J'ouvris la porte vitrée et appelai Pigon, pensant que c'était lui qui revenait et voulait entrer. J'allais ouvrir le volet, quand mon mari s'éveilla et me cria: «Eh non, non, c'est le loup!» Telle est la tranquillité de l'habitude, que mon mari se rendormit sur l'autre oreille et que je repris mon livre, tandis que le loup continuait à manger la porte. Il ne put l'entamer beaucoup, elle était solide; mais il la mâchura de manière à y laisser ses traces. Je ne crois pas qu'il eût de mauvais desseins. Peut-être était-ce un jeune sujet qui voulait faire ses dents sur le premier objet venu, à la manière des jeunes chiens.

Un jour que, vers le coucher du soleil, mon beau-père allait voir un de ses amis à une demi-lieue de maison, il rencontra à mi-chemin, un loup, puis deux, puis trois, et en un instant il en compta quatorze. Il n'y fit pas grande attention; les loups n'attaquent guère, ils suivent: ils attendent que le cheval s'effraie, qu'il renverse son cavalier, ou qu'il bronche et tombe avec lui. Alors il faut se relever vite; autrement ils vous étranglent. Mon beau-père, ayant un cheval habitué à ces rencontres, continua assez tranquillement sa route; mais lorsqu'il s'arrêta à la grille de son voisin pour sonner, un de ses quatorze acolytes sauta au flanc de son cheval et mordit le bord de son manteau. Il n'avait pour défense qu'une cravache, dont il s'escrima sans effrayer l'ennemi; alors il imagina de sauter à terre et de secouer violemment son manteau au nez des assaillans, qui s'enfuirent à toutes jambes. Cependant il avouait avoir trouvé la grille bien lente à s'ouvrir et l'avoir vue enfin ouverte avec une grande satisfaction.

Cette aventure du vieux colonel était déjà ancienne. A l'époque de mon récit, il était si goutteux qu'il fallait deux hommes pour le mettre sur son cheval et l'en faire descendre. Pourtant, lorsqu'il était sur son petit bidet brun miroité, à crinière blonde, malgré sa grosse houppelande, ses longues guêtres en drap olive et ses cheveux blancs flottant au vent, il avait encore une tournure martiale et maniait tout doucement sa monture mieux qu'aucun de nous.

J'ai parlé des bandes d'Espagnols qui couraient le pays. C'étaient des Catalons principalement, habitants nomades du revers des Pyrénées. Les uns venaient chercher de l'ouvrage comme journaliers et inspiraient assez de confiance malgré leur mauvaise mine; les autres arrivaient par groupes avec des troupeaux de chèvres qu'ils faisaient pâturer dans les vastes espaces incultes des landes environnantes; mais ils s'aventuraient souvent sur la lisière des bois, où leurs bêtes étaient fort nuisibles. Les pourparlers étaient désagréables. Ils se retiraient sans rien dire, prenaient leur distance, et, maniant la fronde ou lançant le bâton avec une grande adresse, ils vous donnaient avis de ne pas trop les déranger à l'avenir. On les craignait beaucoup, et j'ignore si on est parvenu à se débarrasser de leur parcours. Mais je sais que cet abus persistait encore il y a quelques années, et que des propriétaires avaient été blessés et même tués dans ces combats.

C'était pourtant la même race d'hommes que ces montagnards austères dont j'avais envié aux Pyrénées le poétique destin. Ils étaient fort dévots, et qui sait s'ils ne croyaient pas consacrer comme un droit religieux l'occupation de nos landes par leurs troupeaux? Peut-être regardaient-ils cette terre immense et quasi-déserte comme un pays que Dieu leur avait livré, et qu'ils devaient défendre en son nom, contre les envahissemens de la propriété individuelle.

C'était donc un pays de loups et de brigands que Guillery, et pourtant nous y étions tranquilles et joyeux. On s'y voyait beaucoup. Les grands et petits propriétaires d'alentour n'ayant absolument rien à faire, et cultivant, en outre, le goût de ne rien faire, leur vie se passait en promenades, en chasses, en réunions et en repas les uns chez les autres.

Le liége est un produit magnifiquement lucratif de ces contrées. C'est le seul coin de la France où il pousse abondamment; et, comme il reste fort supérieur en qualité à celui de l'Espagne, il se vend fort cher. J'étais étonnée quand mon beau-père, me montrant un petit tas d'écorces d'arbres empilées sous un petit hangar, me disait: «Voici la récolte de l'année, quatre cents francs de dépense et vingt-cinq mille francs de profit net.»

Le chêne-liége est un gros vilain arbre en été. Son feuillage est rude et terne; son ombre épaisse étouffe toute végétation autour de lui, et le soin qu'on prend de lui enlever son écorce, qui est le liége même, jusqu'à la naissance des maîtresses branches, le laisse dépouillé et difforme. Les plus frais de ces écorchés sont d'un rouge sanglant, tandis que d'autres, brunis déjà par un commencement de nouvelle peau, sont d'un noir brûlé ou enfumé, comme si un incendie avait passé et pris ces géans jusqu'à la ceinture. Mais, l'hiver, cette verdure éternelle a son prix. La seule chose dont j'eusse vraiment peur dans ces bois, c'était des troupeaux innombrables de cochons tachetés de noir, qui erraient en criant, d'un ton aigre et sauvage, à la dispute de la glandée.

Le *surier* ou chêne-liége n'exige aucun soin. On ne le taille ni ne le dirige. Il se fait sa place, et vit enchanté d'un sable aride en apparence. A vingt ou trente ans, il commence à être bon à écorcher. A mesure qu'il prend de l'âge, sa peau devient meilleure et se renouvelle plus vite, car dès lors tous les dix ans on procède à sa toilette en lui faisant deux grandes incisions verticales en temps utile. Puis, quand il a pris soin lui-même d'aider, par un travail naturel préalable, au travail de l'ouvrier, celui-ci lui glisse un petit outil *ad hoc* entre cuir et chair, et s'empare aisément du liége, qui vient en deux grands morceaux proprement coupés. Je ne sais pourquoi cette opération me répugnait comme une chose cruelle. Pourtant ces arbres étranges ne paraissaient pas en souffrir le moins du monde et grandissaient deux fois centenaires sous le régime de cette décortication périodique[2].

Les *pignades* (bois de pins) de futaie n'étaient guère plus gaies que les *surettes* (bois de liéges). Ces troncs lisses et tous semblables comme des colonnes élancées, surmontés d'une grosse tête ronde d'une fraîcheur monotone, cette ombre impénétrable, ces blessures d'où pleurait la résine, c'était à donner le spleen quand on avait à faire une longue route sans autre distraction que ce que mon beau-père appelait *compter les orangers lanusquets*. Mais, en revanche, les jeunes bois, coupés de petits chemins de sable bien sinueux et ondulés, les petits ruisseaux babillant sous les grandes fougères, les folles clairières tourbeuses qui s'ouvraient sur la lande immense, infinie, rase et bleue comme la mer; les vieux manoirs pittoresques, géans d'un autre âge, qui semblaient grandir de toute la petitesse, particulière à ce pays, des modernes constructions environnantes, enfin, la chaîne des Pyrénées, qui, malgré la distance de trente lieues à vol d'oiseau, tout à coup, en de certaines dispositions de l'atmosphère, se dressait à l'horizon comme une muraille d'argent rosé, dentelée de rubis; c'était, en somme, une nature intéressante sous un climat délicieux.

A une demi-lieue nous allions voir, chaque semaine, la marquise de Lusignan, belle et aimable châtelaine du très romantique et imposant manoir de Xaintrailles. Lahire était un peu plus loin. A Buzet, dans les splendides plaines de la Garonne, la famille de Beaumont nous attirait par des réunions nombreuses et des charades en action dans un château magnifique. De Logareil, à deux pas de chez nous, à travers bois, le bon Auguste Berthet venait chaque jour. D'ailleurs, venaient Grammont, Trinqueléon et le bon petit médecin Larnaude. De Nérac venaient Lespinasse, d'Ast et tant d'autres que je me rappelle avec affection, tous gens aimables, pleins de bienveillance et de sympathie pour moi, hommes et femmes; bons enfans, actifs et jeunes, même les vieux, vivant en bonne intelligence, sans distinction de caste et sans querelles d'opinion. Je n'ai gardé de ce pays-là que des souvenirs doux et charmans.

J'espérais voir à Nérac ma chère Fanelly, devenue Mme le Franc de Pompignan. Elle était à Toulouse ou à Paris, je ne sais plus. Je ne trouvai que sa sœur Aména, une charmante femme aussi, avec qui j'eus le plaisir de parler du couvent.

Nous allâmes achever l'hiver à Bordeaux, où nous trouvâmes l'agréable société des eaux de Cauterets, et où je fis connaissance avec les oncles, tantes, cousins et cousines de mon mari, tous gens très honorables et qui me témoignèrent de l'amitié.

Je voyais tous les jours ma chère Zoé, ses sœurs et ses frères. Un jour que j'étais chez elle sans Maurice, mon mari entra brusquement, très pâle, en me disant: «*Il est mort!*» Je crus que c'était Maurice; je tombai sur mes genoux. Zoé, qui comprit et entendit ce qu'ajoutait mon mari, me cria vite: «*Non, non, votre beau-père!*» Les entrailles maternelles sont féroces: j'eus un violent mouvement de joie; mais ce fut un éclair. J'aimais véritablement mon vieux papa, et je fondis en larmes.

Nous partîmes le jour même pour Guillery, et nous passâmes une quinzaine auprès de Mme Dudevant. Nous la trouvâmes dans la chambre même où, en deux jours, son mari était mort d'une attaque de goutte dans l'estomac. Elle n'était pas encore sortie de cette chambre qu'elle avait habitée une vingtaine d'années avec lui, et où les deux lits restaient côte à côte. Je trouvai cela touchant et respectable. C'était de la douleur comme je la comprenais, sans effroi ni dégoût de la mort d'un être bien-aimé. J'embrassai Mme Dudevant avec une véritable effusion, et je pleurai tant tout le jour auprès d'elle, que je ne songeai pas à m'étonner de ses yeux secs et de son air tranquille. Je pensais d'ailleurs que l'excès de la douleur retenait les larmes et qu'elle devait affreusement souffrir de n'en pouvoir répandre; mais mon imagination faisait tous les frais de cette sensibilité refoulée. Mme Dudevant était une personne glacée autant que glaciale. Elle avait certainement aimé son excellent compagnon, et elle le regrettait autant qu'il lui était possible; mais elle était de la nature des liéges, elle avait une écorce très épaisse qui la garantissait du contact des choses extérieures; seulement cette écorce tenait bien et ne tombait jamais.

Ce n'est pas qu'elle ne fût aimable: elle était gracieuse à la surface, un grand savoir-vivre lui tenant lieu de grâce véritable. Mais elle n'aimait réellement personne et ne s'intéressait à rien qu'à elle-même. Elle avait une jolie figure douce sur un corps plat, osseux, carré et large d'épaules. Cette figure donnait confiance, mais la face seule ne traduit pas l'organisation entière. En regardant ses mains sèches et dures, ses doigts noueux et ses grands pieds, on sentait une nature sans charme, sans nuances, sans élans ni retours de tendresse. Elle était maladive, et entretenait la maladie par un régime de petits soins dont le résultat était l'étiolement. Elle était vêtue en hiver de quatorze jupons qui ne réussissaient pas à arrondir sa personne. Elle prenait mille petites drogues, faisait à peine quelques pas autour de sa maison, quand elle rencontrait, un jour par mois, le temps désirable. Elle parlait peu et d'une voix si mourante, qu'on se penchait vers elle avec le respect instinctif qu'inspire la faiblesse. Mais dans son sourire banal il y avait quelque chose d'amer et de perfide dont, par momens, j'étais frappée et que je ne m'expliquais pas. Ses complimens cachaient les petites aiguilles fines d'une intention épigrammatique. Si elle eût eu de l'esprit, elle eût été méchante.

Je ne crois pourtant pas qu'elle fût foncièrement mauvaise. Privée de santé et de courage, elle était aigrie intérieurement, et, à force de se tenir sur la défensive contre le froid et le chaud, et de se défier de tous les agens extérieurs qui pouvaient apporter dans son état physique une perturbation quelconque, elle en était venue à étendre ces précautions et cette abstention aux choses morales, aux affections et aux idées. Elle n'en était que plus tendue et plus nerveuse, et, quand elle était surprise par la colère, on pouvait s'émerveiller de voir ce corps brisé retrouver une vigueur fébrile, et d'entendre cette voix languissante et cette parole doucereuse prendre un accent très âpre et trouver des expressions très énergiques.

Elle était, je crois, tout à fait impropre à gouverner ses affaires, et quand elle se vit à la tête de sa maison et de sa fortune, il se fit en elle une crise d'effroi et d'inquiétude égoïste qui la conduisit spontanément à l'avarice, à l'ingratitude et à une sorte de fausseté. Ennuyée de sa froide oisiveté, elle attira tour à tour auprès d'elle des amis, des parens, ceux de son mari et les siens. Elle exploita leurs dévouemens successifs, ne put vivre avec aucun d'eux et s'amusa à les tromper tous en morcelant sa fortune entre plusieurs héritiers qu'elle connaissait à peine, et en frustrant d'une récompense méritée jusqu'à de vieux serviteurs qui lui avaient consacré trente ans de soins et de fidélité.

Elle était riche par elle-même, et n'ayant pas d'enfans, même adoptifs, il semble qu'elle eût dû abandonner à son beau-fils au moins une partie de l'héritage paternel. Il n'en fut rien. Elle s'était assuré de longue main, par testament, la jouissance de cette petite fortune, et même elle avait tenté d'en saisir la possession par la rédaction d'une clause qui se trouva, heureusement pour l'avenir de mon mari, contraire aux droits que la loi lui assurait.

Mon mari, connaissant d'avance les dispositions testamentaires de son père, ne fut pas surpris de ne voir aucun changement dans sa situation. Il resta très soumis, et aussi tendre qu'il lui fut possible auprès de sa belle-mère, espérant qu'elle lui ferait plus tard la part meilleure; mais ce fut en pure perte. Elle ne l'aima jamais, le chassa de son lit de mort et ne lui laissa que ce qu'elle n'avait pu lui ôter.

Cette pauvre femme m'a fait, à moi, sous d'autres rapports, tout le mal qu'elle a pu, mais je l'ai toujours plainte. Je ne connais pas d'existence qui mérite plus de pitié que celle d'une personne riche, sans postérité, qui se sent entourée d'égards qu'elle peut croire intéressés, et qui voit dans tous ceux qui l'approchent des aspirans à ses largesses. Être égoïste par instinct avec cela, c'est trop, car c'est le complément d'une destinée stérile et amère.

Nous retournâmes à Bordeaux, puis encore à Guillery au mois de mai, et, cette fois, le pays ne me parut pas agréable. Ce sable fin devient si léger quand il est sec, que le moindre pas le soulève en nuages ardens qu'on avale quoi qu'on fasse. Nous passâmes l'été à Nohant, et, de cette époque jusqu'à 1831, je ne fis plus que de très courtes absences.

Ce fut donc une sorte d'établissement que je regardai comme définitif et qui décida de mon avenir conjugal. C'était, en apparence, le parti le plus sage à prendre que de vivre chez soi modestement et dans un milieu restreint, toujours le même. Pourtant, il eût mieux valu poursuivre une vie nomade et des relations nombreuses. Nohant est une retraite austère par elle-même, élégante et riante d'aspect par rapport à Guillery, mais, en réalité, plus solitaire, et pour ainsi dire imprégnée de mélancolie. Qu'on s'y rassemble, qu'on la remplisse de rires et de bruit, le fond de l'âme n'en reste pas moins sérieux et même frappé d'une espèce de langueur qui tient au climat et au caractère des hommes et des choses environnantes. Le Berrichon est lourd. Quand, par exception, il a la tête vive et le sang chaud, il s'expatrie, irrité de ne pouvoir rien agiter autour de lui; ou, s'il est condamné à rester chez nous, il se jette dans le vin et la débauche, mais tristement, à la manière des Anglais, dont le sang a été mêlé plus qu'on ne croit à sa race. Quand un Gascon est gris, un Berrichon est déjà ivre, et quand l'autre est un peu ivre, limite qu'il ne dépassera guère, le Berrichon est complétement *saoûl* et ira s'abêtissant jusqu'à ce qu'il tombe. Il faut bien dire ce vilain mot, le seul qui peigne l'effet de la boisson sur les gens d'ici. La mauvaise qualité du vin y est pour beaucoup; mais dans l'intempérance avec laquelle on en use, il faut bien voir une fatalité de ce tempérament mélancolique et flegmatique qui ne supporte pas l'excitation, et qui s'efforce de l'éteindre dans l'abrutissement.

En dehors des ivrognes, qui sont nombreux, et dont le désordre réduit les familles à la misère ou au désespoir, la population est bonne et sage, mais froide et rarement aimable. On se voit peu, l'agriculture est peu avancée, pénible, patiente et absorbante pour le propriétaire. Le vivre est cher, relativement au Midi. L'hospitalité se fait donc rare, pour garder, à l'occasion, l'apparence du faste; et, par dessus tout, il y a une paresse, un effroi de la locomotion qui tiennent à la longueur des hivers, à la difficulté des transports et encore plus à la torpeur des esprits.

Il y a vingt-cinq ans, cette manière d'être était encore plus tranchée; les routes étaient plus rares et les hommes plus casaniers. Ce beau pays, quoique assez habité et bien cultivé, était complétement morne, et mon mari était comme surpris et effrayé du silence solennel qui plane sur nos champs dès que le soleil emporte avec lui les bruits déjà rares et contenus du travail. Là, point de loups qui hurlent, mais aussi plus de chants et de rires, plus de cris de bergers et de clameurs de chasse. Tout est paisible, mais tout est muet. Tout repose, mais tout semble mort.

J'ai toujours aimé ce pays, cette nature et ce silence. Je n'en chéris pas seulement le charme, j'en subis le poids, et il m'en coûte de le secouer, quand même j'en vois le danger. Mais mon mari n'était pas né pour l'étude et la méditation. Quoique Gascon, il n'était pas non plus naturellement enjoué. Sa mère était Espagnole, son père descendait de l'Écossais Law. La réflexion ne l'attristait pas, comme moi. Elle l'irritait. Il se fût soutenu dans le Midi. Le Berry l'accabla. Il le détesta longtemps: mais quand il en eut goûté les distractions et contracté les habitudes, il s'y cramponna comme à une seconde patrie.

Je compris bientôt que je devais m'efforcer d'étendre mes relations, que la vieillesse et la maladie de ma grand'mère avaient beaucoup restreintes et que mes années d'absence avaient encore refroidies. Je retrouvai mes compagnons d'enfance, qui, en général, ne plurent pas à M. Dudevant. Il se fit d'autres amis. J'acceptai franchement ceux qui me furent sympathiques sur quelque point, et j'attirai de plus loin ceux qui devaient convenir à lui comme à moi.

Le bon James et son excellente femme, ma chère mère Angèle, vinrent passer deux ou trois mois avec nous. Puis leur sœur, Mme Saint-Aignan avec ses filles. L'aînée, Félicie, était un ange.

Les Malus vinrent aussi. Le plus jeune, Adolphe; un cœur d'or, ayant été malade chez nous, nous lui fîmes la conduite jusqu'à Blois, avec mon frère, et nous vîmes le vieux château, alors converti en caserne et en poudrière, et abandonné aux dégradations des soldats, dont le bruit et le mouvement n'empêchaient pas certains corps de logis d'être occupés par des myriades d'oiseaux de proie. Dans le bâtiment de Gaston d'Orléans, le guano des hibous et des chouettes était si épais qu'il était impossible d'y pénétrer.

Je n'avais jamais vu une aussi belle chose de la renaissance que ce vaste monument, tout abandonné et dévasté qu'il était. Je l'ai revu restauré, lambrissé, admirablement rajeuni et pour ainsi dire retrouvé sous les outrages du temps et de l'incurie; mais ce que je n'ai pas retrouvé, moi, c'est l'impression étrange et profonde que je subis la première fois, lorsque au lever du soleil, je cueillis des violiers jaunes dans les crevasses des pierres fatidiques de l'observatoire de Catherine de Médicis.

En 1827, nous passâmes une quinzaine aux eaux du Mont-d'Or. J'avais fait une chute, et souffris longtemps d'une entorse. Maurice vint avec nous. Il se faisait gamin et commençait à regarder la nature avec ses grands yeux attentifs, tout au beau milieu de son vacarme.

L'Auvergne me sembla un pays adorable. Moins vaste et moins sublime que les Pyrénées, il en avait la fraîcheur, les belles eaux et les recoins charmans. Les bois de sapins sont même plus agréables que les épicéas des grandes montagnes. Les cascades, moins terribles, ont de plus douces harmonies, et le sol, moins tourmenté par les orages et les éboulemens, se couvre partout de fleurs luxuriantes.

Ursule était venue vivre chez moi en qualité de femme de charge. Cela ne put durer. Il y eut incompatibilité d'humeur entre elle et mon mari. Elle m'en voulut un peu de ne pas m'être prononcée pour elle. Elle me quitta presque fâchée, et puis, tout aussitôt, elle comprit que je n'avais pas dû agir autrement et me rendit son amitié, qui ne s'est jamais démentie depuis. Elle se maria à La Châtre avec un excellent homme qui l'a rendue heureuse, et elle est maintenant le seul être avec qui je puisse, sans lacune notable, repasser toute ma vie, depuis la première enfance jusqu'au demi-siècle accompli.

Les élections de 1827 signalèrent un mouvement d'opposition très marqué et très général en France. La haine du ministère Villèle produisit une fusion définitive entre les libéraux et les bonapartistes, qu'ils fussent noblesse ou bourgeoisie. Le peuple resta étranger au débat dans notre province; les fonctionnaires seuls luttaient pour le ministère; pas tous, cependant. Mon cousin Auguste de Villeneuve vint du Blanc voter à La Châtre, et, quoique fonctionnaire éminent (il était toujours trésorier de la ville de Paris), il se trouva d'accord avec mon mari et ses amis pour nommer M. Duris-Dufresne. Il passa quelques jours chez nous et me témoigna, ainsi qu'à Maurice, qu'il appelait son grand-oncle, beaucoup d'affection. J'oubliai qu'il m'avait fort blessée autrefois, en voyant qu'il ne s'en doutait pas et me traitait paternellement.

M. Duris-Dufresne, beau-frère du général Bertrand, était un républicain de vieille roche. C'était un homme d'une droiture antique, d'une grande simplicité de cœur, d'un esprit aimable et bienveillant. J'aimais ce type d'un autre temps, encore empreint de l'élégance du Directoire, avec des idées et des mœurs plus laconiennes. Sa petite perruque rase et ses boucles d'oreilles donnaient de l'originalité à sa physionomie vive et fine. Ses manières avaient une distinction extrême. C'était un *jacobin* fort sociable.

Mon mari, s'occupant beaucoup d'opposition à cette époque, était presque toujours à la ville. Il désira s'y créer un centre de réunion et y louer une maison où nous donnâmes des bals et des soirées qui continuèrent même après la nomination de M. Duris-Dufresne.

Mais nos réceptions donnèrent lieu à un scandale fort comique. Il y avait alors, et il y a encore un peu à La Châtre, deux ou trois *sociétés*, qui, de mémoire d'homme, ne s'étaient mêlées à la danse. Les distinctions entre la première, la seconde et la troisième étaient fort arbitraires, et la délimitation insaisissable pour qui n'avait pas étudié à fond la matière.

Bien qu'en *guerre* d'opinions avec la sous-préfecture, j'étais fort liée avec M. et Mme de Périgny, couple aimable et jeune, avec qui j'avais les meilleures relations de voisinage. Eux aussi voulurent ouvrir leur salon; leur position leur en faisait une sorte de devoir, et nous convîmes de simplifier de détail des invitations en nous servant de la même liste.

Je leur communiquai la mienne, qui était fort générale, et où naturellement j'avais inscrit toutes les personnes que je connaissais tant soit peu. Mais, ô abomination, il se trouva que plusieurs des familles que j'aimais et estimais à plus juste titre étaient reléguées au second et au troisième rang dans les us et coutumes de l'aristocratie bourgeoise de La Châtre. Aussi, quand ces hauts personnages se virent en présence de leurs *inférieurs*, il y eut colère, indignation, malédiction sur l'arrogant sous-préfet qui n'avait agi ainsi, disait-on, que pour marquer son mépris à tous les gens du pays, en les mettant *comme des œufs dans le même panier*.

La semaine suivante,

Le punch est préparé;

La maîtresse est brillante,

Le salon est ciré.

Il vint trois invités, de chétive encolure:

Dans la ville on disait: bravo!

On donne un bal incognito

A la sous-préfecture.

Ce couplet d'une chanson que je fis le soir même avec Duteil, contient en peu de mots le récit véridique de l'immense événement. En la relisant, je vois que, sans être bien drôle, cette chanson est affaire de mœurs locales, et qu'elle mérite de rester dans les archives de la tradition... à La Châtre! Elle est intitulée: *Soirée administrative*, ou le *Sous-préfet philosophe*. Voici les deux premiers couplets qui résument l'affaire. C'est sur l'air des *Bourgeois de Chartres*:

Habitans de La Châtre,

Nobles, bourgeois, vilains,

D'un petit gentillâtre

Apprenez les dédains:

Ce jeune homme, égaré par la philosophie,

Oubliant, dans sa déraison,

Les usages et le bon ton

Vexe la bourgeoisie.

Voyant que dans la ville

Plus d'un original

Tranche de l'homme habile

Et se dit libéral,

A nos tendres moitiés qui frondent la noblesse,

Il crut plaire en donnant un bal.

Où chacun put d'un pas égal

Aller comme à la messe.

On a vu le dénouement. La chanson faillit le pousser jusqu'au tragique. Elle avait été faite au coin du feu de Périgny, et devait rester entre nous; mais Duteil ne put se tenir de la chanter. On la retint, on la copia; elle passa dans toutes les mains et souleva des tempêtes. Au moment où je l'avais complétement oubliée, je vis des yeux féroces et j'entendis des cris de rage autour de moi. Cela eut le bon résultat de détourner la foudre de la tête de mes amis Périgny et de l'attirer sur la mienne. Les plus gros bonnets de l'endroit firent serment de ne point m'honorer de leur présence; Périgny, piqué de tant de sottise, ferma son salon. Je laissai le mien ouvert et augmentai mes invitations à la seconde société. C'était la meilleure leçon à donner à la première, car n'étant pas fonctionnaire, j'avais le droit de me passer d'elle. Mais sa rancune ne tint pas contre deux ou trois soupers. D'ailleurs, dans cette *première*, j'avais d'excellens amis qui se moquaient de la conspiration et qui trahissaient ouvertement *la bonne cause*. Mon salon fut donc si rempli qu'on s'y étouffait, et la confusion y fut telle que les dames de la première et de la seconde race se laissèrent entraîner à se toucher le bout des doigts pour faire la figure de contre-danse qu'on appelle le *moulinet*. Quelques orthodoxes dirent que c'était une *cohue*. Je m'amusai à les remercier très humblement de l'honneur qu'ils me faisaient de venir chez moi, bien que je fusse de la troisième société. On cria anathème, mais on n'en mangea pas moins les pâtés, et on n'en fêta pas moins le champagne de l'insurrection. Ce fut le signal d'une grande décadence dans les constitutions hiérarchiques de cette petite oligarchie.

Au mois de septembre 1828, ma fille Solange vint au monde à Nohant. Le médecin arriva quand je dormais déjà et que la pouponne était habillée et parée de ses rubans roses. J'avais beaucoup désiré avoir une fille, et cependant je n'éprouvai pas la joie que Maurice m'avait donnée. Je craignais que ma fille ne vécût pas, parce que j'étais accouchée avant terme, à la suite d'une frayeur. Ma petite nièce Léontine ayant fait un mauvais rêve, la veille au soir, s'était mise à jeter des cris si aigus dans l'escalier où elle s'était élancée pour appeler sa mère, que je m'imaginai qu'elle avait roulé les marches et qu'elle était brisée. Je commençai aussitôt à sentir des douleurs, et en m'éveillant le lendemain, je n'eus que le temps de préparer les petits bonnets et les petites brassières, qu'heureusement j'avais terminés.

Je me souviens de l'étonnement d'un de nos amis de Bordeaux qui était venu nous voir, quand il me trouva, de grand matin, seule au salon, dépliant et arrangeant la layette, qui était encore en partie dans ma boîte à ouvrage. «Que faites-vous donc là? me dit-il.—Ma foi, vous le voyez, lui répondis-je, je me dépêche pour quelqu'un qui arrive plus tôt que je ne pensais.»

Mon frère, qui avait vu ma frayeur de la veille à propos de sa fille, et qui m'aimait véritablement quand il avait sa tête, courut ventre à terre pour amener le médecin. Tout était fini quand il revint, et il eut une si grande joie de voir l'enfant vivant qu'il était comme fou. Il vint m'embrasser et me rassurer en me disant que ma fille était belle, forte, et qu'elle vivrait. Mais je ne me tranquillisai intérieurement qu'au bout de quelques jours, en la voyant venir à merveille.

Au retour de ce temps de galop, mon frère était affamé. On se mit à table, et deux heures après, rentra chez moi tellement ivre que croyant s'asseoir sur le pied de mon lit, il tomba sur son derrière au milieu de la chambre. J'avais encore les nerfs très excités, j'eus un tel fou rire qu'il s'en aperçut et fit de grands efforts pour retrouver ses idées. «Eh bien, je suis gris, me dit-il, voilà tout. Que veux-tu? j'ai été très ému, très inquiet, ce matin, ensuite, j'ai été très content, très heureux, et c'est la joie qui m'a grisé; ce n'est pas le vin, je te jure, c'est l'amitié que j'ai pour toi qui m'empêche de me tenir sur mes jambes.» Il fallait bien pardonner en vue d'un si beau raisonnement.

Je passai l'hiver suivant à Nohant. Au printemps de 1829, j'allai à Bordeaux avec mon mari et mes deux enfans. Solange était sevrée et elle était devenue la plus robuste des deux.

A l'automne, j'allai passer à Périgueux quelques jours auprès de Félicie Mollier, une de mes amies du Berri. Je poussai jusqu'à Bordeaux pour embrasser Zoé. Le froid me prit en route, et j'en souffris beaucoup au retour.

Enfin, en 1830, je fis avec Maurice, au mois de mai, je crois, une course rapide de Nohant à Paris. J'oublie ou je confonds les époques de trois ou quatre autres apparitions de quelques jours à Paris, avec ou sans mon mari. L'une eut pour but une consultation sur ma santé, qui s'était beaucoup altérée. Broussais me dit que j'avais un anévrisme au cœur; Landré-Beauvais, que j'étais phthysique; Rostan, que je n'avais rien du tout.

Malgré ces courts déplacemens annuels, je peux dire que, de 1826 à 1831, j'avais constamment vécu à Nohant. Jusque-là, malgré des ennuis et des chagrins sérieux, je m'y étais trouvée dans les meilleures conditions possibles pour ma santé morale. A partir de ce moment-là, l'équilibre entre les peines et les satisfactions se trouva rompu. Je sentis la nécessité de prendre un parti. Je le pris sans hésiter, et mon mari y donna les mains: j'allai vivre à Paris avec ma fille, moyennant un arrangement qui me permettait de revenir tous les trois mois passer trois mois à Nohant; et, jusqu'au moment où Maurice entra au collége à Paris, je suivis très exactement le plan que je m'étais tracé. Je le laissais entre les mains d'un précepteur qui était avec nous déjà depuis deux ans, et qui a toujours été, depuis ce temps-là, un de mes amis les plus sûrs et les plus parfaits. Ce n'était pas seulement un instituteur pour mon fils, c'était un compagnon, un frère aîné, presque une mère. Pourtant il m'était impossible de me séparer de Maurice pour longtemps et de ne pas veiller sur lui la moitié de l'année.

J'ai dû esquisser rapidement ces jours de retraite et d'apparente inaction. Ce n'est pas qu'ils ne soient remplis pour moi de souvenirs; mais l'action de ma volonté y fut tellement intérieure et ma personnalité s'y effaça si bien, que je n'aurais à raconter que l'histoire des autres autour de moi; et c'est un droit que je ne crois avoir que dans de certaines limites, surtout à l'égard de certaines personnes.

Pour ne pas revenir en arrière et pour résumer cependant le résultat de ces années écoulées sur l'histoire de ma propre vie, je dirai ce que j'étais lorsque, dans l'hiver de 1831, je vins à Paris avec l'intention d'écrire.

CHAPITRE VINGT-CINQUIEME.[3]

Coup d'œil rétrospectif sur quelques années esquissées dans le précédent chapitre.—Intérieur troublé.—Rêves évanouis.—Ma religion.—Question de la liberté de s'abstenir de culte extérieur.—Mort douce d'une idée fixe.—Mort d'un cricri.—Projets d'un avenir à ma guise, vagues, mais persistans.—Pourquoi ces projets.—La gestion d'une année de revenu.—Ma démission.—Sorte d'interdiction de fait.—Mon frère et sa passion fâcheuse.—Les vents salés, les figures salées.—Essai d'un petit métier.—Le musée de peinture.—Révélation de l'art, sans certitude d'aucune spécialité.—Inaptitude pour les sciences naturelles, malgré l'amour de la nature.—On m'accorde une pension et la liberté.—Je quitte Nohant pour trois mois.

J'avais énormément vécu dans ce peu d'années. Il me semblait même avoir vécu cent ans sous l'empire de la même idée, tant je me sentais lasse d'une gaîté sans expansion, d'un intérieur sans intimité, d'une solitude que le bruit de l'ivresse rendait plus absolue autour de moi. Je n'avais pourtant à me plaindre sérieusement d'aucun mauvais procédé direct, et quand cela même eût été, je n'aurais pas consenti à m'en apercevoir. Le désordre de mon pauvre frère et de ceux qui se laissaient entraîner avec lui n'en était pas venu à ce point que je ne me sentisse plus leur inspirer une sorte de crainte qui n'était pas de la condescendance, mais un respect instinctif. J'y avais mis, de mon côté, toute la tolérance possible. Tant que l'on se bornait à être radoteur, fatigant, bruyant, malade même et fort dégoûtant, je tâchais de rire, et je m'étais même habituée à supporter un ton de plaisanterie qui dans le principe m'avait révoltée. Mais quand les nerfs se mettaient de la partie, quand on devenait obscène et grossier, quand mon pauvre frère lui-même, si longtemps soumis et repentant devant mes remontrances, devenait brutal et méchant, je me faisais sourde, et dès que je le pouvais, je rentrais, sans faire semblant de rien, dans ma petite chambre.

Là, je savais bien m'occuper, et me distraire du vacarme extérieur qui durait souvent jusqu'à six ou sept heures du matin. Je m'étais habituée à travailler, la nuit, auprès de ma grand'mère malade; maintenant j'avais d'autres malades, non à soigner, mais à entendre divaguer.

Mais la solitude morale était profonde, absolue: elle eût été mortelle à une âme tendre et à une jeunesse encore dans sa fleur, si elle ne se fût remplie d'un rêve qui avait pris l'importance d'une passion, non pas dans ma vie, puisque j'avais sacrifié ma vie au devoir, mais dans ma pensée. Un être absent, avec lequel je m'entretenais sans cesse, à qui je rapportais toutes mes réflexions, toutes mes rêveries, toutes mes humbles vertus, tout mon platonique enthousiasme, un être excellent en réalité, mais que je parais de toutes les perfections que ne comporte pas l'humaine nature, un homme enfin qui m'apparaissait quelques jours, quelques heures parfois, dans le courant d'une année, et qui, romanesque auprès de moi autant que moi-même, n'avait mis aucun effroi dans ma religion, aucun trouble dans ma conscience, ce fut là le soutien et la consolation de mon exil dans le monde de la réalité.

Ma religion, elle était restée la même, elle n'a jamais varié quant au fond. Les formes du passé se sont évanouies pour moi comme pour mon siècle à la lumière de l'étude et de la réflexion: mais la doctrine éternelle des croyans, le Dieu bon, l'âme immortelle et les espérances de l'autre vie, voilà ce qui, en moi, a résisté à tout examen, à toute discussion et même à des intervalles de doute désespéré. Des cagots m'ont jugée autrement et m'ont déclarée sans principes, dès le commencement de ma carrière littéraire, parce que je me suis permis de regarder en face des institutions purement humaines dans lesquelles il leur plaisait de faire intervenir la Divinité. Des politiques m'ont décrétée aussi d'athéisme à l'endroit de leurs dogmes étroits ou variables. Il n'y a pas de principes, selon les intolérans et les hypocrites de toutes les croyances, là où il n'y a pas d'aveuglement ou de poltronnerie. Qu'importe?

Je n'écris pas pour me défendre de ceux qui ont un parti pris contre moi. J'écris pour ceux dont la sympathie naturelle, fondée sur une conformité d'instincts, m'ouvre le cœur et m'assure la confiance. C'est à ceux-là seulement que je peux faire quelque bien. Le mal que les autres peuvent me faire, à moi, je ne m'en suis jamais beaucoup aperçue.

Il n'est pas indispensable, d'ailleurs, au salut de l'humanité que j'aie trouvé ou perdu la vérité. D'autres la retrouveront, quelque égarée qu'elle soit dans le monde et dans le siècle. Tout ce que je peux et dois faire, moi, c'est de confesser ma foi simplement, dût-elle paraître insuffisante aux uns, excessive aux autres.

Entrer dans la discussion des formes religieuses est une question de culte extérieur dont cet ouvrage-ci n'est pas le cadre. Je n'ai donc pas à dire pourquoi et comment je m'en détachai jour par jour, comment j'essayai de les admettre encore pour satisfaire ma logique naturelle, et comment je les abandonnai franchement et définitivement, le jour où je crus reconnaître que la logique même m'ordonnait de m'en dégager. Là n'est pas le point religieux important de ma vie. Là je ne trouve ni angoisses ni incertitudes dans mes souvenirs. La vraie question religieuse, je l'avais prise de plus haut dès mes jeunes années. Dieu, son existence éternelle, sa perfection infinie n'étaient guère révoqués en doute que dans des heures de spleen maladif, et l'exception de la vie intellectuelle ne doit pas compter dans un résumé de la vie entière de l'âme. Ce qui m'absorbait, à Nohant comme au couvent, c'était la recherche ardente ou mélancolique, mais assidue, des rapports qui peuvent, qui doivent exister entre l'âme individuelle et cette âme universelle que nous appelons Dieu. Comme je n'appartenais au monde ni de fait ni d'intention, comme ma nature contemplative se dérobait absolument à ses influences; comme, en un mot, je ne pouvais et ne voulais agir qu'en vertu d'une loi supérieure à la coutume et à l'opinion, il m'importait fort de chercher en Dieu le mot de l'énigme de ma vie, la notion de mes vrais devoirs, la sanction de mes sentimens les plus intimes.

Pour ceux qui ne voient dans la Divinité qu'une loi fatale, aveugle et sourde aux larmes et aux prières de la créature intelligente, ce perpétuel entretien de l'esprit avec un problème insoluble rentre probablement dans ce qu'on a appelé le mysticisme. Mystique? soit! Il n'y a pas une très grande variété de types intellectuels dans l'espèce humaine, et j'appartenais apparemment à ce type-là. Il ne dépendait pas de moi de me conduire par la lumière de la raison pure, par les calculs de l'intérêt personnel, par la force de mon jugement ou par la soumission à celui des autres. Il me fallait trouver, non pas en dehors, mais au-dessus des conceptions passagères de l'humanité, au-dessus de moi-même, un idéal de force, de vérité, un type de perfection immuable à embrasser, à contempler, à consulter et à implorer sans cesse. Longtemps je fus gênée par les habitudes de prière que j'avais contractées, non quant à la lettre, on a vu que je n'avais jamais pu m'y astreindre, mais quant à l'esprit. Quand l'idée de Dieu se fut agrandie en même temps que mon âme s'était complétée, quand je crus comprendre ce que j'avais à dire à Dieu, de quoi le remercier, quoi lui demander, je retrouvai mes effusions, mes larmes, mon enthousiasme et ma confiance d'autrefois.

Alors j'enfermai en moi la croyance comme un mystère et, ne voulant pas la discuter, je la laissai discuter et railler aux autres sans écouter, sans entendre, sans être entamée ni troublée un seul instant. Je dirai comment cette foi sereine fut encore ébranlée plus tard; mais elle ne le fut que par ma propre fièvre, sans que l'action des autres y fût pour rien.

Je n'eus jamais le pédantisme de ma préoccupation; personne ne s'en douta jamais, et quand, peu d'années après, j'eus écrit *Lélia* et *Spiridion*, deux ouvrages qui résument pour moi beaucoup d'agitations morales, mes plus intimes amis se demandaient avec stupeur en quels jours, à quelles heures de ma vie, j'avais passé par ces âpres chemins entre les cimes de la foi et les abîmes de l'épouvante.

Voici quelques mots que m'écrivait le Malgache après *Lélia*: «Que diable est-ce là? Où avez-vous pris tout cela? Pourquoi avez-vous fait ce livre? D'où sort-il, où va-t-il? Je vous savais bien rêveuse, je vous *croyais croyante*, au fond. Mais je ne me serais jamais douté que vous pussiez attacher tant d'importance à pénétrer les secrets de ce grand *peut-être* et à retourner dans tous les sens cet immense point d'interrogation dont vous feriez mieux de ne pas vous soucier plus que moi.

«On se moque de moi, ici, parce que j'aime ce livre. J'ai peut-être tort de l'aimer, mais il s'est emparé de moi et m'empêche de dormir. Que le bon Dieu vous bénisse de me secouer et de m'agiter comme ça! mais qui donc est l'auteur de *Lélia*? Est-ce vous? Non. Ce type, c'est une fantaisie. Ça ne vous ressemble pas, à vous qui êtes gaie, qui dansez la bourrée, qui appréciez le lépidoptère, qui ne méprisez pas le calembour, qui ne cousez pas mal, et qui faites très bien les confitures! Peut-être bien, après tout, que nous ne vous connaissions pas, et que vous nous cachiez sournoisement vos rêveries. Mais est-il possible que vous ayez pensé à tant de choses, retourné tant de questions et avalé tant de couleuvres psychologiques, sans que personne s'en soit jamais douté?»

J'arrivais donc à Paris, c'est-à-dire au début d'une nouvelle phase de mon existence, avec des idées très arrêtées sur les choses abstraites à mon usage, mais avec une grande indifférence et une complète ignorance des choses de la réalité. Je ne tenais pas à les savoir; je n'avais de parti pris sur quoi que ce soit, dans cette société à laquelle je voulais de moins en moins appartenir. Je ne comptais pas la réformer; je ne m'intéressais pas assez à elle pour avoir cette ambition. C'était un tort sans doute que ce détachement et cette paresse: mais c'était l'inévitable résultat d'une vie d'isolement et d'apathie.

Un dernier mot pourtant sur le catholicisme orthodoxe. En passant légèrement sur l'abandon du culte extérieur, je ne prétends pas faire aussi bon marché de la question de culte en général que j'ai peut-être eu l'air de le dire. Raconter et juger est un travail simultané peu facile, quand on ne veut pas s'arrêter trop souvent et lasser la patience du lecteur.

Disons donc ici très vite que la nécessité des cultes n'est pas encore chose jugée pour moi, et que je vois aujourd'hui autant de bonnes raisons pour l'admettre que pour la rejeter. Cependant, si l'on reconnaît, avec toutes les écoles de la philosophie moderne, un principe de tolérance absolue à cet égard dans les gouvernemens, je me trouve parfaitement dans mon droit de refuser de m'astreindre à des formules qui ne me satisfont pas, et dont aucune ne peut remplacer ni même laisser libre l'élan de ma pensée et l'inspiration de ma prière. Dans ce cas, il faut reconnaître encore que, s'il est des esprits qui ont besoin, pour garder la foi, de s'assujettir à des pratiques extérieures, il en est aussi qui ont besoin, dans le même but, de s'isoler entièrement.

Pourtant il y a là une grave question morale pour le législateur.

L'homme sera-t-il meilleur en adorant Dieu à sa guise, ou en acceptant une règle établie? Je vois dans la prière ou dans l'action de grâces en commun, dans les honneurs rendus aux morts, dans la consécration de la naissance et des principaux actes de la vie, des choses admirables et saintes que ne remplacent pas les contrats et les actes purement civils. Je vois aussi l'esprit de ces institutions tellement perdu et dénaturé qu'en bien des cas l'homme les observe de manière à en faire un sacrilège. Je ne puis prendre mon parti sur des pratiques admises par prudence, par calcul, c'est-à-dire par lâcheté ou par hypocrisie. La routine de l'habitude me paraît une profanation moindre, mais c'en est une encore, et quel sera le moyen d'empêcher que toute espèce de culte n'en soit pas souillée?

Tout mon siècle a cherché et cherche encore. Je n'en sais pas plus long que mon siècle.[4]

***

Pourquoi cette solitude qui avait franchi les plus vives années de ma jeunesse ne me convenait-elle plus, voilà ce que je n'ai pas dit et ce que je peux très bien dire.

L'être absent, je pourrais presque dire l'*invisible*, dont j'avais fait le troisième terme de mon existence (*Dieu, lui et moi*), était fatigué de cette aspiration surhumaine à l'amour sublime. Généreux et tendre, il ne le disait pas, mais ses lettres devenaient plus rares, ses expressions plus vives ou plus froides selon le sens que je voulais y attacher. Ses passions avaient besoin d'un autre aliment que l'amitié enthousiaste et la vie épistolaire. Il avait fait un serment qu'il m'avait tenu religieusement et sans lequel j'eusse rompu avec lui; mais il ne m'avait pas fait de serment restrictif à l'égard des joies ou des plaisirs qu'il pouvait rencontrer ailleurs. Je sentis que je devenais pour lui une chaîne terrible, ou que je n'étais plus qu'un amusement d'esprit. Je penchai trop modestement vers cette dernière opinion, et j'ai su plus tard que je m'étais trompée. Je ne m'en suis que davantage applaudie d'avoir mis fin à la contrainte de son cœur et à l'empêchement de sa destinée. Je l'aimai longtemps encore dans le silence et l'abattement. Puis je pensai à lui avec calme, avec reconnaissance, et je n'y pense qu'avec une amitié sérieuse et une estime fondée.

Il n'y eut ni explication ni reproche, dès que mon parti fut pris. De quoi me serais-je plainte? Que pouvais-je exiger? Pourquoi aurais-je tourmenté cette belle et bonne âme, gâté cette vie pleine d'avenir? Il y a d'ailleurs un point de détachement où celui qui a fait le premier pas ne doit plus être interrogé et persécuté, sous peine d'être forcé de devenir cruel ou malheureux. Je ne voulais pas qu'il en fût ainsi. Il n'avait pas mérité de souffrir, *lui*; et moi, je ne voulais pas descendre dans son respect en risquant de l'irriter. Je ne sais pas si j'ai raison de regarder la fierté comme un des premiers devoirs de la femme, mais il n'est pas en mon pouvoir de ne pas mépriser la passion qui s'acharne. Il me semble qu'il y a là un attentat contre le ciel, qui seul donne et reprend les vraies affections. On ne doit pas plus disputer la possession d'une âme que celle d'un esclave. On doit rendre à l'homme sa liberté, à l'âme son élan, à Dieu la flamme émanée de lui.

Quand ce divorce tranquille, mais sans retour, fut accompli, j'essayai de continuer l'existence que rien d'extérieur n'avait dérangée ni modifiée; mais cela fut impossible. Ma petite chambre ne voulait plus de moi.

J'habitais alors l'ancien boudoir de ma grand'mère, parce qu'il n'y avait qu'une porte et que ce n'était un passage pour personne, sous aucun prétexte que ce fût. Mes deux enfans occupaient la chambre attenante. Je les entendais respirer, et je pouvais veiller sans troubler leur sommeil. Ce boudoir était si petit, qu'avec mes livres, mes herbiers, mes papillons et mes cailloux (j'allais toujours m'amusant à l'histoire naturelle sans rien apprendre), il n'y avait pas de place pour un lit. J'y suppléais par un hamac. Je faisais mon bureau d'une armoire qui s'ouvrait en manière de secrétaire et qu'un *cricri*, que l'habitude de me voir avait apprivoisé, occupa longtemps avec moi. Il y vivait de mes pains à cacheter que j'avais soin de choisir blancs, dans la crainte qu'il ne s'empoisonnât. Il venait manger sur mon papier pendant que j'écrivais, après quoi il allait chanter dans un certain tiroir de prédilection. Quelquefois il marchait sur mon écriture, et j'étais obligée de le chasser pour qu'il ne s'avisât pas de goûter à l'encre fraîche. Un soir, ne l'entendant plus remuer et ne le voyant pas venir, je le cherchai partout. Je ne trouvai de mon ami que les deux pattes de derrière entre la croisée et la boiserie. Il ne m'avait pas dit qu'il avait l'habitude de sortir, la servante l'avait écrasé en fermant la fenêtre.

J'ensevelis ses tristes restes dans une fleur de datura, que je gardai longtemps comme une relique; mais je ne saurais dire quelle impression me fit ce puéril incident, par sa coïncidence avec la fin de mes poétiques amours. J'essayai bien de faire là-dessus de la poésie, j'avais ouï dire que le bel esprit console de tout; mais, tout en écrivant *la Vie et la Mort d'un esprit familier*, ouvrage inédit et bien fait pour l'être toujours, je me surpris plus d'une fois tout en larmes. Je songeais malgré moi que ce petit cri du grillon, qui est comme la voix même du foyer domestique, aurait pu chanter mon bonheur réel, qu'il avait bercé au moins les derniers épanchemens d'une illusion douce, et qu'il venait de s'envoler pour toujours avec elle.

La mort du grillon marqua donc, comme d'une manière symbolique, la fin de mon séjour à Nohant. Je m'inspirai d'autres pensées, je changeai ma manière de vivre, je sortis, je me promenai beaucoup durant l'automne. J'ébauchai une espèce de roman qui n'a jamais vu le jour; puis, l'ayant lu, je me convainquis qu'il ne valait rien, mais que j'en pouvais faire de moins mauvais, et, qu'en somme, il ne l'était pas plus que beaucoup d'autres qui faisaient vivre tant bien que mal leurs auteurs. Je reconnus que j'écrivais vite, facilement, longtemps sans fatigue; que mes idées, engourdies dans mon cerveau, s'éveillaient et s'enchaînaient, par la déduction, au courant de la plume; que dans ma vie de recueillement, j'avais beaucoup observé et assez bien compris les caractères que le hasard avait fait passer devant moi, et que, par conséquent, je connaissais assez la nature humaine pour la dépeindre; enfin, que de tous les petits travaux dont j'étais capable, la littérature proprement dite était celui qui m'offrait le plus de chance de succès comme métier, et, tranchons le mot, comme gagne-pain.

Quelques personnes, avec qui je m'en expliquai au commencement, crièrent *fi!* La poésie pouvait-elle exister, disaient-elles, avec une semblable préoccupation? Était-ce donc pour trouver une profession matérielle que j'avais tant vécu dans l'idéal?

Moi, j'avais mon idée là-dessus depuis longtemps. Dès avant mon mariage j'avais senti que ma situation dans la vie, ma petite fortune, ma liberté de ne rien faire, mon prétendu droit de commander à un certain nombre d'êtres humains, paysans et domestiques, enfin mon rôle d'héritière et de châtelaine, malgré ses minces proportions et son imperceptible importance, était contraire à mon goût, à ma logique, à mes facultés. Que l'on se rappelle comment la pauvreté de ma mère, qui l'avait séparée de moi, avait agi sur ma petite cervelle et sur mon pauvre cœur d'enfant; comment j'avais, dans mon for intérieur, repoussé l'héritage, et projeté longtemps de fuir le bien-être pour le travail.

A ces idées romanesques succéda, dans les commencemens de mon mariage, la volonté de complaire à mon mari et d'être la femme de ménage qu'il souhaitait que je fusse. Les soins domestiques ne m'ont jamais ennuyée, et je ne suis pas de ces esprits sublimes qui ne peuvent descendre de leurs nuages. Je vis beaucoup dans les nuages, certainement, et, c'est une raison de plus pour que j'éprouve le besoin de me retrouver souvent sur la terre. Souvent, fatiguée et obsédée de mes propres agitations, j'aurais volontiers dit, comme Panurge sur la mer en fureur: «Heureux celui qui plante choux! il a un pied sur la terre, et l'autre n'en est distant que d'un fer de bêche!»

Mais ce fer de bêche, ce quelque chose entre la terre et mon second pied, voilà justement ce dont j'avais besoin et ce que je ne trouvais pas. J'aurais voulu une raison, un motif aussi simple que l'action de *planter choux*, mais aussi logique, pour m'expliquer à moi-même le but de mon activité. Je voyais bien qu'en me donnant beaucoup de soins pour économiser sur toutes choses, comme cela m'était recommandé, je n'arrivais qu'à me pénétrer de l'impossibilité d'être économe sans égoïsme en certains cas; plus j'approchais de la terre, en creusant le petit problème de lui faire rapporter le plus possible, et plus je voyais que la terre rapporte peu et que ceux qui ont peu ou point de terre à bêcher ne peuvent pas exister avec leurs deux bras. Le salaire était trop faible, le travail trop peu assuré, l'épuisement et la maladie trop inévitables. Mon mari n'était pas inhumain et ne m'arrêtait pas dans le détail de la dépense; mais quand, au bout du mois, il voyait mes comptes, il perdait la tête et me la faisait perdre aussi en me disant que mon revenu était de moitié trop faible pour ma libéralité, et qu'il n'y avait aucune possibilité de vivre à Nohant et avec Nohant sur ce pied-là. C'était la vérité; mais je ne pouvais prendre sur moi de réduire au strict nécessaire l'aisance de ceux que je gouvernais, et de refuser le nécessaire à ceux que je ne gouvernais pas. Je ne résistais à rien de ce qui m'était imposé ou conseillé, mais je ne savais pas m'y prendre. Je m'impatientais et j'étais débonnaire. On le savait, et on en abusait souvent.

Ma gestion ne dura qu'une année. On m'avait prescrit de ne pas dépasser dix mille francs; j'en dépensai quatorze, de quoi j'étais penaude comme un enfant pris en faute. J'offris ma démission, et on l'accepta. Je rendis mon portefeuille et renonçai même à une pension de quinze cents francs qui m'était assurée par contrat de mariage pour ma toilette. Il ne m'en fallait pas tant, et j'aimais mieux être à la discrétion de mon gouvernement que de réclamer. Depuis cette époque jusqu'en 1831, je ne possédais pas une obole, je ne pris pas cent sous dans la bourse commune sans les demander à mon mari, et quand je le priai de payer mes dettes personnelles au bout de neuf ans de mariage, elles se montaient à cinq cents francs.

Je ne rapporte pas ces petites choses pour me plaindre d'avoir subi aucune contrainte ni souffert d'aucune avarice. Mon mari n'était pas avare, et il ne me refusait rien; mais je n'avais pas de besoins, je ne désirais rien en dehors des dépenses courantes établies par lui dans la maison, et, contente de n'avoir plus aucune responsabilité je lui laissais une autorité sans limites et sans contrôle. Il avait donc pris tout naturellement l'habitude de me regarder comme un enfant en tutelle, et il n'avait pas sujet de s'irriter contre un enfant si tranquille.

Si je suis entrée dans ce détail, c'est que j'ai à dire comment, au milieu de cette vie de religieuse que je menais bien réellement à Nohant, et à laquelle ne manquaient ni la cellule, ni le vœu d'obéissance, ni celui de silence, ni celui de pauvreté, le besoin d'exister par moi-même se fit sentir. Je souffrais de me voir inutile. Ne pouvant assister autrement les pauvres gens, je m'étais faite médecin de campagne, et ma clientèle gratuite s'était accrue au point de m'écraser de fatigue. Par économie, je m'étais faite aussi un peu pharmacien, et quand je rentrais de mes visites, je m'abrutissais dans la confection des onguens et des sirops. Je ne me lassais pas du métier; que m'importait de rêver là ou ailleurs? Mais je me disais qu'avec un peu d'argent à moi, mes malades seraient mieux soignés et que ma pratique pourrait s'aider de quelques lumières.

Et puis l'esclavage est quelque chose d'anti-humain, que l'on n'accepte qu'à la condition de rêver toujours la liberté. Je n'étais pas esclave de mon mari; il me laissait bien volontiers à mes lectures et à mes juleps; mais j'étais asservie à une situation donnée, dont il ne dépendait pas de lui de m'affranchir. Si je lui eusse demandé la lune, il m'eût dit en riant: «Ayez de quoi la payer, je vous l'achète;» et si je me fusse laissée aller à dire que j'aimerais à voir la Chine, il m'eût répondu: «Ayez de l'argent, faites que Nohant en rapporte, et allez en Chine.»

J'avais donc agité en moi plus d'une fois le problème d'avoir des ressources, si modestes qu'elles fussent, mais dont je pusse disposer sans remords et sans contrôle, pour un bonheur d'artiste, pour une aumône bien placée, pour un beau livre, pour une semaine de voyage, pour un petit cadeau à une amie pauvre, que sais-je? pour tous ces riens dont on peut se priver, mais sans lesquels pourtant on n'est pas homme ou femme, mais bien plutôt ange ou bête. Dans notre société toute factice, l'absence totale de numéraire constitue une situation impossible, la misère effroyable ou l'impuissance absolue. L'irresponsabilité est un état de servage; quelque chose comme la honte de l'interdiction.

Je m'étais dit aussi qu'un moment viendrait où je ne pourrais plus rester à Nohant. Cela tenait à des causes encore passagères alors; mais que parfois je voyais s'aggraver d'une manière menaçante. Il eût fallu chasser mon frère, qui, gêné par une mauvaise gestion de son propre bien, était venu vivre chez nous par économie, et un autre ami de la maison pour qui j'avais, malgré sa fièvre bachique, une très véritable amitié; un homme qui, comme mon frère, avait du cœur et de l'esprit à revendre, un jour sur trois, sur quatre, ou sur cinq, selon *le vent*, disaient-ils. Or, il y avait des *vents salés* qui faisaient faire bien des folies, des *figures salées* qu'on ne pouvait rencontrer sans avoir envie de boire, et quand on avait bu, il se trouvait que, de toutes choses, le vin était encore la plus salée. Il n'y a rien de pis que des ivrognes spirituels et bons, on ne peut se fâcher avec eux. Mon frère avait le vin sensible, et j'étais forcée de m'enfermer dans ma cellule pour qu'il ne vînt pas pleurer toute la nuit, les fois où il n'avait pas dépassé une certaine dose qui lui donnait envie d'étrangler ses meilleurs amis. Pauvre Hippolyte! Comme il était charmant dans ses bons jours, et insupportable dans ses mauvaises heures! Tel qu'il était, et malgré des résultats indirects plus sérieux que ses radotages, ses pleurs et ses colères, j'aimais mieux songer à m'exiler qu'à le renvoyer. D'ailleurs, sa femme habitait avec nous aussi, sa pauvre excellente femme qui n'avait qu'un bonheur au monde, celui d'être d'une santé si frêle qu'elle passait dans son lit plus de temps que sur ses pieds, et qu'elle dormait d'un sommeil assez accablé pour ne pas trop s'apercevoir encore de ce qui se passait autour de nous.

Dans la vue de m'affranchir et de soustraire mes enfans à de fâcheuses influences, un jour possibles; certaine qu'on me laisserait m'éloigner, à la condition de ne pas demander le partage, même très inégal, de mon revenu, j'avais tenté de me créer quelque petit métier. J'avais essayé de faire des traductions: c'était trop long, j'y mettais trop de scrupule et de conscience; des portraits au crayon ou à l'aquarelle, en quelques heures: je saisissais très bien la ressemblance, je ne dessinais pas mal mes petites têtes, mais cela manquait d'originalité: de la couture; j'allais vite, mais je ne voyais pas assez fin, et j'appris que cela rapporterait tout au plus dix sous par jour: des modes; je pensais à ma mère, qui n'avait pu s'y remettre faute d'un petit capital. Pendant quatre ans j'allai tâtonnant et travaillant comme un nègre à ne rien faire qui vaille pour découvrir en moi une capacité quelconque. Je crus un instant l'avoir trouvée. J'avais peint des fleurs et des oiseaux d'ornement en compositions microscopiques sur des tabatières et des étuis à cigares en bois de Spa. Il s'en trouva de très jolis que le vernisseur admira lorsque à un de mes petits voyages à Paris, je les lui portai. Il me demanda si c'était mon état, je répondis que oui, pour voir ce qu'il avait à me dire. Il me dit qu'il mettrait ces petits objets sur *sa montre*, et qu'il les laisserait marchander. Au bout de quelques jours, il m'apprit qu'il avait refusé quatre-vingts francs de l'étui à cigares: je lui avais dit, à tout hasard, que j'en voulais cent francs, pensant qu'on ne m'en offrirait pas cent sous.

J'allai trouver les employés de la maison Giroux et leur montrai mes échantillons. Ils me conseillèrent d'essayer beaucoup d'objets différens, des éventails, des boîtes à thé, des coffrets à ouvrage, et m'assurèrent que j'en aurais le débit chez eux. J'emportai donc de Paris une provision de matériaux, mais j'usai mes yeux, mon temps et ma peine à la recherche des procédés. Certains bois réussissaient comme par miracle, d'autres laissaient tout partir ou tout gâter au vernissage. J'avais des accidens qui me retardaient, et, somme toute, les matières premières coûtaient si cher, qu'avec le temps perdu et les objets gâtés, je ne voyais, en supposant un débit soutenu, que de quoi manger du pain très sec. Je m'y obstinai pourtant, mais la mode de ces objets passa à temps pour m'empêcher d'y poursuivre un échec.

Et puis, malgré moi, je me sentais artiste, sans avoir jamais songé à me dire que je pouvais l'être. Dans un de mes courts séjours à Paris, j'étais entrée un jour au musée de peinture. Ce n'était sans doute pas la première fois, mais j'avais toujours regardé sans voir, persuadée que je ne m'y connaissais pas, et ne sachant pas tout ce qu'on peut sentir sans comprendre. Je commençai à m'émouvoir singulièrement. J'y retournai le lendemain, puis le surlendemain; et, à mon voyage suivant, voulant connaître un à un tous les chefs-d'œuvre, et me rendre compte de la différence des écoles un peu plus que par la nature des types et des sujets, je m'en allais mystérieusement toute seule dès que le musée était ouvert, et j'y restais jusqu'à ce qu'il fermât. J'étais comme enivrée, comme clouée devant le Titien, les Tintoret, les Rubens. C'était d'abord l'école flamande qui m'avait saisie par la poésie dans la réalité, et peu à peu j'arrivai à sentir pourquoi l'école italienne était si appréciée. Comme je n'avais personne pour me dire en quoi c'était beau, mon admiration croissante avait tout l'attrait d'une découverte, et j'étais toute surprise et toute ravie de trouver, devant la peinture, des jouissances égales à celles que j'avais goûtées dans la musique. J'étais loin d'avoir un grand discernement, je n'avais jamais eu la moindre notion sérieuse de cet art, qui, pas plus que les autres, ne se révèle aux sens sans le secours de facultés et d'éducation spéciales. Je savais très bien que dire devant un tableau: «Je juge parce que je vois, et je vois parce que j'ai des yeux,» est une impertinence d'épicier cuistre. Je ne disais donc rien, je ne m'interrogeais pas même pour savoir ce qu'il y avait d'obstacles ou d'affinités entre moi et les créations du génie. Je contemplais, j'étais dominée, j'étais transportée dans un monde nouveau. La nuit, je voyais passer devant moi toutes ces grandes figures qui, sous la main des maîtres, ont pris un cachet de puissance morale, même celles qui n'expriment que la force ou la santé physiques. C'est dans la belle peinture qu'on sent ce que c'est que la vie: c'est comme un résumé splendide de la forme et de l'expression des êtres et des choses, trop souvent voilées ou flottantes dans le mouvement de la réalité et dans l'appréciation de celui qui les contemple; c'est le spectacle de la nature et de l'humanité vu à travers le sentiment du génie qui l'a composé et mis en scène. Quelle bonne fortune pour un esprit naïf qui n'apporte devant de telles œuvres ni préventions de critique, ni préventions de capacité personnelle! L'univers se révélait à moi. Je voyais à la fois dans le présent et dans le passé, je devenais classique et romantique en même temps, sans savoir ce que signifiait la querelle agitée dans les arts. Je voyais le monde du vrai surgir à travers tous les fantômes de ma fantaisie et toutes les hésitations de mon regard. Il me semblait avoir conquis je ne sais quel trésor d'infini dont j'avais ignoré l'existence. Je n'aurais pu dire quoi, je ne savais pas de nom pour ce que je sentais se presser dans mon esprit réchauffé et comme dilaté; mais j'avais la fièvre, et je m'en revenais du musée, me perdant de rue en rue, ne sachant où j'allais, oubliant de manger, et m'apercevant tout à coup que l'heure était venue d'aller entendre le *Freyschutz* ou *Guillaume Tell*. J'entrais alors chez un pâtissier, je dînais d'une brioche, me disant avec satisfaction, devant la petite bourse dont on m'avait munie, que la suppression de mon repas me donnait le droit et le moyen d'aller au spectacle.

On voit qu'au milieu de mes projets et de mes émotions, je n'avais rien appris. J'avais lu de l'histoire et des romans; j'avais déchiffré des partitions, j'avais jeté un œil distrait sur les journaux et un peu fermé l'oreille à dessein aux entretiens politiques du moment. Mon ami Néraud, un vrai savant, artiste jusqu'au bout des ongles dans la science, avait essayé de m'apprendre la botanique; mais en courant avec lui dans la campagne, lui chargé de sa boîte de ferblanc, moi portant Maurice sur mes épaules, je ne m'étais amusée, comme disent les bonnes gens, qu'à la moutarde; encore n'avais-je pas bien étudié la moutarde et savais-je tout au plus que cette plante est de la famille des crucifères. Je me laissais distraire des classifications et des individus par le soleil dorant les brouillards, par les papillons courant après les fleurs et Maurice courant après les papillons.

Et puis j'aurais voulu tout voir et tout savoir en même temps. Je faisais causer mon professeur, et sur toutes choses il était brillant et intéressant; mais je ne m'initiai avec lui qu'à la beauté des détails, et le côté exact de la science me semblait aride pour ma mémoire récalcitrante. J'eus grand tort; mon Malgache, c'est ainsi que j'appelais Néraud, était un initiateur admirable, et j'étais encore en âge d'apprendre. Il ne tenait qu'à moi de m'instruire d'une manière générale, qui m'eût permis de me livrer seule ensuite à de bonnes études. Je me bornai à comprendre un ensemble de choses qu'il résumait en lettres ravissantes sur l'histoire naturelle et en récits de ses lointains voyages, qui m'ouvrirent un peu le monde des tropiques. J'ai retrouvé la vision qu'il m'avait donnée de l'Ile-de-France en écrivant le roman d'*Indiana*, et, pour ne pas copier les cahiers qu'il avait rassemblés pour moi, je n'ai pas su faire autre chose que de gâter ses descriptions en les appropriant aux scènes de mon livre.

Il est tout simple que, n'apportant dans mes projets littéraires, ni talent éprouvé, ni études spéciales, ni souvenirs d'une vie agitée à la surface, ni connaissance approfondie du monde des faits, je n'eusse aucune espèce d'ambition. L'ambition s'appuie sur la confiance en soi-même, et je n'étais pas assez sotte pour compter sur mon petit génie. Je me sentais riche d'un fond très restreint; l'analyse des sentimens, la peinture d'un certain nombre de caractères, l'amour de la nature, la familiarisation, si je puis parler ainsi, avec les scènes et les mœurs de la campagne: c'était assez pour commencer. A mesure que je vivrai, me disais-je, je verrai plus de gens et de choses, j'étendrai mon cercle d'individualités, j'agrandirai le cadre des scènes, et s'il faut, d'ailleurs, me retrancher dans le roman d'inductions, qu'on appelle le roman historique, j'étudierai le détail de l'histoire et je devinerai par la pensée la pensée des hommes qui ne sont plus.

Quand ma résolution fut mûre d'aller tenter la fortune, c'est-à-dire les mille écus de rente que j'avais toujours rêvés, la déclarer et la suivre fut l'affaire de trois jours. Mon mari me devait une pension de quinze cents francs. Je lui demandai ma fille, et la permission de passer à Paris deux fois trois mois par an, avec deux cent cinquante francs par mois d'absence. Cela ne souffrit aucune difficulté. Il pensa que c'était un caprice dont je serais bientôt lasse.

Mon frère, qui pensait de même, me dit: «Tu t'imagines vivre à Paris avec un enfant moyennant deux cent cinquante francs par mois! C'est trop risible, toi qui ne sais pas ce que coûte un poulet! Tu vas revenir avant quinze jours les mains vides, car ton mari est bien décidé à être sourd à toute demande de nouveau subside.—C'est bien, lui répondis-je, j'essaierai. Prête-moi pour huit jours l'appartement que tu occupes dans ta maison de Paris et garde-moi Solange jusqu'à ce que j'aie un logement. Je reviendrai effectivement bientôt.»

Mon frère fut le seul qui essaya de combattre ma résolution. Il se sentait un peu coupable du dégoût que m'inspirait ma maison. Il n'en voulait pas convenir avec lui-même, et il en convenait avec moi à son insu. Sa femme comprenait mieux et m'approuvait. Elle avait confiance dans mon courage et dans ma destinée. Elle sentait que je prenais le seul moyen d'éviter ou d'ajourner une détermination plus pénible.

Ma fille ne comprenait rien encore; Maurice n'eût rien compris si mon frère n'eût pris soin de lui dire que je m'en allais pour longtemps et que je ne reviendrais peut-être pas. Il agissait ainsi dans l'espoir que le chagrin de mon pauvre enfant me retiendrait. J'eus le cœur brisé de ses larmes, mais je parvins à le tranquilliser et à lui donner confiance en ma parole.

J'arrivai à Paris peu de temps après les scènes du Luxembourg et le procès des ministres.

CHAPITRE VINGT-SIXIEME

Manière de préface à une nouvelle phase de mon récit.—Pourquoi je ne parle pas de toutes les personnes qui ont eu de l'influence sur ma vie, soit par la persuasion, soit par la persécution.—Quelques lignes de J.-J. Rousseau sur le même sujet.—Mon sentiment est tout l'opposé du sien.—Je ne sais pas attenter à la vie des autres, et, pour cause de christianisme invétéré, je n'ai pu me jeter dans la politique de personnalités.—Je reprends mon histoire.—La mansarde du quai Saint-Michel et la vie excentrique que j'ai menée pendant quelques mois avant de m'installer.—Déguisement qui réussit extraordinairement.—Méprises singulières.—M. Pinson.—Le bouquet de Mlle Leverd.—M. Rollinat père.—Sa famille.—François Rollinat.—Digression assez longue.—Mon chapitre de l'amitié, moins beau, mais aussi senti que celui de Montaigne.

Établissons un fait avant d'aller plus loin.

Comme je ne prétends pas donner le change sur quoi que ce soit en racontant ce qui me concerne, je dois commencer par dire nettement que je veux *taire* et non *arranger* ni *déguiser* plusieurs circonstances de ma vie. Je n'ai jamais cru avoir de secrets à garder pour mon compte vis-à-vis de mes amis. J'ai agi, sous ce rapport, avec une sincérité à laquelle j'ai dû la franchise de mes relations et le respect dont j'ai toujours été entourée dans mon milieu d'intimité. Mais vis-à-vis du public, je ne m'attribue pas le droit de disposer du passé de toutes les personnes dont l'existence a côtoyé la mienne.

Mon silence sera indulgence ou respect, oubli ou déférence, je n'ai pas à m'expliquer sur ces causes. Elles seront de diverses natures probablement, et je déclare qu'on ne doit rien préjuger pour ou contre les personnes dont je parlerai peu ou point.

Toutes mes affections ont été sérieuses, et pourtant j'en ai brisé plusieurs sciemment et volontairement. Aux yeux de mon entourage, j'ai agi trop tôt ou trop tard, j'ai eu tort ou raison, selon qu'on a plus ou moins bien connu les causes de mes résolutions. Outre que ces débats d'intérieur auraient peu d'intérêt pour le lecteur, le seul fait de les présenter à son appréciation serait contraire à toute délicatesse, car je serais forcée de sacrifier parfois la personnalité d'autrui à la mienne propre.

Puis-je, cependant, pousser cette délicatesse jusqu'à dire que j'ai été injuste en de certaines occasions pour le plaisir de l'être? Là commencerait le mensonge. Et qui donc en serait dupe? Tout le monde sait, du reste, que, dans toute querelle, qu'elle soit de famille ou d'opinion, d'intérêt ou de cœur, de sentiment ou de principes, d'amour ou d'amitié, il y a des torts réciproques, et qu'on ne peut expliquer et motiver les uns que par les autres. Il est des personnes que j'ai vues à travers un prisme d'enthousiasme, et vis-à-vis desquelles j'ai eu le grand tort de recouvrer la lucidité de mon jugement. Tout ce qu'elles avaient à me demander, c'était de bons procédés, et je défie qui que ce soit de dire que j'aie manqué à ce fait. Pourtant leur irritation a été vive, et je le comprends très bien. On est disposé, dans le premier moment d'une rupture, à prendre le désenchantement pour un outrage. Le calme se fait, on devient plus juste. Quoi qu'il en soit de ces personnes, je ne veux pas avoir à les peindre; je n'ai pas le droit de livrer leurs traits à la curiosité ou à l'indifférence des passans. Si elles vivent dans l'obscurité, laissons-les jouir de ce doux privilége. Si elles sont célèbres, laissons-les se peindre elles-mêmes, si elles le jugent à propos, et ne faisons pas le triste métier de biographe des vivans.

Les vivans! on leur doit bien, je pense, de les laisser vivre, et il y a longtemps qu'on a dit que le ridicule était une arme mortelle. S'il en est ainsi, combien plus le blâme de telle ou telle action, ou seulement la révélation de quelque faiblesse! Dans des situations plus graves que celles auxquelles je fais allusion ici, j'ai vu la perversité naître et grandir d'heure en heure; je la connais, je l'ai observée, et je ne l'ai même pas prise pour type en général, dans mes romans. On a critiqué en moi cette bénignité d'imagination. Si c'est une infirmité du cerveau, on peut bien croire qu'elle est dans mon cœur aussi et que je ne sais pas vouloir constater le laid dans la vie réelle. Voilà pourquoi je ne le montrerai pas dans une histoire véritable. Me fût-il prouvé que cela est utile à montrer, il n'en resterait pas moins certain pour moi que le pilori est un mauvais mode de prédication, et que celui qui a perdu l'espoir de se réhabiliter devant les hommes n'essaiera pas de se réconcilier avec lui-même.

D'ailleurs, moi, je pardonne, et si des âmes très coupables devant moi se réhabilitent sous d'autres influences, je suis prête à bénir. Le public n'agit pas ainsi; il condamne et lapide. Je ne veux donc pas livrer mes ennemis (si je peux me servir d'un mot qui n'a pas beaucoup de sens pour moi) à des juges sans entrailles ou sans lumières, et aux arrêts d'une opinion que ne dirige pas la moindre pensée religieuse, que n'éclaire pas le moindre principe de charité.

Je ne suis pas une sainte: j'ai dû avoir, je le répète, et j'ai eu certainement ma part de torts, sérieux aussi, dans la lutte qui s'est engagée entre moi et plusieurs individualités. J'ai dû être injuste, violente de résolutions, comme le sont les organisations lentes à se décider, et subir des préventions cruelles, comme l'imagination en crée aux sensibilités surexcitées. L'esprit de mansuétude que j'apporte ici n'a pas toujours dominé mes émotions au moment où elles se sont produites. J'ai pu murmurer contre mes souffrances et me plaindre des faits, dans le secret de l'amitié; mais jamais de sang-froid, avec préméditation et sous l'empire d'un lâche sentiment de rancune ou de haine, je n'ai traduit personne à la barre de l'opinion. Je n'ai pas voulu le faire là où les gens les plus purs et les plus sérieux s'en attribuent le droit: en politique. Je ne suis pas née pour ce métier d'exécuteur, et si j'ai refusé obstinément d'entrer dans ce fait de guerre générale, par scrupule de conscience, par générosité ou débonnaireté de caractère, à plus forte raison ne me démentirai-je pas quand il s'agira de ma cause isolée.

Et qu'on ne dise pas qu'il est facile d'écrire sa vie quand on en retranche l'exposé de certaines applications essentielles de la volonté. Non, cela n'est pas facile, car il faut prendre franchement le parti de laisser courir des récits absurdes et de folles calomnies, et j'ai pris ce parti-là, en commençant cet ouvrage. Je ne l'ai pas intitulé mes *Mémoires*, et c'est à dessein que je me suis servi de ces expressions: *Histoire de ma vie*, pour bien dire que je n'entendais pas raconter sans restriction celle des autres. Or, dans toutes les circonstances où la vie de quelqu'un de mes semblables a pu faire dévier la mienne propre de la ligne tracée par sa logique naturelle, je n'ai rien à dire, ne voulant pas faire un procès public à des influences que j'ai subies ou repoussées, à des caractères qui, par persuasion ou par persécution, m'ont déterminée à agir dans un sens ou dans l'autre. Si j'ai flotté ou erré, j'ai, du moins, la grande consolation d'être aujourd'hui certaine de n'avoir jamais agi, après réflexion, qu'avec la conviction d'accomplir un devoir ou d'user d'un droit légitime, ce qui est au fond la même chose.

J'ai reçu dernièrement un petit volume récemment publié[5], de fragmens inédits de Jean-Jacques Rousseau, et j'ai été vivement frappée de ce passage qui faisait partie d'un projet de préface ou introduction aux *Confessions*: «Les liaisons que j'ai eues avec plusieurs personnes me forcent d'en parler aussi librement que de moi. Je ne puis me bien faire connaître que je ne les fasse connaître aussi; et l'on ne doit pas s'attendre que, dissimulant dans cette occasion ce qui ne peut être tu sans nuire aux vérités que je dois dire, j'aurai pour d'autres des ménagemens que je n'ai pas pour moi-même.»

Je ne sais pas si, lors même qu'on est Jean-Jacques Rousseau, on a le droit de traduire ainsi ses contemporains devant ses contemporains pour une cause toute personnelle. Il y a là quelque chose qui révolte la conscience publique. On aimerait que Rousseau se fût laissé accuser de légèreté et d'ingratitude envers Mme de Warens, plutôt que d'apprendre par lui des détails qui souillent l'image de sa bienfaitrice. On eût pu pressentir qu'il y eût des motifs à son inconstance, des excuses à son oubli, et le juger avec d'autant plus de générosité qu'il en eût paru digne par sa générosité même.

J'écrivais, il y a sept ans, aux premières pages de ce récit: «Comme nous sommes tous solidaires, il n'y a point de faute isolée. Il n'y a point d'erreur dont quelqu'un ne soit la cause ou le complice, et il est impossible de s'accuser sans accuser le prochain, non pas seulement l'ennemi qui nous dénonce, mais encore parfois l'ami qui nous défend. C'est ce qui est arrivé à Rousseau, et cela est mal.»

Oui, cela est mal. Après sept ans d'un travail cent fois interrompu par des préoccupations générales et particulières qui ont donné à mon esprit tout le loisir de nouvelles réflexions et tout le profit d'un nouvel examen, je me retrouve vis-à-vis de moi-même et de mon ouvrage dans la même conviction, dans la même certitude. Certaines confidences personnelles, qu'elles soient confession ou justification, deviennent, dans des conditions de publicité littéraire, un attentat à la conscience, à la réputation d'autrui, ou bien elles ne sont pas complètes et par là elles ne sont pas vraies.

Tout ceci établi, je continue. Je retire à mes souvenirs une portion de leur intérêt, mais il leur restera encore assez d'utilité, sous plus d'un rapport, pour que je prenne la peine de les écrire.

Ici ma vie devient plus active, plus remplie de détails et d'incidens. Il me serait impossible de les retrouver dans un ordre de dates certaines. J'aime mieux les classer par ordre de progression dans leur importance.

Je cherchai un logement et m'établis bientôt quai Saint-Michel, dans une des mansardes de la grande maison qui fait le coin de la place, au bout du pont, en face de la Morgue. J'avais là trois petites pièces très propres donnant sur un balcon d'où je dominais une grande étendue du cours de la Seine, et d'où je contemplais face à face les monumens gigantesques de Notre-Dame, Saint-Jacques-la-Boucherie, la Sainte-Chapelle, etc. J'avais du ciel, de l'eau, de l'air, des hirondelles, de la verdure sur les toits; je ne me sentais pas trop dans le Paris de la civilisation, qui n'eût convenu ni à mes goûts ni à mes ressources, mais plutôt dans le Paris pittoresque et poétique de Victor Hugo, dans la ville du passé.

J'avais, je crois, trois cents francs de loyer par an. Les cinq étages de l'escalier me chagrinaient fort, je n'ai jamais su monter, mais il le fallait bien, et souvent avec ma grosse fille dans les bras; je n'avais pas de servante. Ma portière, très fidèle, très propre et très bonne, m'aida à faire mon ménage pour 15 fr. par mois. Je me fis apporter mon repas de chez un gargotier très propre et très honnête aussi, moyennant deux francs par jour. Je savonnais et repassais moi-même le *fin*. J'arrivai alors à trouver mon existence possible dans la limite de ma pension.

Le plus difficile fut d'acheter des meubles. Je n'y mis pas de luxe, comme on peut croire. On me fit crédit, et je parvins à payer; mais cet établissement, si modeste qu'il fût, ne put s'organiser tout de suite: quelques mois se passèrent, tant à Paris qu'à Nohant, avant que je pusse transplanter Solange de son *palais* de Nohant (relativement parlant), dans cette pauvreté, sans qu'elle en souffrît, sans qu'elle s'en aperçût. Tout s'arrangea peu à peu, et dès que je l'eus auprès de moi, avec le vivre et le service assurés, je pus devenir sédentaire, ne sortir le jour que pour la mener promener au Luxembourg, et passer à écrire toutes mes soirées auprès d'elle.

Jusque-là, c'est-à-dire jusqu'à ce que ma fille fût avec moi à Paris, j'avais vécu d'une manière moins facile et même d'une manière très inusitée, mais qui allait pourtant très directement à mon but.

Je ne voulais pas dépasser mon budget, je ne voulais rien emprunter; ma dette de 500 francs, la seule de ma vie, m'avait tant tourmentée! Et si M. Dudevant eût refusé de la payer! Il la paya de bonne grâce: mais je n'avais osé la lui déclarer qu'étant très malade et craignant de mourir *insolvable*. J'allais cherchant de l'ouvrage et n'en trouvant pas. Je dirai tout à l'heure où j'en étais de mes chances littéraires. J'avais en *montre* un petit portrait dans le café du quai Saint-Michel, dans la maison même, mais la pratique n'arrivait pas. J'avais *raté* la ressemblance de ma portière: cela risquait de me faire bien du tort dans le quartier.

J'aurais voulu lire, je n'avais pas de livres de fonds. Et puis c'était l'hiver, il n'est pas économique de garder la chambre quand on doit compter les bûches. J'essayai de m'installer à la bibliothèque Mazarine; mais il eût mieux valu, je crois, aller travailler sur les tours de Notre-Dame, tant il y faisait froid. Je ne pus y tenir, moi qui suis l'être le plus frileux que j'aie jamais connu. Il y avait là de vieux *piocheurs* qui s'installaient à une table, immobiles, satisfaits, momifiés, et ne paraissant pas s'apercevoir que leurs nez bleus se cristallisaient. J'enviais cet état de pétrification: je les regardais s'asseoir et se lever comme poussés par un ressort, pour bien m'assurer qu'ils étaient en bois.

Et puis encore j'étais avide de me déprovincialiser et de me mettre au courant des choses, au niveau des idées et des formes de mon temps. J'en sentais la nécessité, j'en avais la curiosité; excepté les œuvres les plus saillantes, je ne connaissais rien des arts modernes; j'avais surtout soif du théâtre.

Je savais bien qu'il était impossible à une femme pauvre de se passer ces fantaisies. Balzac disait: «On ne peut pas être femme à Paris à moins d'avoir 25 mille francs de rente.» Et ce paradoxe d'élégance devenait une vérité pour la femme qui voulait être artiste.

Pourtant je voyais mes jeunes amis berrichons, mes compagnons d'enfance, vivre à Paris avec aussi peu que moi et se tenir au courant de tout ce qui intéresse la jeunesse intelligente. Les événemens littéraires et politiques, les émotions des théâtres et des musées, des clubs et de la rue, ils voyaient tout, ils étaient partout. J'avais d'aussi bonnes jambes qu'eux et de ces bons petits pieds du Berry qui ont appris à marcher dans les mauvais chemins, en équilibre sur de gros sabots. Mais sur le pavé de Paris, j'étais comme un bateau sur la glace. Les fines chaussures craquaient en deux jours, les socques me faisaient tomber, je ne savais pas relever ma robe. J'étais crottée, fatiguée, enrhumée, et je voyais chaussures et vêtemens, sans compter les petits chapeaux de velours arrosés par les gouttières, s'en aller en ruine avec une rapidité effrayante.

J'avais fait déjà ces remarques et ces expériences avant de songer à m'établir à Paris, et j'avais posé ce problème à ma mère, qui y vivait très élégante et très aisée avec 3,500 francs de rente: comment suffire à la plus modeste toilette dans cet affreux climat, à moins de vivre enfermée dans sa chambre sept jours sur huit? Elle m'avait répondu: «C'est très possible à mon âge et avec mes habitudes; mais quand j'étais jeune et que ton père manquait d'argent, il avait imaginé de m'habiller en garçon. Ma sœur en fit autant, et nous allions partout à pied avec nos maris, au théâtre, à toutes les places. Ce fut une économie de moitié dans nos ménages.»

Cette idée me parut d'abord divertissante et puis très ingénieuse. Ayant été habillée en garçon durant mon enfance, ayant ensuite chassé en blouse et en guêtres avec Deschartres, je ne me trouvai pas étonnée du tout de reprendre un costume qui n'était pas nouveau pour moi. A cette époque, la mode aidait singulièrement au déguisement. Les hommes portaient de longues redingotes carrées, dites à la *propriétaire*, qui tombaient jusqu'aux talons et qui dessinaient si peu la taille que mon frère, en endossant la sienne à Nohant, m'avait dit en riant: «C'est très joli, cela, n'est-ce pas? C'est la mode, et ça ne gêne pas. Le tailleur prend mesure sur une guérite, et ça irait à ravir à tout un régiment.»

Je me fis donc faire une *redingote-guérite* en gros drap gris, pantalon et gilet pareils. Avec un chapeau gris et une grosse cravate de laine, j'étais absolument un petit étudiant de première année. Je ne peux pas dire quel plaisir me firent mes bottes: j'aurais volontiers dormi avec, comme fit mon frère dans son jeune âge, quand il chaussa la première paire. Avec ces petits talons ferrés, j'étais solide sur le trottoir. Je voltigeais d'un bout de Paris à l'autre. Il me semblait que j'aurais fait le tour du monde. Et puis, mes vêtemens ne craignaient rien. Je courais par tous les temps, je revenais à toutes les heures, j'allais au parterre de tous les théâtres. Personne ne faisait attention à moi et ne se doutait de mon déguisement. Outre que je le portais avec aisance, l'absence de coquetterie du costume et de la physionomie écartait tout soupçon. J'étais trop mal vêtue, et j'avais l'air trop simple (mon air habituel, distrait et volontiers hébété) pour attirer ou fixer les regards. Les femmes savent peu se déguiser, même sur le théâtre. Elles ne veulent pas sacrifier la finesse de leur taille, la petitesse de leurs pieds, la gentillesse de leurs mouvemens, l'éclat de leurs yeux, et c'est par tout cela pourtant, c'est par le regard surtout qu'elles peuvent arriver à n'être pas facilement devinées. Il y a une manière de se glisser partout sans que personne détourne la tête, et de parler sur un diapason bas et sourd qui ne résonne pas en flûte aux oreilles qui peuvent vous entendre. Au reste, pour n'être pas remarquée en *homme*, il faut avoir déjà l'habitude de ne pas se faire remarquer en *femme*.

Je n'allais jamais seule au parterre, non pas que j'y aie vu les gens plus ou moins mal appris qu'ailleurs, mais à cause de la claque payée et non payée, qui, à cette époque, était fort querelleuse. On se bousculait beaucoup aux premières représentations, et je n'étais pas de force à lutter contre la foule. Je me plaçais toujours au centre du petit bataillon de mes amis berrichons, qui me protégeaient de leur mieux. Un jour pourtant, que nous étions près du lustre, et qu'il m'arriva de bâiller sans affectation, mais naïvement et sincèrement, les *romains* voulurent me faire un mauvais parti. Ils me traitèrent de garçon perruquier. Je m'aperçus alors que j'étais très colère et très mauvaise tête quand on me cherchait noise, et si mes amis n'eussent été en nombre pour imposer à la claque, je crois bien que je me serais fait assommer.

Je raconte là un temps très passager et très accidentel dans ma vie, bien qu'on ait dit que j'avais passé plusieurs années ainsi, et que, dix ans plus tard, mon fils encore imberbe ait été souvent pris pour moi. Il s'est amusé de ces *quiproquos*, et puisque je suis sur ce chapitre, je m'en rappelle plusieurs qui me sont propres et qui datent de 1831.

Je dînais alors chez Pinson, restaurateur, rue de l'Ancienne-Comédie. Un de mes amis m'ayant appelée madame devant lui, il crut devoir en faire autant. «Eh non, lui dis-je, vous êtes du secret, appelez-moi monsieur.» Le lendemain, je n'étais pas déguisée, il m'appela monsieur. Je lui en fis reproche, mais ce fréquent changement de costume ne put jamais s'arranger avec les habitudes de son langage. Il ne s'était pas plus tôt accoutumé à dire monsieur que je reparaissais en femme, et il n'arrivait à dire madame que le jour où je redevenais monsieur. Ce brave et honnête père Pinson! Il était l'ami de ses cliens, et quand ils n'avaient pas de quoi payer, non seulement il attendait, mais encore il leur ouvrait sa bourse. Pour moi, bien que j'aie fort peu mis son obligeance à contribution, j'ai toujours été reconnaissante de sa confiance comme d'un service rendu.

Mais c'est à la première représentation de la *Reine d'Espagne*, de Delatouche, que j'eus la comédie pour mon propre compte.

J'avais des billets d'auteur, et cette fois je me prélassais au balcon, dans ma redingote grise, au-dessous d'une loge où Mlle Leverd, une actrice de grand talent qui avait été jolie, mais que la petite-vérole avait défigurée, étalait un superbe bouquet qu'elle laissa tomber sur mon épaule. Je n'étais pas dans mon rôle au point de le ramasser. «Jeune homme, me dit-elle d'un ton majestueux, mon bouquet! Allons donc!» Je fis la sourde oreille. «Vous n'êtes guère galant, me dit un vieux monsieur qui était à côté de moi, et qui s'élança pour ramasser le bouquet. A votre âge, je n'aurais pas été si distrait.» Il présenta le bouquet à Mlle Leverd, qui s'écria en grasseyant: «Ah! vraiment, c'est vous, monsieur Rollinat?» Et ils causèrent ensemble de la pièce nouvelle.—Bon, pensai-je; me voilà auprès d'un compatriote qui me reconnaît peut-être, bien que je ne me souvienne pas de l'avoir jamais vu. M. Rollinat le père était le premier avocat de notre département.

Pendant qu'il causait avec Mlle Leverd, M. Duris-Dufresne, qui était à l'orchestre, monta au balcon pour me dire bonjour. Il m'avait déjà vue déguisée, et s'asseyant un instant à la place vide de M. Rollinat, il me parla, je m'en souviens, de la Fayette, avec qui il voulait me faire faire connaissance. M. Rollinat revint à sa place et ils se parlèrent à voix basse; puis le député se retira en me saluant avec un peu trop de déférence pour le costume que je portais. Heureusement l'avocat n'y fit pas attention et me dit en se rasseyant: «Ah çà, il paraît que nous sommes compatriotes? Notre député vient de me dire que vous étiez un jeune homme très distingué. Pardon, moi, j'aurais dit un enfant. Quel âge avez-vous donc? Quinze ans, seize ans?—Et vous, monsieur, lui dis-je, vous qui êtes un avocat très distingué, quel âge avez-vous donc?—Oh! moi! reprit-il en riant, j'ai passé la septantaine.—Eh bien, vous êtes comme moi, vous ne paraissez pas avoir votre âge.»

La réponse lui fut agréable, et la conversation s'engagea. Quoique j'aie toujours eu fort peu d'esprit, si peu qu'en ait une femme, elle en a toujours plus qu'un collégien. Le bon père Rollinat fut si frappé de ma *haute intelligence* qu'à plusieurs reprises il s'écria: «Singulier, singulier!» La pièce tomba violemment, malgré un feu roulant d'esprit, des situations charmantes et un dialogue tout inspiré de la verve de Molière; mais il est certain que le sujet de l'intrigue et la crudité des détails étaient un anachronisme. Et puis, la jeunesse était romantique. Delatouche avait mortellement blessé ce qu'on appelait alors la *pléiade*, en publiant un article intitulé la *Camaraderie*; moi seule peut-être dans la salle, j'aimais à la fois Delatouche et les romantiques.

Dans les entr'actes, je causai jusqu'à la fin avec le vieux avocat, qui jugeait bien et sainement le fort et le faible de la pièce. Il aimait à parler et s'écoutait lui-même plus volontiers que les autres. Content d'être compris, il me prit en amitié, me demanda mon nom et m'engagea à l'aller voir. Je lui dis un nom en l'air qu'il s'étonna de ne pas connaître, et lui promis de le voir en Berry. Il conclut en me disant: «M. Dufresne ne m'avait pas trompé: vous êtes un enfant remarquable. Mais je vous trouve faible sur vos études classiques. Vous me dites que vos parens vous ont élevé à la maison, et que vous n'avez fait ni ne comptez faire vos classes. Je vois bien que cette éducation a son bon côté: vous êtes artiste, et, sur tout ce qui est idée ou sentiment, vous en savez plus long que votre âge ne le comporte. Vous avez une convenance et des habitudes de langage qui me font croire que vous pourrez un jour écrire avec succès. Mais, croyez-moi, faites vos études classiques. Rien ne remplace ce fonds-là. J'ai douze enfans. J'ai mis tous mes enfans au collége. Il n'y en a pas un qui ait votre précocité de jugement, mais ils sont tous capables de se tirer d'affaire dans les diverses professions que la jeunesse peut choisir; tandis que vous, vous êtes forcé d'être artiste et rien autre chose. Or, si vous échouez dans l'art, vous regretterez beaucoup de n'avoir pas reçu l'éducation commune.»

J'étais persuadée que ce brave homme n'était pas la dupe de mon déguisement et qu'il s'amusait avec esprit à me pousser dans mon rôle. Cela me faisait l'effet d'une conversation de bal masqué, et je me donnais si peu de peine pour soutenir la fiction, que je fus fort étonnée d'apprendre plus tard qu'il y avait été de la meilleure foi du monde.

L'année suivante, M. Dudevant me présenta François Rollinat, qu'il avait invité à venir passer quelques jours à Nohant, et à qui je demandai d'interroger son père sur un petit bonhomme avec lequel il avait causé avec beaucoup de bonté à la première et dernière représentation de la *Reine d'Espagne*. «Eh! précisément, répondit Rollinat, mon père nous parlait l'autre jour de cette rencontre à propos de l'éducation en général. Il disait avoir été frappé de l'aisance d'esprit et des manières des jeunes gens d'aujourd'hui, d'un entre autres, qui lui avait parlé de toutes choses comme un petit docteur, tout en lui avouant qu'il ne savait ni latin ni grec, et qu'il n'étudiait ni droit ni médecine.—Et votre père ne s'est pas avisé de penser que ce petit docteur pouvait bien être une femme?—Vous peut-être? s'écria Rollinat.—Précisément!—Eh bien! de toutes les conjectures auxquelles mon père s'est livré, en s'enquérant en vain du fils de famille que vous pouviez être, voilà la seule qui ne se soit présentée ni à lui ni à nous. Il a été cependant frappé et intrigué, il cherche encore, et je veux bien me garder de le détromper. Je vous demande la permission de vous le présenter sans l'avertir de rien.—Soit! mais il ne me reconnaîtra pas, car il est probable qu'il ne m'a pas regardée.»

Je me trompais; M. Rollinat avait si bien fait attention à ma figure qu'en me voyant il fit un saut sur ses jambes grêles et encore lestes, en s'écriant! «Oh! ai-je été assez bête!»

Nous fûmes dès lors comme des amis de vingt ans, et puisque je tiens ce personnage, je parlerai ici de lui et de sa famille, bien que tout cela pousse mon récit un peu en avant de la période où je le laisse un moment pour le reprendre tout à l'heure.

M. Rollinat le père, malgré sa théorie sur l'éducation classique, était artiste de la tête aux pieds, comme le sont, au reste, tous les avocats un peu éminens. C'était un homme de sentiment et d'imagination, fou de poésie, très poète et pas mal fou lui-même, bon comme un ange, enthousiaste, prodigue, gagnant avec ardeur une fortune pour ses douze enfans, mais la mangeant à mesure sans s'en apercevoir; les idolâtrant, les gâtant et les oubliant devant la table de jeu, où, gagnant et perdant tour à tour, il laissa son reste avec sa vie.

Il était impossible de voir un vieillard plus jeune et plus vif, buvant sec et ne se grisant jamais, chantant et folâtrant avec la jeunesse sans jamais se rendre ridicule, parce qu'il avait l'esprit chaste et le cœur naïf; enthousiaste de toutes les choses d'art, doué d'une prodigieuse mémoire et d'un goût exquis, c'était à coup sûr une des plus heureuses organisations que le Berry ait produites.

Il n'épargna rien pour l'éducation de sa nombreuse famille. L'aîné fut avocat, un autre missionnaire, un troisième savant, un autre militaire, les autres artistes et professeurs, les filles comme les garçons. Ceux que j'ai connus plus particulièrement sont François, Charles et Marie-Louise. Cette dernière a été gouvernante de ma fille pendant un an. Charles, qui avait un admirable talent, une voix magnifique, un esprit charmant comme son caractère, mais dont l'âme fière et contemplative ne voulut jamais se livrer à la foule, a été se fixer en Russie, où il a fait successivement plusieurs éducations chez de grands personnages.

François avait terminé ses études de bonne heure. A vingt-deux ans, reçu avocat, il vint exercer à Châteauroux. Son père lui céda son cabinet, estimant lui donner une fortune, et ne doutant pas qu'il ne pût facilement faire face à tous les besoins de la famille avec un beau talent et une belle clientèle. En conséquence, il ne se tourmenta plus de rien, et mourut en jouant et en riant, laissant plus de dettes que de biens, et toute la famille à élever ou à établir.

François a porté cette charge effroyable avec la patience du bœuf berrichon. Homme d'imagination et de sentiment, lui aussi, artiste comme son père, mais philosophe plus sérieux, il a, dès l'âge de vingt-deux ans, absorbé sa vie, sa volonté, ses forces, dans l'aride travail de la procédure pour faire honneur à tous ses engagemens et mener à bien l'existence de sa mère et de onze frères et sœurs. Ce qu'il a souffert de cette abnégation, de ce dégoût d'une profession qu'il n'a jamais aimée, et où le succès de son talent n'a jamais pu réussir à le griser, de cette vie étroite, refoulée, assujettie des tracasseries du présent, des inquiétudes de l'avenir, du ver rongeur de la dette sacrée, nul ne s'en est douté, quoique le souci et la fatigue l'aient écrit sur sa figure assombrie et préoccupée. Lourd et distrait à l'habitude, Rollinat ne se révèle que par éclairs; mais alors c'est l'esprit le plus net, le tact le plus sûr, la pénétration la plus subtile; et quand il est retiré et bien caché dans l'intimité, quand son cœur satisfait ou soulagé permet à son esprit de s'égayer, c'est le fantaisiste le plus inouï, et je ne connais rien de désopilant comme ce passage subit d'une gravité presque lugubre à une verve presque délirante.

Mais tout ce que je raconte là ne dit pas et ne saurait dire les trésors d'exquise bonté, de candeur généreuse et de haute sagesse que renferme, à l'insu d'elle-même, cette âme d'élite. Je sus l'apprécier à première vue, et c'est par là que j'ai été digne d'une amitié que je place au nombre des plus précieuses bénédictions de ma destinée. Outre les motifs d'estime et de respect que j'avais pour ce caractère éprouvé par tant d'abnégation et de simplicité dans l'héroïsme domestique, une sympathie particulière, une douce entente d'idées, une conformité, ou, pour mieux dire, une similitude extraordinaire d'appréciation de toutes choses, nous révélèrent l'un à l'autre ce que nous avions rêvé de l'amitié parfaite, un sentiment à part de tous les autres sentimens humains par sa sainteté et sa sérénité.

Il est bien rare qu'entre un homme et une femme, quelque pensée plus vive que ne le comporte de lien fraternel ne vienne jeter quelque trouble, et souvent l'amitié fidèle d'un homme mûr n'est pour nous que la générosité d'une passion vaincue dans le passé. Une femme chaste et sincère échappe vite à ce danger, et l'homme qui ne lui pardonne pas de n'avoir pas partagé ses agitations secrètes n'est pas digne du bienfait de l'amitié. Je dois dire qu'en général j'ai été heureuse sous ce rapport, et que, malgré la confiance romanesque dont on m'a souvent raillée, j'ai eu, en somme, l'instinct de découvrir les belles âmes et d'en conserver l'affection. Je dois dire aussi que, n'étant pas du tout coquette, ayant même une sorte d'horreur pour cette étrange habitude de provocation dont ne se défendent pas toutes les femmes honnêtes, j'ai rarement eu à lutter contre l'amour dans l'amitié. Aussi, quand il a fallu l'y découvrir, je ne l'ai jamais trouvé offensant, parce qu'il était sérieux et respectueux.

Quant à Rollinat, il n'est pas le seul de mes amis qui m'ait fait, du premier jour jusqu'à celui-ci, l'honneur de ne voir en moi qu'un frère. Je leur ai toujours avoué à tous que j'avais pour lui une sorte de préférence inexplicable. D'autres m'ont, autant que lui, respectée dans leur esprit et servie de leur dévouement, d'autres que le lien des souvenirs d'enfance devrait pourtant me rendre plus précieux: ils ne me le sont pas moins; mais c'est parce que je n'ai pas ce lien avec Rollinat, c'est parce que notre amitié n'a que vingt-cinq ans de date, que je dois la considérer comme plus fondée sur le choix que sur l'habitude. C'est d'elle que je me suis souvent plu à dire avec Montaigne:

«Si on me presse de dire pourquoy je l'aime, je sens que cela ne se peut exprimer qu'en respondant: Parce que c'est luy, parce que c'est moy. Il y a au delà de tout mon discours et de ce que j'en puis dire particulièrement, je ne sçay quelle force inexplicable et fatale, médiatrice de cette union. Nous nous cherchions avant que de nous être veus et par des rapports que nous oyïons l'un de l'autre qui faisoient en notre affection plus d'effort que ne porte la raison des rapports. Et à notre première rencontre, nous nous trouvâmes si pris, si cognus, si obligez entre nous, que rien dès lors ne nous fut si proche que l'un à l'autre. Ayant si tard commencé, nostre intelligence n'avoit point à perdre tems et n'avoit à se reigler au patron des amitiés régulières auxquelles il faut tant de précautions de longue et préalable conversation.»

Dès ma jeunesse, dès mon enfance, j'avais eu le rêve de l'amitié idéale, et je m'enthousiasmais pour ces grands exemples de l'antiquité, où je n'entendais pas malice. Il me fallut, dans la suite, apprendre qu'elle était accompagnée de cette déviation insensée ou maladive dont Cicéron disait: *Quis est enim iste amor amicitiæ?* Cela me causa une sorte de frayeur, comme tout ce qui porte le caractère de l'égarement et de la dépravation. J'avais vu des héros si purs, et il me fallait les concevoir si dépravés ou si sauvages! Aussi fus-je saisie de dégoût jusqu'à la tristesse quand, à l'âge où l'on peut tout lire, je compris toute l'histoire d'Achille et de Patrocle, d'Harmodius et d'Aristogiton. Ce fut justement le chapitre de Montaigne sur l'amitié qui m'apporta cette désillusion, et dès lors ce même chapitre si chaste et si ardent, cette expression mâle et sainte d'un sentiment élevé jusqu'à la vertu, devint une sorte de loi sacrée applicable à une aspiration de mon âme.

J'étais pourtant blessée au cœur du mépris que mon cher Montaigne faisait de mon sexe quand il disait: «A dire vray, la suffisance ordinaire des femmes n'est pas pour responder à cette conférence et communication nourrisse de cette sainte cousture: ny leur âme ne semble assez ferme pour soustenir restreinte d'un nœud si pressé et si durable.»

En méditant Montaigne dans le jardin d'Ormesson, je m'étais souvent sentie humiliée d'être femme, et j'avoue que, dans toute lecture d'enseignement philosophique, même dans les livres saints, cette infériorité morale attribuée à la femme a révolté mon jeune orgueil. «Mais cela est faux! m'écriai-je; cette ineptie et cette frivolité que vous nous jetez à la figure, c'est le résultat de la mauvaise éducation à laquelle vous nous avez condamnées, et vous aggravez le mal en le constatant. Placez-nous dans de meilleures conditions, placez-y les hommes aussi: faites qu'ils soient purs, sérieux et forts de volonté, et vous verrez bien que nos âmes sont sorties semblables des mains du Créateur.»

Puis, m'interrogeant moi-même et me rendant bien compte des alternatives de langueur et d'énergie, c'est-à-dire de l'irrégularité de mon organisation essentiellement féminine, je voyais bien qu'une éducation rendue un peu différente de celle des autres femmes par des circonstances fortuites avait modifié mon être; que mes petits os s'étaient endurcis à la fatigue, ou bien que ma volonté développée par les théories stoïciennes de Deschartres d'une part, et les mortifications chrétiennes de l'autre, s'était habituée à dominer souvent les défaillances de la nature. Je sentais bien aussi que la stupide vanité des parures, pas plus que l'impur désir de plaire à tous les hommes, n'avaient de prise sur mon esprit formé au mépris de ces choses par les leçons et les exemples de ma grand'mère. Je n'étais donc pas tout à fait une femme comme celles que censurent et raillent les moralistes; j'avais dans l'âme l'enthousiasme du beau, la soif du vrai, et pourtant j'étais bien une femme comme toutes les autres, souffreteuse, nerveuse, dominée par l'imagination, puérilement accessible aux attendrissemens et aux inquiétudes de la maternité. Cela devait-il me reléguer à un rang secondaire dans la création et dans la famille? Cela étant réglé par la société, j'avais encore la force de m'y soumettre patiemment ou gaîment. Quel homme m'eût donné l'exemple de ce secret héroïsme qui n'avait que Dieu pour confident des protestations de la dignité méconnue?

Que la femme soit différente de l'homme, que le cœur et l'esprit aient un sexe, je n'en doute pas. Le contraire fera toujours exception même en supposant que notre éducation fasse les progrès nécessaires (je ne la voudrais pas semblable à celle des hommes), la femme sera toujours plus artiste et plus poète dans sa vie, l'homme le sera toujours plus dans son œuvre. Mais cette différence, essentielle pour l'harmonie des choses et pour les charmes les plus élevés de l'amour, doit-elle constituer une infériorité morale? Je ne parle pas ici socialisme: au temps où cette question fondamentale commença à me préoccuper, je ne savais ce que c'était que le socialisme. Je dirai plus tard en quoi et pourquoi mon esprit s'est refusé à le suivre sur la voie de prétendu affranchissement où certaines opinions ont fait dévier, selon moi, la théorie des véritables instincts et des nobles destinées de la femme: mais je philosophais dans le secret de ma pensée, et je ne voyais pas que la vraie philosophie fût trop grande dame pour nous admettre à l'égalité dans son estime, comme le vrai Dieu nous y admet dans les promesses du ciel.

J'allais donc nourrissant le rêve des mâles vertus auxquelles les femmes peuvent s'élever, et à toute heure j'interrogeais mon âme avec une naïve curiosité pour savoir si elle avait la puissance de son aspiration, et si la droiture, le désintéressement, la discrétion, la persévérance dans le travail, toutes les forces enfin que l'homme s'attribue exclusivement étaient interdites en pratique à un cœur qui en acceptait ardemment et passionnément le précepte. Je ne me sentais ni perfide, ni vaine, ni bavarde, ni paresseuse, et je me demandais pourquoi Montaigne ne m'eût pas aimée et respectée à l'égal d'un frère, à l'égal de son cher de la Béotie.

En méditant aussi ce passage sur l'absorption rêvée par lui, mais par lui déclarée impossible, de l'être tout entier dans l'*amor amicitiæ*, entre l'homme et la femme, je crus avec lui longtemps que les transports et les jalousies de l'amour étaient inconciliables avec la divine sérénité de l'amitié, et, à l'époque où j'ai connu Rollinat, je cherchais l'amitié sans l'amour comme un refuge et un sanctuaire où je pusse oublier l'existence de toute affection orageuse et navrante. De douces et fraternelles amitiés m'entouraient déjà de sollicitudes et de dévouemens dont je ne méconnaissais pas le prix: mais, par une combinaison sans doute fortuite de circonstances, aucun de mes anciens amis, homme ou femme, n'était précisément d'âge à me bien connaître et à me bien comprendre, les uns pour être trop jeunes, les autres pour être trop vieux. Rollinat, plus jeune que moi de quelques années, ne se trouva pas différent de moi pour cela. Une fatigue extrême de la vie l'avait déjà placé à un point de vue de désespérance, tandis qu'un enthousiasme invincible pour l'idéal le conservait vivant et agité sous le poids de la résignation absolue aux choses extérieures. Le contraste de cette vie intense, brûlant sous la glace, ou plutôt sous sa propre cendre, répondait à ma propre situation, et nous fûmes étonnés de n'avoir qu'à regarder chacun en soi-même pour nous connaître à l'état philosophique. Les habitudes de la vie étaient autres à la surface; mais il y avait une ressemblance d'organisation qui rendit notre mutuel commerce aussi facile dès l'abord que s'il eût été fondé sur l'habitude: même manie d'analyse, même scrupule de jugement allant jusqu'à l'indécision, même besoin de la notion du souverain bien, même absence de la plupart des passions et des appétits qui gouvernent ou accidentent la vie de la plupart des hommes; par conséquent, même rêverie incessante, mêmes accablemens profonds, mêmes gaîtés soudaines, même innocence de cœur, même incapacité d'ambition, mêmes paresses princières de la fantaisie aux momens dont les autres profitent pour mener à bien leur gloire et leur fortune, même satisfaction triomphante à l'idée de se croiser les bras devant toute chose réputée sérieuse qui nous paraissait frivole et en dehors des devoirs admis par nous comme sérieux; enfin mêmes qualités ou mêmes défauts, mêmes sommeils et mêmes réveils de la volonté.

Le devoir nous a jetés cependant tout entiers dans le travail, pieds et poings liés, et nous y sommes restés avec une persistance invincible, cloués par ces devoirs acceptés sans discussion. D'autres caractères, plus brillans et plus actifs en apparence, m'ont souvent prêché le courage. Rollinat ne m'a jamais prêché que d'exemple, sans se douter même de la valeur et de l'effet de cet exemple. Avec lui et pour lui, je fis le code de la véritable et saine amitié, d'une amitié à la Montaigne, toute de choix, d'élection et de perfection. Cela ressembla d'abord à une convention romanesque, et cela a duré vingt-cinq ans, sans que la *sainte couture* des âmes se soit relâchée un seul instant, sans qu'un doute ait effleuré la foi absolue que nous avons l'un dans l'autre, sans qu'une exigence, une préoccupation personnelle ait rappelé à l'un ou à l'autre qu'il était un être à part, une existence différente de l'âme unique en deux personnes.

D'autres attachemens ont pris cependant la vie tout entière de chacun de nous, des affections plus complètes, en égard aux lois de la vie réelle, mais qui n'ont rien ôté à l'union tout immatérielle de nos cœurs. Rien dans cette union paisible et pour ainsi dire paradisiaque ne pouvait rendre jalouses ou inquiètes les âmes associées à notre existence plus intime. L'être que l'un de nous préférait à tous les autres devenait aussitôt cher et sacré à l'autre, et sa plus douce société. Enfin, cette amitié est restée digne des plus beaux romans de la chevalerie. Bien qu'elle n'ait jamais rien *posé*; elle en a, elle en aura toujours la grandeur en nous-mêmes, et ce pacte de deux cerveaux enthousiastes a pris toute la consistance d'une certitude religieuse. Fondée sur l'estime, dans le principe, elle a passé dans les entrailles à ce point de n'avoir plus besoin d'estime mutuelle, et s'il était possible que l'un de nous deux arrivât à l'aberration de quelque vice ou de quelque crime, il pourrait se dire encore qu'il existe sur la terre une âme pure et saine qui ne se détacherait pas de lui.

Je me souviens en ce moment d'une circonstance où un autre de mes amis l'accusa vivement auprès de moi d'un tort sérieux. Cela n'avait rien de fondé, et je ne sus que hausser les épaules; mais quand je vis que la prévention s'obstinait contre lui, je ne pus m'empêcher de dire avec impatience: «Eh bien! quand cela serait? Du moment que c'est lui, c'est bien. Ça m'est égal.»

Plus souvent accusée que lui, parce que j'ai eu une existence plus en vue, je suis certaine qu'il a dû plus d'une fois répondre à propos de moi comme j'ai fait à propos de lui. Il n'est pas un seul autre de mes amis qui n'ait discuté avec moi sur quelque opinion ou quelque fait personnel, et qui, par conséquent, ne m'ait parfois discutée vis-à-vis de lui-même. C'est un droit qu'il faut reconnaître à l'amitié dans les conditions ordinaires de la vie et qu'elle regarde souvent comme un devoir; mais là où ce droit n'a pas été réservé, pas même prévu par une confiance sans limites, là où ce devoir disparaît dans la plénitude d'une foi ardente, là seulement est la grande, l'idéale amitié. Or, j'ai besoin d'idéal. Que ceux qui n'en ont que faire s'en passent.

Mais vous qui flottez encore entre la mesure de poésie et de réalité que la sagesse peut admettre, vous pour qui j'écris et à qui j'ai promis de dire des choses utiles, à l'occasion, vous me pardonnerez cette longue digression en faveur de la conclusion qu'elle amène et que voici.

Oui, il faut poétiser les beaux sentimens dans son âme et ne pas craindre de les placer trop haut dans sa propre estime. Il ne faut pas confondre tous les besoins de l'âme dans un seul et même appétit de bonheur qui nous rendrait volontiers égoïstes. L'amour idéal..... je n'en ai pas encore parlé, il n'est pas temps encore,—l'amour idéal résumerait tous les plus divins sentimens que nous pouvons concevoir, et pourtant il n'ôterait rien à l'amitié idéale. L'amour sera toujours de l'égoïsme à deux, parce qu'il porte avec lui des satisfactions infinies. L'amitié est plus désintéressée, elle partage toutes les peines et non tous les plaisirs. Elle a moins de racines dans la réalité, dans les intérêts, dans les enivremens de la vie. Aussi est-elle plus rare, même à un état très imparfait, que l'amour à quelque état qu'on le prenne. Elle paraît cependant bien répandue, et le nom d'ami est devenu si commun qu'on peut dire *mes amis* en parlant de deux cents personnes. Ce n'est pas une profanation, en ce sens qu'on peut et doit aimer, même particulièrement, tous ceux que l'on connaît bons et estimables. Oui croyez-moi, le cœur est assez large pour loger beaucoup d'affections, et plus vous en donnerez de sincères et de dévouées, plus vous le sentirez grandir en force et en chaleur. Sa nature est divine, et plus vous le sentez parfois affaissé et comme mort sous le poids des déceptions, plus l'accablement de sa souffrance atteste sa vie immortelle. N'ayez donc pas peur de ressentir pleinement les élans de la bienveillance et de la sympathie, et de subir les émotions douces ou pénibles des nombreuses sollicitudes qui réclament les esprits généreux; mais n'en vouez pas moins un culte à l'amitié particulière, et ne vous croyez pas dispensé d'avoir *un ami*, un ami parfait, c'est à dire une personne que vous aimiez assez pour vouloir être parfait vous-même envers elle, une personne qui vous soit sacrée et pour qui vous soyez également sacré. Le grand but que nous devons tous poursuivre, c'est de tuer en nous le grand mal qui nous ronge, la personnalité. Vous verrez bientôt que quand on a réussi à devenir excellent pour quelqu'un, on ne tarde pas à devenir meilleur pour tout le monde, et si vous cherchez l'amour idéal, vous sentirez que l'amitié idéale prépare admirablement le cœur à en recevoir le bienfait.

CHAPITRE VINGT-SEPTIEME

Dernière visite au couvent.—Vie excentrique.—Debureau.—Jane et Aimée.—La baronne Dudevant me défend de compromettre son nom dans les arts.—Mon pseudonyme.—Jules Sand et George Sand.—Karl Sand.—Le choléra.—Le cloître Saint-Merry.—Je change de mansarde.

Il n'y a peut-être pas pour moi autant de contraste qu'on croirait à descendre de ces hauteurs du sentiment pour revenir à la vie d'écolier littéraire que j'étais en train de raconter. J'appelais cela crûment alors ma vie de gamin, et il y avait bien un reste d'aristocratie d'habitudes dans la manière railleuse dont je l'envisageais; car, au fond, mon caractère se formait, et la vie réelle se révélait en moi sous cet habit d'emprunt qui me permettait d'être assez homme pour voir un milieu à jamais fermé sans cela à la campagnarde engourdie que j'avais été jusqu'alors.

Je regardai à cette époque, dans les arts et dans la politique, non plus seulement par induction et par déduction, comme j'aurais fait dans une donnée historique quelconque, mais dans l'histoire et dans le roman de la société et de l'humanité vivante. Je contemplai ce spectacle de tous les points où je pus me placer, dans les coulisses et sur la scène, aux loges et au parterre. Je montai à tous les étages: du club à l'atelier, du café à la mansarde. Il n'y eut que les salons où je n'eus que faire. Je connaissais le monde intermédiaire entre l'artisan et l'artiste. Je l'avais cependant peu fréquenté dans ses réunions, et je m'étais toujours sauvée autant que possible de ses fêtes qui m'ennuyaient au delà de mes forces; mais je connaissais sa vie intérieure, elle n'avait plus rien à me dire.

Des gens charitables, toujours prêts à avilir dans leurs sales pensées la mission de l'artiste, ont dit qu'à cette époque et plus tard j'avais eu les curiosités du vice. Ils en ont menti lâchement: voilà tout ce que j'ai à leur répondre. Quiconque est poète sait que le poète ne souille pas volontairement son être, sa pensée, pas même son regard, surtout quand ce poète l'est doublement par sa qualité de femme.

Bien que cette existence bizarre n'eût rien que je prétendisse cacher plus tard, je ne l'adoptai pas sans savoir quels effets immédiats elle pouvait avoir sur les convenances et l'arrangement de ma vie. Mon mari la connaissait et n'y apportait ni blâme ni obstacle. Il en était de même de ma mère et de ma tante. J'étais donc en règle vis-à-vis des autorités constituées de ma destinée. Mais, dans tout le reste du milieu où j'avais vécu, je devais rencontrer probablement plus d'un blâme sévère. Je ne voulus pas m'y exposer. Je vis à faire mon choix et à savoir quelles amitiés me seraient fidèles, quelles autres se scandaliseraient. A première vue, je triai un bon nombre de connaissances dont l'opinion m'était à peu près indifférente, et à qui je commençai par ne donner aucun signe de vie. Quant aux personnes que j'aimais réellement et dont je devais attendre quelque réprimande, je me décidai à rompre avec elles sans leur rien dire. «Si elles m'aiment, pensai-je, elles courront après moi, et si elles ne le font pas, j'oublierai qu'elles existent, mais je pourrai toujours les chérir dans le passé; il n'y aura pas eu d'explication blessante entre nous; rien n'aura gâté le pur souvenir de notre affection.»

Au fait, pourquoi leur en aurais-je voulu? Que pouvaient-elles savoir de mon but, de mon avenir, de ma volonté? Savaient-elles, savais-je moi-même, en brûlant mes vaisseaux, si j'avais quelque talent, quelque persévérance? Je n'avais jamais dit à personne le mot de l'énigme de ma pensée, je ne l'avais pas trouvé encore d'une manière certaine; et quand je parlais d'écrire, c'était en riant et en me moquant de la chose et de moi-même.

Une sorte de destinée me poussait cependant. Je la sentais invincible, et je m'y jetais résolûment: non une grande destinée, j'étais trop indépendante dans ma fantaisie pour embrasser aucun genre d'ambition, mais une destinée de liberté morale et d'isolement poétique, dans une société à laquelle je ne demandais que de m'oublier en me laissant gagner sans esclavage le pain quotidien.

Je voulus pourtant revoir une dernière fois mes plus chères amies de Paris. J'allai passer quelques heures à mon couvent. Tout le monde y était si préoccupé des effets de la révolution de juillet, de l'absence d'élèves, de la perturbation générale dont on subissait les conséquences matérielles, que je n'eus aucun effort à faire pour ne point parler de moi. Je ne vis qu'un instant ma bonne mère Alicia. Elle était affairée et pressée. Sœur Hélène était en retraite. Poulette me promenait dans les cloîtres, dans les classes vides, dans les dortoirs sans lits, dans le jardin silencieux, en disant à chaque pas: «Ça va mal! ça va bien mal!»

Il ne restait plus personne de mon temps que les religieuses et la bonne Marie Josèphe, la brusque et rieuse servante, qui me sembla la plus cordiale et la seule vivante au milieu de ces âmes préoccupées. Je compris que les nonnes ne peuvent pas et ne doivent pas aimer avec le cœur. Elles vivent d'une idée, et n'attachent une véritable importance qu'aux conditions extérieures qui sont le cadre nécessaire à cette idée. Tout ce qui trouble l'arrangement d'une méditation qui a besoin d'ordre immuable et de sécurité absolue est un événement terrible, ou tout au moins une crise difficile. Les amitiés du dehors ne peuvent rien pour elles. Les choses humaines n'ont de valeur à leurs yeux qu'en raison du plus ou moins d'aide qu'elles apportent à leurs conditions d'existence exceptionnelle. Je ne regrettai plus le couvent en voyant que là l'idéal était soumis à de telles éventualités. La vie d'une communauté c'est tout un monde à immobiliser, et le canon de juillet ne s'était pas inquiété de la paix des sanctuaires.

Moi, j'avais l'idéal logé dans un coin de ma cervelle, et il ne me fallait que quelques jours d'entière liberté pour le faire éclore. Je le portais dans la rue, les pieds sur le verglas, les épaules couvertes de neige, les mains dans mes poches, l'estomac un peu creux quelquefois, mais la tête d'autant plus remplie de songes, de mélodies, de couleurs, de formes, de rayons et de fantômes. Je n'étais plus une *dame*, je n'étais pas non plus un *monsieur*. On me poussait sur le trottoir comme une chose qui pouvait gêner les passans affairés. Cela m'était bien égal, à moi qui n'avais aucune affaire. On ne me connaissait pas, on ne me regardait pas; on ne me reprenait pas; j'étais un atome perdu dans cette immense foule. Personne ne disait comme à La Châtre: «Voilà madame Aurore qui passe; elle a toujours le même chapeau et la même robe;» ni comme à Nohant: «Voilà not'dame qui *poste* sur son grand chevau, faut qu'elle soit dérangée d'esprit pour *poster* comme ça.» A Paris, on ne pensait rien de moi, on ne me voyait pas. Je n'avais aucun besoin de me presser pour éviter des paroles banales; je pouvais faire tout un roman, d'une barrière à l'autre, sans rencontrer personne qui me dit: «A quoi diable pensez-vous?» Cela valait mieux qu'une cellule, et j'aurais pu dire avec *René*, mais avec autant de satisfaction qu'il l'avait dit avec tristesse «que je promenais dans le *désert des hommes*.»

Après que j'eus bien regardé et comme qui dirait remâché et savouré une dernière fois tous les coins et recoins de mon couvent et de mes souvenirs chéris, je sortis en me disant que je ne repasserais plus cette grille derrière laquelle je laissais mes plus saintes tendresses à l'état de divinités sans courroux et d'astres sans nuages; une seconde visite eût amené des questions sur mon intérieur, sur mes projets, sur mes dispositions religieuses. Je ne voulais pas discuter. Il est des êtres qu'on respecte trop pour les contredire et de qui l'on ne veut emporter qu'une tranquille bénédiction.

Je remis mes chères bottes en rentrant et j'allai voir Debureau dans la pantomime: un idéal de distinction exquise servi deux fois par jour aux *titis* de la ville et de la banlieue, et cet idéal les passionnait. Gustave Papet, qui était le riche, le *milord* de notre association berrichonne, paya du sucre d'orge à tout le parterre, et puis, comme nous sortions affamés, il emmena souper trois ou quatre d'entre nous aux *Vendanges de Bourgogne*. Tout à coup, il lui prit envie d'inviter Debureau, qu'il ne connaissait pas le moins du monde. Il rentre dans le théâtre, le trouve en train d'ôter son costume de Pierrot dans une cage qui lui servait de loge, le prend sous le bras et l'amène. Debureau fut charmant de manières. Il ne se laissa pas tenter par la moindre pointe de champagne, craignant, disait-il, pour ses nerfs et ayant besoin du calme le plus complet pour son jeu. Je n'ai jamais vu d'artiste plus sérieux, plus consciencieux, plus religieux dans son art. Il l'aimait de passion et en parlait comme d'une chose grave, tout en parlant de lui-même avec une extrême modestie. Il étudiait sans cesse et ne se blasait pas, malgré un exercice continuel et même excessif. Il ne s'inquiétait pas si les finesses admirables de sa physionomie et son originalité de *composition* étaient appréciées par des artistes ou saisies par des esprits naïfs. Il travaillait pour se satisfaire, pour essayer et pour réaliser sa fantaisie, et cette fantaisie, qui paraissait si spontanée, était étudiée à l'avance avec un soin extraordinaire. Je l'écoutai avec grande attention: il ne posait pas du tout, et je voyais en lui, malgré la bouffonnerie du genre, un de ces grands artistes qui méritent le titre de *maîtres*. Jules Janin venait de faire alors un petit volume sur cet artiste, un opuscule spirituel, mais qui ne m'avait rien fait pressentir du talent de Debureau. Je lui demandai s'il était satisfait de cette appréciation. «J'en suis reconnaissant, me dit-il. L'intention en est bonne pour moi et l'effet profite à ma réputation: mais tout cela ce n'est pas l'art, ce n'est pas l'idée que j'en ai; ce n'est pas sérieux, et le Debureau de M. Janin n'est pas moi. Il ne m'a pas compris.»

J'ai revu Debureau plusieurs fois depuis et me suis toujours senti pour le paillasse des boulevards une grande déférence et comme un respect dû à l'homme de conviction et d'étude.

J'assistais, douze ou quinze ans plus tard, à une représentation à son bénéfice, à la fin de laquelle il tomba à faux dans une trappe. J'envoyai savoir de ses nouvelles le lendemain, et il m'écrivit pour me dire lui-même que ce n'était rien, une lettre charmante qui finissait ainsi: «Pardonnez-moi de ne pas savoir mieux vous remercier. Ma plume est comme la voix du personnage muet que je représente; mais mon cœur est comme mon visage qui exprime la vérité.»

Peu de jours après, cet excellent homme, cet artiste de premier ordre, était mort des suites de sa chute.

Après le couvent, j'avais encore quelque chose à briser, non dans mon cœur, mais dans ma vie. J'allai voir mes amies Jane et Aimée. Aimée n'eût pas été l'amie de mon choix. Elle avait quelque chose de froid et de sec à l'occasion, qui ne m'avait jamais été sympathique. Mais, outre qu'elle était la sœur adorée de Jane, il y avait en elle tant de qualités sérieuses, une si noble intelligence, une si grande droiture et, à défaut de bonté spontanée, une si généreuse équité de jugement, que je lui étais réellement attachée. Quant à Jane, cette douce, cette forte, cette humble, cette angélique nature, aujourd'hui comme au couvent, je lui garde, au fond de l'âme, une tendresse que je ne puis comparer qu'au sentiment maternel.

Toutes deux étaient mariées. Jane était mère d'un gros enfant qu'elle couvait de ses grands yeux noirs avec une muette ivresse. Je fus heureuse de la voir heureuse; j'embrassai bien tendrement l'enfant et la mère, et je m'en allai, promettant de revenir bientôt, mais résolue à ne revenir jamais.

Je me suis tenu parole, et je m'en applaudis. Ces deux jeunes héritières, devenues comtesses, et plus que jamais orthodoxes en toutes choses, appartenaient désormais à un monde qui n'aurait eu pour ma bizarre manière d'exister que de la raillerie, et pour l'indépendance de mon esprit que des anathèmes. Un jour fût venu où il eût fallu me justifier d'imputations fausses, ou lutter contre des principes de foi et des idées de convenances que je ne voulais pas combattre ni froisser dans les autres. Je savais que l'héroïsme de l'amitié fût resté pur dans le cœur de Jane; mais on le lui eût reproché, et je l'aimais trop pour vouloir apporter un chagrin, un trouble quelconque dans son existence. Je ne connais pas cet égoïsme jaloux qui s'impose, et j'ai une logique invincible pour apprécier les situations qui se dessinent clairement devant moi. Celle que je me faisais était bien nette. Je choquais ouvertement la règle du monde. Je me détachais de lui bien sciemment; je devais donc trouver bon qu'il se détachât de moi dès qu'il saurait mes excentricités. Il ne les savait pas encore. J'étais trop obscure pour avoir besoin de mystère. Paris est une mer où les petites barques passent inaperçues par milliers entre les gros vaisseaux. Mais le moment pouvait venir où quelque hasard me placerait entre des mensonges que je ne voulais pas faire et des remontrances que je ne voulais pas accepter. Les remontrances perdues sont toujours suivies de refroidissement, et du refroidissement on va en deux pas aux ruptures. Voilà ce dont je ne supportais pas l'idée. Les personnes vraiment fières ne s'y exposent pas, et quand elles sont aimantes, elles ne les provoquent pas, mais elles les préviennent, et par là savent les rendre impossibles.

Je retournai sans tristesse à ma mansarde et à mon utopie, certaine de laisser des regrets et de bons souvenirs, satisfaite de n'avoir plus rien de sensible à rompre.

Quant à la baronne Dudevant, ce fut bien lestement *emballé*, comme nous disions au quartier latin. Elle me demanda pourquoi je restais si longtemps à Paris sans mon mari. Je lui dis que mon mari le trouvait bon. «Mais est-il vrai, reprit-elle, que vous ayez l'intention d'*imprimer* des livres?—Oui, madame.—*Té!* s'écria-t-elle (c'était une locution gasconne qui signifie *Tiens!* et dont elle avait pris l'habitude), voilà une drôle d'idée.—Oui, madame.—C'est bel et bon, mais j'espère que vous ne mettrez pas le nom que je porte sur les *couvertures de livre imprimées*?—Oh! certainement non, madame, il n'y a pas de danger.» Il n'y eut pas d'autre explication. Elle partit peu de temps après pour le Midi, et je ne l'ai jamais revue.

Le nom que je devais mettre sur des *couvertures imprimées* ne me préoccupa guère. En tout état de choses, j'avais résolu de garder l'anonyme. Un premier ouvrage fut ébauché par moi, refait en entier ensuite par Jules Sandeau, à qui Delatouche fit le nom de Jules Sand. Cet ouvrage amena un autre éditeur qui demanda un autre roman sous le même pseudonyme. J'avais écrit *Indiana* à Nohant, je voulus le donner sous le pseudonyme demandé; mais Jules Sandeau, par modestie, ne voulut pas accepter la paternité d'un livre auquel il était complétement étranger. Cela ne faisait pas le compte de l'éditeur. Le nom est tout pour la vente, et le petit pseudonyme s'étant bien *écoulé*, on tenait essentiellement à le conserver. Delatouche, consulté, trancha la question par un compromis: *Sand* resterait intact et je prendrais un autre prénom qui ne servirait qu'à moi. Je pris vite et sans chercher celui de George qui me paraissait synonyme de Berrichon, Jules et George, inconnus au public, passeraient pour frères ou cousins.

Le nom de George Sand me fut donc bien acquis, et Jules Sandeau, resté légitime propriétaire de *Rose et Blanche*, voulut reprendre son nom en toutes lettres, afin, disait-il, de ne pas se parer de mes plumes. A cette époque, il était fort jeune et avait bonne grâce à se montrer si modeste. Depuis il a fait preuve de beaucoup de talent pour son compte, et il s'est fait un nom de son véritable nom. J'ai gardé, moi, celui de l'assassin de Kotzebue qui avait passé par la tête de Delatouche et qui commença ma réputation en Allemagne, au point que je reçus des lettres de ce pays où l'on me priait d'établir ma parenté avec Karl Sand, comme une chance de succès de plus. Malgré la vénération de la jeunesse allemande pour le jeune fanatique dont la mort fut si belle, j'avoue que je n'eusse pas songé à choisir pour pseudonyme ce symbole du poignard de l'illuminisme. Les sociétés secrètes vont à mon imagination dans le passé, mais elles n'y vont que jusqu'au poignard exclusivement, et les personnes qui ont cru voir, dans ma persistance à signer Sand et dans l'habitude qu'on a prise autour de moi de m'appeler ainsi, une sorte de protestation en faveur de l'assassinat politique se sont absolument trompées. Cela n'entre ni dans mes principes religieux ni dans mes instincts révolutionnaires. Le mode de société secrète ne m'a même jamais paru d'une bonne application à notre temps et à notre pays; je n'ai jamais cru qu'il en pût sortir autre chose désormais chez nous qu'une dictature, et je n'ai jamais accepté le principe dictatorial en moi-même.

Il est donc probable que j'eusse changé ce pseudonyme, si je l'eusse cru destiné à acquérir quelque célébrité; mais jusqu'au moment où la critique se déchaîna contre moi à propos du roman de *Lélia*, je me flattai de passer inaperçue dans la foule des lettrés de la plus humble classe. En voyant que bien, malgré moi, il n'en était plus ainsi, et qu'on attaquait violemment tout dans mon œuvre, jusqu'au nom dont elle était signée, je maintins le nom et poursuivis l'œuvre. Le contraire eût été une lâcheté.

Et à présent j'y tiens, à ce nom, bien que ce soit, a-t-on dit, la moitié du nom d'un autre écrivain. Soit. Cet écrivain a, je le répète, assez de talent pour que quatre lettres de son nom ne gâtent aucune *couverture imprimée*, et ne sonnent point mal à mon oreille dans la bouche de mes amis. C'est le hasard de la fantaisie de Delatouche qui me l'a donné. Soit encore: je m'honore d'avoir eu ce poète, cet ami pour parrain. Une famille dont j'avais trouvé le nom assez bon pour moi a trouvé ce nom de Dudevant (que la baronne susnommée essayait d'écrire avec une apostrophe)[6], trop illustre et trop agréable pour le compromettre dans la république des arts. On m'a baptisée, obscure et insouciante, entre le manuscrit d'*Indiana*, qui était alors tout mon avenir, et un billet de mille francs qui était en ce moment là toute ma fortune. Ce fut un contrat, un nouveau mariage entre le pauvre apprenti poète que j'étais et l'humble muse qui m'avait consolée dans mes peines. Dieu me garde de rien déranger à ce que j'ai laissé faire à la destinée. Qu'est-ce qu'un nom dans notre monde révolutionné et révolutionnaire? Un numéro pour ceux qui ne font rien, une enseigne ou une devise pour ceux qui travaillent ou combattent. Celui qu'on m'a donné, je l'ai fait moi-même et moi seule après coup, par mon labeur. Je n'ai jamais exploité le travail d'un autre, je n'ai jamais pris, ni acheté, ni emprunté une page, une ligne à qui que ce soit. Des sept ou huit cent mille francs que j'ai gagnés depuis vingt ans, il ne m'est rien resté, et aujourd'hui, comme il y a vingt ans, je vis, au jour le jour, de ce nom qui protége mon travail, et de ce travail dont je ne me suis pas réservé une obole. Je ne sens pas que personne ait un reproche à me faire, et, sans être fière de quoi que ce soit (je n'ai fait que mon devoir), ma conscience tranquille ne voit rien à changer dans le nom qui la désigne et la personnifie.

Mais avant de raconter ces choses littéraires, j'ai encore à résumer diverses circonstances qui les ont précédées.

Mon mari venait me voir à Paris. Nous ne logions point ensemble, mais il venait dîner chez moi et il me menait au spectacle. Il me paraissait satisfait de l'arrangement qui nous rendait, sans querelles et sans questions aucunes, indépendans l'un de l'autre.

Il ne me sembla pas que mon retour chez moi lui fût aussi agréable. Pourtant je sus faire supporter ma présence, en ne critiquant et ne troublant rien des arrangemens pris en mon absence. Il ne s'agissait plus pour moi d'être chez moi, en effet. Je ne regardais plus Nohant comme une chose qui m'appartient. La chambre de mes enfans et ma cellule à côté étaient un terrain neutre où je pouvais camper, et si beaucoup de choses me déplaisaient ailleurs, je n'avais rien à dire et ne disais rien. Je ne pouvais me plaindre à personne de la démission que j'avais librement donnée. Quelques amis pensèrent que j'aurais dû ne pas le faire, mais lutter contre les causes premières de cette résolution. Elles avaient raison en théorie, mais la pratique ne se met pas toujours si volontiers qu'on croit aux ordres de la théorie. Je ne sais pas combattre pour un intérêt purement personnel. Toutes mes facultés et toutes mes forces peuvent se mettre au service d'un sentiment ou d'une idée; mais quand il ne s'agit que de moi, j'abandonne la partie avec une faiblesse apparente qui n'est, en somme, que le résultat d'un raisonnement bien simple: Puis-je remplacer pour un autre les satisfactions bonnes ou mauvaises que je lui ferais sacrifier! Si c'est oui, je suis dans mon droit; si c'est non, mon droit lui paraîtra toujours inique et ne me paraîtra jamais bien légitime à moi-même.

Il faut avoir pour contrarier et persécuter quelqu'un dans l'exercice de ses goûts des motifs plus graves que l'exercice des siens propres. Il ne se passait alors dans ma maison rien d'apparent dont mes enfans dussent souffrir. Solange allait me suivre, Maurice vivait, en mon absence, avec Jules Boncoiran, son bon petit précepteur. Rien ne dut me faire croire que cet état de choses ne pût pas durer, et il n'a pas tenu à moi qu'il ne durât pas.

Quand vint l'établissement au quai Saint-Michel avec Solange, outre que j'éprouvais le besoin de retrouver mes habitudes naturelles qui sont sédentaires, la vie générale devint bientôt si tragique et si sombre, que j'en dus ressentir le contre-coup. Le choléra enveloppa des premiers les quartiers qui nous entouraient. Il approcha rapidement, il monta d'étage en étage, la maison que nous habitions. Il y emporta six personnes et s'arrêta à la porte de notre mansarde, comme s'il eût dédaigné une si chétive proie.

Parmi le groupe de compatriotes amis qui s'était formé autour de moi, aucun ne se laissa frapper de cette terreur funeste qui semblait appeler le mal et qui généralement le rendait sans ressources. Nous étions inquiets les uns pour les autres, et point pour nous-mêmes. Aussi, afin d'éviter d'inutiles angoisses, nous étions convenus de nous rencontrer tous les jours au jardin du Luxembourg, ne fût-ce que pour un instant, et quand l'un de nous manquait à l'appel, on courait chez lui. Pas un ne fut atteint, même légèrement. Aucun pourtant ne changea rien à son régime et ne se mit en garde contre la contagion.

C'était un horrible spectacle que ce convoi sans relâche passant sous ma fenêtre et traversant le pont Saint-Michel. En de certains jours, les grandes voitures de déménagemens, dites tapissières, devenues les corbillards des pauvres, se succédèrent sans interruption, et ce qu'il y avait de plus effrayant, ce n'était pas ces morts entassés pêle-mêle comme des ballots, c'était l'absence des parens et des amis derrière les chars funèbres; c'était les conducteurs doublant le pas, jurant et fouettant les chevaux, c'était les passans s'éloignant avec effroi du hideux cortége, c'était la rage des ouvriers qui croyaient à une fantastique mesure d'empoisonnement et qui levaient leurs poings fermés contre le ciel; c'était, quand ces groupes menaçans avaient passé, l'abattement ou l'insouciance qui rendaient toutes les physionomies irritantes ou stupides.

J'avais pensé à me sauver, à cause de ma fille; mais tout le monde disait que le déplacement et le voyage étaient plus dangereux que salutaires, et je me disais aussi que si l'influence pestilentielle s'était déjà, à mon insu, attachée à nous, au moment du départ, il valait mieux ne pas la porter à Nohant, où elle n'avait pas pénétré et où elle ne pénétra pas.

Et puis, du reste, dans les dangers communs dont rien ne peut préserver, on prend vite son parti. Mes amis et moi, nous nous disions que le choléra s'adressant plus volontiers aux pauvres qu'aux riches, nous étions parmi les plus menacés, et devions, par conséquent, accepter la chance sans nous affecter du désastre général où chacun de nous était pour son compte, aussi bien que ces ouvriers furieux ou désespérés qui se croyaient l'objet d'une malédiction particulière.

Au milieu de cette crise sinistre, survint le drame poignant du Cloître Saint-Méry. J'étais au jardin du Luxembourg avec Solange, vers la fin de la journée. Elle jouait sur le sable, je la regardais assise derrière le large socle d'une statue. Je savais bien qu'une grande agitation devait gronder dans Paris; mais je ne croyais pas qu'elle dût sitôt gagner mon quartier: absorbée, je ne vis pas que tous les promeneurs s'étaient rapidement écoulés. J'entendis battre la charge, et, emportant ma fille, je me vis seule de mon sexe avec elle dans cet immense jardin, tandis qu'un cordon de troupes au pas de course traversait d'une grille à l'autre. Je repris le chemin de ma mansarde au milieu d'une grande confusion et cherchant les petites rues, pour n'être pas renversée par les flots de curieux qui, après s'être groupés et pressés sur un point, se précipitaient et s'écrasaient, emportés par une soudaine panique. A chaque pas, on rencontrait des gens effarés qui vous criaient: «N'avancez pas, retournez, retournez! La troupe arrive, on tire sur tout le monde.» Ce qu'il y avait jusque-là de plus dangereux, c'était la précipitation avec laquelle on fermait les boutiques au risque de briser la tête à tous les passans. Solange se démoralisait et commençait à jeter des cris désespérés. Quand nous arrivâmes au quai, chacun fuyait en sens différent; j'avançai toujours, voyant que le pire c'était de rester dehors, et j'entrai vite chez moi sans prendre le temps de voir ce qui se passait, sans même avoir peur, n'ayant encore jamais vu la guerre des rues, et n'imaginant rien de ce que j'ai vu ensuite, c'est-à-dire l'ivresse qui s'empare tout d'abord du soldat et qui fait de lui, sous le coup de la surprise et de la peur, l'ennemi le plus dangereux que puissent rencontrer des gens inoffensifs dans une bagarre.

Et il ne faut pas qu'on s'en étonne. Dans presque tous ces événemens déplorables ou magnifiques dont une grande ville est le théâtre, la masse des spectateurs, et souvent celle des acteurs, ignore ce qui se passe à deux pas de là, et court risque de s'entr'égorger, chacun cédant à la crainte de l'être. L'idée qui a soulevé l'ouragan est souvent plus insaisissable encore que le fait, et quelle qu'elle soit, elle ne se présente aux esprits incultes qu'à travers mille fictions délirantes. Le soldat est peuple, lui aussi; la discipline n'a pas contribué à éclairer sa raison, qu'elle lui commanderait d'ailleurs d'abjurer, s'il avait la prétention de s'en servir. Ses chefs le poussent au massacre par la terreur, comme souvent les meneurs poussent le peuple à la provocation par le même moyen. De part et d'autre, avant qu'on ait brûlé une amorce, des récits horribles, des calomnies atroces ont circulé, et le fantôme du carnage a déjà fait son fatal office dans les imaginations troublées.

Je ne raconterai pas l'événement au milieu duquel je me trouvais. Je n'écris que mon histoire particulière. Je commençai par ne songer qu'à tranquilliser ma pauvre enfant, que la peur rendait malade. J'imaginai de lui dire qu'il ne s'agissait, sur le quai, que d'une chasse aux chauve-souris comme elle l'avait vu faire sur la terrasse de Nohant à son père et à son oncle Hippolyte, et je parvins à la calmer et à l'endormir au bruit de la fusillade. Je mis un matelas de mon lit dans la fenêtre de sa petite chambre, pour parer à quelque balle perdue qui eût pu l'atteindre, et je passai une partie de la nuit sur le balcon, à tâcher de saisir et de comprendre l'action à travers les ténèbres.

On sait ce qui se passa en ce lieu. Dix-sept insurgés s'étaient emparé du poste du petit pont de l'Hôtel-Dieu. Une colonne de garde nationale les surprit dans la nuit. «Quinze de ces malheureux, dit Louis Blanc (*Histoire de Dix ans*), furent mis en pièces et jetés dans la Seine. Deux furent atteints dans les rues voisines et égorgés.»

Je ne vis pas cette scène atroce, enveloppée dans les ombres de la nuit, mais j'en entendis les clameurs furieuses et les râles formidables; puis un silence de mort s'étendit sur la cité endormie de fatigue après les émotions de la crainte.

Des bruits plus éloignés et plus vagues attestaient pourtant une résistance sur un point inconnu. Le matin, on put circuler et aller chercher des alimens pour la journée, qui menaçait les habitants d'un blocus à domicile. A voir l'appareil des forces développées par le gouvernement, on ne se doutait guère qu'il s'agissait de réduire une poignée d'hommes décidés à mourir.

Il est vrai qu'une nouvelle révolution pouvait sortir de cet acte d'héroïsme désespéré: l'empire pour le duc de Reichstadt et la monarchie pour le duc de Bordeaux, aussi bien que la république pour le peuple. Tous les partis avaient, comme de coutume, préparé l'événement, et ils en convoitaient le profit; mais quand il fut démontré que ce profit, c'était la mort sur les barricades, les partis s'éclipsèrent, et le martyre de l'héroïsme s'accomplit à la face de Paris consterné d'une telle victoire.

La journée du 6 juin fut d'une solennité effrayante, vue du lieu élevé où j'étais. La circulation était interdite, la troupe gardait tous les ponts et l'entrée de toutes les rues adjacentes. A partir de dix heures du matin jusqu'à la fin de l'*exécution*, la longue perspective des quais déserts prit au grand soleil l'aspect d'une ville morte, comme si le choléra eût emporté le dernier habitant. Les soldats qui gardaient les issues semblaient des fantômes frappés de stupeur. Immobiles et comme pétrifiés le long des parapets, ils ne rompaient, ni par un mot ni par un mouvement, la morne physionomie de la solitude. Il n'y eut d'êtres vivans, en de certains momens du jour, que les hirondelles qui rasaient l'eau avec une rapidité inquiète, comme si ce calme inusité les eût effrayées. Il y eut des heures d'un silence farouche, que troublaient seuls les cris aigres des martinets autour des combles de Notre-Dame. Puis tout à coup les oiseaux éperdus rentrèrent au sein des vieilles tours, les soldats reprirent leurs fusils qui brillaient en faisceaux sur les ponts. Ils reçurent des ordres à voix basse. Ils s'ouvrirent pour laisser passer des bandes de cavaliers qui se croisèrent, les uns pâles de colère, les autres brisés et ensanglantés. La population captive reparut aux fenêtres et sur les toits, avide de plonger du regard dans les scènes d'horreur qui allaient se dérouler au delà de la Cité. Le bruit sinistre avait commencé. Deux feux de peloton sonnaient le glas des funérailles à intervalles devenus réguliers. Assise à l'entrée du balcon, et occupant Solange dans la chambre pour l'empêcher de regarder dehors, je pouvais compter chaque assaut et chaque réplique. Puis le canon tonna. A voir le pont encombré de brancards qui revenaient par la Cité en laissant une traînée sanglante, je pensai que l'insurrection, pour être si meurtrière, était encore importante; mais ses coups s'affaiblirent; on aurait presque pu compter le nombre de ceux que chaque décharge des assaillans avait emportés. Puis le silence se fit encore une fois, la population descendit des toits dans la rue; les portiers des maisons, caricatures expressives des alarmes de la propriété, se crièrent les uns aux autres d'un air de triomphe: *C'est fini!* et les vainqueurs qui n'avaient fait que regarder repassèrent en tumulte. Le roi se promena sur les quais. La bourgeoisie et la banlieue fraternisèrent à tous les coins de rue. La troupe fut digne et sérieuse. Elle avait cru un instant à une seconde révolution de juillet.

Pendant quelques jours, les abords de la place et du quai Saint-Michel conservèrent de larges taches de sang, et la Morgue, encombrée de cadavres dont les têtes superposées faisaient devant les fenêtres comme un massif de hideuse maçonnerie, suinta un ruisseau rouge qui s'en allait lentement sous les arches sans se mêler aux eaux du fleuve. L'odeur était si fétide, et j'avais été si navrée, autant, je l'avoue, devant ces pauvres soldats expirans que devant les fiers prisonniers, que je ne pus rien manger pendant quinze jours. Longtemps après, je ne pouvais seulement voir la viande; il me semblait toujours sentir cette odeur de boucherie qui avait monté âcre et chaude à mon réveil, les 6 et 7 juin, au milieu des bouffées tardives du printemps.

Je passai l'automne à Nohant. C'est là que j'écrivis *Valentine*, le nez dans la petite armoire qui me servait de bureau et où j'avais déjà écrit *Indiana*.

L'hiver fut si froid dans ma mansarde que je reconnus l'impossibilité d'y écrire sans brûler plus de bois que mes finances ne me le permettaient. Delatouche quittait la sienne, qui était également sur les quais, mais au troisième seulement, et la face tournée au midi, sur des jardins. Elle était aussi plus spacieuse, confortablement arrangée, et depuis longtemps je nourrissais le doux rêve d'une cheminée à la prussienne. Il me céda son bail, et je m'installai au quai Malaquais, où je vis bientôt arriver Maurice, que son père venait de mettre au collège.

Me voici déjà à l'époque de mes premiers pas dans le monde des lettres, et, pressée d'établir le cadre de ma vie extérieure, je n'ai encore rien dit des petites tentatives que j'avais faites pour arriver à ce but. C'est donc le moment de parler des relations que j'avais nouées et des espérances qui m'avaient soutenue.

CHAPITRE VINGT-HUITIEME

Quatre Berrichons dans les lettres.—MM. Delatouche et Duris-Dufresne.—Ma visite à M. de Kératry.—Rêve de quinze cents francs de rente.

Nous étions alors trois Berrichons à Paris, Félix Pyat, Jules Sandeau et moi, apprentis littéraires sous la direction d'un quatrième Berrichon, M. Delatouche. Ce maître eût dû, et il eût voulu, sans doute, être un lien entre nous, et nous comptions ne faire qu'une famille en Apollon, dont il eût été le père. Mais son caractère aigri, susceptible et malheureux, trahit les intentions et les besoins de son cœur qui était bon, généreux et tendre. Il se brouilla tour à tour avec nous trois, après nous avoir un peu brouillés ensemble.

J'ai dit, dans un article nécrologique assez détaillé sur M. Delatouche, tout le bien et tout le mal qui étaient en lui, et j'ai pu dire le mal sans manquer en rien à la reconnaissance que je lui devais et à la vive amitié que je lui avais rendue plusieurs années avant sa mort pour montrer combien ce mal, c'est-à-dire cette douleur inquiète, cette susceptibilité maladive, cette misanthropie, en un mot, était fatale et involontaire; je n'ai eu qu'à citer des fragmens de ses lettres, où lui-même, en quelques mots pleins de grâce et de force, se peignait dans sa grandeur et dans sa souffrance. J'avais déjà écrit sur lui, pendant sa vie, avec le même sentiment de respect et d'affection. Je n'ai jamais eu rien à me reprocher envers lui, pas même l'ombre d'un tort, et je n'aurais jamais su comment et pourquoi j'avais pu lui déplaire, si je n'avais vu par moi-même, au déclin rapide de sa vie, combien il était profondément atteint d'une hypocondrie sans ressources.

Il m'a rendu justice en voyant que j'étais juste envers lui, c'est-à-dire prompte à courir à lui dès qu'il m'ouvrit des bras paternels, sans me souvenir de ses colères et de ses injustices mille fois réparées, selon moi, par un élan, par un repentir, par une larme de son cœur.

Je ne pourrais résumer ici l'ensemble de son caractère et de ses rapports avec moi personnellement, comme je l'ai fait dans un opuscule spécial, sans sortir de l'ordre de mon récit, faute que j'ai déjà trop commise et qui m'a paru souvent inévitable, les personnes et les choses ayant besoin de se compléter dans le souvenir de celui qui en parle pour être bien appréciées et jugées, en dernier ressort, équitablement[7].

Mais pour ne point m'arrêter à chaque pas dans ma narration, je dirai simplement ici quels rapports s'étaient établis entre nous lorsque je publiai *Indiana* et *Valentine*.

Mon bon vieux ami Duris-Dufresne à qui, des premiers, j'avais confié mon projet d'écrire, avait voulu me mettre en relations avec Lafayette, assurant qu'il me prendrait en amitié, que je lui serais très sympathique et qu'il me lancerait avec sollicitude dans le monde des arts, où il avait de nombreuses relations. Je me refusai à cette entrevue, bien que j'eusse aussi beaucoup de sympathie pour Lafayette, que j'allais quelquefois écouter à la tribune, conduite par mon *papa* (c'est ainsi que les huissiers de la chambre appelaient mon vieux député quand nous nous cherchions dans les couloirs après la séance); mais je me trouvais si peu de chose que je ne pus prendre sur moi d'aller occuper de ma mince personnalité le patriarche du libéralisme.

Et puis, si j'avais besoin d'un patron littéraire, c'était bien plus comme conseil que comme appui. Je désirais savoir, avant tout, si j'avais quelque talent, et je craignais de prendre un goût pour une faculté. M. Duris-Dufresne, à qui j'avais lu, bien en secret, quelques pages, à Nohant, sur l'émigration des nobles en 89, me tenait naïvement pour un grand esprit; mais je me défiais beaucoup de sa partialité et de sa galanterie. D'ailleurs il ne s'intéressait qu'aux choses politiques, et c'est à quoi je me sentais le moins portée.

Je lui observai que les amis étaient trop volontiers éblouis, et qu'il me faudrait un juge sans préventions. «Mais n'allons pas le chercher si haut, lui disais-je; les gens trop célèbres n'ont pas le temps de s'arrêter aux choses trop secondaires.»

Il me proposa un de ses collègues à la chambre, M. de Kératry, qui faisait des romans, et qu'il me donna pour un juge fin et sévère. J'avais lu le *Dernier des Beaumanoir*, ouvrage fort mal fait, bâti sur une donnée révoltante, mais à laquelle le goût épicé du romantisme faisait grâce en faveur de l'audace. Il y avait cependant dans cet ouvrage des pages assez belles et assez touchantes, un mélange bizarre de dévotion bretonne et d'aberration romanesque, de la jeunesse dans l'idée, de la vieillesse dans les détails. «Votre illustre collègue est un fou, dis-je à mon papa, et quant à son livre, j'en pourrais quelquefois faire d'aussi mauvais. Cependant on peut être bon juge et méchant praticien. L'ouvrage n'est toujours pas d'un imbécile, il s'en faut. Voyons M. de Kératry. Mais je loge sous les toits, vous me dites qu'il est vieux et marié. Demandez-lui son heure. J'irai chez lui.»

Dès le lendemain, j'eus rendez-vous chez M. de Kératry à huit heures du matin. C'était bien matin. J'avais les yeux gros comme le poing, j'étais complétement stupide.

M. de Kératry me parut plus âgé qu'il ne l'était. Sa figure, encadrée de cheveux blancs, était fort respectable. Il me fit entrer dans une jolie chambre où je vis, couché sous un couvre-pieds de soie rose très galant, une charmante petite femme qui jeta un regard de pitié languissante sur ma robe de stoff et sur mes souliers crottés, et qui ne crut pas devoir m'inviter à m'asseoir.

Je me passai de la permission et demandai à mon nouveau patron, en me fourrant dans la cheminée, si mademoiselle sa fille était malade. Je débutais par une insigne bêtise. Le vieillard me répondit d'un air tout gonflé d'orgueil armoricain que c'était là madame de Kératry, sa femme. «Très bien, lui dis-je, je vous en fais mon compliment; mais elle est malade, et je la dérange. Donc je me chauffe et je m'en vais.—Un instant, reprit le protecteur, M. Duris-Dufresne m'a dit que vous vouliez écrire, et j'ai promis de causer avec vous de ce projet, mais tenez, en deux mots, je serai franc, une femme ne doit pas écrire.—Si c'est votre opinion, nous n'avons point à causer, repris-je. Ce n'était pas la peine de nous éveiller si matin, madame de Kératry et moi, pour entendre ce précepte.»

Je me levai et sortis sans humeur, car j'avais plus envie de rire que de me fâcher. M. de Kératry me suivit dans l'antichambre et m'y retint quelques instans pour me développer sa théorie sur l'infériorité des femmes, sur l'impossibilité où était la plus intelligente d'entre elles d'écrire un bon ouvrage (le *Dernier des Beaumanoir* apparemment); et comme je m'en allais toujours sans discuter et sans lui rien dire de piquant il termina sa harangue par un trait napoléonien qui devait m'écraser. «Croyez-moi, me dit-il gravement comme j'ouvrais la dernière porte de son sanctuaire, ne faites pas de livres, faites des enfans.—Ma foi, monsieur, lui répondis-je en pouffant de rire et en lui fermant sa porte sur le nez, gardez le précepte pour vous-même, si bon vous semble.»

Delatouche a arrangé ma réponse depuis en racontant cette belle entrevue. Il m'a fait dire: *faites-en vous-même si vous pouvez.* Je ne fus ni si méchante ni si spirituelle, d'autant plus que sa petite femme avait l'air d'un ange de candeur. Je retournai chez moi fort divertie de l'originalité de ce Chrysale romantique, et bien certaine que je ne m'élèverais jamais à la hauteur de ses inventions littéraires. On sait que le sujet du *Dernier des Beaumanoir* est le viol d'une femme que l'on croit morte par le prêtre chargé de l'ensevelir. Ajoutons cependant, pour rester équitable, que le livre a de très belles pages.

Je fis rire Duris-Dufresne aux larmes en lui racontant l'aventure. En même temps il était furieux et voulait pourfendre son Breton bretonnant. Je le calmai en lui disant que je ne donnerais pas ma matinée pour... un éditeur!

Il ne combattit plus dès lors mon projet d'aller voir Delatouche, contre lequel il m'avait exprimé jusque-là de fortes préventions. Je n'avais qu'un mot à écrire, mon nom eût suffi pour m'assurer un bon accueil de mon compatriote. J'étais intimement liée avec sa famille. Il était cousin des Duvernet, et son père avait été lié avec le mien.

Il m'appela et me reçut paternellement. Comme il savait déjà par Félix Pyat mon colloque avec M. de Kératry, il mit toute la coquetterie de son esprit, qui était d'une trempe exquise et d'un brillant remarquable, à soutenir la thèse contraire. «Mais ne vous faites pas d'illusions, cependant, me dit-il. La littérature est une ressource illusoire, et moi qui vous parle, malgré toute la supériorité de ma barbe, je n'en tire pas quinze cents francs par an, l'un dans l'autre.»

FIN DU TOME DIXIÈME

TOME ONZIÈME

Rêve de quinze cents francs de rente.—Le Figaro.—*Une promenade dans le quartier Latin.—Balzac.—Emmanuel Arago.—Premier luxe de Balzac.—Ses contrastes.—Aversion que lui portait Delatouche.—Dîner et soirée fantastiques chez Balzac.—Jules Janin.—Delatouche m'encourage et me paralyse.—Indiana.—C'est à tort qu'on a dit que c'était ma personne et mon histoire.—La théorie du beau.—La théorie du vrai.—Ce qu'en pensait Balzac.—Ce qu'en pensent la critique et le public.*

—Quinze cents francs! m'écriai-je; mais si j'avais quinze cents francs à joindre à ma petite pension, je m'estimerais très riche, et je ne demanderais plus rien au ciel ni aux hommes, pas même une barbe!

—Oh! reprit-il en riant, si vous n'avez pas plus d'ambition que cela, vous simplifiez la question. Ce ne sera pas encore la chose la plus facile du monde que de gagner quinze cents francs, mais c'est possible, si vous ne vous rebutez pas des commencemens.

Il lut un roman dont je ne me rappelle même plus le titre ni le sujet, car je l'ai brûlé peu de temps après. Il le trouva, avec raison, détestable. Cependant il me dit que je devais en savoir faire un meilleur, et que peut-être un jour j'en pourrais faire un bon. «Mais il faut vivre pour connaître la vie, ajouta-t-il. Le roman, c'est la vie racontée avec art. Vous êtes une nature d'artiste, mais vous ignorez la réalité, vous êtes trop dans le rêve. Patientez avec le temps et l'expérience, et soyez tranquille: ces deux tristes *conseilleurs* viendront assez vite. Laissez-vous enseigner par la destinée et tâchez de rester poète. Vous n'avez pas autre chose à faire.»

Cependant, comme il me voyait assez embarrassée de suffire à la vie matérielle, il m'offrit de me faire gagner quarante ou cinquante francs par mois si je pouvais m'employer à la rédaction de son petit journal. Pyat et Sandeau étaient déjà occupés à cette besogne; j'y fus associée un peu par-dessus le marché.

Delatouche avait acheté le *Figaro*, et il le faisait à peu près lui-même, au coin de son feu, en causant tantôt avec ses rédacteurs, tantôt avec les nombreuses visites qu'il recevait. Ces visites, quelquefois charmantes, quelquefois risibles, posaient un peu, sans s'en douter, pour le secrétariat respectable qui, retranché dans les petits coins de l'appartement, ne se faisait pas faute d'écouter et de critiquer.

J'avais ma petite table et mon petit tapis auprès de la cheminée; mais je n'étais pas très assidue à ce travail, auquel je n'entendais rien. Delatouche me prenait un peu au collet pour me faire asseoir; il me jetait un sujet et me donnait un petit bout de papier sur lequel il fallait le faire tenir. Je barbouillais dix pages que je jetais au feu et où je n'avais pas dit un mot de ce qu'il fallait traiter. Les autres avaient de l'esprit, de la verve, de la facilité. On causait et on riait. Delatouche était étincelant de causticité. J'écoutais, je m'amusais beaucoup, mais je ne faisais rien qui vaille, et au bout du mois, il me revenait douze francs cinquante centimes ou quinze francs tout au plus pour ma part de collaboration, encore était-ce trop bien payé.

Delatouche était adorable de grâce paternelle, et il se rajeunissait avec nous jusqu'à l'enfantillage. Je me rappelle un dîner que nous lui donnâmes chez Pinson et une fantastique promenade au clair de la lune que nous lui fîmes faire à travers le quartier Latin. Nous étions suivis d'un sapin qu'il avait pris à l'heure pour aller je ne sais où et qu'il garda jusqu'à minuit sans pouvoir se dépêtrer de notre folle compagnie. Il y remonta bien vingt fois et en descendit toujours, persuadé par nos raisons. Nous allions sans but et nous voulions lui prouver que c'était la plus agréable manière de se promener. Il la goûtait assez, car il nous cédait sans trop de combat. Le cocher de fiacre, victime de nos taquineries, avait pris son mal en patience, et je me souviens qu'arrivés, je ne sais pourquoi ni comment, à la montagne Sainte-Geneviève, comme il allait fort lentement dans la rue déserte, nous nous occupions à traverser la voiture, à la file les uns des autres, laissant les portières ouvertes et les marchepieds baissés, et chantant je ne sais plus quelle facétie sur un ton lugubre: je ne sais pas non plus pourquoi cela nous paraissait drôle et pourquoi Delatouche riait de si bon cœur. Je crois que c'était la joie de se sentir bête une fois en sa vie. Pyat prétendait avoir un but, qui était de donner une sérénade à tous les épiciers du quartier, et il allait de boutique en boutique chantant à pleine voix: *Un épicier, c est une rose.*

C'est la seule fois que j'aie vu Delatouche véritablement gai, car son esprit, habituellement satirique, avait un fonds de spleen qui rendait souvent son enjouement mortellement triste. «Sont-ils heureux! me disait-il, en me donnant le bras à l'arrière-garde, tandis que les autres couraient devant en faisant leur tapage; ils n'ont bu que de l'eau rougie et ils sont ivres! Quel bon vin que la jeunesse! et quel bon rire que celui qui n'a pas besoin de motif! Ah! si l'on pouvait s'amuser comme cela deux jours de suite! Mais aussitôt que l'on sait de quoi et de qui l'on s'amuse, on ne s'amuse plus, on a envie de pleurer.»

Le grand chagrin de Delatouche était de vieillir. Il n'en pouvait prendre son parti, et c'est lui qui disait: «On n'a jamais cinquante ans, on a deux fois vingt-cinq ans.» Malgré cette révolte de son esprit, il était plus vieux que son âge. Déjà malade et aggravant son mal par l'impatience avec laquelle il le supportait, il était souvent, le matin, d'une humeur irascible devant laquelle je m'esquivais sans rien dire. Puis il me rappelait ou venait me chercher, ne se donnant jamais tort, mais effaçant par mille gracieusetés et mille gâteries de papa le chagrin qu'il avait causé.

Quand j'ai cherché plus tard la cause de sa soudaine aversion, on m'a dit qu'il avait été amoureux de moi, jaloux sans en convenir, et blessé de n'avoir jamais été deviné. Cela n'est pas. Je me méfiais de lui au commencement, M. Duris-Dufresne m'ayant mise en garde par ses propres préventions. J'aurais donc eu à son égard la pénétration qui m'a souvent manqué à temps en d'autres circonstances, faute de coquetterie suffisante. Mais là, j'avais à bien voir si ma confiance tomberait sur un cœur désintéressé, et je constatai bientôt que la jalousie de notre patron, comme nous l'appelions, était tout intellectuelle et s'exerçait sur tout ce qui l'approchait, sans acception d'âge ni de sexe.

C'était un ami, et surtout un maître jaloux par nature, comme le vieux Porpora que j'ai dépeint dans un de mes romans. Quand il avait couvé une intelligence, développé un talent, il ne voulait plus souffrir qu'une autre inspiration ou qu'une autre assistance que la sienne osât en approcher.

Un de mes amis, qui connaissait un peu Balzac, m'avait présentée à lui, non comme une muse de département, mais comme une bonne personne de province très émerveillée de son talent. C'était la vérité. Bien que Balzac n'eût pas encore produit ses chefs-d'œuvre à cette époque, j'étais vivement frappée de sa manière neuve et originale, et je le considérais déjà comme un maître à étudier. Balzac avait été, non pas charmant pour moi, à la manière de Delatouche, mais excellent aussi, avec plus de rondeur et d'égalité de caractère. Tout le monde sait comme le contentement de lui-même, contentement si bien fondé qu'on le lui pardonnait, débordait en lui; comme il aimait à parler de ses ouvrages, à les raconter d'avance, à les faire en causant, à les lire en brouillons ou en épreuves. Naïf et *bon enfant* au possible, il demandait conseil aux enfans, n'écoutait pas la réponse, ou s'en servait pour la combattre avec l'obstination de sa supériorité. Il n'enseignait jamais, il parlait de lui, de lui seul. Une seule fois il s'oublia pour nous parler de Rabelais, que je ne connaissais pas encore. Il fut si merveilleux, si éblouissant, si lucide, que nous nous disions en le quittant: «Oui, oui, décidément, il aura tout l'avenir qu'il rêve; il comprend trop bien ce qui n'est pas lui, pour ne pas faire de lui-même une grande individualité.»

Il demeurait alors rue de Cassini, dans un petit entre-sol très gai, à côté de l'Observatoire. C'est par lui ou chez lui, je crois, que je fis connaissance avec Emmanuel Arago, un homme qui devait devenir un frère pour moi, et qui était alors un enfant. Je me liai vite avec lui, pouvant me donner avec lui des airs de grand'mère, car il était encore si jeune que ses bras avaient grandi dans l'année plus que ne le comportaient ses manches. Il avait pourtant commis déjà un volume de vers et une pièce de théâtre fort spirituelle.

Un beau matin, Balzac, ayant bien vendu la *Peau de Chagrin*, méprisa son entre-sol et voulut le quitter; mais, réflexion faite, il se contenta de transformer ses petites chambres de poète en un assemblage de boudoirs de marquise, et un beau jour il nous invita à venir prendre des glaces dans ses murs tendus de soie et bordés de dentelle. Cela me fit beaucoup rire: je ne pensais pas qu'il prît au sérieux ce besoin d'un *vain luxe*, et que ce fût pour lui autre chose qu'une fantaisie passagère. Je me trompais, ces besoins d'imagination coquette devinrent les tyrans de sa vie, et pour les satisfaire il sacrifia souvent le bien-être le plus élémentaire. Dès lors il vivait un peu ainsi, manquant de tout au milieu de son superflu, et se privant de soupe et de café plutôt que d'argenterie et de porcelaine de Chine.

Réduit bientôt à des expédiens fabuleux pour ne pas se séparer de colifichets qui réjouissaient sa vue; artiste fantaisiste, c'est-à-dire enfant aux rêves d'or, il vivait par le cerveau dans le palais des fées; homme opiniâtre cependant, il acceptait, par la volonté, toutes les inquiétudes et toutes les souffrances plutôt que de ne pas forcer la réalité à garder quelque chose de son rêve.

Puérile et puissant, toujours envieux d'un *bibelot*, et jamais jaloux d'une gloire, sincère jusqu'à la modestie, vantard jusqu'à la hâblerie, confiant en lui-même et aux autres, très expansif, très bon et très fou, avec un sanctuaire de raison intérieure, où il rentrait pour tout dominer dans son œuvre, cynique dans la chasteté, ivre en buvant de l'eau, intempérant de travail et sobre d'autres passions, positif et romanesque avec un égal succès, crédule et sceptique, plein de contrastes et de mystères, tel était Balzac encore jeune, déjà inexplicable pour quiconque se fatiguait de la trop constante étude de lui-même à laquelle il condamnait ses amis, et qui ne paraissait pas encore à tous aussi intéressante qu'elle l'était réellement.

En effet, à cette époque, beaucoup de juges, compétens d'ailleurs, niaient le génie de Balzac, ou tout au moins ne le croyaient pas destiné à une si puissante carrière de développement. Delatouche était des plus récalcitrans. Il parlait de lui avec une aversion effrayante. Balzac avait été son disciple, et leur rupture, dont ce dernier n'a jamais su le motif, était toute fraîche et toute saignante. Delatouche ne donnait aucune bonne raison à son ressentiment, et Balzac me disait souvent: «Gare à vous! vous verrez qu'un beau matin sans vous en douter, sans savoir pourquoi, vous trouverez en lui un ennemi mortel.»

Delatouche eut évidemment tort à mes yeux en décriant Balzac, qui ne parlait de lui qu'avec regret et douceur; mais Balzac eut tort de croire à une inimitié irréconciliable. Il eût pu le ramener avec le temps.

C'était trop tôt alors. J'essayai en vain plusieurs fois de dire à Delatouche ce qui pouvait les rapprocher. La première fois il sauta au plafond. «Vous l'avez donc vu? s'écria-t-il; vous le voyez donc? Il ne me manquait plus que ça!» Je crus qu'il allait me jeter par les fenêtres. Il se calma, bouda, revint, et finit par *me passer mon Balzac*, en voyant que cette sympathie n'enlevait rien à celle qu'il réclamait. Mais, à chaque nouvelle relation littéraire que je devais établir ou accepter, Delatouche devait entrer dans les mêmes colères, et même les indifférens lui paraissaient des ennemis s'ils ne m'avaient pas été présentés par lui.

Je parlai fort peu de mes projets littéraires à Balzac. Il n'y crut guère, ou ne songea pas à examiner si j'étais capable de quelque chose. Je ne lui demandai pas de conseils, il m'eût dit qu'il les gardait pour lui-même; et cela autant par ingénuité de modestie que par ingénuité d'égoïsme; car il avait sa manière d'être modeste sous l'apparence de la présomption, je l'ai reconnu depuis, avec une agréable surprise; et quant à son égoïsme, il avait aussi ses réactions de dévoûment et de générosité.

Son commerce était fort agréable, un peu fatigant de paroles pour moi qui ne sais pas assez répondre pour varier les sujets de conversation, mais son âme était d'une grande sérénité, et, en aucun moment, je ne l'ai vu maussade. Il grimpait avec son gros ventre tous les étages de la maison du quai Saint-Michel et arrivait soufflant, riant et racontant sans reprendre haleine. Il prenait des paperasses sur ma table, y jetait les yeux et avait l'intention de s'informer un peu de ce que ce pouvait être; mais aussitôt, pensant à l'ouvrage qu'il était en train de faire, il se mettait à le raconter, et, en somme, je trouvais cela plus instructif que tous les empêchemens que Delatouche, questionneur désespérant, apportait à ma fantaisie.

Un soir que nous avions dîné chez Balzac d'une manière étrange, je crois que cela se composait de bœuf bouilli, d'un melon et de vin de Champagne frappé, il alla endosser une belle robe de chambre toute neuve, pour nous la montrer avec une joie de petite fille, et voulut sortir ainsi costumé, un bougeoir à la main, pour nous reconduire jusqu'à la grille du Luxembourg. Il était tard, l'endroit désert, et je lui faisais observer qu'il se ferait assassiner en rentrant chez lui. «Du tout, me dit-il; si je rencontre des voleurs, ils me prendront pour un fou, et ils auront peur de moi, ou pour un prince, et ils me respecteront.» Il faisait une belle nuit calme. Il nous accompagna ainsi, portant sa bougie allumée dans un joli flambeau de vermeil ciselé, parlant des quatre chevaux arabes qu'il n'avait pas encore, qu'il aurait bientôt, qu'il n'a jamais eus, et qu'il a cru fermement avoir pendant quelque temps. Il nous eût reconduits jusqu'à l'autre bout de Paris, si nous l'avions laissé faire.

Je ne connaissais pas d'autres célébrités et ne désirais pas en connaître. Je rencontrais une telle opposition d'idées, de sentimens et de systèmes entre Balzac et Delatouche, que je craignais de voir ma pauvre tête se perdre dans un chaos de contradictions, si je prêtais l'oreille à un troisième maître. Je vis à cette époque, une seule fois, Jules Janin pour lui demander un service. C'est la seule démarche que j'aie jamais faite auprès de la critique, et comme ce n'était pas pour moi, je n'y eus aucun scrupule. Je trouvai en lui un bon garçon sans affectation et sans étalage d'aucune vanité, ayant le bon goût de ne pas montrer son esprit sans nécessité et parlant de ses chiens avec plus d'amour que de ses écrits. Comme j'aime aussi les chiens, je me trouvai fort à l'aise, une conversation littéraire avec un inconnu m'eût affreusement intimidée.

J'ai dit que Delatouche était désespérant. Il était ainsi pour lui-même et travaillait à se dégoûter de tout ce qu'il entreprenait. Il se laissait aller, de temps en temps, à raconter ses romans d'avance, avec plus de discrétion et d'intimité que Balzac, mais avec plus de complaisance encore s'il se voyait bien écouté. Par exemple, il ne fallait pas s'aviser de remuer un meuble, de tisonner ou d'éternuer dans ces momens-là: il s'interrompait aussitôt pour vous demander, avec une sollicitude polie, si vous étiez enrhumé ou si vous aviez des inquiétudes dans les jambes; et, feignant d'avoir oublié son roman, il se faisait beaucoup prier pour faire semblant de chercher à le retrouver. Il avait mille fois moins de talent pour écrire que Balzac; mais comme il en avait mille fois plus pour déduire ses idées par la parole, ce qu'il racontait admirablement paraissait admirable, tandis que ce que Balzac racontait d'une manière souvent impossible ne représentait souvent qu'une œuvre impossible. Mais quand l'ouvrage de Delatouche était imprimé, on y cherchait en vain le charme et la beauté de ce qu'on avait entendu, et on avait la surprise contraire en lisant Balzac. Balzac savait qu'il exposait mal, non pas sans feu et sans esprit, mais sans ordre et sans clarté. Aussi préférait-il lire quand il avait son manuscrit sous la main, et Delatouche, qui faisait cent romans sans les écrire, n'avait presque jamais rien à lire; ou c'étaient quelques pages qui ne rendaient pas son projet et qui l'attristaient visiblement. Il n'avait pas de facilité; aussi avait-il la fécondité en horreur, et trouvait-il contre celle de Balzac, sans songer à celle de Walter Scott, qu'il adorait, les invectives les plus bouffonnes et les comparaisons les plus médicinales.

J'ai toujours pensé que Delatouche dépensait trop de véritable talent en paroles. Balzac ne dépensait que de la folie. Il jetait là son trop plein et gardait sa sagesse profonde pour son œuvre. Delatouche s'épuisait en démonstrations excellentes, et, quoique riche, ne l'était pas assez pour se montrer si généreux.

Et puis sa fatale santé paralysait son essor au moment où il déployait ses ailes. Il a fait de beaux vers, faciles et pleins, mêlés à des vers tiraillés et un peu vides; des romans très remarquables, très originaux, et des romans très faibles et très lâchés; des articles très mordans, très ingénieux, et d'autres si personnels qu'ils étaient incompréhensibles et, partant, sans intérêt pour le public. Ce haut et ce bas d'une intelligence d'élite s'expliquent par le cruel va-et-vient de la maladie.

Delatouche avait aussi le malheur de s'occuper trop de ce que faisaient les autres. A cette époque, il lisait tout. Il recevait, comme journaliste, tout ce qui paraissait, feignait de n'y pas jeter les yeux, et remettait l'exemplaire au premier venu de ses rédacteurs en lui disant: «Avalez la médecine; vous êtes jeune, elle ne vous tuera pas. Dites de l'ouvrage ce que vous voudrez, je ne veux pas savoir ce que c'est.»—Mais quand on lui apportait le compte-rendu, il critiquait la critique avec une netteté qui prouvait qu'il avait le premier avalé la médecine et même savouré l'âcre saveur qui le tentait.

J'eusse été bien sotte de ne pas écouter tout ce que me disait Delatouche, mais cette perpétuelle analyse de toutes choses, cette dissection des autres et de lui-même, toute cette critique brillante et souvent juste, qui aboutissait à la négation de lui-même et des autres, attristaient singulièrement mon esprit, et tant de lisières commençaient à me donner des crampes. J'apprenais tout ce qu'il ne faut pas faire, rien de ce qu'il faut faire, et je perdais toute confiance en moi.

Je reconnaissais, je reconnais encore que Delatouche me rendait grand service en m'amenant à hésiter. A cette époque, on faisait les choses les plus étranges en littérature. Les excentricités du génie de Victor Hugo, jeune, avaient enivré la jeunesse, ennuyée des vieilles rengaines de la Restauration. On ne trouvait plus Chateaubriand assez romantique; c'était tout au plus si le maître nouveau l'était assez pour les appétits féroces qu'il avait excités. Les marmots de sa propre école, ceux qu'il n'eût jamais acceptés pour disciples, et qui le sentaient bien, voulaient l'*enfoncer* en le dépassant. On cherchait des titres impossibles, des sujets dégoûtans, et, dans cette course au clocher d'affiches ébouriffantes, des gens de talent eux-mêmes subissaient la mode, et, couverts d'oripeaux bizarres, se précipitaient dans la mêlée.

J'étais bien tentée de faire comme les autres écoliers, puisque les maîtres donnaient le mauvais exemple, et je cherchais des bizarreries que je n'eusse jamais pu exécuter. Parmi les critiques du moment qui résistaient à ce cataclysme, Delatouche avait du discernement et du goût, en ce qu'il faisait la part du beau et du bon dans les deux écoles. Il me retenait sur cette pente glissante par des moqueries comiques et des avis sérieux. Mais il me jetait tout aussitôt dans des difficultés inextricables. «Fuyez le pastiche, disait-il. Servez-vous de votre propre fonds; lisez dans votre vie, dans votre cœur; rendez vos impressions.» Et quand nous avions causé n'importe de quoi, il me disait: «Vous êtes trop absolue dans votre sentiment, votre caractère est trop à part: vous ne connaissez ni le monde, ni les individus. Vous n'avez pas vécu et pensé comme tout le monde. Vous êtes un cerveau creux.» Je me disais qu'il avait raison, et je retournais à Nohant, décidée à faire des boîtes à thé et des tabatières de Spa.

Enfin je commençai *Indiana*, sans projet et sans espoir, sans aucun plan, mettant résolûment à la porte de mon souvenir tout ce qui m'avait été posé en précepte ou en exemple, et ne fouillant ni dans la manière des autres, ni dans ma propre individualité pour le sujet et les types. On n'a pas manqué de dire qu'*Indiana* était ma personne et mon histoire. Il n'en est rien. J'ai présenté beaucoup de types de femmes, et je crois que quand on aura lu cet exposé des impressions et des réflexions de ma vie, on verra bien que je ne me suis jamais mise en scène sous des traits féminins. Je suis trop romanesque pour avoir vu une héroïne de roman dans mon miroir. Je ne me suis jamais trouvée ni assez belle, ni assez aimable, ni assez logique dans l'ensemble de mon caractère et de mes actions pour prêter à la poésie ou à l'intérêt, et j'aurais eu beau chercher à embellir ma personne et à dramatiser ma vie, je n'en serais pas venue à bout. Mon *moi*, me revenant face à face, m'eût toujours refroidie.

Je suis loin de dire qu'un artiste n'ait pas le droit de se peindre et de se raconter, et plus il se couronnera des fleurs de la poésie pour se montrer au public, mieux il fera s'il a assez d'habileté pour qu'on ne le reconnaisse pas trop sous cette parure, ou s'il est assez beau pour qu'elle ne le rende pas ridicule. Mais, en ce qui me concerne, j'étais d'une étoffe trop bigarrée pour me prêter à une idéalisation quelconque. Si j'avais voulu montrer le fonds sérieux, j'aurais raconté une vie, qui jusqu'alors, avait plus ressemblé à celle du moine *Alexis* (dans le roman peu récréatif de *Spiridion*) qu'à celle d'Indiana la créole passionnée. Ou bien, si j'avais pris l'autre face de ma vie, mes besoins d'enfantillage, de gaîté, de bêtise absolue, j'aurais fait un type si invraisemblable, que je n'aurais rien trouvé à lui faire dire et à lui faire faire qui eût le sens commun.

Je n'avais pas la moindre théorie quand je commençai à écrire, et je ne crois pas en avoir jamais eu, quand une envie de roman m'a mis la plume dans la main. Cela n'empêche pas que mes instincts ne m'aient fait, à mon insu, la théorie que je vais établir, que j'ai généralement suivie sans m'en rendre compte, et qui, à l'heure où j'écris, est encore en discussion.

Selon cette théorie, le roman serait une œuvre de poésie autant que d'analyse. Il y faudrait des situations vraies et des caractères vrais, réels même, se groupant autour d'un type destiné à résumer le sentiment ou l'idée principale du livre. Ce type représente généralement la passion de l'amour, puisque presque tous les romans sont des histoires d'amour. Selon la théorie annoncée (et c'est là qu'elle commence), il faut idéaliser cet amour, ce type, par conséquent, et ne pas craindre de lui donner toutes les puissances dont on a l'aspiration en soi-même, ou toutes les douleurs dont on a vu ou senti la blessure. Mais, en aucun cas, il ne faut l'avilir dans le hasard des événemens; il faut qu'il meure ou qu'il triomphe, et on ne doit pas craindre de lui donner une importance exceptionnelle dans la vie, des forces au-dessus du vulgaire, des charmes ou des souffrances qui dépassent tout à fait l'habitude des choses humaines, et même un peu le vraisemblable admis par la plupart des intelligences.

En résumé, idéalisation du sentiment qui fait le sujet, en laissant à l'art du conteur le soin de placer ce sujet dans des conditions et dans un cadre de réalité assez sensible pour le faire ressortir, si, toutefois, c'est bien un roman qu'il veut faire.

Cette théorie est-elle vraie? Je crois que oui; mais elle n'est pas, elle ne doit pas être absolue. Balzac, avec le temps, m'a fait comprendre, par la variété et la force de ses conceptions, que l'on pouvait sacrifier l'idéalisation du sujet à la vérité de la peinture, à la critique de la société et de l'humanité même.

Balzac résumait complétement ceci, quand il me disait, dans la suite: «Vous cherchez l'homme tel qu'il devrait être; moi, je le prends tel qu'il est. Croyez-moi, nous avons raison tous deux. Ces deux chemins conduisent au même but. J'aime aussi les êtres exceptionnels; j'en suis *un*. Il m'en faut d'ailleurs pour faire ressortir mes êtres vulgaires, et je ne les sacrifie jamais sans nécessité. Mais ces êtres vulgaires m'intéressent plus qu'ils ne vous intéressent. Je les grandis, je les idéalise, en sens inverse, dans leur laideur ou leur bêtise. Je donne à leurs difformités des proportions effrayantes ou grotesques. Vous, vous ne sauriez pas; vous faites bien de ne pas vouloir regarder des êtres et des choses qui vous donneraient le cauchemar. Idéalisez dans le joli et dans le beau, c'est un ouvrage de femme.»

Balzac me parlait ainsi sans dédain caché et sans causticité déguisée. Il était sincère dans le sentiment fraternel, et il a trop idéalisé la femme pour qu'on puisse le soupçonner d'avoir eu jamais la théorie de M. Kératry.

Balzac, esprit vaste, non pas infini et sans défauts, mais le plus étendu et le plus pourvu de qualités diverses qui, dans le roman, se soit produit de notre temps, Balzac, maître sans égal en l'art de peindre la société moderne et l'humanité actuelle, avait mille fois raison de ne pas admettre un système absolu. Il ne m'a rien révélé de cela alors que je cherchais, et je ne lui en veux pas, il ne le savait pas lui-même; il cherchait et tâtonnait aussi pour son compte. Il a essayé de tout. Il a vu et prouvé que toute manière était bonne et tout sujet fécond pour un esprit souple comme le sien. Il a développé davantage ce en quoi il s'est senti le plus puissant, et il s'est moqué de cette erreur de la critique qui veut imposer un cadre, des sujets et des procédés aux artistes, erreur dans laquelle le public donne encore, sans s'apercevoir que cette théorie arbitraire étant toujours l'expression d'une individualité, se dérobe la première à son propre principe et fait acte d'indépendance en contredisant le point de vue d'une théorie voisine ou opposée. On est frappé de ces contradictions quand on lit une demi-douzaine d'articles de critique sur un même ouvrage d'art; on voit alors que chaque critique a son critérium, sa passion, son goût particulier, et que si deux ou trois d'entre eux se trouvent d'accord pour préconiser une loi quelconque dans les arts, l'application qu'ils font de cette loi prouve des appréciations très diverses et des préventions que ne gouverne aucune règle fixe.

Il est heureux, du reste, qu'il en soit ainsi. S'il n'y avait qu'une école et qu'une doctrine dans l'art, l'art périrait vite, faute de hardiesse et de tentatives nouvelles. L'homme va toujours cherchant avec douleur le vrai absolu, dont il a le sentiment, et qu'il ne trouvera jamais en lui-même à l'état d'individu. La vérité est le but d'une recherche pour laquelle toutes les forces collectives de notre espèce ne sont pas de trop, et cependant, erreur étrange et fatale, dès qu'un homme de quelque capacité aborde cette recherche, il voudrait l'interdire aux autres et donner pour unique découverte celle qu'il croit tenir. La recherche de la loi de liberté elle-même sert d'aliment au despotisme et à l'intolérance de l'orgueil humain. Triste folie! Si les sociétés n'ont pu encore s'y soustraire, que les arts au moins s'en affranchissent et trouvent la vie dans l'indépendance absolue de l'inspiration.

L'inspiration! Voilà quelque chose de bien malaisé à définir et de bien important à consacrer comme un fait surhumain, comme une intervention presque divine. L'inspiration est pour les artistes ce que la grâce est pour les chrétiens, et on n'a pas encore imaginé de défendre aux croyans de recevoir la grâce quand elle descend dans leurs âmes. Il y a pourtant une prétendue critique qui défendrait volontiers aux artistes de recevoir l'inspiration et de lui obéir.

Et je ne parle pas ici des critiques de profession, je ne resserre pas mon plaidoyer dans les limites d'une ou plusieurs coteries. Je combats un préjugé public, universel. On veut que l'art suive un chemin battu, et quand une manière a plu, un siècle tout entier s'écrie: «Donnez-nous du même, il n'y a que cela de bon!» Malheur alors aux novateurs! Il leur faut succomber ou soutenir une lutte effroyable, jusqu'à ce que leur protestation, cri de révolte au début, devienne à son tour une tyrannie qui écrasera ou combattra d'autres innovations également légitimes et désirables.

J'ai toujours trouvé le mot *inspiration* très ambitieux et ne pouvant s'appliquer qu'aux génies de premier ordre. Je n'oserais jamais m'en servir pour mon propre compte, sans protester un peu contre l'emphase d'un terme qui ne trouve sa sanction que dans un incontestable succès. Pourtant il faudrait un mot qui ne fît pas rougir les gens modestes et bien élevés, et qui exprimât cette sorte de *grâce* qui descend plus ou moins vive, plus ou moins féconde sur toutes les têtes éprises de leur art. Il n'est si humble travailleur qui n'ait son heure d'inspiration, et peut-être la liqueur céleste est-elle aussi précieuse dans le vase d'argile que dans le vase d'or: seulement, l'un la conserve pure, l'autre l'altère ou se brise. La grâce des chrétiens n'agit pas seule et fatalement. Il faut que l'âme la recueille, comme la bonne terre le grain sacré. L'inspiration n'est pas d'une autre nature. Prenons donc le mot tel qu'il est, et qu'il n'implique rien de présomptueux sous ma plume.

Je sentis, en commençant à écrire *Indiana*, une émotion très vive et très particulière, ne ressemblant à rien de ce que j'avais éprouvé dans mes précédens essais. Mais cette émotion fut plus pénible qu'agréable. J'écrivis tout d'un jet, sans plan, je l'ai dit, et littéralement sans savoir où j'allais, sans m'être même rendu compte du problème social que j'abordais. Je n'étais pas saintsimonienne, je ne l'ai jamais été, bien que j'aie eu de vraies sympathies pour quelques idées et quelques personnes de cette secte; mais je ne les connaissais pas à cette époque, et je ne fus point influencée par elles.

J'avais en moi seulement, comme un sentiment bien net et bien ardent, l'horreur de l'esclavage brutal et bête. Je ne l'avais pas subi, je ne le subissais pas, on le voit par la liberté dont je jouissais et qui ne m'était pas disputée. Donc, *Indiana* n'était pas mon histoire dévoilée comme on l'a dit. Ce n'était pas une plainte formulée contre un maître particulier. C'était une protestation contre la tyrannie en général, et si je personnifiais cette tyrannie dans un homme, si j'enfermais la lutte dans le cadre d'une existence domestique, c'est que je n'avais pas l'ambition de faire autre chose qu'un roman de mœurs. Voilà pourquoi, dans une préface écrite après le livre, je me défendis de vouloir porter atteinte aux institutions. J'étais fort sincère et ne prétendais pas en savoir plus long que je n'en disais. La critique m'en apprit davantage et me fit mieux examiner la question.

J'écrivis donc ce livre sous l'empire d'une émotion et non d'un système. Cette émotion, lentement amassée dans le cours d'une vie de réflexions, déborda très impétueuse dès que le cadre d'une situation quelconque s'ouvrit pour la contenir; mais elle s'y trouva fort à l'étroit, et cette sorte de combat contre l'exécution me soutint pendant six semaines dans un état de volonté tout nouveau pour moi.

CHAPITRE VINGT-NEUVIEME

Delatouche passe brusquement de la raillerie à l'enthousiasme.—Valentine paraît.—Impossibilité de la collaboration projetée.—La Revue des Deux-Mondes. *Buloz.—Gustave Planche.—Delatouche me boude et rompt avec moi.—Résumé de nos rapports par la suite.—Maurice entre au collége.—Son chagrin et le mien.—Tristesse et dureté du régime des lycées.—Une exécution à Henri IV.—La tendresse ne raisonne pas.—Maurice fait sa première communion.*

Je demeurais encore quai Saint-Michel avec ma fille quand *Indiana* parut[8]. Dans l'intervalle de la commande à la publication, j'avais écrit *Valentine* et commencé *Lélia*. *Valentine* parut donc deux ou trois mois après *Indiana*, et ce livre fut écrit également à Nohant, où j'allais toujours régulièrement passer trois mois sur six.

Delatouche grimpa à ma mansarde et trouva le premier exemplaire d'*Indiana*, que l'éditeur Ernest Dupuy venait de m'envoyer, et sur la couverture duquel j'étais en train précisément d'écrire le nom de Delatouche. Il le prit, le flaira, le retourna, curieux, inquiet, railleur surtout ce jour-là. J'étais sur le balcon; je voulus l'y attirer, parler d'autre chose, il n'y eut pas moyen, il voulait lire, il lisait, et à chaque page il s'écriait: «Allons! c'est un pastiche; école de Balzac! Pastiche, que me veux-tu! Balzac, que me veux-tu?»

Il vint sur le balcon, le volume à la main, et me critiquant mot par mot, me démontrant par *a* plus *b* que j'avais copié la manière de Balzac, et qu'à cela je n'avais gagné que de n'être ni Balzac ni moi-même.

Je n'avais ni cherché ni évité cette imitation de manière, et il ne me semblait pas que le reproche fût fondé. J'attendis, pour me condamner moi-même, que mon juge, qui emportait son exemplaire, l'eût feuilleté en entier. Le lendemain matin, à mon réveil, je reçus ce billet: «George, je viens faire amende honorable; je suis à vos genoux. Oubliez mes duretés d'hier soir, oubliez toutes les duretés que je vous ai dites depuis six mois. J'ai passé la nuit à vous lire. O mon enfant, que je suis content de vous!»

Je croyais que tout mon succès se bornerait à ce billet paternel et ne m'attendais nullement au prompt retour de l'éditeur, qui me demandait *Valentine*. Les journaux parlèrent tous de M. *G. Sand* avec éloge, insinuant que la main d'une femme avait dû se glisser çà et là pour révéler à l'auteur certaines délicatesses du cœur et de l'esprit, mais déclarant que le style et les appréciations avaient trop de virilité pour n'être pas d'un homme. Ils étaient tous un peu Kératry.

Cela ne me causa nul ennui, mais fit souffrir Jules Sandeau dans sa modestie. J'ai dit d'avance que ce succès le détermina à reprendre son nom intégralement et à renoncer à des projets de collaboration que nous avions déjà jugés nous-mêmes inexécutables. La collaboration est tout un art qui ne demande pas seulement, comme on le croit, une confiance mutuelle et de bonnes relations, mais une habileté particulière et une habitude de procédés *ad hoc*. Or, nous étions trop inexpérimentés l'un et l'autre pour nous partager le travail. Quand nous avions essayé, il était arrivé que chacun de nous refaisait en entier le travail de l'autre, et que ce remaniement successif faisait de notre ouvrage la broderie de Pénélope.

Les quatre volumes d'*Indiana* et *Valentine* vendus, je me voyais à la tête de trois mille francs qui me permettaient d'acquitter mon petit arriéré, d'avoir une servante et de me permettre un peu plus d'aisances. La *Revue des Deux-Mondes* venait d'être achetée par M. Buloz, qui me demanda des *nouvelles*. Je fis, pour ce recueil, la *Marquise*, *Lavinia*, je ne sais quoi encore.

La *Revue des Deux-Mondes* était rédigée par l'élite des écrivains d'alors. Excepté deux ou trois peut-être, tout ce qui a conservé un nom comme publiciste, poète, romancier, historien, philosophe, critique, voyageur, etc., a passé par les mains de Buloz, homme intelligent, qui ne sait pas s'exprimer, mais qui a une grande finesse sous sa rude écorce. Il est très facile, trop facile même de se moquer de ce Genevois têtu et brutal. Lui-même se laisse taquiner avec bonhomie quand il n'est pas de trop mauvaise humeur; mais ce qui n'est pas facile, c'est de ne pas se laisser persuader et gouverner par lui. Il a tenu dix ans les cordons de ma bourse, et, dans notre vie d'artiste, ces cordons, qui ne se desserrent pour nous donner quelques heures de liberté qu'en échange d'autant d'heures d'esclavage, sont les fils de notre existence même.

Dans cette longue association d'intérêts, j'ai bien envoyé dix mille fois mon Buloz au diable, mais je l'ai tant fait enrager que nous sommes quittes. D'ailleurs, en dépit de ses exigences, de ses duretés et de ses sournoiseries, le despote Buloz a des momens de sincérité et de véritable sensibilité, comme tous les bourrus. Il avait de certaines menues ressemblances avec mon pauvre Deschartres, voilà pourquoi j'ai supporté si longtemps ses maussaderies entremêlées de mouvemens d'amitié candide. Nous nous sommes brouillés, nous avons plaidé. J'ai reconquis ma liberté sans dommage réciproque, résultat auquel nous serions arrivés sans procès, s'il eût pu dépouiller son entêtement. Je l'ai revu peu de temps après, pleurant son fils aîné, qui venait de mourir dans ses bras. Sa femme, qui est une personne distinguée, Mlle Blaze, m'avait appelée auprès d'elle dans ce moment de douleur suprême. Je leur ai tendu les mains sans me souvenir de la guerre récente, et je ne m'en suis jamais souvenue depuis. Dans toute amitié, quelque troublée et incomplète qu'elle ait pu être, il y a des liens plus forts et plus durables que nos luttes d'intérêt matériel et nos colères d'un jour. Nous croyons détester des gens que nous aimons toujours quand même. Des montagnes de disputes nous séparent d'eux, un mot suffit parfois pour nous faire franchir ces montagnes. Ce mot de Buloz: «Ah! George, que je suis malheureux!» me fit oublier toutes les questions de chiffres et de procédure. Et lui aussi, en d'autres temps, il m'avait vue pleurer, et il ne m'avait pas raillée. Sollicitée depuis, mainte fois, d'entrer dans des croisades contre Buloz, j'ai refusé carrément, sans m'en vanter à lui, quoique la critique de la *Revue des Deux-Mondes* continuât à prononcer que j'avais eu beaucoup de talent tant que j'avais travaillé à la *Revue des Deux-Mondes*, mais que depuis ma rupture, hélas!...... Naïf Buloz! ça m'est égal!

Ce qui ne me fut pas indifférent, ce fut la subite colère de Delatouche contre moi. La crise annoncée par Balzac éclata un beau matin sans aucun motif apparent. Il haïssait particulièrement Gustave Planche, qui m'avait rendu visite en m'apportant un grand article à ma louange, fraîchement inséré dans la *Revue des Deux-Mondes*. Comme je ne travaillais pas encore à cette revue, l'hommage était désintéressé, et je ne pouvais que l'accueillir avec gratitude. Est-ce là ce qui blessa Delatouche? Il n'en fit rien paraître. Il demeurait alors tout à fait à Aulnay et ne venait pas souvent à Paris. Je ne m'aperçus donc pas tout de suite de sa bouderie, et je m'apprêtais à aller le trouver, quand M. de la Rochefoucauld, qu'il m'avait présenté et qui était son voisin de campagne, m'apprit qu'il ne parlait plus de moi qu'avec exécration; qu'il m'accusait d'être enivrée par la *gloire*, de sacrifier mes vrais amis, de les dédaigner, de ne vivre qu'avec des gens de lettres, d'avoir méprisé ses conseils, etc. Comme il n'y avait rien de vrai dans ces reproches, je crus que c'était une de ses boutades accoutumées, et, pour le ramener plus délicatement que par une lettre, je lui dédiai *Lélia*, qui allait paraître. Il le *prit pour mal*, comme nous disons en Berry, et déclara que c'était une vengeance contre lui. Une vengeance de quoi? Je pensais qu'il ne me pardonnait pas de voir Gustave Planche, et je priai celui-ci de faire une démarche auprès de lui pour s'excuser d'un article fort cruel dont il était l'auteur, et où Delatouche avait été fort mal arrangé. Je crois que c'était une réponse à de violentes attaques contre le cénacle des romantiques dont Planche avait été le champion par momens. Quoi qu'il en soit, Gustave Planche, touché du bien que je lui disais de Delatouche, lui écrivit une lettre fort bonne et même respectueuse, comme il convenait à un jeune homme vis-à-vis d'un homme âgé, à laquelle Delatouche, de plus en plus irrité, ne daigna pas répondre. Il continua à déclamer et à exciter contre moi les personnes avec qui j'étais liée. Il vint à bout de m'enlever deux amis sur les cinq ou six dont s'était composée notre intimité. L'un d'eux vint plus tard m'en demander pardon. L'autre, j'ai eu à le défendre par la suite contre Delatouche lui-même, qui le foulait aux pieds. Mais alors je connaissais mon pauvre Delatouche, je savais ce qu'il fallait admettre et rejeter dans ses indignations, trop violentes et trop amères pour n'être pas à moitié injustes.

Moins de deux ans après cette fureur contre moi, Delatouche vint en Berry chez sa cousine, Mme Duvernet la mère, et, ramené à la vérité par elle et son fils, mon ami Charles, il eut grande envie de venir me voir. Il ne put s'y décider. Il m'adressa des gracieusetés dans un de ses romans. Il ne se souvenait pas d'avoir dit contre moi des choses trop fortes pour que je pusse me rendre à des avances littéraires. Ce n'étaient pas des complimens qui devaient fermer la blessure de l'amitié. Des complimens, je n'y tenais pas; je n'en ai jamais eu besoin. Je n'ai jamais demandé à l'amitié de me considérer comme un grand esprit, mais de me traiter comme un cœur loyal. Je ne me rendis qu'à des avances directes, à une demande de service en 1844. Une telle démarche est l'amende la plus honorable qui se puisse exiger, et là je n'hésitai pas une seconde. Je jetai mes deux bras au cou de mon vieux ami, enfant terrible et tendre, qui, dès ce moment, mit un véritable luxe de cœur à me faire oublier le passé.

Un autre chagrin plus profond pour moi fut l'entrée de mon fils au collége. J'avais attendu avec impatience le moment de l'avoir près de moi, et ni lui ni moi ne savions ce que c'est que le collége. Je ne veux pas médire de l'éducation en commun, mais il est des enfans dont le caractère est antipathique à cette règle militaire des lycées, à cette brutalité de la discipline, à cette absence de soins maternels, de poésie extérieure, de recueillement pour l'esprit, de liberté pour la pensée. Mon pauvre Maurice était né artiste, il en avait tous les goûts, il en avait pris avec moi toutes les habitudes, et, sans le savoir encore, il en avait toute l'indépendance. Il se faisait presque une fête d'entrer au collége, et comme tous les enfans, il voyait un plaisir dans un changement de lieu et d'existence. Je le conduisis donc à Henri IV, gai comme un petit pinson, et contente moi-même de le voir si bien disposé. Sainte-Beuve, ami du proviseur, me promettait qu'il serait l'objet d'une sollicitude particulière. Le censeur était un père de famille, un homme excellent, qui le reçut comme un de ses enfans.

Nous fîmes avec lui le tour de l'établissement. Ces grandes cours sans arbres, ces cloîtres uniformes d'une froide architecture moderne, ces tristes clameurs de la récréation, voix discordantes et comme furieuses des enfans prisonniers, ces mornes figures des maîtres d'études, jeunes gens déclassés qui sont là, pour la plupart, esclaves de la misère, et, forcément victimes ou tyrans: tout, jusqu'à ce tambour, instrument guerrier, magnifique pour ébranler les nerfs des hommes qui vont se battre, mais stupidement brutal pour appeler des enfans au recueillement du travail, me serra le cœur et me causa une sorte d'épouvante. Je regardais, à la dérobée, dans les yeux de Maurice, et je le voyais partagé entre l'étonnement et quelque chose d'analogue à ce qui se passait en moi. Pourtant il tenait bon, il craignait que son père ne se moquât de lui; mais quand vint le moment de se séparer, il m'embrassa, le cœur gros, les yeux pleins de larmes. Le censeur le prit dans ses bras très paternellement, voyant bien que l'orage allait éclater. Il éclata, en effet, au moment où je m'en allais vite pour cacher mon malaise. L'enfant s'échappa des bras qui le caressaient, vint s'attacher à moi en criant, avec des sanglots désespérés, qu'il ne voulait pas rester là.

Je crus que j'allais mourir. C'était la première fois que je voyais Maurice malheureux, et je voulais le remmener. Mon mari fut plus ferme et eut certes toutes bonnes raisons de son côté. Mais, obligée de m'enfuir devant les caresses et les supplications de mon pauvre enfant, poursuivie par ses cris jusqu'au bas de l'escalier, je revins chez moi sanglotant et criant presque autant que lui, dans le fiacre qui me ramenait.

J'allai le voir deux jours après. Je le trouvai affublé de l'affreux habit carré d'uniforme, lourd et malpropre. Je ne sais si cette coutume subsiste encore de faire porter aux élèves qui entrent les vieux habits de ceux qui sortent. C'était une véritable vilenie de spéculation, puisque les parens payaient un trousseau d'entrée. Je réclamai en vain, remontrant que cela était malsain et pouvait communiquer aux enfans des maladies de peau. Une autre coutume barbare consistait dans l'absence de vases de nuit dans les dortoirs, avec défense de sortir pour se soulager. D'un autre côté, la spéculation autorisait la vente de méchantes friandises qui les rendaient malades.

Encore le proviseur était-il des plus honnêtes et des plus humains, et le mieux disposé à combattre des abus qui n'étaient pas de son fait. Il eut un successeur qui se montra fort doux et affable. Mais M. ..... vint ensuite, qui se posa devant moi en homme *moral* à la manière d'un sergent de ville, et qui sut rendre les enfans aussi malheureux que la règle le comportait. Partisan farouche de l'autorité absolue, c'est lui qui autorisa un père *intelligent* à faire battre son fils par son nègre, devant toute la classe, convoquée *militairement* au spectacle de cette exécution dans le goût créole ou moscovite, et menacée de punition sévère en cas du moindre signe d'improbation. J'ai oublié le nom du proviseur et celui du père de l'enfant, je ne veux pas que mon fils me les rappelle, mais tout ce qui était élève à Henri IV à cette époque pourra certifier le fait.

Ma seconde visite à Maurice se termina comme la première: mes amis m'accusèrent de faiblesse. J'avoue que je ne me sentais ni Romain ni Spartiate devant le désespoir d'un pauvre enfant que l'on condamnait à subir une loi brutale et mercenaire, sans qu'il eût en rien mérité ce cruel châtiment. On me traîna, ce jour-là, au Conservatoire de musique, comptant que Beethoven me ferait du bien. J'avais tant pleuré, en revenant du collége, que j'avais littéralement les yeux en sang. Cela ne paraissait guère raisonnable et ne l'était pas du tout. Mais la raison ne pleure jamais, ce n'est pas son affaire, et les entrailles ne raisonnent pas, elles ne nous ont pas été données pour cela.

La *Symphonie pastorale* ne me calma pas du tout. Je me souviendrai toujours de mes efforts pour pleurer tout bas comme d'une des plus abominables angoisses de ma vie.

Maurice ne se rendit qu'à la crainte d'augmenter un chagrin que je ne pouvais pas lui cacher; mais son parti n'était pris qu'à moitié. Ses jours de sortie amenaient de nouvelles crises. Il arrivait le matin, gai, bruyant, enivré de sa liberté. Je passais une grande heure à le laver et à le peigner, car la malpropreté qu'il apportait du collége était fabuleuse. Il ne tenait pas à se promener; toute sa joie était de rester avec sa sœur et moi dans mes petites chambres, de barbouiller des bons hommes sur du papier, de regarder ou de découper des images. Jamais enfant, et plus tard jamais homme, n'a si bien su s'occuper et s'amuser d'un travail sédentaire. Mais, à chaque instant, il regardait la pendule, disant: Je n'ai plus que *tant* d'heures à passer avec toi. Sa figure s'allongeait à mesure que le temps s'écoulait. Quand venait le dîner, au lieu de manger, il commençait à pleurer, et quand l'heure de rentrer avait sonné, le déluge était tel, que souvent j'étais forcée d'écrire qu'il était malade, et c'était la vérité. L'enfance ne sait pas lutter contre le chagrin, et celui de Maurice était une véritable nostalgie.

Quand on le prépara à sa première communion, qui était affaire de réglement au collége, je vis qu'il acceptait très naïvement l'enseignement religieux. Je n'aurais voulu pour rien au monde qu'il commençât sa vie par un acte d'hypocrisie ou d'athéisme, et si je l'eusse trouvé disposé à se moquer, comme beaucoup d'autres, je lui aurais dit les motifs sérieux qui m'apparurent dans mon enfance pour me décider à ne pas protester contre une institution dont j'acceptais l'esprit plutôt que la lettre; mais, en reconnaissant qu'il ne discutait rien, je me gardai bien de faire naître en lui le moindre doute. La discussion n'était pas de son âge et son esprit ne devançait pas son âge. Il fit donc sa première communion avec beaucoup d'innocence et de ferveur.

Je venais de passer une des plus tristes années de ma vie, celle de 1833, et il me reste à la résumer.

CHAPITRE TRENTIEME

Ce que je gagnai à devenir artiste.—La mendicité organisée.—Les filous de Paris.—La mendicité des emplois, celle de la gloire.—Les lettres anonymes et celles qui devraient l'être.—Les visites. Les Anglais, les curieux, les flâneurs, les donneurs de conseils.—Le boulet.—Réflexions sur l'aumône, sur l'emploi des biens.—Le devoir religieux et le devoir social en opposition flagrante.—Les problèmes de l'avenir et la loi du temps.—L'héritage matériel et intellectuel.—Les devoirs de la famille, de la justice, de la probité s'opposant à l'immolation évangélique dans la société actuelle.—Contradiction inévitable avec soi-même.—Ce que j'ai cru devoir conclure pour ma gouverne particulière.—Doute et douleur. Réflexions sur la destinée humaine et sur l'action de la Providence.—Lélia.—La critique.—Les chagrins qui passent; celui qui reste.—Le mal général.—Balzac.—Départ pour l'Italie.

Cette année 1833 ouvrit pour moi la série des chagrins réels et profonds que je croyais avoir épuisée et qui ne faisait que de commencer. J'avais voulu être artiste, je l'étais enfin. Je m'imaginai être arrivée au but poursuivi depuis longtemps, à l'indépendance extérieure et à la possession de ma propre existence: je venais de river à mon pied une chaîne que je n'avais pas prévue.

Être artiste! oui, je l'avais voulu, non-seulement pour sortir de la geôle matérielle où la propriété, grande ou petite, nous enferme dans un cercle d'odieuses petites préoccupations; pour m'isoler du contrôle de l'opinion en ce qu'elle a d'étroit, de bête, d'égoïste, de lâche, de provincial: pour vivre en dehors des préjugés du monde, en ce qu'ils ont de faux, de suranné, d'orgueilleux, de cruel, d'impie et de stupide; mais encore, et avant tout, pour me réconcilier avec moi-même, que je ne pouvais souffrir oisive et inutile, pesant, à l'état de *maître*, sur les épaules des travailleurs. Si j'avais pu piocher la terre, je m'y serais mise avec eux plutôt que d'entendre ces mots que, dans mon enfance, on avait grondés autour de moi quand Deschartres avait le dos tourné: «Il veut que l'on s'*échauffe*, lui qui a le ventre plein et les mains derrière son dos!» Je voyais bien que les gens à mon service étaient souvent plus paresseux que fatigués, mais leur apathie ne me justifiait pas de mon inaction. Il ne me semblait pas avoir le droit d'exiger d'eux le moindre labeur, moi qui ne faisais rien du tout, car c'est ne rien faire que de s'occuper pour son plaisir.

Par goût, je n'aurais pas choisi la profession littéraire, et encore moins la célébrité. J'aurais voulu vivre du travail de mes mains, assez fructueusement pour pouvoir faire consacrer mon droit au travail par un petit résultat sensible, mon revenu patrimonial étant trop mince pour me permettre de vivre ailleurs que sous le toit conjugal, où régnaient des conditions inacceptables. Comme la seule objection à la liberté qu'on me laissait d'en sortir était le manque d'un peu d'argent à me donner, il me fallait ce peu d'argent. Je l'avais enfin. Il n'y avait plus de reproches ni de mécontentement de ce côté-là.

J'aurai souhaité vivre obscure, et comme depuis la publication d'*Indiana* jusqu'après celle de *Valentine*, j'avais réussi à garder assez bien l'incognito pour que les journaux m'accordassent toujours le titre de *monsieur*, je me flattais que ce petits succès ne changerait rien à mes habitudes sédentaires et à une intimité composée de gens aussi inconnus que moi-même. Depuis que je m'étais installée au quai Saint-Michel avec ma petite, j'avais vécu si retirée et si tranquille que je ne désirais d'autre amélioration à mon sort qu'un peu moins de marches d'escalier à monter et un peu plus de bûches à mettre au feu.

En m'établissant au quai Malaquais je me crus dans un palais, tant la mansarde de Delatouche était confortable au prix de celle que je quittais. Elle était un peu sombre, quoique en plein midi; on n'avait pas encore bâti à portée de la vue, et les grands arbres des jardins environnans faisaient un épais rideau de verdure où chantaient les merles et où babillaient les moineaux avec autant de laisser-aller qu'en pleine campagne. Je me croyais donc en possession d'une retraite et d'une vie conformes à mes goûts et à mes besoins. Hélas! bientôt je devais soupirer, là comme partout, après le repos et bientôt courir en vain comme Jean-Jacques Rousseau, à la recherche d'une solitude.

Je ne sus pas garder ma liberté, défendre ma porte aux curieux, aux désœuvrés, aux mendians de toute espèce, et bientôt je vis que ni mon temps ni mon argent de l'année ne suffiraient à un jour de cette obsession. Je m'enfermai alors, mais ce fut une lutte incessante, abominable, entre la sonnette, les pourparlers de la servante et le travail dix fois interrompu.

Il y a, à Paris, autour des artistes, une mendicité organisée dont on est longtemps dupe, et dont on continue à être victime ensuite par scrupule de conscience. Ce sont de prétendus vieux artistes dans la misère qui vont de porte en porte avec des souscriptions couvertes de signatures fabriquées: ou bien des artisans sans ouvrage, des mères qui viennent de mettre leur dernière nippe au mont-de-piété pour donner le pain de la journée à leurs enfans: ce sont des comédiens infirmes, des poètes sans éditeurs, de fausses dames de charité. Il y a même de prétendus missionnaires, de soi-disant curés. Tout cela est un ramassis d'infâmes vagabonds échappés du bagne ou dignes d'y entrer. Les meilleurs sont de vieilles bêtes que la vanité, l'absence de talent et finalement l'ivrognerie ont réduits à une misère véritable.

Quand on a eu la simplicité de se laisser prendre à la première histoire, à la première figure, la bande vous signale comme une proie à exploiter, vous entoure, vous surveille, connaît vos heures de sortie et jusqu'à vos heures de recette. Elle approche d'abord avec discrétion, puis ce sont de nouvelles figures et de nouvelles histoires, des visites plus fréquentes, des lettres où l'on vous avertit que, dans deux heures, si le secours demandé n'arrive pas, on ne trouvera plus au logis désigné qu'un cadavre. Le sort d'Élisa Mercœur et d'Hégésippe Moreau sert désormais de thème et de menace à tous les poètes qui ne rougissent pas de mendier, et qui se disent trop grands hommes pour faire un autre état que de rêver aux étoiles.

Je ne suis pas tellement simple que je sois la dupe de toutes ces misères intéressantes; mais il en est tant de réelles et d'imméritées que, parmi celles qui demandent, c'est un travail à perdre la tête que de reconnaître les vraies d'avec les fausses. En thèse générale, et l'on peut dire quatre-vingt-dix fois sur cent, ceux qui mendient sont de faux pauvres ou des pauvres infâmes. Ceux qui souffrent réellement, en dépit du courage et de la moralité, aiment mieux mourir que de mendier. Il faut chercher ceux-ci, les découvrir, les tromper souvent pour leur faire accepter l'assistance. Les autres vous assiégent, vous obsèdent, vous menacent.

Mais il est aussi des malheureux sans grandes vertus et sans grands vices, privés de l'héroïsme du silence (héroïsme qu'il est vraiment cruel d'exiger de la pauvre espèce humaine), il est des courages épuisés, des volontés usées par l'insuccès ou rebutées par l'impuissance. Il est aussi des femmes qui, par un autre genre d'héroïsme que celui de la résignation, boivent le calice de l'humilité et tendent la main pour sauver leur mari, leur amant, leurs enfans surtout. Il suffit qu'on risque d'abandonner à la faim, au désespoir, au suicide, une de ces victimes innocentes sur quatre-vingt-dix-neuf filous effrontés, pour qu'on ne dorme pas tranquille: et voilà le boulet qui s'attacha à ma vie dès que mon petit avoir de chaque journée eut dépassé le strict nécessaire.

N'ayant pas le temps de courir aux informations, pour saisir la vérité, puisque j'étais rivée au travail, je cédai longtemps à cette considération toute simple en apparence qu'il valait mieux donner cent sous à un gredin que de risquer de les refuser à un honnête homme. Mais le système d'exploitation grossit avec une telle rapidité et dans de telles proportions autour de moi, que je dus regretter d'avoir donné aux uns pour arriver à être forcée de refuser aux autres. Puis, je remarquai, dans les discours pathétiques que l'on me tenait, des contradictions, des mensonges. Il fut un temps où, ne se gênant plus du tout, tous ces visages patibulaires arrivaient le même jour de la semaine. J'essayai de refuser le premier, le second vint et insista. Je tins bon, le troisième ne vint pas. Je vis dès-lors que c'était une bande. J'aurais dû avertir la police. J'y répugnai, ne me croyant pas assez sûre de mon fait.

Mais d'autres mendians arrivèrent, soit une autre bande, soit l'arrière-garde de la première. Je pris sur moi ce dont je ne m'étais pas encore senti le courage, dans la crainte d'humilier la misère: j'exigeai des preuves. Quelques maladroits s'éclipsèrent subitement devant cette méfiance, me laissant voir assez naïvement qu'elle était fondée.

D'autres feignirent d'en être blessés, d'autres enfin me fournirent des moyens apparens de constater leur dénûment. Ils donnèrent leurs noms, leurs adresses; c'étaient de faux noms, adresses. Je montai dans des mansardes hideuses. Je vis des enfans desséchés de faim, rongés de plaies, et quand j'eus porté là des secours, je découvris, un beau matin, que ces mansardes et ces enfans étaient loués pour une exhibition de guenilles et de maladies, qu'ils n'appartenaient pas à la femme qui pleurait sur eux devant moi, et qui les mettait à la porte à grands coups de balai quand j'étais partie.

J'envoyai une fois chez un poète malheureux, qui devait être trouvé asphyxié, comme Escousse, si, à telle heure, il ne recevait pas ma réponse. On frappa en vain, il faisait le mort. On enfonça la porte: on le trouva mangeant des saucisses.

Pourtant, comme au milieu de cette vermine qui s'attache aux gens consciencieux, il m'arrivait de mettre la main sur de véritables infortunés, je ne pus jamais me décider à repousser d'une manière absolue la mendicité. Pendant quelques années, je fis une petite rente à des personnes chargées d'aller aux informations pendant quelques heures de la matinée. Elles furent trompées un peu moins que moi, voilà tout, et depuis que je n'habite plus Paris, la correspondance ruineuse de centaine de mendians continue à m'arriver de tous les points de la France.

Il y a une série de poètes et d'auteurs qui veulent des protections, comme si la protection pouvait suppléer, je ne dis pas seulement au talent, mais à la plus simple notion de la langue que l'on prétend écrire. Il y a une série de femmes incomprises qui veulent entrer au théâtre. Elles n'ont jamais essayé, il est vrai, de jouer la comédie, mais elles se sentent la vocation de jouer les premiers rôles: une série de jeunes gens sans emploi qui demandent le premier emploi venu dans les arts, dans l'agriculture, dans la comptabilité; ils sont propres à tout apparemment, et bien qu'on ne les connaisse pas, on doit les recommander et répondre d'eux comme de soi-même. De plus modestes avouent qu'ils sont sans éducation aucune, qu'ils ne sont propres à rien, mais que, sous peine de manquer d'humanité, il faut leur trouver quelque chose à faire. Il y a aussi une série d'ouvriers démocrates qui ont résolu le problème social et qui feront disparaître la misère de notre société, si on leur donne de quoi publier leur système. Ceux-là sont infaillibles. Quiconque en doute est vendu à l'orgueil, à l'avarice et à l'égoisme. Il y a encore une série de petits commerçans ruinés qui ont besoin de 5 ou 6 mille francs pour racheter un fonds de boutique. «Cela est une misère pour vous, disent-ils; vous êtes bonne, vous ne me refuserez pas.» Il y a enfin des peintres, des musiciens, qui n'ont pas de succès parce qu'ils ont trop de génie et que la jalousie des maîtres les repousse; il y a des soldats engagés qui voudraient se racheter, des juifs qui demandent des autographes pour les vendre, des demoiselles qui veulent entrer chez moi comme femmes de chambre pour être mes élèves en littérature. J'ai chez moi des armoires pleines de lettres saugrenues, de manuscrits fabuleux, de romances ou d'opéras de l'autre monde, et des théories sociales à sauver tous les habitants du système planétaire. Tout cela avec un *post-scriptum* portant demande d'un petit secours en attendant, et en double ou triple récidive, avec injures à la seconde sommation et menaces à la troisième.

Et pourtant j'ai la patience de lire toutes les lettres quand elles ne sont pas impossibles à déchiffrer, quand elles ne sont pas de seize pages en caractères microscopiques. J'ai la conscience de commencer toutes les élucubrations philosophiques, musicales et littéraires, et de les continuer quand je ne suis pas révoltée à la première page par des fautes trop grossières ou des aberrations trop révoltantes.

Quand je vois une ombre de talent, je mets à part et je réponds. Quand j'en vois beaucoup, je m'en occupe tout à fait. Ces derniers ne me donnent pas grande besogne: mais la médiocrité honnête est encore assez abondante pour me prendre bien du temps et me causer bien de la fatigue. Le vrai talent ne demande jamais rien: il offre et donne un pur témoignage de sympathie. La médiocrité honnête ne demande pas d'argent, mais des complimens sous forme d'encouragement. La médiocrité plate, à un degré au-dessous, commence à demander des éditeurs ou des articles de journaux. La stupidité demande, que dis-je, elle exige impérieusement l'*argent et la gloire*!

Ajoutez à cette persécution les lettres anonymes remplies d'injures grossières; les entreprises, souvent aussi cyniques, des saints et des saintes qui veulent me faire rentrer dans le giron de l'Église; les curés qui m'offrent de racheter mon âme en leur envoyant de quoi réparer une chapelle ou habiller une statue de la Vierge; les visites étranges, les trappistes, les instituteurs destitués en 1848, les mouchards volontaires, espèces d'agens provocateurs imbéciles qui viennent crier contre tous les gouvernemens, et qui se trompent, faisant du légitimisme chez les républicains et *vice versâ*; les artistes bohémiens, les colonels et capitaines espagnols réfugiés de tous les partis, successivement battus dans ce pays des vicissitudes, officiers supérieurs à la quinzaine, chamarrés de décorations, qui demandent vingt francs et se rabattent sur vingt sous: enfin la misère fausse ou vraie, humble ou arrogante, la vanité confiante ou haineuse, l'ignoble race de parti, l'indiscrétion, la folie, la bassesse ou la stupidité sous toutes les formes: voilà la lèpre qui s'attache à toute célébrité, qui dérange, qui trouble, qui lasse, qui ruine, qui tue à la longue, à moins qu'on n'adopte ce farouche principe *toute misère est méritée*, qu'on n'écrive sur sa porte, *je ne donne rien*, et qu'on dorme tranquille en se disant: «J'ai été exploité par les fripons, que ce soit tant pis désormais pour les honnêtes gens qui ont faim!»

Et encore n'ai-je pas parlé des simples curieux, race très mélangée où l'on risque de tourner le dos à quelques honorables sympathies pour se délivrer d'une foule d'oisifs importuns. Dans cette dernière catégorie, il y a des Anglais en voyage qui veulent simplement mettre sur leur livre de notes qu'ils vous ont vue; et comme j'ai trop oublié l'anglais pour faire l'effort de le parler avec eux, ceux qui ne parlent pas trois mots de français me parlent dans leur langue, je leur réponds dans la mienne. Ils ne comprennent pas, ils font *oh!* et s'en vont satisfaits. Comme je sais que quelques-uns ont un carnet et un crayon tout taillé pour écrire les réponses, même avant de remonter en voiture, de crainte de les oublier, je me suis amusée quelquefois à leur répondre aussi par *oh!* ou à leur dire des choses si inintelligibles, quand leur figure m'ennuyait, que je les défie bien d'en avoir retenu quelque chose. Il est vrai qu'il y a le curieux trop intelligent qui vous fait parler et vous prête *des mots*.

Il y a aussi le curieux malveillant, qui vient avec l'intention de vous confesser, et qui s'en va tout à fait ennemi quand il n'a pu vous arracher que des réflexions sur la pluie et le beau temps.

Il y a encore les poseurs, qui entrent chez vous pour vous faire savoir qu'ils vous valent bien, et que vous n'avez pas de temps à perdre si vous voulez corroborer un peu votre futile talent à l'aide de leur expérience et de leur puissante raison. Ils vous donnent des sujets de roman, des types, de situations de théâtre. Enfin, ce sont des riches prodigues qui ont de la bienveillance pour vous et qui viennent vous faire l'aumône d'une idée.

On ne peut pas se figurer les excentricités, les inconvenances, les ridicules, les vanités, les folies et les bêtises de toutes sortes qui viennent se faire passer en revue par les malheureux artistes affligés de quelque renommée. Cette importunité délirante n'a qu'un bon résultat, qui est de vous inspirer un vif intérêt et une joyeuse sollicitude pour le talent modeste et vrai qui veut bien se révéler à vous. On est pressé alors de reporter sur lui le bon vouloir que tant d'aberrations et de prétentions vous ont forcé de refouler.

Ainsi, à peine arrivée au résultat que j'avais poursuivi, une double déception m'apparut. Indépendance sous ces deux formes, l'emploi du temps et l'emploi des ressources, voilà ce que je croyais tenir, voilà ce qui se transforma en un esclavage irritant et continuel. En voyant combien mon travail était loin de suffire aux exigences de la misère environnante, je doublai, je triplai, je quadruplai la dose du travail. Il y eut des momens où elle fut excessive, et où je me reprochai les heures de repos et de distraction nécessaires comme une mollesse de l'âme, comme une satisfaction de l'égoïsme. Naturellement absolue dans mes convictions, je fus longtemps gouvernée par la loi de ce travail forcé et de cette aumône sans bornes, comme je l'avais été par l'idée catholique, au temps où je m'interdisais les jeux et la gaîté de l'adolescence pour m'absorber dans la prière et dans la contemplation.

Ce ne fut qu'en ouvrant ma pensée au rêve d'une grande réforme sociale que je me consolai, par la suite, de l'étroitesse et de l'impuissance de mon dévouement. Je m'étais dit, avec tant d'autres, que certaines bases sociales étaient indestructibles, et que le seul remède contre les excès de l'inégalité était dans le sacrifice individuel, volontaire. Mais c'est la porte ouverte aux égoïstes aussi bien qu'aux dévoués, cette théorie de l'aumône particulière. On y entre tout entier ou on fait semblant d'y entrer. Personne n'est là pour constater que vous êtes dedans ou dehors. Il y a bien une loi religieuse qui vous prescrit de donner, non pas votre superflu, mais jusqu'au nécessaire; il y a bien une opinion qui conseille la charité: mais il n'est pas de pouvoir constitué qui vous contraigne et qui contrôle l'étendue et la réalité de vos dons[9]. Dès lors, vous êtes libre de tricher l'opinion, d'être athée devant Dieu et hypocrite devant les hommes. La misère est à la merci de la conscience de chaque individu; et tandis que des courages naïfs s'immolent avec excès, des esprits froids et positifs s'abstiennent de les seconder, et leur laissent porter un fardeau impossible.

Oui, impossible! Car s'il en était autrement, si une poignée de bons serviteurs pouvait sauver le monde et suffire, par un travail forcé et une abnégation sans limites, à détruire la misère et tous les vices qu'elle engendre, ceux-là devraient s'estimer heureux et fiers de leur mission, et l'espoir du succès en attirerait un plus grand nombre à la gloire et à la joie du sacrifice. Mais cet abîme de la misère n'est pas de ceux que les dieux consentent à fermer quand il a englouti quelque holocauste. Il est sans fond, et il faut qu'une société entière y précipite ses offrandes pour le combler un instant. Dans l'état des choses, il semble même que les dévouemens partiels le creusent et l'agrandissent, puisque l'aumône avilit, en condamnant celui qui compte sur elle à l'abandon de soi-même.

On a retiré au clergé, aux communautés religieuses les immenses biens qu'ils possédaient; on a tenté, dans une grande révolution sociale, de créer une caste de petits propriétaires actifs et laborieux à la place d'une caste de mendians inertes et nuisibles. Donc l'aumône ne sauvait pas la société, même exercée en grand par un corps constitué et considérable; donc les richesses consacrées à l'aumône étaient loin de suffire, puisque ces richesses, mobilisées et distribuées sous une autre forme, ont laissé l'abîme béant et la misère pullulante. Et l'on voit qu'en me servant de cet exemple, je suppose que tout a été pour le mieux, que le clergé et les couvens n'ont jamais employé leurs biens qu'à faire l'aumône, et que la vente des biens nationaux n'a enrichi que des pauvres, ce qui n'est pas absolument vrai, on le sait de reste.

Oui, oui, hélas! la charité est impuissante, l'aumône inutile. Il est arrivé, il arrivera encore que des crises violentes forceront les dictatures, qu'elles soient populaires ou monarchiques, à tailler dans le vif et à exiger de la part des classes riches des sacrifices considérables. Ce sera le droit du moment, mais jamais un droit absolu, selon les hommes, si un principe nouveau ne vient le consacrer d'une manière éternelle dans la libre croyance de tous les hommes.

Les gouvernemens, quels qu'ils soient, n'y peuvent guère encore. Ne les accusez pas trop. A supposer qu'ils voulussent inaugurer à tout prix ce principe de salut universel sous une forme quelconque, ils le voudraient en vain. La résistance des masses brisera toujours la volonté des individus, quelque ardente, quelque miraculeuse qu'elle puisse être. Toute dictature est un rêve, si ce n'est celle du temps.

Et cependant, que faire, nous autres individus de bonne intention? Nous abstenir ou nous immoler!

Je me suis mille fois posé ce problème, et je ne l'ai pas résolu. La loi du Christ: *Vendez tout, donnez l'argent aux pauvres et suivez-moi*, est interdite aujourd'hui par les lois humaines. Je n'ai pas le droit de vendre mes biens et de les donner aux pauvres. Quand même des constitutions particulières de propriété ne s'y opposeraient pas, la loi morale de l'hérédité des biens, qui entraîne celle de l'hérédité d'éducation, de dignité et d'indépendance, nous l'interdit absolument, sous peine d'infraction aux devoirs de la famille. Nous ne sommes pas libres d'imposer le baptême de la misère aux enfans nés de nous. Ils ne sont pas plus notre propriété morale que les serfs n'étaient la propriété légitime d'un seigneur.

La misère est dégradante, il n'y a pas à dire, puisque, là où elle est complète, il faut s'humilier, et puisqu'on n'y échappe, dans ce cas, que par la mort. Personne ne pourrait donc légitimement jeter ses enfans dans l'abîme pour en retirer ceux des autres. Si tous appartiennent à Dieu au même titre, nous nous devons plus spécialement à ceux qu'il nous a donnés. Or, tout ce qui enchaîne la liberté future d'un enfant est un acte de tyrannie, quand même ce serait un acte d'enthousiasme et de vertu.

Si quelque jour, dans l'avenir, la société nous demande le sacrifice d'un héritage, sans doute elle pourvoira à l'existence de nos enfans; elle les fera honnêtes et libres au sein d'un monde où le travail constituera le droit de vivre. La société ne peut prendre légitimement à chacun que pour rendre à tous. En attendant le règne de cette idée, qui est encore à l'état d'utopie, forcés de nous débattre dans les liens de la famille qui seront toujours sacrés, et les effroyables difficultés de l'existence par le travail; contraints de nous conformer aux lois constituées, c'est-à-dire de respecter la propriété d'autrui et de faire respecter la nôtre, sous peine de finir par le bagne ou l'hôpital, quel est donc le *devoir*, pour ceux qui voient, de bonne foi, l'abîme de la souffrance et de la misère?

Voilà un problème insoluble, si l'on ne se résout à vivre au sein d'une contradiction entre les principes de l'avenir et les nécessités du présent. Ceux qui nous crient que nous devrions prêcher d'exemple, ne rien posséder et vivre à la manière des chrétiens primitifs, semblent avoir raison contre nous: seulement, en nous prescrivant avec ironie de donner tout et de vivre d'aumônes, ils ne sont guère logiques non plus, puisqu'ils nous engagent à consacrer, par notre exemple, le principe de la mendicité que nous repoussons à l'état de théorie sociale.

Quelques socialistes abordent plus franchement la question, et j'en sais qui m'ont dit: «Ne faites pas l'aumône. En donnant à ceux qui demandent, vous consacrez le principe de leur servitude.»

Eh bien, ceux-là, même qui me parlaient ainsi dans des momens de conviction passionnée, faisaient l'aumône le moment d'après, incapables de résister à la pitié qui commande aux entrailles et qui échappe au raisonnement: et comme, en faisant l'aumône, on est encore plus humain et plus utile qu'en se réduisant soi-même à la nécessité de la recevoir, je crois qu'ils avaient raison d'enfreindre leur propre logique, et de se résigner, comme moi, à n'être pas d'accord avec eux-mêmes.

La vérité n'en reste pas moins une chose absolue, en ce sens qu'on ne peut ni ne doit admettre la justice des lois qui régissent aujourd'hui la propriété. Je ne crois pas qu'elles puissent être anéanties d'une manière durable et utile, par un bouleversement subit et violent. Il est assez démontré que le partage des biens constituerait un état de lutte effroyable et sans issue, si ce n'est l'établissement d'une nouvelle caste de gros propriétaires dévorant les petits, ou une stagnation d'égoïsmes complétement barbares.

Ma raison ne peut admettre autre chose qu'une série de modifications successives amenant les hommes, sans contrainte et par la démonstration de leurs propres intérêts, à une solidarité générale dont la forme absolue est encore impossible à définir. Durant le cours de ces transformations progressives, il y aura encore bien des contradictions entre le but à poursuivre et les nécessités du moment. Toutes les écoles socialistes de ces derniers temps ont entrevu la vérité et l'ont même saisie par quelque point essentiel; mais aucune n'a pu tracer bien sagement le code des lois qui doivent sortir de l'inspiration générale à un moment donné de l'histoire. C'est tout simple: l'homme ne peut que proposer; c'est l'avenir qui dispose. Tel croit être le philosophe le plus avancé de son siècle, qui sera tout à coup dépassé par des événemens et des situations tout à fait mystérieux dans les desseins de la Providence, de même que certains obstacles qui paraissent légers aux plus prudens résisteront longtemps à l'action des efforts humains.

Pour ma part, je n'ai pas eu tout à fait la liberté du choix dans ma conduite privée, en égard à l'emploi des biens qui me sont échus. Placée, par contrat, sous la loi du régime dotal, qui est une sorte de substitution de la propriété, j'ai dû regarder Nohant comme un petit majorat dont je n'étais que le dépositaire, et je n'aurais pu éluder cette loi qu'en faisant l'office de dépositaire infidèle envers mes enfans. Je me suis fait un cas de conscience de leur transmettre intact le mince héritage que j'avais reçu pour eux, et j'ai cru concilier, autant que possible, la religion de la famille et la religion de l'humanité en ne disposant, pour les pauvres, que des revenus de mon travail. Je ne sais pas si je suis dans le faux. J'ai cru être dans le vrai. J'ai la certitude de m'être abstenue, depuis bien des années, de toute satisfaction purement personnelle, de n'avoir rien donné à la vanité, au luxe, à la mollesse, à l'avarice, aux passions que je n'avais pas et que le moyen de les satisfaire n'a pas fait naître en moi. Mince mérite à coup sûr! Le seul sacrifice qui m'ait un peu coûté, c'est de renoncer aux voyages, que j'aurais aimés de passion, et qui m'eussent développée comme artiste; mais dont j'ai dû m'abstenir, à moins de nécessité pour les autres. Renoncer au séjour de Paris m'a été personnellement nuisible aussi à beaucoup d'égards; mais j'ai cru ne devoir pas hésiter, et ce sacrifice a porté avec soi sa récompense, puisque l'amour de la campagne et de la vie intime m'a dédommagée de mon isolement social.

Je n'ai donc rien fait de grand et je n'ai vu réellement rien de grand à faire, qui n'entamât pas, par quelque point, la sécurité de ma conscience. Lancer mes enfans, malgré eux, dans le fanatisme de convictions ardentes, m'eût semblé un attentat contre leur liberté morale. J'ai cru devoir leur dire ma foi et les laisser maîtres de la partager ou de la rejeter. J'ai cru devoir, dans la prévision des crises de l'avenir, travailler à amoindrir en eux la confiance aveugle et dangereuse que l'héritage inspire à la jeunesse, et leur prêcher la nécessité du travail. J'ai cru devoir faire de mon fils un artiste, ne pas l'élever pour n'être qu'un propriétaire, et cependant ne pas le forcer à n'être qu'artiste en le dépouillant de sa propriété. J'ai cru devoir remplir avec une fidélité scrupuleuse toutes les obligations que, sous peine de déshonneur et de manque de parole, les contrats relatifs à l'argent imposent à tout le monde. Quant à l'argent, je n'ai pas su en gagner à tout prix: je n'ai même pas su en gagner beaucoup, tout en travaillant avec une persévérance soutenue. J'ai su en perdre, par conséquent en refuser à ceux qui m'en demandaient, plutôt que d'en arracher rigoureusement à ceux qui m'en devaient, et que j'aurais réduits à la gêne. Les relations pécuniaires sont établies de telle sorte que l'assistance envers les uns pourrait bien, si l'on n'y prenait garde, être le dépouillement cruel des autres. Que faire de mieux? Je ne sais pas. Si je le savais, je l'aurais fait, car mon intention est très droite. Mais je ne vois pas, et je n'ai pas trouvé le moyen de rendre mon dévouement utile à mes semblables dans de grandes proportions, et je ne peux pas attribuer cette impossibilité à l'insuffisance de mes ressources. Qu'elles s'étendissent à des sommes beaucoup plus considérables, le nombre des infortunés à ma charge n'eût fait que s'accroître, et des millions de louis dans mes mains eussent amené des millions de pauvres autour de moi. Où serait la limite? MM. de Rothschild donnant leur fortune aux indigens, détruiraient-ils la misère? On sait bien que non. Donc la charité individuelle n'est pas le remède, ce n'est même pas un palliatif. Ce n'est pas autre chose qu'un besoin moral qu'on subit, une émotion qui se manifeste et qui n'est jamais satisfaite.

J'ai donc des raisons d'expérience, des raisons puisées dans mes propres entrailles, pour ne pas accepter le fait social comme une vérité bonne et durable, et pour protester contre ce fait jusqu'à ma dernière heure. On a dit que j'avais pris cet esprit de révolte dans mon orgueil. Qu'est-ce que mon orgueil avait à faire dans tout cela? J'ai commencé par accepter sans réflexion et sans combat les choses établies. J'ai pratiqué la charité, et je l'ai pratiquée longtemps avec beaucoup de mystère, croyant naïvement que c'était là un mérite dont il fallait se cacher. J'étais dans la lettre de l'Évangile: «Que votre main gauche ne sache pas ce que donne la main droite.» Hélas! en voyant l'étendue et l'horreur de la misère, j'ai reconnu que la pitié était une obligation si pressante, qu'il n'y avait aucune espèce de mérite à en subir les tiraillemens, et que d'ailleurs, dans une société si opposée à la loi du Christ, garder le silence sur de telles plaies ne pouvait être que lâcheté ou hypocrisie.

Voilà à quelles certitudes m'amenait le commencement de ma vie d'artiste, et ce n'était que le commencement! Mais à peine eus-je abordé ce problème du malheur général que l'effroi me saisit jusqu'au vertige. J'avais fait bien des réflexions, j'avais subi bien des tristesses dans la solitude de Nohant, mais j'avais été absorbée et comme engourdie par des préoccupations personnelles. J'avais probablement cédé au goût du siècle, qui était alors de s'enfermer dans une douleur égoïste, de se croire René ou Obermann, et de s'attribuer une sensibilité exceptionnelle, par conséquent des souffrances inconnues au vulgaire. Le milieu dans lequel je m'étais isolée alors était fait pour me persuader que tout le monde ne pensait pas et ne souffrait pas à ma manière, puisque je ne voyais autour de moi que préoccupations des intérêts matériels, aussitôt noyées dans la satisfaction de ces mêmes intérêts.

Quand mon horizon se fut élargi, quand m'apparurent toutes les tristesses, tous les besoins, tous les désespoirs, tous les vices du grand milieu social, quand mes réflexions n'eurent plus pour objet ma propre destinée, mais celle du monde où je n'étais qu'un atome, ma désespérance personnelle s'étendit à tous les êtres, et la loi de la fatalité se dressa devant moi si terrible que ma raison en fut ébranlée.

Qu'on se figure une personne arrivée jusqu'à l'âge de trente ans sans avoir ouvert les yeux sur la réalité, et douée pourtant de très bons yeux pour tout voir; une personne austère et sérieuse au fond de l'âme, qui s'est laissé bercer et endormir si longtemps par des rêves poétiques, par une foi enthousiaste aux choses divines, par l'illusion d'un renoncement absolu à tous les intérêts de la vie générale, et qui, tout à coup frappée du spectacle étrange de cette vie générale, l'embrasse et le pénètre avec toute la lucidité que donne la force d'une jeunesse pure et d'une conscience saine!

Et ce moment où j'ouvrais les yeux était solennel dans l'histoire. La république rêvée en juillet aboutissait aux massacres de Varsovie et à l'holocauste du cloître Saint-Méry. Le choléra venait de décimer le monde. Le saint-simonisme, qui avait donné aux imaginations un moment d'élan, était frappé de persécution et avortait, sans avoir tranché la grande question de l'amour, et même, selon moi, après l'avoir un peu souillée. L'art aussi avait souillé, par des aberrations déplorables, le berceau de sa réforme romantique. Le temps était à l'épouvante et à l'ironie, à la consternation et à l'impudence, les uns pleurant sur la ruine de leurs généreuses illusions, les autres riant sur les premiers échelons d'un triomphe impur; personne ne croyant plus à rien, les uns par découragement, les autres par athéisme.

Rien dans mes anciennes croyances ne s'était assez nettement formulé en moi, au point de vue social, pour m'aider à lutter contre ce cataclysme où s'inaugurait le règne de la matière, et je ne trouvais pas dans les idées républicaines et socialistes du moment une lumière suffisante pour combattre les ténèbres que Mammon soufflait ouvertement sur le monde. Je restais donc seule avec mon rêve de la Divinité toute-puissante, mais non plus tout amour, puisqu'elle abandonnait la race humaine à sa propre perversité ou à sa propre démence.

C'est sous le coup de cet abattement profond que j'écrivis *Lélia*, à bâtons rompus et sans projet d'en faire un ouvrage ni de le publier. Cependant, quand j'eus lié ensemble, au hasard d'une donnée de roman, un assez grand nombre de fragmens épars, je les lus à Sainte-Beuve, qui m'encouragea à continuer et qui conseilla à Buloz de m'en demander un chapitre pour la *Revue des Deux-Mondes*. Malgré ce précédent, je n'étais pas encore décidée à faire de cette fantaisie un livre pour le public. Il portait trop le caractère du rêve, il était trop de l'école de *Corambé* pour être goûté par de nombreux lecteurs. Je ne me pressais donc pas, et j'éloignais de moi, à dessein, la préoccupation du public, éprouvant une sorte de soulagement triste à céder à l'imprévu de ma rêverie, et m'isolant même de la réalité du monde actuel, pour tracer la synthèse du doute et de la souffrance, à mesure qu'elle se présentait à moi sous une forme quelconque.

Ce manuscrit traîna un an sous ma plume, quitté souvent avec dédain et souvent repris avec ardeur. C'est, je crois, un livre qui n'a pas le sens commun au point de vue de l'art, mais qui n'en a été que plus remarqué par les artistes, comme une chose d'inspiration spontanée dans le détail. J'ai écrit deux préfaces à ce livre, et j'ai dit là tout ce que j'avais à en dire. Je n'y reviendrai donc pas inutilement. Le succès de la forme fut très grand. Le fond fut critiqué avec une amertume extrême. On voulut voir des portraits dans tous les personnages, des révélations personnelles dans toutes les situations; on alla jusqu'à interpréter dans un sens vicieux et obscène des passages écrits avec la plus grande candeur, et je me souviens que, pour comprendre ce que l'on m'accusait d'avoir voulu dire, je fus forcée de me faire expliquer des choses que je ne savais pas.

Je ne fus pas très sensible à ce déchaînement de la critique et aux ignobles calomnies qu'il souleva. Ce que l'on sait complétement faux n'inquiète guère. On sent que cela tombera de soi-même dans les bons esprits, si tant est que les bons esprits puissent se tromper sur l'intention et sur les tendances d'un livre.

Je m'étonnai seulement, et maintenant encore je m'étonne des inimitiés personnelles que soulève l'émission des idées. Je n'ai jamais compris qu'on fût l'ennemi d'un artiste qui pense et crée dans un sens opposé à celui que l'on a ou que l'on aurait choisi. Que l'on discute et combatte le but de son œuvre, je le conçois; mais que l'on altère, de propos délibéré, cette pensée pour la rendre condamnable; que l'on dénature le texte même par de fausses citations ou des comptes-rendus infidèles; que l'on calomnie la vie de l'auteur pour injurier sa personne; qu'on le haïsse à travers son livre: voilà encore une des énigmes de la vie que je n'ai pas résolues et que je ne résoudrai probablement jamais. Je vois bien le fait, je le vois dans tous les temps et à propos de toutes les idées: mais je m'étonne que l'horreur de l'inquisition, généralement sentie aujourd'hui, n'ait pas suffi à guérir les hommes de cette rage de persécution réciproque, où il semble que la critique regrette de n'avoir pas le bourreau à sa droite et le bûcher à sa gauche, en procédant à ses réquisitoires.

Je vis ces fureurs avec tristesse, mais avec une certaine tranquillité. Je n'avais pas pour rien amassé dans la solitude un grand dédain pour tout ce qui n'était pas le vrai. Si j'eusse aimé et cherché le monde, je me serais tourmentée probablement de la calomnie qui pouvait momentanément m'en fermer l'accès; mais, ne cherchant que l'amitié sérieuse et sachant que rien ne pouvait ébranler celles qui m'entouraient, je ne m'aperçus réellement jamais des effets de la méchanceté, et ma tâche fut si facile sous ce rapport que je ne saurais mettre la persécution au nombre des malheurs de ma vie.

D'ailleurs, en toutes choses, les chagrins qui n'ont eu leur effet que sur ma propre existence, je les compte aujourd'hui pour rien. Ce n'est pas que je les aie tous portés avec courage. Non! J'étais, je suis peut-être encore d'une sensibilité excessive et que la raison ne gouverne pas du tout dans le moment de la crise. Mais j'apprécie les souffrances morales comme je crois que la raison doit les apprécier, sitôt qu'elle reprend son empire. Je vois dans mon passé, comme dans celui de tous les êtres aimans que j'ai connus, des déchiremens terribles, des déceptions accablantes, des heures d'agonie véritable; mais je fais la part de la personnalité, qui est violente dans la jeunesse. C'est le propre de la jeunesse de vouloir saisir et fixer le rêve du bonheur. Si elle y renonçait facilement, si elle ne le poursuivait avec âpreté, si au lendemain d'une catastrophe, elle ne se relevait du désespoir avec une assurance nouvelle, si elle ne vivait de chimères, de croyances ardentes, de dévoûmens enthousiastes, d'amers dédains, de chaudes indignations, en un mot de tous les abattemens et de tous les renouvellemens de la volonté, elle ne serait pas la jeunesse, et cette fatalité qui la pousse à découvrir le monde de son imagination et l'idéal de son cœur à travers l'imminence des naufrages, c'est presque un droit qu'elle exerce, puisque c'est une loi qu'elle subit.

Mais tout cela, vu à distance, rentre dans le monde des songes évanouis. Nul de nous ne regrette d'être délivré de ses maux, et nul de nous cependant ne regrette de les avoir éprouvés. Tous nous savons qu'il faut vivre quand on est dans la force des émotions, parce qu'il faut avoir vécu quand on est dans la force de la réflexion. Il ne faut regretter des épreuves de la vie que celles qui nous ont fait un mal réel et durable.

Quel est ce mal? Je vais vous le dire. Toute douleur lente ou rapide qui nous ôte de forces et nous laisse amoindris est une infortune véritable et dont il n'est guère facile de se consoler jamais. Un vice, un crime moral, une lâcheté, voilà de ces malheurs qui vieillissent tout à coup et qui méritent la pitié qu'on peut avoir envers soi-même et demander aux autres. Il est, dans l'ordre moral, des maladies analogues à celles de la vie physique, en ce qu'elles nous laissent infirmes et à jamais brisés.

Votre corps est-il sans infirmités contractées avant l'âge? Quelque souffreteux que vous puissiez être, ne vous plaignez pas; vous vous portez aussi bien qu'une créature humaine peut l'espérer. Ainsi de votre âme. Vous sentez-vous en possession de l'exercice de vos facultés pour le vrai et pour le juste? Quelles que soient vos crises passagères de découragement ou d'excitation, ne reprochez pas à la destinée de vous avoir éprouvés trop rudement; vous êtes aussi heureux que l'homme peut aspirer à l'être.

Cette philosophie me paraît bien facile à présent. Se laisser souffrir, puisque la souffrance est inévitable et ne pas la maudire quand elle s'apaise, puisqu'elle ne nous a pas rendus pires; toute âme honnête peut pratiquer cette humble sagesse pour son compte.

Mais il est une douleur plus difficile à supporter que toutes celles qui nous frappent à l'état d'individu. Elle a pris tant de place dans mes réflexions, elle a eu tant d'empire sur ma vie, jusqu'à venir empoisonner mes phases de pur bonheur personnel, que je dois bien la dire aussi!

Cette douleur, c'est le mal général: c'est la souffrance de la race entière, c'est la vue, la connaissance, la méditation du destin de l'homme ici-bas. On se fatigue vite de se contempler soi-même. Nous sommes de petits êtres sitôt épuisés, et le roman de chacun de nous est si vite repassé dans sa propre mémoire! A moins de se croire sublime, peut-on n'examiner et ne contempler que son *moi*? D'ailleurs, qui est-ce qui se trouve sublime de bien bonne foi? Le pauvre fou qui se prend pour le soleil et qui, de sa triste loge, crie aux passans: Prenez garde à l'éclat de mes rayons!

Nous n'arrivons à nous comprendre et à nous sentir vraiment nous-mêmes qu'en nous oubliant, pour ainsi dire, et en nous perdant dans la grande conscience de l'humanité. C'est alors qu'à côté de certaines joies et de certaines gloires dont le reflet nous grandit et nous transfigure, nous sommes saisis tout à coup d'un invincible effroi et de poignans remords en regardant les maux, les crimes, les folies, les injustices, les stupidités, les hontes de cette nation qui couvre le globe et qui s'appelle l'homme. Il n'y a pas d'orgueil, il n'y a pas d'égoïsme qui nous console quand nous nous absorbons dans cette idée.

Tu te diras en vain: «Je suis un être raisonnable parmi ces millions d'êtres qui ne le sont pas: je ne souffre pas de ces maux que leur sottise leur attire.» Hélas! tu n'en seras pas plus fier, puisque tu ne peux pas faire que tes semblables soient semblables à toi. Ton isolement t'épouvantera d'autant plus que tu te croiras meilleur et te sentiras plus heureux que les autres.

Ton innocence même, la conscience de ta douceur et de ta probité, la sérénité de ton propre cœur, ne te seront pas un refuge contre la tristesse profonde qui t'enveloppe, si tu te sens vivre dans un milieu impur, sur une terre souillée, parmi des êtres sans foi ni loi, qui se dévorent les uns les autres, et chez qui le vice est bien autrement contagieux que la vertu.

Tu as une heureuse famille, je suppose, d'excellens amis, un entourage de bonnes âmes comme la tienne. Tu as réussi à fuir le contact de l'humanité malade. Hélas! pauvre homme de bien, tu n'en es que plus seul?

Tu es doux, généreux, sensible: tu ne peux lire l'histoire sans frémir à chaque page, et le sort des victimes innombrables que le temps dévore t'arrache de saintes larmes: hélas! pauvre bon cœur, à quoi servent les pleurs de ta pitié? Elles mouillent la page que tu lis et ne font pas revivre un seul homme immolé par la haine!

Tu es dévoué, actif, ardent; tu parles, tu écris, tu agis de toutes tes forces sur les esprits qui veulent bien t'écouter. On te jette des pierres et de la boue: n'importe, tu es courageux, tu persévères! Hélas! pauvre martyr, tu mourras à la peine, et ta dernière prière sera encore pour des hommes que d'autres hommes font souffrir!

Eh bien, il n'est pas nécessaire d'être un saint pour vivre ainsi de la vie des autres et pour sentir que le mal général empoisonne et flétrit le bonheur personnel. Tous, oui, tous, nous subissons cette douleur commune à tous, et ceux qui semblent s'en préoccuper le moins s'en préoccupent encore assez pour en redouter le contre-coup sur l'édifice fragile de leur sécurité. Cette préoccupation augmente de jour en jour, d'heure en heure, à mesure que le monde s'éclaire, se communique sa vie et se sent vibrer d'un bout à l'autre comme une chaîne magnétique. Deux personnes ne se rencontrent pas, trois hommes ne se trouvent pas réunis, sans que, du chapitre des intérêts particuliers, on ne passe vite à celui des intérêts généraux pour s'interroger, se répondre et se passionner. Le paysan lui-même, ce type d'insouciance et de dédain pour tout ce qui est au delà de son champ, veut savoir aujourd'hui si de l'autre côté de sa colline, les êtres humains sont plus tranquilles et plus satisfaits que lui.

C'est la loi de la vie; mais, de toutes les lois de la vie, c'est la plus cruelle; et quand ce devient une loi de la conscience, c'est le tourment du devoir de tous aux prises avec l'impuissance de chacun.

Ceci n'est pas une récrimination politique. La politique d'actualité, si intéressante qu'elle puisse être, n'est jamais qu'un horizon. La loi de douleur qui plane sur notre monde et le cri de plainte qui s'en exhale partent des intimes convulsions de son essence même, et nulle révolution actuellement possible ne saurait ni l'étouffer ni en détruire les causes profondes. Quand on s'abîme dans cette recherche, on arrive à constater l'action du bien et du mal dans l'humanité, à saisir le mécanisme des effets et des résistances, à savoir enfin *comment* s'opère cet éternel combat. Rien de plus! Le *pourquoi*, c'est Dieu seul qui pourrait nous le dire, lui qui a fait l'homme si lentement progressif, et qui eût pu le faire si intelligent et plus puissant pour le bien que pour le mal.

Devant cette question que l'âme peut adresser à la suprême sagesse, j'avoue que le terrible mutisme de la divinité consterne l'entendement. Là, nous sentons notre volonté se briser contre la porte d'airain des impénétrables mystères: car nous ne pouvons pas admettre le souverain bien, type de toute lumière et de toute perfection, répondant à la terre suppliante et gémissante par la loi brutale de son bon plaisir.

Devenir athée et supposer une loi intelligente présidant à la règle des destinées de l'univers, c'est admettre quelque chose de bien plus extraordinaire et de bien plus incroyable que de s'avouer, soi, raison bornée, dépassé par les motifs de la raison infinie. La foi triomphe donc de ses propres doutes; mais l'âme navrée sent les bornes de sa puissance se resserrer étroitement sur elle et enchaîner son dévoûment dans un si petit espace, que l'orgueil s'en va pour jamais et que la tristesse demeure.

Voilà sous l'empire de quelles préoccupations secrètes j'avais écrit *Lélia*. Je n'en parlais à personne, sachant bien que personne autour de moi ne pouvait me répondre, et chérissant peut-être aussi, d'une certaine façon, le secret de ma rêverie. J'avais toujours été et j'ai été toujours ainsi, aimant à me nourrir seule d'une idée lentement savourée, quelque rongeuse et dévorante qu'elle puisse être. Le seul égoïsme permis c'est celui du découragement qui ne veut se communiquer à personne, et qui, en s'épuisant dans la contemplation de ses propres causes, finit par céder au besoin de vivre, à la grâce intérieure peut-être!

Il est vrai qu'en me taisant ainsi devant mes amis, j'exhalais, en publiant mon livre, une plainte qui devait avoir un plus grand retentissement. Je n'y songeai pas d'abord. Faisant bon marché de moi-même et de ma propre douleur, je me dis que mon livre serait peu lu et ferait plutôt rire à mes dépens, comme un ramassis de songes creux, qu'il ne ferait rêver aux durs problèmes du doute et de la croyance. Quand je vis qu'il faisait soupirer aussi quelques âmes inquiètes, je me persuadai et je me persuade encore que l'effet de ces sortes de livres est plutôt bon que mauvais, et que, dans un siècle matérialiste, ces ouvrages-là valent mieux que les *Contes drôlatiques*, bien qu'ils amusent beaucoup moins la masse des lecteurs.

A propos des *Contes drôlatiques*, qui parurent vers la même époque, j'eus une assez vive discussion avec Balzac, et comme il voulait m'en lire malgré moi des fragmens, je lui jetai presque son livre au nez. Je me souviens que, comme je le traitais de gros indécent, il me traita de prude et sortit en me criant sur l'escalier: «Vous n'êtes qu'une bête!» Mais nous n'en fûmes que meilleurs amis, tant Balzac était véritablement naïf et bon.

Après quelques jours passés dans la forêt de Fontainebleau, je désirai voir l'Italie, dont j'avais soif comme tous les artistes et qui me satisfit dans un sens opposé à celui que j'attendais. Je fus vite fatiguée de voir des tableaux et des monumens. Le froid m'y donna la fièvre, puis la chaleur m'écrasa et le beau ciel finit par me lasser. Mais la solitude se fit pour moi dans un coin de Venise, et m'eût enchaînée là longtemps si j'avais eu mes enfans avec moi. Je ne referai ici, qu'on se rassure, aucune des descriptions que j'ai publiées soit dans les *Lettres d'un voyageur*, soit dans divers romans, dont j'ai placé la scène en Italie, et à Venise particulièrement. Je donnerai seulement sur moi-même quelques détails qui ont naturellement leur place dans ce récit.

CHAPITRE TRENTE-UNIEME

M. Bayle (Stendhal).—La cathédrale d'Avignon.—Passage à Gênes, Pise et Florence.—Arrivée à Venise par l'Apennin, Bologne et Ferrare.—Alfred de Musset, Géraldy, Léopold Robert à Venise.—Travail et solitude à Venise.—Détresse financière.—Rencontre singulière.—Départ pour la France.—Arrivée à Paris.—Retour à Nohant.—Julie.—Mes amis du Berry.—Ceux de la mansarde.—Prosper Bressant.—Le Prince.

Sur le bateau à vapeur qui me conduisait de Lyon à Avignon, je rencontrai un des écrivains les plus remarquables de ce temps-ci, Bayle, dont le pseudonyme était Stendhal. Il était consul à Civita-Vecchia et retournait à son poste, après un court séjour à Paris. Il était brillant d'esprit et sa conversation rappelait celle de Delatouche, avec moins de délicatesse et de grâce, mais avec plus de profondeur. Au premier coup d'œil c'était un peu aussi le même homme, gras et d'une physionomie très fine sous un masque empâté. Mais Delatouche était embelli, à l'occasion, par sa mélancolie soudaine, et Bayle restait satirique et railleur à quelque moment qu'on le regardât. Je causai avec lui une partie de la journée et le trouvai fort aimable. Il se moqua de mes illusions sur l'Italie, assurant que j'en aurais vite assez, et que les artistes à la recherche du beau en ce pays étaient de véritables badauds. Je ne le crus guère, voyant qu'il était las de son exil et y retournait à contre-cœur. Il railla, d'une manière très amusante, le type italien, qu'il ne pouvait souffrir et envers lequel il était fort injuste. Il me prédit surtout une souffrance que je ne devais nullement éprouver, la privation de causerie agréable et de tout ce qui, selon lui, faisait la vie intellectuelle, les livres, les journaux, les nouvelles, l'actualité, en un mot. Je compris bien ce qui devait manquer à un esprit si charmant, si original et si poseur, loin des relations qui pouvaient l'apprécier et l'exciter. Il posait surtout le dédain de toute vanité et cherchait à découvrir, dans chaque interlocuteur, quelque prétention à rabattre sous le feu roulant de sa moquerie. Mais je ne crois pas qu'il fût méchant: il se donnait trop de peine pour le paraître.

Tout ce qu'il me prédit d'ennui et de vide intellectuel en Italie m'alléchait au lieu de m'effrayer, puisque j'allais là, comme partout, pour fuir le bel esprit dont il me croyait friande.

Nous soupâmes avec quelques autres voyageurs de choix, dans une mauvaise auberge de village, le pilote du bateau à vapeur n'osant franchir le pont Saint-Esprit avant le jour. Il fut là d'une gaîté folle, se grisa raisonnablement, et dansant autour de la table avec ses grosses bottes fourrées devint quelque peu grotesque et pas du tout joli.

A Avignon, il nous mena voir la grande église, très bien située, où, dans un coin, un vieux Christ en bois peint, de grandeur naturelle et vraiment hideux, fut pour lui matière aux plus incroyables apostrophes. Il avait en horreur ces repoussans simulacres dont les méridionaux chérissaient, selon lui, la laideur barbare et la nudité cynique. Il avait envie de s'attaquer, à coups de poing, à cette image.

Pour moi, je ne vis pas, avec regret, Bayle prendre le chemin de terre pour gagner Gênes. Il craignait la mer, et mon but était d'arriver vite à Rome. Nous nous séparâmes donc après quelques jours de liaison enjouée; mais comme le fond de son esprit trahissait le goût, l'habitude ou le rêve de l'obscénité, je confesse que j'avais assez de lui et que s'il eût pris la mer, j'aurais peut-être pris la montagne. C'était, du reste, un homme éminent, d'une sagacité plus ingénieuse que juste en toutes choses appréciées par lui, d'un talent original et véritable, écrivant mal, et disant pourtant de manière à frapper et à intéresser vivement ses lecteurs.

La fièvre me prit à Gênes, circonstance que j'attribuai au froid rigoureux du trajet sur le Rhône, mais qui en était indépendante, puisque, dans la suite, je retrouvai cette fièvre à Gênes par le beau temps et sans autre cause que l'air de l'Italie, dont l'acclimatation m'est difficile.

Je poursuivis mon voyage quand même, ne souffrant pas, mais peu à peu si abrutie par les frissons, les défaillances et la somnolence, que je vis Pise et le Campo-Santo avec une grande apathie. Il me devint même indifférent de suivre une direction ou une autre: Rome et Venise furent jouées à pile ou face, *Venise face* retomba dix fois sur le plancher. J'y voulus voir une destinée, et je partis pour Venise par Florence.

Nouvel accès de fièvre à Florence. Je vis toutes les belles choses qu'il fallait voir, et je les vis à travers une sorte de rêve qui me les faisait paraître un peu fantastiques. Il faisait un temps superbe, mais j'étais glacée, et en regardant le *Persée* de Cellini et le Chapelle carrée de Michel-Ange, il me semblait, par momens, que j'étais statue moi-même. La nuit, je rêvais que je devenais mosaïque, et je comptais attentivement mes petits carrés de lapis et de jaspe.

Je traversai l'Apennin par une nuit de janvier froide et claire, dans la calèche assez confortable qui, accompagnée de deux gendarmes en habit jaune serin, faisait le service de courrier. Je n'ai jamais vu de route plus déserte et de gendarmes moins utiles, car ils étaient toujours à une lieue en avant ou en arrière de nous, et paraissaient ne pas se soucier du tout de servir de point de mire aux brigands. Mais, en dépit des alarmes du courrier, nous ne fîmes d'autre rencontre que celle d'un petit volcan que je pris pour une lanterne allumée auprès de la route, et que cet homme appelait avec emphase *il monte fuoco*.

Je ne pus rien voir à Ferrare et à Bologne: j'étais complétement abattue. Je m'éveillai un peu au passage du Pô, dont l'étendue, à travers de vastes plaines sablonneuses, a un grand caractère de tristesse et de désolation. Puis je me rendormis jusqu'à Venise, très peu étonnée de me sentir glisser en gondole, et regardant, comme dans un mirage, les lumières de la place Saint-Marc se refléter dans l'eau, et les grandes découpures de l'architecture byzantine se détacher sur la lune, immense à son lever, fantastique elle-même à ce moment-là plus que tout le reste.

Venise était bien la ville de mes rêves, et tout ce que je m'en étais figuré se trouva encore au-dessous de ce qu'elle m'apparut, et le matin et le soir, et par le calme des beaux jours et par le sombre reflet des orages. J'aimai cette ville pour elle-même, et c'est la seule au monde que je puisse aimer ainsi, car une ville m'a toujours fait l'effet d'une prison que je supporte à cause de mes compagnons de captivité. A Venise on vivrait longtemps seul, et l'on comprend qu'au temps de sa splendeur et de sa liberté, ses enfans l'aient presque personnifiée dans leur amour et l'aient chérie non pas comme une chose, mais comme un être.

A ma fièvre succéda un grand malaise et d'atroces douleurs de tête que je ne connaissais pas, et qui se sont installées, depuis lors, dans mon cerveau en migraines fréquentes et souvent insupportables. Je ne comptais rester dans cette ville que peu de jours et en Italie que peu de semaines, mais des événemens imprévus m'y retinrent davantage.

Alfred de Musset subit bien plus gravement que moi l'effet de l'air de Venise qui foudroie beaucoup d'étrangers, on ne le sait pas assez[10]. Il fit une maladie grave; une fièvre typhoïde le mit à deux doigts de la mort. Ce ne fut pas seulement le respect dû à un beau génie qui m'inspira pour lui une grande sollicitude et qui me donna, à moi très malade aussi, des forces inattendues; c'était aussi les côtés charmans de son caractère et les souffrances morales que de certaines luttes entre son cœur et son imagination créaient sans cesse à cette organisation de poète. Je passai dix-sept jours à son chevet sans prendre plus d'une heure de repos sur vingt-quatre. Sa convalescence dura à peu près autant, et quand il fut parti, je me souviens que la fatigue produisit sur moi un phénomène singulier. Je l'avais accompagné de grand matin, en gondole, jusqu'à Mestre, et je revenais chez moi par les petits canaux de l'intérieur de la ville. Tous ces canaux étroits, qui servent de rues, sont traversés de petits ponts d'une seule arche pour le passage des piétons. Ma vue était si usée par les veilles, que je voyais tous les objets renversés, et particulièrement ces enfilades de ponts qui se présentaient devant moi comme des arcs retournés sur leur base.

Mais le printemps arrivait, le printemps du nord de l'Italie, le plus beau de l'univers peut-être. De grandes promenades dans les Alpes tyroliennes et ensuite dans l'Archipel vénitien, semé d'îlots charmans, me remirent bientôt en état d'écrire. Il le fallait, mes petites finances étaient épuisées, et je n'avais pas du tout de quoi retourner à Paris. Je pris un petit logement plus que modeste dans l'intérieur de la ville. Là, seule toute l'après-midi, ne sortant que le soir pour prendre l'air, travaillant encore la nuit au chant des rossignols apprivoisés qui peuplent tous les balcons de Venise, j'écrivis *André*, *Jacques*, *Mattea* et les premières *Lettres d'un voyageur*.

Je fis à Buloz divers envois qui devaient promptement me mettre à même de payer ma dépense courante (car je vivais en partie à crédit) et de retourner vers mes enfans, dont l'absence me tiraillait plus vivement le cœur de jour en jour. Mais un guignon particulier me poursuivait dans cette chère Venise; l'argent n'arrivait pas. Les semaines se succédaient, et chaque jour mon existence devenait plus problématique. On vit à très bon marché, il est vrai, dans ce pays, si l'on veut se restreindre à manger des sardines et des coquillages, nourriture saine d'ailleurs, et que l'extrême chaleur rend suffisante au peu d'appétit qu'elle vous permet d'avoir. Mais le café est indispensable à Venise. Les étrangers y tombent malades, principalement parce qu'ils s'effrayent du régime nécessaire, qui consiste à prendre du café noir au moins six fois par jour. Cet excitant, inoffensif pour les nerfs, indispensable comme tonique tant que l'on vit dans l'atmosphère débilitante des lagunes, reprend son danger dès qu'on remet le pied en terre ferme.

Le café était donc un objet coûteux dont il fallut commencer à restreindre la consommation. L'huile de la lampe pour les longues veillées s'usait terriblement vite. Je gardais encore la gondole de louage, de sept à dix heures du soir, moyennant 15 fr. par mois; mais c'était à la condition d'avoir un gondolier si vieux et si éclopé, que je n'aurais pas osé le renvoyer, dans la crainte qu'il ne mourût de faim. Pourtant je faisais cette réflexion, que je dînais pour six sous afin d'avoir de quoi le payer, et qu'il trouvait, lui, le moyen d'être ivre tous les soirs.

J'aurais aimé tout dans Venise, hommes et choses, sans l'occupation autrichienne qui était odieuse et révoltante. Les Vénitiens sont bons, aimables, spirituels, et, sans leurs rapports avec les Esclavons et les Juifs, qui ont envahi leur commerce, ils seraient aussi honnêtes que les Turcs, qui sont là aimés et estimés comme ils le méritent.

Mais, malgré ma sympathie pour ce beau pays et pour les habitants, malgré les douceurs d'une vie favorable au travail par la mollesse même des habitudes environnantes, malgré les ravissantes découvertes que chaque pas au hasard vous fait faire dans le plus pittoresque assemblage de décors féeriques, de solitudes splendides et de recoins charmans, je m'impatientais et je m'effrayais de la misère bien réelle où j'allais tomber et de l'impossibilité de partir, dont je ne voyais pas arriver le terme. J'écrivais en vain à Paris, j'allais en vain chaque jour à la poste; rien n'arrivait.

J'avais envoyé des volumes; je ne savais pas seulement si on les avait reçus. Personne à Venise ne connaissait peut-être l'existence de la *Revue des Deux-Mondes*.

Un jour que je n'avais plus rien, littéralement rien, et qu'ayant dîné pour moins que rien, je me prélassais encore dans ma gondole, jouissant de mon reste, puisque la quinzaine était payée d'avance, tout en réfléchissant à ma situation et en me demandant, avec une mortelle répugnance, si j'oserais la confier à une seule des personnes, en bien petit nombre, que je connaissais à Venise; une tranquillité singulière me vint tout à coup à l'idée, saugrenue, mais nette et fixe, que j'allais rencontrer, le jour même, à l'instant même, une personne de mon pays, qui, connaissant mon caractère et ma position, me tirerait d'embarras sans m'en faire éprouver aucun à lui emprunter le nécessaire. Dans cette conviction non raisonnée, à coup sûr, mais complète, j'ouvris la jalousie et me mis à regarder attentivement toutes les figures des gondoles qui croisaient la mienne sur le canal Saint-Marc. Je n'en vis aucune de ma connaissance; mais l'idée persistant, j'entrai au jardin public, cherchant les groupes de promeneurs, et faisant attention, contre ma coutume, à tous les visages, à toutes les voix.

Tout à coup, mes regards rencontrent ceux d'un homme très bon et très honnête avec qui j'avais fait connaissance autrefois aux eaux du mont Dore, et qui, s'étant lié avec mon mari, était venu nous voir plusieurs fois à Nohant. Il était riche, indépendant. Il savait qui j'étais moi-même. Il accourut à moi, très surpris de me voir là. Je lui racontai mon aventure, et sur-le-champ il m'ouvrit sa bourse avec joie, assurant qu'au moment où il m'avait aperçue, il était justement en train de penser à moi et de se rappeler Nohant et le Berry, sans pouvoir s'expliquer pourquoi ce souvenir se présentait si nettement à lui, au milieu de préoccupations où rien ne se rattachait à moi ni aux miens.

Fut-ce un effet du hasard ou de son imagination après coup, en m'entendant lui raconter en riant mon pressentiment, je n'en sais rien. Je raconte le fait tel qu'il est.

Je refusai de lui prendre plus de deux cents francs. Il s'en allait en Russie, et comme il devait s'arrêter quelques jours à Vienne, je pensais, avec raison, recevoir à temps de Paris, de quoi le rembourser avant qu'il allât plus loin, et de quoi m'en aller moi-même en France.

Mon espérance fut réalisée. A peine avait-il quitté Venise, qu'un employé de la poste, prié et sommé de faire des recherches, découvrit, dans un casier négligé, les lettres et les billets de banque de Buloz, oubliés là depuis près de deux mois, soit par hasard, soit à dessein, en dépit de toutes les questions et de toutes les instances.

Je mis ordre aussitôt à mes affaires; je fis mes paquets, et je partis à la fin d'août par une chaleur écrasante.

J'avais toujours gardé au fond de ma malle un pantalon de toile, une casquette et une blouse bleue, en cas de besoin, dans la prévision de courses dans les montagnes. Je pus donc dédommager mes jambes du long engourdissement des jours et des nuits de griffonage et des promenades en gondole, et je fis une grande partie du voyage à pied. Je vis tous les grands lacs, dont le plus beau est, à mon sens, le lac de Garde; je traversai le Simplon, passant, en une journée, de la chaleur torride du versant italien au froid glacial de la crête des Alpes, et retrouvant, le soir, dans la vallée du Rhône, une fraîcheur printanière. Je n'écris pas un voyage; je dirai donc seulement que celui-là fut pour moi un perpétuel ravissement. J'eus un temps admirable jusqu'au passage de la *Tête Noire*, entre Martigny et Chamounix. Là, un orage superbe me donna le plus beau spectacle du monde. Mais le mulet dont on m'avait persuadé de m'embarrasser ne voulant plus ni avancer ni reculer, je lui jetai la bride sur le cou, et, courant à l'aise sur les pentes gazonneuses, j'arrivai à Chamounix avant la pluie, dont les gros nuages venaient lourdement derrière moi, faisant retentir les montagnes de roulemens formidables et sublimes.

De Genève j'accourus d'un trait à Paris, affamée de revoir mes enfans. Je trouvai Maurice grandi et presque habitué au collége. Il avait des notes superbes: mais mon retour, qui était pour nous deux une si grande joie, devait bientôt ramener son aversion pour tout ce qui n'était pas la vie à nous deux. Je revenais trop tôt pour son éducation classique.

Ses vacances s'ouvraient. Nous partîmes ensemble pour rejoindre, à Nohant, Solange, qui y avait passé le temps de mon absence sous la garde d'une bonne dont j'étais sûre comme soins et surveillance et dont je me croyais sûre comme caractère. Cette femme me paraissait dévouée et remplissait consciencieusement son office. Je trouvai mon gros enfant propre, frais, vigoureux, mais d'une soumission à sa bonne qui m'inquiéta, en égard à son caractère d'enfant terrible. Cela me fit penser à mon enfance et à cette *Rose* qui, en m'adorant, me brisait. J'observai sans rien dire, et je vis que les verges jouaient un rôle dans cette éducation modèle. Je brûlai les verges et je pris l'enfant dans ma chambre. Cette exécution mortifia cruellement l'orgueil de Julie (elle s'appelait Julie, comme l'ancienne femme de chambre de ma grand'mère). Elle devint aigre et insolente, et je vis que, sous ses qualités essentielles comme ménagère, elle cachait, comme femme, une noirceur atroce. Elle se tourna vers mon mari, qu'elle flagorna, et qui eut la faiblesse d'écouter les calomnies odieuses et stupides qu'il lui plut de débiter sur mon compte. Je la renvoyai sans vouloir d'explication avec elle et en lui payant largement les services qu'elle m'avait rendus. Mais elle partit avec la haine et la vengeance au cœur, et M. Dudevant entretint avec elle une correspondance qui lui permit de la retrouver plus tard.

Je ne m'en inquiétai pas, et me fussé-je méfiée de cette lâche aversion, il n'en eût été ni plus ni moins. Je ne sais pas ménager ce que je méprise, et je ne prévoyais pas, d'ailleurs, que mes tranquilles relations avec mon mari dussent aboutir à des orages. Il y en avait eu rarement entre nous. Il n'y en avait plus depuis que nous nous étions faits indépendans l'un de l'autre. Tout le temps que j'avais passé à Venise, M. Dudevant m'avait écrit sur un ton de bonne amitié et de satisfaction parfaite, me donnant des nouvelles des enfans, et m'engageant même à voyager pour mon instruction et pour ma santé. Ces lettres furent produites et lues, dans la suite, par l'avocat général, l'avocat de mon mari se plaignant des douleurs que son client avait dévorées dans la solitude.

Ne prévoyant rien de sombre dans l'avenir, j'eus un moment de véritable bonheur à me retrouver à Nohant avec mes enfans et mes amis. Fleury était marié avec Laure Decerfz, ma charmante amie d'enfance, plus jeune que moi, mais déjà raisonnable quand j'étais encore un vrai diable. Duvernet avait épousé Eugénie, que je connaissais peu, mais qui vint à moi comme un enfant tout cœur, me demandant de la tutoyer d'emblée puisque je tutoyais son mari, Mme Duteil qui, plus jeune que moi aussi, était déjà mon ancienne amie; Jules Néraud, mon Malgache bien aimé; Gustave Papet, un camarade d'enfance, un ami ensuite; l'excellent Planet, avec qui mon amitié datait seulement de 1830, mais dont l'âme naïve et le tendre dévouement savaient se révéler de prime abord; enfin, Duteil, l'un des hommes les plus charmans qui aient existé, lorsqu'il n'était qu'à moitié gris, et mon cher Rollinat, voilà les cœurs qui s'étaient donnés à moi tout entiers. La mort en a pris deux[11], les autres me sont restés fidèles.

Fleury, Planet (Duvernet dans ses fréquens voyages à Paris) avaient été les hôtes de fondation de la mansarde du quai Saint-Michel et ensuite de celle du quai Malaquais. Parmi les huit ou dix personnes dont s'était composée cette vie intime et fraternelle, presque toutes rêvaient un avenir de liberté pour la France, sans se douter qu'elles joueraient un rôle plus ou moins actif dans les événemens soit politiques, soit littéraires de la France. Il y avait même là un enfant, un bel enfant de douze à treize ans, mêlé à nous par le hasard, et comme adopté par nous. Intelligent, gracieux, sympathique et divertissant au possible, ce gamin, qui devait être un jour un des acteurs les plus aimés du public et que je devais retrouver pour lui confier des rôles, s'appelait Prosper Bressant.

Celui-là, je le perdis de vue en partant pour l'Italie, d'autres plus tard et peu à peu; mais le noyau berrichon que, les circonstances aidant, je devais retrouver toujours, je le retrouvais à Nohant en 1834, avec une joie nouvelle, après une absence de près d'une année.

Je fis, avec plusieurs d'entre eux, une promenade à Valançay, et, au retour, j'écrivis sous l'émotion d'une vive causerie avec Rollinat, un petit article intitulé *le Prince*, qui fâcha beaucoup, m'a-t-on dit, M. de Talleyrand. Je ne le sus pas plus tôt fâché, que j'eus regret d'avoir publié cette boutade. Ne le connaissant pas, je n'avais senti aucune aigreur personnelle contre lui. Il m'avait servi de type et de prétexte pour un accès d'aversion contre les idées et les moyens de cette école de fausse politique et de honteuse diplomatie dont il était le représentant. Mais, bien que cette vieillesse-là ne fût guère sacrée, bien que cet homme à moitié dans la tombe appartînt déjà à l'histoire, j'eus comme un repentir, fondé ou non, de ne pas avoir mieux déguisé sa personnalité dans ma critique. Mes amis me dirent en vain que j'avais usé d'un droit d'historien pour ainsi dire; je me dis, moi, intérieurement, que je n'étais pas un historien, surtout pour les choses présentes; que ma vocation ne me commandait pas de m'attaquer aux vivans, d'abord parce que je n'avais pas assez de talent en ce genre pour faire une œuvre de démolition vraiment utile, ensuite parce que j'étais femme, et qu'un sexe ne combattant pas l'un contre l'autre à armes égales, l'homme qui insulte une femme commet une lâcheté gratuite, tandis que la femme qui blesse un homme la première, ne pouvant lui en rendre raison, abuse de l'impunité.

Je ne détruisis pas mon petit ouvrage, parce que ce qui est fait est fait, et que nous ne devons jamais reprendre une pensée émise, qu'elle nous plaise ou non. Mais je me promis de ne jamais m'occuper des personnes quand je n'aurais pas plus de bien que de mal à en dire, ou quand je n'y serais pas contrainte par une attaque personnelle calomnieuse.

J'aurais bien eu, par momens, une certaine verve pour la polémique. Je le sentais, à l'ardeur de mon indignation contre le mensonge, et je fus cent fois sollicitée de me mêler au combat journalier de la politique. Je m'y refusai obstinément, même dans les jours où certains de mes amis m'y poussaient comme à l'accomplissement d'un devoir. Si on avait voulu faire avec moi un journal qui généralisât le combat de parti à parti, d'idée à idée, je m'y fusse mise avec courage, et j'aurais probablement osé plus que bien d'autres. Mais restreindre cette guerre aux proportions d'un duel de chaque jour, faire le procès des individus, les traduire, pour des faits de détail, à la barre de l'opinion, cela était antipathique à ma nature, et probablement impossible à mon organisation. Je ne me fusse pas soutenue vingt-quatre heures dans les conditions de colère et de ressentiment sans lesquelles même les justes sévérités ne peuvent s'accomplir. Il m'en a coûté parfois de faire partie de la rédaction d'un journal ou seulement d'une revue, où mon nom semblait être l'acceptation d'une solidarité avec ces exécutions politiques ou littéraires. Quelques-uns m'ont dit que je manquais de caractère et que mes sentimens étaient tièdes. Le premier point peut être vrai, mais le second étant faux, je ne pense pas que l'un soit la conséquence rigoureuse de l'autre. Je me rappelle que bon nombre de ceux qui, en 1847, me reprochaient vivement mon apathie politique et me prêchaient l'*action* en fort beaux termes, furent, en 1848, bien plus calmes et bien plus doux que je ne l'avais jamais été.

Avant d'aborder l'année 1835, où, pour la première fois de ma vie, je me sentis gagnée par un vif intérêt aux événemens d'actualité, je parlerai de quelques personnes avec lesquelles je commençais ou devais commencer bientôt à être liée. Comme ces personnes sont toujours restées étrangères au monde politique, il me serait difficile d'y revenir quand j'entrerai un peu dans ce monde-là, et, pour ne pas interrompre alors mon sujet principal, je compléterai ici, en quelque sorte, l'histoire de mes relations avec elles, comme je l'ai déjà fait pour M. Delatouche.

CHAPITRE TRENTE-DEUXIEME

Madame Dorval.

J'étais liée depuis un an avec Mme Dorval, non pas sans lutte avec plusieurs de mes amis, qui avaient d'injustes préventions contre elle. J'aurais beaucoup sacrifié à l'opinion de mes amis les plus sérieux, et j'y sacrifiais souvent, lors même que je n'étais pas bien convaincue; mais pour cette femme, dont le cœur était au niveau de l'intelligence, je tins bon, et je fis bien.

Née sur les tréteaux de province, élevée dans le travail et la misère, Marie Dorval avait grandi à la fois souffreteuse et forte, jolie et fanée, gaie comme un enfant, triste et bonne comme un ange condamné à marcher sur les plus durs chemins de la vie. Sa mère était de ces natures exaltées qui excitent de trop bonne heure la sensibilité de leurs enfans. A la moindre faute de Marie, elle lui disait: «*Vous me tuez, vous me faites mourir de chagrin!*» Et la pauvre petite, prenant au sérieux ces reproches exagérés, passait des nuits entières dans les larmes, priant avec ardeur, et demandant à Dieu, avec des repentirs et des remords navrans, de lui rendre sa mère, qu'elle s'accusait d'avoir assassinée; et le tout pour une robe déchirée ou un mouchoir perdu.

Ébranlée ainsi dès l'enfance, la vie d'émotions se développa en elle, intense, inépuisable, et en quelque sorte nécessaire. Comme ces plantes délicates et charmantes que l'on voit pousser, fleurir, mourir et renaître sans cesse, fortement attachées au roc, sous la foudre des cataractes, cette âme exquise, toujours pliée sous le poids des violentes douleurs, s'épanouissait au moindre rayon de soleil, et cherchait avec avidité le souffle de la vie autour d'elle, quelque fugitif, quelque empoisonné parfois qu'il put être. Ennemie de toute prévoyance, elle trouvait dans la force de son imagination et dans l'ardeur de son âme les joies d'un jour, les illusions d'une heure, que devaient suivre les étonnemens naïfs ou les regrets amers. Généreuse, elle oubliait ou pardonnait; et, se heurtant sans cesse à des chagrins renaissans, à des déceptions nouvelles, elle vivait, elle aimait, elle souffrait toujours.

Tout était passion chez elle, la maternité, l'art, l'amitié, le dévoûment, l'indignation, l'aspiration religieuse; et comme elle ne savait et ne voulait rien modérer, rien refouler, son existence était d'une plénitude effrayante, d'une agitation au dessus des forces humaines.

Il est étrange que je me sois attachée longtemps et toujours à cette nature poignante qui agissait sur moi, non pas d'une manière funeste (Marie Dorval aimait trop le beau et le grand pour ne pas vous y rattacher, même dans ses heures de désespoir), mais qui me communiquait ses abattemens, sans pouvoir me communiquer ses renouvellemens soudains et vraiment merveilleux. J'ai toujours cherché les âmes sereines, ayant besoin de leur patience et désirant l'appui de leur sagesse. Avec Marie Dorval, j'avais un rôle tout opposé, celui de la calmer et de la persuader; et ce rôle m'était bien difficile, surtout à l'époque où, troublée et effrayée de la vie jusqu'à la désespérance, je ne trouvais rien de consolant à lui-dire qui ne fût démenti en moi par une souffrance moins expansive, mais aussi profonde que les siennes.

Et pourtant ce n'était pas par devoir seulement que j'écoutais sans me lasser sa plainte passionnée et incessante contre Dieu et les hommes. Ce n'était pas seulement le dévoûment de l'amitié qui m'enchaînait au spectacle de ses tortures; j'y trouvais un charme étrange, et, dans ma pitié, il y avait un respect profond pour ces trésors de douleur qui ne s'épuisaient que pour se renouveler.

A très peu d'exceptions près, je ne supporte pas longtemps la société des femmes; non pas que je les sente inférieures à moi par l'intelligence: j'en consomme si peu dans le commerce habituel de la vie, que tout le monde en a plus que moi autour de moi; mais la femme est, en général, un être nerveux et inquiet, qui me communique, en dépit de moi-même, son trouble éternel à propos de tout. Je commence par l'écouter à regret, et puis je me laisse prendre à un intérêt bien naturel, et je m'aperçois enfin que, dans toutes les agitations puériles qu'on me raconte, il n'y a pas de quoi fouetter un chat.

D'autres sont vaines sitôt qu'elles deviennent sérieuses, et celles qui ne sont pas artistes de profession arrivent souvent à un orgueil démesuré, dès qu'elles sortent de la région des caquets et de la préoccupation exagérée des petites choses. C'est un résultat de l'éducation incomplète; mais cette éducation le fût-elle moins, il resterait toujours à la femme une sorte d'excitation maladive qui tient à son organisation, et qui en fait le tourment quand, par exception, elle n'en fait pas le charme.

J'aime donc mieux les hommes que les femmes, et je le dis sans malice, bien sérieusement convaincue que les fins de la nature sont logiques et complètes, que la satisfaction des passions n'est qu'un côté restreint et accidentel de cet attrait d'un sexe pour l'autre, et qu'en dehors de toute relation physique, les âmes se recherchent toujours dans une sorte d'alliance intellectuelle et morale où chaque sexe apporte ce qui est le complément de l'autre. S'il en était autrement, les hommes fuiraient les femmes, et réciproquement, quand l'âge des passions finit, tandis qu'au contraire, le principal élément de la civilisation humaine est dans leurs rapports calmes et délicats.

Malgré cette disposition que je n'ai jamais voulu nier, trouvant qu'à la nier il y avait hypocrisie mal entendue et déraison complète; malgré mon éloignement à écouter les confidences de femmes, qui sont rarement vraies, et souvent insipides; malgré ma préférence pour la corde plus franche et plus pleine que les hommes font vibrer dans mon esprit, j'ai connu et je connais plusieurs femmes qui, vraiment femmes par la sensibilité et la grâce, m'ont mis le cœur et le cerveau complétement à l'aise, par une candeur véritable et une placidité de caractère non pas virile, mais pour ainsi dire angélique.

Telle n'était pourtant pas Mme Dorval. C'était le résumé de l'inquiétude féminine arrivée à sa plus haute puissance. Mais c'en était aussi l'expression la plus intéressante et la plus sincère. Ne dissimulant rien d'elle-même, elle n'arrangeait et n'affectait rien. Elle avait un abandon d'une rare éloquence; éloquence parfois sauvage, jamais triviale, toujours chaste dans sa crudité et trahissant partout la recherche de l'idéal insaisissable, le rêve du bonheur pur, le ciel sur la terre. Cette intelligence supérieure, inouïe de science psychologique et riche d'observations fines et profondes, passait du sévère au plaisant avec une mobilité stupéfiante. Quand elle racontait sa vie, c'est-à-dire son déboire de la veille, et sa croyance au lendemain, c'était au milieu de larmes amères et de rires entraînans qui dramatisaient ou éclairaient son visage, sa pantomime, tout son être, de lueurs tour à tour terribles et brillantes. Tout le monde a connu à demi cette femme impétueuse, car quiconque l'a vue aux prises avec les fictions de l'art, peut, jusqu'à un certain point, se la représenter telle qu'elle était dans la réalité: mais ce n'était là qu'un côté d'elle-même. On ne lui a jamais fait, l'on n'aurait, je crois, jamais pu lui faire le rôle où elle se fût manifestée et révélée tout entière, avec sa verve sans fiel, sa tendresse immense, ses colères enfantines, son audace splendide, sa poésie sans art, ses rugissemens, ses sanglots et ses rires naïfs et sympathiques, soulagement momentané qu'elle semblait vouloir donner à l'émotion de son auditeur accablé.

Parfois, cependant, c'était une gaîté désespérée; mais bientôt le rire vrai s'emparait d'elle et lui donnait de nouvelles puissances. C'était la balle élastique qui touchait la terre pour rebondir sans cesse. Ceux qui l'écoutaient une heure en étaient éblouis. Ceux qui l'écoutaient des jours entiers la quittaient brisés, mais attachés à cette destinée fatale par un invincible attrait, celui qui attire la souffrance, vers la souffrance et la tendresse du cœur, vers l'abîme des cœurs navrés.

Lorsque je la connus, elle était dans tout l'éclat de son talent et de sa gloire. Elle jouait *Antony* et *Marion Delorme*.

Avant de prendre la place qui lui était due, elle avait passé par toutes les vicissitudes de la vie nomade. Elle avait fait partie de troupes ambulantes dont le directeur proposait *une partie de dominos sur le théâtre, à l'amateur le plus fort de la société, pour égayer l'entr'acte*. Elle avait chanté dans les chœurs de *Joseph*, grimpée sur une échelle et couverte d'un parapluie pour quatre, la coulisse du théâtre (c'était une ancienne église) étant tombée en ruines, et les choristes étant obligés de se tenir là sur une brèche masquée de toiles, par une pluie battante. Le chœur avait été interrompu par l'exclamation d'un des coryphées, criant à celui qui était sur l'échelon au dessus de lui: «Animal, tu me crèves l'œil avec ton parapluie! A bas le parapluie!»

A quatorze ans, elle jouait *Fanchette* dans le *Mariage de Figaro*, et je ne sais plus quel rôle dans une autre pièce. Elle ne possédait au monde qu'une robe blanche qui servait pour les deux rôles. Seulement, pour donner à Fanchette une *tournure espagnole*, elle cousait une bande de calicot rouge au bas de sa jupe, et la décousait vite après la pièce, pour avoir l'air de mettre un autre costume, quand les deux pièces étaient jouées le même soir. Dans le jour, vêtue d'un étroit fourreau d'enfant, en tricot de laine, elle lavait et repassait sa précieuse robe blanche.

Un jour, qu'elle était ainsi vêtue et ainsi occupée, un vieux riche de province vint lui offrir son cœur et ses écus. Elle lui jeta son fer à repasser au visage, et alla conter cette insulte à un petit garçon de quinze ans qu'elle regardait comme son amoureux, et qui voulut tuer le séducteur.

Mariée jeune, elle chantait l'opéra comique à Nancy, je crois, lorsque sa petite fille eut la cuisse cassée dans la coulisse par la chute d'un décor. Il lui fallut courir de son enfant à la scène, et de la scène à son enfant, sans interrompre la représentation.

Mère de trois enfans et chargée de sa vieille mère infirme, elle travailla avec un courage infatigable pour les entourer de soins. Elle vint à Paris tenter la fortune, c'était l'ambition d'échapper à la misère. Mais, ayant en horreur toute autre ressource que celle du travail, elle végéta plusieurs années dans la fatigue et les privations. Ce ne fut que par le rôle de la *Meunière*, dans le mélodrame en vogue des *Deux Forçats*, qu'elle commença à faire remarquer ses éminentes qualités dramatiques.

Dès lors ses succès furent brillans et rapides. Elle créa la femme du drame nouveau, l'héroïne romantique au théâtre, et si elle dut sa gloire aux maîtres dans cet art, ils lui durent, eux aussi, la conquête d'un public qui voulait en voir et qui en vit la personnification dans trois grands artistes, Frédérick Lemaître, Mme Dorval et Bocage.

Mme Dorval créa, en outre, un type à part dans le rôle de *Jeanne Vaubernier* (Mme Dubarry). Il faut l'avoir vue dans ce rôle, où, exquise de grâce et de charme dans la trivialité, elle résolut une difficulté qui semblait insurmontable.

Mais il faut l'avoir vue dans *Marion Delorme*, dans *Angelo*, dans *Chatterton*, dans *Antony*, et plus tard dans le drame de *Marie-Jeanne*, pour savoir quelle passion jalouse, quelle chasteté suave, quelles entrailles de maternité étaient en elle à une égale puissance.

Et pourtant elle avait à lutter contre des défauts naturels. Sa voix était éraillée, sa prononciation grasseyante, et son premier abord sans noblesse et même sans grâce. Elle avait le débit de convention maladroit et gêné, et, trop intelligente pour beaucoup de rôles qu'elle eut à jouer, elle disait souvent: «Je ne sais aucun moyen de dire juste des choses fausses. Il y a au théâtre des locutions convenues qui ne pourront jamais sortir de ma bouche que de travers, parce qu'elles n'en sont jamais sorties dans la réalité. Je n'ai jamais dit dans un moment de surprise: *Que vois-je!* et dans un mouvement d'hésitation: *Où m'égaré-je?* Eh bien! j'ai souvent des tirades entières dont je ne trouve pas un seul mot possible et que je voudrais improviser d'un bout à l'autre, si on me laissait faire.»

Mais il y avait toute une entrée en matière dans les premières scènes de ses rôles, où, quelque vrais et bien écrits qu'ils fussent, ses défauts ressortaient plus que ses qualités. Ceux qui la connaissaient ne s'en inquiétaient pas, sachant que le premier éclair qui jaillirait d'elle amènerait l'embrasement du public. Ses ennemis (tous les grands artistes en ont beaucoup et de très acharnés) se frottaient les mains au début, et les gens sans prévention qui la voyaient pour la première fois, s'étonnaient qu'on la leur eût tant vantée; mais, dès que le mouvement se faisait dans le rôle, la grâce souple et abandonnée se faisait dans la personne; dès que le trouble arrivait dans la situation, l'émotion de l'actrice creusait cette situation, jusqu'à l'épouvante, et quand la passion, la terreur ou le désespoir éclataient, les plus froids étaient entraînés, les plus hostiles étaient réduits au silence.

J'avais publié seulement *Indiana*, je crois, quand, poussée vers Mme Dorval par une sympathie profonde, je lui écrivis pour lui demander de me recevoir. Je n'étais nullement célèbre, et je ne sais même pas si elle avait entendu parler de mon livre. Mais ma lettre la frappa par sa sincérité. Le jour même où elle l'avait reçue, comme je parlais de cette lettre à Jules Sandeau, la porte de ma mansarde s'ouvre brusquement, et une femme vient me sauter au cou avec effusion, en criant tout essoufflée: *Me voilà, moi!*

Je ne l'avais jamais vue que sur les planches; mais sa voix était si bien dans mes oreilles, que je n'hésitai pas à la reconnaître. Elle était mieux que jolie, elle était charmante; et, cependant, elle était jolie, mais si charmante que cela était inutile. Ce n'était pas une figure, c'était une physionomie, une âme. Elle était encore mince, et sa taille était un souple roseau qui semblait toujours balancé par quelque souffle mystérieux, sensible pour lui seul. Jules Sandeau la compara, ce jour-là, à la plume brisée qui ornait son chapeau. «Je suis sûr, disait-il, qu'on chercherait dans l'univers entier une plume aussi légère et aussi molle que celle qu'elle a trouvée. Cette plume unique et merveilleuse a volé vers elle par la loi des affinités, ou elle est tombée sur elle, de l'aile de quelque fée en voyage.»

Je demandai à Mme Dorval comment ma lettre l'avait convaincue et amenée si vite. Elle me dit que cette déclaration d'amitié et de sympathie lui avait rappelé celle qu'elle avait écrite à Mlle Mars après l'avoir vue jouer pour la première fois: «J'étais si naïve et si sincère! ajouta-t-elle. J'étais persuadée qu'on ne vaut et qu'on ne devient quelque chose soi-même que par l'enthousiasme que le talent des autres nous inspire. Je me suis souvenue, en lisant votre lettre, qu'en écrivant la mienne je m'étais sentie véritablement artiste pour la première fois, et que mon enthousiasme était une révélation. Je me suis dit que vous étiez ou seriez artiste aussi; et puis, je me suis rappelé encore que Mlle Mars, au lieu de me comprendre et de m'appeler, avait été froide et hautaine avec moi; je n'ai pas voulu faire comme Mlle Mars.»

Elle nous invita à dîner pour le dimanche suivant; car elle jouait tous les soirs de la semaine, et passait le jour du repos au milieu de sa famille. Elle était mariée avec M. Merle, écrivain distingué, qui avait fait des vaudevilles charmans, le *Ci-devant jeune Homme* entr'autres, et qui, presque jusqu'à ses derniers jours, a fait le feuilleton de théâtre de la *Quotidienne* avec esprit, avec goût, et presque toujours avec impartialité. M. Merle avait un fils; les trois filles de Mme Dorval et quelques vieux amis composaient la réunion intime, où les jeux et les rires des enfans avaient naturellement le dessus.

On ne sait pas assez combien est touchante la vie des artistes de théâtre quand ils ont une vraie famille et qu'ils la prennent au sérieux. Je crois qu'aujourd'hui le plus grand nombre est dans les conditions du devoir ou du bonheur domestique, et qu'il serait bien temps d'en finir absolument avec les préjugés du passe. Les hommes ont plus de moralité dans cette classe que les femmes, et la cause en est dans les séductions qui environnent la jeunesse et la beauté, séductions dont les conséquences, agréables seulement pour l'homme, sont presque toujours funestes pour la femme. Mais quand même les actrices ne sont pas dans une position régulière selon les lois civiles, quand même, je dirai plus, elles sont livrées à leurs plus mauvaises passions, elles sont presque toutes des mères d'une tendresse ineffable et d'un courage héroïque. Les enfans de celles-ci sont même généralement plus heureux que ceux de certaines femmes du monde, ces dernières, ne pouvant et ne voulant pas avouer leurs fautes, cachent et éloignent les fruits de leur amour, et quand, à la faveur du mariage, elles les glissent dans la famille, le moindre doute fait peser la rigueur et l'aversion sur la tête de ces malheureux enfans.

Chez les actrices, faute avouée est réparée. L'opinion de ce monde-là ne flétrit que celles qui abandonnent ou méconnaissent leur progéniture. Que le monde officiel condamne si bon lui semble, les pauvres petits ne se plaindront pas d'être accueillis chez eux par une opinion plus tolérante. Là, vieux et jeunes parens, et même époux légitimes venus après coup, les adoptent sans discussion vaine et les entourent de soins et de caresses. Bâtards ou non, ils sont tous fils de famille, et quand leur mère a du talent, les voilà de suite ennoblis et traités dans leur petit monde comme de petits princes.

Nulle part les liens du sang ne sont plus étroitement serrés que chez les artistes de théâtre. Quand la mère est forcée de travailler aux répétitions cinq heures par jour, et à la représentation cinq heures par soirée; quand elle a à peine le temps de manger et de s'habiller, les courts momens où elle peut caresser et adorer ses enfans sont des momens d'ivresse passionnée, et les jours de repos sont de vrais jours de fête. Comme elle les emporte alors à la campagne avec transport! comme elle se fait enfant avec eux, et comme, en dépit des égaremens qu'elle peut avoir subis ailleurs, elle redevient pure dans ses pensées et un moment sanctifiée par le contact de ces âmes innocentes!

Aussi, celles qui vivent dans des habitudes de vertu (et il y en a plus qu'on ne pense), sont-elles dignes d'une vénération particulière; car, en général, elles ont une rude charge à porter, quelquefois, père, mère, vieilles tantes, sœurs trop jeunes, ou mères aussi, sans courage et sans talent. Cet entourage est nécessaire souvent pour surveiller et soigner les enfans de l'artiste qu'elle ne peut élever elle-même d'une manière suivie, et qui lui sont un éternel sujet d'inquiétude; mais souvent aussi cet entourage use et abuse, ou il se querelle, et, au sortir des enivremens de la fiction, il faut venir mettre la paix dans cette réalité troublée.

Pourtant l'artiste, loin de répudier sa famille, l'appelle et la resserre autour de lui. Il tolère, il pardonne, il soutient, il nourrit les uns et élève les autres. Quelque sage qu'il soit, ses appointemens ne suffisent qu'à la condition d'un travail terrible, car l'artiste ne peut vivre avec la parcimonie que le petit commerçant et l'humble bourgeois savent mettre dans leur existence. L'artiste a des besoins d'élégance et de salubrité dont le citadin sordide ne recule pas à priver ses enfans et lui-même. Il a le sentiment du beau, par conséquent la soif d'une vraie vie. Il lui faut un rayon de soleil, un souffle d'air pur, qui, si mesuré qu'il soit, devient chaque jour d'un prix plus exorbitant dans les villes populeuses.

Et puis, l'artiste sent vivement les besoins de l'intelligence. Il ne vit, il ne grandit que par là. Son but n'est pas d'amasser une petite rente pour doter ses enfans; il faut que ses enfans soient élevés en artistes pour le devenir à leur tour. On veut pour les siens ce que l'on possède soi-même, et parfois on le veut d'autant plus qu'on en a été privé et qu'on s'est miraculeusement formé à la vie intellectuelle par des prodiges de volonté. On sait ce qu'on a souffert, et, comme on a risqué d'échouer, on veut épargner à ses enfans ces dangers et ces épreuves. Ils seront donc élevés et instruits comme les enfans du riche; et cependant on est pauvre: la moyenne des appointemens des artistes un peu distingués de Paris est de cinq mille francs par an. Pour arriver à huit ou dix mille, il faut déjà avoir un talent très sérieux, ou, ce qui est plus rare et plus difficile à atteindre (car il y a des centaines de talens ignorés ou méconnus), il faut avoir un succès notable.

L'artiste n'arrive donc à résoudre le dur problème qu'à travers des peines infinies, et toutes ces questions d'amour-propre excessif et de jalousie puérile qu'on lui reproche de prendre trop au sérieux, cachent souvent des abîmes d'effroi ou de douleur, des questions de vie et de mort.

Ce dernier point était bien réel chez Mme Dorval. Elle gagnait tout au plus quinze mille francs et ne se reposant jamais, et vivant de la manière la plus simple, sachant faire sa demeure et ses habitudes élégantes sans luxe, à force de goût et d'adresse; mais grande, généreuse, payant souvent des dettes qui n'étaient pas les siennes, ne sachant pas repousser des parasites qui n'avaient de droit chez elle que la persistance de l'habitude, elle était sans cesse aux expédiens, et je lui ai vu vendre, pour habiller ses filles ou pour sauver de lâches amis, jusqu'aux petits bijoux qu'elle aimait comme des souvenirs et qu'elle baisait comme des reliques.

Récompensée souvent par la plus noire ingratitude, par des reproches qui étaient de véritables blasphèmes dans certaines bouches, elle se consolait dans l'espoir du bonheur de ses filles: mais l'une d'elles brisa son cœur.

Gabrielle avait seize ans; elle était d'une idéale beauté. Je ne la vis pas trois fois sans m'apercevoir qu'elle était jalouse de sa mère et qu'elle ne songeait qu'à secouer son autorité. Mme Dorval ne voulait pas entendre parler de théâtre pour ses filles. «*Je sais trop ce que c'est!*» disait-elle; et, dans ce cri, il y avait toutes les terreurs et toutes les tendresses de la mère.

Gabrielle ne se gêna pas pour me dire que sa mère redoutait sur la scène le voisinage de sa jeunesse et de sa beauté. Je l'en repris, et elle me témoigna très naïvement sa colère et son aversion pour quiconque donnait raison contre elle à sa mère. Je fus surprise de voir tant d'amertume cachée sous cette figure d'ange, pour laquelle je m'étais sentie prévenue, et qui, en me donnant sa confiance, s'était imaginée apparemment que j'abonderais dans son sens.

Peu de temps après, Gabrielle s'éprit d'un homme de lettres de quelque talent, F***, qui faisait de petits articles dans la *Revue des Deux-Mondes*, sous le nom de lord Feeling. Mais ce talent était d'une mince portée et d'un emploi à peu près nul, commercialement parlant. F... ne possédait rien, et, de plus, il était phthisique.

Mme Dorval voulut l'éloigner; Gabrielle, irritée, l'accusa de vouloir le lui enlever. «Ah! s'écriait la pauvre mère blessée et consternée, voilà l'exécrable rengaine? des filles jalouses! On veut les empêcher de courir à leur perte, on a le cœur brisé d'être forcé de briser le leur, et pour vous consoler, elles vous accusent d'être infâme, pas davantage!»

Mme Dorval jugea nécessaire de mettre Gabrielle au couvent. Un beau matin, Gabrielle disparut, enlevée par F....

F... était un honnête homme, mais une âme sans énergie comme son organisation mortellement frappée, et un esprit sans ressources comme sa fortune. Après le scandale de cet enlèvement, Mme Dorval ne pouvant lui refuser la main de Gabrielle, il n'avait d'autre parti à prendre que de venir demander et obtenir un double pardon. La courageuse mère eût donné asile à ce malade qui voulait être époux au bord de sa tombe, à cette fille abusée qui se posait en victime parce qu'on voulait l'empêcher de l'être.

F... fit tout le contraire de ce que lui eussent conseillé la raison et la droiture. Il emmena Gabrielle en Espagne, comme s'il eût craint que sa mère ne mît des gendarmes après elle, et ils essayèrent de se marier sans son consentement; mais ils n'y réussirent pas et furent forcés de le demander dans des termes blessants. Le mariage consenti et conclu, ils demandèrent de l'argent. Mme Dorval donna tout ce qu'elle put donner. On trouva naturellement qu'elle n'en avait guère, et on lui en fit un crime. Les jeunes époux, au lieu de chercher à travailler à Paris, partirent pour l'Angleterre, mangeant ainsi d'un coup, en voyages et en déplacemens, le peu qu'ils possédaient. Avaient-ils l'espoir de se créer des occupations à Londres? Cet espoir ne se réalisa pas. Gabrielle n'était pas artiste, bien qu'elle eût été élevée comme une héritière eût pu l'être, avec des maîtres d'art et les conseils de vrais artistes; mais la beauté ne suffit pas sans le courage et l'intelligence.

F... n'était pas beaucoup mieux doué: c'était un bon jeune homme, d'une figure intéressante, capable de sentimens doux et tendres, mais très à court d'idées et trop délicat pour ne pas comprendre, s'il eût réfléchi, qu'enlever une jeune fille pauvre, sans avoir les moyens ni la force de lui créer une existence, est une faute dont on a mauvaise grâce à se draper. Il tomba dans le découragement, et la phthisie fit d'effrayans progrès. Ce mal est contagieux entre mari et femme. Gabrielle en fut envahie et y succomba en quelques semaines, en proie à la misère et au désespoir.

Le malheureux F... revint mourir à Paris. Il reçut l'hospitalité pendant quelques jours, à Saint-Gratien, chez le marquis de Custines, et là il eut la faiblesse de se plaindre de Mme Dorval avec âcreté. Se faisant illusion sur lui-même, comme tous les phthisiques, il prétendait avoir été robuste et bien portant avant ce séjour à Londres, où les privations de sa femme et l'inquiétude de l'avenir l'avaient tué. Il se trompait complétement sur lui-même. Le premier mot que Mme Dorval m'avait dit sur son compte avait été celui-ci: «Il a un peu de talent, très peu de courage, et une santé perdue.» Il suffisait, en effet, de le voir, pour remarquer sa toux sèche, sa maigreur extrême et le profond abattement de sa physionomie. La pauvre Gabrielle attribuait ces symptômes effrayans aux souffrances de la passion, et, innocente qu'elle était, ne se doutait pas que l'assouvissement de cette passion serait la mort pour tous deux.

Quant aux secours que Mme Dorval eût dû leur envoyer, dans l'état de gêne très dure et très effrayante où elle vivait elle-même, harcelée (je l'ai vu) par des créanciers qui saisissaient ses appointemens et menaçaient de saisir ses meubles, ces secours eussent été un faible palliatif. En outre, F... avouait lui-même qu'il avait eu honte de lui faire savoir à quelles extrémités il s'était vu réduit, et cette honte se comprend de reste de la part d'un homme qui n'a tenu compte des prévisions maternelles et qui s'est fait fort d'être un soutien digne de confiance. F... s'était montré irrité surtout de n'avoir pas inspiré cette confiance à Mme Dorval.

Malgré ce remords intérieur, F..., brisé par la perte de sa femme, aigri par sa propre souffrance et se débattant aux approches de l'agonie, s'épanchait en confidences amères. Que Dieu lui pardonne, mais elles furent coupables, ces plaintes de sa faiblesse! Bon nombre de personnes les écoutèrent et les accueillirent, coupables aussi de ne pas savoir les réduire à néant comme l'examen du fait et par la plus simple réflexion sur ce fait même.

Les ennemis de Mme Dorval s'emparèrent avec joie du plus odieux et du plus absurde reproche qu'on pût inventer contre cette mère martyre, à toute heure de sa vie, du déchirement de ses propres entrailles. Elle, une mauvaise mère, quand son sentiment maternel tenait de la passion et parfois du délire! quand elle est morte elle-même à la peine! Je raconte toute sa vie, et on verra tout à l'heure comme elle savait aimer.

Un jour qu'on rapportait, bien à tort selon moi, à Mme Dorval les plaintes de sa fille et de F..., au nombre desquelles celle-ci que Gabrielle avait été par elle maltraitée et battue, elle devint sombre et rêveuse; puis, sans écouter les questions indélicates et cruelles qu'on lui adressait, elle s'écria: «Ah oui! mon Dieu, j'aurais dû la battre! Pardonnez-moi, mon Dieu, de n'avoir pas eu ce courage-là!»

Abreuvée de douleurs, la pauvre femme se releva de ce nouveau coup par le travail, l'affection des siens et de tendres soins pour sa plus jeune fille, Caroline, un bel enfant blond et calme, dont la santé, longtemps ébranlée, lui avait causé de mortelles angoisses. Au lieu de la seconder et d'adopter l'enfant malade, comme celui qui avait le besoin et le droit d'être l'enfant gâté, les deux sœurs aînées s'étaient amusées à en être jalouses.

Mais Caroline était bonne; elle chérissait sa mère: elle méritait d'être heureuse, et elle le fut. Après que sa sœur Louise fut mariée, elle se maria, à son tour, avec Réné Luguet, un jeune acteur en qui Mme Dorval pressentit un talent vrai, une âme généreuse, un caractère sûr.

Je vis cependant Mme Dorval triste et abattue pendant les premiers mois de cette nouvelle vie qui se faisait autour d'elle. Elle était souvent malade. Un jour je la trouvai au fond de son appartement de la rue du Bac, courbée et comme brisée sur un métier à tapisserie. «Je suis cependant heureuse, me dit-elle en pleurant de grosses larmes. Eh bien, je souffre, et je ne sais pas pourquoi. Les affections ardentes m'ont usée avant l'âge. Je me sens vieille, fatiguée. J'ai besoin de repos, je cherche le repos, et voilà ce qui m'arrive: je ne sais pas me reposer.» Puis elle entra dans le détail de sa vie intime. «J'ai rompu violemment, me dit-elle, avec les souffrances violentes. Je veux vivre du bonheur des autres, faire ce que tu m'as dit, m'oublier moi-même. J'aurais voulu aussi me rattacher à mon art, l'aimer; mais cela m'est impossible. C'est un excitant qui me ramène au besoin de l'excitation, et, ainsi excitée à demi, je n'ai plus que le sentiment de la douleur, les affreux souvenirs, et, pour toute diversion au passé, les mille coups d'épingle de la réalité présente, trop faibles pour emporter le mal, assez forts pour y ajouter l'impatience et le malaise. Ah! si j'avais des rentes, ou si mes enfans n'avaient plus besoin de moi, je me reposerais tout à fait!»

Et comme je lui observais qu'elle se plaignait justement de ne pas savoir devenir calme: «C'est vrai, me dit-elle, l'ennui me dévore, depuis que je n'ai plus à m'inquiéter. Louise est mariée selon son choix, Caroline a un mari charmant, qu'elle adore. M. Merle, toujours gai et satisfait, pourvu que rien ne fasse un pli dans son bien-être, est, aujourd'hui comme toujours, le calme personnifié; aimable, facile à vivre, charmant dans son égoïsme. Tout ne va pas mal, sauf cet appartement que vous trouvez si joli, mais qui est sombre et qui me fait l'effet d'un tombeau.»

Et elle se remit à pleurer. «Tu me caches quelque chose? lui dis-je.—Non, vrai! s'écria-t-elle. Tu sais bien que j'ai au contraire le défaut de t'accabler de mes peines, et que c'est à toi que je demande toujours du courage. Mais est-ce que tu ne comprends pas l'ennui? Un ennui sans cause, car si on la savait, cette cause, on trouverait le remède. Quand je me dis que c'est peut-être l'absence de passions, je sens un tel effroi à l'idée de recommencer ma vie, que j'aime encore mille fois mieux la langueur où je suis tombée. Mais, dans cette espèce de sommeil où me voilà, je rêve trop et je rêve mal. Je voudrais voir le ciel ou l'enfer, croire au Dieu et au diable de mon enfance, me sentir victorieuse d'un combat quelconque, et découvrir un paradis, une récompense. Eh bien, je ne vois rien qu'un nuage, un doute. Je m'efforce par momens de me sentir dévote. J'ai besoin de Dieu; mais je ne le comprends pas sous la forme que la religion lui donne. Il me semble que l'Église est aussi un théâtre, et qu'il y a là des hommes qui jouent un rôle. Tiens, ajouta-t-elle en me montrant une jolie réduction en marbre blanc de la *Madeleine* de Canova, je passe des heures à regarder cette femme qui pleure, et je me demande pourquoi elle pleure, si c'est du repentir d'avoir vécu ou du regret de ne plus vivre. Longtemps je ne l'ai étudiée que comme un modèle de pose, à présent je l'interroge comme une idée. Tantôt elle m'impatiente, et je voudrais la pousser pour la forcer à se relever; tantôt elle m'épouvante, et j'ai peur d'être brisée aussi sans retour.

—Je voudrais être toi, reprit-elle, en réponse aux réflexions que les siennes me suggéraient.

—Moi, je t'aime trop pour te souhaiter cela, lui dis-je. Je ne m'ennuie pas, dans le sens que tu dis, depuis aujourd'hui ni depuis hier, mais depuis l'heure où je suis venue au monde.

—Oui, oui, je sais cela, s'écria-t-elle: mais c'est un fort ennui, ou un ennui fort, comme tu voudras. Le mien est plus mou que douloureux, il est écœurant. Tu creuses la raison de tes tristesses, et quand tu la tiens, voilà que ton parti est pris. Tu te tires de tout en disant: «C'est comme cela et ne peut être autrement.» Voilà, moi, comme je voudrais pouvoir dire. Et puis, tu crois qu'il y a une vérité, une justice, un bonheur quelque part; tu ne sais pas où, cela ne te fait rien. Tu crois qu'il n'y a qu'à mourir pour entrer dans quelque chose de mieux que la vie. Tout cela, je le sens d'une manière vague; mais je le désire plus que je ne l'espère.»

Puis s'interrompant tout à coup: «Qu'est-ce que c'est qu'une abstraction? me dit-elle. Je lis ce mot-là dans toutes sortes de livres, et plus on me l'explique, moins je comprends.»

Je ne lui eus pas répondu deux mots que je vis qu'elle comprenait mieux que moi, car elle s'imaginait que j'avais du génie, et c'est elle qui en avait.

«Eh bien! reprit-elle avec feu, une idée abstraite n'est rien pour moi. Je ne peux pas mettre mon cœur et mes entrailles dans mon cerveau. Si Dieu a le sens commun, il veut qu'en nous, comme en dehors de nous, chaque chose soit à sa place et y remplisse sa fonction. Je peux comprendre l'abstraction Dieu et contempler un instant l'idée de la perfection à travers une espèce de voile, mais cela ne dure pas assez pour me charmer. Je sens le besoin d'aimer, et que le diable m'emporte si je peux aimer une abstraction!

«Et puis, quoi? Ce Dieu-là, que vos philosophes et vos prêtres nous montrent les uns comme une idée, les autres sous la forme d'un Christ, qui me répondra qu'il soit ailleurs que dans vos imaginations? Qu'on me le montre, je veux le voir! S'il m'aime un peu, qu'il me le dise et qu'il me console! Je l'aimerai tant, moi! Cette Madeleine, elle l'a vu, elle l'a touché, son beau rêve! Elle a pleuré à ses pieds, elle les a essuyés de ses cheveux! Où peut-on rencontrer encore une fois le divin Jésus? Si quelqu'un le sait, qu'il me le dise, j'y courrai. Le beau mérite d'adorer un être parfait qui existe réellement! Croit-on que si je l'avais connu, j'aurais été une pécheresse? Est-ce que ce sont les sens qui entraînent? Non, c'est la soif de toute autre chose; c'est la rage de trouver l'amour vrai qui appelle et fuit toujours. Que l'on nous envoie des saints, et nous serons bien vite des saintes. Qu'on me donne un souvenir comme celui que cette pleureuse emporta au désert, je vivrai au désert comme elle, je pleurerai mon bien-aimé, et je ne m'ennuierai pas, je t'en réponds.»

Telle était cette âme troublée et toujours ardente, dont je gâte probablement les effusions en tâchant de les résumer et de les traduire. Car qui rendra le feu de sa parole et l'animation de ses pensées? Ceux qui ont entendu et compris cette parole ne l'oublieront jamais!

Cet abattement ne fut que passager. Bientôt Caroline eut un fils, à qui sa mère donna le nom de Georges; et cet enfant devint la joie, l'amour suprême de Marie. Il fallait à ce cœur dévoué un être à qui elle pût se donner tout entière, le jour et la nuit, sans repos et sans restriction. «Mes enfans, disait-elle, prétendent que je les ai moins aimés à mesure qu'ils grandissaient. Cela n'est pas vrai; mais il est bien certain que je les ai aimés autrement. A mesure qu'ils avaient moins besoin de moi, j'étais moins inquiète d'eux, et c'est cette inquiétude qui fait la passion. Ma fille est heureuse; je troublerais son bonheur si j'avais l'air d'en douter. C'est son mari maintenant qui est sa mère, c'est lui qui la regarde dormir et qui s'inquiète si elle dort mal. Moi, j'ai besoin d'oublier mon sommeil, mon repos, ma vie pour quelqu'un. Il n'y a que les petits enfans qui soient dignes d'être choyés et couvés ainsi à toute heure. Quand on aime, on devient la mère d'un homme qui se laisse faire sans vous en savoir gré, ou qui ne se laisse pas faire, dans la crainte d'être ridicule. Ces chers innocens que nous berçons et que nous réchauffons sur notre cœur ne sont ni fiers ni ingrats, eux! Ils ont besoin de nous, ils usent de leur droit qui est de nous rendre esclaves. Nous sommes à eux comme ils sont à nous, tout entiers. Nous souffrons tout d'eux et pour eux, et comme nous ne leur demandons rien que de vivre et d'être heureux, nous trouvons qu'ils font bien assez pour nous quand ils daignent nous sourire.

«Tiens! me disait-elle en me montrant ce bel enfant, je demandais un saint, un ange, un Dieu, visible pour moi. Dieu me l'a envoyé. Voilà l'innocence, voilà la perfection, voilà la beauté de l'âme dans celle du corps. Voilà celui que j'aime, que je sers et que je prie. L'amour divin est dans une de ses caresses, et je vois le ciel dans ses yeux bleus.»

Cette tendresse immense qui se réveillait en elle plus vive que jamais donna un essor nouveau à son génie. Elle créa le rôle de *Marie-Jeanne*, et y trouva ces cris qui déchiraient l'âme, ces accens de douleur et de passion qu'on n'entendra plus au théâtre, parce qu'ils ne pouvaient partir que de ce cœur-là et de cette organisation-là, parce que ces cris et ces accens seraient sauvages et grotesques venant de toute autre qu'elle, et qu'il fallait une individualité comme la sienne pour les rendre terrifians et sublimes.

Mais ce fatal rôle et ce profond amour donnaient le coup de la mort à Mme Dorval. Elle fit une affreuse maladie à la suite de ce grand succès et réchappa, comme par miracle, d'une perforation au poumon. Elle s'était effrayée de l'idée de mourir. Georges vivait, elle voulait vivre.

Mme Dorval joua *Agnès de Méranie* et fit ensuite un essai fort curieux, qui fut de jouer la tragédie classique à l'Odéon. Cela n'était ni dans son air, ni dans sa voix. Pourtant, elle avait dit les vers de Ponsard avec une si grande intelligence, elle avait été si chaste et si sobre dans *Lucrèce*, que le public fut curieux de lui entendre dire les vers de Racine. Elle étudia *Phèdre* avec un soin infini, cherchant consciencieusement une interprétation nouvelle.

Au milieu de ces études, elle me parla d'elle-même avec la modestie naïve qui n'appartient qu'au génie. «Je n'ai pas, disait-elle, la prétention de trouver mieux que n'a fait Rachel, mais je peux trouver autre chose. Le public ne s'attend pas à me la voir imiter, je ne serais que sa parodie; mais il doit s'intéresser à moi dans ce rôle, non pas à cause de l'actrice, mais à cause de Racine. Il ne s'agit pas de retrouver l'intention première du poète: il n'y a rien de puéril comme les recherches de la vraie tradition. Il s'agit de faire valoir la beauté de la pensée et le charme de la forme, en montrant qu'elles se prêtent à toutes les natures et peuvent être exprimées par les types les plus opposés.

Elle fit, en effet, des prodiges d'intelligence et de passion dans ce rôle. Pour quiconque n'eût pas vu Rachel, elle eût marqué dans les annales du théâtre, par cette création que, du reste, Rachel ne possédait pas, à cette époque, avec autant de perfection qu'aujourd'hui. Elle était trop jeune, et la première jeunesse ne peut secouer les apparences de la retenue et de la crainte, autant que la situation de Phèdre le comporte. Le rôle est brûlant, Mme Dorval y fut brûlante. Rachel y est brûlante maintenant, et Rachel est complète, parce qu'elle a encore la jeunesse, la beauté, la grâce idéale qui manquaient dès lors à Mme Dorval. Rachel inspire l'amour, elle l'inspirait déjà, bien qu'elle ne fût pas à l'apogée de son talent. Mme Dorval ne l'inspirait plus, et il y a plus d'amoureux que d'artistes dans un public quelconque. Mais tout ce qu'il y eut d'artistes pour la voir dans ce rôle, l'apprécia profondément et sentit des détails dont personne, pas même les grandes célébrités de l'empire, n'avaient peut-être révélé la portée.

En 1848, je vis Mme Dorval très effrayée et très consternée de la révolution qui venait de s'accomplir. M. Merle, bien que modéré par caractère et tolérant dans ses opinions, appartenait au parti légitimiste, et Mme Dorval s'imaginait qu'elle serait persécutée. Elle rêvait même d'échafauds et de proscriptions, son imagination active ne sachant pas faire les choses à demi.

Il n'y avait qu'un motif fondé à ses alarmes. Cette perturbation devait frapper et frappait déjà tous ceux qui vivent d'un travail approprié aux conditions de la forme politique que l'on remet en question. Les artisans et les artistes, tous ceux qui vivent au jour le jour, se trouvent momentanément paralysés dans de telles crises, et Mme Dorval, ayant à lutter contre l'âge, la fatigue, et son propre effroi, pouvait difficilement résister au passage de l'avalanche. J'étais dans une situation non moins précaire: la crise me surprenait endettée par suite du mariage de ma fille; d'un côté, on me menaçait d'une saisie sur mon mobilier, de l'autre, les prix du travail se trouvaient réduits de trois quarts, et encore le placement fut-il suspendu pendant quelques mois.

Mais j'étais à peu près insensible aux dangers de cette situation. Les privations du moment ne sont rien, je n'en parle pas. La seule souffrance réelle de ces momens-là, c'est de ne pouvoir s'acquitter immédiatement envers ceux qui réclament leurs créances, et de ne pouvoir assister ceux qui souffrent autour de soi. Mais quand on est soutenu par une croyance sociale, par un espoir impersonnel, les anxiétés personnelles, quelque sérieuses qu'elles soient, s'en trouvent amoindries.

Mme Dorval, qui eût très bien compris et senti les idées générales, mais qui en repoussait vivement l'examen et la préoccupation, ayant assez à souffrir, disait-elle, pour son propre compte, ne voyait que désastres et ne rêvait que catastrophes sanglantes dans la révolution de février. Pauvre femme! c'était le pressentiment de l'affreuse douleur qui allait frapper sa famille.

Au mois de juin 1848, après ces exécrables *journées* qui venaient de tuer la république en armant ses enfans les uns contre les autres, et en creusant entre les deux forces de la révolution, peuple et bourgeoisie, un abîme que vingt années ne suffiront peut-être pas à combler, j'étais à Nohant, très menacée par les haines lâches et les imbéciles terreurs de la province. Je ne m'en souciais pas plus que de tout ce qui m'avait été personnel dans les événemens. Mon âme était morte, mon espoir écrasé sous les barricades.

Au milieu de cet abattement, je reçus de Marie Dorval la lettre que voici:

«Ma pauvre bonne et chère amie, je n'ai pas osé t'écrire: je te croyais trop occupée; et d'ailleurs je ne le pouvais pas; dans mon désespoir, je t'aurais écrit une lettre trop folle. Mais, aujourd'hui, je sais que tu es à Nohant, loin de notre affreux Paris, seule avec ton cœur si bon et qui m'a tant aimée! J'ai lu, à travers mes larmes, ta lettre à ***. Je t'y retrouve toujours tout entière, comme dans le roman du *Champi*.—Pauvre Champi!—Alors j'ai eu absolument besoin de t'écrire pour obtenir de toi quelques paroles de consolation pour ma pauvre âme désolée.—J'ai perdu mon fils, mon Georges!—le savais-tu?—Mais tu ne sais pas la douleur profonde, irréparable que je ressens.—Je ne sais que faire, que croire! Je ne comprends pas que Dieu nous enlève d'aussi chères créatures. Je veux prier Dieu, et je ne sens que de la colère et de la révolte dans mon cœur. Je passe ma vie sur son petit tombeau. Me voit-il? Le crois-tu? Je ne sais plus que faire de ma vie, je ne connais plus mon devoir. Je voudrais et je ne peux plus aimer mes autres enfans.—J'ai cherché des consolations dans les livres de prières. Je n'y ai rien trouvé qui me parle de ma situation et des enfans que nous perdons. Il faudrait remercier Dieu d'un aussi affreux malheur!—Non, je ne le peux pas! Jésus lui-même n'a-t-il pas crié: «Mon Dieu, pourquoi m'avez-vous abandonné?» Si cette grande âme a douté, que devenir, nous autres pauvres créatures? Ah! ma chère, que je suis malheureuse! c'était tout mon bonheur.—Je croyais que c'était ma récompense pour avoir été bonne fille, et bien dévouée toujours à toute une famille dont la charge était bien chère!—mais aussi bien lourde à mes pauvres épaules.... j'étais si heureuse! Je n'enviais rien à personne. Je luttais avec courage dans une profession *haïssable*, que je remplissais de mon mieux, et quand la maladie ne m'arrêtait pas, dans l'idée de rendre tout mon monde plus heureux autour de moi. Les révolutions... l'art perdu... nous étions encore heureux.—Nos pauvres petits faisaient des barricades, chantaient la *Marseillaise*, les bruits de la rue redoublaient leur gaîté! Eh bien! quelques jours après ces mêmes bruits redoublaient les convulsions de mon pauvre Georges. Il a eu quatorze jours d'agonie. Quatorze jours nous avons été sur la croix! Il est tombé à nos pieds le 3 mai. Il a rendu sa petite âme le 16 mai, à trois heures et demie du soir.

«Pardonne-moi de t'attrister, ma chère bonne, mais je viens à toi que j'aime tant! qui as toujours été si bonne pour moi! Toi qui es cause (car sans toi, cela ne se pouvait pas) de ce beau voyage dans le Midi, avec mon fils! ce voyage qui a rétabli ma santé (hélas! trop!), qui a rendu cet enfant si joyeux, qui a rempli de plaisirs, de promenade, de soleil, sa pauvre petite existence sitôt finie!

«Je viens encore à toi pour que tu m'écrives une lettre qui donne un peu de forces à mon âme. Je te demande du secours encore une fois. Les belles paroles qui sortent de ton noble cœur, de ta haute raison, je sais bien où les prendre, mais j'y trouverai un plus grand soulagement si elles viennent de ton cœur au mien.

«Adieu, ma chère George, mon amie et mon nom chéri!

«Marie Dorval.

«12 juin 1848, rue de Varennes, 2.»

Je n'ai pas voulu changer un mot, ni supprimer une ligne de cette lettre. Bien que je n'aie pas coutume de publier les éloges qu'on m'adresse, celui-ci est sacré pour moi. C'était la dernière bénédiction de cette âme aimante et croyante en dépit de tout, et cette tendre vénération pour les objets de son amitié montre les trésors de piété morale qui étaient encore en elle.

Les consolations qu'on lui adressait n'étaient jamais perdues. Elle fit un nouvel effort pour s'étourdir dans le travail et pour reprendre sa tâche de dévouement. Mais, hélas! ses forces étaient épuisées, je ne devais plus la revoir.

Je passai l'hiver à Nohant, et la dernière lettre qui soit sortie de sa main tremblante, elle l'écrivait en 1849 à sa chère Caroline, à l'occasion du 16 mai, ce jour fatal qui lui avait enlevé son Georges. Caroline m'envoya cette lettre froissée, brûlante de fièvre, et dont l'écriture torturée a quelque chose de tragique.

«*Caen*, le 15 mai 1849.

«Chère Caroline, ta pauvre mère a souffert toutes les tortures de l'enfer. Chère fille, nous voici dans l'anniversaire douloureux. Je te prie que la chambre de mon Georges soit fermée et interdite à tout le monde. Que Marie n'aille pas jouer dans cette chambre. Tu tireras le lit au milieu de la chambre. Tu mettras son portrait ouvert sur son lit, et tu le couvriras de fleurs, ainsi que dans tous les vases. Tu enverras chercher ces fleurs à la halle. Mets-lui tout le printemps qu'il ne peut plus voir. Puis, tu prieras toute la journée en ton nom et au nom de sa pauvre grand'mère.

«Je vous embrasse bien tendrement.

«Ta Mère.»

A cette lettre déchirante était jointe celle-ci, de Caroline à moi:

«Ma mère est morte le 20 mai, un an et quatre jours après mon pauvre Georges. Elle est tombée malade dans la diligence, en allant à Caen donner des représentations. Elle s'est mise au lit en arrivant, et elle ne s'est plus relevée que pour revenir à Paris, où, deux jours après, elle est morte dans nos bras. Elle a bien souffert, mais ses derniers momens ont été doux. Elle pensait à ce pauvre petit ange qu'elle allait rejoindre: vous savez comme elle l'aimait. Cet amour l'a tuée. Il y avait un an qu'elle souffrait. Elle a souffert de toutes les façons. On a été si injuste, si cruel pour elle! Ah! madame, dites-moi que maintenant elle est heureuse! Je vous embrasse comme elle l'eût fait elle-même, de toute mon âme.

«Caroline Luguet.»

«Le dernier livre qu'elle ait lu, c'est votre *Petite Fadette*.»

«23 mai 1849.

«Chère madame Sand,

«Elle est morte, cette admirable et pauvre femme! Elle nous laisse inconsolables. Plaignez-nous!

«Réné Luguet.»

Maintenant, voici les détails de cette cruelle mort après une si cruelle vie. C'est Réné Luguet qui me les donna dans une admirable lettre dont je suis forcée de supprimer la moitié. On verra pourquoi.

«Chère madame Sand,

«Oh! vous avez raison, c'est pour nous un grand malheur, si grand, voyez vous, que c'en est fait pour nous de toute joie sur la terre. Pour mon compte, j'ai tout perdu, une amie, un compagnon d'infortune, une mère! ma mère intellectuelle, la mère de mon âme, celle qui donna l'essor à mon cœur, celle qui me fit artiste, qui me fit homme et qui m'en apprit les devoirs, celle qui me fit loyal et courageux, qui me donna le sentiment du beau, du vrai, du grand.—De plus, elle chérissait ma chère Caroline, elle adorait nos enfans. Elle en est morte! jugez, jugez si je la pleure.

«Chère madame, vous qu'elle a tant aimée, vous qu'elle vénérait, laissez moi vous raconter une partie de ses souffrances, vous aurez la mesure des miennes.

«Elle est donc morte de chagrin, de découragement. Le dédain, oui! le dédain l'a tuée!...

...............«Quand la pauvre femme allait de porte en porte demander l'emploi de son talent, de son génie, on ouvrait de grands yeux au nom de Dorval. Le génie! Il est bien question de cela! Il lui manquait une ou deux dents, sa robe était noire, son regard triste. Les événemens ont amené dans les théâtres des désastres qui ont amené à leur tour...............

«........ C'est donc au plus fort de cette décomposition que notre premier grand malheur arriva, mon Georges mourut. Marie, frappée au cœur, resta d'abord debout, sans nous laisser voir la profondeur de sa blessure: puis elle étendit la main pour se rattacher à quelque chose: vite, nous cherchâmes quelque grande diversion à ce grand chagrin, une grande création! *** vint avec un beau rôle. Elle le lut, l'apprit, elle y était sublime. C'était l'ancre du salut. Il fallait, quoi qu'elle fît, que quelques heures par jour fussent dérobées à sa douleur...............

«Sans motif, sans excuse, sans un mot d'explication, on lui retirait le rôle!...................

«C'en était fait. Elle reçut le coup en plein cœur. On dit à présent qu'on le regrette. Il est bien temps!

«La vie de cette pauvre mère s'échappait donc par trois blessures profondes, la mort d'un être adoré,—l'oubli et l'injustice partout,—à la maison, l'effroi de la misère!

«C'est ainsi que nous arrivâmes au 10 avril dernier. J'allais à Caen, elle devait venir m'y rejoindre, mais avant elle voulut tenter un dernier effort, une dernière démarche pour avoir *aux Français* un coin et 500 fr. par mois. On lui répondit que bientôt, grâce à des *calculs intelligens*, on allait faire une économie de 300 fr. sur le *luminaire*, et que, si on pouvait vaincre la *répugnance* du comité, on aviserait à lui donner *du pain*.

«Ce fut son dernier coup, car je vis dans ce moment-là son regard angélique se porter vers moi, et la mort était dans ce regard.

«Elle partit pour Caen, et là, tout de suite, en deux heures, je vis le mal si grand, que je dus appeler une consultation. L'état fut jugé très grave, il y avait fièvre pernicieuse et ulcère au foie. Je crus entendre prononcer ma propre condamnation à mort. Je ne pouvais en croire mes yeux, quand je regardais cet ange de douleur et de résignation, qui ne se plaignait pas, et qui, en me souriant tristement, semblait me dire: Vous êtes là, vous ne me laisserez pas mourir!

«A dater de ce moment-là, j'ai passé *quarante* nuits à son chevet, *debout*! Elle n'a pas eu d'autre garde, d'autre infirmier, d'autre ami que moi. Je voulais seul accomplir cette tâche; pendant quarante jours, j'ai été là, la disputant à la mort, comme un chien fidèle défend son maître en péril.

«Puis j'ai vu venir la faiblesse, la profonde mélancolie. Elle s'est mise à parler sans cesse de son enfance, de ses beaux jours; elle résumait toute son existence: je me sentais terrassé par le désespoir, par la fatigue. Plusieurs fois, je m'étais évanoui. Il fallait prendre un parti, et, bien que les médecins eussent prédit la mort en cas de voyage, comme je voyais la mort arriver rapidement et qu'elle appelait Paris, sa fille et sa petite Marie avec un accent qui me fait encore frissonner... je demandai à Dieu un miracle, je retins le coupé de la diligence, je levai et je me mis à habiller moi-même cette créature adorée, qui se laissait faire, comme si j'avais été sa mère. Je la descendis dans mes bras, et une heure après, nous partions pour Paris tous deux mourans, elle de son mal, moi de mon désespoir.

«Deux heures plus tard, par une tempête affreuse nous versions: mais c'est à peine si nous nous en sommes aperçus. Tout nous était si égal!

«Enfin, le lendemain, elle était dans sa chambre, au milieu de nous tous. Dieu merci, elle était vivante; mais le mal, que le voyage avait engourdi, reprit son empire, et le 20 mai, à une heure, elle nous dit: *Je meurs, mais je suis résignée! ma fille, ma bonne fille, adieu.... Luguet .... sublime....* Ce furent ses dernières paroles. Puis son dernier soupir s'est exhalé à travers un sourire. Oh! ce sourire, il flamboie toujours devant mes yeux, et j'ai besoin de regarder bien vite mes enfans et ma chère Caroline pour accepter la vie!

«Chère madame Sand, j'ai le cœur meurtri. Votre lettre a ravivé toutes mes tortures. Cette adorable Marie! vous avez été son dernier poëte. J'ai lu la *Petite Fadette* à son chevet. Puis nous avons parlé longtemps de tous ces beaux livres dont elle racontait les scènes touchantes en pleurant. Puis elle m'a parlé de vous, de votre cœur. Ah! chère madame Sand, comme vous aimiez Marie! comme vous aviez su comprendre son âme! comme elle vous aimait, et comme je vous aime!—Et comme je suis malheureux! Il me semble que ma vie est sans but et que je ne l'accepte plus que par devoir.

«J'attends le jour où je pourrai vous parler d'elle, vous raconter toutes les choses inouïes de grandeur et de beauté que cet ange m'a dites dans ses jours de mélancolie et dans ses jours de douleur.

«Votre affectionné et désolé,

«Luguet.»

Je citerai encore une lettre de ce bon et grand cœur qui avait été digne d'une telle mère. Je lui en demande pardon d'avance. Ces épanchemens ne s'attendaient guère à la publicité; mais il s'agit ici, non de ménager la modestie de ceux qui vivent, il s'agit d'élever le monument de celle qui est morte. C'était une des plus grandes artistes et une des meilleures femmes de ce siècle. Elle a été méconnue, calomniée, raillée, diffamée, abandonnée par plusieurs qui eussent dû la défendre, par quelques uns qui eussent dû la bénir. Il faut qu'au moins quelques voix s'élèvent sur sa tombe, et ces voix-là seront le meilleur poids dans la balance où l'opinion pèse d'une main distraite le bien et le mal. Ces voix-là, ce sont les voix d'amis qui l'ont connue longtemps et qui ont recueilli et apprécié tous les secrets de son intimité: ce sont les voix de la famille. Elles prévaudront contre celles des gens qui voient de loin et jugent au hasard.

Paris, décembre 49.

«Chère madame Sand, j'ai vu hier votre pièce du *Champi*. Jamais, depuis que je suis au théâtre, je n'ai éprouvé une telle émotion! Ah! ce garçon dévoué, gardien fidèle de l'existence de la pauvre persécutée! Heureux fils qui sauve sa Madeleine! Tous n'ont pas ce bonheur-là! Comme j'ai pleuré! Blotti au fond de ma loge, le mouchoir aux dents, j'ai cru étouffer!

«Ah! c'est que, pour moi, ce n'était plus François et Madeleine: c'était elle et moi! ce n'était pas un homme et une femme qui peuvent ou doivent finir par un mariage; ce n'était même pas un fils et une mère; c'était deux âmes qui avaient besoin l'une de l'autre. Ah! j'ai vu passer là les dix belles années de ma vie, mon dévouement, mon espérance, mon but, mon soutien, tout! Oh! j'ai été trop heureux pendant dix ans, il fallait payer cela!

«Chère madame Sand, pardonnez-moi toutes ces larmes au sujet d'un succès qui réjouit tous ceux qui vous connaissent; mais à qui dirai-je ce que je souffre, si ce n'est à vous?

«Ne viendrez-vous donc pas à Paris voir votre pièce? Et nous!—ne nous cherchez plus rue de Varennes. Oh non! nous avons fui cette maison maudite. Nous y serions tous morts. Les portes, les corridors, les bruits de l'escalier, tout cela nous faisait frissonner à toute heure. Les cris de la rue venaient tous les matins, à heure fixe, nous rappeler qu'à *telle heure elle disait cela*. Enfin de ces riens qui tuent! Nous avons traîné ailleurs notre profonde tristesse.... Caroline vous embrasse tendrement; la pauvre enfant est désolée aussi. Ma tendresse pour elle augmente chaque jour. Elle mérite tant d'être heureuse, celle-là!

«Réné Luguet.»

C'est ainsi que fut aimée, c'est ainsi que fut pleurée Marie Dorval. Son mari, M. Merle, était déjà tombé dans un état de langueur suivi de paralysie. Aimable et bon, mais profondément personnel, il trouva tout simple de rester, lui, ses infirmités affreuses et ses dettes intarissables à la charge de Luguet et de Caroline, auxquels il n'était rien, sinon un devoir légué par Mme Dorval, devoir qu'ils accomplirent jusqu'au bout, en dépit des vicissitudes de la vie d'artiste et des mauvais jours qu'ils eurent à traverser, tant leur fut chère et sacrée la pensée de continuer la tâche de dévouement qui leur était léguée par elle.

Oui, si elle a été trahie et souillée, cette victime de l'art et de la destinée, elle a été aussi bien chérie et bien regrettée. Et je n'ai pas parlé de moi, de moi qui ne me suis pas encore habituée à l'idée qu'elle n'est plus, et que je ne pourrai plus la secourir et la consoler; de moi, qui n'ai pu raconter cette histoire et transcrire ces détails sans me sentir étouffée par les larmes; de moi, qui ai la conviction de la retrouver dans un meilleur monde, pure et sainte comme le jour où son âme quitta le sein de Dieu pour venir errer dans notre monde insensé, et tomber de lassitude sur nos chemins maudits!

CHAPITRE TRENTE-TROISIEME

Eugène Delacroix.

Eugène Delacroix fut un de mes premiers amis dans le monde des artistes, et j'ai le bonheur de le compter toujours parmi mes vieux amis. Vieux, on le sent, est le mot relatif à l'ancienneté des relations, et non à la personne. Delacroix n'a pas et n'aura pas de vieillesse. C'est un génie et un homme jeune. Bien que, par une contradiction originale et piquante, son esprit critique sans cesse le présent et raille l'avenir, bien qu'il se plaise à connaître, à sentir, à deviner, à chérir exclusivement les œuvres et souvent les idées du passé, il est, dans son art, l'innovateur et l'oseur par excellence. Pour moi, il est le premier maître de ce temps-ci, et, relativement à ceux du passé, il restera un des premiers dans l'histoire de la peinture. Cet art n'ayant pas généralement progressé depuis la renaissance, et paraissant moins goûté et moins compris relativement par les masses, il est naturel qu'un type d'artiste comme Delacroix, longtemps étouffé ou combattu par cette décadence de l'art et par cette perversion du goût général, ait réagi, de toute la force de ses instincts, contre le monde moderne. Il a cherché dans tous les obstacles qui l'entouraient des monstres à renverser, et il a cru les trouver souvent dans des idées de progrès dont il n'a senti ou voulu sentir que le côté incomplet ou excessif. C'est une volonté trop exclusive et trop ardente que la sienne pour s'accommoder des choses à l'état d'abstraction. En cela il est, dans l'appréciation des vues sociales, comme était Marie Dorval dans celles des idées religieuses. Il faut à ces fortes imaginations un terrain solide pour édifier le monde de leurs pensées. Il ne faut pas leur parler d'attendre que la lumière soit faite. Elles ont horreur du vague, elles veulent le grand jour. C'est tout simple: elles sont jour et lumière elles-mêmes.

Il ne faut donc pas espérer de les calmer en leur disant que la certitude est et sera toujours en dehors des faits du monde où l'on vit, et que la foi à l'avenir ne doit pas s'embarrasser du spectacle des choses présentes. Ces yeux perçans voient souvent les hommes d'avenir faire fatalement des mouvemens rétrogrades, et, dès lors, ils jugent que la philosophie du siècle marche à reculons.

C'est ici le lieu de dire que notre philosophie, à nous autres qui nous piquons d'être progressistes, devrait bien faire le progrès d'une certaine tolérance. Dans l'art, dans la politique, et, en général, dans tout ce qui n'est pas science exacte, on veut qu'il n'y ait qu'une vérité, et c'est là une vérité, en effet; mais, dès qu'on se l'est formulée à soi-même, on s'imagine avoir trouvé la vraie formule, on se persuade qu'il n'y en a qu'une, et on prend dès lors cette formule pour la chose. Là commencent l'erreur, la lutte, l'injustice et le chaos des discussions vaines.

Il n'y a qu'une vérité dans l'art, le beau; qu'une vérité dans la morale, le bien; qu'une vérité dans la politique, le juste. Mais dès que vous voulez faire chacun le cadre d'où vous prétendez exclure tout ce qui, selon vous, n'est pas juste, bien et beau, vous arrivez à rétrécir ou à déformer tellement l'image de l'idéal, que vous vous trouvez fatalement et bien heureusement à peu près seul de votre avis. Le cadre de la vérité est plus vaste, toujours plus vaste qu'aucun de nous ne peut se l'imaginer.

La notion de l'infini peut seule agrandir un peu l'être fini que nous sommes, et c'est la notion qui entre le plus difficilement dans nos esprits. La discussion, la délimitation, l'*épluchage* et l'*épilogage* sont devenus, surtout en ce temps-ci, de véritables maladies; à ce point que beaucoup de jeunes artistes sont morts pour l'art, ayant oublié, à force de causer, qu'il s'agissait de prouver par des œuvres, et non par des discours. L'infini ne se démontre pas, il se cherche, et le beau se sent plus dans l'âme qu'il ne s'établit par des règles. Tous ces catéchismes d'art et de politique que l'on se jette à la tête, sentent l'enfance de la politique et de l'art. Laissons donc discuter, puisque c'est l'enseignement pénible, agaçant et puéril, qu'il faut sans doute encore à notre époque; mais que ceux d'entre nous qui sentent au dedans d'eux-mêmes un élan véritable ne s'embarrassent pas de ce bruit de l'école, et fassent leur tâche en se bouchant un peu les oreilles.

Et puis, quand notre tâche du jour est faite, regardons celle des autres, et ne nous hâtons pas de dire qu'elle n'est pas bonne, parce qu'elle est différente. Profiter vaut mieux que contredire, et bien souvent on ne profite de rien, parce que l'on veut tout critiquer.

Nous exigeons trop de logique dans les autres, et par là nous montrons que nous n'en avons pas assez pour nous-mêmes. Nous voulons qu'on voie par nos yeux en toutes choses, et plus un individu nous frappe et nous occupe par l'emploi de hautes facultés, plus nous voulons l'assimiler à nos facultés propres, qui, à supposer qu'elles ne soient pas très inférieures, sont du moins très différentes. Philosophes, nous voudrions qu'un musicien fît ses délices de Spinoza; musiciens, nous voudrions qu'un philosophe nous donnât l'opéra de *Guillaume Tell*; et quand l'artiste, hardi novateur dans sa partie, rejette l'innovation sur un autre point, de même que quand le penseur, bouillant à s'élancer dans l'inconnu de ses croyances, recule devant la nouveauté d'une tentative d'art, nous crions à l'inconséquence et nous dirions volontiers: «Toi, artiste, je condamne tes œuvres d'art, parce que tu n'es pas de mon parti et de mon école; toi, philosophe, je nie ta science, parce que tu n'entends rien à la mienne.»

C'est ainsi qu'on juge trop souvent, et trop souvent la critique écrite arrive pour donner la dernière main à ce système d'intolérance si parfaitement déraisonnable. Cela était surtout sensible il y a quelques années, lorsque beaucoup de journaux et de revues représentaient beaucoup de nuances d'opinions. On eût pu dire alors: «Dis-moi dans quel journal tu écris, et je vais te dire quel artiste tu vas louer ou blâmer.»

On m'a bien souvent dit à moi: «Comment pouvez-vous vivre et parler avec tel de vos amis qui pense tout au rebours de vous? Quelles concessions vous fait-il, ou quelles concessions n'êtes-vous pas forcée de lui faire?»

Je n'ai jamais fait ni demandé la moindre concession, et si j'ai quelquefois discuté, c'est pour m'instruire en faisant parler les autres, m'instruire, non pas en ce sens que j'acceptais toujours toutes leurs solutions, mais en ce sens qu'examinant le mécanisme de leur pensée et recherchant en eux la source de leurs convictions, j'arrivais à comprendre ce que l'être humain le mieux organisé renferme de contradictions de fait dans sa logique apparente, et, par suite, de logique véritable dans ses apparentes contradictions.

Du moment que l'intelligence vous révèle ses forces, ses besoins, son but et même ses infirmités à côté de ses grandeurs, je ne comprends guère qu'on ne l'accepte pas tout entière, même avec ses tâches, lesquelles, comme celles du soleil, ne peuvent pas être regardées à l'œil nu sans faire cligner beaucoup la paupière.

J'ai donc, outre l'amitié tendre qui me lie à certaines natures d'élite, un grand respect pour ce que je n'admettrais pas en moi-même à l'état de croyance arrêtée, mais ce qui, chez elles me paraît l'accident inévitable, nécessaire, peut être le coup de fouet intérieur de leur développement. Un grand artiste peut nier devant moi une partie de ce qui fait la vie de mon âme, peu m'importe; je sais bien que par les endroits de mon âme qui lui sont ouverts, il fera rentrer ma vie avec sa flamme. De même un grand philosophe qui me blâmera d'être artiste me rendra plus artiste en ranimant ma foi à des vérités supérieures, lorsqu'il m'expliquera ces vérités avec l'éloquence de la conviction.

Notre esprit est une boîte à compartimens qui communiquent les uns avec les autres par un admirable mécanisme. Un grand esprit qui se livre à nous nous donne à respirer comme un bouquet de fleurs où certains parfums, qui nous seraient nuisibles isolés, nous charment et nous raniment par leur mélange avec les autres parfums qui les modifient.

Ces réflexions me viennent à propos d'Eugène Delacroix. Je pourrais les appliquer à beaucoup d'autres natures éminentes que j'ai eu le bonheur d'apprécier sans qu'elles m'aient causé aucun souci en me contredisant et même en se moquant de moi à l'occasion. J'ai été tenace dans ma résistance à certains de leurs dires, mais tenace aussi dans mon affection pour elles et dans ma reconnaissance pour le bien qu'elles m'ont fait en excitant en moi le sentiment de moi-même. Elles me regardent comme une rêveuse incorrigible; mais elles savent que je suis une amie fidèle.

Le grand maître dont je parle est donc mélancolique et chagrin dans sa théorie, enjoué, charmant, *bon enfant* au possible dans son commerce. Il démolit sans fureur et raille sans fiel, heureusement pour ceux qu'il critique; car il a autant d'esprit que de génie, chose à quoi l'on ne s'attend pas en regardant sa peinture, où l'agrément cède la place à la grandeur, et où la maestria n'admet pas la gentillesse et la coquetterie. Ses types sont austères; on aime à les regarder bien en face: ils vous appellent dans une région plus haute que celle où l'on vit. Dieux, guerriers, poètes ou sages, ces grandes figures de l'allégorie ou de l'histoire qu'il a traitées vous saisissent par une allure formidable ou par un calme olympien. Il n'y a pas moyen de penser, en les contemplant, au pauvre modèle d'atelier, qu'on retrouve dans presque toutes les peintures modernes, sous le costume d'emprunt à l'aide duquel on a vainement tenté de le transformer. Il semble que si Delacroix a fait poser des hommes et des femmes, il ait cligné les yeux pour ne pas les voir trop réels.

Et cependant ses types sont vrais, quoique idéalisés dans le sens du mouvement dramatique ou de la majesté rêveuse. Ils sont vrais comme les images que nous portons en nous-mêmes quand nous nous représentons les dieux de la poésie ou les héros de l'antiquité. Ce sont bien des hommes, mais non des hommes vulgaires comme il plaît au vulgaire de les voir pour les comprendre. Ils sont bien vivans, mais de cette vie grandiose, sublime ou terrible dont le génie seul peut retrouver le souffle.

Je ne parle pas de la couleur de Delacroix. Lui seul aurait peut-être la science et le droit de faire la démonstration de cette partie de son art, où ses adversaires les plus obstinés n'ont pas trouvé moyen de le discuter; mais parler de la couleur en peinture, c'est vouloir faire sentir et deviner la musique par la parole. Décrira-t-on le *Requiem* de Mozart? On pourrait bien écrire un beau poème en l'écoutant; mais ce ne serait qu'un poème et non une traduction; les arts ne se traduisent pas les uns par les autres. Leur lien est serré étroitement dans les profondeurs de l'âme, mais, ne parlant pas la même langue, ils ne s'expliquent mutuellement que par de mystérieuses analogies. Ils se cherchent, s'épousent et se fécondent dans des ravissemens où chacun d'eux n'exprime que lui-même.

«*Ce qui fait le beau de cette industrie-là*, me disait gaîment Delacroix lui-même dans une de ses lettres, *consiste dans des choses que la parole n'est pas habile à exprimer.*—Vous me comprenez de reste, ajoute-t-il; et une phrase de votre lettre me dit assez combien vous sentez les limites nécessaires à chacun des arts, limites que messieurs vos confrères franchissent parfois avec une aisance admirable.»

Il n'y a guère moyen d'analyser la pensée dans quelque art que ce soit, si ce n'est à travers une pensée de même ordre. Du moment qu'on veut rapetisser à sa propre mesure, quand on est petit, les grandes pensées des maîtres, on erre et on divague sans entamer en rien le chef-d'œuvre: on a pris une peine inutile.

Quant à disséquer leur procédé, soit pour le louer, soit pour le blâmer, l'étalage des termes techniques que la critique introduit plus ou moins adroitement dans ses argumentations sur la peinture et la musique, n'est qu'un tour de force réussi ou manqué. Manqué, ce qui arrive souvent à ceux qui parlent du métier sans en comprendre les termes et en les employant à tort et à travers, le tour fait rire les plus humbles praticiens. Réussi, il n'initie en rien le public à ce qu'il lui importe de sentir, et n'apprend rien aux élèves attentifs à saisir les secrets de la maîtrise. Vous leur direz en vain les procédés de l'artiste, et devant ces naïfs rapins qui s'extasient sur un petit coin de la toile en se demandant avec stupeur *comment cela est fait*, vous exposerez en vain la théorie savante des moyens employés: vous fussiez-ils révélés par la propre bouche du maître, ils seront parfaitement inutiles à celui qui ne saura pas les mettre en œuvre. S'il n'a pas de génie, aucun moyen ne lui servira; s'il a du génie, il trouvera ses moyens tout seul, ou se servira à sa manière de ceux d'autrui, qu'il aura compris ou devinés sans vous. Les seuls ouvrages d'art sur l'art qui aient de l'importance et qui puissent être utiles sont ceux qui s'attachent à développer les qualités de sentiment des grandes choses, et qui par là, élèvent et élargissent le sentiment des lecteurs. Sous ce point de vue, Diderot a été grand critique, et de nos jours, plus d'un critique a encore écrit de belles et bonnes pages. Hors de là, il n'y a qu'efforts perdus et pédantisme puéril.

Un modèle d'appréciation supérieure est sous mes yeux. J'en veux rappeler un fragment pour ceux qui ne l'auraient pas sous la main.

«On ne peut nier l'impression sans cesse décroissante des ouvrages qui s'adressent à la partie la plus enthousiaste de l'esprit; c'est une espèce de refroidissement mortel qui nous gagne par degrés, avant de glacer tout à fait la source de toute vénération et de toute poésie................

«Doit-on se dire que les beaux ouvrages ne sont pas faits pour le public et ne sont pas appréciés par lui, et qu'il ne garde ses admirations privilégiées que pour de futiles objets? Serait-ce qu'il se sent pour toute production extraordinaire une sorte d'antipathie, et que son instinct le porte naturellement vers ce qui est vulgaire et de peu de durée? Y aurait-il, pour toute œuvre qui semble par sa grandeur échapper au caprice de la mode, une condition secrète de lui déplaire, et n'y voit-il qu'une espèce de reproche de l'inconstance de ses goûts et de la vanité de ses opinions?»

Après ce cri de douleur et d'étonnement, le critique que je cite nous parle du *Jugement dernier*, et, sans employer aucun terme de métier, sans nous initier à aucun des procédés que nous n'avons pas besoin de connaître, occupé seulement de nous communiquer l'enthousiasme qui l'embrase, il nous jette dans la pensée la propre pensée de Michel-Ange.

«Le style de Michel-Ange, dit-il, semble le seul qui soit parfaitement approprié à un pareil sujet. L'espèce de convention qui est particulière à ce style, ce parti tranché de fuir toute trivialité au risque de tomber dans l'enflure et d'aller jusqu'à l'impossible, se trouvaient à leur place dans la peinture d'une scène qui nous transporte dans une sphère tout idéale. Il est si vrai que notre esprit va toujours au-delà de ce que l'art peut exprimer en ce genre, que la poésie elle-même, qui semble si immatérielle dans ses moyens d'expression, ne nous donne jamais qu'une idée trop définie de semblables inventions. Quand l'Apocalypse de saint Jean nous peint les dernières convulsions de la nature, les montagnes qui s'écroulent, les étoiles qui tombent de la voûte céleste, l'imagination la plus poétique et la plus vaste ne peut s'empêcher de circonscrire dans un champ borné le tableau qui lui est offert. Les comparaisons employées par les poètes sont tirées d'objets matériels qui arrêtent la pensée dans son vol. Michel-Ange, au contraire, avec ses dix ou douze groupes de quelques figures disposées symétriquement et sur une surface que l'œil embrasse sans peine, nous donne une idée incomparablement plus terrible de la catastrophe suprême qui amène aux pieds de son juge le genre humain éperdu; et cet empire immense qu'il prend à l'instant même sur l'imagination, il ne le doit à aucune des ressources que peuvent employer les peintres vulgaires; c'est son style seul qui le soutient dans les régions du sublime et nous y emporte avec lui.

***

Le Christ de Michel-Ange n'est ni un philosophe ni un héros de roman. C'est Dieu lui-même dont le bras va réduire en poudre l'univers. Il faut à Michel-Ange, il faut au peintre des formes, des contrastes, des ombres, des lumières sur des corps charnus et mouvans. Le jugement dernier, c'est la fête de la chair; aussi comme on la voit courir déjà sur les os de ces pâles ressuscités, au moment où la trompette entr'ouvre leur tombe et les arrache au sommeil des siècles! Dans quelle variété de poétiques attitudes ils entr'ouvrent leurs paupières à la lueur de ce sinistre et dernier jour qui secoue pour jamais la lumière du sépulcre et pénètre jusqu'aux entrailles de cette terre où la mort a entassé ses victimes! Quelques-uns soulèvent avec effort la couche épaisse sous laquelle ils ont dormi si longtemps; d'autres, dégagés déjà de leur fardeau, restent là étendus et comme étonnés d'eux-mêmes. Plus loin, la barque vengeresse emporte la foule des réprouvés. Caron se tient là, battant de son aviron les âmes paresseuses: *qualunque s'adagia!*»

Qui donc a écrit ces belles pages? Ne semble-t-il pas qu'on entende Michel-Ange lui-même parler de son œuvre et en expliquer la pensée? Ce langage si grand et si ferme qu'il ne semble pas appartenir à notre siècle, n'est-il pas celui du maître traduit par quelque littérateur contemporain du premier ordre?

Non! ces pages sont écrites par un maître moderne qui n'a ni le goût ni le temps d'écrire. Elles ont été jetées à la hâte sur le papier, dans un jour de brûlante indignation contre l'indifférence du public et de la critique en présence d'une belle copie du *Jugement dernier*, due à Sigalon, et que Paris était appelé à contempler au palais des Beaux-Arts, ce dont Paris ne se souciait pas le moins du monde. Ces pages, dont le maître ne veut pas seulement qu'on lui parle et qu'il craint peut-être de relire, sont signées Eugène Delacroix.

Je ne dirai pas: Que n'en a-t-il écrit beaucoup d'autres[12]! mais bien: Que n'a-t-il pu mettre douze heures de plus dans ses journées déjà trop courtes pour la peinture! Lui seul, je le crois, eût pu traduire son propre génie à la multitude en lui traduisant celui des maîtres tant aimés et si bien compris par lui!

Citons la conclusion; on y verra le *procédé* par lequel Delacroix est devenu un peintre égal à Michel-Ange.

«On n'a pas craint d'affirmer que la vue du chef-d'œuvre de Michel-Ange corromprait le goût des élèves et les induirait à la manière, comme si quelque chose pouvait être plus funeste que la manière même des écoles. Sans doute, des modèles aussi frappans ne s'adressent pas à tous les esprits. Il en est de l'étude d'une manière si agrandie, d'un art si abstrait, si l'on peut parler ainsi, comme de ces régimes austères auxquels ne se soumettent que les rudes tempéramens. En présence de tant de grandeur et de hardiesse, un élève imbécile se retourne vers son maître et ne voit dans le dédain du grand peintre pour l'imitation vulgaire que l'impuissance d'imiter. Le maître se demande à son tour s'il fera céder la tradition devant ce mépris de toute tradition, et cependant le sublime artiste s'avance à travers les siècles, entouré de disciples plus dignes de lui. Tous les grands noms de la peinture marchent à ses côtés et le couronnent des rayons de leur propre gloire.....................................

«Après toutes les nouvelles déviations dans lesquelles l'art pourra se trouver entraîné par le caprice et le besoin du changement, le grand style du Florentin sera toujours comme un pôle vers lequel il faudra se tourner de nouveau pour retrouver la route de toute grandeur et de toute beauté.»

Le voilà, le procédé! C'est d'adorer le beau d'abord, ensuite de le comprendre, et puis enfin de le tirer de soi-même. Il n'y en a pas d'autre.

On peut bien croire que l'inintelligence du siècle a fait mortellement souffrir cette âme enthousiaste des grandes choses. Heureusement, la gaîté charmante de son esprit l'a préservé de la souffrance qui aigrit. Quant à celle qui énerve, le géant était trop fortement trempé pour la connaître. Il a résolu le problème de prendre son essor entier, un essor victorieux, immense, et qui laisse le parlage et le paradoxe loin sous ses pieds, comme cette fulgurante figure d'Apollon qu'il a jetée aux voûtes du Louvre oublie, dans la splendeur des cieux, les Chimères qu'il vient de terrasser. Il a résolu ce problème sans perdre la jeunesse de son âme, la générosité et la droiture de ses instincts, le charme de son caractère, la modestie et le bon goût de son attitude.

Delacroix a traversé plusieurs phases de son développement en imprimant à chaque série de ses ouvrages le sentiment profond qui lui était propre. Il s'est inspiré du Dante, de Shakspeare et de Goëthe, et les romantiques ayant trouvé en lui leur plus haute expression, ont cru qu'il appartenait exclusivement à leur école. Mais une telle fougue de création ne pouvait s'enfermer dans un cercle ainsi défini. Elle a demandé au ciel et aux hommes de l'espace, de la lumière, des lambris assez vastes pour contenir ses compositions, et s'élançant alors dans le monde de son idéal complet, elle a tiré de l'oubli, où il était question de les reléguer, les allégories de l'antique Olympe, qu'elle a mêlées en grand historien de la poésie, à l'illustration des génies de tous les siècles. Delacroix a rajeuni ce monde évanoui ou travesti par de froides traditions, au feu de son interprétation brûlante. Autour de ces personnifications surhumaines, il a créé un monde de lumière et d'effets, que le mot *couleur* ne suffit peut-être pas à exprimer pour le public, mais qu'il est forcé de sentir dans l'effroi, le saisissement ou l'éblouissement qui s'emparent de lui à un tel spectacle. Là éclate l'individualité du sentiment de ce maître, enrichie du sentiment collectif des temps modernes, dont la source cachée au fond des esprits supérieurs grossit toujours à travers les âges.

Il y aura néanmoins toujours un ordre d'esprits systématiques qui reprocheront à Delacroix de n'avoir pas présenté à leurs sens le joli, le gracieux, la forme voluptueuse, l'expression caressante comme ils l'entendent. Reste à savoir s'ils l'entendent bien, et si, dans cette région de la fantaisie, ils sont compétens à discerner le faux du vrai, le naïf du maniéré. J'en doute. Ceux qui comprennent réellement le Corrége, Raphaël, Watteau, Prud'hon, comprennent tout aussi bien Delacroix. La grâce a son siége et la puissance a le sien. D'ailleurs les grâces sont des divinités à mille faces. Elles sont lascives ou chastes, selon l'œil qui les voit, selon l'âme qui les formule. Le génie de Delacroix est sévère, et quiconque n'a pas un sentiment capable d'élévation ne le goûtera jamais entièrement. Je crois qu'il y est tout résigné.

Mais quelle que soit la critique, il laissera un grand nom et de grandes œuvres. Quand on le voit pâle, frêle, nerveux et se plaignant de mille petits maux obstinés à le tenir en haleine, on s'étonne que cette délicate organisation ait pu produire avec une rapidité surprenante, à travers des contrariétés et des fatigues inouïes, des œuvres colossales. Et pourtant elles sont là, et elles seront suivies, s'il plaît à Dieu, de beaucoup d'autres, car le maître est de ceux qui se développent jusqu'à la dernière heure, et dont on croit en vain saisir le dernier mot à chaque nouveau prodige.

Delacroix n'a pas été seulement grand dans son art, il a été grand dans sa vie d'artiste. Je ne parle pas de ses vertus privées, de son culte pour sa famille, de ses tendresses pour ses amis malheureux, des charmes solides de son caractère, en un mot. Ce sont là des mérites individuels que l'amitié ne publie pas à son de trompe. Les épanchemens de son cœur dans ses admirables lettres feraient ici un beau chapitre qui le peindrait mieux que je ne sais le faire. Mais les amis vivans doivent-ils être ainsi révélés, même quand cette révélation ne peut être que la glorification de leur être intime? Non, je ne le pense pas. L'amitié a sa pudeur, comme l'amour a la sienne. Mais ce qui en Delacroix appartient à l'appréciation publique pour le profit que portent les nobles exemples, c'est l'intégrité de sa conduite; c'est le peu d'argent qu'il a voulu gagner, la vie modeste et longtemps gênée qu'il a acceptée plutôt que de faire aux goûts et aux idées du siècle (qui sont bien souvent celles des gens en place) la moindre concession à ses principes d'art. C'est la persévérance héroïque avec laquelle, souffrant, malingre, brisé en apparence, il a poursuivi sa carrière, riant des sots dédains; ne rendant jamais le mal pour le mal, malgré les formes charmantes d'esprit et de savoir-vivre qui l'eussent rendu redoutable dans ces luttes sourdes et terribles de l'amour-propre; se respectant lui-même dans les moindres choses, ne boudant jamais le public, exposant chaque année au milieu d'un feu croisé d'invectives, qui eût étourdi ou écœuré tout autre; ne se reposant jamais, sacrifiant ses plaisirs les plus purs, car il aime et comprend admirablement les autres arts, à la loi impérieuse d'un travail longtemps infructueux pour son bien-être et son succès: vivant, en un mot, au jour le jour, sans envier le faste ridicule dont s'entourent les artistes parvenus, lui dont la délicatesse d'organes et de goûts se fût si bien accommodée pourtant d'un peu de luxe et de repos.

FIN DU TOME ONZIÈME.

TOME DOUZIÈME

CHAPITRE TRENTE-TROISIEME (SUITE.)

Delacroix.—David Richard et Gaubert.—La phrénologie et la médecine.—Les saints et les anges.

Dans tous les temps, dans tous les pays, on cite les grands artistes qui n'ont rien donné à la vanité ou à l'avarice, rien sacrifié à l'ambition, rien immolé à la vengeance. Nommer Delacroix, c'est nommer un de ces hommes purs dont le monde croit assez dire en les déclarant honorables, faute de savoir combien la tâche est rude au travailleur qui succombe et au génie qui lutte.

Je n'ai point à faire l'historique de nos relations; elle est dans ce seul mot, amitié sans nuages. Cela est bien rare et bien doux, et entre nous cela est d'une vérité absolue. Je ne sais pas si Delacroix a des imperfections de caractère. J'ai vécu près de lui dans l'intimité de la campagne et dans la fréquence des relations suivies, sans jamais apercevoir en lui une seule tache, si petite qu'elle fût. Et pourtant nul n'est plus liant, plus naïf et plus abandonné dans l'amitié. Son commerce a tant de charmes qu'auprès de lui on se trouve soi-même être sans défauts, tant il est facile d'être dévoué à qui le mérite si bien. Je lui dois en outre, bien certainement, les meilleures heures de pures délices que j'aie goûtées en tant qu'artiste. Si d'autres grandes intelligences m'ont initiée à leurs découvertes et à leurs ravissemens dans la sphère d'un idéal commun, je peux dire qu'aucune individualité d'artiste ne m'a été aussi plus sympathique, et, si je puis parler ainsi, plus intelligente dans son expansion vivifiante. Les chefs-d'œuvre qu'on lit, qu'on voit ou qu'on entend ne vous pénètrent jamais mieux que doublés en quelque sorte dans leur puissance par l'appréciation d'un puissant génie. En musique et en poésie comme en peinture, Delacroix est égal à lui-même, et tout ce qu'il dit quand il se livre est charmant ou magnifique sans qu'il s'en aperçoive.

Je ne compte pas entretenir le public de tous mes amis. Un chapitre consacré à chacun d'eux outre qu'il blesserait la timidité modeste de certaines natures éprises de recueillement et d'obscurité, n'aurait d'intérêt que pour moi et pour un fort petit nombre de lecteurs. Si j'ai parlé beaucoup de Rollinat, c'est parce que cette amitié type a été pour moi l'occasion de dresser mon humble autel à une religion de l'âme que chacun de nous porte plus ou moins pure en soi-même.

Quant aux personnes célèbres, je ne m'attribue pas le droit d'ouvrir le sanctuaire de leur vie intime, mais je regarde comme un devoir d'apprécier l'ensemble excellent de leur vie par rapport à la mission qu'elles remplissent, quand je suis à même de remplir ce devoir en connaissance de cause.

Que ceux de mes anciens amis qui ne trouveront pas leurs noms à cette page de mon histoire ne pensent donc pas qu'ils soient effacés de mon cœur. Plus d'un, même, que les circonstances ont forcément éloigné, à la longue, du milieu où j'ai dû vivre, m'est resté cher, et garde dans mes souvenirs la place honorable et douce qu'il s'y est faite.

Parmi ceux-là, je te nommerai pourtant, David Richard, type noble et doux, âme pure entre toutes! Tu appartiens à l'estime d'un groupe moins restreint que celui où ton humilité vraiment chrétienne s'est toujours cachée. La charité t'a, pour ainsi dire, détaché de toi-même, et tes patientes études, les élans généreux de ton cœur t'ont jeté dans une vie d'apôtre où le mien t'a suivi avec une constante vénération.

C'est qu'il est rare que les âmes portées à ce sentiment-là ne deviennent pas dignes de l'inspirer à leur tour. Cet humble axiome résume toute la vie de David Richard. Doué d'une tendresse suave et d'une foi fervente, il vit dans ses amis (et en tête de ses premiers amis fut l'illustre Lamennais), non pas des soutiens et des appuis pour sa faiblesse, mais des alimens naturels pour les forces de son dévouement. Je ne sais pas si on l'a jamais soutenu et consolé, lui! Je ne crois pas, du moins, qu'il ait jamais songé à se plaindre d'aucune peine personnelle. Ce que je sais, c'est qu'il écoutait, consolait et calmait toujours, attirant à lui toutes les peines des autres et les dissipant ou les calmant par je ne sais quelle influence mystérieuse.

Je crois sérieusement à des *influences*. Je ne sais pas qualifier autrement certaines dispositions soudaines où nous placent, à notre insu, peut-être à l'insu d'elles-mêmes, certaines personnes que nous aimons ou qui nous déplaisent à première vue. Que ce soit une impression reçue dans une existence antérieure dont nous avons perdu le souvenir, ou réellement un fluide qui émane d'elles, il est certain que la rencontre de ces personnes nous est bienfaisante ou nuisible. Je ne crois pas que ces préventions soient imaginaires dans leurs causes n'ayant jamais vu qu'elles le fussent dans leurs effets. Je ne parle pas des préventions légères, fantasques ou préconçues. On fait fort bien de vaincre celles-là dès qu'on les sent mal fondées; mais il en est de bien sérieuses auxquelles on ne donne pas assez d'attention, et qu'on se repent toujours d'avoir repoussées lorsqu'on avait la liberté d'agir.

Si c'est une superstition, j'ai celle-là, je l'avoue, et j'ai fait l'expérience d'aimer toute ma vie les gens que j'ai aimés en les voyant pour la première fois. Il en fut ainsi de David Richard, que je n'ai pas vu depuis plus de dix ans, et de mon pauvre Gaubert, que je ne verrai plus que dans une autre vie. Les voir était pour moi un véritable bien-être moral, que je ressentais même d'une façon matérielle, dans l'aisance de ma respiration, comme s'ils eussent apporté autour de moi une atmosphère plus pure que celle dont j'étais nourrie à l'habitude. Ne plus les voir n'a rien ôté au bien-être intellectuel que m'apporte leur souvenir et au rassérénement qui se fait dans ma pensée quand je m'imagine converser avec eux.

C'est qu'il y a des âmes, je ne dirai pas faites les unes pour les autres, trop de dissemblances dans leurs facultés leur commandent de ne pas se jeter aveuglement dans le même chemin; mais des âmes qui se conviennent par quelque point essentiel et dominant. Gaubert me disait, dans sa langue phrénologique, que nous nous tenions par les protubérances de l'affectionnivité et de la vénération. Soit! Quand ces âmes se rencontrent, elles se devinent et s'acceptent mutuellement sans hésiter, elles se saluent comme de vieilles connaissances; elles n'ont rien à se révéler de nouveau, et pourtant elles se délectent dans l'entretien l'une de l'autre, comme si elles se retrouvaient après une longue séparation.

La femme admirable et infortunée dont j'ai parlé dans les pages précédentes demandait au ciel des saints et des anges sur la terre. Je me souviens de lui avoir dit souvent qu'il y en avait, mais que nous n'avions pas toujours le sens divin qui les fait reconnaître sous l'humble forme et parfois sous le pauvre habit qui les déguisent. Nous avons de l'imagination, nous cherchons le prestige. La beauté, le charme, l'esprit, la grâce nous enivrent, et nous courons après de trompeurs météores sans nous douter que les vrais saints sont plus souvent cachés dans la foule que placés sur le piédestal. Et puis, quand nous avons suivi ces belles lumières qui attirent comme les feux follets, elles s'éteignent tout à coup, et avec elles l'enthousiasme qu'elles nous inspiraient. Ces erreurs-là s'appellent quelquefois passions. Les vrais saints ne fanatisent pas ainsi. Ils n'inspirent que des sentimens doux et angéliques comme eux-mêmes. Ils sont trop modestes pour vouloir entraîner ou éblouir. Ils ne troublent pas le cerveau, ils ne tourmentent pas le cœur. Ils sourient et bénissent. Heureux l'instinct qui les découvre et le jugement qui les apprécie!

Des saints et des anges! Et pourquoi ne voulons-nous pas comprendre que ces beaux êtres fantastiques sont déjà de ce monde à l'état latent, comme le papillon splendide dans sa pauvre larve? Ils n'ont ni rayons de feu ni ailes d'or pour se distinguer des autres hommes. Ils n'ont pas même toujours les beaux yeux profonds et lumineux qui éclairaient la figure pâle de mon bon Gaubert. Ils ne sont ni remarqués ni admirés dans le monde. Ils ne brillent nulle part, ni sur des chevaux rapides, ni aux avant-scènes des théâtres, ni dans les salons, ni dans les académies, ni dans le forum, ni dans les cénacles. S'ils eussent vécu sous Tibère, ils n'eussent brillé qu'aux arènes, en qualité de martyrs, comme tant d'autres fidèles serviteurs de Dieu, dont on n'eût jamais entendu parler si l'occasion d'un grand acte de foi ne se fût rencontrée pour envoyer aux archives du ciel les noms sacrés de ces victimes obscures, la splendeur de ces vertus ignorées.

Des saints et des anges! Oui, à mes yeux, Gaubert était un saint et Richard un ange. Celui-ci paisible et nageant sans trouble et sans effroi dans son rayonnement intérieur; celui-là, plus agité, plus impatient, exhalant de brûlantes indignations contre la folie ou la perversité qu'il comprenait d'autant moins qu'il les étudiait davantage.

Gaubert m'inspirait une tendresse véritable, parce qu'il l'éprouvait pour moi. Quoiqu'il n'eût qu'une dizaine d'années de plus que moi, sa tête chauve, ses joues creuses, sa débile santé et, plus que tout cela, l'austérité naïve de sa vie et de ses idées, le vieillissaient de vingt ans à mes yeux et à ceux de ses autres amis. C'était le type du vertueux et tendre père, sévère et absolu dans ses théories, indulgent jusqu'à la *gâterie* dans la pratique des affections. J'ai pleuré sa mort, non pas seulement par respect et par attendrissement, mais par égoïsme de cœur. Il nous avait pourtant dit cent fois à tous qu'il ne fallait pas pleurer les morts, mais bien plutôt remercier Dieu de les avoir appelés à lui, et pousser le dévouement au-delà de la tombe, jusqu'à se réjouir de les savoir en possession de leur récompense. Il avait raison, mais les entrailles ne raisonnent pas, et si je l'ai amèrement regretté, c'est sa faute. Il s'était rendu trop nécessaire à moi. Je voyais en lui un refuge contre tous les découragemens et toutes les langueurs de la volonté, une loi vivante du devoir avec les suavités de la prédication enthousiaste et ces douceurs de la sollicitude paternelle qui pénètrent et consolent. Les saints farouches et ascétiques frappent l'imagination ou éveillent l'orgueil qu'on appelle émulation. Ils n'agissent donc que sur de nobles orgueilleux de leur trempe. Les saints doux et tendres attirent davantage, et, pour mon compte, je n'aime que ceux-ci.

J'aurai à reparler de Gaubert et du bon frère qui lui a survécu, dans la suite de mon histoire.

CHAPITRE TRENTE-QUATRIEME

Sainte-Beuve.—Luigi Calamatta.—Gustave Planche.—Charles Didier.
—Pourquoi je ne parle pas de certains autres.

Je ne crois pas interrompre l'ordre de mon récit en consacrant encore quelques pages à mes amis. Le monde de sentimens et d'idées où ces amis me firent pénétrer est une partie essentielle de ma véritable histoire, celle de mon développement moral et intellectuel. J'ai la conviction profonde que je dois aux autres tout ce que j'ai acquis et gardé d'un peu bon dans l'âme. Je suis venue sur la terre avec le goût et le besoin du vrai; mais je n'étais pas une assez puissante organisation pour me passer d'une éducation conforme à mes instincts, ou pour la trouver toute faite dans les livres. Ma sensibilité avait besoin surtout d'être réglée. Elle ne le fut guère: les amis éclairés, les sages conseils vinrent un peu trop tard et quand le feu avait trop longtemps couvé sous la cendre pour être étouffé facilement. Mais cette sensibilité douloureuse fut souvent calmée et toujours consolée par des affections sages et bienfaisantes.

Mon esprit, à demi cultivé, était à certains égards une table rase, à d'autres égards une sorte de chaos. L'habitude que j'ai d'écouter, et qui est une grâce d'état, me mit à même de recevoir de tous ceux qui m'entourèrent une certaine somme de clarté et beaucoup de sujets de réflexion. Parmi ceux-là, des hommes supérieurs me firent faire assez vite de grands pas, et d'autres hommes, d'une portée moins saisissante, quelques-uns même qui paraissaient ordinaires, mais qui ne furent jamais tels à mes yeux, m'aidèrent puissamment à me tirer du labyrinthe d'incertitudes où ma contemplation s'était longtemps endormie.

Parmi les hommes d'un talent apprécié, M. Sainte-Beuve, par les abondantes et précieuses ressources de sa conversation, me fut très salutaire, en même temps que son amitié, un peu susceptible, un peu capricieuse mais toujours précieuse à retrouver, me donna quelquefois la force qui me manquait vis-à-vis de moi-même. Il m'a affligé profondément par des aversions et des attaques acerbes contre des personnes que j'admirais et que je respectais; mais je n'avais ni le droit ni le pouvoir de modifier ses opinions et d'enchaîner ses vivacités de discussion; et comme, vis-à-vis de moi, il fut toujours généreux et affectueux (on m'a dit qu'il ne l'avait pas toujours été en paroles, mais je ne le crois plus); comme d'ailleurs il m'avait été secourable avec sollicitude et délicatesse dans certaines détresses de mon âme et de mon esprit, je regarde comme un devoir de le compter parmi mes éducateurs et bienfaiteurs intellectuels.

Sa manière littéraire ne m'a pourtant pas servi de type, et dans des momens où ma pensée éprouvait le besoin d'une expression plus hardie, sa forme délicate et adroite m'a paru plus propre à m'empêtrer qu'à me dégager. Mais quand les heures de fièvre sont passées, on revient à cette forme un peu *vanlotée*, comme on revient à Vanloo lui-même; pour en reconnaître la vraie force et la vraie beauté à travers le caprice de l'individualité et le cachet de l'école, sous ces miévreries souriantes de la recherche, il y a, quand même, le génie du maître. Comme poète et comme critique, Sainte-Beuve est un maître aussi. Sa pensée est souvent complexe, ce qui la rend un peu obscure au premier abord; mais les choses qui ont une conscience réelle valent qu'on les relise, et la clarté est vive au fond de cette apparente obscurité. Le défaut de cet écrivain est un excès de qualités. Il sait tant, il comprend si bien, il voit et devine tant de choses, son goût est si abondant et son objet le saisit par tant de côtés à la fois, que la langue doit lui paraître insuffisante et le cadre toujours trop étroit pour le tableau.

A mes yeux, il était dominé par une contradiction nuisible, je ne dirai pas à son talent, il a bien prouvé que son talent n'en a pas souffert, mais à son propre bonheur. J'entends par ce mot de bonheur, non pas une rencontre ou une réunion de faits qu'il n'est au pouvoir d'aucun homme de faire surgir et de gouverner, mais une certaine source de foi et de sérénité intérieure qui, pour être intermittente, et souvent troublée par le contact des choses extérieures, n'en est pas moins intarissable au fond de l'âme. Le seul bonheur que Dieu nous ait accordé, et dont on puisse oser, sans folie, lui demander la continuation, c'est de sentir qu'au milieu des accidens et des catastrophes de la vie commune, on est en possession de certaines joies intimes et pures qui sont bien l'idéal de celui qui les savoure. Dans l'art comme dans la philosophie, dans l'amour comme dans l'amitié, dans toutes ces choses abstraites dont les événemens ne peuvent nous ôter le sentiment ou le rêve, l'âge ou l'expérience prématurée nous apporte ce bienfait de nous mettre d'accord un jour ou l'autre avec nous-mêmes.

Probablement ce jour est venu pour Sainte-Beuve; mais je l'ai vu longtemps aussi tourmenté que je l'étais alors, quoiqu'il eût infiniment plus de science, de raison et de force défensive contre la douleur. Il enseignait la sagesse avec une éloquence convaincante, et il portait cependant en lui le trouble des âmes généreuses inassouvies.

Il me semblait alors qu'il voulait résoudre le problème de la raison en le compliquant. Il voyait le bonheur dans l'absence d'illusions et d'entraînement; et puis tout aussitôt, il voyait l'ennui, le dégoût et le spleen dans l'exercice de la logique pure. Il éprouvait le besoin des grandes émotions: il convenait que s'y soustraire par crainte du désenchantement est un métier de dupe, puisque les petites émotions inévitables nous tuent en détail; mais il voulait gouverner et raisonner les passions en les subissant. Il voulait qu'on pardonnât aux illusions de ne pouvoir pas être complètes, oubliant, ce me semble, que si elles ne sont pas complètes, elles ne sont pas du tout, et que les amis, les amans, les philosophes qui voient quelque chose à pardonner à leur idéal ne sont déjà plus en possession de la foi, mais qu'ils sont tout simplement dans l'exercice de la vertu et de la sagesse.

Croire ou *aimer par devoir* m'a toujours révoltée comme un paradoxe. On peut agir dans le fait comme si on croyait ou comme si on aimait: voilà, en certains cas, le devoir. Mais du moment qu'on ne croit plus à l'idée ou qu'on n'aime plus l'*être*, c'est le devoir seul que l'on suit et que l'on aime.

Sainte-Beuve avait bien trop d'esprit pour se poser de la sorte une prescription impossible; mais quand il arrivait à philosopher sur la pratique de la vie, je ne sais si je me trompais, mais je croyais le voir tourner dans ce cercle infranchissable.

En résumé, trop de cœur pour son esprit et trop d'esprit pour son cœur, voilà comment je m'expliquai cette nature éminente, et, sans oser affirmer aujourd'hui que je l'ai bien comprise, je m'imagine toujours que ce résumé est la clef de ce que son talent offre d'original et de mystérieux. Peut-être que si ce talent fût laissé être faible, maladroit et fatigué à ses heures, il aurait pris des revanches d'autant plus éclatantes; mais bien qu'il aimât ce laisser-aller dans l'œuvre des autres, il n'a pas consenti à être inégal, et il s'est maintenu excellent. Ceux qui ont entrevu dans un artiste quelque chose de plus ému et de plus pénétrant que ce qu'il a consenti à exprimer dans son œuvre générale se permettent quelque regret. Ils ont eu pour cet artiste plus d'ambition qu'il ne s'en est permis à lui-même. Mais le public n'est pas obligé de savoir que les œuvres qui le charment et l'instruisent ne sont souvent que le débordement d'un vase qui a retenu le plus précieux de sa liqueur. C'est d'ailleurs un peu notre histoire à tous. L'âme renferme toujours le plus pur de ses trésors comme un fonds de réserve qu'elle doit rendre à Dieu seul, et que les épanchemens des tendresses intimes font seuls pressentir. On est même effrayé quand le génie réussit à se produire tout entier sous une forme arrêtée; on craint qu'il ne se soit épuisé dans cet effort suprême, car l'impuissance de se manifester complétement est un bienfait du ciel envers l'humaine faiblesse, et si l'on pouvait exprimer l'aspiration infinie, elle cesserait peut-être aussitôt d'exister.

Le hasard d'un portrait que Buloz fit graver pour mettre en tête d'une de mes éditions me fit connaître Calamatta, graveur habile et déjà estimé, qui vivait pauvrement et dignement avec un autre graveur italien, Mercuri, à qui l'on doit, entre autres, la précieuse petite gravure des *Moissonneurs* de Léopold Robert. Ces deux artistes étaient liés par une noble et fraternelle amitié. Je ne fis que voir et saluer Mercuri, dont le caractère timide ne pouvait guère se communiquer à ma propre timidité. Calamatta, plus Italien dans ses manières, c'est-à-dire plus confiant et plus expansif, me fut vite sympathique, et, peu à peu, notre mutuelle amitié s'établit pour toute la vie.

J'ai rencontré en vérité peu d'amis aussi fidèles, aussi délicats dans leur sollicitude et aussi soutenus dans l'agréable et saine durée des relations. Quand on peut dire d'un homme qu'il est un ami *sûr*, on dit de lui une grande chose, car il est rare de rencontrer chez une personne aimable et enjouée aucune légèreté, et chez une personne sérieuse aucune pédanterie. Calamatta, aimable compagnon dans le rire et dans le mouvement de la vie d'artiste, est un esprit sérieux, recueilli et juste, que l'on trouve toujours dans une bonne et sage voie d'appréciation des choses de sentiment. Beaucoup de caractères charmans comme le sien inspirent la confiance, mais peu la méritent et la justifient comme lui.

La gravure est un art sérieux en même temps qu'un métier dur et assujettissant, où le procédé, ennemi de l'inspiration, peut s'appeler réellement le génie de la patience. Le graveur doit être habile artisan avant de songer à être artiste. Certes, la partie du métier est immense aussi dans la peinture, et, dans la peinture murale particulièrement, elle se complique de difficultés formidables. Mais les émotions de la création libre, du génie, qui ne relève que de lui-même sont si puissantes, que le peintre a des jouissances infinies. Le graveur n'en connaît que de craintives, car ses joies sont troublées justement par l'appréhension de se laisser prendre à l'envie de devenir créateur lui-même.

J'ai entendu discuter beaucoup cette question-ci, à savoir: si le graveur doit être artiste comme Edelink de Bervic, ou comme Marc-Antoine et Audran; c'est-à-dire s'il doit copier fidèlement les qualités et les défauts de son modèle, ou s'il doit copier librement en donnant essor à son propre génie; en un mot, si la gravure doit être l'exacte reproduction ou l'ingénieuse interprétation de l'œuvre des maîtres.

Je ne me pique de trancher aucune question difficile, surtout en dehors de mon métier à moi, mais il me semble que celle-ci est la même qu'on peut appliquer à la traduction des livres étrangers. Pour ma part, si j'étais chargée de ce soin, et qu'il me fût permis de choisir, je ne choisirais que des chefs-d'œuvre, et je me plairais à les rendre le plus servilement possible, parce que les défauts des maîtres sont encore aimables ou respectables. Au contraire, si j'étais forcée de traduire un ouvrage utile, mais obscur et mal écrit, je serais tentée de l'écrire de mon mieux, afin de le rendre aussi clair que possible; mais il est bien probable que l'auteur vivant me saurait très mauvais gré du service que je lui aurais rendu, car il est dans la nature des talens incomplets de préférer leurs défauts à leurs qualités.

Ce malheur d'avoir trop bien fait doit arriver aux graveurs qui interprètent, et il n'y a peut-être qu'un peintre de génie qui puisse pardonner à son copiste d'avoir eu plus de talent que lui.

Cependant, si l'on admettait en principe que tout graveur est libre d'arranger à sa guise l'œuvre qu'il reproduit, et, pour peu que la mode encourageât cette licence, où s'arrêterait-on, et où serait le caractère utile et sérieux de cet art, dont le premier but est non-seulement de répandre et de populariser l'œuvre de la peinture, mais encore de conserver intacte à la postérité la pensée des maîtres, à travers le temps et les événemens qui détruisent les originaux?

Il faut que chaque science, chaque art, chaque métier même ait sa doctrine. Rien n'existe sans une pensée dominante où le travail se rattache, où la volonté se maintient consciencieuse. Dans les époques de décadence où chacun fait à sa guise, sans respect pour rien ni personne, les arts déclinent et périssent.

Calamatta, après avoir soulevé et retourné ces considérations dans sa pensée, se renferma dans une idée où il trouva au moins une certitude absolue: c'est qu'il faut savoir très bien dessiner pour savoir bien copier, et que qui ne le sait pas ne comprend pas ce qu'il voit et ne peut pas le rendre, quelque effort d'attention et de volonté qu'il y apporte. Il fit donc des études sérieuses en s'essayant à dessiner des portraits d'après nature, en même temps qu'il poursuivait ces travaux de burin qui prennent des années. Calamatta a travaillé sept ans de suite au *Vœu de Louis XIII* de M. Ingres.

On lui doit quelques portraits remarquables qu'il a répandus par la gravure après les avoir dessinés lui-même, entre autres celui de M. Lamennais, dont la ressemblance est fidèle et dont l'expression est saisissante.

Mais le talent vraiment supérieur de Calamatta est dans la copie passionnément minutieuse et consciencieuse des maîtres anciens. Il a consacré le meilleur de sa volonté à reproduire la *Joconde* de Léonard de Vinci, dont il termine la gravure peut-être au moment où j'écris, et dont le dessin m'a paru un chef-d'œuvre. Ce type, réputé si difficile à reproduire, cette figure de femme d'une beauté si mystérieuse, même pour ses contemporains, et que le peintre estima miraculeuse à saisir dans son expression, méritait de rester à jamais dans les arts. Le fugitif sourire de la Joconde, ce rayonnement divin d'une émotion inconnue, un grand génie a su le fixer sur la toile, arrachant ainsi à l'empire de la mort un éclair de cette vie exquise que fait la beauté exquise; mais le temps détruit les belles toiles aussi fatalement (quoique plus tardivement) qu'il détruit les beaux corps. La gravure conserve et immortalise. Un jour, elle seule restera pour attester que les maîtres et les femmes ont vécu, et tandis que les ossemens des générations ne seront plus que poussière, la triomphante Joconde sourira encore, de son vrai et intraduisible sourire, à de jeunes cœurs amoureux d'elle.

Parmi ceux de mes amis qui m'ont enseigné, par l'exemple soutenu (la meilleure des leçons), qu'il faut étudier, chercher et vouloir toujours; aimer le travail plus que soi-même, et n'avoir pour but dans la vie que de laisser après soi le meilleur de sa propre vie, Calamatta est aux premiers rangs, et, à ce titre, il garde dans mon âme une bonne part de ce respect qui est la base essentielle de toute amitié durable.

Je dois aussi une reconnaissance particulière, comme artiste, à M. Gustave Planche, esprit purement critique, mais d'une grande élévation. Mélancolique par caractère et comme rassasié, en naissant, du spectacle des choses humaines, Gustave Planche n'est cependant pas un esprit froid ni un cœur impuissant; mais une tension contemplative, trop peu accessible aux émotions variées et au laisser-aller de l'imprévu dans les arts, concentra le rayonnement de sa pensée sur un seul point fixe. Il ne voulut longtemps admettre, comprendre et sentir le beau que dans le grand et le sévère. Le joli, le gracieux et l'agréable lui devinrent antipathiques. De là une injustice réelle dans plusieurs faits d'appréciation, qui lui fut imputée à mauvaise humeur, à parti pris, bien qu'aucune critique ne soit plus intègre et plus sincère que la sienne.

Aussi nul critique n'a soulevé plus de colères et attiré sur lui plus de vengeances personnelles. Il endura le tout avec patience poursuivant ses *exécutions* sous une apparente impassibilité. Mais c'était là un rôle que sa force intérieure n'acceptait pas réellement. Cette hostilité, qu'il avait provoquée, le faisait souffrir; car le fond de son caractère est plus bienveillant que sa plume, et si l'on y faisait bien attention, on verrait que cette forme cassante et absolue ne couvre pas les ménagemens caractéristiques de la haine. Une discussion douce le ramène facilement, ou, du moins, le ramenait alors des excès de sa propre logique. Il est vrai qu'en reprenant la plume, entraîné par je ne sais quelle fatalité de son talent, il achevait de briser ce qu'il s'était peut-être promis de ménager.

J'aurais complétement accepté ce caractère avec tous ses inconvéniens et tous ses dangers si j'avais trouvé juste et concluant le point de vue où il se plaçait, en tant que critique. La différence de mon sentiment sur les œuvres d'art que je défendais quelquefois contre ses anathèmes ne m'eût pas empêchée de regarder la sobriété et la sévérité de ses appréciations comme des effets utiles de ses convictions raisonnées.

Mais ce que je n'approuvais pas, et ce que j'ai approuvé de moins en moins, même chez mes amis, dans l'exercice de la critique en général, c'est le ton hautain et dédaigneux, c'est la rudesse des formes, c'est, en un mot, le sentiment qui préside parfois à cet enseignement et qui en dénature le but et l'effet. Je trouvais Planche d'autant plus dans l'erreur sur ce point, que son sentiment n'était égaré par aucune personnalité méchante, envieuse ou vindicative. Il parlait de tous les vivans, au contraire, avec une grande sérénité, et même, dans la conversation, il leur rendait beaucoup plus de justice ou montrait pour eux beaucoup plus d'indulgence qu'il ne voulait en faire paraître en écrivant. C'était donc évidemment le résultat d'un système et d'une croyance qui pouvaient être respectables, mais dont le résultat n'était pas bienfaisant.

Si la critique est *ce quelle doit être, un enseignement*, elle doit se montrer douce et généreuse, afin d'être persuasive. Elle doit ménager surtout l'amour-propre, qui, durement froissé en public, se révolte naturellement contre cette sorte d'insulte à la personne. On aura beau dire que la critique est libre et ne relève que d'elle-même, toutes choses relèvent de Dieu, qui a fait de la charité le premier de nos devoirs et la plus forte de nos armes. Si les critiques qui nous jugent sont plus forts que nous (ce qui n'arrive pas toujours), nous le sentirons aisément à leur indulgence, et les conseils enveloppés de ces explications modestes qui *prouvent* ont une valeur que la raillerie et le dédain n'auront jamais.

Je ne pense pas qu'il faille céder à la critique, même la plus aimable, quand elle ne nous persuade pas; mais une critique élevée, désintéressée, noble de sentimens et de formes, doit nous être toujours utile, même quand elle nous contredit ouvertement. Elle soulève en nous-mêmes un examen nouveau et une discussion approfondie qui ne peuvent nous être que salutaires. Elle doit donc nous trouver reconnaissans quand son but est bien visiblement d'instruire le public et nous-mêmes.

C'était là certainement le but de Gustave Planche; mais il n'en prenait pas le moyen. Il blessait la personnalité, et le public, qui s'amuse de ces sortes de scandales, ne les approuve pas au fond. Du moment, d'ailleurs, qu'il aperçoit ou croit apercevoir la passion au fond du débat, il ne juge plus que la passion et oublie de juger l'œuvre qui en a soulevé les orages.

La connaissance générale, le goût et l'intelligence des arts ne gagnent donc rien à ces querelles, et l'instruction véritable que le beau savoir et le beau style de Gustave Planche eussent dû répandre en a été amoindrie.

Il n'est pas le seul à qui ce malheur soit arrivé. Par son caractère personnel, il l'a peut-être moins mérité qu'un autre; par la rudesse de son langage et la persistance de ses impitoyables conclusions, il s'y est exposé davantage.

Le reproche que je me permets de lui adresser est bien désintéressé, à coup sûr, car personne ne m'a plus constamment soutenue et encouragée.

En outre, j'ai une prédilection très grande pour les côtés élevés et tranchés de ce jugement véritablement éclairé de haut, à plusieurs égards, en peinture et en musique particulièrement. Je le trouve moins juste en littérature. Il n'a pas accepté des talens que le public a acceptés avec raison. Il s'est peut-être raidi dans sa conscience austère contre l'intelligence générale des engouemens, jusqu'y dépasser son but et à se sentir mal disposé, même pour les succès mérités.

Quoi qu'il en soit, il a montré un grand courage moral: si grand, qu'il y en a à le dire et à défendre l'homme, son talent et sa droiture contre les inimitiés que lui a attirées le ton acerbe de sa critique.

Lui-même, dès ses premiers pas dans la carrière, a posé sa doctrine avec la rigueur d'un esprit absolu. Mais, dur à lui-même encore plus qu'aux autres, il s'écrie: «C'est un abîme (la critique sévère) qui s'ouvre devant vous. Parfois il vous prend des éblouissemens et des vertiges. De questions en questions, on arrive à une question dernière et insoluble, le doute universel. Or, c'est tout simplement la plus douloureuse de toutes les pensées. Je n'en connais pas de plus décourageante, de plus voisine du désespoir... C'est une œuvre mesquine (toujours la critique) et qui ne mérite pas même le nom d'œuvre. C'est une oisiveté officielle, un perpétuel et volontaire loisir; c'est la raillerie douloureuse de l'impuissance, le râle de la stérilité; c'est un cri d'enfer et d'agonie[13].»

Tout le reste du chapitre est aussi curieux et même de plus en plus curieux. C'est la confession, non pas ingénue et irréfléchie, mais volontaire et comme désespérée, d'un jeune homme ambitieux de produire quelque chose de grand, qui s'agite dans le collier de misère de la critique, acceptée contre son gré, dans un jour d'incertitude ou de découragement. «*Honte et malheur à moi*, dit-il, *si je ne puis jamais accepter ou remplir un rôle plus glorieux et plus élevé!*»

Ces plaintes étaient injustes, ce point de vue était faux. Le rôle de critique, bien compris, est un rôle tout aussi grand que celui de créateur, et de grands esprits philosophiques n'ont pas fait autre chose que la critique des idées et des préjugés de leur temps. Cela a bien suffi non-seulement à leur gloire, mais encore aux progrès de leur siècle, car toute œuvre de perfectionnement se compose de deux actes également importants de la volonté humaine, renverser et réédifier. On prétend que l'un est plus malaisé que l'autre; mais si l'on rebâtit difficilement et souvent fort mal, ne serait-ce pas que l'on commence toujours à fonder sur des ruines, et que si ces ruines servent encore de base à nos édifices mal assurés, c'est que le travail de la démolition, de la critique, n'a pas été assez complet et assez profond? D'où il résulte que l'un est aussi rare et aussi difficile que l'autre.

Gustave Planche, en avançant en âge et en réfléchissant mieux, comprit sans doute qu'il s'était trompé en méprisant sa vocation, car il la continua et fit bien, non pour son bonheur, ni pour le plus grand plaisir de ses adversaires, mais pour le progrès de l'*éducation du goût public*, auquel il a sérieusement contribué, en dépit des défauts de sa manière et des erreurs de son propre goût. S'il a manqué souvent aux convenances de forme, aux égards dus au génie lors même qu'on le croit égaré, aux encouragemens dus au talent consciencieux et patient qui n'est pas le génie, mais qui peut grandir sous une heureuse influence; si, en un mot, il a fait des victimes de son enthousiasme et de son abattement, de ses heures de puissance et de ses heures de spleen, il n'en a pas moins mêlé à ses plus amères réflexions contre les individus une foule d'excellentes choses générales dont la masse peut profiter, sauf à en faire une application moins rigide. Il a montré, sur un très grand nombre de sujets et d'objets, un goût sûr, éclairé, un sentiment délicat ou grandiose, exprimés d'une manière élégante, claire et toujours concise malgré l'ampleur. Sa forme n'a que le défaut d'être un peu trop sculpturale et uniforme. On la croirait recherchée et apprêtée, tant elle est parfois pompeuse; mais c'est une manière naturelle à cet écrivain qui produit avec une grande rapidité et une grande facilité.

Il me fut très utile, non-seulement parce qu'il me força, par ses moqueries franches, à étudier un peu ma langue, que j'écrivais avec beaucoup trop de négligence, mais encore parce que sa conversation, peu variée mais très substantielle et d'une clarté remarquable, m'instruisit d'une quantité de choses que j'avais à apprendre pour entrer dans mon petit progrès relatif.

Après quelques mois de relations très douces et très intéressantes pour moi, j'ai cessé de le voir pour des raisons personnelles qui ne doivent rien faire préjuger contre son caractère privé, dont je n'ai jamais eu qu'à me louer, en ce qui me concerne.

Mais, puisque je raconte ma propre histoire, il faut bien que je dise que son intimité avait pour moi de graves inconvéniens. Elle m'entourait d'inimitiés et d'amertumes violentes. Il n'est pas possible d'avoir pour ami un critique aussi *austère* (je me sers sans raillerie aucune du mot qu'il s'appliquait volontiers à lui-même), sans être réputé solidaire de ses aversions et de ses condamnations. Déjà Delatouche n'avait pas voulu se prêter à un raccommodement avec lui, et s'était brouillé avec moi à cause de lui. Tous ceux que Planche avait blessés, par des écrits ou des paroles, me faisaient un crime de le mettre chez moi en leur présence, et j'étais menacée d'un isolement complet par l'abandon d'amis plus anciens que lui, que je ne devais pas sacrifier, disaient-ils, à un nouveau venu.

J'hésitai beaucoup. Il était malheureux par nature, et il avait pour moi un attachement et un dévouement qui paraissaient en dehors de sa nature. J'eusse trouvé lâche de l'éloigner en vue des haines littéraires que ses éloges m'avaient attirées: on ne doit rien faire pour les ennemis; mais je sentais bien que son commerce me nuisait intérieurement. Son humeur mélancolique, ses théories de dégoût universel, son aversion pour le laisser-aller de l'esprit aux choses faciles et agréables dans les arts, enfin la tension de raisonnement et la persistance d'analyse qu'il fallait avoir quand on causait avec lui, me jetaient, à mon tour, dans une sorte de spleen auquel je n'étais que trop disposée à l'époque où je le connus. Je voyais en lui une intelligence éminente qui s'efforçait généreusement de me faire part de ses conquêtes, mais qui les avait amassées au prix de son bonheur, et j'étais encore dans l'âge où l'on a plus besoin de bonheur que de savoir.

Le quereller sur la cause fatale de sa tristesse, cause tout à fait mystérieuse qui doit tenir à son organisation et que je n'ai jamais pénétrée, parce qu'il ne la pénétrait sans doute pas lui-même, eût été injuste et cruel; je ne voulus donc pas entamer de ces discussions profondes qui achèvent de tuer le moral quand elles ne le sauvent pas. Je n'étais pas d'ailleurs dans une position apostolique. Je me sentais abattue et brisée moi-même, car c'était le temps où j'écrivais *Lélia*, évitant soigneusement de dire à Planche le fond de mon propre problème, tant je craignais de le lui voir résoudre par une désespérance sans appel, et ne m'entretenant avec lui que de la forme et de la poésie de mon sujet.

Cela n'était pas toujours de son goût, et si l'ouvrage est défectueux, ce n'est pas la faute de son influence, mais bien, au contraire, celle de mon entêtement.

Je sentais bien, moi, tout en me débattant contre le doute religieux, que je ne pourrais sortir de cette maladie mortelle que par quelque révélation imprévue du sentiment ou de l'imagination. Aussi je sentais bien que la psychologie de Planche n'était pas applicable à ma situation intellectuelle.

J'avais même, dans ces temps-là, des éclairs de dévotion que je cachais avec le plus grand soin à tous, et à lui particulièrement: à tous, non! Je les disais à Mme Dorval, qui seule pouvait me comprendre. Je me souviens d'être entrée plusieurs fois alors, vers le soir, dans les églises sombres et silencieuses, pour me perdre dans la contemplation de l'idée du Christ, et pour prier encore avec des larmes mystiques comme dans mes jeunes années de croyance et d'exaltation.

Mais je ne pouvais plus méditer sans retomber dans mes angoisses sur la justice et la bonté divines, en regard du mal et de la douleur qui règnent sur la terre. Je ne me calmais un peu qu'en rêvant à ce que j'avais pu comprendre et retenir de la *Théodicée* de Leibnitz. C'était ma dernière ancre de salut que Leibnitz! Je m'étais toujours dit que le jour où je le comprendrais bien, je serais à l'abri de toute défaillance de l'esprit.

Je me souviens aussi qu'un jour Planche me demanda si je connaissais Leibnitz, et que je lui répondis *non* bien vite, non pas tant par modestie que par crainte de le lui entendre discuter et *démolir*.

Je n'aurais pourtant pas repoussé Planche d'autour de moi, dans un but d'intérêt personnel, même d'un ordre si élevé et si précieux que celui de ma sérénité intellectuelle, sans des circonstances particulières qu'il comprit avec une grande loyauté de désintéressement et sans aucun dépit d'amitié. Pourtant on l'accusa auprès de moi de quelques mauvaises paroles sur mon compte. Je m'en expliquai vivement avec lui. Il les nia sur l'honneur, et par la suite, de nombreux témoignages m'affirmèrent la sincérité de sa conduite à mon égard. Je n'ai plus fait que le rencontrer. La dernière fois, ce fut chez Mme Dorval, et je crois bien qu'il y a quelque chose comme déjà dix ans de cela.

Je n'ai pourtant pas épuisé le fiel que mon estime pour lui avait amassé contre moi, car, en 1852, à propos d'une préface, où j'eus l'impertinence de dire qu'*un critique sérieux, M. Planche, avait seul bien jugé Sédaine, dans ces derniers temps*, des journalistes me firent dire que *M. Planche, le seul critique sérieux de l'époque, avait seul bien jugé ma pièce.* C'était une interprétation un peu tiraillée on le voit; mais la prévention n'y regarde pas de si près. Cela donna lieu à une petite campagne de feuilletons contre moi. Voici l'occasion d'en faire une bien plus brillante, car je dis encore que Planche est un des critiques les plus sérieux de ce temps-ci, le plus sérieux, hélas, si l'on applique ce mot à l'absence totale de bonheur et d'enjouement! car il est facile de voir, à ses écrits qu'il n'a pas encore trouvé en ce monde le plus petit mot pour rire.

S'il y a de sa faute dans ce continuel déplaisir, n'oublions pas que nous disons souvent d'un malade qui s'aigrit et se décourage: C'est sa faute!—Et qu'en disant cela, nous sommes assez cruels sans y prendre garde. Quand la maladie nous empoigne, nous sommes plus indulgens pour nous-mêmes et nous trouvons légitime de crier et de nous plaindre. Eh bien! il y a des intelligences fatalement souffrantes d'un certain rêve qu'elles nous paraissent s'obstiner à caresser au détriment de tout le reste. Que ce rêve s'applique aux arts ou aux sciences, au passé ou au présent, il n'en est pas moins une idée fixe produite par une faculté idéaliste prononcée, et, dans l'impossibilité où cette faculté se trouve de transiger avec elle-même, il n'y a pas de prise pour les conseils et les reproches du dehors.

Un autre caractère mélancolique, un autre esprit éminent était Charles Didier. Il fut un de mes meilleurs amis, et nous nous sommes refroidis, séparés, perdus de vue. Je ne sais pas comment il parle de moi aujourd'hui; je sais seulement que je peux parler de lui à ma guise.

Je ne dirai pas comme Montesquieu; «Ne nous croyez pas quand nous parlons l'un de l'autre; nous sommes brouillés.»—Je me sens plus forte que cela, à cette heure où je résume ma vie avec le même calme et le même esprit de justice que si j'étais avec la pleine possession de ma lucidité, *in articulo mortis*.

Je regarde donc dans le passé, et j'y vois entre Didier et moi quelques mois de dissentiment et quelques mois de ressentiment. Puis, pour ma part, de longues années de cet oubli qui est ma seule vengeance des chagrins que l'on m'a causés, avec ou sans préméditation. Mais, en deçà de ces malentendus et de ce parti pris, je vois cinq ou six années d'une amitié pure et parfaite. Je relis des lettres d'une admirable sagesse, les conseils d'un vrai dévoûment, les consolations d'une intelligence des plus élevées. Et maintenant que le temps de l'oubli est passé pour moi, maintenant que je sors de ce repos volontaire, nécessaire peut-être, de ma mémoire, ces années bénies sont là, devant moi, comme la seule chose utile et bonne que j'aie à constater et à conserver dans mon cœur.

Charles Didier était un homme de génie, non pas sans talent, mais d'un talent très inférieur à son génie. Il se révélait par éclairs, mais je ne sache pas qu'aucun de ses ouvrages ait donné issue complète au large fond d'intelligence qu'il portait en lui-même. Il m'a semblé que son talent n'avait pas progressé après *Rome souterraine*, qui est un fort beau livre. Il se sentait impuissant à l'expension littéraire complète, et il en souffrait mortellement. Sa vie était traversée d'orages intérieurs contre la réalité desquels son imagination n'était peut-être pas assez vive pour réagir. La gaîté où nous voulions quelquefois l'entraîner, et où il se laissait prendre, lui faisait plus de mal que de bien. Il la payait, le lendemain, par une inquiétude ou un accablement plus profonds, et ce monde d'idéale candeur que la bonhomie de l'esprit des autres faisait et fait encore apparaître devant moi fuyait devant lui comme une déception folle.

Je l'appelais mon ours, et même mon ours blanc, parce que, avec une figure encore jeune et belle, il avait cette particularité d'une belle chevelure blanchie longtemps avant l'âge. C'était l'image de son âme, dont le fond était encore plein de vie et de force, mais dont je ne sais quelle crise mystérieuse avait déjà paralysé l'effusion.

Sa manière, brusquement grondeuse, ne fâchait aucun de nous. On plaignait cette sorte de misanthropie sous laquelle persistaient des qualités solides et des dévouemens aimables; on la respectait quand même elle devenait chagrine et trop facilement accusatrice. Il se laissait ramener, et c'était un homme d'une assez haute valeur pour qu'on pût être fier de l'avoir influencé quelque peu!

En politique, en religion, en philosophie et en art, il avait des vues toujours droites et quelquefois si belles que, dans ses rares épanchemens, on sentait la supériorité de son être voilé à son être révélé.

Dans la pratique de la vie, il était de bon conseil, bien que son premier mouvement fût empreint d'une trop grande méfiance des hommes, des choses et de Dieu même. Cette méfiance avait le fâcheux effet de me mettre en garde contre ses avis, qui souvent eussent été meilleurs à suivre pourtant que ceux que je recevais de mon propre instinct.

C'était un esprit préoccupé, autant que le mien alors, de la recherche des idées sociales et religieuses. J'ignore absolument quelle conclusion il a trouvée. J'ignore même, là où je suis, s'il a publié récemment quelque ouvrage. J'ai ouï parler, il y a quelques années, d'une brochure légitimiste qu'on lui reprochait beaucoup. Je n'ai pu me la procurer alors, et aujourd'hui je ne l'ai pas encore lue. Je ne saurais croire, si cette brochure est dans le sens qu'on m'a dit, que l'expression n'ait pas trahi la pensée véritable de l'auteur, ainsi qu'il arrive souvent, même aux écrivains habiles. Mais si le point de vue de Charles Didier a changé entièrement, je saurais encore moins croire qu'il n'y ait pas chez lui une conviction désintéressée.

Je fermerai ici cette galerie de personnes amies dans le présent ou dans le passé, pour entreprendre plus tard une nouvelle série d'appréciations, à mesure que de nouvelles figures intéressantes m'apparaîtront dans l'ordre de mes souvenirs. Ce ne sera pas un ordre complètement exact probablement, car il faudra qu'il se prête aux pauses qu'il me sera possible de faire dans la narration de ma propre existence; mais il ne sera pas interverti à dessein, ni d'une manière qui entraîne ma mémoire à de notables infidélités.

Je ne m'engage pas, je le redis une fois de plus, à parler de toutes les personnes que j'ai connues, même d'une manière particulière. J'ai dit qu'à l'égard de quelques-unes ma réserve ne devait rien faire préjuger contre l'estime qu'elles pouvaient mériter, et je vais dire ici un des principaux motifs de cette réserve.

Des personnes dont j'étais disposée à parler avec toute la convenance que le goût exige, avec tout le respect dû à de hautes facultés, ou tous les égards auxquels a droit tout contemporain, quel qu'il soit; des personnes enfin qui eussent dû me connaître assez pour être sans inquiétude m'ont témoigné, ou fait exprimer par des tiers, de vives appréhensions sur la part que je comptais leur faire dans ces mémoires.

A ces personnes-là, je n'avais qu'une réponse à faire, qui était de leur promettre de ne leur assigner aucune part, bonne ou mauvaise, petite ou grande, dans mes souvenirs. Du moment qu'elles doutaient de mon discernement et de mon savoir-vivre dans un ouvrage tel que celui-ci, je ne devais pas songer à leur donner confiance en mon caractère d'écrivain, mais bien à les rassurer d'une manière spontanée et absolue par la promesse de mon silence.

Aucune de celles que je viens de dépeindre n'a fait à mon cœur la petite injure de se préoccuper du jugement de mon esprit. Et cependant je n'ai pas caché que quelques méprises, quelques fâcheries, ont passé entre deux ou trois d'entre elles et moi; mais je n'ai même pas voulu examiner et juger ces mésintelligences passagères, où j'ai porté, moi, et je m'en accuse, plus de franchise que de douceur. J'ai été d'autant mieux disposée à repousser toute espèce de soupçon sur le passé qu'elles ne m'en témoignaient aucun, à moi, sur l'avenir.

Je crois décidément que les personnes qui se sont tourmentées de cette opinion ont eu grand tort, et qu'elles eussent mieux fait de se confier à mon jugement rétrospectif.

CHAPITRE TRENTE-CINQUIEME

Je reprends mon récit.—J'arrive à dire des choses fort délicates, et je les dis exprès sans délicatesse, les trouvant ainsi plus chastement dites.—Opinion de mon ami Dutheil sur le mariage.—Mon opinion sur l'amour.—Marion de Lorme.—Deux femmes de Balzac.—L'orgueil de la femme.—L'orgueil humain en général.—Les Lettres d'un voyageur: *mon plan au début.—Comme quoi le voyageur était moi.—Maladies physiques et morales agissant les unes sur les autres.*

J'ai dit précédemment qu'après mon retour d'Italie, 1834, j'avais éprouvé un grand bonheur à retrouver mes enfans, mes amis, ma maison; mais ce bonheur fut court. Mes enfans ni ma maison ne m'appartenaient, moralement parlant. Nous n'étions pas d'accord, mon mari et moi, sur la gouverne de ces humbles trésors. Maurice ne recevait pas, au collège, l'éducation conforme à ses instincts, à ses facultés, à sa santé. Le foyer domestique subissait des influences tout à fait anormales et dangereuses. C'était, ma faute, je l'ai dit, mais ma faute fatalement, et sans que je pusse trouver dans ma volonté, ennemie des luttes journalières et des querelles de ménage, la force de dominer la situation.

Un de mes amis, Dutheil, qui eût voulu rendre possible la durée de cette situation, me disait que je pouvais m'en rendre maîtresse.

Je lui fis comprendre qu'il se trompait, car son cerveau arrivait aisément à la compréhension de ce qu'il traitait, dans la pratique, de raffinemens et de subtilités romanesques.

«L'amour n'est pas un calcul de pure volonté, lui disais-je. Nous ne sommes pas seulement corps, ou seulement esprit; nous sommes corps et esprit tout ensemble. Là où l'un de ces agens de la vie ne participe pas, il n'y a pas d'amour vrai.

«Si le corps a des fonctions dont l'âme n'a point à se mêler, comme de manger et de digérer[14], l'union de deux êtres dans l'amour peut-il s'assimiler à ces fonctions-là? La seule pensée en est révoltante. Dieu, qui a mis le plaisir et la volupté dans les embrassemens de toutes les créatures, même dans ceux des plantes, n'a-t-il pas donné le discernement à ces créatures en proportion de leur degré de perfectionnement dans l'échelle des êtres? L'homme, étant le plus élevé, le plus complet de tous, n'a-t-il pas le sentiment ou le rêve de cette union nécessaire du sens physique et du sens intellectuel et moral dans la possession ou dans l'aspiration de ses jouissances?»

Je disais là, j'espère, un lieu commun des mieux conditionnés. Et pourtant cette vérité incontestable est si peu observée dans la pratique, que les créatures humaines s'approchent et que les enfans des hommes naissent par milliers sans que l'amour, le véritable amour, ait présidé une fois sur mille à ces actes sacrés de la reproduction.

Le genre humain se perpétue quand même, et s'il n'y était jamais convié que par l'amour vrai, il faudrait peut-être, pour arrêter la dépopulation, revenir aux étranges idées du maréchal de Saxe sur le mariage. Mais il n'en est pas moins vrai que le vœu de la Providence, je dirai même la loi divine, est transgressée chaque fois qu'un homme et une femme unissent leurs lèvres sans unir leurs cœurs et leurs intelligences. Si l'espèce humaine est encore si loin du but où la beauté de ses facultés peut aspirer, en voilà une des causes les plus générales et les plus funestes.

On dit en riant qu'il n'est pas si difficile de procréer: il ne faut que se mettre deux.—Eh bien! non, il faut être trois: un homme, une femme, et Dieu en eux. Si la pensée de Dieu est étrangère à leur extase, ils feront bien un enfant, mais ils ne feront pas un homme. L'homme complet ne sortira jamais que de l'amour complet. Deux corps peuvent s'associer pour produire un corps, mais la pensée peut seule donner la vie à la pensée. Aussi que sommes-nous? Des hommes qui aspirent à être hommes, et rien de plus jusqu'à présent, des êtres passifs, incapables et indignes de la liberté et de l'égalité, parce que, pour la plupart, nous sommes nés d'un acte passif et aveugle de la volonté.

Et encore fais-je ici trop d'honneur à cet acte en l'appelant acte de volonté. Là où le cœur et l'esprit ne se manifestent pas, il n'y a pas de volonté véritable. L'amour est là un acte de servage que subissent deux êtres esclaves de la matière. «*Heureusement*, me répondait Dutheil, le genre humain n'a pas besoin de ces sublimes aspirations pour trouver ses fonctions génératrices agréables et faciles;»—moi, je disais *malheureusement*.

Et quoi qu'il en soit, ajoutais-je, quand une créature humaine, qu'elle soit homme ou femme, s'est élevée à la compréhension de l'amour complet, il ne lui est plus possible, et disons mieux, il ne lui est plus permis de revenir sur ses pas et de faire acte de pure animalité. Quelle que soit l'intention, quel que soit le but, sa conscience doit dire non, quand même son appétit dirait oui. Et si l'un et l'autre se trouvent parfaitement d'accord en toute occasion pour dire ensemble oui ou non, comment douter de la force religieuse de cette protestation intérieure?

Si vous faites intervenir les considérations de pure utilité, ces intérêts de la famille où l'égoïsme se pare quelquefois du nom de morale, vous tournerez autour du vrai sans l'entamer. Vous aurez beau dire que vous sacrifiez, non à une tentation de la chair, mais à un principe de vertu, vous ne ferez pas fléchir la loi de Dieu à ce principe purement humain. L'homme commet à toute heure, sur la terre, un sacrilége qu'il ne comprend pas, et dont la divine sagesse peut l'absoudre en vue de son ignorance; mais elle n'absoudra pas de même celui qui a compris l'idéal et qui le foule aux pieds. Il n'y a pas au pouvoir de l'homme de raison personnelle ou sociale assez forte pour l'autoriser à transgresser une loi divine, quand cette loi a été clairement révélée à sa raison, à son sentiment, à ses sens même.

Quand Marion Delorme se livre à Laffemas, qu'elle abhorre, pour sauver la vie de son amant, la sublimité de son dévouement n'est qu'une sublimité relative. Le poète a fort bien compris qu'une courtisane seule, c'est-à-dire une femme habituée, dans le passé, à faire bon marché d'elle-même, pouvait accepter par amour la dernière des souillures. Mais quand Balzac, dans la *Cousine Bette*, nous montre une femme pure et respectable s'offrir en tremblant à un ignoble séducteur pour sauver sa famille de la ruine, il trace avec un art infini une situation possible; mais ce n'en est pas moins une situation odieuse, où l'héroïne perd toutes nos sympathies. Pourquoi Marion Delorme les garde-t-elle, en dépit de son abaissement? C'est parce qu'elle ne comprend pas ce qu'elle fait; c'est parce qu'elle n'a pas, comme l'épouse légitime et la mère de famille, la conscience du crime qu'elle commet.

Balzac, qui cherchait et osait tout, a été plus loin: il nous a montré, dans un autre roman, une femme provoquant et séduisant son mari qu'elle n'aime pas, pour le préserver des piéges d'une autre femme. Il s'est efforcé de relever la honte de cette action en donnant à cette héroïne une fille dont elle veut conserver la fortune. Ainsi, c'est l'amour maternel surtout qui la pousse à tromper son mari par quelque chose de pire peut-être qu'une infidélité, par un mensonge de la bouche, du cœur et des sens.

Je n'ai pas caché à Balzac que cette histoire, dont il disait le fond réel, me révoltait au point de me rendre insensible au talent qu'il avait déployé en la racontant. Je la trouvais immorale sans me gêner, moi à qui l'on reprochait d'avoir fait des livres immoraux.

Et, à mesure que j'ai interrogé mon cœur, ma conscience et ma religion, je suis devenue encore plus rigide dans ma manière de voir. Non seulement je regarde comme un péché mortel (il me plaît de me servir de ce mot, qui exprime bien ma pensée, parce qu'il dit que certaines fautes tuent notre âme); je regarde comme un péché mortel non seulement le mensonge des sens dans l'amour, mais encore l'illusion que les sens chercheraient à se faire dans les amours incomplets. Je dis, je crois qu'il faut aimer avec tout son être, ou vivre, quoi qu'il arrive, dans une complète chasteté. Les hommes n'en feront rien, je le sais; mais les femmes, qui sont aidées par la pudeur et par l'opinion, peuvent fort bien, quelle que soit leur situation dans la vie, accepter cette doctrine quand elles sentent qu'elles valent la peine de l'observer.

Pour celles qui n'ont pas le moindre orgueil, je ne saurais rien trouver à leur dire.

Ce mot d'orgueil, dont je me suis servie beaucoup à cette époque, en écrivant, me revient maintenant avec sa véritable signification. J'oublie si parfaitement ce que j'écris, et j'ai tant de répugnance à me relire, qu'il m'a fallu recevoir, ces jours-ci, une lettre où quelqu'un se donnait la peine de me transcrire une foule d'aphorismes de ma façon, tirés des *Lettres d'un voyageur*, en m'adressant, à ce sujet, une foule de questions, pour me décider à prendre connaissance de mon livre, que j'avais fort oublié, selon ma coutume.

Je viens donc de relire les *Lettres d'un voyageur* de septembre 1834 et de janvier 1835, et j'y retrouve le plan d'un ouvrage que je m'étais promis de continuer toute ma vie. Je regrette beaucoup de ne l'avoir pas fait. Voici quel était ce plan, suivi au début de la série, mais dont je me suis écartée en continuant, et que je semble avoir tout à fait perdu de vue à la fin. Cet abandon apparent vient surtout de ce que j'ai réuni sous le même titre de *Lettres d'un voyageur* diverses lettres ou séries de lettres qui ne rentraient pas dans l'intention et dans la manière des premières.

Cette intention et cette manière consistaient, dans ma pensée première, à rendre compte des dispositions successives de mon esprit d'une façon naïve et arrangée en même temps. Je m'explique pour ceux qui ne se souviennent pas de ces lettres, ou qui ne les connaissent pas, car pour qui les connaît l'explication est inutile.

Je sentais beaucoup de choses à dire et je voulais les dire à moi et aux autres. Mon individualité était en train de se faire; je la croyais finie, bien qu'elle eût à peine commencé à se dessiner à mes propres yeux; et, malgré cette lassitude qu'elle m'inspirait déjà, j'en étais si vivement préoccupée, que j'avais besoin de l'examiner et de la tourmenter, pour ainsi dire comme un métal en fusion jeté par moi dans un moule.

Mais comme je sentais dès lors qu'une individualité isolée n'a pas le droit de se déclarer sans avoir à son service quelque bonne conclusion utile pour les autres, et que je n'avais pas du tout cette conclusion, je voulais généraliser mon propre personnage en le modifiant. Moi qui n'avais encore que trente ans et qui n'avais guère vécu que d'une vie intérieure; moi qui n'avais fait que jeter un regard effrayé sur les abîmes des passions et les problèmes de la vie; moi enfin qui n'en étais encore qu'au vertige des premières découvertes, je ne me sentais réellement pas le droit de parler de moi tout à fait réellement. Cela eût donné trop peu de portée à mes réflexions sur les choses générales, trop d'affirmation à mes plaintes particulières. Il m'était bien permis de philosopher à ma manière sur les peines de la vie et d'en parler comme si j'en avais épuisé la coupe, mais non pas de me poser, moi, femme, jeune encore, et même encore très enfant à beaucoup d'égards, comme un penseur éprouvé ou comme une victime particulière de la destinée. Décrire mon *moi* réel eût été d'ailleurs une occupation trop froide pour mon esprit exalté. Je créai donc, au hasard de la plume, et, me laissant aller à toute fantaisie, un moi fantastique très vieux, très expérimenté, et partant très désespéré.

Ce troisième état de mon *moi* supposé, le désespoir, était le seul vrai, et je pouvais, en me laissant aller à mes idées noires, me placer dans la situation du vieil oncle, du vieux voyageur que je faisais parler. Quant au cadre où je le faisais mouvoir, je n'en pouvais trouver de meilleur que le milieu où j'existais, puisque c'était l'impression de ce milieu sur moi-même que je voulais raconter et décrire.

En un mot, je voulais faire le propre roman de ma vie et n'en être pas le personnage réel, mais le personnage pensant et analysant. Et encore, tout en étant ce personnage, je voulais étendre son point de vue à une expérience de malheur que je n'avais pas, que je ne pouvais pas avoir.

Je prévis bien que la fiction n'empêcherait pas le public de vouloir chercher et définir mon *moi* réel à travers le masque du vieillard. Il fut ainsi pour quelques lecteurs, et un avocat *trop intelligent* voulut, dans mon procès en séparation, me rendre responsable, en tant que *partie adverse*, de tout ce que j'avais fait dire au voyageur. Du moment que je parlais à la première personne, cela lui suffisait pour m'accuser de tout ce dont le pauvre voyageur s'accuse à un point de vue poétique et métaphorique. J'avais des vices, j'avais commis des crimes, n'était-ce pas évident? Le voyageur, le vieil oncle, ne présentait-il point sa vie passée comme un abîme d'enivremens, et sa vie présente comme un abîme de remords? En vérité, si j'avais pu, en moins de quatre ans, car il n'y avait pas quatre ans que j'avais quitté le bercail où la rigidité de ma vie avait été facile à constater; si j'avais pu en si peu d'années acquérir toute l'expérience du bien et du mal que s'attribuait mon voyageur, je serais un être fort extraordinaire, et, en tout cas, je n'aurais pas vécu au fond d'une mansarde comme je l'avais fait, entourée de cinq ou six personnes d'humeur grave ou poétique comme la mienne.

Mais peu importe ce qui me fut imputé comme personnel et réel dans les *Lettres d'un oncle*, car c'est sous ce titre que parurent d'abord les quatrième et cinquième numéros des *Lettres d'un voyageur*, et c'est sous ce titre que je m'étais promis de continuer dans la même donnée. C'eût été, je crois, un bon livre, je ne dis pas beau, mais intéressant et vivant, plus utile par conséquent que les romans où notre personnalité, à force de se disséminer dans des types divers et de s'égarer dans des situations fictives, arrive à disparaître pour nous-mêmes.

Je reviendrai sur les autres lettres de ce recueil; je ne m'occupe ici que des deux numéros que je viens de citer, et je dois dire que sous cette fiction-là il y avait une réalité bien profonde pour moi, le dégoût de la vie. On a vu que c'était un vieux mal chronique, éprouvé et combattu dès ma première jeunesse, oublié et repris comme un fâcheux compagnon de voyage qu'on croit avoir laissé loin derrière soi, et qui tout à coup revient se traîner sur vos talons. Je cherchais le secret de cette tristesse qui ne m'avait pas quittée à Venise et qui me reprenait plus amère au retour, dans des faits extérieurs, dans des causes immédiates, et elle n'y était réellement pas. Je dramatisais de bonne foi ces causes, et j'en exagérais, non le sentiment, il était poignant dans mon cœur, mais l'importance absolue. Pour avoir été déçue dans quelques illusions, je faisais le procès à toutes mes croyances; pour avoir perdu le calme et la confiance de mes pensées d'autrefois, je me persuadais ne pouvoir plus vivre.

La vraie cause, je la vois très clairement aujourd'hui. Elle était physique et morale, comme toutes les causes de la souffrance humaine, où l'âme n'est pas longtemps malade sans que le corps s'en ressente, et réciproquement. Le corps souffrait d'un commencement d'hépatite qui s'est manifestée clairement plus tard et qui a pu être combattue à temps. Je la combats encore, car l'ennemi est en moi et se fait sentir au moment où je le crois endormi. Je crois que ce mal est proprement le *spleen* des Anglais, causé par un engorgement du foie. J'en avais le germe ou la prédisposition sans le savoir; ma mère l'avait et en est morte. Je dois en mourir comme elle, et nous devons tous mourir de quelque mal que l'on porte en soi-même, à l'état latent, dès l'heure de sa naissance. Toute organisation, si heureuse qu'elle soit, est pourvue de sa cause de destruction, soit physique et devant agir sur le système moral et intellectuel, soit morale et devant agir sur les fonctions de l'organisme.

Que ce soit la bile qui m'ait rendue mélancolique, ou la mélancolie qui m'ait rendue bilieuse (ceci résoudrait un grand problème métaphysique et physiologique; je ne m'en charge pas), il est certain que les vives douleurs au foie ont pour symptômes, chez tous ceux qui y sont sujets, une tristesse profonde et l'envie de mourir. Depuis cette première invasion de mon mal, j'ai eu des années heureuses, et lorsqu'il revenait me saisir, bien que je fusse dans des conditions favorables à l'amour de la vie, je me sentais tout à coup prise du désir de l'éternel repos.

Mais si le mal physique est fallacieux dans ses effets sur l'âme, l'âme réagit, je ne dirai pas par sa volonté immédiate, qui est souvent paralysée par ce mal même, mais par sa disposition générale et par ses croyances acquises. Depuis que je n'ai plus ces doutes amers où la pensée dangereuse du néant arrive à être une volupté irrésistible, depuis que cet éternel repos dont je parlais tout à l'heure m'est démontré illusoire, depuis enfin que je crois à une éternelle activité au delà de cette vie, la pensée du suicide n'est plus que passagère et facilement vaincue par la réflexion. Et quant aux noires illusions du malheur en ce monde, produites par l'hépatite, je ne saurais plus les prendre au sérieux comme au temps où j'ignorais que la cause était en moi-même. Je les subis encore, mais non pas d'une manière aussi complète que par le passé. Je me débats pour écarter ces voiles qui tombent comme de lourds orages sur l'imagination. On est alors dans la disposition singulière où nous jettent quelquefois les songes, quand on se dit, au milieu d'apparitions désagréables, qu'on sait fort bien être endormi, et que l'on s'agite dans son lit pour se réveiller.

Quant à la cause morale indépendante de la cause physique, je l'ai dite, je la dirai encore, car j'écris pour ceux qui souffrent comme j'ai souffert, et je ne saurais trop m'expliquer sur ce point.

QUATRIEME PARTIE
CHAPITRE PREMIER

Personnalité de la jeunesse.—Détachement de l'âge mûr.—L'orgueil religieux.—Mon ignorance me désole encore.—Si je pouvais me reposer et m'instruire!—J'aime, donc je crois.—L'orgueil catholique, l'humilité chrétienne.—Encore Leibnitz.—Pourquoi mes livres ont des endroits ennuyeux.—Horizon nouveau.—Allées et venues.—Solange et Maurice.—Planet.—Projets de départ et de dispositions testamentaires.—M. de Persigny.— Michel (de Bourges).

Je vivais trop en moi-même, par moi-même et pour moi-même. Je ne me savais pas égoïste, je ne croyais pas l'être, et si je ne l'étais pas dans le sens étroit, avare et poltron du mot, je l'étais dans mes idées, dans ma philosophie. Cela est bien visible dans les *Lettres d'un voyageur*. On y sent la personnalité ardente de la jeunesse, inquiète, tenace, ombrageuse, *orgueilleuse* en un mot.

Oui, orgueilleuse, je l'étais, et je le fus encore longtemps après. J'eus raison de l'être en bien des occasions, car cette estime de moi-même n'était pas de la vanité. J'ai quelque bon sens, et la vanité est une folie qui me fait toujours peur à voir. Ce n'était pas moi-même, à l'état de personne, que je voulais aimer et respecter; c'était moi-même à l'état de créature humaine, c'est-à-dire d'œuvre divine, pareille aux autres, mais ne voulant pas me laisser moralement détériorer par ceux qui niaient et raillaient leur propre divinité.

Cet orgueil-là, je l'ai encore. Je ne veux pas qu'on me conseille et qu'on me persuade ce que je crois être mauvais et indigne de la dignité humaine. Je résiste avec une obstination qui n'est que dans ma croyance, car mon caractère n'a aucune énergie. Donc la croyance est bonne à quelque chose. Elle remédie parfois à ce qui manque à l'organisation.

Mais il y a un fol orgueil que l'on nourrit au dedans de soi-même et qui s'exhale de l'homme à Dieu. A mesure que nous nous sentons devenir plus intelligens, nous nous croyons plus près de lui, ce qui est vrai, mais vrai d'une manière si relative à notre misère, que notre ambition ne s'en contente pas. Nous voulons comprendre Dieu, et nous lui demandons ses secrets avec assurance. Dès que les croyances aveugles des religions enseignées ne nous suffisent plus et que nous voulons arriver à la foi par les propres forces de notre entendement, ce qui est, je le soutiens, de droit et de devoir, nous allons trop vite. Nous autres Français surtout, ardens et pressés à l'attaque du ciel comme à celle d'une redoute, nous ne savons pas planer lentement et monter peu à peu sur les ailes d'une philosophie patiente et d'une lente étude. Nous demandons la grâce sans humilité, c'est-à-dire la lumière, la sérénité, une certitude que rien ne trouble; et quand notre faiblesse rencontre dans le moindre raisonnement des obstacles imprévus, nous voilà irrités et comme désespérés.

Ceci est l'histoire de ma vie, ma véritable histoire. Tout le reste n'en a été que l'accident et l'apparence. Une femme très supérieure dont je parlerai plus tard[15] m'écrivait dernièrement, en me parlant de Sainte-Beuve: «*Il a toujours été tourmenté des choses divines.*» Le mot est beau et bon, et m'a résumé mon propre tourment. Hélas! oui, c'est un calvaire que cette recherche de la vérité abstraite; mais ç'a été un moindre tourment pour Sainte-Beuve que pour moi, j'en réponds; car il était savant, et je n'ai jamais pu l'être, n'ayant ni temps, ni mémoire, ni facilité à comprendre la manière des autres. Or cette science des œuvres humaines n'est pas la lumière divine, elle n'en reçoit que de fugitifs reflets; mais elle est un fil conducteur qui m'a manqué et qui me manquera tant que, forcée à vivre de mon travail de chaque jour, je ne pourrai consacrer au moins quelques années à la réflexion et à la lecture.

Cela ne m'arrivera pas: je mourrai dans le nuage épais qui m'enveloppe et m'oppresse. Je ne l'ai déchiré que par momens, et, dans des heures d'inspirations plus que d'étude, j'ai aperçu l'idéal divin comme les astronomes aperçoivent le corps du soleil à travers les fluides embrasés qui le voilent de leur action impétueuse et qui ne s'écartent que pour se resserrer de nouveau. Mais c'est assez peut-être, non pour la vérité générale, mais pour la vérité à mon usage, pour le contentement de mon pauvre cœur; c'est assez pour que j'aime ce Dieu, que je sens là, derrière les éblouissemens de l'inconnu, et pour que je jette au hasard dans son mystérieux infini l'aspiration à l'infini qu'il a mise en moi et qui est une émanation de lui-même. Quelle que soit la route de ma pensée, clairvoyance, raison, poésie ou sentiment, elle arrivera bien à lui, et ma pensée parlant à ma pensée est encore avec quelque chose de lui.

Que vous dirai-je, cœurs amis qui m'interrogez? J'aime, donc je crois. Je sens que j'aime Dieu de cet *amour désintéressé* que Leibnitz nous dit être le seul vrai et qui ne se peut assouvir sur la terre, puisque nous aimons les êtres de notre choix par besoin d'être heureux, et nos semblables comme nous aimons nos enfans, par besoin de les rendre heureux, ce qui est au fond la même chose, leur bonheur étant nécessaire au nôtre. Je sens que mes douleurs et mes fatigues ne peuvent altérer l'ordre immuable, la sérénité de l'auteur de toutes choses; je sens qu'il n'agit pas pour m'en retirer en modifiant les événemens extérieurs autour de moi; mais je sens que quand j'anéantis en moi la personnalité qui aspire aux joies terrestres, la joie céleste me pénètre et que la confiance absolue, délicieuse, inonde mon cœur d'un bien-être impossible à décrire. Comment ferais-je donc pour ne pas croire, puisque je sens?

Mais je n'ai véritablement senti ces joies secrètes qu'à deux époques de ma vie, dans l'adolescence, à travers le prisme de la foi catholique, et dans l'âge mûr, sous l'influence d'un détachement sincère de ma personnalité devant Dieu.—Ce qui ne m'empêche pas, je le déclare, de chercher sans cesse à le comprendre, mais ce qui me préserve de le nier aux heures où je ne le comprends pas.

Quoique mon être ait subi des modifications et passé par des phases d'action et de réaction, comme tous les êtres pensans, il est au fond toujours le même: besoin de croire, soif de connaître, plaisir d'aimer.

Les catholiques, et j'en ai connu de très sincères, m'ont crié que, dans ces trois termes, il y en avait un qui tuerait les deux autres. La soif de connaître est, suivant eux, l'ennemi et le destructeur impitoyable du besoin de croire et du plaisir d'aimer.

Ils ont quelquefois raison, ces bons catholiques. Dès qu'on ouvre la porte aux curiosités de l'esprit, les joies du cœur sont amèrement troublées et risquent d'être emportées pour longtemps dans la tourmente. Mais je dirai encore là que la soif de connaître est inhérente à l'intelligence humaine, que c'est une faculté divine qui nous est donnée, et que refuser à cette faculté son exercice, s'efforcer de la détruire en nous, c'est transgresser une loi divine. Il en est de ces croyans naïfs qui ne sentent pas les tressaillemens de leur intelligence et qui aiment Dieu avec leur cœur seulement, comme de ces amans qui n'aiment qu'avec leurs sens. Ils ne connaissent qu'un amour incomplet. Ils ne sont pas encore à l'état d'hommes parfaits. Ignorant leur infirmité, ils ne sont pas coupables; mais ils le deviennent dès qu'ils la sentent ou la devinent, s'ils s'opiniâtrent dans leur impuissance.

Les catholiques appelleront encore ce que je dis là les suggestions du démon de l'orgueil. Je leur répondrai: «Oui, il y a un démon de l'orgueil; je consens à parler votre langue poétique. Il est en vous et en moi. En vous, pour vous persuader que votre sentiment est si grand et si beau que Dieu l'accepte sans se soucier du culte de votre raison. Vous êtes des paresseux qui ne voulez pas souffrir en risquant de rencontrer le doute dans une recherche approfondie, et vous avez la vanité de croire que Dieu vous dispense de souffrir, pourvu que vous l'adoriez comme un fétiche. C'est trop d'estime de vous-mêmes. Dieu voudrait davantage, et cependant vous êtes contens de vous.

«Le démon de l'orgueil! Il est en moi aussi chaque fois que je m'irrite contre les souffrances que j'ai acceptées en sortant du facile aveuglement des *mystères*. Il a été en moi surtout au commencement de cette recherche, et il m'a rendue sceptique pendant quelques années de ma vie. Il était né chez vous, mon démon d'orgueil; il me venait de l'enseignement catholique; il méprisait ma raison au moment où je voulais en faire usage; il me disait: Ton cœur seul vaut quelque chose, pourquoi l'as-tu laissé languir? Et ainsi émoussant l'arme dont j'avais besoin, chaque fois que j'y portais la main, il me rejetait dans le vague et voulait me persuader de ne croire qu'à mon sentiment.

«Ainsi, ceux que vous appelez des esprits forts, ô catholiques, ne sont pas toujours assez fiers de leur raison, tandis que vous autres, vous êtes à toute heure excessivement orgueilleux de votre sentiment.»

Mais le sentiment sans raison fait le mal aussi aisément que le bien. Le sentiment sans raison est exigeant, impérieux, égoïste. C'est par le sentiment sans raison qu'à quinze ans je reprochais à Dieu, avec une sorte de colère impie, les heures de fatigue et de langueur où il semblait me retirer sa grâce. C'est encore par le sentiment sans raison qu'à trente ans, je voulais mourir, disant: Dieu ne m'aime pas et ne se soucie pas de moi, puisqu'il me laisse faible, ignorant et malheureux sur la terre.

Je suis encore ignorante et faible; mais je ne suis plus malheureuse, parce que je suis moins orgueilleuse qu'alors. J'ai reconnu que j'étais peu de chose: raison, sentiment, instinct réunis, cela fait encore un être si fini et une action si bornée, qu'il faut en revenir à l'humilité chrétienne jusqu'à ce point de dire: «Je sens vivement, je comprends fort peu et j'aime beaucoup.» Mais il faut quitter l'orthodoxie catholique quand elle dit: Je prétends sentir et aimer sans rien comprendre. Cela est possible, je n'en doute pas, mais cela ne suffit pas à accomplir la volonté de Dieu, qui veut que l'homme comprenne autant qu'il lui est donné de comprendre.

En résumé, s'efforcer d'aimer Dieu en le comprenant, et s'efforcer de le comprendre en l'aimant; s'efforcer de croire ce que l'on ne comprend pas, mais s'efforcer de comprendre pour mieux croire, voilà tout Leibnitz, et Leibnitz est le plus grand théologien des siècles de lumière. Je ne l'ai jamais ouvert, depuis dix ans, sans trouver, dans celles de ses pages où il se met à la portée de tous, la règle saine de l'esprit humain, celle que je me sens de plus en plus capable de suivre.

Je demande bien pardon de ce chapitre à ceux qui ne se sont jamais *tourmentés des choses divines*. C'est, je crois, le grand nombre; mon insistance sur les idées religieuses ennuiera donc beaucoup de personnes; mais je crois les avoir déjà assez ennuyées, depuis le commencement de cet ouvrage, pour qu'elles en aient, depuis longtemps, abandonné la lecture.

Ce qui, du reste, m'a mis à l'aise toute ma vie en écrivant des livres, c'est la conscience du peu de popularité qu'ils devaient avoir. Par popularité, je n'entends pas qu'ils dussent, par leur nature, rester dans la région aristocratique des intelligences. Ils ont été mieux lus et mieux compris par ceux des hommes du peuple qui portent le sentiment de l'idéal dans leur aspiration, que par beaucoup d'artistes qui ne se soucient que du monde positif. Mais, soit dans le peuple, soit dans l'aristocratie, je n'ai dû contenter, à coup sûr, que le très petit nombre. Mes éditeurs s'en sont plaints. «Pour Dieu, m'écrivait souvent Buloz, pas tant de mysticisme!» Ce bon Buloz me faisait l'honneur de voir du mysticisme dans mes préoccupations! Au reste, tout son monde de lecteurs pensait comme lui que je devenais de plus en plus ennuyeuse, et que je sortais du domaine de l'art, en communiquant à mes personnages la contention dominante de mon propre cerveau. C'est bien possible, mais je ne vois pas trop comment j'eusse pu faire pour ne pas écrire avec le propre sang de mon cœur et la propre flamme de ma pensée.

On s'est souvent moqué de moi autour de moi. Je ne demandais pas mieux. Qu'importe! J'aime à rire aussi à mes heures, et il n'est rien qui repose l'âme tendue vers le spectacle des choses abstraites comme de se moquer de soi-même dans l'entr'acte. J'ai vécu plus souvent avec les personnes gaies qu'avec les personnes graves, depuis mon âge mûr surtout, et j'aime les caractères artistes, les intelligences d'instinct. Leur commerce habituel est beaucoup plus doux que celui des penseurs obstinés. Quand on est, comme moi, moitié *mystique* (j'accepte le mot de Buloz), moitié artiste, on n'est pas de force à vivre avec les apôtres du raisonnement pur, sans risquer d'y devenir fou; mais aussi, après des jours passés dans le délicieux oubli des choses dogmatiques, on a besoin d'une heure pour les écouter ou pour les lire.

Voilà pourquoi j'ai fait fatalement des romans dont une partie plaît aux uns et déplaît aux autres; voilà surtout ce qui, en dehors de toute influence des chagrins positifs, explique la tristesse et la gaîté des *Lettres d'un voyageur*.

J'approche du moment où ma vue s'ouvrit sur une perspective nouvelle, la politique. J'y fus conduite comme je pouvais l'être, par une influence du sentiment. C'est donc une histoire de sentiment, c'est trois ans de ma vie que j'ai à raconter.

Revenue à Nohant en septembre, retournée à Paris à la fin des vacances avec mes enfans, je revins encore, en janvier 1835, passer quelques jours sous mon toit. C'est là que j'écrivis le second numéro des *Lettres d'un voyageur* dans une disposition un peu moins sombre, mais encore très triste. Enfin, je passai février et mars à Paris, et en avril j'étais de nouveau à Nohant.

Ces allées et ces venues me fatiguaient le corps et l'âme. Je n'étais bien nulle part. Il y avait pourtant du bon dans mon âme, ces lettres désolées me le prouvent bien aujourd'hui; mais tout en me débattant pour retourner aux douceurs de ma vie de Nohant, j'y trouvais de tels ennuis, et, d'autre part, mon cœur était si troublé, si déchiré par des chagrins secrets, que j'éprouvai tout à coup le besoin de m'en aller. Où? Je n'en savais rien, je ne voulais pas le savoir. Il me fallait aller loin, le plus loin possible, me faire oublier en oubliant moi-même. Je me sentais malade, mortellement malade. Je n'avais plus du tout de sommeil, et, par momens, il me semblait que ma raison était prête à me quitter. Je m'étais fait un riant espoir d'avoir ma fille avec moi; mais je dus renoncer, pour le moment, au plaisir de l'élever moi-même. C'était une nature toute différente de celle de son frère, s'ennuyant de ma vie sédentaire autant que Maurice s'y complaisait, et sentant déjà le besoin d'une suite de distractions appropriées à son âge et nécessaires à l'énergie alors très prononcée de son organisation. Je la menais à Nohant pour la secouer et la développer sans crise; mais quand il fallait revenir à la mansarde et ne plus avoir une demi-douzaine d'enfans villageois pour compagnons de ses jeux échevelés, sa vigueur physique comprimée se tournait en révolte ouverte. C'était une enfant terrible si drôle, que mes amis la gâtaient affreusement et moi-même, incapable d'une sévérité soutenue, vaincue par une tendresse aveugle pour le premier âge, je ne savais pas, je ne pouvais pas la dominer.

J'espérai qu'elle serait plus calme et plus heureuse avec d'autres enfans, et dans des conditions où la discipline subie en commun paraît moins dure aux natures indépendantes. J'essayai de la mettre en pension dans une de ces charmantes petites maisons d'éducation du quartier Beaujon, au milieu de ces tranquilles et rians jardins qui semblent destinés à n'être peuplés que de belles petites filles. Mlles Martin étaient deux bonnes sœurs anglaises vraiment maternelles pour leurs jeunes élèves. Ces élèves n'étaient que huit, condition excellente pour qu'elles fussent choyées et surveillées avec soin.

Ma grosse fille se trouva fort bien de ce nouveau régime. Elle commença à s'effiler et à se civiliser avec ses compagnes. Mais elle resta longtemps sauvage avec les personnes du dehors, avec mes amis surtout, qui se plaisaient trop à se faire ses esclaves. Elle avait une manière d'être si originale et si comique avec eux, que la fine mouche, voyant bien qu'en les faisant rire elle les désarmait, s'en donnait à cœur joie. Emmanuel Arago surtout, ce bon frère aîné, qu'elle traitait encore plus lestement que Maurice, et qui était encore enfant lui-même pour s'en divertir, fut sa victime de prédilection. Un jour qu'elle s'était montrée fort aimable avec lui, jusqu'à le reconduire à la porte du jardin de la pension: «Solange, lui dit-il, qu'est-ce que tu veux que je t'apporte quand je reviendrai!—Rien, lui dit-elle, mais tu peux me faire un grand plaisir si tu m'aimes bien.—Lequel, dis?—Eh bien, mon garçon, c'est de ne jamais revenir me voir.»

Une autre fois qu'elle était chez moi, un peu malade, et que le médecin avait recommandé de la faire promener, elle partit de bonne grâce, en fiacre, avec Emmanuel, pour le jardin du Luxembourg; mais, chemin faisant, il lui prit fantaisie de déclarer qu'elle ne voulait pas se promener à pied. Emmanuel, à qui j'avais recommandé d'être inflexible, tint bon, et lui déclara, de son côté, que ce n'était pas la coutume de se promener en fiacre dans le jardin du Luxembourg, et qu'elle y marcherait sur ses pieds bon gré, mal gré. Elle parut se soumettre; mais, arrivée à la grille, quand il la prit dans ses bras pour la faire descendre, il s'aperçut qu'elle était sans souliers: elle les avait adroitement détachés et jetés dans la rue avant d'arriver. "A présent, lui dit-elle, vois si tu veux me faire marcher pieds nus."

Souvent, quand j'étais dehors avec elle, il lui passait par l'esprit de s'arrêter court et de ne vouloir ni marcher ni monter en voiture, ce qui ameutait les passans autour de nous. Elle avait sept ou huit ans, qu'elle me faisait encore de ces tours-là, et qu'il me fallait la porter malgré elle du bas de l'escalier à la mansarde, ce qui n'était pas une petite affaire. Et le pire, c'est que ces humeurs bizarres n'avaient aucune cause que je pusse prévoir d'avance et deviner ensuite. Elle-même ne s'en rend pas compte aujourd'hui; c'était comme une impossibilité naturelle de se plier à l'impulsion d'autrui, et je ne pouvais pas m'habituer à briser par la rigueur cette incompréhensible résistance.

Je me décidai donc à me séparer de ma fille pour quelque temps; mais quoiqu'il me fût bientôt prouvé qu'elle acceptait plus volontiers la règle générale que la règle particulière, et qu'elle était heureuse en pension, ce fut pour moi un profond chagrin de voir que son bonheur d'enfant ne lui venait pas de moi. J'en fus d'autant plus disposée, malgré mes belles résolutions, à la gâter par la suite.

De son côté, Maurice faisait tout le contraire. Il ne voulait et ne savait vivre qu'avec moi. Ma mansarde était le paradis de ses rêves. Aussi, quand il fallait se séparer le soir, c'était des larmes à recommencer, et je ne me sentais pas plus de courage que lui.

Mes amis blâmaient ma faiblesse pour mes pauvres enfans et je sentais bien qu'elle était extrême. Je ne l'entretenais pas à plaisir, car elle me déchirait l'âme. Mais que faire pour la vaincre? J'étais opprimée et torturée par mes entrailles comme je l'étais d'ailleurs par mon cœur et mon cerveau.

Planet me conseilla de prendre une grande résolution, et de quitter la France au moins pour un an. «Votre séjour à Venise a été bon pour vos enfans, me disait-il: Maurice n'a travaillé et ne travaillera au collége qu'en vous sentant loin de lui. Il est encore faible. Solange, trop forte, subit une crise de développement physique dont vous vous tourmentez trop. En vous faisant sa victime, elle s'habitue à vous voir souffrir, et cela ne vaut rien pour elle. Vous n'avez pas de bonheur, cela est certain; votre intérieur à Nohant n'est possible qu'à la condition d'y être comme en visite. Votre mari est aigri maintenant par votre présence, et le temps approche où il en sera irrité. Vous vous affectez de vos chagrins extérieurs jusqu'à vous en créer d'imaginaires. Vos écrits prouvent que vous vous tournez contre vous-même, et que vous vous en prenez à votre propre organisation, à votre propre destinée, d'une rencontre de circonstances fâcheuses, il est vrai, mais non pas tellement exceptionnelles que votre volonté ne puisse les surmonter ou les faire fléchir. Un moment viendra où vous le pourrez; mais auparavant il vous faut recouvrer la santé morale et physique, que vous êtes en train de perdre. Il faut vous éloigner du spectacle et des causes de vos souffrances. Il faut sortir de ce cercle d'ennuis et de déboires. Allez-vous-en faire de la poésie dans quelque beau pays où vous ne connaîtrez personne. Vous aimez la solitude, vous en serez toujours privée ici: ne vous flattez pas de vivre en ermite dans votre mansarde. On vous y assiégera toujours. La solitude est mauvaise à la longue; mais par momens elle est nécessaire. Vous êtes dans un de ces momens-là. Obéissez à l'instinct qui vous y pousse; fuyez! Je vous connais, vous n'aurez pas plus tôt rêvé seule quelques jours que vous reviendrez croyante, et quand vous en serez là, je réponds de vous.»

Planet a toujours été pour ses amis un excellent médecin moral, persuasif par l'attention avec laquelle il pesait ses conseils et celle qu'il portait à comprendre votre véritable situation. Beaucoup d'amis ont le tort de nous juger d'après eux-mêmes, de vous apporter une opinion toute faite, que ne modifie aucune objection de votre part, et qui vous fait sentir que vous n'êtes pas compris. Planet, ingénieux dans l'art de consoler, interrogeait minutieusement, n'avait pas de parti pris tant qu'il n'avait pas réussi à se figurer qu'il était vous-même, et alors il se prononçait avec une grande décision et une grande netteté. Pour les gens qui ne le connaissaient que superficiellement, Planet était un type de simplicité et même de niaiserie; mais il avait, pour nous autres, le génie du cœur et de la volonté. Il n'est aucun de nous, je parle de ce groupe berrichon qui ne s'est jamais divisé et dont je faisais partie, qui n'ait subi plusieurs fois dans sa vie l'influence extraordinaire de Planet, celui d'entre nous qui, au premier abord, eût semblé devoir être mené par tous les autres.

Je fus donc persuadée, et un beau matin, après avoir arrangé tant bien que mal mes affaires de façon à m'assurer quelques ressources, je quittai Paris sans faire d'adieux à personne et sans dire mon projet à Maurice. Je vins à Nohant pour prendre congé de mes amis et les entretenir de mes enfans, dans le cas où quelque accident me ferait trouver la mort en voyage, car je voulais aller loin devant moi en prenant la route de l'Orient.

Je savais bien que mes amis n'auraient aucune autorité sur mes enfans tant qu'ils seraient enfans. Mais ils pouvaient, au sortir de ce premier âge, exercer sur eux de douces influences. J'espérais même que Mme Decerfz pourrait être une véritable mère pour ma fille, et je voulais vendre ma propriété littéraire pour lui créer une petite rente qui la mît à même de faire son éducation, dans le cas où mon mari viendrait à y consentir. A l'époque du mariage de ma fille, cette rente lui eût été restituée: c'était alors peu de chose, mais cela représentait ce que coûte, dans la meilleure position possible l'éducation d'une jeune fille. Je partis donc pour Nohant avec le projet de tenter cet arrangement, qui ne devait avoir lieu que dans l'éventualité de ma mort, et pour entretenir, dans tous les cas, mes amis du devoir que je leur léguais d'entourer Maurice et Solange d'un réseau de sollicitudes paternelles et de relations assidues.

Mais avant de raconter ce qui suivit, je ne veux pas oublier une circonstance singulière qui eut lieu dans l'hiver de 1835.

J'avais en Berry une amie charmante, une nouvelle amie, il est vrai, Mme Rozane B., femme d'un fonctionnaire établi à La Châtre depuis quelques années seulement. C'était une personne distinguée à tous égards, d'une beauté exquise, et d'un caractère si parfaitement aimable qu'elle fut bientôt parmi nous comme si elle y était née.

Étant appelée à Paris pour ses affaires au moment où j'y retournais (au mois de janvier, je crois), elle accepta une des deux chambrettes de ma mansarde, et y passa une quinzaine.

Elle me dit un jour en recevant des lettres de sa famille, qui habitait Lyon: «On me charge vraiment d'une commission singulière. Une famille très honorable prie la mienne de s'informer par moi de ce que fait à Paris et dans le monde un jeune homme que je ne connais pas et dont l'existence est mystérieuse, même pour les siens. Si je sais comment m'y prendre, je veux être pendue. J'ai son adresse, et voilà tout.»

Elle se résolut à le prier de venir la voir, afin de parler avec lui de sa famille et de le sonder sur ses projets et sur ses occupations. Je l'autorisai à le recevoir chez moi.

Après qu'elle eut reçu sa visite, elle me dit qu'elle n'était guère plus avancée et qu'elle l'avait engagé à revenir, afin de pouvoir me le présenter. Elle comptait sur moi pour le faire causer d'une manière plus explicite. Cette idée me fit beaucoup rire. S'il y a jamais eu sous le ciel une personne inhabile à en confesser une autre, c'est moi à coup sûr; mais je ne pus refuser à Rozane ce qu'elle exigeait de moi: je reçus avec elle la visite du jeune homme mystérieux, et même elle nous laissa ensemble quelques instans, espérant qu'il se méfierait moins de moi que d'elle-même.

Je ne me rappelle pas un mot de la conversation, qui ne roula que sur des idées générales, et même, sans le secours de Rozane, qui a retenu le fait avec précision, je ne me souviendrais pas beaucoup de la conclusion que j'en tirai; mais, grâce à elle, la voici textuellement telle que je la lui donnai quand il fut parti: «Ce jeune homme est charmant. C'est un esprit très remarquable, et sa conscience me paraît fort tranquille. S'il voyage, s'il court le monde, ce n'est pas comme aventurier subalterne, mais comme aventurier politique, comme conspirateur. Il s'est dévoué à la fortune de la famille Bonaparte. Il croit encore à cette étoile. Il croit à quelque chose en ce monde: il est bien heureux!»

Or, je n'avais pas trop mal deviné. Ce jeune homme était M. Fialin de Persigny.

Je reprends le récit de mon voyage en Orient, lequel n'eut lieu que dans mes rêves.

J'étais à Nohant depuis quelques jours, quand Fleury, partant pour Bourges, où Planet était établi (il y rédigeait un journal d'opposition), me proposa d'aller causer sérieusement de ma situation et de mes projets, non seulement avec ce fidèle ami, mais avec le célèbre avocat Michel, notre ami à tous.

Il est donc temps que je parle de cet homme si diversement apprécié et que je crois avoir bien connu, quoique ce ne fût pas chose aisée. C'est à cette époque que je commençai à subir une influence d'un genre tout à fait exceptionnel dans la vie ordinaire des femmes, influence qui me fut longtemps précieuse, et qui pourtant cessa tout d'un coup et d'une manière complète, sans briser mon amitié.

CHAPITRE DEUXIEME

Éverard.—Sa tête, sa figure, ses manières, ses habitudes.—Patriotes ennemis de la propreté.—Conversation nocturne et ambulatoire.—Sublimités et contradictions.—Fleury et moi faisons le même rêve, à la même heure.—De Bourges à Nohant.—Les lettres d'Éverard.—Procès d'avril.—Lyon et Paris.—Les avocats.—Pléiade philosophique et politique.—Planet pose la question sociale.—Le pont des Saints-Pères.—Fête au château.—Fantasmagorie babouviste.—Ma situation morale.—Sainte-Beuve se moque.—Un dîner excentrique.—Une page de Louis Blanc.— Éverard malade et halluciné.—Je veux partir; conversation décisive; Éverard sage et vrai.—Encore une page de Louis Blanc.—Deux points de vue différens dans la défense, je donne raison à M. Jules Favre.

La première chose qui m'avait frappée en voyant Michel pour la première fois, fraîche que j'étais dans mes études phrénologiques, c'était la forme extraordinaire de sa tête. Il semblait avoir deux crânes soudés l'un à l'autre, les signes des hautes facultés de l'âme étant aussi proéminens à la proue de ce puissant navire que ceux des généreux instincts l'étaient à la poupe. Intelligence, vénération, enthousiasme, subtilité et vastitude d'esprit étaient équilibrés par l'amour familial, l'amitié, la tendre domesticité, le courage physique. *Éverard*[16] était une organisation admirable. Mais Éverard était malade, Éverard ne devait pas, ne pouvait pas vivre. La poitrine, l'estomac, le foie étaient envahis. Malgré une vie sobre et austère, il était usé, et à cette réunion de facultés et de qualités hors ligne, dont chacune avait sa logique particulière, il manquait fatalement la logique générale, la cheville ouvrière des plus savantes machines humaines, la santé.

Ce fut précisément cette absence de vie physique qui me toucha profondément. Il est impossible de ne pas ressentir un tendre intérêt pour une belle âme aux prises avec les causes d'une inévitable destruction, quand cette âme ardente et courageuse domine à chaque instant son mal et paraît le dominer toujours. Éverard n'avait que trente-sept ans, et son premier aspect était celui d'un vieillard petit, grêle, chauve et voûté; le temps n'était pas venu où il voulut se rajeunir, porter une perruque, s'habiller à la mode et aller dans le monde. Je ne l'ai jamais vu ainsi: cette phase d'une transformation qu'il dépouilla tout à coup, comme il l'avait revêtue, ne s'est pas accomplie sous mes yeux. Je ne le regrette pas; j'aime mieux conserver son image sévère et simple comme elle m'est toujours apparue.

Éverard paraissait donc, au premier coup d'œil avoir soixante ans, et il avait soixante ans en effet; mais, en même temps, il n'en avait que quarante quand on regardait mieux sa belle figure pâle, ses dents magnifiques et ses yeux myopes d'une douceur et d'une candeur admirables à travers ses vilaines lunettes. Il offrait donc cette particularité de paraître et d'être réellement jeune et vieux tout ensemble.

Cet état problématique devait être et fut la cause de grands imprévus et de grandes contradictions dans son être moral. Tel qu'il était, il ne ressemblait à rien et à personne. Mourant à toute heure, la vie débordait cependant en lui à toute heure, et parfois avec une intensité d'expansion fatigante même pour l'esprit qu'il a le plus émerveillé et charmé, je veux dire pour mon propre esprit.

Sa manière d'être extérieure répondait à ce contraste par un contraste non moins frappant. Né paysan, il avait conservé le besoin d'aise et de solidité dans ses vêtemens. Il portait chez lui et dans la ville une épaisse houppelande informe et de gros sabots. Il avait froid en toute saison et partout; mais, poli quand même, il ne consentait pas à garder sa casquette ou son chapeau dans les appartements. Il demandait seulement la permission de mettre *un mouchoir*, et il tirait de sa poche trois ou quatre foulards qu'il nouait au hasard les uns sur les autres, qu'il faisait tomber en gesticulant, qu'il ramassait et remettait avec distraction, se coiffant ainsi, sans le savoir, de la manière tantôt la plus fantastique et tantôt la plus pittoresque.

Sous cet accoutrement, on apercevait une chemise fine, toujours blanche et fraîche, qui trahissait la secrète exquisité de ce paysan du Danube. Certains démocrates de province blâmaient ce sybaritisme caché et ce soin extrême de la personne. Ils avaient grand tort. La propreté est un indice et une preuve de sociabilité et de déférence pour nos semblables, et il ne faut pas qu'on proscrive la propreté raffinée, car il n'y a pas de demi-propreté. L'abandon de soi-même, la mauvaise odeur, les dents répugnantes à voir, les cheveux sales, sont des habitudes malséantes qu'on aurait tort d'accorder aux savans, aux artistes ou aux patriotes. On devrait les en reprendre d'autant plus, et ils devraient se les permettre d'autant moins, que le charme de leur commerce ou l'excellence de leurs idées attire davantage, et qu'il n'est point de si belle parole qui ne perde de son prix quand elle sort d'une bouche qui vous donne des nausées. Enfin, je me persuade que la négligence du corps doit avoir dans celle de l'esprit quelque point de correspondance dont les observateurs devraient toujours se méfier.

Les manières brusques, le sans-gêne, la franchise acerbe d'Éverard n'étaient qu'une apparence, et, avouons-le, une affectation devant les gens hostiles, ou qu'il supposait tels à première vue. Il était par nature la douceur, l'obligeance et la grâce même: attentif au moindre désir, au moindre malaise de ceux qu'il aimait, tyrannique en paroles, débonnaire dans la tendresse quand on ne résistait pas à ses théories d'autorité absolue.

Cet amour de l'autorité n'était cependant pas joué. C'était le fond, c'était les entrailles même de son caractère, et cela ne diminuait en rien ses bontés et ses condescendances paternelles. Il voulait des esclaves, mais pour les rendre heureux, ce qui eût été une belle et légitime volonté s'il n'eût eu affaire qu'à des êtres faibles. Mais il eût sans doute voulu travailler à les rendre forts, et dès lors ils eussent cessé d'être heureux en se sentant esclaves.

Ce raisonnement si simple n'entra jamais dans sa tête; tant il est vrai que les plus belles intelligences peuvent être troublées par quelque passion qui leur retire, sur certains points, la plus simple lumière.

Arrivée à l'auberge de Bourges, je commençai par dîner, après quoi j'envoyai dire à Éverard par Planet que j'étais là, et il accourut. Il venait de lire *Lélia* et il était *toqué* de cet ouvrage. Je lui racontai tous mes ennuis, toutes mes tristesses, et le consultai beaucoup moins sur mes affaires que sur mes idées. Il était disposé à l'expansion, et de sept heures du soir à quatre heures du matin, ce fut un véritable éblouissement pour mes deux amis et pour moi. Nous nous étions dit bonsoir à minuit, mais comme il faisait un brillant clair de lune et une nuit de printemps magnifique, il nous proposa une promenade dans cette belle ville austère et muette qui semble être faite pour être vue ainsi. Nous le reconduisîmes jusqu'à sa porte; mais là il ne voulut pas nous quitter et nous reconduisit jusqu'à la nôtre en passant par l'hôtel de Jacques Cœur, un admirable édifice de la Renaissance, où chaque fois nous faisions une longue pause.

Puis il nous demanda de le reconduire encore, revint encore avec nous, et ne se décida à nous laisser rentrer que quand le jour parut. Nous fîmes neuf fois la course, et l'on sait que rien n'est fatigant comme de marcher en causant et en s'arrêtant à chaque pas; mais nous ne sentîmes l'effet de cette fatigue que quand il nous eût quittés.

Que nous avait-il dit durant cette longue veillée? Tout et rien. Il s'était laissé emporter par nos *dire*, qui ne se plaçaient là que pour lui fournir la réplique, tant nous étions curieux d'abord et puis ensuite avides de l'écouter. Il avait monté d'idée en idée jusqu'aux plus sublimes élans vers la Divinité, et c'est quand il avait franchi tous ces espaces qu'il était véritablement transfiguré. Jamais parole plus éloquente n'est sortie, je crois, d'une bouche humaine, et cette parole grandiose était toujours simple. Du moins elle s'empressait de redevenir naturelle et familière quand elle s'arrachait souriante à l'entraînement de l'enthousiasme. C'était comme une musique pleine d'idées qui vous élève l'âme jusqu'aux contemplations célestes, et qui vous ramène sans effort et sans contraste par un lien logique et une douce modulation, aux choses de la terre et aux souffles de la nature.

Je n'essaierai pas de me rappeler ce dont il nous entretint. Mes *Lettres à Éverard* (Sixième numéro des *Lettres d'un voyageur*), qui sont comme des réponses réfléchies à ces appels spontanés de sa prédication, ne peuvent que le faire pressentir. J'étais le sujet un peu passif de sa déclamation naïve et passionnée. Planet et Fleury m'avaient citée devant son tribunal pour que j'eusse à confesser mon scepticisme à l'endroit des choses de la terre, et cet orgueil qui voulait follement s'élever à l'adoration d'une perfection abstraite en oubliant les pauvres humains mes semblables. Comme c'était chez moi une théorie plus sentie que raisonnée, je n'étais pas bien solide dans ma défense, et je ne résistais guère que pour me faire mieux endoctriner. Cependant j'apercevais dans cet admirable enseignement de profondes contradictions que j'eusse pu saisir au vol et que j'eusse bien fait de constater davantage. Mais il est doux et naturel de se laisser aller au charme des choses de détail, quand elles sont bien pensées et bien dites, et c'est être ennemi de soi-même que d'en interrompre la déduction par des chicanes. Je n'eus pas ce courage; mes amis ne l'eurent pas non plus quoique l'un, Planet, eût le parfait et solide bon sens qui peut tenir tête au génie; quoique l'autre, Fleury, eût de secrètes méfiances instinctives contre la poésie dans les argumens.

Tous trois nous fûmes vaincus, et quel que fût le degré de conviction de l'homme qui nous avait parlé, nous nous sentîmes, en le quittant, tellement au dessus de nous-mêmes, que nous ne pouvions et ne devions pas nous soustraire par le doute à l'admiration et à la reconnaissance.

«Jamais je ne l'ai vu ainsi, nous dit Planet. Il y a un an que je vis à ses côtés, et je ne le connais que de ce soir. Il s'est enfin livré pour vous tout entier; il a fait tous les frais de son intelligence et de sa sensibilité. Ou il vient de se révéler à lui-même pour la première fois de sa vie, ou il a vécu parmi nous replié sur lui-même et se défendant d'un complet abandon.»

De ce moment, l'attachement de Planet pour Éverard devint une sorte de fétichisme, et il en arriva de même à plusieurs autres qui avaient douté jusque-là de son cœur et qui y crurent en le lui voyant ouvrir devant moi. Ce fut une modification notable que j'apportais, sans le savoir, à l'existence morale d'Éverard et à ses relations avec quelques-uns de ses amis. Ce fut une douceur réelle dans sa vie, mais fût-ce un bien réel? Il n'est bon pour personne d'être trop aveuglement aimé.

Après quelques heures de sommeil, je retrouvai mon *Gaulois* (Fleury) singulièrement tourmenté. Il avait fait un rêve effrayant, et je fus presque effrayée moi-même en le lui entendant raconter: car, à peu de chose près, j'avais eu le même rêve. C'était une parole dite en riant par Éverard qui s'était logée, on ne sait jamais comment cela arrive, dans un coin de notre cervelle, et précisément celle qui nous avait le moins frappés dans le moment où elle avait été dite.

Il n'y avait rien de plus naturel et de plus explicable que ce fait d'une parole éveillant la même pensée, et que la même cause produisant dans l'imagination de mon ami et dans la mienne les mêmes effets. Pourtant, cette coïncidence d'images simultanées dans le cours des mêmes heures nous frappa un instant tous les deux, et peu s'en fallut que nous n'y vissions un pressentiment ou un avertissement à la manière des croyances antiques.

Mais nous ne songeâmes bientôt qu'à rire de notre préoccupation et surtout du mouvement naïf que j'avais provoqué chez Éverard par ma résistance enjouée aux argumens humanitaires de la guillotine. Il ne pensait pas un mot de ce qu'il avait dit; il avait horreur de la peine de mort en matière politique; il avait voulu être logique jusqu'à l'absurde, mais il eût ri de son propre emportement, si, après les mondes que la suite de la discussion nous avait fait franchir à tous, nous eussions songé à revenir sur cette *misère* de quelques têtes de plus ou de moins en travers de nos opinions!

Nous étions dans le vrai en nous disant qu'Éverard n'eût pas voulu occire seulement une mouche pour réaliser son utopie. Mais Fleury n'en resta pas moins frappé de la tendance dictatoriale de son esprit, qui ne lui était apparue pour la première fois qu'en l'entendant contrecarrer par mes théories de liberté individuelle.

Et puis, fût-ce l'effet du songe allégorique qui nous avait visités tous deux, ou la sollicitude d'une amitié délicate et la crainte de m'avoir jetée sous une influence funeste, en voulant me pousser sous une influence curative? Il est certain que le Gaulois se sentit tout à coup pressé de partir. Il m'en avait fait la promesse en montant en voiture, et il avait regretté cette promesse en arrivant à Bourges. Maintenant, il trouvait qu'on n'attelait pas assez vite. Il craignait de voir arriver Éverard pour nous retenir.

Éverard, de son côté, pensait nous retrouver là, et fut étonné de notre fuite. Moi, sans me presser avec inquiétude, mais bien résolue à m'en aller dès le matin, je m'en allais en effet, causant de lui et de la république sur la grande route avec mon Gaulois, et ne lui cachant pas que j'acceptais un bel aperçu de cet idéal, mais que j'avais besoin d'y réfléchir et de me reposer de ces torrents d'éloquence qu'il n'était pas dans ma nature de subir trop longtemps sans respirer.

Mais il ne dépendit pas de moi de respirer, en effet, l'air du matin et des pommiers en fleur. La béatitude de mes rêveries n'était pas du goût de mon compagnon de voyage. Il était organisé pour le combat et non pour la contemplation. Il voulait trouver sa certitude dans les luttes et dans les solutions successives de l'humanité. Il n'essayait pas de me prêcher après Éverard, mais il voulait se prêcher lui-même, commenter chacune des paroles du maître, accepter ou repousser ce qui lui avait paru faux ou juste, et comme lui-même était un esprit distingué et un cœur sincère, il ne me fût pas possible de ne pas parler d'Éverard, de politique et de philosophie pendant dix-huit lieues.

Éverard ne me laissa pas respirer davantage. A peine fus-je reposée de ma course, que je reçus à mon réveil une lettre enflammée du même souffle de prosélytisme qu'il semblait avoir épuisé dans notre veillée ambulatoire à travers les grands édifices blanchis par la lune et sur le pavé retentissant de la vieille cité endormie. C'était une écriture indéchiffrable d'abord, et comme torturée par la fièvre de l'impatience de s'exprimer; mais quand on avait lu le premier mot, tout le reste allait de soi-même. C'était un style aussi concis que sa parole était abondante, et comme il m'écrivait de très longues lettres, elles étaient si pleines de choses non développées, qu'il y en avait pour tout un jour à les méditer après les avoir lues.

Ces lettres se succédèrent avec rapidité sans attendre les réponses. Cet ardent esprit avait résolu de s'emparer du mien; toutes ses facultés étaient tendues vers ce but. La décision brusque et la délicate persuasion, qui étaient les deux éléments de son talent extraordinaire, s'aidaient l'une l'autre pour franchir tous les obstacles de la méfiance par des élans chaleureux et par des ménagemens exquis. Si bien que cette manière impérieuse et inusitée de fouler aux pieds les habitudes de la convenance, de se poser en dominateur de l'âme et en apôtre inspiré d'une croyance, ne laissait aucune prise à la raillerie, et ne tombait pas un seul instant dans le ridicule, tant il y avait de modestie personnelle, d'humilité religieuse et de respectueuse tendresse dans ses cris de colère comme dans ses cris de douleur.

«Je sais bien,» me disait-il—après des élans de lyrisme où le tutoiement arrivait de bonne grâce—«que le mal de ton intelligence vient de quelque grande peine de cœur. L'amour est une passion égoïste. Étends cet amour brûlant et dévoué, qui ne recevra jamais sa récompense en ce monde, à toute cette humanité qui déroge et qui souffre. Pas tant de sollicitude pour une seule créature! Aucune ne le mérite, mais toutes ensemble l'exigent au nom de l'éternel auteur de la création!»

Tel fut, en résumé, le thème qu'il développa dans cette série de lettres, auxquelles je répondis sous l'empire d'un sentiment modifié, depuis une certaine méfiance au point de départ jusqu'à la foi presque entière pour conclusion. On pourrait appeler ces *Lettres à Éverard*, qui, de ses mains, ont passé presque immédiatement dans celles du public, l'analyse rapide d'une conversion rapide.

Cette conversion fut absolue dans un sens et très incomplète dans un autre sens. La suite de mon récit le fera comprendre.

Une grande agitation régnait alors en France. La monarchie et la république allaient jouer leur *va-tout* dans ce grand procès qu'on a nommé avec raison le procès-monstre, bien que, par une suite brutale de dénis de justice et de violations de la légalité, le pouvoir ait su l'empêcher d'atteindre aux proportions et aux conséquences qu'il pouvait et devait avoir.

Il n'était plus guère possible de rester neutre dans ce vaste débat qui n'avait plus le caractère des conspirations et des coups de main, mais bien celui d'une protestation générale où tous les esprits s'éveillaient pour se jeter dans un camp ou dans l'autre. La cause de ce procès (les événemens de Lyon) avait eu un caractère plus socialiste, et un but plus généralement senti que ceux de Paris qui les avaient précédés. Ici il ne s'était agi, du moins en apparence, que de changer la forme du gouvernement. Là-bas, le problème de l'organisation du travail avait été soulevé avec la question du salaire et pleinement compris. Le peuple, sollicité et un peu entraîné ailleurs par des chefs politiques, avait, à Lyon, entraîné ces mêmes chefs dans une lutte plus profonde et plus terrible.

Après les massacres de Lyon, la guerre civile ne pouvait plus de longtemps amener de solution favorable à la démocratie. Le pouvoir avait la force des canons et des baïonnettes. Le désespoir seul pouvait chercher désormais dans les combats le terme de la souffrance et de la misère. La conscience et la raison conseillaient d'autres luttes, celles du raisonnement et de la discussion. Le retentissement de la parole publique devait ébranler l'opinion publique.

C'est sous l'opinion de la France entière que pouvait tomber ce pouvoir perfide, ce système de provocation inauguré par la politique de Louis-Philippe.

C'était une belle partie à jouer. Une simple mais large question de procédure pouvait aboutir à une révolution. Elle pouvait, tout au moins, imprimer un mouvement de recul à l'aristocratie et lui poser une digue difficile à franchir. La partie fut mal jouée par les démocrates. C'est à eux que le mouvement de recul fut imprimé, c'est devant eux que la digue fut posée.

Au premier abord, il semblait pourtant que cette réunion de talens appelés de tous les coins du pays et représentant tous les types de l'intelligence des provinces dût produire une résistance vigoureuse. C'était, dans les rêves du départ, la formation d'un corps d'élite, d'un petit bataillon sacré impossible à entamer, parce qu'il présentait une masse parfaitement homogène. Il s'agissait de parler et de protester, et presque tous les combattans de la démocratie appelés dans la lice étaient des orateurs brillans ou des argumentateurs habiles.

Mais on oubliait que les avocats les plus sérieux sont, avant tout, des artistes, et que les artistes n'existent qu'à la condition de s'entendre sur certaines règles de forme, et de différer essentiellement les uns des autres par le fond de la pensée, par l'illumination intérieure, par l'inspiration.

On se croyait bien d'accord au début sur la conclusion politique, mais chacun comptait sur ses propres moyens; on pliera difficilement des artistes à la discipline, à la charge en douze temps.

Le moment commençait à poindre où les idées purement politiques et les idées purement socialistes devaient creuser des abîmes entre les partisans de la démocratie. Cependant on s'entendait encore à Paris contre l'ennemi commun. On s'entendait même mieux sous ce rapport qu'on n'avait fait depuis longtemps. La phalange des avocats de province venait se ranger sur un pied d'égalité, mais avec une tendre vénération, autour d'une pléiade de célébrités, choisie d'inspiration et d'enthousiasme parmi les plus beaux noms démocratiques du barreau, de la politique et de la philosophie, de la science et de l'art littéraire: Dupont, Marie, Garnier-Pagès, Ledru-Rollin, Armand Carrel, Buonarotti, Voyer-d'Argenson, Pierre Leroux, Jean Reynaud, Raspail, Carnot, et tant d'autres dont la vie a été éclatante de dévoûment ou de talent par la suite. A côté de ces noms déjà illustres, un nom encore obscur, celui de Barbès, donne à cette réunion choisie un caractère non moins sacré pour l'histoire que ceux de Lamennais, Jean Reynaud et Pierre Leroux. Grand parmi les grands, Barbès a eu l'éclat de la vertu, à défaut de celui de la science.

J'ai dit qu'on se croyait bien d'accord au point de départ. Pour mon compte, je me crus d'accord avec Éverard et je supposais ses amis d'accord avec lui. Il n'en était rien. La plupart de ceux qu'il avait amenés de la province étaient tout au plus girondins quoiqu'ils se crussent montagnards.

Mais Éverard n'avait encore confié à personne et pas plus à moi qu'aux autres, sa doctrine ésotérique. Son expansion ne paralysait pas une grande prudence qui, en fait d'idées, allait quelquefois jusqu'à la ruse. Il se croyait en possession d'une certitude, et, sentant bien qu'elle dépassait la portée révolutionnaire de ses adeptes, il en insinuait tout doucement l'esprit et n'en révélait pas la lettre.

Pourtant certaines réticences, certaines contradictions m'avaient frappée, et je sentais en lui des lacunes ou des choses réservées qui échappaient aux autres et qui me tourmentaient. J'en parlais à Planet, qui n'y voyait pas plus avant que moi et qui, naïvement tourmenté aussi pour son compte, avait coutume de dire à tout propos, et même souvent à propos de bottes: «*Mes amis, il est temps de poser la question sociale!*»

Il disait cela si drôlement, ce bon Planet, que sa proposition était toujours accueillie par des rires, et que son mot était passé chez nous en proverbe. On disait: «Allons poser la question sociale» pour dire: «Allons dîner!» et quand quelque bavard venait nous ennuyer, on proposait de lui poser la question sociale pour la mettre en fuite.

Planet cependant avait raison; même dans ses gaîtés excentriques, son bon sens allait toujours au fait.

Enfin, un soir que nous avions été au Théâtre-Français, et que, par une nuit magnifique, nous ramenions Éverard à sa demeure voisine de la mienne (il s'était logé quai Voltaire), la question sociale fut sérieusement posée. J'avais toujours admis ce que l'on appelait alors l'égalité des biens, et même le *partage des biens*, faute d'avoir adopté généralement le mot si simple d'association, qui n'est devenu populaire que par la suite. Les mots propres descendent toujours trop tard dans les masses. Il a fallu que le socialisme fût accusé de vouloir le retour de la loi agraire et de toutes ses conséquences brutales, pour qu'il trouvât des formules plus propres à exprimer ses aspirations.

J'entendais, moi, ce partage des biens de la terre d'une façon toute métaphorique; j'entendais réellement par là la participation au bonheur, due à tous les hommes, et je ne pouvais pas m'imaginer un dépècement de la propriété qui n'eût pu rendre les hommes heureux qu'à la condition de les rendre barbares. Quelle fut ma stupéfaction quand Éverard, serré de près par mes questions et les questions encore plus directes et plus pressantes de Planet, nous exposa enfin son système!

Nous nous étions arrêtés sur le pont des Saints-Pères. Il y avait bal ou concert au château: on voyait le reflet des lumières sur les arbres du jardin des Tuileries. On entendait le son des instrumens qui passait par bouffées dans l'air chargé de parfums printaniers, et que couvrait, à chaque instant, le roulement des voitures sur la place du Carroussel. Le quai désert du bord de l'eau, le silence et l'immobilité qui régnaient sur le pont contrastaient avec ces rumeurs confuses, avec cet invisible mouvement. J'étais tombée dans la rêverie, je n'écoutais plus le dialogue entamé, je ne me souciais plus de la question sociale, je jouissais de cette nuit charmante, de ces vagues mélodies, des doux reflets de la lune mêlés à ceux de la fête royale.

Je fus tirée de ma contemplation par la voix de Planet, qui disait auprès de moi: «Ainsi, mon bon ami, vous vous inspirez du vieux Buonarotti, et vous iriez jusqu'au babouvisme?—Quoi? qu'est-ce? leur dis-je tout étonnée. Vous voulez faire revivre cette vieillerie? Vous avez laissé chez moi l'ouvrage de Buonarotti: je l'ai lu, c'est beau; mais ces moyens empiriques pouvaient entrer dans le cœur désespéré des hommes de cette époque, au lendemain de la chute de Robespierre. Aujourd'hui, ils seraient insensés, et ce n'est pas par ces chemins-là qu'une époque civilisée peut vouloir marcher.—La civilisation! s'écria Éverard courroucé et frappant de sa canne les balustrades sonores du pont; oui! voilà le grand mot des artistes! La civilisation! Moi, je vous dis que, pour rajeunir et renouveler votre société corrompue, il faut que ce beau fleuve soit rouge de sang, que ce palais maudit soit réduit en cendres, et que cette vaste cité où plongent vos regards soit une grève nue, où la famille du pauvre promènera la charrue et dressera sa chaumière!»

Là-dessus, voilà mon avocat parti, et comme mon rire d'incrédulité échauffait sa verve, ce fut une déclamation horrible et magnifique contre la perversité des cours, la corruption des grandes villes, l'action dissolvante et énervante des arts, du luxe, de l'industrie, de la civilisation, en un mot. Ce fut un appel au poignard et à la torche, ce fut une malédiction sur l'impure Jérusalem et des prédictions apocalyptiques; puis, après ces funèbres images, il évoqua le monde de l'avenir comme il le rêvait en ce moment-là, l'idéal de la vie champêtre, les mœurs de l'âge d'or, le paradis terrestre fleurissant sur les ruines fumantes du vieux monde par la vertu de quelque fée.

Comme je l'écoutais sans le contredire, il s'arrêta pour m'interroger. L'horloge du château sonnait deux heures. «Il y a deux grandes heures que tu plaides la cause de la mort, lui dis-je, et j'ai cru entendre le vieux Dante au retour de l'enfer. Maintenant, je me délecte à ta symphonie pastorale; pourquoi l'interrompre si tôt?

«—Ainsi, s'écria-t-il indigné, tu t'occupes à admirer ma pauvre éloquence? Tu te complais dans les phrases, dans les mots, dans les images? Tu m'écoutes comme un poème ou comme un orchestre, voilà tout! Tu n'es pas plus convaincue que cela!»

A mon tour je plaidai, mais sans aucun art, la cause de la civilisation, la cause de l'art surtout, et puis, poussée par ses dédains injustes, je voulus plaider aussi celle de l'humanité, faire appel à l'intelligence de mon farouche pédagogue, à la douceur de ses instincts, à la tendresse de son cœur, que je connaissais déjà si aimant et si impressionnable. Tout fut inutile. Il était monté sur ce *dada* qui était véritablement le cheval pâle de la vision. Il était hors de lui: il descendit sur le quai en déclamant, il brisa sa canne sur les murs du vieux Louvre, il poussa des exclamations tellement *séditieuses* que je ne comprends pas comment il ne fut ni remarqué, ni entendu, ni *ramassé* par la police. Il n'y avait que lui au monde qui pût faire de pareilles excentricités sans paraître fou et sans être ridicule.

Pourtant j'en fus attristée, et, lui tournant le dos, je le laissai plaider tout seul et repris avec Planet le chemin de ma demeure.

Il nous rejoignit sur le pont. Il était à la fois furieux et désolé de ne m'avoir pas persuadée. Il me suivit jusqu'à ma porte, voulant m'empêcher de rentrer, me suppliant de l'écouter encore, me menaçant de ne jamais me revoir si je le quittais ainsi. On eût dit d'une querelle d'amour, et il ne s'agissait pourtant que de la doctrine de Babeuf.

Il ne s'agissait que de cela! C'était quelque chose, pourtant! Maintenant que les idées ont dépassé cette farouche doctrine, elle fait déjà sourire les hommes avancés; mais elle a eu son temps dans le monde, elle a soulevé la Bohême au nom de Jean Hus, elle a dominé souvent l'idéal de Jean-Jacques Rousseau, elle a bouleversé bien des imaginations à travers les tempêtes de la révolution du dernier siècle, et même encore, à travers les agitations intellectuelles de 1848, elle s'est fondue en partie dans l'esprit de certains clubs de cette époque avec les théories de certaines dictatures. En un mot, elle a fait secte, et comme, dans toute doctrine de rénovation, il y a de grandes lueurs de vérité et de touchantes aspirations vers l'idéal, elle a mérité l'examen, elle a exercé sa part de séduction en se formulant au pied de l'échafaud où montèrent, déjà frappés de leur propre main, l'enthousiaste Gracchus et le stoïque Darthé.

Emmanuel Arago, plaidant pour Barbès en 1839, a dit *Barbès est babouviste*. Il ne m'a pas semblé depuis, en causant avec Barbès, qu'il eût jamais été babouviste dans le sens où l'avait été Éverard en 1835. On se trompe aisément quand, pour exposer la croyance d'un homme, on est obligé, pour la résumer et la définir, de l'assimiler à celle d'un homme qui l'a précédé. On ne peut pas être, quoi qu'on fasse, dans l'exacte vérité. Toute doctrine se transforme rapidement dans l'esprit des adeptes, et d'autant plus que les adeptes sont ou deviennent plus forts que le maître.

Je ne veux pas analyser et critiquer ici la doctrine de Babeuf. Je ne veux la montrer que dans ses résultats possibles, et comme Éverard, le plus illogique des hommes de génie dans l'ensemble de sa vie, était le plus implacable logicien de l'univers dans chaque partie de sa science et dans chaque phase de sa conviction, il n'est pas indifférent d'avoir à constater qu'elle le jetait, à l'époque que je raconte, dans des aberrations secrètes et dans un rêve de destruction colossale.

J'avais passé le mois précédent à lire Éverard et à lui écrire. Je l'avais revu dans cet intervalle, je l'avais pressé de questions, et, pour mieux mettre à profit le peu de temps que nous avions, je n'avais plus rien discuté. J'avais tâché de construire en moi l'édifice de sa croyance, afin de voir si je pouvais me l'assimiler avec fruit. Convertie au sentiment républicain et aux idées nouvelles, on sait maintenant de reste que je l'étais d'avance. J'avais gagné à entendre cet homme, véritablement inspiré en certains momens, de ressentir de vives émotions que la politique ne m'avait jamais semblé pouvoir me donner. J'avais toujours pensé froidement aux choses de fait; j'avais regardé couler autour de moi, comme un fleuve lourd et troublé, les mille accidens de l'histoire générale contemporaine, et j'avais dit: *«Je ne boirai pas cette eau.»* Il est probable que j'eusse continué à ne pas vouloir mêler ma vie intérieure à l'agitation de ces flots amers. Sainte-Beuve, qui m'influençait encore un peu à cette époque par ses adroites railleries et ses raisonnables avertissemens, regardait les choses positives en amateur et en critique. La critique dans sa bouche avait de grandes séductions pour la partie la plus raisonneuse et la plus tranquille de l'esprit. Il raillait agréablement cette fusion subite qui s'opérait entre les esprits les plus divers venus de tous les points de l'horizon et qui se mêlaient, disait-il, comme tous les cercles du Dante écrasés subitement en un seul.

Un dîner où Liszt avait réuni M. Lamennais, M. Ballanche, le chanteur Nourrit et moi, lui paraissait la chose la plus fantastique qui se pût imaginer. Il me demandait ce qui avait pu être dit entre ces cinq personnes. Je lui répondais que je n'en savais rien, que M. Lamennais avait dû causer avec M. Ballanche, Liszt avec Nourrit, et moi avec le chat de la maison.

Et pourtant, relisons aujourd'hui cette admirable page de Louis Blanc:

«Et comment peindre maintenant l'effet que produisaient sur les esprits tant de surprenantes complications? Le nom des accusés volait de bouche en bouche; on s'intéressait à leurs périls; on glorifiait leur constance; on se demandait avec anxiété jusqu'où ils pousseraient l'audace des résolutions prises. Dans les salons même où leurs doctrines n'étaient pas admises, leur intrépidité touchait le cœur des femmes; prisonniers, ils gouvernaient irrésistiblement l'opinion; absens, ils vivaient dans toutes les pensées. Pourquoi s'en étonner? Ils avaient pour eux, chez une nation généreuse, toutes les sortes de puissance: le courage, la défaite et le malheur. Époque orageuse et pourtant regrettable! Comme le sang bouillonnait alors dans nos veines! Comme nous nous sentions vivre! Comme elle était bien ce que Dieu l'a faite, cette nation française qui périra sans doute le jour où lui manqueront tout à fait les émotions élevées! Les politiques à courte vue s'alarment de l'ardeur des sociétés: ils ont raison; il faut être fort pour diriger la force. Et voilà pourquoi les hommes d'État médiocres s'attachent à énerver un peuple. Ils le font à leur taille, parce qu'autrement ils ne le pourraient conduire. Ce n'est pas ainsi qu'agissent les hommes de génie. Ceux-là ne s'étudient point à éteindre les passions d'un grand peuple; car ils ont à les féconder, et ils savent que l'engourdissement est la dernière maladie d'une société qui s'en va.»

Cette page me semble avoir été écrite pour moi, tant elle résume ce qui se passait en moi et autour de moi. J'étais, dans mon petit être, l'expression de cette société qui s'en allait, et l'homme de génie qui, au lieu de me montrer le repos et le bonheur dans l'étouffement des préoccupations immédiates, s'attachait à m'émouvoir pour me diriger, c'était Éverard, expression lui-même du trouble généreux des passions, des idées et des erreurs du moment.

Depuis quelques jours que nous nous étions retrouvés à Paris, lui et moi, toute ma vie avait déjà changé de face. Je ne sais si l'agitation qui régnait dans l'air que nous respirions tous aurait beaucoup pénétré sans lui dans ma mansarde; mais avec lui elle y était entrée à flots. Il m'avait présenté son ami intime, Girerd (de Nevers), et les autres défenseurs des accusés d'avril, choisis dans les provinces voisines de la nôtre. Un autre de ses amis, Degeorges (d'Arras), qui devint aussi le mien, Planet, Emmanuel Arago, et deux ou trois autres amis communs complétaient l'école. Dans la journée, je recevais mes autres amis. Peu d'entre eux connaissaient Éverard; tous ne partageaient pas ses idées; mais ces heures étaient encore agitées par la discussion des choses du dehors, et il n'y avait guère moyen de ne pas s'oublier soi-même absolument dans cet accès de fièvre que les événemens donnaient à tout le monde.

Éverard venait me chercher à six heures pour dîner dans un petit restaurant tranquille avec nos habitués, en pique-nique. Nous nous promenions le soir tous ensemble, quelquefois en bateau sur la Seine, et quelquefois le long des boulevards jusque vers la Bastille, écoutant les propos, examinant les mouvemens de la foule, agitée et préoccupée aussi, mais pas autant qu'Éverard s'en était flatté en quittant la province.

Pour n'être pas remarquée comme femme seule avec tous ces hommes, je reprenais quelquefois mes habits de petit garçon, lesquels me permirent de pénétrer inaperçue à la fameuse séance du 20 mai au Luxembourg.

Dans ces promenades, Éverard marchait et parlait avec une animation fébrile, sans qu'il fût au pouvoir d'aucun de nous de le calmer et de le forcer à se ménager. En rentrant, il se trouvait mal, et nous avons passé souvent une partie de la nuit, Planet et moi, à l'aider à lutter contre une sorte d'agonie effrayante. Il était alors assiégé de visions lugubres; courageux contre son mal, faible contre les images qu'on éveillait en lui, il nous suppliait de ne pas le laisser seul avec les spectres. Cela m'effrayait un peu moi-même. Planet, habitué à le voir ainsi, ne s'en inquiétait pas; et quand il le voyait s'assoupir, il allait le mettre au lit, revenait causer avec moi dans la chambre voisine, bien bas pour ne pas l'éveiller dans son premier sommeil, et me ramenait chez moi quand il le sentait bien endormi. Au bout de trois ou quatre heures Éverard s'éveillait plus actif, plus vivant, plus fougueux chaque jour, plus imprévoyant surtout du mal qu'il creusait en lui et dont, à chaque effort de la vie, il croyait le retour impossible. Il courait aux réunions ardentes où s'agitait la question de la défense des accusés, et après des discussions passionnées, il revenait s'évanouir chez lui avant dîner, quand on ne l'y apportait pas évanoui déjà dans la voiture. Mais alors c'était l'affaire de quelques instans de pâleur livide et de sourds gémissemens. Il se ranimait comme par un miracle de la nature ou de la volonté, il revenait parler et rire avec nous, car, au milieu de cette excitation et de cet affaissement successifs, il se jetait dans la gaîté avec l'insouciance et la candeur d'un enfant.

Tant de contrastes m'émouvaient et m'arrachaient à moi-même. Je m'attachais par le cœur à cette nature qui ne ressemblait à rien, mais qui avait pour les moindres soins, pour la moindre sollicitude, des trésors de reconnaissance. Le charme de sa parole me retenait des heures entières, moi que la parole fatigue extrêmement, et j'étais dominée aussi par un vif désir de partager cette passion politique, cette foi au salut général, ces vivifiantes espérances d'une prochaine rénovation sociale, qui semblaient devoir transformer en apôtres, même les plus humbles d'entre nous.

Mais j'avoue qu'après cette causerie du pont des Saints-Pères, et cette déclamation anti-sociale et anti-humaine dont il m'avait régalée, je me sentis tomber du ciel en terre, et que, haussant les épaules, à mon réveil, je repris ma résolution de m'en aller chercher des fleurs et des papillons en Égypte ou en Perse.

Sans trop réfléchir ni m'émouvoir, j'obéis à l'instinct qui me poussait vers la solitude, et j'allai chercher mon passeport pour l'étranger. En rentrant, je trouvai chez moi Éverard qui m'attendait. «Qu'est-ce qu'il y a? s'écria-t-il. Ce n'est pas la figure sereine que je connais?—C'est une figure de voyageur, lui répondis-je, et il y a que je m'en vas décidément. Ne te fâche pas; tu n'es pas de ceux avec qui on est poli par hypocrisie de convenance. J'ai assez de vos républiques. Vous en avez tous une qui n'est pas la mienne et qui n'est celle d'aucun des autres. Vous ne ferez rien cette fois-ci. Je reviendrai vous applaudir et vous couronner dans un meilleur temps, quand vous aurez usé vos utopies, et rassemblé des idées saines.»

L'explication fut orageuse. Il me reprocha ma légèreté d'esprit et ma sécheresse de cœur. Poussée à bout par ses reproches je me résumai.

Quelle était cette folle volonté de dominer mes convictions et de m'imposer celles d'autrui? Pourquoi, comment avait-il pu prendre à ce point au pied de la lettre l'hommage que mon intelligence avait rendu à la sienne en l'écoutant sans discussion et en l'admirant sans réserve? Cet hommage avait été complet et sincère, mais il n'avait pas pour conséquence possible l'abandon absolu des idées, des instincts et des facultés de mon être. Après tout, nous ne nous connaissions pas entièrement l'un et l'autre, et nous n'étions peut-être pas destinés à nous comprendre, étant venus de si loin l'un vers l'autre pour discuter quelques articles de foi dont il croyait avoir la solution. Cette solution, il ne l'avait pas. Je ne pouvais pas lui en faire un reproche; mais lui, où prenait-il la fantaisie tyrannique de s'irriter de ma résistance à ses théories comme d'un tort envers lui-même?

«En m'entendant te parler comme un élève attentif aux leçons de ton maître, tu t'es cru mon père, lui dis-je; tu m'as appelé ton fils bien-aimé et ton Benjamin, tu as fait de la poésie, de l'éloquence biblique. Je t'ai écouté comme dans un rêve dont la grandeur et la pureté céleste charmeront toujours mes souvenirs. Mais on ne peut pas rêver toujours. La vie réelle appelle des conclusions sans lesquelles on chante comme une lyre, sans avancer le règne de Dieu et le bonheur des hommes. Moi, je place ce bonheur dans la sagesse plus que dans l'action. Je ne veux rien, je ne demande rien dans la vie, que le moyen de croire en Dieu et d'aimer mes semblables. J'étais malade, j'étais misanthrope; tu t'es fais fort de me guérir; tu m'as beaucoup attendrie, j'en conviens. Tu as combattu rudement mon mauvais orgueil, et tu m'as fait entrevoir un idéal de fraternité qui a fondu la glace de mon cœur. En cela, tu as été véritablement chrétien, et tu m'as convertie par le sentiment. Tu m'as fait pleurer de grosses larmes, comme au temps où je devenais dévote par un attendrissement subit et imprévu de ma rêverie. Je n'aurais pas retrouvé en moi-même, après tant d'incertitudes et de fatigues d'esprit, la source de ces larmes vivifiantes. Ton éloquence et ta persuasion ont fait le miracle que je te demandais: sois bénis pour cela, et laisse-moi partir sans regret. Laisse-moi aller réfléchir maintenant aux choses que vous cherchez ici, aux principes qui peuvent se formuler et s'appliquer aux besoins de cœur et d'esprit de tous les hommes. Et ne me dis pas que vous les avez trouvés, que tu les tiens dans ta main, cela n'est pas. Vous ne tenez rien, vous cherchez! Tu es meilleur que moi, mais tu n'en sais pas plus que moi.»

Et comme il paraissait offensé de ma franchise, je lui dis encore:

«Tu es un véritable artiste. Tu ne vis que par le cœur et l'imagination. Ta magnifique parole est un don qui t'entraîne fatalement à la discussion. Ton esprit a besoin d'imposer à ceux qui t'écoutent avec ravissement des croyances que la raison n'a pas encore mûries. C'est là où la réalité me saisit et m'éloigne de toi. Je vois toute cette poésie du cœur, toutes ces aspirations de l'âme aboutir à des sophismes, et voilà justement ce que je ne voudrais pas entendre, ce que je suis fâchée d'avoir entendu. Écoute, mon pauvre père, nous sommes fous. Les gens du monde officiel, du monde positif, qui ne voient de nous que des excentricités de conduite et d'opinion, nous traitent de rêveurs. Ils ont raison, ne nous en fâchons pas. Acceptons ce dédain. Ils ne comprennent pas que nous vivions d'un désir et d'une espérance dont le but ne nous est pas personnel. Ces gens-là sont fous à leur manière; ils sont complétement fous à nos yeux, eux qui poursuivent des biens et des plaisirs que nous ne voudrions pas toucher avec des pincettes. Tant que durera le monde, il y aura des fous occupés à regarder par terre, sans se douter qu'il y a un ciel sur leurs têtes, et des fous qui, regardant trop le ciel ne tiendront pas assez de compte de ceux qui ne voient qu'à leurs pieds. Il y a donc une sagesse qui manque à tous les hommes, une sagesse qui doit embrasser la vue de l'infini et celle du monde fini où nous sommes. Ne la demandons pas aux fous du positivisme, mais ne prétendons pas la leur donner avant de l'avoir trouvée.

«Cette sagesse-là, c'est celle dont la politique ne peut se passer. Autrement vous ferez des coups de tête et des coups de main pour aboutir à des chimères ou à des catastrophes. Je sens qu'en te parlant ainsi au milieu de ta fièvre d'action, je ne peux pas te convaincre; aussi je ne te parle que pour te prouver mon droit de me retirer de cette mêlée où je ne peux porter aucune lumière, et où je ne peux pas suivre la tienne, qui est encore enveloppée de nuages impénétrables.»

Quand j'eus tout dit, Éverard, qui s'était calmé à grand'peine pour tout entendre, reprit son énergie et sa conviction. Il me donna des raisons devant lesquelles je me sentis vaincue, et dont voici le résumé:

«Nul ne peut trouver la lumière à lui tout seul. La vérité ne se révèle plus aux penseurs retirés sur la montagne. Elle ne se révèle même plus à des cénacles détachés comme des cloîtres sur les divers sommets de la pensée. Elle s'y élucubre, et rien de plus. Pour trouver, à l'heure dite, la vérité applicable aux sociétés en travail, il faut se réunir, il faut peser toutes les opinions, il faut se communiquer les uns aux autres, discuter et se consulter, afin d'arriver tant bien que mal, à une formule qui ne peut jamais être la vérité absolue, Dieu seul la possède, mais qui est la meilleure expression possible de l'aspiration des hommes à la vérité. Voilà pourquoi j'ai la fièvre, voilà pourquoi je m'assimile avec ardeur toutes les idées qui me frappent, voilà pourquoi je parle jusqu'à m'épuiser, jusqu'à divaguer, parce que parler, c'est penser tout haut et qu'en pensant ainsi tout haut je vas plus vite qu'en pensant tout bas et tout seul. Vous autres qui m'écoutez, et toi tout le premier, qui écoutes plus attentivement que personne, vous tenez trop de compte des éclairs fugitifs qui traversent mon cerveau. Vous ne vous attachez pas assez à la nécessité de me suivre comme on suit un guide dévoué et aventureux sur un chemin dont il ne connaît pas lui-même tous les détours, mais dont sa vue perçante et son courage passionné ont su apercevoir le but lointain. C'est à vous de m'avertir des obstacles, à vous de me ramener dans le sentier quand l'imagination ou la curiosité m'emportent. Et cela fait, si vous vous impatientez de mes écarts, si vous vous lassez de suivre un pilote incertain de sa route, cherchez-en un meilleur, mais ne le méprisez pas pour n'avoir pas été un dieu, et ne le maudissez pas pour vous avoir montré des rives nouvelles conduisant plus ou moins à celle où vous voulez aborder.

«Quant à toi, je te trouve exigeant et injuste, écolier sans cervelle! Tu ne sais rien, tu l'avoues, et tu ne voulais rien apprendre, tu l'as déclaré. Puis, tout à coup, la fièvre de savoir s'étant emparé de toi, tu as demandé du jour au lendemain la science infuse, la vérité absolue. *Vite, vite, donnez le secret de Dieu à M. George Sand, qui ne veut pas attendre!*

«Eh bien! ajouta-t-il après un feu roulant de ces plaisanteries sans aigreur qu'il aimait à saisir comme des mouches qu'on attrape en courant, moi je fais une découverte, c'est que les âmes ont un sexe et que tu es une femme. Croirais-tu que je n'y avais pas encore pensé? En lisant *Lélia* et tes *Premières Lettres d'un voyageur*, je t'ai toujours vu sous l'aspect d'un jeune garçon, d'un poète enfant dont je faisais mon fils, moi dont la profonde douleur est de n'avoir pas d'enfans et qui élève ceux du premier lit de ma femme avec une tendresse mêlée de désespoir. Quand je t'ai vu réellement pour la première fois, j'ai été étonné comme si l'on ne m'avait pas dit que tu t'habilles d'une robe et que tu t'appelles d'un nom de femme dans la vie réelle. J'ai voulu garder mon rêve, t'appeler George tout court, te tutoyer comme on se tutoie sous les ombrages virgiliens, et ne te regarder à la clarté de notre petit soleil que le temps de savoir chaque jour comment se porte ton moral. Et, en vérité, je ne connais de toi que le son de ta voix, qui est sourd et qui ne me rappelle pas la flûte mélodieuse d'une voix de femme. Je t'ai donc toujours parlé comme à un garçon qui a fait sa philosophie et qui a lu l'histoire. A présent je vois bien, et tu me le rappelles, que tu as l'ambition et l'exigence des esprits incultes, des êtres de pur sentiment et de pure imagination, des femmes en un mot. Ton sentiment est, je l'avoue, un impatient logicien qui veut que la science philosophique réponde d'emblée à toutes ses fibres et satisfasse toutes ses délicatesses; mais la logique du sentiment pur n'est pas suffisante en politique, et tu demandes un impossible accord parfait entre les nécessités de l'action et les élans de la sensibilité. C'est là l'idéal, mais il est encore irréalisable sur la terre, et tu en conclus qu'il faut se croiser les bras en attendant qu'il arrive de lui-même.

«Croise donc tes bras et va-t'en! Certes, tu es libre de fait; mais ta conscience ne le serait pas si elle se connaissait bien elle-même. Je n'ai pas le droit de te demander ton affection. J'ai voulu te donner la mienne. Tant pis pour moi;

tu ne me l'avais pas demandée, tu n'en avais pas besoin. Je ne te parlerai donc pas de moi, mais de toi-même, et de quelque chose de plus important que toi-même, le devoir.

«Tu rêves une liberté de l'individu qui ne peut se concilier avec le devoir général. Tu as beaucoup travaillé à conquérir cette liberté pour toi-même. Tu l'as perdue dans l'abandon du cœur à des affections terrestres qui ne t'ont pas satisfait, et à présent tu te reprends toi-même dans une vie d'austérité que j'approuve et que j'aime, mais dont tu étends à tort l'application à tous les actes de ta volonté et de ton intelligence. Tu te dis que ta personne t'appartient et qu'il en est ainsi de ton âme. Eh bien! voilà un sophisme pire que tous ceux que tu me reproches et plus dangereux, puisque tu es maître d'en faire la loi de ta propre vie, tandis que les miens ne peuvent se réaliser sans des miracles. Songe à ceci que, si tous les amans de la vérité absolue disaient comme toi adieu à leur pays, à leurs frères, à leur tâche, non-seulement la vérité absolue, mais encore la vérité relative n'auraient plus un seul adepte. Car la vérité ne monte pas en croupe des fuyards et ne galoppe pas avec eux. Elle n'est pas dans la solitude, rêveur que tu es! Elle ne parle pas dans les plantes et dans les oiseaux, ou c'est d'une voix si mystérieuse que les hommes ne la comprennent pas. Le divin philosophe que tu chéris le savait bien quand il disait à ses disciples: «Là où vous serez seulement trois réunis en mon nom, mon esprit sera avec vous.»

«C'est donc avec les autres qu'il faut chercher et prier. Si peu que l'on trouve en s'unissant à quelques autres, c'est quelque chose de réel, et ce qu'on croit trouver seul n'existe que pour soi seul, n'existe pas par conséquent. Va-t'en donc à la recherche, à la poursuite du néant; moi je me consolerai de ton départ avec la certitude d'être, en dépit des erreurs d'autrui et des miennes propres, à la recherche et à la poursuite de quelque chose de bon et de vrai.»

Ayant tout dit, il sortit, un peu sans que j'y fisse attention, car j'étais absorbée par mes propres réflexions sur tout ce qu'il venait de dire, en des termes dont la plume ne peut donner qu'une sèche analyse.

Quand je voulus lui répondre, pensant qu'il était dans la pièce voisine, où il se retirait quelquefois pour faire, tout à coup brisé, une sieste de cinq minutes, je m'aperçus qu'il était parti tout à fait et qu'il m'avait enfermée. Je cherchai la clef partout, il l'avait mise dans sa poche, et j'avais donné congé pour le reste de la journée à la femme qui me servait, et qui avait la seconde clef de l'appartement. J'attribuai ma captivité à une distraction d'Éverard, et je me remis à réfléchir tranquillement. Au bout de trois heures il revint me délivrer, et comme je lui signalais sa distraction: «Non pas, me dit-il en riant, je l'ai fait exprès. J'étais attendu à une réunion, et, voyant que je ne t'avais pas encore convaincue, je t'ai mise au secret afin de te donner le temps de la réflexion. J'avais peur d'un coup de tête et de ne plus te retrouver à Paris ce soir. A présent que tu as réfléchi, voilà ta clef, la clef des champs! Dois-je te dire adieu et aller dîner sans toi?

—Non, lui répondis-je, j'avais tort; je reste. Allons dîner et chercher quelque chose de mieux que Babeuf pour notre nourriture intellectuelle.»

J'ai rapporté cette longue conversation parce qu'elle raconte ma vie et celle de la vie d'un certain nombre de révolutionnaires à ce moment donné. Pendant cette phase du procès d'avril, le travail d'élucubration était partout dans nos rangs, parfois, savant et profond, parfois naïf et sauvage. Quand on s'y reporte par le souvenir, on est étonné du progrès qu'ont fait les idées en si peu de temps, et moins effrayé par conséquent du progrès énorme qui reste à faire.

Le véritable foyer de cette élucubration sociale et philosophique était dans les prisons d'État. «Alors, dit Louis Blanc, cet admirable historien de nos propres émotions, qu'on ne peut trop citer, alors, on vit ces hommes sur qui pesait la menace d'un arrêt terrible s'élever soudain au dessus du péril et de leurs passions pour se livrer à l'étude des plus arides problèmes. Le comité de défense parisien avait commencé par distribuer entre les membres les plus capables du parti les principales branches de la science de gouverner, assignant à l'un la partie philosophique et religieuse, à l'autre la partie administrative, à celui-ci l'économie politique, à celui-là les arts. Ce fut pour tous le sujet des plus courageuses méditations, des recherches les plus passionnées. Mais tous, dans cette course intellectuelle, n'étaient pas destinés à suivre la même carrière. Des dissidences théoriques se manifestèrent, des discussions brûlantes s'élevèrent. Par le corps, les captifs appartenaient au geôlier, mais d'un vol indomptable et libre, leur esprit parcourait le domaine, sans limites, de la pensée. Du fond de leurs cachots, ils s'inquiétaient de l'avenir des peuples, ils s'entretenaient avec Dieu; et, placés sur la route de l'échafaud, ils s'exaltaient, ils s'enivraient d'espérance, comme s'ils eussent marché à la conquête du monde. Spectacle touchant et singulier, dont il convient de conserver le souvenir à jamais!

«Que des préoccupations sans grandeur se soient mêlées à ce mouvement, que l'émulation ait quelquefois fait place à des rivalités frivoles ou haineuses, que des esprits trop faibles pour s'élever impunément se soient perdus dans le pays des rêves, on ne peut le nier; mais ces résultats trop inévitables des infirmités de la nature humaine ne suffisent pas pour enlever au fait général que nous venons de signaler ce qu'il présente de solennel et d'imposant[17].»

Si l'on veut juger le procès d'avril et tous les faits qui s'y rattachent d'une manière juste, élevée et vraiment philosophique, il faut relire tout ce chapitre si court et si plein de l'*Histoire de dix ans*. Les hommes et les choses y sont jugés non seulement avec la connaissance exacte d'un passé que l'historien n'a jamais le droit d'arranger et d'atténuer, mais avec la haute équité d'un grand et généreux esprit qui fixe et précise la vérité morale, c'est à dire la suprême vérité de l'histoire au milieu des contradictions apparentes des événemens et des hommes qui les subissent.

Je ne raconterai pas ces événemens. Cela serait tout à fait inutile: ils sont enregistrés là d'une manière si conforme à mon sentiment, à mon souvenir, à ma conscience et à ma propre expérience, que je ne saurais y rien ajouter.

Acteur perdu et ignoré, mais vivant et palpitant dans ce drame, je ne suis ici que le biographe d'un homme qui y joua un rôle actif, et, faut-il le dire, problématique en apparence, parce que l'homme était incertain, impressionnable et moins politique qu'artiste.

On sait qu'un grand débat s'était élevé entre les *défenseurs*: débat ardent, insoluble sous la pression des actes précipités de la pairie. Une partie des accusés s'entendait avec ses *défenseurs* pour n'être pas *défendue*. Il ne s'agissait pas de gagner le procès judiciaire et de se faire absoudre, par le pouvoir; il s'agissait de faire triompher la cause générale dans l'opinion en plaidant avec énergie le droit sacré du peuple devant le pouvoir de fait, le droit du plus fort. Une autre catégorie d'accusés, celle de Lyon, voulait être défendue, non pas pour proclamer sa non-participation au fait dont on l'accusait, mais pour apprendre à la France ce qui s'était passé à Lyon, de quelle façon l'autorité avait provoqué le peuple, de quelle façon elle avait traité les vaincus, de quelle façon les accusés eux-mêmes avaient fait ce qui était humainement possible pour prévenir la guerre civile et pour en ennoblir et en adoucir les cruels résultats. Il s'agissait de savoir si l'autorité avait eu le droit de prendre quelques provocations isolées, on disait même payées, pour une rébellion à réprimer, et pour ruer une armée sur une population sans défense. On avait des faits, on voulait les dire, et, selon moi, la véritable cause était là. On était assez fort pour plaider la cause du peuple trahi et mutilé, on ne l'était pas assez pour proclamer celle du genre humain affranchi.

J'étais donc dans les idées de M. Jules Favre, qui se trouvait posé dans les conciliabules en adversaire d'Éverard, et qui était un adversaire digne de lui. Je ne connaissais pas Jules Favre, je ne l'avais jamais vu, jamais entendu; mais lorsque Éverard, après avoir combattu ses argumens avec véhémence, venait me les rapporter, je leur donnais raison. Éverard sentait bien que ce n'était pas par envie de le contredire et de l'irriter; mais il en était affligé, et devinant bien que je redoutais l'exposé public de ses utopies, il s'écriait: «Ah! maudits soient le pont des Saints-Pères et la question sociale!»

CHAPITRE TROISIEME

Lettre incriminée au procès monstre.—Ma rédaction rejetée.—Défection du barreau républicain.—Trélat.—Discours d'Éverard.—Sa condamnation.—Retour à Nohant.—Projets d'établissement.—La maison déserte à Paris.—Charles d'Aragon.—Affaire Fieschi.—Les opinions politiques de Maurice.—M. Lamennais.—M. Pierre Leroux.—Le mal du pays me prend.—La maison déserte à Bourges.—Contradictions d'Éverard.—Je reviens à Paris.

Cependant il s'agissait surtout de soutenir le courage de certains accusés, en petit nombre, heureusement, qui menaçaient de faiblir. J'étais bien d'accord avec Éverard sur ce point, que, quel que fût le résultat d'une division dans les motifs et les idées des défenseurs, il fallait que la crainte et la lassitude ne parussent pas, même chez quelques accusés. Il me fit rédiger la lettre, la fameuse lettre qui devait donner au procès monstre une nouvelle extension. C'était son but, à lui de rendre inextricable le système d'accusation. L'idée souriait par momens à Armand Carrel; en d'autres, elle alarmait sa prudence. Mais Éverard la poussa rapidement, et lui, que l'on pouvait supposer parfois si méfiant du lendemain, c'est tout au plus s'il prit le temps de la réflexion. Il trouva ma rédaction trop sentimentale et la changea.

«Il n'est pas question de soutenir la foi chancelante par des homélies, me dit-il; les hommes ne donnent pas tant de part à l'idéal. C'est par l'indignation et la colère qu'on les ranime. Je veux attaquer violemment la pairie pour exalter les accusés; je veux d'ailleurs mettre en cause tout le barreau républicain.» Je lui fis observer que le barreau républicain signerait ma rédaction et reculerait devant la sienne. «Il faudra bien que tous signent, répondit-il, et s'ils ne le font pas, on se passera d'eux.»

On se passa du grand nombre, en effet, et ce fut une grande faute que de provoquer les défections. Toutes n'étaient pas si coupables qu'elles le parurent à Éverard. Certains hommes étaient venus là sans vouloir une révolution de fait, espérant contribuer seulement à une révolution dans les idées ne rêvant ni profit ni gloire, mais l'accomplissement d'un devoir dont toutes les conséquences ne leur avaient pas été soumises. J'en connais plusieurs qu'il me fut impossible de blâmer quand ils m'expliquèrent leurs motifs d'abstention.

On sait quelles conséquences eut la lettre. Elle fut fatale au parti en ce qu'elle y mit le désordre; elle fut fatale à Éverard en ce sens qu'elle donna lieu à un discours très controversé dans les rangs de son parti. Il avait, par un mouvement généreux, assumé sur lui toute la responsabilité de cette pièce incriminée par la cour des pairs. Il l'eût fait, quand même Trélat ne lui eût pas donné l'exemple du sacrifice. Mais Trélat fit devant la cour un acte d'hostilité héroïque, tandis qu'Éverard sema de contrastes sa profession de foi devant ce même tribunal. Laissons parler Louis Blanc: «....Puis M. Michel (de Bourges) s'avance. On connaissait déjà l'entraînement de sa parole, et tous attendaient, au milieu d'un solennel silence. Il commença d'une voix brève et profonde; à demi courbé sur la balustrade qui lui servait d'appui, tantôt il la faisait trembler sous la pression convulsive de ses mains; tantôt, d'un mouvement impétueux, il en parcourait l'étendue, semblable à ce Caïus Gracchus dont il fallait qu'un joueur de flûte modérât, lorsqu'il parlait, l'éloquence trop emportée. M. Michel (de Bourges) cependant ne fut ni aussi hardi ni aussi terrible que M. Trélat. Il se défendit, ce que M. Trélat n'avait pas daigné faire, et les attaques qu'il dirigea contre la pairie ne furent pas tout à fait exemptes de ménagemens. Tout en maintenant l'esprit de la lettre, il parut disposé à faire bon marché des formes, et il reconnut qu'à en juger par ce qu'il voyait depuis trois jours, les pairs valaient mieux que leur institution. Du reste, et pour ce qui concernait le fond même du procès, il fut inflexible.»

Je ne me permettrai de reprendre qu'un mot à cette excellente appréciation. Selon moi, Éverard ne se *défendit* pas, et je souffre encore en m'imaginant que, s'il fit bon marché des formes de sa provocation, ce fut peut-être sous l'impression de la critique que je lui avais faite de ces mêmes formes. Je trouvais, moi, et je me permettais de le lui dire, que la principale maladresse de son parti était la rudesse du langage et le ton acerbe des discussions. On revenait trop au vocabulaire des temps les plus aigris de la révolution; on affectait de le faire, sans songer qu'un choix d'expression fort du cachet de son temps, paraît violent, par conséquent faible, à quarante ans de distance. J'admirais l'originalité de la parole d'Éverard, précisément parce qu'elle donnait une couleur, une physionomie nouvelle à ces choses du passé. Il sentait bien que là était sa puissance, et il riait de tout son cœur des vieilles formules et des déclamations banales. Mais en écrivant, il y retombait quelquefois sans en avoir conscience, et quand je le lui faisais remarquer, il en convenait modestement. Nous n'avions pourtant pas été d'accord sur ce point en rédigeant la lettre. Il avait défendu et maintenu sa version; mais depuis, en l'entendant blâmer par d'autres, il s'en était dégoûté, et l'artiste dominant, par bouffées, l'homme de parti, il aurait voulu qu'une pièce destinée à faire tant de bruit fût un chef-d'œuvre de goût et d'éloquence. Il est vrai que s'il en eût été ainsi, on ne l'eût pas incriminée et que son but n'eût pas été atteint.

Comme il ne l'était pas davantage par la situation isolée que lui faisaient les poursuites, il n'était plus forcé rigoureusement de défendre chaque expression de cette lettre. Du moment qu'elle n'était plus signée par un parti tout entier, elle redevenait son œuvre personnelle, et il crut peut-être de bon goût de n'y pas tenir aveuglément.

Je n'ai pas entendu ce discours, je n'étais qu'à la séance du 20 mai. Rien n'est plus fugitif qu'un discours; et la sténographie, qui en conserve les mots, n'en conserve pas toujours l'esprit. Il faudrait pouvoir sténographier l'accent et photographier la physionomie de l'orateur pour bien comprendre toutes les nuances de sa pensée à chaque crise de son improvisation. Éverard ne préparait jamais rien en politique; il s'inspirait du moment, et, sous le coup de l'exaltation nerveuse qui dominait son talent en même temps qu'elle l'entretenait, il n'était pas toujours maître de sa parole. Ce ne fut pas la seule fois qu'on lui reprocha l'imprévu de sa pensée et qu'on la jugea plus significative et plus concluante qu'elle ne l'était dans son propre esprit.

Quoi qu'il en soit, ce discours, à la fin duquel il fut ramené chez lui atteint d'une bronchite aiguë, lui fit de nombreux détracteurs parmi ses coréligionnaires. Éverard avait blessé des croyances et des amours-propres dans les discussions orageuses au sein du parti. Il eut contre lui des rancunes amères et même des sévérités impartiales. «Était-ce donc la peine, disait-on, d'avoir combattu avec tant d'âpreté l'opinion de ceux qui voulaient adopter le système de la défense, pour arriver à se défendre soi-même, tout seul, d'un acte dont l'intention était collective?»

Mais n'était-ce pas précisément parce que cette cause n'avait plus de sens collectif qu'Éverard était fatalement entraîné à en faire meilleur marché? N'y avait-il pas quelque chose de naïf et de grand dans la modestie qui lui faisait confesser n'avoir aucun ressentiment, aucune haine personnelle? Et sa péroraison fut-elle timide lorsqu'il s'écria: «Si l'amende m'atteint, je mettrai ma fortune à la disposition du fisc, heureux de consacrer encore à la défense des accusés ce que j'ai pu gagner dans l'exercice de ma profession. Quant à la prison, je me rappelle le mot de cet autre républicain qui sut mourir à Utique: *J'aime mieux être en prison, que de siéger ici, à côté de toi, César!*»

L'arrêt qui condamnait Trélat à trois ans de prison et Michel à un mois seulement servit de texte aux commentaires hostiles. Michel fut jaloux de la prison de Trélat et non de l'honneur qui lui en revenait. Il chérissait ce noble caractère, et le parallèle qui fut établi entre eux au désavantage de l'un des deux ne diminua en rien la tendresse et la vénération de celui-ci pour l'autre. «Trélat est un saint, disait Éverard, et je ne le vaux pas.» Cela était vrai: mais, pour la dire sincèrement en pareille circonstance, il fallait encore être très grand soi-même.

Éverard fut assez gravement malade. La preuve qu'il n'avait pas été aussi agréable à la pairie que quelques adversaires le prétendaient, c'est que la pairie procéda très brutalement avec lui en le sommant de se faire écrouer mort ou vif. Je réclamai pour lui, à son insu, auprès de M. Pasquier, qui voulut bien faire envoyer le médecin délégué d'office en ces sortes de constatations.

Ce médecin procéda à l'interrogatoire d'Éverard d'une manière blessante, feignant de prendre la maladie pour une feinte et le retard demandé par moi pour un danger. Peu s'en fallut qu'Éverard ne fît manquer l'objet de ma démarche, car, en voyant arriver le médecin du pouvoir d'un air rogue, il répondit brusquement qu'il n'était pas malade et refusa de se laisser examiner. Pourtant j'obtins que le pouls fût consulté, et la fièvre était si réelle et si violente que l'Esculape monarchique se radoucit aussitôt, honteux peut-être d'une insulte toute gratuite et assez inintelligente; car quel est le condamné à un mois de prison qui préférerait la fuite? Je vis par ce petit fait comment on provoquait les républicains, même dans les circonstances légères, et je me fis une idée du système adopté dans les prisons pour exciter ces colères et ces révoltes que le pouvoir semblait avide de faire naître afin d'avoir le plaisir de les châtier.

Dès qu'Éverard fut guéri, je partis pour Nohant avec ma fille. Je ne sais plus pour quel motif, la peine prononcée contre Éverard ne devait plus être subie qu'au mois de novembre suivant. Ce fut peut-être dans l'intérêt de ses cliens que ce délai lui fut accordé.

Cette fois, mon séjour chez moi fut désagréable et même difficile. Il fallut m'armer de beaucoup de volonté pour ne pas aigrir la situation. Ma présence était positivement gênante. Mes amis souffrirent d'avoir à le constater, et ceux-mêmes qui contribuaient à me gâter mon intérieur, mon frère et une autre, sentirent que la position n'était pas tenable pour moi. Ils songèrent donc à conseiller quelque arrangement.

Je recevais trois mille francs de pension pour ma fille et pour moi. C'était fort court, mon travail étant encore peu lucratif et soumis d'ailleurs aux éventualités humaines, ne fût-ce qu'à l'état de ma santé. Pourtant c'était possible à la condition que, passant chez moi six mois sur douze, je mettrais de côté quinze cents francs par an pour payer l'éducation de l'enfant. Si l'on me fermait ma porte, ma vie devenait précaire, et la conscience de mon mari ne pouvait pas, ne devait pas être bien satisfaite.

Il le reconnaissait. Mon frère le pressait de me donner six mille francs par an. Il lui en serait resté à peu près dix en comptant son propre avoir. C'était de quoi vivre à Nohant, et y vivre seul, puisque tel était son désir. M. Dudevant s'était rendu à ce conseil; il avait donc promis de doubler ma pension; mais quand il avait été question de le faire, il m'avait déclaré être dans l'impossibilité de vivre à Nohant avec ce qui lui restait. Il fallut entrer dans quelques explications et me demander ma signature pour sortir d'embarras financiers qu'il s'était créés. Il avait mal employé une partie de son petit héritage, il ne l'avait plus. Il avait acheté des terres qu'il ne pouvait payer; il était inquiet, chagrin. Quand j'eus signé, les choses n'allèrent pas mieux, selon lui. Il n'avait pas résolu le problème qu'il m'avait donné à résoudre quelques années auparavant; ses dépenses excédaient nos revenus. La cave seule en emportait une grosse part, et, pour le reste, il était volé par des domestiques trop autorisés à le faire. Je constatai plusieurs friponneries flagrantes, croyant lui rendre service autant qu'à moi-même. Il m'en sut mauvais gré. Comme Frédéric-le-Grand, il voulait être servi par des pillards. Il me défendit de me mêler de ses affaires, de critiquer sa gestion et de commander à ses gens. Il me semblait que tout cela était un peu à moi, puisqu'il disait n'avoir plus rien à lui. Je me résignai à garder le silence et à attendre qu'il ouvrît les yeux.

Cela ne tarda pas. Dans un jour de dégoût de son entourage, il me dit que Nohant le ruinait, qu'il y éprouvait des chagrins personnels, qu'il s'y ennuyait au milieu de ses loisirs, et qu'il était prêt à m'en laisser la jouissance et l'entretien. Il voulait aller vivre à Paris ou dans le Midi avec le reste de nos revenus, qu'il évaluait alors à sept mille francs. J'acceptai. Il rédigea nos conventions, que je signai sans discussion aucune; mais, dès le lendemain, il me témoigna tant de regret et de déplaisir que je partis pour Paris en lui laissant le traité déchiré et en remettant mon sort à la providence des artistes, au travail.

Ceci s'était passé au mois d'avril. Mon voyage à Nohant en juin n'améliora pas la position. M. Dudevant persistait à quitter Nohant. Cette idée prenait plus de consistance quand j'y retournais; mais, comme elle était accompagnée de dépit, je m'en allai encore sans rien exiger.

Éverard était retourné à Bourges. Je vécus à Paris tout à fait cachée pendant quelque temps. J'avais un roman à faire, et comme je mourais de chaud dans ma mansarde du quai Malaquais, je trouvai moyen de m'installer dans un atelier de travail assez singulier. L'appartement du rez-de-chaussée était en réparation, et les réparations se trouvaient suspendues, je ne sais plus pour quel motif. Les vastes pièces de ce beau local étaient encombrées de pierres et de bois de travail: les portes donnant sur le jardin avaient été enlevées, et le jardin lui-même fermé, désert et abandonné, attendait une métamorphose. J'eus donc là une solitude complète, de l'ombrage, de l'air et de la fraîcheur. Je fis de l'établi d'un menuisier un bureau bien suffisant pour un petit attirail, et j'y passai les journées les plus tranquilles que j'aie peut-être jamais pu saisir, car personne au monde ne me savait là, que le portier, qui m'avait confié la clé, et ma femme de chambre, qui m'y apportait mes lettres et mon déjeuner. Je ne sortais de ma tanière que pour aller voir mes enfans à leurs pensions respectives. J'avais remis Solange chez les demoiselles Martin.

Je pense que tout le monde est, comme moi, friand de ces rares et courts instans où les choses extérieures daignent s'arranger de manière à nous laisser un calme absolu relativement à elles. Le moindre coin nous devient alors une prison volontaire, et, quel qu'il soit, il se pare à nos yeux de ce je ne sais quoi de délicieux qui est le sentiment de la conquête et de la possession du temps, du silence et de nous-mêmes. Tout m'appartenait dans ces murs vides et dévastés, qui bientôt allaient se couvrir de dorures et de soie, mais dont jamais personne ne devait jouir à ma manière. Du moins je me disais que les futurs occupans n'y retrouveraient peut-être jamais une heure du loisir assuré et de la rêverie complète que j'y goûtais chaque jour, du matin à la nuit. Tout était mien en ce lieu, les tas de planches qui me servaient de siéges et de lits de repos, les araignées diligentes qui établissaient leurs grandes toiles avec tant de science et de prévision d'une corniche à l'autre; les souris mystérieusement occupées à je ne sais quelles recherches actives et minutieuses dans les copeaux; les merles du jardin qui, venus insolemment sur le seuil, me regardaient, immobiles et méfians tout à coup, et terminaient leur chant insoucieux et moqueur sur une modulation bizarre, écourtée par la crainte. J'y descendais quelquefois le soir, non plus pour écrire, mais pour respirer et songer sur les marches du perron. Le chardon et le bouillon blanc avaient poussé dans les pierres disjointes; les moineaux, réveillés par ma présence, frôlaient le feuillage des buissons dans un silence agité, et les bruits des voitures, les cris du dehors arrivant jusqu'à moi, me faisaient sentir davantage le prix de ma liberté et la douceur de mon repos.

Quand mon roman fut fini, je rouvris ma porte à mon petit groupe d'amis. C'est à cette époque, je crois, que je me liai avec Charles d'Arragon, un être excellent et du plus noble caractère, puis avec M. Artaud, un homme très savant et parfaitement aimable. Mes autres amis étaient républicains; et, malgré l'agitation du moment, jamais aucune discussion politique ne troubla le bon accord et les douces relations de la mansarde.

Un jour, une femme d'un grand cœur, qui m'était chère, Mme Julie Beaune vint me voir. «On s'agite beaucoup dans Paris, me dit-elle. On vient de tirer sur Louis-Philippe.» C'était la machine Fieschi. Je fus très inquiète; Maurice était sorti avec Charles d'Arragon, qui l'avait mené justement voir passer le roi chez la comtesse de Montijo. Je craignais qu'au retour ils ne se trouvassent dans quelque bagarre. J'allais y courir, quand d'Arragon me ramena mon collégien sain et sauf. Pendant que j'interrogeais le premier sur l'événement, l'autre me parlait d'une charmante petite fille avec laquelle il prétendait avoir parlé politique. C'était la future impératrice des Français. Ce mot d'enfant m'en rappelle un autre. Maurice, un an plus tard m'écrivait: «Montpensier (le jeune prince était au collége Henri IV), m'a invité à son bal, *malgré mes opinions politiques*. Je m'y suis bien amusé. Il nous a tous fait cracher avec lui sur la tête des gardes nationaux[18].»

C'est dans le courant de cette année-là que je m'approchai très humblement de deux des plus grandes intelligences de notre siècle, M. Lamennais et M. Pierre Leroux. J'avais projeté de consacrer un long chapitre de cet ouvrage à chacun de ces hommes illustres; mais les bornes de l'ouvrage ne peuvent être reculées à mon gré, et je ne voudrais pas écourter deux sujets aussi vastes que ceux de leur philosophie dans l'histoire et de leur mission dans le monde des idées. Cet ouvrage-ci est la préface étendue et complète d'un livre qui paraîtra plus tard, et où, n'ayant plus à raconter ma propre histoire dans son développement minutieux et lent, je pourrai aborder des individualités plus importantes et plus intéressantes que la mienne propre.

Je me bornerai donc à esquisser quelques traits des imposantes figures que j'ai rencontrées dans la période de mon existence contenue dans ce livre et à dire l'impression qu'elles firent sur moi.

J'allais alors cherchant la vérité religieuse et la vérité sociale dans une seule et même vérité. Grâce à Éverard, j'avais compris que ces deux vérités sont indivisibles et doivent se compléter l'une par l'autre, mais je ne voyais encore qu'un épais brouillard faiblement doré par la lumière qu'il voilait à mes yeux. Un jour, au milieu des péripéties du procès monstre, Liszt, qui était reçu avec bonté par M. Lamennais, le fit consentir à monter jusqu'à mon grenier de poète. L'enfant israélite Puzzi, élève de Liszt, musicien ensuite sous son vrai nom d'Herman, aujourd'hui carme déchaussé sous le nom de frère Augustin, les accompagnaient.

M. Lamennais, petit, maigre et souffreteux, n'avait qu'un faible souffle de vie dans la poitrine. Mais quel rayon dans sa tête! Son nez était trop proéminent pour sa petite taille et pour sa figure étroite. Sans ce nez disproportionné, son visage eût été beau. L'œil clair lançait des flammes; le front droit et sillonné de grands plis verticaux, indices d'ardeur dans la volonté, la bouche souriante et le masque mobile sous une apparence de contraction austère, c'était une tête fortement caractérisée pour la vie de renoncement, de contemplation et de prédication.

Toute sa personne, ses manières simples, ses mouvemens brusques, ses attitudes gauches, sa gaîté franche, ses obstinations emportées, ses soudaines bonhomies, tout en lui, jusqu'à ses gros habits propres, mais pauvres, et à ses bas bleus, sentait le cloarek breton.

Il ne fallait pas longtemps pour être saisi de respect et d'affection pour cette âme courageuse et candide. Il se révélait tout de suite et tout entier, brillant comme l'or et simple comme la nature.

En ces premiers jours où je le vis, il arrivait à Paris, et, malgré tant de vicissitudes passées, malgré plus d'un demi-siècle de douleurs, il redébutait dans le monde politique avec toutes les illusions d'un enfant sur l'avenir de la France. Après une vie d'étude, de polémique et de discussion, il allait quitter définitivement sa Bretagne pour mourir sur la brèche, dans le tumulte des événemens, et il commençait sa campagne de glorieuse misère par l'acceptation du titre de défenseur des accusés d'avril.

C'était beau et brave. Il était plein de foi, et il disait sa foi avec netteté, avec clarté, avec chaleur; sa parole était belle, sa déduction vive, ses images rayonnantes; et chaque fois qu'il se reposait dans un des horizons qu'il a successivement parcourus, il y était tout entier, passé, présent et avenir, tête et cœur, corps et biens, avec une candeur et une bravoure admirables. Il se résumait alors dans l'intimité avec un éclat que tempérait un grand fonds d'enjouement naturel. Ceux qui, l'ayant rencontré perdu dans ses rêveries, n'ont vu de lui que son œil vert, quelquefois hagard, et son grand nez acéré comme un glaive, ont eu peur de lui et ont déclaré son aspect diabolique. S'ils l'avaient regardé trois minutes, s'ils avaient échangé avec lui trois paroles, ils eussent compris qu'il fallait chérir cette bonté tout en frissonnant devant cette puissance, et qu'en lui tout était versé à grandes doses, la colère et la douceur, la douleur et la gaîté, l'indignation et la mansuétude.

On l'a dit, et on l'a très bien dit[19] et compris, jusqu'au lendemain de sa mort, les esprits droits et justes ont embrassé d'un coup d'œil cette illustre carrière de travaux et de souffrances; la postérité le dira à jamais, et ce sera une gloire de l'avoir reconnu et proclamé sur la tombe encore tiède de Lamennais: ce grand penseur a été, sinon parfaitement, du moins admirablement logique avec lui-même dans toutes ses phases de développement. Ce que, dans des heures de surprise, d'autres critiques, sérieux d'ailleurs, mais placés momentanément à un point de vue trop étroit, ont appelé les évolutions du génie, n'a été chez lui que le progrès divin d'une intelligence éclose dans les liens des croyances du passé et condamnée par la Providence à les élargir et à les briser, à travers mille angoisses, sous la pression d'une logique plus puissante que celle des écoles, la logique du sentiment.

Voilà ce qui me frappa et me pénétra surtout quand je l'eus entendu se résumer en un quart d'heure de naïve et sublime causerie. C'est en vain que Sainte-Beuve avait essayé de me mettre en garde, dans ses charmantes lettres et dans ses spirituels entretiens, contre l'inconséquence de l'auteur de l'*Essai sur l'indifférence*. Sainte-Beuve n'avait pas alors dans l'esprit apparemment la synthèse de son siècle. Il en avait pourtant suivi la marche, et il avait admiré le vol de Lamennais jusqu'aux protestations de l'*Avenir*. En le voyant mettre le pied dans la politique d'action, il fut choqué de voir ce nom auguste mêlé à tant de noms qui semblaient protester contre sa foi et ses doctrines.

Sainte-Beuve démontrait et accusait le côté contradictoire de cette marche avec son talent ordinaire; mais, pour sentir que cette critique-là ne portait que sur des apparences, il suffirait de regarder en face, des yeux de l'âme, et d'écouter avec le cœur l'ermite de la Chenaie. On sentait spontanément tout ce qu'il y avait de spontané dans cette âme sincère, dans ce cœur épris de justice et de vérité jusqu'à la passion. Mélange de dogmatisme absolu et de sensibilité impétueuse, M. Lamennais ne sortait jamais d'un monde exploré, par la porte de l'orgueil, du caprice ou de la curiosité. Non! Il en était chassé par un élan suprême de tendresse froissée, de pitié ardente, de charité indignée. Son cœur disait alors probablement à sa raison: «Tu as cru être là dans le vrai. Tu avais découvert ce sanctuaire, tu croyais y rester toujours. Tu ne pressentais rien au delà, tu avais fait ton siége, tiré les rideaux et fermé la porte. Tu étais sincère, et pour te fortifier dans ce que tu croyais bon et définitif, comme dans une citadelle, tu avais entassé sur ton seuil tous les argumens de ta science et de ta dialectique.—Eh bien! tu t'étais trompée! car voilà que des serpens habitaient avec toi, à ton insu. Ils s'étaient glissés, froids et muets, sous ton autel, et voilà que, réchauffés, ils sifflent et relèvent la tête. Fuyons, ce lieu est maudit et la vérité y serait profanée. Emportons nos lares, nos travaux, nos découvertes, nos croyances; mais allons plus loin, montons plus haut, suivons ces esprits qui s'élèvent en brisant leurs fers; suivons-les pour leur bâtir un autel nouveau, pour leur conserver un idéal divin, tout en les aidant à se débarrasser des liens qu'ils traînent après eux, et à se guérir du venin qui les a souillés dans les horreurs de cette prison.»

Et ils s'en allaient de compagnie, ce grand cœur et cette généreuse raison qui se cédaient toujours l'un à l'autre. Ils construisaient ensemble une nouvelle église, belle, savante, étayée selon les règles de la philosophie. Et c'était merveille de voir comment l'architecte inspiré faisait plier la lettre de ses anciennes croyances à l'esprit de sa nouvelle révélation. Qu'y avait-il de changé? Rien selon lui. Je lui ai entendu dire naïvement à diverses époques de sa vie: «Je défie qui que ce soit de me prouver que je ne suis pas catholique aussi orthodoxe aujourd'hui que je l'étais en écrivant l'*Essai sur l'indifférence*.» Et il avait raison pour son compte. Au temps où il avait écrit ce livre, il n'avait pas vu le *pape debout à côté du czar bénissant les victimes*. S'il l'eût vu, il eût protesté contre l'impuissance du pape, contre l'indifférence de l'Église en matière de religion. Qu'y avait-il de changé dans les entrailles et dans la conscience du croyant? Rien, en vérité. Il n'abandonnait jamais ses principes, mais les conséquences fatales ou forcées de ces principes.

Maintenant, dirons-nous qu'il y avait en lui une réelle inconséquence dans ses relations de tous les jours, dans ses engouemens, dans sa crédulité, dans ses soudaines méfiances, dans ses retours imprévus? Non, bien que nous ayons quelquefois souffert de sa facilité à subir l'influence passagère de certaines personnes qui exploitaient son affection au profit de leur vanité ou de leurs rancunes, nous ne dirons pas que ces inconséquences furent réelles. Elles ne partaient pas des entrailles de son sentiment. Elles étaient à la surface de son caractère, au degré du thermomètre de sa frêle santé. Nerveux et irascible, il se fâchait souvent avant d'avoir réfléchi, et son unique défaut était de croire avec précipitation à des torts qu'il ne prenait pas le temps de se faire prouver. Mais j'avoue que, pour ma part, bien qu'il m'en ait gratuitement attribué quelques-uns, il ne m'a jamais été possible de ressentir la moindre irritation contre lui. Faut-il tout dire? J'avais comme une faiblesse maternelle pour ce vieillard que je reconnaissais en même temps pour un des pères de mon église, pour une des vénérations de mon âme. Par le génie et la vertu qui rayonnaient en lui, il était dans mon ciel, sur ma tête. Par les infirmités de son tempérament débile, par ses dépits, ses bouderies, ses susceptibilités, il était à mes yeux comme un enfant généreux, mais enfant à qui l'on doit dire de temps en temps: «Prenez garde, vous allez être injuste. Ouvrez donc les yeux!»

Et quand j'applique à un tel homme ce mot d'enfant, ce n'est pas du haut de ma pauvre raison que je le prononce, c'est du fond de mon cœur attendri, fidèle et plein d'amitié pour lui au delà de la tombe. Qu'y a-t-il de plus touchant, en effet, que de voir un homme de ce génie, de cette vertu et de cette science ne pouvoir pas entrer dans la maturité du caractère, grâce à une modestie incomparable? N'êtes-vous pas ému quand vous voyez le lion de l'Atlas dominé et persuadé par le petit chien compagnon de sa captivité? Lamennais semblait ignorer sa force, et je crois qu'il ne se faisait aucune idée de ce qu'il était pour ses contemporains et pour la postérité. Autant il avait la notion de son devoir, de sa mission, de son idéal, autant il s'abusait sur l'importance de sa vie intérieure et individuelle. Il la croyait nulle et allait la livrant au hasard des influences et des personnes du moment. Le moindre cuistre eût pu l'émouvoir, l'irriter, le troubler et, au besoin, lui persuader d'agir ou de s'abstenir dans la sphère de ses goûts les plus purs et de ses habitudes les plus modestes. Il daignait répondre à tous, consulter les derniers de tous, discuter avec eux, et parfois les écouter avec la naïve admiration d'un écolier devant un maître.

Il résulta de cette touchante faiblesse, de cette humilité extrême, quelques malentendus dont souffrirent ses vrais amis. Quant à moi, ce n'est pas à ma personnalité que la grande individualité de Lamennais s'est jamais heurtée, c'est à mes tendances socialistes. Après m'avoir poussée en avant, il a trouvé que je marchais trop vite. Moi, je trouvais qu'il marchait parfois trop lentement à mon gré. Nous avions raison tous les deux à notre point de vue: moi, dans mon petit nuage, comme lui dans son grand soleil, car nous étions égaux, j'ose le dire, en candeur et en bonne volonté. Sur ce terrain-là, Dieu admet tous les hommes à la même communion.

Je ferai ailleurs l'histoire de mes petites dissidences avec lui, non plus pour me raconter, mais pour le montrer, lui, sous un des aspects de sa rudesse apostolique, soudainement tempérée par sa suprême équité et sa bonté charmante. Il me suffira de dire, quant à présent, qu'il daigna d'abord en quelques entretiens très courts, mais très pleins, m'ouvrir une méthode de philosophie religieuse qui me fit une grande impression et un grand bien, en même temps que ses admirables écrits rendirent à mon espérance la flamme prête à s'éteindre.

Je parlerai de M. Pierre Leroux avec la même concision pour le moment et pour le même motif, c'est-à-dire que, pour n'en pas parler à demi, j'en parlerai très peu ici, et seulement par rapport à moi dans le temps que je raconte.

C'était quelques semaines avant ou après le procès d'avril. Planet était à Paris, et, toujours préoccupé de la question sociale, au milieu des rires que son mot favori soulevait autour de lui, il me prenait à part et me demandait, dans le sérieux de son esprit et dans la sincérité de son âme, de lui *résoudre cette question*. Il voulait juger l'époque, les événemens, les hommes, Éverard lui-même, son maître chéri: il voulait juger sa propre action, ses propres instincts, savoir, en un mot, *où il allait*.

Un jour que nous avions causé longtemps ensemble, moi lui demandant précisément ce qu'il me demandait, et tous deux reconnaissant que nous ne saisissions pas bien le lien de la révolution faite avec celle que nous voudrions faire, il me vint une idée lumineuse. «J'ai ouï dire à Sainte-Beuve, lui dis-je, qu'il y avait deux hommes dont l'intelligence supérieure avait creusé et éclairé particulièrement ce problème dans une tendance qui répondait à mes aspirations et qui calmerait mes doutes et mes inquiétudes. Ils se trouvent, par la force des choses et par la loi du temps, plus avancés que M. Lamennais, parce qu'ils n'ont pas été retardés comme lui par les empêchemens du catholicisme. Ils sont d'accord sur les points essentiels de leur croyance, et ils ont autour d'eux une école de sympathies qui entretient dans l'ardeur de leurs travaux. Ces deux hommes sont Pierre Leroux et Jean Reynaud. Quand Sainte-Beuve me voyait tourmentée des désespérances de *Lélia*, il me disait de chercher vers eux la lumière, et il m'a proposé de m'amener ces savans médecins de l'intelligence. Mais, moi je n'ai pas voulu, parce que je n'ai pas osé: je suis trop ignorante pour les comprendre, trop bornée pour les juger, et trop timide pour leur exposer mes doutes intérieurs. Cependant, il se trouve que Pierre Leroux est timide aussi, je l'ai vu, et j'oserais davantage avec celui-là; mais comment l'aborder, comment le retenir quelques heures? Ne va-t-il pas nous rire au nez comme les autres, si nous lui posons la *question sociale*?

—Moi, je m'en charge, dit Planet, j'oserai fort bien, et si je le fais rire, peu m'importe, pourvu qu'il m'instruise. Écrivez-lui et demandez-lui pour moi, pour un meunier de vos amis, pour un bon paysan, le catéchisme du républicain en deux ou trois heures de conversation. J'espère que moi je ne l'intimiderai pas, et vous aurez l'air d'écouter par-dessus le marché.»

J'écrivis dans ce sens, et Pierre Leroux vint dîner avec nous deux dans la mansarde. Il fut d'abord fort gêné: il était trop fin pour n'avoir pas deviné le piége innocent que je lui avais tendu, et il balbutia quelque temps avant de s'exprimer. Il n'est pas plus modeste que M. Lamennais, il est timide; M. Lamennais ne l'était pas. Mais la bonhomie de Planet, ses questions sans détour, son attention à écouter et sa facilité à comprendre le mirent à l'aise, et quand il eut un peu tourné autour de la question, comme il fait souvent quand il parle, il arriva à cette grande clarté, à ces vifs aperçus et à cette véritable éloquence qui jaillissent de lui comme de grands éclairs d'un nuage imposant. Nulle instruction n'est plus précieuse que la sienne quand on ne le tourmente pas trop pour formuler ce qu'il ne croit pas avoir suffisamment dégagé pour lui-même. Il a la figure belle et douce, l'œil pénétrant et pur, le sourire affectueux, la voix sympathique et ce langage de l'accent et de la physionomie, cet ensemble de chasteté et de bonté vraies qui s'empare de la persuasion autant que la force des raisonnements. Il était dès lors le plus grand critique possible dans la philosophie de l'histoire, et s'il ne vous faisait pas bien nettement entrevoir le but de sa philosophie personnelle, du moins il faisait apparaître le passé dans une si vive lumière, et il en promenait une si belle sur tous les chemins de l'avenir, qu'on se sentait arracher le bandeau des yeux comme avec la main.

Je ne sentis pas ma tête bien lucide quand il nous parla de la *propriété des instrumens de travail*, question qu'il roulait dans son esprit à l'état de problème, et qu'il a éclaircie depuis dans ses écrits. La langue philosophique avait trop d'arcanes pour moi, et je ne saisissais pas l'étendue des questions que les mots peuvent embrasser; mais la logique de la Providence m'apparut dans ses discours, et c'était déjà beaucoup, c'était une assise jetée dans le champ de mes réflexions. Je me promis d'étudier l'histoire des hommes, mais je ne le fis pas, et ce ne fut que plus tard que, grâce à ce grand et noble esprit, je pus saisir enfin quelques certitudes.

A cette première rencontre avec lui, j'étais trop dérangée par la vie extérieure. Il me fallait produire sans repos, tirer de moi-même, sans le secours d'aucune philosophie, des historiens de cœur, et cela pour suffire à l'éducation de ma fille, à mes devoirs envers les autres et envers moi-même. Je sentis alors l'effroi de cette vie de travail dont j'avais accepté toutes les responsabilités. Il ne m'était plus permis de m'arrêter un instant, de revoir mon œuvre, d'attendre l'inspiration, et j'avais des accès de remords en songeant à tout ce temps consacré à un travail frivole, quand mon cerveau éprouvait le besoin de se livrer à de salutaires méditations. Les gens qui n'ont rien à faire et qui voient les artistes produire avec facilité sont volontiers surpris du peu d'heures, du peu d'instans qu'ils peuvent se réserver à eux-mêmes. Ils ne savent pas que cette gymnastique de l'imagination, quand elle n'altère pas la santé, laisse du moins une excitation des nerfs, une obsession d'images et une langueur de l'âme qui ne permettent pas de mener de front un autre genre de travail.

Je prenais ma profession en grippe dix fois par jour en entendant parler d'ouvrages sérieux que j'aurais voulu lire, ou de choses que j'aurais voulu voir par moi-même. Et puis, quand j'étais avec mes enfans, j'aurais voulu ne vivre que pour eux et avec eux. Et quand venaient mes amis, je me reprochais de ne pas les recevoir assez bien et d'être parfois préoccupée au milieu d'eux. Il me semblait que tout ce qui est le vrai de la vie passait devant moi comme un rêve, et que ce monde imaginaire du roman s'appesantissait sur moi comme une poignante réalité.

C'est alors que je me pris à regretter Nohant, dont je me bannissais par faiblesse et qui se fermait devant moi par ma faute. Pourquoi avais-je déchiré le contrat qui m'assurait la moitié de mon revenu? J'aurais pu au moins louer une petite maison non loin de la mienne et m'y retirer avec ma fille une moitié de l'année, au temps des vacances de Maurice; je me serais reposée là, en face des mêmes horizons qu'avaient contemplés mes premiers regards, au milieu des amis de mon enfance; j'aurais vu fumer les cheminées de Nohant au-dessus des arbres plantés par ma grand'mère, assez loin pour ne pas gêner ce qui se passait maintenant sous leurs ombrages, assez près pour me figurer que je pouvais encore y aller lire ou rêver en liberté.

Éverard, à qui je disais ma nostalgie et le dégoût que j'avais de Paris, me conseillait de m'établir à Bourges ou aux environs. J'y fis un petit voyage. Un de mes amis, qui s'absentait, me prêta sa maison, où je passai seule quelques jours, en compagnie de Lavater, que je trouvai dans la bibliothèque, et sur lequel je fis avec amour un petit travail. Cette solitude au milieu d'une ville morte, dans une maison déserte, pleine de poésie, me parut délicieuse. Éverard, Planet et la maîtresse de la maison, femme excellente et pleine de soins, venaient me voir une heure ou deux le soir, puis je passais la moitié des nuits seule dans un petit préau rempli de fleurs, sous la lune brillante, savourant ces belles senteurs de l'été et cette sérénité salutaire qu'il me fallait conquérir à la pointe de l'épée. D'un restaurant voisin, un homme qui ne savait pas mon nom venait m'apporter mes repas dans un panier que je recevais par le guichet de la cour. J'étais encore une fois oubliée du monde entier et plongée dans l'oubli de ma propre vie réelle.

Mais cette douce retraite ne pouvait pas durer. Je ne pouvais m'emparer de cette charmante maison, la seule peut-être qui me convînt dans toute la ville par son isolement dans un quartier silencieux et par son caractère d'abandon uni à un modeste confortable. D'ailleurs, il m'y fallait mes enfans, et cette claustration ne leur eût pas été bonne. Dès que j'aurais mis le pied dans une rue de Bourges, j'aurais été signalée dans toute la ville, et je n'acceptais pas l'idée d'une vie de relations dans une ville de province. Je ne me doutais pas que je touchais à une situation de ce genre, et que je m'en accommoderais fort bien.

Malgré les instances d'Éverard, j'abandonnai l'idée de m'établir de ce côté. Le pays me semblait affreux; une plaine plate, semée de marécages et dépourvue d'arbres, s'étend autour de la ville comme la campagne de Rome. Il faut aller loin pour trouver des forêts et des eaux vives. Et puis, faut-il le dire? Éverard, avec Planet, avec un ou deux amis, était d'un commerce délicieux; tête-à-tête, il était trop brillant, il me fatiguait. Il avait besoin d'un interlocuteur pour lui donner la réplique. Les autres s'en chargeaient, moi je ne savais qu'écouter. Quand nous étions seuls ensemble, mon silence l'irritait, et il y voyait une marque de méfiance ou d'indifférence pour ses idées et ses passions politiques. Son esprit dominateur le tourmentait étrangement avec moi, dont l'esprit cède facilement à l'entraînement, mais échappe à la domination. Avec lui surtout, ma conscience se réservait instinctivement un sanctuaire inattaquable, celui du détachement des choses de ce monde en ce qu'elles ont de vain et de tumultueux. Quand il m'avait circonvenue dans un réseau d'argumens à l'usage des hommes d'action, tantôt pour me tracer d'excellentes lois de conduite, tantôt pour me prouver des nécessités politiques qui me semblaient coupables ou puériles, j'étais forcée de lui répondre, et comme la discussion n'est pas dans ma nature et qu'il m'en coûte d'être en désaccord avec ceux que j'aime, aussitôt que j'en venais à parler bien clairement, ce qui m'étonnait moi-même et me brisait comme si j'eusse parlé dans l'effort d'un rêve, je voyais avec effroi l'effet de mes paroles sur lui. Elles l'impressionnaient trop, elles le jetaient dans un profond dégoût de sa propre existence, dans le découragement de l'avenir et dans les irrésolutions de la conscience.

Cela eût été bon à une nature forte et par conséquent modérée: cela était mauvais à une nature qui n'était qu'ardente et qui passait rapidement d'un excès à l'autre. Il s'écriait alors que j'avais l'inexorable vérité pour moi, que j'étais plus philosophe et plus éclairée que lui, qu'il était un malheureux poète toujours trompé par des chimères. Que sais-je? Cette cervelle impressionnable, cet esprit naïf dans la modestie autant qu'il était sophistique et impérieux dans l'orgueil, ne connaissait de terme moyen à aucune chose. Il parlait de quitter sa carrière politique, sa profession, ses affaires, et de se retirer dans sa petite propriété pour lire des poètes et des philosophes à l'ombre des saules et au murmure de l'eau.

Il me fallait alors lui remonter le moral, lui dire qu'il poussait ma logique jusqu'à l'absurde, lui rappeler les belles et excellentes raisons qu'il m'avait données pour me tirer de ma propre apathie, raisons qui m'avaient persuadée et depuis lesquelles je ne parlais plus sans respect de la mission révolutionnaire et de l'œuvre démocratique.

Nous n'avions plus de querelles sur le babouvisme. Il avait quitté ce système pour en creuser un autre. Il relisait Montesquieu. Il était modéré en politique pour le moment, car je l'ai toujours connu sous l'influence d'une personne ou d'un livre. Un peu plus tard, il lut l'*Oberman* de Senancourt et parla pendant trois mois de se retirer au désert. Puis il eut des idées religieuses et rêva la vie monastique. Il devint ensuite platonicien, puis aristotélicien; enfin, à l'époque où j'ai perdu la trace de ses engouemens, il était revenu à Montesquieu.

Dans toutes ces phases d'enthousiasme ou de conviction il était grand poète, grand raisonneur ou grand artiste. Son esprit embrassait et dépassait toutes choses. Excessif dans l'activité comme dans l'abattement, il eut une période de stoïcisme où il nous prêchait la modération avec une énergie à la fois touchante et comique.

On ne pouvait se lasser de l'entendre quand il se tenait dans l'enseignement des idées générales; mais quand la discussion de ces idées lui devenait personnelle, l'intimité avec lui redevenait un orage: un bel orage à coup sûr, plein de grandeur, de générosité et de sincérité, mais qu'il n'était pas dans mes facultés de soutenir longtemps sans lassitude. Cette agitation était sa vie; comme l'aigle, il planait dans la tempête. C'eût été ma mort, à moi: j'étais un oiseau de moindre envergure.

Il y avait surtout en lui quelque chose à quoi je ne pouvais m'identifier, l'imprévu. Il me quittait le soir dans des idées calmes et vraies, il reparaissait le lendemain tout transformé et comme furieux d'avoir été tranquillisé la veille. Alors il se calomniait, il se déclarait ambitieux dans l'acception la plus étroite du mot, il se moquait de mes restrictions et cas de conscience, il parlait de vengeance politique, il s'attribuait des haines, des rancunes, il se parait de toutes sortes de travers et même de vices de cœur qu'il n'avait pas et qu'il n'aurait jamais pu se donner. Je souriais et le laissais dire. Je regardais cela comme un accès de fièvre et de divagation qui m'ennuyait un peu, mais dont la fin allait venir. Elle venait toujours, et je remarquais avec étonnement une évolution soudaine et complète dans ses idées, avec un oubli absolu de ce qu'il venait de penser tout haut. Cela était même inquiétant, et j'étais forcée de constater ce que j'avais déjà constaté ailleurs, c'est que les plus beaux génies touchent parfois et comme fatalement à l'aliénation. Si Éverard n'avait pas été voué à l'eau sucrée pour toute boisson, même pendant ses repas, maintes fois je l'aurais cru ivre.

J'étais déjà assez attachée à lui pour supporter tout cela sans humeur et pour le ménager dans ses crises. L'amitié de la femme est, en général, très maternelle, et ce sentiment a dominé ma vie plus que je n'aurais voulu. J'avais soigné Éverard à Paris dans une maladie grave. Il avait beaucoup souffert, et je l'avais vu à toute heure admirable de douceur, de patience et de reconnaissance pour les moindres soins. C'est là un lien qui improvise les grandes amitiés. Il avait pour moi la plus touchante gratitude, et moi, je m'étais habituée à le dorloter au moral. J'avais passé avec Planet des nuits à son chevet, à combattre la fièvre qui le tourmentait par des paroles amies qui faisaient plus d'effet sur cette organisation tout intellectuelle que les potions du médecin. J'avais raisonné son délire, tranquillisé ses inquiétudes, écrit ses lettres, amené ses amis autour de lui, écarté les contrariétés qui pouvaient l'atteindre. Maurice, dans ses jours de sortie, l'avait soigné et choyé comme un aïeul. Il adorait mes enfans, et, d'instinct, mes enfans le chérissaient.

C'étaient là de douces chaînes, et la pureté de notre affection me les rendait plus précieuses encore. Il m'était assez indifférent, quant à moi, que l'on pût se méprendre sur la nature de nos relations; nos amis la connaissaient, et leur présence continuelle la sanctifiait encore plus. Mais je m'étais flattée en vain qu'un pacte tout fraternel serait une condition de tranquillité angélique. Éverard n'avait pas la placidité de Rollinat. Pour être chastes, ses sentimens n'étaient point calmes. Il voulait posséder l'âme exclusivement, et il était aussi jaloux de cette possession que le sont les amans et les époux de posséder la personne. Cela constituait une sorte de tyrannie dont on avait beau rire, il fallait la subir ou s'en défendre.

Je passai trois ans à faire alternativement l'un et l'autre. Ma raison se préserva toujours de son influence quand cette influence était déraisonnable, mais mon cœur subit encore le poids et le charme de son amitié, tantôt avec joie, tantôt avec amertume. Le sien avait des trésors de bonté dont on se sentait heureux et fier d'être l'objet; son caractère était toujours généreux et incapable de descendre aux petitesses de détail; mais son cerveau avait des bourrasques dont on souffrait cruellement en le voyant souffrir et en reconnaissant l'impossibilité de lui épargner la souffrance.

Pour n'avoir pas à trop revenir sur une situation qui se renouvela souvent pendant ces trois années, et encore au delà, quoique de moins en moins, je veux résumer en peu de mots le sujet de nos dissidences. Éverard, au milieu de ses flottemens tumultueux et de ses cataractes d'idées opposées, nourrissait le ver rongeur de l'ambition. On a dit qu'il aimait l'argent et l'influence. Je n'ai jamais vu d'étroitesse ni de laideur dans ses instincts. Quand il se tourmentait d'une perte d'argent, ou quand il se réjouissait d'un succès de ce genre, c'était avec l'émotion légitime d'un malade courageux qui craint la cessation de ses forces, de son travail, de l'accomplissement de ses devoirs. Pauvre et endetté, il avait épousé une femme riche. Si ce n'était pas un tort, c'était un malheur. Cette femme avait des enfans, et la pensée de les dépouiller pour ses besoins personnels était odieuse à Éverard. Il avait soif de faire fortune, non-seulement afin de ne jamais tomber à leur charge, mais encore, par un sentiment de tendresse et de fierté très concevable, afin de les laisser plus riches qu'il ne les avait trouvés en les adoptant.

Son âpreté au travail, ses soucis devant une dette, sa sollicitude dans le placement des fonds acquis à la sueur de son visage, avaient donc un motif sérieux et pressant. Ce n'est pas du tout là ce qu'on pouvait lui imputer à ambition; mais quand un homme se dévoue à un rôle politique, il faut qu'il puisse sacrifier sa fortune, et celui qui ne le peut pas est toujours accusé de ne pas le vouloir.

La convoitise d'Éverard était d'une nature plus élevée. Il avait soif de pouvoir. Pourquoi? Cela serait impossible à dire. C'était un appétit de son organisation, et rien de plus. Il n'était ni prodigue, ni vaniteux, ni vindicatif, et dans le pouvoir il ne voyait que le besoin d'agir et le plaisir de commander. Il n'eut jamais su s'en servir. Dès qu'il avait une carrière d'activité ouverte, il ressentait l'accablement et le dégoût de sa tâche. Dès qu'il était obéi aveuglément, il prenait ses séides en pitié. Enfin, en toutes choses, dès qu'il atteignait au but poursuivi avec ardeur, il le trouvait au-dessous de ses aspirations.

Mais il se plaisait dans les préoccupations de l'homme d'État. Habile au premier chef dans la science des affaires, puissant dans l'intuition de celles qu'il n'avait pas étudiées, prompt à s'assimiler les notions les plus diverses, doué d'une mémoire aussi étonnante que celle de Pierre Leroux, invincible dans la déduction et le raisonnement des choses de fait, il sentait ses brillantes facultés le prendre à la gorge et l'étouffer par leur inaction. La monotonie de sa profession l'exaspérait, en même temps que l'assujettissement de cette fatigue achevait de ruiner sa santé. Il rêvait donc une révolution comme les béats rêvent le ciel, et il ne se disait pas qu'en se laissant dévorer par cette aspiration, il usait son âme et la rendait incapable de se gouverner elle-même dans de moindres périls et de moindres labeurs.

C'est cette ambition fatale que j'assayai en vain d'engourdir et de calmer. Elle avait son beau côté sans doute, et si le destin l'eût secondée, elle se fut épurée au creuset de l'expérience et au foyer de l'inspiration; mais elle retomba sur elle-même sans trouver l'aliment qui convenait à son heure, et il fut dévoré par elle sans profit marqué pour la cause révolutionnaire.

Il a passé sur la terre comme une âme éperdue, chassée de quelque monde supérieur, vainement avide de quelque grande existence appropriée à son grand désir. Il a dédaigné la part de gloire qui lui était comptée, et qui eût enivré bien d'autres. L'emploi borné d'un talent immense n'a pas suffi à son vaste rêve. Cela est bien pardonnable, nous le lui pardonnons tous, mais nous ne pouvons nous empêcher de regretter l'impuissance de nos efforts pour le retenir plus longtemps parmi nous.

D'ailleurs, ce n'était pas seulement au point de vue de son repos et de sa santé que je m'attachais à lui faire prendre patience. C'était en vue de son propre idéal de justice et de sagesse, qui me semblait compromis dans la lutte de ses instincts avec ses principes. En même temps qu'Éverard concevait un monde renouvelé par le progrès moral du genre humain, il acceptait en théorie, ce qu'il appelait les nécessités de la politique pure, les ruses, le charlatanisme, le mensonge même, les concessions sans sincérité, les alliances sans foi, les promesses vaines. Il était encore de ceux qui disent que qui veut la fin veut les moyens! Je pense qu'il ne réglait jamais sa conduite personnelle sur ces déplorables erremens de l'esprit de parti, mais j'étais affligée de les lui voir admettre comme pardonnables, ou seulement inévitables.

Plus tard, la dissidence se creusa et porta sur l'idéal même. J'étais devenue socialiste, Éverard ne l'était plus.

Ses idées subirent encore des modifications après la Révolution de Février, qui l'avait intempestivement surpris dans une phase de modération un peu dictatoriale. Ce n'est pas le moment de compléter son histoire, trop tôt suspendue par une mort prématurée. Il faut que je revienne au récit de mes propres vicissitudes.

Je quittai donc Bourges attristée de ses agitations, partagée entre le besoin de les fuir et le regret de le laisser dans la tourmente, mais mon devoir m'appelait ailleurs, et il le reconnaissait.

CHAPITRE QUATRIEME

Irrésolution.

Je ne savais trop que devenir. Retourner à Paris m'était odieux, rester loin de mes enfans m'était devenu impossible. Depuis que j'avais renoncé au projet de les quitter pour un grand voyage, chose étrange, je n'aurais plus voulu les quitter d'un jour. Mes entrailles, engourdies par le chagrin, s'étaient réveillées en même temps que mon esprit s'était ouvert aux idées sociales. Je sentais revenir ma santé morale et j'avais la perception des vrais besoins de mon cœur.

Mais à Paris je ne pouvais plus travailler, j'étais malade. Les ouvriers avaient repris possession du rez-de-chaussée, les importuns et les curieux venaient disputer mes heures à mes amis et à mes devoirs. La politique, tendue de nouveau par l'attentat Fieschi, devenait une source amère pour la réflexion. On exploitait l'assassinat, on arrêtait Armand Carrel, un des hommes les plus purs de notre temps: on marchait à grands pas vers les lois de septembre. Le peuple laissait faire.

Je n'avais pas conçu de grandes espérances pendant le procès d'avril; mais, si raisonnable ou si pessimiste que l'on fût, à ce moment-là, il y avait dans l'air je ne sais quel souffle de vie qui retombait soudainement glacé sous un souffle de mort. La république fuyait à l'horizon pour une nouvelle période d'années...........

Je m'installai donc chez Duteil pour quelques semaines, sentant qu'il fallait vivre là comme dans une maison de verre, au cœur du commérage de La Châtre, et faire tomber toutes les histoires que l'on y bâtissait depuis que j'existe sur l'excentricité de mon caractère. Ces histoires merveilleuses avaient pris un bien plus bel essor depuis que j'avais été tenter à Paris la destinée de l'artiste. Comme je n'avais absolument rien à cacher, et que je n'ai jamais rien posé, il m'était bien facile de me faire connaître. Quelques rancunes à propos de la fameuse chanson persistèrent bien un peu, quelques fanatiques de l'autorité maritale se raidirent bien encore contre ma cause; mais, en général, je vis tomber toutes les préventions, et si j'avais eu mes pauvres enfans avec moi, ce temps que je passai à La Châtre eût été un des plus agréables de ma vie. Je luttais pour eux, je pris donc patience. La famille de Duteil devint vite la mienne. Sa femme, la belle et charmante Agasta, sa belle-sœur, l'excellente Félicie, toutes deux pleines d'intelligence et de cœur, furent comme mes sœurs, à moi aussi. M. et Madame Desages (cette dernière était la propre sœur de Duteil) demeuraient dans la même maison, au rez-de-chaussée. Nous étions réunis tous les soirs quatorze, dont sept enfans[20]. Charles et Eugénie Duvernet, Alphonse et Laure Fleury, Planet, désormais fixé à La Châtre, Gustave Papet quand il quittait Paris, et quelques autres personnes de la famille Duteil, venaient se joindre à nous fort souvent, et nous organisions pour les enfans des charades en action, des travestissemens, des danses et des jeux bien véritablement innocents, qui leur mettaient l'âme en joie. C'est si bon, le rire inextinguible de ces heureuses créatures! Ils mettent tant d'ardeur et de bonne foi dans les émotions du jeu! Je redevenais encore une fois enfant moi-même, *traînant tous leurs cœurs après moi.* Ah! oui, c'était là mon empire et ma vocation, j'aurais dû être bonne d'enfans ou maîtresse d'école.

A dix heures la marmaille allait se coucher, à onze heures le reste de la famille se séparait. Félicie, bonne pour moi comme un ange, me préparait ma table de travail et mon petit souper; elle couchait sa sœur Agasta, qui était atteinte d'une maladie de nerfs fort grave et qui, après s'être ranimée à la gaîté des enfans, retombait souvent accablée et comme mourante. Nous causions un peu avec elle pour l'endormir, ou, quand elle dormait d'elle-même, avec Duteil et Planet, qui aimaient à babiller et qu'il nous fallait renvoyer pour les empêcher de me prendre ma veillée. A minuit, je me mettais enfin à écrire jusqu'au jour, bercée quelquefois par d'étranges rugissemens.

Vis-à-vis de mes fenêtres, dans la rue étroite, montueuse et malpropre, flottait, de temps immémorial, l'enseigne classique: *A la Boutaille*. Duteil, qui prétendait avoir appris à lire sur cette enseigne, disait que le jour où cette faute d'orthographe serait corrigée, il n'aurait plus qu'à mourir, parce que toute la physionomie du Berry serait changée.

FIN DU TOME DOUZIÈME.

TOME TREIZIÈME ET DERNIER

CHAPITRE QUATRIEME (SUITE)

L'auberge de la Boutaille *et les bohémiens.—Je ne vais pas à la Chenaie.—Lettre de mon frère.—La famille Duteil.—Je vais à Nohant.—Le Bois de Vavray.—Grande résolution.—Course à Châteauroux et à Bourges.—La prison de Bourges.—La brèche.—Un quart d'heure de cachot.—Consultation, détermination et retour.—Enlevons Hermione!—Premier jugement.—La maison déserte à Nohant.—Second jugement.—Réflexions sur la séparation de corps.—La maison déserte à La Châtre.—Bourges.—La famille Tourangin.—Plaidoiries.—Transaction.—Retour définitif et prise de possession de Nohant.*

L'auberge de la *Boutaille* était tenue par une vieille sibylle qui logeait à la nuit, et ce taudis était principalement affecté aux bateleurs ambulans, aux petits colporteurs suspects et aux montreurs d'animaux savans. Les marmottes, les chiens chorégraphes, les singes pelés et surtout les ours muselés tenaient cour plénière dans des caves dont les soupiraux donnaient sur la rue. Ces pauvres bêtes, harassées de la fatigue du voyage et rouées des coups inséparables de toute éducation classique, vivaient là en bonne intelligence une partie de la nuit; mais, aux approches du jour, la faim, ou l'ennui se faisant sentir, on commençait à s'agiter, à s'injurier et à grimper aux barreaux du soupirail pour gémir, grimacer ou maugréer de la façon la plus lugubre.

C'était le prélude de scènes très curieuses et que je me suis souvent divertie à surveiller à travers la fonte de ma jalousie. L'hôtesse de la *Boutaille*, Madame Gaudron, sachant très bien à quelles gens elle avait affaire, se levait la première et très mystérieusement pour surveiller le départ de ses hôtes. De leur côté, ceux-ci, préméditant de partir sans payer, faisaient leurs préparatifs à tâtons, et l'un d'eux, descendant auprès des bêtes, les excitait pour les faire gronder, afin de couvrir le bruit furtif de la fuite des camarades.

L'adresse et la ruse de ces bohémiens étaient merveilleuses; je ne sais par quels trous de la serrure ils s'évadaient, mais, en dépit de l'œil attentif et de l'oreille fine de la vieille, elle se trouvait très souvent en présence d'un gamin pleurard qui se disait abandonné avec les animaux par ses compagnons dénaturés et dans l'impossibilité de payer la dépense. Que faire? Mettre ce bétail en fourrière et le nourrir jusqu'à ce que la police eût rattrapé les délinquans? C'était là une mauvaise créance, et il fallait bien laisser partir la feinte victime avec les quadrupèdes affamés et menaçans, qui paraissaient peu disposés à se laisser appréhender au corps.

Quand la bande payait honnêtement son écot, la vieille avait un autre souci. Elle redoutait surtout ceux qui se conduisaient en gentilshommes et dédaignaient de marchander. Elle furetait alors autour de leurs paquets avec angoisse, comptait et recomptait ses couverts d'étain et ses guenilles. Le bât de l'âne, quand il y avait un âne, était surtout l'objet de son anxiété. Elle trouvait mille prétextes pour retenir cet âne, et, au dernier moment, elle passait adroitement ses mains sous le bât pour lui palper l'échine. Mais, en dépit de toutes ces précautions et de toutes ces alarmes, il se passait peu de jours sans qu'on l'entendit geindre sur ses pertes et maudire sa clientèle.

Quels beaux *Decamps*, quels fantastiques *Callot* j'ai vus là, aux rayons blafards de la lune ou aux pâles lueurs de l'aube d'hiver, quand la bise faisait claqueter l'enseigne séculaire, et que les bohémiens, blêmes comme des spectres, se mettaient en marche sur le pavé couvert de neige! Tantôt c'était une femme bronzée, pittoresque sous ses guenilles sombres, portant dans ses bras un pauvre bel enfant rose, volé ou acheté sur les chemins; tantôt c'était le petit Savoyard beaucoup plus laid que son singe, et tantôt l'Hercule de carrefour traînant dans une espèce de brouette sa femme et sa nombreuse progéniture. Il y avait de ces êtres effrayans ou hideux, et pourtant, par hasard, il s'y détachait quelquefois des figures plus intéressantes, des paillasses tristes et résignés comme celui qu'a idéalisé Frédérick Lemaître, de vieux artistes mendians raclant du violon avec une sorte de maestria désordonnée, des petites filles gymnastes exténuées et livides, riant et chantant le printemps et l'amour au bras de leurs amoureux de quinze ans. Que de misère, que d'insouciance, que de larmes ou de chansons sur ces chemins poudreux ou glacés qui ne mènent pas même à l'hôpital!

M. Lamennais m'avait invitée à aller passer quelques jours à la Chênaie; je partis et m'arrêtai en route, en me demandant ce que j'allais faire là, moi si gauche, si muette, si ennuyeuse! Oser lui demander une heure de son temps précieux, c'était déjà beaucoup, et à Paris il m'en avait accordé quelques-unes; mais aller lui prendre des jours entiers, c'est ce que je n'osai pas accepter. J'eus tort, je ne le connaissais pas dans toute sa bonhomie, comme je l'ai connu plus tard. Je craignais la tension soutenue d'un grand esprit que je n'aurais pas pu suivre, et le moindre de ses disciples eût été plus fort que moi pour soutenir un dialogue sérieux. Je ne savais pas qu'il aimait à se reposer dans l'intimité des travaux ardus de l'intelligence. Personne ne causait avec autant d'abandon et d'entrain de tout ce qui est à la portée de tous. Il n'était pas difficile d'ailleurs, l'excellent homme, sur l'esprit de ses interlocuteurs. On l'amusait avec un rien. Une niaiserie, un enfantillage le faisaient rire. Et comme il riait! Il riait comme Éverard, jusqu'à en être malade, mais plus souvent et plus facilement que lui. Il a écrit quelque part que les pleurs sont le lot des anges et le rire celui de Satan. L'idée est belle là où elle est, mais dans la vie humaine le rire d'un homme de bien est comme le chant de sa conscience. Les personnes vraiment gaies sont toujours bonnes, et il en était justement la preuve.

Je n'allai donc pas à la Chenaie. Je revins sur mes pas, je rentrai à Paris, et j'y reçus une lettre de mon frère qui me disait d'aller à Nohant. Il prenait alors mon parti et se faisait fort de décider mon mari à m'abandonner sans regret l'habitation et le revenu de ma terre. «Casimir, disait-il, est dégoûté des ennuis de la propriété et des dépenses que celle-là exige. Il n'y sait pas suffire. Toi, avec ton travail, tu pourrais t'en tirer. Il veut aller vivre à Paris ou chez sa belle-mère dans le Midi: il se trouvera plus riche avec la moitié de vos revenus et la vie de garçon, qu'il ne l'est dans ton château,...» etc. Mon frère, qui prit plus tard le parti de mon mari contre moi, s'exprimait là avec beaucoup de liberté et de sévérité sur la situation de Nohant en mon absence. «Tu ne dois pas abandonner ainsi tes intérêts, ajoutait-il, c'est un tort envers tes enfants,» etc.

A cette époque mon frère n'habitait plus Nohant, mais il faisait de fréquents voyages au pays.

Je crus devoir suivre son conseil, et je trouvai en effet M. Dudevant disposé à quitter le Berry et à me laisser les charges et les profits de la résidence. En même temps qu'il prenait cette résolution il me témoignait tant de dépit, que je n'insistai pas et m'en allai encore une fois, n'ayant pas le courage d'entamer une lutte pour de l'argent. Cette lutte devint nécessaire, inévitable quelques semaines plus tard. Elle eut des motifs plus sérieux, elle devint un devoir envers mes enfants d'abord, ensuite envers mes amis et mon entourage, et peut-être aussi envers la mémoire de ma grand'mère, dont l'éternelle préoccupation et les dernières volontés se trouvaient trop ouvertement violées aux lieux mêmes qu'elle m'avait transmis pour abriter et protéger ma vie.

Le 19 octobre 1835, j'avais été passer à Nohant la fin des vacances de Maurice. A la suite d'un orage que rien n'avait provoqué, rien absolument, pas même une parole ou un sourire de ma part, j'allai m'enfermer dans ma petite chambre. Maurice m'y suivit en pleurant. Je le calmai en lui disant que cela ne recommencerait pas. Il se paya des consolations que l'on donne aux enfants en paroles vagues; mais, dans ma pensée, les miennes avaient un sens arrêté et définitif. Je ne voulais pas que mes enfants vissent jamais se renouveler la preuve de dissentiments qu'ils avaient ignorés jusque-là. Je ne voulais pas que ces dissentiments eussent pour conséquence de leur faire oublier ce qu'ils devaient de respect à leur père ou à moi.

Quelques jours auparavant, mon mari avait signé un acte sous seing privé exécutable à la date du 11 novembre suivant, par lequel je lui abandonnais plus de la moitié de mes revenus. Cet acte, qui me laissait l'habitation de Nohant et la gouverne de ma fille, ne me garantissait en rien contre le revirement de sa volonté. Sa manière d'être et ses paroles sans détour me prouvaient qu'il considérait comme nulles les promesses deux fois faites et deux fois signées. C'était son droit, le mariage le veut ainsi, dans notre législation l'époux étant le maître; or, le maître n'est jamais engagé envers celui qui n'est maître de rien.

Quand Maurice fut couché et endormi, Duteil vint près de moi s'enquérir de la disposition de mon esprit. Il blâmait ouvertement celle qui s'était trahie chez mon mari. Il voulait amener une réconciliation à laquelle tous deux se refusèrent. Je le remerciai de son intervention, mais je ne lui fis point part de la résolution que je venais de prendre. Il me fallait l'avis de Rollinat.

Je passai la nuit à réfléchir. En ce moment où je sentais la plénitude de mes droits, mes devoirs m'apparaissent dans toute leur rigueur. J'avais tardé bien longtemps, j'avais été bien faible et bien insoucieuse de mon propre sort. Tant que ce n'avait été qu'une question personnelle dont mes enfants ne pouvaient souffrir dans leur éducation morale, j'avais cru pouvoir me sacrifier et me permettre la satisfaction intérieure de laisser tranquille un homme que je n'étais pas née pour rendre heureux selon ses goûts. Pendant treize ans il avait joui du bien-être qui m'appartenait et dont je m'étais abstenue pour lui complaire. J'aurais voulu le lui laisser toute sa vie; il aurait pu le conserver. La veille encore, le voyant soucieux, je lui avais dit: «Vous regrettez Nohant, je le vois bien, malgré le dégoût que vous avez pris de votre gestion. Eh bien, tout n'est-il pas pour le mieux, puisque je vous en débarrasse? Croyez-vous que la porte du logis vous sera jamais fermée?» Il m'avait répondu: «Je ne remettrai jamais les pieds dans une maison dont je ne serais pas le seul maître.» Et dès le lendemain il avait voulu être pour jamais le seul maître.

Il ne pouvait plus, il ne devait plus m'inspirer de sécurité. J'étais sans ressentiment contre lui, je le voyais emporté par une fatalité d'organisation, je devais séparer ma destinée de la sienne, ou sacrifier plus que je n'avais encore fait, c'est-à-dire ma dignité vis-à-vis de mes enfants, ou ma vie, à laquelle je ne tenais pas beaucoup, mais que je leur devais également.

Dès le matin, M. Dudevant alla à la Châtre. Il n'était plus sédentaire comme il avait été longtemps. Il s'absentait des journées, des semaines entières. Il n'aurait pas dû trouver mauvais qu'au moins, pendant les vacances de Maurice, je fusse là pour garder la maison et les enfants. Je sus par les domestiques que rien n'était changé dans ses projets; il devait partir le jour suivant, le 21, pour Paris et reconduire Maurice au collége, Solange à sa pension. Cela avait été convenu; je devais les rejoindre au bout de quelques jours; mais les nouvelles circonstances me firent changer de résolution. Je décidai que je ne reverrais mon mari ni à Paris ni à Nohant, et que je ne l'y reverrais pas même avant son départ. Je serais sortie de la maison tout à fait si je n'eusse pas voulu passer avec Maurice le dernier jour de ses vacances. Je pris un petit cheval et un mauvais cabriolet, il n'y avait pas de domestique à mes ordres; je mis mes deux enfants dans ce modeste véhicule, et je les menai dans le bois de Vavray, un endroit, charmant alors, d'où, assis sur la mousse, à l'ombre des vieux chênes, on embrassait de l'œil des horizons mélancoliques et profonds de la vallée Noire.

Il faisait un temps superbe. Maurice m'avait aidée à dételer le petit cheval qui paissait à côté de nous. Un doux soleil d'automne faisait resplendir les bruyères. Armés de couteaux et de paniers, nous faisions une récolte de mousses et de jungermannes que le Malgache m'avait demandé de prendre là, au hasard, pour sa collection, n'ayant pas, lui, m'écrivait-il, le temps d'aller si loin pour explorer la localité.

Nous prenions donc de tout sans choisir, et mes enfants, l'un qui n'avait pas vu passer la tempête domestique de la veille, l'autre qui, grâce à l'insouciance de son âge, l'avait déjà oubliée, couraient, criaient et riaient à travers le taillis. C'était une gaîté, une joie, une ardeur de recherches qui me rappelait le temps heureux où j'avais couru ainsi à côté de ma mère pour l'embellissement de nos petites grottes. Hélas! vingt ans plus tard, j'ai eu à mes côtés un autre enfant rayonnant de force, de bonheur et de beauté, bondissant sur la mousse des bois et la ramassant dans les plis de sa robe comme avait fait sa mère, comme j'avais fait moi-même, dans les mêmes lieux, dans les mêmes jeux, dans les mêmes rêves d'or et de fées! Et cet enfant-là repose à présent entre ma grand'mère et mon père! Aussi j'ai peine à écrire en cet instant, et le souvenir de ce triple passé sans lendemain m'oppresse et m'étouffe[21]!

Nous avions emporté un petit panier pour goûter sous l'ombrage. Nous ne rentrâmes qu'à la nuit. Le lendemain, les enfants partirent avec M. Dudevant, qui avait passé la nuit à la Châtre et qui ne demanda pas à me voir.

J'étais décidée à n'avoir plus aucune explication avec lui; mais je ne savais pas encore par quel moyen j'éviterais cette inévitable nécessité domestique. Mon ami d'enfance Gustave Papet vint me voir; je lui racontai l'aventure, et nous partîmes ensemble pour Châteauroux.

«Je ne vois de remède absolu à cette situation, me dit Rollinat, qu'une séparation par jugement. L'issue ne m'en paraît pas douteuse; reste à savoir si tu en auras le courage. Les formes judiciaires sont brutales, et, faible comme je te connais, tu reculeras devant la nécessité de blesser et d'offenser ton adversaire.» Je lui demandai s'il n'y avait pas moyen d'éviter le scandale des débats; je me fis expliquer la marche à suivre, et quand il l'eut fait, nous reconnûmes que, mon mari laissant prendre un jugement par défaut, sans plaidoiries et sans publicité, la position qu'il avait réglée lui-même, par contrat volontaire, resterait la même pour lui, puisque telle était mon intention, avec cet avantage essentiel pour moi de rendre la convention légale, c'est-à-dire réelle.

Mais sur tout cela Rollinat voulait consulter Éverard. Nous retournâmes avec lui à Nohant le jour même, et, prenant seulement là le temps de dîner, nous repartîmes dans le même cabriolet, en poste, pour Bourges.

Éverard payait sa dette à la pairie. Il était en prison. La prison de ville est l'antique château des ducs de Bourgogne. Dans les ombres de la nuit, elle avait un grand caractère de force et de désolation. Nous gagnâmes un des geôliers, qui nous fit passer par une brèche et nous conduisit dans les ténèbres, à travers des galeries et des escaliers fantastiques. Il y eut un moment où, entendant le pas d'un surveillant, il me poussa dans une porte ouverte qu'il referma sur moi, tandis qu'il fourrait Rollinat je ne sais où, et se présentait seul au passage de son supérieur.

Je tirai de ma poche une des allumettes qui me servaient pour mes cigarettes, et je regardai où j'étais. Je me trouvais dans un cachot fort lugubre, situé au pied d'une tourelle. A deux pas de moi, un escalier souterrain à fleur de terre descendait dans les profondeurs des geôles. J'éteignis vite mon allumette, qui pouvait me trahir, et restai immobile, sachant le danger d'une promenade à tâtons dans cette retraite de mauvaise mine.

On m'y laissa bien un quart d'heure, qui me parut fort long. Enfin mon homme revint me délivrer, et nous pûmes gagner l'appartement où Éverard, averti par Gustave, nous attendait pour me donner consultation vers deux heures du matin.

Il nous approuva d'avoir fait cette démarche rapidement et avec mystère. Ceux de mes amis qui étaient dans de bons termes avec M. Dudevant devaient l'ignorer, si elle ne devait pas aboutir. Il écouta le récit de toute ma vie conjugale, et, apprenant toutes les évolutions de volonté que j'avais dû subir, il se prononça, comme Rollinat, pour la séparation judiciaire. Mon plan de conduite me fut tracé après mûre délibération. Je devais surprendre mon adversaire par une requête au président du tribunal, afin que, ce fait accompli, il pût en accepter les conséquences dans un moment où il devait mieux en sentir la nécessité. On ne mettait pas en doute qu'il ne les acceptât sans discussion pour éviter d'ébruiter les causes de ma détermination. Nous comptions sans les mauvais conseillers que M. Dudevant crut devoir écouter dans la suite du procès.

Je devais, pour conserver mes droits de plaignante, ne pas rentrer au domicile conjugal, et jusqu'à ce que le président du tribunal eût statué sur mon domicile temporaire, aller chez un de mes amis de la Châtre. Le plus âgé était Duteil; mais Duteil, ami de mon mari, voudrait-il me recevoir dans la circonstance? Quant à sa femme et à sa sœur, cela n'était pas douteux pour moi; quant à lui, c'était une chose à tenter.

Le geôlier vint nous avertir que le jour allait poindre et qu'il fallait sortir comme nous étions entrés, sans être vus, le règlement de la prison s'opposant à ces consultations nocturnes. La sortie se passa sans encombre. Nous reprîmes la poste et nous allâmes surprendre Duteil à la Châtre. En trente heures nous avions fait cinquante-quatre lieues dans un débris de cabriolet tombant en ruines, et nous n'avions pas pris un moment de repos moral.

«Me voilà, dis-je à Duteil; je viens demeurer chez toi, à moins que tu ne me chasses. Je ne te demande ni conseil ni consultation contre M. Dudevant, qui est ton ami. Je ne t'appellerai pas en témoignage contre lui. Je t'autoriserai, dès que j'aurai obtenu un jugement, à devenir le conciliateur entre nous, c'est-à-dire à lui assurer de ma part les meilleures conditions d'existence possibles, celles qu'il avait réglées. Ton rôle, que tu peux dès à présent lui faire connaître, est donc honorable et facile.

«—Vous resterez chez moi, dit Duteil avec cette spontanéité de cœur qui le caractérisait dans les grandes occasions. Je suis si reconnaissant de la préférence que vous m'accordez sur vos autres amis, que vous pouvez compter à jamais sur moi, quoi qu'il arrive. Quant au procès que vous voulez entamer, laissez-moi en causer avec vous.

«—Donne-moi d'abord à dîner, car je meurs de faim, lui répondis-je, et ensuite j'irai chercher à Nohant mes pantoufles et mes paperasses.

«—Je vous y accompagnerai, dit-il, et nous causerons chemin faisant.»

Le dîner m'ayant un peu remise, je repris avec lui le vénérable cabriolet, et deux heures après nous revenions chez lui. Il m'avait écoutée en silence, se bornant à des questions d'un ordre plus élevé que celle des hasards de la procédure, et ne me disant pas trop son avis. Enfin, dans l'allée de peupliers qui touche à l'arrivée de la petite ville, il se résuma ainsi: «J'ai été le compagnon et l'hôte joyeux de votre mari et de votre frère, mais je n'ai jamais oublié, quand vous étiez là, que j'étais chez vous et que je devais à votre caractère de mère de famille un respect sans bornes. Je vous ai cependant quelquefois assommée de mon bavardage après dîner et de mon tapage aux heures de votre travail. Vous savez bien que c'était comme malgré moi et qu'une parole de reproche de vous me dégrisait quelquefois comme par miracle. Votre tort est de m avoir gâté par trop de douceur. Aussi qu'est-il arrivé? C'est que, tout en me sentant le camarade de votre mari pendant douze heures de gaieté, j'avais chaque soir une treizième heure de tristesse où je me sentais votre ami. Après ma femme et mes enfants, vous êtes ce que j'aime le mieux sur la terre, et si j'hésite depuis deux heures à vous donner raison, c'est que je redoute pour vous les fatigues et les chagrins de la lutte que vous entamez. Pourtant je crois qu'elle peut être douce et se renfermer dans le petit horizon de notre petite ville, si Casimir écoute mes conseils. Je vois ceux qu'il faut lui donner dans son intérêt, et je pense maintenant pouvoir me faire fort de le persuader. Voilà!»—Et comme nous escaladions le petit pont en dos d'âne qui entre en ville, il allongea un coup de fouet au cheval en disant avec la gaieté ranimée: «Allons! *enlevons Hermione!*»

Le 16 février 1836, le tribunal rendit un jugement de séparation en ma faveur. M. Dudevant y fit défaut, ce qui nous fit croire à tous qu'il acceptait cette solution. Je pus aller prendre possession de mon domicile légal à Nohant. Le jugement me confiait la garde et l'éducation de mon fils et de ma fille.

Je me croyais dispensée de pousser plus loin les choses. Mon mari écrivait à Duteil de manière à me le faire espérer. Je passai quelques semaines à Nohant dans l'attente de son arrivée au pays pour notre liquidation, et nos arrangemens. Duteil se chargeait de faire pour moi toutes les concessions possibles, et je devais, pour éviter toute rencontre irritante, me rendre à Paris dès que M. Dudevant viendrait à La Châtre.

J'eus donc à Nohant quelques beaux jours d'hiver, où je savourai pour la première fois depuis la mort de ma grand'mère les douceurs d'un recueillement que ne troublait plus aucune note discordante. J'avais, autant par économie que par justice, fait maison nette de tous les domestiques habitués à commander à ma place. Je ne gardai que le vieux jardinier de ma grand'mère, établi avec sa femme dans un pavillon au fond de la cour. J'étais donc absolument seule dans cette grande maison silencieuse. Je ne recevais même pas mes amis de La Châtre, afin de ne donner lieu à aucune amertume. Il ne m'eût pas semblé de bon goût de pendre sitôt la crémaillère, comme on dit chez nous, et de paraître fêter bruyamment ma victoire.

Ce fut donc une solitude absolue, et une fois dans ma vie, j'ai habité Nohant à l'état de *maison déserte*. La maison déserte a longtemps été un de mes rêves. Jusqu'au jour où j'ai pu goûter sans alarmes les douceurs de la vie de famille, je me suis bercée de l'espoir de posséder dans quelque endroit ignoré une maison, fût-ce une ruine ou une chaumière, où je pourrais de temps en temps disparaître et travailler sans être distraite par le son de la voix humaine.

Nohant fut donc en ce temps-là, c'est-à-dire en ce moment-là, car il fut court comme tous les pauvres petits repos de ma vie, un idéal pour ma fantaisie. Je m'amusai à le ranger, c'est-à-dire à le déranger moi-même. Je faisais disparaître tout ce qui me rappelait des souvenirs pénibles, et je disposais les vieux meubles comme je les avais vus placés dans mon enfance. La femme du jardinier n'entrait dans la maison que pour faire ma chambre et m'apporter mon dîner. Quand il était enlevé, je fermais toutes les portes donnant dehors et j'ouvrais toutes celles de l'intérieur. J'allumais beaucoup de bougies et je me promenais dans l'enfilade des grandes pièces du rez-de-chaussée, depuis le petit boudoir où je couchais toujours, jusqu'au grand salon illuminé en outre par un grand feu. Puis j'éteignais tout, et marchant à la seule lueur du feu mourant dans l'âtre, je savourais l'émotion de cette obscurité mystérieuse pleine de pensées mélancoliques, après avoir ressaisi les rians et doux souvenirs de mes jeunes années. Je m'amusais à me faire un peu peur en passant comme un fantôme devant les glaces ternies par le temps, et le bruit de mes pas dans ces pièces vides et sonores me faisait quelquefois tressaillir, comme si l'ombre de Deschartres se fût glissée derrière moi.

J'allai à Paris au mois de mars, à ce que je crois me rappeler. M. Dudevant vint à La Châtre et accepta une transaction qui lui faisait des conditions infiniment meilleures que le jugement prononcé contre lui. Mais à peine eut-il signé, qu'il crut devoir n'en tenir compte et former opposition. Il s'y prit fort mal; il était aigri par les conseils de mon pauvre frère, qui, mobile comme l'onde, ou plutôt comme le vin, s'était tourné contre ma victoire après m'avoir fourni toutes les armes possibles pour le combat. La belle-mère de mon mari, madame Dudevant, faisait pour ainsi dire à celui-ci une nécessité de poursuivre la lutte. Il se trouvait qu'elle me détestait affreusement sans que j'aie jamais su pourquoi. Peut-être éprouvait-elle, à la veille de sa mort, ce besoin de détester quelqu'un qui, le jour de sa mort, devint un besoin de détester tout le monde, mon mari tout le premier. Quoi qu'il en soit, elle mettait alors, m'a-t-on dit, pour condition à son héritage, la résistance de son beau-fils à toute conciliation avec moi.

Mon mari, je le répète, s'y prit mal. Voulant repousser la séparation, il imagina de présenter au tribunal une requête dictée, on eût pu dire rédigée par deux servantes que j'avais chassées, et qu'un célèbre avocat ne le détourna pas de prendre pour auxiliaires. Les conseils de cet avocat sont quelquefois funestes. Un fait récent, qui a pour jamais déchiré mon âme sans profit pour sa gloire, à lui, me l'a cruellement prouvé.

Quant à son intervention dans mes affaires conjugales, elle ne servit qu'à rendre amère une solution qui eût pu être calme. Elle éclaira plus qu'il n'était besoin la conscience des juges. Ils ne comprirent pas qu'en me supposant de si étranges torts envers lui et envers moi-même, mon mari voulût renouer notre union. Ils trouvèrent l'injure suffisante, et, annulant les motifs de leur premier jugement pour vice de forme dans la procédure, ils le renouvelèrent le 11 mai 1836, absolument dans les mêmes termes.

J'étais revenue à La Châtre, chez Duteil; j'avais fait toute la nuit des projets et des préparatifs de départ. Je m'étais assurée par emprunt une somme de dix mille francs avec laquelle j'étais résolue à enlever mes enfans et à fuir en Amérique si la déplorable requête était prise en considération. J'avoue maintenant, sans scrupule, cette intention formelle que j'avais de résister à l'effet de la loi, et j'ose dire très ouvertement que celle qui règle les séparations judiciaires est une loi contre laquelle la conscience du présent proteste, et une des premières sur lesquelles la sagesse de l'avenir reviendra.

Le principal vice de cette loi, c'est la publicité qu'elle donne aux débats. Elle force l'un des époux, le plus mécontent, le plus blessé des deux, à subir une existence impossible ou à mettre au jour les plaies de son âme. Ne suffirait-il pas de révéler ces plaies à des magistrats intègres, qui en garderaient le secret, sans être forcé de publier l'égarement de celui qui les a faites? On exige des témoins, on fait une enquête. On rédige et on affiche les fautes signalées. Pour soustraire les enfants à des influences qui ne sont peut-être que passagèrement funestes, il faut qu'un des époux laisse dans les annales d'un greffe un monument de blâme contre l'autre. Et ce n'est encore là que la partie douce et voilée de semblables luttes. Si l'adversaire fait résistance, il faut arriver à l'éclat des plaidoiries et au scandale des journaux. Ainsi une femme timide ou généreuse devra renoncer à respecter son mari ou à préserver ses enfans. Un de ses devoirs sera en opposition avec l'autre. Dira-t-on que, si l'amour maternel ne l'emporte pas, elle aura sacrifié l'avenir des enfans à la morale publique, à la sainteté de la famille? Ce serait un sophisme difficile à admettre, et si l'on veut que le devoir de la mère ne soit pas plus impérieux que celui de l'épouse, on accordera au moins qu'il l'est tout autant.

Et si c'est l'époux qui demande la séparation, son devoir n'est-il pas plus effroyable encore? Une femme peut articuler des causes d'incompatibilité suffisantes pour rompre le lien sans être déshonorantes pour l'homme dont elle porte le nom. Ainsi, qu'elle allègue la vie bruyante, les emportemens et les amours de son mari dans le domicile conjugal, c'est trop exiger d'elle sans doute pour la délivrer des malheurs qu'entraînent ces infractions à la règle; mais enfin ce ne sont pas là des souillures dont un homme ne puisse se laver dans l'opinion. Il y a plus; dans notre société, dans nos préjugés et dans nos mœurs, plus un homme est signalé pour avoir eu des bonnes fortunes, plus le sourire des assistans le complimente. En province surtout, quiconque a beaucoup fêté la table et l'amour passe pour un *joyeux compère*, et tout est dit. On le blâme un peu de n'avoir pas ménagé la fierté de sa femme légitime, on convient qu'il a eu tort de s'emporter contre elle, mais enfin, faire acte d'autorité absolue dans la maison est le droit du mari, et pour peu qu'il y eût mis des formes, tout son sexe lui eût donné raison plus ou moins; et, en fait, il peut avoir subi les entraînements de certaines intempérances, et n'en être pas moins un galant homme à tous autres égards.

Telle n'est pas la position de la femme accusée d'adultère. On n'attribue à la femme qu'un seul genre d'honneur. Infidèle à son mari, elle est flétrie et avilie, elle est déshonorée aux yeux de ses enfants, elle est passible d'une peine infamante, la prison. Voilà ce qu'un mari outragé qui veut soustraire ses enfants à de mauvais exemples est forcé de faire quand il demande la séparation judiciaire. Il ne peut se plaindre ni d'injures, ni de mauvais traitemens. Il est le plus fort, il en a les droits, on lui rirait au nez s'il se plaignait d'avoir été battu. Il faut donc qu'il invoque l'adultère et qu'il tue moralement la femme qui porte son nom. C'est peut-être pour lui éviter la nécessité de ce meurtre moral que la loi lui concède le droit de meurtre réel sur sa personne.

Quelles solutions aux malheurs domestiques! Cela est sauvage, cela peut tuer l'âme de l'enfant condamné à contempler la durée du désaccord de ses parens ou à en connaître l'issue.

Mais ceci n'est rien encore, et l'homme est investi de bien d'autres droits. Il peut déshonorer sa femme, la *faire mettre en prison* et la condamner ensuite à rentrer sous sa dépendance, à subir son pardon et ses caresses! S'il lui épargne ce dernier outrage, le pire de tous, il peut lui faire une vie de fiel et d'amertume, lui reprocher sa faute à toutes les heures de sa vie, la tenir éternellement sous l'humiliation de la servitude, sous la terreur des menaces.

Imaginez le rôle d'une mère de famille sous le coup de l'outrage d'une pareille miséricorde! Voyez l'attitude de ses enfans condamnés à rougir d'elle, ou à l'absoudre en détestant l'auteur de son châtiment! Voyez celle de ses parens, de ses amis, de ses serviteurs! Supposez un époux implacable, une femme vindicative, vous aurez un intérieur tragique. Supposez un mari inconséquent et débonnaire à ses heures, une femme sans mémoire et sans dignité, vous aurez un intérieur ridicule. Mais ne supposez jamais un époux vraiment généreux et moral, capable de punir au nom de l'honneur et de pardonner au nom de la religion. Un tel homme peut exercer sa rigueur et sa clémence dans le secret du ménage, il ne peut jamais invoquer le bénéfice de la loi pour infliger publiquement une honte qu'il n'est pas en son pouvoir d'effacer.

Cette doctrine judiciaire fut pourtant admise par les conseils de mon mari et plaidée plus tard par un brave homme, avocat de province, qui n'était peut-être pas sans talent, mais qui fut forcé d'être absurde sous le poids d'un système immoral et révoltant. Je me souviens que, plaidant au nom de la religion, de l'autorité, de l'orthodoxie de principes, et voulant invoquer le type de la charité évangélique dans l'image du Christ, il le traita de philosophe et de prophète, son mouvement oratoire ne pouvant s'élever jusqu'à en taire un Dieu. Je le crois bien: appeler la sanction d'un Dieu sur la *vengeance précédant le pardon*, c'eût été un sacrilége.

Ajoutons que cette vengeance prétendue légitime peut reposer sur d'atroces calomnies, accueillies dans un moment d'irritation maladive; le ressentiment de certaine valetaille sait orner de faits monstrueux la faute présumée. Un époux autorisé à admettre des infamies jusqu'à essayer d'en fournir la preuve y risquerait son honneur ou sa raison.

Non, le lien conjugal brisé dans les cœurs ne peut être renoué par la main des hommes. L'amour et la foi, l'estime et le pardon sont choses trop intimes et trop saintes pour qu'il n'y faille pas Dieu seul pour témoin et le mystère pour caution. Le lien conjugal est rompu dès qu'il est devenu odieux à l'un des époux. Il faudrait qu'un conseil de famille et de magistrature fût appelé à connaître, je ne dis pas des motifs de plainte, mais de la réalité, de la force et de la persistance du mécontentement. Que des épreuves de temps fussent imposées, qu'une sage lenteur se tînt en garde contre les caprices coupables ou les dépits passagers; certes, on ne saurait mettre trop de prudence à prononcer sur les destinées d'une famille; mais il faudrait que la sentence ne fût motivée que sur des incompatibilités certaines dans l'esprit des juges, vagues dans la formule judiciaire, inconnues au public. On ne plaiderait plus pour la haine et pour la vengeance, et on plaiderait beaucoup moins.

Plus on aplanira les voies de la délivrance, plus les naufragés du mariage feront d'efforts pour sauver le navire avant de l'abandonner. Si c'est une arche sainte comme l'esprit de la loi le proclame, faites qu'elle ne sombre pas dans les tempêtes, faites que ses porteurs fatigués ne la laissent pas tomber dans la boue; faites que deux époux, forcés par un devoir de dignité bien entendue à se séparer, puissent respecter le lien qu'ils brisent et enseigner à leurs enfans à les respecter l'un et l'autre.

Voilà les réflexions qui se pressaient dans mon esprit la veille du jour qui devait décider de mon sort. Mon mari, irrité des motifs énoncés au jugement, et s'en prenant à moi et à mes conseils judiciaires de ce que les formes légales ont de dur et d'indélicat, ne songeait plus qu'à en tirer vengeance. Aveuglé, il ne savait pas que la société était là son seul ennemi. Il ne se disait pas que je n'avais articulé que les faits absolument nécessaires, et fourni que les preuves strictement exigées par la loi. Il connaissait pourtant le Code mieux que moi: il avait été reçu avocat; mais jamais sa pensée, éprise d'immobilité dans l'autorité, n'avait voulu s'élever à la critique morale des lois, et par conséquent prévoir leurs funestes conséquences.

Il répondait donc à une enquête où l'on n'avait trahi que des faits dont il aimait à se vanter, par des imputations dont j'aurais frémi de mériter la cent millième partie. Son avoué se refusa à lire un libelle. Les juges se seraient refusés à l'entendre.

Il allait donc au delà de l'esprit de la loi, qui permet à l'époux offensé par des reproches, de motiver les procédés acerbes dont on l'accuse, par de violens sujets de plainte. Mais la loi qui admet le moyen de défense dans un procès où l'époux demande la séparation à son profit ne saurait l'admettre comme acte de vengeance dans une lutte où il repousse la séparation. Elle la prononce d'autant plus en faveur de la femme qui s'est déclarée offensée, que ce moyen est la pire des offenses: c'est ce qui arriva.

Je n'étais pourtant pas tranquille sur l'issue de ce débat. J'aurais voulu, moi, dans un premier moment d'indignation, que mon mari fût autorisé à faire la preuve des griefs qu'il articulait. Éverard, qui devait plaider pour moi, repoussait l'idée d'un pareil débat. Il avait raison, mais ma fierté souffrait, je l'avoue, de la possibilité d'un soupçon dans l'esprit des juges. «Ce soupçon, disais-je, prendra peut-être assez de consistance dans leur pensée pour qu'en prononçant la séparation ils me retirent le soin d'élever mon fils.»

Pourtant, quand j'eus réfléchi, je reconnus l'absence de danger de ma situation, de quelque façon qu'elle vînt à aboutir. Le soupçon ne pouvait même pas effleurer l'esprit de mes juges: Les accusations portaient trop le cachet de la démence.

Je m'endormis alors profondément. J'étais fatiguée de mes propres pensées qui, pour la première fois avaient embrassé la question du mariage d'une manière générale assez lucide. Jamais, je le jure, je n'avais senti aussi vivement la sainteté du pacte conjugal et les causes de sa fragilité dans nos mœurs que dans cette crise où je me voyais en cause moi-même. J'éprouvais enfin un calme souverain, j'étais sûre de la droiture de ma conscience et de la pureté de mon idéal. Je remerciai Dieu de ce qu'au milieu de mes souffrances personnelles il m'avait permis de conserver sans altération la notion et l'amour de la vérité.

A une heure de l'après-midi, Félicie entra dans ma chambre. «Comment! vous pouvez dormir! me dit-elle. Sachez donc que l'on sort de l'audience, vous avez gagné votre procès, vous avez Maurice et Solange. Levez-vous vite pour remercier Éverard qui arrive et qui a fait pleurer toute la ville.»

Il y eut encore tentative de transaction avec M. Dudevant pendant que je retournais à Paris; mais ses conseils ne lui laissaient pas le loisir d'entendre raison. Il forma appel devant la cour de Bourges. Je revins habiter La Châtre.

Quoique je fusse choyée et heureuse autant que possible dans la famille de Duteil, j'y souffrais un peu du bruit des enfans qui se levaient à l'heure où je commençais à m'endormir, et de la chaleur que l'étroitesse de la rue et la petitesse de la maison rendaient accablante. Passer l'été dans une ville, c'est pour moi chose cruelle. Je n'avais pas seulement une pauvre petite branche de verdure à regarder. Rozane Bourgoing m'offrit une chambre chez elle, et il fut convenu que les deux familles se réuniraient tous les soirs.

M. et Mme Bourgoing, avec une jeune sœur de Rozane qu'ils traitaient comme leur enfant, et qui était presque aussi belle que Rozane, occupaient une jolie maison avec un jardinet perché en terrasse sur un précipice. C'était l'ancien rempart de la ville, et par là on voyait la campagne, on y était. L'Indre coulait, sombre et paisible, sous des rideaux d'arbres magnifiques et s'en allait, le long d'une vallée charmante, se perdre dans la verdure. Devant moi, sur l'autre rive, s'élevait la Rochaille, une colline semée de blocs diluviens et ombragée de noyers séculaires. La maisonnette blanche et les ajoupas de roseaux du Malgache s'apercevaient un peu plus loin, et à côté de nous la grande tour carrée de l'ancien château des Lombault dominait le paysage.

J'allais de temps en temps à Bourges, ou bien Éverard venait de temps en temps à La Châtre. C'était toujours en vue de nous consulter sur le procès, mais le procès était la chose dont nous pouvions le moins parler. J'avais la tête pleine d'art, Éverard avait la tête pleine de politique, Planet l'avait toujours de socialisme. Duteil et le Malgache faisaient de tout cela un pot-pourri d'imagination, d'esprit, de divagation et de gaîté. Fleury discutait avec ce mélange de bon sens et d'enthousiasme qui se disputent sa cervelle à la fois positive et romanesque. Nous nous chérissions trop les uns les autres pour ne pas nous quereller avec violence. Quelles bonnes violences! entrecoupées de tendres élans de cœur et de rires homériques! Nous ne pouvions nous séparer, on oubliait de dormir, et ces prétendus jours de repos nous laissaient harassés de fatigue, mais débarrassés du trop plein d'imagination et de ferveur républicaine qui s'entassait en nous dans les heures de la solitude.

Enfin mon insupportable procès fut appelé à Bourges. Je m'y rendis, au commencement de juillet, après avoir été chercher Solange à Paris. Je voulais être encore une fois en mesure de l'emporter en cas d'échec. Quant à Maurice, mes précautions étaient prises pour l'enlever un peu plus tard. J'étais toujours secrètement en révolte contre la loi que j'invoquais ouvertement. C'était fort illogique, mais la loi l'était plus que moi, elle qui, pour m'ôter ou me rendre mes droits de mère, me forçait à vaincre tout souvenir d'amitié conjugale, ou à voir ces souvenirs outragés et méconnus dans le cœur de mon mari. Ces droits maternels, la société peut les annuler, et, en thèse générale, elle les fait primer par ceux du mari. La nature n'accepte pas de tels arrêts, et jamais on ne persuadera à une mère que ses enfans ne sont pas à elle plus qu'à leur père. Les enfans ne s'y trompent pas non plus.

Je savais les juges de Bourges prévenus contre moi et circonvenus par un système de propos fantastiques sur mon compte. Ainsi, le jour où je me montrai habillée comme tout le monde dans la ville, ceux des bourgeois qui ne m'y rencontrèrent pas demandèrent aux autres s'il était vrai que j'avais des pantalons rouges et des pistolets à ma ceinture.

M. Dudevant voyait bien qu'avec sa requête il avait fait fausse route. On lui conseilla de se poser en mari égaré par l'amour et la jalousie. C'était un peu tard, et je pense qu'il joua fort mal un rôle que démentait sa loyauté naturelle. On le poussa à venir le soir sous mes fenêtres et jusqu'à ma porte, comme pour solliciter une entrevue mystérieuse;

mais ma conscience se révolta contre une pareille comédie, et, après s'être promené de long en large quelques instans dans la rue, je le vis qui s'en allait en riant et en haussant les épaules. Il avait bien raison.

J'avais reçu l'hospitalité dans la famille Tourangin, une des plus honorables de la ville. Félix Tourangin, riche industriel et proche parent de la famille Duteil, avait deux filles, l'une mariée, l'autre déjà majeure, et quatre fils, dont les derniers étaient des enfans. Agasta et son mari m'avaient accompagnée. Rollinat, Planet et Papet nous avaient suivis. Les autres nous rejoignirent bientôt; j'avais donc tout mon cher Berry autour de moi, car dès ce moment je m'attachai à la famille Tourangin, comme si j'y avais passé ma vie. Le père Félix m'appelait sa fille, Élisa, un ange de bonté et une femme du plus grand mérite et de la plus adorable vertu, m'appelait sa sœur. Je me faisais avec elle la mère des petits frères. Leurs autres parens nous venaient voir souvent, et me témoignaient le plus affectueux intérêt, même M. Mater, le premier président, quand mon procès fut terminé. Je vis arriver aussi, le jour des débats, Émile Regnault, un Sancerrois que j'avais aimé comme un frère et qui avait épousé contre moi je ne sais plus quelle mauvaise querelle. Il vint me faire amende honorable de torts que j'avais oubliés.

L'avocat de mon mari, donnant dans le système adopté, plaida, comme je l'ai déjà dit d'avance, l'amour de mon mari, et, tout en offrant de faire hautement la preuve de mes crimes, il m'offrit généreusement le pardon après l'outrage. Éverard fit ressortir avec une merveilleuse éloquence l'inconséquence odieuse d'une pareille philosophie conjugale. Si j'étais coupable, il fallait commencer par me répudier, et si je ne l'étais pas, il ne fallait pas faire le généreux. Dans tous les cas, la générosité était difficile à accepter après la vengeance. Tout l'édifice de l'amour tomba d'ailleurs devant des preuves. Il lut une lettre de 1831 où M. Dudevant me disait: «J'irai à Paris; je ne descendrai pas chez vous, parce que je ne veux pas vous gêner, pas plus que je ne veux que vous me gêniez.» L'avocat général en lut d'autres où la satisfaction de mon absence était si clairement exprimée, qu'il n'y avait pas à compter beaucoup sur cette tendresse posthume qui m'était offerte. Et pourquoi M. Dudevant se défendait-il de ne pas m'avoir aimée? Plus il disait de mal de moi, plus on était porté à l'absoudre. Mais proclamer à la fois cette affection et les prétendues causes qui m'en rendaient indigne, c'était jeter dans les esprits le soupçon d'un calcul intéressé qu'il n'eût sans doute pas voulu mériter.

Il le sentit, car, sans attendre le jugement, il se désista de son appel, et, la cour donnant acte de ce désistement, le jugement de La Châtre eut son plein effet sur le reste de ma vie.

Nous reprîmes alors l'ancien traité qu'il m'avait offert à Nohant et que ses malheureuses irrésolutions m'avaient forcé à rendre valide par une année de luttes amères, inutiles s'il eût consenti à ne pas varier.

Cet ancien traité, qui fit base pour le nouveau, lui attribuait le soin de payer et surveiller l'éducation de Maurice au collége. Sur ce point, du moment que nous retombions d'accord, je ne craignais plus d'être séparée de mon fils. Mais l'aversion de Maurice pour le collége pouvait revenir, et ce n'est pas sans peine que je me décidai à ne pas faire de réserves. Éverard, Duteil et Rollinat me remontrèrent que tout pacte devait entraîner réconciliation de cœur et d'esprit; qu'il y allait de l'honneur de mon mari d'employer une part du revenu que je lui faisais à payer l'éducation de son fils; que Maurice était bien portant, travaillait passablement et paraissait habitué au régime universitaire; qu'il avait déjà douze ans, et que dans bien peu d'années la direction de ses idées et le choix de sa carrière appartiendraient fort peu à ses parens et beaucoup à lui-même; que dans tous les cas, sa passion pour moi ne devait guère m'inspirer d'inquiétudes, et que Mme Dudevant, la baronne, n'aurait pas beau jeu à vouloir m'enlever son cœur et sa confiance. C'étaient de très bonnes raisons, auxquelles je cédai pourtant à regret. J'avais le pressentiment d'une nouvelle lutte. On me disait en vain que l'éducation en commun était nécessaire, fortifiante pour le corps et pour l'esprit; il ne me semblait pas qu'elle convînt à Maurice, et je ne me trompais pas. Je cédai, craignant de prendre pour la science de l'instinct maternel une faiblesse de cœur dangereuse à l'objet de ma sollicitude. M. Dudevant ne paraissait vouloir élever aucune contestation sur l'emploi des vacances. Il promettait de m'envoyer Maurice aussitôt qu'elles seraient ouvertes, et il tint parole.

J'embrassai l'excellente Élisa et sa famille, qui m'avaient si bien aimée à première vue, Agasta, qui, le matin de mon procès, avait été entendre la messe à mon intention, les beaux enfans de la maison et les braves amis qui m'avaient entourée d'une sollicitude fraternelle. Je partis pour Nohant, où je rentrai définitivement avec Solange le jour de Sainte-Anne, patronne du village. On dansait sous les grands ormes, et le son rauque et criard de la cornemuse, si cher aux oreilles qu'il a bercées dès l'enfance, eût pu me paraître d'un heureux augure.

CHAPITRE CINQUIEME

Voyage en Suisse.—Mme d'Agoult.—Son salon à l'hôtel de France.—Maurice tombe malade.—Luttes et chagrins.—Je l'emmène à Nohant.—Lettre de Pierret.—Je vais à Paris.—Ma mère malade.—Retour sur mes relations avec elle depuis mon mariage.—Ses derniers momens.—Pierret.—Je cours après Maurice.—Je cours après Solange.—La sous-préfecture de Nérac.—Retour à Nohant.—Nouvelles discussions.—Deux beaux enfans pour cinquante mille francs.—Travail, fatigue et vouloir.—Père et mère.

Je n'avais pourtant pas conquis la moindre aisance. J'entrais, au contraire, je ne pouvais pas me le dissimuler, dans de grands embarras, par suite d'un mode de gestion qu'à plusieurs égards il me fallait changer, et de dettes qu'on laissait à ma charge sans compensation immédiate. Mais j'avais la maison de mes souvenirs pour abriter les futurs souvenirs de mes enfans. A-t-on bien raison de tenir tant à ces demeures pleines d'images douces et cruelles, histoire de votre propre vie, écrite sur tous les murs en caractères mystérieux et indélébiles, qui, à chaque ébranlement de l'âme, vous entourent d'émotions profondes ou de puériles superstitions? Je ne sais; mais nous sommes tous ainsi faits. La vie est si courte que nous avons besoin, pour la prendre au sérieux, d'en tripler la notion en nous-mêmes, c'est-à-dire de rattacher notre existence par la pensée à l'existence des parens qui nous ont précédés et à celle des enfans qui nous survivront.

Au reste, je n'entrais pas à Nohant avec l'illusion d'une oasis finale. Je sentais bien que j'y apportais mon cœur agité et mon intelligence en travail.

Liszt était en Suisse et m'engageait à venir passer quelque temps auprès d'une personne avec laquelle il m'avait fait faire connaissance et qu'il voyait souvent à Genève, où elle s'était établie pour quelque temps. C'était la comtesse d'Agoult, belle, gracieuse, spirituelle, et douée par-dessus tous ces avantages d'une intelligence supérieure. Elle m'appelait aussi d'une façon fort aimable, et je regardai ce voyage comme une diversion utile à mon esprit après les dégoûts de la vie positive où je venais de me plonger. C'était une très bonne promenade pour mes enfans et un moyen de les soustraire à l'étonnement de leur nouvelle position, en les éloignant des propos et commentaires qui, dans ce premier moment de révolution intérieure, pouvaient frapper leurs oreilles. Sitôt que les vacances me ramenèrent Maurice, je partis donc pour Genève avec lui, sa sœur et Ursule.

Après deux mois de courses intéressantes et de charmantes relations avec mes amis de Genève, nous revînmes tous à Paris. J'y passai quelque temps en hôtel garni, ma mansarde du quai Malaquais étant à peu près tombée en ruines, et le propriétaire ayant expulsé ses locataires pour cause de réparations urgentes. J'avais quitté cette chère mansarde, déjà toute peuplée de mes songes décevans et de mes profondes tristesses, avec d'autant plus de regret que le rez-de-chaussée, mon atelier solitaire, sorti de ses décombres et redevenu un riche appartement, était occupé par une femme excellente, la belle duchesse de Caytus, mariée en secondes noces à M. Louis de Rochemur. Ils avaient deux petites filles adorables, et là où il y a des enfans il est facile de m'attirer. Je fus doucement retenue chez eux, malgré ma sauvagerie, par une sympathie réelle inspirée et partagée. Je les voyais donc très souvent, ce voisinage allant à mes habitudes sédentaires. Je n'avais que l'escalier à descendre. C'est chez eux que j'ai vu pour la première fois M. de Lamartine. J'y rencontrai aussi M. Berryer.

A l'hôtel de France, où Mme d'Agoult m'avait décidée à demeurer près d'elle, les conditions d'existence étaient charmantes pour quelques jours. Elle recevait beaucoup de littérateurs, d'artistes et quelques hommes du monde intelligent. C'est chez elle ou par elle que je fis connaissance avec Eugène Sue, le baron d'Ekstein, Chopin, Mickiewicz, Nourrit, Victor Schœlcher, etc. Mes amis devinrent aussi les siens. Elle connaissait de son côté M. Lamennais, Pierre Leroux, Henri Heine, etc. Son salon improvisé dans une auberge était donc une réunion d'élite qu'elle présidait avec une grâce exquise, et où elle se trouvait à la hauteur de toutes les spécialités éminentes par l'étendue de son esprit et la variété de ses facultés à la fois poétiques et sérieuses.

On faisait là d'admirable musique, et, dans l'intervalle, on pouvait s'instruire en écoutant causer. Elle voyait aussi Mme Marliani, notre amie commune, tête passionnée, cœur maternel, destinée malheureuse parce qu'elle voulut trop faire plier la vie réelle devant l'idéal de son imagination et les exigences de sa sensibilité.

Ce n'est pas ici le lieu d'une appréciation détaillée des diverses sommités intellectuelles qu'à partir de cette époque j'ai plus ou moins abordées. Il me faudrait embrasser chacune d'elles dans une synthèse qui me détournerait trop quant à présent de ma propre histoire. Cela serait beaucoup plus intéressant, à coup sûr, et pour moi-même et pour les autres, mais j'approche de la limite qui m'est fixée, et je vois qu'il me reste, si Dieu me prête vie, beaucoup de riches sujets pour un travail futur et peut-être pour un meilleur livre.

Je n'avais ni le moyen de vivre à Paris ni le goût d'une vie aussi animée, mais je fus forcée d'y passer l'hiver: Maurice tomba malade. Le régime du collège, auquel pendant une année il avait paru vouloir se faire, redevint tout à coup mortel pour lui, et, après de petites indispositions qui paraissaient sans gravité: les médecins s'aperçurent d'un commencement d'hypertrophie au cœur. Je me hâtai de l'emmener chez moi; je voulais l'emmener à Nohant; M. Dudevant, alors à Paris, s'y opposa. Je ne voulus pas lutter contre l'autorité paternelle, quelques droits que j'eusse pu faire valoir. Je devais avant tout à mon fils de ne pas lui enseigner la révolte. J'espérai vaincre son père par la douceur et lui faire toucher l'évidence.

Cela fut très difficile pour lui et horriblement douloureux pour moi. Les personnes qui ont le bonheur de jouir d'une excellente santé ne croient pas facilement aux maux qu'elles ne connaissent point. J'écrivis à M. Dudevant, je le reçus, j'allai chez lui, je lui confiai Maurice de temps en temps pour qu'il s'assurât de sa maladie: il ne voulait rien entendre; il croyait à une conspiration de la tendresse maternelle excessive caressant la faiblesse et la paresse de l'enfance. Il se trompait cruellement. J'avais fait contre les pleurs de Maurice et contre mes propres terreurs tous les efforts possibles. Je voyais bien qu'en se soumettant l'enfant périssait. D'ailleurs, le proviseur refusait d'assumer sur lui la responsabilité de le reprendre. La méfiance de son père exaspérait la maladie de Maurice. Ce qui lui était le plus sensible, à lui qui n'avait jamais menti, c'était de pouvoir être soupçonné de mensonge. Chaque reproche sur sa pusillanimité, chaque doute sur la réalité de son mal, enfonçaient un aiguillon dans ce pauvre cœur malade. Il empirait visiblement, il n'avait plus de sommeil; il était quelquefois si faible qu'il me fallait le porter dans mes bras pour le coucher. Une consultation signée Levrault, médecin du collège Henri IV, Gaubert, Marjolin et Guersant (ces deux derniers m'étaient inconnus et ne pouvaient être soupçonnés de complaisance), ne convainquit pas M. Dudevant. Enfin, après quelques semaines de terreurs et de larmes, nous fûmes réunis l'un à l'autre pour toujours, mon enfant et moi. M. Dudevant voulut le garder toute une nuit chez lui pour se convaincre qu'il avait le délire et la fièvre. Il s'en convainquit si bien qu'il m'écrivit dès le matin de venir vite le chercher. J'y courus. Maurice, en me voyant, fit un cri, sauta pieds nus sur le carreau et vint se cramponner à moi. Il voulait s'en aller tout nu.

Nous partîmes pour Nohant dès que la fièvre fut un peu calmée. J'étais effrayée de l'éloigner des soins de Gaubert, qui venait le voir trois fois par jour; mais Gaubert me criait de l'emmener. L'enfant avait le mal du pays. Dans ses songes agités, il criait, lui, *Nohant! Nohant!!* d'une voix déchirante. C'était une idée fixe, il croyait que tant qu'il ne serait pas là son père viendrait le reprendre. «Cet enfant ne respire que par votre souffle, me disait Gaubert, vous êtes le médecin qu'il lui faut.»

Nous fîmes le voyage en poste, à courtes journées, avec Solange. Maurice recouvra vite un peu de sommeil et d'appétit; mais un rheumatisme aigu dans tous les membres et de violentes douleurs de tête revinrent souvent l'accabler. Il passa le reste de l'hiver dans ma chambre, et pendant six mois nous ne nous quittâmes pas d'une heure. Son éducation classique dut être interrompue; il n'y avait aucun moyen de le remettre aux études du collège sans lui briser le cerveau.

Mme d'Agoult vint passer chez moi une partie de l'année. Liszt, Charles Didier, Alexandre Rey et Bocage y vinrent aussi. Nous eûmes un été magnifique, et le piano du grand artiste fit nos délices. Mais à ce temps de soleil splendide, consacré à un travail paisible et à de doux loisirs, succédèrent des jours bien douloureux.

Je reçus un jour, au milieu du dîner, une lettre de Pierret qui me disait: «Votre mère vient d'être envahie subitement par une maladie très grave. Elle le sent, et la terreur de la mort empire son mal. Ne venez pas avant quelques jours. Il nous faut ce temps-là pour la préparer à votre arrivée comme à une chose étrangère à sa maladie. Écrivez-lui comme si vous ignoriez tout, et inventez un prétexte pour venir à Paris. «Le lendemain il m'écrivait: «Tardez encore un peu, elle se méfie. Nous ne sommes pas sans espoir de la sauver.»

Mme d'Agoult partait pour l'Italie. Je confiai Maurice à Gustave Papet, qui demeurait à une demi-lieue de Nohant: je laissai Solange à Mlle Rollinat, qui faisait son éducation à Nohant, et je courus chez ma mère.

Depuis mon mariage, je n'avais plus de sujets immédiats de désaccord avec elle, mais son caractère agité n'avait pas cessé de me faire souffrir. Elle était venue à Nohant, et s'y était livrée à ses involontaires injustices, à ses inexplicables susceptibilités contre les personnes les plus inoffensives. Et pourtant, dès ce temps-là, à la suite d'explications sérieuses, j'avais pris enfin de l'ascendant sur elle. D'ailleurs, je l'aimais toujours avec une passion instinctive que ne pouvaient détruire mes trop justes sujets de plainte. Ma renommée littéraire produisait sur elle les plus étranges alternatives de joie et de colère. Elle commençait par lire les critiques malveillantes de certains journaux et leurs insinuations perfides sur mes principes et sur mes mœurs. Persuadée aussitôt que tout cela était mérité, elle m'écrivait ou accourait chez moi pour m'accabler de reproches, en m'envoyant ou m'apportant un ramassis d'injures qui, sans elle, ne fussent jamais arrivées jusqu'à moi. Je lui demandais alors si elle avait lu l'ouvrage incriminé de la sorte. Elle ne l'avait jamais lu avant de le condamner. Elle se mettait à le lire après avoir protesté qu'elle ne l'ouvrirait pas. Alors, tout aussitôt, elle s'engouait de mon œuvre avec l'aveuglement qu'une mère peut y mettre, elle déclarait la chose sublime et les critiques infâmes: et cela recommençait à chaque nouvel ouvrage.

Il en était ainsi de toutes choses à tous les momens de ma vie. Quelque voyage ou quelque séjour que je fisse, quelque personne, vieille ou jeune, homme ou femme, qu'elle rencontrât chez moi, quelque chapeau que j'eusse sur la tête ou quelque chaussure que j'eusse aux pieds, c'était une critique, une tracasserie incessante qui dégénérait en querelle sérieuse et en reproches véhémens, si je ne me hâtais, pour la satisfaire, de lui promettre que je changerais de projets, de connaissances et d'habillemens à sa guise. Je n'y risquais rien, puisqu'elle oubliait dès le lendemain le motif de son dépit. Mais il fallait beaucoup de patience pour affronter, à chaque entrevue, une nouvelle bourrasque impossible à prévoir. J'avais de la patience, mais j'étais mortellement attristée de ne pouvoir retrouver son esprit charmant et ses élans de tendresse qu'à travers des orages perpétuels.

Elle demeurait depuis plusieurs années boulevard Poissonnière, n° 6, dans une maison qui a disparu pour faire place à la maison du pont de fer. Elle y vivait presque toujours seule, ne pouvant garder huit jours une servante. Son petit appartement était toujours rangé par elle, nettoyé avec un soin minutieux, orné de fleurs, et brillant de jour ou de soleil. Elle logeait en plein midi et tenait sa fenêtre ouverte en été, à la chaleur, à la poussière et au bruit du boulevard, n'ayant jamais Paris assez dans sa chambre. «Je suis Parisienne dans l'âme, disait-elle. Tout ce qui rebute les autres de Paris me plaît et m'est nécessaire. Je n'y ai jamais trop chaud, ni trop froid. J'aime mieux les arbres poudreux du boulevard et les ruisseaux noirs qui les arrosent que toutes vos forêts où l'on a peur, et toutes vos rivières où l'on risque de se noyer. Les jardins ne m'amusent plus, ils me rappellent trop les cimetières. Le silence de la campagne m'effraie et m'ennuie. Paris me fait l'effet d'être toujours en fête, et ce mouvement que je prends pour de la gaîté m'arrache à moi-même. Vous savez bien que le jour où il me faudra réfléchir, je mourrai.» Pauvre mère, elle réfléchissait beaucoup dans ses derniers jours!

Bien que plusieurs de mes amis, témoins de ses emportemens ou de ses malices contre moi, me reprochassent d'être trop faible de cœur envers elle, je ne pouvais me défendre d'une vive émotion chaque fois que j'allais la voir. Quelquefois je passais sous sa fenêtre, et je grillais de monter chez elle; puis je m'arrêtais, effrayée de l'algarade qui m'y attendait peut-être; mais je succombais presque toujours, et lorsque j'avais eu la fermeté de rester une semaine sans la voir, je partais avec une secrète impatience d'arriver. J'observais en moi la force de cet instinct de la nature, à l'étrange oppression que j'éprouvais en voyant la porte de sa maison. C'était une petite grille donnant sur un escalier qu'il fallait descendre. Au bas demeurait un marchand de fontaines qui remplissait, je crois, les fonctions de portier, car de la boutique quelque voix me criait toujours: «Elle y est, montez!» On traversait une petite cour et on montait un étage, puis on suivait un couloir, et on montait encore trois autres étages. Cela donnait le temps de la réflexion, et la réflexion me revenait toujours dans ce couloir sombre, où je me disais: «Voyons, quelle figure m'attend là-haut? Bonne ou mauvaise? Souriante ou bouleversée? Que pourra-t-elle inventer aujourd'hui pour se fâcher?»

Mais je me rappelais le bon accueil qu'elle savait me faire quand je la surprenais dans une bonne disposition. Quel doux cri de joie, quel brillant regard, quel tendre baiser maternel! Pour cette exclamation, pour ce regard et pour ce baiser, je pouvais bien affronter deux heures d'amertume. Alors l'impatience me prenait, je trouvais l'escalier insupportable, je le franchissais rapidement; j'arrivais plus émue encore qu'essoufflée, et mon cœur battait à se rompre au moment où je tirais la sonnette. J'écoutais à travers la porte, et déjà je savais mon sort, car lorsqu'elle était de bonne humeur, elle reconnaissait ma manière de sonner, et je l'entendais s'écrier en mettant la main sur la serrure: «Ah! c'est mon Aurore!»—mais si elle était dans des idées noires, elle ne reconnaissait pas mon bruit, ou, ne voulant pas dire qu'elle l'avait reconnu, elle criait: «*Qui est là?*»

Ce *Qui est là?* me tombait comme une pierre sur la poitrine, et il fallait quelquefois bien du temps avant qu'elle voulût s'expliquer ou qu'elle pût se calmer. Enfin, quand j'avais arraché un sourire, ou quand Pierret arrivait bien disposé à prendre mon parti, l'explication violente tournait en gaîté, et je l'emmenais dîner au restaurant et passer la soirée au spectacle. Elle appelait cela une partie de plaisir, et elle s'amusait comme dans sa jeunesse. Elle était alors si charmante qu'il fallait tout oublier.

Mais en certains jours il était impossible de s'entendre. C'était justement quelquefois ceux où l'accueil avait été le plus riant, où le coup de sonnette avait éveillé l'accent le plus tendre. Il lui passait par la tête de me retenir pour me taquiner, et comme je voyais venir l'orage, je m'esquivais, lassée ou froissée, redescendant tous les escaliers avec autant d'impatience que je les avais montés.

Pour donner une idée de ces étranges querelles de sa part, il me suffira de raconter celle-ci, qui prouve, entre toutes les autres, combien son cœur était peu complice des voyages de son imagination.

J'avais au bras un bracelet de cheveux de Maurice, blonds, nuancés, soyeux, enfin d'un ton et d'une finesse à ne pas douter qu'ils eussent appartenu à la tête d'un petit enfant. On venait d'exécuter Alibaud, et ma mère avait entendu dire qu'il avait de longs cheveux. Je n'ai jamais vu Alibaud, j'ai ouï dire qu'il était très brun; mais ne voilà-t-il pas que ma pauvre mère, qui avait la tête toute remplie de ce drame, s'imagine que ce bracelet est de sa chevelure! «La preuve, me dit-elle, c'est que ton ami Charles Ledru a plaidé la cause de l'assassin.» A cette époque, je ne connaissais pas Charles Ledru, pas même de vue; mais il n'y eut aucun moyen de la dissuader. Elle voulait me faire jeter au feu ce cher bracelet, qui était toute la toison dorée du premier âge de Maurice, et qu'elle m'avait vu dix fois au bras sans y faire attention. Je fus obligée de me sauver pour l'empêcher de me l'arracher. Je me sauvais souvent en riant; mais, tout en riant, je sentais de grosses larmes tomber sur mes joues. Je ne pouvais m'habituer à la voir irritée et malheureuse dans ces momens où j'allais lui porter tout mon cœur: mon cœur souvent navré de quelque amertume secrète qu'elle n'eût probablement pas su comprendre, mais qu'une heure de son amour eût pu dissiper.

La première lettre que j'avais écrite en prenant la résolution de lutter judiciairement contre mon mari avait été pour elle. Son élan vers moi fut alors spontané, complet, et ne se démentit plus. Dans les voyages que je fis à Paris durant cette lutte, je la trouvai toujours parfaite. Il y avait donc près de deux ans que ma pauvre petite mère était redevenue pour moi ce qu'elle avait été dans mon enfance. Elle tournait un peu ses taquineries vers Maurice, qu'elle eût voulu gouverner à sa guise et qui résistait un peu plus que je n'aurais voulu. Mais elle l'adorait quand même, et j'avais besoin de la voir se livrer à ces petites frasques pour ne pas m'inquiéter de ce doux changement survenu en elle à mon égard. Il y avait des momens où je disais à Pierret: «Ma mère est adorable maintenant, mais je la trouve moins vive et moins gaie. Êtes-vous sûr qu'elle ne soit pas malade?—Eh non, me répondait-il; elle est mieux portante, au contraire. Elle a enfin passé l'âge où on se ressent encore d'une grande crise, et à présent la voilà comme elle était dans sa jeunesse, aussi aimable et presque aussi belle.» C'était la vérité. Quand elle était un peu parée, et elle s'habillait à ravir, on la regardait encore passer sur le boulevard, incertain de son âge et frappé de la perfection de ses traits.

Au moment où, appelée par cette terrible nouvelle de la fin prochaine de ma mère, j'arrivais à Paris à la fin de juillet, les derniers bulletins m'avaient laissé pourtant grande espérance. J'accours, je descends l'escalier du boulevard, et je suis arrêtée par le marchand de fontaines, qui me dit: «Mais madame Dupin n'est plus ici!» Je crus que c'était une manière de m'annoncer sa mort, et la fenêtre ouverte, que j'avais prise pour un bon augure, me revint à l'esprit comme le signe d'un éternel départ. «Tranquillisez-vous, me dit cet homme, elle ne va pas plus mal. Elle a voulu aller se faire soigner dans une maison de santé pour avoir moins de bruit et un jardin. M. Pierret a dû vous l'écrire.»

La lettre de Pierret ne m'était pas parvenue. Je courus à l'adresse qu'on m'indiquait, m'imaginant trouver ma mère en convalescence, puisqu'elle se préoccupait de la jouissance d'un jardin.

Je la trouvai dans une affreuse petite chambre sans air, couchée sur un grabat et si changée que j'hésitai à la reconnaître: elle avait cent ans. Elle jeta ses bras à mon cou en me disant: «Ah! me voilà sauvée: tu m'apportes la vie!» Ma sœur, qui était auprès d'elle, m'expliqua tout bas que le choix de cet affreux domicile était une fantaisie de malade, et non une nécessité. Notre pauvre mère s'imaginant, dans ses heures de fièvre, qu'elle était environnée de voleurs, cachait un sac d'argent sous son oreiller et ne voulait pas habiter une meilleure chambre dans la crainte de révéler ses ressources à ces brigands imaginaires.

Il fallut entrer dans sa fantaisie un instant; mais, peu à peu, j'en triomphai. La maison de santé était belle et vaste. Je louai le meilleur appartement sur le jardin, et dès le lendemain elle consentit à y être transportée. Je lui amenai mon cher Gaubert, dont la douce et sympathique figure lui plut, et qui réussit à lui persuader de suivre ses prescriptions. Mais il m'emmena ensuite au jardin pour me dire: «Ne vous flattez pas, elle ne peut pas guérir; le foie est affreusement tuméfié. La crise des douleurs atroces est passée. Elle va mourir sans souffrance. Vous ne pouvez que retarder un peu le moment fatal par des soins moraux. Quant aux soins physiques, faites absolument tout ce qu'elle voudra. Elle n'a pas la force de vouloir rien qui lui soit précisément nuisible. Mon rôle, à moi, est de lui prescrire des choses insignifiantes et d'avoir l'air de compter sur leur efficacité. Elle est impressionnable comme un enfant. Occupez son esprit de l'espoir d'une prochaine guérison. Qu'elle parte doucement et sans en avoir conscience. Puis il ajouta avec sa sérénité habituelle, lui qui était frappé à mort aussi, et qui le savait bien, quoiqu'il le cachât pieusement à ses amis: «Mourir n'est pas un mal!»

Je prévins ma sœur, et nous n'eûmes plus qu'une pensée, celle de distraire et d'endormir les prévisions de notre pauvre malade. Elle voulut se lever et sortir. «C'est dangereux, nous dit Gaubert, elle peut expirer dans vos bras; mais retenir son corps dans une inaction que son esprit ne peut accepter est plus dangereux encore. Faites ce qu'elle désire.»

Nous habillâmes notre pauvre mère et la portâmes dans une voiture de remise. Elle voulut aller aux Champs-Élysées. Là, elle fut un instant ranimée par le sentiment de la vie qui s'agitait autour d'elle. «Que c'est beau, nous disait-elle, ces voitures qui font du bruit, ces chevaux qui courent, ces femmes en toilette, ce soleil, cette poussière d'or! On ne peut pas mourir au milieu de tout cela! non! à Paris on ne meurt pas!» Son œil était encore brillant et sa voix pleine. Mais, en approchant de l'arc de triomphe, elle nous dit en redevenant pâle comme la mort: «Je n'irai pas jusque-là. J'en ai assez.» Nous fûmes épouvantées, elle semblait prête à exhaler son dernier souffle. Je fis arrêter la voiture. La malade se ranima. «Retournons, me dit-elle; un autre jour nous irons jusqu'au bois de Boulogne.»

Elle sortit encore plusieurs fois. Elle s'affaiblissait visiblement, mais la crainte de la mort s'évanouissait. Les nuits étaient mauvaises et troublées par la fièvre et le délire: mais le jour elle semblait renaître. Elle avait envie de manger de tout; ma sœur s'inquiétait de ses fantaisies et me grondait de lui apporter tout ce qu'elle demandait. Je grondais ma sœur de songer seulement à la contredire, et elle se rassurait, en effet, en voyant notre pauvre malade, entourée de fruits et de friandises, se réjouir en les regardant, en les touchant et en disant: «J'y goûterai tout à l'heure.» Elle n'y goûtait même pas. Elle en avait joui par les yeux.

Nous la descendions au jardin, et là, sur un fauteuil, au soleil, elle tombait dans la rêverie, et même dans la méditation. Elle attendait d'être seule avec moi pour me dire ce qu'elle pensait. «Ta sœur est dévote, me disait-elle, et moi je ne le suis plus du tout depuis que je me figure que je vais mourir. Je ne veux pas voir la figure d'un prêtre, entends-tu bien! Je veux, si je dois partir, que tout soit riant autour de moi. Après tout, pourquoi craindrais-je de me trouver devant Dieu? Je l'ai toujours aimé.» Et elle ajoutait avec une vivacité naïve: *«Il pourra bien me reprocher tout ce qu'il voudra, mais de ne pas l'avoir aimé, cela, je l'en défie!»*

Soigner et consoler ma mère mourante ne me fut pas accordé sans lutte et sans distraction par le destin qui me poursuivait. Mon frère, qui agissait de la manière la plus étrange et la plus contradictoire du monde, m'écrivit: «Je t'avertis, à l'insu de ton mari, qu'il va partir pour Nohant afin de t'enlever Maurice. Ne me trahis pas, cela me brouillerait avec lui. Mais je crois devoir te mettre en garde contre ses projets. C'est à toi de savoir si ton fils est réellement trop faible pour rentrer au collége.»

Certes, Maurice était hors d'état de rentrer au collége, et je craignais, sur ses nerfs ébranlés, l'effet d'une surprise douloureuse et d'une explication vive avec son père.

Je ne pouvais quitter ma mère. Un de mes amis prit la poste, courut à Ars, et conduisit Maurice à Fontainebleau, où j'allai, sous un nom supposé, l'installer dans une auberge. L'ami qui s'était chargé de me l'amener voulut bien rester près de lui pendant que je revenais auprès de ma malade.

J'arrivai à la maison de santé à sept heures du matin. J'avais voyagé la nuit pour gagner du temps. Je vis la fenêtre ouverte. Je me rappelai celle du boulevard, et je sentis que tout était fini. J'avais embrassé ma mère l'avant-veille pour la dernière fois, et elle m'avait dit: «Je me sens très bien, et j'ai à présent les idées les plus agréables de toute ma vie. Je me mets à aimer la campagne, que je ne pouvais pas souffrir. Cela m'est venu dans ces derniers temps, en coloriant des lithographies pour m'amuser. C'était une belle vue de Suisse, avec des arbres, des montagnes, des chalets, des vaches et des cascades. Cette image-là me revient toujours, et je la vois bien plus belle qu'elle n'était. Je la vois même plus belle que la nature. Quand je ferme les yeux, je vois des paysages dont tu n'as pas d'idée, et que tu ne pourrais pas décrire; c'est trop beau, c'est trop grand! Et cela change à toute minute pour devenir toujours plus beau. Il faudra que j'aille à Nohant faire des grottes et des cascades dans le petit bois. A présent que Nohant n'appartient plus qu'à toi, je m'y plairai. Tu vas partir dans une quinzaine, n'est-ce pas? Eh bien, je veux m'en aller avec toi.

Ce jour-là il faisait une chaleur écrasante, et Gaubert nous avait dit: «Tâchez qu'elle ne veuille pas sortir en voiture, à moins qu'il ne pleuve.» La chaleur redoublant, j'avais fait semblant d'aller chercher une voiture, et j'étais rentrée disant qu'il était impossible d'en trouver.—«Au fait, cela m'est égal, avait-elle dit. Je me sens si bien que je n'ai plus envie de me déranger. Va-t'en voir Maurice. Quand tu reviendras, je suis sûre que tu me trouveras guérie.»

Le lendemain, elle avait été parfaitement tranquille. A cinq heures de l'après-midi, elle avait dit à ma sœur: «Coiffe-moi, je voudrais être bien coiffée.» Elle s'était regardée au miroir, elle avait souri. Sa main avait laissé retomber le miroir, et son âme s'était envolée. Gaubert m'avait écrit sur-le-champ, mais je m'étais croisée avec sa lettre. J'arrivais pour la trouver *guérie* en effet, guérie de l'effroyable fatigue et de la tâche cruelle de vivre en ce monde.

Pierret ne pleura pas. Comme Deschartres auprès du lit de mort de ma grand'mère, il semblait ne pas comprendre qu'on pût se séparer pour jamais. Il l'accompagna le lendemain au cimetière et revint en riant aux éclats. Puis il cessa brusquement de rire et fondit en larmes.

Pauvre excellent Pierret! Il ne se consola jamais. Il retourna au Cheval blanc, à sa bière et à sa pipe. Il fut toujours gai, brusque, étourdi, bruyant. Il vint me voir à Nohant l'année suivante. C'était toujours le même Pierret à la surface. Mais, tout d'un coup, il me disait: «Parlons donc un peu de votre mère! Vous souvenez-vous?...» et alors il se remémorait tous les détails de sa vie, toutes les singularités de son caractère, toutes les vivacités dont il avait été la victime volontaire, et il citait ses mots, il rappelait ses inflexions de voix, il riait de tout son cœur; et puis il prenait son chapeau et s'en allait sur une plaisanterie. Je le suivais de près, voyant bien l'excitation nerveuse qui l'emportait, et je le trouvais sanglotant dans un coin du jardin.

Aussitôt après la mort de ma mère, je retournai à Fontainebleau, où je passai quelques jours tête à tête avec Maurice. Il se portait bien, la chaleur avait dissipé les rhumatismes. Gaubert, qui vint l'y voir, ne le trouvait cependant pas guéri. Le cœur avait encore des battemens irréguliers. Il fallait la continuation du régime, l'exercice continuel et pas la moindre fatigue d'esprit. Nous nous levions avec le jour et nous partions jusqu'à la nuit sur de petits chevaux de louage, tous deux seuls, allant à la découverte dans cette admirable forêt pleine de sites imprévus, de productions variées, de fleurs splendides et de papillons merveilleux pour mon jeune naturaliste, qui pouvait se livrer à l'observation et à la chasse en attendant l'étude. Il avait le goût de cette science et celui du dessin depuis qu'il était au monde. C'était un préservatif contre l'ennui d'une inaction forcée que de jouir de la nature comme il savait déjà en jouir.

Mais à peine étais-je remise de la crise qui venait de m'ébranler, qu'une alerte nouvelle vint me surprendre. M. Dudevant avait été en Berry, et n'y trouvant pas Maurice, il avait emmené Solange.

Comment avait-il pu s'imaginer que j'avais soustrait Maurice à sa velléité de le reprendre, pour lui jouer un mauvais tour? Je ne prétendais le lui cacher que le temps nécessaire pour laisser passer la mauvaise disposition que mon frère m'avait signalée. J'espérais toujours arriver à ce à quoi je suis arrivée plus tard, à m'entendre avec lui sur ce qui était avantageux, nécessaire à l'éducation et à la santé de notre fils. Qu'au lieu d'aller le chercher en Berry mystérieusement et en mon absence, il me l'eût réclamé ouvertement, je l'aurais soumis devant lui à l'examen de médecins choisis par lui, et il se fût convaincu de l'impossibilité de le remettre au collège.

Quoi qu'il en soit, il crut tirer une vengeance légitime de ce qui n'était chez moi qu'une inquiétude irrésistible, de ce qui à ses yeux fut un désir de le blesser. Quand l'âme est aigrie, elle se croit fondée à avoir les torts qu'elle suppose aux autres.

Jamais M. Dudevant n'avait témoigné le moindre désir d'avoir Solange près de lui. Il avait coutume de dire: «Je ne me mêle pas de l'éducation des filles, je n'y entends rien.» S'entendait-il davantage à celle des garçons? Non, il avait trop de rigidité dans la volonté pour supporter les inconséquences sans nombre, les langueurs et les entraînements de l'enfance. Il n'a jamais aimé la contradiction, et qu'est ce qu'un enfant, sinon la contradiction vivante de toutes les prévisions et intentions paternelles? D'ailleurs, ses instincts militaires ne le portaient pas à s'amuser de ce que l'enfance a d'ennuyeux et d'impatientant pour toute autre indulgence que celle d'une mère.

Il n'avait donc d'autre projet à l'égard de Maurice que celui d'en faire un collégien et plus tard un militaire, et en enlevant Solange il n'avait pas d'autre intention, il me l'a dit lui-même ensuite, que celle de me la faire chercher.

J'aurais dû me le dire à moi-même et me tranquilliser; mais les circonstances de cet enlèvement se présentèrent à mon esprit d'une manière poignante, et, dans la réalité, elles avaient été plus dramatiques que de besoin. La gouvernante avait été frappée et ma pauvre petite, épouvantée, avait été emmenée de force en poussant des cris dont toute la maison était encore consternée. Solange n'avait pourtant pas été prévenue par moi contre son père, comme il se l'imaginait. Pendant la lutte avec Marie-Louise Rollinat et madame Rollinat la mère, qui se trouvait là, elle s'était jetée aux genoux de son père en criant: «Je t'aime, mon papa, je t'aime, ne m'emmène pas!» La pauvre enfant, ne sachant rien, ne comprenait rien.

Les lettres qui me racontaient cette nouvelle aventure me donnèrent la fièvre. Je courus à Paris, je confiai Maurice à mon ami M. Louis Viardot, j'allai trouver le ministre, je me mis en règle; je me fis accompagner d'un autre ami et du maître clerc de mon avoué, M. Vincent, un excellent jeune homme, plein de cœur et de zèle, aujourd'hui avocat. Je partis en poste, courant jour et nuit vers Guillery. Pendant ces deux journées de préparatifs, le ministre, M. Barthe, avait eu l'obligeance de faire jouer le télégraphe: je savais où était ma fille.

Madame Dudevant était morte un mois auparavant. Elle n'avait pu frustrer mon mari de l'héritage de son père. Elle lui laissait quelques charges qui lui valurent une douzaine de procès et la terre de Guillery, dont il avait déjà pris possession. Que Dieu fasse paix à cette malheureuse femme! Elle avait été bien coupable envers moi, bien plus que je ne veux le dire. Faisons grâce aux morts! Ils deviennent meilleurs, je l'espère, dans un monde meilleur. Si les justes ressentiments de celui-ci peuvent leur en retarder l'accès, il y a longtemps que j'ai crié: «Ouvrez-lui, mon Dieu.»

Et que savons-nous du repentir au lendemain de la mort? Les orthodoxes disent qu'un instant de contrition parfaite peut laver l'âme de toutes ses souillures, même au seuil de l'éternité. Je le crois avec eux: mais pourquoi veulent-ils qu'aussitôt après la séparation de l'âme et du corps, cette douleur du péché, cette expiation suprême, cesse d'être possible? Est-ce que l'âme a perdu, selon eux, sa lumière et sa vie en montant vers le tribunal où Dieu l'appelle pour la juger? Ils ne sont point conséquents, ces catholiques qui regardent la misérable épreuve de cette vie comme définitive, puisqu'ils admettent un purgatoire où l'on pleure, où l'on se repent, où l'on prie.

J'arrivai à Nérac, je courus chez le sous-préfet, M. Haussmann, aujourd'hui préfet de la Seine. Je ne me rappelle pas s'il était déjà le beau-frère de mon digne ami M. Artaud. Ce dernier a épousé sa sœur. Je sais que j'allai lui demander aide et protection, et qu'il monta sur-le-champ dans ma voiture pour courir à Guillery, qu'il me fit rendre ma fille sans bruit et sans querelle, qu'il nous ramena à la sous-préfecture avec mes compagnons de voyage, et qu'il ne voulut pas nous permettre de retourner à l'auberge, ni de partir avant deux jours de repos, de paisibles promenades sur la jolie rivière de Beïse et le long des rives où la tradition place les jeunes amours de Florette et de Henri IV. Il me fit dîner avec d'anciens amis que je fus heureuse de retrouver, et je me souviens que l'on causa beaucoup philosophie, terrain neutre en comparaison de celui de la politique, où le jeune fonctionnaire ne se fût pas trouvé d'accord avec nous. C'était un esprit sérieux, avide de creuser le problème général; mais un savoir-vivre exquis l'empêcha de soulever aucune question délicate.

Je me souviens aussi que j'étais si peu versée dans la philosophie moderne à cette époque, que j'écoutai sans trouver rien à dire, et qu'au retour je disais à mon compagnon de route: «Vous avez discuté avec M. Haussmann sur des matières où je n'entends rien du tout. Je n'ai, par rapport aux choses présentes, que des sentiments et des instincts.

La science des idées nouvelles a des formules qui me sont étrangères et que je n'apprendrai probablement jamais. Il est trop tard. J'appartiens par l'esprit à une génération qui a déjà fait son temps.» Il m'assura que je me trompais et que, quand j'aurais mis le pied dans un certain cercle de discussion, je ne pourrais plus m'en arracher. Il se trompait aussi un peu, mais il est certain que je ne devais pas tarder à m'y intéresser vivement.

Huit mois se passèrent encore avant que j'eusse la tranquillité nécessaire à ce genre d'études.

M. Dudevant ayant hérité d'un revenu qu'il avouait être de 1,200 fr. et qui devait bientôt augmenter du double, il ne me semblait pas juste qu'il continuât à jouir de la moitié du mien. Il en jugea autrement, et il fallut discuter encore. Je ne me serais pas donné tant de peine pour une question d'argent, si j'avais pu être certaine de suffire à l'éducation de mes deux enfants. Mais le travail littéraire est si éventuel, que je ne voulais pas soumettre leur existence aux chances de mon métier: banqueroute d'éditeurs, banqueroute de succès ou de santé. Je voulais amener mon mari à ne plus s'occuper de Maurice, et il y paraissait disposé. Puisqu'il se croyait trop gêné pour payer son entretien sans mon aide, je lui proposai de m'en charger moi-même, et il accepta enfin cette solution par un contrat définitif, en 1838. Il me fit demander une somme de cinquante mille francs moyennant laquelle il me rendit la jouissance de l'hôtel de Narbonne, patrimoine de mon père, et celle beaucoup plus précieuse de garder et gouverner mes deux enfants comme je l'entendrais. Je vendis le coupon de rente qui avait constitué en partie la pension de ma mère; nous signâmes cet échange, enchantés l'un et l'autre de notre lot[22].

Quant à l'argent, le mien ne valait pas grand-chose, en égard au présent. Le collége de Narbonne, maison historique fort vieille, avait été si peu entretenu et réparé, qu'il me fallut y dépenser près de cent mille francs pour le remettre en bon rapport. Je travaillai dix ans pour payer cette somme et faire de cette maison la dot de ma fille.

Mais, au milieu des grands embarras que me suscitèrent mes petites propriétés, je ne perdis pas courage. J'étais devenue à la fois père et mère de famille. C'est beaucoup de fatigue et de souci quand l'héritage n'y suffit pas, et qu'il faut exercer une industrie absorbante, comme l'est celle d'écrire pour le public. Je ne sais ce que je serais devenue si je n'avais pas eu, avec la faculté de veiller beaucoup, l'amour de mon art qui me ranimait à toute heure. Je commençai à l'aimer le jour où il devint pour moi, non plus une nécessité personnelle, mais un devoir austère. Il m'a, non pas consolée, mais distraite de bien des peines, et arrachée à bien des préoccupations.

Mais que de préoccupations diverses, pour une tête sans grande variété de ressources, que ces extrêmes de la vie dont il fallut m'occuper simultanément dans ma petite sphère! Le respect de l'art, les obligations d'honneur, le soin moral et physique des enfants qui passe toujours avant le reste, le détail de la maison, les devoirs de l'amitié, de l'assistance et de l'obligeance! Combien les journées sont courtes pour que le désordre ne s'empare pas de la famille, de la maison, des affaires ou de la cervelle! J'y ai fait de mon mieux, et je n'y ai fait que ce qui est possible à la volonté et à la foi. Je n'étais pas secondée par une de ces merveilleuses organisations qui embrassent tout sans effort et qui vont sans fatigue du lit d'un enfant malade à une consultation judiciaire, et d'un chapitre de roman à un registre de comptabilité. J'avais donc dix fois, cent fois plus de peine qu'il n'y paraissait. Pendant plusieurs années je ne m'accordai que quatre heures de sommeil; pendant beaucoup d'autres années je luttai contre d'atroces migraines jusqu'à tomber en défaillance sur mon travail, et toutes choses n'allèrent pourtant pas toujours au gré de mon zèle et de mon dévouement.

D'où je conclus que le mariage doit être rendu aussi indissoluble que possible; car, pour mener une barque aussi fragile que la sécurité d'une famille sur les flots rétifs de notre société, ce n'est pas trop d'un homme et d'une femme, un père et une mère se partageant la tâche, chacun selon sa capacité.

Mais l'indissolubilité du mariage n'est possible qu'à la condition d'être volontaire, il faut la rendre possible.

Si, pour sortir de ce cercle vicieux, vous trouvez autre chose que la religion de l'égalité de droits entre l'homme et la femme, vous aurez fait une belle découverte.

CHAPITRE SIXIEME

Mort d'Armand Carrel.—M. Émile de Girardin.—Résumé sur Éverard.—Départ pour Majorque.—Frédéric Chopin.—La Chartreuse de Valdemosa.—Les préludes.—Jour de pluie.—Marseille. Le docteur Cauvières.—Course en mer jusqu'à Gènes.—Retour à Nohant.—Maurice malade et guéri.—Le 12 mai 1839.—Armand Barbès.—Son erreur et sa sublimité.

Deux circonstances portent ma pensée, en cet endroit de mon récit, sur deux des hommes les plus remarquables de notre temps. Ces deux à-propos sont la mort de Carrel, qui eut lieu presque le même jour que mon procès à Bourges, en 1836, et la question du mariage, que je viens d'effleurer à propos de ma propre histoire. C'est de M. Émile de Girardin qu'il s'agit. M. de Girardin journaliste, M. de Girardin législateur, dirai-je M. de Girardin politique et philosophique? Le titre de journaliste embrasse peut-être tous les autres.

Jusqu'à ce jour, le dix-neuvième siècle a eu deux grands journalistes, Armand Carrel, Émile de Girardin. Par une mystérieuse et poignante fatalité, l'un a tué l'autre, et, chose plus frappante encore, le vainqueur de ce déplorable combat, jeune alors et en apparence inférieur au vaincu sous le rapport de l'étendue du talent, est arrivé à le dépasser de toute l'étendue du progrès qui s'est accompli dans les idées générales et qui s'est fait en lui-même. Si Carrel eût vécu, eût-il subi la loi de ce progrès? Espérons-le; mais soyons sans prévention, et avouons que, fût-il resté ce qu'il était à la veille de sa mort, il nous paraîtrait, je parle à ceux qui voient comme moi, singulièrement arriéré.

Émile de Girardin ne s'est pas arrêté dans sa marche, bien qu'il ait paru, qu'il ait peut-être été emporté par des courants contraires en de certains élans de sa ligne ascendante.

Si bien que, sans dire une énormité, ni chercher un paradoxe, on pourrait entrevoir un incompréhensible dessein de la Providence, non pas dans ce fait douloureux et à jamais regrettable de la mort de Carrel, mais dans cet héritage de son génie recueilli précisément par son adversaire consterné.

Quel eût été le rôle de Carrel en 1848? Cette question s'est souvent posée dans nos esprits à cette époque. Mes souvenirs me le présentaient comme l'ennemi né du socialisme. Les souvenirs de mes amis combattaient le mien, et la fin de nos commentaires était qu'ayant un grand cœur, il aurait pu être illuminé de quelque grande lumière.

Mais il est certain qu'en 1847 Émile de Girardin était, relativement au mouvement accompli dans les esprits et dans le sien propre depuis dix ans, ce qu'était Armand Carrel dix ans auparavant.

Il l'a dépassé depuis, relativement et réellement: il l'a immensément dépassé.

Ce n'est pas un vain parallèle que je veux établir ici entre deux caractères très-opposés dans leurs instincts et deux talents très-différents dans leurs manières. C'est un rapprochement qui me frappe, qui m'a frappée souvent et qui me semble amené par la fatalité des situations.

Carrel, sous la république se fût prononcé pour la présidence, à moins que Carrel n'eût bien changé! Carrel eût peut-être été président de la république. M. de Girardin eût probablement soutenu un autre candidat; mais ce n'est pas la question de l'institution qui les eût divisés.

Jusque-là, sans s'en apercevoir, M. de Girardin n'avait donc pas été plus loin que Carrel, mais personne dans nos rangs ne s'apercevait que Carrel n'avait pas été plus loin que M. de Girardin.

Je n'ai pas connu particulièrement Carrel. Je ne lui ai jamais parlé, bien que je l'aie rencontré souvent; mais je me rappellerai toute ma vie une heure de conversation entre Éverard et lui, à laquelle j'assistai sans qu'il me vît. Je lisais dans l'embrasure d'une fenêtre, le rideau était tombé de lui-même sur moi lorsqu'il entra. Ils parlèrent du peuple. Je fus abasourdie. Carrel n'avait pas la notion du progrès! Ils ne furent pas d'accord. Éverard l'influença, puis, à son tour, il fut influencé par lui. Le plus faible entraîna le plus fort, cela se voit souvent.

Après avoir parcouru bien des horizons depuis ce jour-là, Éverard, en 1847, était revenu s'enfermer dans l'horizon limité de Carrel.

En voyant ces fluctuations des grands esprits, les partisans s'alarment, s'étonnent ou s'indignent. Les plus impatients crient à la défection, à la trahison. Les derniers jours de Carrel furent empoisonnés par ces injustices. Éverard réagit et lutta jusqu'à sa fin contre des soupçons amers. M. de Girardin, plus accusé, plus insulté, plus haï encore par toutes les nuances des partis, est seul resté debout. Il est aujourd'hui, en France, le champion des théories les plus audacieuses et les plus généreuses sur la liberté. Ainsi le voulait la destinée en le douant d'une force supérieure à celle de ses adversaires.

Il faudrait pouvoir retrancher de nos mœurs politiques la prévention, l'impatience et la colère. Les idées que nous poursuivons ne trouveront leur triomphe que dans des consciences équitables et généreuses. Qu'un homme comme Carrel ait été outragé et navré par des lettres de reproches et de menaces impies, que tant d'autres, également purs, aient été accusés d'ambition cupide ou de lâcheté de caractère, c'est, dit-on, l'inévitable écume qui court sur le flot débordé des passions. On ajoute qu'il faut en prendre son parti et que toute révolution est à ce prix amer.

Eh bien, non, n'en prenons plus notre parti. Excusons ces égarements inévitables dans le passé, ne les acceptons plus pour l'avenir. Disons-nous une bonne fois qu'aucun parti, même le nôtre, ne gouvernera longtemps par la haine, la violence et l'insulte. N'admettons plus que les républiques doivent être ombrageuses et les dictatures vindicatives. Ne rêvons plus le progrès à la condition d'y marcher en nous soupçonnant, en nous flagellant les uns les autres. Laissons au passé ses ténèbres, ses emportements, ses grossièretés. Admettons que les hommes qui ont fait de grandes choses, ou qui ont eu seulement de grandes idées ou de grands sentiments, ne doivent pas être accusés à la légère et qu'ils doivent toujours l'être avec mesure. Soyons assez intelligents pour apprécier ces hommes au point de vue de l'ensemble de l'histoire; voyons leur puissance et ses limites naturelles, fatales. Vouloir qu'à toutes les heures de sa vie un homme supérieur réponde à l'idéal qu'il nous a fait entrevoir, c'est faire le procès à Dieu même, qui a créé l'homme incertain et limité. Que nos suffrages, dans un état libre, ne se portent pas sur celui dont, à une certaine heure l'esprit défaille, hésite ou s'égare, c'est notre droit. Mais, en l'éloignant pour un instant de notre route, rendons-lui encore hommage en songeant que demain peut-être nos destins auront besoin de l'homme qui s'est reposé dans le scrupule ou dans la prudence[23].

Quand nos mœurs politiques auront fait ce progrès, quand les luttes de la popularité n'auront plus pour armes l'injure, l'ingratitude et la calomnie, nous ne verrons plus de défections importantes, soyez-en certains. Les défections sont presque toujours des réactions de l'orgueil blessé, des actes de dépit. Ah! je l'ai vu cent fois! Tel homme qui, respecté et ménagé dans son caractère, eût marché dans le droit chemin, s'est violemment séparé de ses coreligionnaires à cause d'une parole blessante, et les plus grands caractères ne sont pas à l'abri de la cuisante blessure d'une attaque contre l'honneur, ou seulement d'une critique brutale contre leur sagesse. Je ne peux pas citer les exemples trop rapprochés de nous, mais vous en avez certainement vu vous-même, quel que soit votre milieu. De funestes déterminations ont dû être prises devant vous, qui tenaient à un fil bien délié!

Et cela n'est-il pas dans la nature humaine? On devient insensiblement l'ennemi de l'homme qui s'est déclaré votre ennemi. S'il s'acharne, quelle que soit votre patience, vous arrivez peu à peu à le croire aveugle et injuste en toutes choses, du moment qu'il est injuste et aveugle envers vous. Ses idées mêmes vous deviennent antipathiques en même temps que son langage. Vous différiez sur quelques points au début, et voilà que les croyances même qui vous étaient communes vous apparaissent douteuses, du moment qu'il leur a donné des formules qui semblent être la critique ou la négation des vôtres. Vous partez d'un jeu de mots et vous finissez par du sang. Les duels n'ont souvent pas d'autre cause, et il y a des duels de parti à parti qui ensanglantent la place publique.

Quel est le plus grand coupable dans ces funestes embrasements de l'histoire? Le premier qui dit à son frère *Raca*. Si Abel eût dit le premier cette parole à Caïn, c'est lui que Dieu eût puni comme le premier meurtrier de la race humaine.

Ces réflexions qui m'entraînent ne sont pas hors de propos quand je me rappelle la mort de Carrel, la douleur d'Éverard et la haine de notre parti contre M. de Girardin. Si nous eussions été justes, si nous eussions reconnu que M. de Girardin ne pouvait pas refuser de se battre sérieusement avec Carrel, comme il était pourtant bien facile de s'en convaincre en examinant les faits; si, après avoir traité Carrel d'esprit lâche et poltron, on n'eût pas traité son adversaire de spadassin et d'assassin, il ne nous eût pas fallu vingt ans pour nous emparer de notre bien légitime, c'est-à-dire du secours de cette grande puissance et de cette grande lumière qu'Émile de Girardin portait en lui, et devait porter tout seul sur le chemin qui conduit à notre but commun.

Que de méfiances et de préventions contre lui! Je les ai subies, moi aussi; non pas pour ce fait du duel, d'où, dangereusement blessé lui-même, il remporta la blessure plus profonde encore d'une irréparable douleur: quand des voix ardentes s'élevaient autour de moi pour s'écrier: «Quoi qu'il y ait, on ne tue pas Carrel! on ne doit pas tuer Carrel!» je me rappelais que M. de Girardin, ayant essuyé le feu de M. Degouve-Dennuques, avait refusé de le viser, et que cet acte, digne de Carrel parce qu'il était chevaleresque, avait été considéré comme une injure parce qu'il venait d'un ennemi politique. Quant à la cause du duel, il est impossible que les témoins eussent pu la trouver suffisante, si Carrel ne les y eût contraints par son obstination. Sans aucun doute, Carrel était aigri et voulait arracher une humiliation plutôt qu'une réparation. Encore était-ce la réparation d'un tort peut-être imaginaire.—Quant aux suites du duel, elles furent navrantes et honorables pour M. de Girardin. Il fut insulté par les amis de Carrel, et pour toute vengeance il porta le deuil de Carrel.

Ce n'était donc pas là le motif de notre antipathie, et Éverard lui-même, en pleurant Carrel qu'il chérissait, rendait justice à la loyauté de l'adversaire, quand il était de sang-froid. Mais il nous semblait voir, dans ce génie pratique qui commençait à se révéler, l'ennemi né de nos utopies. Nous ne nous trompions pas. Un abîme nous séparait alors. Nous sépare-t-il encore? Oui, sur des questions de sentiment, sur des rêves d'idéal? et, quant à moi, sur la question du mariage, après mûre réflexion, je n'hésite pas à le dire. M. de Girardin socialiste, c'est-à-dire touchant aux questions vitales de la famille dans un livre admirable quant à la politique et à l'esprit des législations, laisse dans l'ombre ou jette dans de téméraires aperçus ce grand dogme de l'amour et de la maternité. Il n'admet qu'une mère et des enfants dans la constitution de la famille. J'ai dit plus haut, je dirai encore ailleurs, toujours et partout, qu'il faut un père et une mère.

Mais une discussion nous mènerait trop loin, et tout ceci est une digression à mon histoire. Je ne la regrette pas, et je ne la retranche pas; mais il faut que, remettant encore à un autre cadre l'appréciation de cette nouvelle figure historique, apparue un instant dans mon récit, je résume ce peu de pages.

Carrel disparut, emporté par la destinée, et non pas immolé par un ennemi. Un grand journaliste, c'est-à-dire un de ces hommes de synthèse qui font, au jour le jour, l'histoire de leur époque en la rattachant au passé et à l'avenir, à travers les inspirations ou les lassitudes du génie, laissa tomber le flambeau qu'il portait dans le sang de son adversaire, et dans le sien propre. L'adversaire lava ce sang de ses larmes et ramassa le flambeau. Le tenir élevé n'était pas chose facile après une telle catastrophe. La lumière vacilla longtemps dans ses mains éperdues. Le souffle des passions a pu l'obscurcir ou la faire dévier; mais elle devait vivre, et nous eussions dû la saluer plus tôt. Nous ne l'avons pas fait, et elle a vécu quand même. La mission de l'héritier de Carrel s'est ennoblie dans la tempête. Au jour des catastrophes elle a été chevaleresque et généreuse. Un moment est venu où lui seul a pu montrer, en France, le courage et la foi que Carrel eût sans doute été forcé de refouler au fond de son cœur, puisque Carrel n'eût pu se défendre du devoir de saisir, à un moment donné, le pouvoir pour son compte. M. de Girardin a eu le rare bonheur de n'y être pas contraint. C'est quelquefois un grand honneur aussi[24].

Revenons à Éverard. Trois ans s'étaient écoulés depuis qu'Éverard avait pris une grande influence morale sur mon esprit. Il la perdit pour des causes que je n'ai pas attendu jusqu'à ce jour pour oublier. Oublier est bien le mot, car la netteté des souvenirs est quelquefois encore du ressentiment. Je sais en gros que ces causes furent de diverse nature: d'une part, ses velléités d'*ambition*; il se servait toujours de ce mot-là pour exprimer ses violens et fugitifs besoins d'activité; de l'autre, les emportemens trop réitérés de son caractère, aigri souvent par l'inaction ou les déceptions.

Quant à l'innocente ambition de siéger à la Chambre des députés et d'y prendre de l'influence, je ne la désapprouvais nullement; mais j'avoue qu'elle me gâtait un peu mon vieux Éverard, car c'est comme vieillard, aux heures où sa figure altérée marquait soixante ans, que je le chérissais d'une affection presque filiale, parce que, dans ces momens-là, il était doux, vrai, simple, candide et tout rempli d'idéal divin. Était-ce alors qu'il était lui-même? C'est ce que je n'ai jamais pu savoir. Il était sincère à coup sûr dans tous ses aspects; mais quelle eût été sa vraie nature si son organisation eût été régulière, c'est-à-dire si un mal chronique ne l'eût pas fait passer par de continuelles alternatives de fièvre et de langueur? L'exaltation maladive me le rendait, je ne dirai pas antipathique, mais comme étranger. C'est lorsqu'il redevenait jeune, actif, ardent au petit combat de la politique d'actualité, que j'éprouvais l'invincible besoin de ne pas trop m'intéresser à lui.

C'est cette indifférence à ce qu'il regardait alors comme l'intérêt puissant de sa vie qu'il ne me pardonnait qu'après des bouderies ou des reproches. Pour éviter le retour de ces querelles, je ne provoquais ni ses lettres ni ses visites. Elles devinrent de plus en plus rares. Il fut nommé député. Son début à la Chambre le posa, dans une question de propriété particulière que je ne me rappelle pas bien, comme raisonneur habile plus que comme orateur politique. Son rôle y fut effacé, selon moi. Je ne voulais pas le tourmenter. D'un homme comme lui on pouvait attendre le réveil sans inquiétude. Nous fûmes des mois entiers sans nous voir et sans nous écrire. J'étais fixée à Nohant. Il y apparut toujours de loin en loin jusque vers la révolution de février. Dans les dernières entrevues, nous n'étions plus d'accord sur le fond des choses. J'avais un peu étudié et médité mon idéal; il semblait avoir écarté le sien pour revenir à un siècle en arrière de la révolution. Il ne fallait pas lui rappeler le pont des Saints-Pères. Il eût affirmé par serment et de bonne foi que j'avais rêvé, ainsi que Planet. Il s'irritait quand je voulais lui prouver que j'avais gardé et amélioré mes sentimens, et qu'il avait laissé reculer et obscurcir les siens. Il raillait mon socialisme avec un peu d'amertume, et cependant il redevenait aisément tendre et paternel. Alors je lui prédisais qu'un jour il redeviendrait socialiste, et qu'outre-passant le but, il me reprocherait ma modération. Cela fût arrivé certainement s'il eût vécu.

L'absence ni la mort ne détruisent les grandes amitiés; la mienne lui resta et lui reste en dépit de tout. Je ne fus jamais brouillée avec lui, et il le fut pourtant avec moi dans les dernières années de sa vie. Je dirai pourquoi.

Il voulait être commissaire à Bourges sous le gouvernement provisoire. Il ne le fut pas et s'en prit à moi. Il me supposait auprès du ministre de l'intérieur, une influence que j'étais loin d'avoir. M. Ledru-Rollin n'avait pas coutume de me consulter sur ses décisions politiques. Quelques personnes l'ont dit: ce fut une mauvaise plaisanterie. Éverard eut la simplicité de le croire sur des commentaires de province.

Mais, pour être dans la vérité et dans la sincérité absolue, je dus ne pas lui cacher que si j'avais eu cette influence et si j'avais été consultée, ou, pour mieux dire, si j'avais été le ministre en personne, je n'eusse pas raisonné ni agi autrement que n'avait fait le ministre. Je poussai la loyauté jusqu'à lui écrire que M. Ledru-Rollin ayant pris cette détermination et la déclarant après coup dans une conversation à laquelle je me trouvais présente, j'avais trouvé sérieux et justes les motifs qu'il en avait donnés.—Éverard, je l'ai dit déjà, et je le lui disais à lui-même, avait été surpris par la république dans une phase d'antipathie marquée pour les idées qui devaient, qui eussent dû faire vivre la république. Il eût pu redevenir l'homme du lendemain; mobile et sincère comme il l'était, on ne devait guère être en peine de son retour, et, dans tous les cas, on pouvait bien l'attendre sans compromettre l'avenir d'une puissance comme la sienne. Mais, à coup sûr, il n'était pas l'homme de ce jour-là, du jour où nous étions, jour de foi entière et d'aspiration illimitée vers des principes rejetés la veille par Éverard.

Je ne m'étais pas trompée. Sous la pression des circonstances, Éverard était à un des faîtes de la montagne, lorsque la violence des événements l'en fit descendre sans espoir d'y jamais remonter: la cruelle mort l'attendait. On m'a dit qu'il ne m'avait jamais pardonné ma sincérité. Eh bien, je crois le contraire. Je crois que son cœur a été juste et sa raison lucide à un moment donné connu de lui seul. Aujourd'hui que je vois son âme face à face, je suis bien tranquille.

Il est une autre âme, non moins belle et pure dans son essence, non moins malade et troublée dans ce monde, que je retrouve avec autant de placidité dans mes entretiens avec les morts, et dans mon attente de ce monde meilleur où nous devons nous reconnaître tous au rayon d'une lumière plus vive et plus divine que celle de la terre.

Je parle de Frédéric Chopin, qui fut l'hôte des huit dernières années de ma vie de retraite à Nohant sous la monarchie.

En 1838, dès que Maurice m'eut été définitivement confié, je me décidai à chercher pour lui un hiver plus doux que le nôtre. J'espérais le préserver ainsi du retour des rhumatismes cruels de l'année précédente. Je voulais trouver, en même temps, un lieu tranquille où je pusse le faire travailler un peu ainsi que sa sœur, et travailler moi-même sans excès. On gagne bien du temps quand on ne voit personne, on est forcé de veiller beaucoup moins.

Comme je faisais mes projets et mes préparatifs de départ, Chopin, que je voyais tous les jours et dont j'aimais tendrement le génie et le caractère, me dit à plusieurs reprises que, s'il était à la place de Maurice, il serait bientôt guéri lui-même. Je le crus, et je me trompai. Je ne le mis pas dans le voyage à la place de Maurice, mais à côté de Maurice. Ses amis le pressaient depuis longtemps d'aller passer quelque temps dans le midi de l'Europe. On le croyait phthisique. Gaubert l'examina et me jura qu'il ne l'était pas. «Vous le sauverez, en effet, me dit-il, si vous lui donnez de l'air, de la promenade et du repos». Les autres, sachant bien que jamais Chopin ne se déciderait à quitter le monde et la vie de Paris sans qu'une personne aimée de lui et dévouée à lui ne l'y entraînât, me pressèrent vivement de ne pas repousser le désir qu'il manifestait si à propos et d'une façon tout inespérée.

J'eus tort, par le fait, de céder à leur espérance et à ma propre sollicitude. C'était bien assez de m'en aller seule à l'étranger avec deux enfants, l'un déjà malade, l'autre exubérant de santé et de turbulence, sans prendre encore un tourment de cœur et une responsabilité de médecin.

Mais Chopin était dans un moment de santé qui rassurait tout le monde. Excepté Grzymala, qui ne s'y trompait pas trop, nous avions tous confiance. Je priai cependant Chopin de bien consulter ses forces morales, car il n'avait jamais envisagé sans effroi, depuis plusieurs années, l'idée de quitter Paris, son médecin, ses relations, son appartement même et son piano. C'était l'homme des habitudes impérieuses, et tout changement, si petit qu'il fût, était un événement terrible dans sa vie.

Je partis avec mes enfants, en lui disant que je passerais quelques jours à Perpignan, si je ne l'y trouvais pas; et que s'il n'y venait pas au bout d'un certain délai, je passerais en Espagne. J'avais choisi Majorque sur la foi de personnes qui croyaient bien connaître le climat et les ressources du pays, et qui ne les connaissaient pas du tout.

Mendizabal, notre ami commun, un homme excellent autant que célèbre, devait se rendre à Madrid et accompagner Chopin jusqu'à la frontière, au cas où il donnerait suite à son rêve de voyage.

Je m'en allai donc avec mes enfants et une femme de chambre dans le courant de novembre. Je m'arrêtai le premier soir au Plessis, où j'embrassai avec joie ma mère Angèle et toute cette bonne et chère famille qui m'avait ouvert les bras quinze ans auparavant. Je trouvai les fillettes grandes, belles et mariées. Tonine, ma préférée, était à la fois superbe et charmante. Mon pauvre père James était goutteux et marchait sur des béquilles. J'embrassai le père et la fille pour la dernière fois! Tonine devait mourir à la suite de sa première maternité, son père à peu près dans le même temps.

Nous fîmes un grand détour, voyageant pour voyager. Nous revîmes à Lyon notre amie l'éminente artiste madame Montgolfier, Théodore de Seynes, etc., et descendîmes le Rhône jusqu'à Avignon, d'où nous courûmes à Vaucluse, une des plus belles choses du monde, et qui mérite bien l'amour de Pétrarque et l'immortalité de ses vers. De là, traversant le Midi, saluant le pont du Gard, nous arrêtant quelques jours à Nîmes pour embrasser notre cher précepteur et ami Boucoiran et pour faire connaissance avec madame d'Oribeau, une femme charmante que je devais conserver pour amie, nous gagnâmes Perpignan, où dès le lendemain nous vîmes arriver Chopin. Il avait très-bien supporté le voyage. Il ne souffrit pas trop de la navigation jusqu'à Barcelone, ni de Barcelone jusqu'à Palma. Le temps était calme, la mer excellente; nous sentions la chaleur augmenter d'heure en heure. Maurice supportait la mer presque aussi bien que moi; Solange moins bien; mais, à la vue des côtes escarpées de l'île, dentelées au soleil du matin par les aloès et les palmiers, elle se mit à courir sur le pont, joyeuse et fraîche comme le matin même.

J'ai peu à dire ici sur Majorque, ayant écrit un gros volume sur ce voyage. J'y ai raconté mes angoisses relativement au malade que j'accompagnais. Dès que l'hiver se fit, et il se déclara tout à coup par des pluies torrentielles, Chopin présenta, subitement aussi, tous les caractères de l'affection pulmonaire. Je ne sais ce que je serais devenue si les rhumatismes se fussent emparés de Maurice; nous n'avions aucun médecin qui nous inspirât confiance, et les plus simples remèdes étaient presque impossibles à se procurer. Le sucre même était souvent de mauvaise qualité et rendait malade.

Grâce au ciel, Maurice, affrontant du matin au soir la pluie et le vent, avec sa sœur, recouvra une santé parfaite. Ni Solange ni moi ne redoutions les chemins inondés et les averses. Nous avions trouvé dans une chartreuse abandonnée et ruinée en partie un logement sain et des plus pittoresques. Je donnais des leçons aux enfants dans la matinée. Ils couraient tout le reste du jour, pendant que je travaillais; le soir, nous courions ensemble dans les cloîtres au clair de la lune, ou nous lisions dans les cellules. Notre existence eût été fort agréable dans cette solitude romantique, en dépit de la sauvagerie du pays et de la chiperie des habitants, si ce triste spectacle des souffrances de notre compagnon et certains jours d'inquiétude sérieuse pour sa vie ne m'eussent ôté forcément tout le plaisir et tout le bénéfice du voyage.

Le pauvre grand artiste était un malade détestable. Ce que j'avais redouté, pas assez malheureusement, arriva. Il se démoralisa d'une manière complète. Supportant la souffrance avec assez de courage, il ne pouvait vaincre l'inquiétude de son imagination. Le cloître était pour lui plein de terreurs et de fantômes, même quand il se portait bien. Il ne le disait pas, et il me fallut le deviner. Au retour de mes explorations nocturnes dans les ruines avec mes enfants, je le trouvais, à dix heures du soir, pâle devant son piano, les yeux hagards et les cheveux comme dressés sur la tête. Il lui fallait quelques instants pour nous reconnaître.

Il faisait ensuite un effort pour rire, et il nous jouait des choses sublimes qu'il venait de composer, ou, pour mieux dire, des idées terribles ou déchirantes qui venaient de s'emparer de lui, comme à son insu, dans cette heure de solitude, de tristesse et d'effroi.

C'est là qu'il a composé les plus belles de ces courtes pages qu'il intitulait modestement des préludes. Ce sont des chefs-d'œuvre. Plusieurs présentent à la pensée des visions de moines trépassés et l'audition des chants funèbres qui l'assiégeaient, d'autres sont mélancoliques et suaves; ils lui venaient aux heures de soleil et de santé, au bruit du rire des enfants sous la fenêtre, au son lointain des guitares, au chant des oiseaux sous la feuillée humide, à la vue des petites roses pâles épanouies sur la neige.

D'autres encore sont d'une tristesse morne et, en vous charmant l'oreille, vous navrent le cœur. Il y en a un qui lui vint par une soirée de pluie lugubre et qui jette dans l'âme un abattement effroyable. Nous l'avions laissé bien portant ce jour-là, Maurice et moi, pour aller à Palma acheter des objets nécessaires à notre campement. La pluie était venue, les torrents avaient débordé: nous avions fait trois lieues en six heures pour revenir au milieu de l'inondation, et nous arrivions en pleine nuit, sans chaussures, abandonnés de notre voiturin, à travers des dangers inouïs[25]. Nous nous hâtions en vue de l'inquiétude de notre malade. Elle avait été vive, en effet, mais elle s'était comme figée en une sorte de désespérance tranquille, et il jouait son admirable prélude en pleurant. En nous voyant entrer, il se leva en jetant un grand cri, puis il nous dit, d'un air égaré et d'un ton étrange: «Ah! je le savais bien, que vous étiez morts!»

Quand il eut repris ses esprits et qu'il vit l'état où nous étions, il fut malade du spectacle rétrospectif de nos dangers: mais il m'avoua ensuite qu'en nous attendant il avait vu tout cela dans un rêve et que, ne distinguant plus ce rêve de la réalité, il s'était calmé et comme assoupi en jouant du piano, persuadé qu'il était mort lui-même. Il se voyait noyé dans un lac; des gouttes d'eau pesantes et glacées lui tombaient en mesure sur la poitrine, et quand je lui fis écouter le bruit de ces gouttes d'eau, qui tombaient en effet en mesure sur le toit, il nia les avoir entendues. Il se fâcha même de ce que je traduisais par le mot d'harmonie imitative. Il protestait de toutes ses forces, et il avait raison, contre la puérilité de ces imitations pour l'oreille. Son génie était plein des mystérieuses harmonies de la nature, traduites par des équivalents sublimes dans sa pensée musicale et non par une répétition servile des sons extérieurs[26]. Sa composition de ce soir-là était bien pleine des gouttes de pluie qui résonnaient sur les tuiles sonores de la Chartreuse, mais elles s'étaient traduites dans son imagination et dans son chant par des larmes tombant du ciel sur son cœur.

Le génie de Chopin est le plus profond et le plus plein de sentiments et d'émotions qui ait existé. Il a fait parler à un seul instrument la langue de l'infini; il a pu souvent résumer, en dix lignes qu'un enfant pourrait jouer, des poëmes d'une élévation immense, des drames d'une énergie sans égale. Il n'a jamais eu besoin des grands moyens matériels pour donner le mot de son génie. Il ne lui a fallu ni saxophones ni ophicléides pour remplir l'âme de terreur; ni orgues d'église, ni voix humaines pour la remplir de foi et d'enthousiasme. Il n'a pas été connu et il ne l'est pas encore de la foule. Il faut de grands progrès dans le goût et l'intelligence de l'art pour que ses œuvres deviennent populaires. Un jour viendra où l'on orchestrera sa musique sans rien changer à sa partition de piano, et où tout le monde saura que ce génie aussi vaste, aussi complet, aussi savant que celui des plus grands maîtres qu'il s'était assimilés, a gardé une individualité encore plus exquise que celle de Sébastien Bach, encore plus puissante que celle de Beethoven, encore plus dramatique que celle de Weber. Il est tous les trois ensemble, et il est encore lui-même, c'est-à-dire plus délié dans le goût, plus austère dans le grand, plus déchirant dans la douleur. Mozart seul lui est supérieur, parce que Mozart a en plus le calme de la santé, par conséquent la plénitude de la vie.

Chopin sentait sa puissance et sa faiblesse. Sa faiblesse était dans l'excès même de cette puissance qu'il ne pouvait régler. Il ne pouvait pas faire, comme Mozart (au reste Mozart seul a pu le faire), un chef-d'œuvre avec une teinte plate. Sa musique était pleine de nuances et d'imprévu. Quelquefois, rarement, elle était bizarre, mystérieuse et tourmentée. Quoiqu'il eût horreur de ce que l'on ne comprend pas, ses émotions excessives l'emportaient, à son insu, dans des régions connues de lui seul. J'étais peut-être pour lui un mauvais arbitre (car il me consultait comme Molière sa servante), parce que, à force de le connaître, j'en étais venue à pouvoir m'identifier à toutes les fibres de son organisation. Pendant huit ans, en m'initiant chaque jour au secret de son inspiration ou de sa méditation musicale, son piano me révélait les entraînements, les embarras, les victoires ou les tortures de sa pensée. Je le comprenais donc comme il se comprenait lui-même, et un juge plus étranger à lui-même l'eût forcé à être plus intelligible pour tous.

Il avait eu quelquefois des idées riantes et toutes rondes dans sa jeunesse. Il a fait des chansons polonaises et des romances inédites d'une charmante bonhomie ou d'une adorable douceur. Quelques-unes de ses compositions ultérieures sont encore comme des sources de cristal où se mire un clair soleil. Mais qu'elles sont rares et courtes, ces tranquilles extases de sa contemplation! Le chant de l'alouette dans le ciel et le mœlleux flottement du cygne sur les eaux immobiles sont pour lui comme des éclairs de la beauté dans la sérénité. Le cri de l'aigle plaintif et affamé sur les rochers de Majorque, le sifflement amer de la bise et la morne désolation des ifs couverts de neige l'attristaient bien plus longtemps et bien plus vivement que ne le réjouissaient le parfum des orangers, la grâce des pampres et la cantilène mauresque des laboureurs.

Il en était ainsi de son caractère en toutes choses. Sensible un instant aux douceurs de l'affection et aux sourires de la destinée, il était froissé des jours, des semaines entières par la maladresse d'un indifférent ou par les menues contrariétés de la vie réelle. Et, chose étrange, une véritable douleur ne le brisait pas autant qu'une petite. Il semblait qu'il n'eût pas la force de la comprendre d'abord et de la ressentir ensuite. La profondeur de ses émotions n'était donc nullement en rapport avec leurs causes. Quant à sa déplorable santé, il l'acceptait héroïquement dans les dangers réels, et il s'en tourmentait misérablement dans les altérations insignifiantes. Ceci est l'histoire et le destin de tous les êtres en qui le système nerveux est développé avec excès.

Avec le sentiment exagéré des détails, l'horreur de la misère et les besoins d'un bien-être raffiné, il prit naturellement Majorque en horreur au bout de peu de jours de maladie. Il n'y avait pas moyen de se remettre en route, il était trop faible. Quand il fut mieux, les vents contraires régnèrent sur la côte, et pendant trois semaines le bateau à vapeur ne put sortir du port. C'était l'unique embarcation possible, et encore ne l'était-elle guère.

Notre séjour à la Chartreuse de Valdemosa fut donc un supplice pour lui et un tourment pour moi. Doux, enjoué, charmant dans le monde, Chopin malade était désespérant dans l'intimité exclusive. Nulle âme n'était plus noble, plus délicate, plus désintéressée; nul commerce plus fidèle et plus loyal, nul esprit plus brillant dans la gaîté, nulle intelligence plus sérieuse et plus complète dans ce qui était de son domaine; mais en revanche, hélas! nulle humeur n'était plus inégale, nulle imagination plus ombrageuse et plus délirante; nulle susceptibilité plus impossible à ne pas irriter, nulle exigence de cœur plus impossible à satisfaire. Et rien de tout cela n'était sa faute, à lui. C'était celle de son mal. Son esprit était écorché vif; le pli d'une feuille de rose, l'ombre d'une mouche le faisaient saigner. Excepté moi et mes enfants, tout lui était antipathique et révoltant sous le ciel de l'Espagne. Il mourait de l'impatience du départ, bien plus que des inconvénients du séjour.

Nous pûmes enfin nous rendre à Barcelone et de là, par mer encore, à Marseille, à la fin de l'hiver. Je quittai la Chartreuse avec un mélange de joie et de douleur. J'y aurais bien passé deux ou trois ans, seule avec mes enfants. Nous avions une malle de bons livres élémentaires que j'avais le temps de leur expliquer. Le ciel devenait magnifique et l'île un lieu enchanté. Notre installation romantique nous charmait; Maurice se fortifiait à vue d'œil, et nous ne faisions que rire des privations pour notre compte. J'aurais eu de bonnes heures de travail sans distraction; je lisais de beaux ouvrages de philosophie et d'histoire quand je n'étais pas garde-malade, et le malade lui-même eût été adorablement bon s'il eût pu guérir. De quelle poésie sa musique remplissait ce sanctuaire, même au milieu de ses plus douloureuses agitations! Et la Chartreuse était si belle sous ses festons de lierre, la floraison si splendide dans la vallée, l'air si pur sur notre montagne, la mer si bleue à l'horizon! C'est le plus bel endroit que j'aie jamais habité, et un des plus beaux que j'aie jamais vus. Et j'en avais à peine joui! N'osant quitter le malade, je ne pouvais sortir avec mes enfants qu'un instant chaque jour, et souvent pas du tout. J'étais très-malade moi-même de fatigue et de séquestration.

A Marseille il fallut nous arrêter. Je soumis Chopin à l'examen du célèbre docteur Cauvières, qui le trouva gravement compromis d'abord, et qui pourtant reprit bon espoir en le voyant se rétablir rapidement. Il augura qu'il pouvait vivre longtemps avec de grands soins, et il lui prodigua les siens. Ce digne et aimable homme, un des premiers médecins de France, le plus charmant, le plus sûr, le plus dévoué des amis, est, à Marseille, la providence des heureux et des malheureux. Homme de conviction et de progrès, il a conservé dans un âge très-avancé la beauté de l'âme et celle du visage. Sa physionomie douce et vive en même temps, toujours éclairée d'un tendre sourire et d'un brillant regard, commande le respect et l'amitié à dose égale. C'est encore une des plus belles organisations qui existent, exempte d'infirmités, pleine de feu, jeune de cœur et d'esprit, bonne autant que brillante, et toujours en possession des hautes facultés d'une intelligence d'élite.

Il fut pour nous comme un père. Sans cesse occupé à nous rendre l'existence charmante, il soignait le malade, il promenait et gâtait les enfants, il remplissait mes heures, sinon de repos, du moins d'espoir, de confiance et de bien-être intellectuel. Je l'ai retrouvé cette année à Marseille[27], c'est-à-dire quinze ans après, plus jeune et plus aimable encore, s'il est possible, que je ne l'avais laissé; venant de traverser et de vaincre le choléra comme un jeune homme, aimant comme au premier jour les élus de son cœur, croyant à la France, à l'avenir, à la vérité, comme n'y croient plus les enfants de ce siècle: admirable vieillesse, digne d'une admirable vie!

En voyant Chopin renaître avec le printemps et s'accommoder d'une médication fort douce, il approuva notre projet d'aller passer quelques jours à Gênes. Ce fut un plaisir pour moi de revoir avec Maurice tous les beaux édifices et tous les beaux tableaux que possède cette charmante ville.

Au retour, nous eûmes en mer un rude coup de vent. Chopin en fut assez malade, et nous prîmes quelques jours de repos à Marseille chez l'excellent docteur.

Marseille est une ville magnifique qui froisse et déplaît au premier abord par la rudesse de son climat et de ses habitants. On s'y fait pourtant, car le fond de ce climat est sain et le fond de ces habitants est bon. On comprend qu'on puisse s'habituer à la brutalité du mistral, aux colères de la mer, et aux ardeurs d'un implacable soleil, quand on trouve là, dans une cité opulente, toutes les ressources de la civilisation à tous les degrés où l'on peut se les procurer, et quand on parcourt, sur un rayon de quelque étendue, cette Provence aussi étrange et aussi belle en bien des endroits que beaucoup d'endroits un peu trop vantés de l'Italie.

J'amenai à Nohant, sans encombre, Maurice guéri, et Chopin en train de l'être. Au bout de quelques jours, ce fut le tour de Maurice d'être le plus malade des deux. Le cœur reprenait trop de plénitude. Mon ami Papet, qui est excellent médecin et qui, en raison de sa fortune, exerce la médecine gratis pour ses amis et pour les pauvres, prit sur lui de changer radicalement son régime. Depuis deux ans on le tenait aux viandes blanches et à l'eau rougie. Il jugea qu'une rapide croissance exigeait des toniques, et après l'avoir saigné, il le fortifia par un régime tout opposé. Bien m'en prit d'avoir confiance en lui, car depuis ce moment Maurice fut radicalement guéri et devint d'une forte et solide santé.

Quant à Chopin, Papet ne lui trouva plus aucun symptôme d'affection pulmonaire, mais seulement une petite affection chronique du larynx qu'il n'espéra pas guérir et dont il ne vit pas lieu à s'alarmer sérieusement[28].

Avant d'aller plus avant, je dois parler d'un événement politique qui avait eu lieu en France le 12 mai 1839, pendant que j'étais à Gênes, et d'un des hommes que je place aux premiers rangs parmi mes contemporains, bien que je ne l'aie connu que beaucoup plus tard; Armand Barbès.

Ses premiers élans furent pourtant ceux d'un héroïsme irréfléchi, et je n'hésite pas à blâmer, avec Louis Blanc, la tentative du 12 mai. J'oserai ajouter que ce triste dicton, *le succès justifie tout*, a quelque chose de plus sérieux qu'un aphorisme fataliste ne semble le comporter. Il a même un sens très-vrai, si l'on considère que la vie d'un certain nombre d'hommes peut être sacrifiée à un principe bienfaisant pour l'humanité, mais à la condition d'avancer réellement le règne de ce principe dans le monde. Si l'effort de vaillance et de dévouement doit rester stérile; si même, dans de certaines conditions et sous l'empire de certaines circonstances, il doit, en échouant, retarder l'heure du salut, il a beau être pur dans l'intention, il devient coupable dans le fait. Il donne des forces au parti vainqueur, il ébranle la foi chez les vaincus. Il verse le sang innocent et le propre sang des conjurés, qui est précieux, au profit de la mauvaise cause. Il met le vulgaire en défiance, ou il le frappe d'une terreur stupide, qui le rend presque impossible à ramener et à convaincre.

Je sais bien que le succès est le secret de Dieu, et que si l'on ne marchait, comme les anciens, qu'après avoir consulté des oracles réputés infaillibles, on n'aurait guère de mérite à risquer sa fortune, sa liberté et sa vie. D'ailleurs, l'oracle des temps modernes, c'est le peuple: *Vox populi, vox Dei*; et c'est un oracle mystérieux et trompeur, qui ignore souvent lui-même d'où lui viennent ses transports et ses révélations. Mais, quelque difficile qu'il soit à pénétrer, le génie du conspirateur consiste à s'assurer de cet oracle.

Le conspirateur n'est donc pas à la hauteur de sa mission quand il manque de sagesse, de clairvoyance et de ce génie particulier qui devine l'issue nécessaire des événements. C'est une chose si grave de jeter un peuple, et même une petite fraction du peuple dans l'arène sanglante des révolutions, qu'il n'est pas permis de céder à l'instinct du sacrifice, à l'enthousiasme du martyre, aux illusions de la foi la plus pure et la plus sublime. La foi sert dans le domaine de la foi; les miracles qu'elle produit ne sortent pas de ce domaine, et quand l'homme veut la porter dans celui des faits, elle ne suffit plus si elle reste à l'état de foi mystique. Il faut qu'elle soit éclairée des vives lumières, des lumières spéciales qu'exigent la connaissance et l'appréciation du fait même; il faut qu'elle devienne la science, et une science aussi exacte que celle que Napoléon portait dans le destin des batailles.

Tout fut l'erreur des chefs de la *Société des saisons*. Ils comptèrent sur le miracle de la foi, sans tenir compte de la double lumière qui est nécessaire dans ces sortes d'entreprises. Ils méconnurent l'état des esprits, les moyens de résistance; ils se précipitaient dans l'abîme, comme Curtius, sans songer que le peuple était dans un de ces moments de lassitude et d'incrédulité où, *par amour pour lui*, par respect de son avenir, de son lendemain peut-être, il ne faut pas l'exposer à faire acte d'athéisme et de lâcheté.

Le succès ne justifie pas tout, mais il sanctionne les grandes causes et impose jusqu'à un certain point les mauvaises à la raison humaine, l'adhésion d'un peuple étant dans ce cas un obstacle contre lequel il faut savoir se tenir debout et attendre. La fièvre généreuse des nobles âmes indignées doit savoir se contenir à de certains moments de l'histoire, et se ménager pour l'heure où elle pourra faire de l'étincelle sacrée un vaste incendie. Alors qu'un parti se risque avec un peuple et même à la tête d'un peuple pour changer ses destinées, s'il échoue en dépit des plus sages prévisions et des plus savants efforts, s'il est en situation de rendre au moins sa défaite désastreuse à l'ennemi, si, en un mot, il exprime par ses actes une immense et ardente protestation, ses efforts ne sont pas perdus, et ceux qui survivront en recueilleront le fruit plus tard. C'est dans ce cas que l'on bénit encore les vaincus de la bonne cause; c'est alors qu'on les absout des malheurs attachés à la crise, en reconnaissant qu'ils n'ont pas agi au hasard, et la foi qui survit au désastre est proportionnée aux chances de succès qu'ils ont su mettre dans leur plan. C'est ainsi qu'on pardonne à un habile général vaincu dans une bataille d'avoir perdu des colonnes entières dans la vue d'une victoire probable, tandis qu'on blâme le héros isolé qui s'en va faire écharper une petite escorte sans aucune chance d'utilité.

A Dieu ne plaise que j'accuse Barbès, Martin Bernard et les autres généreux martyrs de cette série d'avoir aveuglement sacrifié à leur audace naturelle, à leur mépris de la vie, à un égoïste besoin de gloire! Non! c'étaient des esprits réfléchis, studieux, modestes; mais ils étaient jeunes, ils étaient exaltés par la religion du devoir, ils espéraient que leur mort serait féconde. Ils croyaient trop à l'excellence soutenue de la nature humaine; ils la jugeaient d'après eux-mêmes. Ah! mes amis, que votre vie est belle, puisque, pour y trouver une faute, il faut faire, au nom de la froide raison, le procès aux plus nobles sentiments dont l'âme de l'homme soit capable!

Mais la véritable grandeur de Barbès se manifesta dans son attitude devant ses juges, et se compléta dans le long martyre de la prison. C'est là que son âme s'éleva jusqu'à la sainteté. C'est du silence de cette âme profondément humble et pieusement résignée qu'est sorti le plus éloquent et le plus pur enseignement à la vertu qu'il ait été donné à ce siècle de comprendre. Là, jamais une erreur, jamais une défaillance dans cette abnégation absolue, dans ce courage calme et doux, dans ces tendres consolations données par lui-même aux cœurs brisés par sa souffrance. Les lettres de Barbès à ses amis sont dignes des plus beaux temps de la foi. Mûri par la réflexion, il s'est élevé à l'appréciation des plus hautes philosophies; mais, supérieur à la plupart de ceux qui instruisent et qui prêchent, il s'est assimilé la force du stoïque unie à l'humble douceur du vrai chrétien. C'est par là que, sans être créateur dans la sphère des idées, il s'est égalé sans le savoir aux plus grands penseurs de son époque. Chez lui la parole et la pensée des autres ont été fécondes; elles ont germé et grandi dans un cœur si pur et si fervent que ce cœur est devenu un miroir de la vérité, une pierre de touche pour les consciences délicates, un rare et véritable sujet de consolation pour tous ceux qui s'épouvantent de la corruption des temps, de l'injustice des partis et de l'abattement des esprits dans les jours d'épreuve et de persécution.

CHAPITRE SEPTIEME ET DERNIER

J'essaye le professorat et j'y échoue.—Irrésolution.—Retour de mon frère.—Les pavillons de la rue Pigale.—Ma fille en pension.—Le square d'Orléans et mes relations.—Une grande méditation dans le petit bois de Nohant.—Caractère de Chopin développé.—Le prince Karol.—Causes de souffrance.—Mon fils me console de tout.—Mon cœur pardonne tout.—Mort de mon frère.—Quelques mots sur les absents.—Le ciel.—Les douleurs qu'on ne raconte pas.—L'avenir du siècle.—Conclusion.

Après le voyage de Majorque, je songeai à arranger ma vie de manière à résoudre le difficile problème de faire travailler Maurice sans le priver d'air et de mouvement. A Nohant, cela était possible, et nos lectures pouvaient suffire à remplacer par des notions d'histoire, de philosophie et de littérature le grec et le latin du collége.

Mais Maurice aimait la peinture, et je ne pouvais la lui enseigner. D'ailleurs, je ne me fiais pas assez à moi-même quant au reste pour mener un peu loin les études que nous faisions ensemble, moi apprenant et préparant la veille ce que je lui démontrais le lendemain; car je ne savais rien avec méthode, et j'étais obligée d'inventer une méthode à son usage en même temps que je m'initiais aux connaissances que cette méthode devait développer. Il me fallait, en même temps encore, trouver une autre méthode pour Solange, dont l'esprit avait besoin d'un tout autre procédé d'enseignement, relativement aux études appropriées à son âge.

Cela était au-dessus de mes forces, à moins de renoncer à écrire. J'y songeai sérieusement. En me renfermant à la campagne toute l'année, j'espérais vivre de Nohant, et vivre fort satisfaite en consacrant ce que je pouvais avoir de lumière dans l'âme à instruire mes enfants; mais je m'aperçus bien vite que le professorat ne me convenait pas du tout, ou, pour mieux dire, que je ne convenais pas du tout à la tâche toute spéciale du professorat. Dieu ne m'a pas donné la parole; je ne m'exprimais pas d'une manière assez précise et assez nette, outre que la voix me manquait au bout d'un quart d'heure. D'ailleurs, je n'avais pas assez de patience avec mes enfants, j'aurais mieux enseigné ceux des autres. Il ne faut peut-être pas s'intéresser passionnément à ses élèves. Je m'épuisais en efforts de volonté, et je trouvais souvent dans la leur une résistance qui me désespérait. Une jeune mère n'a pas assez d'expérience des langueurs et des préoccupations de l'enfance. Je me rappelais les miennes cependant; mais, me rappelant aussi que si on ne les avait pas vaincues malgré moi, je serais restée inerte ou devenue folle, je me tuais à lasser la résistance, ne sachant pas la briser.

Plus tard j'ai appris à lire à ma petite-fille, et j'ai eu de la patience, quoique je l'aimasse passionnément aussi; mais j'avais beaucoup d'années de plus!

Dans l'irrésolution où je fus quelque temps relativement à l'arrangement de ma vie, en vue du mieux possible pour ces chers enfants, une question sérieuse fut débattue dans ma conscience. Je me demandai si je devais accepter l'idée que Chopin s'était faite de fixer son existence auprès de la mienne. Je n'eusse pas hésité à dire non si j'eusse pu savoir alors combien peu de temps la vie retirée et la solennité de la campagne convenaient à sa santé morale et physique. J'attribuais encore son désespoir et son horreur de Majorque à l'exaltation de la fièvre et à l'*excès de caractère* de cette résidence. Nohant offrait des conditions plus douces, une retraite moins austère, un entourage sympathique et des ressources en cas de maladie. Papet était pour lui un médecin éclairé et affectueux. Fleury, Duteil, Duvernet et leurs familles, Planet, Rollinat surtout, lui furent chers à première vue. Tous l'aimèrent aussi et se sentirent disposés à le gâter avec moi.

Mon frère était revenu habiter le Berry. Il était fixé dans la terre de Montgivray, dont sa femme avait hérité, à une demi-lieue de nous. Mon pauvre Hippolyte s'était si étrangement et si follement conduit envers moi que le bouder un peu n'eût pas été trop sévère; mais je ne pouvais bouder sa femme, qui avait toujours été parfaite pour moi, et sa fille, que je chérissais comme si elle eût été mienne, l'ayant élevée en partie avec les mêmes soins que j'avais eus pour Maurice. D'ailleurs mon frère, quand il reconnaissait ses torts, s'accusait si entièrement, si drôlement, si énergiquement, disant mille naïvetés spirituelles tout en jurant et pleurant avec effusion, que mon ressentiment était tombé au bout d'une heure. D'un autre que lui, le passé eût été inexcusable, et avec lui l'avenir ne devait pas tarder à redevenir intolérable; mais qu'y faire? C'était lui! C'était le compagnon de mes premières années; c'était le bâtard né heureux, c'est-à-dire l'enfant gâté de chez nous. Hippolyte eût eu bien mauvaise grâce à se poser en *Antony*. Antony est vrai relativement aux préjugés de certaines familles; d'ailleurs ce qui est beau est toujours assez vrai; mais on pourrait bien faire la contre-partie d'*Antony*, et l'auteur de ce poëme tragique pourrait la faire lui-même aussi vraie et aussi belle. Dans certains milieux, l'enfant de l'amour inspire un tel intérêt qu'il arrive à être, sinon le roi de la famille, du moins le membre le plus entreprenant et le plus indépendant de la famille, celui qui ose tout et à qui l'on passe tout, parce que les entrailles ont besoin de le dédommager de l'abandon de la société. Par le fait, n'étant rien officiellement, et ne pouvant prétendre à rien légalement dans mon intérieur, Hippolyte y avait toujours fait dominer son caractère turbulent, son bon cœur et sa mauvaise tête. Il m'en avait chassée, par la seule raison que je ne voulais pas l'en chasser; il avait aigri et prolongé la lutte qui m'y ramenait, et il y rentrait lui-même, pardonné et embrassé pour quelques larmes qu'il versait au seuil de la maison paternelle. Ce n'était que la reprise d'une nouvelle série de repentirs de sa part et d'absolutions de la mienne.

Son entrain, sa gaîté intarissable, l'originalité de ses saillies, ses effusions enthousiastes et naïves pour le génie de Chopin, sa déférence constamment respectueuse envers lui seul, même dans l'inévitable et terrible *après-boire*, trouvèrent grâce auprès de l'artiste éminemment aristocratique. Tout alla donc fort bien au commencement, et j'admis éventuellement l'idée que Chopin pourrait se reposer et refaire sa santé parmi nous pendant quelques étés, son travail devant nécessairement le rappeler l'hiver à Paris.

Cependant la perspective de cette sorte d'alliance de famille avec un ami nouveau dans ma vie me donna à réfléchir. Je fus effrayée de la tâche que j'allais accepter et que j'avais crue devoir se borner au voyage en Espagne. Si Maurice venait à retomber dans l'état de langueur qui m'avait absorbée, adieu à la fatigue des leçons, il est vrai, mais adieu aussi aux joies de mon travail; et quelles heures de ma vie sereines et vivifiantes pourrais-je consacrer à un second malade, beaucoup plus difficile à soigner et à consoler que Maurice?

Une sorte d'effroi s'empara donc de mon cœur en présence d'un devoir nouveau à contracter. Je n'étais pas illusionnée par une passion. J'avais pour l'artiste une sorte d'adoration maternelle très-vive, très-vraie, mais qui ne pouvait pas un instant lutter contre l'amour des entrailles, le seul sentiment chaste qui puisse être passionné.

J'étais encore assez jeune pour avoir peut-être à lutter contre l'amour, contre la passion proprement dite. Cette éventualité de mon âge, de ma situation et de la destinée des femmes artistes, surtout quand elles ont horreur des distractions passagères, m'effrayait beaucoup, et, résolue à ne jamais subir d'influence qui pût me distraire de mes enfants, je voyais un danger moindre, mais encore possible, même dans la tendre amitié que m'inspirait Chopin.

Eh bien, après réflexion, ce danger disparut à mes yeux et prit même un caractère opposé, celui d'un préservatif contre des émotions que je ne voulais plus connaître. Un devoir de plus dans ma vie, déjà si remplie et si accablée de fatigue, me parut une chance de plus pour l'austérité vers laquelle je me sentais attirée avec une sorte d'enthousiasme religieux.

Si j'eusse donné suite à mon projet de m'enfermer à Nohant toute l'année, de renoncer aux arts et de me faire l'institutrice de mes enfants, Chopin eût été sauvé du danger qui le menaçait, lui, à mon insu: celui de s'attacher à moi d'une manière trop absolue. Il ne m'aimait pas encore au point de ne pouvoir s'en distraire, son affection n'était pas encore exclusive. Il m'entretenait d'un amour romanesque qu'il avait eu en Pologne, de doux entraînements qu'il avait subis ensuite à Paris et qu'il y pouvait retrouver, et surtout de sa mère, qui était la seule passion de sa vie, et loin de laquelle pourtant il s'était habitué à vivre. Forcé de me quitter pour sa profession, qui était son honneur même, puisqu'il ne vivait que de son travail, six mois de Paris l'eussent rendu, après quelques jours de malaise et de larmes, à ses habitudes d'élégance, de succès exquis et de coquetterie intellectuelle. Je n'en pouvais pas douter, je n'en doutais pas.

Mais la destinée nous poussait dans les liens d'une longue association, et nous y arrivâmes tous deux sans nous en apercevoir.

Forcée d'échouer dans mon entreprise de professorat, je pris le parti de le remettre en meilleures mains et de faire, dans ce but, un établissement annuel à Paris. Je louai, rue Pigale, un appartement composé de deux pavillons au fond d'un jardin. Chopin s'installa rue Tronchet; mais son logement fut humide et froid. Il recommença à tousser sérieusement, et je me vis forcée de donner ma démission de garde-malade; ou de passer ma vie en allées et venues impossibles. Lui, pour me les épargner, venait chaque jour me dire avec une figure décomposée et une voix éteinte qu'il se portait à merveille. Il demandait à dîner avec nous, et il s'en allait le soir, grelottant dans son fiacre. Voyant combien il s'affectait du dérangement de notre vie de famille, je lui offris de lui louer un des pavillons dont je pouvais lui céder une partie. Il accepta avec joie. Il eut là son appartement, y reçut ses amis et y donna ses leçons sans me gêner. Maurice avait l'appartement au-dessus du sien; j'occupais l'autre pavillon avec ma fille. Le jardin était joli et assez vaste pour permettre de grands jeux et de belles gaîtés. Nous avions des professeurs des deux sexes qui faisaient de leur mieux. Je voyais le moins de monde possible, m'en tenant toujours à mes amis. Ma jeune et charmante parente Augustine, Oscar, le fils de ma sœur, dont je m'étais chargée et que j'avais mis en pension, les deux beaux enfants de madame d'Oribeau, qui était venue se fixer à Paris dans le même but que moi, c'était là un jeune monde bien-aimé qui se réunissait de temps en temps à mes enfants, mettant, à ma grande satisfaction, la maison sens dessus dessous.

Nous passâmes ainsi près d'un an, à tâter ce mode d'éducation à domicile. Maurice s'en trouva assez bien. Il ne mordit jamais plus que mon père ne l'avait fait aux études classiques; mais il prit avec M. Eugène Pelletan, M. Loyson et M. Zirardini le goût de lire et de comprendre, et il fût bientôt en état de s'instruire lui-même et de découvrir tout seul les horizons vers lesquels sa nature d'esprit le poussait. Il put aussi commencer à recevoir des notions de dessin, qu'il n'avait reçues jusque-là que de son instinct.

Il en fut autrement de ma fille. Malgré l'excellent enseignement qui lui fut donné chez moi par mademoiselle Suez, une Genevoise de grand savoir et d'une admirable douceur, son esprit impatient ne pouvait se fixer à rien, et cela était désespérant, car l'intelligence, la mémoire et la compréhension étaient magnifiques chez elle. Il fallut en revenir à l'éducation en commun, qui la stimulait davantage, et à la vie de pension, qui, restreignant les sujets de distraction, les rend plus faciles à vaincre. Elle ne se plut pourtant pas dans la première pension où je la mis. Je l'en retirai aussitôt pour la conduire à Chaillot, chez madame Bascans, où elle convint qu'elle était réellement mieux que chez moi. Installée dans une maison charmante et dans un lieu magnifique, objet des plus doux soins et favorisée des leçons particulières de M. Bascans, un homme de vrai mérite, elle daigna enfin s'apercevoir que la culture de l'intelligence pouvait bien être autre chose qu'une vexation gratuite. Car tel était le thème de cette raisonneuse; elle avait prétendu jusque-là qu'on avait *inventé* les connaissances humaines dans l'unique but de contrarier les petites filles.

Ce parti de me séparer d'elle de nouveau étant pris (avec plus d'effort et de regret que je ne voulus lui en montrer), je vécus alternativement à Nohant l'été, et à Paris l'hiver, sans me séparer de Maurice, qui savait s'occuper partout et toujours. Chopin venait passer trois ou quatre mois chaque année à Nohant. J'y prolongeais mon séjour assez avant dans l'hiver, et je retrouvais à Paris mon *malade ordinaire*, c'est ainsi qu'il s'intitulait, désirant mon retour, mais ne regrettant pas la campagne, qu'il n'aimait pas au delà d'une quinzaine, et qu'il ne supportait davantage que par attachement pour moi. Nous avions quitté les pavillons de la rue Pigale, qui lui déplaisaient, pour nous établir au square d'Orléans, où la bonne et active Marliani nous avait arrangé une vie de famille. Elle occupait un bel appartement entre les deux nôtres. Nous n'avions qu'une grande cour, plantée et sablée, toujours propre, à traverser pour nous réunir, tantôt chez elle, tantôt chez moi, tantôt chez Chopin, quand il était disposé à nous faire de la musique. Nous dînions chez elle tous ensemble à frais communs. C'était une très-bonne association, économique comme toutes les associations, et qui me permettait de voir du monde chez madame Marliani, mes amis plus intimement chez moi, et de prendre mon travail à l'heure où il me convenait de me retirer. Chopin se réjouissait aussi d'avoir un beau salon isolé, où il pouvait aller composer ou rêver. Mais il aimait le monde et ne profitait guère de son sanctuaire que pour y donner des leçons. Ce n'est qu'à Nohant qu'il créait et écrivait. Maurice avait son appartement et son atelier au-dessus de moi. Solange avait près de moi une jolie chambrette où elle aimait à faire la *dame* vis-à-vis d'Augustine les jours de sortie, et d'où elle chassait son frère et Oscar impérieusement, prétendant que les gamins avaient mauvais ton et sentaient le cigare, ce qui ne l'empêchait pas de grimper à l'atelier un moment après pour les faire enrager, si bien qu'ils passaient leur temps à se renvoyer outrageusement de leurs domiciles respectifs et à revenir frapper à la porte pour recommencer. Un autre enfant, d'abord timide et raillé, bientôt taquin et railleur, venait ajouter aux allées et venues, aux algarades et aux éclats de rire qui désespéraient le voisinage. C'était Eugène Lambert, camarade de Maurice à l'atelier de peinture de Delacroix, un garçon plein d'esprit, de cœur et de dispositions, qui devint mon enfant presque autant que les miens propres, et qui, appelé à Nohant pour un mois, y a passé jusqu'à présent une douzaine d'étés, sans compter plusieurs hivers.

Plus tard, je pris Augustine tout-à-fait avec nous, la vie de famille et d'intérieur me devenant chaque jour plus chère et plus nécessaire[29].

S'il me fallait parler ici avec détail des illustres et chers amis qui m'entourèrent pendant ces huit années, je recommencerais un volume. Mais ne suffit-il pas de nommer, outre ceux dont j'ai parlé déjà, Louis Blanc, Godefroy Cavaignac, Henri Martin, et le plus beau génie de femme de notre époque, uni à un noble cœur, Pauline Garcia, fille d'un artiste de génie, sœur de la Malibran, et mariée à mon ami Louis Viardot, savant modeste, homme de goût et surtout homme de bien!

Parmi ceux que j'ai vus avec autant d'estime et moins d'intimité, je citerai Mickiewicz, Lablache, Alkan aîné, Soliva, E. Quinet, le général Pepe, etc.! et, sans faire de catégories de talent ou de célébrité, j'aime à me rappeler l'amitié fidèle de Bocage, le grand artiste, et la touchante amitié d'Agricol Perdiguier, le noble artisan; celle de Ferdinand François, âme stoïque et pure, et celle de Gilland, écrivain prolétaire d'un grand talent et d'une grande foi; celle d'Étienne Arago, si vraie et si charmante, et celle d'Anselme Pététin, si mélancolique et si sincère; celle de M. de Bonnechose, le meilleur des hommes et le plus aimable, l'inappréciable ami de madame Marliani; et celle de M. de Rancogne, charmant poëte inédit, sensible et gai vieillard qui avait toujours des roses dans l'esprit et jamais d'épines dans le cœur; celle de Mendizabal, le père enjoué et affectueux de toute notre chère jeunesse, et celle de Dessaüer, artiste éminent, caractère pur et digne[30]; enfin celle d'Hetzel, qui pour arriver sur le tard de ma vie, ne m'en fut pas moins précieuse, et celle du docteur Varennes, une des plus anciennes et des plus regrettées.

Hélas! la mort ou l'absence ont dénoué la plupart de ces relations, sans refroidir mes souvenirs et mes sympathies. Parmi celles que j'ai pu ne pas perdre de vue, j'aime à nommer le capitaine d'Arpentigny, un des esprits les plus frais, les plus originaux et les plus étendus qui existent, et madame Hortense Allart, écrivain d'un sentiment très-élevé et d'une forme très-poétique, femme savante toute jolie et toute rose, disait Delatouche; esprit courageux, indépendant; femme brillante et sérieuse, vivant à l'ombre avec autant de recueillement et de sérénité qu'elle saurait porter de grâce et d'éclat dans le monde; mère tendre et forte, entrailles de femme, fermeté d'homme.

Je voyais aussi cette tête exaltée et généreuse, cette femme qui avait les illusions d'une enfant et le caractère d'un héros, cette folle, cette martyre; cette sainte, Pauline Roland.

J'ai nommé Mickiewicz, génie égal à celui de Byron, âme conduite aux vertiges de l'extase par l'enthousiasme de la patrie et la sainteté des mœurs. J'ai nommé Lablache, le plus grand acteur comique et le plus parfait chanteur de notre époque: dans la vie privée, c'est un adorable esprit et un père de famille respectable. J'ai nommé Soliva, compositeur lyrique d'un vrai talent, professeur admirable, caractère noble et digne, artiste enjoué, enthousiaste, sérieux. Enfin, j'ai nommé Alkan, pianiste célèbre, plein d'idées fraîches et originales, musicien savant, homme de cœur. Quant à Edgar Quinet, tous le connaissent en le lisant: un grand cœur, dans une vaste intelligence; ses amis connaissent en plus sa modestie candide et la douceur de son commerce. Enfin, j'ai nommé le général Pepe, âme héroïque et pure, un de ces caractères qui rappellent les hommes de Plutarque. Je n'ai nommé ni Mazzini, ni les autres amis que j'ai gardés dans le monde politique et dans la vie intime, ne les ayant connus réellement que plus tard.

Déjà, dans ce temps-là, je touchais, par mes relations variées, aux extrêmes de la société, à l'opulence, à la misère, aux croyances les plus absolutistes, aux principes les plus révolutionnaires. J'aimais à connaître et à comprendre les divers ressorts qui font mouvoir l'humanité et qui décident de ses vicissitudes. Je regardais avec attention, je me trompais souvent, je voyais clair quelquefois.

Après les désespérances de ma jeunesse, trop d'illusions me gouvernèrent. Au scepticisme maladif succéda trop de bienveillance et d'ingénuité. Je fus mille fois dupe d'un rêve de fusion archangélique dans les forces opposées du grand combat des idées. Je suis bien encore quelquefois capable de cette simplicité, résultat d'une plénitude de cœur, pourtant j'en devrais être bien guérie, car mon cœur a beaucoup saigné.

La vie que je raconte ici était aussi bonne que possible à la surface. Il y avait pour moi du beau soleil sur mes enfants, sur mes amis, sur mon travail; mais la vie que je ne raconte pas était voilée d'amertumes effroyables.

Je me souviens d'un jour où, révoltée d'injustices sans nom qui, dans ma vie intime, m'arrivaient tout à coup de plusieurs côtés à la fois, je m'en allai pleurer dans le petit bois de mon jardin de Nohant, à l'endroit où jadis ma mère faisait pour moi et avec moi ses jolies petites rocailles. J'avais alors environ quarante ans, et quoique sujette à des névralgies terribles, je me sentais physiquement beaucoup plus forte que dans ma jeunesse. Il me prit fantaisie, je ne sais au milieu de quelles idées noires, de soulever une grosse pierre, peut-être une de celles que j'avais vu autrefois porter par ma robuste petite mère. Je la soulevai sans effort, et je la laissai retomber avec désespoir, disant en moi-même: «Ah! mon Dieu, j'ai peut-être encore quarante ans à vivre!»

L'horreur de la vie, la soif du repos, que je repoussais depuis longtemps, me revinrent cette fois-là d'une manière bien terrible. Je m'assis sur cette pierre, et j'épuisai mon chagrin dans des flots de larmes. Mais il se fit là en moi une grande révolution: à ces deux heures d'anéantissement succédèrent deux ou trois heures de méditation et de rassérénement dont le souvenir est resté net en moi comme une chose décisive en ma vie.

La résignation n'est pas dans ma nature. C'est là un état de tristesse morne, mêlée à de lointaines espérances, que je ne connais pas. J'ai vu cette disposition chez les autres, je n'ai jamais pu l'éprouver. Apparemment mon organisation s'y refuse. Il me faut désespérer absolument pour avoir du courage. Il faut que je sois arrivée à me dire «Tout est perdu!» pour que je me décide à tout accepter. J'avoue même que ce mot de résignation m'irrite. Dans l'idée que je m'en fais, à tort ou à raison, c'est une sotte paresse qui veut se soustraire à l'inexorable logique du malheur; c'est une mollesse de l'âme qui nous pousse à faire notre salut en égoïstes, à tendre un dos endurci aux coups de l'iniquité, à devenir inertes, sans horreur du mal que nous subissons, sans pitié par conséquent pour ceux qui nous l'infligent. Il me semble que les gens complétement résignés sont pleins de dégoût et de mépris pour la race humaine. Ne s'efforçant plus de soulever les rochers qui les écrasent, ils se disent que tout est rocher, et qu'eux seuls sont les enfants de Dieu[31].

Une autre solution s'ouvrit devant moi. Tout subir sans haine et sans ressentiment, mais tout combattre par la foi; aucune ambition, aucun rêve de bonheur personnel pour moi-même en ce monde, mais beaucoup d'espoir et d'efforts pour le bonheur des autres.

Ceci me parut une conclusion souveraine de la logique applicable à ma nature. Je pouvais vivre sans bonheur personnel, n'ayant pas de passions personnelles.

Mais j'avais de la tendresse et le besoin impérieux d'exercer cet instinct-là. Il me fallait chérir ou mourir. Chérir en étant peu ou mal chéri soi-même, c'est être malheureux; mais on peut vivre malheureux. Ce qui empêche de vivre, c'est de ne pas faire usage de sa propre vie, ou d'en faire un usage contraire aux conditions de sa propre vie.

En face de cette résolution, je me demandai si j'aurais la force de la suivre; je n'avais pas une assez haute idée de moi-même pour m'élever au rêve de la vertu. D'ailleurs, voyez-vous, dans le temps de scepticisme où nous vivons, une grande lumière s'est dégagée: c'est que la vertu n'est qu'une lumière elle-même, une lumière qui se fait dans l'âme. Moi, j'y ajoute, dans ma croyance, l'aide de Dieu. Mais qu'on accepte ou qu'on rejette le secours divin, la raison nous démontre que la vertu est un résultat brillant de l'apparition de la vérité dans la conscience, une certitude par conséquent, qui commande au cœur et à la volonté.

Écartant donc de mon vocabulaire intérieur ce mot orgueilleux de vertu qui me paraissait trop drapé à l'antique, et me contentant de contempler une certitude en moi-même, je pus me dire, assez sagement je crois, qu'on ne revient pas sur une certitude acquise, et que, pour persévérer dans un parti pris en vue de cette certitude, il ne s'agit que de regarder en soi chaque fois que l'égoïsme vient s'efforcer d'éteindre le flambeau.

Que je dusse être agitée, troublée et tiraillée par cette imbécile personnalité humaine, cela n'était pas douteux, car l'âme ne veille pas toujours; elle s'endort et elle rêve; mais que, connaissant la réalité, c'est-à-dire l'impossibilité d'être heureuse par l'égoïsme, je n'eusse pas le pouvoir de secouer et de réveiller mon âme, c'est ce qui me parut également hors de doute.

Après avoir calculé ainsi mes chances avec une grande ardeur religieuse et un véritable élan de cœur vers Dieu, je me sentis très-tranquille, et je gardai cette tranquillité intérieure tout le reste de ma vie; je la gardai non pas sans ébranlement, sans interruption et sans défaillance, mon équilibre physique succombant parfois sous cette rigueur de ma volonté; mais je la retrouvai toujours sans incertitude et sans contestation au fond de ma pensée et dans l'habitude de ma vie.

Je la retrouvai surtout par la prière. Je n'appelle pas prière un choix et un arrangement de parole lancées vers le ciel, mais un entretien de la pensée avec l'idéal de lumière et de perfections infinies.

De toutes les amertumes que j'avais non plus à subir, mais à combattre, les souffrances de mon *malade ordinaire* n'étaient pas la moindre.

Chopin voulait toujours Nohant, et ne supportait jamais Nohant. Il était l'homme du monde par excellence, non pas du monde trop officiel et trop nombreux, mais du monde intime, des salons de vingt personnes, de l'heure où la foule s'en va et où les habitués se pressent autour de l'artiste pour lui arracher par d'aimables importunités le plus pur de son inspiration. C'est alors seulement qu'il donnait tout son génie et tout son talent. C'est alors aussi qu'après avoir plongé son auditoire dans un recueillement profond ou dans une tristesse douloureuse, car sa musique vous mettait parfois dans l'âme des découragements atroces, surtout quand il improvisait; tout à coup, comme pour enlever l'impression et le souvenir de sa douleur aux autres et à lui-même, il se tournait vers une glace, à la dérobée, arrangeait ses cheveux et sa cravate, et se montrait subitement transformé en Anglais flegmatique, en vieillard impertinent, en Anglaise sentimentale et ridicule, en juif sordide. C'était toujours des types tristes, quelque comiques qu'ils fussent, mais parfaitement compris et si délicatement traduits qu'on ne pouvait se lasser de les admirer.

Toutes ces choses sublimes, charmantes ou bizarres qu'il savait tirer de lui-même faisaient de lui l'âme des sociétés choisies, et on se l'arrachait bien littéralement, son noble caractère, son désintéressement, sa fierté, son orgueil bien entendu, ennemi de toute vanité de mauvais goût et de toute insolente réclame, la sûreté de son commerce et les exquises délicatesses de son savoir-vivre faisant de lui un ami aussi sérieux qu'agréable.

Arracher Chopin à tant de gâteries, l'associer à une vie simple, uniforme et constamment studieuse, lui qui avait été élevé sur les genoux des princesses, c'était le priver de ce qui le faisait vivre, d'une vie factice il est vrai, car, ainsi qu'une femme fardée, il déposait le soir, en rentrant chez lui, sa verve et sa puissance, pour donner la nuit à la fièvre et à l'insomnie; mais d'une vie qui eût été plus courte et plus animée que celle de la retraite, et de l'intimité restreinte au cercle uniforme d'une seule famille. A Paris, il en traversait plusieurs chaque jour, ou il en choisissait au moins chaque soir une différente pour milieu. Il avait ainsi tour à tour vingt ou trente salons à enivrer ou à charmer de sa présence.

Chopin n'était pas né exclusif dans ses affections; il ne l'était que par rapport à celles qu'il exigeait; son âme, impressionnable à toute beauté, à toute grâce, à tout sourire, se livrait avec une facilité et une spontanéité inouïes. Il est vrai qu'elle se reprenait de même, un mot maladroit, un sourire équivoque le désenchantant avec excès. Il aimait passionnément trois femmes dans la même soirée de fête, et s'en allait tout seul, ne songeant à aucune d'elles, les laissant toutes trois convaincues de l'avoir exclusivement charmé.

Il était de même en amitié, s'enthousiasmant à première vue, se dégoûtant, se reprenant sans cesse, vivant d'engouements pleins de charmes pour ceux qui en étaient l'objet, et de mécontentements secrets qui empoisonnaient ses plus chères affections.

Un trait qu'il m'a raconté lui-même prouve combien peu il mesurait ce qu'il accordait de son cœur à ce qu'il exigeait de celui des autres.

Il s'était vivement épris de la petite-fille d'un maître célèbre; il songea à la demander en mariage, dans le même temps où il poursuivait la pensée d'un autre mariage d'amour en Pologne, sa loyauté n'étant engagée nulle part, mais son âme mobile flottant d'une passion à l'autre. La jeune Parisienne lui faisait bon accueil, et tout allait au mieux, lorsqu'un jour qu'il entrait chez elle avec un autre musicien plus célèbre à Paris qu'il ne l'était encore, elle s'avisa de présenter une chaise à ce dernier avant de songer à faire asseoir Chopin. Il ne la revit jamais et l'oublia tout de suite.

Ce n'est pas que son âme fût impuissante ou froide. Loin de là, elle était ardente et dévouée, mais non pas exclusivement et continuellement envers telle ou telle personne. Elle se livrait alternativement à cinq ou six affections qui se combattaient en lui et dont une primait tour à tour toutes les autres.

Il n'était certainement pas fait pour vivre longtemps en ce monde, ce type extrême de l'artiste. Il y était dévoré par un rêve d'idéal que ne combattait aucune tolérance de philosophie ou de miséricorde à l'usage de ce monde. Il ne voulait jamais transiger avec la nature humaine. Il n'acceptait rien de la réalité. C'était là son vice et sa vertu, sa grandeur et sa misère. Implacable envers la moindre tache, il avait un enthousiasme immense pour la moindre lumière, son imagination exaltée faisant tous les frais possibles pour y voir un soleil.

Il était donc à la fois doux et cruel d'être l'objet de sa préférence, car il vous tenait compte avec usure de la moindre clarté, et vous accablait de son désenchantement au passage de la plus petite ombre.

On a prétendu que, dans un de mes romans, j'avais peint son caractère avec une grande exactitude d'analyse. On s'est trompé, parce que l'on a cru reconnaître quelques-uns de ses traits, et, procédant par ce système, trop commode pour être sûr, Liszt lui-même, dans une *Vie de Chopin*, un peu exubérante de style, mais remplie cependant de très-bonnes choses et de très-belles pages, s'est fourvoyé de bonne foi.

J'ai tracé, dans le *Prince Karol*, le caractère d'un homme déterminé dans sa nature, exclusif dans ses sentiments, exclusif dans ses exigences.

Tel n'était pas Chopin. La nature ne dessine pas comme l'art, quelque réaliste qu'il se fasse. Elle a des caprices, des inconséquences, non pas réelles probablement, mais très-mystérieuses. L'art ne rectifie ces inconséquences que parce qu'il est trop borné pour les rendre.

Chopin était un résumé de ces inconséquences magnifiques que Dieu seul peut se permettre de créer et qui ont leur logique particulière. Il était modeste par principe et doux par habitude, mais il était impérieux par instinct et plein d'un orgueil légitime qui s'ignorait lui-même. De là des souffrances qu'il ne raisonnait pas et qui ne se fixaient pas sur un objet déterminé.

D'ailleurs le prince Karol n'est pas artiste. C'est un rêveur, et rien de plus: n'ayant pas de génie, il n'a pas les droits du génie. C'est donc un personnage plus vrai qu'aimable, et c'est si peu le portrait d'un grand artiste, que Chopin, en lisant le manuscrit chaque jour sur mon bureau, n'avait pas eu la moindre velléité de s'y tromper, lui, si soupçonneux pourtant!

Et cependant plus tard, par réaction, il se l'imagina, m'a-t-on dit. Des ennemis (j'en avais auprès de lui qui se disaient ses amis, comme si aigrir un cœur souffrant n'était pas un meurtre), des ennemis lui firent croire que ce roman était une révélation de son caractère. Sans doute, en ce moment-là, sa mémoire était affaiblie: il avait oublié le livre, que ne l'a-t-il relu!

Cette histoire était si peu la nôtre! Elle en était tout l'inverse. Il n'y avait entre nous ni les mêmes enivrements, ni les mêmes souffrances. Notre histoire, à nous, n'avait rien d'un roman, le fond en était trop simple et trop sérieux pour que nous eussions jamais eu l'occasion d'une querelle l'un contre l'autre, à propos l'un de l'autre. J'acceptais toute la vie de Chopin telle qu'elle se continuait en dehors de la mienne. N'ayant ni ses goûts, ni ses idées en dehors de l'art, ni ses principes politiques, ni son appréciation des choses de fait, je n'entreprenais aucune modification de son être. Je respectais son individualité, comme je respectais celle de Delacroix et de mes autres amis engagés dans un chemin différent du mien.

D'un autre côté, Chopin m'accordait, et je peux dire m'honorait d'un genre d'amitié qui faisait exception dans sa vie. Il était toujours le même pour moi. Il avait sans doute peu d'illusions sur mon compte, puisqu'il ne me faisait jamais redescendre dans son estime. C'est ce qui fit durer longtemps notre bonne harmonie.

Étranger à mes études, à mes recherches et, par suite, à mes convictions, enfermé qu'il était dans le dogme catholique, il disait de moi, comme la mère Alicia dans les derniers jours de sa vie[32]: «*Bah! bah! je suis bien sûre qu'elle aime Dieu!*»

Nous ne nous sommes donc jamais adressé un reproche mutuel, sinon une seule fois qui fut, hélas! la première et la dernière. Une affection si élevée devait se briser, et non s'user dans des combats indignes d'elle.

Mais si Chopin était avec moi le dévouement, la prévenance, la grâce, l'obligeance et la déférence en personne, il n'avait pas, pour cela, abjuré les aspérités de son caractère envers ceux qui m'entouraient. Avec eux, l'inégalité de son âme, tour à tour généreuse et fantasque, se donnait carrière, passant toujours de l'engouement à l'aversion, et réciproquement. Rien ne paraissait, rien n'a jamais paru de sa vie intérieure dont ses chefs-d'œuvre d'art étaient l'expression mystérieuse et vague, mais dont ses lèvres ne trahissaient jamais la souffrance. Du moins telle fut sa réserve pendant sept ans, que moi seule pus les deviner, les adoucir et en retarder l'explosion.

Pourquoi une combinaison d'événements en dehors de nous ne nous éloigna-t-elle pas l'un de l'autre avant la huitième année!

Mon attachement n'avait pu faire ce miracle de le rendre un peu calme et heureux que parce que Dieu y avait consenti en lui conservant un peu de santé. Cependant il déclinait visiblement, et je ne savais plus quels remèdes employer pour combattre l'irritation croissante des nerfs. La mort de son ami le docteur Mathuzinski et ensuite celle de son propre père lui portèrent deux coups terribles. Le dogme catholique jette sur la mort des terreurs atroces. Chopin, au lieu de rêver pour ces âmes pures un meilleur monde, n'eut que des visions effrayantes, et je fus obligée de passer bien des nuits dans une chambre voisine de la sienne, toujours prête à me lever cent fois de mon travail pour chasser les spectres de son sommeil et de son insomnie. L'idée de sa propre mort lui apparaissait escortée de toutes les imaginations superstitieuses de la poésie slave. Polonais, il vivait dans le cauchemar des légendes. Les fantômes l'appelaient, l'enlaçaient, et, au lieu de voir son père et son ami lui sourire dans le rayon de la foi, il repoussait leurs faces décharnées de la sienne et se débattait sous l'étreinte de leurs mains glacées.

Nohant lui était devenu antipathique. Son retour, au printemps, l'enivrait encore quelques instants. Mais dès qu'il se mettait au travail, tout s'assombrissait autour de lui. Sa création était spontanée, miraculeuse. Il la trouvait sans la chercher, sans la prévoir. Elle venait sur son piano soudaine, complète, sublime; ou elle se chantait dans sa tête pendant une promenade, et il avait hâte de se la faire entendre à lui-même en la jetant sur l'instrument. Mais alors commençait le labeur le plus navrant auquel j'aie jamais assisté. C'était une suite d'efforts, d'irrésolutions et d'impatiences pour ressaisir certains détails du thème de son audition: ce qu'il avait conçu tout d'une pièce, il l'analysait trop en voulant l'écrire, et son regret de ne pas le retrouver net, selon lui, le jetait dans une sorte de désespoir. Il s'enfermait dans sa chambre des journées entières, pleurant, marchant, brisant ses plumes, répétant et changeant cent fois une mesure, l'écrivant et l'effaçant autant de fois, et recommençant le lendemain avec une persévérance minutieuse et désespérée. Il passait six semaines sur une page pour en revenir à l'écrire telle qu'il l'avait tracée du premier jet.

J'avais eu longtemps l'influence de le faire consentir à se fier à ce premier jet de l'inspiration. Mais quand il n'était plus disposé à me croire, il me reprochait doucement de l'avoir gâté et de n'être pas assez sévère pour lui. J'essayais de le distraire, de le promener. Quelquefois emmenant toute ma couvée dans un char à bancs de campagne, je l'arrachais malgré lui à cette agonie, je le menais aux bords de la Creuse, et, pendant deux ou trois jours, perdus au soleil et à la pluie dans des chemins affreux, nous arrivions, riants et affamés, à quelque site magnifique où il semblait renaître. Ces fatigues le brisaient le premier jour, mais il dormait! Le dernier jour, il était tout ranimé, tout rajeuni, en revenant à Nohant, et il trouvait la solution de son travail sans trop d'efforts; mais il n'était pas toujours possible de le déterminer à quitter ce piano qui était bien plus souvent son tourment que sa joie, et peu à peu il témoigna de l'humeur quand je le dérangeais. Je n'osais pas insister. Chopin fâché était effrayant, et comme, avec moi, il se contenait toujours, il semblait près de suffoquer et de mourir.

Ma vie, toujours active et rieuse à la surface, était devenue intérieurement plus douloureuse que jamais. Je me désespérais de ne pouvoir donner aux autres ce bonheur auquel j'avais renoncé pour mon compte: car j'avais plus d'un sujet de profond chagrin contre lequel je m'efforçais de réagir. L'amitié de Chopin n'avait jamais été un refuge pour moi dans la tristesse. Il avait bien assez de ses propres maux à supporter. Les miens l'eussent écrasé, aussi ne les connaissait-il que vaguement et ne les comprenait-il pas du tout. Il eût apprécié toutes choses à un point de vue très-différent du mien. Ma véritable force me venait de mon fils, qui était en âge de partager avec moi les intérêts les plus sérieux de la vie et qui me soutenait par son égalité d'âme, sa raison précoce et son inaltérable enjouement. Nous n'avons pas, lui et moi, les mêmes idées sur toutes choses, mais nous avons ensemble de grandes ressemblances d'organisation, beaucoup des mêmes goûts et des mêmes besoins; en outre, un lien d'affection naturelle si étroit qu'un désaccord quelconque entre nous ne peut durer un jour et ne peut tenir à un moment d'explication tête-à-tête. Si nous n'habitons pas le même enclos d'idées et de sentiments, il y a, du moins, une grande porte toujours ouverte au mur mitoyen, celle d'une affection immense et d'une confiance absolue.

A la suite des dernières rechutes du malade, son esprit s'était assombri extrêmement, et Maurice, qui l'avait tendrement aimé jusque-là, fut blessé tout-à-coup par lui d'une manière imprévue pour un sujet futile. Ils s'embrassèrent un moment après, mais le grain de sable était tombé dans le lac tranquille, et peu à peu les cailloux y tombèrent un à un. Chopin fut irrité souvent sans aucun motif et quelquefois irrité injustement contre de bonnes intentions. Je vis le mal s'aggraver et s'étendre à mes autres enfants, rarement à Solange, que Chopin préférait, par la raison qu'elle seule ne l'avait pas gâté, mais à Augustine avec une amertume effrayante, et à Lambert même, qui n'a jamais pu deviner pourquoi. Augustine, la plus douce, la plus inoffensive de nous tous à coup sûr, en était consternée. Il avait été d'abord si bon pour elle! Tout cela fut supporté; mais enfin, un jour, Maurice, lassé de coups d'épingle, parla de quitter la partie. Cela ne pouvait pas et ne devait pas être. Chopin ne supporta pas mon intervention légitime et nécessaire. Il baissa la tête et prononça que je ne l'aimais plus.

Quel blasphème après ces huit années de dévouement maternel! Mais le pauvre cœur froissé n'avait pas conscience de son délire. Je pensais que quelques mois passés dans l'éloignement et le silence guériraient cette plaie et rendraient l'amitié calme, la mémoire équitable. Mais la révolution de février arriva et Paris devint momentanément odieux à cet esprit incapable de se plier à un ébranlement quelconque dans les formes sociales. Libre de retourner en Pologne, où certain d'y être toléré, il avait préféré languir dix ans loin de sa famille qu'il adorait, à la douleur de voir son pays transformé et dénaturé. Il avait fui la tyrannie, comme maintenant il fuyait la liberté!

Je le revis un instant en mars 1848. Je serai sa main tremblante et glacée. Je voulus lui parler, il s'échappa. C'était à mon tour de dire qu'il ne m'aimait plus. Je lui épargnai cette souffrance et je remis tout aux mains de la Providence et de l'avenir.

Je ne devais plus le revoir. Il y avait de mauvais cœurs entre nous. Il y en eut de bons aussi, qui ne surent pas s'y prendre. Il y en eut de frivoles qui aimèrent mieux ne pas se mêler d'affaires délicates; Gutmann n'était pas là[33].

On m'a dit qu'il m'avait appelée, regrettée, aimée filialement jusqu'à la fin. On a cru devoir me le cacher jusque-là. On a cru devoir lui cacher aussi que j'étais prête à courir vers lui. On a bien fait si cette émotion de me revoir eût dû abréger sa vie d'un jour ou seulement d'une heure. Je ne suis pas de ceux qui croient que les choses se résolvent en ce monde. Elles ne font peut-être qu'y commencer, et, à coup sûr, elles n'y finissent point. Cette vie d'ici-bas est un voile que la souffrance et la maladie rendent plus épais à certaines âmes, qui ne se soulève que par moments pour les organisations les plus solides, et que la mort déchire pour tous.

Garde-malade, puisque telle fut ma mission pendant une notable portion de ma vie, j'ai dû accepter sans trop d'étonnement et surtout sans dépit les transports et les accablements de l'âme aux prises avec la fièvre. J'ai appris au chevet des malades à respecter ce qui est véritablement leur volonté saine et libre, et à pardonner ce qui est le trouble et le délire de leur fatalité.

J'ai été payée de mes années de veille, d'angoisse et d'absorption par des années de tendresse, de confiance et de gratitude qu'une heure d'injustice ou d'égarement n'a point annulées devant Dieu. Dieu n'a pas puni, Dieu n'a pas seulement aperçu cette heure mauvaise dont je ne veux pas me rappeler la souffrance. Je l'ai supportée, non pas avec un froid stoïcisme, mais avec des larmes de douleur et d'enthousiasme, dans le secret de ma prière. Et c'est parce que j'ai dit aux absents, dans la vie ou dans la mort: «Soyez bénis!» que j'espère trouver dans le cœur de ceux qui me fermeront les yeux la même bénédiction à ma dernière heure.

Vers l'époque où je perdis Chopin, je perdis aussi mon frère plus tristement encore: sa raison s'était éteinte depuis quelque temps déjà, l'ivresse avait ravagé et détruit cette belle organisation et la faisait flotter désormais entre l'idiotisme et la folie. Il avait passé ses dernières années à se brouiller et à se réconcilier tour à tour avec moi, avec mes enfants, avec sa propre famille et tous ses amis. Tant qu'il continua à venir me voir, je prolongeai sa vie en mettant à son insu de l'eau dans le vin qu'on lui servait. Il avait le goût si blasé qu'il ne s'en apercevait pas, et s'il suppléait à la qualité par la quantité, du moins son ivresse était moins lourde ou moins irritée. Mais je ne faisais que retarder l'instant fatal où, la nature n'ayant plus la force de réagir, il ne pourrait plus, même à jeun, retrouver sa lucidité. Il passa ses derniers mois à me bouder et à m'écrire des lettres inimaginables. La révolution de février, qu'il ne pouvait plus comprendre, à quelque point de vue qu'il se plaçât, avait porté un dernier coup à ses facultés chancelantes. D'abord républicain passionné, il fit comme tant d'autres qui n'avaient pas, comme lui, des accès d'aliénation pour excuse; il en eut peur, et il se mit à rêver que le peuple en voulait à sa vie. Le peuple! le peuple dont il sortait comme moi par sa mère, et avec lequel il vivait au cabaret plus qu'il n'était besoin pour fraterniser avec lui, devint son épouvantail, et il m'écrivit qu'il savait de *source certaine que mes amis politiques voulaient l'assassiner.* Pauvre frère! cette hallucination passée, il en eut d'autres qui se succédèrent sans interruption jusqu'à ce que l'imagination déréglée s'éteignit à son tour, et fit place à la stupeur d'une agonie qui n'avait plus conscience d'elle-même. Son gendre lui survécut de peu d'années. Sa fille, mère de trois beaux enfants, encore jeune et jolie, vit près de moi à la Châtre. C'est une âme douce et courageuse qui a déjà bien souffert et qui ne faillira pas à ses devoirs. Ma belle-sœur Émilie vit encore plus près de moi, à la campagne. Longtemps victime des égarements d'un être aimé, elle se repose de ses longues fatigues. C'est une amie sévère et parfaite, une âme droite et un esprit nourri de bonnes lectures.

Ma bonne Ursule est toujours là aussi dans cette petite ville où j'ai cultivé si longtemps tant de douces et durables affections. Mais, hélas! la mort ou l'exil ont fauché autour de nous! Duteil, Planet et Néraud ne sont plus. Fleury a été expulsé comme tant d'autres pour cause d'opinions, bien qu'il n'eût pas même été en situation d'agir contre le gouvernement actuel. Je ne parle pas de tous mes amis de Paris et du reste de la France. On a fait jusqu'à un certain point la solitude autour de moi, et ceux qui ont échappé, par hasard ou par miracle, à ce système de proscriptions décrétées souvent par la réaction passionnée et les rancunes personnelles des provinces, vivent comme moi de regrets et d'aspirations.

Pour asseoir, en terminant ce récit, la situation de ceux de mes amis d'enfance qui y ont figuré, je dirai que la famille Duvernet habite toujours la charmante campagne où dès mon enfance je l'ai vue. Mon excellente maman madame Decerfz est aussi à la Châtre pleurant ses enfants exilés. Rollinat est toujours à Châteauroux, accourant chez nous dès qu'il a un jour de loisir.

Il est assez naturel qu'après avoir vécu un demi-siècle on se voie privé d'une partie de ceux avec qui on a vécu par le cœur; mais nous traversons un temps où de violentes secousses morales ont sévi contre tous et mis en deuil toutes les familles. Depuis quelques années surtout, les révolutions qui entraînent d'affreux jours de guerre civile, qui ébranlent les intérêts et irritent les passions, qui semblent appeler fatalement les grandes maladies endémiques après les crises de colère et de douleur, après les proscriptions des uns, les larmes ou la terreur des autres; les révolutions qui rendent les grandes guerres imminentes, et qui, en se succédant, détruisent l'âme de ceux-ci et moissonnent la vie de ceux-là, ont mis la moitié de la France en deuil de l'autre.

Pour ma part, ce n'est plus par douze, c'est par cent que je compte les pertes amères que j'ai faites dans ces dernières années. Mon cœur est un cimetière, et si je ne me sens pas entraînée dans la tombe qui a englouti la moitié de ma vie, par une sorte de vertige contagieux, c'est parce que l'autre vie se peuple pour moi de tant d'êtres aimés qu'elle se confond parfois avec ma vie présente jusqu'à me faire illusion. Cette illusion n'est pas sans un certain charme austère, et ma pensée s'entretient désormais aussi souvent avec les morts qu'avec les vivants.

Saintes promesses des cieux où l'on se retrouve et où l'on se reconnaît, vous n'êtes pas un vain rêve! Si nous ne devons pas aspirer à la béatitude des purs esprits du pays des chimères, si nous devons entrevoir toujours au delà de cette vie un travail, un devoir, des épreuves et une organisation limitée dans ses facultés vis-à-vis de l'infini, du moins il nous est permis par la raison, et il nous est commandé par le cœur de compter sur une suite d'existences progressives en raison de nos bons désirs. Les saints de toutes les religions qui nous crient du fond de l'antiquité de nous dégager de la matière pour nous élever dans la hiérarchie céleste des esprits ne nous ont pas trompés quant au fond de la croyance admissible à la raison moderne. Nous pensons aujourd'hui que, si nous sommes immortels, c'est à la condition de revêtir sans cesse des organes nouveaux pour compléter notre être qui n'a probablement pas le droit de devenir un pur esprit; mais nous pouvons regarder cette terre comme un lieu de passage et compter sur un réveil plus doux dans le berceau qui nous attend ailleurs. De mondes en mondes, nous pouvons, en nous dégageant de l'animalité qui combat ici-bas notre spiritualisme, nous rendre propres à revêtir un corps plus pur, plus approprié aux besoins de l'âme, moins combattu et moins entravé par les infirmités de la vie humaine telle que nous la subissons ici-bas. Et certes la première de nos aspirations légitimes, puisqu'elle est noble, est de retrouver dans cette vie future la faculté de nous remémorer jusqu'à un certain point nos existences précédentes. Il ne serait pas très-doux de nous en retracer tout le détail, tous les ennuis, toutes les douleurs. Dès cette vie, le souvenir est souvent un cauchemar; mais les points lumineux et culminants des salutaires épreuves dont nous avons triomphé seraient une récompense, et la couronne céleste serait l'embrassement de nos amis reconnus par nous et nous reconnaissant à leur tour. O heures de suprême joie et d'ineffables émotions, quand la mère retrouvera son enfant, et les amis les dignes objets de leur amour! Aimons-nous en ce monde, nous qui y sommes encore, aimons-nous assez saintement pour qu'il nous soit permis de nous retrouver sur tous les rivages de l'éternité avec l'ivresse d'une famille réunie après de longues pérégrinations.

Durant les années dont je viens d'esquisser les principales émotions, j'avais renfermé dans mon sein d'autres douleurs encore plus poignantes dont, à supposer que je pusse parler, la révélation ne serait d'aucune utilité dans ce livre. Ce furent des malheurs pour ainsi dire étrangers à ma vie; puisque nulle influence de ma part ne put les détourner et qu'ils n'entrèrent pas dans ma destinée, attirés par le magnétisme de mon individualité. Nous faisons notre propre vie à certains égards: à d'autres égards, nous subissons celle que nous font les autres. J'ai raconté ou fait pressentir de mon existence tout ce qui y est entré par ma volonté, ou tout ce qui s'y est trouvé attiré par mes instincts. J'ai dit comment j'avais traversé et subi les diverses fatalités de ma propre organisation. C'est tout ce que je voulais et devais dire. Quant aux mortels chagrins que la fatalité des autres organisations fit peser sur moi, ceci est l'histoire du secret martyre que nous subissons tous, soit dans la vie publique, soit dans la vie privée, et que nous devons subir en silence.

Les choses que je ne dis pas sont donc celles que je ne puis excuser, parce que je ne peux pas encore me les expliquer à moi-même. Dans toute affection où j'ai eu quelques torts, si légers qu'ils puissent paraître à mon amour-propre, ils me suffisent pour comprendre et pardonner ceux qu'on a eus envers moi. Mais là où mon dévouement sans bornes et sans efforts s'est trouvé tout à coup payé d'ingratitude et d'aversion, là où mes plus tendres sollicitudes se sont brisées impuissantes devant une implacable fatalité, ne comprenant rien à ces redoutables accidents de la vie, ne voulant pas en accuser Dieu, et sentant que l'égarement du siècle et le scepticisme social en sont les premières causes, je retombe dans cette soumission aux arrêts du ciel, sans laquelle il nous faudrait le méconnaître et le maudire.

C'est que là revient toujours la terrible question: Pourquoi Dieu, faisant l'homme perfectible et capable de comprendre le beau et le bien, l'a-t-il fait si lentement perfectible, si difficilement attaché au bien et au beau?

L'arrêt suprême de la sagesse nous répond par la bouche de tous les philosophes: «Cette lenteur dont vous souffrez n'est pas perceptible dans l'immense durée des lois de l'ensemble. Celui qui vit dans l'éternité ne compte pas le temps, et vous qui avez une faible notion de l'éternité, vous vous laissez écraser par la sensation poignante du temps.

Oui sans doute, la succession de nos jours amers et variables nous opprime et détourne malgré nous notre esprit de la contemplation sereine de l'éternité. Ne rougissons pas trop de cette faiblesse. Elle puise sa source dans les entrailles de notre sensibilité. L'état douloureux de nos sociétés troublées et de notre civilisation en travail fait que cette sensibilité, cette faiblesse est peut-être la meilleure de nos forces. Elle est le déchirement de nos cœurs et la morale de notre vie. Celui qui, parfaitement calme et fort, recevrait sans souffrir les coups qui le frappent ne serait pas dans la vraie sagesse, car il n'aurait pas de raison pour ne pas regarder avec le même stoïcisme brutal et cruel les blessures qui font crier et saigner ses semblables. Souffrons donc et plaignons-nous quand notre plainte peut être utile, quand elle ne l'est pas, taisons-nous, mais pleurons en secret. Dieu, qui voit nos larmes à notre insu et qui, dans son immuable sérénité, nous semble n'en pas tenir compte, a mis lui-même en nous cette faculté de souffrir pour nous enseigner à ne pas vouloir faire souffrir les autres.

Comme le monde physique que nous habitons s'est formé et fertilisé, sous les influences des volcans et des pluies, jusqu'à devenir approprié aux besoins de l'homme physique, de même le monde moral où nous souffrons se forme et se fertilise, sous les influences des brûlantes aspirations et des larmes saintes, jusqu'à mériter de devenir approprié aux besoins de l'homme moral. Nos jours se consument et s'évanouissent au sein de ces tourmentes. Privés d'espoir et de confiance, ils sont horribles et stériles; mais éclairés par la foi en Dieu et réchauffés par l'amour de l'humanité, ils sont humblement acceptables et pour ainsi dire doucement amers.

Soutenue par ces notions si simples et pourtant si lentement acquises à l'état de conviction, tant l'excès de ma sensibilité intérieure dans la jeunesse obscurcissait l'effort de ma justice, je traversai la fin de cette période de mon récit sans trop me départir de l'immolation que j'avais faite de ma personnalité. Si je la retrouvais grondeuse en moi-même, inquiète des petites choses et trop avide de repos, je savais du moins la sacrifier sans grands efforts dès qu'une occasion nette de la sacrifier utilement me rendait l'emploi lucide de mes forces intérieures. Si je n'étais pas en possession de la vertu, du moins j'étais et je suis encore, j'espère, dans le chemin qui y mène. N'étant pas une nature de diamant, je n'écris pas pour les saints. Mais ceux qui, faibles comme moi, et comme moi épris d'un doux idéal, veulent traverser les ronces de la vie sans y laisser toute leur toison, s'aideront de mon humble expérience et trouveront quelque consolation à voir que leurs peines sont celles de quelqu'un qui les sent, qui les résume, qui les raconte et qui leur crie: «Aidons-nous les uns les autres à ne pas désespérer.»

Et pourtant ce siècle, ce triste et grand siècle où nous vivons s'en va, ce nous semble, à la dérive; il glisse sur la pente des abîmes, et j'en entends qui me disent: «Où allons-nous? Vous qui regardez souvent l'horizon, qu'y découvrez-vous? Sommes-nous dans le flot qui monte ou qui descend? Allons-nous échouer sur la terre promise, ou dans les gouffres du chaos?»

Je ne puis répondre à ces cris de détresse. Je ne suis pas illuminée du rayon prophétique, et les plus habiles raisonnements, ceux qui s'appuient mathématiquement sur les chances politiques, économiques et commerciales, se trouvent toujours déjoués par l'imprévu, parce que l'imprévu c'est le génie bienfaisant ou destructeur de l'humanité qui tantôt sacrifie ses intérêts matériels à sa grandeur morale, et tantôt sa grandeur morale à ses intérêts matériels.

Il est bien vrai que le soin jaloux et inquiet des intérêts matériels domine la situation présente. Après les grandes crises, ces préoccupations sont naturelles, et ce *sauve qui peut* de l'individualité menacée est, sinon glorieux, du moins légitime. Ne nous en irritons pas trop, car toute chose qui n'a pas pour but un sentiment de providence collective rentre malgré soi dans les desseins de cette providence. Il est évident que l'ouvrier qui dit: «Du travail avant tout et malgré tout,» subit les nécessités du moment et ne regarde que le moment où il vit; mais par l'âpreté du travail il marche à la notion de la dignité et à la conquête de l'indépendance. Il en est ainsi de tous les ouvriers placés sur tous les échelons de la société. L'industrialisme tend à se dégager de toute espèce de servage et à se constituer en puissance active, sauf à se moraliser plus tard et à se constituer en puissance légitime par l'association fraternelle.

C'est à ce moment que nos prévisions l'attendent et que nous nous demandons si, après l'éclat éphémère des derniers trônes, les civilisations de l'Europe se constitueront en républiques aristocratiques ou démocratiques. Là apparaît l'abîme..., une conflagration générale ou des luttes partielles sur tous les points. Quand on a respiré seulement pendant une heure l'atmosphère de Rome, on voit cette clef de voûte du grand édifice du vieux monde si prête à se détacher qu'on croit sentir trembler la terre des volcans, la terre des hommes!

Mais quelle sera l'issue? sur quelles laves ardentes ou sur quels impurs limons nous faudra-t-il passer? De quoi vous tourmentez-vous là? L'humanité tend à se niveler, elle le veut, elle le doit, elle le fera. Dieu l'aide et l'aidera toujours par une action invisible toujours résultant des propriétés de la force humaine et de l'idéal divin qu'il lui est permis d'entrevoir. Que des accidents formidables entravent ses efforts, hélas! ceci est à prévoir, à accepter d'avance. Pourquoi ne pas envisager la vie générale comme nous envisageons notre vie individuelle? Beaucoup de fatigues et de douleurs, un peu d'espoir et de bien: la vie d'un siècle ne résume-t-elle pas la vie d'un homme? Auquel d'entre nous est-il arrivé d'entrer, une fois pour toutes, dans la réalisation de ses bons ou mauvais désirs.

Ne cherchons pas, comme d'impuissants augures, la clef des destinées humaines dans un ordre de faits quelconque. Ces inquiétudes sont vaines, nos commentaires sont inutiles. Je ne pense pas que la divination soit le but de l'homme sage de notre époque. Ce qu'il doit chercher, c'est d'éclairer sa raison, d'étudier le problème social et de se vivifier par cette étude en la faisant dominer par quelque sentiment pieux et sublime. O Louis Blanc, c'est le travail de votre vie que nous devrions avoir souvent sous les yeux! Au milieu des jours de crise qui font de vous un proscrit et un martyr, vous cherchez dans l'histoire des hommes de notre époque l'esprit et la volonté de la Providence. Habile entre tous à expliquer les causes des révolutions, vous êtes plus habile encore à en saisir, à en indiquer le but. C'est là le secret de votre éloquence, c'est là le feu sacré de votre art. Vos écrits sont de ceux qu'on lit pour savoir les faits, et qui vous forcent à dominer ces faits par l'inspiration de la justice et l'enthousiasme du vrai éternel.

Et vous aussi, Henri Martin, Edgard Quinet, Michelet, vous élevez nos cœurs, dès que vous placez les faits de l'histoire sous nos yeux. Vous ne touchez point au passé sans nous faire embrasser les pensées qui doivent nous guider dans l'avenir.

Et vous aussi, Lamartine, bien que, selon nous, vous soyez trop attaché aux civilisations qui ont fait leur temps, vous répandez, par le charme et l'abondance de votre génie, des fleurs de civilisation sur notre avenir.

Se préparer chacun pour l'avenir, c'est donc l'œuvre des hommes que le présent empêche de se préparer en commun. Sans nul doute, elle est plus prompte et plus animée, cette initiation de la vie publique, sous le régime de la liberté; les ardentes ou paisibles discussions des clubs et l'échange inoffensif ou agressif des émotions du forum éclairent rapidement les masses, sauf à les égarer quelquefois; mais les nations ne sont pas perdues parce qu'elles se recueillent et méditent, et l'éducation des sociétés se continue sous quelque forme que rêvete la politique des temps.

En somme, le siècle est grand, bien qu'il soit malade, et les hommes d'aujourd'hui, s'ils ne font pas les grandes choses de la fin du siècle dernier, en conçoivent, en rêvent et peuvent en préparer de plus grandes encore. Ils sentent déjà profondément qu'ils le doivent.

Et nous aussi, nous avons nos moments d'abattement et de désespoir, où il nous semble que le monde marche follement vers le culte des dieux de la décadence romaine. Mais si nous tâtons notre cœur, nous le trouvons épris d'innocence et de charité comme aux premiers jours de notre enfance. Eh bien, faisons tous ce retour sur nous-mêmes et disons-nous les uns aux autres que notre affaire n'est pas de surprendre les secrets du ciel au calendrier des âges, mais de les empêcher de mourir inféconds dans nos âmes.

CONCLUSION

Je n'avais pas eu de bonheur dans toute cette phase de mon existence. Il n'est de bonheur pour personne. Ce monde-ci n'est pas établi pour une stabilité de satisfactions quelconques.

J'avais eu des *bonheurs*, c'est-à-dire des joies, dans l'amour maternel, dans l'amitié, dans la réflexion et dans la rêverie. C'était bien assez pour remercier le Ciel. J'avais goûté les seules douceurs dont je pusse avoir soif.

Quand je commençai à écrire le récit que je suspends ici, je venais d'être abreuvée de douleurs plus profondes encore que celles que j'ai pu raconter. J'étais cependant calme et maîtresse de ma volonté, en ce sens que, mes souvenirs se pressant devant moi sous mille facettes qui pouvaient être différentes à mon appréciation, je sentis ma conscience assez saine et ma religion assez bien établie en moi-même pour m'aider à saisir le vrai jour dont le passé devait s'éclairer à mes propres yeux.

Maintenant que je vais fermer l'histoire de ma vie à cette page, c'est-à-dire plus de sept ans après en avoir tracé la première page, je suis encore sous le coup d'une épouvantable douleur personnelle.

Ma vie, deux fois ébranlée profondément, en 1847 et en 1855, s'est pourtant défendue de l'attrait de la tombe; et mon cœur, deux fois brisé, cent fois navré, s'est défendu de l'horreur du doute.

Attribuerai-je ces victoires de la foi à ma propre raison, à ma propre volonté? Non. Il n'y a en moi rien de fort que le besoin d'aimer.

Mais j'ai reçu du secours, et je ne l'ai pas méconnu, je ne l'ai pas repoussé.

Ce secours, Dieu me l'a envoyé, mais il ne s'est pas manifesté à moi par des miracles. Pauvres humains, nous n'en sommes pas dignes, nous ne serions pas capables de les supporter, et notre faible raison succombe dès que nous croyons voir apparaître la face des anges dans le nimbe flamboyant de la Divinité. Mais la grâce m'est venue comme elle vient à tous les hommes, comme elle peut, comme elle doit leur venir, par l'enseignement mutuel de la vérité. Leibnitz d'abord, et puis Lamennais, et puis Lessing, et puis Herder expliqué par Quinet, et puis Pierre Leroux, et puis Jean Reynaud, et puis Leibnitz encore, voilà les principaux repères qui m'ont empêchée de trop flotter dans ma route à travers les diverses tentatives de la philosophie moderne. De ces grandes lumières, je n'ai pas tout absorbé en moi à dose égale, et je n'ai pas même gardé tout ce que j'avais absorbé à un moment donné. Ce qui le prouve, c'est la fusion, qu'à une certaine distance de ces diverses phases de ma vie intérieure j'ai pu faire en moi de ces grandes sources de vérité, cherchant sans cesse, et m'imaginant parfois trouver le lien qui les unit, en dépit des lacunes qui les séparent. Une doctrine toute d'idéal et de sentiment sublime, la doctrine de Jésus, les résume encore, quant aux points essentiels, au-dessus de l'abîme des siècles. Plus on examine les grandes révélations du génie, plus la céleste révélation du cœur grandit dans l'esprit, à l'examen de la doctrine évangélique.

Ceci n'est peut-être pas une formule très-*avancée* dans l'opinion de mon siècle. Le siècle ne va pas de ce côté-là pour le moment. Peu importe, les temps viendront.

Terre de Pierre Leroux, *Ciel* de Jean Reynaud, *Univers* de Leibnitz, *Charité* de Lamennais, vous montez ensemble vers le Dieu de Jésus; et quiconque vous lira sans s'attacher trop aux subtilités de la métaphysique et sans se cuirasser dans les armures de la discussion sortira de votre rayonnement plus lucide, plus sensible, plus aimant et plus sage. Chaque secours de la sagesse des maîtres vient à point en ce monde où il n'est pas de conclusion absolue et définitive. Quand, avec la jeunesse de mon temps, je secouais la voûte de plomb des mystères, Lamennais vint à propos étayer les parties sacrées du temple. Quand, indignés après les lois de septembre, nous étions prêts encore à renverser le sanctuaire réservé, Leroux vint, éloquent, ingénieux, sublime, nous promettre le règne du ciel sur cette même terre que nous maudissions. Et, de nos jours, comme nous désespérions encore, Reynaud, déjà grand, s'est levé plus grand encore pour nous ouvrir, au nom de la science et de la foi, au nom de Leibnitz et de Jésus, l'infini des mondes comme une patrie qui nous réclame.

J'ai dit le secours de Dieu qui m'a soutenue par l'intermédiaire des enseignements du génie; je veux dire, en finissant, le secours également divin qui m'a été envoyé par l'intermédiaire des affections du cœur.

Sois bénie, amitié filiale qui a répondu à toutes les fibres de ma tendresse maternelle; soyez bénis, cœurs éprouvés par de communes souffrances, qui m'avez rendue chaque jour plus chère la tâche de vivre pour vous et avec vous!

Sois béni aussi, pauvre ange arraché de mon sein et ravi par la mort à ma tendresse sans bornes! Enfant adoré, tu as été rejoindre dans le ciel de l'amour le George adoré de Marie Dorval. Marie Dorval est morte de sa douleur, et moi, j'ai pu rester debout, hélas:

Hélas, et merci, mon Dieu. Puisque la douleur est le creuset où l'amour s'épure, et puisque, véritablement aimée de quelques-uns, je peux encore ne pas tomber sur la route où la charité envers tous nous commande de marcher.

14 juin 1855.

NOTES DU LIVRE III

[1] Cette partie a été écrite en 1853 et 1854.

[2] Le grand débit du liége ne consiste pas dans les bouchons, auxquels on ne sacrifie que les rognures et le rebut; il s'expédie en planches d'écorce que l'on décourbe et aplatit, et dont on tapisse tous les appartements riches en Russie, entre la muraille et la tenture. C'est donc une denrée d'une cherté excessive, puisqu'elle croît sur un rayon de peu d'étendue.

[3] Le baron Petiet me prie de rectifier des erreurs de mémoire qui le concernent. Je l'ai confondu avec son frère le général, aujourd'hui député au Corps législatif. Celui qui était aide-de-camp et beau-frère du général Colbert en 1815 n'avait alors que vingt un ans, il avait été premier page de l'empereur, il avait fait campagne et comptait déjà six blessures. Il a quitté le service en 1830.

[4] Il y a quelques années, j'aurais volontiers admis en principe d'avenir, une religion d'État avec la liberté de discussion, et une loi de discipline dans cette même discussion. J'avoue que depuis j'ai varié dans cette croyance. Je n'ai pas admis intérieurement sans réserve la doctrine de liberté absolue; mais j'ai trouvé dans les travaux socialistes de M. Émile de Girardin une si forte démonstration du droit de liberté individuelle, que j'ai besoin de chercher encore comment la liberté morale échappera à ses propres excès si l'on accorde à l'homme, dès l'enfance, le droit d'incrédulité absolue. Quand je dis *chercher*, je me vante. Que trouve-t-on à soi tout seul? Le doute. J'aurais dû dire *attendre*. Les questions s'éclairent avec le temps par l'œuvre collective des esprits supérieurs, et cette œuvre-là est toujours collective en dépit des divergences apparentes. Il ne s'agit que d'avoir patience, et la lumière se fait. Ce qui la retarde beaucoup, c'est l'ardeur orgueilleuse que nous avons tous en ce monde, de prendre parti pour une des formes de la vérité. Il est bon que nous ayons cette ardeur, mais il est bon aussi qu'à certaines heures nous ayons la bonne foi de dire: Je ne sais pas.

[5] Par M. Alfred de Bougy.

[6] Elle prétendait que le nom primitif était *O'Wen*.

[7] Encore une raison pour ne parler des vivans qu'avec réserve.

[8] Je crois que ce fut en mai 1832.

[9] En signalant ce fait, je n'entends pas dire que l'aumône forcée fût une solution sociale. On le verra tout à l'heure.

[10] Géraldy, le chanteur, était à Venise à la même époque, et fit, en même temps qu'Alfred de Musset, une maladie non moins grave. Quant à Léopold Robert, qui s'y était fixé et qui s'y brûla la cervelle peu de temps après mon départ, je ne doute pas que l'atmosphère de Venise, trop excitante pour certaines organisations, n'ait beaucoup contribué à développer le spleen tragique qui s'était emparé de lui. Pendant quelque temps, je demeurai vis-à-vis de la maison qu'il occupait, et je le voyais passer tous les jours sur une barque qu'il ramait lui-même. Vêtu d'une blouse de velours noir et coiffé d'une toque pareille, il rappelait les peintres de la Renaissance. Sa figure était pâle et triste, sa voix rêche et stridente. Je désirais beaucoup voir son tableau des *Pêcheurs chioggiotes*, dont on parlait comme d'une merveille mystérieuse, car il le cachait avec une sorte de jalousie colère et bizarre. J'aurais pu profiter de sa promenade, dont je connaissais les heures, pour me glisser dans son atelier; mais on me dit que s'il apprenait l'infidélité de son hôtesse, il en deviendrait fou. Je me gardai bien de vouloir lui causer seulement un accès d'humeur; mais cela me conduisit à apprendre des personnes qui le voyaient à toute heure qu'il était déjà considéré comme un maniaque des plus chagrins.

[11] Hélas! au moment où je relis ces lignes, un troisième est parti aussi. Mon cher Malgache ne recevra pas les fleurs que je viens de cueillir pour lui sur l'Apennin.

[12] Il en a écrit quelques autres que la postérité recueillera très précieusement, entre autres un opuscule intitulé: *Questions sur le beau*.

[13] *Salon de 1831*, par M. Gustave Planche. Paris, 1831.

[14] Et encore les vrais gourmands jouissent par l'imagination plus que par le sens, disent-ils.

[15] Mme Hortense Allart.

[16] Je lui conserverai dans ce récit le pseudonyme que je lui ai donné dans les *Lettres d'un voyageur*. J'ai toujours aimé à baptiser mes amis d'un nom à ma guise, mais dont je ne me rappelle pas toujours l'origine.

[17] *Histoire de dix ans*, volume IV.

[18] En se livrant à ce divertissement, le petit prince et ses jeunes invités étaient sur une galerie au-dessous de laquelle passaient les bonnets à poil.

[19] Ce grand homme si méconnu, si calomnié durant sa vie, insulté jusque sur son lit de mort par les pamphlétaires, ce prêtre du vrai Dieu, crucifié pendant soixante ans, a été cependant enseveli avec honneur et vénération par les écrivains de la presse sérieuse. Quand j'aurai, moi, l'honneur de lui apporter un tribut plus complet que celui de ces quelques pages, je ne dirai certes pas mieux qu'il n'a été dit dans ce même feuilleton par M. Paulin Limayrac, et avant lui, quelque temps avant la mort du maître, par Alexandre Dumas (28 et 29 septembre 1853). Ce chapitre des mémoires de l'auteur d'*Antony* est à la fois excellent et magnifique; il prouve que le génie peut toucher à tout, et que le romancier fécond, le poète dramatique et lyrique, le critique enjoué, l'artiste plein de fantaisie et d'imprévu, tous les hommes qui sont contenus dans Alexandre Dumas n'ont pas empêché l'écrivain philosophique de se développer en lui et de faire sa preuve, à l'occasion, avec une égale puissance.

[20] Un de ces enfants, Luc Desages est devenu le disciple et le gendre de Pierre Leroux.

[21] Juin 1855.

[22] Depuis ce temps nous n'avons eu ensemble que de bons rapports. Il est venu à Nohant pour le mariage de ma fille.

[23] C'est ainsi qu'il faut juger M. Lamartine.

[24] Au moment où je corrige ces épreuves, une douloureuse nouvelle vient me frapper: Mme de Girardin est morte, elle que je laissais malade il y a un mois, mais encore rayonnante de beauté, d'intelligence, de grâce et de bonté, car elle était bonne, bien vraiment bonne! Tout le monde sait qu'elle avait du génie; mais cette tendresse délicate, cette fibre d'exquise maternité que ses ouvrages dramatiques venaient de révéler, ses amis seuls la connaissaient déjà. Pour moi, j'ai été à même de l'apprécier profondément.

Elle a pleuré avec nous la plus douloureuse des pertes, d'un enfant adoré, et pleuré si naïvement, si ardemment! Elle n'avait pourtant pas été mère, et ce n'est pas l'intelligence toute seule qui révèle à une femme ce que les mères doivent souffrir: C'est le cœur, c'est le génie de la tendresse, et Mme de Girardin avait ce génie-là pour couronnement d'une admirable organisation.

[25] Voyez un *Hiver dans le midi de l'Europe*, par G. Sand.

[26] J'ai donné, dans *Consuelo*, une définition de cette distinction musicale qui l'a pleinement satisfait, et qui, par conséquent, doit être claire.

[27] 1855.

[28] C'est à cette époque que je perdis mon angélique ami Gaubert. J'avais déjà perdu, en 1837, mon noble et tendre *papa*, M. Duris-Dufresne, d'une manière tragique et douloureuse. Il avait dîné la veille avec mon mari. «Il fut rencontré le 29 octobre, à onze heures du matin, par une personne de Châteauroux. Il était joyeux, il allait devenir grand-père, il venait d'acheter les dragées. Depuis lors on a perdu sa trace. Son corps a été retrouvé dans la Seine. A-t-il été assassiné? Rien ne le prouve; on ne l'avait pas volé; ses boucles d'oreilles en or étaient intactes.» (*Lettre du Malgache*, 1837.)

Cette déplorable fin est restée mystérieuse. Mon frère, qui l'avait vu deux jours auparavant, lui avait entendu dire, en parlant de la marche des événements politiques: «Tout est fini, tout est perdu!» Il paraissait très-affecté. Mais, mobile, énergique et enthousiaste, il avait repris sa gaîté au bout d'un instant.

[29] Cette enfant, belle et douce, fut toujours un ange de consolation pour moi. Mais, en dépit de ses vertus et de sa tendresse, elle fut pour moi la cause de bien grands chagrins. Ses tuteurs me la disputaient, et j'avais de fortes raisons pour accepter le devoir de la protéger exclusivement. Devenue majeure, elle ne voulait pas s'éloigner de moi. Ce fut la cause d'une lutte ignoble et d'un chantage infâme de la part de gens que je ne nommerai pas. On me menaça de libelles atroces si je ne donnais pas quarante mille francs. Je laissai paraître les libelles, immonde ramassis de mensonges ridicules que la police se chargea d'interdire. Ce ne fut pas là le point douloureux du martyre que je subissais pour cette noble et pure enfant: la calomnie s'acharna après elle par contre-coup, et, pour la protéger envers et contre tous, je dus plus d'une fois briser mon propre cœur et mes plus chères affections.

[30] Henri Heine m'a prêté contre lui des sentiments inouïs. Le génie a ses rêves de malade.

[31] C'était aussi le sentiment de M. Lamennais. Silvio Pellico était pour lui le type de la résignation, et cette résignation-là l'indignait.

[32] Cette âme bien-aimée est retournée à Dieu le 20 janvier 1855.

[33] Gutmann, son plus parfait élève, aujourd'hui un véritable maître lui-même, un noble cœur toujours. Il fut forcé de s'absenter durant la dernière maladie de Chopin, et ne revint que pour recevoir son dernier soupir.

Code ISBN :

9798866875603 Independently published

SOURCE

Ouvrage et photos du domaine public.

Auteure Française : George Sand (1805 – 1876)

Parution : 1855

https://fr.wikipedia.org/wiki/Histoire_de_ma_vie_(George_Sand)

https://fr.wikipedia.org/wiki/George_Sand

Made in the USA
Las Vegas, NV
05 July 2024

91889038R00280